Wilko Müller jr. • Das Tor der Dunkelheit

D1674029

Irgendwo da draußen gibt es eine Welt,
auf der existiert ein alter Gruß,
dessen wahre und dunkle Bedeutung keiner mehr kennt.
Sie sagen dort:
Mögen Drachen deinen Namen singen.

Fantasy

Edition SOLAR-X 2006

SOLAR-X Buch 21

Dieses Buch entstand unter Verwendung von Ideen und Texten, die der Autor zusammen mit Philipp D. Laner entwickelte.
Der erste Teil der Geschichte, »Stronbart Har«, ist 2003 als SOLAR-X Buch 02 und 2006 im Projekte-Verlag 188 erschienen.
»Das Tor der Dunkelheit« erschien bereits als SOLAR Tales Ausgabe und in zwei Teilen als Buch der Edition SOLAR-X.
Der Roman wurde nochmals überarbeitet und der Neuen Rechtschreibung angenähert.

Satz und Druck: Buchfabrik JUCO GmbH • www.jucogmbh.de
Edition SOLAR-X im Projekte-Verlag 188, Halle 2006 • www.projekte-verlag.de
© 2004 by Wilko Müller jr.
Alle Rechte vorbehalten.

ISBN 3-86634-098-2
Preis: 24,90 Euro

Wilko Müller jr.

Das Tor der Dunkelheit

Fantasy Roman

Projekte-
Verlag

Teil 1
Jenseits des letzten Tores

Am Anfang schuf Horam die Welt Schlan und die Welt Dorb. Und die Welten waren wüst und leer und es war eine Finsternis auf der Tiefe zwischen ihnen; und der Geist Horams schwebte über den Welten.
Und Horam sprach: Es werde Licht! Und es ward Licht. Und Horam sah, dass das Licht gut war. Da schied Horam das Licht von der Finsternis und nannte das Licht Tag und die Finsternis Nacht. Solches tat er zweimal.
Und Horam sprach: Es werde ein Weg zwischen den Welten, der da führe durch vier Tore, eine Brücke über die Finsternis auf der Tiefe. Und so geschah es.
Und Horam sprach: Es werden zwei Schlüssel, es werden zwei Festen zwischen den Welten, zwei Bilder des Ewigen. Und sie mögen die Tore offen halten und den Weg sicher. Und so geschah es.

Das Buch Horam

Peks Erzählung

Ich bin ein Dämon, Pek mein Name. Ich hatte das manchmal zweifelhafte Vergnügen, den größten Teil der erstaunlichen Abenteuer meiner Freunde Brad, Micra und Zach-aknum im Stronbart Har mitzuerleben – obwohl Zach-aknum sicher ominös die Brauen zusammenziehen würde, wenn er wüsste, dass ein Dämon ihn als Freund bezeichnet. Aber so sind Zauberer eben. Immer haben sie Beziehungsprobleme. Ich lernte ihn und die anderen auf einer Welt namens Horam Schlan kennen, in jenem Stronbart Har oder Fluchwald, wie man ihn verharmlosend auch nennt.
Mir macht es Spaß, mich auf dieser Welt herumzutreiben. Man begegnet hier komischen Lebensformen, die sich seltsam verhalten und eigenartig aussehen. Das merkwürdigste Erlebnis hatte ich aber bisher mit den Menschen. Ich weiß nicht, wann ich zum letzten Mal einen Menschen gesehen hatte – und dort, wo ich mich aufhielt, auf welche zu treffen, hätte ich mir nie zu träumen gewagt. Heute habe ich allerdings den Verdacht, dass das alles nicht so zufällig war, wie es mir schien. Aber egal, es war jedenfalls aufregend.
Man hat ja als einfacher Dämon nicht besonders viel Abwechslung, deshalb bin ich auch selten zu Hause – das ist der Ort, den die Menschen Wirdaons Reich nennen – sondern ich halte mich auf einem der beiden Grenzplaneten auf. Allein das ist schon unterhaltsam, obwohl es auf die Dauer auch nichts bringt. Andere Dämonen, hauptsächlich die Diener Wirdaons und die Typen vom Karach-Stamm, lieben es aus einem anderen Grund, auf diese Welt zu kommen: Sie stiften Unheil oder dienen irgendwelchen irren Magiern, die dumm genug sind, unsere Chefin um Beistand anzubetteln.

Mit Grenzplaneten meine ich übrigens die Zwillingswelten Schlan und Dorb, die sich im wirklichen Raum unvorstellbar weit voneinander entfernt befinden. Horam, ein Wesen, das hierzulande als Gott gilt, hatte sie über einen Dimensionsabgrund miteinander verbunden, der es früher jedermann erlaubte, mit einem einzigen Schritt zwischen den Welten zu reisen. Ein Experiment nannte er es ... Und seht, was daraus geworden ist! Götter!

Ich zog die Welt Schlan vor, denn hier gab es ein Phänomen, das im Universum seinesgleichen suchte: den Fluchwald. Hier war immer was los. Entweder der völlig ausgerastete Zauberer im Turm rührte mit einem seiner durchgeknallten magischen Experimente im Gefüge der Realität herum, oder die Strukturen des Stronbart Har wirbelten so durcheinander, dass man nicht wusste, wo und wann man nach seinem nächsten Schritt sein würde. Na ja, der Zauberer wird jetzt wohl nicht mehr viel experimentieren. Ich hörte, es hat ihn erwischt. Von Horam selbst breitgetreten, oder so. Mist, dass ich nicht dabei war.

Die Menschen, die später meine Freunde wurden, traf ich auf dem Hochplateau, als sie gerade versuchten, es zu überqueren – was ziemlich schwierig ist, wegen der dauernden Raumverwerfungen. Ich hockte in einem Stein drin, um nicht die pralle Sonne auf den Kopf zu bekommen, da stellte irgendwer eine Flasche auf ihm ab. Das mit dem Hocken im Stein ist kein Problem, wir Dämonen machen das ständig. Ich kannte mal ein paar lustige Typen, die benutzten diese Fähigkeit, um in einer alten Burg zu spuken. Gingen durch die Wände und kreischten und rasselten mit Ketten. Eben das traditionelle Zeug. Die Bewohner verkauften dann das Gemäuer, glaube ich. Es liegt an unserer Materiestruktur, das Durchdringen von Steinen, meine ich. Wir können sie durch unseren Willen beeinflussen und uns sozusagen vom Boden verschlucken lassen. Ist manchmal sehr praktisch. So wechseln wir auch von zu Hause auf diese anderen Welten. Manche Dämonen machen einen richtigen Sport daraus, die nennt man Hopser. Springen so schnell wie möglich vom heimatlichen Reich in eine Grenzwelt und wieder zurück, wobei sie irgendetwas mitbringen müssen. Die Karach-Heinis klauen dabei Säuglinge. Geschmacklos. Mir liegt das nicht so. Was ist schon dabei? Sport! Sinnlos wie alles, was sich so nennt. Aber wenn man länger auf einer anderen Welt bleibt – vor allem im Fluchwald – kann man schon irre Abenteuer erleben. Einmal begegnete ich dort einem Schleimklumpen, der wollte sich mit mir über phalangesische Dichtung unterhalten ... Aber ich war ja dabei, von den Menschen zu erzählen.

Ich saß also in diesem Stein, und der stellte mir seine Flasche auf den Kopf. Oh, danke! dachte ich und schnappte sie mir. Dummerweise war es ein Zauberer und er schnappte mich. Hätte eben mal überlegen sollen, bevor ich zugriff. Aber es kam nicht so schlimm, wie ich befürchtete. Die Leute stellten sich als recht umgänglich heraus, nachdem ich die Wasserflasche zurückgegeben hatte. Der Zauberer war ein hohes Tier, ein Schwarzer Magier der Fünf Ringe mit dem Namen Zach-aknum oder Tötende Flamme. Obwohl ich Feuer mag, denn es erinnert mich an zu Hause, lief es mir doch bei seiner Aura kalt über den Rücken. Man kann es auch übertreiben mit dem Feuer. Später stellte sich heraus, dass er gar nicht von dieser Welt, sondern von der anderen Grenzwelt war. Das hat mich vielleicht umgehauen! Ich dachte, es gäbe schon seit Ewigkeiten keinen Verkehr mehr durch die Tore, und nun kommt dieser Schwarze Magier daher! Ihn begleitete ein Barbarenhäuptling, Khuron Khan, den es später leider erwischte. Dieses Miststück von Gallen-Erlat hat ihn sich geschnappt. Das ist (nach dem verrückten Magier im Turm) das gefährlichste Wesen im Fluchwald. Mein Kumpel, der Drache, sagte einmal, dass es ganz aus negativer Bewusstseinsenergie besteht. Klingt schlau, aber was bedeutet es? Irgendwie erinnert mich der Ausdruck an Wirdaon und ihre Gefolgschaft. Definitiv negativ. Als ich sie traf, lebte Khuron Khan noch. Es sah dann zwar so aus, als hätte ihn ein anderer Barbar erledigt, aber in Wahrheit war der Gallen-Erlat daran schuld. Wenn er Khuron Khan nicht vorher in der Mangel gehabt hätte, wäre die Sache sicher anders ausgegangen.

Dann war da noch Micra Ansig von Terish, die Adlige und Warpkriegerin. Wenn ich ein Mensch wäre, na das ist vielleicht eine Frau! Ich habe dann auch gesehen, wie sie kämpft, und da war ich froh, dass ich kein Mensch bin, der mit ihr fertig werden müsste. Meine dämonischen Kollegen haben mir fast leid getan, als sie mit ihr zusammenstießen. Da flogen die Fetzen!

Schätze, Micra war in den vierten Menschen der Gruppe verliebt und wusste es nicht mal. Menschen sind manchmal zu dämlich. Der Mann war Brad Vanquis, und ich merkte ihm gleich an, dass er etwas Besonderes in sich trug. Ein Dämon versteht sich auf so was, jedenfalls konnte ich es spüren. Er hatte etwas von einem Besessenen, aber auch wieder nicht. Manche Dämonen durchdringen nicht nur Gestein, sondern überlagern regelrecht andere Lebewesen, vorzugsweise natürlich intelligente. Das nennt man besessen – von der Seite der Menschen gesehen. Zuerst dachte ich, Brad hätte so einen Parasiten aufgegabelt, aber beim zweiten Blick merkte ich, dass es kein Dämon sein konnte, was in ihm nistete. Etwas Außerweltliches? dachte ich schaudernd, doch nein, auch das war es nicht. Die letzte Berührung mit einer außerweltlichen Rasse lag ja auch schon Jahrtausende zurück. Ich habe sonst nicht so eine lange Leitung, aber darauf muss man erst mal kommen, dass sich die Essenz *eines Gottes* in dem Burschen festgesetzt hatte. Nach und nach kriegte ich es dann raus, aber ich hielt den Mund. Das mache ich für gewöhnlich nicht, nur möchte selbst ich lieber nicht riskieren, einen Gott zu verärgern. Und nun, da ich weiß, was er mit Tras Dabur angestellt hat, bin ich ganz froh, dass ich mich zurückgehalten habe.

Dieses komische Gefühl, das ich bei Brad hatte, bewegte mich auch, mit den Menschen durch den Stronbart Har zu wandern. Ich wusste sofort, er war zu Großem ausersehen, und ich musste ihm helfen, damit er es auch schaffte.

Na ja, eigentlich langweilte ich mich bloß da oben auf dem Plateau in diesem öden Stein. Ich hatte ewig keine Menschen mehr gesehen – außer diesen sabbernden Idioten Tras Dabur, aber nur von weitem – so dass ich mir dachte, das wäre die Chance, auf die ich seit Millionen Jahren oder so gewartet hatte.

Ich ging also mit und erlebte tatsächlich die pelzsträubendsten Abenteuer. Wie sich zeigte, wollten der Magier und seine Begleiter durch das defekte Tor auf die andere Grenzwelt hinübergehen, denn sie trugen eine Statue Horams bei sich, die auf Schlan gewissermaßen fehl am Platze war. Ich hatte über den Buschfunk von zwei Menschengruppen gehört, die in den Fluchwald eingedrungen seien, aber nicht weiter darauf geachtet. Die meisten Menschen kommen ohnehin nicht weit, bis sie ein Effekt oder ein Ungeheuer erwischt, andere verschwinden einfach in der Zeit …

Also dachte ich mir nichts dabei, bis ich einigen von ihnen begegnete. Sie wussten gar nicht, dass es noch eine zweite Gruppe gab und waren unangenehm überrascht, als sich zeigte, dass es ihre Verfolger waren!

Später trafen wir noch ein paar von den anderen, einen Dörfler, den der Magier Farm in den Fluchwald verschleppt hatte, ein Mädchen und einen Barbaren. Der war ein hinterhältiges Aas, er hatte sich ein giftiges Dämonenschwert verschafft, indem er einen Karach-Krieger beraubte, den das Mädchen umgelegt hatte, und griff Zach-aknum an. Ich weiß nicht genau, was er gegen unseren alten Mann hatte, aber es schien eine Menge zu sein. Ich war gerade nicht am Ort, sondern mit Brad und Micra auf der Jagd, aber ich merkte es, als die Waffe benutzt wurde. Meine Warnung kam leider zu spät. Er brachte Khuron Khan um, der vom Gallen-Erlat geschwächt war, und verletzte den Magier, bevor er einen Zusammenstoß mit Micra hatte. Das beendete die Sache, aber der Häuptling hatte nichts mehr davon.

Mata, das Mädchen, welches den Dörfler begleitete (oder war es umgekehrt?), arbeitete zuerst für Farm, den Verfolger in der anderen Gruppe, als Wegfinder. Sie war dem Einfluss eines Ringes von der Kette Horams ausgesetzt gewesen, als er sie einen abgeschlagenen Kopf untersuchen ließ, der wiederum ... Es war jedenfalls eine komplizierte Geschichte. Mein Kumpel, der Drache, meinte, das Mädchen sei ihm gleich aufgefallen, weil in ihr eine komplexe Bewusstseinsmatrix existieren würde. Also, damit konnte ich genauso wenig anfangen wie mit dem anderen Gerede über Bewusstseinsenergie, aber natürlich sagte ich ihm das nicht. Es klang ziemlich bedeutend, und als ich Mata traf, wusste ich auch, was er ungefähr damit meinte.

Dieser Farm muss ein ziemlicher Fiesling gewesen sein, und mindestens genauso skrupellos wie Tras Dabur. Er machte mit dem armen Mädchen Experimente, die bewirkten, dass eine Vielzahl von Seelen (der Drache sagte *Gedächtnisinhalte* dazu) in sie hineingerieten. Nun, sie war manchmal komisch, aber ich hatte nicht lange Gelegenheit, sie zu beobachten. Ich weiß von zu Hause, dass es nur wenige Menschen gegeben hat, die mit mehr als einem Ring aus der Kette in so intensive Berührung kamen, und sie hatte der Magier gleich dem *Nirab* und dem *Zinoch* ausgesetzt, zwei der mächtigsten Teile. Wahrscheinlich wusste er nicht einmal, was er da schuf. Leider erging es auch Mata nicht gerade gut am Ende dieses Abenteuers. Aber das kommt später.

Es war ein knappes Rennen. Farm und seinem Hauptmann war es gelungen, die Statue, welche rechtmäßig auf diese Welt gehörte, vor uns zu erreichen und aus dem Inneren des unheimlichsten Dinges zu entfernen, das ich je gesehen habe – und ich habe schon eine Menge Unheimliches gesehen! Selbst bei uns spricht man nicht gern über die zwei *Wächter*, die Horam zurückgelassen haben soll. Früher, als es den Fluchwald noch nicht gab und Somdorkan der wichtigste Tempel auf dieser Welt war, verehrte man die Hälfte der Statue als Symbol der Obergottheit der hiesigen Religion – sicher war es auf der anderen Welt ähnlich. Sie stand da also in ihrer Kammer unter der Erde herum, und keiner der Priester ahnte, dass er sich ständig ins Innere des *Wächters,* genauer gesagt, in seine Eingeweide, begeben musste, wenn er sich ihr näherte. Von außen war nicht zu erkennen, dass sich im Boden eine riesige steinerne Skulptur befand, die der Statue sehr ähnlich sah. Nur ein Kopf, von dem die Menschen dachten, er sei ein verstummtes Orakel, ragte heraus. So ein Blödsinn! Da sieht man mal wieder, wie phantasielos diese Typen sind. Als Farm und der andere aber in sie eindrangen, um die Gottesstatue zu stehlen, erwachte der *Wächter*. Zu langsam, denke ich, sonst hätten die beiden es nie geschafft.

Der Hauptmann ging dabei drauf, doch Farm war gerissen und brachte die kleine Skulptur ans Tageslicht. Und da schlugen wir zu. Wir hatten nicht verhindern können, dass er vor uns da war, aber es gelang uns, nämlich Brad, Almer Kavbal und mir, Farm die Statue abzunehmen. Farm katapultierte es dabei irgendwohin, Brad schnappte sich die Statue, aber Almer geriet in die Gewalt des erwachenden Wächters. Ich blieb zurück, um auf ihn aufzupassen, denn ich glaubte, dass er noch am Leben sein könnte. Dadurch verpasste ich leider den größten Spaß von der ganzen Sache, als Horam auftauchte und den Zauberpriester Tras Dabur endgültig fertigmachte.

Klar, es war nicht der alte Gott Horam selbst, sondern nur eine vorübergehende Inkarnation einer seiner Essenzen, die von Brad Besitz ergriffen hatte und mit Hilfe der vereinten Statuen Gestalt annehmen konnte. Aber es muss ein schönes Spektakel gewesen sein. Ich schaute mir später die Stelle an, das überdimensionale Schwert steckt immer noch im Boden.

Mata brachte die Statue wieder zurück an ihren Platz im *Wächter*, der dadurch vollkommen aktiviert wurde. Es gelang ihr, Almer Kavbal aus der Hand der riesigen Skulptur zu befreien, aber Farm, der plötzlich wieder auftauchte, warf ein Messer nach ihr. Der *Wächter* erledigte Farm und brachte Mata in den Tempel. Kein Mensch oder Dämon weiß, was aus ihr geworden ist. Man sollte denken, dass der *Wächter* ihr dankbar sein müsste, aber wer kennt sich schon mit diesen Nichtlebenden aus? Der Drache brachte Almer aus dem Fluchwald, weil die anderen schon durch das Tor gegangen waren und es dann endgültig zusammenbrach.

Er war es auch, der mir den Schluss erzählte, als ich ihn ein paar Tage später traf. Aber bevor ich dazu komme, will ich noch vom Drachen erzählen, den ich ständig erwähne. Das ist mein Kumpel hier im Stronbart Har, ein nettes Ungeheuer und sehr einsam. Schätze, das macht ihm nicht soviel aus, wie man denken könnte, Drachen sind nun mal extrem einzelgängerische Wesen. Aber er schien dennoch froh zu sein, wenn er sich mal mit mir unterhalten konnte. So lernte ich ihn kennen: Ich kroch aus dem Felsen, um mich an meinem Lieblingsplatz dem Betrachten des Sonnenunterganges zu widmen – manchmal kann man von da oben im Durchbohrten Gebirge Wahnsinnseffekte sehen. Es kommt vor, dass die Sonne ein paar Mal auf und ab zappelt, wenn gerade eine Zeitdiskontinuität dazwischen liegt. Einmal ging sie unter und erschien gleichzeitig ein paar Handbreit über dem Horizont! Zwei Sonnen übereinander, echt umwerfend! Ich kroch also da raus und wollte mich hinsetzen, da fiel plötzlich ein Schatten über mich. Ich drehte ganz vorsichtig den Kopf und sah den Drachen auf einer Klippe hocken. Beinahe wäre ich gleich wieder in den Stein gegangen, oder den ganzen Weg bis zu Wirdaons Pfühlen, aber er grinste mich an – Drachen können wirklich fies grinsen, wenn sie wollen – und sagte zischend: »Schöne Aussicht hier, nicht wahr?«

Nun fragte ich mich natürlich, ob er damit meinte, es sei ein schöner Ort, um mich als Abendessen zu verspeisen, aber zu meinem Glück hatte er das nicht vor. Ich nickte also eifrig und stimmte ihm zu. Damals hätte ich ihm zugestimmt, wenn er behauptet hätte, die Welt sei ein Würfel (manche glauben das tatsächlich). Wir kamen ins Gespräch und trafen uns dann öfter. Er arbeitete *bei* Tras Dabur, nicht etwa *für* ihn, wie er betonte. Ehrlich gesagt, der Unterschied ging mir nicht so richtig auf, aber das war ein Thema, das mein Drachenfreund vermied.

Zwinge nie einen Drachen, über etwas zu reden, was er nicht mag.

Ich gewöhnte mir mit der Zeit sogar an, ähnlich wie er zu sprechen, weil er fast mein einziger Gesprächspartner im Fluchwald war. Na gut, ich hatte mich auch schon mit Monstern und Schleimklumpen unterhalten, aber das wird mit der Zeit eintönig: »Wo gibts'n was zu fressen? Was hast'n heute geschnappt?« oder »Mistwetter heute, wa? Die Sonne trocknet mich noch ganz aus.« (der Schleimklumpen). Der Drache, ich nenne ihn Feuerwerfer, aber das ist selbstverständlich nicht sein wirklicher Name, erzählte mir dagegen Dinge über den Fluchwald, die ich noch nie gehört hatte. Drachen sind in Bezug auf ihre Namen übrigens noch viel pingeliger als Zauberer. Wer ihn kennt, gewinnt irgendwie Macht über einen Drachen. (Ich habe überlegt, ob ich mir auch einen geheimen Namen zulege, es dann aber doch gelassen.) Vielleicht ist das ein Grund dafür, dass Feuerwerfer für, ähem, *bei* Tras Dabur arbeitete.

In Ordnung, ich wollte erzählen, warum ich den großen Endkampf der Helden nicht miterlebte. Es ist mir peinlich. Ich wollte den Weg abkürzen und ging auf Dämonenart »nach unten«, also in die Heimat, die Dimension der Dämonenwelt. Wie das funktioniert, weiß ich auch nicht, aber wenn man drüben ist, kann man von dort aus gleich wieder zurück, und zwar genau an den Punkt, den man erreichen will. Das geht so ähnlich wie das Hopsen. Nur bei mir klappte es diesmal nicht! Ich habe schon Recht damit, dass ich diesen Sport nicht mag.

Ich landete also zu Hause in unserer öden dämonischen Welt und knallte mit dem Kopf voll gegen etwas Hartes. Wie ich herausfand, als ich wieder zu mir kam, war es der Brustharnisch eines Wachdämons aus dem Karach-Stamm gewesen. Brustharnische von Wachdämonen sind etwas, das ein Dämon nicht durchdringen kann, sonst würde das Zeug ja dauernd von den Typen abfallen, nicht wahr? Und Karach-Heinis sind etwas, womit man als ehrbarer Dämon lieber nicht zusammenstoßen sollte, wie ich feststellte. Der Verrückte schleppte mich in das rein, was er bewacht hatte, weil er mich seinem Vorgesetzten zeigen wollte. Er dachte wohl, ich hätte es (was das für ein Gebäude war, weiß ich bis heute nicht) überfallen wollen. Der Vorgesetzte war kein Karach, sondern ein Tyskländer. Er wartete mit der denen eigenen Geduld, bis ich das Bewusstsein wiederfand, und ließ mich dann für seine Akten eine Stellungnahme schreiben. Dann schmiss er mich raus, weil er seinen Tee in Ruhe trinken wollte. Aber bis ich wieder im Fluchwald ankam, war dort alles vorbei.

Ich wanderte eine Zeit lang umher und versuchte, Spuren zu entdecken. Das einzige Zeichen, das ich finden konnte, bestand in dem gigantischen Schwert, das in den Schwarzen Hügeln steckte. Ich rätselte, was das bedeuten mochte, denn es sah genauso aus wie Brads unhandliches Henkerschwert, nur viel größer.

Im Fluchwald schien die Hölle los zu sein. Es war ja schon früher allerhand passiert, was einen Menschen ziemlich schnell verrückt machen konnte, aber dieser Wirrwarr, den ich nun beobachtete, war neu. Etwas hatte sich entscheidend verändert.

Ich entschloss mich, bei Tras Daburs Turm vorbeizuschauen. Wenn er da war (Tras Dabur, nicht der Turm), hatte er gewonnen und meine Freunde waren futsch. Wenn er nicht da war, gab es eine Chance, dass sie schon nach Horam Dorb gegangen waren, ohne auf mich zu warten.

Ich war auf Schwierigkeiten gefasst, aber nach einer Weile bemerkte ich, dass die berühmten Raum- und Zeiteffekte des Fluchwaldes sich merkwürdig zahm verhielten. Von dem, was mir Feuerwerfer einmal über die Hintergründe dieser interessanten Gegend erklärt hatte, konnte ich mir zusammenreimen, was passiert sein musste. Das letzte Tor war zu. Ich hoffte für meine Freunde, dass sie es noch geschafft hatten, ohne eingeklemmt zu werden. Also schlüpfte ich sehr vorsichtig »nach unten«, schlenkerte ein paar Mal so an der Grenze zwischen den beiden Welten herum und kam kurz vor Tras Daburs Turm heraus. Diesmal klappte es, ohne dass ich jemanden umrannte.

Anzuklopfen, hielt ich nicht für besonders klug, so zwängte ich mich durch die dicken Mauern und schaute nach, ob der Zauberpriester zu Hause war. Alles war dunkel und still. Nicht einmal einen seiner Dämonen konnte ich entdecken. Dafür gab es nur eine Erklärung: Wirdaon hatte ihre Diener bereits abgezogen. Ich lächelte. Wenn Tras Dabur in ihrem Reich eintraf – und dass er dafür eine direkte Einladung besaß, bezweifelte ich nicht – würde er von einer Menge Dämonen erwartet werden. Und die würden sehr ärgerlich auf ihn sein, um nicht zu sagen, *entsetzlich* wütend. Solcherart waren die Verträge, die meine Chefin schloss. Da gab es kein Kleingedrucktes, sondern nur *Ungeschriebenes*. Und in dem standen die Bedingungen. Der Zauberpriester tat mir überhaupt nicht leid.

»Ich hoffe, Farm leistet ihm Gesellschaft!« murmelte ich vor mich hin und stieg zum Dach des Turmes hinauf.

Die Stelle, an der Feuerwerfer für gewöhnlich ruhte, war leer. Ich kletterte auf die Zinnen und schaute mich um. Einen Garten hatte Tras Dabur nicht gehabt, also konnte er da auch nicht sein.

»Mist! Tur-Büffel-Mist!« Ich kam mir plötzlich ziemlich verlassen vor. Positiv denken! sagte ich mir dann. Schließlich befand ich mich auf dem Turm des Mannes, der den Fluchwald geschaffen (ohne es zu wollen) und ihn beherrscht hatte (glaubte er zumindest). Ein verwegener Gedanke kam mir: Ich, Pek – Herrscher des Stronbart Har!

Mit einem hüstelnden Geräusch materialisierte sich Feuerwerfer zehn Armlängen vor mir in der Luft, schwenkte geschickt an mir vorbei und landete graziös – was Drachen eben dafür halten – auf dem Dach.

»Oh, hallo Feuerwerfer«, sagte ich verblüfft. »Du überraschst mich immer wieder, wenn du so auftauchst.«

»Und du schprichsssst schon wie ein Mensss!« zischelte er mich an.

»Na ja, du weißt doch, der Umgang, den ich in letzter Zeit hatte. So was prägt einen einfachen Dämon eben.« Insgeheim war ich stolz darauf, die Menschensprache inzwischen so gut gelernt zu haben, aber ich wollte den alten Feuerspucker nicht kränken. Was konnte er schließlich dafür, dass er ein Reptiloider war und deshalb zischelte? So hatte er es jedenfalls mal genannt.

»Wo warsst du denn?« fragte er besänftigt. »Hassst ja den ganzzzen Schpasss verpasssst.«

»Ähem, ich musste mal kurz zu mir nach Hause und ... äh ... wurde aufgehalten.«

Wenn Drachen Augenbrauen hätten, würde er sie jetzt sicher zweifelnd gehoben haben. So schüttelte er nur den Kopf.

»Was ist denn nun passiert?« drängte ich ihn. »Du musst es doch wissen!«

Er wusste es tatsächlich und machte es sich auf seinem Lager bequem, um mir den Schluss der Geschichte zu erzählen. So erfuhr ich also von der Inkarnation Horams, dem fast beiläufigen Ende des Zauberpriesters und dem mysteriösen Verschwinden Matas im Tempel, von Farms Tod und Almer Kavbals Befreiung.

»Ich brachte ihn über die Grenzzze desss Waldesss«, sagte Feuerwerfer, »und kehrte hierher zzzurück. Vorher sssind die anderen durch dasss Tor gegangen. Aber esss hat dasss nicht ausgehalten und issst zzzerbrochen.«

»Was meinst du, haben sie es nach Horam Dorb geschafft?« Es wäre doch zu dumm gewesen, wenn meine Freunde nach all den Gefahren und Anstrengungen irgendwo verloren gegangen wären.

Der Drache zuckte mit den massiven Schultern. »Ich glaube schon. Wenn Materie im Tunnel geblieben wäre, hätte esss den Fluchwald zzzerfffetzzzt.«

Ich verstand zwar nicht genau, was er damit meinte, aber es schien zu bedeuten, dass sie es geschafft hatten. Ein leichter Schauder lief mir durch den Pelz. Das Wort »zerfetzt« klang aus dem Rachen des Drachens besonders unangenehm.

»He! Von solchen Risiken haben die mir aber nie etwas erzählt«, rief ich empört.

»Wusssten ess nicht.«

Oh. Natürlich, Brad war nicht der Typ, der sich kopfüber in einen Kessel kochenden Öls stürzte, um nachzusehen, was es zum Brodeln brachte.

»Also Feuerwerfer, was nun?« sagte ich forsch, um auf positivere Gedanken zu kommen. »Der olle Trasch ist weg, alle meine anderen Freunde außer dir sind weg, die Raumzeiteffekte des Fluchwaldes verflüchtigen sich langsam – was wird sonst noch passieren?« Ich hatte die hässliche Vorstellung, dass das Abenteuer vorbei sein könnte und ich mich endgültig irgendwo als langweiliger Hausdämon niederlassen müsste.

»Du mussst dich noch nicht zzzurückzzziehen«, sagte Feuerwerfer. Manchmal konnte er richtig Gedanken lesen. (Vielleicht konnte er es immer, aber er gab es nie zu.) Jetzt grinste er wieder sein tückisches Grinsen. Ich mochte es, wenn sich seine riesigen, blitzenden Zähne so über die Lefzen schoben, die lange Zunge wie eine Flamme hervor züngelte und sein Maul sich bis dahin zog, wo bei einem menschenähnlicheren Wesen die Ohren gesessen hätten. Bekam jedes Mal vor Freude Schüttelfrost.

Da ich auf den Zinnen stand, konnte ich relativ schlecht zurückweichen.

»Pek!« sagte er und es klang wie ein Armbrustbolzen, der einen Brustharnisch (vorzugsweise von einem Karach-Heini) durchschlug. »Du mussst noch eine kleine Sssache erledigen, die nur du machen kannsst.«

Oh je. Das klang irgendwie nicht so gut. Was kam denn jetzt, das nur Pek, der gewaltige Dämon, fertig brachte und nicht ein armer, gewöhnlicher Drache?

»Und was soll das sein?« fragte ich betont desinteressiert.

Feuerwerfer senkte seinen Kopf zu mir herunter und versuchte, mir in die Augen zu schauen. Das war eigentlich ein altes Spiel zwischen uns – Schau mir in die Augen, Dämon, sagte er immer, doch diesmal hatte ich das Gefühl, dass es ernst war. Ein

Drache hypnotisiert sein Opfer wie eine Schlange das Kaninchen. Reptiloide eben. Können nichts für ihre Angewohnheiten.

Ich vermied es, ihm in die Augen zu sehen, obwohl ich nicht glaubte, dass er mich fressen wollte. Aber dass er überhaupt so unhöflich wurde, mir ernsthaft in die Augen blicken zu wollen, machte mich noch misstrauischer.

Feuerwerfer gab es auf und sagte in einem absolut beiläufigen Ton: »Du mussst die Welt retten, Pek.«

»Ach so. Welche denn?«

»Nur diessse hier.«

Na klar, dachte ich. Wenigstens meint er nicht das ganze Möglichkeitsuniversum.

»Vielleicht auch die andere«, fügte der Drache gelassen hinzu.

Ich wartete.

»Und vielleicht alle erreichbaren«, sagte er schließlich.

Also hatte mich meine Ahnung nicht getrogen.

»Du bist verrückt, weißt du das? Das ewige Raumzeitgehopse hat deine Birne weichgemacht. Du bist durchgedrehter als ein gegen den Berg geprallter Blushkoprop.«

»Wasss issst ein Blussskoprop?«

Ich blinzelte irritiert. »Die gibt es auf dieser Welt nicht. Vergiss es. Sag mal, was kann ich – ich, Pek – denn zur Rettung von irgendwas, ganz zu schweigen von dieser hübsch aufregenden Welt, tun? Was, bei allen Dämonen ... ähem ... ist denn eigentlich los? Ich dachte, die Sache sei vorbei?«

Und da begann dieser Drache zu erzählen.

Feuerwerfer war, nachdem er Almer Kavbal nach draußen in sein Dorf gebracht hatte, in den Fluchwald zurückgekehrt. Das wäre schließlich sein Zuhause, sagte er. Aber die Störungen in der Raumzeitmatrix (was immer das war) hatten ihn gezwungen, einen Umweg über die Zukunft zu nehmen. Er ging nicht darauf ein, *wie weit* er in die Zukunft gegangen war, in solchen Dingen war er fast noch verschlossener als dann, wenn es sich um seinen Namen handelte. Aber was er dort gesehen hatte, schilderte er in Einzelheiten. Kurz und gut, der Gallen-Erlat schaffte es auf irgendeine Weise, die Grenzen des Fluchwaldgebietes zu durchbrechen und die Herrschaft über ganz Horam Schlan zu übernehmen. Er habe Verstärkung erhalten, meinte Feuerwerfer. Dann prognostizierte er, dass das Monster aus negativer Bewusstseinsenergie das Potenzial habe, auch auf andere Welten überzugreifen, auf Horam Dorb, auf Wirdaons Reich und noch andere, die nicht einmal ich kannte.

Ich wandte ein, was denn nun mit der Rettung der Welt sei, wenn er das alles schon in der Zukunft gesehen habe. Aber er wedelte nur mit dem Flügel. Die Zukunft sei nicht festgeschrieben, erklärte dieses überstudierte Untier, darum lebten wir doch im Möglichkeitsuniversum. Ob ich mich nie gefragt hätte, warum er das so nennen würde. Freilich hatte ich, aber man konnte einen Drachen leicht dadurch gefährlich reizen, dass man ihm mehr als drei dumme Fragen am Tag stellte.

Mein Freund Drache hatte ganze Arbeit geleistet, das begriff ich, je länger er sprach. Für ihn mussten subjektive Wochen oder Monate seit dem Kampf gegen Tras Dabur vergangen sein. Wie immer, wenn ich mit dem konfrontiert wurde, was er Relativität der Zeit nannte, wurde mir leicht schwindlig, dann stark übel.

Als ich vom Rand der Zinnen zurückkam, fuhr er fort, mir geduldig zu erklären, warum ich das Große Los gezogen hätte.

Man (ich) müsse verhindern, dass der Gallen-Erlat durch einen bevorstehenden Zustrom negativer Energie gestärkt würde, der höchstwahrscheinlich von Horam Dorb kommen würde. Dann sei es möglich, seine Einflusssphäre auf das Gebiet des Stronbart Har zu beschränken.

Etwas wie ein zartes Glöckchen begann in mir zu bimmeln. Der hatte mich doch nicht etwa trotz allem hypnotisiert? Aber der Gedanke, Brad, Micra und dem ollen Zachaknum nach drüben zu folgen, war ziemlich verlockend wie mit leuchtender Farbe in mein Bewusstsein gemalt. Pek, der Held! Der Retter von Horam Schlan, Dorb, Wirdaons Reich und dem ganzen Rest!

Tur-Büffel-Mist.

Wenn ein Drache euch erzählt, dass er noch eine unbedeutende kleine Aufgabe für euch hat, dann rennt ganz schnell weg.

Konnte ich nicht machen. Einerseits stand ich schon mit dem Rücken gegen die Zinnen von Tras Daburs Turm, andererseits war Feuerwerfer mein alter Kumpel. Und dann begann ich die Idee, Brad und den anderen nachzugehen, langsam wirklich zu mögen.

Das Tor zwischen den beiden Welten war zu, klar, aber für einen Dämon stellte das kein Problem dar. Wie ich schon andeutete, bilden Schlan und Dorb Grenzwelten zu Wirdaons Reich. Meine Heimat ist einfach eine dritte Welt, die allerdings in einer ganz anderen Ebene des Universums liegt. Darum gelten für ihre Bewohner, die hierzulande Dämonen genannt werden, gewisse andere Regeln. Auch wenn sie sich, wie ich, auf fremden, unerforschten Welten befinden. Ich konnte also von hier nach zu Hause hopsen, um gleich weiter nach Horam Dorb zu gehen. Leider wusste ich nicht, wo ich dort hin sollte. Ich war schon mal da gewesen, wenn es auch lange her war. Doch wo sollte ich meine Freunde finden? Denn ich ging natürlich davon aus, dass ich erst mal Brad, Micra und Zachaknum aufsuchen würde, um dann mit ihnen gemeinsam die Welt zu retten. Die waren genau richtig für den Job. Wahrscheinlich waren die Feierlichkeiten anlässlich von Zachaknums erfolgreicher Rückkehr inzwischen vorbei, wenn ich ankam, und sie begannen sich zu langweilen. Ich kannte doch Brad. Ob er inzwischen Micra ...?

Aber wo, bei allen Dä... Mist, ich fluche schon wie ein Mensch ... sollte ich sie finden? Feuerwerfer, der mir ausführlich erläuterte, warum *er* nicht mit in das Reich der Dämonen kommen konnte (ich hätte ihn gern gewissen Karach-Heinis vorgestellt), erklärte mir auch, dass es durch den physischen Übertritt der Statue möglicherweise einen Zeitwirbel gegeben hätte, der bewirken würde, dass der Zeitfluss der beiden Welten sich nun wieder synchronisiere. Nach einem geringfügigen Zögern grinste er wieder so komisch und fügte hinzu: »Natürlich mit einem längeren Einpendeln.«

Ich riskierte es angesichts der Lage, mehr als drei dumme Fragen an einem Tag zu stellen, und wollte wissen, was das nun wieder heißen sollte.

Und, oh Wunder, mein bester Freund unter der Drachenheit geruhte in einer Sprache zu antworten, die ich verstand.

»Du könntessst zzzu ssspät kommen!«

Mit diesem Effekt kannte ich mich aus.

»Oder zzzu früh.«

Tur-Büffel-Kadaver-Maden-Mist.

»Und wie soll ich sie dann finden?« fragte meine Stimme schließlich – ich konnte noch nicht glauben, dass ich es war, der sich schon fast entschlossen hatte, an diesem Nachmittag noch das Universum zu retten.

Die Antwort meines Freundes war sehr beruhigend – im Tonfall wenigstens. Drachen haben das so an sich. Sie können dir sagen, du wirst bestimmt ein ganz super erstklassiges, für mich persönlich unvergessliches, vielleicht auch denkwürdiges ... Frühstück abgeben, und du lächelst erfreut.

Echt krass, diese Typen!

Was er sagte, war ganz einfach: »Dasss, Pek, mein dämonischer Freund, weisss ich auch nicht. Ich fürchte, dasss isst dein Problem.«

Ich lächelte erfreut. Drachen erwarten das.

»Na schön«, sagte jemand, »da bleibt mir wohl nichts anderes übrig, was?«

Ich drehte mich um, weil ich neugierig war, wer das gesagt haben könnte, aber hinter mir war niemand.

»Ähem«, fügte ich hinzu, was nicht gerade intelligent klang, doch wer *erwartet* schon Intelligenz von einem einfachen Dämon? »Na dann werde ich mal, was? Halt die Stellung auf dieser Seite des Möglichkeitsuniversums, hörst du?«

»Klare Sssache, Pek«, sagte Feuerwerfer ernst, »ich werde tun, wasss ich kann.«

Und so hatte ich keine andere Wahl, als mich endlich auf den Weg zu machen. Während ich »nach unten« ging, dachte ich darüber nach, von was für seltsamen Kleinigkeiten die Existenz des Universums (wie wir es kennen und lieben) doch abhing. Von einem Dämon! Lachhaft! Wenn ich nicht nach dieser Wasserflasche gegriffen hätte, und falls nicht ... na ja.

1

Brad Vanquis, ein in Combar – und etlichen anderen Orten des als Horam Schlan bekannten Planeten – gesuchter Verbrecher (schwerer Diebstahl, politischer Auftragsmord, Zugehörigkeit zu verbotenen Organisationen, namentlich der *Gilde*, Flucht vor der rechtmäßigen Hinrichtung – alles Dinge, die er allerdings vor Gericht mehr oder weniger heftig abgestritten hätte), wirbelte für eine undefinierbar lange Zeit halb besinnungslos durch das Nichts. Was ihn mehr überraschte, als es eine an sich völlig neue Erfahrung wie das Reisen zu einer anderen Welt hätte tun sollen. Soeben war er noch neben der Warpkriegerin Micra Ansig, die den angeschlagenen Zauberer stützte, durch das wabernde, flackernde Tor geschritten, und nun, einen Herzschlag später, wurde er von einer unwiderstehlichen Kraft davon gewirbelt. Sie hatten keine Zeit mehr gehabt, sich darauf vorzubereiten, wie es sein würde, wenn sie das letzte noch verbliebene Tor zwischen den beiden Welten durchquerten. Die Ereignisse im Stronbart Har hatten dazu geführt, dass auch dieses Tor seine Stabilität verlor. Wenn sie den Übergang noch schaffen wollten, dann nur sofort. Also stürzten sie sich ins

Ungewisse ... Aber Brad hatte mitten in diesem Stürzen das so unangenehme wie deutliche Gefühl, dass etwas nicht so lief, wie es laufen sollte. Genaugenommen war es nur für Micra und ihn das Ungewisse, der Schwarze Magier hatte diese Reise vor langer Zeit schon einmal gemacht. Doch selbst wenn Zach-aknum seine zauberertypische Geheimnistuerei abgelegt hätte, um sie ausreichend vorzubereiten, wäre ihr Übergang wohl genauso hastig abgelaufen. Sie hatten keinerlei Einfluss mehr auf das Geschehen, in welches an einer Stelle sogar ein beinahe leibhaftiger Gott verwickelt gewesen war.

Brad hatte das Gefühl, von den Füßen gerissen zu werden und in einen Strudel aus Farben und Dunkelheit zu stürzen. Die Empfindung, durch einen endlosen Schacht zu fallen, ließ sich zeitlich nicht fassen. Es konnten Stunden oder Tage sein, oder nur Augenblicke; die Zeit spielte keine Rolle, wo sich Brad jetzt befand. Seine Gedanken waren wie gefroren; er konnte gerade noch feststellen, dass er von Micra und Zach-aknum nichts sah, und eine vage Angst vor dem unglaublichen Sturz empfinden. Aber es war ihm nicht möglich, in zusammenhängenden Begriffen zu denken oder Entscheidungen zu treffen. Doch auch dieser Zustand ging vorbei.

Wie von einer riesenhaften Hand geschleudert, stürzte Brad aus dem undefinierbaren Nichts des Tores in eine plötzlich lärmerfüllte und vor allem *nasse* Finsternis. Von weißblauen Lichtfäden umwoben, materialisierte sich sein Körper ein Stück über dem Boden und flog, durch einen unerklärlichen Schwung bewegt, eine kurze Strecke durch die Luft. Der heftige Aufprall nahm ihm den Atem. Er spürte einen Schlag, der durch jede Faser seines Körpers gleichzeitig zu fahren schien. Nicht einmal der Umstand, dass er mitten in eine schlammige Pfütze gefallen war, konnte ihn dazu bringen, sofort wieder aufzustehen. Er fühlte sich ausgelaugt, so als habe er die Strecke zwischen den Welten – wie weit das auch immer sein mochte – zu Fuß zurückgelegt.

Doch die neue Umgebung drängte sich unangenehm in sein Bewusstsein, ob er wollte oder nicht. Regen prasselte eiskalt und mit einer Wucht auf seinen Rücken herab, als läge er direkt unter einem Wasserfall. Donnerschläge krachten wie der Hammer eines Riesen gegen eine gigantische Glocke scheinbar unmittelbar über seinem Kopf. Brad hob mühsam das Gesicht aus dem Schlamm, spuckte und blinzelte das Wasser aus den Augen. Blitze zuckten unaufhörlich über den Himmel und tauchten die Landschaft in ein ständig neu aufflackerndes Licht, so dass er erst verspätet bemerkte, dass es eigentlich Nacht war. Zumindest war es dunkel. Undeutlich erkannte er hohe Bäume, deren Wipfel sich vor dem Sturm bogen. Er schien mitten auf einer Art Weg oder schlechten Straße zu liegen, die durch einen Wald führte.

›Diese Welt hasst mich‹, dachte er betroffen. ›Sie will mich tot sehen ...‹ Brad unterbrach seine eigenen Gedanken. Das war doch Unsinn. Wie kam er auf solche Ideen? Er stemmte sich ein paar Zoll höher und fing noch mal neu an.

Das war also die andere Welt? Jedenfalls *hoffte* er, dass er sich nicht mehr im Stronbart Har befand. Wenn das der Fall sein sollte, hatte er wirklich Probleme ... Ohne hinzusehen, wusste Brad, dass er die Hälfte der Statue des Gottes immer noch in seiner Hand hielt, wo sie in den turbulenten letzten Minuten auf Horam Schlan gelandet war. Das goldähnliche Metall fühlte sich schrecklich kalt an, obwohl er sie schon eine Weile umklammerte. Er versuchte, sich aus der Pfütze zu erheben, aber er glitt im Schlamm wieder aus. Etwas knisterte splitternd. Im Schein eines Blitzes bemerkte er irritiert, dass sich auf dem Wasser um seine Hand und die Statue eine dünne Eisschicht gebildet hatte.

›Frier mir die Finger ab, und ich werde dich ...‹

In einer Pause zwischen den Donnerschlägen hörte er in diesem Augenblick das typische Geräusch von Pferden, die sich ihm auf dem Weg von hinten näherten. Der gelbliche Schein von künstlichem Licht glänzte auf dem Gold der Statue und schien das verzerrte Gesicht des Gottes für einen kleinen Moment mit gespenstischem Leben zu erfüllen. Der Dorb-Kopf Horams sah sekundenlang aus, als schreie er voller Wut. Die Reiter waren schon so nah, dass Brad es nicht einmal geschafft hätte, sich im Gebüsch zu verbergen, wenn er im Vollbesitz seiner Kräfte gewesen wäre. Also ließ er sich resigniert zurücksinken und konzentrierte sich darauf, seine letzten Energien zu sammeln – für den nicht unwahrscheinlichen Fall, dass eine verzweifelte Anstrengung nötig wurde. Er war nicht so naiv, freundliche Absichten bei Fremden vorauszusetzen, solange sie ihm diese nicht bewiesen.

Die Reiter hatten ihn bemerkt und hielten an. Aus den Augenwinkeln sah er mehrere Paar gleich aussehender Stiefel herankommen. Jemand stieß ihn grob in die Seite. Er entschied, dass er diese Leute nicht mochte.

Die Fremden unterhielten sich in einer unverständlichen Sprache. Dann schien einer die Statue in Brads Hand zu entdecken. Bevor er etwas dagegen tun konnte, wurde sie ihm entrissen und der Mann rief in einem anderen Dialekt, der dem von Chrotnor sehr ähnelte:

»Was haben wir denn hier? Einen dreckigen Horam-Anbeter mitsamt seinem unheiligen Götzenbild! Wenn das nicht ein Fang ist, der über das beschissene Wetter in diesem mistigen Land tröstet.«

Raue Hände packten ihn an den Schultern und rissen ihn auf die Füße. Im Schein der Laterne, die einer der Männer hielt, sah Brad fünf ähnlich gekleidete Bewaffnete, anscheinend Soldaten. Auf seiner Welt trugen nur die Armeen großer Reiche eine richtige Uniform – und die Warpkrieger, wenn man deren furchterregende Rüstungen als solche ansehen wollte.

Einer der beiden, die ihn festhielten, riss ihm den Dolch aus dem Gürtel – seine letzte verbliebene Waffe – und warf ihn achtlos beiseite. Funkelnd verschwand er in einer Wasserlache. ›Arikas Dolch ...‹ dachte Brad wie betäubt. Aber natürlich war es nicht wirklich ihrer. Der Dolch war tatsächlich ein Ding des Fluchwaldes, das irgendwie aus Brads Vergangenheit in dessen Gegenwart gelangt war, ohne dass er versucht hatte, allzu sehr darüber nachzudenken. Doch die Tatsache, dass man ihm dieses seltsame Ding nun wegnahm und es in eine Pfütze schleuderte, begann ihn mehr zu stören als der Rest der herablassenden Behandlung durch diese Soldaten. Ein dichter, schmerzender Kern aus Kälte begann sich in ihm zu sammeln, eine Kälte, die ihm Kraft versprach. Eine Kälte, die ihn drängte, sie mit Blut zu erwärmen.

Ein anderer Soldat hatte die Statue in der Hand und betrachtete Brad neugierig und angewidert. Offensichtlich fragte er sich, warum ein nüchterner Mann ohne sichtbare Verletzungen hier nachts im Regen herumlag.

»Wie heißt du?« fragte er barsch. »Verstehst du mich, Bauer?«

Brad antwortete nicht. Seine Augen richteten sich auf die Statue. Ein eigenartiges Ekelgefühl bemächtigte sich seiner, als wäre ihm der Anblick des heiligen Gegenstandes in den Händen von Fremden unerträglich. Gleichzeitig spürte er plötzlich, wie seine Konzentrationsübungen fruchteten – auf eine vollkommen unerwartete Weise. Ihm war klar, dass er körperlich ziemlich fertig war, dass ihn die Passage durch das defekte Tor bis an den Rand des Zusammenbruchs geschwächt hatte. Trotzdem durchflutete ihn von einem Augenblick zum anderen eine reine, klare Energie, die nicht aus ihm selbst kommen konnte. Kam sie aus der schrecklichen Kälte in seiner Mitte? Er hörte diesmal keine innere Stimme, hatte keine Vision irgendeiner Art, aber er fühlte sich von einem Atemzug zum anderen stark und ausgeruht. Und Brad Vanquis erinnerte sich, dass er immer noch ein Mitglied der *Gilde* war ... profaner ausgedrückt: ein Killer.

»Ach lass ihn doch«, sagte ein anderer Soldat. »Stich ihn ab und nimm den goldenen Götzen. Erkon Veron wird es dir danken.«

Die beiden Soldaten ließen ihn los – vielleicht wollten sie sich den Spaß machen, ihn wieder zu Boden fallen zu sehen. Vielleicht wollten sie auch einem anderen die Gelegenheit zum Zustoßen geben. Es war bedeutungslos. Brad war nicht länger erschöpft, und er wusste eines sehr genau: Nur ein Warpkrieger konnte es mit einem trainierten Mitglied der *Gilde* aufnehmen, wenn dieses sich zum Angriff entschloss. Er hatte selten Gebrauch von den Dingen gemacht, die ihm seine Ausbildung vermittelt hatte, denn sie *nicht* anzuwenden, war das eigentliche Ziel. Doch das hieß nicht, dass er es nicht tun konnte, wann immer er es wollte. Die von den Meistern der *Gilde* gelehrte Disziplin und Kunst war der Ursprung für das totale, berserkerhafte Wüten der Warps gewesen, das wäre Brad vielleicht in diesem Moment klargeworden, wenn sich seine Gedanken nicht schon abgeschaltet hätten.

Er ließ sein Training die Kontrolle übernehmen und taumelte absichtlich nach vorn, direkt auf den Mann mit der Statue zu. Etwas Hartes sprang in seine rechte Hand, die sich in einem Reflex darum schloss. Das hatte er doch schon einmal erlebt? Arikas Dolch schien definitiv mehr zu sein als nur eine nützliche kleine Waffe. Doch darüber konnte er später nachdenken, falls es ein Später gab.

Brad wusste genau, was er tat. Statt wieder in den Matsch zu stolpern, machte er einen raschen Ausfallschritt nach vorn, richtete sich auf und drehte sich in einer fließenden Bewegung um. Dadurch kam er in einem Augenblick hinter dem Soldaten zu stehen, welcher die Statue hielt, denn dieser war natürlich zur Seite getreten, um ihn hinfallen zu lassen. Er zog den scharfen Dolch blitzschnell über die Kehle des Mannes, riss ihn wie eine Puppe herum und nahm dem noch wie wild zuckenden Soldaten das Schwert ab. Eine heiße Fontäne aus Blut strömte über seine Hand.

›In letzter Zeit neige ich dazu, mich auf diese Weise zu bewaffnen‹, dachte er, sich an die Befreiungsaktion in Combar erinnernd, tauschte wie ein Jongleur des Todes Dolch und Schwert und griff den am nächsten stehenden Soldaten an. Seine Gedanken waren distanziert, als beobachte er sich selbst bei der Ausübung seines blutigen Handwerks. Sein nächstes Opfer war derjenige, der die Laterne hielt. Unsinnigerweise versuchte er, Brads Hieb mit dem Ding zu parieren. Glassplitter wirbelten durch die Luft, und brennendes Lampenöl ergoss sich über den Mann. Er hatte keine Zeit mehr, sich zwischen der Bekämpfung der Flammen und dem Ziehen seines eigenen Schwertes zu entscheiden. Brad war zu schnell für ihn. Seine Gedärme quollen aus einem langen Riss, der sich schräg über seinen Rumpf zog, und er versuchte erfolglos, sie mit den Händen wieder zurückzudrängen.

›Für Soldaten sind die aber reichlich ungeschickt‹, dachte Brad, während er sich zu den beiden umdrehte, die ihn vorher festgehalten hatten. Es war wie ein Tanz. Die Bewegungen vollzogen sich glatt und wie von selbst, wie man es ihm beigebracht hatte. Er war vollkommen konzentriert. Sein einziges Ziel war das Töten.

Die restlichen Soldaten waren ihrer Überraschung Herr geworden und kamen mit gezogenen Schwertern auf ihn zu. Er schlug eine Finte mit dem erbeuteten Schwert und wehrte gleichzeitig den Angriff des anderen mit dem Dolch ab. Schon in seinen Söldnertagen hatte er gelernt, mit allen möglichen Waffen umzugehen und sich nur in Augenblicken auf die Kampfmethoden unbekannter Gegner einzustellen. Er wusste außerdem, dass es im Kampf gegen mehrere Bewaffnete nicht auf Finesse ankam, sondern auf Geschwindigkeit.

Er erwischte den einen Mann mit der scharfen Schwertspitze oberflächlich am Arm, so dass der sich für einen Moment zurückhielt, um mit schmerzverzerrtem Gesicht nach der Wunde zu greifen. Wieder fiel ihm die Ungeschicklichkeit der Soldaten auf. Nun ja, sie waren wohl auch noch ziemlich jung – auf keinen Fall Veteranen. Er versetzte dem Linken einen Schlag gegen den Helm, was ihn dazu verleitete, sein Schwert in einer nutzlosen Bewegung hochzureißen. Brad unterlief ihn mit seinem Dolch. Die Waffe wurde ihm aus der Hand gerissen, als der Getroffene sich krümmte und, einen Blutstrahl aus dem Mund ausstoßend, zu Boden ging. Der Mann konnte nicht mehr schreien, weil er an seinem Blut erstickte. Doch der andere hatte sich gefasst und bedrängte Brad hart.

Plötzlich spürte er, als ob er im Hinterkopf Augen hätte, eine Bewegung hinter sich. Er wich zur Seite aus, was seinen eigentlichen Gegner irritierte. Etwas traf ihn in die linke Hüfte. Der Stoß war nicht stark genug, um ihn straucheln zu lassen, wahrscheinlich war der fünfte Mann – Brad erinnerte sich jetzt wieder daran, dass er fünf gezählt hatte – durch seinen plötzlichen Schritt abgerutscht. Noch konnte er keinen Schmerz fühlen, aber er wusste, dass dieser nicht lange auf sich warten lassen würde. Sein eigenes Blut rann ihm warm und nass über den Oberschenkel.

›Verdammt!‹ dachte er. ›Soll ich auf dieser dämlichen fremden Welt verrecken, bloß weil ich ein paar idiotischen Söldnern im Weg lag?‹ Die eiskalte Ruhe des Kampfes wich einer kochenden Wut. Er holte seitlich aus und hackte seine Schwertspitze unelegant, aber wirkungsvoll in den Bauch des Mannes vor ihm. Ein bösartiger Trick der Barbaren. Beinahe noch mit der gleichen Bewegung fuhr er zu seinem letzten Gegner herum, während der Getroffene sich im Schlamm krümmte. Der fünfte Soldat hatte sein Schwert bereits wieder zum Stoß erhoben und wurde von Brads rascher Drehung überrumpelt. Doch er verwandelte seinen Stoß schnell in einen wuchtigen Hieb, der Brads Waffe zur Seite lenkte.

In dessen Seite begann langsam ein feuriger Pfahl zu bohren. Schon weigerten sich seine Beine, den Befehlen des Kopfes Folge zu leisten. Brad stieß einen Kriegsschrei aus und warf sich in einer letzten, verzweifelten Anstrengung nach vorn. Aber er stolperte über eine Leiche. Der Soldat schlug zu und Brads Schwert rutschte ihm aus der blutverschmierten Hand. Er fiel neben den Toten zu Boden und sah, wie der letzte Überlebende hoch ausholte, um ihm den Schädel zu spalten.

›Dämonenscheiße‹, dachte er seltsam ruhig.

Er schloss die Augen.

Mit einem ungeheuren Schlag zerbrach die Welt um ihn herum. Durch die Augenlider versengte ihn gleißende Helligkeit. Der Boden unter ihm bäumte sich auf wie ein Pferd. So hatte er sich das eigentlich nicht vorgestellt.

Er riss die Augen wieder auf. Aber er konnte nichts sehen. Wasser und Blut trübten seine Sicht. Brad wälzte sich auf die Seite und wischte sich mit dem Handrücken über die Augen. Etwas stank bestialisch. Er stemmte sich mit den Fäusten aus dem blutigen Dreck, während er merkte, wie die unheilige Kraft der Raserei aus ihm wich, da sie anscheinend nicht mehr gebraucht wurde.

Der letzte Gegner war verschwunden. An der Stelle, wo er gestanden hatte, lag qualmend und im Regen schnell erlöschend etwas Undefinierbares und Stinkendes. Ein neuer Blitz fuhr herab und zerschmetterte spielerisch einen hohen Baum am Rand des Weges. Der Donner allein hätte gereicht, um Brad zu Boden zu schleudern, wenn er nicht schon gelegen hätte.

»Ihr Jungs solltet bei Gewitter wirklich nicht so mit blankem Stahl herumfuchteln«, murmelte Brad schwach. Er versuchte sich wieder aufzurichten, doch alle unnatürliche Kraft und Frische war verschwunden. Er kam kaum auf die Knie. Der Schmerz in der Hüfte traf ihn wie der Tritt eines Pferdes. Sein Blut floss über den Oberschenkel.

Falls ihm soeben etwas Übernatürliches geholfen hatte, wie er den Verdacht hatte, so gab es sich scheinbar nicht mit so trivialen Dingen wie einer Schwertwunde ab. Aber wahrscheinlich war es einfach ein Zufall gewesen.

›Ich muss mich verbinden‹, dachte er benommen. Brad drehte seinen Kopf, so dass er sehen konnte, was der Soldat mit seiner Seite angestellt hatte. Das abgleitende Schwert hatte einen tiefen Schnitt verursacht. Er riss sein Hemd auf und kroch zu dem Mann hin, den er als ersten getötet hatte. Dieser trug einen Mantel, den Brad mit dem Dolch in Streifen schnitt, um sich notdürftig zu verbinden. Der Stoff war zwar nass, aber relativ sauber und fest. Mit dem Rest wischte er die Statue Horams ab und verstaute sie schließlich in seinem fast leeren Beutel. Die lange Wanderung durch den Fluchwald hatte ihm nicht viele Vorräte gelassen, fiel ihm plötzlich auf.

Die Pferde der Soldaten waren bei den Blitzeinschlägen geflohen, vielleicht schon während des Kampfes, jedenfalls sah er sie nicht. Er fluchte mit schwacher Stimme vor sich hin. Das Unwetter wollte nicht nachlassen. Unaufhörlich zuckten Blitze und krachten Donnerschläge. Der Regen rauschte mit unverminderter Stärke herab, als wolle er das Land unter einer mannshohen Wasserdecke begraben.

Brad sah sich schwer atmend um. Im silbernen Schein der Blitze, der sich auf Metallteilen spiegelte, musterte er die vier noch als solche erkennbaren Toten. Der Regen wusch bereits das Blut fort, nur hier und da verrieten dünne rosa Schleier im weißen Licht das gewaltsame Ende der Soldaten.

›Wen habe ich hier eigentlich umgebracht?‹ fragte er sich. ›Habe ich sie überhaupt richtig verstanden, als der eine vorschlug, mich zu töten und die Statue zu nehmen?‹ Hatte er neuerdings Skrupel? Oder war es einfach nur Schwäche?

Er schaffte es schließlich, auf die Beine zu kommen. An diesem Ort zu bleiben, wäre Selbstmord gewesen. Wenn Soldaten hier sogar mitten in einem solchen Unwetter entlang kamen, konnten jederzeit noch mehr erscheinen. Aus diesem Grund war die Straße für ihn zu unsicher. Er musste einen Unterschlupf finden, um aus dem Regen zu kommen und vielleicht Kräfte zu sammeln. Seinen Dolch und das Schwert, das er benutzt hatte, nahm er mit. Er hatte schon in den ersten Minuten den Eindruck gewonnen, dass die andere Welt sich von seiner eigenen nicht besonders unterschied. Ein Mann war offenbar auch hier mit einem Schwert an der Seite immer noch am sichersten.

Brad wankte eine kurze Strecke auf dem schlammigen Weg entlang, dann verließ er ihn an einer passenden Stelle. Das triefende Unterholz verschluckte ihn im selben Moment, als sich aus der Richtung, in die er gegangen war, neue Lichter näherten. Er hörte die vorbei reitenden Truppen nicht, da sein Gehör von den Donnerschlägen betäubt war.

Nach einer Weile merkte Brad, dass er sich in zunehmend hügeligerem Gelände befand: Der Boden fiel mal ab, mal stieg er wieder an, oder es öffnete sich unverhofft ein tiefer, dunkler Einschnitt voller knorriger Büsche. Manchmal türmten sich dunkle Felsen vor ihm auf. Ohne das ständige Flackern der Blitzschläge hätte er die Hand nicht vor Augen gesehen, aber so konnte er sich langsam vom Weg fortschleppen und es dabei fertig bringen, nicht zu Tode stürzen. Seine Gedanken drehten sich nur noch im Kreise: Bäumen ausweichen, nach einem Versteck suchen, Bäumen ausweichen. Alles andere mochte warten.

Es war ein glücklicher Zufall, dass er die Grotte am Fuße einer größeren Ansammlung moosbewachsener Felsen fand. Ein Blitz musste kurz zuvor einen Baum so gespalten haben, dass die weggeschleuderten Teile das dichte Gebüsch vor ihrem Eingang aufrissen. Brad stolperte unter der unregelmäßigen, grellen Beleuchtung praktisch genau hinein. Er registrierte kaum noch, dass die Grotte anscheinend früher einmal oder vielleicht noch immer bewohnt war, denn in ihr befanden sich ein trockenes Moosbett, ein paar Kisten und Bündel.

Instinktiv zerrte er die zerdrückten Büsche wieder halbwegs vor die Öffnung, dann begann sich alles um ihn herum zu drehen. Vor seinen Augen kreisende Blitze und Donnergrollen waren das letzte, was er sah und hörte.

2

Micra Ansig, einst Edelfrau von Terish – nicht dass der Titel oder der Name des Landes heute noch etwas bedeutete – saß unter dem unzureichenden Regenschutz einer halb zerfallenen Scheune und schaute trübsinnig hinaus in die Dunkelheit. Überall hier drinnen tropfte das Wasser in Pfützen, draußen rauschte gleichmäßig der Regen herab. Das waren die einzigen Geräusche, die sie vernehmen konnte.

Sie warf einen Blick auf Zach-aknum. Der Schwarze Magier saß an einen Pfosten gelehnt und unbeweglich an der trockensten Stelle unter dem Dach. Er sammelte Kräfte. Der Kampf gegen Tras Dabur und seine vorherige Verletzung durch das giftige Dämonenschwert des verräterischen Barbaren hatten ihn bis an die Grenzen dessen geschwächt, was er ertragen konnte. Natürlich war er auch kein junger Mann mehr. Zwar täuschte das weiße Haar, das er einem nicht lange zurückliegenden Abenteuer verdankte, aber er hatte schon einige Jahrzehnte erlebt. Und wer wusste schon, was die Zeit und das Leben für *Magier* bereithielten? Micra hatte ihren Teil an Schrecken gesehen, doch Zach-aknums Andeutungen entnahm sie, dass sie nicht einmal wissen wollte, was *er* durchgemacht hatte.

Aus den Augenwinkeln nahm sie eine Bewegung wahr. Ihre linke Hand spannte sich um den Schwertgriff, denn der rechte Arm war seit ihrem erfolglosen Angriff auf Tras Dabur nicht zu gebrauchen. Aber es war nur ein Tier, das einer Ratte verblüffend ähnlich sah. Warum auch nicht? Nach allem, was der Zauberer gesagt hatte, waren sich die beiden Welten sehr ähnlich. Die Ratte spazierte seelenruhig zwischen den Pfützen durch die Scheune, starrte Micra einen Moment lang an und verschwand dann in der Finsternis.

Micra fragte sich, wohin sie hier geraten waren. Zach-aknum hatte nicht sagen können – oder wollen – wo sie sich befanden, nachdem sie durch das Tor gekommen waren. Aber sie hatte das deutliche Gefühl, dass etwas dabei schiefgegangen war. Hätten sie nicht »auf der anderen Seite« einfach nur aus einem ähnlichen Tor treten müssen? So hatte sie es sich jedenfalls vorgestellt. Stattdessen schleuderte sie der Vorgang regelrecht hinaus, mitten in eine Regennacht. Sie hatte ihre Umgebung sofort überprüft und nach einer Weile diese Scheune entdeckt, das erste Anzeichen dafür, dass sie den Fluchwald überhaupt verlassen hatten. Es war jedenfalls unwahrscheinlich, dass sich so etwas im Stronbart Har befand. ›Also sind wir auf dieser anderen Welt, auf Horam Dorb‹, dachte Micra. ›Am Ziel. Nun dürften wir eigentlich keine Probleme mehr haben, wenn man den Umstand vernachlässigt, dass Brad mitsamt der Statue verschwunden ist.‹ Sie lauschte in den Regen. Kam ihr Gefährte vielleicht doch noch? Aber nur der Donner eines fernen Gewitters drang schwach durch das Rauschen des Regens.

Es gab zwei Möglichkeiten, um Brads Fehlen zu erklären: Entweder es war ihm nicht gelungen, das Tor zu durchqueren und er befand sich noch immer auf Horam Schlan, oder er war wie sie »herausgeschleudert« worden, nur an einer anderen Stelle. Micra hoffte, ausschließen zu können, dass er *unterwegs* verlorengegangen war.

Sie hatte sich mit dem Magier nicht über ihre Lage unterhalten, dazu schien er noch zu schwach zu sein. Aber sie war misstrauisch. Es konnte bestimmt nicht schaden, vorläufig anzunehmen, dass sie sich nicht auf freundlichem Territorium befanden.

Micra ging im Geiste ihre verbliebene Ausrüstung durch. Ihre Warpkriegerrüstung hatte sie gar nicht in den Stronbart Har mitgenommen, wo sie einen Kampf nicht erwartete. So konnte man sich täuschen. Sie trug den Stahl ohnehin fast nie, und als bloßes Gepäck war er ihr als eine zu große Last erschienen. Daher hatte sie die Rüstung in der ehemaligen Burg Berik-norachs in der Obhut ihrer jungen Freundin Saliéera zurückgelassen. Dass sie die Heimatwelt ganz und gar – und vielleicht für immer – verlassen würde, hätte sie sich zu diesem Zeitpunkt nicht träumen lassen. Ihre lederne Kleidung hatte das Abenteuer im Fluchwald fast ohne Schäden überstanden. An Waffen besaß sie nur für den Nahkampf geeignete: ihr Schwert, ein paar Dolche und solche Kleinigkeiten. Sie hoffte, sich irgendwann eine Armbrust verschaffen zu können. Und natürlich Pferde. Wenn sie hier welche hatten. Schließlich sollte das eine fremde Welt sein, erinnerte sie sich. Vielleicht gab es doch größere Unterschiede.

Es war nicht so, dass sie unbedingt auf ihre Waffen angewiesen gewesen wäre, um sich und den verletzten Zauberer im Notfall verteidigen zu können. Nicht einmal auf ihren vermutlich gebrochenen rechten Arm. Ein Warpkrieger ging zwar auf Horam Schlan traditionell immer in Stahl gehüllt und schwer bewaffnet einher, aber er konnte auch ohne Hilfsmittel ein gefährlicher Gegner sein. Das wussten die wenigsten Menschen, einfach weil es für Warps praktisch nie notwendig wurde, auf diese Methoden des Kämpfens zurückzugreifen. Micra bezweifelte, dass es auf dieser Welt etwas den Warpkriegern ähnliches gab. Aber sie konnte nicht sicher sein.

›Vor ein paar Jahrhunderten hat wahrscheinlich jeder gewusst, wie es hier drüben aussieht‹, dachte sie. ›Wieso konnte das alles so schnell vergessen werden?‹

Ihr Kopf ruckte herum.

Zach-aknum hatte die Augen geöffnet.

»Wo sind wir?« fragte er mit seiner üblichen leisen und ausdruckslosen Stimme. Von Erschöpfung war ihm jedoch nichts mehr anzumerken.

Sie lachte auf. »Wenn ich *das* wüsste! Ich *nehme an*, wir befinden uns auf Eurer Welt, Schwarzer Magier. Ich *vermute*, dass mit dem Tor etwas nicht ganz so geklappt hat, wie es sollte. Wir wurden buchstäblich an diesen Ort geschleudert. Ein Wunder, dass sich keiner von uns beiden etwas dabei gebrochen hat. Ich habe Euch in diesen zweifelhaften Unterstand geführt, damit Ihr Euch von den Anstrengungen der letzten Stunden erholen konntet. Es ist ja nicht so, dass ich nicht wüsste, was das alles für einen Magier bedeuten muss, all das magische Gekämpfe und die Verwundung.«

Zach-aknum starrte sie an. »›Von uns beiden‹? Was meint Ihr damit? Ist denn Brad nicht hier?«

›Er muss wirklich weggetreten gewesen sein, wenn er das nicht bemerkt hat‹, dachte Micra. Laut sagte sie mit ihrem gleichgültigsten Gesichtsausdruck: »Nein, er ist nicht zusammen mit uns hier angekommen. Vielleicht hat es ihn woanders hin geschleudert, wer weiß? Natürlich ist auch die Statue nicht da, schließlich hatte er sie noch in der Hand, als wir durchgingen.«

Der Zauberer presste die Lippen aufeinander.

»Das Tor muss stärker beschädigt gewesen sein, als ich annahm«, sagte er schließlich. »Normalerweise hätten wir direkt aus seinem Gegenstück auf dieser Welt herauskommen müssen, irgendwo in den Bergen von Halatan-kar.« Er zögerte. Micra nahm an, dass er seine magischen Sinne ausstreckte.

»Fühlt Ihr Euch gut, Zach-aknum?« Vielleicht sollte er so schnell noch keine Magie wirken? Sie war sich plötzlich sehr der Tatsache bewusst, dass sie auf einer vollkommen fremden Welt gestrandet wäre, wenn dem Magier etwas zustieße.

»Ja, ja«, sagte Zach-aknum abwehrend, »die Rast hat mir schon viel geholfen. Und Ihr könnt beruhigt sein. Ich fühle die Anwesenheit der Statue.« Wieder zögerte er, bevor er weiter sprach. »Ich wusste nicht, dass das überhaupt möglich ist«, sagte er dann mit überraschender Offenheit. »Wahrscheinlich liegt es daran, dass ich sie eine Zeit lang in meinem Besitz hatte. Das reicht aus, um einen Menschen ... zu verändern. So hat uns sicher auch Tras Dabur im Fluchwald aufgespürt. Brad Vanquis ist also zumindest auf dieser Welt gelandet. Und offenbar nicht allzu weit von uns entfernt.«

»Könnt Ihr sie denn genau lokalisieren?«

»Nein, im Augenblick jedenfalls nicht. Ich spüre nur, dass sie hier ist.« Micra war erleichtert, wenn sie es auch nie zugegeben hätte. Nicht nur wegen der Statue.

»Was machen wir nun?« fragte sie den Zauberer.

Der blickte in die verregnete Dunkelheit. »Wir müssen herausfinden, wo es uns hin verschlagen hat, und wir müssen natürlich Brad finden. Der erste Teil wird nicht schwierig sein – irgendwo werden wir schon Menschen treffen, die uns sagen können, wo wir sind. Ich glaube nicht, dass wir uns sehr weit vom Tor entfernt befinden. Aber ich habe keine Erfahrung mit dieser Art ... Schleudereffekt. Ich kann mich genauso gut vollständig täuschen und wir sind auf der anderen Seite der Welt.«

»Was muss eigentlich jetzt noch mit der Statue geschehen? Reicht es nicht, dass wir sie auf ihre rechtmäßige Welt zurückgebracht haben?«

»Nein, nein – sie muss an ihren dafür vorgesehenen Platz im Tempel von Ramdorkan gebracht werden. Das ist der ... äh ... Ankerpunkt, wie es heißt. Egal! Wenn sie nicht ordnungsgemäß zurückgegeben wird, schreitet der Zerfall fort, so als wäre sie noch auf Horam Schlan. Vielleicht sogar schneller als zuvor. Keiner wusste das damals, als man uns losschickte, denn es gab natürlich noch nie vorher eine solche Situation. In Ramdorkan befindet sich genauso ein steinerner Riese wie in Somdorkan, und er muss sie bekommen wie sein Gegenstück auf Horam Schlan. Erst dann wird das Gleichgewicht wieder hergestellt sein. Aber wir müssen uns vorsehen. Wir können nicht einfach losmarschieren und die Statue hinbringen. Falls wir sie überhaupt je wieder in die Hände bekommen.«

»Was? Könnte uns denn jemand von hier daran hindern wollen, sie zurückzubringen?« Der Magier zögerte wieder. Langsam hatte Micra den Eindruck, als überlege er ständig, wie viel er ihr sagen könne. Das begann sie zu irritieren.

»Vielleicht bin ich paranoid«, sagte der Zauberer.

›Ach was?‹ dachte Micra.

»Es gibt gewisse dunkle Prophezeiungen und Vorzeichen, die eine Gefahr bei der Rückkehr von meiner Mission verheißen. Aber das ist alles lange her, und die Voraussetzungen können sich längst geändert haben. Damals, als ich mit den anderen aufbrach, hatten die Priester Horams und die Zauberer die geistliche Macht in ihren Händen. Sie kontrollierten alles und sie waren es, die uns aussandten. Hier ist nicht soviel Zeit vergangen wie drüben, aber es kann natürlich immer etwas Unvorhergesehenes eintreten, vor allem im Zustand des fortschreitenden Zerfalls, der auch diese Welt ergriffen hat. Davor warnten die Weissagungen, leider ohne etwas Konkretes zu benennen. Wir müssen also sehr vorsichtig sein, bis wir wissen, woran wir sind.«

›Warum habe ich geahnt, dass er so etwas sagen würde?‹ dachte Micra. Sie hegte auf einmal die schlimmsten Befürchtungen, was ihre Zukunft anbetraf. Irgendwie war sie sicher, dass die Suche nach Brad und der Statue noch längst nicht alles sein würde, was in der nächsten Zeit auf sie zukam. Doch andererseits hatte sie nie vorgehabt, sich schon in ein geruhsames Leben zurückzuziehen. Es war nur so, dass selbst eine berufsmäßige Kriegerin hin und wieder eine Gelegenheit zum Ausruhen zu schätzen wusste. Noch dazu mit einem kaputten Arm.

»Wenn wir die Sache mal logisch überdenken«, meinte der Zauberer, »was wäre dann der nächste Schritt? Ich bin mir im Moment nicht einmal mehr sicher, was ich ihm davon schon erzählt habe, und vor allem was nicht … Ich muss davon ausgehen, dass Brad vielleicht nichts von der Notwendigkeit weiß, nach Ramdorkan zu gehen – und ich bezweifle sehr, dass es der Gott selbst ihm einflüstert oder er sofort jemanden trifft, der ihm sagen kann, was er eigentlich mit der zurückgebrachten Statue anzufangen hat. Ich hoffe nur, er geht nicht schnurstracks zu einer Art Behörde, um sie zu übergeben.«

»Brad Vanquis ist ein berufsmäßiger Dieb und ein Mitglied der *Gilde*! Ich glaube kaum, dass er so unvorsichtig sein würde, überhaupt zu verraten, dass er sie bei sich hat«, warf Micra ein. »Niemals würde er zu Behörden gleich welcher Art gehen, um auch nur nach dem Weg zu fragen. Selbst wenn er annehmen muss, auf dieser Welt unter Freunden zu sein.« Sie fügte nicht hinzu, dass sie Brad durchaus zutraute, ebenso logisch denken zu können wie gewisse Zauberer. Er konnte sich vermutlich ausrechnen, wo die Statue letztlich hin sollte, auch wenn Zach-aknum es *vergessen* hatte, rechtzeitig ihre weiteren Pläne zu enthüllen.

»Richtig! Er wird sicher vor allem versuchen, wieder zu uns zu stoßen. Welches ist also die Stelle, die ihm als erste einfallen wird, um uns zu treffen?«

»Das Tor auf dieser Seite? Der Ort, an dem wir eigentlich alle zusammen hätten ankommen müssen?«

»Ja, das glaube ich auch«, sagte Zach-aknum. »Wenn ihn nichts daran hindert, wird er wahrscheinlich versuchen, zum hiesigen Tor zu kommen, um uns zu finden oder dort unsere Spur aufzunehmen. Es ist zwar etliche Jahre her, seit ich diese Welt verließ, und noch länger, seit die Verbindung unterbrochen wurde, aber von dem Tor müssten eigentlich die Leute noch wissen. Es war in den stabilen Zeiten sehr wichtig. Er würde es finden. Dort könnten wir ihn treffen.«

Keiner von ihnen dachte: ›Falls er noch lebt.‹ Brad Vanquis war jemand, der wie ein Palang immer auf seine Füße fiel. Vielleicht hatte er auch zwölf Leben wie ein Palang. Und außerdem – Micra dachte nicht ohne ein leichtes Erschaudern daran – war Brad mehr als nur ein gewöhnlicher Mensch. Es überlief sie plötzlich eiskalt, als Zach-aknums beiläufige Erwähnung Horams ihr die letzten Ereignisse im Stronbart Har vergegenwärtigte, nun, da sie die Zeit zur Rückbesinnung hatte. Dieser Mann, Brad Vanquis, war zur Inkarnation eines *Gottes* geworden – und allem Anschein nach des einzigen Gottes, den es wirklich gab! Auf den Schwarzen Hügeln war alles so schnell gegangen, und sie war dann wirklich nicht in der Verfassung gewesen, es besonders aufmerksam zu verfolgen, so dass ihr erst jetzt die eigentlich ungeheuerliche Bedeutung der Ereignisse aufging.

Es war der unwiderlegbare Beweis für die Existenz einer Macht außerhalb ihrer eigenen winzigen Erfahrungswelt gewesen, einer göttlichen Macht, die sich auch aktiv einmischte. Das war nicht mehr mit Magie oder mit Glauben zu erklären, das war etwas Größeres. Warum beeindruckte es sie dann nicht angemessen? Warum blieb in ihr alles kalt und ohne jede Regung?

Micra spuckte in den Regen hinaus. Götter! Der Umstand, dass sie tatsächlich existierten, konnte nur ihre Verachtung ihnen gegenüber mehren. Wenn es Götter gab, warum ließen sie dann all das Elend und Leid auf ihren Welten zu? Warum, verdammt noch mal, taten sie nichts, um ihrer *Verantwortung* gerecht zu werden?

* * *

Der Morgen graute im wahrsten Sinne des Wortes. Bleiernes Licht sickerte durch dichte Wolken, die anstelle des strömenden Regens der Nacht jetzt ein stetiges Nieseln über den Wald ausschütteten. Micra erhob sich von dem halb verfaulten Balken und streckte ihre erstarrten Glieder. Ihr Magen knurrte. Ob der Zauberer schon wieder in der Lage sein würde, ihnen auf seine spezielle Weise etwas Essbares zu besorgen? Dieser Wald sah nicht gerade so aus, als ob er von Früchten und Beeren überquellen würde. Sie waren anscheinend in einer ungünstigen Jahreszeit angekommen. Ob Herbst, Frühling oder gar Winter, vermochte sie nicht zu sagen. Sie wusste ja nicht einmal, wo auf dieser Welt sie sich befand.

Zach-aknum trat aus der Scheune und sah sich um. Außer Dunst war nicht viel zu sehen. Er runzelte die Stirn. Dann schob er seine Hand unter den Ärmel, um den *Zinoch* zu berühren, den magischen Ring des Wissens. Das war natürlich eine Möglichkeit. Aber dieses Glied der Kette Horams war unberechenbar. Meist gab es überhaupt kein Wissen preis. Und manchmal schien es sogar zu lügen!

Der Magier wandte sich Micra zu. »Wir befinden uns in Halatan, relativ nah an dem Gebirge, wo das Tor ist.«

Also *hatte* der Armreif geantwortet!

»Aber wir sind in größeren Schwierigkeiten, als ich glaubte«, fuhr er gleichmütig fort. »Der Ring hat mir einen Eindruck vermittelt, der mir gar nicht gefällt: Gewalt, Tod und Elend. Möglicherweise herrscht in diesem Land Krieg. Und die Sache hat eine Beziehung zu Horam.«

Micra seufzte müde. Hatte sie das nicht schon befürchtet gehabt?

»Na schön. Dann müssen wir uns eben vorsehen, bis wir wissen, woran wir sind. Was ist neu daran? Wie geht es Euch jetzt, Magier? Könnt Ihr bis zu diesem Gebirge wandern?«

»So nah ist es nicht. Wir werden es heute sicher nicht erreichen. Vielleicht können wir uns Pferde besorgen.« Der Zauberer berührte seine Fingerringe und murmelte etwas. Neben Micra fielen ein paar interessante Gegenstände zu Boden, die sich abrupt aus der Luft materialisiert hatten. »Wir sollten etwas essen, bevor wir aufbrechen«, sagte er. Zach-aknums Magie funktionierte also wieder ohne die Einschränkungen und Verzerrungen, denen sie im Fluchwald unterworfen gewesen war. Wenigstens eine erfreuliche Nachricht. Micra teilte das Fladenbrot und das kalte, fettige Fleisch mit dem Messer in der Linken auf, ohne sich dabei viel ungeschickter anzustellen, als wenn sie beide Hände zur Verfügung gehabt hätte.

»Was ist eigentlich mit Eurem Arm?« fragte der Zauberer.

»Gebrochen, denke ich. Als ich unbedachterweise auf Tras Dabur losging.«

»Ja, ich erinnere mich. Er versuchte Euch umzubringen, aber ich blockierte ihn und Ihr flogt dann nur durch die Luft.«

›Nur?‹ dachte sie belustigt. ›Der Mann hat Nerven!‹

»Nun zeigt mir die Verletzung schon!« befahl der Magier ungeduldig. »Oder zwingt Euch etwa so ein alberner Ehrenkodex der Warp, die Schmerzen zu ertragen?«

»Nein, Zauberer, *so* albern sind wir Warps dann doch nicht«, murmelte sie, während sie die Riemen löste, die den rechten Arm provisorisch fixiert hatten, um dann ihre lederne Oberbekleidung auszuziehen. Zach-aknum rührte keinen Finger, um ihr dabei zu helfen. Sie knirschte vor Schmerzen mit den Zähnen, aber schließlich gab der Ärmel doch nach, ohne dass sie ihn aufschneiden musste.

Erst da beugte sich der Zauberer vor und berührte mit den Fingerspitzen die blau angelaufene Schwellung. Er schüttelte den Kopf.

»Ihr *seid* albern, Micra. Ich hätte schon in der Nacht etwas dagegen unternehmen können – so schwach war ich nicht.«

Das sah sie anders, aber sie würde nicht mit einem Schwarzen Magier über die Einsatzbereitschaft seiner Fähigkeiten diskutieren.

Zach-aknum zog einen kleinen Stoffbeutel aus einer der vielen Taschen seiner schwarzen Kutte und schüttete etwas graues Pulver in seine Hand.

»Haltet jetzt still«, wies er sie überflüssigerweise an, dann streute er das Pulver über ihren Arm und flüsterte unverständliche Worte. Ein kaum sichtbarer Lichtschleier entstand zwischen seiner Hand und ihrem verletzten Körperteil. Ihr Arm wurde taub, als das Licht langsam durch die Haut in ihn hinein sickerte. Kurz darauf verging das Gefühl wieder.

»Versucht ihn zu bewegen«, sagte Zach-aknum.

Sie probierte es und stellte fest, dass der Bruch verschwunden war.

»Danke, Zauberer. Ich wusste doch, dass es zu etwas nütze sein muss, mit einem Magier durch die Gegend zu ziehen.« Sie zwinkerte ihm zu, zog sich wieder an und widmete sich dann ganz ihrer Stärkung.

»Gibt's hier Wirtshäuser?« fragte sie dabei.

»Damals gab es jedenfalls welche. Warum?«

»Ich würde mich gern für eine Nacht wieder richtig ausruhen«, sagte sie, »ganz zu schweigen davon, dass ich mich und meine Sachen mal waschen müsste. Seht Ihr eine Chance, dass wir, ohne groß aufzufallen, an einem solchen Ort einkehren können?« Der Zauberer hob die Schultern. »Sicher – vorausgesetzt, dieser Krieg hindert uns nicht daran. Ihr wisst ja, wie das ist. Manchmal werden ganze Landstriche verwüstet, man könnte dann genauso gut mitten in einer Wüste sein, man wird weder Nahrung noch Unterkunft finden. In den dunklen Jahren auf Horam Schlan war es sogar üblich, das Wasser zu vergiften.«

»Ja, ich kenne mich in der ›Kunst‹ der Kriegführung aus«, sagte Micra ironisch. »Jeder angehende Warp musste die glorreichen Zeiten studieren, um aus ihnen zu lernen, vor allem wie man es *nicht* macht.« Ihr Gesichtsausdruck verfinsterte sich. Sie wollte nicht gern an ihre Ausbildung erinnert werden. Aber das Gespräch brachte sie wieder auf einen Gedanken, der ihr schon in der Nacht gekommen war. »Gibt es auf dieser Welt so etwas wie Warpkrieger?« fragte sie gespannt.

Zach-aknum schüttelte den Kopf. »Es gibt – oder gab – natürlich Völker, die für ihre Söldnerheere besonders berühmt waren, auch einige Schulen diverser Kampfkünste, aber nichts, was sich mit dem Orden Eures Vaters vergleichen ließe. Und es ist unwahrscheinlich, dass sich in den paar Jahren meiner Abwesenheit etwas derartiges entwickelt hat.«

Micra musste sich immer wieder daran erinnern, dass die Zeit auf dieser Welt langsamer verlief als auf ihrer, jedenfalls seit die hiesigen Magier mit ungewöhnlichen Maßnahmen versucht hatten, die nach dem Diebstahl der Statue drohende Katastrophe aufzuhalten. Während Zach-aknum einige Jahrzehnte auf Horam Schlan verbracht hatte, waren hier nur wenige Jahre vergangen. Er würde jetzt vielleicht älter sein als sein eigener Vater! Eine absurde Vorstellung. Man durfte gar nicht darüber nachdenken. Sie verstaute die Reste ihres Frühstücks sorgfältig in ihrem Bündel und sah den Zauberer erwartungsvoll an.

»Wohin wenden wir uns jetzt?«

Sie befanden sich oberhalb eines Waldrandes. Die Anhöhe aufwärts zog sich eine Weide, und zwar eine, die bestimmt schon seit Monaten kein Tier mehr gesehen hatte. Die verfallene Scheune, die einige Schritte vom Wald entfernt stand, verstärkte den Eindruck der Verlassenheit. Weiter oben begann wiederum Wald. Es schien nicht gerade das hiesige Zentrum der Zivilisation zu sein.

»Nach oben«, entgegnete der Magier. »Wir wollen schließlich in die Berge. Und vielleicht finden wir ja so etwas wie einen Weg.«

Wege führten zu Orten, und an Orten fanden sie eventuell Menschen, die ihnen genau sagen konnten, wo sie waren, *Zinoch* hin, *Zinoch* her. Micra überprüfte mit einem automatischen, fast flatternden Tasten ihre verbliebenen Waffen und folgte dem Schwarzen Magier, der durch das kniehohe, nasse Gras stapfte, als würde es ihm überhaupt nichts ausmachen. Wahrscheinlich machte es ihm auch nichts aus. Micra sah deutlich, dass der Nieselregen einen Bogen um die Gestalt des Mannes regnete. Ihre halbwegs getrocknete Hose war jedenfalls nach drei Schritten wieder klatschnass.

Micra Ansig begann mit einer meditativen Übung der Warpkrieger, um ihre Frustration für einen Zeitpunkt aufzuheben, an dem sie gebraucht werden würde, damit sie mit großer Freude jemand den Schädel spalten konnte.

* * *

Zach-aknum fühlte sich nicht wirklich so gut, wie er sich den Anschein gab. Aber es musste weitergehen, er konnte sich nicht wie ein vom Bachnorg gebissener Druide in eine Höhle verkriechen und kräuterkauend darauf warten, dass seine Kräfte wiederkehrten. Nicht jetzt, wo er nicht genau wusste, wo er war, was hier los war und wo sich Brad Vanquis mit dieser verfluchten Statue befand.

Die Nacht in der Scheune hatte zumindest seine physischen Reserven soweit wiederhergestellt, dass er gewisse Formen der Magie ohne Probleme wirken konnte. Der Umstand, dass er sich auf seiner Heimatwelt befand, half zusätzlich. Der Zauberer hatte vorher nicht geglaubt, dass es eine so starke Wirkung haben würde, wieder nach Hause zurückzukehren. Es war nicht nur das Verlassen des ihn magisch hemmenden Stronbart Har gewesen, er spürte die Stärkung seiner Magie augenblicklich, als sie hier ankamen. Das versetzte ihn endlich in die Lage, seine Verletzung, die von einem giftigen Dämonenschwert stammte, selbst zu heilen. Alles, was er brauchte, war etwas Erholung. Wenn man den Schlaf in nassem, muffig riechenden Heu inmitten eines unbekannten Waldes als solche ansah, dann hatte er nun ein paar Stunden davon hinter sich.

Zach-aknum zuckte unmerklich zusammen. Ohne in seinem gleichmäßigen Schritt innezuhalten, griff er automatisch nach den Ringen an seiner Hand. Ein beängstigender Gedanke hatte sich gemeldet. Was, wenn diese Stärkung der Magie, die er bei ihrer

Ankunft empfand, gar nichts mit ihm zu tun hatte, sondern auf die Rückkehr der Statue zurückging? Würden nicht andere Magier sofort Bescheid wissen? ›Na und?‹ fragte er sich. ›Dann wissen sie es eben. Wir sind doch nicht mehr auf einer feindlichen Welt. Oder sind wir es? Ach, das ist ja schon Verfolgungswahn!‹

Zach-aknum hatte allerdings Grund für Paranoia. Der *Zinoch* hatte ihm bei seiner letzten Befragung eine ziemlich seltsame Antwort gegeben. Er vermittelte ihm das Gefühl, als *langweile* ihn – den Ring! – die Frage nach ihrem Aufenthaltsort, als habe er etwas viel wichtigeres mitzuteilen, aber etwas, wonach er nicht gefragt worden war. Das war das Problem mit diesen göttlichen Artefakten, sie hatten gelegentlich ihren eigenen Willen. Wenn man bei einem *Zinoch* nicht die richtige Frage zu stellen wusste, antwortete er meist gar nicht erst. Doch dieses Mal überflutete er das Bewusstsein des Magiers sogar ungefragt mit Bildern von Gewalt und Schrecken, Tod und Verwüstung. Es war keine verbale Botschaft, sondern reines *Wissen*, dass in dieser Welt etwas ganz und gar nicht stimmte. Was genau vorging, verriet dieses Orakel von einem Ring natürlich nicht. Und selbstverständlich gab es eine logische Verbindung zu seiner Frage nach der Örtlichkeit. Der *Zinoch* sagte ihm nicht nur ungefähr, wo sie waren, sondern auch, was hier gerade geschah – auch nur ungefähr. Zach-aknum fand diesen speziellen Gottesring manchmal ziemlich widerlich.

Er rief sich selbst zur Ordnung. Seine Gedanken grenzten an Blasphemie, gerade jetzt, nachdem er die Inkarnation des Gottes miterlebt hatte, zu dessen Halskette sein Armreif einst angeblich gehört haben sollte. Aber andererseits war das schon ein recht seltsamer Gott. Es gab ihn zweifellos, doch war er wirklich genau das, wofür ihn die Menschen hielten? Der Schöpfer der Zwillingswelten? Zach-aknum hatte sich über Religion nie große Gedanken gemacht. Für ihn war es offensichtlich, dass es Dinge gab, die man nicht verstehen konnte – Mysterien. Die Statue, der er sein halbes Leben lang nachgejagt war, existierte und *wirkte* unzweifelhaft, aber er hatte sich nie gefragt, wie sie *funktionierte*. Das lag für ihn außerhalb seiner alltäglichen Begriffswelt. Ganz zu schweigen von den steinernen Riesen und den Ankerpunkten in den beiden Tempeln. Sie waren da gewesen, solange sich Menschen daran erinnerten – praktisch seit Anbeginn der Zeiten! Niemand wusste, wer sie geschaffen hatte und was sie waren. Und keiner stellte eine Frage! Man nannte die Riesen die *Wächter*, und das war offenbar wörtlich zu nehmen.

›Vielleicht hat es ja jemand hinterfragt‹, dachte Zach-aknum, während er auf einem überwucherten Weg in den Wald eindrang, der die Weide oberhalb der Scheune begrenzte, ›aber das wäre natürlich Ketzerei gewesen.‹ Und auf Ketzerei stand nur eine Strafe: die Höhlen von Baar Elakh. Auch wenn heute in diesen zivilisierten Zeiten keine wilden Drachen mehr in ihnen hausten, bedeuteten sie noch immer den Tod.

Er fragte sich, warum er gerade jetzt über diese Dinge nachdachte, aber er wusste es längst. Die Erlebnisse im Fluchwald hätten selbst einen strenggläubigen Mönch zum Grübeln gebracht. An etwas *zu glauben*, war die eine Sache, aber das dann plötzlich *bewiesen* zu bekommen, eine ganz andere. Niemand wusste vorher, wie er auf ein solches Erlebnis reagieren würde.

›Ich sollte in meinem Glauben gefestigt sein‹, warf er sich vor, ›stattdessen denke ich über die Natur eines *Gottes* nach! Ich habe ihn leibhaftig vor mir gesehen, und nun zweifle ich an dem, für das wir ihn halten. Lächerlich!‹

Aber tief in seinem Innersten fand der Zauberer diese Gedanken durchaus nicht lächerlich. Im Gegenteil, sie signalisierten ihm etwas Unbekanntes und Neues, fast schon eine Art Gefahr. Ein Schwarzer Magier war normalerweise kein Priester, er war eher ein Gelehrter. Die Institutionalisierung der Religion spielte für ihn keine Rolle, sondern das, was wirklich dahinter stand. Und nun hatte er *es* gesehen. Das ließ ihm keine Ruhe. Er fühlte, dass da mehr war, als die religiösen Lehren sagten, viel, viel mehr als sich je ein Mensch hatte träumen lassen. Doch es war falsch, dass er – trotz all seiner Zauberkunst ein ganz gewöhnlicher Mensch – sich damit befasste! Wer war er denn, dass er glaubte, sein Geist könne auch nur an den Rand der Sphären der Götter vordringen?

Zach-aknum zwang sich dazu, sein Bewusstsein auf die Umgebung zu richten, die Realität wahrzunehmen. Es half ihnen nichts, wenn er sich jetzt in philosophische Tiefen verlor. Er würde durch bloßes Nachdenken nichts erfahren. *Er würde überhaupt nichts erfahren, was der Gott nicht enthüllt wissen wollte!*

›Das alles bringt mich nicht weiter‹, dachte er. ›Das führt nur zu der alten Frage, warum ein allmächtiges Wesen geschehen lässt, was geschieht. Und die kann man nur beantworten, indem man es danach fragt. Warum habe ich ihn nicht danach gefragt? Ich hatte die Gelegenheit. Hatte ich Angst vor der Antwort?‹

Sie waren nun mitten im Wald. Der Nieselregen drang nicht direkt durch das dichte Blätterdach, aber die Bäume troffen bei diesem Wetter vor Nässe. Hörte es hier auch mal zu regnen auf?

Er versuchte sich zu erinnern, wie das Land Halatan beschaffen gewesen war. Doch es fiel schwer, die Details nach so vielen Jahren ins Gedächtnis zurückzurufen. Statt der Oberflächenformen fielen ihm nur die Namen der angrenzenden Länder ein: Teklador lag im Westen, und dann kam an der Küste das Land Nubra, in dem sich der heilige Ort befand, der Tempel Ramdorkan. Im Gegensatz zu Horam Schlan lag der Tempel der Horam-Religion nicht direkt an einem der Tore. Halatan war ein großes Land, dessen Süden vor allem aus seinem berühmten Hochgebirge bestand. In einem der Täler dieser Berge lag das Tor, durch das sie hätten kommen müssen, wenn alles geklappt hätte. Das war es, wovon das Land dort immer gelebt hatte: Transport und Wegezölle und Handel, Führer, Boten und Wächter. Nun war alles seit vielen Jahren vergessen. Das Tor war unpassierbar – jetzt vermutlich sogar zerstört. Zach-aknum hätte wetten können, dass Halatan in einer Krise steckte. Grund für einen Krieg?

Mitten im Wald wuchs das Gras nicht mehr so hoch wie vorher. Der Magier wandte sich um und machte eine komplexe Handbewegung zu Micra hin. Für den Bruchteil eines Augenblicks flimmerte die Luft zwischen ihnen, dann waren die Kleider der Kriegerin getrocknet. Ihr verdutzter Gesichtsausdruck verwandelte sich in ein Lächeln. Er ging weiter. Zach-aknum wusste, was er Reisegefährten schuldig war. Wenn er konnte, kam er seinen Pflichten nach, so alt diese Bräuche der Magier auch sein mochten. Und wozu waren Fünf Ringe gut, wenn er seine Kunst nicht anwenden konnte? Der Stronbart Har war wie eine eiserne Fessel gewesen, die ihn nicht sichtbar umhüllte, aber dafür um so fester in magischer Hinsicht. Alles was er dort an Magie gewirkt hatte, war nicht viel mehr als ein dünner Lichtstrahl durch die Fasern eines verhüllenden Tuchs gewesen. Manchmal hatte er natürlich Löcher in das imaginäre Tuch gebrannt – schließlich *war* er ein Schwarzer Magier ... Obwohl er sie zu zügeln versuchte, lag ihm magische Gewalt immer noch näher als Subtilität. Tras Dabur hatte zweifellos mit dieser Neigung gespielt, ihn für sich zu gewinnen versucht. Das war normal für Zauberer. Ihr ganzes Leben war ein Täuschen und So Tun, ein Hin und Her von Lügen und Machtspielchen, so dass sie manchmal gar nicht merkten, wann die Zeit gekommen war, das Spiel nach den eigentlichen Regeln zu spielen. Dann, wenn es nur noch um Leben und Tod ging.

Fünf Ringe. Tras Dabur hatte einen sechsten besessen, obwohl das eigentlich ohne Bedeutung war. Wahrscheinlich eine reine Affektiertheit. Nach den seit ewigen Zeiten anerkannten Regeln gab es nur eine Hand, mit der man die Stufen zählte. Man konnte nicht einfach bestimmen, dieser und jener sei ein Magier der soundsovielten Stufe. Es war gerade ein Anzeichen dafür, dass man es mit einem echten Adepten zu tun hatte, wenn dieser auf geheimnisvolle Weise zu seinen Ringen kam, die meist auch noch rätselhaften Ursprunges oder aus seltsamen Materialien waren. Eine gewisse Hexe, der er einst begegnet war, besaß einen kunstvoll geflochtenen Ring aus Grashalmen – härter als Stahl. Ringe wurden nicht wirklich verliehen. Man verdiente sie sich. Und manche eroberten sie auch.

Der Zauberer lächelte, als er daran dachte, wie er zuletzt miterlebt hatte, dass sich ein Zauberer – in jenem Fall eine Zauberin – sich ihre Ringe verdiente. *Das* war wirklich mysteriös gewesen! Seine Schülerin Ember hatte sich, nachdem sie ihn zusammen mit Micra und Khuron Khan aus der Gewalt Berik-norachs befreit hatte, sofort mit Vier Ringen wiedergefunden. Zweifellos verdiente sie diese Zahl. Schade, dass sie so intensiv auf die Gegenwart der Statue reagierte. Er hätte sie gern in den Fluchwald mitgenommen.

›Du alter Narr!‹ schalt er sich gleich darauf. ›Hast du schon vergessen, wie viele Leben der Fluchwald gekostet hat? Khuron Khan, der Lord-Magister Farm, seine gesamte Truppe von Söldnern, das Mädchen Mata, der Dorfälteste – wie hieß er doch noch? – Almer Kavbal, dann Haldrath Bey, der Barbar, der mich umbringen wollte. Pek, der komische kleine Dämon, wer weiß, wo der abgeblieben ist? Und du wünschst, du hättest Ember mitgeschleppt? Verdammter alter Idiot!‹

Zach-aknum blieb ruckartig stehen und betrachtete das halb zerfallene Tor, das den Weg gegen eine Straße hin abgrenzte. Micra schien das als Aufforderung zu verstehen. Sie schob sich an ihm vorbei und machte eine schnelle Bewegung mit dem linken Bein. Das morsche Holz flog auseinander.

»Zauberer?« sagte sie, als sie auf das Kopfsteinpflaster trat. »Es scheint, Ihr habt die Hauptstraße gefunden. Gehen wir nach rechts oder nach links?«

3

Oberst Tral Giren warf missmutig einen Blick in den großen Wandspiegel. Seine Hand wischte eine Strähne schwarzen Haares aus der Stirn.

Für einen Yarben war er eher klein und – falls er sich nicht Mühe gab – in absehbarer Zeit wahrscheinlich zu fett. Meist war er mit seinem Aussehen zufrieden, wenn er sich nicht gerade so fühlte wie an diesem Morgen.

›Es sind Wildpferde‹, dachte er. ›Mindestens ein Dutzend.‹ Und irgendwie waren sie in seinen verdammten Schädel geraten. Das allein wäre ja noch zu ertragen gewesen, aber nun wollten diese Biester auch wieder hinaus – nur besaß sein Kopf keinen Ausgang.

Die blauen Augen, vermutlich sein einziger Pluspunkt, wenn es um bloße Äußerlichkeiten ging, wirkten heute merkwürdig trüb und starrten dümmlich aus viel zu tiefen Höhlen. Die dunklen Ringe, welche sie umgaben, hätte er auf die Strapazen der Reise von Teklador nach Nubra schieben können, aber wie sollte er Lordadmiral Trolan erklären, dass er aus dem Mund stank wie eine Kaschemme voller betrunkener Söldner? Damit, dass er in einer Kaschemme voller betrunkener Söldner gezecht hatte? Dabei kaute er schon seit einer Ewigkeit diese widerlichen Kralde-Blätter!

Tral Giren war eigentlich kein Säufer. Er hatte nur versucht, seiner Nervosität wegen dem heute bevorstehenden Treffen Herr zu werden. Ein Versuch, der eindeutig nicht funktioniert hatte.

Er starrte sich wütend an.

Seine Uniform – bestehend aus der traditionellen blutroten Jacke und einer tiefblauen engen Hose – mit den Insignien seines Ranges saß tadellos und auch seine Stiefel glänzten, als wären sie noch nie zuvor benutzt worden. Bewaffnet war er lediglich mit seinem Kurzschwert, das an der linken Hüfte in einer silbernen, reich verzierten Scheide baumelte und keineswegs nur symbolisch war. Eigentlich hätte ihm der lange Reitersäbel zugestanden, aber das war eine Vergangenheit, an die zu denken er sich weigerte. Die Kavallerie des Reiches war längst zu einem großen Teil in der neuen Flotte aufgegangen, und er mit ihr.

Die Wildpferde unternahmen einen weiteren verzweifelten Versuch, aus seinem Schädel auszubrechen.

Er stöhnte vor Schmerz – was eines Offiziers unwürdig war – und griff nach einem nassen Handtuch. Er presste es mit aller Kraft an die Stirn, ein aussichtsloser Versuch, die Pferde von ihrem Vorhaben abzubringen. Es war so ungerecht, dass man Kopfschmerzen nicht nur selbst fühlen, sondern dass andere sie auch sehen konnten.

Die Reise nach Regedra hatte ihn drei Tage gekostet. Es war schon später Abend gewesen, als er mit seinem kleinen Gefolge die Hauptstadt Nubras an der Küste erreichte. Spät, doch die Nacht ließ sich hier viel Zeit, um ihre Herrschaft anzutreten, und so war es längst nicht spät genug, um nicht die Veränderungen zu sehen, die seit seinem letzten Aufenthalt an diesem Ort stattgefunden hatten.

Der Lordadmiral leistete ganze Arbeit.

Die Stadt hatte sich gewandelt. Und das lag nicht in erster Linie am Krieg. Natürlich waren die Stadtmauern und einige Gebäude im Inneren bei der Eroberung beschädigt worden, aber die Bewohner waren so überrascht gewesen, dass man von einer nennenswerten Gegenwehr kaum sprechen konnte. Genauso wenig, wie man von einer nennenswerten Befestigung der Stadt sprechen konnte – zumindest nicht nach yarbischen Maßstäben. Ein seltsames Land ...

Trolan hatte beschlossen, dass das Volk von Nubra verschwinden musste, um für die Besiedlung durch die Yarben Platz zu machen – und das hieß auch seine Kultur, seine Götter – einfach alles eben. Erkon Veron, Oberster Magier, Priester und Berater Lordadmiral Trolans in einer Person, nannte das in seinen Predigten »den Zweiköpfigen Dämon austreiben«. Was zuerst einmal bedeutete, dass hiesige Denkmäler, Paläste oder Tempel entweder umfunktioniert oder dem Erdboden gleichgemacht wurden. Dabei hatte ihn die einheimische Architektur in ihrer Verspieltheit und mit ihrer Liebe zum Detail auf eine sonderbare Weise fasziniert. So, als brächte sie eine Saite in ihm zum Klingen, von der er bisher nicht einmal etwas geahnt hatte.

Tral Giren zweifelte natürlich nicht an der Richtigkeit des Beschlusses seines militärischen Gebieters. Die Einheimischen hatten sich als hinterhältige Mörder erwiesen, welche die friedlichen Absichten der yarbischen Erkundungsflotte mit heimtückischer Gewalt beantworteten. Sie verdienten es, von hier vertrieben zu werden. Schließlich ging es um das Überleben seines Volkes.

Und sie hatten seinen Bruder ermordet.

Nicht nur ihn. Vierzehn tapfere Yarben wurden in dieser Nacht umgebracht. Die Tragödie ereignete sich, unmittelbar nachdem sie die Neue Welt erreicht hatten. Ihre Flotte ankerte in der Nähe eines kleinen Fischerdorfes. Sonderbarerweise hatte Tral den unbedeutenden Namen dieses Ortes nicht vergessen: Akreb, obwohl dies wahrhaftig längst keine Rolle mehr spielte, denn die Siedlung existierte nicht mehr.

Sofort nachdem Admiral Trolan von dem Mord an seinen Leuten erfuhr, befahl er eine umfassende Vergeltungsaktion, wie sie die Götter vorschrieben und man sie seit jeher in derartigen Situationen ausführte. Jeder Mann der Flotte wusste, was das bedeutete – und keiner bedauerte es. Allerdings konnte sich niemand erklären, warum die Dinge einen so ungünstigen Verlauf genommen hatten. Die Einheimischen gaben sich bei der ersten Begegnung durchaus freundlich, luden die Ankömmlinge sogar zu einem Festmahl ein. Nun ja, es waren eben Verräter.

Erkon Veron hatte eigenhändig die Untersuchung der Leichen vorgenommen. Besonders viel gab es nicht zu untersuchen, dennoch fand der Zauberer Spuren eines Giftes. Tral verstand zwar nicht, wie so etwas möglich sein konnte, aber er verfügte ja auch über keinerlei magische Kräfte. Offenbar wurden die Krieger durch dieses Gift betäubt und anschließend wie Vieh abgeschlachtet.

Sein Bruder Infal war der Anführer jener Männer gewesen und hatte ihr Schicksal geteilt.

Der Gedanke an Infal berührte ihn seltsam unangenehm. Nicht, weil sein Bruder tot war, sondern weil ihre Beziehung einfach nicht so gewesen war, wie sie hätte sein sollen. Tral hätte Trauer empfinden müssen und Zorn auf diejenigen, die für seinen Tod verantwortlich waren. Aber stattdessen empfand er nichts als eine große Leere. Dabei hatten Infal und er sich früher eigentlich immer ganz gut verstanden. Sein großer Bruder entsprach in allen Punkten dem, was sein Vater, der General der Sandibakriege, sich unter einem guten Sohn vorstellte. Seine Begeisterung für das Kriegshandwerk, sein Geschick im Umgang mit Untergebenen, seine Auffassung von Ruhm und Ehre – oh ja, Infal war ein Sohn, auf den man stolz sein konnte.

Bei Tral verhielt es sich da etwas anders. Zwar hatte auch er immer versucht, den Wünschen seines Vaters zu entsprechen, jedoch nicht aus Überzeugung. Sein Vater hatte das natürlich bemerkt und ihn deshalb auch zur Rede gestellt, aber er hatte alles abgestritten. Doch sein Vater war schon lange tot und er selbst würde wohl den Rest seines Lebens mit Dingen verbringen, die ihm eigentlich keine Freude bereiteten.

Tral Giren hätte lieber ein Buch über die eine Generation zurückliegenden Sandibakriege geschrieben, als sie erneut und vielleicht noch furchtbarer selbst zu durchleben. Dass es offenbar vielen so ging, war ihm ein ebenso schwacher Trost wie die Tatsache, dass er es entgegen den eigenen Erwartungen mittlerweile im Kriegshandwerk zu einiger Meisterschaft gebracht hatte. Was blieb einem Yarben auch anderes übrig? Sei gut oder geh unter. Töte oder werde getötet. Das sagte sein Vater immer. Führe oder werde geführt – und zwar an der Kette. Das sagte er selbst. Nicht laut, nein, nicht laut und nicht einmal auf dem geduldigen Papier. Tral Giren war vielleicht tief im Inneren ein klein wenig aufsässig, aber er war nicht dumm. Andernfalls wäre er ja wohl kaum mit dieser Mission beauftragt worden.

Oberst Tral Giren war heute Bevollmächtigter Botschafter Lordadmiral Trolans am Hofe der neuen Herrscherin von Teklador, der Magierin Durna, was nichts anderes hieß, als dass er offiziell eine Art Militärberater und inoffiziell ihr Aufpasser war. Er persönlich empfand Durna als intrigant und herrschsüchtig, auch wenn sie eine sehr schöne Frau war, und wenn es nach ihm gegangen wäre, hätte man sie längst durch eine einfachere Marionette ersetzt. Aber die schlaue Hexe hatte es verstanden, sich bei Trolan einzuschmeicheln, und bisher machte sie ihre Sache ja auch recht ordentlich. Selbst ein Feldherr wie der Lordadmiral konnte nicht gegen einen ganzen Kontinent auf einmal Krieg führen. Schon gar nicht, wenn er trotz des Yarbengeheimdienstes fast nichts über ihn wusste. Da brauchte es schon Verbündete aus den Reihen der Einheimischen. Und wenn diese Einheimischen dann auch noch so attraktiv waren wie Durna ... Die Schönheit dieser Frau musste ihren Ursprung in der Magie haben, da war sich Tral Giren sicher – wie sonst könnte eine Frau, die – zumindest das hatte der Geheimdienst herausgefunden – schon an die fünfzig Jahre alt war, immer noch so aussehen wie Anfang dreißig?

Tral kannte nicht den Grund für den Hass der Zauberin auf ihre eigenen Landsleute, der sie dazu veranlasste, mit den Eroberern aus dem Westen zusammenzuarbeiten. Sie war keine einfache, nach der Macht greifende Opportunistin, da steckte noch mehr dahinter, ein dunkles Geheimnis, wie es Magier eben hüteten. Jeder wusste das und auch er neigte dazu, es einfach zu akzeptieren. Aber irgendwann *musste* er sich darum kümmern. So lange dieser geheime Grund bestand, würde Durna weiterhin gute Arbeit leisten, aber was mochte geschehen, wenn sich die Dinge änderten? Er spürte ein Echo des Fröstelns, das ihn immer dann befiel, wenn seine Gedanken diesen Punkt erreichten.

Doch darum brauchte er sich im Augenblick keine Sorgen machen. Seine Probleme waren heute die eigenen. Und er erfuhr nicht zum ersten Mal, dass die eigenen Probleme sehr schnell zu den drückendsten werden konnten.

Lordadmiral Trolan erwartete ihn.

Der Gedanke ließ seine Kopfschmerzen sofort stärker werden.

Tral fühlte sich wie ein Schüler, der zu seinem Lehrmeister befohlen wurde und seine aufgetragenen Aufgaben nicht zufriedenstellend gelöst hatte. Alle Versuche, sich davon zu überzeugen, er rede sich das alles nur ein, waren nicht von Erfolg gekrönt. Dazu kannte er seinen Befehlshaber schon zu lange. Es war eines von Trolans wichtigsten Führungsprinzipien: Sei nie mit den Leistungen deiner Untergebenen zufrieden. Manchmal glaubte Tral sogar, es sei das einzige.

Niemals ging jemand davon aus, dass das Vertrauen Trolans gar nicht zu erringen sei, sondern nur davon, dass man es einfach noch nicht geschafft habe. Und bei einigen erweckte er sogar den Eindruck, dass sie es beinahe erreicht hätten.

Aber es hatte keinen Zweck, jetzt den Duckmäuser zu spielen, er hatte ohnehin keine Wahl. Und wenn er hier noch mehr Zeit vertrödelte, würde er sich verspäten – und so von vornherein schlechte Karten beim Admiral haben.

Tral Giren warf einen letzten Blick in den Spiegel, zupfte hier an seinem Haar und dort an seiner Uniform, gab dann einen resignierenden Seufzer von sich und verließ, einen Fluch auf das von Dämonen besessene Land auf den Lippen, in dem man einen solch erbärmlichen Schnaps brannte, das Zimmer.

* * *

Man hätte nicht unbedingt wissen müssen, welche Position Lordadmiral Chequar Trolan innehatte, um augenblicklich Respekt vor seiner Person zu haben. Der Admiral hätte einen Kopf kleiner sein können und wäre immer noch ungewöhnlich groß gewesen. Sein üppiger Bart und die unruhigen grauen Augen gaben seinem Gesicht einen Ausdruck von Wildheit, der noch dadurch unterstrichen wurde, dass sich sein Haar offensichtlich erfolgreich jeglichem Versuch einer Zähmung widersetzte.

Wie immer trug er auch heute seine stählerne Rüstung – was normalerweise nur auf dem Schlachtfeld üblich war. Doch um Trolan und seinen Schutzpanzer gab es mehr als nur ein Gerücht. Einige davon hielt Tral Giren durchaus für wahr – dass die Rüstung uralt und ein Schutzzauber um sie gewirkt sei, den heutige Magier nicht mehr zuwege brächten, zum Beispiel. Andere waren mit Sicherheit erfunden. Selbst ein Mann wie Trolan würde wohl kaum Tag für Tag in einer Rüstung *schlafen*, die genauso viel wog wie er selbst.

Das Schwert an seiner Seite machte nicht den Eindruck, als sei es wesentlich leichter. Tral Giren glaubte nicht, dass er in der Lage wäre, diese Waffe ihrer Bestimmung gemäß einzusetzen – selbst dann nicht, wenn er es mit beiden Händen versuchte. Für den Lordadmiral kam dies nicht in Frage, der brauchte in der Schlacht die zweite Hand für die nicht minder schwere Streitaxt. Es war keine Legende, dass er fast immer in der vordersten Linie kämpfte – oder eher wütete.

Als Feldherr in den Kriegen daheim hatte er Schlachten gewonnen, die heute schon in die Lehrbücher der Militärschulen der Yarben aufgenommen wurden. Sein Ehrgeiz war genauso sprichwörtlich wie seine Brutalität, und die Anforderungen, die er an sich selbst stellte, machte er auch zum Maßstab für seine Untergebenen; ein Maßstab, dem diese natürlich fast nie gerecht wurden.

›Ein Dolch an der richtigen Stelle, und selbst ein Gott ist nichts als totes Fleisch‹, zitierte Tral Giren im Geiste den Ausspruch des Ketzerpropheten Rach'sis, um sich Mut zu machen und seine Nervosität zu überspielen. Das Problem war nur, dass es bei Trolan eine solche Stelle nicht gab.

Jetzt saß der Admiral auf einem Thron, den noch vor kurzer Zeit der reiche und mächtige Herrscher Nubras für sich beansprucht hatte.

Tral Giren musterte den Raum – ohne dabei den Kopf übermäßig zu bewegen, was ihm als Unhöflichkeit angelastet worden wäre.

An den Wänden fielen ihm hellere Flächen auf, an denen sich bei seinem letzten Besuch noch Gemälde befunden hatten. Mit der Decke hatte man es nicht ganz so einfach gehabt. Immerhin musste man sich die Mühe machen, die religiösen Malereien zu überpinseln. Aber sie hatten es wirklich getan! Erkon Veron meinte es todernst mit der Bekämpfung der einheimischen Religion.

Ein langer Tisch aus massivem Holz nahm den größten Teil des Raumes ein. Dreizehn Stühle waren um ihn herum postiert, und an einer der Stirnseiten befand sich der Thron. Bei den Yarben galt die Dreizehn als Unglückszahl. Ein Aberglaube sicherlich, von dem man in Nubra nicht viel gehalten hatte. Was offensichtlich ein Fehler war. Nubra gab es nicht mehr.

Trolan hatte die Anordnung bewusst so gelassen – nur auf den Stuhl an der anderen Stirnseite setzte sich nie jemand. Jedenfalls nicht freiwillig. Wenn man diesen Platz *zugewiesen* bekam, war man in Ungnade gefallen oder Schlimmeres. Meistens verließ man den Saal dann nicht mehr auf den eigenen Füßen ...

Hinter dem Thron waren zwei Flaggen gekreuzt: Die Fahne der Yarben und eine weitere mit dem Wappen der Familie Trolan. Letzteres zeigte einen schwertschwingenden Bären unter einer silbernen Mondsichel. Was der Mond sollte, hatte Tral Giren nie begriffen. Was den Bären anging, bedurfte es nicht viel Phantasie. Chequar Trolan stammte aus einer uralten und wohlbekannten Adelsfamilie, deren Wappentier das war. Doch erst während der letzten Generationen hatte sie ihren Machtbereich mehr und mehr erweitert. Gegenwärtig bekleidete in der militärisch organisierten Gesellschaft der Yarben faktisch nur der vorerst daheimgebliebene König einen höheren Rang als Trolan – und auch das musste nicht immer so bleiben.

Außer dem Admiral, der auf dem Thron Platz genommen hatte, befand sich keine weitere Person im Raum.

›Wenigstens etwas‹, dachte Tral. Er hatte eigentlich damit gerechnet, dass der unheimliche Oberpriester Erkon Veron ebenfalls anwesend sein würde. Doch die neun Götter mochten wissen, womit sich der Magier gerade beschäftigte. Hauptsache, sie sorgten auch dafür, dass es lange genug war.

»Edler Lordadmiral Trolan! Euer Diener meldet sich zur Stelle.«

Tral Giren salutierte militärisch und verneigte sich dann tief, wie es einem Manne gegenüber, der nur eine Stufe unter dem König stand, angemessen war. Er war fest davon überzeugt, dass seine Stimme während der Begrüßungsfloskel furchtbar piepsig geklungen hatte.

»Oberst Giren«, dröhnte Trolan, »steht bequem.« Er wedelte nachlässig mit der Hand. »Ihr seht krank aus, Giren!« fuhr er fort. »Haben Euch die Strapazen der Reise zu schaffen gemacht, oder bekommt Euch das Klima in Teklador nicht?«

»Das Klima ist in der Tat erbärmlich! Kein Wunder, dass in diesen Landen nur Wilde hausen können.« Die Einheimischen als »Wilde« zu bezeichnen, war sicherlich mehr als nur leicht übertrieben, Tral glaubte jedoch, damit Trolans eigenen Vorstellungen zu entsprechen. Es machte sich besser, ein Volk von Barbaren auszulöschen, als ein Volk voller Dichter und Denker – obwohl letzteres in Bezug auf Nubra genauso übertrieben war. »Meine Unpässlichkeit ist wohl eher auf ein Problem mit dem Magen zurückzuführen. Die hiesige Küche. Doch was die Strapazen der Reise betrifft, so gab es nichts, was einem Krieger der Yarben Mühe bereitet hätte.«

»Es ist schön, dass meine Offiziere auch im diplomatischen Dienst nicht verlernen, an welchem Ende man ein Schwert halten muss. Doch wie steht es in Teklador? Kommt Ihr voran?«

Tral Giren lächelte gequält und zögerte. Ihm war der Grund seines Hierseins nur allzu deutlich bewusst.

Die Heimat der Yarben – der ganze Kontinent – war dem Untergang geweiht. »Horams Zorn« nannten es die Magier in Anspielung auf den fremden Gott, den sie gemäß dem Orakel von Yonkar Zand dafür verantwortlich machten, aber etwas dagegen tun konnten sie auch nicht. Wenn sein Volk überleben wollte, musste es eine neue Heimat finden. Darum war ihre Flotte vor vielen Monaten endlich ausgelaufen, nachdem kleinere Schiffe jahrelang die Meere erkundet hatten.

Der neue Kontinent war nach yarbischen Maßstäben vielleicht nicht der schönste, aber man würde auf ihm leben können. Es gab nur ein Problem: Hier waren bereits Menschen. Aber darum war es ja eine *Kriegsflotte*, die den Exodus einleitete. Vielleicht hätte man sich noch irgendwie mit den Eingeborenen einigen können – doch dann gab es das Massaker von Akreb. Und außerdem war da noch das Orakel mit seinen düsteren Anweisungen. Die Dinge kamen ins Rollen und waren nicht mehr aufzuhalten.

Nun ging es also darum, das Land von seinen ursprünglichen Bewohnern zu säubern. Was im Klartext bedeutete, sie wurden mit Einverständnis der dortigen Regierung ins benachbarte Teklador geschafft und zunächst in Zwangslagern zusammengepfercht. Und genau dafür war Tral Giren verantwortlich.

»Wenn Ihr die Güte haben würdet, aus Euren Träumen zurückzukehren, dann könnten wir vielleicht wieder zur Sache kommen!« Geringschätzigkeit zu demonstrieren, war eine von Trolans leichtesten Übungen.

Tral spürte, wie ihm das Blut zu Kopfe stieg. Die Wildpferde hatten mittlerweile ihre Aktivitäten von seinem Kopf in seinen Magen verlagert. Es war nichts, über das er sich besonders freute.

»In diesem Augenblick dürften sich etwa fünftausend Mann auf dem Weg nach Teklador befinden«, sagte Trolan, bevor Tral einfiel, wie er seinen Bericht am besten beginnen könnte. »Die Zeiten sind hart, doch selbst wenn wir außergewöhnlich optimistisch sind, müssen wir noch immer damit rechnen, dass etwa viertausend von ihnen das Nachbarland tatsächlich erreichen. Viertausend Menschen, die irgendwo untergebracht werden müssen. Und das ist erst der Anfang. Betrachtet man lediglich die Angaben der durch mich eingesetzten Garnisonskommandanten, so dürfte allein durch die größeren Ortschaften mindestens noch einmal das Zehnfache hinzukommen. Die Bauernkaffs gar nicht mitgerechnet.«

Lordadmiral Trolan legte eine kleine Pause ein, und Tral glaubte, dies sei seine Chance, zu Wort zu kommen.

»Admiral, erlaubt mir, Euch zu unterbrechen. Obwohl die Ausgangssituation für meine Aufgabe alles andere als günstig war, bin ich doch in der Lage, Euch folgendes zu berichten: In unmittelbarer Nähe der Grenze wurden bereits zwei Lager fertiggestellt. Gegenwärtig können hier kurzfristig etwa fünfzehnhundert Personen einquartiert werden. Hier werden die Gefangenen registriert, und nach einem kurzen Aufenthalt erfolgt ein Weitertransport gemäß der Eignung an die eigentlichen Zielorte.«

»Die Idee mit den Zwischenlagern zur Realisierung einer gewissen Auslese gefällt mir schon. Aber warum nur zwei? Fünfzehnhundert! Pah! Das Zehnfache, und Ihr wäret der Lösung Eurer Probleme einen echten Schritt näher! Was ist denn schon so ein Lager? Ein paar windschiefe Hütten und ein schöner großer Zaun drum herum! So schlimm kann das doch nicht sein!« Trolan hämmerte mit der Faust so auf den Tisch, dass es Tral Giren nicht gewundert hätte, wenn das alte Möbelstück in seine Bestandteile zerfallen wäre.

»Admiral, Teklador ist zwar auf dem Papier unser Verbündeter, und ich will auch nicht bestreiten, dass sich die Regentin Durna redlich müht. Doch sie ist bei ihrem Volk nicht sehr beliebt. Es gibt da etwas, das man passiven Widerstand nennt. Alle sagen immer Ja, aber nichts geht wirklich vorwärts. Und sucht man einen Schuldigen, so übertreffen sie sich gegenseitig im Erfinden von Ausreden!«

»Durchgreifen, Oberst Giren, durchgreifen! Nur so werdet Ihr Euch den nötigen Respekt verschaffen. Wen stört es denn, ob Ihr den wirklichen Schuldigen hinrichtet? Ich werde es Euch sagen! Niemanden! Macht für jeden Tag Verzug ein gottverdammtes Dorf dem Erdboden gleich! Wie die Pilze werden Eure Lager aus dem Boden schießen! Und es wird mehr Platz in Teklador.«

Ein irrwitzig selbstmörderischer – wenn auch winziger – Teil Tral Girens dachte: ›Du hast gut lachen. Sitzt hier weitab vom Schuss und schwingst große Worte.‹ Der größere Teil von ihm sehnte sich danach, ein gewisses Örtchen aufzusuchen.

»Hinzu kommt das Nahrungsproblem!« stammelte er. »Es war hier zwar nicht so schlimm wie zu Hause, aber die letzten Jahre brachten Missernten. Wenn ich Durna glauben soll, so gibt es praktisch keine Vorräte mehr.«

»Es ist mir bei den neun Göttern egal, womit diese Bastarde sich den Bauch voll schlagen. Und mit Euren Ausreden verhält es sich nicht anders. Soll ich Euch daran erinnern, worum es hier geht? Jeder Tag zuviel kann das Ende für die Daheimgebliebenen bedeuten.«

Tral Giren schwieg vorsichtshalber und für wenige Augenblicke war das zornige Schnaufen Trolans das einzige Geräusch.

»Ihr werdet Euch mit General Kaleb in Verbindung setzen. Morgen früh werdet Ihr mir einen konkreten Bericht liefern, wie Ihr gedenkt, innerhalb eines Monats drei weitere Lager zu errichten. Jedes mit einer Kapazität von mindestens dreitausend Mann!«

Tral nickte nur.

Mendra Kaleb befehligte die lokalen Streitkräfte der Yarben in Nubra. Sie hatten bisher nicht viel miteinander zu tun gehabt, aber nach allem, was er über ihn gehört hatte, war er ein durchaus verträglicher Charakter. Und auch mit allen Wassern gewaschen. Trolan wechselte plötzlich das Thema – worüber Tral keinesfalls böse war. »Diese Hexe Durna – ist sie wirklich so loyal zu uns, wie sie vorgibt?«

Tral Giren hätte gern gesagt, was er wirklich von der Hexe hielt. Er misstraute ihren Beweggründen. Aber er vermutete, dass Trolans Interesse für sie nicht nur politischer Natur war. Es hieß also wieder einmal, Fingerspitzengefühl zu zeigen. Auch wenn er keinen Kater hatte, war er darin nicht besonders gut.

»Selbst ein Blinder könnte sehen, wie sehr sie alles hasst, was mit der Horam-Religion zusammenhängt. Wir haben also einen gemeinsamen Feind – das sollte eine ausreichende Basis für eine erfolgreiche Zusammenarbeit sein. Andererseits kann sie eine äußerst dickköpfige Herrscherin sein. Man muss sie behutsam führen, doch darf sie die Fäden nicht spüren, an denen wir ziehen.«

Admiral Trolan lächelte breit.

»Ihr sprecht, als wäret Ihr seit Jahrzehnten verheiratet, dabei weiß ich doch, dass Ihr immer noch Junggeselle seid. Versucht nur, sie behutsam zu führen. Ich denke aber, es könnte nicht schaden, auch sie einmal zu einer Unterredung zu bitten!«

»Wie Ihr meint, Lordadmiral.«

Tral konnte sich lebhaft ausmalen, wie Trolan sich eine solche Art von Unterredung vorstellte.

Auch dem Admiral schien das gerade durch den Kopf zu gehen, jedenfalls hatte er plötzlich jedes Interesse an einer Fortsetzung des Gesprächs verloren.

»Geht jetzt und trefft Euch mit General Kaleb. Morgen um die gleiche Zeit sehen wir uns wieder.«

Tral Giren verbeugte sich.

»Admiral.«

Als er den Raum verließ, hatte er das Gefühl, noch einmal mit einem blauen Auge davongekommen zu sein.

4

Das Wirtshaus hatte schon bessere Zeiten gesehen, wie auch der Rest des Ortes. Zachaknums Vermutung schien sich zu bestätigen: Der Wegfall von Verkehr und Handel, der mit dem nahen Tor im Halatan-kar verbunden gewesen war, hatte in wenigen Jahren zum Niedergang der Wirtschaft in dieser Region geführt. Es waren auch auf Horam Dorb inzwischen einige Jahrzehnte vergangen, seit Tras Dabur die Tore geschlossen hatte, und es gab offenbar nichts anderes, was den Einwohnern ihre Existenz sichern konnte. Vermutlich war der größte Teil der Menschen bereits in andere Gebiete ausgewandert. Und dann war da ja auch die Information, die der Zauberer von seinem Ring bekommen hatte – dass irgendein Krieg wütete oder drohte.

Micra sah sich mit einer Mischung aus Misstrauen und Verachtung im Schankraum um. Er war nicht gerade das, was eine Dorfkneipe unter sauber zu verstehen pflegte. So früh am Tage saßen kaum Gäste an den großen, fleckigen Holztischen. Die wenigen Anwesenden beachteten die Neuankömmlinge nicht, obwohl durchreisende Fremde hier ziemlich selten geworden sein mussten. Auf der Theke hockte ein kleines Tier und blinzelte sie verschlafen an.

Die paar Leute, denen sie im Ort begegnet waren, hatten sie genauso wenig zur Kenntnis genommen; allenfalls ein paar neugierige Blicke wurden ihnen zugeworfen. Ihre Kleidung schien jedenfalls kein Aufsehen zu erregen, so abgerissen und fremdländisch Micra sich auch selbst vorkommen mochte.

Zach-aknum setzte sich so an einen Tisch, dass Micra auf ihrem Platz ihm gegenüber den Raum und den Eingang überblicken konnte.

»Haben wir Geld?« fragte sie ihn.

»Nicht wirklich«, sagte der Magier und bewegte seine Hand über den Tisch. Eine Reihe von fremdartig aussehenden Münzen erschien, und er fegte sie mit einer weiteren Handbewegung zusammen, bevor es jemand sehen konnte.

»Oh! Den Trick müsst Ihr mir gelegentlich beibringen.«

»Einige Leute werden vielleicht bald ziemlich verwundert sein«, meinte Zach-aknum. »Das ist etwas von dem Geld, das in den letzten Monaten hier über den Tisch ging.«

Micra sah zur Theke hinüber, wo immer noch niemand zu sehen war. Das kleine Tier, das genau wie ein Palang aussah, war verschwunden. Vielleicht holte es ja den Wirt. Geld war also ihr geringstes Problem. So etwas hatte Micra auf Horam Schlan nicht von Zach-aknum gesehen – aber schließlich war sie ja auch noch nicht besonders lange mit ihm zusammen geritten, bevor sie in den Fluchwald gingen. Sie fragte sich jedoch, wie sie zu den Informationen kommen sollten, die sie brauchten, ohne durch ihre Neugier zu großes Aufsehen zu erregen. Nun gut, Zach-aknum war ja gar kein richtiger Fremder. Aber unter diesen unklaren Verhältnissen konnte auch er nicht einfach den ersten besten Bauern fragen, wo es zum Tor nach Horam Schlan ging. Oder konnte er?

Ein mürrisch aussehender Mann tauchte aus einem hinteren Raum auf und stellte sich hinter die Theke, als warte er darauf, dass sie zu ihm kämen. Er trug eine fleckige Schürze, und auf den fettigen Haaren saß eine runde Kappe, die scheinbar seit den Tagen der Tore nicht mehr mit Wasser in Berührung gekommen war. Das Palang – oder was immer das war – sprang mit einem geschmeidigen Satz wieder an seinen Platz. Micra kam verblüfft zu dem Schluss, dass es *tatsächlich* den Mann geholt hatte. So etwas taten Palangs auf ihrer Welt nicht! Der Wirt machte allerdings keine Anstalten, sie nach ihren Wünschen zu fragen. Und wieder dachte Micra, dass sich so ein Kneiper in Chrotnor keine zwei Wochen gehalten hätte. Dann wurde sie von ihren Vergleichen abgelenkt.

Der Zauberer schritt zur Tat – und sie beobachtete ihn voller Faszination.

Zach-aknum hob den Kopf und warf dem Mann einen Blick zu. Dieser zuckte zusammen. Er schien ganz plötzlich die charakteristische Kleidung eines Zauberers zu bemerken und kam eilig an ihren Tisch.

»Womit kann ich dienen?« murmelte der Mann, ohne sie aber direkt anzusehen. Micra war erleichtert, dass sie ihn verstand – an ein Sprachproblem hatte sie bis eben überhaupt noch nicht gedacht.

Aber Zach-aknum wollte noch gar nichts bestellen. »Wie heißt dieser Ort?« fragte er mit seiner desinteressiert klingenden Stimme.

»Het'char, Herr«, antwortete der Wirt.

Zach-aknum runzelte die Stirn, er kannte diesen Namen wohl nicht. »Wie weit sind wir noch vom Halatan-kar entfernt?«

Ohne ein Zeichen, dass ihn die Fragen wunderten, antwortete der Wirt: »Etwa zwei Tagesreisen mit der Karawane, einen Tag für einen schnellen Reiter.«

»Führt die Karawanenstraße in die Nähe des alten Weltentores?«

»In die Nähe, ja. Aber nicht direkt hinauf. Dorthin gehen nur die Magier.«

»Warum?«

»Sie haben sich in das alte Fort am Tor zurückgezogen, nachdem die Yarben auch in Teklador einmarschierten.«

»Wer sind die Yarben?«

Spätestens jetzt begriff Micra, dass der Zauberer irgendetwas mit dem Wirt angestellt hatte. Interessant, ihr war gar nicht aufgefallen, wie und wann er es machte.

»Ein Volk von jenseits des Ozeans, das vor drei Jahren in Nubra landete, das Land brutal unterwarf und schließlich über den Umweg einer ›Allianz‹ auch Teklador praktisch übernahm. Es ist sicher nur noch eine Frage der Zeit, bis sie sich auch Halatan einverleiben.«

»Nubra ist erobert? Und wer kontrolliert jetzt den Tempel von Ramdorkan?« Eine gewisse Anspannung klang in Zach-aknums Stimme mit.

»Die Religion Horams wurde von den Yarben in allen Ländern, auf die sie in den drei Jahren Einfluss gewannen, verboten und der Tempel soll entweiht worden sein. Die Yarben haben in Teklador die Zauberpriesterin Durna als Herrscherin eingesetzt, nachdem diese mit ihrer Hilfe den alten König Vabik und den Rat beseitigt hatte. Das machte diese ›Allianz‹ möglich, ohne dass die Armee Tekladors oder der Adel Widerstand leisteten. Zweifellos ist die Hexe eine Marionette der Yarben.« Der Wirt berichtete das alles mit einer nüchternen Sachlichkeit, die für einen Mann seines Schlages völlig uncharakteristisch war. Der Wahrheitszauber Zach-aknums hatte ihn in seinem Bann.

»Durna? Wer bei den Dämonen ist das denn?« murmelte der Magier.

Der Wirt fasste es als Frage auf. »Reisende erzählten, sie sei die Tochter eines Zauberers, der früher ein wichtiger Priester in Ramdorkan war. Aber er wurde verstoßen und musste ins Nachbarland Teklador gehen. Die Yarben haben nun kurz nach ihrem Auftauchen in Nubra ihre eigene Religion der neun Götter eingeführt, und da kam ihnen Durna gerade recht, die alle Horam-Priester hasst, wie man hört. Sie verfolgen und töten inzwischen alle, die sich nicht bekehren lassen. Außerdem heißt es, dass große Mengen von Leuten aus Nubra vertrieben würden, um in Teklador in Lager gesperrt zu werden.«

»Lefk-breus!« sagte Zach-aknum. »Der dämliche Oberpriester Horams, der sich von Tras Dabur die Statue stehlen ließ.« Anscheinend reichten ihm die Informationen, denn er schnippte mit den Fingern und bestellte etwas zu Essen bei dem Wirt. Der Mann nickte wortlos und verschwand in dem hinteren Raum. An die Fragen des Schwarzen Magiers erinnerte er sich nicht mehr.

Als der Wirt fort war, machte Zach-aknum ein besorgtes Gesicht. »Der Tempel von Ramdorkan ist der Ort, an den wir die Statue bringen müssen, wenn wir sie haben. Ob er ›entweiht‹ wurde, spielt dabei keine Rolle. Es geht dabei um größere Zusammenhänge ... Wenn dieser Ort aber von einer fremden Macht besetzt ist, könnte das schwierig werden. Und sie scheinen ziemlich aggressiv ihre eigene Religion zu verbreiten. Das ist merkwürdig. Wir werden auf Probleme stoßen, selbst wenn wir nur versuchen, die

Statue an ihren angestammten Platz zurückzubringen, ganz zu schweigen von einer Unterstützung der einzigen Religion, von der wir wissen, dass sie wahr ist.«

Micra starrte ihn ungläubig an. »Wollt Ihr mir damit sagen«, begann sie bedächtig, »dass wir tatsächlich versuchen sollen, etwas gegen diese ausländische Macht zu unternehmen, die er die Yarben nannte? Dass wir uns in diesen Krieg einmischen sollen? Wir zwei?« Sie lachte spöttisch.

Der Magier lächelte dünn. »Ja«, sagte er. »Wenn es uns gelingt, Brad am Tor zu treffen, werden wir wieder die Macht des Gottes mit uns haben. Dann können wir nicht nur darüber nachdenken, nach Ramdorkan zu gehen, sondern wir *müssen* es tun. Je länger die Statue von ihrem Platz weg ist, um so gefährlicher wird es. Und ich befürchte, dass alles, was wir in dieser Sache unternehmen, uns in eine Gegnerschaft zu diesen Yarben bringen wird, ob wir es wollen oder nicht.«

»Na wunderbar«, sagte Micra und holte tief Luft. »Aber alles der Reihe nach. Wie kommen wir zum Tor? Zu Fuß? Kaufen wir Pferde? Aber können wir nicht über Nacht hier bleiben? Ich würde zur Abwechslung wirklich mal ein wenig heißes Wasser und so etwas wie ein Bett zu schätzen wissen.«

»Ja, wir werden bleiben – falls man in dieser heruntergekommenen Ausrede für einen Ort überhaupt Zimmer für Reisende hat. Es hätte sicher keinen Sinn, ein paar Stunden vor Sonnenuntergang noch weiter zu ziehen.«

»Schön.« Micra atmete auf. Sie brauchte weder dem Zauberer noch irgendeinem anderen Menschen zu beweisen, wie hart im Nehmen sie war. Aber eine noch so schäbige Herberge freiwillig und ohne zwingenden Grund gegen ein weiteres Nachtlager unter tropfenden Bäumen einzutauschen, wäre schlicht und einfach verrückt.

Der Wirt erschien und brachte ihnen das bestellte Essen und dünnen Wein. Das Palang schlich um seine Beine herum, als er die Sachen auf den Tisch stellte. Wieder wunderte sich Micra über die Ähnlichkeit der Tiere der beiden Welten. Das Essen war etwas, über das sie lieber nicht zuviel wissen wollte. Jedenfalls kroch es nicht vom Teller, wie es in einem alten Witz der Warpkrieger hieß.

Und nachdem Zach-aknum ein paar obskure Gesten vollführt hatte, gab es an der Mahlzeit nichts mehr auszusetzen. Es hatte seine Vorteile, mit einem Magier zu reisen.

»Was der Mann sagte, hörte sich so an, als habe diese Durna ein persönliches Problem mit der Horam-Religion«, sagte Micra zwischen zwei Bissen. »Kanntet Ihr ihren Vater, diesen Breus?«

»Lefk-breus. Nicht persönlich. Der Diebstahl ereignete sich ungefähr zehn Jahre, bevor ich zur Welt kam. Wenn ich mich richtig daran erinnere, was man uns erzählt hat, starb Lefk-breus, als ich etwa ein Jahr alt gewesen sein muss. Als klar wurde, was Tras Dabur getan hatte, und dass der hiesige Oberpriester durch seine selbstherrliche Unachtsamkeit mitverantwortlich war, warf man ihn in Schande aus dem Orden und er lebte als ein Geächteter an einem unbekannten Ort. Ich nehme an, seine Tochter hegt ihren Hass gegen die Priester Horams aus diesen Gründen.«

»Verständlich«, meinte Micra, »was konnte er schließlich dafür, dass der verrückte Tras Dabur die Statue klaute?«

»Nichts«, gab Zach-aknum zu. »Vorher wusste niemand von ihrer wahren Bedeutung, nicht einmal die Priester selbst. Aber man wird bei solchen Dingen immer einen Schuldigen oder einfach einen bequemen Sündenbock suchen.«

»Wie lange ist das eigentlich her?« fragte Micra verwirrt. »Es ist irgendwie eigenartig, von der Tochter eines Mannes zu reden, der den Diebstahl der Statue noch miterlebt hat. Sie muss doch schon ziemlich alt sein, oder?«

»Drei Jahre, nachdem Tras Dabur die Tore bis auf das eine gestörte, durch das wir hierher kamen, verschlossen hatte, gelang es meinem Vater, einen starken Zauber zu wirken, der unter anderem den Fluss der Zeit betraf. Leider, äh ... hatte das auf ein Tor ziemlich katastrophale Auswirkungen. Nach weiteren dreißig Jahren konnte ein anderes Tor noch einmal für kurze Zeit geöffnet werden, so dass ich zusammen mit drei Zauberern hindurch gehen konnte. Insgesamt müssten hier seit dem Diebstahl neununddreißig oder vierzig Jahre vergangen sein. So alt ist sie also noch gar nicht.«

»Und bei uns vergingen weit über dreihundert Jahre!« sagte Micra. Obwohl sie davon gewusst hatte, beeindruckte sie dieses Phänomen doch immer wieder.

Zach-aknum betrachtete nachdenklich den Wein in seinem Becher. »Wenn ich es mir recht überlege, könnte mein Vater sogar noch leben und nun fast genauso alt sein wie ich. An diese Möglichkeit haben wir noch gar nicht gedacht: Die selben Leute, die unsere Gruppe vor drei oder vier Jahren der hiesigen Zeit nach Horam Schlan schickten, leben natürlich noch und erwarten uns vielleicht zurück!«

»Am letzten Tor!« sagte Micra. »Wo sonst sollten sie uns erwarten?«

* * *

Am Morgen war Micra erholt, wenn auch nicht ganz zufrieden mit den Räumen, die sie in dem kleinen, alten Gasthaus bekommen hatten. Nachdem der Wirt ihr Geld gesehen hatte – magisch beschafft oder nicht – war er sehr beflissen gewesen, ihnen Zimmer auf der oberen Etage anzubieten. Es war nicht gerade eine Herberge im Zentrum einer Großstadt, aber nach Wochen auf der Straße – oder besser gesagt, ohne jede Straße im Stronbart Har – war es annehmbar genug.

Die beiden waren am Abend noch auf dem Marktplatz der kleinen Stadt einkaufen gewesen. Micra hatte ihre Kleidung und Ausrüstung ergänzt und eine Armbrust für einen horrenden Preis gekauft. Das sei die Zeit, der drohende Krieg, hatte der Händler schulterzuckend gesagt. Kauf eine teure Waffe oder lass sie den reicheren Kriegern. Unausgesprochen meinte er: den kampftüchtigeren Männern. Micra widerstand der Versuchung, ihn mit einem Armbrustbolzen an die Rückwand seines Standes zu nageln. Der Magier kaufte nichts, aber er lauschte den Leuten, beobachtete deren Nervosität und Unruhe. Es war klar, dass die Bewohner der Stadt jeden Augenblick einen Angriff auf Halatan erwarteten. Früher habe es in den Ländern des Westens nicht einmal Armeen gegeben, die den Namen verdienten, sagte Zach-aknum. Die Kontrolle über die Tore war einfacher, als ein stehendes Heer zu unterhalten. Und wer die Tore kontrollierte, besaß die wichtigsten Handelswege in der Region. Leider gab es sie heutzutage nicht mehr. Vermutlich war Halatan angesichts der Bedrohung durch die Fremden bemüht, seine Streitmacht auszubauen, aber so etwas ging nicht von heute auf morgen. Hier in Het'char merkte man jedenfalls nichts davon.

Nun waren sie bereit zum Aufbruch. Hinauf in die Berge des Halatan-kar, wo das Tor sein sollte, durch das sie nicht ganz exakt hindurch gekommen waren. Vielleicht würde Brad schon da sein, oder die Magier, die Zach-aknum und seine Kollegen hinüber nach Horam Schlan geschickt hatten. Alles der Reihe nach. Nachher würden sie mehr über die Situation hier wissen, sie würden hoffentlich die Statue haben und konnten vielleicht sogar Pläne machen, wie man etwas gegen die Yarben unternehmen könnte. Es würde gut sein, dabei eine Armee von Warpkriegern zur Hand zu haben, dachte Micra. Der Schwarze Magier betrat ihren Raum nach einem kurzen, höflichen Anklopfen.

»Fertig?« fragte er.

»Natürlich.«

»Wir haben Glück. Diesen Morgen bricht eine Karawane nach Nordwesten auf. Sie wird an den Bergen in der Nähe des Tales vorbeikommen, in dem sich das Tor befindet. Ich denke, wir sollten uns ihr anschließen, um nicht zu verdächtig auszusehen.«

»Warum nicht? Ein wenig Gesellschaft wird gut sein, um weitere Informationen zu sammeln«, stimmte Micra gleichmütig zu. Sie würden so sicher viel schneller vorankommen, als wenn sie erst den Weg suchen mussten. Sie warf ihr Bündel über die Schulter und hängte sich die Armbrust um. »Müssen wir uns Pferde besorgen?«

»Sie werden welche zur Verfügung stellen – für eine Gebühr«, sagte Zach- aknum schulterzuckend. »Später können wir sie ihnen vielleicht abkaufen.«

5

Hoch über dem Grauen Abgrund, einer tiefen und gefährlichen Schlucht im Kalksteinfelsen, am Rande des Vach'nui-Flachlandes, das die wilden Ebenen Halatans vom kultivierten Weideland Tekladors trennt, lag das Dorf Rotbos. Seine Einwohner hatten seit Menschengedenken hauptsächlich von der Schafzucht und deren Produkten gelebt, denn zum Anbau von Getreide oder Gemüse, das sich in der nur einen halben Tagesritt entfernten Stadt Ruel verkaufen ließe, war der Boden um den Grauen Abgrund zu karg. Rotbos lag abseits der großen Handelsstraßen, die nach Nordosten führten, so dass es auch in vergangener Zeit nie von den Karawanen hatte profitieren können, die nach Halatan zogen, zum oder durch das Tor auf die benachbarte Welt Horam Schlan. Die Straßen, die heute allerdings schon zu verfallen begannen, befanden sich alle weiter nördlich. Daher hatte der kleine Ort auch nie irgendeine strategische Bedeutung gehabt, weder für den König in Bink, der Hauptstadt Tekladors, noch für die Händlerfürsten in Regedra. Außer den königlichen Steuereintreibern hatte niemand die Rotboser je belästigt. Auch als die Hexe Durna in Bink an die Macht kam und die Yarben wie selbstverständlich aus Nubra herüber zu kommen begannen, änderte sich nichts daran, allenfalls verspürten ein paar aufgeschlossenere Gemüter ein wachsendes Unbehagen.

Inzwischen unterhielten die Yarben in Ruel eine Garnison, natürlich nur, um die Bekehrung der Bevölkerung zum rechten Glauben zu unterstützen. Teklador besaß nur eine kleine Armee, und als Durna die Fremden ins Land holte, um ihrem Kampf gegen die alte Religion Nachdruck zu verleihen, konnte niemand etwas dagegen tun.

Aber nicht einmal das hatte Rotbos bisher berührt. Das Dorf war einfach zu unbedeutend. Leider hatte es einen entscheidenden Nachteil: Es war die nächstgelegene menschliche Ansiedlung bei der Stelle, an der die letzte Fluktuation der Raumzeitverzerrungen des sterbenden Weltentores einen gewissen Brad Vanquis in eine schlammige Pfütze schleuderte.

* * *

Die Yarben kamen in der Stunde vor Sonnenaufgang, in der sich das Dunkel der Nacht normalerweise in das erste Grau des neuen Tages verwandelte. Doch an diesem Morgen blieb es finster. Die dichten Wolken des schrecklichen Unwetters, das fast die gesamte Nacht hindurch über dem Norden Tekladors gewütet hatte, hingen noch immer am Himmel, wenn sie auch keinen Regen mehr niedergehen ließen.

Den Yarben schienen weder Wetter noch Dunkelheit etwas auszumachen. Im Gegensatz zu ihren jungen Kameraden, die in der vergangenen Nacht offenbar in einen heimtückischen Hinterhalt von Rebellen gerieten, waren diese Reiter erfahrene Soldaten, Veteranen zahlloser Kämpfe zu Hause und bei der Eroberung der Neuen Welt. Sie sprengten auf ihren Kriegspferden in das schlafende Dorf und begannen es systematisch zu vernichten. Sie hielten sich nicht damit auf, die Bewohner zu wecken und zu verhören, im Grunde war es ihnen gleichgültig, ob unter ihnen die Schuldigen für den Tod der Patrouille waren. Es gab Befehle für solche Fälle. Die Soldaten hatten bei der Besetzung von Nubra Erfahrungen mit dem Menschenschlag dieses Kontinents sammeln können. Sie wussten, dass die Leute hier im Hinterland eigentlich ungefährlich waren – es gab kaum jemanden, den man als Krieger hätte bezeichnen können. Aber wenn es zu einem Verbrechen gekommen war, musste man mit aller Härte dagegen vorgehen. Jede Rebellion hatte ihre Anfänge.

Die Reiter warfen Fackeln auf die Strohdächer und warteten auf die Dorfbewohner. Es waren spezielle Fackeln, denen es nichts ausmachte, dass die Dächer nass vom Regen waren. Die Armee der Yarben verfügte notfalls sogar über Brandwaffen, die *unter Wasser* brennen konnten. Generationenlange Kriegführung brachte so etwas hervor.

Schreie wurden laut. Die Leute hatten die Reiter gehört oder waren durch den Feuerschein wach geworden. Halbbekleidete Gestalten stürzten aus den Türen. Das Schnappen der Armbrustschüsse war kaum zu hören. Ein Reiter, dessen leichte Rüstung von einem dunkelroten Umhang bedeckt wurde, gab einen Befehl. Die Yarben zogen ihre schmalen Schwerter und trieben die Pferde an.

Mit jedem Augenblick wurde das Geschrei lauter. Menschen, die aus ihren jetzt lichterloh brennenden Häusern sprangen, wurden von schweigenden Reitern niedergehauen, mit Lanzen aufgespießt oder von den schweren Pferden in den Schlamm getreten. Ein paar Männer versuchten, sich zu wehren, wohl in der Erkenntnis, dass sie ohnehin zum Tode verurteilt waren. Doch gegen die geübten Soldaten hatten die Bauern keine Chance. Es war schnell vorbei.

Der in Rot und Blau gekleidete Offizier gab einen neuen Befehl, und seine Truppe zog sich aus dem Dorf zurück. Es war unter der Würde dieser Eliteeinheit, sich mit der Plünderung eines so unbedeutenden Ortes abzugeben. Wenn es eine Stadt oder Festung gewesen wäre – aber was sollte bei Bauern schon zu holen sein? Die Yarben ritten im ersten trüben Tageslicht zurück zu ihrem Fort, wo sie von den Reitern alarmiert worden waren, welche die getötete Patrouille gefunden hatten. Soweit es sie betraf, war die Angelegenheit erledigt.

* * *

Solana ließ sich keuchend in das nasse Gras unter den Bäumen des Waldrandes fallen. Ihr Sohn Jolan blieb stehen und warf einen gehetzten Blick zurück auf das Dorf, über dem Flammen und dichter Rauch aufstiegen.

»Warte!« stieß die Bäuerin hervor. »Nur einen Moment.«

Vom Dorf her ertönten Schreie. Doch das Klirren von Stahl auf Stahl, das sonst Kämpfe begleitete, fehlte fast ganz. Womit sollten sich die Leute auch wehren? Seit Durna herrschte, war es verboten, Waffen zu besitzen. Und vorher hatte niemand eine Waffe gebraucht, außer zur gelegentlichen Jagd auf Kleintiere.

Solana stemmte sich hoch und folgte Jolan, der sich sofort wieder in Bewegung setzte, sobald er sah, dass sie weitergehen konnte.

Die Lage ihres Hauses direkt am Bach, der den Dorfrand markierte, war ihre Rettung gewesen. Und das Vorhaben Solanas, gleich bei Tagesanbruch in die Stadt zu wandern. So waren sie beide schon wach und angekleidet, als die Yarben eintrafen, und konnten über den Bach und die Weide zum Wald fliehen. Sie hatte sich den Beutel mit dem Geld gegriffen, das sie auf dem Markt hatte ausgeben wollen, aber sonst trugen sie nichts als ihre Kleider mit sich.

»Wohin willst du eigentlich?« fragte sie ihren Sohn, der zielbewusst einem fast nicht erkennbaren Pfad folgte, obwohl sie darauf vertraute, dass er wusste, was er tat. Jolan war genau wie die anderen Kinder des Dorfes in diesem Wald zu Hause. Er würde wissen, wie sie am schnellsten von hier weg kamen.

»Ich kenne eine kleine Höhle, da verstecken wir uns manchmal«, antwortete er. »Dort können wir abwarten, was geschieht.«

Solana wusste gut genug, was mit dem Dorf geschah, aber sie sagte nichts. Vielleicht konnten sie ja tatsächlich nach einer Weile zurückkehren und nachsehen, ob noch etwas zu retten war. Aber was immer die Yarben dazu gebracht hatte – das war eine ihrer typischen Strafaktionen gewesen, von denen alle in Teklador schon gehört hatten. Etwas, das hier in der Nähe geschehen war, hatte sie ziemlich wütend gemacht, und dafür musste bezahlt werden. Sie würden das Dorf niederbrennen und wieder abziehen. Und wenn jemand überlebte, musste er sich hüten, als ein Bewohner dieses Ortes erkannt zu werden. Auch wenn die Yarben offiziell das Land nicht besetzt hatten, so waren sie doch mit dem Einverständnis der Königin überall präsent. Die Dörfler dachten über diese Dinge kaum nach, denn es machte in der Regel keinen Unterschied, ob sie ihre Abgaben an einen König, den Tempel, die von den Yarben eingesetzte Durna oder die Yarben selbst abführen mussten. Sie waren immer zu hoch.

Es wurde heller, und sie stolperte nicht mehr so oft über Wurzeln und Steine. Sie hoffte nur, dass die Soldaten nicht den Wald nach Flüchtlingen durchkämmten. Aber sie hatten das Dorf auch nicht umstellt gehabt, bevor sie zuschlugen. Vielleicht interessierte es sie gar nicht, ob jemand entkam.

Die Gegend stieg an. Bald mussten sie die Nachtfelsen erreichen, in denen der Bach entsprang, der das Dorf mit Wasser versorgte. Er würde jetzt rot vom Blut der Ermordeten sein.

»Da ist die Höhle«, flüsterte ihr Sohn. Er zog ein wenig Gestrüpp zur Seite, hinter dem eine Felswand aufragte. Es stank nach verbranntem Holz. Gleich vor dem Gebüsch lag der zersplitterte und verkohlte Stamm eines Baumes, den in der vergangenen Nacht ein Blitz getroffen haben musste. Nur der Regen hatte einen Waldbrand verhindert.

»Verflucht!« sagte Jolan plötzlich überrascht. »Hier liegt einer drin!«

»Jemand aus dem Dorf?« fragte Solana hoffnungsvoll und trat näher.

Ihr Sohn wälzte einen Körper herum, der im Halbdunkel der kleinen Grotte auf dem Boden lag. »Nein«, sagte er dann, »das ist ein Fremder. Er lebt, aber er ist verletzt.«

Hatte sich ein Wanderer während des Unwetters in die Höhle geflüchtet? Ein Yarbe war das bestimmt nicht. Für die gab es keinen Grund, sich zu verstecken. Der Gedanke an die Yarben mobilisierte Solana.

»Zieh das Gestrüpp wieder vor die Öffnung!« befahl sie ihrem Sohn, während sie an der Seite des Fremden niederkniete. Das Licht reichte aus, um zu erkennen, dass der Mann auf keinen Fall aus der Gegend sein konnte – und dass er lange unterwegs gewesen war, bevor er diesen Ort erreichte. Er sah aus wie das Urbild eines abgerissenen Banditen. Und er hatte eine schlecht verbundene Wunde in der Seite, möglicherweise von einem Messerstich oder Schwerthieb. Seine ledernen Kleider waren mit Blut getränkt. Es war so viel, dass nicht alles von ihm selbst stammen konnte. Die Sachen hatten verhindert, dass er mit dem nur notdürftigen Verband aus Kleiderfetzen verblutete, den er sich offenbar selbst angelegt hatte, indem sie die Wunde verklebten. Neben dem bärtigen Mann lagen ein Schwert mit schmaler Klinge und ein Lederbeutel. War das vielleicht wirklich ein Bandit? Es kam Solana in den Sinn, dass sie hier vielleicht vor dem Grund für den Überfall der Besatzer kniete.

»Das ist ein Yarbenschwert«, bemerkte Jolan sachkundig.

Sie zuckte die Achseln und löste den Verband des Mannes. Ein kunstvoll und fremdländisch aussehender Dolch am Gürtel fiel ihr ins Auge. Sie berührte seinen Griff und fuhr zurück.

»Was ist?« fragte Jolan.

»Ich weiß nicht.« Sie zögerte. »Es fühlte sich komisch an, kalt. Ach, Unsinn. Gib mir dieses Tuch dort. He! Ist das nicht die Decke aus der Truhe?«

Jolan reichte ihr schuldbewusst blinzelnd ein Tuch, das in der Grotte über eine Kiste gebreitet gewesen war. Es schien halbwegs sauber und trocken zu sein. Solana riss es in Streifen, jedoch ohne den Dolch des Mannes zu Hilfe zu nehmen, und verband ihn neu. Es war vermutlich das letzte intakte Stück ihres Hausstandes, das sie da zu einem Verband verarbeitete, aber sie dachte in diesem Moment nicht daran.

Ihr Sohn schaute in den Beutel hinein, der etwas Schweres enthielt.

»Sieh nur, Mutter!«

Sie sah hin, ärgerlich über die Störung, aber die Worte erstarben ihr auf der Zunge. Jolan hielt eine Statue des verbotenen Gottes in der Hand. ›Wieso verboten?‹ schalt sie sich gleich darauf mit einem durch die jüngsten Erlebnisse hervorgerufenen Anflug von Trotz. ›Was können uns die verdammten Yarben schon verbieten? Für uns gemeines Volk ist das immer noch Horam, unser Gott und der Schöpfer der Welten.‹

»Vielleicht ist das einer der verjagten Priester«, mutmaßte sie. »Leg das Bildnis wieder hin. Wir wollen nichts Heiliges entweihen.«

»Das ist doch kein Priester!« entgegnete Jolan. »Der sieht eher aus wie ein Bandit oder Söldner. Aber er hat komische Sachen an. Wer weiß, wo der herkommt.«

Sie musste ihrem Sohn Recht geben. Die Priester, die sie kannte, waren völlig anders gekleidet, sie hatten eine andere Frisur, und überhaupt ... nein, das war wohl kein Priester. Das wusste gerade sie sehr gut. Nicht, dass sich ein Horam-Priester gescheut hätte, sich zu verkleiden oder gar zum Schwert zu greifen, wenn es darauf ankam. Horam war ein sehr praktischer Gott, er forderte nichts Unlogisches oder Unmögliches von seinen Geschöpfen. Jedenfalls wurde das früher gelehrt. Die neue Religion der Yarben war da etwas ganz anderes. Vor allem in gewissen Dingen, über die man lieber nicht offen redete. Solana knirschte mit den Zähnen und beendete ihr Werk. Von dem ledernen Hemd war zwar nicht mehr viel übrig, aber der Mann war ordentlich verbunden.

»Gibt es hier in der Nähe Wasser?« fragte sie Jolan.

Er hielt einen kleinen Eimer hoch, den sie ebenfalls zu erkennen glaubte. »Ich kann welches holen. Ein Zufluss des Baches entspringt ein paar Schritte entfernt.« Schon war er am Eingang.

»Sei vorsichtig!« rief sie ihm halblaut hinterher. Natürlich würde er vorsichtig sein. Jolan hatte bisher mehr Umsicht und Ruhe bewiesen, als mancher Erwachsener in dieser Situation gezeigt hätte.

Als ihr Sohn mit dem Wasser zurückkam, regte sich der Fremde. Einer plötzlichen Eingebung folgend, griff sie nach dem Dolch, der sie eben noch beunruhigt hatte, und riss ihn vom Gürtel des Mannes. Das dunkle Metall des Griffes war wirklich eiskalt. Fast erwartete sie, Raureif auf ihm entstehen zu sehen. Im Gegensatz zu den meisten Frauen in ihrem Dorf wusste sie, was das bedeutete: Magie! Sie legte ihn schnell auf die Kiste, wo schon der Beutel mit der Statue und das Schwert lagen. Dann befeuchtete sie die Lippen des Mannes mit einem Stück der zerrissenen Tischdecke.

Er murmelte etwas, das sie nicht verstand. Eine fremde Sprache? Es klang so ähnlich wie der Dialekt, den man hier in Teklador und den angrenzenden Ländern sprach, aber der Mann redete undeutlich und leise. Es schien fast, als würde er sich mit einer anderen Person unterhalten. Vermutlich hatte er Fieber. Nicht ungewöhnlich bei solch einer Verletzung. »Schwertz ... Adone al Horam«, verstand sie plötzlich. Das heißt, sie verstand nur den Namen Horam, sonst nichts. Es war tatsächlich eine fremde Sprache. »Alch ar tolen«, murmelte der Mann, »Zach-aknum!«

Dann schlug er plötzlich seine Augen auf und eine Hand fuhr an den Gürtel, schneller, als ihr das Auge folgen konnte. Er hielt inne, noch bevor die Bewegung vollendet war, und starrte Solana an.

»Wer seid Ihr?« fragte er mit heiserer Stimme. Seit Jahren hatte sie niemand mehr mit »Ihr« angeredet.

»Solana Houtzfruwe, aus Rotbos. Und das ist mein Sohn Jolan. Wer seid Ihr, Fremder? Und was ist Euch zugestoßen?«

»Mein Name ist Vanquis, Brad Vanquis. Und zugestoßen sind mir ein paar Soldaten, denen ich wohl einfach nur im Weg lag. Sie wollten mich erst umbringen und dann nach dem Namen fragen. Ist das hier so üblich? Dann habe ich wohl gegen die guten Sitten verstoßen, als ich mich wehrte.«

»Oh, das waren sicher die Yarben«, mischte sich Jolan ein. »Sie haben unser Dorf heute morgen überfallen und vernichtet.« So, wie er es sagte, klang es fast gleichgültig, aber Solana wusste, dass er verzweifelt bemüht war, Haltung zu bewahren. So wie das ganze letzte Jahr, seit ihr Mann verschwunden war.

»Yarben«, sagte der Fremde langsam, und Solana hatte das Gefühl, dass er dieses Wort noch nie gehört hatte. Und dass er es sich in diesem Moment unauslöschlich einprägte. Etwas unterschwellig Drohendes schwang in der Stimme von Brad Vanquis mit. »Sie haben Euer Dorf, dieses Rotbos, vernichtet? Warum denn das?«

»Ich glaube, dass es eine Strafaktion war, für etwas, von dem wir weder wissen noch dessen wir schuldig sind. So ist die Art der Yarben.« Solana seufzte. Sie erwähnte höflicherweise nicht, dass sie *ihn* für den Grund des Überfalls hielt.

Brad Vanquis versuchte, sich aufzusetzen, und sie half ihm dabei. »Wir fanden Euch verletzt in dieser Grotte liegend, äh, Erlat Vanquis.« Sie wusste noch immer nicht, was sie von ihm zu halten hatte. War er ein Krieger, ein Priester oder gar ein ... Magier? Seine Reaktion auf die Anrede mit dem Titel »Meister« war jedoch erstaunlich. Er wurde noch bleicher, als er schon war, und starrte sie für einen langen Augenblick mit großen Augen an.

»Nicht«, sagte er dann gepresst. »Brad reicht völlig.«

»Wo kommt Ihr her, Brad?« fragte Jolan. Der Junge saß auf der Kiste neben den Sachen des Fremden, als sei er hier der Hausherr – was er ja in einem gewissen Sinne auch war. Der Blick der Mannes, der sich auf Jolan geheftet hatte, irrte ab und blieb an dem Beutel auf der Kiste hängen. Er hob die rechte Hand leicht an, und etwas flog zischend durch den Raum. Der kalte Dolch landete glatt in der ausgestreckten Hand des Mannes, der ihn zurück in den Gürtel steckte, ohne eine Miene zu verziehen.

Aber auch Jolan hob nur eine Augenbraue, was ihm ein eulenhaftes Aussehen gab, und fragte: »Seid Ihr ein Magier?«

»Ha! Ich? Nein, ich bin kein Zauberer.« Brad Vanquis lachte ein wenig, aber das schien ihm Schmerzen zu bereiten. »Das macht der blöde Dolch ganz allein. Ich komme von Horam Schlan, falls ihr Leute wisst, was das ist.«

Das war eine Erklärung, mit der Solana am allerwenigsten gerechnet hatte. Sie *wusste*, was Horam Schlan bedeutete. Deshalb war es völlig unwahrscheinlich, was dieser Fremde behauptete. Aber andererseits, hatten nicht die Priester gerade das immer wieder prophezeit – dass einst sich die Tore wieder öffnen würden?«

»Sind die Tore denn wieder offen?« fragte sie atemlos.

Vanquis sah etwas unbehaglich drein. »Nein, soviel ich weiß, ist das letzte Tor nun auch völlig zusammengebrochen. Ich habe keine Ahnung, ob man sie je wieder öffnen kann. Außerdem bin ich aus einem unbekannten Grund nicht direkt durch das Tor angekommen, wie ich erwartet hatte, sondern in diesem Wald hier mit der Nase im Schlamm gelandet.«

»Was beweist uns, dass Ihr wirklich von der anderen Welt kommt?« Solana ließ sich so leicht nicht überzeugen. »Ich meine, Ihr habt zwar fremdartige Kleider an, jedenfalls, soweit sie noch übrig sind, und Ihr sprecht mit einem seltsamen Akzent, aber Ihr könntet ebenso gut ein Verrückter sein, wenn Ihr mir den Ausdruck verzeiht.« ›Oder ein Provokateur der Yarben‹, dachte sie, obwohl ihr klar war, dass die Yarben die letzten sein würden, die zu solch umständlichen Mitteln griffen. Sie bevorzugten ein direkteres Vorgehen.

Brad Vanquis grinste plötzlich. »Nichts beweist es Euch, Solana. Ich habe leider kein Pergament dabei, das meine Herkunft bezeugt und von irgendeiner Autorität besiegelt ist. Ihr müsst mir einfach glauben. Und da Ihr Euch schon die Mühe gemacht habt, mich zu verbinden, werdet Ihr wohl nicht gleich zum nächsten ... äh ... Yarbenposten laufen, um mich zu melden. Oder?« Der Fremde wurde plötzlich ernst. »Ich fürchte, ich muss Euch einen Beweis vorerst schuldig bleiben.«

»Nun ja«, sagte Solana, »ich fürchte, ich muss Euch einfach glauben.«

Jolan hielt in diesem Moment den Beutel in die Höhe. »Was ist das?« fragte er.

Für einen langen, stillen Moment sagte Brad nichts und regte keinen Muskel. Dann stellte er in schleppendem Tonfall eine Gegenfrage: »Was glaubst du denn, was es ist?«

»Ein Horam-Bildnis. Sind sie deswegen hinter Euch her?«

Brad entspannte sich deutlich. »Oh, ich hoffe doch stark, dass ich alle umgebracht habe, die hinter mir her waren.« Ein Lächeln ließ seine Zähne aufleuchten, das Solana immer beängstigender erschien, je länger es andauerte.

* * *

Brad mochte sich später nicht gern an die Träume erinnern, die ihn während seiner Bewusstlosigkeit in der Höhle heimgesucht hatten. Für einen Mann mit eidetischem Gedächtnis wie ihn bedeutete das eine bewusste Anstrengung des Verdrängens. Doch inzwischen hatte er begriffen, dass es auch Dinge in seinem Bewusstsein gab, die er nie gewusst und an die er sich nie erinnert hatte – bevor sie mit Gewalt aus ihm herausbrachen. Und die nächste Gelegenheit, bei der dies geschah, wollte er lieber auf eine unbestimmte Zukunft verschieben.

Oder war es gerade wieder passiert?

Selbst in seinem bewusstlosen Zustand hatte ihn diese Frage wie ein Schock durchfahren. Natürlich – was, außer der Kraft des in ihm verborgenen Gottes, hätte ihn aus diesem Zusammenstoß mit unbekannten, aber offenbar sehr feindlichen Soldaten retten können, so geschwächt wie er war?

Brad hoffte, dass es das letzte Mal gewesen sei. ›Ich habe wirklich keine Lust, mein restliches Leben als Avatar Horams zu verbringen‹, dachte er. Und dann: ›Was bei den Dämonen ist ein Avatar? Woher kommt dieses Wort?‹

Dann begriff er, dass er dachte. Also war er am Leben und wach. Brad schlug die Augen auf und sah einen menschlichen Umriss. Seine Hand zuckte zum Gürtel, bevor er sie stoppen konnte. Dann hatte er sich wieder in der Gewalt.

Es war einfach, mit der Frau und dem Jungen ins Gespräch zu kommen, die doch Bewohner einer fremden Welt sein sollten. Aber anscheinend hatte er sich falsche Vorstellungen vom Grad der Fremdheit gemacht, die ihn hier erwarten würde. Hatte er sich überhaupt welche gemacht? Nein, natürlich nicht. Bis zuletzt war ihm im Stronbart Har nicht einmal klar gewesen, dass seine Reise ihn schließlich hierher führen würde.

Alles war noch da: die Statue, Arikas Dolch, der ein sehr seltsames Eigenleben entwickelte, und seine restlichen Sachen. *Alles war viel zu einfach.* Aber vielleicht hatte er auch nur Glück gehabt.

Dann entschloss er sich, der Frau und ihrem Sohn die Wahrheit zu sagen. Jedes neue Wort war ein Test: Wie fassen die Einheimischen es auf? Brad verlangte es fast alle Kraft ab, die er inzwischen wieder gesammelt hatte. Aber ihm blieb nichts anderes übrig. Er war verwundet und würde noch eine Weile brauchen, bevor er wieder einsatzfähig wäre – wieso glaubte er da, ein Lachen tief in sich zu hören? – und diese Menschen waren bestimmt harmlos, wenn nicht sogar auf seiner Seite.

Das brachte Brad unverhofft zu einem neuen Problem. Auf wessen »Seite« stand er eigentlich? Objektiv auf keiner, da er nicht von dieser Welt war. Aber schon der alte Pochka hatte ihm beigebracht, dass es so etwas wie Objektivität nicht gab. Man war *immer* gezwungen, Stellung zu beziehen.

Nun, zumindest das schien diese neue Welt für ihn geregelt zu haben, ohne dass er groß etwas dazu tun musste. Ihm klangen noch immer die Worte der Yarben im Ohr: »...dreckiger Horam-Anbeter ... unheiliger Götze ...« Brad, der nie etwas für Religion übrig gehabt hatte, fühlte plötzlich in sich eine heiße Wut auf die Leute, die *seinen* Gott als Götzen beschimpften, die ... *ungläubig* waren. Eine Gänsehaut überkam ihn. Was war das? War er das? Oder immer noch die *Inkarnation*?

Wie es aussah, war er mitten in eine Art Krieg gestolpert, und die Frau und der Junge gehörten zu den jüngsten Opfern dieser Yarben. Das machte sie zu potenziellen Verbündeten. Die Frage der Parteinahme war damit vermutlich geklärt.

Brad versuchte, seine gegenwärtige Situation zu analysieren. Körperlich war er ziemlich schwach, wenn er auch meinte, nicht in Lebensgefahr zu sein. So schwer war die Wunde in seiner Seite nun auch wieder nicht. Das Schicksal hatte ihn mit Leuten zusammengeführt, die ihm halfen. Aber sie schienen selbst Hilfe gebrauchen zu können.

Vor den Yarben würde er sich in Acht nehmen müssen. Seltsame Zustände herrschten hier. Hilflos im Schlamm liegende Wanderer wurden mit dem Tod bedroht. Ein Dorf wurde im Morgengrauen grundlos überfallen und ausgelöscht. Eine solche Barbarei hatte er auf Zach-aknums Welt eigentlich nicht erwartet.

Ach ja, der Magier. Und Micra. Er musste seine beiden Gefährten finden. Zach-aknum würde wissen, was mit der Statue geschehen sollte. Es würde ein gutes Gefühl sein, die Verantwortung für das unheimliche Ding endlich wieder loszuwerden.

Die Frau und der Junge kannten die wahre Bedeutung der Statue offenbar nicht. Jolan wusste zwar, was sie darstellte, aber er kam nicht auf die Idee, dass es *die* Statue sein könnte – auch nicht, als Brad bekannte, von der anderen Welt zu kommen. Natürlich, was lag näher, als das Original wie eine Art Heiligenbild nachzubilden und überall zu verehren? Die meisten Religionen, die Brad kannte, hatten solche Symbole. Die Yarben mussten dasselbe gefolgert haben, als sie ihn mit ihr sahen. Deshalb sprachen sie von Götzen ...

»Was wollt Ihr jetzt machen, Solana?« fragte er. Wie es aussah, war er noch eine Weile von ihrer Hilfe abhängig, und es war ja gar nicht so schlecht, auf dieser fremden Welt Bekannte zu haben, die einem bei Bedarf etwas erklären konnten.

Die Frau wirkte unschlüssig. »Ich werde vorsichtig nachsehen, was vom Dorf übrig ist. Und dann ... ich glaube, wir haben keine andere Wahl, als das Land zu verlassen und nach Halatan zu gehen. Wir haben dort entfernte Verwandte. Und Brad, wenn ich Euch nicht Meister nennen soll, dann hört auf, mich wie eine Hochgeborene anzureden. Ich bin nur eine einfache Bäuerin.«

»Wie du willst. Um deine Frage zu beantworten, ich bin auf meiner Welt ein leider ziemlich bekannter Abenteurer, den die meisten hohen Herrschaften lieber in einem Kerker sähen, oder noch besser geköpft. Es gibt also auch von deiner Seite keinen Grund für Förmlichkeit. In Ordnung?«

»Von mir aus. Du kommst also von der anderen Welt. Früher war das ganz alltäglich. Obwohl natürlich nicht jeder hinüber reisen konnte. Die Tore forderten einen ziemlichen Zoll.«

»Könntest du mir sagen, wo das Tor nach Horam Schlan liegt, durch das ich hätte kommen müssen?« unterbrach er sie. »Es müsste das nächstgelegene sein, denke ich. Gibt es einen Tempel oder so etwas?« Brad war plötzlich eingefallen, dass das Tor der Ort war, *wo er hätte sein sollen* – und wo daher vielleicht die anderen auf ihn warteten. Solana warf ihm einen seltsamen Blick zu. Glaubte sie ihm seine Geschichte nun, oder hielt sie ihn bloß für verrückt? »Das nächste Tor, und auch das einzige, das angeblich noch auf irgendeine Weise funktioniert, befindet sich in Halatan, im Gebirge. Man sagt, die Priester Horams und die Magier hätten sich dorthin zurückgezogen, als die Yarben nach Nubra kamen. Und in Nubra gibt es einen Tempel, Ramdorkan, aber kein Tor. Was interessiert dich also mehr?«

Ramdorkan! Das war der Name, den der Zauberer erwähnt hatte, das Gegenstück zu Somdorkan in Brads Heimat. Aber ... *der steinerne Riese regte sich, reckte seine Glieder, von denen Sand und Schutt herabrieselten, und streckte seine Hand nach ihnen aus. Almer Kavbal stand ihm am nächsten, und die steinerne Faust schloss sich um den schreienden Dorfältesten. Der Riese schien sich seine Beute genauer ansehen zu wollen, doch er erstarrte mitten in der Bewegung wieder zu dem Stein, der er war.*

Brad keuchte. Ging das schon wieder los? War es nur eine lebhafte Erinnerung, oder begannen seine Visionen erneut?

»Was ist? Hast du Schmerzen?« fragte Solana besorgt.

»Nein, es ist nichts«, wehrte er hastig ab. »Ich muss zum Tor. Dort erwarten mich wahrscheinlich meine Gefährten, mit denen ich hier eigentlich ankommen sollte.«

»Oh, es gibt noch mehr von deiner Sorte?« Ihr Gesichtsausdruck war fast schon spöttisch.

»Nicht von meiner Sorte«, sagte er. Nein, wahrhaftig nicht! »Ein Zauberer und eine ... Frau.« Fast hätte er »Warpkriegerin« gesagt. Vertrauen war ja ganz gut, aber er war nie einer gewesen, der unnötig mehr Informationen preisgab, als er musste. »Falls sie durchgekommen sind«, fügte er hinzu. Die Vorstellung, es könnte nun allein *seine* Bestimmung sein, die Statue irgendwohin zurückzubringen, erfüllte ihn mit Schrecken.

»Warum seid Ihr hierher gekommen?« fragte der Junge plötzlich.

Da war sie also, die Frage, bei der er sich entscheiden musste. Was sollte er antworten? Dass er auf dem Nachhauseweg von der Schenke in ein Loch gefallen und hier wieder aufgewacht sei? Dass ihn ein Dämon (Bei Horam, was war eigentlich mit *Pek* geschehen?) am Kragen gepackt und hierher verschleppt hatte? Die Sehenswürdigkeiten? Schätze?

»Ich bin auf einer Mission«, hörte er sich sagen. »Diese Statue in dem Beutel muss an einen bestimmten Ort gebracht werden, aber nur der Magier weiß genau, wohin. Deshalb muss ich ihn finden. Ich dachte eigentlich nicht, dass wir hier auf eine feindliche Besatzungsmacht stoßen würden. Im Gegenteil.«

Solana legte ihren Kopf schief. Sie dachte über etwas nach und ließ Brad dabei nicht aus den Augen. »Gib mir den Beutel!« befahl sie dann ihrem Sohn. Er reichte ihn ihr, und sie zog die Statue heraus. Sie hielt sie sehr vorsichtig, als wäre das goldfarbene Ding aus einem massiven, unbekannten Metall zerbrechlich, und stellte sie schnell zwischen sich und Brad auf den Boden der Grotte. Er beobachtete sie, ohne sich zu bewegen. »Die hast du von deiner anderen Welt mitgebracht?« fragte Solana.

»Ja. Sagte ich doch.«

Solana starrte die Statue mit geweiteten Augen an, dann ihn. Langsam wurde Brad klar, dass das ursprüngliche leichte Misstrauen der Frau etwas anderem gewichen war. Er wusste nur noch nicht, ob das etwas Gutes oder Schlechtes für ihn bedeutete.

Es war der Junge, der aussprach, was Solana aufgefallen sein musste. Er holte scharf Atem und flüsterte erregt: »Aber sie ist richtig herum!«

Die Bäuerin nickte langsam. »Jawohl! Das ist eine Dorb-Statue. Sie gehört auf *unsere* Welt. Niemals würde und könnte ein Künstler eine andersgeartete Statue herstellen. Es wäre Blasphemie, und er würde in Baar Elakh enden. Aber auf Horam Schlan muss es genau anders herum sein. Dieses Bildnis Horams stammt nicht von Schlan.«

Sie sah Brad in die Augen. »Du hast es nicht von Horam Schlan hierher gebracht und bist nicht von dort gekommen.« Solana machte eine Pause, aber da Brad nichts sagte, fuhr sie fort. »Es sei denn, das ist die Statue, die verloren ging. Die den Anfang vom Ende darstellt, das ultimate Diebesgut, das die Welt vernichten wird.« Sie klang, als zitiere sie irgendeine religiöse Litanei. »Aber das glaube ich nicht.«

Brad wusste für einen Moment nicht, was er sagen sollte. Da hatte ihm seine mangelnde Vorstellung von der Unregelmäßigkeit der Zeit einen Streich gespielt. Was für einen Bewohner seiner Heimat Jahrhunderte zurücklag, jenseits der Dunklen Jahre, war hier praktisch jüngere Vergangenheit, so dass es sogar einer einfachen Bauersfrau leicht fiel, die entsprechenden Schlüsse zu ziehen. Niemals wäre er auf den Gedanken gekommen, dass es in Wahrheit die beiden *Hälften* der Statue waren, um die es ging, und dass daher die Schlan-Hälfte das *spiegelverkehrte* Gegenstück der Dorb-Hälfte sein musste! ›Ein Glück, dass wir nicht die falsche mitgenommen haben!‹ dachte er verwirrt. Doch das wäre angesichts der Umstände wohl sehr unwahrscheinlich gewesen.

Wie sollte er Solana nun beweisen, dass er tatsächlich mit der Statue von Horam Schlan gekommen war und nicht einfach log?

Jolan gab ihm das Stichwort für die einstweilige Lösung des Problems.

»Wie heißt der Magier, den Ihr zu treffen hofft?« fragte er. Solana sah ihn verblüfft an.

»Zach-aknum, ein Schwarzer Magier der Fünf Ringe«, sagte Brad.

Jolan stieß einen leisen Pfiff aus. »Es ist einer der Namen aus der Geschichte, die der alte Priester immer erzählte«, erklärte er dann seiner Mutter, »einer der Vier Elementaren Magier, die das Tor durchschritten: Nasif-churon, Packor'el Richoj, Jor'el Micknych und Zach-aknum, der Feuermagier. Die vier, die auf die Suche gingen. Wer daran glaubt, dass Horam das Gleichgewicht der Welt in die *eine* Statue gelegt hat, muss auch daran glauben, dass er sie durch einen der Vier Elementaren Magier zurückbringen wird. Das sagte der Priester.«

Brad befiel ein beängstigendes Gefühl der Unwirklichkeit. Was ging hier vor? Er hatte die anderen Namen noch nie gehört, aber der Schwarze Magier hatte einmal drei andere Männer erwähnt, die mit ihm nach Horam Schlan gekommen waren. Wenn sie hier ein Kind auswendig hersagen konnte ... Was bedeutete das? Elementare Magier? Zach-aknum war mit seinen Feuerzaubern wenigstens außerhalb des Fluchwaldes ziemlich gut gewesen, doch was hieß elementar? Das klang gar nicht gut.

Aber alle Rätsel um Zach-aknum hatten zu warten. Brad musste im nächsten Augenblick erleben, dass sich eine seiner Befürchtungen bewahrheitete. Vielleicht geschah es als Reaktion auf die Worte Jolans, oder auch weil der Zeitpunkt dafür einfach gekommen war. Er hatte gehofft, diese lästige Sache mitsamt dem Stronbart Har losgeworden zu sein, aber scheinbar hatte er sich getäuscht.

Es wird Zeit, Brad Vanquis, dass du dich einer größeren Variante der Realität stellst, als du gewohnt bist, sagte da nämlich eine vertraute Stimme kurz hinter seinem Ohr. *Du hast doch nicht etwa geglaubt, dass deine Mission mit dem kleinen Abenteuer im Stronbart Har schon ausgestanden sei? Und nun raffe dich auf, deine alberne Wunde ist längst auf dem Weg der Heilung. Du hast auf dieser Welt ein paar Aufgaben zu erledigen. Ach ja, noch etwas: Ich glaube, du musst dich auf einige Überraschungen gefasst machen!*

Die Statue erstrahlte für einen kurzen Augenblick in hellem Licht, während Brads Bewusstsein schwand.

6

Lordadmiral Trolan erhob sich und ging in Richtung der schweren Tür. Aufmerksam lauschte er auf die sich entfernenden Schritte Oberst Tral Girens. Eine überflüssige Vorsichtsmaßnahme. Sein Magier Erkon Veron war ein Meister im Weben von Abschirmzaubern. Er war so paranoid wie alle Magier, aber er war gut darin. Giren hätte also, selbst wenn er es gewagt hätte, nichts hören können.

Dennoch wartete Trolan, bis die Schritte auf dem Gang verhallt waren. »Nun macht schon, Zauberer!« sagte er in dann den vermeintlich leeren Raum hinein. »Ihr wisst, ich schätze diesen Firlefanz nicht besonders!«

Als Antwort spürte Trolan einen Lufthauch in seinem Nacken.

»Bei allem Respekt, Lordadmiral, Ihr solltet meiner Magie etwas mehr Achtung entgegenbringen. Ein echter Unsichtbarkeitszauber ist etwas, das heutzutage nur noch recht wenige meiner geschätzten Kollegen zustande bringen dürfen.«

Der Admiral fuhr herum und blickte in das lächelnde Gesicht seines Beraters. Er hatte Mühe, seine Wut über den Scherz des Zauberers zu unterdrücken, der scheinbar aus dem Nichts hinter ihm aufgetaucht war. Humor war noch nie Trolans starke Seite gewesen, schon gar nicht, wenn es den Anschein hatte, dass er selbst Gegenstand von Spott war. Aber statt die mächtigen Fäuste zu ballen und loszubrüllen, lächelte er mit zusammengepressten Lippen zurück.

»Ihr begleitet mich nun fast mein ganzes Leben und wisst noch immer nichts über die von mir bevorzugte Art Spaß«, sagte er mit scheinbarem, fast väterlichen Wohlwollen. »So ein Streich zählt ganz bestimmt nicht dazu. Ach übrigens – Ihr habt meinem Terrarium schon lange keinen Besuch mehr abgestattet. Die Bokrua hat sich von den Strapazen der langen Reise glänzend erholt.«

Erkon Verons Miene wurde ausdruckslos. Kein Zauberer der Yarben, egal ob zukünftiger Leibmagier oder Ortsgebundener, verließ die Akademie von Skark, ohne den *Eid* abgelegt zu haben. Allerdings war diese Bezeichnung der Prozedur irreführend. Zwar leisteten die Absolventen tatsächlich einen verbalen Schwur, mit dem sie ihren zukünftigen weltlichen Herren Treue und Gehorsam bis zum Tode versicherten, doch wurde dieser Vorgang gleichzeitig genutzt, um einige psychische Manipulationen durchzuführen. So wurde jedem der angehenden Magier durch magisch verstärkte Hypnose eine Angstneurose implementiert. Im Falle Verons betraf es die Bokrua – eine Riesenschlange. Trolan musste das Tier nur erwähnen, und aus dem sonst so kühlen und berechnenden Zauberer konnte ein flatterndes Nervenbündel werden. Während jeder Zauberer seine künstlich erzeugte Schwachstelle kannte – ohne dass ihm dieses Wissen jedoch etwas nützte – gab es noch eine zweite Manipulation, von der er lediglich wusste, dass sie existierte. Man nannte sie den »Ruf der Finsternis«. Was bedeutete, dass Trolan – und natürlich nur er allein – lediglich eine bestimmte Wortfolge aussprechen musste, und das Gehirn des Zauberers würde dessen Herz befehlen, zu schlagen aufzuhören. Es war kein vordergründiger Sadismus, der diese Tradition hatte entstehen lassen – die Yarben hatten aus ihrer Geschichte besser gelernt als manch anderes Volk. Und eine dieser Lehren war, nie einem Zauberer zu trauen. Zu oft hatten Vertreter dieser undurchsichtigen Zunft versucht, sich selbst zu Kriegsherren aufzuschwingen und die weltliche Macht ihrer magischen hinzuzufügen.

Gelegentlich hielt es der Admiral für angebracht, auf erstere Methode zurückzugreifen, während er die zweite nur in einem wirklichen Ernstfall anzuwenden gedachte. Gute Leibmagier waren zu selten, um sie einfach wegzuwerfen, erst recht, wenn man sich einen Ozean entfernt von der Heimat befand.

Beide Methoden empfand Trolan durchaus als sinnvoll, genau wie die Tatsache, dass Erkon Veron ihn im Falle seines Ablebens nur um Augenblicke überleben würde, sollte er ihn nicht vorher förmlich von seinem Eid entbinden. Die Yarben-Herrscher hatten in ihrer Angst vor der Macht der eigenen Magier wirklich einiges getan, um sich abzusichern.

Der Admiral sprach weiter, als handele es sich um eine Belanglosigkeit: »Und ich glaubte doch tatsächlich, mein kleiner Liebling würde sterben. Nun, die Gefahr besteht jetzt offensichtlich nicht mehr.«

Erkon Veron senkte in einer demütigen und Entschuldigung heischenden Bewegung den kahlgeschorenen Kopf. In die gelbe Kutte der Yarben-Zauberer gekleidet, bildete der Mann einen seltsamen Kontrast zum Admiral, ein Eindruck, der noch durch die Tatsache verstärkt wurde, dass er zwei Köpfe kleiner war und höchstens die Hälfte des Gewichts von Trolan auf die Waage brachte.

»Bitte nicht das Terrarium, Gebieter. Die Feuchtigkeit dort, und ich fühle mich ohnehin nicht wohl. Ein anderes Mal gern, aber bitte nicht jetzt!«

»Ein anderes Mal also gern?« fragte Trolan grinsend. »Ich nehme Euch beim Wort. Und dann werde ich keine Ausreden dulden!«

»Gewiss, gewiss!« stammelte der Zauberer.

Der Admiral beschloss, es auf sich beruhen zu lassen. Schließlich war der kleine Scherz des Versteckspiels nur eine Lappalie, und es gab wichtigere Dinge, über die sie zu reden hatten. Er ging zurück zum Thron und nahm wieder Platz.

»Ich bin gespannt, ob Ihr unserem Treffen auch einige konstruktive Impulse zu geben versteht. Was haltet Ihr von Oberst Giren?«

»Er ist ziemlich offen einer magischen Sondierung gegenüber. Zumindest hat er bei seinem Bericht kaum gelogen. Er ist keiner von diesen Raufbolden unter Euren Offizieren, die sich stets und ständig nach einer blutigen Klinge sehnen. Was den Rest betrifft, hat er nur die Fakten berichtet. Wenn mein Gebieter mir die Bemerkung erlaubt, Giren scheint mir nicht der Mann zu sein, der unseren Forderungen am Hof von Durna Nachdruck zu verschaffen wüsste. Das heißt, er ist für unsere Pläne genau richtig!«

Lordadmiral Trolan nickte. »Auf lange Sicht soll Durnas Machtposition besser nicht allzu fest werden, auch wenn sie sich dabei auf unsere Hilfe stützt. Irgendwann werden wir nach Teklador marschieren ...«

»Wir haben keinen Grund, mit ihm unzufrieden sein«, fuhr der Magier fort. »Kaleb ist ebenfalls kaum der geeignete Mann, um Giren effektiv bei seiner Arbeit zu unterstützen. Er ist ein guter Krieger und handelt als Heerführer in Schlachten instinktiv richtig, aber sonst ... Nun, wie heißt es so schön, führt ein Blinder einen Blinden, fallen beide in die Grube. Zur gegebenen Zeit wird uns der eine oder der andere den Vorwand liefern, wenn wir ihn brauchen.«

Trolan erhob sich wieder. Was zu sagen war, war gesagt, und er hatte noch andere Dinge zu erledigen. Im Augenblick waren ihre Pläne mit Teklador noch nicht in der Phase, wo sie seine volle Aufmerksamkeit erfordern würden. Doch Erkon Veron räusperte sich. Offenbar hatte er noch etwas auf dem Herzen.

»Was gibt es denn noch?« fragte Trolan ungeduldig.

»Gebieter, es ist diese Hexe Durna ... Ich traue ihr nicht!«

Mit einem Schlag war die schlechte Laune des Admirals zurück. Erkon Veron mochte einer der mächtigsten Magier der Yarben diesseits des Meeres sein, vielleicht sogar der mächtigste, aber er war auch Priester und neigte dazu, in religiösem Eifer über das Ziel hinaus zu schießen. Und wie bei vielen seiner Kollegen gehörte Menschenkenntnis nicht zu seinen Stärken. Jedenfalls war der Admiral davon überzeugt. Trolan zwang sich zur Ruhe, trotzdem konnte er den drohenden Tonfall in seiner Stimme nicht ganz unterdrücken.

»So! Ihr traut der Hexe also nicht? Muss ich Euch daran erinnern, dass selbst ich nicht in der Lage bin, einen gesamten Kontinent zu erobern, ohne die *zeitweilige* Unterstützung einiger fähiger und uns halbwegs gleichgesinnter Einheimischer? Ich betrachte es immer noch als einen Glücksfall, dass uns diese zornige Frau über den Weg gelaufen ist.«

»Es ist nicht nötig, gleich aus der Haut zu fahren, mein Gebieter!« warf der Zauberer rasch ein. »Vergesst meine Warnung, wenn Ihr mir auch nur drei Beispiele nennen könnt, in denen sich meine Vorahnungen *nicht* bestätigten!«

Trolan überlegte einen Augenblick und winkte dann verärgert ab. Erkon Veron war schließlich genau aus diesem Grund seit Jahren sein Leibmagier: Er irrte sich nie. Seine Sicherheit hätte fast unheimlich erscheinen können, wäre er nur Berater, und nicht auch ein Magier gewesen.

»Als Mann der Wissenschaft, für den Ihr Euch doch haltet, solltet Ihr wissen, dass die Tatsache, dass etwas bisher noch nicht geschehen ist, nicht zwangsläufig bedeutet, dass es nie geschieht«, knurrte Trolan dennoch.

»Lordadmiral, Ihr solltet mich gut genug kennen, um zu wissen, dass ich nicht der Mann bin, der leichtfertig Vermutungen aufstellt, die völlig aus der Luft gegriffen sind!«

»Wenn Ihr unbedingt meint, mich mit Euren Hirngespinsten langweilen zu müssen, so will ich es Euch erlauben. Aber eines verspreche ich Euch: Sollte es Euch nicht gelingen, mich zu überzeugen, werden wir noch heute dem Terrarium einen Besuch abstatten und nach meinen Lieblingen schauen!«

Erkon Veron zögerte einen Augenblick. Der in Aussicht gestellte Abstecher zu Trolans gesammelten Bestien wirkte nicht gerade ermutigend auf ihn. Doch der Admiral wusste, dass der Zauberer alles andere als ein Feigling war – und ein Dickkopf noch obendrein. Wenn er selbst nun schon die Bereitschaft signalisiert hatte, den Worten seines Leibmagiers Gehör zu schenken, würde dieser eine solche Chance nicht ungenutzt verstreichen lassen. Er lehnte sich resigniert auf dem Thron zurück.

»Gebieter, erlaubt mir, Euch eine Frage zu stellen«, begann der Zauberer schließlich, und ohne diese rhetorisch verlangte Erlaubnis abzuwarten, fuhr er fort: »Worauf führt Ihr unseren überaus schnellen Sieg über die Einheimischen zurück?«

Nun war es Trolan, der sich Zeit mit einer Antwort ließ. Auf was wollte dieses Schlitzohr hinaus? Bescheidenheit zählte bestimmt nicht zu den Stärken des Admirals, aber er hatte den Sinn für die Realität längst nicht verloren. Es war nicht die heilige Sache der Yarben und auch nicht ihre von den Neun gegebene Überlegenheit.

»Der Überraschungseffekt«, begann er aufzuzählen. »Schließlich waren diese naiven Schwachköpfe auf alles vorbereitet, nur nicht auf einen Angriff von der Küste her, weil sie gar nichts von der Existenz unseres Kontinents wussten. Und ihre Armee hatte sich offensichtlich in den letzten Jahren in erster Linie mit der Renovierung der Kasernen beschäftigt und weniger mit dem Führen von Kriegen. Verdammt noch mal, Zauberer, ich habe das Kommando über die besten Krieger, die es auf der Welt je gab, und ich bin vermessen genug, um zu glauben, dass diese Krieger vom besten Befehlshaber dieser Welt angeführt werden, aber ich bin nicht so dumm, dass ich nicht sehe, dass wir unverschämtes Glück gehabt haben. Denn selbst ein im Schlaf überraschtes Heer von Schlappschwänzen ist immer noch ein ernstzunehmender Gegner, wenn es dem eigenen zahlenmäßig überlegen ist!«

Die Andeutung eines Lächeln zeichnete sich auf dem Gesicht des Magiers ab.

»Ich kenne viele Männer, deren Fähigkeiten in einem weitaus krasseren Verhältnis zu ihrem Selbstbewusstsein stehen, als das bei Euch der Fall ist, mein Gebieter. Aber dennoch habt Ihr einen entscheidenden Punkt übersehen: die Magie. Auch auf diesem Kontinent gibt es Zauberer, doch keiner von ihnen verfügt über Kräfte, die sich mit meinen vergleichen lassen. Ich habe Aufzeichnungen gefunden, aus denen hervorgeht, dass dies nicht immer so war. Vor noch relativ kurzer Zeit waren ihre Magier in der Lage, wirklich Großes zu vollbringen. Heute ist keiner von denen mehr da! Die wirklich guten Leute scheinen alle fortgegangen oder unter seltsamen Umständen umgekommen zu sein. Andere haben den größten Teil ihrer Magie verloren. Ich habe keine Erklärung für diese Tatsache, hoffe jedoch, möglichst bald eine zu finden. Ohne diesen Glücksfall wäre diese Eroberung sicher alles andere als ein Kinderspiel geworden. Stellt Euch nur vor, was hätte passieren können, wenn sich die Magier eines ganzen Landes oder Kontinents gegen uns gewandt hätten! Aber nein, sie beschäftigten sich mit anderen Dingen! Fast so, als sei ihnen die Invasion einer fremden Macht *nicht wichtig genug!*«

Trolan zuckte mit den Schultern.

»Von mir aus. Da hatten wir eben einmal mehr die Neun auf unserer Seite. Aber ich sehe nichts, was Eure Worte mit Königin Durna in Verbindung bringen würde.«

»Sie ist eine Hexe, eine Magierin!«

»Und wenn schon! Sagtet Ihr nicht eben noch, die Magie der Einheimischen könnte uns nichts anhaben? Korrigiert mich, sollte mein beschränkter Verstand Euch nicht mehr folgen können!«

»Königin Durna, wie der Lordadmiral diese Hexe zu nennen beliebt, stattete uns erst ein einziges Mal hier in Nubra einen Besuch ab. Unmittelbar nachdem der damalige Herrscher von Teklador – König Vabik – uns ausrichten ließ, dass er unsere Herrschaft über Nubra anerkennen würde. Ein Zeichen, auf das wir hätten aufbauen können. Doch dann kam diese Frau und behauptete, König Vabik sei ein Verräter und arbeite insgeheim an einem Plan, uns zurück ins Meer zu jagen. Gleichzeitig unterbreitete sie uns ihren Vorschlag, Vabik zu stürzen und selbst seinen Platz einzunehmen – wenn auch unter unserer ständigen Kontrolle. Ein Vorschlag, von dem Ihr Euch sehr angetan zeigtet. Und ich gestehe, selbst ich schenkte dieser Frau mehr Glauben als der allzu schnellen Bereitwilligkeit Vabiks. Der Weichling versuchte doch nur, seine unwürdige Fahne in den Wind zu hängen. Dafür war er sogar bereit, dieser zweiköpfigen Gottheit abzuschwören.

Bei Durna war das anders. Ihr Hass auf Horam war echt, wenn ich auch nicht herausfinden konnte, woher er rührte. Man muss über keine besondere Menschenkenntnis verfügen, um das zu erkennen. Soweit wäre alles in Ordnung. Zwar fielen mir sofort einige Besonderheiten auf, doch anfangs glaubte ich, es handele sich dabei um etwas, was allen hiesigen Magiern eigen wäre. Ihr wisst ja, dass jeder Magier von einer Aura umgeben ist. Ein gewöhnlicher Sterblicher kann sie nicht spüren, nicht einmal jeder magisch Begabte. Ich allerdings schon. Ich hatte damals einige Male mit Durna zu tun, und ich schwöre Euch, ihre Aura hatte etwas überaus Seltsames an sich. Zunächst beunruhigte mich das nicht. Warum sollte sie auch nicht anders sein – schließlich war sie eine *hiesige* Zauberin. Ich sah keinen Grund zur Besorgnis.

Doch seit diesem Treffen habe ich mehr als genug von den hiesigen Zauberern gesehen. Bei jedem konnte ich eine Aura spüren, und bei fast jedem war sie schwächer ausgeprägt als bei ihr. Aber diese schwer zu definierende Eigenart, wie ich sie bei Durna feststellte, beobachtete ich niemals wieder. Es beunruhigt mich, dass ich sie nicht einordnen kann. Vielleicht ist sie mit Dämonen im Bunde, vielleicht sogar besessen, ich kann es nicht sagen. Aber es scheint sicher zu sein, dass sie gefährlich ist!«

Erkon Veron verstummte. Er wusste schon, dass sein Vortrag den Admiral nicht überzeugen würde. Aber er hatte es versucht.

»Ich glaubte schon, Ihr würdet gar nicht mehr zu einem Ende kommen«, spottete Trolan. »Durnas Aura unterscheidet sich also von der aller anderen Zauberer. Und das macht Euch Angst? Ein schönes Armutszeugnis, das Ihr Euch da ausstellt, mein Bester!«

»Beleidigungen sollten unter Eurem Niveau sein, Admiral. Ihr wisst, dass ich kein Feigling bin, aber es wäre Torheit, eine solche Tatsache einfach zu ignorieren. Es war nicht zuletzt meine Vorsicht, der Ihr Eure Erfolge verdankt.«

Trolans Gesichtsausdruck wurde noch finsterer.

»Also was schlagt Ihr vor? Lasst mich raten! Ein gedungener Mörder? Nein! Gift? Eurer nicht würdig! Einer Eurer Zaubertricks vielleicht?« Die Stimme des Admirals schwoll plötzlich gefährlich an. »Königin Durna wird kein Haar gekrümmt, jedenfalls nicht bevor *ich* es befehle. Ich darf Euch vielleicht daran erinnern, dass sie unsere Interessen in Teklador vertritt. Und das nicht einmal schlecht. Mir ist klar, dass diese Lösung nur vorläufigen Charakter hat. Aber momentan haben wir keine Alternative.«

Erkon Veron machte eine beschwichtigende Handbewegung.

»Ihr regt Euch völlig grundlos auf. Ich hatte nicht vor, das Problem auf eine derart unelegante Weise aus der Welt zu schaffen. Wenn es damit überhaupt aus der Welt geschafft wäre. Woher wollen wir wissen, dass Durna wirklich ein Einzelfall ist? Ich habe an etwas gänzlich anderes gedacht: Nicht eliminieren, sondern analysieren!«

»Analysieren? Und was würde das konkret bedeuten?«

»Es gibt nur zwei Möglichkeiten. Ich selbst könnte nach Teklador reisen. Sicherlich würden wir etwas finden, um meinen Aufenthalt dort zu begründen. Allerdings ist mein Platz hier, an Eurer Seite. Und Ihr werdet mir zustimmen, dass hier gegenwärtig genug für mich zu tun ist. Bliebe die zweite Möglichkeit: Kann der Fischer nicht an den Fluss, so muss der Fluss eben zum Fischer!«

Trolans Augen blitzten auf. Durna musste nach Nubra kommen! Etwas besseres hätte ihm auch nicht einfallen können! Dennoch beschloss der Admiral, nur gedämpfte Zustimmung zu zeigen.

»Ihr solltet Euch nicht für unersetzlich halten. Selbstüberschätzung ist eine Eigenschaft, zu der fast alle Angehörigen Eurer Zunft neigen. Und Ihr wärt nicht der erste, für den sie den Niedergang bedeutet. Doch ich gebe zu, dass Euer Vorschlag einige Vorteile mit sich bringt. Wir werden also Königin Durna nach Nubra zitieren. Oberst Giren wird ihr meinen Befehl, ich meine natürlich meine höfliche Einladung, überbringen. Sobald er wieder in Teklador eingetroffen ist, soll sie sich auf den Weg hierher machen.«

Der Magier nickte zustimmend. »Euer Entschluss zeugt von größter Weitsicht«, schmeichelte er.

Trolan reagierte nicht darauf. Er erhob sich und machte lediglich eine flüchtige Handbewegung. Die Unterredung war beendet.

7

»Ein Wunder!« flüsterte eine Stimme in seiner Nähe. Brad erkannte, dass er wieder ohnmächtig geworden sein musste. Er öffnete die Augen und sah sich in der halbdunklen Höhle um. Irgendetwas fehlte. Brad setzte sich auf.

»Was ist passiert?« fragte er.

Die Frau betrachtete ihn mit einem forschenden Blick. »Du hast das Bewusstsein verloren, als die Statue aufleuchtete. Nun bist du wieder gesund.« Sie hob die Schultern. »Ein Wunder, würde ich es nennen.«

»Was meinst du, gesund?« Brad runzelte die Stirn und befühlte seine Seite. Das war es: Der Schmerz fehlte. Die Schwertwunde tat nicht mehr weh. Tatsächlich war sie nicht einmal mehr da! Nur seine Kleidung war noch beschädigt und blutbefleckt. Das Wunder schien sich nicht um Äußerlichkeiten zu kümmern. »*Die Statue* hat das getan?«

»So scheint es.« Solana nickte ernst.

Er begriff, dass das Ereignis ihre früheren Schlussfolgerungen über die Echtheit der Statue bestätigt hatte. Brad entsann sich, seine »innere Stimme« kurz vorher gehört zu haben. ›Mir stehen Überraschungen bevor‹, dachte er. ›Na toll. Es war ja nicht so, dass ich vorhatte, mich hier zur Ruhe zu setzen.‹ Er nahm die Statue vom Boden auf und steckte sie wieder in seinen Beutel.

»Ja«, sagte er, »ich kann das Offensichtliche nicht leugnen. Das ist tatsächlich die Statue, die vor Jahren von dieser Welt gestohlen und nach Horam Schlan gebracht wurde. Seitdem ist bei uns viel mehr Zeit vergangen als hier – irgendeine komplizierte Magie ist der Grund dafür, denke ich. Der Zauberer Zach-aknum fand sie schließlich und wir erreichten im letzten Augenblick das einzige Tor, das noch halbwegs funktionierte. Wir wurden beim Durchgang jedoch getrennt. Ich weiß nicht einmal genau, ob er und die Frau, die am Ende noch bei ihm war, ebenfalls hier sind. Er meinte allerdings, es sei furchtbar wichtig, dass dieses Ding wieder an seinen angestammten Platz käme, sonst würde die ganze Welt untergehen oder etwas in der Art.«

Solana nickte dazu nur, als würde es sie nicht überraschen. War das hier etwa allgemein bekannt?

»Kennst du den Weg zum Tor in Halatan?« fragte Brad. »Da ihr sowieso dorthin zu euren Verwandten wollt, könnte ich euch ja ein Stück begleiten.« Er war nicht sicher, ob er das wirklich wollte, aber es würde auf jeden Fall weniger verdächtig sein, wenn er zusammen mit der Frau und dem Jungen reiste. Und er würde nicht nach dem Weg fragen müssen.

»Ich hätte nichts gegen die Begleitung eines kampferprobten Mannes einzuwenden«, sagte Solana und musterte ihn. »Aber wir müssen dir andere Sachen besorgen. So sieht man sofort, dass mit dir etwas nicht stimmt.«

»Vielleicht finden wir im Dorf noch etwas«, warf Jolan ein.

»Ich weiß nicht, ob wir es wagen können, noch einmal nach Hause zurück zu gehen.«
Solana blickte zweifelnd.

»Meinst du, dass die Yarben das Dorf besetzt haben?« fragte Brad, während er das erbeutete schmale Schwert an seinem Gürtel befestigte.

»Eigentlich nicht. So machen sie es nicht. Dazu sind es vermutlich auch zu wenige. Die meisten Yarben sind noch in Nubra und in Bink, unserer Hauptstadt.«

Das erschien logisch. Brad hatte zwar in seiner Heimat nie etwas in dieser Größenordnung erlebt, aber er wusste genug über Kriegführung, um eine Ahnung von den Problemen zu haben, vor denen eine solche Armee stehen musste. Vor allem, wenn sie über ein Meer gekommen waren, um hier einzufallen.

Sie verließen die Höhle. Draußen war alles still und friedlich. Das Sonnenlicht funkelte auf den nassen Bäumen und Sträuchern. Der Bach rauschte, angeschwollen vom Regen, in der Nähe. Nichts deutete darauf hin, dass hier vor kurzem ein ganzes Dorf brutal vernichtet worden war.

Schweigend folgte Brad den beiden Einheimischen durch den Wald. Bald konnte er den Brandgeruch wahrnehmen.

»Sollte der Junge nicht ...?« Er kümmerte sich zwar sonst nicht sonderlich um Kinder, aber normalerweise setzte man sie in Jolans Alter nicht unbedingt dem Anblick eines Massakers aus.

»Nein«, sagte Solana fest, »wir bleiben zusammen.«

Als sich der Wald lichtete, und sie sich einer Wiese näherten, wurde Solana vorsichtig, und Brad trat neben sie. Alle drei duckten sich zwischen den letzten Bäumen am Waldrand und spähten hinüber zum Dorf.

Einige Häuser schwelten offenbar noch immer. Doch die Rauchwolken waren alles, was sich bewegte. Auch nach längerer Beobachtung sahen sie keine Menschenseele.

»Scheint verlassen«, murmelte Brad. ›Falsches Wort‹, dachte er dann, ›*verlassen* hat das Dorf sicher kaum einer. Höchstens in die unbestimmbare Richtung von Wordons Reich.‹

Sie gingen über die nasse Wiese, ohne dass sich zwischen den Häusern etwas regte, sprangen über den Bach und standen vor einem Haus, das dem Brand entgangen war.

»Unser Haus«, murmelte Solana.

»Horam scheint mit euch zu sein«, bemerkte Brad.

Die Frau hob gleichgültig die Schultern und ging um das Haus herum zur Vordertür. Brad folgte ihr mit dem Jungen, wobei ihm verspätet einfiel, dass eigentlich er an der Spitze hätte gehen sollen. Aber die Gefahr, dass doch noch Yarben im Hinterhalt lauerten, war vermutlich gering.

Von der anderen Seite des Hauses konnte man die Dorfstraße entlang schauen. Solana stand still vor der zertrümmerten Eingangstür. Auf der lehmigen Straße lagen Leichen. Wo der Dorfplatz sein musste, wälzte sich träge eine dunkle Rauchwolke. Irgendwo waren die Geräusche von Stalltieren zu hören, die unruhig brüllten, weil sich niemand mehr um sie kümmerte.

»Man müsste ...«, sagte Solana unschlüssig und deutete auf die Ställe.

»Ich sehe nach. Kümmere dich um das Haus und Sachen.« Brad fühlte sich nicht besonders wohl in seiner Haut, aber er wollte der Frau den Anblick ersparen, wenn es irgendwie ging.

Sie zog Jolan ins Haus und er ging langsam die Straße entlang. Überall lagen die Toten herum. Es stank nach Rauch und verbranntem Fleisch. Die Angreifer schienen sich sogar die Mühe gemacht zu haben, Verwundete zu töten. Seine Erfahrung sagte Brad, dass die Leute tot waren, die er fand. Er brauchte sie nicht einmal zu untersuchen. So etwas hatte er schon gesehen. Auf dem Schlachtfeld. Nie in einem Dorf, das in keiner Weise in einen Krieg verwickelt war.

Er stieß die Tür eines vom Feuer verschonten Stalles auf, hinter der lautes Gebrüll zu hören war. Als er die Pferche öffnete, schoben sich die Tiere, die entfernt wie Tur-Büffel aussahen, ins Freie und trotteten davon. Vielleicht fing sie ja jemand aus einem Nachbarort wieder ein. Pferde konnte er nirgends entdecken. Vielleicht waren sie weggelaufen, oder das Dorf hatte gar keine besessen. Wäre ja auch zu schön gewesen, die Reise zum Tor zu Pferd antreten zu können.

›Also das war eine Bestrafungsaktion‹, dachte Brad. ›Keine Gefangenen, keine Plünderung, nicht mal die Häuser haben sie besonders gründlich zerstört. Nur die Menschen getötet. Was für seltsame Barbaren müssen das sein?‹

Barbaren, die es nicht nötig hatten, zu plündern? Die keine Sklaven brauchten? Das konnte nur bedeuten, dass diese Leute alles bekamen, was sie nur wollten, *ohne* dafür Dörfer überfallen zu müssen. Es passte zur Information über eine schleichende Besetzung des Landes.

Er hob eine Lanze auf, die man beim Abzug übersehen hatte. Sie war gut ausgewogen und wies eine scharfe Stahlspitze mit bösartigen Widerhaken auf. Nein, Barbaren wie zu Hause waren das nicht. Das hatte er schon in der Nacht gemerkt. Die Yarben, denen er nach seiner Ankunft begegnete, waren im Kampf unerfahren und jung gewesen, außerdem ziemlich überheblich. Das hatte sie das Leben gekostet. Aber sie gaben sich, als gehörten sie einer regulären und gut organisierten Armee an. Die geborenen Eroberer ... Brad warf die Lanze angewidert fort. Sie war sowieso zu unhandlich zum Mitschleppen.

Er ging zum Haus der Bäuerin zurück. Wer außer ihr und dem Jungen möglicherweise überlebt hatte, war nicht mehr da. Aber Brad glaubte nicht an weitere Überlebende. Die Yarben waren sehr gründlich gewesen, was die Menschen anging.

Solana hatte für ihn einige Kleidungsstücke ihres verschwundenen Mannes herausgesucht und andere Sachen in ein Bündel geschnürt. Die Yarben hatten das Haus tatsächlich nur nach Leuten durchsucht. Er schüttelte den Kopf, als sie ihn fragend ansah. Dann verkleidete er sich als Einheimischer. Brad waren Äußerlichkeiten einerlei – er hatte sich in seinem abenteuerlichen Leben bereits öfter verkleiden müssen, als er sich erinnerte. Trotzdem ließ er sich nicht dazu überreden, als Bauer durch diese Welt zu wandern. Das war weniger Eitelkeit als Vorsicht. Söldner mochten glauben, mit einem Bauern umspringen zu können, wie es ihnen beliebte, einem bewaffneten Mann würden sie schon anders gegenübertreten.

›Oder ihn vielleicht gleich aus der Entfernung mit einer Armbrust erschießen‹, dachte Brad. Er schnallte seinen Gürtel mitsamt Dolch und Yarbenschwert wieder um, auch die Stiefel behielt er. Sie hatten sogar den Stronbart Har überstanden, warum sollte er sich jetzt mit minderwertigem Zeug begnügen? Es war das Risiko wert.

»Gehen wir?« fragte er.

»Wir gehen«, antwortete Solana.

Sie warfen keinen Blick zurück, als sie auf der Straße nach Nordosten das tote Rotbos verließen. Die Bäuerin hatte keine weiteren Verwandten hier gehabt. Und mit der Beerdigung der Dorfbevölkerung hätten sie tagelang zu tun, ganz zu schweigen davon, dass sie sich als Überlebende verdächtig gemacht hätten. Vielleicht taten Leute aus dem Nachbardorf, was getan werden musste, vielleicht auch nicht. Brad wusste nicht, was hierzulande für Bräuche befolgt wurden – und es war ihm eigentlich auch völlig egal. Er wollte nur eins: Seine Freunde wiederfinden und die Mission beenden. Er würde sich hüten, sich auch noch in einen Krieg einzumischen.

8

Die Karawane, der sich Micra und der Schwarze Magier angeschlossen hatten, bestand hauptsächlich aus von Pferden gezogenen und mit Planen bedeckten Karren und einer Reihe berittener Begleiter. Die meisten dieser Männer waren gut bewaffnet, vermutlich handelte es sich um angeworbene Söldner. Es bedurfte keiner großen Phantasie, um den Zweck ihrer Anwesenheit zu erraten. Es war nicht so, dass die Straßen Halatans regelmäßig von Räuberbanden heimgesucht wurden, aber man forderte das Schicksal nicht heraus. Was genau die Wagen beförderten, wussten Micra und Zach-aknum nicht, sicher Handelswaren für den Norden. Selbst wenn es Schmuggelgüter gewesen wären, hätte ihnen das nicht gleichgültiger sein können.

Die Wagen rumpelten durch das altersschwache Stadttor auf die nicht viel bessere Landstraße. Micra verstand, warum sich nur sehr wenige Reisende den schwankenden Karren anvertrauten. Auf dem Rücken eines Pferdes war es wesentlich bequemer.

Man sah der Straße an, dass sie einmal für einen viel dichteren Verkehr gedacht gewesen war. Aber auch hier waren die Zeichen des Verfalls, der seit dem Verschwinden der Tore in der Region eingesetzt hatte, deutlich zu erkennen. Auf Horam Schlan wäre diese Straße freilich nur noch eine Erinnerung gewesen, da dort inzwischen zehnmal soviel Zeit verstrichen war. Fast waren die hier allgegenwärtigen Relikte einer besseren Ära noch schlimmer als die in den dunklen Jahren versunkenen Legenden auf ihrer Welt.

Kaum einer in der Karawane beachtete Zach-aknum und Micra, nachdem sie ihren Preis für die Mitnahme bezahlt und Pferde bekommen hatten. Jedenfalls nicht über das Maß normaler Neugier Fremden gegenüber hinaus. Man sah zwar an der Kleidung, dass Zach-aknum ein Zauberer war, aber das erregte kein Aufsehen. Und die Fünf Ringe waren wie immer unter seinen Lederhandschuhen verborgen. Der Führer des Wagenzuges hatte gleichgültig mit den Schultern gezuckt, als der Magier ihm sagte, dass sie nur bis zu der Stelle mitkommen würden, wo die Straße zum Tor in die Berge abzweigte. Ihn interessierte offenbar nur das Geld.

Als sie die Kleinstadt Het'char schon lange hinter sich gelassen hatten und bereits durch den dichter werdenden Wald ritten, kam er jedoch zu ihnen heran. Er war ein Mann, dessen Äußeres man eher mit einem Wegelagerer oder Räuberanführer als mit einem

Händler in Verbindung gebracht hätte. Vielleicht war der Gedanke an Schmuggelwaren gar nicht so abwegig. Lange, schwarze Haare hingen ihm unter einem breitkrempigen Hut ins Gesicht, das von einer Narbe verunstaltet wurde. An seiner Seite baumelte ein Reitersäbel. Zweifellos wusste er ihn zu gebrauchen. Man hatte ihn als Raul vorgestellt.

»Eine Frage, Herr. Seid Ihr tatsächlich ein Zauberer, Herr?«

»So ist es«, antwortete Zach-aknum. »Warum fragt Ihr?«

»Man sieht heutzutage immer seltener einen Vertreter Eurer Zunft. Die meisten sind nach Osten gegangen. Es sind schlimme Zeiten.«

Micra fragte sich, ob er meinte, dass die Zauberer fortgegangen waren, weil die Zeiten schlimm waren, oder umgekehrt?

»Wegen der Yarben in Nubra?« riet der Schwarze Magier.

»Ja, ich denke schon. Keiner weiß, was sie als nächstes tun werden. Wie man hört, deportieren sie die Bevölkerung von Nubra ins Landesinnere von Teklador, ohne dass dessen Regierung etwas dagegen hat. Sie stecken sie dort in Lager. Werden sie aufhören, wenn sie Nubra für sich allein haben?«

»Wer weiß?« Zach-aknum hatte immer noch keine Klarheit über die Bedeutung der veränderten Lage in seiner Heimat. Er wusste nur, dass es die Beendigung seiner Aufgabe auf irritierende Weise erschwerte. »Ist bekannt, warum sie das alles tun?«

Der Karawanenführer warf ihm einen überraschten Blick zu. »Man sagt, dass sie hierher umsiedeln wollen. Vielleicht verdrängt sie irgendwer oder irgendetwas aus ihrer eigenen Heimat auf der anderen Seite des Endlosen Meeres. Obwohl ich mir nicht vorstellen kann, dass es eine Armee gibt, welche die Yarben zu so etwas zwingen könnte.«

»Umsiedeln?« murmelte Zach-aknum. Micra sah ihm an, dass ihn etwas von dem beschäftigte, was der Mann gesagt hatte. Für einen Fremden war der jedenfalls ganz schön gesprächig. Sie wettete mit sich selbst, dass er etwas vom Magier wollte. Und da kam es auch schon.

»Könnte ich mit ... äh ... Eurer Unterstützung rechnen, falls uns unterwegs etwas Unvorhergesehenes begegnet?« fragte Raul.

»Natürlich«, sagte Zach-aknum gleichmütig. »Erwartet Ihr spezielle Unvorhersehbarkeiten?«

»Eigentlich nicht.« Der Mann hob die Schultern. »Aber die Grenze ist nicht weit. Wenn die Tekladorer selbst zu flüchten anfangen, wird die Situation hier brenzlig. Das südliche Halatan ist ein armes Land.«

»Ich verstehe. Solange wir mit Euch reiten, könnt Ihr natürlich mit uns beiden rechnen.« Der Karawanenführer ließ seinen Blick über Micras Gestalt gleiten. Bisher hatte er sie kaum beachtet. Sie konnte förmlich sehen, wie er sich fragte, was für eine Art Frau wohl mit einem Magier reiste. Sie erwiderte den Blick mit einem eisigen Starren, bis er wegschaute.

»Gut zu wissen. Ich danke Euch für Eure Bereitschaft«, sagte er und ritt mit einer kurzen Verbeugung im Sattel wieder an die Spitze des Zuges.

»Ein merkwürdiger Mensch«, meinte Micra nach einer Weile, als der Magier nichts dazu sagte.

Zach-aknum winkte ab. »Er hat vor etwas Angst. Und es sind nicht Flüchtlinge aus Teklador. Ich frage mich ...«

»Was?«

Er sah Micra in die Augen. »Vielleicht ging es ihm gar nicht um Schutz. Meine Antworten und Fragen mögen ihm alles verraten haben, was er über uns wissen wollte: Dass ich wirklich ein Zauberer bin und offenbar nicht besonders gut über die politische Lage und diese Gegend informiert.«

Ob der Magier nicht ein wenig mit seiner Paranoia übertrieb? Micra runzelte die Stirn. Da war es wieder, dieses Gefühl, dass etwas falsch sei. Wieso benahmen sie sich *in der Heimat* des Zauberers, als wären sie in einem feindlichen Gebiet?

Aber Micra konnte sich diese Frage selbst beantworten. Bis alles geklärt war, was sie noch nicht über die veränderte Situation wussten, bis die Statue dorthin gebracht war, wo sie hingehörte, würden sie sich ganz automatisch so verhalten. Das war ihnen längst in Fleisch und Blut übergegangen. Zach-aknum, weil er nun einmal ein Schwarzer Magier war; und ihr, weil sie seit ihrer Flucht aus der Burg ihrer Familie fast nie etwas anderes gekannt hatte.

»Wir sollten das nicht überbewerten«, sagte sie dennoch. »Unser Ritt mit dieser Karawane wird sowieso nicht länger als bis morgen dauern. Was kann der Mann da schon groß machen?«

»Er kann jemandem erzählen, dass er uns gesehen hat«, murmelte Zach-aknum und zog sich die Kapuze seiner Kutte über den Kopf.

Micra seufzte unhörbar. ›Was weiß er denn schon? Ein Zauberer unbestimmten Ranges und eine fremdländische Frau wollen in die Berge zu einem Ort, wo dem Vernehmen nach andere Zauberer ein längst nutzloses Weltentor bewachen. Na und? Besucht der Zauberer eben seine Kollegen.‹ Dann fiel ihr ein, dass man sich *jetzt* möglicherweise noch nicht für sie interessierte, später aber um so mehr nach ihnen fragen würde, falls sie etwas taten, das den Herrschenden hier und im Nachbarland nicht passte.

Vielleicht sollte sie den Karawanenführer töten?

›Ich bin schon genauso verrückt wie der Magier!‹ dachte sie ärgerlich.

* * *

Sie kamen langsamer voran, als sich Zach-aknum und Micra das vorgestellt hatten. Der Grund dafür war nicht zu erkennen – es gab keine so schweren Wagen, dass sie ein schnelleres Tempo verhindert hätten. Die Straße war abseits der Stadt überraschend gut erhalten, nur an einigen Stellen gab es Schäden. Der Zauberer und die Kriegerin ritten in der Mitte des Zuges aus Wagen und Pferden. Vielleicht wäre es besser gewesen, wenn sie sich an die Spitze gesetzt hätten, vor allem, wenn eine unbekannte Gefahr drohte, wie der Karawanenführer angedeutet hatte. Aber sie wollten nicht dadurch auffallen, dass sie zu neugierig waren, oder zu bereitwillig, eine Schutzaufgabe zu übernehmen.

Zach-aknum saß in sich zusammengesunken im Sattel und schien nicht auf seine Umgebung zu achten. In Wirklichkeit sondierte er jedoch auf passive Weise ein viel größeres Gebiet, als man vom Rücken eines Pferdes aus überblicken konnte, nach magischen Aktivitäten. Vor allem versuchte er, einen genaueren Anhaltspunkt für die gegenwärtige Position der Statue zu finden. Aber außer ihrer Anwesenheit auf dieser Welt fühlte er nichts. Es war fast, als habe jemand das magische Objekt getarnt. Oder hatte die Statue das selbst getan? Niemand wusste, was dieses Ding alles vermochte, wenn es sein musste. Brad war jedenfalls nicht dazu in der Lage. Er hoffte, dass sie sich noch in seinem Besitz befand.

Zach-aknum stellte in den Bergen, auf die sie zustrebten, etwas fest, das mit Sicherheit magisch war. Doch er konnte nicht genau sagen, *was* es war. Eine Art Echo vielleicht ... Das beunruhigte ihn nicht, schließlich sollten sich am ehemaligen Tor Magier aufhalten. Vermutlich beschäftigten diese sich wie üblich mit Experimenten. Zauberer der tieferen Stufen waren beinahe gezwungen, ständig neue Dinge auszuprobieren, wenn sie vorankommen wollten. Selbst ein Magier der Fünf Ringe konnte nie von sich sagen, dass er alles wusste und beherrschte. Aber *seine* Experimente sahen freilich etwas anders aus.

Die Gegend um das Gebirge war sehr dünn besiedelt. Man sah kaum ein Anzeichen dafür, dass abseits von der Straße jemals ein Mensch Hand an die unberührte Natur gelegt hatte. Der Boden konnte nicht zu karg sein, um Felder anzulegen, wenn er einen so dichten und wilden Wald trug. Und doch schien noch nie jemand versucht zu haben, sich entlang der alten Handelsroute niederzulassen und zu roden. Der Zauberer kannte diesen Teil der Welt nicht, und nach so vielen Jahren in der Fremde – für ihn selbst jedenfalls – erinnerte er sich auch nicht, jemals etwas über das Leben in Halatan gehört zu haben. Verbot der Kaiser aus nur ihm bekannten Gründen die Besiedelung dieses Landstriches? Oder waren die Wälder heilig? Er fragte niemanden danach, was das Einfachste gewesen wäre; einerseits, um nicht als zu fremd zu erscheinen, andererseits, weil es nicht wirklich wichtig war.

Eine unmittelbare Folge hatte dieser Zustand des Landes allerdings für die Karawane: Sie musste zeitig anhalten und ein Nachtlager aufbauen. Das geschah auf einem Platz, der wohl gerade für diesen Zweck gedacht war. Wieder wunderte sich Zach-aknum. Überall sonst hätte sich ein unternehmerischer Geist gefunden, der an einer Stelle, die so offensichtlich Reisenden als Haltepunkt diente, ein Wirtshaus errichtete. Doch der Ort war leer.

Die bewaffneten Begleiter schoben die Wagen wie einen Schutzwall gegen die Nacht zusammen und begannen mit den üblichen Aktivitäten eines Lagerplatzes. Je mehr Leute zu versorgen waren, um so eher musste man anhalten, um Brennholz zu suchen und Wasser zu holen. Keiner schien Lust zu haben, das erst nach Einbruch der Dunkelheit zu erledigen. Auch Micra machte ein Feuer, um etwas von ihren neu angeschafften Vorräten in eine Suppe zu verwandeln. Ohne dass Zach-aknum darauf hinweisen musste, verstand sie, dass er vor all den Fremden nicht anfangen würde, ihnen auf magische Weise Essen zu verschaffen. Und auch wenn er sich die Kriegerin nicht als Hausfrau vorstellen konnte, sie verstand zu kochen – etwas, das jeder Warpkrieger können musste, wie sie ihm einmal gesagt hatte. Es schien, als sei ihre Ausbildung in der Festung des Donners nicht nur auf den Kampf in der Schlacht, sondern auch auf das Überleben in jeder anderen Situation ausgerichtet gewesen. Schade, dass sie bei diesem Thema so verschlossen war. Der Zauberer hätte gern mehr über den eigentümlichen Kriegerorden gehört.

Wenn der Karawanenführer Raul eine Gefahr sah, so nahmen die Söldner sie nicht besonders ernst. Zwar sicherten sie den Lagerplatz mehr, als man das in Friedenszeiten zu tun pflegte, Wachen zogen bei Anbruch der Nacht auf, aber es geschah ohne ein Anzeichen von Besorgnis.

Zach-aknum wirkte trotzdem einen kleinen Zauber, bevor sie sich zur Ruhe legten. Wenn etwas geschah, dann würde er es sofort wissen. Aber es hatte keinen Sinn, mitten in einem bewachten Lager auch noch selbst die halbe Nacht aufzubleiben.

* * *

Nichts weckte sie in der Nacht. Beim ersten Tageslicht wurde das Lager abgebrochen und die Reise fortgesetzt. Aber plötzlich veränderte sich die Stimmung. Man merkte es an der Art und Weise, wie die Leute sich beeilten, an einer gewissen Gespanntheit, als würde jetzt der Teil des Weges anstehen, auf den es ankam: der gefährliche Teil. Das alles beschleunigte das Vorankommen der Wagen nicht, aber Zach-aknum und Micra waren gewarnt, ohne dass sie jemand darauf hingewiesen hätte.

Nach einiger Zeit begann der Weg anzusteigen und sich zwischen immer felsigeren Hügeln entlang zu winden. Die am Horizont aufragenden Berge kündigten sich an. Die Gegend wirkte seltsam verlassen. Nicht wie am Tag zuvor, sondern tatsächlich so, als seien Menschen hier gewesen und dann fortgezogen. Ein einziges leeres Gehöft lag an der Straße, um diesen Eindruck zu bestätigen, das Dach eingesunken und die Tür zerschmettert. Kaum einer der Leute in der Karawane warf einen Blick in diese Richtung. Die seltsame Anspannung machte sich stärker bemerkbar, auf den ersten Blick eigentlich kaum wahrnehmbar, aber für einen Mann, der wie Zach-aknum zu beobachten verstand, war es deutlich genug.

Gegen Mittag schlängelte sich die Straße unter sehr alten, hohen Bäumen hindurch, die ihre düsteren Schatten über die Karawane warfen. Der Magier hatte seine Kapuze ins Gesicht gezogen, doch aus ihrem Schutz heraus musterte er sowohl die Umgebung, als auch seine Begleiter scharf. Er bemerkte, dass Micras Hand nervös nach dem Griff ihres Schwertes tastete.

Dann ging es nicht mehr weiter. Die Wagen kamen zum Stehen, und die Berittenen saßen fluchend ab. Der Zauberer und Micra ritten so weit nach vorn, dass sie sehen konnten, was sie aufhielt: Ein Baum war quer über die Straße gefallen.

Micra richtete sich im Sattel auf und warf einen raschen Blick in die Runde. Dann schaute sie wieder zu dem gestürzten Baum hin.

»Das ist eine Falle!« zischte sie ihm zu. »Dieser Baum ist nicht auf natürliche Weise umgefallen.«

Ein schriller Aufschrei erklang. Einer der Männer, die sich an dem Hindernis zu schaffen machten, taumelte zurück und griff sich an die Kehle. Ein dünner, spitzer Gegenstand ragte aus seinem Hals. Es sah beinahe aus wie ein Pfeil. Die anderen Männer duckten sich hinter den Wagen.

Der Magier sprang vom Pferd, vorsichtshalber einen leichten Schutzspruch gegen die unbekannten Angreifer murmelnd. Als Reiter war er in einer solchen Situation für seinen Geschmack zu deutlich sichtbar. Micra jedoch begann sich mit ihrem Tier im Kreise zu drehen, um zu sehen, wer da mit Pfeilen aus dem Hinterhalt schoss. Vermutlich war sie der Meinung, schnell genug zu sein, um auch ohne ihre Warpkriegerrüstung nicht getroffen zu werden.

Ein weiterer Mann fiel zu Boden, dann zeigten sich die Angreifer. Es waren keine Menschen.

Verblüfft trat Zach-aknum aus seiner Deckung und starrte die fünf Gestalten an, die kreischend zwischen den Bäumen hervorstürzten.

»Wo kommen die denn her?« hörte er Micra genauso überrascht ausrufen.

Es waren Wesen, wie sie der Zauberer auf seiner alten Heimatwelt nie zu sehen erwartet hatte. Zwar gab es auch hier manchmal Dämonen, genau wie auf Horam Schlan, aber sie waren viel seltener und konnten eigentlich nicht als eine »einheimische Lebensform« betrachtet werden. Außerdem hielten sich Dämonen an gewisse Regeln und liefen nicht einfach so herum.

Doch der erste Eindruck täuschte, die seltsamen Gestalten waren keine Dämonen, jedenfalls keine gewöhnlichen, auch wenn ihr bizarres Äußeres sofort an solche denken ließ. Am ehesten waren sie noch mit den mutierten Bestien zu vergleichen, die gelegentlich in den sogenannten Todeszonen des Stronbart Har auftraten. Der Magier hatte nie eine von ihnen gesehen, doch es gab genug Geschichten und Beschreibungen in der Umgebung des Fluchwaldes, um eine gewisse Vorstellung zu bekommen. Blieb nur die Frage, was solche Monster hier machten, auf der falschen Welt, weit weg vom Stronbart Har.

Diese speziellen Wesen sahen entfernt menschenähnlich aus, aber das beschränkte sich auf das Vorhandensein zweier Beine und eines Kopfes. Sie besaßen vier Arme und eine Art Stützschwanz, und sie waren ganz mit glitschigen schwarzen Schuppen und langen Stacheln bedeckt. Man konnte das aber nicht genau erkennen, da sie sich mit großer Schnelligkeit auf die Karawane stürzten. Sie besaßen keine Waffen, wie sie die Pfeile abschossen, war zunächst ein Rätsel.

Aber nicht lange. Die abstoßenden Wesen schleuderten ihre körpereigenen Stacheln auf die Gegner – und die etwa eine Elle langen Pfeile waren zweifellos nicht nur spitz, sondern auch giftig. Sie schienen außerdem blitzschnell nachzuwachsen.

Zach-aknum und Micra griffen gleichzeitig ein, ohne auf Erklärungen oder Hilferufe der anderen Karawanenbegleiter zu warten. Das Wesen, welches sich am weitesten vorgewagt hatte, zerplatzte plötzlich und ohne Vorwarnung in einem Feuerball. Micra trieb ihr überraschtes Pferd vorwärts, so dass sie den anderen den Weg zu den Wagen abschnitt. Doch das Pferd war keinen Kampf gewohnt und schon gar nicht die aggressive Attacke eines Warpkriegers. Micra ließ sich aus dem Sattel fallen, als es gerade scheuen wollte. Wie sie es dabei schaffte, das zweite Monster einen Kopf kürzer zu machen, konnte Zach-aknum nicht erkennen. Er schickte dem nächsten Wesen einen Blitzstrahl entgegen, bevor es sich darauf besinnen konnte, eventuell zu fliehen. Knisternd verschmorte es. Im selben Augenblick war Micra aus ihrer gebückten Haltung hochgeschnellt und machte kurzen Prozess mit der Kreatur vor ihr. Die letzte jedoch drehte sich genauso schnell um, wie sie hervorgestürmt war, und verschwand im Wald. Weder Micra noch der Zauberer machten auch nur eine Bewegung, um ihr zu folgen. Das Wort Falle stand viel zu groß über diesem Ereignis geschrieben.

Der Kampf war in wenigen Sekunden entschieden, buchstäblich bevor auch nur einer der übrigen Bewaffneten zum Zuge gekommen war. Zach-aknum kam verspätet in den Sinn, dass sie sich nun exponiert hatten, wie sie es besser und deutlicher nicht hätten tun können. Er ging langsam und bedächtig auf den Karawanenführer zu, der sich gerade aus einem Gebüsch hoch rappelte. Ehe sich der Mann versah, stand er Auge in Auge mit dem

Magier. Dieser streckte eine Hand aus und packte ihn am Kragen seines Hemdes.

»Habt Ihr von diesen Kreaturen gewusst?« fragte Zach-aknum mit seiner ausdruckslosen Stimme. »Fragtet Ihr deshalb nach unserem Schutz?«

Raul begann am ganzen Körper zu zittern. Er versuchte nicht, sich aus dem Griff des Zauberers zu lösen. Wenigstens begriff er, was dessen Zorn bedeuten konnte.

»Ich ... ich wusste nicht«, stammelte er mit Schweiß auf der Stirn, »ob etwas kommen würde ... und was. Aber es gab Gerüchte ... von seltsamen Wesen. Sie sind plötzlich aufgetaucht, keiner weiß woher. Manche sagen, dass das letzte Tor sie bringt ... aber das funktioniert ja nicht mehr richtig.« Sogar in dieser Lage brachte er es fertig, das Bedauern eines Händlers über den Verlust der Tore in seiner Stimme mitschwingen zu lassen.

Zach-aknum ließ ihn angewidert los. »Narr! Warum habt Ihr Eure Besorgnis nicht klarer gemacht? Dann würden diese da noch leben!« Er deutete auf die Leichen der bei dem Überfall getöteten Männer. Sie interessierten ihn nicht wirklich, aber er hasste es, so überrascht zu werden, wenn es nicht hätte sein brauchen.

Der Karawanenführer murmelte kaum verständlich: »Wie sollte ich sicher sein ...?«

Natürlich. Zach-aknum begriff, dass man in Magier hierzulande wohl nicht mehr das Vertrauen setzte, das er gewohnt war. Wenn sich seine Kollegen in die Berge zurückgezogen hatten, statt etwas gegen die eindringenden Yarben zu unternehmen, war das kein Wunder. Aber natürlich gab er das vor dem verängstigten Mann nicht zu.

Der Zauberer hörte, wie Micra einige der Söldner anbrüllte. Aus den Augenwinkeln sah er, dass sie eine Art Sicherheitsring um die stehende Karawane organisierte. Wahrscheinlich hatte sie keine Probleme, das Kommando zu übernehmen – nach der Vorstellung, die sie gerade gegeben hatte. Die Frau hätte sie mit Stiefeltritten antreiben können und keiner würde zu murren gewagt haben.

»Ich rate Euch«, sagte er zu Raul, der noch immer wie erstarrt vor ihm stand, »Eure Zurückhaltung und Vergesslichkeit schnell abzulegen. Falls Euch noch etwas einfällt, was uns auf dem Weg ins Gebirge begegnen *könnte*, beschreibt es mir!«

»Jawohl, Ehrenwerter Magier. Ich selbst habe solche und ähnliche Kreaturen erst zweimal aus größerer Entfernung gesehen. Aber andere Händler berichten hin und wieder von Überfällen.«

Zach-aknum hörte ihm zu, wie er diverse Schreckgespenster beschrieb, von denen man nicht sagen konnte, wie viel daran übertrieben oder schlichtweg erfunden war. Aber der Magier war weit davon entfernt, skeptisch zu sein. Was er gesehen hatte, war Beweis genug, dass die Geschichten mehr als nur ein Körnchen Wahrheit enthielten. Die Frage war nur: Woher kamen auf einmal diese Monster?

Schließlich schickte er den Mann fort, um seine Leute zum Aufbruch bereit zu machen. Er wartete, bis sich alle auf eine gebührende Entfernung zurückgezogen hatten, dann annihilierte er den Baum, der den Weg versperrte, in einem einzigen Ausbruch magischer Energie. Der Umstand, dass er dabei ein wenig übertrieb, war das einzige Zeichen dafür, dass Zach-aknum sich Sorgen machte.

Ein Söldner brachte ihm mit vor Ehrfurcht geweiteten Augen sein Pferd und wollte ihm in den Sattel helfen. Unwirsch wehrte er ab und schwang sich selbst hinauf. Das fehlte noch, einen Fremden so an sich heran zu lassen!

Micra kam herangeritten und lächelte schief. »Soviel zu Zurückhaltung und unauffälligem Reisen. Ich wusste gar nicht, dass sich die Todeszonen auch auf diese Welt erstrecken.« »Das tun sie auch nicht.« Er verstummte. Woher wollte er das wissen? Vielleicht bewegten sie sich bereits durch so etwas ähnliches wie die Todeszonen des Stronbart Har? Unsinn. Dann *wären* sie bereits tot oder in Monster verwandelt.

Aber immerhin, es war ein Gedanke, der ihn seit der beinahe hysterischen Beschreibung der unterschiedlichen, völlig unbekannten Kreaturen nicht mehr losgelassen hatte. Das ehemals defekte und nun ganz geschlossene Tor war in der Nähe, und solche Seltsamkeiten hätte er auf Horam Schlan sofort mit dem Fluchwald in Verbindung gebracht, wie es auch Micra offenbar tat. Und hatte er nicht selbst das Tor einmal mit einer in den Angeln hin und her schwingenden Tür verglichen? Eine offene Tür direkt in den Stronbart Har! Wer wusste denn, was das auf dieser Seite für Auswirkungen gehabt hatte?

»Wir müssen hinauf zum Tor«, sagte er, als sich der Wagenzug wieder in Bewegung setzte, »jetzt mehr denn je.«

Micra hob nur die Schultern, als wolle sie sagen, das passe ihr gut. Dann ritten sie an die Spitze der Karawane. Noch einmal sollten die dämonischen Wesen sie nicht in einen Hinterhalt locken können. Die Warpkriegerin fauchte hier und da einen Söldner an, er möge seine verdammte Armbrust oder seine Mistgabel von einem Schwert besser in Bereitschaft halten – obwohl sie nicht gerade so höfliche Worte verwendete. Mehr als einer der Männer schickte ihr bewundernde Blicke hinterher.

›Soviel zu Unauffälligkeit‹, wiederholte Zach-aknum in Gedanken Micras Worte. Sie schaffte es, ihn immer wieder in Erstaunen zu versetzen. Und das, obwohl er die Fähigkeiten von Warpkriegern eigentlich zur Genüge kennen gelernt hatte. Die Söldner würden wohl noch lange von ihr schwärmen …

Er wandte seine Aufmerksamkeit wieder den magischen Strömungen im und um das Gebirge zu. Die seltsamen Geschöpfe hatten mit Sicherheit etwas mit Magie zu tun, aber sie war nicht offensichtlich – sonst hätte er ihr Nahen an seinen Ringen gespürt. Also lag ihre Entstehung schon längere Zeit zurück, oder sie waren überhaupt nicht auf unnatürliche Weise entstanden. Nach einer Weile fügte er noch eine Möglichkeit hinzu, mit der sich der Kreis seiner Überlegungen schloss: Sie waren vielleicht nicht auf dieser Welt entstanden. Er wusste nicht, was für Auswirkungen ein solcher Umstand auf die Spürbarkeit von Magie haben würde, aber er hielt es für denkbar, dass es sie erschweren könnte.

Die Gegend wurde immer karger und unwirtlicher, je höher sie in den Vorbergen des Halatan-kar kamen. Statt einen Bogen um das Gebirge zu machen, schlängelte sich die alte Straße hinauf, weil sie ursprünglich dazu gedacht gewesen war, die umliegenden Städte mit dem Tor zu verbinden. Nun war sie nur noch ein weiterer Weg nach Norden, von dem irgendwo ein überflüssig gewordener Pfad abzweigte.

Die hohen, uralten Bäume wichen kleineren, geduckten Gewächsen, wie das in Bergregionen immer der Fall ist. Häufiger war die Oberfläche der Straße von Schmelzwasser ausgewaschen, so dass die Wagen gefährlich schwankten und die Karawane nun noch langsamer voran kam.

Zach-aknum bemerkte mehrfach verdächtige Bewegungen im Unterholz. Funkelnde Augen verfolgten ihr Vorankommen aufmerksam, doch einen weiteren Überfall gab es nicht. Entweder waren die aggressiven Geschöpfe seltener, als es die Geschichten der Reisenden annehmen ließen, oder es hatte sich die Nachricht verbreitet, dass man sich mit dieser Gruppe besser nicht anlegte. Ihm war ein wenig unbehaglich zumute, wenn er daran dachte, was letzteres bedeuten würde. Obwohl es keine der bekannten Dämonen aus Wirdaons Reich gewesen waren, hatten die Monster bei ihrem Überfall eine gewisse Intelligenz gezeigt. *Tiere* fällten normalerweise keine Bäume, um Reisende aufzuhalten.

»Ehrwürdiger Magier«, redete Raul ihn an, »dort vorn ist der Weg, welcher zu dem Ort führt, an dem das Tor ist.«

Zach-aknum warf ihm einen Blick zu. Der Mann wollte sie sicher nicht loswerden – im Gegenteil. Aber wahrscheinlich rechnete er sich aus, was mit ihm geschehen würde, wenn er die richtige Abzweigung zu erwähnen »vergaß«, um den Schutz des Zauberers noch ein wenig länger genießen zu können.

»Werdet Ihr allein zurechtkommen?« fragte er ihn mehr aus Höflichkeit, als aus Bereitschaft, ihm wirklich weiterhin beizustehen, und machte Anstalten, von seinem Pferd zu steigen.

»Oh, sicher. Von hier aus ist es nicht mehr sehr weit bis zum nächsten Dorf, und der Wald ist auch lichter. Ich glaube nicht, dass sie es noch einmal wagen werden. Und – Ehrwürdiger Magier – behaltet die Pferde als Dank.«

Zach-aknum nickte ohne ein Zeichen der Überraschung, das Geschenk wie selbstverständlich annehmend. »Ich wünsche Euch einen sicheren Weg.«

Damit trennten sich Micra und der Zauberer von der Karawane. Sie ritten hintereinander den schmalen Weg hinauf, der alles war, was das Wetter der letzten Jahre von der Straße zum Tor übriggelassen hatte.

»Sie werden schon in der nächsten Herberge über ihre Abenteuer schwatzen«, murrte Micra. »Bald weiß jeder, dass zwei seltsame und kriegerische Leute in die Berge zu den Zauberern gegangen sind.«

»Ja«, gab Zach-aknum schulterzuckend zu, »aber das hätten wir uns überlegen sollen, bevor wir uns einer Karawane anschlossen. Und vielleicht hört Brad auf diesem Weg etwas von uns, wenn er nicht von selbst auf die Idee gekommen sein sollte, zum Tor zu gehen.« Er versank wieder in Schweigen, während er seine Sinne ausstreckte, um nach Magie und Gefahren Ausschau zu halten.

Die diffuse Ausstrahlung war immer noch da, und auch jetzt konnte er nicht genau sagen, was sie bedeuten mochte. Es irritierte ihn vor allem, dass er nichts von dem auffing, das er normalerweise mit der Anwesenheit einer Gruppe von Zauberern in Verbindung gebracht hätte. Alle sagten, die Magier seien in die Berge gegangen – aber er spürte sie nirgends! Da war nur so etwas wie ein magisches Nachglühen, ein Echo. Der Pfad verlief in engen Schleifen an dem zunehmend rauer werdenden Berghang. Über ihnen türmte sich schroff und grauschwarz das eigentliche Bergmassiv des Halatan-kar. Tiefe Schluchten zerschnitten seine Flanke. In einer von ihnen befand sich der Ort, zu dem sie wollten. Es war schon immer von allen drei das unzugänglichste Tor auf diesem Kontinent gewesen. Das vierte befand sich in einer noch öderen Gegend, stand in den alten Büchern. Es war von Horam Schlan aus ganz gut zu betreten gewesen, aber es hatte zu einem Platz geführt, den man nie richtig identifizieren konnte. Astronomen, die über den Umweg der anderen Welt zu diesem sturmgepeitschten Ort auf der Spitze eines furchtbar kalten Gebirges gereist waren, stellten damals anhand der Sternbilder fest, dass er sich zweifellos ebenfalls auf Horam Dorb befand, aber weit in westlicher Richtung, hinter der westlichen See. Drei von ihnen kamen bei der Expedition um. Die Bewohner von Horam Schlan wussten von keinem Fall zu berichten, wo jemand von der anderen Seite durch das »nutzlose Tor« gekommen war, wie sie es nannten. Die so erkannte Tatsache, dass es hinter dem Meer noch einen Kontinent gab, wurde nie weiter verfolgt. Fatalerweise, wie jetzt deutlich wurde. Zach-aknum war klar, dass es das Land der Yarben gewesen sein musste, das man so entdeckt hatte. Leider eine dieser Entdeckungen, die so nutzlos waren wie das Tor selbst. Nie war jemand in diese Berge hinabgestiegen und zurückgekommen ...

Auch früher waren hier im Halatan-kar nur Karawanen mit Packtieren durchgekommen, denn es wäre zu aufwändig gewesen, eine befahrbare Straße zum Tor hinauf zu bauen. Für Wagen gab es zwei andere Tore, die bequem mitten in der Ebene lagen: Winde Mokum, durch das die Expedition der vier Magier aufgebrochen war, und Mal Voren, das bei Zacha Bas Zeitexperiment zerstört worden war.

Nur das Klappern der Hufe auf Stein und das Schnauben der Pferde durchbrach die Stille. In dem verkrüppelten Gesträuch, das sich zwischen die Felsen duckte, schien nicht ein Tier zu leben.

Es war kalt hier oben.

Plötzlich zügelte Micra, die voran ritt, ihr Pferd. Stumm wies sie auf einen Stein, der wie eine Begrenzung oder Markierung am Rande des Weges aufragte. Gegen seine mit abgestorbenem Moos bedeckte Vorderseite gelehnt, saß das Skelett eines Menschen. Über dem gebleichten Schädel war ein Zeichen, eine Rune, in den Stein gehauen worden. Nicht einfach nur eingeritzt, sondern tief eingemeißelt – so als habe jemand sichergehen wollen, dass nichts das Zeichen wieder auslöschen könne.

»Ein Wegweiser«, bemerkte der Magier.

»Ach ja? Humorvolle Leute, diese Kollegen von Euch.« Micra musterte den Boden um das Gerippe. Es waren keinerlei Reste von Kleidung oder Waffen zu erkennen. Vom Zustand der Knochen zu schließen, lag es noch nicht viele Jahre hier.

»Nicht das Skelett. Die magische Rune ist ein Wegweiser zum Tor. Dass der Tote unter ihr liegt, kann vieles bedeuten – oder nichts. Möglicherweise ist es das Werk dieser Kreaturen, oder eine Warnung, eine Markierung des Territoriums. Ich habe von wilden Stämmen im Urwald tief im Süden gehört, die so etwas tun.« Der Zauberer schüttelte den Kopf. Er wusste nicht, ob er dem Fund eine Bedeutung beimessen oder ihn einfach ignorieren sollte. Nichts passte hier zusammen. Er wurde immer gereizter.

»Ah, so etwa wie ein Schild ›Jagdgebiet für menschliches Wild‹?« sagte Micra. Sie betrachtete die vor ihnen aufragenden Berge und murmelte etwas im Dialekt von Terish, das der Magier nicht verstand.

»Wahrscheinlich hat es gar nichts zu sagen«, meinte Zach-aknum wegwerfend. »Reiten wir weiter, damit wir vor Einbruch der Nacht am Tor sind.«

»Was ist dort – außer dem Tor selbst, das nicht mehr da ist?« fragte Micra wenig später. »Wart Ihr schon einmal da?«

»Nein, wir sind durch ein anderes gekommen. Soviel ich weiß, gibt es neben dem hiesigen Weltentor natürliche Höhlen, die man zu etwas ausgebaut hat, das im Laufe der Zeit wahlweise ein Kloster oder ein Fort war. Ich nehme an, dass es jetzt nur noch als Zufluchtsort für die Zauberer dient, nachdem es seine eigentliche Bestimmung verloren hat.«

»Was meint Ihr, warum sind diese ganzen Zauberer aus ihrer Heimat fortgezogen und hier herauf gekommen?«

Zach-aknum schwieg eine Weile. Dann antwortete er: »Das ist es, was ich mich schon geraume Zeit frage. Zwar kann sich nicht jeder Magier im Kampf behaupten, und auch ein guter Zauberer mag gegen eine organisierte Truppe von entschlossenen Solda-ten letztendlich unterliegen, aber ich begreife nicht, wieso sie sich scheinbar alle zum Rückzug in die Berge entschlossen haben. Falls es überhaupt stimmt, was wir bisher darüber erfahren konnten.«

»Vielleicht verfügen diese Yarben ihrerseits über eine mächtige Magie?« mutmaßte Micra. Er schüttelte den Kopf. Was konnte das schon sein, wenn es ein Zauberer der Fünf Ringe nicht kannte? Zach-aknum wusste nicht, wo es auf seiner Welt etwas geben sollte, das so mächtig wäre, alle Magier zu vertreiben. Magie war Magie. Etwas derart Mächtiges wäre den Adepten längst bekannt gewesen, selbst wenn ihnen das Land der Yarben unbekannt war.

Sie kamen an eine Stelle, wo rechts vom Weg steile Geröllflächen zu den fast senkrechten Wänden des Berges hinauf führten, während sie sich auf der linken Seite in die Tiefe er-streckten. Neben dem aus flachen Platten bestehenden Weg floss ein Bach, der aus dem Einschnitt im Gebirge zu kommen schien, in den sie der Weg führte. Hier, wo nichts mehr wuchs außer ein wenig dürrem Gras in den geschützteren Ritzen, war die alte »Straße« noch fast in ihrem Originalzustand. Nur hin und wieder trafen sie auf Abschnitte, die von Stein-schlag beschädigt worden waren. Aber unpassierbar war sie nicht, darauf hatte jemand geachtet. Zach-aknum und Micra stiegen trotzdem ab und führten ihre Pferde am Zügel. Die Sonne neigte sich bereits bedenklich dem Horizont zu. Sie würden es nicht mehr vor der Nacht schaffen, die Höhlen beim Tor zu erreichen.

Als sie in den Schatten der nach Nordosten führenden Schlucht kamen, wurden die Pferde unruhig. Nur mit Mühe ließen sie sich bändigen und zum Weitergehen bewegen.

»Etwas folgt uns«, sagte Micra plötzlich.

»Ha?« Der Magier schaute sich um. Überall die gleiche steinerne, reglose Einöde im kalten Halbdunkel des Bergschattens.

»Ich konnte es ein paar Mal hören. Hinter uns schleicht irgendwer den Weg hinauf. Und ich wette, es ist nicht das Skelett.«

Zach-aknum dachte: ›Da wäre ich mir nicht so sicher‹, und sah sich noch einmal um. Kein Platz, an dem sie sich in einen Hinterhalt legen konnten. Außerdem würde sie das nur noch mehr Zeit kosten.

»Weiter!« sagte er also drängend. »Wenn es uns bis zum Tor folgt, ist es entweder harm-los oder völlig verrückt.«

»Ich weiß nicht, ob ich einem ›völlig verrückten‹ Monster begegnen möchte ...« Micra
lockerte ihr Schwert in der Scheide.

Sie setzten ihren Weg in der unheimlichen Stille der Berge fort. Hin und wieder drehte
sich Micra um und lauschte. Obwohl sie nichts mehr hörte, schien sie weiterhin zu
spüren, dass da etwas ihren Spuren folgte. Ob Mensch oder Tier, konnte keiner von
ihnen sagen.

Der alte Weg zog sich nun steil in einer enger werdenden Schlucht nach oben. Es
wurde schnell ganz dunkel. Zach-aknum zögerte zuerst, aber dann entzündete er doch
ein kleines magisches Licht, das vor ihnen her tanzte. Sie mussten nicht mehr weit
gehen. Plötzlich wichen die Felswände der Berge zurück, um einen Kessel freizugeben.
Solche Formen fand man oft in einer derartigen Schlucht, an Stellen, wo Eis und
Schmelzwasser weicheres Gestein ausgewaschen hatten. Meist waren die Kessel von
stillen Teichen ausgefüllt. Auch in diesem hatte der schmale Bach, der ihnen schon den
ganzen Weg über entgegen geplätschert war, eine Senke im Geröll gefüllt. Wahrscheinlich floss hier im Frühjahr viel mehr Wasser. Jetzt war es kaum ein Rinnsal. Der gang-
bare Weg endete in dem fast kreisrunden Felskessel. Die Schlucht setzte sich auf der
anderen Seite nicht fort. Nur eine enge Spalte war zu erkennen, in der das Wasser von
einem noch weiter oben liegenden Gletscher herunter kam.

Das Licht des Zauberers fiel auf eine hohe, bogenförmige Struktur, die frei in der Mitte
des Platzes stand. Sie war einst kunstvoll aus Stein gehauen worden, jetzt allerdings so
stark verwittert, dass man sich fragen musste, was sie noch aufrecht erhielt. Fetzen
irgendeines Gewebes baumelten von den beiden Pfeilern des Bogens herab und bewegten sich träge im Nachtwind.

Zach-aknum blieb am unteren Rand des Felsenkessels stehen und sah sich um. Nirgends
regte sich etwas. Kein Licht, kein Geräusch deutete auf die Anwesenheit von anderen
Menschen hin. Die Magie, die er die ganze Zeit über gefühlt hatte, ohne sie einordnen
zu können, kam von hier – aber der genaue Ort ihres Ursprunges blieb weiterhin unklar. Vielleicht hatte es auch mit dem toten Tor zu tun, das als ominöses Mahnmal
vergangener Zeiten in der Dunkelheit stand.

»Nun?« sagte Micra halblaut. »Wohin sind sie denn alle verschwunden, diese Zauberer?«

9

Die Mauern der Festung der Sieben Stürme erhoben sich auf dem felsigen Ufer des
Terlen Dar, der südlichen Verzweigung des großen Terlenflusses, nur wenige Meilen
entfernt von den ersten Ausläufern des Grauen Abgrunds, wie die Einheimischen eine
tiefe Verwerfung in den Kalksteinmassiven dieser Gegend zu nennen pflegten.

Es ist leicht, eine uneinnehmbare Festung hoch droben in den Bergen zu errichten,
sagte ein altes Sprichwort aus Teklador. Ein Bauwerk, das diese Bezeichnung wirklich
verdient, kann auch in der Ebene bestehen.

Die Festung der Sieben Stürme hatte schon Jahrhunderte allen Wechselfällen der Zeit
standgehalten. Vier massige, graue Türme aus dem harten Kalkstein, an dem das Land so

reich war, reckten sich noch immer stolz in die Höhe, nicht ausgerichtet nach den Himmelsrichtungen, sondern nach den vier Toren, die einst die Welten miteinander verbanden. Noch konnten sich die Menschen daran erinnern, aber wenn es eine Zukunft gab, so würden diese Tore und mit ihnen die andere Welt zu einer bloßen Legende werden. Die Magierin Durna bedauerte es ein wenig, dass sie diesen Zeitpunkt nicht mehr miterleben würde. Selbst Zauberern war echte Unsterblichkeit verwehrt. Wenn es nach ihr ging, konnte die andere Welt zusammen mit Horam schon morgen verloren und vergessen sein. Sie stand auf einem der Türme und blickte auf das zu ihren Füßen liegende Land, welches in das rote Licht der untergehenden Sonne getaucht war. Am anderen Ufer des Terlen Dar lag Bink, die Hauptstadt von Teklador, dessen Herrscherin sie war. Keinem war es erlaubt, sich in unmittelbarer Nähe der Festung anzusiedeln, was angesichts des rauen Terrains auch ziemlich schwer gefallen wäre. Das Bauwerk der Feste nahm allen Platz ein, der am Nordufer vorhanden war. Und mehr als einmal in ihrer Geschichte musste der jeweilige Herrscher schon die einzige Brücke zerstören lassen, die zu seiner Haustür führte, wenn ständig steigende Steuern und Preise oder andere Misslichkeiten den Zorn der braven Bürger von Bink allzu sehr erregt hatten.

Durna lächelte boshaft. Sie würde so etwas nicht nötig haben. Es gab andere Wege für eine Magierin ... Der Abendwind fuhr in ihr schwarzes Haar und brachte es in Unordnung. Sie trug es kürzer als in Teklador üblich, was für viele der Dinge, mit denen sie sich beschäftigte, praktischer war. Nicht auszudenken, was passieren konnte, sollte sich eines ihrer Haare in einen Zaubertrank oder dergleichen verirren. Im Moment sah es wahrscheinlich aus, als sei es noch nie mit einem Kamm in Berührung gekommen. Doch da sie außer den Männern der Wache niemand sehen konnte, auf den es ankam, störte Durna das nicht. Ihre Leibwache stand auf der anderen Seite der Plattform, so weit von ihr entfernt, wie es hier oben ging.

Sie befand sich auf dem Turm, der nach Mal Voren zeigte, jenem der vier Tore, das vor mehr als 35 Jahren bei dem waghalsigen Experiment der Magier zerstört worden war, einem Experiment, welches die Zeit verlangsamen sollte. Niemand hatte anschließend *beweisen* können, ob sie damals Erfolg gehabt hatten, aber da die Welt noch immer existierte und nicht durch »den Zorn Horams« – wie es die Yarben nannten – vernichtet worden war, konnte man es annehmen. Heute befand sich an der Stelle des ehemaligen Tores eine ausgeglühte Wüste.

Der Turm, welcher ungefähr im Süden stand, zeigte nach dem fernen Tor von Winde Mokum, dem Tor, das vor einigen Jahren noch einmal für kurze Zeit sozusagen einen Spalt breit geöffnet werden konnte, um die vier Elementarzauberer nach Horam Schlan zu schicken, wo sie die gestohlene Statue suchen sollten. Man hatte mehr als dreißig Jahre gebraucht, um einen Weg zu finden, das zu tun! Zurückgekommen war keiner von ihnen ...

Der Gedanke an die gestohlene Statue ließ ihr Herz sich noch immer vor Kummer und Zorn verkrampfen. Diese Statue, die eine Hälfte des Gottes Horam darstellte, jenes Gottes, den sie so sehr hasste, diese Statue, deren Diebstahl in ihren Augen für Exil und Tod ihres geliebten Vaters verantwortlich war.

Lefk-breus, damals selbst ein nicht unbedeutender Zauberer mit Vier Ringen, war der letzte Hohepriester Horams in Ramdorkan gewesen, jenem Ort in den Bergen von

Nubra, wo der Tempel des Gottes gelegen hatte. Durna spürte Genugtuung, als sie in der Vergangenheitsform daran dachte. Die Yarben hatten ihre eigenen Gründe, Horam nicht zu mögen, und das machte sie für eine gewisse Zauberin – wenn nicht gerade sympathisch – so doch nützlich.

Nach dem Diebstahl der Statue gaben die übrigen Priester ihrem Vater und seiner Arglosigkeit die Schuld, und er wurde in Schande verstoßen. Eine Ungerechtigkeit, mit der er sich niemals abfinden konnte. Er verließ sie und ihre Mutter, als sie noch ein kleines Mädchen war, das von all dem nichts verstand. Später erfuhr sie, dass er auch Nubra verlassen hatte, um einen Ort zu finden, wo ihn keiner kannte und er seinen magischen Forschungen ungestört nachgehen konnte. Sie hörten jahrelang nichts mehr von ihm, und die Sorge und Ungewissheit brachten ihre Mutter viel zu früh ins Grab. Die nächste Nachricht, die sie schließlich erhielt, besagte, dass ihr Vater gestorben sei. Sie wurde damals von Pflegeeltern großgezogen, die sich zwar Mühe gaben, mit einem eigensinnigen Mädchen wie ihr, das außerdem recht bald eine magische Begabung zeigte, aber überfordert waren. Durna nahm an, sie waren eher erleichtert, als sie sich eines Nachts auf und davon machte.

Sie fand einen alten Dorfzauberer, der vor allem jemand zum Putzen brauchte, und ging für fast zwei Jahre bei ihm in die Lehre. Es war nicht im mindesten das, was ihr Vater ihr hätte beibringen können, aber eines wusste sie schon damals: Eine Zauberin zu werden, das bedeutete vor allem, sich selbst zu helfen. Danach war sie für sechs anstrengende Wochen bei einem Eremiten, der ausgerechnet auf dem Zentralberg des Cheg'chon-Kraters lebte. Es war ziemlich dämlich, zwanzig Schritte von der armseligen Hütte des Mannes in einem noch armseligeren Zelt aus Ziegenleder zu hausen – er war schließlich Eremit und es ging nicht an, sie bei sich aufzunehmen – aber was sie von ihm an Magie lernte, war die Sache wert gewesen.

Als sie genug gelernt hatte, um sich den ersten Ring zu verdienen, war sie schließlich fast unvermeidlich auf den Spuren ihres Vaters gelandet. Die junge Frau hatte keinen besonderen Grund, seinen Weg von Ramdorkan bis zum Ort seines Todes zu verfolgen, aber sie hatte auch keinen, es nicht zu tun. Auf diesen Reisen erfuhr sie nach und nach die Wahrheit über den Diebstahl der Statue durch den Horam Schlaner Tras Dabur. Und in dem Maße, wie ihre Überzeugung wuchs, dass die Priester von Ramdorkan einfach einen Sündenbock gesucht hatten, stieg ihre Wut auf sie und ihre Religion. Wenn ein Gott dafür verantwortlich war, dass sie schließlich ihre Rache bekam, war es sicher nicht Horam gewesen ...

Durna kam oft in der Abenddämmerung auf einen der Türme ihrer Festung, eine bloße Angewohnheit, die keiner besonderen Notwendigkeit entsprang. Wenn sie wissen wollte, was außerhalb der Feste vorging, brauchte sie sich nicht aus ihrem Arbeitszimmer zu bemühen. Ein Spruch, eine Handbewegung – und ein klein wenig magische Konzentration, doch die war nicht dafür bestimmt, von Uneingeweihten auch nur bemerkt zu werden – und die große Kugel aus Kristall, das sogenannte Drachenauge, erwachte zum Leben.

Bis nach Nubra reichte damit ihr Blick, doch leider nicht nach Regedra hinein. Sie hätte gern ihrem »Verbündeten«, Lordadmiral Trolan, ein wenig über die Schulter geschaut. Die Yarben verfügten über eigene und mächtige Zauberer einer fremdartigen Tradition, und es schien bei ihnen zur Routine zu gehören, sich magisch abzuschirmen. Vielleicht waren sie alle paranoid.

Nicht wegen der schönen Aussicht stieg Durna Abend für Abend auf die Türme, und auch nicht, um sich am Anblick ihres Reiches zu erfreuen. Vielleicht brachten die Dinge, die sie einst von dem Eremiten gelernt hatte, der auf dem Gipfel des Zentralberges eines Meteoritenkraters hauste, so nah am Himmel und den Sternen wie möglich, sie dazu. Durna war niemandem über ihr Tun Rechenschaft schuldig, nicht einmal sich selbst. Das glaubte sie gern. Aber die Wirklichkeit sah anders aus. Die Macht und ihr Triumph über die Religion, die ihre Familie ins Unglück gestürzt hatte, forderten ihren Preis. Ohne die Yarbenkommandos hätte sie mit ihrer gesamten Magie nicht Vabik *und* die Magierpriester stürzen können.

Und nun hatte sie die Yarben am Hals.

Durna, die offizielle Königin Tekladors und inoffizielle Marionette der Yarben, runzelte ihre glatte Stirn. Eine schöne Frau wie sie besaß auch Mittel, die nichts mit Zauberei zu tun hatten. Ob es ihr gelingen würde, den Führer der Invasoren zu umgarnen? Ihr war natürlich klar, dass der Admiral von ihrer durch gewisse magische Rituale verstärkten Schönheit gebannt gewesen war, als sie ihn damals zum ersten Mal traf – genau wie sie es beabsichtigt hatte. Doch war der alte Bock einfach nur geil auf sie oder konnte sie die Lust des Mannes für ihre eigenen Ziele benutzen, indem sie ihn an sich fesselte? Trolan würde letztlich nicht auf Teklador verzichten und seine Hand vielleicht sogar nach dem halatanischen Reich ausstrecken. Nach allem, was die Yarben ihr gesagt hatten, wollten und mussten sie die Bevölkerung eines ganzen Kontinents umsiedeln! Unglaublich, die schiere Größe des Vorhabens. Aber was blieb ihnen auch übrig, wenn ihr Land auf der einen Seite vom Meer und auf der anderen von Lavaströmen verschlungen wurde?

Ob es stimmte, dass Horam die Schuld daran trug, wie die Yarben glaubten? Was könnte er für einen Grund haben, sich nach Zeitaltern des Schweigens plötzlich in dieser Form einzumischen? Sie hatte sich das schon oft gefragt, denn sie wusste gut genug, dass es sich bei der Religion des zweiköpfigen Gottes nicht nur um Aberglauben handelte. Als sie noch in Ramdorkan lebte, war sie zu klein gewesen, um das zu begreifen, doch später, auf den Spuren ihres Vaters, hatte sie viel gesehen und erfahren, das eigentlich den Priestern vorbehalten war. Durna war schon damals nicht zimperlich in der Wahl ihrer Mittel gewesen ...

Horam war real, oder zumindest war er es einmal gewesen. Ob Gott oder etwas anderes, unbegreifliches – es gab einen wahren Kern in dieser Religion. Jedoch kein Grund für Durna, auf die Knie zu fallen und Horam um Vergebung zu bitten, wo immer er sein mochte. Ihr Zorn galt der Religion Ramdorkans als Institution, den verlogenen Priestern des Haupttempels, die sich selbst von der Schuld freigesprochen und einen lästigen Konkurrenten vertrieben hatten.

Gendar Hal, Solrak Inest, Tikan Fend ... alle längst erledigt und verbrannt. Durna hatte alle aufgespürt, die von der Priesterschaft von damals noch lebten. Die Yarben waren so zuvorkommend gewesen, ihr sämtliche Aufzeichnungen der Tempelverwaltung von Ramdorkan zu übergeben, bevor sie den Rest in Brand steckten. Später hatte es keinen solchen Spaß mehr gemacht, aber Durna hielt Wort und ließ auch in Teklador die alte Religion durch die der Neun ersetzen. Wer dagegen aufbegehrte, wurde erhängt, ehemalige Priester wurden geköpft und Zauberer – falls man sie schnappte – verbrannt. Die Yarben hatten für alles eine Vorschrift, selbst für das Töten von Feinden.

Durna zuckte kaum merklich mit den Schultern. Tot war schließlich tot, was sollte es also? Die Yarben waren alle irgendwie leicht irre …

Der Wind verstärkte sich und es sah ganz so aus, als ziehe ein heftiges Unwetter vom Halatan-kar herab. Die Zauberin verließ die Turmspitze und begab sich, gefolgt von den Leibwachen, wieder in ihr Arbeitszimmer in der Etage darunter.

Ihre Gedankengänge spiegelten zum Teil das wieder, mit dem sie sich bei ihren Studien gerade beschäftigte. Ein Magier studiert sein Leben lang, hatte ihr Vater immer gesagt – und der alte Dorfzauberer, ihr erster Lehrer, hatte das bestätigt. Der Eremit, dessen Namen sie auch heute noch nicht kannte, vertrat da eine andere Meinung, falls man davon bei ihm je hatte sprechen können. Er sagte, dass alles Studierbare schon studiert sei; die Magie sei in einem drin und nirgendwo anders, außer vielleicht in den Sternen. Verrückter Kerl …

Durna studierte jedenfalls im Moment Dinge, die mit der Magie der Tore zusammenhingen. Sie war eine der wenigen – noch lebenden – Magiekundigen, die wussten, was die sogenannte Verschiebung des Gleichgewichts beim Diebstahl Tras Daburs auf lange Sicht bewirkte. Durna war nicht persönlich beteiligt gewesen, doch sie hatte eine recht gute Vorstellung davon, was die Magier und ihre Helfer damals bei Mal Voren unternommen hatten, um die sofortige Katastrophe abzuwenden – nein, sie hinauszuschieben.

Auch das verübelte sie ihnen. Sie hatten zwar etwas getan, doch nicht genug. Worauf hofften sie? Dass die verdammte Statue von selbst zurückkehrte? Oder dass ihre lächerliche Gruppe von vier gerade mal so durch einen Spalt im Tor von Winde Mokum gequetschten Hexern die Rettung brachte? Sie hatten das Problem einfach in die Zukunft verlagert, und es sah ganz so aus, als hätten sie es damit ihr in den Schoß geworfen!

Es gab jemanden, der ihr durchaus hätte sagen können, was damals die Senke von Mal Voren in eine zehn Meilen breite, mit schwarzer Schlacke ausgekleidete Furche in der Landschaft verwandelt hatte. Sie argwöhnte sogar, dass er direkt dafür verantwortlich gewesen war. Der Umstand, dass der Mann sich in Durnas Gewalt befand, spielte keine Rolle. Er war ein Zauberer und Diener Horams. Nie würde er *ihr* verraten, was er getan hatte – und wie. Wahrscheinlich glaubte er, sie würde diese Magie benutzen, um ihre Feinde in schwarze Schlacke zu verwandeln. Der Gedanke war ihr tatsächlich gekommen, als sie vor Mal Voren stand. Und dann war sie davon geritten, als seien Dämonen hinter ihr her. Zu deutlich war die Ausstrahlung des Todes, die sie mit ihren magischen Sinnen spürte. Sie hatte recht daran getan, von dort zu fliehen. Jeder, der sich der schwarzen Furche zu sehr näherte, starb qualvoll. Die Leute schienen innerlich zu verrotten …

Durna knirschte mit den Zähnen, als sie an den alten Zacha Ba in ihrem Kerker dachte, dann zwang sie sich zu einer gleichmütigen Miene, obwohl niemand außer ihr im Raum war, und setzte sich wieder an ihren Arbeitstisch. Jemand hatte ihr, während sie oben auf dem Turm war, die täglichen Berichte hingelegt.

Ein paar niedergebrannte kleine Kirchen der hartnäckigsten Horam-Anhänger, eine Handvoll geköpfter Priester. Kleinkram. Durna zog es vor, sich damit nicht auch noch zu beschäftigen. Sie schob die Papiere beiseite und widmete sich wieder dem Buch, dessen altertümliche, umständliche Sprache ihr schon vorhin auf die Nerven gegangen war. Aber sie las schließlich nicht zum Spaß.

Wenn es nicht nur die Phantastereien eines irren Schreiberlings repräsentierte, dann berichtete dieser angeschimmelte Wälzer von beunruhigenden Dingen. Plötzlich glaubte Durna die nackte Panik zu verstehen, die damals in Ramdorkan geherrscht hatte. Sie erinnerte sich noch gut daran, wie sie als keines Mädchen am offenen Fenster ihres Hauses gestanden und den Berittenen nachgeblickt hatte, die auf der Straße nach Osten davonjagten, als hinge ihr Leben davon ab, während die Feuerglocke des Tempels ununterbrochen läutete. Doch der tückische Tras Dabur war längst durch das Weltentor im Halatan-kar verschwunden, als die Verfolger dort ankamen. Und das Tor war nicht mehr passierbar gewesen, genau wie die zwei anderen auf dem Kontinent erreichbaren.

Ihr Vater mochte die Statue des Gottes fälschlicherweise für einen relativ unwichtigen Kultgegenstand gehalten haben, in diesem Buch stand allerdings etwas von ihrer wahren Bedeutung. Zweifellos hatte es auch damals Leute gegeben, die es besser als Lefk-breus wussten. Doch warum hatten sie ihn nicht über seinen Irrtum aufgeklärt? Erst als der Diebstahl geschehen war, wurde es bekannt.

Durna rieb sich ihre großen Augen und regelte die Öllampe höher. Sie verschwendete keine Magie auf Beleuchtung, wenn es weniger aufwändige Möglichkeiten gab. Beinahe musste sie glauben, das Entfernen der Statue von ihrem angestammten Platz im Tempel von Ramdorkan habe eine Art göttliche Erleuchtung bei den dortigen Priestern und Zauberern ausgelöst. Nun ja, das war absurd. Sie konnte nur annehmen, dass diejenigen, die Bescheid wussten, die Ignoranz ihres in eigene magische Experimente vertieften Oberpriesters Lefk-breus ausnutzten, um ihn zu stürzen, als sich die Gelegenheit ergab.

Die Zauberin starrte auf die fleckigen Seiten. Ihr war vollkommen bewusst, dass sie auf die umständliche und gelehrte Beschreibung eines der größten Wunder blickte, das man sich nur vorstellen konnte. Jedenfalls konnte *sie* sich nicht vorstellen, dass dies im Universum ein alltäglicher Vorgang war: Einstmals, so las sie, hatte der zweiköpfige Gott Horam zwei Welten genommen, die an verschiedenen Orten des Alls schwebten, und sie behutsam am Rande eines unermesslichen Abgrunds niedergelegt. Dann wob er aus der rohen und ungebändigten Kraft dieses Abgrunds eine Verbindung zwischen den beiden Welten, auf dass ihre Bewohner mit einem einzigen Schritt von der einen zur anderen wechseln mochten und die Zeit auf ihnen im gleichen Takt schlüge. Die Enden dieser Verbindung befestigte Horam auf jeder der Welten, und dazu formte er aus der Kälte der Sterne ein Abbild von sich und riss es in der Mitte entzwei. Auf jeder Welt stellte er eine Hälfte des Abbilds in den Mund eines *Wächters* und hieß ihn, darüber zu wachen in alle Ewigkeit.

Denn, also sprach Horam, nähme man die Hälften und brächte sie wieder zusammen, so erhielte man zwar große Macht, jedoch nur für kurze Zeit. Die Welten aber würden trudelnd hinabsinken ins Chaos des Abgrundes und niemand könne sie mehr retten.

»Wordon mé«, murmelte Durna geistesabwesend, »wenn ich nicht wüsste, dass all das wirklich stimmt, würde ich es nicht glauben.«

Und dieser Oberschwachkopf Tras Dabur hatte eine Zeit ausgenutzt, in der die Statue als einer unter vielen religiösen Gegenständen auf ihrem Platz in der Ecke des Altars stand, um diese »große Macht« für sich zu erlangen. Sie hoffte, dass er inzwischen in Wirdaons Pfühlen schmorte.

Oben und unten in der Nähe der beiden Welten, das stand in dem Buch an anderer Stelle, befanden sich das Reich der Toten und das der Dämonen. Das klang zwar sehr verschwommen, war aber nicht einfach zu leugnen. Dass es Dämonen wirklich gab, wusste sie am besten. Sie hatte oft genug welche beschworen und sie gaben zu, aus einer Welt zu kommen, die jedenfalls weder Schlan noch Dorb war. Gab es also andererseits wirklich ein »Reich«, in das die Toten kamen? Durna war skeptisch. Sie glaubte nichts, wenn sie es nicht selbst gesehen hatte. Und nach allem, was sie wusste, verfaulten die Toten einfach.

Aber diese Frage war im Moment akademisch. Durna beschäftigte die Aussage des alten Buches, dass die Welten »trudelnd hinabsinken würden ins Chaos des Abgrundes«. Die Sache, über die auf Horam Dorb nur ganz wenige wirklich Bescheid wussten, war so simpel wie ungeheuerlich: Diese ihre Welt ging schlicht und einfach unter, wenn die Statue nicht bald wieder an ihren Platz kam. Die andere Welt auch, aber auf die gab Durna einen feuchten Palangdreck. Sie befand sich schließlich hier und nicht dort.

Ihre Augen schmerzten stärker, und sie beschloss abrupt, zu Bett zu gehen. Sie würde die Welt nicht retten, wenn sie bis zum Morgengrauen hier saß.

Jawohl, Durna, die Hexe, die Königsmörderin, wollte nichts weniger als die Welt retten. Um sie zu beherrschen, wenn es nur irgendwie ging.

Durna hielt nichts von Bescheidenheit.

* * *

Auf dem Weg von dem heißen Bad, das ihre Diener ab einer gewissen Stunde jeden Abend bereit hielten, zu ihren Schlafräumen blieb sie wenig später noch einmal an einem Fenster stehen, das nach Nordosten, zum Tor im Halatan-kar, wies. Draußen war es völlig finster und der Regen peitschte die Steinwände der Festung. Sie sah nicht das Geringste, und doch schaute sie wie gebannt hinaus. Blitze zuckten in der Ferne, Donner grollten. Eine hässliche Nacht.

Durna wandte sich beinahe schon ab, da sah sie es, und es war, als habe sie nur darauf gewartet: Ein Blitz von ungeheuren Ausmaßen grub sich mit gleißender Helligkeit in die Schwärze des Unwetters. Er schien aus der Ferne über das halbe Himmelsgewölbe zu wachsen, sich zu teilen und zu krümmen wie die Kralle eines weltenverschlingenden Drachens. Und an seinem Ausgangspunkt, der scheinbar unter dem Horizont lag, quoll eine grauenvolle Blase gleißenden Lichts empor.

Sie wich zurück und schrie auf. Für einen Augenblick war sie geblendet. Dann schaute sie wieder hinaus und sah – nichts. Totale Dunkelheit und Regen.

Der Zauberin wurde bewusst, dass sie zitterte. Nicht von der Kälte, die durch ihr dickes Wolltuch drang, das war sicher. Was sie da eben gesehen hatte, oder zu sehen geglaubt hatte, entsprach genau den Beschreibungen des Experimentes von Mal Voren ...

Nein, sie hatte sich das eingebildet. Ihre Nerven waren überanstrengt und sie hatte zuviel in diesen alten Büchern gelesen. Durna wandte sich ab. Der Wachposten am Ende des Ganges sah sie nicht an. Er war ein loyaler Krieger und würde sich hüten, später zu erzählen, was er seine Herrin vielleicht hatte tun sehen. Sie lächelte und setzte ihren Weg zum Schlafgemach fort.

Der gewaltige Donnerschlag traf sie wie eine Faust.

* * *

Die Königin wälzte sich unruhig auf dem breiten Bett hin und her. Es schien ihr, als würde sie alle paar Augenblicke aufwachen und dem sonst so beruhigenden Rauschen des Regens zuhören.

Fast hätte sie die in der Festung des Sieben Stürme stationierten Yarben und die tekladorischen Soldaten in das Unwetter hinausgejagt, nachdem sie sich von ihrem ersten Schrecken über die seltsame Lichterscheinung erholte. Doch sie hielt sich zurück. Wie würde das wohl aussehen? Zweifellos hätten die Yarben gehorcht, denn diszipliniert waren sie, aber wenig später wäre beim Lordadmiral eine Botschaft angekommen, dass die Hexe nun völlig durchgedreht sei. Der junge Wachhund Trolans, Oberst Giren, war zwar nicht da, doch die Yarben besaßen sicher andere Spione in der Festung, vermutlich sogar unter ihrem eigenen Personal.

Es war trotz allem nur ein gewaltiger Blitz gewesen, sagte sie sich immer wieder. Was sie sonst noch zu sehen geglaubt hatte ... Wenn in Halatan tatsächlich etwas passiert war, würde sie es bald wissen.

So ging sie also doch zu Bett, aber schlafen konnte sie kaum. Sie erwartete beinahe, dass ein Bote hereingestürzt käme, um zu melden, dass das Tor von Halatan-kar explodiert sei oder so etwas. Oder dass der Untergang der Welt gerade im Ernst begonnen habe ...

Doch niemand kam und störte sie – was sich ohnehin in Wirklichkeit keiner gewagt hätte, und sollte der Himmel einstürzen. Schließlich sank sie in einen erschöpften Schlaf, aber natürlich träumte sie. Wirres Zeug hauptsächlich, doch da war auch Horam. Er musste es sein, was für eine Traumgestalt sollte sonst zwei Köpfe haben?

Voller Zorn zwang sie sich zum Aufwachen. Konnte dieser verdammte Gott sie nicht einmal im Schlaf in Ruhe lassen? Strafte er sie, weil sie seine Anhänger so unerbittlich verfolgte? Ein Gott sollte dafür aber bessere Mittel haben, dachte sie höhnisch. Flüche auf Horam, das Wetter und das Leben allgemein murmelnd, stand Durna auf und zog sich an. Egal, welche Stunde es war, sie würde nicht weiter zu schlafen versuchen und den arglistigen Gespenstern ihrer Träume Zugang zu ihrem Geist gewähren.

Der seltsame Druck in ihrem Kopf, den sie zuerst dem gewaltigen Donnerschlag zugeschrieben hatte, ließ etwas nach, aber ganz verschwand er nicht. Etwas ging da draußen vor. Sie konnte es beinahe spüren, wie eine erahnte Bewegung am Rande des Gesichtsfeldes, ein verstohlener Laut gleich draußen vor der Tür.

Durna verließ ihr Schlafgemach, in ein einfaches schwarzes Gewand gehüllt, und stieg Treppen hinunter, viele Treppen, zwei Stockwerke unter die Ebene des Festungshofes, in die lichtlosen Katakomben im harten Kalkstein.

Die Wachposten der Kerkerebene salutierten zackig, als würde die Königin ständig mitten in der Nacht Besuche bei ihren unfreiwilligen Gästen machen. Doch hier unten spielte keine Rolle, ob draußen Tag oder Nacht war.

Sie ließ sich eine Zellentür öffnen und trat ein.

Der alte Mann war wach. Er sah sie voller Verachtung an, doch diesmal sagte er sogar etwas, ganz im Gegensatz zu sonst.

»Ach, so spürt Ihr es auch, Hexe?« knurrte der von magischen Schutzformeln umgebene Mann. »Na ja, wenn es sogar zu mir hier unten durchdringt, solltet Ihr es auch bemerkt haben.«

Durna runzelte irritiert die Stirn. »Was faselt Ihr, Zacha Ba? Was sollte ich spüren?«

Der Zauberer unter den magischen Fesseln spuckte aus. »Dummes Weib! Ich habe Euch wohl überschätzt.«

Sie ließ sich von seiner herausfordernden Art nicht aus der Ruhe bringen. Er wusste, dass sie noch lange nicht alles von ihm erfahren hatte, was er ihr vielleicht verraten konnte. Andererseits wollte er vielleicht sterben, um seine Geheimnisse vor ihr zu bewahren.

»Also gut«, lenkte sie scheinbar ein. »Ich spüre tatsächlich etwas. Es lässt mich nicht schlafen. Wenn Ihr wisst, was es ist, sagt es mir und sprecht nicht wie ein besoffener Dorfzauberer in dummen Rätseln.«

»Warum sollte ich?« murmelte der Gefangene.

»Weil ich Euch dann erzähle, was ich heute Abend interessantes gesehen habe.«

»Die Sterne? Eine Wolke?« höhnte er.

Langsam begann Durna doch ärgerlich zu werden. Es war fast unmöglich, den Willen eines Zauberers zu brechen, deshalb machte man sich eigentlich nie die Mühe, sondern brachte sie einfach um. Die Yarben besaßen angeblich eine Methode, aber sie hatte noch nicht herausgefunden, wie sie es anstellten. Sie wandte sich wortlos ab und schickte sich an, die Zelle zu verlassen.

»Die Statue ist zurück«, sagte Zacha Ba ganz ruhig in ihrem Rücken.

Sie erstarrte. Konnte es sein? Bestand die Möglichkeit, dass der Alte Recht hatte, oder wollte er sie bloß ärgern, da er ihren Hass auf Horam kannte? Durna drehte sich wieder um.

»Glaubt Ihr das, ja?« sagte sie langsam.

Der Zauberer machte eine vage Handbewegung. »Ihr hattet Euer Potenzial zu der Zeit, als sie gestohlen wurde, noch nicht entfaltet, oder?« Sie nickte vorsichtig. »Dann kennt Ihr das Gefühl nicht, das damals für Magier so allgegenwärtig war, dass wir es erst bemerkten, als es uns fehlte. Jetzt ist es wieder da. Alle alten Zauberer, die noch leben, werden das wissen.«

Ihre Gedanken rasten. Hatte sie sich ganz umsonst Sorgen gemacht? War die Welt damit gerettet? Oder musste nun noch etwas geschehen? Vielleicht war es auch längst zu spät? In dem Buch stand geschrieben ... Sie musste sofort noch einmal nachsehen. Durna wusste bereits jetzt, dass sie die Statue in ihre Hände bekommen musste, was auch immer die Ereignisse der nächsten Zeit brachten. Und andere würden dasselbe versuchen, wenn es erst einmal bekannt wurde.

»He!« sagte der Zauberer, als sie schon fast die Tür erreicht hatte. »Was habt Ihr gesehen?«

Sie zögerte. Also war er doch neugierig. Natürlich. Er suchte in jeder Lage nach Wissen, wie es alle Zauberer taten. Sie merkte sich das für spätere Verwendung. Aber konnte sie es sich leisten, dem Schwarzen Magier auch nur das kleinste Stück Information zu geben?

Nun, vielleicht brauchte sie seine Kooperation ja doch noch. Sie beschrieb in kurzen Sätzen den Riesenblitz und die seltsame Lichtexplosion, die sie zu sehen geglaubt hatte. Zacha Ba schüttelte den Kopf. »Wenn Ihr von mir wissen wollt, was das bedeutet, kann ich Euch nichts sagen. Ich habe keine Ahnung. Denkt Ihr, dass die Zauberer im Halatan-kar irgendetwas gemacht haben? Ihr würdet jetzt blind sein, wäre es dasselbe gewesen, was in Mal Voren passierte.«

Interessant. Es war das erste Mal, dass er freiwillig das Thema anschnitt, über das sie ihn die ganze Zeit seit seiner Festnahme hatte zum Reden bringen wollen. Vielleicht glaubte er, dass sie jetzt, wo die Statue angeblich zurückgekehrt war, keinen Grund mehr hätte, ihn wegen der Magie der Tore zu verhören.

Sie nickte nur und verließ die Zelle. Durna hatte über viele Dinge nachzudenken. Es war immer von Vorteil, als erste zu wissen, dass sich eine Situation veränderte. Falls stimmte, was ihr der verschlagene alte Kerl eben erzählt hatte.

10

»Horam! Was *ist* das?« murmelte Brad verblüfft.

Die drei Wanderer waren den ganzen Vormittag über durch dichten Wald gelaufen, auf Pfaden, die nicht so aussahen, als ob Menschen sie jemals benutzen würden. Um eine Straße nach Norden zu erreichen, die sie für einen eventuellen Beobachter nicht unmittelbar mit Rotbos in Verbindung brachte, mussten sie den wilden Wald überwinden, der zu allem Überfluss auch noch ein ausgesprochen zerklüftetes Gelände bedeckte. Nun standen sie endlich wieder vor einem richtigen Weg, auf dem frische Spuren im Schlamm von einigem Verkehr kündeten. Rechts erstreckten sich die Hangweiden, auf denen die ahnungslosen Schafe standen, deren Besitzer seit dem Morgen tot in den Ruinen von Rotbos lagen. Links vom Weg aber ging es abwärts ... und abwärts. Nebelfetzen trieben wie Geister durch ein für Brad unverhofft aufgetauchtes *Loch* in der Gegend, das scheinbar keinen Boden hatte.

»Der Graue Abgrund«, sagte Solana neben ihm. »Einen Witz der Götter nennen es manche.«

»Was?«

»Auf unserer Seite hier liegt die Vach'nui Hochebene«, erklärte die Frau müde. »Die Weiden da sind ihr Anfang. Sie steigt kaum merklich über viele Meilen immer weiter an, bis sie in das Vorland des Halatan-kar übergeht, des großen Gebirges. Sie ist schlechtes Ackerland, du siehst hier alles, was man auf ihr anfangen kann: Schafe halten. Wir stehen jetzt am äußersten Rand der Ebene, wo der nackte Fels zu Tage tritt. Auf der anderen Seite des Loches fließt auf beinahe gleicher Höhe ein Fluss, der Terlen Olt. Aber er fließt merkwürdigerweise an keiner Stelle in den Abgrund hinein. Das wäre sicher ein Schauspiel! Hinter uns befindet sich ein Arm desselben Flusses, der Terlen Dar. Genaugenommen stehen wir auf einer gigantischen Flussinsel.« Sie lachte bitter auf. »Die meisten Leute hier haben sie noch nie in ihrem Leben verlassen. Die Mitte der Insel bildet ein Loch. Das da. Es ist, als ob die Welt an dieser Stelle aufklaffen würde, als ob etwas sie hier aufgerissen hätte. Meines Wissens gibt es nirgends sonst eine solche Schlucht.«

Brad folgte den Nebelfetzen mit den Blicken und fühlte plötzlich zum ersten Mal so etwas wie Fremdheit. Ganz sicher gab es auch auf Horam Schlan nichts Vergleichbares. Außer vielleicht den Tamber Chrot ...

»Wir müssen da nicht hinunter, oder?« fragte er.

Jolan lachte hinter ihnen bei dieser Vorstellung.

»Aber nein«, sagte Solana. »*Niemand* geht dort runter. Es gibt auch gar keinen Weg, wenn man nicht am Felsen selbst entlang klettern kann wie eine Spinne. Es heißt, Dämonen hausen am Boden des Abgrunds. Wir folgen der Straße nach Norden bis Pelfar, falls alles glatt geht. Dort ist eine richtige Brücke über den Terlen und gleichzeitig der Grenzübergang nach Halatan.«

»Dämonen, ha? Da kenne ich aber einen, der würde diesen Schlund ganz entschieden zu langweilig finden, um dort zu hausen«, murmelte Brad vor sich hin. »Müssen wir unbedingt über den offiziellen Weg gehen?« fragte er dann.

Solana hob die Schultern und setzte sich wieder in Bewegung. »Die einzige unbewachte Brücke über den Terlen Dar ist südlich von hier, und auf dieser Route wäre unser Weg fast doppelt so lang. Der Südarm des Flusses ist reißend und tückisch, erst kurz vor Bink wird er wieder ruhiger. Keine Chance, ihn zu dieser Jahreszeit zu durchqueren. Vor allem nicht nach einem Unwetter wie letzte Nacht. Und wenn wir in Ruel, der nächsten größeren Stadt, über den Fluss gehen wollten, müssten wir auch erst mal ein ganzes Stück entgegen unserer eigentlichen Richtung laufen, obwohl es das einfachste wäre, querfeldein zu marschieren.«

»Du weißt viel über die Gegend ...«, sagte Brad unbestimmt.

»Für eine einfache Bauersfrau? Ich bin mit meinem Mann viel gereist, bevor Jolan kam. Und als er groß genug war, dass wir wieder hätten aufbrechen können, verschwand mein Mann eines Tages.«

»Ist er allein fortgegangen?«

Sie zögerte einen Augenblick. »Nein, das glaube ich nicht. Ich denke, dass er dort ist.« Sie deutete auf die graue Tiefe zu ihrer Linken.

Brad machte die Felskante drei Schritte neben dem Weg nervös. ›Wie lange fällt man wohl?‹ dachte er. ›Lange genug jedenfalls, um alle Sünden zu bereuen, die man je begangen hat.‹

Sie wanderten schweigend weiter, ohne auf einen Menschen zu treffen. Die Yarben mussten in der Nacht auf dieser Straße gekommen sein, fiel Brad plötzlich ein. Woher?

»Am Nordende des Abgrundes ist so etwas wie eine alte Wegstation, ein Fort nennen sie es heutzutage«, beantwortete Solana seine Frage, ohne ihn anzusehen. »Die Straße ist zwar schlecht, aber der kürzeste Weg von Bink nach Pelfar. Wie ich schon sagte, die Südroute ist doppelt so lang.«

»Und über dieses Ruel?«

»Dort kennt man uns, weil wir da immer zu den Markttagen hingehen. Und wenn die Yarben aus der Garnison bereits bekannt gegeben haben, wie sie Rotbos bestraften, dann wird unser Erscheinen gewiss ein Aufsehen erregen, das uns nicht gelegen kommen würde. Vielleicht hilft man uns aus Mitleid, vielleicht verrät uns aber auch einer, der denkt, er kann sich damit bei den neuen Machthabern anbiedern.« Sie spuckte aus.

Solana hatte ihren Fluchtweg genau durchdacht, das musste er ihr lassen. Brad blieb gar nichts anderes übrig, als sie zu begleiten, wenn er nicht auf einer fremden Welt umherirren wollte. Es war auf jeden Fall besser, jemanden dabei zu haben, der sich auskannte.

Ihm knurrte der Magen. Seit wie lange hatte er eigentlich nichts mehr gegessen? Brad wusste es nicht mehr – nur, dass seine letzte vernünftige Mahlzeit im Stronbart Har gewesen war, eine ganze Welt entfernt. Nach dem Stand der Sonne war es noch nicht Mittag, falls er sich darauf verlassen konnte und falls sie das hier auch Sonne nannten. Irgendwie fühlte er sich verunsichert, jetzt, wo er während des größtenteils schweigenden Wanderns darüber nachdenken konnte, wo er plötzlich Zeit hatte, die Ereignisse zu reflektieren.

Nun ja, wenigstens gegen den Hunger konnte er etwas tun. Sie hatten jeder ein Bündel geschultert, das Vorräte aus Rotbos enthielt. Dort würden sie niemandem mehr nützen, und die Yarben hatten es wohl für unter ihrer Würde angesehen, die profanen Nahrungsmittel der Bauern zu plündern. Er zog ein Ding, das er zu Hause vielleicht als so etwas wie Brot angesehen hätte, aus dem Bündel. Für eine Rast schien es noch zu früh zu sein, aber er konnte es auch unterwegs verzehren.

»Wollt Ihr das so essen?« fragte Jolan hinter ihm neugierig.

»Warum nicht? Was ist das eigentlich?«

»Oh, das ist ganz gewöhnliches Lehem, aber es ist mit Lakno gebacken. Ihr solltet etwas von dem gebratenen Fleisch dazu nehmen, sonst ... na ja, es ist ziemlich scharf.«

Brad kannte die Worte, aber er musste sich ihre Bedeutung erst aus verschiedenen Dialekten Horam Schlans zusammensuchen. Ah, es war ein Lakno-Brot! Natürlich, jetzt roch er es auch. Wenn er es einfach so aß, würde es mindestens ein starkes Durstgefühl auslösen. Er zwinkerte Jolan dankbar zu und nahm sich auch etwas von dem in Leinen eingewickelten Braten. Der würde in der Wärme sowieso schlecht werden, wenn sie ihn nicht schnell verbrauchten.

»Brad? Wie ist das auf Eurer Welt? Was ist anders als bei uns?« fragte der Junge. Bisher hatte sich Jolan zurückgehalten, vielleicht geziemte es sich Kindern nicht, fremde Erwachsene anzusprechen. Was wusste er schon von den hiesigen Sitten? Er hatte bemerkt, dass sich Solana von ihrem Sohn führen ließ, solange es um das Versteck in der Höhle und die geheimen Wege im Wald ging, er sich aber andererseits kaum in Gespräche zwischen seiner Mutter und Brad einmischte und ihr alle Entscheidungen ohne Diskussion überließ, obwohl er eigentlich kein so kleiner Junge mehr zu sein schien. Brad konnte nicht anders: Er registrierte beinahe automatisch jede Einzelheit seiner Umgebung, jedes Detail im Verhalten seiner neuen Bekannten – oder Verbündeten. Das war ihm angeboren, und später war das Talent von seinen – meist wenig ehrenwerten – Lehrern gefördert worden.

»Die Sprache ist sehr ähnlich«, sagte Brad nachdenklich. »Ich kann euch ohne Schwierigkeiten verstehen. Allerdings haben die Yarben unter sich eine Sprache gesprochen, die ich nicht kannte. Ich denke, das liegt daran, dass es früher einen regen Austausch durch die Tore gegeben hat. Was ist anders? Ich weiß nicht. Von dieser Welt habe ich ja noch kaum etwas gesehen. Ich nehme an, der Fluchwald wird wohl ein einmaliges Phänomen sein, oder? Habt ihr hier etwa auch eine Region, in der man plötzlich, wenn man einen falschen Schritt macht, quer durch Raum und Zeit geschleudert wird?«

Jolan verneinte das entschieden, und auch Solana schüttelte den Kopf.

»Man sagt, dass diese Zone sich erst nach Tras Daburs Diebstahl der Statue gebildet hat. Aber da sie instabil in Raum *und* Zeit ist, weiß das natürlich keiner mit Gewissheit. Sie war ein ziemlich übler Wegabschnitt auf meiner bisherigen Reise ...«

Brad überlegte. Was war noch eine Besonderheit auf seiner Welt? Etwas, das sie hier kaum hatten? »Es gibt auch außerhalb des Fluchwaldes merkwürdige Gegenden. Da ist zum Beispiel der Wasserfall unterhalb der Festung des Donners ...« Brad stockte, als er an Micra denken musste. Wo mochte sie jetzt wohl sein? Er hoffte, dass sie in Sicherheit war. Aber selbst wenn nicht, Micra Ansig würde sich behaupten. Und diese Welt vielleicht noch das Fürchten lehren.

Er warf einen Blick auf den Jungen, der ihn mit großen Augen ansah.

»Also, die Festung des Donners ist eine uralte Burg auf einer Insel in der Mitte eines reißenden Flusses namens Tamber Chrot. Kein Weg, keine Brücke führt zu ihr hin. Wer sie zum ersten Mal erreichen möchte, muss schwimmen. Das ist die Regel. Nur die Alteingesessenen dürfen einen Seilzug benutzen ...«

»Warum sollte jemand auf so eine Insel schwimmen wollen?« fragte Jolan.

Vor seinem geistigen Auge sah Brad Micra, wie sie geschwommen sein musste, wie sie den sicheren Tod verlacht hatte und allen *Männern* auf jener Insel bewies, dass sie mindestens genauso gut war wie sie. Er konnte es sich vorstellen, denn auch er hatte einst mit dem Gedanken gespielt, diesen Test auf sich zu nehmen. Aber selbst wenn er den Fluss überquert hätte, ein Mitglied der *Gilde* wäre von den Warpkriegern noch weniger akzeptiert worden als eine Frau.

»Um sich einen Traum zu erfüllen«, murmelte Brad. »Darauf komme ich noch. Die Insel im Fluss liegt aber nicht einfach so in einem Fluss. Direkt über ihr wölbt sich die Öffnung einer riesigen Höhle in einem der gigantischsten Berge unserer Welt. Der Fluss strömt in den Berg hinein. Dieses Loch ist etwa zwanzigmal so hoch wie die höchsten Türme der Festung des Donners, fünfmal so hoch wie die ganze Insel lang ist. Die Festung bewacht den Eingang zu dieser Höhle. Und das ist noch nicht alles. Direkt hinter der Festung stürzt der Fluss hinab. Niemand weiß, wie tief genau. Irgendwo dort unten ist vermutlich ein unterirdischer See oder gar ein Meer, die wahre Größe der Höhle ist nicht bekannt. Es ist der größte Wasserfall unserer Welt, und gleichzeitig der gefährlichste und am wenigsten gut erforschte. Kannst du dir vorstellen, was für ein Geräusch das ist, wenn ein Fluss nicht nur einfach unermesslich tief hinab stürzt, sondern das auch noch in einer Höhle? Es ist, als würde der Berg selbst ununterbrochen brüllen – Tag und Nacht, immer! Deshalb nennen sie es die Festung des Donners.«

»Und da leben Menschen?« fragte Solana ungläubig.

»Ja ... Manche halten sie deswegen für verrückt, doch niemand würde es wagen, ihnen so etwas ins Gesicht zu sagen. Ein sehr ungewöhnlicher und weithin gefürchteter Kriegerorden hat die Festung des Donners von Ter Dom Far, dem damaligen Herrscher Sylvins, übereignet bekommen. Wer sie ursprünglich gebaut und bewohnt hat, weiß ich nicht. Bevor Suchtar Ansig, der Lord von Terish, seine sich schnell vermehrende Anhängerschar dorthin brachte, stand sie lange leer. Kein Wunder, wenn ihr mich fragt. Wer würde da schon freiwillig wohnen wollen? Der Warp hatte sicher seine Gründe für das, was er tat, aber er muss ein seltsamer Mann gewesen sein. Nicht nur wegen der Wahl seines letzten Wohnsitzes.« Brad zögerte einen Augenblick. »Manche sagen, er sei vor den Schreien seiner Opfer in die Festung des Donners geflohen; andere meinen, dass ihn die Stimme seines Gewissens dort nicht so quälen würde. Sicher ist, dass er irgendetwas nicht mehr hören wollte.« Er hob die Schultern. Plötzlich war es ihm irgendwie peinlich, vor diesen *Fremden* über eine der tragischsten Figuren der jüngeren Geschichte von Horam Schlan gesprochen zu haben. »Ich habe eine Bitte«, sagte er. »Wenn wir es schaffen sollten, meine Freunde zu finden, sprecht nicht über diese spezielle Geschichte. Niemals!«

Solana musterte ihn mit hochgezogenen Brauen. »Warum?«

»Der Magier Zach-aknum ist in Begleitung einer Frau, einer Kriegerin. Oder sollte es zumindest sein, wenn sie nicht auch getrennt wurden. Diese Frau ist Micra Ansig, die Lady von Terish und die Tochter des Warp, des Gründers des Warpordens. Es ist für sie schmerzhaft, an ihren Vater oder die Festung des Donners erinnert zu werden, soviel habe ich in der kurzen Zeit, die ich sie kenne, gemerkt.«

»Wir werden ihren Schmerz respektieren, nicht wahr, Jolan?« sagte Solana.

Brad lachte auf. »Solana, es geht mir weniger um Micras *Schmerz*. Die Lady von Terish ist die gefährlichste Frau, die ich jemals kennen gelernt habe. Man sollte unbedingt vermeiden, ihr Schmerz *zuzufügen*. Denn wisst ihr, sie ist die einzige Frau, die jemals von diesem Kriegerorden auf der Festung des Donners als eine der ihren akzeptiert wurde, wenn auch nur inoffiziell. Sie ist eine Warpkriegerin.«

Obwohl weder Solana noch Jolan jemals zuvor von den Warps gehört hatten, lief ihnen beiden ein kalter Schauder über den Rücken. Nach Brads Erzählung schien das niemand zu sein, mit dem man in einen Streit verwickelt werden wollte.

»Tja«, sagte Jolan plötzlich. ›So was haben wir hier wirklich nicht. Wenn wir oder die Leute in Nubra diese Warpkrieger gehabt hätten, dann wären die Yarben jetzt sicher nicht hier!‹ Brad stellte sich eine unaufhaltsam vorrückende Schlachtreihe der Warps vor und nickte. »Wahrscheinlich hast du Recht.«

»Seid *Ihr* ein Warpkrieger, Brad?« fragte Jolan.

»Ich? Nein, auch wenn ich ihnen einige ihrer Tricks abgelauscht habe. Ich bin nie über den Tamber Chrot geschwommen.« Da war sie wieder, die unerfüllte Sehnsucht. Er dachte, dass er sie vergessen hätte. Aber was konnte er schon vergessen?

»Doch du hast die ganze Yarbenpatrouille aufgerieben?« führte Solana den Gedanken ihres Sohnes fort.

›Mit Horams Hilfe‹, dachte er – falls der Blitz so etwas wie ein göttliches Eingreifen gewesen war. Doch Brad war kein Missionar. Er würde seine Beziehung zu Horam hier nicht ständig erwähnen. So winkte er nur ab. »Das waren Anfänger. Sie dachten, sie könnten mich einfach abstechen und die Statue klauen. Sie hatten falsch gedacht.«

So einfach war das. Und deshalb starb später ein ganzes Dorf.

›Das konnte ich doch nicht wissen!‹ begehrte er in Gedanken auf. ›Und was wäre der Ausgang gewesen, wenn ich mich nicht gewehrt hätte? Ich tot und die Statue in der Hand der Yarben, die es sich scheinbar zur Aufgabe gemacht haben, die hiesige Religion auszulöschen?‹ Brad musste erkennen, dass sogar ein »Gottgeleiteter« wie er hin und wieder Zweifel an seinem Handeln haben konnte.

Solana sah ihn irgendwie seltsam an. Was mochte sie wirklich von dem Mann halten, den sie da in der Höhle ihres Sohnes aufgelesen hatte? Kommt von einer fremden Welt, kämpft wie ein tollwütiger Bachnorg, hat Kontakt mit einem Wahren Gott ... Brad fühlte sich entschieden unwohl in seiner Haut. Nicht zum ersten Mal hatte er das Gefühl, dass ihm dieses Abenteuer langsam über den Kopf wuchs und er die nächsten Schritte kaum erahnen konnte.

›Schwarzer Magier‹, dachte er hoffnungslos, ›wo bist du, wenn man dich braucht?‹

11

Feuer durchtoste den Felsenkessel und verbrannte die Grashalme und seltenen Hochgebirgskäfer, die sich in der Ödnis unter dem letzten Tor angesiedelt hatten. Es war ein besonderes Feuer, das in wirbelsturmartigen Spiralen wütete und nur ein Ziel hatte: Leben zu vernichten. In dem grellen weißen Glühen des magischen Feuers verendeten vor allem auch die Monster, die in Scharen von den scheinbar unpassierbaren Geröllhängen herabgestürzt kamen. Es spielte keine Rolle mehr, dass es Nacht war, der Sturm, von einem Zauberer aus höllischen Flammen und kosmischer Kälte gewebt, hämmerte wie eine gewaltige Faust gegen den runden Talkessel hoch oben im Gebirge und füllte ihn mit Licht, als sei eine kleine Sonne herabgestiegen, um sich hier niederzulassen.

Micra Ansig hatte noch nie mit eigenen Augen eine derartige magische Macht entfesselt gesehen, und für einen kurzen Moment glaubte sie, dass sie nun wirklich wisse, was ein Schwarzer Magier vermochte, wenn er in seinem Element war und ernst machte. Mehr als das blieb ihr nicht, denn auch sie war vollauf damit beschäftigt, den Angriff einer kreischenden Horde schier unbeschreiblicher Wesen abzuwehren. Sie tanzte mitten in einem Regen von heißem Blut und lockte die Monster mit ihrem verächtlichen Lachen. Es war, als bilde ihr von keiner nennenswerten Rüstung geschützter Körper den Mittelpunkt eines Mandalas aus wirbelnden Klingen, eine über die Felsen rollende Kugel messerscharfen Todes, die sich durch die zuckenden Leiber der grässlichsten Ausgeburten einer kranken Phantasie pflügte. Die Warpkriegerin brachte den Tod schneller, als ihre Opfer es begreifen konnten, und daher dauerte es eine gewisse Zeit, bis die Welle des Entsetzens auf die Lebenden übergreifen konnte. Doch dann kannten auch die Monster Angst.

Ihre schrillen Schreie veränderten sich von Aggression in Panik, und schließlich flohen sie. Zumindest versuchten sie es. Doch sie hatten den Vorteil der Höhe zugunsten ihres Angriffes über die Geröllflächen aufgegeben und mussten nun dafür büßen. Zachaknum machte eine wirbelnde Handbewegung und schrie eine Formel in das Chaos hinaus, und es war, als sei der Talkessel zum Rachen Wirdaons geworden. Ein gestaltloser schwarzer Wirbel tobte, das Feuer auslöschend, über den Bogen des zerstörten Tores hinweg und saugte die überlebenden Kreaturen brüllend ins Anderswo. Mit einem Mal war alles vorbei und die natürliche Dunkelheit der Nacht senkte sich über die Berge. Micra ließ ihre berserkerhafte Raserei wieder in jene Tiefen ihres Ichs versinken, die das bargen, was einem Warpkrieger seine Unüberwindlichkeit gab, und blieb mit einem Ruck stehen. Sie sah sich um, als ob sie aus einer Trance wieder zu sich kam, was ungefähr auch der Fall war. Das einzige Licht in dem kleinen Talkessel ging von dem Magier aus, an dessen hoch aufgerichteter Gestalt sich immer noch die Restenergie der gewaltigen Auseinandersetzung funkensprühend erdete. Sie konnte nur erahnen, dass die unzähligen dunklen, ineinander zusammenfließenden Umrisse auf dem Boden die Leichen der Monster waren. Sie selbst fühlte sich an, als sei sie in ein Sirupfass gefallen. War das etwa …? Micra wurde leicht schwindlig. Vor lauter Adrenalin im Blut war ihr übel. Die Schwerter immer noch in den verkrampften Fäusten, wankte sie zu der Stelle, wo der kleine Gebirgsbach durch den Kessel floss und einen Teich bildete. Mit einem lauten Platschen ließ sich sie hinein fallen, ihre lederne Kleidung und die Waffen eingeschlossen. Nur so würde sie eine derartige Menge fremdes Blut loswerden können. Sie ging davon aus, dass es fremdes sei, denn sie fühlte keine Schmerzen.

Der Schock der Kälte brachte die Kriegerin vollends wieder zu sich. Spuckend und fast ohne Unterbrechung in allen möglichen Sprachen fluchend setzte sie sich im Wasser auf. Aber sie zwang sich dazu, ihre Sachen abzureiben, das Blut und die Fetzen abzuspülen. Wenn das Zeug erst antrocknete, musste sie sich etwas neues zum Anziehen suchen.

Micra steckte ihre Schwerter weg und stapfte ein paar Meter bachaufwärts. In der herrschenden Dunkelheit musste sie sich darauf verlassen, dass das Wasser hier etwas sauberer war. Mit zusammengebissenen Zähnen tauchte sie ihren Kopf noch einmal in das eisige Wasser. Dann schüttelte sie ihre Haare wie ein Hund und verließ den Teich. Zach-aknum musterte sie im Schein eines magischen Lichtes interessiert, aber bestimmt nicht, weil ihr die ledernen Sachen eng am Körper klebten.

»Ich wusste gar nicht, dass sich Warpkrieger so von ihrer Kampfeslust befreien?«

War das etwa Spott? Von ihm? Micra befand sich nicht in der Stimmung für den seltsamen Humor des Zauberers.

»Trocknet mich!« knurrte sie.

Und das tat der Schwarze Magier augenblicklich.

»Besser.« Sie musterte die in der Dunkelheit verborgenen Berge. »Ihr dürftet der magischen Gemeinde dieser Welt hiermit äußerst lautstark bekannt gegeben haben, dass Ihr da seid, nicht wahr?«

»Früher oder später hätten sie es sowieso erfahren«, winkte Zach-aknum ab. »Nun ist nur die Frage, wie die Magier darauf reagieren werden – wo immer sie sein mögen. Dass wir Feinde hier haben, wissen wir schon. Doch sind von den Freunden noch welche übrig?«

»Von unseren frisch erworbenen Pferden jedenfalls nicht«, sagte Micra, die in der unsteten Beleuchtung der Lichtkugel des Magiers gerade die zerrissenen Leichen ihrer Reittiere entdeckt hatte. Wenigstens war ihr Gepäck noch da und nicht auf dem Rücken durchgegangener Tiere irgendwo in den Bergen unterwegs, versuchte sie der Situation etwas Positives abzugewinnen. Aber es überzeugte sie nicht so recht.

»Dort drüben ist der Eingang zu den Höhlen.« Zach-aknum deutete auf die Felswand seitlich vom Tor, aber er rührte sich nicht vom Fleck.

Wo eigentlich eine große Gruppe von Zauberern hätte sein sollen, waren sie auf eine Horde unbekannter Monster gestoßen, die sie in dem Moment angriffen, als sie den

Felsenkessel betraten. Es gab keine Spur von Zauberern oder anderen Menschen, was eigentlich nur einen Schluss zuließ: Die Monster hatten sie vertrieben oder umgebracht. Wer würde jetzt die Höhlen bewohnen?

Micra wurde scheinbar nicht von solchen Überlegungen behindert. Sie packte mit der Linken eines der Bündel, zog mit der Rechten erneut ihr Schwert und ging auf den Eingang der Höhlen zu. Zach-aknum hob die Schultern und folgte ihr. Vier Schritt Abstand und seitlich versetzt, eine alte Taktik, wenn Magier und Söldner zusammen arbeiteten.

Vor der dunklen Öffnung ließ Micra das Bündel fallen. Der Zauberer schickte mit einem Fingerschnippen eine leuchtende Kugel reiner magischer Energie an ihr vorbei und hinein. Sie bewegte nicht einmal den Kopf zur Seite. Er wusste, dass Micra angespannt war wie die Feder eines Belagerungskatapultes, bereit, beim geringsten Anzeichen einer Gefahr anzugreifen.

Sie machte mit der linken Hand eine Bewegung, als würde sie etwas Unsichtbares abtasten, als sie auf der Schwelle des Einganges stand. Zach-aknum begriff sofort, was da war.

»Halt!« sagte er, und sie hielt wie eingefroren inne.

»Da ist ein leichter Widerstand«, berichtete sie leise.

»Ein intakter Schutzzauber. Moment.« Er trat näher und flüsterte arkane Worte in die Nacht.

»Es ist fort«, meldete Micra.

»Theoretisch müssten die Höhlen frei von diesen Monstren sein, wenn der Zauber noch vorhanden war. Er ist spezifisch gegen nichtmenschliche Eindringlinge gewebt worden.«

»Wisst Ihr eigentlich, dass ich es jedes Mal hasse, wenn Ihr ›theoretisch‹ sagt?« Sie trat in die Höhlenbehausung ein. Bevor er ihr folgen konnte, kam sie rückwärts wieder heraus.

»Da sind sie also, all die Zauberer ...«, flüsterte sie und lehnte sich mit dem Rücken an die senkrechte Felswand. Ihr Schwert klirrte gegen den Stein, als sie es losließ.

Zach-aknum sah sie entsetzt an. Ihr Gesicht war so bleich, wie er es bei ihr noch nie gesehen hatte. Mit schnellen Schritten trat er selbst in die Höhle und ließ sein magisches Licht hell aufleuchten.

Es war eigentlich keine natürliche Höhle, das bemerkte er auf den ersten Blick. Die Wände waren zu regelmäßig dafür. Vor langer, langer Zeit hatte man diese Unterkünfte in den Berg getrieben, um der Wache des Tores eine Behausung zu geben. Spätere Bewohner hatten sie immer weiter ausgebaut, den Bach durch einen kleinen Graben direkt hinein geleitet, eine Küche angelegt, Vorratsräume ...

Zach-aknum zwang seine Gedanken weg von den Nebensächlichkeiten auf das schreckliche Bild, das sich ihm bot. Überall lagen und saßen Leichen. An Tischen, auf den Pritschen der für die Wachen gedachten Gemeinschaftsunterkünfte, oder einfach mitten im Raum, wo sie der Tod überrascht hatte. Bei den meisten konnte man die typischen Gewänder von Zauberern erkennen, auch wenn diese nur noch Lumpen waren. Es roch seltsam in den Felsenräumen. Nicht nach Verwesung und Tod, sondern nur trocken und staubig. Es erinnerte Zach-aknum an eine Gelegenheit, als er auf Horam Schlan bei seiner langen Suche nach der Statue alte Grabkammern durchstöbert hatte.

Die Toten waren mumifiziert, als würden sie hier seit Jahrhunderten liegen. Aber das konnte nicht sein.

Der Magier zwang jede Emotion in sich nieder und betrachtete die Szene nur noch kalt analysierend. Kaum eine der Leichen zeigte durch ihre Position, dass sie auch nur bemerkt hatte, dass etwas sie umbrachte. Es war natürlich schwer, bei hingestürzten Körpern etwas über ihre letzten Bewegungen zu sagen, aber es gab ein paar, die so aussahen, als seien sie im letzten Moment aufgeschreckt worden. Der deutlichste Hinweis war ein umgestürzter Stuhl – eigentlich die einzige *Unordnung* in diesen Räumen voller Toter.

Micra schlich lautlos wie ein Schatten neben ihm. Zweifellos vertraute sie seinem »theoretisch« nun noch weniger und erwartete, dass sich das, was diese Leute getötet hatte, auch auf sie stürzen würde.

»Die sind seit Ewigkeiten tot«, sagte sie mit gepresster Stimme. »Aber das ergibt doch keinen Sinn?« Sie wusste ebenso gut wie er, dass hier keine Ewigkeiten vergangen sein konnten.

»Nein, scheinbar nicht. Holt unsere Sachen herein, Micra. Mir gefällt es zwar nicht, in diese Katakomben einzuziehen, doch draußen will ich die Nacht nicht verbringen. Vielleicht bekommen diese Monster ja Lust auf einen zweiten Versuch.«

»Aber ...«

»Hier ist nichts. Vertraut mir.«

Micras Blick sagte ziemlich eindeutig, was sie von Vertrauen zu einem Schwarzen Magier hielt, und er hätte trotz der Situation fast gelächelt. Sie ging wieder hinaus, um ihre Sachen zu holen.

Zach-aknum kniete neben dem Körper nieder, der den Stuhl im Aufspringen umgerissen hatte. Ihm blieben nur wenige Augenblicke, bis Micra wieder hereinkam. Was er nun tat, brauchte sie nicht zu sehen. Und das hatte nichts mit Vertrauen in eine Warpkriegerin zu tun.

Die Nekrolyse war einer der *verbotenen* Zauber, doch für Schwarze Magier galten nur Verbote, an die zu halten sie sich selbst entschlossen. Manche Dinge taten allerdings auch sie nur widerstrebend und nur, wenn es unbedingt erforderlich war. Nekrolyse war außerdem einer der wenigen Zauber, die »nach hinten losgehen« konnten, wenn sie nicht durch einen wirklichen Adepten durchgeführt wurden. Das, was man an einem Toten analysierte, konnte manchmal auf einen unvorsichtigen Magier übertragen werden. Schon manch ein magisch begabter Möchtegern-Detektiv im Dienste eines gut zahlenden Herrschers hatte der Versuchung nicht widerstehen können und sich der Nekrolyse bedient. Rätselhaft, wie plötzlich ein Magier vor den Augen des staunenden Publikums von reiner Luft erwürgt wurde, sich Messerwunden in seinem Hals öffneten oder er an dem gleichen Gift starb, welches das Objekt seiner Studien ins Reich der Toten befördert hatte. Und das waren nur die banalsten Beispiele.

Zach-aknum zeichnete über dem Körper einige leuchtende Symbole in die Luft und murmelte die Formeln, die seinen Geist konzentrierten. Der Zauber war einfach, wenn man ihn kannte, und wohl deshalb so verführerisch. Schon immer hatte es Leute gegeben, die es darauf anlegten, die Geheimnisse des Todes zu ergründen. Doch Wordon lag in Nor ständig auf der Lauer. Wer sich zu weit in sein Reich vorneigte, verlor leicht das Gleichgewicht und stürzte hinab.

Die Umrisse der Leiche flackerten in einem grünlichen Licht, und für eine Sekunde sah er einen sehr jungen Mann vor sich liegen, fast noch einen Jungen. Vielleicht war es einer der Schüler gewesen, ein Akolyth. Die Augen des Jungen waren der Tür zugewandt, und in ihnen spiegelte sich noch einmal ein Licht, das so unvorstellbar hell war, dass es sogar in dieser halbwirklichen Wiedergabe eines Ereignisses blendete.

Und doch war es nicht das Licht, das ihn getötet hatte.

Zach-aknum löschte den Zauber, aber er blieb auf dem Boden sitzen.

So fand ihn die zurückkehrende Micra. Sie ließ sofort alles fallen und eilte zu ihm.

»Magier?«

»Es ist nichts«, murmelte er. »Ich bin in Ordnung.«

Sie half ihm auf, als sei er ein alter Mann – und im Moment fühlte er mehr denn je die Last der auf Horam Schlan verbrachten Jahre.

»Also?« forderte sie nachdrücklich.

Er versuchte ein Grinsen. Sie war nicht zu täuschen, diese Frau. Natürlich hatte sie begriffen, dass er in der kurzen Zeit ihrer Abwesenheit etwas Magisches getan haben musste. Sie kannte ihn schon viel zu gut. Das Grinsen misslang ihm.

»Der Bursche hier, wahrscheinlich ein Akolyth, ist in einem einzigen Augenblick zusammen mit all den anderen gestorben«, sagte Zach-aknum, ohne darauf einzugehen, wieso er das wusste. »Aber dieser Augenblick dauerte für ihn drei- bis vierhundert Jahre lang. Das hat sie getötet – die Zeit. Sie starben schon im ersten Drittel oder Viertel der Zeit, die dieser eine Augenblick, dieser Blitz, andauerte. An Altersschwäche, wenn Ihr so wollt. Es ging so schnell, dass die meisten gar nichts davon mitbekommen haben. Dieser hier mag die letzten ›Jahrzehnte‹ seines Lebens damit zugebracht haben, zu erschrecken und aufzuspringen.«

Micra bemerkte erstaunt, dass die Stimme des Schwarzen Magiers zu zittern schien.

»Wie ... wie ist das denn möglich?« fragte sie. »Ein magischer Angriff? Ich habe noch nie von einem solchen Zauber gehört.«

»Nein, Micra.« Er *seufzte* tatsächlich! »Ein magischer Trottel. Ich fürchte, wir haben sie getötet. Ich! Ich habe sie getötet.«

Sie starrte ihn verwirrt an.

»Als wir durch das Tor kamen und es kollabierte«, fuhr Zach-aknum fort, »hatte das Auswirkungen auf diese Welt. Wir wissen fast sicher, dass seine ständige Instabilität drüben im Stronbart Har Raum- und *Zeitphänomene* hervorrief. Der endgültige Zusammenbruch der Verbindung hat uns zu unserem großen Glück nur im Raum davon geschleudert, und das nicht einmal sehr weit. Aber Ihr wisst doch noch, wie das immer zusammenhing. Ein Raumeffekt war mit einem zeitlichen verbunden. In unmittelbarer Nähe des Tores muss es zur Kompensation einen Zeitblitz gegeben haben, der sich auf dieser Seite entlud.« Seine Stimme klang farbloser denn je, es war, als ob seine Lebensgeister am Erlöschen seien. Doch er sprach weiter, als doziere er vor einem Kreis von Magieschülern. »Es ist sicher kein Zufall, dass der Blitz gerade die Diskrepanz an Jahren umfasste, die zwischen unseren beiden Welten entstanden ist. Ich wusste nicht, dass ein solcher Effekt überhaupt möglich ist, aber er ist offensichtlich eingetreten. Und die Zeit ist nun mal tödlich für Lebewesen, immer.«

Micra zögerte einen Atemzug lang, dann nahm sie sehr vorsichtig die Hand des Zauberers, die sie mehr als einmal hatte das Feuer weben sehen. »Ihr konntet das doch nicht voraussehen, Schwarzer Magier! Und wir *mussten* durch das Tor gehen! Es war unsere allerletzte Chance, die Statue überhaupt wieder auf diese Welt zu bringen. Wenn wir es nicht getan hätten, würden beide Welten in den Abgrund stürzen, und alle würden sterben – Ihr habt das selbst gesagt.«

Er berührte ihre Hand und sie wollte sie schon zurückziehen. Doch Zach-aknum drückte sie leicht und verzog den Mund zu einem halben Lächeln.

»Ich danke Euch. Wie ich schon sagte, manchmal benehme ich mich wie ein Trottel. Erzählt es nicht weiter.«

Sie sah immer noch besorgt aus, denn er konnte sie nicht täuschen. Aber sie akzeptierte seine Entscheidung und versuchte ihm zu helfen, soweit es in ihrer Macht stand.

»Ich schätze, wir müssen wenigstens einen der Räume von den Leichen befreien, bevor wir an so etwas wie Ruhe denken können, oder?« sagte sie säuerlich.

12

Durna schaute unruhig nach Nordosten, wo in der Ferne die Berge des Halatan-kar lagen. Die Dunkelheit hatte sich schon über den Turm gesenkt – und heute war es der direkt nach Halatan gewandte – doch Durna starrte weiter in die Nacht hinaus. Das Gefühl, das Zacha Ba der Rückkehr der Statue zugeschrieben hatte, war noch da. Es schien sich in den Hintergrund ihres Bewusstseins zurückgezogen zu haben, so dass sie es fast nicht mehr wahrnahm, aber es war noch da. Außer dieser vagen Unruhe schien die Anwesenheit der Statue allerdings nichts bewirkt zu haben. Sie war auch nicht der Grund für Durnas nächtlichen Beobachtungsposten in neblig-feuchter Kälte. Etwas anderes ließ sie hier oben ausharren, eine jener Ahnungen, wie sie Magier manchmal überfallen.

Sie erwartete nicht, dass sich die Erscheinung vom Vorabend wiederholen würde, und es gab auch kein Unwetter in Richtung der Berge. Nur Wolken zogen langsam über den Himmel. Aber etwas passierte dort. Es nagte an der Zauberin, und es frustrierte sie, dass sie nicht wusste, was es war.

Beinahe hätte sie es dann gar nicht bemerkt. Es war nicht mit dem schrecklichen Blitz und dem Ausbruch aus Licht zu vergleichen, der sie einen Tag zuvor fast zu Tode erschreckt hatte. Aber plötzlich flackerte es hinter dem Horizont wie bei einem Wetterleuchten. Weiße Helligkeit beleuchtete die Wolken von unten und umriss sie mit silbrigen Rändern. Durna hielt den Atem an. Mit ihren magischen Sinnen konnte sie die Erschütterung spüren. Jemand setzte eine unglaublich starke Magie ein – Todesmagie ... Feuermagie! Sie glaubte nicht, dass sie selbst in der Lage zu einer solchen Anstrengung wäre. In den Bergen musste ein wahres Inferno toben, wenn sie seinen Widerschein sogar noch hier sehen konnte. Was, bei den Dämonen war dort los?

Es dauerte nicht lange und wiederholte sich auch nicht. Erst nachdem das Licht längst wieder erloschen war, stieg Durna die Stufen hinab. Doch sie hatte nicht die Absicht, zu Bett zu gehen. Die Zauberin kehrte über die in der Festungsmauer verborgenen Gänge in ihr Arbeitszimmer zurück.

»Ist Klos endlich wieder da?« fragte sie die Wache davor.

»Jawohl, Königin. Er kam in die Festung, kurz nachdem Ihr nach oben gegangen wart.«

»Lass ihn holen.«

Klos bedeutete »verflucht« in einem der Dialekte des nördlichen Nubra, und Durna hatte sich oft gefragt, ob ihr Leibdiener besonders perverse Eltern gehabt hatte oder ob er sich diesen Namen irgendwann selber zulegte. Natürlich war es unter ihrer Würde, ihn nach etwas so persönlichem zu fragen ...

Der Mann war beinahe die einzige Spur, die sie damals von ihrem Vater gefunden hatte. Er hatte Lefk-breus anscheinend in den Jahren seines Exils treu gedient und alles aufbewahrt, was nach dessen Tod von den seltsamen Forschungen des ehemaligen Zauberpriesters übriggeblieben war. Als Durna auftauchte, übergab er ihr sofort die obskuren Aufzeichnungen und die noch unverständlicheren Gerätschaften, die er in der kleinen Hütte unterhalb der Ruine eines alten Wehrturmes lagerte, und bat sie, in ihre Dienste treten zu können. Ihr Vater hätte sich das gewünscht. Sie versuchte ihn natürlich über das Tun und Lassen ihres Vaters in den vergangenen Jahren auszufragen, aber sie erwartete nicht wirklich, dass der Diener in den Zweck der Forschungen des Magiers eingeweiht wäre.

Er wusste tatsächlich nur, dass Lefk-breus, den er »seinen Meister« nannte, das fortgesetzt hatte, was er schon in Ramdorkan tat, und was ihn dort so fatal von seinen eigentlichen Aufgaben ablenkte. Es war ein so hehres wie abstraktes Ziel, nach allem, was sie wusste: Er versuchte, das Gute im Menschen zu erforschen, um vielleicht alle Menschen »gut« zu machen. Mehr als diese Allgemeinplätze hatte sie nie herausgefunden. Selbstverständlich wäre es schon damals sinnlos gewesen, im Tempel selbst nachzufragen. Die Tochter des Verstoßenen wäre ganz sicher nicht willkommen gewesen in diesem ach so offenen Haus Gottes.

Klos war das nützlichste, was Lefk-breus ihr hinterlassen hatte.

Es klopfte, und der Leibdiener trat ein. Er trug unauffällige Bürgerkleider, die an ihm irgendwie grau wirkten. Seine kurzgeschorenen Haare waren eigentlich dunkelbraun, doch schon die wenigen silbrigen Fäden über den Schläfen hatten den seltsamen Effekt, dass ein flüchtiger Betrachter geschworen hätte, sie seien ganz und gar grau. Er war von durchschnittlicher Größe, nicht dick, auch nicht hager. Klos war vollkommen *unauffällig*.

Was ihn dafür prädestinierte, Durnas Spion zu sein.

Es störte sie zwar, dass er eine der wenigen Personen zu sein schien, die durch einen Zauberer nicht geistig sondiert werden konnten, aber das hieß ja auch, dass *andere* Magier es nicht konnten. Das seltsamste an Klos war, dass sie sein Alter nicht schätzen konnte. Sie selbst hielt sich mit Hilfe der Magie jung, aber Klos musste mindestens zwanzig Jahre älter sein als sie, wenn er schon ihrem Vater gedient hatte. Danach *hatte* sie ihn gefragt, doch er wusste angeblich nicht, warum er nicht so alterte wie andere Leute. Vielleicht eine Nebenwirkung der Experimente ihres verehrten Herrn Vaters? Falls das der Fall war, konnte sie verstehen, warum er nicht darüber reden wollte. In alter Zeit hätte man ihn vielleicht auf dem Scheiterhaufen verbrannt. Und mit den Yarben sah es ganz so aus, als ob ähnliche Zustände wieder einziehen könnten.

»Meine Königin!« Klos verneigte sich.

»Wie war der Süden, Klos?«

»Als ob schon eine Invasion stattfindet«, sagte er mit Besorgnis in der Stimme. »Die Yarben treiben scheinbar alles aus Nubra heraus, was sich bewegen kann. Unsere Leute kommen kaum mit der Errichtung von Lagern nach. Ganz zu schweigen von der Ernährung der Deportierten. Es gibt schon vereinzelte Hungersnöte. Zum Glück war nichts von Seuchen zu bemerken.«

Sie nickte stirnrunzelnd. Das war zu erwarten gewesen. »Wie ist die Stimmung?«

»Genauso, wie sie in einer solchen Situation sein sollte. Explosiv. Wenn einige dieser Nubraer Waffen in die Hände bekommen hätten, wären sie wohl umgekehrt, um sich lieber den Truppen der Yarben zu stellen, als auszuwandern. Unsere ›Verbündeten‹ spielen ein gewagtes Spiel. Nur ihre stärkeren Magier machen sie so selbstsicher.«

»Wenn unsere eigenen nicht feige in die Berge geflohen wären, hätten sie es nicht so leicht«, sagte Durna verärgert.

Klos zog seine Brauen ausdrucksvoll in die Höhe. »Es war Eure Verfolgung der Horam-Religion, die sie dazu brachte, glaube ich.«

Durna wusste es besser, aber das sagte sie ihrem Diener nicht. Sie hatte aus zuverlässiger Quelle erfahren, dass die besten Zauberer Nubras und Tekladors nicht nur wegen ihren Repressionen oder den vorrückenden Yarben nach Halatan gegangen waren. Für einige von ihnen waren das irrelevante Unannehmlichkeiten, die sie einfach nicht interessierten. Sie alle zusammen hätten jederzeit mit den Invasoren fertig werden können. Vielleicht hatten sie es in der Liste ihrer Prioritäten einfach nach hinten verschoben, weil sie genau wussten, dass es sinnlos wäre, Nubra und Teklador zu retten, wenn *die Welt selbst* unterging.

Es war das letzte Tor, auf das sie ihre immer verzweifeltere Hoffnung setzten, dass jemand aus der nach Horam Schlan geschickten Gruppe die Statue zurückbringen möge, bevor alles zu spät war. Sie versuchten mit ihrer Magie den endgültigen Zusammenbruch des letzten noch halbwegs offenen Weges aufzuhalten. Und wenn Zacha Ba sie nicht angelogen hatte, dann waren ihre Hoffnungen gerade erfüllt worden.

»Klos, ich fürchte, ich kann dich nicht lange von deiner Reise ausruhen lassen«, sagte Durna ohne besonderes Bedauern. »Du musst zum Tor von Halatan-kar reisen und nachsehen, was dort vorgeht. Es gibt Anzeichen dafür, dass die Statue Horams auf diese Welt zurückgebracht worden ist.«

Ihr Diener zuckte zusammen und sah sie ungläubig an.

»Du sollst herausfinden, ob das stimmt. Falls ja, dann werden diejenigen oder derjenige, welcher im Besitz der Statue ist, vom Tor zum Tempel reisen, um sie an den Ort zurück zu bringen, wo sie laut den alten Schriften hingehört. Ich gehe davon aus, dass sie mindestens genauso viel über sie wissen wie ich. Du musst sie abfangen und mir die Statue bringen. Es steht allein mir zu, sie nach Ramdorkan zu schaffen. Nicht nur, um ein Vermächtnis meines Vaters zu erfüllen ...

Und noch etwas: In der vergangenen Nacht und auch vorhin nach Einbruch der Dunkelheit habe ich im Nordosten über den Bergen seltsame Lichterscheinungen beobachtet. Da ich nie davon gehört habe, dass so etwas zu einer normalen Passage durch ein

Tor gehört, glaube ich, dass es vielleicht zu einem Unfall gekommen ist. Möglicherweise ist das Tor explodiert wie das von Mal Voren. Ich will so schnell wie möglich wissen, was da los ist. Aber sieh dich vor. Mindestens ein mächtiger Magier war an der Sache von heute Abend beteiligt und hat tödliche Zauber geworfen.«

»Einer der Vier?«

»Durchaus möglich. Wer sonst sollte die Statue zurückgebracht haben? Wie es scheint, könnte der alte Narr in unserem Kerker doch noch Recht behalten.«

»Habt Ihr wieder mit diesem Zacha Ba gesprochen, Königin?« Klos' Stimme war so missbilligend, wie er es sich gerade noch erlauben konnte.

Durna hob die Schultern. »Möglich, dass er doch langsam weich wird. Aber das wird bald ohne Bedeutung sein.«

»Natürlich. Wann soll ich aufbrechen?«

»Morgen früh wird ausreichen. Gib deinen Bericht über die Erkundungen im Süden im Büro des Kämmerers ab. Falls diese Lichter wirklich etwas mit dem Tor und der Statue zu tun haben, sind ihre gegenwärtigen Besitzer momentan noch dort. Es müsste dir möglich sein, vor ihnen in Pelfar zu sein, um sie aufzuhalten.«

Sie entließ ihn mit einer Handbewegung. Klos ging in seinen Raum, der in der Nähe von Durnas Zimmern an der Innenseite der Festungsmauern lag, um nach seiner Reise endlich zu schlafen, wie sie annahm.

* * *

Doch der graue Mann namens Klos legte sich nicht in sein Bett. Er verriegelte die Tür zu dem für einen Diener großzügig bemessenen Raum, den er bewohnte, wenn er nicht gerade in Durnas Auftrag unterwegs war.

An der Wand hing ein teurer Spiegel aus makellosem Glas, und wie jedes Mal, wenn er an ihm vorbeikam, sah Klos sein Bild aufmerksam an. Die dünnen Lippen pressten sich aufeinander, und eine tiefe Falte bildete sich in der Stirn, während er sich konzentrierter betrachtete als eine Hure vor Beginn ihres nächtlichen Geschäftes.

Klos war nicht eitel. Er bildete sich auch nichts darauf ein, dass er aussah wie Mitte Vierzig, was tatsächlich beinahe sein wahres Alter darstellte, obwohl die achtundvierzigjährige Durna ihn natürlich für viel älter hielt und sich wunderte. Er wusste nämlich genau, wie alt er war und warum er so aussah.

Klos der Verfluchte war nicht eitel.

Klos war nicht einmal ein Mensch.

Und der einzige, der es gewusst hatte, war längst tot.

Die Umrisse des Gesichtes im Spiegel verschwammen für einen Augenblick ein wenig, dann waren sie wieder genau so, wie sie sein sollten.

Er konnte den Morgen kaum erwarten. Wenn die Königin ihm nicht den Auftrag erteilt hätte, die Statue zu suchen, dann würde er einen Vorwand erfunden haben, um nach Halatan zu gehen, und zwar sofort! Ja, Klos würde letzten Endes die Statue Durna übergeben, mochte sie damit machen, was sie wollte. Das weitere Schicksal dieser Welt war ihm gleichgültig. Aber zunächst verfolgte er eigene Pläne mit dem Artefakt eines realen Gottes. Die Gelegenheit, es zu untersuchen, würde er sich nicht entgehen lassen.

Durna wusste über das verdammte Ding nur Bescheid, weil Zacha Ba geplaudert hatte. Der lästige Kerl sollte längst tot sein! Klos las in seiner »Herrin« wie in einem offenen Buch, ohne dass sie es je mitbekam. Auf seine spezielle Art war er ein viel mächtigerer Magier als sie. Und sie wusste nichts davon!

Der graue Mann lächelte nicht bei dem Gedanken. Er lächelte niemals, außer zur Schau, wenn es von ihm erwartet wurde.

Klos deutete auf sein Bett, und ein Energiefeld materialisierte sich, das die Schlafgeräusche eines Mannes zu imitieren begann. Dann löschte er das Licht und glitt als Schatten unter der geschlossenen Tür hindurch. Der amorphe Fleck aus Dunkelheit bewegte sich blitzschnell und zielsicher durch die Festung der Sieben Stürme, ohne dass ihn auch nur ein Mensch wahrnahm.

In einer der Zellen unterhalb der Festungshöfe erwachte der alte Zauberer Zacha Ba, als ihn ein seltsamer, eisiger Lufthauch streifte.

~Alter Mann!~ sagte eine Stimme, die keinen Laut hatte. ~Du hast dich einmal zu oft eingemischt. Es ist Zeit, zu gehen.~

»Wer ist ...?« Zacha Ba fuhr hoch, registrierte kaum, dass ihn keine magischen Schutzformeln mehr banden, und sah schließlich seinen schattenhaften Besucher.

~Du bist einer der letzten wichtigen Magier in Teklador, Zacha Ba~, flüsterte die Geisterstimme. ~Alle anderen sind geflohen oder von meiner kleinen Durna umgebracht worden. Nur bei dir hat sie gezögert. Jetzt muss ich vollenden, was sie begonnen hat.~

Im letzten Augenblick, als sich die Krakenarme der Dunkelheit schon nach ihm ausstreckten, verstand der Zauberer, was er da vor sich hatte, aber es war zu spät. Das Entsetzen lähmte ihn und dann hörte sein Herz zu schlagen auf.

Für einen Moment verharrte das Wesen, das Klos war, noch in seiner tatsächlichen Gestalt mitten in der Zelle, dann verschwand es so still und heimlich, wie es gekommen war.

* * *

»Königin!«

Sie hasste es, wenn sie schon beim Frühstück gestört wurde.

»Was!«

»Verzeiht, Majestät. Der Gefangene Zacha Ba ist in der Nacht gestorben. Ihr hattet die Kerkerwachen angewiesen, über ihn sofort zu berichten, wenn ...«

»Verflucht!« Durna schob ihren Teller von sich. Ihr war plötzlich übel. »Wache!« brüllte sie. »Zwanzig Schläge für diesen Idioten und eine Woche Latrinendienst, damit er lernt, die Wichtigkeit von Nachrichten einzuschätzen.«

Der unglückliche Überbringer der Botschaft wurde zappelnd nach draußen geschleift. Durna schleuderte ein Gefäß gegen die Wand und eilte nach unten in die Kerkerstockwerke. Warum musste der alte Mann gerade jetzt sterben? Wie konnte er ihr das antun!

Die Wachen sprangen förmlich zur Seite, als Durna herangefegt kam. Sie hatten selbstverständlich den Toten nicht angefasst, sondern die Zelle sofort wieder verlassen. Zuviel Aberglaube rankte sich gerade um die Leichen von Magiern. Manch einer war schon mit einem Fluch auf den Lippen gestorben, der denjenigen traf, welcher ihn als erster berührte.

Helle Öllampen leuchteten die Zelle aus, in der das Leben Zacha Bas zu Ende gegangen war. Durna trat vorsichtig ein.

›Da liegst du nun, alter Mann‹, dachte sie mit einem Anflug von Traurigkeit, der sie verwirrte. ›Du hättest selbst mir noch einiges bei...‹

Durna holte heftig Atem, als sie den Toten sah. Dieser Mann war *nicht* friedlich im Schlaf gestorben. Eine Maske grauenvollen Entsetzens verzerrte noch jetzt sein faltiges Gesicht. Sie wich einen Schritt von der Pritsche zurück und sondierte auf allen magischen Ebenen die Zelle. Keine Zauber, keine Flüche.

Keine Zauber? Und wo waren ihre eigenen Schutzzauber, die Zacha Ba erst soweit eingeschränkt hatten, dass er keine Gefahr mehr darstellte? Sie waren nicht mehr feststellbar! Durna hatte noch nie gehört, dass solche Zauber beim Tod des Verzauberten erloschen – im Gegenteil: Sie entwickelten manchmal eher ein unheilvolles Eigenleben.

Aber sie waren einfach weg!

Es lag in der Natur dieser Magie, dass sie ihr Opfer nicht selbst aufheben konnte. Unter keinen Umständen. Das konnte nur eines bedeuten.

»Was hast du gesehen, Zacha Ba?« flüsterte sie und hockte sich auf ihre Fersen, um ihm in die weit aufgerissenen Augen zu blicken. »Was für ein Dämon ist zu dir gekommen? Wer hat dich *ermordet?*«

Sie war nicht so mächtig, dass sie daran hätte denken können, die Nekrolyse einzusetzen, selbst wenn sie gewusst hätte, wie das ging. Nur die Yarben verfügten heutzutage noch über Zauberer, die es vielleicht konnten. Aber erstens waren deren Magierpriester weit weg, und zweitens war das gut so. Erkon Verons Gesindel hätte ihr gerade noch gefehlt. Sie malte eine andere Rune in die Luft und erhob sich. Die silbrigen Spuren ihrer Handbewegung waren noch nicht verblasst, als sie die Zelle verließ und den Befehl gab, die Leiche fortzuschaffen.

›Wenn es wirklich der Feuermagier ist, der von Horam Schlan zurückkam‹, dachte sie auf dem Weg in ihr Arbeitszimmer, ›dann habe ich ein Problem. Wie erkläre ich ihm, dass sein Vater in den Kerkern meiner Festung gestorben ist?‹ Es wäre wohl besser, ihm nie persönlich gegenüber zu treten.

* * *

Die nächste Störung, kurz vor Mittag, war nicht so dramatisch. Man meldete der Königin die Rückkehr Oberst Girens aus Regedra, wo er zweifellos seinem Herrn und Meister über sie Bericht erstattet hatte. Der Verbindungsoffizier der Yarben, der de facto das Kommando über alle Garnisonen und Forts in Teklador inne hatte, also über Durnas gesamte *militärische Macht*, war kein unsympathischer Mann, soweit man das bei den Yarben behaupten konnte. Sie zog ihn jedenfalls seinem Herrn, dem geilen Bock Trolan, bei weitem vor. Allerdings schien er einer »Hexe« gegenüber gewisse Vorbehalte zu haben. Er hatte nie eine Annäherung versucht ... Vielleicht war er abergläubisch. Dass er gleich nach seiner Ankunft zu ihr vorgelassen werden wünschte, war daher ziemlich ungewöhnlich.

»Lasst ihn rein, im Namen der Neun«, seufzte sie, ganz auf die Etikette bedacht. Auch wenn sie in letzter Zeit häufig an ihn dachte, Horams Name würde in diesem Zusammenhang nicht über ihre Lippen kommen.

Tral Giren sah aus, als sei er gerade drei Tage lang über die schlechten Straßen des Reiches geholpert. Er hätte ein Flussschiff nehmen sollen. Die Yarben vom anderen Ende des Meeres wurden doch bestimmt nicht seekrank?

»Die Neun seien mit Euch, Königin Durna«, begrüßte er sie. »Wie geht es Euch?«

›Beschissen‹, dachte sie. ›Mir ist gerade ein netter alter Großvater in meinem Kerker von einem Unbekannten umgebracht worden, in Halatans Bergen explodiert dauernd etwas, die einzige wahre Statue des einzigen Wahren Gottes Horam, den Ihr, mein Freund, übrigens als den Vernichter Eurer Kultur anseht, ist wieder aufgetaucht, und ich überlege, wie ich sie vor Euch in meine Hände bekommen kann, und im Süden meines Landes braut sich eine Krise zusammen, weil Ihr, mein verdammter Yarbenfreund, die Nubraer zu Tausenden aus ihrer Heimat vertreibt!‹ Laut aber sagte sie nur: »Gut, Oberst Giren, und Euch?«

»Die Reise war anstrengend. Verzeiht deshalb meinen Aufzug, Königin. Aber ich überbringe eine Botschaft von Seiner Exzellenz, Lordadmiral Trolan.«

»So?«

»Der Lordadmiral lädt Euch zu einem weiteren freundschaftlichen Besuch nach Regedra ein, um im Kreise seiner Berater mit Euch ausführlich die nächsten Schritte des Großen Planes zu besprechen.«

Durnas Augen verengten sich kaum merklich. Gerade jetzt kamen die Yarben auf diese Idee! Oder war das kein Zufall? Hatten ihre Magier das Erscheinen der Statue ebenso gespürt und wollten sie aus ihrer Nähe haben? Sie gar umbringen? Die Zauberin wusste, dass man nie paranoid genug sein konnte, wenn es um das Spiel ging, das Macht hieß. Dann fiel ihr ein, dass es zeitlich nicht passte. Giren war viel länger unterwegs gewesen, als die Ankunft der Statue zurück lag.

Sie lächelte und ließ ihren Mund davon plappern, wie sehr sie sich geehrt fühle – während sie Tral Giren einer tiefgehenden magischen Sondierung unterzog. Was sie fand, enttäuschte sie. Der Oberst wusste nichts über die Motive hinter dieser Einladung, *diesem Befehl,* so schnell wie möglich zu erscheinen. Stand selbst er nicht hoch genug in der Hierarchie der Yarben, um eingeweiht zu werden? Ihr früherer Eindruck von Giren wurde bestätigt. Es lohnte sich nicht, diesen Soldaten zu verführen, ihn zu umgarnen. Sie würde ihn vielleicht umdrehen können, aber was sollte ihr das nützen?

»Und um was geht es wirklich?« unterbrach sie ihr eigenes Gesäusel plötzlich mit gefährlich anmutender Direktheit. Der Junge sollte nicht vergessen, dass sie eine Zauberin war. Der Oberst wand sich etwas. »Es scheint, dass der Lordadmiral nicht allzu zufrieden mit der Geschwindigkeit der Umsiedlung ist.«

Durnas Hand verkrampfte sich um ihre Sessellehne. Doch ihre Stimme klang ruhig und gelassen. »Weiß der Lordadmiral von unseren Versorgungsproblemen im Süden? Habt Ihr ihm geschildert, was sein Programm hier bewirkt?«

»Natürlich. Tr... Der Lordadmiral ist vollkommen im Bilde. Ich dachte eigentlich, dass ich es ihm klargemacht hätte, aber dann befahl er mir, Euch diese Nachricht zu überbringen.«

Soso, der Junge fühlte sich dabei also nicht besonders wohl. War nicht immer einer Meinung mit dem Lord? Dachte er vielleicht, dass er es besser könnte? Alles Dinge, die sich Durna zur späteren Verwendung merkte.

»Ich werde Vorbereitungen für die Reise treffen«, sagte sie, denn ihr blieb nichts anderes übrig. Sie war von Yarben umzingelt, die ihr nur so lange gehorchten, wie es den Befehlen Oberst Girens oder des Admirals nicht zuwiderlief. »Aber Ihr versteht sicher, dass ich nicht schon heute aufbrechen kann? Ich muss Dinge für meine Abwesenheit anweisen, die Geschäfte übergeben und all das. Es wird ein paar Tage dauern.«

Zweifellos wäre Trolan anderer Meinung gewesen, aber Oberst Giren nickte so eifrig, dass sie den Verdacht hatte, er wolle es sich mit ihr auf keinen Fall verderben.

›Ist auch er wider besseren Wissens von meiner magischen Jugend geblendet?‹ dachte sie halb verwundert. Ihre Leute hatten ihr pflichtschuldigst von den geheimen Nachforschungen Girens berichtet, der so unter anderem ihr wahres Alter erfahren hatte. Nicht, dass es sie interessierte, was der Oberst wusste oder nicht. Ihr Körper war ein Mittel ihrer Macht, ein Instrument, mit dem sie bei Männern oft erreichte, was sie anderweitig nicht bekommen hätte. Aber selbst nach dreißig Jahren Übung verwunderte es sie immer wieder, wie leicht die Männer ihr zum Opfer fielen. Es waren doch alles nur instinktgeleitete Tiere, die Politik eines Staates leicht vergessend, wenn es ihnen ihr Schwanz befahl.

Nun ja, es schadete nichts, ein wenig auf diesem Gebiet vorzubauen. Sie ließ sich dazu herab, Giren zur Tür zu begleiten, und legte ihm dabei die Hand auf den Arm.

»Ihr werdet mich doch persönlich nach Regedra begleiten, nicht wahr, Oberst?« sagte sie dabei.

Giren errötete tatsächlich. Sie hätte beinahe gekichert.

»Natürlich, Königin. Es wird mir eine Ehre sein.« Nie nannte er sie »Regentin«, wie es der Lordadmiral tat – das hatten Durna *ihre* Geheimdienstquellen berichtet. Wie so vieles, was sie am Hof von Regedra nicht mehr mit ihrer magischen Kugel sehen konnte. Es gab Wege und Wege; und ein Magier kannte sie alle. Auch dieses Detail war vielleicht wichtig. Sie lächelte mit genau dem richtigen Grad an Zurückhaltung und entließ ihren Verbindungsoffizier zum ... Feind.

Ja, zum Feind. Durna hatte anfangs die Gelegenheit ergriffen, Macht genug zu erlangen, um ihre Rache an den Magierpriestern Horams verwirklicht zu sehen, inzwischen war sie ernüchtert aus dem Blutrausch erwacht. Sie war keine tekladorische Patriotin – sie war ja eigentlich nicht einmal gebürtige Tekladorianerin, sondern stammte aus Nubra. Doch was die Yarben hier anstellten, hier auf dem Kontinent, den sie als neuen yarbischen Lebensraum zu erobern trachteten, machte alte Grenzen plötzlich immer mehr zu irrelevanten Strichen auf der Landkarte.

Durna war beinahe sicher, dass sich irgendwo im Hinterland schon jetzt Kräfte zusammenzogen, die den Vormarsch der Invasoren nicht mehr viel länger hinnehmen würden. Irgendwer würde da sein, um diese Kräfte unter der gemeinsamen neuen Fahne zu vereinen, die Anti-Yarben hieß. Sie würde nun anfangen, darauf zu achten, dass darunter nicht in kleinen Buchstaben auch Anti-Durna stand.

Und wer wollte etwas gegen eine Durna sagen, welche die verlorene Statue an ihren rechtmäßigen Platz zurückgebracht hatte, somit die Religion (und die Welt) rettend? Insgesamt gesehen konnte es also keinen ungünstigeren Zeitpunkt für das zu Wirdaon verdammte Interesse des Lordadmirals geben.

Durna zerschmetterte die zweite Vase an diesem Tag an einer Wand.

Ein Gespräch

»Du willst dich also einmischen ...?«

»Ja. Was dagegen?«

»Wie sollte ich? Ich verstehe deine Ungeduld. Aber ist es klug?«

»Klug! Wen interessiert das? Dort draußen steht das Schicksal zweier Zivilisationen auf dem Spiel – und du fragst, ob es klug ist, sich einzumischen?«

»Es ist lange her. Vielleicht neigt unsere Einmischung heute die Waage in eine Richtung, die dir am Ende nicht gefällt ...«

»*Unsere* Einmischung?«

»Natürlich. Hast du gedacht, ich würde zur Seite treten und zuschauen, wie du ... all den Spaß hast?«

»Ohh oh. Das hatte ich befürchtet.«

»Das Leben ist ungerecht.«

»Das Leben! Pfft ... Erzähl mir nichts über das Leben!«

»Nun ja. Aber du hast Recht. Wir können *denen* nicht so einfach das Feld überlassen.«

»Was? Den Menschen?«

»Nein, ich meine die anderen. Diese ›Götter‹, die von dem überseeischen Volk angebetet werden, sind keine reinen Trugbilder, weißt du. Hinter ihnen steht mindestens einer, der sogar dir gefährlich werden könnte – und ich spiele nicht auf Wordon an.«

»Die Chaos-Lords?«

»Vielleicht ...«

»Verdammt!«

»Du sagst es.«

13

Das sogenannte Fort der Yarben war keine besonders beeindruckende Angelegenheit. Er hatte furchteinflößendere Poststationen auf Horam Schlan gesehen.

Solana, Jolan und er marschierten mit den ausgreifenden Schritten von entschlossenen Wanderern an den Palisaden vorbei. Auf zwei niedrigen Türmen, besseren Holzgerüsten allenfalls, hockten trübsinnige Wachposten, die ihr Vorankommen mit den starren Blicken von Leuten verfolgten, für die selbst eine Fliege auf einem Scheißhaufen eine Abwechslung war.

Vor dem Fort zweigte eine Straße nach rechts ab, die nach Ruel führte, wie Solana mitteilte. Der schnellste Weg nach Halatan, aber nicht ins Gebirge, wie sie behauptete. Brad wusste, dass sie vor allem Angst hatte, in Ruel erkannt zu werden, aber er folgte ihren Vorschlägen weiter. Bei einer Rast hatte die überraschend ortskundige Frau eine grobe Karte in den Schlamm des Weges gezeichnet. Pelfar, der Ort, dem sie als nächstem zustrebten, war anscheinend eine wirkliche Großstadt an den Ufern des Terlen. Und es lag genau auf der Straße, die das Tor im Halatan-kar mit Ramdorkan verband. Wenn Zach-aknum und Micra aus irgendeinem Grund beschließen sollten, nicht am Tor auf sein Aufkreuzen zu warten, sondern zum Tempel zu gehen, war das der Weg, den sie nehmen würden. Brad war sich darüber im Klaren, dass es für seine Freunde genauso logisch erscheinen mochte, sofort zum Tempel zu wandern, in der Annahme, dass er das gleiche tun würde. Zum hundertsten Mal verfluchte er seine Dummheit, nicht vor der Passage durch das wacklige alte Tor daran gedacht zu haben, einen eindeutigen Treffpunkt zu vereinbaren. Aber wer konnte auch ahnen, dass es sie trennen würde, wie der Stronbart Har es einmal versucht hatte.

›Oh Horam!‹ dachte Brad erschrocken. ›Jeder hätte es ahnen müssen, denn wir *waren* ja im Stronbart Har, und das Tor ein Teil von ihm. Möge Farm in Wirdaons Pfühlen die furchtbarsten Qualen erleiden, dafür, dass er uns am Ende so unter Druck gesetzt hat!‹

Keine Sorge, mein Freund, Qualen erleidet er, wenn auch nicht unbedingt als mein Gast.

Brad hätte beinahe aufgeschrien, so unvermittelt traf ihn die klare und deutliche Frauenstimme in seinen Gedanken. Sie fühlte sich an, als fließe Eiswasser durch sein Gehirn. Er stolperte, fing sich wieder und sah sich hektisch um. Jolan griff nach seinem Messer und musterte ebenfalls die Umgebung.

Brad winkte ab und zwang seinen plötzlich heftigen Atem unter Kontrolle. Ihm war furchtbar kalt. Er wusste, wer *das* war – ohne jeden Zweifel.

»Weißt du eigentlich, dass deine Haare ganz komisch zu Berge stehen?« sagte Solana hinter ihm.

Er bemerkte, dass Jolan hektisch mit der Hand fuchtelte, um seine Mutter zum Schweigen zu bringen. Brad kam sich ziemlich blöd vor, blieb stehen und kauerte sich an den Wegesrand.

›Bitte!‹ dachte er verzweifelt. ›Nicht auch noch Ihr, Eure Göttlichkeit.‹

Aber, aber – wer hat mich denn angerufen? Die Frau klang belustigt. *Weißt du eigentlich, dass wir das hören – immer?*

Brads Atem kam inzwischen nur noch stoßweise. Er zitterte vor Kälte. ›Nein‹, dachte er, ›das wusste ich nicht.‹

Das ist unser *Fluch, mein Lieber. Sei wenigstens du etwas behutsamer, ja?*

›Ja, ja!‹

Eine Hand ergriff die seine und zwängte einen kalten, harten Gegenstand hinein. Was war das?

Böser Junge! sagte die Frau in seinem Kopf. *Ich gehe ja schon. Ach ja ... Ein Freund von dir ist hier bei mir. Er kommt bald vorbei, soll ich dir ausrichten. Sucht noch die richtige Zeitlinie oder so was. Ich weiß bei jedem zweiten Satz von ihm nicht, was er meint. Ihr Menschen übt einen schlechten Einfluss auf meine armen Dämonen aus. Leb wohl, Brad Vanquis. Ich bleibe in der Nähe. Euer Spiel hier verspricht aufregend zu werden.*

Dann bekam Brad wieder Luft. Er sah auf seine rechte Hand hinab, in der es eiskalt glühte. Beinahe hätte er die goldene Statue Horams fallen gelassen, so erschrocken war er über ihren plötzlichen Anblick.

Jemand schüttelte ihn. Solana.

»Was bei den Dämonen ist los mit dir! Bist du krank? Sag was!«

Er hielt ihren Arm fest. »Nicht!« krächzte er.

»Was?«

Brad beugte sich ein wenig vor und schüttelte seinen Kopf, als sei dieser nass geworden.

»Nicht die Dämonen erwähnen!« flüsterte er dann angestrengt.

»Wie? Warum denn nicht?«

»*Sie selbst* hat gerade zu mir gesprochen. Wirdaon.«

Solana wich etwas von ihm zurück. Jolan dagegen beugte sich neugierig näher.

»Brad Vanquis!« sagte Solana streng. »Du hast da ein ernsthaftes Problem mit Göttern, weißt du das?«

»Scheint so«, murmelte er. »Hast du mir die Statue gegeben?«

»Nein, das war er«, Solana deutete auf ihren stolzen Sohn. »Hat es geholfen?«

»Tja, *sie* hat mich zumindest nicht mitgenommen.«

»Hast du so was öfter?« fragte Solana ganz sachlich.

»Eigentlich trat das bis jetzt nur im Fluchwald auf, und nur bei *einem* Gott.« Brad war irgendwie zum Heulen. Mischte sich denn jetzt schon jeder in sein Denken ein?

»Es wäre sicher zynisch, dir zu raten, bei dem vorsichtig zu sein, was du denkst«, sagte Solana, als sie weitergingen.

»Warum?« fragte Jolan, und sie erklärte es ihm.

Nach ein paar eigenen Experimenten im »vorsichtigen Denken« schwieg der Junge sichtlich erschüttert.

Brad grinste zwar über Jolans Anstrengungen, nicht an etwas Bestimmtes zu denken, aber er setzte den Weg viel besorgter fort, als er zuzugeben bereit war. Es war schon schlimm genug gewesen, dass ihn im Fluchwald ständig die Stimme Horams angesprochen hatte. Freilich hatte er erst ziemlich am Schluss ihres Abenteuers im Stronbart Har erkannt, woher diese »innere Stimme« gekommen war. Jetzt mischte sich also auch noch die Herrin der Dämonen in sein Bewusstsein ein? Wie ging das? War sie denn genauso ein Gott wie Horam? Aber er hatte – zum Glück! – mit ihr doch noch nie Kontakt gehabt, im Gegensatz zum Doppelköpfigen, dem er schon bei seinem ersten Aufenthalt im Fluchwald über den Weg gelaufen war. Da musste er sich in ihm »eingenistet« haben. Jedenfalls hatte er es sich später so zusammengereimt. Es war jedes Mal beunruhigend, wenn sich die Götter in das Leben der Sterblichen einmischten. Seltsamerweise taten sie das nie dann, wenn die Sterblichen es gern gesehen hätten …

Jedenfalls konnte er sicher sein, die Aufmerksamkeit einiger »höherer Wesen« auf sich gerichtet zu wissen. Ob das gut oder schlecht war, würde sich zeigen.

Und was meinte Wirdaon damit, dass ein Freund von ihm bei ihr sei? Er hatte etliche »Freunde« gehabt, die ihr jetzt durchaus Gesellschaft leisten mochten, doch einer, der bald zu ihm käme? Das musste Pek sein! fiel ihm plötzlich ein. Wo sollte ein Dämon anders sein als in Wirdaons Reich? Und es sah dem kleinen Abenteurer ähnlich, dass er vorhatte, ebenfalls nach Horam Dorb zu kommen. Sicher hatten Dämonen dafür ihre eigenen Mittel, denn das Tor konnte er ja nicht mehr benutzen. Als der erste Schock abklang, musste Brad zugeben, dass die kurze geistige Begegnung mit der Herrscherin der Dämonen durchaus ihre interessanten Seiten hatte.

Die Straße nach Pelfar besserte sich nördlich vom Fort der Yarben deutlich. Jetzt kamen ihnen auch hin und wieder andere Reisende zu Fuß, zu Pferd oder mit den verschiedensten Fuhrwerken entgegen oder überholten sie. Die anderen Leute schenkten den drei Wanderern kaum Beachtung. Einmal mussten sie vom Weg zur Seite ausweichen, weil eine größere Abteilung berittener Yarben nach Norden preschte. Die Soldaten hätten sie vermutlich nicht gerade niedergeritten, schließlich befanden sie sich wenigstens dem Namen nach in einem verbündeten Land, aber es wäre unklug, sie durch trotziges Verharren auf dem Weg zu reizen.

Gegen Abend kamen sie zu einer Herberge.

»Wir sollten hier eigentlich übernachten«, meinte Solana. »Hast du irgendwelches gültiges Geld? Ich habe nur das bei mir, was wir heute auf dem Markt ausgeben wollten.«

»Nur dieses hier.« Brad zeigte ihr einige der Münzen aus seinem Beutel.

»Yarbengeld. Woher hast du denn das?«

»Ein paar Yarben, die plötzlich keine Verwendung mehr dafür hatten, überließen es mir.« Sie hob gleichmütig ihre Schultern. »Damit können wir hier sicher ein Zimmer bekommen. Oder ziehst du es vor, während der Nacht weiter zu wandern? Auf der Straße wäre das nicht besonders gefährlich, aber es sähe etwas seltsam aus.«

»Nein, hier zu übernachten ist schon in Ordnung. Meine Leute werden sicher am Tor auch noch ein wenig länger auf mich warten.«

Aber würden sie das wirklich? Er hatte zwar ursprünglich angenommen, dass Zachaknum und Micra zum selben Schluss kommen würden wie er, also sich an dem Punkt zu treffen, wo sie den Planeten hätten betreten sollen, aber vielleicht kamen sie auch auf die andere Idee, nämlich so schnell wie möglich zu dem Ort zu gehen, an den die Statue letztlich gebracht werden sollte: nach Ramdorkan. Und das war genau in der entgegengesetzten Richtung, jedenfalls von Pelfar aus. Bis sie diese Stadt erreichten, spielte es keine Rolle, aber dort war der Scheideweg.

Die Wegstation war nicht besonders voll. Der Wirt verzog keine Miene, als Brad ihn die Yarbenwährung zuschob. Wahrscheinlich bezahlten die selber auch damit, obwohl Teklador eigenes Geld besaß. Aber es war auch in Brads Heimat nicht ungewöhnlich, gleichermaßen mit den Stettigern von Chrotnor oder den Gulden aus Thuron zu zahlen, Hauptsache, sie waren allgemein akzeptiert.

Das Zimmer war annehmbar, es gab im Hof sogar einen Verschlag zum Waschen. Sie hatten nicht aus Sparsamkeit nur ein Zimmer verlangt – ein Paar mit Kind fiel weniger auf als zwei nicht verheiratete Erwachsene mit Kind, die zusammen reisten. Brad wusste selbst nicht, warum er sich eigentlich solche Sorgen darum machte, sie könnten jemandem verdächtig erscheinen. Gut, er hatte sich auf dieser Welt nicht gerade subtil eingeführt; wenn die Yarben herausfanden, dass er ihre Leute umgebracht hatte, wurden sie vermutlich ziemlich ungemütlich. Aber keiner konnte das wissen.

Doch Brad war nervös. Er war nicht imstande, das Gefühl ganz zu unterdrücken, sich in Feindesland zu befinden, wo ihm praktisch jeder nach dem Leben trachtete. Und er hatte so eine Ahnung, dass es nicht ganz unbegründet war.

Als es dunkel wurde und sie sich zur Ruhe begaben, spielte er mit dem Gedanken, eine Wache einzuteilen, aber dann entschied er widerstrebend, dass es besser sei, die ganze Nacht durchzuschlafen, als morgen nach nur einer halben weiterzuziehen. Was sollte auch in einer Herberge passieren? Teklador war kein Land, in dem Wegelagerer und Banditen ihr Unwesen trieben. Es war relativ dicht besiedelt und von vielen Straßen durchzogen. Selbst vor Durnas Machtübernahme hatte der König keinen Spaß verstanden, wenn es um Diebesgesindel ging. Und die Hexe auf dem Thron erst recht nicht. Wer *sie* verärgerte, hatte ganz schlechte Karten ...

Sie unterhielten sich noch eine Weile halblaut über die beiden Welten und die unscheinbare Statue, die sie vor der Vernichtung retten sollte, dann zog Stille in das kleine Zimmer ein.

* * *

Lange bevor Königin Durna an diesem Tag erwachte und zu ihrem Verdruss von Zacha Bas ungeplantem Ableben erfuhr, war ihr Diener Klos schon aufgebrochen. Er ritt im ersten Tageslicht auf der Straße von Bink nach Pelfar, die am Grauen Abgrund und dem Dorf Rotbos vorbei führte. Ein normaler Reisender würde mit einem Pferd oder Wagen drei bis vier Tage für diese Strecke benötigen, Klos hatte vor, es in zwei Tagen zu schaffen. Er trieb sein Pferd rücksichtslos an, denn er wusste, dass er es in dem kleinen Yarbenfort auf halber Strecke wechseln konnte. Wenn es dort tot umfiel – was kümmerte es ihn?

Klos hätte noch schneller reisen können, doch er war den Beschränkungen seiner Rolle als Mensch unterworfen. Nur im äußersten Notfall oder wenn es absolut sicher schien, würde er sie aufgeben. Sie war nützlich, denn trotz seiner Macht hätte er es schwer, wenn es sich die Menschen in den Kopf setzten, ihn zu jagen. Wie sie alles jagten und bekämpften, was anders als sie war.

Und *das* war er zweifellos.

Er wusste, wie er entstanden war und was er darstellte, weil sein Erzeuger es ihm gesagt hatte. Sogar an diesen Vorgang konnte er selbst sich teilweise erinnern. Das Wort »Erzeugung« traf in seinem Fall weit genauer zu als bei Menschen. Aber Klos verschwendete selten einen Gedanken daran. Er existierte – das allein zählte. Und die Menschen würden schon noch sehen, was sie *davon* hatten!

Lefk-breus war mehr Wissenschaftler als Priester gewesen, wollte man das Wort »Narr« nicht noch vor dem Wissenschaftler nennen. Schon während seiner Zeit im Tempel von Ramdorkan hatte er sich von Experimenten und Forschungen auf dem Gebiet der Magie faszinieren lassen. Er war von dem Gedanken beseelt – oder sollte man sagen: besessen? – gewesen, dass man die Magie ebenso weiterentwickeln müsse, wie sich vieles im Alltag der Menschen im Laufe der Zeit entwickelte. Fortschritt auf die Zauberei angewandt? Auf die Hohe Kunst, die sich ganz besonders an dem orientierte, was *frühere* Magier getan oder versucht und als möglich definiert hatten? Viele sahen diese Bemühungen mit Missbilligung, was einer der nicht genannten Gründe war, weshalb die Priesterschaft Lefk-breus nach dem Diebstahl der Statue Horams so bereitwillig verurteilte und verstieß. Es widersprach keinen religiösen Lehren, was der Magier versuchte, also konnte man ihn nicht als Ketzer anklagen. Da kam es seinen Feinden recht, dass ihm in seinem Amt als Oberpriester ein schwerwiegender Fehler unterlief. Der einfältige Mann hatte dabei immer nur Gutes für die Menschen tun wollen, erinnerte sich sein Geschöpf verächtlich. Und herausgekommen war das Schlechte.

Klos, der Verfluchte, zum Beispiel.

Kein Lebender wusste, was genau Lefk-breus während seiner letzten Jahre und Monate getan hatte. Zurückgezogen in einem kleinen Gehöft neben der Rune eines alten Wachturmes lebte er wie ein Dorfzauberer von gelegentlichen magischen Diensten und für seine Forschung. Er versuchte, wie er selbst später Klos erklärte, das Gute im Menschen zu erkennen und zu fördern. Dazu musste er es erst einmal isolieren, seine Essenz darstellen. Sehr akademisch, das Ganze. Und es ging natürlich gründlich schief. Es war scheinbar etwas, an das man als Sterblicher besser nicht rührte – nur wusste man das leider immer erst dann, wenn es schon zu spät war. Das entscheidende Experiment mit einem Freiwilligen, dem damaligen Schüler von Lefk-breus, wurde ein komplettes Desaster. Ja, der Magier schaffte mit den vom ihm entwickelten Formeln und Ritualen tatsächlich die Isolierung der Essenz von Gut und Böse in einem Menschen.

Unvorhergesehen war eigentlich nur, dass der betreffende Mensch sich dabei auflöste und zu zwei nach einer Form suchenden Massen wurde. Die eine war natürlich das isolierte Gute an sich ... die andere ... war Klos.

Dem Dunklen war unter anderem eigen, dass es keine Skrupel kannte. Während Lefk-breus' *beabsichtigtes* Ergebnis noch umherwaberte und zu einem Schluss zu kommen suchte, was denn nun eigentlich los sei, erkannte das Nebenprodukt seinen natürlichen Antagonisten und schlug zu.

Rohe, ungebändigte Kraft fuhr wie ein Blitz herab und verdampfte das von Lefk-breus erfolgreich isolierte Gute im Menschen. Jede Chance, den unglückseligen Schüler des Magiers später irgendwie wiederherzustellen, war damit entschwunden. Klos wollte sich dann gegen den Zauberer selbst wenden, doch der hatte viel zu viel Erfahrung in gefährlicher experimenteller Magie. Man wurde kein Magier seines Ranges, wenn man einen plötzlich auftauchenden blutrünstigen Dämon nicht sofort in seine Schranken bannen konnte. Und »plötzlich« bedeutete dabei Bruchteile von Augenblicken.

Klos lernte in den ersten Sekunden seiner Existenz den wunderbaren Geschmack des vollständigen Sieges und die Bitternis von Niederlage und Unterwerfung kennen. Er vergaß es seinem »Meister« niemals, dass der ihm seine erste Freude so vergällt hatte. Klos war durchaus noch ein empfindungsfähiges Wesen, er besaß alles Wissen und sämtliche Instinkte des Mannes, aus dem er hervorgegangen war. Aber er »empfand« nur dann so etwas wie Freude, wenn er »das Gute« zerstören konnte. Bloß jemanden zu töten, war primitiv, Klos vernichtete seine Opfer psychisch und physisch, wenn er konnte. Er war jedoch keine rasende Bestie, die auf alles losging, was ihr unter die Augen kam. Die Inkarnation des reinen Bösen im Menschen war schlau. Klos plante und dachte langfristig. Er hatte keine Eile, denn er war kein Sterblicher wie sein Meister. Obwohl er aus Bequemlichkeit – und zur Tarnung – meist die Gestalt eines Menschen annahm, war das für ihn nicht unbedingt notwendig. Er lernte von Lefk-breus alles, was man von einem Magier der Vier Ringe lernen konnte. Denn obwohl der Zauberer erkannte, was er da geschaffen hatte, wagte er es nicht, seine Schöpfung fortzujagen. Er hoffte in seiner naiven Gutgläubigkeit, Klos vielleicht »heilen« oder »bekehren« zu können, seine Schuld an dessen ungewollter Existenz damit zu begleichen, dass er ihn »gut« machte. Er vergaß dabei allerdings, dass er selbst ja das Gute vom Bösen getrennt hatte, wobei nur eines davon übrig blieb.

Klos bedankte sich am Ende angemessen bei seinem Meister. Als Lefk-breus eines Tages in seiner Aufmerksamkeit nachließ, war für sein Geschöpf die Zeit des Wartens und Lernens zu Ende.

Der in einem magischen Kreis gefangene, von Gift gelähmte Zauberer brauchte lange, um zu sterben. Klos hüpfte frohlockend um ihn herum, sich immer neue Methoden der Qual ausdenkend. Und ganz am Ende offenbarte er ihm einen Blick in die Zukunft. Diese Kunst beherrschten nur wenige Zauberer, doch Klos hatte herausgefunden, weshalb. Sie hatten unbewusst Angst, ihren eigenen Tod zu sehen. Das behinderte sie so sehr, dass ihnen ein vernünftiger Zukunftsblick nicht möglich war. Klos verlachte derartige Ängste.

Er zeigte Lefk-breus den Tag, an dem eine junge Frau namens Durna auf den Spuren ihres Vaters das Gehöft erreichte, in dem sein guter »Diener« Klos seinen Nachlass getreulich hütete.

Der Zauberer hatte noch überraschend viel Kraft zum Schreien.

* * *

Das Wesen aus konzentrierter negativer Bewusstseinsenergie oder kurz gesagt, dem Bösen, zügelte sein schon jetzt erschöpftes Pferd mit einiger Überraschung. Der Weg nach Norden führte am Grauen Abgrund vorbei durch eines dieser überflüssigen kleinen Dörfer. Rotbos hieß es, ja. Aber das Dorf gab es nicht mehr. Seine Hütten waren größtenteils rauchende Trümmer, das Vieh davongelaufen und die Leute niedergemacht. Ein angenehmer Anblick für Klos, aber was war hier geschehen?

Er saß ab und nahm sich die Zeit, einmal durch das Dorf und zurück zu gehen. Das sah ganz nach den Yarben aus, schloss er endlich. Es gab nur eines, was sie zu einem vernichtenden Schlag gegen ein solch unbedeutendes Ziel veranlassen konnte, ohne dass die Marionettenregierung Durnas wenigstens pro forma zuvor konsultiert wurde, und das war ein tödlicher Angriff auf einen oder mehrere Yarben. Doch das ergab keinen Sinn. Wieso sollten diese Bauern die Fremden angreifen? Was konnte sie provoziert haben? Klos stand vor einem Rätsel. Hätte er nicht einen wichtigeren Auftrag gehabt, wäre er umgekehrt, um die Neuigkeit nach Bink zu bringen und Tral Giren zu bewegen, die Sache zu untersuchen.

Er stieg wieder auf sein Pferd und trieb es wütend an, als es ihn seine Ermüdung spüren ließ. Bis zum Fort der Yarben musste er an diesem Tag noch kommen, jetzt dringender denn je.

14

»Es ist langweilig«, beschwerte sich Micra halbherzig. Der Magier in den Höhlenräumen hinter ihr brummelte unverständlich.

Sie visierte eine kriechende Gestalt an und schoss den Armbrustbolzen ab. Gekreische und ein sich zuckend aufbäumendes Monster belohnten ihre Mühe. Das machte sie nun schon den ganzen Morgen. Langweilig.

Die »Monster« – ein anderer Name war ihnen noch nicht eingefallen – kamen nicht mehr in Scharen angestürmt wie in der Nacht, aber hin und wieder tauchte eins auf und versuchte sich zu nähern. Micra konnte sie meist mit einem einzigen Schuss erledigen, wenn sie die Geduld aufbrachte, so lange zu warten, bis sie in optimaler Entfernung waren. Sie fragte sich, ob den Monstren bei ihrer Entstehung das Gehirn abhanden gekommen war, so hartnäckig rannten – oder krabbelten – sie in den Tod.

Zach-aknum hatte sie »Mutanten« genannt und erklärt, sie seien offenbar aus etwas anderem entstanden. Micra verstand es nicht und ihr war das auch gleichgültig. Es konnte doch in den Bergen kein unerschöpfliches Reservoir von diesen Bastarden geben, oder? Also musste sie nur jedes Monster abschießen, das sich den Höhlen näherte, und sie würden irgendwann ihre Ruhe haben.

Eigentlich wäre es wohl ihre Aufgabe gewesen, die vielen Toten in den Höhlen in einen der Räume zu schaffen, um sie zur letzten Ruhe zu legen, aber sie deckte den Eingang, während sich der Magier mit der Totengräberarbeit beschäftigte. Vielleicht war ihm das ganz recht so, als eine Art vergeblicher Wiedergutmachung einer Schuld, die weder ihn noch einen anderen in ihrer Gruppe wirklich traf. Aber man versuchte nicht, einen Schwarzen Magier von einer vorgefassten Meinung abzubringen. Das war *unhöflich* ...

Sie spürte ihn mehr als dass sie hörte, wie er hinter sie trat.

»Man sollte meinen, dass sie von der Entfesselung aller höllischen Feuer in der letzten Nacht abgeschreckt seien«, murmelte Zach-aknum, »aber das sind sie nicht. Auch nicht das beständige Töten ihrer Späher hält sie davon ab, weiter hier herunter zu kommen.«

»Total hirnlos, wenn Ihr mich fragt«, murrte Micra. »Nicht der Mühe wert.«

Zum Glück hatten sie in den Lagern der Höhlenbehausung ausreichende Mengen an Waffen und Armbrustbolzen gefunden, sonst würde sich Micra jetzt wohl mit dem Schwert gegen die hartnäckigen Angreifer wehren. Auch Nahrungsmittelvorräte waren da, jedoch auf seltsame Weise verändert. Der Zeitblitz musste auch auf sie gewirkt haben, wenn auch nicht durch einfache Alterung. Da lagen Früchte, die nicht älter als eine Woche sein konnten, direkt neben Staubhäufchen, die laut Zach-aknum Käselaibe gewesen waren. Vor dreihundert Jahren etwa.

Sie wagten nicht, etwas aus den Höhlen zu essen. Wenn ihnen ihre eigenen bescheidenen Vorräte ausgingen, musste der Zauberer auf magische Weise entweder Nahrung beschaffen oder sie waren gezwungen, wieder aus den Bergen herabzusteigen.

»Habt Ihr etwas gefunden?«

»Oh ja, ein paar vergilbte Journale. Es waren schließlich Zauberer, die hier für einige Zeit am Tor lebten. Sie konnten nicht anders, als das Tor zu studieren. Wenigstens haben sie sich soweit zurückgehalten, dass sie keine *Experimente* mit ihm angestellt haben.«

»Und warum waren sie nun alle hier?«

Zach-aknum starrte hinaus in die Mittagssonne, die auf einen ausgeglühten, mit Ruß und Schlacke überzogenen und von Leichen bedeckten Felsenkessel schien. Aber er sah nicht diesen magenumdrehenden Anblick. Sein Auge sah die langen Reihen der in die Berge flüchtenden – oder pilgernden – Zauberer, die hierher kamen, an diesen Ort, in der letzten Hoffnung, die ein Mensch haben konnte. In der verzweifelten Hoffnung auf die Intervention eines Gottes.

»Sie wussten, dass Horam Dorb immer schneller auf den Abgrund zu taumelte«, sagte er schließlich. »Sie hielten auch das Auftauchen der Yarben für ein Zeichen dafür. Das steht in den Journalen. Mein Vater und seine Leute hatten zwar damals bei Mal Voren Erfolg ...« Er verstummte für einen Moment. »Ich habe nie daran geglaubt, dass es gelingen könnte, doch wie es scheint, muss ich mich korrigieren. Die Magie vermag viel mehr, als selbst ich dachte. Sie haben die Zeit beeinflusst. Sie verging seither auf dieser Welt etwa zehnmal langsamer als auf ... Horam Schlan.«

Micra lächelte, als sie das unausgesprochene »auf unserer Welt« hörte.

»Horam Dorb war viel stärker vom Chaos gefährdet als Schlan«, fuhr der Magier fort, ohne sich davon stören zu lassen, dass Micra einen weiteren tödlichen Bolzen hinaus in die grelle Sonne des Mittags schickte. »Hier fehlte die Statue, während Schlans noch da war. Deshalb versuchten sie damals das scheinbar Unmögliche. Und sie hatten Erfolg ... Bis jetzt. Leider gab es einen Faktor, der nicht ausreichend in Betracht gezogen wurde: Die Tore waren ein Teil des gestörten Gleichgewichts der Naturkräfte. Und eine Manipulation der Zeit berührte damit auch die Tore. Vielleicht waren sogar die Zeiteffekte im Stronbart Har damit verbunden.«

Zach-aknum ließ sich neben ihr auf einer Kiste nieder. Die enthielt ein paar hundert spitz zugefeilte und mit grausamen Widerhaken versehene Armbrustbolzen aus bestem Stahl, aber Micra war noch nicht so knapp an Munition, um ihn ums Aufstehen zu bitten.

Außerdem deutete der Zauberer mit einem Finger nach draußen, und ein Mutantenmonster, das sie noch gar nicht bemerkt hatte, ging in Flammen auf.

»Menschen sollten nicht mit göttlichen Dingen spielen«, fuhr Zach-aknum traurig fort. »Das zwischen den beiden Welten bestehende Gleichgewicht verwandelte sich in eine ständig steigende Spannung in der Zeit. Da der Zauber also mit den Toren gekoppelt war, brach er zusammen, sowie sich etwas an ihrem Zustand änderte und das letzte Tor kollabierte. Schon bei seiner Entstehung ist eine ungeheure Menge Energie freigesetzt worden. Mal Voren ist beim Weben des Zeitzaubers völlig zerstört worden. Ich hatte natürlich noch keine Zeit, alle Aufzeichnungen hier genau zu studieren.« Er schüttelte den Kopf, als fände er die Idee, jetzt magische Studien zu betreiben, selbst ein wenig abwegig. »Der Zeitblitz hier im Gebirge ist damit eine direkte Folge des alten Zaubers, der die Welten zeitlich voneinander isolierte.«

»Heißt das, sie sind jetzt wieder synchron?« fragte Micra. Sie hatte in der Vergangenheit auch so einiges von den unverständlichen Dingen mitbekommen, die sich zwischen Horam Dorb und Schlan abspielten.

»Wahrscheinlich sind sie das, obwohl nur die Unglücklichen hier in den Bergen die inzwischen verstrichene Zeit ›aufholten‹. Für die anderen ist gar nichts passiert, sondern auf Horam Schlan sind nur zehnmal so viele Jahre vergangen.«

»Warum denke ich, dass das unsere Probleme in keiner Weise löst?« fragte Micra düster, einen neuen Bolzen auflegend.

»Weil Ihr schon immer eine sehr aufmerksame Zuhörerin wart.«

»Danke.«

»Es war vielleicht die beste Idee, die ich auf Horam Schlan hatte, Euch aus dem *Buch der Krieger* auszuwählen. Ihr seid bei dieser Mission nicht einfach eine bezahlte Söldnerin, sondern Ihr seid so ... beteiligt.«

»Wartet, bis Ihr meine Rechnung seht.« Sie schoss, und eine dunkle Form purzelte von einer Felsenklippe, auf die sie sich vorgewagt hatte. Micra hörte ein ungewöhnliches Geräusch neben sich: Der Schwarze Magier lachte leise in sich hinein. Er fand den

Gedanken wohl lustig, dass sie ihm nach allem noch die Rechnung einer Söldnerin präsentieren könnte.

»Zauberer, was wisst Ihr von den Warps?« fragte sie ihn abrupt.

»Nicht allzu viel, wenn ich darüber nachdenke.«

»Es war also ein reiner Zufall, dass Ihr eine Warpkriegerin angeheuert habt?«

»Das *Buch der Krieger* schlug Euch vor ...«

Sie wusste über dieses unheimliche Buch Bescheid, das sie bei Saliéera zurückgelassen hatten. Es gefiel ihr heute genauso wenig wie damals, in ihm überhaupt erwähnt zu werden.

»Ich dachte schon, Ihr hättet das absichtlich getan«, sagte sie leichthin.

»Was denn?« Jetzt klang die meist unbeteiligte Stimme des weißhaarigen Zauberers besorgt.

»Wenn ein Warpkrieger einen Blutvertrag eingeht, ist dieser bindend, bis alle Details des Vertrages erfüllt und eingelöst sind, ob explizit bei Vertragsabschluß erwähnt oder nicht«, rezitierte sie die Lehren der Festung des Donners. »Jede Folgerung aus den Handlungen innerhalb des Kontraktes muss weiterverfolgt werden, bis klar ist, ob sie vertragsrelevant ist oder nicht. In der Regel ist ein Blutvertrag das letzte, was ein Warpkrieger haben will, denn er kann lebenslänglich sein.«

»Ein Blutvertrag? Wovon, bei den Dämonen, redet Ihr eigentlich, Micra?«

Ihr wurde plötzlich klar, dass sie tatsächlich noch nie mit ihm darüber gesprochen hatte. Sie hatte angenommen, dass er Bescheid wusste. Ein Fehler, den sie eigentlich nicht hätte machen dürfen. Nie etwas voraussetzen! Erst jetzt, als sie hinter einer natürlichen Steinmauer kniete, deren Außenseite von dem magischen Feuer desselben Zauberers geschmolzen war, mit dem sie sich gerade unterhielt, hatte sie diese Dinge beinahe versehentlich zur Sprache gebracht.

Und ihr wurde noch etwas klar. Ohne ihn anzusehen, merkte sie, dass Zach-aknum *unsicher* war. Vor letzter Nacht hätte sie das nie für möglich gehalten, doch seine Erschütterung und die Selbstzweifel angesichts des massenhaften Todes seiner Zaubererkollegen hatten ihn verändert.

»Ein Blutvertrag, Schwarzer Magier, ist das Extremste, was ein Warpkrieger in seinem Leben an Bindungen eingehen kann. Ihr wisst ja sicher, dass die Ehe nicht unter diese Kategorien fällt.« Sie lächelte kurz. »Freilich hat das alles kaum eine wirkliche Bedeutung, da mein lieber Vater sich das wohl nur ausgedacht hat, um sich wichtig zu machen. Er hat eine Menge mystischen Blödsinn erfunden, um seinen Orden geheimnisvoll und gefährlich erscheinen zu lassen. Warum sollten wir uns darum kümmern?«

Zach-aknum schien ihr da nicht ganz zustimmen zu wollen. Er richtete sich auf seiner Kiste voller scharfkantiger Bolzen auf und fragte: »Was *genau* ist ein Blutvertrag?«

Micra wandte ihre Aufmerksamkeit für einen Moment vom Felsenkessel ab, um Zach-aknum direkt anzuschauen. ›Er weiß es wirklich nicht‹, dachte sie staunend. Und die ganze Zeit hatte sie geglaubt, dass er sie wissentlich in diese Sache hineingetrickst hatte ...

»Laut den Lehren von Mal An' Warp«, begann sie, »ist jeder Vertrag, der mit einem Zauberer der Vier Ringe – oder höher – abgeschlossen wird, ein Blutvertrag. Das heißt, er kann genauso wenig gelöst werden wie der Vertrag mit einem König oder einem aus königlichem Geschlecht.«

Zach-aknum unterbrach sie. »Die Warp gehen *keine* lebenslang bindenden Verträge mit Mitgliedern des Königshauses ein!« protestierte er.

»Heute nicht mehr.« Micra lächelte dünn. »Wir wissen es besser.«

»Aber ...?«

»Warum mit einem Magier?« Sie warf ihm einen Blick zu und spannte methodisch eine zweite Armbrust. »Es ist so geschrieben – zweifellos von meinem erleuchteten Vater – dass jeder Warpkrieger bereit sein muss, der Aufforderung zu folgen, die ein Schwarzer Magier mit Hilfe einer Prophezeiung oder eines Orakels an sie richtet. Und um sicher zu gehen, hat er verfügt, dass ein Warp jede Bitte eines Zauberers dieser Stufe mit oberster Priorität behandeln muss. Es ist eine der wenigen Regeln des Ordens, um die sich ein echtes Mysterium rankt, weil ihr Sinn völlig unklar ist – und deshalb werden sie um so strikter befolgt.«

Zach-aknum flüsterte: »Und als ich mit diesem *Buch der Krieger* zu Euch kam ...«

»Tatet Ihr genau das, was er angekündigt hatte«, schnitt ihm Micra das Wort ab. »Das Buch war ein Orakel.«

»Wie konnte er ...?«

»Na, was glaubt Ihr wohl, hat meinen alten Herrn zu derartig wirren Befehlen veranlasst?« Micra lachte auf. »Ich habe Jahre gebraucht, bis ich das alles verstand, und als ich damit fertig war, habe ich die Festung des Donners verlassen. Niemand dort hätte mich offiziell als Warp anerkannt – und auch das war ein Werk meines Vaters, der immer so verflucht genau wusste, was er tat. Suchtar Ansig war natürlich ein latenter Magier, er konnte mit seinem rohen, nie trainierten Talent etwas, das die wenigsten ausgebildeten Zauberer vermögen: in die Zukunft sehen.«

»Was?« Zach-aknum schrie beinahe auf.

»Er wusste alles. Dass seine Leute im Auftrag des Imperators meine Mutter töten würden. Dass ich selbst als kleines Kind das Messer nehmen und den Verräter töten würde. Dass ich mich Jahre später in den Tamber Chrot stürzen würde, um die Festung des Donners zu erreichen. Er wusste es und wusste, dass er es nicht verhindern konnte. Aber er stand nicht einmal am Ufer, um mich zu empfangen! Wahrscheinlich wusste er sogar, dass ich es war, auf die sich die ganze Prophezeiung bezog, aber er hoffte vielleicht, sie abwenden zu können, indem er ihr jeden Warpkrieger verpflichtete oder indem er Frauen die Aufnahme verweigerte. Es hat alles nichts genützt. Ich galt als Warpkriegerin und stand in Eurem Buch. Und so nahm das Schicksal seinen Lauf.«

Zach-aknum ahnte, was Suchtar Ansig gefühlt haben musste, als er voraussah, in was für ein haarsträubendes Abenteuer seine Tochter verwickelt werden würde – ein Abenteuer, das sie wahrscheinlich für immer auf eine andere Welt führen würde.

Es gab keine Möglichkeit, ein mit der Zukunftssicht erspähtes Ereignis zu verändern. Deshalb gab es auch so wenig Zauberer, die über diese Gabe verfügten. Denn sie begingen aus Frustration fast alle Selbstmord.

Zach-aknum verspürte plötzlich Hochachtung vor dem Warp. Lord Ansig hatte bis zu seinem Tod nicht aufgehört, auf den denkbar verschlungensten Pfaden gegen das anzukämpfen, was er gesehen hatte. Er sah seine Frau durch die Hand seiner eigenen Männer sterben – und erfand den Warpcode. Er machte seine Krieger zu Maschinen, die einem psychischen Hebeldruck gehorchen würden. Leider konnte er damit das Unheil auch nicht abwenden.

Für einen kleinen Augenblick empfand Zach-aknum Verwunderung. Woher wusste er das alles? Wieso sah er den in eine schwarze Rüstung gekleideten Warp vor sich? Woher kam dieses Wissen um das geheime Ritual des Warpcodes? Dann brachte sich der *Zinoch* an seinem Arm mit eisigem Feuer in Erinnerung. Er unterdrückte den Schmerz und einen Fluch und starrte den Ring des Wissens an. Er wusste es, weil auch er sich einer höheren Macht ergeben hatte.

Und er hasste diese höhere Macht, weil sie ihm sagte, dass Micra genau als dieses von seinem Vater enttäuschte Mädchen, als diese programmierte Killermaschine, bei der Erfüllung ihres Schicksals am erfolgreichsten sein würde. Und dass sie deshalb von ihrem eigenen Vater an *ihn* gebunden worden war, bevor er bei seiner Suche auch nur nach Chrotnor kam.

Sogar der Warp war letztlich nur ein Instrument Horams gewesen, der irgendwo da draußen – außerhalb von Raum und Zeit – sein musste, wo er auf seine für gewöhnliche Menschen unbegreifliche Weise gegen die Zerstörung der von ihm geschaffenen Welten ankämpfte. Oder auch nicht. Vielleicht war das alles nur Wunschdenken und er kümmerte sich überhaupt nicht um sie? Als Brad zur Inkarnation Horams wurde, hatte er etwas in der Art gesagt, dass nicht der Gott zurückgekehrt sei, sondern nur ein zur Sicherheit hinterlassenes Teilchen von ihm aktiviert worden war. Ob selbst ein Priester etwas damit anzufangen wusste? Der Zauberer konnte es nicht, aber er wusste, dass er dieses ganze Durcheinander mit höheren Mächten und indifferenten Göttern und verschiedenen Welten gründlich satt hatte.

Aber wie kann man einen Gott hassen, den man persönlich kennen gelernt hat? Dem man außerdem so einiges schuldet?

15

Erkon Veron, der Oberste Magier und Priester der Yarbenstreitmacht in Nubra, verspürte seit einiger Zeit einen dumpfen Druck im Schädel. Da er nie Alkohol trank, kam die offensichtliche Erklärung nicht in Frage. In Skark hatten sie ihnen beigebracht, auf Signale des Körpers und des Geistes zu achten. Wenn er einmal die Möglichkeit ausschloss, dass er krank oder vergiftet war, dann bedeutete das, sein Geist wollte ihm etwas mitteilen, das er nur nicht in die unzulänglichen Empfindungen eines Menschen übersetzen konnte. Vrach, den man unter den Neun als den Gott der Krankheiten ansah, verschonte eigentlich einen Priester des Ungenannten, doch sicher war das längst nicht.

Veron strich seine gelbe Kutte glatt und betrachtete die Magiebücher auf dem Regal. Er hatte sie zum großen Teil aus der Heimat mitgebracht, aber auch einige der hiesigen Schriften hatte er bereits ganz nützlich gefunden. Sie eröffneten erstaunliche Einblicke – auch wenn er das alles natürlich offiziell als Ketzerei verwerfen musste.

Das Orakel von Yonkar Zand hatte vor ungefähr vierzig Jahren zum ersten Mal zu seinen Priestern über den bevorstehenden Untergang des westlichen Kontinents gesprochen. Zunächst hatte man damit nichts anzufangen vermocht – wie sollte schließlich ein ganzer Kontinent untergehen? Wer konnte sich das schon vorstellen? Das Orakel musste doch sicher etwas anderes meinen?

Dann begannen die unglaublichen Beben und Vulkanausbrüche. Ganze Städte fielen den ersten Katastrophen zum Opfer. Man berichtete von einer Stadt mit sechstausend Einwohnern, die innerhalb so kurzer Zeit in einer glühenden Spalte verschwand, dass nur ein paar hundert Leute entkamen. Die Gebirge brachen in der Mitte auseinander und spien Lava und Rauch. Die Wälder standen in Flammen. Der Himmel über einer Hälfte des großen Yarbenreiches verdunkelte sich. Ernten verdorrten auf den Feldern oder wurden von klebriger, stinkender Asche bedeckt.

Die Menschen fingen an, nach Osten zu wandern, von den plötzlich zu Todesfallen gewordenen Gebirgszügen fort. Aber im Osten geschah etwas anderes. Das Meer kam. Es war nicht so spektakulär wie die feurige Apokalypse, doch nicht weniger furchtbar. Schritt für Schritt stieg das Wasser. Erste Hafenstädte und Fischerdörfer meldeten Schäden. Dann versanken zwei kleinere Städte an einem einzigen Tag!

Drei Jahre nach dem Beginn des Unterganges, wie die Priester den Prozess nun allgemein nannten, flammte hoch oben in den Bergen ein Licht auf, das heller als die Sonne leuchtete. Die Yarben wussten damals noch nichts von dem anderen Kontinent hinter dem Meer, aber es war der Zeitpunkt, als Mal Voren explodierte. Die Rückkopplung zerstörte das bis dahin unzugängliche Weltentor auf den eisigen Berggipfeln vollständig.

Die Priester der Neun interpretierten den Lichtschein allerdings als Aufforderung des Ungenannten, ihres namenlosen einen Obergottes, der über den Neun thronte, das schwarze Ritual auszuführen. Im Tempel des Orakels von Yonkar Zand wurden die Zeremonien durchgeführt, über die man in der Öffentlichkeit nicht sprach, so wie man den Ungenannten möglichst nicht erwähnte. Die Neun waren eher harmlose Naturgötter, ein Pantheon von guten und bösen Gewalten, selbst wenn sie solche Gottheiten mit einschlossen wie Engé, Wordon und Gaumul, die Götter der Rache, des Todes und des Krieges. Sie verlangten Opfergaben, von denen ihre Priester nicht schlecht lebten, und garantierten dafür mehr oder weniger gute Ernten, Erfolg in der Liebe und im Krieg und derartige Dinge.

Der Ungenannte verlangte ebenfalls Opfer, doch er gab sich nicht mit einem Rest Wein oder einigen Münzen zufrieden. Er bekam Tieropfer, oder auch Menschen, wenn das schwarze Ritual anstand.

Was er dafür gab, wussten nur die Hohenpriester. Es waren magische Macht und Wissen – und Jugend, falls man einen Vorwand fand, um Kinder zu opfern.

Nicht einmal Lordadmiral Trolan wusste alles über die geheime Religion der Yarben, denn er war kein Magier, geschweige denn ein Priester. Er hätte seinem Leibmagier natürlich befehlen können, ihn vollständig einzuweihen, und der hätte es unter dem Druck der Drohung mit der Bokrua oder gar des »Rufes der Finsternis« vermutlich auch getan. Aber erstens war Trolan viel zu sehr ein traditioneller Yarbe, um eine solche Blasphemie zu versuchen, und zweitens wäre *sein* Leben verwirkt gewesen, wenn die Priesterschaft davon Wind bekommen hätte. Keine Macht der Welt hätte den Admiral vor einem Todeskommando der Wordoni schützen können, den Killermagiern, die als einzige nicht mit dem »Ruf der Finsternis« konditioniert wurden. Es war ein sehr demokratisches System. Die weltlichen Herrscher der Yarben hatten sich gegen eine Machtergreifung durch die Magier abgesichert, und diese wiederum gegen einen Machtmissbrauch ihrer Herrscher. Jeder belauerte jeden. So war es schon immer gewesen.

Ihr geheimer Gott präzisierte in Yonkar Zand das Orakel, und nun konnte es keinen Zweifel mehr daran geben, was mit ihrem ganzen Kontinent geschah. Während sich die eine Seite empor schob und dabei von Lava überflutet wurde, versank die andere Seite immer weiter im Meer. Wie lange das so gehen würde, verriet das Orakel nicht, vielleicht bis die ganze Masse aus Stein und Erde senkrecht stand? Aber es sprach über die Ursachen und nannte den doppelköpfigen Gott einer fremden Kultur am anderen Ende des endlosen Meeres (das offenbar doch nicht endlos war) als den Urheber des Fluches. Zorn und Verzweiflung erfasste die Yarbenmagier, und sie opferten dem Ungenannten noch mehr Menschen, um von ihm die Kraft zu erhalten, den Untergang ihres Volkes abzuwenden. Er verweigerte ihnen diesen Wunsch.

Am Morgen danach berichteten die Priester ihrem König, was sie erfahren hatten. Und der hatte in seinem von keinem Glauben getrübten Geist die pragmatische Eingebung, welche die Priester sich vom Ungenannten erhofft hatten. Wenn das endlose Meer ein Ende besaß, so sagte er finster, auf dem Leute lebten, deren abartiger Gott die Yarben grundlos verflucht hatte, dann sei es nur recht und billig, das Meer zu überqueren, diese Leute zu töten und zu vertreiben, und ihr Land als neuen Lebensraum der Yarben in Besitz zu nehmen.

Ironischerweise kündigte der Lichtblitz in den Bergen tatsächlich die von Zacha Ba hervorgerufene Zeitverlangsamung an, welche es den Yarben erst ermöglichte, ihr Vorhaben, den Großen Plan, in Angriff zu nehmen. Hätte es sie nicht gegeben, würden sie niemals die Zeit gehabt haben, eine Kriegsflotte zu bauen, Spione in ersten Langstreckenseglern über das Meer zu schicken, und schließlich ihre Flotte in Marsch zu setzen. Sie wären längst tot, wie auch der größte Teil des Lebens auf Horam Dorb.

Erkon Veron hatte in der Zeit ihrer Herrschaft in Nubra immer wieder versucht, mehr über den fremden Gott herauszufinden. Er kannte sich jetzt in den Lehren der hiesigen Religion ebenso gut aus wie einer ihrer Priester. Und was er erfahren hatte, beunruhigte ihn mehr und mehr.

Die Eingeborenen nahmen ihren Gott sehr ernst, so als würden sie nicht einfach nur an ihn glauben, sondern als *wüssten* sie. Veron war der Unterschied durchaus bewusst. Die Masse der Yarben glaubte. Wenn er nicht selbst schon den beim schwarzen Ritual erfolgenden Zustrom an magischer Macht verspürt hätte, wäre auch ihm persönlich nur der Glaube geblieben. Doch so wusste er, dass da wirklich etwas war, das zurückgab, wenn man opferte ... Nur, was?

Erst in Nubra hatten die Yarben erfahren, dass es die Weltentore und eine andere Welt gab, mit der man bis vor Jahren noch verkehrt hatte. Zunächst hatten sie es nicht glauben wollen, eine Hinterlist vermutet. Aber ein ganzes Volk konnte sich wohl kaum so eine abwegige Geschichte ausdenken!

Trotz seiner Studien war Veron vieles hier noch ein Rätsel. Er bedauerte, dass er in Ramdorkan nicht schneller gewesen war, um mehr von den alten Schriften zu beschlagnahmen. Doch damals wusste er noch nichts von den Merkwürdigkeiten, die sich erst nach und nach ergaben. Seine Leute hatten ihm berichtet, dass Durna den größten Teil der Dokumente abtransportiert hatte. Wenigstens hieß das, sie waren nicht verbrannt. Irgendwann würde er alles wissen … wenn es dann nur noch nicht zu spät war.

Zum Beispiel die Geschichte mit den fehlenden Magiern ab einer bestimmten Stufe. Oder die »befleckte« Aura Durnas, die gleichzeitig eine der stärksten hiesigen Zauberinnen war. Er hatte Trolan übrigens angelogen, als er behauptete, so eine Aura noch nie gesehen zu haben. Das Gegenteil war der Fall, er kannte diese »Farbe« in der magischen Dimension nur zu gut, aber das ging den Admiral nichts an. So sah jemand aus, der vom Ungenannten magische Macht und Jugend erhalten hatte, ein Magier, der routinemäßig Tiere *und* Menschen opferte. Erkon Verons Aura sah genauso aus.

Das stellte ihn vor ein theologisches Problem. Durna war zwar eine Gegnerin Horams – falls jemand Gegner eines Gottes sein und überleben konnte – aber sie betete *nicht* den ungenannten Gott der Yarben an, wahrscheinlich wusste sie nicht einmal etwas über die geheime Religion. Woher also bezog sie ihre Macht und Jugend, wenn sie ihr der Gott nicht gab?

Sie musste magische Rituale beherrschen, die dasselbe bewirkten. Oder – ihn überfiel plötzlich eine klamme Kälte angesichts des blasphemischen Gedankens – war das schwarze Ritual der Yarben nichts weiter als das: ein magischer Vorgang, bei dem keinerlei Gott eine Rolle spielte?

Veron seufzte. Er würde noch heute ein Huhn oder besser ein Palangjunges opfern. Vielleicht gewährte ihm sein Gott neue Einsichten. Falls nicht, musste er sich gedulden, bis Durna in einigen Tagen in Regedra eintraf.

Bis dahin würde er sich ein paar kräftige Sondierungszauber ausgedacht haben, die er an ihr ausprobieren konnte.

* * *

Klos sprang von seinem völlig erschöpften Pferd und warf die Zügel einem Burschen zu, der aus dem von Laternen erhellten Stall des Yarbenforts herangeeilt kam. Dieses Fort war eine recht lächerliche Angelegenheit: Die Yarben hatten eine frühere Wegstation mit Herberge und ein paar Händlerbuden zu einem Militärposten ausgebaut, so gut es eben ging. Durnas Spion registrierte am Rande, dass die »Verbündeten« seiner Herrin hier abseits der Hauptstadt schon eher wie eine Besatzungstruppe auftraten. Es kümmerte ihn persönlich nicht, aber er merkte sich alle Dinge, die er der Königin melden konnte. Einerseits war sie sein Trumpf, sein Hebel an der Macht, und andererseits ging es nicht an, dass sie Informationen vielleicht aus dritter Hand erhielt und ihn dann verdächtigte, er enthielte ihr etwas vor. Klos brauchte ihr Vertrauen, wenn er sie weiterhin benutzen wollte.

Er zeigte der yarbischen Wache am Eingang seinen königlichen Pass. »Ich bin im Auftrag der Königin unterwegs und möchte ein Nachtlager«, teilte er dem gelangweilten Soldaten mit.

»Meldet Euch im Haupthaus«, sagte der gleichgültig und reichte ihm das Dokument zurück.

Klos runzelte leicht seine Stirn und ging durch das Tor in den wackligen Palisaden. Im Innenhof fiel ihm ein Scheiterhaufen auf, den vier längliche Bündel krönten. Interessiert trat er heran.

Ein Posten hielt ihn zurück. »Nicht näher«, sagte er barsch.

»Was ist passiert?« fragte Klos. »Etwas, das die Königin wissen sollte?«

Der Yarbe musterte ihn herablassend. »Seid Ihr denn ein Mann der Königin?«

Nochmals wies sich Klos aus. Die Yarben waren große Anhänger von Vorschriften und Protokoll.

»Vor zwei Nächten kam es während des starken Unwetters zu einem Zwischenfall. Eine Patrouille, die unklugerweise nur aus Neulingen bestand, geriet wahrscheinlich in einen Hinterhalt. Alle fünf starben.«

»Fünf?« Klos sah die vier Bündel an.

»Von einem blieb nicht mehr als ein Haufen Asche übrig ...«

»Ah. Und Ihr habt dann am folgenden Tag zur Vergeltung dieses Dorf Rotbos angegriffen?«

»So ist es. Genau nach Vorschrift. Ein Bote ist bereits nach Bink unterwegs, um den Vorfall der Königin und unserem Vertreter an ihrem Hof zu melden.«

»Ich verstehe. Wann sollen sie verbrannt werden?«

»Mitternacht, wie es Brauch ist.«

Klos nickte nachdenklich. Bis dahin war noch genügend Zeit. »Wo finde ich den Kommandanten des Forts?«

Der Posten beschrieb ihm den Weg. In der Ansammlung von ein paar Holzhäusern und einer Reihe militärischer Behelfsunterkünfte konnte sich Klos kaum verlaufen. Schon wenig später trat er in den Raum, den der Befehlshaber des Außenpostens als eine Art Büro benutzte.

»Was soll das?« fuhr der Yarbe verärgert auf. »Wer seid Ihr?«

»Königin Durnas Gefolgsmann Klos«, stellte er sich höflich vor. Er verbeugte sich sogar ein wenig. »Ich untersuche die Vorfälle in der vorletzten Nacht. Ihr seid ...?«

»Äh ... Oberleutnant Wilfel. Wie könnt Ihr jetzt schon hier sein, um diesen Vorfall zu untersuchen? Wir haben doch erst heute einen Boten geschickt ...?«

Klos lächelte ihn kalt an. »Habt Ihr vergessen, dass Königin Durna eine große Zauberin ist? Sie hat ihre eigenen Wege, um die Dinge zu beobachten, die in ihrem Reich vorgehen.« Er sagte ganz bewusst »beobachten«, um anzudeuten, dass Durna selbst diesen unwichtigen Posten ständig im Auge behielt.

»Da es keine Zeugen gibt«, fuhr Klos fort, »hat sie mich geschickt, damit ich vor der Verbrennung heute Nacht die Leichen noch untersuchen kann.«

Wilfel sah ihn verwundert an. »Tatsächlich gibt es keine überlebenden Zeugen. Aber was wollt Ihr an den Toten noch feststellen, außer dass sie durch Schwert- und Dolchwunden starben?«

»Woran starb denn der Fünfte?«

Der Yarbe wurde blass. »Das ... wissen wir nicht. Von ihm blieb nicht viel übrig. Wir vermuten Magie.«

»Wo sind seine Reste?«

»Sie wurden an Ort und Stelle verscharrt. Niemand würde so etwas transportieren wollen, wenn tatsächlich einheimische Hexerei im Spiel war.«

Verdammt! Gerade die Reste dieses Mannes hätten vielleicht besonders aufschlussreich sein können. Nun ja, musste er sich eben mit den anderen begnügen.

»Ich brauche einen Raum und eine Stunde Zeit. *Ungestört* mit den Leichen. Danach könnt Ihr sie nach Eurem Brauch verbrennen.«

»Ja, Herr.« Der graue Mann erinnerte Oberleutnant Wilfel fatal an den yarbischen Geheimdienst zu Hause. Männer in Kleidern, die so unauffällig waren, dass sie schon wieder wie eine besondere Uniform wirkten. Leute, die mit immer der gleichen leisen Stimme Fragen stellten, Befehle gaben, Todesurteile anordneten. Er zweifelte nicht daran, dass dieser »Gefolgsmann Klos« ähnliche Machtbefugnisse besaß. Selbst wenn sie sich nicht auf die yarbische Armee erstreckten, war man bei solchen Figuren immer besser beraten, vorsichtig zu sein.

Wilfel gab seine Befehle, und bald darauf schleppten Soldaten die vier Leichen in einen kleinen Raum der ehemaligen Herberge, wo sie auf Bänken abgelegt wurden.

Klos blieb allein mit den Toten.

Ohne Eile wickelte er sie aus ihren Tüchern, die zum Glück noch nicht mit Öl getränkt worden waren, sonst wäre es eine klebrige Angelegenheit geworden. Er überprüfte noch einmal die Verriegelung von Tür und Fenstern, dann führte er mit der Routine langer Übung das Ritual der Nekrolyse aus. Magische Symbole glühten in der Luft über den Toten, und deren Umrisse begannen in einem kränklichen grünen Schein zu flimmern. Klos brauchte keine Angst vor den möglichen Nebenwirkungen dieses gefährlichen Zaubers zu haben, denn er war kein Sterblicher, der unverhofft von Wordon hinabgerissen werden konnte. Er hatte ihn schon oft ausgeführt, manchmal einfach nur, um sich an den Schrecken des Todes zu weiden.

Was er diesmal vor seinem inneren Auge entstehen sah, verwirrte ihn zunächst.

Eine Regennacht im unsteten Schein einer zu Pferd mitgeführten Öllampe.

Eine am Boden liegende Gestalt. – War das der Hinterhalt? Er hätte den Yarben nicht zugetraut, dass sie auf einen so alten Trick hereinfielen.

Die jungen Yarbensoldaten, die den Mann durchsuchten. Sie nahmen ihm etwas weg ... Es war ein metallischer Gegenstand, eine recht kleine Statue von irgendjemand. Licht fiel auf sie.

Klos fauchte wie ein wilder Bachnorg, seinen überraschten Aufschrei unterdrückend. Wie konnte das sein? Das war kein Zufall! Diese Yarben waren auf genau den Mann gestoßen, der die zurückgekehrte Statue des Doppelköpfigen bei sich hatte. Doch in der Nacht seiner Ankunft schon so weit vom Tor entfernt? Das war unmöglich!

Der Mann schnellte plötzlich hoch, wirbelte wie ein verwischter Schatten durch den Regen und tötete in berserkerhafter Raserei die fünf Yarben einen nach dem anderen. Die Bilder wurden unklar, immer schemenhafter. Ein Blitz fuhr vom Himmel in den einen der Soldaten hinein. Also war es keine Magie gewesen, sondern ein Zufall? Wiederum unmöglich! Klos konnte das nicht akzeptieren.

Die Bilder verschwanden und das grünliche Flimmern erlosch.

›Wer oder was war das?‹ dachte Klos fieberhaft. ›Er war mittleren Alters und nicht wie ein Zauberer gekleidet. Doch das muss nichts besagen. Er könnte trotzdem einer der Vier sein, oder einer ihrer Schüler von drüben. Und er scheint ein sehr erfahrener Kämpfer zu sein. Haben sie etwa einen Söldner angeheuert, um die Statue zurück zu schicken? Sich nicht selber ein zweites Mal durch das Tor getraut?‹

Was immer die vier Elementarmagier in der Zwischenzeit auf der anderen Welt getan haben mochten, die Statue war tatsächlich zurück, wenn auch noch nicht ganz dort, wo sie den andauernden Prozess des Verfalls aufhalten könnte. Und Klos hatte eine erste Spur, ein Gesicht, nach dem er suchen konnte.

Er verließ den stickigen Raum und sagte zu den Yarben, die wartend draußen standen: »Ihr könnt sie wieder einwickeln und fortschaffen.«

»Habt Ihr etwas herausgefunden?« Oberleutnant Wilfel selbst wartete ebenfalls im Korridor.

»Nun ja. Zweifellos wurden sie von einer Gruppe nubraisch-tekladorischer Verschwörer umgebracht, bedauernswerterweise irregeleitete Menschen, die zu beschränkten Geistes sind, um den Großen Plan Lordadmiral Trolans und Königin Durnas zu begreifen. Es war völlig berechtigt, das Dorf Rotbos dem Erdboden gleich zu machen. Ich werde das in meinem Bericht an Königin Durna erwähnen.«

Wilfel sah ihn mit halb offenem Mund an.

»Wie ...?«

»Fragt nicht!« schnitt ihm Klos das Wort ab. »Das ist geheim.«

Der Kommandant des Forts stieß den angehaltenen Atem aus. »Man wird Euch ein Zimmer zeigen«, sagte er resignierend.

»Nicht nötig. Meine Pläne haben sich geändert. Gebt mir ein frisches, ausdauerndes Pferd. Ich reite noch in der Nacht weiter.« Was er gesehen hatte, duldete keine Rast, die er ohnehin nicht wirklich brauchte. Er glaubte nicht einen Augenblick lang, dass die Strafaktion der Yarben den tatsächlichen Täter in Rotbos aufgespürt und bei dem Massaker erwischt haben könnte.

Wilfel hob nur die Schultern. »Wie Ihr wünscht, Herr.« Er würde froh sein, wenn dieser Besuch so schnell wie möglich wieder verschwand. Allein der Papierkram, den das notwendig machte! Gleichzeitige Berichte an Oberst Giren in Bink und den Geheimdienst in Regedra – nur um sicher zu gehen. Natürlich ohne dass es die Eingeborenen mitbekamen.

Klos brach auf, sobald man ihm ein neues Pferd gesattelt hatte. Er ritt nicht zurück zur Festung der Sieben Stürme, sondern weiter nach Pelfar. Wenn der Unbekannte die Statue bei sich hatte, wusste er auch, wohin sie gebracht werden musste. Und Pelfar war von hier aus die kürzeste Verbindung zum Tempel und zum Tor in Halatan. Zweifellos würde der Mann zum Tempel reisen.

Erst viel später fiel Klos ein, dass sich die Yarben gefragt haben mochten, wieso er weiter nach Norden ritt, wo er doch angeblich nur zur Untersuchung des Falles direkt zu ihnen gekommen war. Er preschte donnernd auf der massiven Holzbrücke über den Terlen Olt und vergaß den Gedanken sofort. Die Yarben waren unwichtig. Alle Menschen waren unwichtig.

Völlig bedeutungslos.

16

»Wir werden es vielleicht nicht bis zum Einbruch der Nacht schaffen, aber das ist nicht so schlimm. Pelfar ist eine große Stadt, nicht wie die kleinen Orte anderswo. Sie haben dort schon lange keine durchgehende Stadtmauer mehr, weil sie nicht damit nachkommen würden, sie um die neuen Häuser zu erweitern, und es gibt keine Tore, die abends verschlossen werden.« Solana war optimistisch. Das Wetter an diesem Morgen versprach einen schönen Tag. Nach einem kurzen Frühstück in der Herberge waren sie fast noch in der Dämmerung ohne Verzögerung aufgebrochen.

»Wie weit ist es dann eigentlich von Pelfar aus noch bis zum Tor?« fragte Brad.

»Ich war nie oben, aber ich denke, dass man noch einmal zwei Tage braucht, um bis hinauf in die Berge zu gelangen. Meine Verwandten leben in Sito, das liegt schon in den Vorbergen des Halatan-kar.«

Sie marschierten wie am vergangenen Tag auf der Straße nach Norden. Pelfar war, wie Solana zu berichten wusste, bis vor über fünfhundert Jahren die alte Hauptstadt des Reiches gewesen. Erst irgendein König Uto, dem scheinbar danach war, mal eine neue Stadt zu gründen, hatte die Festung der Sieben Stürme genommen und Bink dazu gebaut. So wurde aus der legendären Feste der Schwarzen Magier die der Könige von Teklador. Uto war ein unbedeutender Herrscher, nur die Gründung Binks hob ihn in der Geschichte des Landes hervor. Und das Geheimnis, *wie* er den Zauberern ihre Festung abgeschwatzt haben mochte ...

Die neue Hauptstadt mit ihrem Flusshafen war moderner, weltoffener. Weiter oben war der Terlen nur noch mit kleinen Booten befahrbar, nicht mit den großen Frachtkähnen, die Waren aus Nubra nach Bink brachten. Obwohl das heutzutage wahrscheinlich nicht mehr der Fall war. Warum sollten die Yarben etwas anderes als Flüchtlinge nach Teklador schicken?

Manchmal wurden die drei Wanderer von Reitern oder Kutschen überholt oder es kamen ihnen welche entgegen. Es gab sogar eine regelmäßige Postkutsche zwischen den beiden Großstädten, sagte Solana, aber sie fuhr nur einmal am Anfang jedes Monats.

»Bei uns gibt es ganze Länder«, meinte Brad, »in denen schon der Gedanke an eine Postkutsche, ach was, an eine richtige Straße völlig abwegig wäre.«

Er hatte den Eindruck, dass Horam Dorb zumindest in dieser Region dichter besiedelt und irgendwie weiter entwickelt war als seine Heimatwelt. Was um so peinlicher war, da auf Horam Schlan die Zeit in den letzten 300 Jahren oder so um das Zehnfache schneller vergangen war, wie ihm Zach-aknum einmal erklärt hatte.

»Barbar!« sagte Solana trocken. Jolan kicherte von seiner ewigen Position hinter ihm.

»Ich kannte einen Barbarenhäuptling«, sagte Brad so leise, dass es fast wie ein Selbstgespräch schien, »und der war nicht nur besser als jeder Hochgeborene, sondern auch ein guter Freund.«

»Was ist aus ihm geworden?« fragte Jolan. Solana schwieg. Sie hatte schon an seinem Tonfall erkannt, was aus ihm geworden war.

»Er kam im Fluchwald um«, sagte Brad. »Ich glaube, seine eigene Vergangenheit tötete ihn letzten Endes.«

»Das muss eine wirklich schlimme Gegend sein.« Der Junge wäre dennoch sicher gern einmal dort gewesen.

»Schlimmer als du dir es je vorstellen kannst, Jolan«, sagte Brad. »Die meisten Menschen, die zufällig oder aus Dummheit in den Stronbart Har geraten, haben nicht einmal genug Zeit, um wahnsinnig zu werden. Sie verstehen einfach nicht, was mit ihnen passiert und sterben an einem der Effekte. Und falls sie es doch verstehen, werden sie wahnsinnig und sterben an einem der Effekte.« Brad grinste schief. »Khuron Khan, das war mein barbarischer Freund, hielt sich tapfer. Aber im Fluchwald gibt es ein Wesen, das schier unbesiegbar ist, man nennt es den Gallen-Erlat, den Meister der Stadt, weil es mit Vorliebe eine Stadt oder eine andere menschliche Ansiedlung vorgaukelt, um seine Opfer anzulocken.« Brad war es unangenehm, darüber zu sprechen. Es war eine der abstoßenderen Erfahrungen des Stronbart Har gewesen. »Nach dem, was man mir gesagt hat, besteht dieses Ding aus negativer Bewusstseinsenergie, es ist die reine Verkörperung des Bösen, wenn ihr so wollt.«

»Ein Gott?« fragte Solana sachlich wie immer.

»Was?«

»Jede ›reine Verkörperung‹ von etwas ist ein Gott«, erklärte sie. »Das lehren die Alten.«

Brad blinzelte. Für einen Bruchteil eines Augenblickes stritten *Stimmen* in ihm. »Wo hast du das gelernt, Solana?« fragte er fast gegen seinen Willen.

»Im Tempel.«

So, wie sie es sagte, konnte das nur bedeuten: *Ramdorkan.* Brad begann plötzlich eine unbestimmte Angst zu spüren. ›Bin ich nur eine Marionette in den Händen einer höheren, unverständlichen Macht? Ist jeder Schritt, den ich tue, jeder Schmerz, den ich fühle, von ihr gewollt und gelenkt? Hat nichts, was ich mache, wirklich Einfluss auf das Geschehen?‹

Er hörte mit einem halben Ohr zu, wie Solana erzählte, dass sie als Novizin einige Jahre im Tempel zugebracht hatte, bevor sie zu ruhelos wurde, um sich einem geistlichen Leben zu widmen. Das wäre nicht ungewöhnlich, viele Mädchen leisteten eine Art Pflichtdienst für Horam ab, bevor sie heirateten oder sich – in den seltensten Fällen – einen eigenen Beruf wählen konnten. Nur wer wirklich »von dem Gott berührt« wurde, blieb im Tempel, und das waren dann die echten Priester und Priesterinnen.

Brad dachte, dass seine Begegnung mit dieser Frau und ihrem Sohn nicht sehr zufällig abgelaufen sei. Zu nützlich war dieses Zusammentreffen für das, was er inzwischen als seine »Mission« betrachtete. Die Götter – oder wenigstens einer von ihnen – mischten sich ein. Das wurde ihm immer klarer. Aber wenn da im Hintergrund jemand stand, der sowieso alles lenkte, was hatte es noch für einen Zweck, irgendetwas *zu tun*?

›Nur einen einzigen‹, dachte Brad. ›Es zu überstehen. Warten, bis seine Aufmerksamkeit nachlässt.‹

Brad erwähnte seine geheimen Befürchtungen nicht, sondern stellte nur lakonisch fest, dass Solana in ihrem Leben schon ungewöhnlich weit herumgekommen sei. Die Frau bestätigte schulterzuckend, das sei in dem Ausmaß tatsächlich nicht gerade allgemein üblich. Doch andererseits sei es auch nicht so bedeutend, wie es auf den ersten Blick schien. Zwischen den drei Ländern Halatan, Teklador und Nubra gab es einen regen

Verkehr – was sich erst durch die Ankunft der Yarben verändert hatte. Gegenwärtig war der Verkehr eher einseitig nach Osten gerichtet.

›Was wird passieren, wenn es wirklich gelingt, das Gleichgewicht der beiden Welten wieder herzustellen?‹ fragte sich Brad plötzlich. ›Die Yarben werden doch nicht auf magische Weise wieder von hier verschwinden. Ihr Auftauchen auf diesem Kontinent mag *vielleicht* mit der ganzen Sache zusammenhängen, aber sie sind kein Naturereignis, das einfach aufhört. Sie sind wie eine Lawine, die noch zu Tal stürzt, wenn der Fuß, der sie losgetreten hat, längst weiter gewandert ist.‹

Er hoffte, dass es nicht sein Problem sein würde, mit der Invasion eines fremden Volkes fertig zu werden, das entschlossen zu sein schien, den Kontinent für sich zu beanspruchen. Zwei Stunden nachdem sie von der Herberge aufgebrochen waren, überholte sie ein Reiter in grauer Kleidung, der es sehr eilig zu haben schien, so trieb er sein Pferd an. Der Mann warf ihnen einen forschenden Blick zu, dann war er auch schon in einer Staubwolke verschwunden. Ein Reisender unter vielen.

* * *

Der Umstand, dass Solana im Tempel von Ramdorkan ausgebildet worden war, hieß natürlich, dass sie sich dort sehr gut auskennen musste, wie Brad bei seinem Gegrübel über die nächsten Schritte wenig später einfiel. Leider wollte sie mit ihrem Sohn in die entgegengesetzte Richtung. Daher begann Brad sie über den Tempel und seine Anlage auszufragen. Er merkte sich jedes Wort und erklärte ihr bei dieser Gelegenheit, dass die Statue zurück an ihren Platz gebracht werden müsse, genau wie die andere auf Horam Schlan.

Solana konnte sich an den Wächter erinnern, eine fast vollständig im Boden versunkene Riesenstatue wie die von Somdorkan. Es schien seltsam, die steinerne Nachbildung *der* Statue als ihren Wächter anzusehen. Wenn sie einer war, hatte sie bei ihrer Aufgabe jämmerlich versagt. Denn was sollte sie anderes bewachen als die von Tras Dabur geraubten Statuen? Die alten Schriften sprachen jedenfalls davon, dass Horam die Wächter zusammen mit der Welt geschaffen und zurückgelassen habe. Das wusste Brad von Zach-aknum. Er selbst hatte natürlich noch nie Gelegenheit oder Veranlassung gehabt, einen solchen Text zu lesen.

›Wenn sie auf dieser Welt an einem anderen Platz stehen sollte, habe ich ein Problem‹, dachte Brad. ›Woher soll ich wissen, was ich mit dem Ding anfangen soll? Es sei denn, *er* gibt mir wieder mal einen Tipp.‹ Doch trotz seiner Erfahrungen wollte Brad nicht darauf vertrauen, dass Horam ihm zur rechten Zeit einflüstern würde, was zu tun war. Also musste er Zach-aknum ausfindig machen, der am ehesten wissen mochte, wie es weiter ging. Schließlich war das die Mission des Zauberers gewesen, bevor Brad in sie verwickelt und die Statue bei ihm abgeladen wurde. Vom Schicksal, den Göttern oder dem blinden Zufall, das mochte Horam allein wissen.

»Solana«, sagte er endlich. »Ich denke, dass ich zuerst mit euch in die Berge gehen sollte, um am Tor nachzusehen, ob meine Freunde dort sind oder wenigstens dort waren. Vier Tage werden der Welt schon nicht schaden.«

Sie sah ihn von der Seite an. »Du bist der, welcher Umgang mit Göttern pflegt. Sagen sie dir nicht, was richtig ist?«

Hatte sie seine Gedanken gelesen? Offenbar drehten sich die ihren ebenfalls um die Frage, was mit der Statue eigentlich zu tun sei.

»Nein, ich fürchte, auf solche Einflüsterungen zu warten, könnte sich als trügerische Hoffnung erweisen. Selbst im Fluchwald, als unser Leben und der Erfolg der Mission davon abhing, war ich immer vorsichtig, mich darauf zu verlassen, dass mir eine ›innere Stimme‹ schon sagen würde, wo es lang ging.«

»Hast du nicht manchmal geglaubt, du würdest verrückt sein? Hier sagt man das jedenfalls über Leute, die ›Stimmen‹ hören.«

»Natürlich.« Er grinste. »Aber man muss auch völlig verrückt sein, um sich auf das einzulassen, was mir der Zauberer vorschlug.«

»Seht mal«, unterbrach Jolan das Gespräch. »Pelfar!«

Die Flussniederung des Terlen eröffnete einen ersten Blick auf ihr Ziel. Die Stadt war noch weit entfernt, aber schon jetzt konnte Brad sehen, dass sie größer als alles war, was er auf seiner Heimatwelt kannte. Und Solana behauptete, weiter nördlich im halatanischen Reich gäbe es noch beeindruckendere Städte!

»Eines ist sicher: Dort werden wir niemals meine Freunde finden, sollten sie sich in der Stadt aufhalten. Ich glaube aber, dass sie das genauso gut wissen und sich von diesem Ort fernhalten.«

»Es gibt schon gewisse Wege, in einer so großen Stadt nach bestimmten Leuten zu suchen«, sagte Solana. »Du würdest dich wundern, was man alles von professionellen Geschichtenerzählern erfahren kann. Na ja, manchmal sind es eher Gerüchteerzähler. Aber es dauert eine Zeit, bis Nachrichten die Runde machen, wenn sie nicht gerade absolut spektakulär sind.«

»Wie ich den alten Zach-aknum kenne, wird er sich aus reinem angeborenen Verfolgungswahn davor hüten, zu einer Quelle spektakulärer Neuigkeiten zu werden«, mutmaßte Brad. »Bei Micra wäre ich mir da nicht so sicher ...«

17

Micra ließ ihre Beine von einem rundgeschliffenen Felsblock herabbaumeln, der vor der senkrecht aufragenden Wand des Kessel lag, ein Relikt aus der Zeit, als hier noch Gletscher zu Tal geglitten waren. ›Hat sich das Tor damals unter dem Eis befunden?‹ fiel ihr plötzlich ein. Oder war es noch nicht da gewesen?

»Zauberer? Wie lange gibt es die Tore schon?«

»Horam schuf sie, als er die beiden Welten miteinander verband«, sagte Zach-aknum. Er saß auf einem Stuhl vor dem Eingang zu den Höhlen und hing wie Micra seinen Gedanken nach. Seit der scheinbar unerschöpfliche Strom der Monster aufgehört hatte, verbrachten sie ihre Zeit größtenteils damit.

»Ja, aber wie lange ist das her?«

»Keine Ahnung. Ich bezweifle, dass das jemand wirklich weiß. ›Seit Menschengedenken‹ kann viel heißen. Aufzeichnungen gehen verloren, Kulturen kommen und gehen. Denkt an das Dunkle Zeitalter auf Horam Schlan. Es bedarf nur einer vergleichsweise kleinen Horde Barbaren, und eine ganze Bibliothek mit unersetzlichen Dokumenten geht in Flammen auf.«

Micra nickte. »Also hat Horam die Welten möglicherweise erst verbunden, als es schon Menschen gab?«

»Das ist denkbar. Warum hätte er es früher tun sollen? Manche glauben, dass sich die Menschen ursprünglich nur auf einer der beiden Welten befanden. Sie wanderten durch die drei Tore, die man begehen konnte, vielleicht auch durch das vierte – darauf lässt das Vorhandensein der Yarben auf jenem anderen Kontinent schließen. So wurde die andere Welt besiedelt.«

»Welches war denn die ursprüngliche Welt?«

»Eure, Micra. Jedenfalls habe ich das ein paar Mal so in gelehrten Schriften gelesen. Vermutlich gibt es irgendwelche Hinweise darauf. Ich muss aber zugeben, dass mich derlei Dinge kaum interessierten, denn sie sind für das Geschehen hier und jetzt ziemlich bedeutungslos.«

Tja, da hatte er wohl Recht. Die Wünsche von Göttern zu ergründen, würde sie ohnehin lieber nicht versuchen wollen. Es sei denn, Brad hatte mal wieder so einen Anfall von Verwandlung in einen Gott, dann konnte sie ihn ja fragen, was er sich bei einigen ihr unverständlichen Dingen eigentlich gedacht hatte. Falls sie sich in dem Moment noch traute ...

Sie sah sich mit zusammengekniffenen Augen im Felskessel um. Keine neuen Monster in Sicht. Vielleicht waren die hirnlosen Kreaturen wirklich alle in den Tod gerannt, bis keine mehr übrig war?

»Zauberer?« fing Micra wieder an, und sie glaubte Zach-aknum einen Seufzer unterdrücken zu hören. Sie grinste. War es denn ihre Schuld, dass sie sich in dieser langweiligen Einöde aufhielten? »Was denkt Ihr, was waren das eigentlich für Monster? Ich fand sie ziemlich seltsam.«

Der Schwarze Magier räusperte sich.

»Nun ja, ich habe vielleicht eine Theorie ... Allem Anschein nach handelt es sich bei den monströsen Kreaturen nicht um Dämonen – jedenfalls nicht um solche, wie wir Magier sie kennen. Sie kamen bestimmt nicht aus Wirdaons Reich. Aber sie haben große Ähnlichkeit mit den Wesen, von denen man sich auf Horam Schlan erzählte, dass sie in den beiden Todeszonen des Stronbart Har dann entstehen würden, wenn sich Tiere hinein verirrten. Leider habe ich die dortigen Monster nie selbst zu Gesicht bekommen.«

»Leider?«

»Dann könnte ich es jetzt mit größerer Bestimmtheit sagen. Aber wenn das dort draußen Wesen waren, die etwas mit dem Stronbart Har zu tun hatten, dann bleibt die Frage bestehen, wie sie hierher gelangt sind und warum erst jetzt. Die Händler in der Karawane sagten ja, dass diese Plage in letzter Zeit aufgetreten sei. Die Wesen könnten natürlich schon seit längerem in den Bergen gewesen sein, um nun herab zu kommen, vielleicht weil die Nahrung weiter oben knapp wird ... Doch das halte ich für eher unwahrscheinlich.« Zach-aknum war wieder einmal in seinen Vorlesungsmodus verfallen.

»Warum haben die hiesigen Zauberer eigentlich nichts dagegen unternommen? Soweit wir wissen, hielten sie sich seit Monaten, wenn nicht sogar Jahren hier oben auf.«

»Die Zauberer ... In der Tat. Eine gute Frage, Micra.« Zach-aknum runzelte die Stirn. »Das Tor war unpassierbar, dachten wir jedenfalls. Genaugenommen war es aber nur instabil. Was bedeutete das technisch gesehen? Man konnte es nicht durchqueren, zumindest nicht lebend. Doch was wäre, wenn das nur für Menschen galt? Wenn Wesen aus dem Fluchwald irgendwie hindurch konnten?«

»Das Tor dort stand aber nicht mal in der Nähe einer Todeszone!«

»Da habt Ihr allerdings Recht«, gab der Zauberer frustriert zu. »Aus den Aufzeichnungen in der Höhle geht nicht hervor, dass sie etwas mit den Monstren zu tun hatten, oder auch nur von ihnen wussten. Ich hatte für einen Moment sogar geglaubt, es handle sich dabei um die Ergebnisse eines Experiments; dass sie vielleicht an einer Waffe gegen die Yarben gearbeitet hätten. Doch wenn, dann haben sie kein Wort davon schriftlich niedergelegt.«

»Das wäre zwar logisch bei einem militärischen Geheimnis dieser Art, doch für eine Kriegswaffe schienen die Wesen mir nicht nur zu dumm zu sein, sondern auch viel zu schwer zu kontrollieren«, meinte Micra sachkundig.

»Manchmal reicht die pure Anzahl, um Feinde zu überwältigen«, gab Zach-aknum zu bedenken.

»Wohl wahr ... In unserem Fall hätte die Waffe dann jedoch ziemlich jämmerlich versagt, oder nicht?«

»Vielleicht werden wir nie erfahren, wo die Bestien herkamen. Es gibt Dinge, mit denen muss man sich eben abfinden. Und an manche *Dinge* sollte man lieber gar nicht erst rühren.«

»Das von Euch, Zauberer?« spottete sie. »Von dem Mann, der sein Leben damit verbringt, alles genau zu ergründen?«

»Seht Ihr das so, ja?« Er lächelte beinahe wehmütig. »Vielleicht hätte ich mein Leben wirklich mit Forschung und Magie zugebracht, wenn alles anders gekommen wäre. Aber leider hat mir die kleine Aufgabe, die beiden Welten zu retten, den größten Teil meines Lebens schon geraubt.«

»Gibt es eigentlich keine Methode für Zauberer, ihre Jugend zurück zu gewinnen? Ich dachte immer, einem Magier sei nichts unmöglich.«

Micra sah überrascht, wie Zach-aknum bei ihrer in aller Unschuld gestellten Frage zusammenzuckte.

»Ihr wisst nicht, wovon Ihr sprecht, Micra«, sagte er finster. »Ja, es gibt solche Methoden – aber erwähnt diese Angelegenheit bitte nie wieder!«

›Oh je‹, dachte sie. ›Da habe ich wohl mal wieder an eines seiner dunkelsten Geheimnisse gerührt?‹

Schwarze Magie, das hieß nicht nur, sich mehr mit dem Beschwören von Dämonen und dem Weben von tödlichen Vernichtungszaubern zu befassen als mit Heiltränken und Liebesbannen, sondern auch, dass sich diese Magier dem Vernehmen nach nicht an Regeln und Zwänge gebunden fühlten. Ein Schwarzer Magier war skrupellos in der Verfolgung seiner Ziele. Er wischte alle Hindernisse beiseite, wenn es darauf ankam – und es war nicht zuletzt diese Haltung, die ihn so mächtig werden ließ. Scheinbar hatte sich Zach-aknum selbst Regeln aufgestellt. Sie zu verraten, wäre eine unverzeihliche und potenziell tödliche Schwäche für einen Magier gewesen. Sie würde sich hüten, in ihn zu dringen.

Doch unerwartet ergänzte er plötzlich: »Man opfert kleine Kinder.«

»Was?« Sie starrte ihn an.

»Um seine Jugend zu erhalten oder zurückzugewinnen, opfert man Kinder in einem bestimmten Ritual«, sagte er so ausdruckslos wie immer und ohne sie anzusehen. »Reicht Euch das, Micra?«

Sie schluckte. »Verzeiht, dass ich gefragt habe. Es war dumm von mir. Ich will die Geheimnisse von Zauberern gar nicht wissen.«

»Wie klug von Euch«, sagte er leise. »Früher liefen Schwarze Magier immer mit langen Bärten und in alten, abgetragenen Klamotten herum, wusstet Ihr das? Das diente einzig und allein dem Zweck, *alt* auszusehen. Denn wenn ein Magier nur in den Verdacht geriet, jene Rituale ausgeführt zu haben, war sein Leben verwirkt. Man gönnte ihm nicht einmal die Höhlen von Baar Elakh. Sie blendeten ihn mit flüssigem Blei, hackten ihm die Hände ab und zogen ihm schließlich die Haut ab – vorzugsweise bei lebendigem Leibe, aber schon die ersten Prozeduren überlebte kaum einer. Was ist?«

Micra wurde plötzlich bewusst, dass sie sich die Hand auf den Mund presste und den Zauberer aus aufgerissenen Augen anstarrte. Seine mit ruhiger Stimme vorgetragene Beschreibung hatte sie schockiert – was kaum etwas vermochte.

»Die heftigste Versuchung wurde mit der härtesten Bestrafung unterdrückt«, fuhr Zach-aknum fort, »und doch gab es immer wieder Zauberer und Zauberinnen, die nicht widerstehen konnten.«

»Hört auf!« flüsterte Micra.

»Wie Ihr wünscht. Doch was hätte Euch mein dummes ›erwähnt diese Angelegenheit nie wieder‹ schon bedeutet? Eine weitere Marotte des alten Mannes. Ich bin es Euch schuldig, offen zu sein. Erinnert mich daran, wenn ich wieder einmal in Rätseln spreche.«

»Wenn Ihr es so wollt, Magier.« Sie hörte auf, nervös mit ihrem Dolch zu spielen und sah ihn an. Doch Zach-aknum erwiderte ihren Blick nicht. Den Körper seltsam verdreht, saß er auf seinem Stuhl und schaute wie gebannt in Richtung Sonnenuntergang. Der Arm mit dem *Zinoch* war ausgestreckt, und der vom Kuttenärmel entblößte Ring der Weissagung glühte unheilvoll.

Micra machte sich nicht die Mühe, seinem Blick zu folgen. Da gab es für sie ohnehin nichts zu sehen. Sie steckte bedächtig den Dolch in seine Scheide, glitt von dem Felsbrocken und trat neben den Magier.

»Warum habe ich das deutliche Gefühl, dass Ihr mir gleich den Abend verderben werdet?« Er ließ den Arm sinken und sah sie an. »Seid Ihr eine Hellseherin, Micra?«

»Von diesem Ring ist noch nie was Gutes gekommen. Was sagt er Euch denn diesmal?«

»Jemand und etwas da draußen suchen uns. Ganz plötzlich fing es an. Jemand – das ist eine Zauberin mit fast soviel magischer Macht wie ich sie besitze, so scheint es. Etwas – ist kein Mensch. Ich kann nicht sagen, was es ist. Es lebt. Aber auch seine Macht ist groß. Beide wissen von uns und suchen in den magischen Dimensionen nach uns. Der *Zinoch* sagt: Böse, jedoch gut – und Böse, jedoch anders. Eine seiner typischen Antworten eben, die man meist erst hinterher begreift.«

Micra betrachtete mit schmalen Augen die Abenddämmerung. »Wenn Brad nicht bald hier auftaucht, werden wir uns für eine andere Strategie entscheiden müssen. Diese *Sucher* werden sich nicht damit zufrieden geben, unsere Anwesenheit festzustellen und bei der nächsten Volkszählung zu berücksichtigen. Sie werden herkommen oder wenigstens ihre Leute in die Berge schicken.«

»Das kann durchaus sein. Ich durchschaue die Zusammenhänge noch nicht, aber die Dinge laufen hier auf alle Fälle nicht so, wie sie sollten. Fremde Mächte und unbekannte Kräfte sind in Bewegung geraten.«

»Durch unsere Ankunft hier?«

Der Zauberer schüttelte den Kopf. »Schon eher, aber unsere Ankunft, oder besser gesagt, die der Statue, hat es beschleunigt.«

»Was denkt Ihr, haben diese Mächte denn vor?«

»Wie sollte ich das ahnen können? *Wir* wollen das Gleichgewicht der Welten wiederherstellen, was eigentlich das Bedürfnis jedes Menschen sein sollte, der beabsichtigt, in zehn Jahren oder so noch auf einem Planeten zu leben. Aber ich fürchte, dass sich – der menschlichen Natur entsprechend – Kräfte finden werden, die das verhindern wollen. Oder auch Kräfte, die ganz und gar nichtmenschlich sind.«

18

»Soweit wir wissen«, dozierte der Priester, »ist unsere Welt im Universum einzigartig. Doch was wissen wir schon wirklich? Vielleicht gibt es da draußen hunderte von bewohnten Welten, die von den Göttern nach ihren Launen zu Paaren oder gar größeren Gruppen zusammengefügt worden sind. Von hier aus können wir das nicht beurteilen. Die Astronomen glauben allerdings, dass eine solche Gruppierung auf natürlichem Wege nicht entstehen kann.«

Erkon Veron strich sich über die Glatze, um seine Verwirrung zu verbergen. Die Astronomen? Was wussten die denn schon! Aber er unterbrach den Dairapriester nicht in seiner Berichterstattung. Er hatte dessen Sekte ja selbst angewiesen, das althergebrachte Wissen mit dem der hiesigen Religion und Wissenschaft zu vergleichen und gegebenenfalls für Veränderungen offen zu sein. Das war es schließlich, was die Göttin der Wissenschaften, Daira, verlangte: Niemals stehen bleiben, immer nach Neuem streben, Erkenntnisse sammeln und systematisieren.

»Wir wissen noch nicht einmal mit Sicherheit über die Natur unserer Götter Bescheid«, lamentierte der Priester weiter. »Es kam für uns als eine ziemliche Überraschung, dass das Wesen ›Horam‹, von dem die Orakel zu Hause sprachen, hierzulande nicht nur als Gott verehrt, sondern sogar als tatsächlich existent angesehen wird.«

Die neun Götter als *nicht* tatsächlich existent zu implizieren, war beileibe keine Blasphemie im Denksystem der Yarben. Viele verstanden sie als reine Verkörperungen von Naturkräften, als immaterielle Konstrukte, Geistwesen allenfalls. Eine Göttin wie Carya wurde nur auf erotischen Bildern personifiziert dargestellt, andere Sekten pflegten ihre Hauptgötter zwar als Personen abzubilden, aber ohne sich einzureden, dass sie wirklich so aussahen. Die Darstellung von Gaumul und Wordon wurde meist abergläubisch vermieden. Und den Ungenannten zu zeigen war ebenso verboten, wie überhaupt von ihm zu sprechen.

»Einiges spricht dafür, dass die Bewohner dieses Kontinents ursprünglich über ein Wissen verfügt haben, aus dem sich diese Überzeugung nährte, wenn es auch inzwischen verlorengegangen sein dürfte.«

»Habt Ihr herausgefunden, ob die Hiesigen wissen, warum dieser zweiköpfige Gott beschlossen hat, unseren Kontinent untergehen zu lassen?« unterbrach Erkon Veron den Priester plötzlich. »Haben die hier überhaupt irgendeine Vorstellung von den Dingen, die bei uns zu Hause vorgehen?«

»Nun ja«, der Priester zerrte nervös an den Ärmeln seiner Kutte. »Das scheinbar nicht, denn die Eingeborenen wussten bis zu unserer Ankunft nicht einmal, dass es unseren Heimatkontinent gibt. Aber die Vertreter ihrer Priesterschaft, die wir befragen konnten, haben Kenntnisse anderer Art, die wohl der breiten Masse vorenthalten wurden ...«

»Und welche könnten das wohl sein?« knurrte der Oberste Magier der Yarben immer gereizter.

»Sie glauben, dass aufgrund eines Vorfalles, der sich in Nubra einige Jahre vor unserer Ankunft ereignete, die ganze Welt untergehen wird ...«

»Unfug!« Erkon Veron erhob sich brüsk.

Der Priester Dairas sah sich verlegen um, als erwarte er von jemandem Beistand. Doch niemand regte sich, um den Zorn Erkon Verons an seiner Stelle auf sich zu ziehen. »Nach ihrem Glauben verband Horam diese Welt mit jener anderen, von der wir so oft Geschichten gehört haben«, fuhr er deshalb eilig fort. »Sie reden von einem ›Gleichgewicht der Welten‹, wenn sie davon sprechen. Dieses wurde angeblich durch heilige Gegenstände auf dieser und der anderen Welt gewahrt. Vor etwa vierzig Jahren stahl jemand den betreffenden Gegenstand aus Ramdorkan und brachte ihn auf die andere Welt hinüber. Dadurch wurden alle folgenden Katastrophen ausgelöst – und sie sollen schließlich in der völligen Vernichtung der Welt gipfeln.« Der Priester zwinkerte, als fiele ihm jetzt selbst auf, wie irrsinnig das klang. »Und der anderen auch«, ergänzte er dann lahm.

Veron starrte den Mann aus zu Schlitzen zusammengekniffenen Augen an. »Wisst Ihr eigentlich, dass Ihr damit unseren gesamten Feldzug, den Großen Plan, ad absurdum geführt habt? Was bringt es noch, die Yarben umzusiedeln, wenn die ganze Welt untergeht? Und wieso rennen die Nubraer nicht in Panik durcheinander, wenn sie das glauben?«

»Sie wissen es nicht. Die Obrigkeit und die Priester haben es ihnen nicht gesagt.«

»Unfug!« wiederholte Veron wütend.

»Da ist noch etwas ...« Anscheinend wollte der Priester alle Brücken hinter sich abbrechen. »Es heißt, die Welt wäre schon längst untergegangen, wenn die hiesigen Magier nicht drei Jahre nach dem Diebstahl der Reliquie einen riesigen Zauber gewirkt hätten, der den Prozess verlangsamte.«

›Was soll das?‹ dachte Erkon Veron. ›Warum sagt er mir das?‹

»Vor *vierzig* Jahren meldete sich das Orakel von Yonkar Zand zum ersten Mal mit der Prophezeiung des Unterganges, *drei Jahre darauf* brachte das Große Zeichen im Hochgebirge die yarbische Regierung dazu, das Orakel ernst zu nehmen und mit dem Großen Plan zu beginnen.«

»Warum sollten uns die nubraischen Zauberer ein Zeichen geben, eine Invasion ihres eigenen Landes zu beginnen?« fragte Erkon Veron ironisch. Aber er war nachdenklicher geworden.

»Keiner weiß, was sich auf den unzugänglichen Gipfeln im ewigen Eis und Schnee befindet. Die Explosion, die sich damals ereignete, hat ohnehin alles zerstört. Doch der Blitz, welcher die ganze Bergspitze des Olm wegbrannte, war so hell, dass man ihn noch in den weit entfernten bewohnten Gegenden deutlich erkennen konnte. Bisher haben wir hier allerdings noch niemanden ausfindig machen können, der genau wusste, was die Zauberer damals getan haben, um die Katastrophe aufzuhalten, so dass ich nicht sagen kann, wie ihr Tun mit dem Großen Zeichen zusammenhängen könnte.«

Leider waren hier nicht mehr viele Zauberer übrig, die man intensiver nach diesem Problem hätte befragen können. In Nubra schon gar nicht. Veron verfluchte die Kurzsichtigkeit so mancher Entscheidung der yarbischen Führung – sich selbst eingeschlossen – auf diesem Feldzug. Manchmal schien es ihm, als diktiere nicht der vielgerühmte Kampf- und Eroberungsgeist der Yarben, sondern die nackte Panik die Befehle der militärischen wie auch der religiösen Anführer. Überstürzt war mit Akreb ein Vorwand für die Landung der Truppen geschaffen worden, obwohl noch niemand auch nur versucht hatte, das Hinterland des neuentdeckten Küstenstreifens zu erkunden. Sie hatten Glück, dass die Eingeborenen kein kriegerisches Volk waren, sonst wären sie schneller ins Meer zurückgeworfen worden als sie zu den Neun hätten beten können. Überstürzt war auch die Auslöschung der hiesigen Religion befohlen worden, als man entdeckte, dass der gleiche Gott angebetet wurde, der angeblich für den Untergang des heimatlichen Kontinents verantwortlich war. Natürlich hatte das auch etwas mit der Ausschaltung der einheimischen Zauberer zu tun, doch es hätte andere Wege geben müssen. Sie hatten wiederum Glück, dass sich so wenig Zauberer mit nennenswerter Macht in Nubra aufhielten. Verons Quellen zufolge waren die meisten von ihnen nach Halatan gegangen, noch bevor die Yarben den Kontinent erreichten. Und bisher waren sie weder zurückgekehrt, noch hatten sie sich irgendwie zu der Invasion geäußert. Das war ziemlich seltsam, und es warf ein eigenartiges Licht auf den Vortrag des Priesters. Beschäftigten sich die Magier in Halatan etwa mit etwas wichtigerem als der Annexion ihrer Heimatländer? Versuchten sie tatsächlich den Untergang der ganzen Welt aufzuhalten, so dass sie sich einfach nicht um andere Dinge kümmern konnten? Das Rätsel wurde noch dadurch auf die Spitze getrieben, dass das Kaiserreich Halatan den Einheimischen zufolge der Magie feindselig und ablehnend gegenüberstand.

Der Oberpriester der Yarbenstreitmacht winkte missmutig ab, als sein Untergebener zu weiteren Erklärungen ansetzte. »Das reicht jetzt. Ich werde Seiner Exzellenz, dem Lordadmiral, über Eure Ergebnisse berichten. Es liegt am ihm, zu entscheiden, ob dies einen Einfluss auf unser weiteres Vorgehen haben soll.«

Wahrscheinlich würde Trolan das »Geschwätz der Priester« einfach ignorieren, aber sagen musste er es ihm. Erkon Veron verließ den erleichterten Priester Dairas, um seinen Herrscher suchen zu gehen. Vielleicht würde die Hexe Durna Aufschluss über das Treiben der eingeborenen Magier geben können, wenn sie nach Regedra kam, wie ihr befohlen worden war. Sie sollte sich damit besser beeilen.

Erkon Veron blieb mitten auf dem Gang plötzlich stehen. Dann drehte er sich um und ging eilig in die entgegengesetzte Richtung davon, ohne die starr geradeaus gerichteten, demonstrativ »nichts sehenden« Blicke der Wachposten zu beachten. Trolan mit seinem vorhersehbaren Unverständnis dieser spirituellen Verwicklungen konnte warten. Das zunehmende Unbehagen, das Veron verspürte, wenn er über seine Religion nachdachte, bedurfte einer Klärung.

Er ging schnellen Schrittes durch die Gänge, aus denen man jede Erinnerung an die vorherigen Bewohner entfernt hatte. Keine Bilder oder Wandteppiche für die Yarben, denen dieses Gebäude ohnehin nur vorübergehender Sitz war. Wenn der Große Plan vollzogen sein würde, dann wäre Zeit zum Neubau grandioser Paläste und Tempel ... Der Oberpriester ballte die Fäuste bei dem Gedanken. Wenn es stimmte, was er gerade erfahren hatte, dann würde ihnen diese Zeit nicht bleiben, nicht einmal, um den Großen Plan zu vollenden. Er *musste* sich einfach Rat holen. Waren die Yarben zum Untergang verurteilt, zusammen mit allen Menschen der Welt? Oder hatten ihre Götter mit ihnen etwas anderes vor? Gab es diese Götter überhaupt? Seit er diesen verdammten Kontinent betreten und begonnen hatte, sich mit der Religion der Einheimischen zu beschäftigen, waren ihm sowohl die angeblichen Handlungen der Götter als auch die Vorstellungen der Menschen von ihnen immer seltsamer vorgekommen. Und der heutige Tag setzte allem die Krone auf!

Etwas gab es jedoch, das anzuzweifeln nicht nur schwer, sondern auch gefährlich war. Die Rituale des Ungenannten ... die einem yarbischen Zauberer Energie und Gesundheit spendeten, und unter gewissen Bedingungen auch Jugend. Nur nützte einem letztere nicht viel, wenn man an einen eifersüchtigen Herrscher oder Heerführer gebunden war, der mit einer einzigen Formel das künstlich verlängerte Leben auslöschen konnte.

Zähneknirschend betrat Erkon Veron das Terrarium. Der Lordadmiral hätte sich vermutlich gewundert, seinen obersten Zauberer freiwillig hier anzutreffen. Glaubte er doch, ihn zu bestrafen, wenn er ihn zwang, nur in die Nähe seines Gegenstandes der Angst zu gehen. Doch erstens funktionierte die hypnotisch eingepflanzte Angst des *Eides* nicht ganz so geradlinig, wie Trolan wahrscheinlich glaubte, und zweitens besuchte Veron gerade deshalb *so oft wie möglich* das Terrarium mit der verhassten Bokrua. Er wusste, dass sich ein Mensch an alles gewöhnen konnte. Und so hoffte er, vielleicht eines Tages dem entwürdigenden Zwang des *Eides* entfliehen zu können.

Meistens war die verdammte Schlange gar nicht zu sehen. Heute jedoch schoss sie auf den höher gelegenen Laufsteg zu, als habe man wochenlang vergessen, sie zu füttern. Erkon Veron hatte das Gefühl, dass sein Blut zu eisigem Wasser würde; seine Knie fingen zu zittern an, und er wich an die andere Seite des Laufsteges zurück.

›Es ist ein Tier‹, sagte er im Geiste seine übliche Litanei auf, ›ein hirnloses Tier. Ein Schwerthieb – und es ist ein im Sande zuckender Kadaver. Es kann dich hier oben nicht erreichen.‹

In hemmungsloser Wut schlug die Bokrua mit ihrem Kopf gegen einen Pfosten des Laufsteges. Veron spürte die Erschütterung bis in die Knochen. Dann richtete sich die Riesenschlange auf, spreizte ihre purpurfarbene Haube und ... kreischte!

Der Zauberer hatte so etwas noch nie erlebt. Er wusste nicht einmal, dass diese Schlangenart derartige Töne hervorbringen konnte. Von nacktem Entsetzen geschüttelt, rannte er davon.

Erst hinter der anderen Tür des Terrariums blieb er schweratmend stehen und versuchte sich zu sammeln. Die heutige therapeutische Durchquerung dieses Raumes war offensichtlich fehlgeschlagen. Er war seit zwanzig Jahren nicht mehr so panisch vor der Bokrua davongerannt.

Auf der anderen Seite des Terrariums – er nannte es manchmal bei sich das Terrorium – lag die Treppe *nach unten*. Er hätte sie auch auf einem anderen Weg erreichen können, aber der Zauberpriester hatte es sich zur Gewohnheit gemacht, seinen Willen zu testen, indem er den schwereren Weg ging, bevor er die Treppe hinabstieg. Das war auch angebracht, denn in den Grüften dort unten war das Reich des Ungenannten. Ihm trat man nicht leichtfertig gegenüber, noch leichten Herzens. Und nicht ohne Opfer ...

Ein Diener, der ihn kommen sah, wusste bereits, was von ihm erwartet wurde. Er brachte einen Korb herbei, in dem sich ein Palangjunges räkelte.

»Trag du es mir nach!« befahl Erkon Veron und eilte an dem Mann vorbei, ohne den Korb zu ergreifen.

Obwohl das sehr ungewöhnlich war, zögerte der Diener nur kurz, ehe er dem Zauberpriester folgte. Wenn der den Korb mit dem Opfertier heute nicht selbst tragen wollte – wer war er, das in Frage zu stellen? Außerdem würde nun vielleicht seine Neugierde befriedigt, was denn eigentlich *da unten* war.

Erkon Veron ging am Fuße der Treppe einen mit wenigen Öllampen schwach erleuchteten Gang entlang, der aussah, als sei er in den massiven Fels gemeißelt worden. In einem ziemlich kleinen Raum, der nicht heller beleuchtet war als der Gang, kauerten zwei vermummte Priester rechts und links vom Eingang am Boden. Sie rührten sich nicht, als Erkon Veron und der Diener hereinkamen.

Der Zauberer drehte sich zu dem Diener um, und dieser glaubte, dass er nun das kleine Palang haben wolle. Mit einem verlegenen Lächeln hob er den Korb.

Erkon Veron warf ruckartig den Kopf zurück und sagte ein Wort, für das es keine Buchstaben gibt. Es klang wie ein zischender Hieb und ein animalisches Schnalzen.

Der Diener erstarrte zu einer gelähmten Statue.

Erkon Veron nahm ihm vorsichtig den Korb mit dem Palang aus der Hand und streichelte das Tier.

»Dich brauche ich heute nicht«, murmelte er.

Einer der Vermummten, die nun aufgestanden waren, brachte den Korb weg, während der Oberpriester vor den Altar des Ungenannten trat. Natürlich gab es dort kein Abbild seines Gottes, nur eine gewölbte Platte aus schwarzem Stein. Doch Erkon Veron spürte die Anwesenheit eines größeren Geistes, die göttliche Erhöhung, die ihn an solchen Orten immer überkam. Er begann das Ritual mit einem halblauten Gebet. Die Sprache, die er dabei verwendete, war eine tote; nur wenige Worte aus ihr tauchten im modernen Yarbisch auf, als Flüche und Verwünschungen.

Dann vollführte er eine komplexe Geste, und über dem schwarz glänzenden Altar bildete sich ein Spinnennetz aus bläulichem Licht. Der Ungenannte war bereit für das Opfer.

Veron zog das Opfermesser aus seinem Gürtel, wo er es immer trug, wie jeder höhere Priester der Yarben. Es war so scharf geschliffen, dass er kaum eine Berührung spürte, als er sich mit der Klinge über das Gesicht fuhr. Nur das heiße Rinnen des Blutes sagte ihm, dass die Opferung begonnen hatte.

Blutüberströmten Gesichtes drehte er sich zu dem gelähmten Mann um, dem die Helfer bereits die Kleider vom Leib geschnitten hatten. Der immer noch dümmlich lächelnde Diener wurde von den beiden vermummten Priestern auf den Altar geworfen. Erkon Veron vermied es, ihm in die Augen zu sehen. Irgendwie konnte ein Lähmzauber den Ausdruck der Augen nicht einfrieren. Er kannte den Ausdruck, den die Augen des Dieners jetzt haben würden: panisches Entsetzen.

Die Litanei des Ungenannten murmelnd, schnitt Erkon Veron den Körper auf dem Altar der Länge nach auf. Nicht zu zaghaft, um einen zweiten Schnitt nötig zu machen, nicht zu heftig, um die Organe zu zerstören. Er war schließlich kein Anfänger. Blut spritzte nach allen Seiten und tränkte seine Kleidung. Es vermischte sich mit seinem eigenen, das ihm aus dem Schnitt im Gesicht rann. Die Todeszuckungen des Opfers, das plötzlich nicht mehr gelähmt war, schleuderten die herausquellenden Gedärme in bizarren Windungen über den Altar. Daraus würde Erkon Veron gleich Prophezeiungen lesen – wenn er Glück hatte. Über die Hälfte der Opferungen ergab nämlich nichts. Der Oberpriester des Ungenannten steigerte seinen Gesang in Lautstärke und Inbrunst. Der Diener war längst tot, als Veron schließlich zu seinen Füßen in blutdurchtränkter Robe und völlig erschöpft niedersank.

Doch die Erschöpfung wich schnell einem wohlbekannten Gefühl der Erneuerung. Anders hatte es nie ein Zauberer bezeichnet. Man fühlte sich einfach wie neu ... *Lebenskraft* durchströmte einen. Bei Tieropfern nur geringfügig, bei Menschen mit Macht – und bei Kindern erst! Keuchend richtete sich der Oberpriester auf seinen Knien auf. Würde er nun die Antwort auf das erfahren, was er an Fragen in seine Litanei eingebunden hatte – laut und nur in Gedanken? Die Fragen, die ihn schon seit Wochen quälten?

Manchmal hatte ihm sein namenloser Gott schon geantwortet, waren die Antworten auf Probleme nach einem solchen Ritual in seinem Kopf entstanden. Oder fielen sie ihm einfach nur ein? Gab es seinen Gott gar nicht? War dies einfach nur Magie? Nein, *diese* Fragen hatte er nicht stellen wollen.

Doch vor einem Gott konnte man nichts verborgen halten. Vor allem keine Zweifel.

Keine Antworten erschienen in seinem Kopf. Stattdessen passierte etwas Unerwartetes. Der Altarstein brach mit einem lauten Knacken in der Mitte auf und ließ eine hellrot leuchtende Fontäne hervorsprühen. Im ersten Moment erschien sie Erkon Veron wie Blut, aber dann begriff er, dass es etwas anderes war, etwas Nichtgegenständliches, das die beiden Priester in dem Raum innerhalb eines Herzschlages mit seinen zuckenden flüssigen roten Schnüren fesselte und zu sich heranzog, zu einem genauso formlosen Etwas, das ein aufgerissener Rachen war, der die zwei Männer verschlang, ohne dass sie Zeit gehabt hätten, einen Schrei auszustoßen.

Dann stülpte sich die Masse, die einem gigantischen Klumpen halb geronnenen Blutes ähnelte, aus dem Altar heraus und verschlang den Oberpriester selbst.

Wie ein kurzzeitiges Schwindelgefühl, das jedes lebende Wesen auf der Welt erfasste, breitete sich eine unsichtbare, unhörbare Schockwelle über den Planeten aus.

* * *

Erkon Veron starrte befremdet auf den Boden des im Halbdunkel der Fackeln liegenden Altarraumes. Die Menge des hier vergossenen Blutes schien ihm unangemessen zu sein. Es sah aus wie in einem Schlachthaus. Er wusste nichts damit anzufangen, aber das beunruhigte ihn nicht weiter. Manchmal nach einer tiefen Trance fiel einem alles erst wieder nach einer Weile ein. Der Oberpriester der Yarben stolperte aus dem unterirdischen Raum. Wo waren nur alle hin?

In einer Nische stand ein Korb, über dessen Rand sich ein neugieriges Palang reckte. Veron ergriff es im Vorbeigehen und schlug seine Zähne in den warmen, pelzigen Körper. Genüsslich schlürfte er das Blut.

19

Die Königin von Teklador wurde von einer plötzlichen Übelkeit ergriffen. Da sie den bei Frauen naheliegenden Grund mit Sicherheit ausschließen konnte – sie war keine Zauberin für nichts – überlegte sie, was man ihr zuletzt als Essen vorgesetzt hatte, und ob sie den Koch hinrichten lassen sollte. Aber die Übelkeit, die ihr den Magen umdrehte, kam nicht vom Essen, sie war eher geistiger Art ... Durna aktivierte mit einer Geste und einem Wort das Drachenauge, die große Kristallkugel auf ihrem Arbeitstisch, und konzentrierte sich ganz auf das unangenehme Gefühl und seine Ursache.

*

Der graue Mann Klos sah von dem schon gesiegelten königlichen Schriftstück auf, dessen Text er gerade verfasste, und lächelte. Dann räkelte er sich. Er hatte eine ausgesprochen angenehme Empfindung, auch wenn er nicht genau wusste, warum.

*

Zach-aknum fuhr zusammen und griff nach seinem Handgelenk, wo er den *Zinoch* trug. Der unberechenbare Ring Horams hatte sich schon wieder von selbst gemeldet, ohne gefragt worden zu sein. Und er bestand darauf, dass ihm der Magier augenblicklich seine Aufmerksamkeit schenkte!

»Verdammt!« stieß Zach-aknum hervor, als die Bilder in seinem Bewusstsein auftauchten. »Was haben diese Narren getan?«

*

Rot quoll es aus der Tiefe hervor, Tentakel reckten sich mit einer fast spürbaren Gier empor, so dass Durna schaudernd von der Kristallkugel zurückwich. Sie sah schattenhafte Gestalten in dem Rot untergehen, und sie war froh, dass das Drachenauge nur Bilder zeigte und keinen Ton übertrug. Sie konnte sich die Schreie der Unbekannten gut vorstellen, die da vor ihren Augen von etwas Unsagbarem verschlungen wurden. Oder ging es für sie zu schnell, so dass sie gar keine Zeit mehr zum Schreien hatten?

*

Das Blut war überall. Es lief in großen Bächen an einer Art Opferaltar herab, der jedoch kein einfacher Stein mehr war – das konnte der Magier sehen und spüren. Irgendwo auf dieser Welt war eine grauenvolle Zeremonie veranstaltet worden, eine Beschwörung, die schrecklich schief gegangen war. Zach-aknum hatte eine ziemlich genaue Vorstellung davon, was das Ziel der Beschwörung gewesen sein könnte, aber er wusste nicht, was tatsächlich geschehen war.

*

Etwas wurde von dem formlosen Rachen, zu dem der Altar geworden war, wieder ausgespieen. Nein, nicht etwas, sondern jemand – ein glatzköpfiger Mann. Durna erkannte ihn: Erkon Veron, des Lordadmirals oberster Priester und Magier. Was hatte das zu bedeuten? Welches seltsame Ritual hatte der Yarbe da durchgeführt? Und weshalb schüttelte sie die Übelkeit, als wenn in der Luft um sie herum ein pestilenter Gestank läge?

*

»Bei Horams Köpfen!« keuchte der Zauberer. »Was passiert da?«

Der *Zinoch* war so freundlich und sagte es ihm.

Voller Wut schmetterte Zach-aknum seine Faust auf dem Tisch in der Höhlenunterkunft am Tor von Halatan-kar. Die drei Finger dicke Platte zerbrach und fing an der Bruchkante sofort Feuer.

*

Brad! sagte die flüsternde Stimme in seinem Kopf so plötzlich und drängend, dass er ruckartig stehen blieb und Jolan mit einem Aufschrei gegen ihn prallte. *Hör mir zu! Etwas Unvorhergesehenes ist geschehen.*

›Was, bei den Dämonen?‹ dachte er. ›Wer oder was spricht denn nun zu mir? Horam? Wirdaon? Wieso könnt ihr Götter mich nicht in Ruhe lassen? Oder mir eine kleine Vorwarnung geben, wenn ihr euch zu Wort meldet?‹ Er war langsam wirklich genervt von diesen Stimmen im Kopf.

Ich werde demnächst einen Gong ertönen lassen, bevor ich dich anspreche, oh erhabener Brad, sagte die sarkastische Stimme Horams – er war es, daran hatte Brad keinen Zweifel. *Sei auf der Hut, mein Freund,* fuhr der Gott dann ernster fort. *Etwas ist gerade in diese Welt gekommen, das nicht hier sein sollte. Und wenn mich nicht alles täuscht, hat es nicht die Absicht, dich darin zu unterstützen, den Untergang der Zwillingswelten zu verhindern. Dumme Menschen haben in irregeleiteter Absicht mit Schwarzer Magie der schlimmsten Sorte eine Tür aufgestoßen – und da schlüpfte es hindurch.*

›Was denn nur? Welcher Dämon sucht uns nun heim?‹

Kein Dämon, Brad. Dämonen sind nur die seltsamen Geschöpfe der Grenzwelt, in der Wirdaon herrscht. Sie sind harmlos im Vergleich zu dem, was gekommen ist. Ein Chaos-Lord hat Horam Dorb betreten.

*

Durna graute es plötzlich davor, nach Regedra zu reisen. Bisher hatte sie nur Ärger über Trolans unverschämten Befehl empfunden, der außerdem genau zum falschen Zeitpunkt kam. Doch jetzt, wo sie sah *und spürte*, was Erkon Veron getan hatte, erfasste sie panische Angst vor diesem Ort. Sie dachte nicht einmal darüber nach, wie es kam, dass sie plötzlich wieder nach Regedra hineinschauen konnte.

Aber was sollte sie tun? Teklador verlassen – fliehen? Nach ihrer Kollaboration mit den Yarben würde man sie überall im Ausland sofort festnehmen, ob sie sich Königin nannte oder nicht. Wenn sie nicht sofort aufgehängt wurde.

Durna löschte das Bild in der Kristallkugel und wandte sich nach innen. Wirklich gelang es ihr nach einer Weile, ihren Geist soweit zu isolieren, dass die würgende Übelkeit zu einer bloßen Unannehmlichkeit wurde.

›Etwas, das Erkon Veron getan hat, verursacht dies‹, dachte sie wütend. ›Ich bringe diesen verdammten Glatzkopf um!‹

Nein, *sie* würde nicht fliehen. Im Gegenteil.

»Wache!« brüllte die Königin außer sich vor Zorn. »Sag Oberst Giren, dass ich morgen früh nach Regedra aufbrechen werde.« Ein höhnisches Grinsen verzerrte ihr Gesicht. »Mit dem Flussboot!« fügte sie boshaft hinzu.

*

»Was los ist?« knurrte Zach-aknum. »Wir können hier nicht länger warten. Ein Etwas aus einem anderen Universum hat gerade diese Welt betreten. Jemand, den sie in den alten Schriften einen Chaos-Lord nennen. Wahrscheinlich Caligo, aber da ist sich nicht einmal der *Zinoch* sicher. Es könnte auch Momus sein, das wäre noch schlimmer.«

»Wovon sprecht Ihr, Zauberer?« fragte Micra streng. Sie hasste es, wenn er Rätsel von sich gab.

»Caligo und Momus sind die Chaos-Lords der Finsternis und des Todes. Vielleicht ist es auch ein anderer ... Wir wissen fast nichts über diese Kräfte, die angeblich älter als die Götter selbst sind. Nur, dass sie gefährlich sind und bösartig.«

»Und so einer ist jetzt hier? Tur-Büffel-Mist! Wie ist das möglich?«

»Jemand hat mit Dingen herumgespielt, die man besser nicht anfasst. Ihr erinnert Euch daran, was ich über Verjüngungszauber sagte? Ich schätze, genau so einer ist ziemlich nach hinten losgegangen. Fragt sich nur, bei wem und wo.«

*

»Tja«, sagte Brad, nachdem er den beiden seine überraschende Vision beschrieben hatte, »das fasst es in etwa zusammen. Wir haben einen neuen Feind bekommen, scheint es.«

»Und Horam glaubt, dass dieser Chaos-Lord verhindern will, dass die Statue in deinem Beutel an ihren angestammten Platz gelangt?« wollte Solana wissen. Sie schien es sehr gelassen zu sehen, dass Brad immer wieder von seltsamen Visionen überfallen wurde.

»Es wäre möglich. Vielleicht ist ihm das auch völlig egal und es ist Zufall, dass er gerade jetzt einen Durchschlupf gefunden hat. Aber ich misstraue derart zufälligen Ereignissen.«

Jolan rieb sich die geprellte Nase. »Haben wir denn überhaupt eine Chance bei solchen Feinden?«

»Wir?« Brad schüttelte den Kopf. »Ihr beide werdet so schnell wie möglich zu euren Verwandten weiterreisen, wie ihr es geplant habt, während ich mich auf den Weg zum Tempel mache. Ich kann nicht erst in die Berge ziehen oder woanders auf den Zauberer warten, wenn dieses neue Monster vielleicht wirklich versucht, mir den Weg abzuschneiden. Und euch werde ich nicht noch mehr in Gefahr bringen.«

Solana schien etwas sagen zu wollen, doch dann wandte sie sich ab und schwieg.

20

Es war bereits dunkel, als sie Pelfar betraten, aber wie Solana prophezeit hatte, machte ihnen niemand Schwierigkeiten. Je weiter die drei Wanderer in die Stadt vordrangen, um so geschäftiger wurde das Treiben der Einwohner. Hier dachte man offensichtlich nicht daran, sich in die Häuser zurückzuziehen und früh zu Bett zu gehen, wie das anderenorts üblich war. Öllampen hingen in den größeren Straßen von Stangen herab, die an den Häusern befestigt waren. Scheinbar ohne Angst vor schnell in der Dunkelheit verschwindenden Dieben boten Markthändler an ihren Ständen Waren feil. Musik drang aus den offenen Fenstern von Schenken.

Brad bemühte sich, nicht allzu überrascht oder neugierig zu wirken. Doch außer den Händlern, die ihnen ihre Angebote zuriefen, beachtete sie niemand. Jeder war viel zu sehr mit seinen eigenen Angelegenheiten beschäftigt.

»Wir sollten eine Herberge finden«, bemerkte Solana.

»Warst du schon mal hier? Natürlich warst du das, dumme Frage.«

Sie lächelte. »Gelegentlich bin ich schon hier gewesen, obwohl wir unsere Geschäfte meistens in Ruel erledigten.« Sie deutete auf den Fluss. »Auf der anderen Seite liegt der Rest der Stadt – und Halatan. Sie erstreckt sich in zwei fast gleich großen Teilen längs des Flusses. Ich schätze, morgen werden wir uns dann trennen?«

Brad runzelte die Stirn über den plötzlichen Themenwechsel.

»So scheint es. Ihr beide reist zu euren Verwandten weiter und ich zum Tempel. Ich würde dich zwar gerne begleiten, genauso gern wie ich dich im Tempel dabei hätte, wo du dich auskennst, aber es geht nicht. Es ist besser so, auch wegen des Jungen.«

»Natürlich.«

Er war froh, dass sie es sich nicht anders überlegt hatte und mit ihm streiten wollte. Die Nachricht von der Ankunft einer völlig neuen Gefahr hatte ihn erschreckt. Wenn die Götter selbst beunruhigt waren, konnte er es wohl auch sein, oder? In einer so unvorhersehbaren Situation wollte er nicht noch für zwei Menschen verantwortlich sein, die mit der Sache eigentlich gar nichts zu tun hatten. Er hatte ihr Leben allein durch seine Ankunft auf dieser Welt schon genug durcheinandergebracht ...

»Wie wär's mit dieser Herberge?« Solana deutete auf ein Gebäude, das sich durch das übliche Holzschild als solche auswies.

Brad hob die Schultern. Eine war so gut wie die andere, solange sie dort für die Nacht unterkamen. Und es nicht zu teuer war ... Seine Reserven waren nicht unerschöpflich. Sie traten ein – durch eine Doppeltür, nicht etwa so eine schmale Öffnung, durch die sich immer nur einer quetschen konnte – und Brad fragte den Kerl, der drinnen herumsaß, nach Übernachtungsmöglichkeiten.

»Ich weiß nicht, mein Herr, ob wir ...«

»Ein Zimmer, und Wasser zum Baden«, befahl Solana barsch. »Wir haben einen weiten Weg hinter uns.«

Die Miene des Mannes wurde noch abweisender. »Das kostet zwölf Barark.«

Solana sah Brad an. »Ich glaube, dieser ... Mann hier möchte, dass du vorher zahlst. Würdest du ...?«

Sie schien sicher zu sein, dass sein Geld reichen würde, also holte Brad den Beutel hervor und ließ sie die Sache regeln. Ihm entging nicht, dass der Mann hinter dem Tresen bei Solanas Worten rot angelaufen war.

Solana legte eine einzige yarbische Münze auf den Tisch.

Die Augen der Herbergsbesitzers weiteten sich.

»Ich kann das im Moment nicht wechseln. Wünschen Sie heute und morgen früh bei uns zu speisen? Dann gebe ich Ihnen morgen den Rest zurück, wenn es recht ist.«

»Jetzt.« Brads Stimme war leise, aber seine Augen musterten den Mann hinter dem Tisch kalt.

»Selbstverständlich.« Er begann, ihnen Geld in der lokalen Währung hinzuzählen. »Ich habe kaum Münzen des yarbischen Reiches, geehrte Herrschaften, hierher kommen wenig so bedeutende Leute, dass sie mit diesem Geld zahlen, dem Geld der Zukunft, jawohl.«

»Schon gut. Ich hoffe, das Zimmer ist besser als der Empfang.« Brad unterdrückte seinen Ekel. Die Yarben waren noch nicht einmal offiziell einmarschiert, und schon versuchten sich die Leute bei ihnen einzuschmeicheln. Hoffentlich wusste Solana, was sie tat. Aufsehen zu erregen, war niemals gut, auch wenn es auf kurze Sicht helfen mochte.

›Die ganz normale Paranoia‹, dachte er. ›Ob ich vielleicht übertreibe? Uns jagt doch keiner. Niemand weiß, dass ich hier bin und die einzig wahre Statue in meinem Besitz habe. Niemand sollte etwas dagegen haben, dass ich sie in den Tempel – oder was davon übrig ist – zurückbringe. Weshalb habe ich dann dieses komische Gefühl, seit wir die Stadt betreten haben?‹

Brad folgte Solana und Jolan auf das Zimmer, doch er konnte seine Besorgnis dabei nicht ganz abschütteln. Es war nicht so, dass ihm eine seiner lästigen inneren Stimmen etwas zugeflüstert hätte, die übernatürlichen Mächte hatten im Augenblick vermutlich anderes zu tun. Vielleicht verursachte ihm nur die bevorstehende Trennung von seinen Reisegefährten, den einzigen Menschen, die er auf dieser Welt kannte, dieses Unbehagen. Nun ja, er war daran gewöhnt, schließlich war ein unstetes Wanderleben nichts Neues für ihn. Zu Hause hatte es ihn nie lange an einem Ort gehalten, und die Gesellschaft anderer war nie von Dauer gewesen, seit er seinen letzten Lehrer, den alten Pochka, verlassen hatte, um sein Glück woanders zu suchen. Zu Hause – seltsam, dass er, der nie eines gehabt hatte, nun von einer ganzen Welt so dachte. ›Ich werde alt und sentimental‹, dachte er. ›Horam Schlan sehe ich nie wieder, so wie die Dinge mit den Toren liegen. Es sei denn, die Götter haben noch etwas anderes parat.‹ Brad wollte eigentlich gar nicht zurück – schließlich war der Grund, dass er sich Zach-aknums Gruppe so bereitwillig angeschlossen hatte, ein gewisses Todesurteil in Combar gewesen. Er hatte es mit den riskanten Abenteuern etwas übertrieben, dort zu Hause. Nicht dass es hier anders gelaufen war: Der Zusammenstoß mit den Yarben kam Brad auf eine verrückte Weise typisch für sein ganzes Leben vor. Er zog nicht zum ersten Mal in Betracht, dass er von den Göttern verflucht sein könnte. Götter! Mischten sich ungefragt ins Leben ein, wenn man es am wenigsten erwartete, und waren nie da, wenn man sie am meisten brauchte.

»Wenn du die Statue in den Tempel gebracht hast, dann ist deine Mission beendet?« fragte Solana.

Er schüttelte seine deprimierenden Gedanken ab und hob die Schultern. »Ich hoffe ja wirklich, dass sich dann alles von selbst regelt«, entgegnete er, »aber irgendwie glaube ich noch nicht daran. Ich schätze, ohne den alten Zauberer werde ich es schwer haben, überhaupt in den Tempel hineinzukommen, wenn sich da noch ein paar Priester gehalten haben sollten. Und wenn irgendein Trottel die Statue noch mal klaut? Horam hätte sich wirklich einen diebstahlsicheren Mechanismus für das ausdenken können, was immer die kleinen Dinger eigentlich tun ...«

Brad hatte die Statue aus ihrem Lederbeutel befreit und auf den Tisch gestellt. Sie sah unscheinbar aus und hässlich in ihrer Asymmetrie, daran änderte auch die verlockende goldene Farbe nichts. Er wusste außerdem, dass es nicht einmal echtes Gold war, sondern ein unbekanntes Metall, von dem allein die Götter wissen mochten, wie man es herstellte. Jedenfalls hatte der Schwarze Magier das erklärt. Falls Solana in ihrer Zeit im Tempel etwas über die Funktionsweise der Statue erfahren hatte, behielt sie es für sich.

»Wenn wir im Gebirge sind, hören wir vielleicht von deinem Zauberer. Vorausgesetzt, du hast Recht und er hält sich wirklich noch beim Tor auf«, sagte sie.

»Das kann man nie sagen bei einem Magier.« Er lächelte schwach. »Falls ihr ihn und Micra Ansig zufällig irgendwo trefft, sagt ihnen, wohin ich mich gewandt habe, und damit sollte eure Verwicklung in diese Sache ein Ende haben. Bemüht euch nicht, sie aufzuspüren. Das sind beides erfahrene Leute, sie wissen, was sie zu tun haben. Glaubt mir, es ist nicht gut für Sterbliche, sich in die Geschäfte der Götter einzumischen.«

Jolan, der schon auf dem Bett lag, drehte sich plötzlich um und starrte ihn an. Brad hatte gedacht, der Junge sei bereits eingeschlafen, musste sich aber eingestehen, dass er ihn damit völlig falsch eingeschätzt hatte. Welcher Junge würde unter diesen Umständen schon schlafen? Dies war sicher das größte Abenteuer seines Lebens.

»Allerdings kann ich nicht ganz ausschließen, dass ich Zach-aknums Handlungen falsch vorausgesehen habe. Er könnte ebenso gut zum Tempel aufgebrochen und längst durch diese Stadt gekommen sein. Ich glaube, ich sollte mich, um ganz sicher zu gehen, hier noch etwas umhören.«

»Du könntest auf dem Basar tatsächlich etwas erfahren ...«, sagte Solana langsam. »Vielleicht ist es keine schlechte Idee, sich morgen früh ein wenig umzusehen. Es wäre doch ziemlich dumm, wenn deine Freunde hier in der Stadt auf dich warten und du einfach weiter ziehst.«

* * *

Ohne sein Gepäck – und das allzu auffällige Yarbenschwert – kam sich Brad seltsam unvollständig vor, als er am frühen Vormittag über den erwachenden Basar der Stadt schlenderte. Das mochte vor allem daran liegen, dass er den Beutel mit der Statue in Solanas Obhut zurückgelassen hatte. Sie war schließlich beinahe eine Horam-Priesterin, oder nicht?

Seltsam, wie ihn das Schicksal – oder etwa die nervtötenden Götter? – mit der Frau zusammengebracht hatte, die als einfache Bäuerin in einem völlig unbedeutenden Dorf lebte. Seltsam, wie nur sie und ihr Sohn das Massaker der Yarben überlebt hatten, um ihn in der kleinen Höhle zu finden. Brad kannte sich nicht besonders mit spirituellen Dingen aus, auch wenn er sie viel unmittelbarer erfahren hatte als andere Menschen. Früher hätte ihn so etwas wie Schicksal oder Bestimmung kalt gelassen. Heutzutage argwöhnte er hinter jeder Wendung seines Lebens einen manipulierenden Gott. Man konnte auf viele Arten verrückt werden.

Er blieb plötzlich stehen. Dieser unscheinbare Mann, der sich da eben auf dem engen Gang zwischen den Marktständen an ihm vorbeigedrückt hatte – woher kannte er ihn? ›Es ist unmöglich‹, sagte er sich streng. ›Dreh jetzt nicht durch. Du kannst hier keinen kennen. Du bist auf einer wordonverdammten *fremden Welt*!‹

Dennoch ... Brad besaß ein eidetisches Gedächtnis. Wenn er nicht ganz bewusst bestimmte Techniken anwandte, vergaß er nichts, was er je gesehen oder erlebt hatte. Ein anderer Anblick lenkte ihn ab. *Dieser* Mann hatte nichts mit dem Typen in Grau gemein, der ihm eben noch aufgefallen war. ›Wenn das kein Assassine ist, habe ich kein *Gilde*-Patent verdient‹, dachte Brad verdutzt. Aber warum auch nicht? Früher hatten die beiden Welten viel enger zusammen gelebt als in den letzten Jahrzehnten oder Jahrhunderten, je nachdem, von welcher Welt aus man es sah. Es wäre nicht verwunderlich, wenn sich ihre Kulturen in vielerlei Hinsicht glichen.

Er begann dem vermutlichen Berufskollegen zu folgen. Vielleicht hatten sie hier ein Äquivalent zur *Gilde*? Ableger dieser gab es zu Hause in jeder großen Stadt. Und solche Organisationen waren auch immer Zentren des Informationsflusses. Wenn Zach-aknum die Stadt passiert hatte, musste er schon Schwarze Magie gewirkt haben, um nicht wenigstens registriert zu werden.

Brad beschloss, Kontakt zu dem Assassinen zu suchen. Für jeden anderen Menschen wäre das eine ziemlich abwegige Vorstellung – außer man hatte einen *Auftrag* für eine solche Person. Er machte sich jedoch keine Sorgen um seine Sicherheit.

Plötzlich war der Mann verschwunden. Brad blieb stehen und blinzelte ins grelle Licht der noch tiefstehenden Sonne. Wo ...?

»Du folgst *mir*, Fremder?« murmelte eine Stimme an seinem Ohr. Gleichzeitig spürte er etwas Spitzes in der Gegend seiner Nieren. »Das ist eigentlich mein Part in dem Spiel.«

Brad schluckte. Er hatte den anderen richtig eingeschätzt, wenn auch unterschätzt.

»Verzeiht«, sagte er, ohne den Versuch zu machen, sich zu bewegen. »Ich wollte Euch etwas fragen.«

»So?«

»Gibt es in dieser Stadt so etwas wie eine Gilde Eures Berufs?«

»Wer will das wissen?«

»Sagen wir, ein Kollege aus einer sehr fernen Gegend.«

Der Assassine stieß verächtlich die Luft aus. Er hielt offenbar nicht viel von seinem angeblichen Kollegen.

»Sucht Ihr Arbeit?« fragte er dann höflicher.

»Nein«, entgegnete Brad mit einem Beinahe-Seufzer, »davon habe ich im Moment mehr als genug.«

Eine Hand legte sich auf seine Schulter und drehte ihn herum. Gleichzeitig verschwand der Druck der Klinge an seiner Seite. Der Assassine trat unauffällig einen Schritt zurück, während er Brad von oben bis unten musterte. Alles sehr professionell.

Wenn sie nicht am Rande eines belebten Platzes gestanden hätten, wäre Brad versucht gewesen, dem Mann auf andere Art zu zeigen, dass er wirklich zum selben Berufszweig gehörte. Doch hier einen Kampf zu beginnen – auch wenn es nur zur Demonstration diente – wäre mehr als dumm gewesen.

»Es gibt ein Haus«, sagte der Assassine leise, ohne den Blick seiner dunklen Augen von Brad zu nehmen. »Unsereiner trifft sich dort; Leute ... mit Problemen klopfen an seine Tür. Meistens in der Nacht.«

»Ich möchte nur wissen, ob ein bestimmter Mann in den letzten paar Tagen durch die Stadt gekommen ist. Könnte ich das dort erfahren?«

»Ist er Euer Ziel?« fragte der Assassine geschäftsmäßig nüchtern.

»Äh, nein. Eher ein Freund.« Brad hatte genau verstanden, was der andere dachte. Der zog die Brauen hoch.

»Was für ein Mann?«

»Ein Zauberer. Vermutlich in Begleitung einer Frau.«

Für einen Augenblick wirkte der Killer verdutzt. Dann schüttelte er langsam den Kopf.

»Ich denke, Ihr könnt Euch den Weg sparen«, sagte er. »Wenn in den letzten Tagen ein Zauberer durch Pelfar gekommen wäre, wüssten nicht nur wir es, davon würde die ganze Stadt tuscheln. Und nach allem, was gerade passiert ist, um so mehr.«

»Passiert? Was denn?«

»Habt Ihr denn nichts von den Blitzen gehört? Wir alle hier in der Stadt glaubten fast, das Halatan-kar flöge komplett in die Luft. Ein oder zwei Unglückliche, die genau in das Licht geschaut haben, waren für Stunden blind! Die Zauberer oben in den Bergen müssen entweder etwas ganz Großes oder etwas sehr Dummes getan haben.«

Brad starrte ihn an. Was immer im Gebirge vorgegangen sein mochte, die Wahrscheinlichkeit, dass der Schwarze Magier Pelfar betreten hatte, schien gering zu sein.

»Nein, Freund«, sagte er schließlich, »davon hatte ich noch nichts gehört. Ich bin erst gestern aus dem Süden hier angekommen. Nun denn, ich danke Euch. Jener Zauberer hat sich dann wohl verspätet. Ich werde auf ihn warten.«

Der Assassine nickte verstehend, obwohl er nicht wirklich verstand, warum jemand auf einen Zauberer warten wollte. Jeder wusste doch, dass die Magier alle nach Halatan geflohen waren. Aber man mischte sich nicht in die Geschäfte von Fremden ein, schon gar nicht, wenn sie behaupteten, ebenfalls Assassinen zu sein.

»Ich wünsche Euch eine gute Jagd, Fremder«, sagte er. »Möge Wordons Dank an Euch wachsen.« Und mit ein paar schnellen Schritten tauchte er in der dichter gewordenen Menge vorbeiströmender Leute unter.

›Oh, auf *dessen* dankende Einmischung kann ich gerne verzichten‹, dachte Brad. Wenn es stimmte, dass Wordon der Gott des Totenreiches war, hatte der ihm in seinem wachsenden göttlichen Bekanntenkreis noch gefehlt.

Er wandte sich in die entgegengesetzte Richtung, um zur Herberge zurückzukehren, wo Solana und Jolan warteten. Brad war entschlossen, noch an diesem Tag Pelfar in Richtung Westen zu verlassen und die Statue so schnell wie möglich an ihren Platz zu bringen. Je eher dieses Problem gelöst wurde, um so besser war es. Mit dem anderen, unverhofft aufgetauchten Problem sollte vorzugsweise einer fertig werden, dem nicht schon bei der Erwähnung des Wortes »Chaos-Lord« kalte Schauer über den Rücken liefen. Ein Mann konnte sich doch nicht für alles verantwortlich fühlen.

Was als nächstes geschah, überraschte ihn völlig. Keinerlei Vorahnung warnte ihn. Geschrei ertönte, und plötzlich schoben schwerbewaffnete Soldaten – keine Yarben allerdings – die Menge in seiner Nähe rücksichtslos beiseite. Instinktiv wollte Brad sich seitwärts davonmachen, doch die Menschen, die ihm hätten Deckung bieten sollen, wichen nach allen Seiten zurück – vor ihm!

Ein Ring aus Bewaffneten bildete sich, und Brad fand sich zu seiner Verblüffung in seiner Mitte wieder. Was hatte das zu bedeuten? Was ging hier überhaupt vor?

»Im Namen der Königin«, rief eine Stimme. Brad erkannte plötzlich den Mann in Grau wieder, obwohl es war, als müsse er dabei einen gedanklichen Schleier zerreißen. »Nehmt diesen da fest!« Eine Hand in einem grauen Ärmel zeigte auf ihn. Unterwegs, kam es Brad träge in den Sinn, unterwegs war dieser graue Mann an ihnen vorbeigeritten und hatte sie gemustert, oder eher angestarrt. Wer war das? Was wollte er von ihm? Welche verdammte *Königin*?

Die Bewaffneten hatten genaue Anweisungen. Statt mit gezogenem Schwert auf ihn einzudringen, gaben sie drei Armbrustschützen, die in der zweiten Reihe standen, ganz plötzlich ein freies Schussfeld. Einem der vergifteten Bolzen konnte er ausweichen, doch die zwei anderen trafen ihr Ziel. Einer wurde durch das Leder abgewehrt, aber der letzte bohrte sich in den Hals.

Es war ein sehr schnell wirkendes Betäubungsgift. Brads Beine knickten fast augenblicklich ein, er taumelte.

Tief in ihm erwachte ein Etwas zum Leben, das von Wesen mit einem völlig anderen Hintergrund als das »Sicherheitsprotokoll« bezeichnet worden war. Manchmal nannten sie es auch das »Horam-Partikel«. Es suchte sich aufgeschreckt einen Weg durch die schon von der Lähmung befallenen Nervenbahnen seines Wirtes, erreichte die Augen und den Teil des Gehirns, den nur Magier benutzten und der Brad deshalb nicht zugänglich war. Es starrte mit diesen Sinnen hinaus und wurde von rasendem Zorn erfasst, denn es erkannte sofort, wer und was der Graue Mann Klos wirklich war. Doch noch während es dem Gehirn Brads diese Erkenntnis zu vermitteln suchte, noch als es in einem Verzweiflungsakt begann, die Kontrolle über seinen Körper zu übernehmen, versagte dieser vollständig den Dienst. Es war ein wirkungsvolles Gift gewesen. Brad stürzte mit dem Gesicht voran auf das harte Pflaster von Pelfar und nicht einmal die Essenz eines Gottes war diesmal in der Lage, ihn aus dieser Lage zu befreien.

* * *

Der Assassine drückte sich in eine Türöffnung. ›Soso‹, dachte er. ›Im Namen der Königin also.‹ Er spuckte aus. Sein etwas seltsamer Bekannter von eben schien sich mit mächtigen Leuten angelegt zu haben. Aber wer sich mit der Hexe auf ihrem von den Yarben geschenkten Thron anlegte, genoss in Teklador fast schon automatisch die Sympathie der Bevölkerung. Zu schade, dass die Soldaten ihn erwischt hatten.

War es ein Zufall oder eine Manipulation der Götter, dass der Assassine den Gesichtsausdruck eines bestimmten halbwüchsigen Jungen bemerkte, der voller Panik zu sein schien? Andere Leute beobachteten das Geschehen auf dem Platz mit schlecht verhohlenem Zorn oder auch ganz und gar gleichgültig, doch dieser Junge sah vollkommen entsetzt zu, wie die Soldaten den bewusstlosen Mann fesselten und fortbrachten. Dann rannte er beinahe davon.

Der Assassine hatte dennoch keine Schwierigkeiten, ihm durch die Gassen von Pelfar zu folgen.

Teil 2
Schatten des Chaos

Und Horam sprach: Sehet da, ich habe euch gegeben den Weg zwischen den Welten und die Tore, ihn zu beschreiten. Und ich habe euch gemacht die zwei Schlüssel, zwei Festen zwischen den Welten, zwei Bilder des Ewigen, auf dass sie die Tore offen halten und den Weg sicher. Große Macht wohnt ihnen inne, doch wer sie widrig gebraucht, wird Unheil bringen über die Welten.

Und Horam sprach: Wenn die Schlüssel also widrig gebraucht sind, so werden die Tore verschlossen sein und der Weg stürzt in die Finsternis auf der Tiefe.

Ein Tor aber wird offenbart werden, durch das die Mutigsten schreiten können, um den Weg wieder zu finden.

Dieses ist das Tor der Dunkelheit.

Das Geheime Buch Horam

Peks Erzählung

Ich war nicht darauf gefasst, eine solche Aufmerksamkeit zu erregen. Ganz im Gegenteil. Mein guter Kumpel Feuerwerfer, der sich permanent geheimnisvoll gebende Drache aus dem Fluchwald von Horam Schlan, hatte mir befohlen, meinen alten Bekannten, also dem Schwarzen Magier Zach-aknum, der Warpkriegerin Micra Ansig und vor allem Brad Vanquis auf die andere Zwillingswelt Horam Dorb zu folgen – um ihnen wieder mal aus der Klemme zu helfen. Da das letzte noch irgendwie funktionsfähige Tor zusammengebrochen war, musste ich einen anderen Weg wählen.

Dämonen können problemlos von der einen Realität, Dimension, Welt, oder wie immer man es nennen will, in die andere wechseln – das heißt, wir sind in der Lage, zwischen unserer *Heimatwelt* und einigen anderen zu wechseln. Wohin wir aus dem Reich unserer geliebten Königin Wirdaon gehen, ist für den Vorgang ziemlich egal. Deshalb hätte ich mir auch nicht im geringsten die Schwierigkeiten träumen lassen, auf die ich diesmal stoßen sollte. Ich wollte einfach kurz daheim auftauchen und dann gleich nach Dorb weiterhuschen, vorzugsweise ohne wie beim letzten Mal mit übellaunigen Karach-Dämonen zusammen zu prallen oder ähnliche Zwischenfälle. Schließlich hatte mir der Drache gesagt, dass ich eine wichtige Rolle bei der Mission meiner Freunde spielen würde. Und wann bekommt ein einfacher Dämon schon mal so eine Gelegenheit? Ich glaubte zwar nicht ganz daran, dass gleich das Schicksal der Welten von mir abhängen würde, aber Feuerwerfer hatte sicher einen guten Grund gehabt, mich so zu drängen. Und wenn ein Drache zu etwas drängt, dann macht man es gefälligst – sonst ist Grillabend angesagt.

Wo ich also ankam, das war wie geplant völlig freies Feld. Nun ja, was bei uns so dafür gilt. Ich spreche jetzt von Wirdaons Reich, nicht von einer gewöhnlichen Wald-und-Wiesen-Welt. Sagen wir mal, es war eine gewissermaßen horizontale Fläche, auf der keine Bauwerke irgendeiner Art standen und die nicht von besonders viel Landschaft belastet war. Nach meinem letzten Missgeschick beim Überwechseln achtete ich darauf, nicht in der Nähe von Gegenständen oder Leuten – vor allem keinen vom Karach-Stamm – aufzutauchen. Es hatte geklappt. Weit und breit vor meinen Augen war niemand zu sehen.

Ich fing den restlichen Schwung ab und blinzelte in das ewige rötliche Dämmerlicht meines nicht sonderlich geliebten Zuhauses. Scheinbar nur ein paar Mannslängen über meinem Kopf ballten sich die gewohnten schwarzvioletten Pseudowolken zusammen, ohne jemals so etwas wie Regen von sich zu geben. Eigentlich waren alle froh darüber, dass aus *diesen* Wolken nichts kam, wenn ich es mir recht überlege. Die Luft war träge und wurde von keinem Wind bewegt. Sie roch muffig. Alles war wie immer.

»Es geht doch nichts über zu Hause«, sagte ich mit unwillkürlich gedämpfter Stimme und einem Anflug von Selbstironie – verbrachte ich doch die größte Zeit meines Lebens gerne woanders.

Dann erst bemerkte ich, dass ich mich nicht besonders gut bewegen konnte. Und auf dem Boden um mich herum glühte etwas, das ich seit langer Zeit nicht mehr gesehen hatte. *Ein Pentagramm?* Wie war es möglich, dass ich geradewegs in so einem Ding landete, wenn mich doch niemand damit beschworen hatte? Schließlich war ich freiwillig in Wirdaons Reich gewechselt. Jemand hätte schon wissen müssen, dass ich kam, um mich so festzusetzen. Und wer außer *ihr* sollte das wissen können? Außerdem stellte das die gewöhnlichen Verhältnisse so ziemlich auf den Kopf. Hier war das Land *der Dämonen* und wenn schon jemand in einem Pentagramm herbeizitiert und gefangen wurde, sollte das der Gerechtigkeit halber wohl ein Mensch sein.

Hinter mir hüstelte jemand höflich.

»Äh, hallo Pek«, sagte eine Stimme.

Ich drehte mich vorsichtig und mit den schlimmsten Befürchtungen um.

Sie wurden übertroffen.

In einem Halbkreis standen da zehn Dämonen in der offiziellen Rüstung der wirdaonschen Garden sowie ein Schwarzer Mann.

Ich spreche nicht von einem Farbigen. Ich spreche von *dem Schwarzen Mann*. Von dem, der in der Kindheit unter dem Bett oder im Kleiderschrank lauert, der kleine unartige Kinder holt.

»Oh, hallo Boogey«, sagte ich lässig, aber ich konnte nicht ganz verhindern, dass meine Stimme ein wenig zittrig klang. Man wird nicht alle Tage von so einem empfangen, wenn man zu Hause vorbeikommt. »Tut mir leid. Wollte nicht stören. Ich muss zufällig genau in deinem Dingsbums hier gelandet sein ...«

Der Schwarze Mann lächelte, und das ist etwas, das ich bestimmt nicht genauer beschreiben sollte.

»Aber nicht doch, Pek. Das war exklusiv für dich gedacht. Wir wollten sicher sein, dass du dich nicht gleich wieder aus dem Staub machst, wenn du schon mal vorbeischaust.«

Das klang gar nicht gut. Überhaupt nicht meine Vorstellung von einem Empfangskomitee. Hatte ich vergessen, irgendeine Schuld zu begleichen? Hatten sie in Wirdaons Reich inzwischen etwa Steuern eingeführt, die ich nicht bezahlt hatte? Das wäre wahrhaft dämonisch gewesen.

»Also, ich kann das erklären ...«, begann ich lahm und stockte. Wenn man nicht weiß, was sie einem vorwerfen, kann man schlecht nach Ausreden suchen.

Er grinste und ich verschluckte mich beinahe. »Nicht nötig, Dämon Pek«, sagte er in einem Ton, der sofort irgendwie offiziell in meinen Ohren klang. »Die Chefin will dich sehen. Und zwar unbedingt jetzt und nicht in tausend Jahren oder so.«

»Heil Wirdaon!« brüllten die Gardisten im Chor.

Ich zuckte heftig zusammen. Sie hatten sich hier komische Dinge angewöhnt.

Der Schwarze Mann runzelte das, was bei seinesgleichen als Stirn galt, und warf ihnen einen schnellen Blick zu. Sie schienen plötzlich auf eine seltsame Weise von ihm weg zu schrumpfen.

»Also – kann ich mich darauf verlassen, dass du freiwillig mitkommst oder muss ich mich auf eine kleine Jagd durch die Dimensionen einstellen?« Diese Vorstellung schien ihm nicht besonders unangenehm zu sein.

»Selbstverständlich komme ich mit«, beeilte ich mich zu versichern, denn alles andere wäre nahe am Selbstmordversuch gewesen. »Wirdaons Wunsch ist mir Befehl.«

»Es *ist* ein Befehl, du Idiot.« Der Schwarze Mann löschte mit seinem Fuß einen Strich des glühenden Pentagramms aus, so dass ich es verlassen konnte. Sofort umringten mich die Gardisten. Ich kam mir ziemlich merkwürdig vor. Pek, der dimensionsweit gesuchte Schwerverbrecher! Aber was *hatte* ich verbrochen?

»Seid ihr sicher, dass ich es bin, den ihr sucht?« fragte ich vorsichtshalber, um meinen Begleitern später eine Enttäuschung zu ersparen.

»Aber ja, Dämon Pek. Wir haben ausdrückliche Anweisungen, wo und wann und wen wir festhalten und zur Chefin bringen sollen. Und jetzt laber nicht rum, sondern beeil dich!« Der Schwarze Mann hielt sich dicht hinter mir, so dass sich mein ganzer Pelz sträubte.

Fortbewegung ist in Wirdaons Reich nicht ganz dasselbe, wie von einem Ort zum anderen zu latschen. Wenn man nicht weiß, wie es zu machen ist, kommt man nie dort an, wo man hin will – und damit meine ich nicht die Technologie des Setzens von einem Bein vor das andere! (Wobei es durchaus ein paar Karachs gibt, denen man die Beherrschung letzterer nicht zutrauen möchte.) Es muss genauso mit dem Kopf wie mit den Beinen geschehen, also bewegt man sich eher mit Willenskraft. In diesem Fall brauchte ich allerdings nur fügsam meinen Bewachern zu folgen, um anzukommen; jedoch dort, wo ich eigentlich gar nicht hin wollte. Aber was sollte ich machen?

Wirdaons Palast ist ein düsteres, zweckmäßigerweise furchteinflößendes Gebilde, bei dessen bloßer Betrachtung sich der Geist sträubt. Sie ist schließlich die Herrin der Dämonen. Es ist ihr Job, Furcht einzuflößen.

Der gute Boogey begleitete mich bis an die riesige Tür aus schwärzlichem, grob gehämmerten Meteoreisen, die den Eingang zu Wirdaons Thronsaal bildete, oder was immer sich gerade dahinter befand. Das war nämlich gar nicht so feststehend. Man erzählt sich, Wirdaon habe sich schon manchmal einen Spaß erlaubt und Besucher empfangen, während sie in ihren glühenden Pfühlen badete ... Für einige waren schon die Dämpfe ziemlich ungesund – und erst der Anblick! Aber ich irre ein wenig ab.

Der Schwarze Mann grinste mich noch einmal an, sozusagen rein prophylaktisch, und die Tür öffnete sich mit einem ehern dröhnenden Gongschlag. »Rein mit dir, Pek«, sagte er zähnefletschend.

Na ja, es war leider nicht das Badezimmer – und natürlich auch nicht der Thronsaal. Nicht für einen unwürdigen Dämon wie mich. Wirdaon erwartete mich in so etwas wie einer Bibliothek, jedenfalls stapelten sich auf Regalen an den Wänden unzählige stilecht verstaubte Schriftrollen, Bücher und noch modernere Sachen, die zu erwähnen hier fehl am Platze wäre. Ich weiß nicht, ob diese Räume hinter der Eisentür nur Illusionen sind oder ob es sie wirklich gibt. Es ist mir auch herzlich egal.

Meine Knie gaben ganz von selbst nach, so dass ich in der angemessenen Stellung vor meiner Herrin ankam. Sie fasste das anscheinend auch wohlwollend auf, als sie mir ihre Aufmerksamkeit zuwandte.

»Erhebe dich, Dämon Pek!« sagte ihre leise Stimme nach einer Weile.

Ich würde ja gerne beschreiben, wie sie aussieht, aber das bringt nur Ärger. Man weiß nie, wer das letzten Endes liest. Sie ist *keine* Dämonin, soviel sei angedeutet.

»Heil, Wirdaon«, murmelte ich etwas angespannt.

»Ich höre von deinen Abenteuern, mein kleiner Dämon. Du bist in die Geschäfte von Göttern und Drachen verwickelt? Möchtest du mir nicht mehr davon erzählen?«

Also das war es! Ich versuchte mich fieberhaft daran zu erinnern, wie Wirdaon eigentlich zu den Göttern der Welten da draußen und insbesondere zu Horam stand. Dabei fiel mir nur ein, dass ich darüber gar nichts wusste. Ich hatte bisher einfach *angenommen*, dass sie mit den Göttern sozusagen auf einer Stufe stand, aber war das wirklich so? Entsetzt stellte ich fest, dass ich von diesen Zusammenhängen, die sich für mich sehr schnell als lebenswichtig erweisen konnten, absolut keine Ahnung hatte.

Das purpurne Glühen ihrer Augen flackerte ein wenig, und ich beeilte mich, mit der Schilderung meiner Erlebnisse im Stronbart Har zu beginnen.

* * *

Wirdaon unterbrach mich nicht ein einziges Mal. Sie hörte einfach nur zu. Das war allerdings nichts, was mich ruhiger werden ließ. Als ich am Ende erzählte, was mir Feuerwerfer, der Drache des Stronbart Har, aufgetragen hatte, nickte sie jedoch. Wusste sie etwas über die Gefahr, von der er geredet hatte? Ich kam zum Ende der Geschichte und verstummte. Noch immer war mir nicht klar, wieso meine Abenteuer ihre Aufmerksamkeit erregt hatten. Nun ja, nicht jeden Tag bekam ein Dämon die Möglichkeit, an so wichtigen Ereignissen teilzunehmen, außer vielleicht als Statist, der nach kurzer Zeit niedergemäht wird. Tatsächlich hatten im Fluchwald etliche andere Dämonen dran glauben müssen, womit ihnen meiner Meinung nach nur Recht geschah. Ich fragte mich nun besorgt, was *sie* wohl von der ganzen Sache hielt.

»Du fragst dich sicher, was ich davon halte, dass du dich in die Belange dieser Menschen eingemischt hast«, sagte Wirdaon da auch schon.

»Äh ... eingemischt?«

»Es ist nicht unbedingt die Sache eines Dämons, nicht einmal eines so niedrigen Dämons, sich auf die Seite *des Guten* zu stellen.« Es klang wirklich eklig, wie sie das aussprach. Ich überlegte kurz, überrascht zu tun – Wie jetzt? *Das* waren die Guten? – aber ich ließ es lieber. Mit Wirdaon versuchte man das gar nicht erst.

»Andererseits gibt es so etwas wie reines Gut oder Böse gar nicht«, fuhr meine Herrin fort, doch dann zögerte sie plötzlich und runzelte ihre Stirn. »Jedenfalls normalerweise nicht«, fügte sie dann hinzu.

Ich horchte auf. Das klang sehr merkwürdig, wie sie es sagte. Als ob sie sich über etwas Sorgen machte. Und wenn sich Leute wie Wirdaon Sorgen machen, dann gibt's echt dämonischen Ärger. Jeder tut gut daran, in einem solchen Fall Deckung zu suchen. Wenn er nicht gerade in einer so beneidenswerten Lage wie ich ist.

»Also gut, Pek. Du weißt längst nicht alles über die Ereignisse. Doch da der Drache, den du Feuerwerfer nennst, es für klug hielt, dich mit einer Mission loszuschicken, werde ich ihm nicht im Weg stehen, sondern dir im Gegenteil noch ein paar Hinweise geben. Feuerwerfer glaubt offenbar, du könntest die kleine, aber entscheidende Kraft sein, die in der Lage wäre, das Gleichgewicht der Waage zu beeinflussen, wenn sie zur rechten Zeit am rechten Ort ist.«

Ich bemühte mich nach Kräften, mir meine Verwunderung nicht anmerken zu lassen, aber meine Augen müssen so groß wie Untertassen geworden sein, als ich das hörte! Wirdaon ordnete sich praktisch den Wünschen eines Drachen unter, der nicht einmal in unserer dämonischen Welt lebte? Mir kam es plötzlich so vor, als würde diese meine Welt mit einem Ruck auf den Kopf gestellt.

Meine Herrscherin lächelte boshaft. »Ich werde dir nun etwas über die Welt erzählen, das Dämonen normalerweise nicht zu wissen brauchen. Du kennst ja Horam bereits. Er ist das Wesen, das vor langer Zeit unsere Welten zu einem komplizierten Verbund zusammengefügt hat: Schlan, Dorb, die dämonische Ebene, Wordons dunkle Schattenwelt und den Schwarzen Abgrund. Für die Menschen sind nur Schlan und Dorb real wahrnehmbar, ihr Dämonen könnt auf ein paar mehr Ebenen der Realität wandeln – was ihr meist nur dazu benutzt, um Unfug zu treiben. Die Drachen ... keiner weiß wirklich, was die Drachen alles vermögen. Sie lassen sich niemals in die Karten schauen. Überlege dir genau, wie weit du deinem ›Freund‹ vertraust! Für die Menschen jedenfalls sind Horam, Wordon, ein paar andere und ich Götter, was nur ein Name ist, der eigentlich nichts sagt.«

›Ich hab's ja gewusst!‹ dachte ich. ›Sie ist eine Göttin!‹

»Die Sache mit der gestohlenen Statue war äußerst dumm von den Menschen – ich würde nicht so weit gehen, zu sagen, dass es dumm von Horam war, den Mechanismus überhaupt mit ihr zu verbinden. Irgendwo musste er ja untergebracht werden. Mehr als nur das Gleichgewicht der Tore kam aus dem Lot, als sie plötzlich auf die andere Seite geholt wurde. Kosmische Vorgänge wurden in Bewegung gesetzt ...« Sie machte eine Geste zur Decke ihrer Bibliothek, und ich sah so etwas wie den Sternhimmel auftauchen, was in unserer Dimension normalerweise nicht einmal im Freien geschieht. Grelle Sterne und blassere Planeten wirbelten umeinander, durchdrungen von weiteren Schichten gleichzeitig rotierender Lichtfäden ... Ich kam nicht dahinter, was es darstellen sollte.

Wirdaon winkte ab. »Gib dir keine Mühe, du kannst nicht auf die Weise sehen, die erforderlich ist, um das Modell zu begreifen. Einige entscheidende Dinge sind auf Horam Dorb geschehen, nachdem die Statue fortgebracht wurde. Zuerst trennte der Zauberpriester Lefk-breus in einem wohlmeinenden, aber dummen Experiment Gut und Böse in einem Menschen voneinander. Das reine Böse überlebte als eigenständiges Wesen. Dein Drachenfreund hat die potenzielle Gefahr erkannt, die von der Existenz dieses Wesens ausgeht.«

Sie machte eine Pause, und ich fühlte mich bemüßigt, etwas einzuwerfen. »Ich wusste gar nicht, dass es möglich ist, das Gute vom Bösen zu trennen.«

»Es ist schon einmal geschehen, wenn auch keiner weiß, wie. Das Ergebnis des Vorganges existiert. Im Fluchwald gibt es ein nichtmenschliches Wesen, das Gallen-Erlat genannt wird.«

Ich fuhr zusammen. Das Ding, das Khuron Khan getötet hatte! Und wegen dem mich Feuerwerfer zum Weltenretter ernannt hatte. Das meinte er also mit der Verstärkung, die es in einer möglichen Zukunft erhielt!

»Wenn die böse Essenz des Menschlichen zum Gallen-Erlat im Stronbart Har gelangen würde, wäre ihre Macht unermesslich! Sie könnte wahrscheinlich nicht nur den Fluchwald verlassen, sondern sie würde in kürzester Zeit die beiden menschlichen Welten unterwerfen und vielleicht sogar uns Probleme bereiten«, bestätigte Wirdaon meine Gedanken. »Aber noch etwas anderes ist auf Dorb passiert. Die Zauberer dort haben mit der Zeit selbst herumgespielt, um den Untergang ihrer Welt aufzuschieben. Was sie beabsichtigten, gelang erstaunlicherweise sogar, doch sie wussten nicht wirklich, was sie da eigentlich taten. Schon bei dem Zauber-Experiment selbst gab es eine riesige Explosion, die weite Landstriche verwüstete. Die entstandenen Spannungen in der Raumzeit hatten deutliche Auswirkungen auf die andere Welt, nämlich im Fluchwald, wo sich die größte Raum-Zeit-Anomalie unseres Universums bildete.«

Ich spürte irgendwie, dass meine Augen einen leicht glasigen Schimmer bekamen. Keine Ahnung, wovon sie da redete. Mit der Zeit herumspielen? Spannungen in der Raumzeit? Eine Anomalie? Aber niemand ließ sich vor Wirdaon anmerken, dass er nichts von dem kapierte, was sie einem huldvoll erklärte.

»Letzten Endes hat ihre Ignoranz sie fast alle umgebracht. Als die Statue das letzte Tor durchquerte, brach die Spannung zusammen. Es war, als ob der letzte Faden eines Strickes reißt, der eine Lawine zurückhält. Mit einem Schlag wurde die angestaute Energie von Jahrhunderten freigesetzt. Ein Wunder, dass allein dieses Ereignis nicht alles vernichtete, was dort lebte. Der Zeitblitz tötete aber nur sämtliche Zauberer, die sich idiotischerweise allesamt in der Nähe des Tores aufhielten.«

Ich starrte sie mit halboffenem Mund an.

»Es gibt noch ein paar – aber beinahe alle Magier aus Nubra und Teklador sind ausgelöscht. Und damit ist kaum noch jemand dort, der etwas gegen die Auswirkungen des dritten Ereignisses unternehmen könnte.«

Ein *drittes*? Was konnte denn noch geschehen sein? Ich ahnte, dass jetzt erst das kam, was Wirdaon Sorgen bereitete. Irgendetwas so Schlimmes, dass nur Pek, der gewaltige Dämon, dagegen ankämpfen konnte. Ich musste mit aller Macht ein hysterisches Kichern unterdrücken. Zum Glück schaute sie gerade wieder dieses Sternenmodell an der Decke an, so dass sie es nicht bemerkte – oder jedenfalls so tat. Als sie fortfuhr, war ihre Stimme so leise, dass ich sie kaum verstand.

»All dieser Unfug der Menschen, diese Erschütterung des Gleichgewichtes der verbundenen Welten, das Herumgespiele mit Kräften, die sie noch nicht einmal ansatzweise erahnen können, das hat nicht nur uns aufgestört, sondern auch die Aufmerksamkeit von Mächten erregt, die weit außerhalb unserer Welten existieren. Wir wussten seit einiger Zeit, dass sich ihre Augen auf uns gerichtet hatten, aber wir hofften, dass ihr Interesse wieder ersterben würde.«

Wir? Wer war denn nun ›wir‹? Aber ich hütete mich, sie mit einer so belanglosen Frage zu unterbrechen.

»Und genau zu diesem höchst kritischen Zeitpunkt führte einer dieser menschlichen Schwachköpfe ein verbotenes Ritual aus! Es war wie eine Einladung für diese Mächte, und einer von ihnen war so freundlich und kam ... Ein Chaos-Lord.«

Das klang übel. Ich hatte zwar noch nie von einem derartigen Lord gehört, doch wie sie es flüsterte, das jagte mir die eiskalten Schauer über den Pelz. Ich bin schließlich auch nur ein Dämon!

»So, Pek, nun zu dem, was du tun wirst«, sagte sie plötzlich mit lauterer Stimme und wandte sich wieder mir zu. »Als erstes gehst du wie geplant nach Horam Dorb und hilfst deinen Menschen aus der Klemme. Inzwischen wird es der eine oder andere von ihnen sicher schon geschafft haben, in einer zu sitzen. Dann machst du folgendes ...«

1

Er stand auf grobem, scharfkantigen Gesteinsschutt, der ihm schmerzhaft in die bloßen Füße schnitt. Es schien eine Art Geröllhalde zu sein, denn die mit Steinen bedeckte Fläche stieg an, so dass sie schräg nach oben aus seinem Gesichtsfeld entschwand. Oder war er es, der so schief in der öden Landschaft stand? Sein Gleichgewichtssinn schwieg sich darüber aus.

Die Perspektive veränderte sich abrupt und nun war es eine waagerechte Geröllebene, auf der er wie ein schräg in den Boden gerammter Pfahl emporragte. Er hatte das vage Gefühl, gleich umkippen zu müssen, doch er stürzte nicht.

Irgendwo über ihm lastete ein bleifarbener Himmel, der viel zu tief war für seinen Geschmack. Das Licht war trüb und rötlich. Da der Himmel mit dem Boden einen Winkel bildete, schloss sein träge arbeitender Verstand, dass es hier doch einen Anstieg geben müsse, sein erster Eindruck richtig gewesen war. Wieder kippte die Landschaft um ihn herum, und er konnte sich des seltsamen Gefühls nicht erwehren, dass sie – die Landschaft – ob seiner Wahrnehmungsumschwünge ein wenig *gereizt* war.

Er konnte sich nicht bewegen. Sein Blick blieb auf den selben hin und her kippelnden Ausschnitt einer steinernen Wüste unter einem bleiernen und irgendwie flachen Himmel gerichtet. Es herrschte Totenstille; er hörte sich selbst nicht einmal atmen und wusste dennoch, dass er nicht taub geworden war.

Bevor ihn seine Bewegungsunfähigkeit ernsthaft beunruhigen konnte, erregte die Bewegung von etwas anderem seine Aufmerksamkeit. Doch es war nur eine wirbelnde Staubfahne, die sich als konturenloser grauer Schleier in sein Blickfeld schob. Der Umstand, dass sich hier – wo immer das sein mochte – etwas bewegte, beruhigte ihn ein wenig. Aber selbst diese Wolke sah anders aus als gewöhnlich. Fast als ob sie eine weit größere Konsistenz als bloßer Staub besäße, als wäre es eine flatternde Fahne aus beinahe durchscheinendem Tuch. Eine weitere Staubwolke wirbelte heran, dann noch eine ... Sie umtanzten ihn, und er war sich dunkel bewusst, dass ein solches Verhalten ziemlich ungewöhnlich war, dass Staubwolken normalerweise überhaupt kein Verhalten zeigten.

Das diffuse rötliche Licht der steinernen Einöde fiel ihm erst in dem Augenblick wirklich auf, als es von einem Schatten verdunkelt wurde. Der Schatten fiel von hinten über ihn und streckte sich wie ein schwärzlicher Fluss ohne klare Umrisse immer weiter über die schiefe Geröllfläche aus.

Und die Staubirrwische flohen!

Er verspürte den unbändigen Drang, es ihnen gleich zu tun oder sich wenigstens umzudrehen, um zu sehen, was diesen grausigen Schatten warf, doch er konnte sich nicht rühren. Wo der Schatten die scharfkantigen Steine berührte, begann sich etwas zu verändern. Ihre in der Dunkelheit kaum noch erkennbaren Umrisse schienen sich aufzulösen, sie verschwammen und flossen in einem chaotischen, amorphen Brei ohne jede Struktur zusammen.

Gerade als ihm einfiel, dass er ja genau in der Bahn des Schattens stand und wohl auch bald zerfließen würde, bemerkte er etwas sehr merkwürdiges. Er sah, wie sein Körper im Schatten einen Schatten warf. Einen umgekehrten Schatten, wenn es so etwas geben sollte. Eine Helligkeit, die sich als der deutliche Umriss eines stehenden Mannes auf dem dunkel gewordenen, zerfließenden Boden abzeichnete. In seiner rechten Hand hielt der Schatten- oder besser gesagt, der Lichtmann vor ihm ein Schwert, dessen Spitze den Boden berührte.

›Ich habe eine Waffe‹, dachte er mit neuer Hoffnung, obwohl er sich immer noch nicht bewegen konnte. Wenn es ihm doch nur gelänge, sich loszureißen vom hypnotischen Anblick der langsam im Schatten zerfließenden Geröllfläche und sich umzuwenden, dann würde er schon ...

Eine Hand packte ihn grob an seiner Schulter und riss ihn herum.

* * *

Er wachte schreiend auf und verblüffte damit seinen Kerkerwärter so, dass dieser ihn losließ und zurückwich, die Hand am Kurzschwert. Schließlich hatte er die Verhöre am vorangegangenen Tag über sich ergehen lassen, ohne zu schreien oder gar etwas zu sagen. Er hatte nur seltsam gelacht, manchmal. Der Gefangene war dem Wärter unheimlich – aber nicht so sehr wie der Mann, der ihn gebracht hatte.

Brad kam langsam wieder zu Bewusstsein, wie ein Taucher, der vom Grund eines finsteren Sees emporsteigt. Nein, das war nicht ganz richtig. Eher wie ein fast schon Ertrunkener, den etwas, das keinen Widerstand duldete, aus dem Wasser nach oben zerrte. Brad wusste sogar, solange er noch nicht wieder ganz bei sich war, wer oder was ihn da hinaufholte. Aber er verdrängte es mit einer beinahe automatischen Reaktion sofort wieder. Manche Zauberer konnten in die Gedanken anderer Leute eindringen. Und Brad hatte sich fest dazu entschlossen, niemandem hier auch nur den geringsten Hinweis auf seine Herkunft oder die Statue zu geben. Er war davon überzeugt, dass er in der Hand von Feinden war, ungeachtet der Tatsache, dass er nicht erwartet hatte, auf einer fremden Welt jemanden vorzufinden, der etwas gegen ihn persönlich hatte. Aber schon nach seiner dramatischen Ankunft inmitten eines Unwetters war ihm klar geworden, dass es nichts damit zu tun hatte, wer er war oder woher er kam. Es gab immer und überall Leute, die scheinbar aus Prinzip andere umbringen oder berauben oder versklaven wollten. Natürlich spielte eine gewisse Rolle, dass die Yarben beispielsweise etwas gegen Horam hatten und er im Moment praktisch dessen – was eigentlich? – war. Sein Stellvertreter auf dieser Welt war er doch wohl kaum. (Das Wort war *Avatar*, fiel ihm wieder ein, wenn er auch nicht wusste, was es genau bedeutete.) Das plötzliche Auftauchen eines theologischen Konflikts in seinen Gedanken ernüchterte Brad so, dass er vollends aufwachte.

Er öffnete seine Augen und sah sich im Kerker um. Der bullige Wärter starrte ihn misstrauisch an und schien geneigt zu sein, das Schwert zu ziehen, dessen Griff seine Hand umklammerte. Warum hatten sie solche Angst vor ihm? Er war doch gar nicht dazu gekommen, ihnen seine kämpferischen Fähigkeiten zu demonstrieren? Sie hatten ihn betäubt und in Ketten gelegt und so in einen Kerker gebracht, von dem er annahm, dass er sich in Pelfar befand. Diese große Stadt musste ein Gefängnis oder sogar eine eigene Festung besitzen. »Hab' Wasser gebracht«, knurrte der Wärter und deutete auf einen Krug auf dem Boden. Ohne Brad aus den Augen zu lassen, trat er zurück und schlug die Zellentür wieder hinter sich zu.

Sie hatten sich nicht die Mühe gemacht, ihn nach dem Verhör erneut zu fesseln. Brad stand auf, bemüht, sich so zu bewegen, dass er nicht allzu große Schmerzen hatte. Er spuckte Blut und kleine Splitter seiner Zähne aus. Langsam wurde alles um ihn herum wieder klarer. Die Folterknechte waren hierzulande genauso brutal und einfallslos, wie er es von seiner Heimatwelt her kannte. Tatsächlich kam ihm gerade jetzt dieser Gedanke, und er begann das Reisen zwischen den Welten auf eine seltsame Weise öde zu finden. Überall dieselbe Dumpfheit der Menschen, Schmerz und Blut und verrückte Typen, die ihren Spaß daran hatten, andere zu quälen. Warum war er eigentlich aus Chrotnor geflohen? Wieso hatte er den Stronbart Har durchquert, wenn ihn auf der anderen Seite genau derselbe Mist erwartete?

Brad fuhr sich mit der Zunge über die Zähne, um festzustellen, wie groß der Schaden war. Er stutzte und runzelte die Stirn. Eben war da doch ...? Er nahm die schmutzigen Finger zu Hilfe, aber das Ergebnis blieb dasselbe. Seine Zähne waren vollkommen intakt, sogar der seit längerer Zeit fehlende auf der linken Seite war wieder da. Er ließ sich schwer auf die harte Pritsche zurückfallen. Die Schmerzen im ganzen Körper waren nur noch eine blasse Erinnerung, wenn er sich auf sie konzentrierte.

›Bei allen Dämonen‹, dachte er ehrfürchtig, ›das ist mal ein Trick, den ich zu schätzen weiß.‹ Seine inneren Stimmen mochten im Augenblick schweigsam sein, aber sie machten ihre Präsenz auf andere Weise überaus deutlich. Dass ihn vielleicht ein Magier geheilt haben könnte, während er schlief, zog Brad überhaupt nicht in Betracht. Warum hätten seine Feinde auch so etwas tun sollen? ›Schön, wenn man wichtig ist für die

Götter‹, dachte er. Aber er wusste, dass dieser Zustand im nächsten Augenblick vorbei sein konnte, denn nichts war so flüchtig wie die Gunst der Götter ... Außerdem war ihm, als habe er etwas vergessen, an das er sich besser bald wieder erinnerte.

Er warf einen Blick auf das Schloss an der Tür. Kein Riegel, der außen vorgeschoben wurde, sondern ein richtiges Schloss. Wie dumm ... Kein Problem für ihn, wenn es nicht magisch gesichert war. Alles, was er brauchte, wäre ein Stück Draht oder Eisenholz. Natürlich gab es nichts dergleichen in seiner Zelle. Und dann bliebe immer noch die Frage, was eigentlich hinter der Tür lag. Vermutlich ein Dutzend Wachen mit Armbrüsten und Keulen, um herumrennende Gefangene ruhig zu stellen.

Es gab auch kein Fenster in der Zelle. Hoch oben unter der Decke sah Brad eine Luftöffnung, die so schmal war, dass selbst ein Palang mit ihr Schwierigkeiten gehabt hätte.

Es war für ihn natürlich nichts Neues, in einem Kerker zu sitzen. Weniger wohlwollende Menschen in seiner Heimat bezeichneten ihn als Verbrecher, dessen Leben besser möglichst schnell einen unrühmlichen Abschluss durch Beil oder Strang finden sollte. Was damit zusammenhängen mochte, dass Brad sich seinen Unterhalt tatsächlich auf die eine oder andere Weise verdient hatte, die mit den örtlichen Gesetzen nicht in völligem Einklang stand. Außerdem hatte er der *Gilde* angehört und deren finsteres Handwerk in Landstrichen ausgeübt, wo politische und wirtschaftliche Assassination – auch als Auftragsmord bekannt – nicht ausdrücklich verboten war. All das hatte ihn vor allem bei den Reichen und Mächtigen nicht gerade beliebt gemacht. Erst kurz vor seinem letzten Abenteuer, das ihn in den Stronbart Har und schließlich auf diese verwünschte andere Welt geführt hatte, war er in Chrotnor zum Tode verurteilt worden. Zach-aknum hatte ihn damals mit einer Truppe Barbaren und natürlich Micra in einer geradezu spektakulären Aktion befreit, um sich seiner Mitarbeit bei der Durchquerung des Fluchwaldes zu versichern – aber das fiel in diesem Fall wohl aus. Er wusste nicht, wo sich Micra und der Schwarze Magier befanden, und das traf sicher umgekehrt für sie zu. Selbst wenn sie gewusst hätten, was ihm zugestoßen war, wie sollten sie ihn allein aus diesem Kerker herausholen? Wenigstens war die Statue Horams nicht in die Hände seiner Häscher gefallen. Was immer das nützen mochte. Brad hatte das Gefühl, dass es so besser war. Solana wusste um die Bedeutung der Statue und seine Pläne damit. Sie würde verstehen, dass nun sie die Verantwortung für das seltsame Ding trug – und damit für die ganze Welt. Vielleicht gelang es Solana und Jolan, den Zauberer am Tor zu treffen und sie ihm zu übergeben, so wie er selbst es ursprünglich vorgehabt hatte. Dann konnte sich Zach-aknum darum kümmern, dass sie an den Ort gebracht wurde, an den sie gehörte. Der Zauberer war schließlich auch derjenige, der dieses ganze wahnwitzige Unternehmen begonnen hatte. Brad hatte jetzt erst einmal andere Sorgen. Vor allem ein Gefühl, sich erinnern zu müssen, was für einen Mann, der kaum etwas vergaß, schon seltsam war. Er kam sich fast so vor, als sei er wieder unter den Söldnern auf Horam Schlan und der Feind habe ihn gefangengenommen – was damals freilich nie wirklich geschehen war. Es kam darauf an, keine Geheimnisse preiszugeben, die den Erfolg der Mission in Frage stellen konnten.

»Die Lage ist nicht aussichtslos«, murmelte er. »Aber sie ist schlecht. Sehr schlecht.« Das führte ihn wieder einmal zu der Frage, welcher Natur diese Gottheit Horam eigentlich war. Sie existierte zweifellos, aber irgendwie hatte sie ihm auch zu verstehen gegeben, dass sie nicht wirklich da war. Nicht genug, um aktiv eingreifen zu können. Ein verwirrendes Konzept.

Ärgerlich schüttelte er den Kopf. Normalerweise hielten sich die Götter doch aus den Geschäften der Sterblichen heraus – sehr zum Leidwesen der Priester, die manchmal gern ein echtes Wunder gehabt hätten, um das Abgaben leistende Volk zu beeindrucken. Ihn dagegen hatten die Höheren Mächte anscheinend dazu auserkoren, für sie die Arbeit zu erledigen, Drecksarbeit natürlich, aber was hatte er erwartet?

Wenn hier wirklich jemand auf magische Weise in die Gedanken eines Menschen eindringen konnte, war er geliefert. Brad konnte nur hoffen, dass die Yarben – oder wer in Pelfar das Sagen hatte – nicht derartige Techniken der Magie beherrschten. Der Umstand, dass man ihn gefoltert hatte, sprach dafür, dass konventionellere Methoden eingesetzt wurden. Vermutlich das erste Mal in der Menschheitsgeschichte, dass jemand erleichtert darüber war, dass man ihn folterte.

Der graue Mann, wie Brad ihn bei sich nannte, war dabei gewesen und hatte zugesehen. Er hatte nichts gesagt, aber wahrscheinlich kontrollierte er die ganze Sache, hatte er die Fragen vorher festgelegt. Wer er sei und woher er käme, welche Verbindung er zur Religion Horams habe. Wo er vor zwei Nächten gewesen sei. *Diese* Frage hatte ihn aufgeschreckt. Brachten sie ihn etwa tatsächlich mit den fünf toten Yarben in Verbindung? Aber diese Leute waren keine Yarben, wenn er ihre Kleidung richtig einschätzte, sondern hiesige Soldaten. Und wie kamen sie auf ihn? Was für einen Hinweis hatte er übersehen? Welche Spur hinterlassen?

Brad war von den Schmerzen, die ihm die Profis in diesem Gewerbe zufügten, so abgelenkt gewesen, dass er sich nicht auf den diffusen Eindruck konzentrieren konnte, dass er eigentlich genau wissen müsse, wer und was der graue Mann sei.

Das war es! *Daran* versuchte er sich ständig unbewusst zu erinnern, weil es ihn störte, überhaupt etwas vergessen zu haben. Aber wie kam er darauf, den Mann eigentlich kennen zu müssen? Sicher, er hatte ihn unterwegs kurz gesehen, daran erinnerte er sich wieder deutlich, aber das war es nicht. Bei seiner Festnahme auf dem Basar Pelfars ... Ihm kam es jetzt in der Zelle so vor, als habe ihm da jemand etwas über den grauen Mann mitgeteilt. Doch wer? Der hiesige Assassine, mit dem er kurz vorher gesprochen hatte, sicher nicht. Und das war der einzige, mit dem Brad Worte gewechselt hatte. Langsam wurde die Erinnerung deutlicher. Keine Worte, nein, es waren keine Worte ...

»Der Gallen-Erlat?« murmelte er überrascht. »Unmöglich!« Er runzelte die Stirn und starrte angestrengt in den Wasserkrug. Er hatte immer noch Schwierigkeiten damit, sich zu erinnern, aber schließlich war er in dem Moment von einem Betäubungspfeil schon fast bewusstlos gewesen. »Etwas ähnliches wie er ... Negative Bewusstseinsenergie hat es mal jemand genannt. Zweifellos war das Zach-aknum.« Er verstummte. Es ging nicht an, dass er vor sich hin brabbelte wie ein Verrückter. Wenn sie den Kerker durch geheime Luftschlitze belauschten, wie es manchmal üblich war, konnte jedes Wort verräterisch sein.

›Eine Art Gallen-Erlat in menschlicher Gestalt?‹ Ihm schauderte. Allein die Vorstellung war unglaublich abstoßend. Wie hatte so ein ... Wesen entstehen können? Im Stronbart Har überraschte eine derartige Monstrosität irgendwie nicht, aber hier? Die anderen Menschen verhielten sich jedoch nicht so, als wüssten sie über die Natur des grauen Mannes Bescheid. Wenn es nach Brad ging, wäre die einzig mögliche Reaktion auf ein solches Wissen schreiendes Davonrennen gewesen.

›Woher weiß ich es? Bilde ich mir das alles vielleicht nur ein?‹ fragte er sich. Das Wissen hatte etwas Fremdartiges an sich, und es musste irgendwoher gekommen sein. ›Wenn nicht von außen, dann wohl von innen‹, mutmaßte er. Im Augenblick schwieg alles, was er als innere Stimme angesehen hätte. War da kurz vor der Bewusstlosigkeit etwas gewesen, das ihn hatte warnen wollen? Und wenn ja, wo war es nun?

Ein fremdartiges Wort drängte sich in seinen Geist: ›Sicherheitsprotokoll‹. Dieses Eindringen konnte er deutlich spüren, es war wie ein leises Flackern, so kurz, dass es beinahe unmerklich war, aber nur beinahe. Das war etwas beunruhigend Neues und er wünschte sich fast seine vertrauten inneren Stimmen zurück. Doch sie schwiegen im Moment.

›So wichtig ich mir selbst vorkomme, die Götter haben vermutlich zeitweise auch mal was anderes zu tun‹, dachte er. ›Ich hoffe nur, sie erinnern sich an mich, bevor mich dieser graue Bastard ganz ausquetscht.‹

Draußen näherten sich die Schritte einer Gruppe von Leuten. Brad seufzte. Es ging also wieder los.

Diesmal füllte sich der Kerker nicht mit Bewaffneten und Folterknechten wie zuvor. Nur der graue Mann trat ein und schloss die Tür hinter sich. Der schien sich jedenfalls nicht vor ihm zu fürchten. Kein Wunder ... Brad überlegte für einen Moment, ob ein Angriff sinnvoll wäre, doch sein Besucher schüttelte langsam den Kopf.

»Versuch es erst gar nicht«, sagte er ruhig und ohne eine Miene zu verziehen.

›Verdammt! Er kann wirklich Gedanken lesen.‹

»Nein, ich kann deine unbedeutenden Gedanken nicht lesen, jedenfalls nicht ohne einen Sondierungszauber. Doch deine Körpersprache ist deutlich genug. Ich kann daraus alles ableiten, was du vorhast.«

»Kein Wunder bei so einem wie Euch«, stellte Brad fest.

Der graue Mann sah ihn scharf an. »Was meinst du damit?« Er zeigte sich in keiner Weise überrascht von Brads plötzlicher Gesprächigkeit. Vielleicht war er so arrogant, dass er sie erwartete, wenn er sich selbst mit dem Gefangenen befasste.

Brad legte den Kopf ein wenig schief und starrte zurück. Er schwieg einen Moment. Es war vielleicht unklug, dem anderen zu offenbaren, dass er über ihn Bescheid wusste. »Ein Geheimagent«, sagte er schließlich. »Seid Ihr das nicht?« Ihm fiel ein, dass das Wort dafür auch *geheime Substanz* bedeuten konnte und er hätte beinahe gelächelt. Doch nicht angesichts eines derartigen Wesens.

»In der Tat bin ich Klos, Gefolgsmann der Königin Durna. Ich bin hier, um dein Verbrechen aufzuklären und dich der gerechten Strafe des tekladorischen Staates und der befreundeten Regierung der Yarben zuzuführen.«

Ein Anwalt der Verteidigung war das also nicht.

»Was für ein Verbrechen denn? Ich habe nichts getan!« begehrte Brad auf.

Klos winkte lässig ab. »Du hast fünf yarbische Soldaten in einen heimtückischen Hinterhalt gelockt und sie brutal ermordet, vielleicht sogar unter Einsatz Schwarzer Magie.«

Bei Horam! Woher wusste diese verdammte Ansammlung von bösartigem Schleim das?

»Ich habe nichts derartiges getan!« behauptete Brad. Doch irgendwie hatte ihn die unverblümte Anschuldigung so sehr schockiert, dass seine Stimme sogar ihm nicht ganz überzeugend vorkam.

Klos trat ganz nah an ihn heran, als habe er von einem Mann, der angeblich fünf Soldaten auf einen Streich erschlug, nicht das Geringste zu befürchten. »Ich habe dich dabei gesehen!« zischte er ihm leise zu.

›Unmöglich!‹ dachte Brad. ›Da war niemand.‹

Der graue Mann lächelte hässlich. »Ich weiß alles über dich, Mann von Horam Schlan. Wo ist die verfluchte Statue? Wo hast du sie versteckt? Haben die Frau und der Junge sie? Kommen die auch von deiner Welt? Wo sind sie jetzt? Schon unterwegs zum Tempel, schätze ich. Aber sie werden nicht weit kommen.«

Brad konnte mit aller Anstrengung nicht verhindern, dass sich Schrecken in seinem Gesicht abzeichnete. Wie war das möglich? Natürlich, er sollte nicht überrascht sein. Das da war kein Mensch. Wenn stimmte, was ihm sein Unterbewusstsein mitgeteilt hatte, dann war es ein viel mächtigeres Wesen, fast ein Gott. Er erinnerte sich, was Solana behauptet hatte – die reine Essenz von etwas ist ein Gott. Und das Ding hier war offensichtlich die reine Essenz des Bösen.

Er wich vor Klos zurück. War das vielleicht sogar der Chaos-Lord, vor dem Horam gewarnt hatte? Woher sollte er wissen, was das überhaupt war?

Ohne nachzudenken, sprach er es aus. »Seid Ihr ein Chaos-Lord?«

Klos richtete sich ruckartig auf und trat einen Schritt von ihm fort. Obwohl sein Gesicht völlig unbewegt blieb, war ihm Verblüffung anzumerken. »Was? Was meinst du damit?« Dann fasste er sich und schrie ihn unvermittelt an: »Ich stelle hier die Fragen!« Offenbar war es ihm peinlich, auf Brads unverhofften Vorstoß eine Reaktion gezeigt zu haben.

Und Klos wiederholte seine Litanei. Jetzt klangen die Fragen schon nicht mehr so erschreckend. Das Überraschungsmoment war verschwunden.

›Nein, er ist es wohl nicht‹, dachte Brad. ›Ein Chaos-Lord würde sich nicht damit abgeben, mich zu nerven, er würde in mein Gehirn hineingreifen und sich die Antworten herausholen oder so.‹ Jedenfalls stellte er es sich so vor.

»Ich weiß nicht, wovon Ihr sprecht«, sagte er zu Klos. »Ich komme aus Rotbos, einem Dorf, das die Yarben ohne jeden Grund angegriffen haben. Ich weiß nichts über eine andere Welt oder irgendwelche Statuen.« Das sollte der erst mal widerlegen.

»Dummkopf! Habe ich dir nicht gesagt, dass ich dich *gesehen* habe? Und eben habe ich einen Sondierungszauber auf dich angewendet. Du hast es getan – meine einzige Frage ist nur noch, wo du die Statue hast. Antworte, und ich bin hier fertig.«

›Der Kerl lügt!‹ dachte Brad überrascht. ›Wenn er meine Gedanken tatsächlich sondiert hätte, wüsste er nicht nur, wo die Statue ist – nämlich bei Solana in der Herberge – sondern auch, was ich über ihn weiß. Und da würde er sicher nicht so ruhig hier herumstehen.‹ Doch woher konnte er andererseits wissen, dass Brad die Yarben umgebracht hatte?

»Ich habe keine Statue.«

»Na schön. Dann überlasse ich dich erst mal eine Weile den Yarben, die bald hier sein werden. Es hat Oberleutnant Wilfel vom Yarbenfort sicher sehr gefreut, dass ich ihm durch einen Boten mitteilen ließ, ich hätte seinen Täter gefunden.«

Das hieß vermutlich, er konnte sich auf eine neue Runde von Folter und Verhör vorbereiten. Wenn sich dieses Ding, das vorgab, ein Mensch zu sein, dabei von ihm entfernte, würde er es fast schon begrüßen.

* * *

Klos war frustriert. Er ließ es sich natürlich nicht anmerken, aber dieser Mann stellte seine Geduld auf eine harte Probe. Obwohl er inzwischen andere Kleidung trug, erkannte er in ihm eindeutig den berserkerhaften Killer aus seiner Nekrolysevision. Er hatte die Soldaten hier im Gefängnis von Pelfar vor ihm gewarnt und sie waren auf der Hut, obwohl sie sich nicht vorstellen konnten, wie ein waffenloser Mann sie alle hätte überwältigen sollen. Doch der Kerl *hatte* fünf Yarben erledigt, junge Soldaten zwar, aber gut bewaffnete und ausgebildete Soldaten einer Berufsarmee. Er war zweifellos gefährlich.

Was Klos frustrierte, war die Tatsache, dass sein Sondierungszauber – denn er hatte wirklich einen solchen angewendet – gar nichts erbracht hatte. Er war an dem Fremden abgeprallt wie die läppische Magieübung eines Akolythen. Es gab natürlich Menschen, die gegen magische Sondierung immun waren, eine Laune der Natur oder der Götter, wer wusste das schon? Aus der Nekrolyse und Durnas Beobachtungen hatte Klos gefolgert, dass der Fremde von Horam Schlan gekommen sein musste, wenn es ihn auch wunderte, wie er so schnell nach dem Spektakel in den Bergen weit entfernt vom Tor aufgetaucht war. Lag er diesmal falsch? War das doch einfach nur ein ungewöhnlich kämpferischer Horam-Anbeter, der seine geliebte und gleichzeitig wertlose Götzenstatue vor den Yarben in Sicherheit hatte bringen wollen? Der Verfluchte hatte Zweifel. Wenn er seine Zeit mit einer falschen Spur vergeudete, anstatt im Gebirge Durnas Auftrag zu erfüllen, würde die Königin nicht sehr erbaut sein. Letzten Endes konnte ihm das zwar egal sein, aber er schätzte es nicht, in irgendeiner Hinsicht als Versager dazustehen.

Die Frau und den Jungen hatte er nur kurz beim Vorbereiten gesehen, nicht wie den Mann in der Vision der Nekrolyse. Das erschwerte ein Finden, und in Pelfar machte es die Sache fast aussichtslos. Es gab Dutzende Herbergen, und vielleicht wohnten sie sogar hier oder hatten Verwandte und Freunde, bei denen sie Unterschlupf fanden. Trotzdem hatte er eine Beschreibung verfasst und sämtliche verfügbare Kräfte im Namen Durnas losgeschickt, die beiden zu finden. Aus einem der drei würde er schon die Wahrheit herauspressen, falls er sie fand.

Und wenn nicht, blieb immer noch, sich auf den Wegen zwischen Pelfar und Ramdorkan auf die Lauer zu legen. Falls er Recht hatte und es die richtige Statue war, würde jemand versuchen, sie in den Tempel zu bringen, wo sie nach Durnas Worten hingehörte. Das zu verhindern, würde sehr befriedigend sein.

* * *

Solana war so deprimiert wie lange nicht. Die Zerstörung von Rotbos durch die Yarben hatte sie entsetzt und geängstigt, doch auch zur Aktivität getrieben, denn sie musste Jolan und sich retten. Aber nun fühlte sie sich plötzlich wieder so verlassen und gelähmt wie kurz nach dem unerklärlichen Verschwinden ihres Mannes, der angeblich in den Grauen Abgrund gefallen war.

Ihr Sohn Jolan saß niedergeschlagen vor ihr auf dem Hocker. Er hatte die Verhaftung Brads beobachtet, als er ihn gerade zufällig auf dem Basar gesehen hatte und ansprechen wollte. Voller Schrecken war er sofort zu seiner Mutter zurück geeilt, die in der Herberge bei ihren wenigen Habseligkeiten – einschließlich der Statue – geblieben war. Sie schämte sich ein wenig, dass ihr erster Gedanke gewesen war, ob ihm niemand gefolgt sei.

»Was sollen wir nur tun?« murmelte sie. »Wieso haben die ihn verhaftet? Was hat die Hexe auf dem Thron damit zu schaffen? Die kann ihn doch überhaupt nicht kennen.«

Das alles war ein komplettes Rätsel. Wenn jemand sie als Einwohnerin von Rotbos erkannt und den Yarben gemeldet hätte, wäre das zwar ein wenig wahrscheinlicher Zufall gewesen, aber noch denkbar. Dass jemand Brad als den Mörder der Yarben identifizierte, war eigentlich unmöglich. Es sei denn, ihm war in der Nacht jemand entkommen, der ihn nun erkannt hatte. Brad war eigentlich nicht der Mann, dem ein solcher Fehler unterlief, aber er war schließlich verletzt gewesen. Oder beruhte alles auf einem Irrtum? Hatte man ihn fälschlicherweise verhaftet? Das wäre ein noch unwahrscheinlicherer Zufall.

Es klopfte leise.

Erschrocken starrten beide auf die Tür.

›Nun ja, die Häscher der Königin werden sicher nicht erst anklopfen‹, dachte Solana dann.

»Herein«, sagte sie mit matter Stimme.

Ein Mann trat, nein glitt herein und zog die Tür geräuschlos hinter sich zu. Etwas an seinem Auftreten, seiner Kleidung sagte ihr, was das für ein Mann war. Aber die klopften doch genauso wenig an! Was ging hier vor?

Der Unbekannte warf Jolan einen kurzen Blick zu und nickte leicht, als habe er ihn erkannt.

»Seid unbesorgt, gute Frau, ich bin nicht, ähem, geschäftlich hier«, sagte er mit einer knappen Verbeugung. Er hatte ihr Erschrecken wohl richtig interpretiert. »Ich nehme an, Ihr steht mit einem Manne in Verbindung, der von den Häschern der sogenannten Königin auf dem Basar festgenommen wurde?«

»Ja. Wir reisten mit ihm zusammen.« Was der Assassine schon wusste, konnte sie auch zugeben.

»Ich sprach kurz vorher noch mit ihm«, erklärte er. »Und er stellte sich mir als Berufskollege vor.«

Als Assassine? Solana war ein wenig verwirrt. Aber dann – natürlich musste Brad etwas in der Art sein, wenn er mit einer Gruppe von Yarbensoldaten so spielend fertig wurde.

»Mag sein, dass Ihr es gar nicht wisst, gute Frau, das erzählt man schließlich nicht so herum«, fuhr der Mann fort, und ihr schien es plötzlich, als sei ihm bei dem ganzen Gespräch etwas unbehaglich zumute. So, als wisse er nicht recht, ob er sich überhaupt in die Sache einmischen solle. »Darf ich daher fragen, wie Ihr zu meinem Kollegen steht?«

»Wir sind Reisegefährten. Mehr nicht.«

»Mm. Ich dachte zunächst ... Nun, dann ist mein Besuch wohl überflüssig. Es tut mir leid, Euch gestört zu haben.« Er wandte sich der Tür zu.

»Wartet, Herr ... äh, Assassine«, sagte Solana rasch. Jolan starrte sie mit großen Augen an. Er hatte natürlich nicht begriffen, wer sie da besuchte. »Wir müssen hier verschwinden. Könnt Ihr uns vielleicht helfen, unbemerkt auf das andere Ufer zu gelangen? Ich glaube, wir sind jetzt in ebensolcher Gefahr wie Brad.«

»Ist das sein Name? Na, egal. Dann seid Ihr doch tiefer in seine Mission verwickelt?« Sie nickte. »Ich glaube, da er gefangen wurde, ist es nun an uns, sie fortzusetzen.« Und als sie das sagte, wusste sie, dass es so war. Ihr war die Pflicht in den Schoß gefallen, die Welt zu retten. Lächerlich.

Und auch wieder nicht. Vielleicht war das der Grund hinter allem: dem Treffen mit Brad, dem Verschwinden ihres Mannes, ihrer besonderen Ausbildung im Tempel, ihrem ganzen Leben. Nicht alles über sich hatte sie Brad gesagt – genauso wenig wie irgendeinem anderen Menschen – und sie fragte sich jetzt, ob das nicht falsch gewesen sei, ob sie die Zeichen nicht ernst genug genommen hatte.

»Einen Zauberer und eine Frau zu finden?« präzisierte der Mann. »Euer Freund Brad hat mich gefragt, ob die beiden in Pelfar gesehen worden sind. Was übrigens nicht der Fall ist. Ich werde Euch nach Halatan bringen, das ist nicht schwer.«

»Warum?« platzte Jolan unvermittelt heraus.

»So etwas wie Berufsehre, mein Junge. Unsereins hilft einander, wenn nicht gerade ein Kontrakt dem im Wege steht. Und nach allem, was ich mitbekommen habe, seid Ihr oder Brad irgendwie mit der Hexe aneinander geraten. Nennt mich einen Patrioten.« Er grinste.

»Aber Brad? Was ist mit ihm?« fragte Jolan.

Der Mann wiegte bedenklich den Kopf. »Ich fürchte, nicht einmal wir können ihm jetzt helfen. Und dazu wäre, nebenbei gesagt, auch ein legaler Kontrakt nötig.« Er hob entschuldigend die Schultern. Seine kollegiale Hilfsbereitschaft ging also nur bis zu einem gewissen Punkt. Solana war nicht überrascht. Es verwunderte sie schon eher, dass er sich überhaupt die Mühe machte. Aber andererseits – was wusste sie denn schon von den Assassinen oder anderen Geheimgesellschaften? Doch vielleicht ...

»Wenn es einen Kontrakt in dieser Richtung gäbe, was genau wäre Euch dann möglich?« fragte sie.

»Keine Befreiungsaktion aus den Kerkern von Pelfar, wir verfügen schließlich nicht über eine Armee, aber wenn sie ihn nach Bink bringen sollten, könnten genug Kräfte bereitgestellt werden, um den Transport zu überfallen«, erklärte der Mann so nüchtern, als spräche er über das Einbringen der Ernte. »Ein solcher Kontrakt wäre aber sehr teuer. Tut mir leid. Gefangen zu werden ist nun mal Berufsrisiko.«

›Berufsehre, Berufsrisiko – eine sehr professionelle Einstellung. Und doch ist er hergekommen ... Ich wüsste zu gern, warum.‹ Doch Solana zwang sich, ihre Fragen beiseite zu schieben und den ursprünglichen Gedanken weiter zu verfolgen.

»Wenn wir den Zauberer finden, nach dem Brad gesucht hat, könnte ein solcher Kontrakt zustande kommen.« Sie sagte es in der festen Überzeugung, dass Brads Freunde ihn befreien würden und ein Magier auch die Möglichkeiten hatte, einen Assassinenkontrakt zu bezahlen.

Der Mann lächelte mit schmalen Lippen. »Ich hatte eigentlich nicht vor, diesen Besuch in ein Geschäft umzumünzen, aber wenn es sich anbietet, werde ich nicht nein sagen.«

›Oh ja, da bin ich ganz sicher‹, dachte Solana. ›Vor allem, wenn es wirklich so teuer wird, wie du sagst.‹

»Zuerst bringe ich Euch nach drüben, dann kontaktiere ich meine Leute, damit wir für den Fall bereit sind, dass Ihr mit dem Magier und dem Wunsch nach einem Kontrakt zurück kommt. Wenn wir nach einer Woche oder so nichts von Euch hören, geben wir die Angelegenheit auf, ohne dass Euch Kosten oder Schulden entstehen. Aber Ihr könnt jederzeit beim Haus anklopfen. Einverstanden?«

Offene Rechnungen mit den Assassinen war etwas, auf das Solana wirklich nicht scharf war. Dieser hier war überaus höflich. Sie nickte. »Abgemacht.«

»Ich bin Herterich«, sagte der Mann.

»Solana Houtzfruwe.« Sie lächelte ebenso blass wie der Mann. Er konnte nicht ahnen, dass sie in Ramdorkan auch die alte Sprache gelernt hatte, in der *Herterich* etwas bedeutete: das Messer. Ein Deckname natürlich. Genauso wie der ihre Bäuerin hieß und ebenso erfunden wie irreführend war.

»Dann lasst uns gehen!« sagte der Mann mit dem blutigen Handwerk.

2

Durna brauchte nicht lange, um sich auf die Reise nach Regedra vorzubereiten. Es half natürlich, wenn man eine Schar von Dienern und Dienerinnen hatte, die Sachen packen und Dinge arrangieren konnten, ohne dass man sich selbst darum kümmern musste, nachdem die Befehle einmal erteilt waren. Nicht alle ihre Leute in der Festung der Sieben Stürme mochten *loyal* zu ihr sein, aber sie wurden von ihr bezahlt oder hatten einfach vor ihr Angst. Was sie antrieb, war der Magierin gleichgültig, wenn es nur seinen Zweck erfüllte.

Wie Oberst Giren wirklich zu ihr stand, war ihr noch immer ein Rätsel. Der Mann bewunderte ihren Körper, das war offensichtlicher, als es ihm bewusst sein mochte. Aber sonst? Natürlich hatte er Angst vor ihren Fähigkeiten, wenn er sich auch als offizieller Vertreter der Yarben am Hof von Bink ziemlich sicher sein konnte, dass sie ihn nicht verhexte. Wieder fühlte sie sich versucht, ihn für sich zu gewinnen, ihn zu verführen und zu umgarnen, damit sie ihn als besonderen Trumpf in der Hand hatte. Außerdem war er … Aber sie rief sich zur Ordnung. Das hatte keinen wirklichen Sinn, außer dass es vermutlich Spaß machen würde. ›Kann ich mir nicht auch mal Spaß gönnen?‹ schmollte sie ein wenig mit sich selbst, während sie das letzte kultivierte Frühstück vor der Abreise genoss. Reisen bedeutete immer Einschränkungen. Natürlich würden ihre Leute ihr alle Annehmlichkeiten verschaffen, die möglich waren, sonst würden ihre Leichen schneller flussabwärts treiben als das Schiff. Auf einem Flussboot konnte man für so manches sorgen. Sie war nicht so dumm wie Giren, mit der Kutsche oder gar zu Pferd zu reisen, nur weil der arrogante Admiral auf Hast drängte. Man war keine Königin für nichts, oder?

Sie entschied plötzlich, dass sie sich während der Fahrt flussabwärts Giren vorknöpfen würde. Nur spaßeshalber. Zur Übung sozusagen. Tral Giren würde nicht wissen, was ihn da getroffen hatte, dachte sie mit einem ihrer sorgfältig einstudierten, süßen Lächeln.

Die Milch auf ihrem Frühstückstisch wurde augenblicklich sauer. Durna bedachte das Glas mit einem finsteren Blick. Es verdampfte.

›Der Einsiedler hätte mich jetzt in den Krater hinunter geschickt, um irgendeine obskure Pflanze zu finden‹, fiel ihr ein. Unkontrollierte und nebensächlich eingesetzte Magie war dem Alten immer ein Dorn im Auge gewesen. »Kontrolle, Durna, mein Kind«, hörte sie ihn beinahe sagen. »Kontrolliere dich selbst und du kontrollierst schließlich die Welt!« Und dann hatte er – typisch für ihn – hinzugefügt: »Was immer dir das bringen mag.«

›Oh, du würdest es nicht verstehen, Einsiedler‹, dachte sie. ›Es bringt mir eine Menge. Eine geradezu unglaubliche Menge. Und ich bin längst noch nicht fertig damit!‹

Die Magierin war reisefertig angekleidet. Sie erhob sich, eine nur halb aufgegessene Pastete zurücklassend, und schritt zum Ausgang. Jost, der Kämmerer, erwartete sie im Vorraum mit eifrigen Versicherungen, dass alles für die Zeit ihrer Abwesenheit geregelt sei.

»Das will ich doch hoffen«, sagte sie mit einem plötzlichen Anflug von Grausamkeit, »denn falls während meiner Reise nach Regedra hier in Bink etwas passiert, das meinen Ärger erregt, dann werde ich dir persönlich die Eingeweide herausreißen und sie in den Terlen werfen.«

Sie *war* eine Usurpatorin des Throns, das war ihr in jedem Augenblick ihrer Herrschaft schmerzhaft bewusst. Sie hatte König Vabik beseitigt und mit Hilfe der Yarben die Macht übernommen. Und es war kein Verfolgungswahn, wenn sie befürchtete, dass irgendwer immer noch hinter ihrem Rücken Pläne schmiedete, um das alles rückgängig zu machen. Der niedere Adel, die Bürger ... Es war nur logisch. Durna regierte in Bink vor allem mit dem Instrument der Angst. Angst vor ihr als Hexe, und Angst vor ihren mächtigen Verbündeten, die fast mühelos das ganze Nachbarland Nubra überrannt und sich angeeignet hatten. Andererseits stand scheinbar nur sie zwischen den Yarben und einer offenen Annexion Tekladors. Sie wusste, dass man auf einer solchen Grundlage herrschen konnte – wenn man sich bei jedem Schritt über die Schulter blickte und nie die Hand vom Griff des Schwertes ließ. Bildlich gesprochen jedenfalls. Sie belastete sich normalerweise nicht mit derartigen Waffen.

Durna hatte sich bisher noch kaum darüber Gedanken gemacht, wie es mit ihrer Herrschaft weiter gehen sollte. Die Yarben waren ihre Chance gewesen, eine Machtposition zu erklimmen, von der aus zunächst einmal ihre ganz persönliche Rache möglich wurde. Nun war sie Königin, jedenfalls bis die Invasoren beschließen mochten, sie zu ersetzen. Sie machte sich nichts vor. Die Yarben würden ihre Hand auch nach Teklador ausstrecken. Was würde *sie* dann tun?

Durna wusste es nicht. Aber noch schien der Zeitpunkt der Entscheidung nicht gekommen. Sie ahnte nicht, wie sehr sie sich täuschte ...

Der Oberst erwartete sie persönlich am Kai. Der Mann sah wesentlich besser aus als am Vortage. Vielleicht hatte er das Vernünftige getan und in der Nacht geschlafen.

»Meine Königin.« Er verbeugte sich in seiner blau-roten Uniform, und die silbern besetzte Scheide des Kurzschwertes eines Offiziers blitzte in der Morgensonne.

›*Meine* Königin ist es also jetzt? Wordon mé! Und ich habe noch gar nicht begonnen‹, dachte sie amüsiert.

»Ich sehe, Ihr habt Euch von den Anstrengungen der Reise erholt, Oberst Giren. Seid gewiss, dass es auf dem Fluss viel ruhiger sein wird als im Sattel.« Sie wusste, dass der Yarbe eine Abneigung gegen das Reisen mit Flussbooten hatte, aber sie war noch nicht dahinter gekommen, warum.

»Mit Sicherheit, Majestät«, sagte er jedoch geradezu strahlend.

Ihre Leute hatten es in der kurzen Zeit sogar fertiggebracht, den Kai unterhalb der Festung mit ein paar Fähnchen und flatternden Bannern zu schmücken. Am anderen Ufer, in Bink, versammelten sich Schaulustige. Durna nahm sich vor, ihren Kämmerer nicht mehr so oft mit dieser Eingeweide-herausreißen-Masche zu erschrecken. Er bemühte sich anscheinend wirklich.

Als sie ihren gestiefelten Fuß auf die blank gescheuerten Planken des Schiffes setzte, ertönte von den Mauern über ihr das altbekannte tekladorische Hornsignal. *Aufbruch zur Jagd* hieß es ursprünglich, aber man blies es genauso, wenn es in den Kampf ging. Seltsam, dass Jost auf eine solche Idee gekommen war. Was dachte der Mann eigentlich, würde sie in Regedra tun?

Durna nickte dem Kapitän gnädig zu, der sie so zackig an Bord begrüßte, als sei der kleine Kahn ein Hochseesegler, und gleichzeitig dachte sie mit einer gelinden Verwunderung: ›Kann es sein, dass meine Leute anfangen, mich nicht mehr länger als die Hexe auf dem Thron, sondern als ihre Interessenvertretung den Yarben gegenüber zu sehen? Als ihre rechtmäßige Herrscherin?‹ Es war ein merkwürdiger Gedanke, nach allem, was sie den Tekladorianern angetan hatte. Aber sie *war* nun die Königin, und sie sah das Amt als eine selbstauferlegte Pflicht. Sie *wollte* Königin sein – mit allem, was dazu gehörte. Oder sah sie die Erfüllung traditioneller königlicher Pflichten nur als Wiedergutmachung an? Durna wusste auch das nicht.

Doch ihr war eines klar: Zwar folgte sie der »Einladung« des Admirals, aber sie würde tatsächlich in Regedra versuchen, auch etwas für sich herauszuholen, vielleicht die Bedingungen der Umsiedlung der Nubraer zu verändern, so dass die Situation im Süden entspannt werden konnte. Komisch, wie ein Amt einen Menschen schon nach kurzer Zeit prägen konnte. Früher hätte der Gedanke an solchen Patriotismus Durna nur belustigt, nun schüttelte sie irritiert den Kopf, während sie nach unten in ihre Kabine ging.

Das Flussboot legte ab. Sie hörte den Oberst hinter sich murmeln: »Möge uns Slikkt wohlgesonnen sein!«

»Oberst Giren!« sagte sie munter. »Ihr werdet doch die Fahrt auf einem Fluss nicht fürchten, Ihr, der Ihr die westliche See überwunden habt?«

Er lächelte mit jungenhafter Verlegenheit. »Ich hasse Schiffe, Majestät. Viel lieber sitze ich an einem Schreibtisch und schreibe Berichte. *Trockene* Berichte. Oder ein Buch ... Nicht alle Yarben sind so kühne, barbarische Seefahrer.«

Wen er wohl mit den Barbaren meinte? Durna spürte, wie ihr Interesse wieder aufflammte.

»Ach, Oberst Giren ...«, sagte sie mit dem einstudierten süßen Lächeln, »wollt Ihr mir nicht heute Abend ein wenig in meiner Kabine Gesellschaft leisten? Ich bin sicher, dass Ihr bald vergessen werdet, dass unter Euch ein Schiff schaukelt.«

* * *

Tral Giren stand an der Reling und starrte auf das langsam vorbeiziehende Ufer. Er war ein wenig verwirrt, aber er machte sich keine Vorwürfe wegen der vergangenen Nacht, denn er wusste, was er seinem Land schuldig war. Und er wusste genauso, dass dies nur eine billige Entschuldigung vor sich selbst war. Hatte die Hexe ihn letztes Endes doch verhext? War er ihr nun verfallen?

›Unsinn‹, dachte er. ›Das ist doch alles Unsinn. Ich habe mich gehen lassen, na und? Hat sie etwas von mir verlangt? Habe ich militärische Geheimnisse verraten? Nein. Sie hat nicht einmal danach gefragt. Was soll's also? Ich hatte meinen Spaß und sie den ihren – nehme ich jedenfalls an.‹ Warum mochte es die Königin getan haben? Aus Langeweile? Was bezweckte sie damit? Giren war nicht unbedingt paranoid, aber wenn es um Durna ging, machte er sich nichts vor. Die Hexe tat nichts ohne Berechnung, ohne ein Ziel, mochte es auch fern in der Zukunft liegen. Hinsichtlich strategischen Denkens konnten sogar die yarbischen Generäle noch von der Frau lernen. Doch befürchtete Giren, dass jene Generäle einen solchen Vorschlag nicht eben bereitwillig akzeptiert hätten. Er hatte sich seit langem angewöhnt, seine *eigenen* Beurteilungen militärischer und politischer Situationen größtenteils für sich zu behalten. Vielleicht schrieb er wirklich einmal ein Buch über die Sandibakriege – oder die Invasion in Nubra, die er aus erster Hand kannte, statt aus Erzählungen seines Vaters und alten Dokumenten. Aber er würde dabei vorsichtig sein müssen. Wenn die Mächtigen etwas nicht hören wollten, neigten sie dazu, nicht etwa ihre Ohren zu verschließen, sondern den Mund des Sprechers – auf sehr dauerhafte Weise.

Der Oberst hob die Schultern. Ihn fröstelte. Die Luft über dem Fluss war feucht und kalt. Sie war klamm wie die Hand eines Toten. Und das lag nicht nur an der frühen Morgenstunde. Er musterte die Wolken. Sie sahen seltsam aus. Ein dichtes Gewirr aus heftig durcheinander gewirbelten dunkelgrauen, bläulichen und gelblich-grünen Massen. Im Südwesten, wohin sie unterwegs waren, braute sich ein Unwetter zusammen, das selbst auf einem Fluss ungemütlich zu werden versprach. Er runzelte die Stirn, als er versuchte, sich die Informationen über das Wetter in der Region ins Gedächtnis zu rufen. Ungewöhnlich zu dieser Jahreszeit? Er musste jemanden fragen ... Giren ging aufs Oberdeck zum Steuermann des Flussbootes.

»Was hältst du davon, Shilk?« fragte er mit einer Kopfbewegung zum Himmel vor ihnen.

»Das wird schlimm, Herr Oberst. Die Neun sind uns heute nicht gewogen.« Der yarbische Steuermann wirkte besorgt.

»Was meinst du, sollten wir tun?« Es war ungewöhnlich, dass ein hoher Offizier einem Gemeinen so eine Frage stellte, aber Giren war jetzt nicht nach Rangordnung – er wollte den Rat eines Fachmanns.

»Anlegen, Herr. Uns irgendwo fest vertäuen und dann die Köpfe einziehen.«

»Gut. Such eine Stelle und steuere uns ans Ufer.«

»Äh ... Ist das Euer Befehl, Herr?«

Giren verzog den Mund zu einem so gemeinen Grinsen, wie er es von seinem Bruder gelegentlich gesehen hatte. »Hast du etwa einen Zweifel daran, wer hier die Befehle gibt, Steuermann Shilk?«

»Nein, Herr!«

Der Kapitän des Schiffes würde keine andere Wahl haben, als den Befehl des höherrangigen Offiziers zu bestätigen, auch wenn Giren gar nicht zu seinem Kommandobereich gehörte. Andernfalls konnte er versuchen, flussabwärts zu schwimmen und sich beim Admiral zu beschweren. Und die Königin? Wieder hob Giren die Schultern. Er würde es ihr erklären – wenn es das Wetter nicht schon bald selbst tat.

Ein trockenes Knattern der Segel ließ seinen Blick nach oben gleiten. Der Wind frischte auf. Noch schien über dem östlichen Horizont die Sonne, doch die beinahe teerschwarzen Wolken im Westen konnte ihr Licht nicht mehr erhellen. Mit einem eisigen Schaudern starrte Giren flussabwärts. Das hier war nicht das von den Neun verfluchte Meer, nein. Er konnte über Bord springen und schwimmen und in kurzer Zeit festen Boden unter sich haben. Denn er *konnte* schwimmen, ganz im Gegensatz zu vielen anderen Yarben. Es waren nicht Schiff und Wasser, was ihn so nervös machte. Diese Wolken sahen aus, als ob sich hinter ihnen etwas erheben würde, dort in Regedra, wohin sie fuhren. Er hatte das Gefühl, dass sie nur der Vorhang seien. Und wenn dieser zerriss ...

»Bekommen wir schlechtes Wetter, mein lieber Oberst Giren?«

Er fuhr herum.

Die kurzen Haare der Königin waren bereits von Wind zerzaust – oder hatte sie sich nicht die Mühe gemacht, sie zu glätten? Ein hoher Kragen stand in ihrem Nacken, doch vorn war ihr Oberteil um so tiefer ausgeschnitten ... Lange Fäden wehten von eigenartigen Spitzen auf ihren Schultern, und der hautenge Rock, den sie trug, ließ viel von ihrem Bauch frei. Direkt hinter ihr wallten die pechschwarzen Wolken empor, aber auf ihrer Haut glänzte noch das goldene Licht der Morgensonne.

Der Oberst schluckte krampfhaft.

Sie sah ihn mit großen Augen, die von ihren hochgezogenen Brauen noch betont wurden, fragend an. Der Kopf war dabei ganz leicht zur Seite geneigt. Und dieser Gesichtsausdruck vermittelte ihm deutlich, dass ein Mann ihre Fragen nicht unbeantwortet ließ, so trivial sie auch sein mochten.

»Ja, meine Königin«, sagte Tral Giren. »Das Wetter scheint sich ungewöhnlich zu verschlechtern. Ich habe befohlen, an einer sicheren Stelle anzulegen.«

»So? Habt Ihr das? Warum auch nicht. Ihr seid ja der Seefahrer unter uns, oder?« Ihr Gesichtsausdruck war vollkommen ernsthaft.

›Oh ja‹, dachte er traurig. ›Ich bin verhext. Alles andere ist Selbstbetrug. Ich bin ihr hoffnungslos verfallen ...‹ Er verbeugte sich höflich. »Es wird für Euch wohl sicherer sein, unter Deck zu gehen, Königin.«

Doch es war längst zu spät dafür. Als es begann, geschah es mit der Abruptheit eines Angriffes. Eines magischen Angriffes.

Die Sonne schien plötzlich zu erlöschen.

Kalte, dicke Wassertropfen schlugen wie winzige Fäuste auf die Planken und in ihre Gesichter. Der Steuermann hinter Giren suchte noch immer nach einer günstigen Stelle zum Anlegen am auf beiden Seiten steil aufragenden Flussufer und fluchte verhalten, weil das Rad ihm mit jedem Augenblick weniger gehorchen wollte.

Der Oberst riss seinen Blick von Durna los und musterte das im Dämmerlicht kaum noch auszumachende Ufer. Eiskalte Intuition erfasste ihn und entfachte so etwas wie

Todesangst. Im Geiste sah er eine Flutwelle den Fluss entlang rasen und sie gegen die Felsen schmettern.

»Dorthin!« schrie er dem Mann am Steuer zu. »Da ist so etwas wie eine Bucht. Fahr uns einfach auf Grund!«

»Was?« brüllte der Mann verblüfft. »Seid Ihr ...?«

Tral Giren stieß ihn zur Seite und begann selbst am Rad zu drehen. Der Bug des Flussbootes schwenkte herum, während die Segel unkontrolliert flatterten. »Holt die verdammten Segel ein! Wo ist der Kapitän?« Er sah sich gehetzt um und sein Blick fiel wieder auf die Königin, die wie angewurzelt stehen geblieben war.

Durnas Gesichtsausdruck veränderte sich rapide. Giren konnte buchstäblich sehen, wie auch sie die Gefahr erkannte. Plötzlich war da nichts verführerisches mehr. Sie sah für den Oberst von einem Augenblick zum anderen eiskalt aus, hart und brutal. Vor ihm stand nicht einfach eine Frau, nicht einmal mehr eine Hexe, wie er sie sich bisher vorgestellt hatte, da stand eine *Magierin*. Furchtbare Macht sammelte sich in fast spürbarer Form um sie, wirbelte in nicht sicht- aber spürbaren Gestalten um sie herum. Diese Macht wartete nur darauf, wohin sich die Meisterin wenden würde.

Sie starrte nach Westen.

Der Wind heulte in den Seilen. Und die Schiffer zögerten, nach oben zu klettern.

Der Kapitän des Schiffes wählte unglücklicherweise diesen Moment, um wein- und schlaftrunken nach oben zu kommen. Als sich der Bug unter einer Welle hob, die dem Meer Ehre gemacht hätte, verlor er den Halt und fiel auf die nassen Planken.

Der Terlen war der größte Fluss des Kontinents. Zwischen Bink und Regedra spaltete er sich an einer großen Insel, dem Jag'noro, noch einmal in zwei Arme, und kurz davor – wo sie gerade waren – erreichte er seine größte Breite. Bis Giren das Schiff in den Schutz des Ufers bringen konnte, wühlte der durch nichts gebremste Wind des aus Westen heraneilenden Unwetters das Wasser zu schäumender Gischt auf. Der Kapitän hob seinen Kopf über die Reling und glotzte einfach nur, von Schrecken erfüllt. Dann begriff er, was der Oberst tat.

»Nein«, schrie er, und stürzte im nächsten Augenblick mit plötzlich gezogenem Entermesser auf Giren zu. »Seid Ihr verrückt?«

Er kam keine drei Schritte weit. Durna wandte sich von den Wolkengebilden im Westen ab und ihm zu. Ihr Gesicht verzerrte sich zu einer Grimasse der Wut. Sie stieß ein unwirkliches Kreischen aus, das aus keiner menschlichen Kehle zu kommen schien. Tral Giren fühlte den Laut wie einen Pfahl, der sich gleichzeitig in seine beiden Ohren bohrte. Aber das war nur ein Nebeneffekt, und eine seltsame, von innen kommende Wärme stärkte gleichzeitig seinen Griff am Steuer. Der Oberst hatte es schon lange aufgegeben, in den Ereignissen einen Sinn zu finden oder sie erklären zu wollen. Er klammerte sich nur noch an das Holz und versuchte, das vom Orkan angetriebene Schiff in eine Richtung zu zwingen. Doch während man sich in einer solchen Situation normalerweise nur auf die zum Überleben notwendigen Details konzentrierte und alles andere um sich herum vergaß, kam es Giren vor, als seien *seine* Sinne unglaublich geschärft, so dass er scheinbar die ganze Welt auf einmal in sich aufnehmen konnte.

Ein peitschender Blitzschlag traf den Kapitän mitten in die Brust. Und dieser Blitz kam nicht aus den Wolken! Der Mann überschlug sich zappelnd rückwärts. Rauchend schlug sein Leichnam auf dem unteren Deck auf. Das Entermesser wirbelte davon – und der Oberst hätte schwören mögen, dass es weißglühend war wie ein Schwert im Schmiedefeuer. Durna senkte die ausgestreckte Hand, von der noch ein paar Funken aufstoben, und lachte lauter als der Wind heulte. »Fahrt, Oberst! Ihr seid hier der Seemann!« Das klatschnasse Kleid klebte an ihrem Körper wie die sprichwörtliche zweite Haut. Dann drehte sie sich zur Mannschaft um. »Weg dort!« fauchte sie und gab ihnen kaum Zeit, von der Takelage zurückzuweichen, bevor sie die Segel mit einem Zauber in den Wind stellte, um das Schiff zu beschleunigen.

Die ersten Donnerschläge hämmerten gleichzeitig mit einem Dutzend Blitzen auf die Landschaft ein. Der Regen prasselte wie aus Kannen herab. Noch immer versuchte Oberst Giren, das kleine Schiff in eine der felsigen Buchten am Ufer zu lenken. Noch zehn Mannslängen ... noch fünf.

Der Wind in den Segeln half, aber was war, wenn sie das Ufer erreichten? Sie waren viel zu schnell! Das Boot würde zerbersten wie ein gegen eine Wand geschleuderter Kürbis. Eine Hand legte sich über die seine auf dem Steuerrad. Durna, vollkommen durchnässt und einfach atemberaubend, war da.

»Ja!« schrie sie ihm ins Ohr. »Reite den Sturm, Seemann! Reite das Schiffchen an Land!« Tral Giren schaute sie nur kurz an, denn das Ruder zerrte an seinen Händen; er wusste nicht recht, ob er sich von Grauen geschüttelt in eine Ecke kauern oder gleich ihr unerklärlicherweise begeistert sein sollte. Er sah, wie ein Mann den Halt verlor und vom Wind einfach über Bord geweht wurde. Ein zweiter folgte ihm. Der Königin dagegen schien nichts davon etwas auszumachen. Doch sie wusste genau, was sie tat. In dem Moment, wo er die Segel hätte streichen lassen, wenn ein solcher Befehl einen Sinn gehabt hätte, riss sie den Arm hoch und fetzte das Tuch ohne hinzusehen einfach von den Masten. Funken sprühend wirbelte die brennende Leinwand im Sturm davon. Und dann waren sie da.

»Festhalten!« schrie Durna mit übermenschlich lauter Stimme.

Der Schlag des steinigen Grundes gegen den mit der Geschwindigkeit des Sturmes heranfegenden flachen Kiel riss dennoch jeden von den Beinen, außer Durna und ihn, den sie mit eiserner Hand festhielt. Für eine Sekunde fühlte er sich, als gehöre er gar nicht zu dieser Welt, als gleite sie unter ihm davon. Irgendwo splitterte Holz mit einem sehr endgültigen Geräusch.

Als er die steifen Finger vom Steuerrad löste, rief Tral Giren. »Seht, Königin! Seht nur!« In den tiefschwarzen Wolken im Westen war nun Feuer zu erkennen, blutrotes Feuer, als wäre inmitten des Himmels ein Vulkan ausgebrochen, der seine glühende Lava gleich auf den Boden hinab speien würde.

Dann kam ein Donner, wie er ihn noch nie gehört hatte. Tral Giren und der Rest der Mannschaft pressten die Hände auf die Ohren – der Oberst allerdings ließ sie vor Scham gleich wieder sinken, obwohl das brutale Geräusch zerberstender Himmel ihm schier den Kopf zersprengen drohte. Nur deshalb wurde er Zeuge dessen, was die Königin tat.

Er hörte Durna neben sich etwas sagen oder viel mehr schreien, aber er verstand es nicht. Als er begriff, was sie tat, wollte er es auch gar nicht verstehen. Das waren Zaubersprüche, Worte, die in der knirschenden, grollenden Sprache der Vorzeit hervorgestoßen wurden. Sie zu hören, war genug, um Tral Girens Haare zu Berge stehen zu lassen, war schlimmer als der weltenzertrümmernde Donner. Er hatte gewusst, dass sie eine Hexe – nein, eine mächtige Zauberin – war, aber er hatte sie noch nie Magie so offen anwenden gesehen. Wenn er es sich recht überlegte, hatte Tral Giren in seinem ganzen Leben erst selten angewandte Zauberei gesehen, und schon gar nicht in einem solchen Ausmaß.

Die spärlich bekleidete Frau neben ihm hatte den Kampf mit dem unglaublichen und unnatürlichen Unwetter aufgenommen. Sie stand hoch aufgerichtet mit wehenden Schnüren an den Schultern neben dem Steuerrad des gestrandeten Schiffes und trotzte dem Wetter in doppelter Hinsicht. Giren sah, wie eisiger Regen und Hagel ihr Gesicht und ihren Körper peitschten, und er zuckte wie stellvertretend zusammen. Die feuerglühenden Wolken wirbelten durcheinander und versuchten sich ostwärts ins Inland zu wälzen. Doch sie stießen auf ein Hindernis.

Auf eine Magierin.

Ohne nachzudenken, rappelte sich Tral Giren vom Deck auf – wann war er darauf niedergesunken? – und umfasste die manchmal schwankende Königin stützend. Sie wandte den Kopf und lächelte ihm zu. Dann stieß sie ihren nächsten Zauber hervor, der Giren durch Mark und Bein ging.

Das beschädigte Schiff sackte über das Heck ab, doch die beiden bemerkten es kaum. Durna kämpfte mit diesem Sturm, als ginge es ihr um alles – und vielleicht war das so. Giren wusste längst, dass es noch nie so ein Wetter gegeben hatte, dass hier schrecklichste Magie im Spiele sein musste. Nein, das war kein Sturm mehr, den die Natur geboren hatte. Kein Sturm trieb Bäume und Felsblöcke vor sich her, um damit ein kleines Schiff zu bombardieren, auf dem eine Hexe all diese Geschosse mit tödlicher Ruhe und wilden Worten ablenkte. Das hier war das entfesselte Chaos.

Der Sturm kam nicht an ihnen vorbei, und er kam vor allem nicht weiter nach Teklador hinein.

Und als er schließlich abrupt aufhörte und die Wolken fast sofort zerrissen, als sie der knallblaue Himmel ungläubig staunend und in die Sonne blinzelnd nach oben blicken ließ, da rappelten sich die überlebenden Flussschiffer auf, nur um vor Durna wieder auf den Boden zu fallen und ihren Namen laut zu preisen.

»Königin! Ihr habt das dämonische Unwetter aufgehalten! Ihr habt uns gerettet!« Es war der Steuermann, der das sagte. Blut aus einer Platzwunde am Kopf lief ihm ins Gesicht, doch er bemerkte es gar nicht. Die anderen schienen genauso zu denken.

»Ist es nicht das, wozu eine Königin da ist?« fragte Durna milde. Sie berührte mit dem Zeigefinger die Wunde am Kopf des Steuermannes und sie verschwand.

›Ja‹, dachte Tral Giren, und er bewunderte sie genau wie alle anderen ohne jeden Vorbehalt. Königin Durna mochte vielleicht ihre eigenen Gründe gehabt haben für das, was sie auf dem Fluss tat, doch es dauerte später nur wenige Tage, bis die ersten Berichte der Zeugen darüber im Land umgingen. Und zusammen mit dem, was man gleichzeitig aus Nubra hörte, änderten sie schlagartig die Einstellung der meisten Tekladorianer zu ihrer Königin, gerade zu einem kritischen Zeitpunkt. Ihre scheinbar so spontane Handlungsweise sollte enorme Folgen für mehrere Völker des Kontinents haben.

* * *

Das war selbst der Königin nicht bewusst. Sie hatte es zuerst sogar genossen, den Elementen zu trotzen. Aber an einem bestimmten Punkt begriff Durna, wogegen sie hier wirklich kämpfte. Die Erkenntnis war ein Schock, der sie beinahe umwarf. Sie rang jedoch ihre Übelkeit nieder und spielte weiter die überlegene Herrin. Im Inneren fühlte sie dabei eine Eiseskälte und gleichzeitig heißen Zorn. Sie kämpfte gegen das, was nur der irre Erkon Veron heraufbeschworen haben konnte. Sie wusste noch nicht, was es eigentlich war – doch seine Macht war schlicht beängstigend. Und es wollte in *ihr* Land vordringen! Es wollte – die ganze Welt!

In dem Augenblick, als sie begriff, dass sie die einzige verbliebene Zauberin mit genügend Macht in dieser Region war, die überhaupt daran denken konnte, dem neuartigen Etwas da draußen entgegenzutreten, hätte sie beinahe aufgegeben. Doch dann sah sie Tral Giren, der sich trotz seines erklärten Abscheus vor Schiffen verzweifelt an das Steuerrad klammerte, um sie in Sicherheit zu bringen, und sie riss sich zusammen.

Durna war schon immer sehr eigensinnig gewesen, und diesem unbekannten und scheinbar übermächtigen Gegner zu trotzen, das machte ihr nach dem ersten Schock beinahe Spaß. Sie warf ihre Bedenken ab und schlug mit allem zurück, was ihr angesichts einer so unverhofft aufgetauchten fremden Macht einfiel. Was hatte sie denn schon zu verlieren? Die Herrschaft über ein Land, die sie nur durch Mord und Verrat errungen hatte? Und wennschon! Ihr Leben? Na und? Wer wollte auch ewig leben?

Und dann war es plötzlich vorbei. Sie spürte, wie sich das Ding jenseits des Horizonts zurückzog, nicht vernichtet, nur zurückgeworfen. Es würde wieder kommen, auf andere Weise vielleicht, doch das Unbeschreibliche dort war nicht von der Art, die einfach aufgab. Der Kampf hatte nicht nur ihr Ansehen bei der Besatzung gesteigert, auch sie sah die Leute an Bord plötzlich mit anderen Augen. Es waren nun »ihre Leute«. Eine Magierin zu sein, brachte auch die Verantwortung mit sich, in bestimmten Situationen zum Wohle der Menschen zu handeln, die von einem abhängig waren. Das hatten ihr schon ihre Lehrer beigebracht – obwohl sie sich in letzter Zeit nicht daran gehalten hatte. Aber es gab offensichtlich Situationen, die nur noch ein Magier retten konnte.

»Wir müssen von dem Schiff runter«, hörte sie Tral Giren sagen. »Der Rumpf ist angebrochen oder was immer man dazu sagt. Jedenfalls glaube ich nicht, dass er noch viel Wind und Wellengang aushält, bevor er völlig auseinander fällt. Die Mannschaft ist schon dabei, ans Ufer zu gehen. Wir sollten ebenfalls unsere Sachen nehmen und an Land gehen.«

Sie strich sich die feuchten Haare aus der Stirn. »Wenn Ihr meint, Oberst.«

»Könnt Ihr laufen, Königin?«

»Natürlich!« sagte sie entrüstet.

»Verzeiht, aber schließlich habt Ihr gerade Teklador und vielleicht den Rest des Kontinents vor einem dämonischen Unwetter gerettet«, entschuldigte sich Tral Giren. »Ich wusste nicht, ob Euch das angestrengt hat.«

Jetzt fing der auch noch damit an! Irgendetwas zu retten, das war so ... unpassend für sie. So neu. Sie hatte doch nur ihr Territorium verteidigen wollen.

Erst viel später würde Durna verstehen, dass sie auf dem Fluss die Entscheidung getroffen hatte, welche den Rest ihres Lebens verändern sollte. Im Moment ging alles so schnell, dass sie keine Zeit fand, um darüber nachzudenken. Und die nächste ungewöhnliche Herausforderung wartete schon auf sie!

3

»Brad!« Die Stimme drängte sich in einen neuen Traum von einer steinigen Ebene, über die wirbelnde Staubwolken tanzten und unförmige, rotierende Steinbrocken schwebten. »Brad, wach auf! Verdammt. Wirdaon hilf, wie kriege ich den blöden Kerl wach?«

Wirdaon? Irgendwie schreckte ihn das schneller auf als ein Eimer Wasser auf den Kopf. Und wer war das überhaupt, der seinen Namen kannte? Er hatte nicht einmal den verraten, nur aus reinem Starrsinn. Brad öffnete blitzschnell die Augen und starrte ins trübe Dämmerlicht seines Kerkers. Für lange Sekunden stritten in ihm die Gedanken: ›Ich bin irre geworden.‹ und ›Ich träume noch.‹ miteinander.

»Pek?« staunte er.

»Nein, Blödmann, ich bin die Reinigungskraft. Seht mich an! Ich komme unter Aufbietung aller dämonischen Kräfte angerannt, um den in Bedrängnis geratenen Helden Brad Vanquis zu retten, und was macht der gerade? Er pennt in aller Ruhe!« Der Dämon stemmte entrüstet die Fäuste in die bepelzten Hüften. Da er Brad nur bis zum Gürtel ging, wirkte es nicht allzu ärgerlich.

»Wie kommst du hierher, Pek? Wo hast du gesteckt?«

»Jaja«, erwiderte der Dämon sonderbar gereizt. »Wie, wo, warum, weshalb? Fragen und Gelaber, wo Handeln angebracht ist. Denkst du, ich habe *Spaß* an der Sache? Ich erzähle es dir: Zuerst war da dieser Drache im Fluchwald, der mir befahl, euch Menschen nach Horam Dorb zu folgen, weil ihr es sonst vermasseln würdet. Und als ich mich endlich von ihm dazu habe überreden lassen, fängt mich meine Chefin ab, Wirdaon mein' ich, um ein kleines Schwätzchen mit mir zu halten. Pek, sagt sie, lieber Pek, du musst diesen Menschen helfen. Du musst Brad retten. Klar, sag' ich, bin schon unterwegs. Und die Welt kannst du gleich mal mit retten, wenn du schon dabei bist, großartiger Pek, sagt sie dann noch. Und ich ...«

»Pek.«

»Und ich sage, klar doch ...«

»Pek!«

»*Was?*«

»Das ist alles sicher sehr interessant und bedeutsam für deine weitere dämonische Karriere, aber hast du vielleicht einen Draht bei dir?«

»Nein, wozu denn das?«

»Um das Schloss aufzumachen, großartiger Pek.«

»Ach, Unsinn. Komm schon. Hast du Gepäck? Nein, natürlich nicht.« Der kleine Dämon umklammerte plötzlich Brads Hand und zerrte ihn in eine Richtung, von der Brad nicht gewusst hatte, dass es sie überhaupt gab. Er machte einen Schritt und stolperte mit seinen bloßen Füßen über scharfkantige Steine.

Brad schrie auf.

Er stand mitten in der Landschaft seines Traumes!

»Nein, nein, besser nicht atmen, nicht reden, nicht gucken ...«, hörte er Pek mit ungewohnter Nervosität zetern. Bevor noch der Schmerz in den Füßen größer werden konnte, sagte der Dämon: »Und hopp!«

Ein erneutes Zerren und Zucken, dann stand er auf feuchtem, weichen, normalen Boden. Blinzelnd sah er sich um. Das Halbdunkel eines dichten Waldes umgab ihn. Plötzlich schwindelte es Brad und er musste sich an der rauen Borke eines Baumes abstützen. Er schluckte ein paar Mal, um ein akutes Würgen zu besänftigen, dann ließ er sich doch auf den Waldboden gleiten. Pek sah ihn mit hell leuchtenden spitzen Zähnen in einem breiten Grinsen an. »Es hat geklappt!« kicherte er. »Ich hab' nicht gedacht, dass es so einfach sein würde.«

Der Dämon benahm sich ausgesprochen merkwürdig.

»Sag mal, Pek«, begann Brad vorsichtig, »bist du jetzt völlig irre?«

Der pelzige Kleine musterte ihn abschätzend. »Dacht' ich mir doch, dass dich das überfordert. Hätte dich vorher warnen müssen. Jaja, es tut mir leid.«

»Was ist mit dir los, Pek? Du wirkst so gereizt?«

»Ach was? Wie ich dir schon zu sagen versuchte, Wirdaon ...«

»Schon gut!« wehrte Brad ab. Seit ihn die Herrin der Dämonen in seinem eigenen Kopf besucht hatte, legte er wenig Wert darauf, überhaupt an sie erinnert zu werden. »Sie hat dich zu mir geschickt?«

»Mm. Sie und vorher dieser Drache, der vorgibt, mein Kumpel zu sein. Ich frage mich, ob es klug von mir war, je einem Drachen zu trauen.«

»Bei Horam! Pek – du hast einem Drachen vertraut? Du *bist* irre.«

Der Dämon sah ziemlich niedergeschlagen aus, so dass Brad das Thema lieber ruhen ließ. »Wo sind wir hier?«

»Abgesehen vom Universum? Auf Horam Dorb, nicht weit von dem Ort, an dem sie dich gefangen hielten«, brummte Pek.

»Würde ich es bereuen, wenn ich dich fragte, wo wir *zwischendurch* waren?«

»Ja«, sagte Pek mit Nachdruck.

»Oh ... Wo waren wir zwischendurch, Pek?«

»In Wirdaons Reich«, antwortete der Dämon prompt. Und er hatte Recht. Brad wünschte, er hätte ihn gar nicht gefragt. Er fühlte sich, als würde er gleich fürchterliche Kopfschmerzen bekommen. Die harte Rinde des Baumes hinter ihm war für einen Moment sehr beruhigend in ihrer Realität.

Pek ließ sich auf einen moosigen Baumstumpf ihm gegenüber fallen; allerdings nicht ohne vorher ein paar scheuchende Bewegungen mit den Händen gegen den Stumpf zu machen, wie Brad verwundert bemerkte.

»Was war das denn eben?«

»Mm?«

Brad wiederholte die Handbewegungen seines dämonischen Bekannten.

»Ach das. Ein Aberglaube, denk' ich. Man verscheucht die Pixies, bevor man sich auf so ein Ding setzt. Sonst kneifen sie einen.«

Pixies? Brad fürchtete, dass sich das Gehirn in seinem Kopf gleich zu drehen anfangen würde, wenn das so weiter ging. Er hatte noch nie von so etwas gehört. Besaßen denn auch Dämonen ihren eigenen Aberglauben? Doch das war im Augenblick nicht wichtig. Er riss sich mit einer heftigen Willensanstrengung zusammen. Ohne Zweifel saß er – zwar nur barfuss in Hemd und Hose – in irgendeinem Wald, von dem Pek behauptete, er sei nicht weit von Pelfar entfernt. Nachdem er soeben noch in einem Kerker geschlafen und sich von den Schlägen der Folterknechte erholt hatte. Nicht, dass er noch Schmerzen spürte. Der seltsame Heilungstrick, den er schon zuvor beobachtet hatte, funktionierte noch immer.

»Also Pek«, begann er wieder. »Ich wollte nicht unhöflich sein. Danke, dass du mich aus dem Kerker geholt hast.«

»Kein Problem, Mann«, sagte der Dämon mit einer großartigen Geste. Aber es war nicht zu übersehen, dass er trotzdem auf dem Baumstumpf hockte wie ein Häufchen Unglück. Seine großen Augen huschten hin und her und der Pelz war gesträubt.

»Was hast du?« fragte Brad.

»Wer? Ach, ich? Nichts. Na ja, siehst du, es ist das erste Mal, dass ich einen direkten Auftrag von meiner Chefin habe ... Das machen sonst nur die höheren Ränge, weißt du. Ich glaube, ich bin ein klein wenig ... nervös.«

»Jeder fängt mal klein an. Äh, Pek, wie ist es denn möglich, dass ich in deinem Reich war, wenn auch nur für einen Moment?«

»Wirdaons, nicht meins«, korrigierte Pek pedantisch. Er hob die Schultern. »Ich weiß nicht, ob das schon mal jemand von uns gemacht hat, aber offenbar *kann* man es tun. Einen Menschen lebend mit hinüberbringen, mein' ich. Anderes Zeug wird ja ständig von Dämonen geklaut und mit hinübergebracht, warum also keine Menschen? Ich wusste natürlich nicht, wie du auf die ... nennen wir es mal Gegend dort reagieren würdest, deshalb habe ich zur Eile gedrängt und dich nicht erst noch meinen Freunden vorgestellt. Es war der beste Weg, dich ohne große Umstände aus dem Kerker rauszuholen. Außerdem, na ja ... *sie* hat es so empfohlen. Aber ich glaub' nicht, dass du ihr unbedingt persönlich danken solltest.«

Brad versuchte krampfhaft, ruhig und besonnen zu denken. Die Situation war so ungewöhnlich, dass sein üblicherweise zuverlässiges Training, seine Reflexe einfach nicht reagierten. ›Also gut‹, dachte er. ›Sagen wir einfach, ich bin ausgebrochen – wie auch immer. Was kommt logischerweise als nächstes?‹ Das half ein wenig. Logik half immer, wie ihm schon Pochka, der alte Dieb, beigebracht hatte. Und sei es nur, dass sie beruhigte.

»Wir müssen die Statue Horams wiederfinden, Pek«, sagte er. »Wir müssen Zach-aknum finden und die Statue, und sie nach Ramdorkan bringen. Sonst geht diese Welt – und meine auch – trotz allem unter. Außerdem habe ich gehört, dass da ein Chaos-Lord unterwegs ist ...«

»Ja«, sagte Pek plötzlich, »das hat mir Wirdaon auch gesagt. Und was genau ist eigentlich ein Chaos-Lord?«

»Keine Ahnung. Ich hatte gehofft, du wüsstest es? Na ja. Es scheint jedenfalls etwas äußerst Übles zu sein, mein kleiner Freund. Sogar die Götter machen sich Sorgen.«

»Und wen schicken sie, um ihre Probleme zu lösen?« murmelte Pek. »Wie üblich die Sterblichen. Bragkba!« Er spuckte auf den Waldboden.

»Aber wir können nicht so einfach nach Pelfar zurück«, sagte Brad. »Klos der Graue wird die Stadt auf den Kopf stellen, wenn er merkt, dass ich weg bin.«

»Klos wer?«

»Ein Wesen aus negativer Bewusstseinsenergie wie der Gallen-Erlat im Stronbart Har. Ich bin sicher, du erinnerst dich an den. Er war es, der mich gefangen hatte und verhörte. Er wusste seltsamerweise fast alles über mich, als hätte er mich seit meiner Ankunft auf dieser Welt beobachtet.«

Pek nickte bedeutsam. »Ach der! Du hast ihn schon getroffen, das ist gut«

Brad starrte den Dämon wieder einmal verständnislos an. Dessen Worte waren zwar zu verstehen, aber sie ergaben keinen Sinn. *Gut?*

»Was meinst du damit? Du kennst dieses Wesen?«

»Nein. Aber er ist der Grund, warum mich der Drache hergeschickt hat. Möchtest du die Kurz- oder Langfassung?«

»Äh ... die kurze bitte.«

»Dacht' ich mir ...« Und Pek fing an, seine Story zu erzählen, angefangen vom Wiederauftauchen seines Drachenfreundes Feuerwerfer im Fluchwald bis hin zu Wirdaons detaillierten Befehlen.

Als er endlich verstummte, schwieg Brad noch eine lange Weile.

»Es ist merkwürdig, weißt du«, sagte er dann schließlich, »dass sie sich nun einmischen. Das haben sie doch seit Menschengedenken nicht mehr getan.«

Pek wusste sofort, wen er meinte.

»Es scheint, mein großgewachsener Freund, dass es doch Probleme der Welt gibt, welche die Götter nicht kalt lassen. Schließlich sollen sie sie ja angeblich erschaffen haben.«

Nein, das waren die Drachen.

Beide merkten erst, dass sie wie von Feuer verbrannt aufgesprungen waren, als sie sich nach Atem ringend in die Augen blickten.

»Was war das?« winselte Pek.

»Hattest du das noch nicht?« fragte Brad mit resigniert klingender Stimme. »Dem Gefühl nach war das gerade deine Chefin, Wirdaon.«

»Du hörst sie auch?« schrie Pek. »Du hörst sie in deinem *Kopf*, ja?«

Brad nickte. Für den Dämon schien das eine neue Erfahrung zu sein.

»Wordon mé! Horam steh uns bei! Was geht hier vor?«

»Wenn du es nicht weißt?« Brad schaute sich um, ob er irgendeine Richtung ausmachen konnte. Dann setzte er sich einfach hangabwärts in Bewegung, da Pelfar am Terlen lag, also wohl irgendwo dort. »Kommst du?«

Er fühlte mehr als dass er hörte, wie Pek ihm hastig folgte. Plötzlich war in ihm eine eigenartig befreite Leichtigkeit. Er war aus dem Kerker heraus und hatte nicht einmal mehr die Statue, um die er sich Sorgen machen müsste. Der graue Mann sollte ihn erst mal kriegen, nun, da er vor ihm auf der Hut war! Man musste Prioritäten festlegen.

Zuerst – Solana finden und die Statue endlich an ihren Ort schaffen. Zweitens – das Monster aus negativer Bewusstseinsenergie vernichten. Drittens – den Chaos-Lord aufhalten. Kein Problem, wenn man es systematisch anging. Zumal die Götter da waren, wo er sie gar nicht haben wollte – in seinem Kopf.

Von all dem abgesehen wusste Brad nicht, wie er auch nur eine seiner Prioritäten anpacken sollte. Aber er musste sich bewegen, er musste etwas anderes tun als an einen Baumstamm gelehnt im Wald herumzusitzen – mit einem Dämon als Gesellschaft.

Pek hüpfte ihm über die Wurzeln hinterher, sich mit seiner Faust immer wieder gegen die Schläfe hämmernd, um das Gefühl zu vertreiben, das eine beiläufig gemurmelte Bemerkung seiner Göttin in seinem Kopf ausgelöst hatte.

Dabei vergaß er vollkommen, *was* sie gesagt hatte.

Als die beiden zwischen den Bäumen verschwunden waren, schob sich ein kleiner grünlicher Kopf aus dem Baumstumpf. Misstrauisch starrten winzige Augen in alle Richtungen, dann drohte eine kleine Faust hinter Mensch und Dämon her.

* * *

Es war so etwas wie eine Niederlage.

Sie hatten keinen Kampf verloren – im Gegenteil, die Zahl derer, die sie getötet hatten, musste viele hunderte umfassen; Generäle hätten sich einer solchen Bilanz bis ins hohe Alter rühmen können, keine menschliche Armee hätte derartige Verluste hinnehmen können – noch dazu wenn sie ihr von nur *zwei* Kämpfern beigebracht wurden. Von einer Kriegerin mit dem Schwert und einem Schwarzen Magier. Aber irgendwann hatten sie beide zugeben müssen, dass ein weiteres Verharren in dieser Situation sinnlos war. Dass ihr Weg hier herauf sinnlos gewesen war, obwohl sie es nicht hatten wissen können.

Eine Niederlage.

Ein Fehler.

Ohne es zu sagen, hofften sie beide, dass dieser Fehler sich nicht als katastrophal für ihre Mission erweisen würde. Um sich selbst machten sie sich keine großen Sorgen, denn sie wussten, dass es schon ganz besonderer Kräfte bedurfte, um ein solches Paar wie sie zu besiegen. Ein Gutes hatte der Ausflug in die Berge doch gehabt: Er brachte dem Zauberer und der Kriegerin Klarheit über ihr Verhältnis zueinander. Zumindest für den Magier war das eine kleine Überraschung gewesen.

Kampfpaare aus Magiern und Kriegern waren in ihrer Heimat eine verbreitete und gefürchtete Kombination gewesen. Doch nie war so etwas wie ein Kampfpaar aus einem Schwarzen Magier und einem Warpkrieger aufgetaucht. Die Lehren des Warp-Ordens verboten, sich mit einem Magier zu verbinden, doch Micra, die so etwas wie ein Renegat war, hatte das damals nicht gestört, als sie aufgefordert wurde. Und Zachaknum hatte überhaupt nicht gewusst, auf was für eine Sache er sich da einließ …

Sie setzten einen Fuß vor den anderen, immer auf der Hut vor brüchigem Gestein oder seltsamen Wesen, die hinter dem nächsten Felsen hervorschnellen mochten. Am ehemaligen Tor ließen sie ein Schlachtfeld zurück, ein Feld voller sinnloser Opfer. An der explodierenden Zeit gestorbene Magier und an ihrer Dummheit verendete Monster – obwohl keiner wirklich wusste, was die rätselhaften Kreaturen bewogen hatte, sie mit einer solchen Verbissenheit immer wieder anzugreifen. Oder auch nur, wo sie hergekommen waren. Doch manches musste man einfach bekämpfen, auch ohne zu wissen was es war oder warum.

Der Schwarze Magier und die Warpkriegerin hatten schließlich aufgegeben und das Tor verlassen. Es war eine offensichtliche Sackgasse. Niemand kam, der wusste, was hier passiert war. Kein Brad tauchte aus dem Nichts oder wenigstens dem Gebirgsnebel auf, um ihnen mitzuteilen, dass er noch immer im Besitz der wertvollen Statue war. Nach einer Weile kamen nicht einmal mehr die Mutantenmonster. Micra hielt es für weitaus wahrscheinlicher, dass sie alle tot waren, als dass sie etwas gelernt hätten. Sie hatte noch nie in ihrem Leben einen solchen erschöpften Widerwillen für einen Gegner empfunden.

In den kalten Steinbehausungen der toten Zauberer auszuharren, wurde immer unsinniger. Und das war so seltsam, als ob man nach monatelanger Belagerung eine strategisch wichtige Festung erobert hatte, nur um festzustellen, dass deren strategische Bedeutung vollkommen falsch eingeschätzt worden war.

Zach-aknum entschloss sich endlich, die gebirgige Einöde wieder zu verlassen. Dass sie nun noch weniger wussten, wohin sie sich wenden sollten, um ihre Mission erfolgreich zu Ende zu bringen, schien ihn nicht zu stören. Vielleicht plante er auch, Brad oder die Statue mit Hilfe seiner Magie aufzuspüren. Nein, zumindest letzteres wohl nicht, fiel Micra ein, als sie darüber nachdachte. Die Statue konnte mit keiner Form von Zauber gefunden werden – deshalb hatte Zach-aknum auf Horam Schlan ja auch Jahrzehnte damit zugebracht, sie auf andere Weise zu suchen. Also wollte er nur aus den auf die Nerven gehenden Bergen verschwinden.

Micra fand das ganz in Ordnung so. Auf einem Fleck zu hocken und zu warten, hatte ihr noch nie behagt. All ihre Instinkte forderten sie auf, in Bewegung zu bleiben. Und wenn sie beide weiterhin eine Verantwortung für das Geschehen übernehmen wollten, mussten sie als nächstes Brad und die Statue wiederfinden.

›Eine Verantwortung für das Geschehen?‹ Sie hätte beinahe verächtlich geschnaubt. ›Warum sollten wir – sollte ich – eine solche haben? Haben wir denn noch nicht genug getan für die Götter, die blöd genug waren, ihre Welt so einzurichten, dass sie die Dummheit *eines einzelnen Menschen* zerstören kann? Was ist es eigentlich, das uns zwingt, immer weiter zu gehen auf diesem Weg?‹ Micra grinste schief. Ihr Vater wäre ob solcher Zweifel wohl entsetzt gewesen. Oder auch nicht. Sie kannte ihn nicht genug, um das sagen zu können. Doch sie wusste, dass es ihm in seiner Ausbildung des Ordens immer wieder um so abstrakte Konzepte wie Ehre und Pflicht gegangen war. Und ein Auftrag der Götter selbst wäre ihm wohl als der Gipfel der Pflicht erschienen.

›Wenigstens haben wir etwas für die Sicherheit der Handelswege dieser Welt getan‹, dachte sie mit einem Anflug von Humor. ›Rein zahlenmäßig müssten diese komischen Monster nun recht drastisch reduziert sein ...‹

Sie hatte den Zauberer gefragt, warum er sie als Mutanten bezeichnete – was das denn überhaupt sei. »Wesen, die auf magische Weise aus anderen Wesen entstanden sind«, hatte er erklärt und auf seinen *Zinoch* geklopft. Der hatte ihm also gesagt, was es mit den aggressiven Geschöpfen auf sich hatte. Nicht dass es irgendwas ausmachte, zu wissen, welchen Namen die Bestien trugen, die einem an die Kehle gingen.

Sie hatten durch den Ausflug in die Berge und die Scharmützel am Tor nur wertvolle Zeit verloren. Und nach dem, was der Magier sagte, war Zeit noch immer von Bedeutung. Wenn sie oder Brad es nicht rechtzeitig schafften, war buchstäblich alles umsonst gewesen. Dann ging die Welt, dann gingen die beiden Welten unter. Sie wollte sich gar nicht erst vorstellen, wie so etwas ablaufen mochte.

›Warum kann ihm sein blöder Ring nicht einfach klar und deutlich sagen, was hier läuft?‹ dachte die Warpkriegerin verbittert. ›Wieso muss Magie immer so verworren sein?‹

Micra Ansig war zu sehr ein Kind ihrer Welt, um sich auch noch zu fragen, *was* Magie eigentlich war – und was die Götter eigentlich waren, die hier keine geringe Rolle spielten. Für sie waren beide Dinge Selbstverständlichkeiten.

Der Schwarze Magier, der hinter ihr den steinigen Pfad bergab nahm, stellte sich diese Fragen regelmäßig, aber auf andere Weise. Für ihn war die Magie zwar ebenso ein Instrument wie auch etwas völlig Rätselhaftes, das es immer weiter zu erforschen galt, doch er stellte ihre Existenz nicht in Frage. Niemand fragte, was die Luft eigentlich war, die man atmete. Wozu auch? Ein Magier hätte höchstens gefragt, was man mit Luft sonst noch anfangen konnte.

Bei dem Skelett am Wegrand blieben sie stehen. Zach-aknum untersuchte es noch einmal gründlicher.

»Ja«, sagte er dann. »Wie ich es mir gedacht habe. Der Zeitblitz. Er muss sich in einem chaotischen Muster über das Gebirge ausgebreitet haben. Seltsam. Ihn hier hat er noch erwischt, während Pflanzen und Tiere, die viel näher am Tor waren, verschont blieben.«

»Wer war er?« fragte Micra.

»Ein junger Zauberer vermutlich, der gerade mal einen Ring besaß.« Er musterte die Knochenhand. »Kupfer ...« Ein vielversprechender Akolyth.« Er berührte den Toten nicht.

»Wie traurig ...«, sagte sie gleichgültig. Sie hoffte, dass Zach-aknum nicht wieder in seine Selbstvorwürfe verfiel. Das wäre nicht besonders hilfreich. Er konnte schließlich nichts dafür, dass mit dem Durchgang der Statue durch das Tor des Fluchwaldes die Katastrophe ausgelöst wurde, welche die hiesigen Zauberer eigentlich schon damit heraufbeschworen, dass sie mit der Zeit herumspielten. Niemals zuvor hatte jemand etwas ähnliches getan oder versucht. Niemand konnte wissen, was der Zeitzauber, der den Weltuntergang zumindest aufschob, für langfristige Folgen haben würde. Und sie waren verzweifelt. Im Gegensatz zu den Leuten auf ihrer eigenen Welt wusste man hier wenigstens unter Magiern und Priestern, was für eine Gefahr drohte. Micra beneidete die Hiesigen nicht.

Zach-aknum wandte sich den Bergen zu und intonierte einen komplexen, fast wie einen Gesang klingenden Spruch. Die Luft begann wie vor Hitze zu flimmern.

»Ein Bann?« fragte Micra, als er damit aufgehört hatte.

»Versucht es einmal.«

Sie sah ihn mit gemischten Gefühlen an. Einen *seiner* Zauber herausfordern? Nun ja, wenn er es vorschlug, konnte es kaum ein tödlicher sein ...

Sie trat vor und berührte die flimmernde Luftschicht.

Unmittelbar vor ihr schien sich ein blutiger, flammenumhüllter und überdimensionaler Totenschädel zu materialisieren, der den Mund öffnete und schrie: »Zurück! Kehre um! Hier besteht Gefahr!« Und eine spürbare Macht warf sie einige Schritte zurück. Micra fand stolpernd ihr Gleichgewicht wieder und sagte: »Toll, Schwarzer Magier. Einfach außergewöhnlich.« Als sie auf dem Pfad weiterging, murmelte sie noch: »Und all das Blut! Die Flammen ... Wie abschreckend.«

Zach-aknum zögerte einen Moment, bevor er ihr folgte. *Er* fand seinen Warnzauber überzeugend. Und diesmal war er nicht mal tödlich.

* * *

Herterich, der Assassine, hatte Solana nicht zuviel versprochen. Es war wirklich leicht, über den Terlen zu kommen. Pelfar war schließlich *eine* Stadt, und die Bürger hätten längst gemeutert, wenn irgendwer versucht hätte, die Überquerung des Flusses ernsthaft zu erschweren. Man verlangte nicht einmal mehr den unter Vabik üblichen Zoll. Die von Klos ausgeschickten Suchtrupps waren ihnen zweimal direkt über den Weg gelaufen, hatten die Frau mit dem Jungen in Begleitung eines Mannes aber nicht beachtet. Es war schon ein Wunder, dass sie in einer so großen Stadt wie Pelfar überhaupt auf sie gestoßen waren. Ein paar kurze, unauffällige Gespräche Herterichs mit scheinbaren Bettlern oder Handwerkern, deren Beruf sicher nicht ganz ihrem Äußeren entsprach, hatten bestätigt, dass tatsächlich jemand nach ihnen suchen ließ. Brads Festnahme schien nicht zufällig oder irrtümlich gewesen zu sein, sondern etwas mit seiner – und nun ihrer – Mission zu tun zu haben.

Sie marschierten auf die Mitte der Brücke zu und Solana hoffte, dass man immer noch nur nach einer Frau mit einem Jungen suchte. Aber hier schien niemand nach irgendwem zu suchen. Tatsächlich gab es einen entsprechenden Befehl, doch die Pelfarer beeilten sich nie, derartigen Wünschen von Fremden aus der Hauptstadt nachzukommen, ganz besonders nicht, wenn sie im Namen der sogenannten Königin ausgesprochen wurden. Und außerdem, was war an Bink als Hauptstadt überhaupt so großartig? Die albere Festung der Sieben Stürme vielleicht? Pelfar war viel größer als Bink!

Der Assassine flüsterte den gelangweilten Wachen in der Mitte der Brücke nur ein paar Worte ins Ohr, dann nickten sie ihnen huldvoll zu und wandten sich wieder ihrem Kartenspiel zu, noch bevor die drei die Linie in der Mitte passiert hatten. Es war ein Kartenspiel zwischen Teklador und Halatan und somit von großer politischer Bedeutung. Die Wachen legten außerdem Wert auf gute Beziehungen zu den Bürgern auf beiden Seiten. Zumindest zu solchen Bürgern, die so eindrucksvolle Namen wie »Messer« führten.

Am anderen Ufer des Terlen blieben sie stehen. Solana und Jolan würden hier vor einer Verfolgung durch die Leute der Königin von Teklador sicher sein. Jedenfalls vor einer offiziellen Verfolgung. Das Reich von Halatan war auf seine westlichen Nachbarn nicht mehr besonders gut zu sprechen, seit man dort ausländische Invasoren unterstützte und die althergebrachten Götter zu stürzen suchte. Mancher fragte sich bereits, wie lange es noch dauern würde, bis der Kaiser seine Truppen an die Grenzen schickte.

»Ich höre mich um«, versprach Herterich. »Wenn jemand etwas darüber erfährt, was in den Kerkern des Gefängnisses von Pelfar vorgeht, dann unsere Leute.«

»Ich danke Euch«, sagte Solana. »Falls wir erfolgreich zurückkehren, klopfen wir zuerst an die Tür Eures Hauses.« Damit meinte sie nicht etwa sein eigenes, sondern das seiner

Organisation. Sich an diese zu wenden, war etwas, das zu tun sie sich vorher niemals hätte vorstellen können. Aber die Leute wie die Zeiten änderten sich.

»Seid Ihr sicher, dass Ihr von hier an allein weiter gehen wollt?« Der Mann wirkte ein wenig verlegen, und es war ja auch seltsam, von einem Vertreter seines Berufes solche Besorgnis zu hören.

»Macht Euch um uns keine Sorgen«, sagte Solana mit einer Zuversicht, die sie noch nicht wirklich spürte, »ich habe Verwandte in Sito, das liegt praktisch am Weg zu dem alten Tor, wo sich nach Brads Meinung dieser Zauberer aufhalten soll, den wir suchen. Wir werden schon zurechtkommen.«

»Nun, einen echten Zauberer solltet Ihr nicht verfehlen können. Er wird allen auffallen. Die Leute dieser Zunft sind selten geworden in der letzten Zeit. Ich wünsche Euch Glück auf dem Weg.«

Sie verabschiedeten sich. Kurz darauf war Herterich in der Menge verschwunden und Jolan begann seine Mutter mit Fragen über Assassinen zu löchern, bis sie ihm ungewohnt barsch zu schweigen befahl. »Man redet an einem öffentlichen Ort wie auf der Straße nicht über sie, verstehst du? Und es ist besser, du erwähnst zu niemandem, dass wir einem von ihnen überhaupt begegnet sind.«

»Er schien nett zu sein ...«, murmelte Jolan.

»Selbst Henker können nette Leute sein, wenn man sie privat trifft«, behauptete Solana, obwohl sie damit noch keine Erfahrungen gemacht hatte. ›Und Brad war auch ein netter Kerl, obwohl er anscheinend denselben Beruf wie Herterich ausgeübt hat‹, fügte sie in Gedanken hinzu. Gleich darauf ärgerte sie sich über sich selbst, weil sie von ihm schon in der Vergangenheit gedacht hatte. Wenn man jemandem zutrauen konnte, dem Gefängnis zu entkommen, war es wohl ihr Bekannter von der anderen Welt. Nicht zu vergessen sein Problem mit Göttern. Die schienen mit ihm etwas vorzuhaben und würden sich nicht von den Launen bloßer Menschen davon abbringen lassen. Solana hatte im Tempel von Ramdorkan genug gelernt, um da ganz sicher sein zu können. Aber gerade das machte ihr Angst.

4

Durna benötigte nicht die wortreichen Erklärungen des Steuermannes, um zu wissen, wo sie sich befanden. *Sie* wusste immer, wo sie war ... Auch wenn es sich um eine eher unangenehme Lage handelte.

Sie waren auf dem Jag'noro an Land gegangen, einer großen Insel im Terlen. Diese Insel war so groß, dass man sie eigentlich gar nicht mehr als solche ansah, genau wie die Gegend nordöstlich von Bink, wo der Terlen den Grauen Abgrund umfloss und sich dabei in die Arme Olt und Dar spaltete. Hätten der Steuermann des Flussbootes und der Oberst nach links statt nach rechts gehalten, als es darum ging, schnell an ein Ufer zu gelangen, dann hätten sie in wenigen Stunden die alte Heerstraße erreichen können, die Bink mit Regedra verband. Falls es ihnen gelungen wäre, das Steilufer auf dieser Seite des Flusses zu erklimmen. So mussten sie zuerst die Insel fast in ihrer gesamten Länge durchqueren, um an eine genügend flache Stelle des nördlichen Armes zu gelangen, die man – vielleicht – überschreiten konnte. Und wenn sie das geschafft hätten, stünde ihnen immer noch ein langer Weg durch unwirtliches Land bevor, bis sie in die Nähe von Regedra und dem Meer kamen, denn das Nordufer des Terlen bestand hier aus kargem, kaum bewohntem Gebiet. Das machte dem Steuermann gewisse Sorgen, obwohl nicht er es gewesen war, der das Schiff auf Grund gesetzt hatte, sondern Oberst Giren. Auch er war ein Yarbe und wusste, welche Strafe ein Versagen nach sich ziehen konnte. Er war im entscheidenden Moment unentschlossen gewesen, so dass der Oberst selbst eingreifen musste. Das konnte man durchaus als Versagen interpretieren, wenn es an der Zeit war, Schuld zuzuweisen. Und dass Giren sie auf sich nehmen würde, glaubte er irgendwie nicht. Darum versuchte er nun bei der Königin einen guten Eindruck zu machen.

Durna interessierte der Steuermann des Flussbootes allerdings weit weniger als dieser befürchtete. Es war genug, dass er zu der Truppe gehörte, die Giren aus den Überlebenden der Schiffsmannschaft und ihrer Leute zusammengestellt hatte. Wobei er eigentlich nur den Abmarsch und das Tragen der notwendigsten Ausrüstung organisierte. Niemand durfte zurückbleiben, sogar die beiden Verletzten wurden mitgeschleppt. Er ließ keinen seiner Leute zurück, selbst wenn das den weiteren Vormarsch erschwerte. Aber sie erhob keine Einwände. So zogen sie nach einer Weile mit achtundzwanzig Leuten los, darunter zehn yarbische Soldaten, vier ihrer Leibwachen, acht Seeleute und zwei Dienstmädchen – die einzigen Frauen außer der Königin.

Der Weg würde nicht leicht werden. Das öde Land war seit vielen Jahrhunderten in dieser Region praktisch unbewohnt. Durna glaubte auch nicht, dass die Yarben ihre eigenen Siedler nun gerade hierhin geschickt hatten. Die waren sicher in den schon zuvor bewohnten Gebieten zu finden, aus denen man die Nubraer vertrieben hatte. Nun, da würde der Admiral wohl eine Weile länger auf sie warten müssen. Sie lächelte bei der Vorstellung. Sicher hatten ihm seine Spione oder Zauberer längst gemeldet, dass sie und Giren mit dem Schiff aufgebrochen waren. Wenn sie nicht ankamen, würde jemand in Regedra ziemlich nervös werden, darauf wollte sie wetten.

Doch das Lächeln der Königin von Teklador erlosch und machte einem Stirnrunzeln Platz. Der Gedanke an die Hauptstadt Nubras hatte sie wieder an das Unwetter erinnert. Magier verfügten über ein paar Sinne mehr als gewöhnliche Menschen, aber diese brauchte sie gar nicht, um zu wissen, dass sie nicht einfach gegen eine Naturgewalt angekämpft hatte – jedenfalls keine, die sie kannte. Noch war ihr nicht klar, was sie eigentlich in der Kristallkugel beobachtet hatte, was es war, das anscheinend bei diesem fehlgeschlagenen Ritual von Erkon Veron Besitz ergriffen hatte. Aber in ihr keimte ein Verdacht. In uralten Büchern hatte sie davon gelesen, doch nie daran geglaubt.

Es war nicht einfach magische Intuition. Ein wenig spielte dabei auch ihr außerordentlich großes Wissen auf dem Gebiet der Magie eine Rolle. Seit der Zeit im Tempel von Ramdorkan, als ihr Vater noch ein bedeutender Mann gewesen war und sie ein kleines Kind, hatte sie nicht aufgehört, die Schriften über Magie und Religion zu studieren, der beiden Aspekte ein und derselben Sache. Sie war nicht einfach nur eine Hexe. Das wurde jedes magisch talentierte Dorfmädchen automatisch, wenn man es nicht vorher totschlug, um späteren Problemen aus dem Weg zu gehen. Durna war eine *Zauberin*.

Sie hatte das Wissen und die Macht. Die meisten ihrer Ringe waren auf die harte Art in magischen Auseinandersetzungen mit Blut erkauft worden. Doch sie trug sie normalerweise nicht, wenn sie keinen komplizierten Zauber wirkte. Man musste es nicht, es war einfach nur ein Brauch, den sie missachtete. Außer einem hielt sie ihre Ringe verborgen in einem ledernen Beutel. Gegenwärtig hatte sie den Schmuck, der weit mehr als nur das war, jedoch übergestreift und unter ledernen Handschuhen verborgen. Königin Durna hielt nichts davon, der Welt zu verkünden, dass sie eine Magierin der Fünf Ringe war. Seit kurzem erst, aber sie war es.

Zacha Bas rätselhafter Tod in den Verliesen von Bink lastete noch immer auf Durnas Seele, und sein Ring, der einzige seiner Ringe, der nicht zu Staub zerfallen, sondern auf ihre Hand übergewechselt war, wie sie verdutzt bemerkte, als sie den Kerker längst wieder verlassen hatte, erinnerte sie jeden Tag daran, dass sie nicht wusste, *was* den alten Mann getötet hatte. Umgebracht, als er gerade angefangen hatte, mit ihr zu reden. Heiße Wut wallte in ihr auf. Jemand wollte nicht, dass sie erfuhr, was der Magier wusste. Jemand wollte nicht, dass sie etwas bekam, das sie begehrte. Dieser Jemand spielte ein gefährliches, tödliches Spiel. Man stellte sich ihr nicht ungestraft in den Weg. Sollte Durna ihn entlarven, würde er den Tag verfluchen, da er seine Ambitionen gegen die ihren gestellt hatte.

Durna beschleunigte ihre Schritte und eilte an der Truppe vorbei, in deren sicherer Mitte sie bisher den dschungelartigen Urwald des Jag'noro durchquert hatte.

»Lasst mich mal«, sagte sie zu den Seemännern, die mit den Entermessern mühsam den Weg durch das dichte Unterholz für die etwas schwerfälligeren Mitglieder ihrer Gesellschaft frei hackten. Den Männern kam nicht für einen Moment in den Sinn, mit ihr darüber zu streiten, ob das die rechte Arbeit für eine Königin sei. Und das war gut für sie. Sie richtete ihren plötzlich aufgeflammten Zorn mangels eines anderen Zieles gegen das Unterholz und begann sich am hilflosen Gezweig und den gelegentlich herumstehenden fünfhundertjährigen Urwaldriesen auszutoben. Der Geruch nach verbranntem Holz breitete sich über die Insel aus. Eine dichte Rauchwolke stieg in den Himmel. Durna dachte nicht daran, sich zu verstecken. Der Vormarsch der Magierkönigin war spektakulär. Aber das Bahnen des Weges bis zur Furt war für sie mehr oder weniger eine Fingerübung. Sie war nicht mit ganzem Herzen dabei. Was brachte es schon, wehrlose Bäume zu verbrennen? Was Durna im Moment tatsächlich beschäftigte und von den gewöhnlichen Unannehmlichkeiten eines Vordringens durch dicht bewaldetes, sumpfiges Gelände auf einer seltsamerweise seit Jahrhunderten unbewohnten Flussinsel ablenkte, war die Frage, was bei allen Dämonen *in Regedra* vorging. Seit sie in ihrer Kristallkugel Zeuge von Erkon Verons grauenvollem Ritual und seinen Folgen geworden war, rissen sie ihre Gefühle zwischen Zorn und Angst hin und her. Sie wollte diesen Mann vernichten, ihn langsam und qualvoll das Leben nehmen, wenn sie ihn nur in ihre Finger bekam. Ob Yarbenmagier oder nicht, vor ihrer Wut würde er keinen Bestand haben. Und sie hatte gleichzeitig Angst vor dem, was er getan hatte. Denn es ähnelte zu sehr dem Zauber, mit dem sie selbst sich ihre Jugend und magische Kraft erhielt. Schwarze Magie ... Allerdings hatte Durna noch nie etwas anderes als Tiere dabei geopfert. Menschenopfer waren das strikteste Tabu im Buch. Etwas, das man schlicht und einfach *nicht* tat. Die angedrohten

Folgen waren zu offensichtlich. Seltsamerweise schien das den Yarben nicht gestört zu haben. Oder wusste er es gar nicht? Wusste er nicht, dass der Tod eines vernünftigen Wesens für Momente die Barrieren zwischen den Dimensionen einriss – wenn nämlich der Geist oder die Seele die Grenze zu Wordons Reich passierte? Dass ein Ritual in diesem Momenten Unaussprechliches herbeirufen konnte?

Durna konnte sich einfach nicht vorstellen, dass jemand wissentlich ein solches Risiko eingehen würde. Wozu auch, wenn man das Ergebnis auch ohne die Gefahr erreichen konnte? Sie selbst kannte sich viel zu gut mit Magie aus, um in Versuchung zu geraten. Was der Yarbenpriester da getan hatte, war Schwärzeste Magie im übelsten Sinne des Wortes! Bisher hatte sie noch nie Gelegenheit gehabt, das Wirken hoher Magie der Yarben direkt mit ihren eigenen Kenntnissen und Fähigkeiten zu vergleichen, doch diesmal war der Schleier zerrissen worden, der Regedra sonst abschirmte. Weil Veron selbst zu abgelenkt war oder weil das Geschehen zu furchtbar und zu groß war für seinen Tarnzauber?

Die Wut über die Anmaßung dieses Yarben hatte sie ursprünglich dazu getrieben, dem Wunsch des Admirals viel schneller Folge zu leisten, als sie es zuerst vorgehabt hatte. Nun aber, nach dem Abenteuer auf dem Fluss, wusste sie, dass da in Regedra eine Gefahr heraufbrodelte, die auch ihr eigenes Land bedrohen konnte, sogar die ganze Welt. Gehörte das etwa zu den Dingen, die in den alten Schriften erwähnt wurden, zum Untergang Horam Dorbs, wie er als Folge des Ungleichgewichts vorausgesagt wurde? War es jetzt soweit? Durna hatte gerade diese Unterlagen wieder und wieder studiert, vom Eindringen fremdartiger Ungeheuer in ihre Ebene der Existenz war nie die Rede gewesen. Aber vielleicht irrte sie sich auch, war ihr Verdacht unbegründet. Es gab so viel im Reich der Magie, was noch unbekannt war, und sie erinnerte sich kaum an die verstaubten Bücher, in denen vage und verklausuliert von den grauenvollen Dingen die Rede gewesen war, die ein Zauberer wecken oder anlocken konnte, wenn er unvorsichtig war. Wirdaons Dämonen erschienen im Vergleich zu manch anderer Kreatur in dieser Litanei des Horrors als die freundlichen Nachbarn von nebenan. Warum sollte es gerade ein – sie stockte gedanklich, bevor sie den Begriff formulierte – ein Chaos-Lord sein? Wie kam sie nur darauf?

Tatsächlich hatte sie Erwähnungen derartiger Wesenheiten in den Schriften immer als Übertreibungen und Mythen abgetan. Allenfalls waren das Fehlinterpretationen des Wirkens niederer und längst vergessener Gottheiten der Vorzeit. Dass diese mythischen Gestalten sogar namentlich benannt wurden, hatte ihr damals nicht zu denken gegeben. Sie versuchte sich daran zu erinnern, wie sie hießen und was man ihnen für Eigenschaften und Kräfte zuschrieb. Jede Einzelheit konnte wichtig sein, wenn ihr Verdacht zutraf. Momus, vielleicht ein anderer Name für Wordon, aber eben nur vielleicht. Denn das hieß Tod. Caligo bedeutete Finsternis. Ein Gott der Nacht? Durna wusste nicht, was sie davon halten sollte. Die Namen von anderen Chaos-Lords wollten ihr nicht mehr einfallen. Ja, so wurden sie genannt: die Chaos-Lords. Seltsam ... Sah so das Ende aller Dinge aus?

Sie zweifelte nun daran, ob es tatsächlich gut war, sich so sehr mit den Invasoren aus dem Westen abzugeben. Hätte sie nicht besser daran getan, mit allen einer Königin verfügbaren Mitteln nach der vielleicht wieder auf ihrer Welt befindlichen Statue Horams zu forschen und so schnell wie möglich das von den Göttern verdammte Gleichgewicht wiederherzustellen? *Falls* es noch möglich war? Falls die Götter nicht inzwischen von den Menschen und ihren Blödheiten endgültig die Nase voll hatten.

Während sie mit Feuerlanzen das dichte Unterholz aus dem Weg brannte, erzitterte Durna unter einem kalten Schauder. Nur Magier und wahre Priester wussten, dass es die Götter *wirklich* gab und welche Macht diese ... Wesen besaßen. Sie konnte sich sehr gut vorstellen, was aus einer Welt werden mochte, deren die Götter überdrüssig wurden! Nein, eigentlich konnte Durna das nicht. Aber was sie sich vorstellte, machte selbst ihr Angst.

Es gab in der Folklore ihres Landes viele Geschichten von Leuten, welche die Götter erzürnt hatten, doch sie war sicher, dass die alle erfunden waren. Niemand, der einen Gott wirklich verärgerte, würde danach noch lange genug leben, um irgendwelche erzählenswerten Abenteuer zu bestehen.

Sie sagte sich, dass sie im Moment ziemlich eigenartigen Gedanken nachhing, und versuchte sich mit einer bewussten Anstrengung wieder auf das Hier und Jetzt zu konzentrieren.

›Das Jag'noro ist eine ziemlich große Fläche Landes‹, dachte sie. ›Wieso hat man es nie besiedelt? Versucht, den Sumpf trocken zu legen und Gemüse anzubauen? Oder eine Festung zu errichten, welche den Verkehr auf dem Fluss kontrolliert? Gibt es hier etwas, von dem ich nichts weiß?‹

Ein fast nicht spürbares Zittern lief für einen winzigkleinen Moment durch die Realität. Die erhobene Hand Durnas, die gerade einen neuen Feuerzauber gegen das dichte Gewächs schleudern wollte, erstarrte. Grober, grauer Stein ragte vor ihr auf. Nackter Stein, von keiner Ranke berührt, von keiner Flechte angegriffen. Ein irgendwie hässlich, böse und brutal aussehender Stein. Sie hob den Kopf, strich sich eine kurze Haarsträhne aus der Stirn, hob den Kopf weiter und weiter und öffnete den Mund – ob zu einem Schrei oder zu einem Fluch, das vergaß sie sofort. Was sie sah, war unmöglich.

Und dann hörte sie etwas ...

Komm.

Durna wich kopfschüttelnd vor der so plötzlich im Dschungel enthüllten Wand zurück, als würde das etwas nützen. Hinter sich hörte sie das entsetzte Aufschreien ihrer Begleiter, als diese gleich ihr die Wand sahen und den Blick hoben ... und hoben. Der Berg vor ihr stützte buchstäblich den Himmel. Man sah keine Spitze, nur Wolken, die dunklen Stein verschwimmen ließen.

Komm.

Und etwas riss an ihr, zerrte und flüsterte in ihrem eigenen Kopf auf sie ein. Zog sie den unmöglichen Berg hinauf. *Komm, Durna. Komm hinauf zu mir.*

»Wordon mé! Ich kann doch nicht ...! Woher kommt dieser Berg? Oberst! Habt Ihr je ... natürlich nicht.« Sie begriff, dass sie stammelte, nicht wusste, was sie sagen sollte.

Das Jag'noro war nicht annähernd groß genug, um so etwas zu tragen, ganz zu schweigen davon, dass man es in den umliegenden Ländereien hätte kennen müssen! Es hätte noch von Bink aus sichtbar sein müssen. Doch da war sie, eine grobe graue Steinwand mitten auf der Insel, die wie die schlechte, aber unerhört überdimensionale Nachbildung eines wirklichen Felsens in den Himmel aufstieg.

Durna kauerte sich angesichts des Berges, den es nicht geben konnte, beinahe vor der Wand zusammen und schämte sich gleichzeitig. Doch als sie sich nach ihren Begleitern umsah, fand sie, dass diese allesamt bäuchlings auf der Erde lagen, das Gesicht in den feuchten Boden gepresst, um ja nicht das zu sehen, was es einfach nicht geben konnte. Selbst die Leibwachen, die sie für die Dauer der Reise von ihren Pflichten entbunden hatte. Nur der Oberst kniete auf Yarbenart mit leicht gesenktem Kopf vor ihr, Befehle erwartend. Natürlich, sie hatte ihn ja gerade angesprochen.

War das eine neue Manifestation des Chaos? Wollte ihr etwas den Weg nach Regedra unmöglich machen? Sie erhielt keine Zeit, um darüber nachzudenken. Wieder erklang die Stimme in ihrem Kopf, doch diesmal brüllte sie ungeduldig: *KOMM!*

Sie zuckte empor, bevor sie wusste, dass es nicht mehr ihr Wille war, dem ihr Körper gehorchte. Sie presste ihre Hände auf die Ohren, in denen diese grauenvolle Stimme ihre Befehle schrie, aber das war sinnlos. Kein hörbarer Laut übertrug den Befehl. Innerlich zitternd berührte sie den Fels, den keine Pflanze zu bedecken wagte. Er fühlte sich warm und porös an. Wie ein Stein in der Sonne eben. Nur dass er scheinbar in ihrem Kopf sagte: *Geh nach links. Dort findest du den Aufstieg. Geh jetzt, es ist nicht viel Zeit.*

Durna griff sich atemringend an die Brust und taumelte. Dann, als sie Tral Girens stützende Hände spürte, richtete sie sich auf und sah den Rest ihrer kleinen Truppe an. Yarbische und tekladorische Seeleute, die als Flussschiffer ihre Macht im Kampf gegen den Sturm unmittelbar erlebt hatten, ihre Gefolgsleute aus der Festung der Sieben Stürme, und Oberst Tral Giren, der Mann des Admirals – oder vielleicht doch schon der Mann der Königin?

»Leute, ich muss euch gestehen, ich weiß nicht«, was das für ein Berg ist«, sagte sie abrupt. »Er sollte nicht hier sein, und wir vermutlich auch nicht. Ich muss aber dort hinauf, obwohl ich keine Ahnung habe, wie ich das anstellen soll.« Sie schaute wieder nach oben. Hinauf? Auf diesen unmöglichen Berg? Wordon mè!

Der Berg stützte nicht den Himmel, er fiel geradezu in den Himmel hinein! Wenn man ihn ansah, wurde man von einem saugenden Schwindelgefühl erfasst.

»Oberst Giren, wollt Ihr mich nicht begleiten?« Sie lächelte kurz. Natürlich wollte er. »Die anderen bleiben hier. Wenn wir, sagen wir, im Verlauf eines vollen Tages nicht zurück sind, schlagt ihr euch an diesem Klotz hier vorbei zum Ufer durch und versucht, das Jag'noro zu verlassen.« Sie zögerte für einen Augenblick. Es waren trotz aller neu erworbenen Loyalität vor allem Yarben. »Ich will, dass ihr die Existenz dieses Berges geheim haltet. Redet nur mit dem Lordadmiral selbst darüber, wenn ihr es schon berichten müsst. Aber vielleicht kommen wir ja auch rechtzeitig zurück, so dass ich euch diese undankbare Aufgabe ersparen kann.«

Die unbehaglichen Blicke, die sich einige der phantasiebegabteren Yarben zuwarfen, sagten ihr, dass diese sich gerade vorstellten, wie sie Trolan das Fernbleiben der Königin und einen neu in der Landschaft aufgetauchten Riesenberg zu erklären versuchten. Sie würden auf sie warten, so lange es ging.

»Also los!« Durna wandte sich nach links und hoffte, der Aufstieg, von dem die Stimme gesprochen hatte, würde nicht völlig unmöglich sein. Sie trug seit dem Schiffbruch natürlich nicht mehr ihr gewagt geschnittenes Kleid mit den Schnüren – das hätte sich im Wald als recht unpraktisch erwiesen. Die Königin hatte ihre ledernen Jagdsachen angelegt: Hose, Weste und Jacke, dazu Stiefel. Sie beglückwünschte sich zu der Idee ihres Kämmerers, das Zeug für alle Fälle einzupacken und nahm sich vor, den Mann zu belohnen. Falls sie dieses Abenteuer überlebte.

»Warum müsst Ihr dort hinauf, Königin?« fragte Tral Giren, kaum dass sie außer Hörweite der anderen waren.

»Eine Stimme in meinem Kopf hat es mir gesagt«, entgegnete sie leichthin. Sie hörte ihn hinter sich husten und grinste. Was er wohl *davon* hielt?

Der angekündigte Aufstieg erwies sich als ein breiter Einschnitt in der ansonsten fast so gerade wie eine Mauer verlaufenden Wand des unmöglichen Berges. Irgendwie führte eine steile, aber nicht unbesteigbare Art Rampe aufwärts, die sich in ein paar Mannshöhen in einem Winkel verlor.

Hier.

›Ich dachte es mir schon‹, dachte Durna resigniert. »Also versuchen wir es, Oberst! Ich zuerst – und falls ich abrutsche, müsst Ihr mich auffangen.«

»Selbstverständlich.« Giren schob sein Schwert auf den Rücken, damit es ihn nicht behinderte.

Es war völliger Unsinn, auf diesem Weg den Berg erklettern zu wollen, dessen Gipfel sie noch nicht einmal *sehen* konnten, dachte Durna, während sie die ersten vorsichtigen Schritte die Schräge hinauf machte. Wenn nicht jegliche Spuren menschlicher Bearbeitung gefehlt hätten, dann würde sie diesen Aufstieg für künstlich gehalten haben. Sie stieg in den Berg, nur um nicht noch einmal von einer Stimme in ihrem eigenen Kopf angebrüllt zu werden. Das war ziemlich entnervend gewesen.

Giren betrat mit einem letzten Blick zurück auf den vertrauten Wald hinter ihr die Rampe. Ein schwaches Zittern lief über die Realität.

Diesmal aber wurde es von einer fühlbaren, ja drastischen Veränderung begleitet, so dass kein Zweifel bestehen konnte, ob es wirklich da gewesen war.

Durna stand plötzlich in hellem Sonnenlicht und frostiger Kälte. Vom Felsen, der eben noch dicht vor ihren Augen gewesen war, keine Spur mehr. Oder ...? Sie stand auf ihm! Sie war auf dem Gipfel des Berges.

»Bei den Neun! Was ist das für ein Zauber?« hörte sie Giren hinter sich keuchen.

In der Tat. Ein Translokationszauber, und ein mächtiger dazu. Wenigstens war sie nicht allein hier oben angekommen. Sie blinzelte. Dunkelblau wölbte sich der Himmel über einem vollkommen flachen Plateau, das die Spitze des unmöglichen Berges bildete. Hier oben erschien er noch mehr wie ein Bauwerk. Ein Dorf oder eine kleine Stadt hätten gut hier Platz gefunden. Es war kalt, aber sie bekam ausreichend Luft – was nicht hätte der Fall sein sollen, wie sie wusste.

»Durna!« flüsterte plötzlich eine erschrockene Stimme. Sie brauchte einige Herzschläge lang, um zu erkennen, dass es Tral Girens war. Seit der Nacht hatte er sie nicht wieder so genannt. Sie fuhr zu ihm herum und rang schließlich doch nach Atem.

Aus dem grellen Licht der Sonne schob sich an einer Stelle, wo eben scheinbar nichts anderes als nackter Stein gewesen war, wie durch einen senkrechten, silbrig flimmernden Riss in der Luft ein unförmiger Schatten. Man konnte sehen, wie da etwas von *irgendwo anders* kam.

Ihr Gehirn brauchte einen Moment, um den stachligen Konturen einen Namen zu geben. »Dra... Dra...«, stammelte Tral Giren.

»Dasss Wort issst Drache«, sagte das Ungeheuer freundlich und entfaltete gigantische Schwingen, die einen blutroten Schatten über die beiden Menschen warfen und es ihnen gleichzeitig ermöglichten, es gegen die Sonne nun etwas besser zu sehen. »Ein bessssseres Wort alsss ›Aaaargh!‹ oder ›Hilfe, Mama!‹ finde ich.«

Durna musterte den Drachen scharf. Nach dem ersten Schreck hatte sie sich schnell wieder gefasst. Sie waren zwar nicht gerade alltäglich, aber es gab Drachen auf Horams Welten. Ihr berühmtester Wohnort waren früher die Höhlen von Baar Elakh gewesen; man brachte die schlimmsten Verbrecher als Opfer zu ihnen – vor langer, langer Zeit. Es gab Geschichten über einen Ort namens Taan Goor, wo furchterregende und bösartige Drachen hausten, doch niemand wusste mehr, wo er lag.

Durna hatte noch nie in ihrem Leben einen Drachen gesehen, aber das traf auch für einen Bachnorg und etliche andere Kreaturen zu. An ihrer Existenz hatte sie dennoch nie Zweifel gehegt. Anders wohl der Oberst. Er wich langsam zurück und fummelte nervös nach seinem Schwert, während er flüsterte: »Das ist nicht real ... Das gibt's doch gar nicht!«

»Lasst das!« zischte Durna ihm zu. »Reißt Euch zusammen.« Das fehlte ihr noch, dass ihr Begleiter durchdrehte.

»Er wussste nicht, dasss ess unsss wirklich gibt«, stellte der Drache mit leicht amüsiertem, wenn auch unangenehm zischenden Tonfall fest. »Dasss Leben issst voller Überraschungen, nicht wahr, Durna de'breus?«

»So nennt mich schon lange niemand mehr, Drache.«

»Natürlich nicht, *Königin* Durna.« Der Kopf am Ende eines langen Halses kam etwas näher. In dem leicht geöffneten Rachen konnte Durna Reihen weißer Zähne erkennen, die vermutlich nicht mal wussten, welche *Farbe* ein Salatblatt hatte. Der Drache selbst war so tiefrot, dass er an manchen Stellen schwarz wirkte.

Sie sah ihm nicht in die riesigen Augen, nicht direkt hinein, sondern etwas darüber. Das geschah völlig automatisch, als eines der am tiefsten verankerten Trainingsprogramme des alten Einsiedlers aktiv wurde. Bis eben hatte sich Durna noch nicht einmal daran erinnert, dass ihr Lehrer ihr jemals etwas über Drachen beigebracht hatte.

»Ahh«, machte der Drache. »Ich würde mich gerne mit dir über diesen interessssssanten Mann unterhalten, aber ich habe nur wenig Zzzeit.«

»Du hast mich hier hinauf gerufen? Warum, und wer bist du eigentlich?« Durna begriff im selben Moment, dass sie versuchte, die Initiative zu behalten – und dass das in dieser Situation ziemlich lächerlich war.

»Namen! Alles müssst ihr Menschen benennen ... Nun gut. Du kannsst mich Sssternenblüte nennen.« Der Drache sah Tral Giren an und dieser fiel um wie ein Sack Mehl. Durna durchfuhr ein Stich, von dem sie nicht gedacht hätte, dass sie ihn fühlen könnte. Sie wollte zu Giren eilen.

»Er schläft nur!« sagte Sternenblüte streng, als er ihre Reaktion spürte. »Nicht allesss, wasss ich dir zzu sagen habe, ist für die Ohren anderer Menschen bestimmt und noch weniger für die einesss Yarben. Du kannsst ssspäter entscheiden, wie weit du ihm traussst und wasss du ihm erzzzählssst.«

Sie unterdrückte ein Aufwallen von Zorn und bemerkte dabei, wie ungewohnt das für sie war und wie schwer es ihr fiel. Die Zeit als Herrscherin hatte schnell dafür gesorgt, dass sie glaubte, diese Art von Zurückhaltung nicht mehr nötig zu haben.

Der Drache legte seinen mächtigen Kopf schief.

»Sieh an, ssie lernt bereitsss ...«, murmelte er wie nur für sich bestimmt.

Sie holte tief Luft. ›Sternenblüte?‹ dachte sie. ›Ein schöner Name, wenn auch sicher nicht sein richtiger.‹

»Namen!« wiederholte der Drache plötzlich unmutig. »Als würden euch Worte Macht über dasss geben, wasss sssie benennen.«

»Aber es ist so!« verteidigte Durna eine der wichtigsten Säulen ihrer Vorstellung von Magie. »Und es heißt auch, dass Drachen niemals ihren wirklichen Namen verraten.«

»Unfug! Namen sssind nichtsssss. Bedeutungslosss. Man kann sssehr gut ohne auskommen. Worte allein geben keine Macht. Beweisss mir dasss Gegenteil!« Er schnippte ihr mit einer Kralle einen kleinen Stein zu.

Was sollte das? Automatisch fing sie den Kiesel und betrachtete ihn, als habe sie noch nie einen Stein gesehen. Sie wusste, was der Drache wollte. Das war die älteste Übung im Buch. Der Einsiedler hatte sie damit bis zur Verzweiflung genervt – bis sie die Sache schließlich begriff und beherrschte. Verwandle den Stein in ein Samenkorn, lass eine Blume wachsen und sage mir dann, was ...

Ihre Gedanken stockten abrupt. *Der Einsiedler* hatte ihr ebenfalls niemals seinen Namen genannt. Er brachte der jungen Zauberin alles bei, was sie sich nur wünschen konnte, er zwang sie zu Dingen und Überlegungen, die ihr an einem anderen Ort als auf jenem einsamen Berg inmitten eines öden Kraters nie in den Sinn gekommen wären.

Und nun stand sie wieder auf einem Berg und sollte einem Drachen beweisen, dass sie die Übung noch beherrschte. War das ein bloßer Zufall? Von dem Drachen inszeniert, der sich Sternenblüte nannte?

»Nun, Kind?«

Sie griff mit ihrer Macht ins Innerste des Steins und verwandelte ihn. Dann wollte sie ihn auf den Boden legen, doch da war keine Erde. Also streckte sie in einem spontanen Impuls ihre Handfläche mit dem Samenkorn aus und ließ es sprießen. Die Wurzeln drangen nicht in ihre Haut ein, sondern umwoben kitzelnd die Finger mit einem feinen Gespinst. Nur wenig später glänzte Tau auf einer Blüte, deren fast schwarze Farbe exakt der des Drachen entsprach. Erst da merkte sie, dass sie dabei nicht einmal ein bewusstes Wort gedacht hatte. Sie musste nicht wissen, ob der Stein Stein hieß oder Kiesel oder Granit, was es genau für eine Blume war, die sie gemacht hatte. Alles was sie brauchte, war ihre eigene Kraft und Vorstellung.

Sternenblüte nickte schweigend.

Als sich die Blume in einen nachtdunklen Falter verwandelte und davon flatterte, sagte der Drache: »Du hassst esss also noch nicht verlernt über all deinen Machtsssspielchen und Rachefeldzzzügen.«

Sie starrte ihn bestürzt an und für einen Moment glaubte sie, dass ...

»Nein«, sagte der Drache. »Nicht ich war dort zu jener Zzzeit. In einem gewissssen Sssinne bin ich jetzzzt zzu einem Teil da, aber nur dessshalb, weil diesesss Treffen heute zzussstande gekommen ist. Der Einsssiedler war real, ein wirklicher Mensch, doch nachträglich war er auch ich. Nur von heute ausss betrachtet. Dassss issst sssicher zzu komplizzziert für dich. Drachen exisssstieren gleichzzzeitig in anderen ... anderen Dimenssssionen und für sssie bedeuten Raum und Zzzeit nicht dassselbe wie für euch Menschen. Aber lasssen wir dasss«, schloss er unvermittelt, als sei ihm klar geworden, dass er von Dingen« sprach, die Durna nicht das geringste sagten. »Dir fehlen ganzzz einfach die Worte, um zzzu versssstehen, wasss ich meine – und ja, manchmal braucht man Worte doch. Wenn sssie auch in einigen Fällen nicht reichen. Erkläre einem Blinden eine Farbe ...«

›Kein Wunder, dass man Drachen nachsagt, sie sprächen immer nur in Rätseln‹, dachte die Königin.

»Nun denn«, fuhr Sternenblüte fort, »ich habe dich auf meinen Berg gebeten, weil er der einzzzige Ort ist, an dem ich dich unter den gegebenen Umsssständen im Moment treffen kann. Du weissst bereitsss, dasss ein Neryl – ihr nennt sssseine Art die Chaos-Lordsss – eure Welt betreten hat?«

Also *hatte* sie Recht gehabt mit ihrem Verdacht!

»Ja. Soviel ich sehen konnte, gelangte er während eines verbotenen schwarzmagischen Rituals hierher«, sagte Durna, krampfhaft um Ruhe bemüht. Wenn der Drache ihr etwas hätte tun wollen, dann würde er sich nicht mit Reden aufgehalten haben. ›Also konzentrier dich, Hexe!‹ dachte sie. ›Das hier ist vielleicht das wichtigste Ereignis in deinem Leben.‹

»Die Anwesenheit desss Nerylsss bewirkt – das Chaosssss. Nicht sssogleich und überall, aber mit sssteigender Tendenzzz und sssich aussssbreitend. Sssie hat mir aber auch ermöglicht, einen Asssspekt meinesss Bergesss auf eure Welt zzzu schaffen. Du bissst sssicher schon selbssst darauf gekommen, dasss in einer wohlgeordneten und ssstabilen Realität ein derartiger und zzzudem plötzzzlich auftauchender Berg unmöglich issst.«

»Wozu der Berg? Hättest du nicht einfach ...«

»Nein. Nicht wirklich. Eigentlich sssollte ich gar nicht hier sssein und mit dir reden. *Wir* tun sowasss normalerweissse nicht. Aber unter den Umsssständen müssste esss eigentlich erlaubt sssein. Dasss wird ssspäter beurteilt werden. Sssagen wir einfach, der Berg issst ein Trick, um Schwierigkeiten zzzu umgehen, die dich nicht weiter kümmern brauchen. Wir haben kein Interessse daran, dasss Welten oder gar ganze Weltenverbände untergehen. Wir haben auch kein Interessse daran, dasss niedere und boshafte Entitäten wie die Nerylsss Einflusss auf Universssen gewinnen, in denen sssie nichtsss zzzu sssuchen haben. Und schliessslich haben wir kein Interessse daran, dasss sssich monssssträse NBE-Kreaturen über Welten hermachen, auf denen auch wir unsss befinden.«

Durnas Gedanken rasten. Mit »wir« meinte Sternenblüte offensichtlich die Drachen. Von dem Rest voller Universen und Entitäten verstand sie nicht besonders viel.

»Horam hat euch diesesss kleine Ding dagelasssssen, nicht wahr? Diessse Ssstatue?« fragte der Drache plötzlich. »Du weissst doch, wasss dasss ist? Zzzumindest in euren Begriffen.«

»Ja, ich denke schon. Seit unsere Hälfte gestohlen und auf die andere Welt gebracht wurde, sind die Tore zusammengebrochen und der Untergang der Welt wurde angekündigt.«

»Jaja«, sagte Sternenblüte ungeduldig. »Ich kann dir nicht in versssständlichen Worten erklären, wasss die dummen kleinen Dinger wirklich machen. Die Ssstatuen sssind für die Ssstabilität des Weltenverbandes verantwortlich. Es sssind nur Manifestationen etwasss viel gewaltigeren. Man nennt sssie Ankerpunkte. Wenn dasss, wasss Horam mit den drei Welten getan hat, inssstabil wird, dann isst nach einer Weile die Vernichtung nicht mehr aufzuhalten. Zum Glück haben ein paar Menschen auf Schlan es noch rechtzzzeitig geschafft, eure Ssstatuenhälfte zu finden und wieder hierher zzzu schaffen. Mit ein klein wenig Hilfe einesss anderen Drachen. Und nun hör zu: Die Ssstatue musss unbedingt schnellstenssss an ihren ursprünglichen Ort gebracht werden, sssonst kann sssie ssich nicht aktivieren.«

»Das weiß ich«, sagte Durna trotzig.

Der Drache zog seinen Kopf in einer Geste des Erstaunens ein Stück zurück. »Ahh. Gut.«

»Ich habe mein halbes Leben damit verbracht, alles über die Statue zu lernen, was es zu erfahren gibt«, erklärte Durna. »Mein Vater ...«

»Trägt mit die Schuld an dem Dilemma, vor dem wir heute ssstehen«, sagte Sternenblüte. »Aber nicht, weil er sich die Ssstatue klauen liesss. Er machte ssspäter einen viel grössseren Fehler.«

Durnas schon zu einem zornigen Protest geöffneter Mund blieb stumm.

»Er trennte Gut und Bössse in einem Menschen, in dem Versuch, einen Weg zu finden, um das Bössse, von dem jeder etwasss besitzzzt, eliminieren zu können. Der negative Anteil überlebte jedoch das Experiment und formte ein Etwasss, das man nicht mehr als lebendes Wesen bezzzeichnen kann, obwohl esss sich alsss solchesss tarnt. Eine NBE-Kreatur. Es gibt auf Horam Schlan ein ganzzz ähnlichesss Etwasss, dasss durch die besonderen Bedingungen einer bessstimmten Zzzone dort entstanden ist. Wenn es dem hiesigen Wessen gelingt, ssich mit dem auf Horam Schlan zu vereinen, dann entsssteht etwasss noch viel gefährlicheresss ... Ein Monsssturm, dasss ssich ohne Probleme beide Welten untertan und alle Menschen zu willenlosssen Ssklaven machen könnte.«

»Du meinst, wenn sich die Tore wieder öffnen?«

»Nein, die sssind alle irreparabel zzzusammengebrochen. Da habt ihr mit eurer Magie ganzzze Arbeit geleisssset.«

»Wie soll dann dieses Monster sich mit dem anderen treffen?«

Sternenblüte sah sie für ein paar Augenblicke schweigend an. »Da isst noch ein Weg hinüber. Ein Tor, wenn du ssso willsst. Hasssst du in deinen Ssstudien je etwasss vom Tor der Dunkelheit gelesssen?«

Ein zweites Gespräch

»Und? Hattest du Erfolg?«

»Na ja ... eher mäßigen. Nein, ehrlich gesagt ist es eigentlich noch schlimmer geworden. Andere beginnen sich für diese Sache zu interessieren. Gefährliche andere. Ein oder zwei Neryl sind in der Realität aufgetaucht.«

»Was? Dort? Du liebe Güte. Das kann wirklich schlimm werden.«

»Ich frage mich, ob uns das nicht langsam entgleitet. Ob wir es nicht selbst beenden sollten. Wenn ein Neryl erst einmal auf einer Welt die Kontrolle erlangt ...«

»Beenden? Du meinst, die Welten in ihren jeweiligen Universen in das Schwarze Loch fallen zu lassen? Die Randzonenwelt abkoppeln? Alles abschalten? Davon redest du? Bist du verrückt?«

»Ein Schwarzes Loch ist erwiesenermaßen das einzige im Universum, was einen Neryl aufhalten kann. Das sind auch Entitäten, nicht nur irgendwelche Wesen!«

»Vielleicht sollten wir *sie* fragen ...«

»Sie? Oh, du meinst *sie*. Ich glaube, das wäre keine so gute Idee, und es ist auch nicht mehr nötig. Sie haben ebenfalls bereits Interesse gezeigt. Und das ist auch etwas, das mir Angst macht. Wenn sie sich zum Eingreifen genötigt sehen, ist die Sache wirklich verfahren.«

»Aber warum sie nicht ansprechen, wenn sie sogar schon involviert sind?«

»Sie sind nun auch Spieler in diesem Spiel, verstehst du nicht? Aus irgendeinem Grund hat sich mindestens einer von ihnen aktiv eingemischt. Das ist unglaublich beunruhigend. Niemand weiß mehr, was geschehen kann. Wird es bei dem einen kleinen Anstoß bleiben, den er gegeben hat, oder ist es ihm so wichtig, dass er wirklich aktiv wird? Und wenn er das tut, könnte das Ende sehr wohl darin bestehen, dass diese ganze ... Störung auf Nimmerwiedersehen in einem Schwarzen Loch verschwindet.«

»Und wir mit ihr, meinst du?«

»Nicht unmöglich. Drachen sind unberechenbar.«

5

Der Lordadmiral war einigermaßen überrascht, seinen Berater, Magier und Oberpriester Erkon Veron unaufgefordert eintreten zu sehen – noch mehr darüber, dass der Oberpriester etwas längliches hinter sich her zog, in dem Trolan auf den zweiten Blick den übel zugerichteten Körper einer Bokrua erkannte. Doch seine Überraschung währte nicht lange. Er war nicht ohne Grund einer der gefürchtetsten Krieger seines Volkes. Trolan glaubte sofort zu verstehen, was dieser Auftritt bedeutete: Veron war ausgeflippt und hatte irgendwie seine mit dem *Eid* verbundene Angstneurose vor der Schlange durchbrochen. Er hatte zwar noch nie davon gehört, dass so etwas wirklich möglich war – aber wer wusste schon, was ein irrer Magier alles vermochte, wenn er es darauf anlegte?

Trolan war vom Thron, auf dem er wieder einmal sinnierend gesessen hatte, aufgesprungen und hatte sein Schwert in der Hand, bevor der Oberpriester nur drei weitere Schritte gemacht hatte. Der Lordadmiral hegte keine Illusionen darüber, wie lange er gegen Verons Magie bestehen konnte, wenn er ihm Gelegenheit zu einem Angriff gab. Zwar besaß seine Rüstung tatsächlich einen uralten Schutzzauber, wie die Gerüchte wussten, aber kein derartiger Zauber hielt einen Magier von Verons Kaliber länger als ein paar Minuten auf.

Er rief sich die geheime Wortfolge ins Gedächtnis, die den Absolventen der Akademie von Skark als »Ruf der Finsternis« bekannt war; das letzte Mittel, um einen abtrünnigen Zauberer vielleicht aufzuhalten. Jetzt, wo er sah, was der Mann mit der Bokrua angestellt hatte – der Schlangenkörper war wie ein Seil verdreht –, kamen Trolan Zweifel, ob der andere Teil der Sicherheitsvorkehrungen nicht vielleicht auch versagen würde. Er hoffte, dass er sich an die Worte überhaupt noch genau erinnerte – schließlich betete er sie sich nicht jeden Tag vor!

Der Zauberer sah verheerend aus, fiel Trolan auf, der ihn nicht aus den Augen ließ, während er seine Position schneller wechselte, als ein ganzer Trupp von Dienern die massive Rüstung hätte tragen können. Dabei wirbelte er das riesige Schwert fast spielerisch durch die Luft, als ob er ihn damit attackieren wolle. Aber das hatte er gar nicht vor. Erkon Verons gelbe Kutte war überall mit orangenen Flecken bedeckt – zweifellos Blut, aber sicher nicht seines, sonst würde er nicht mehr stehen. Schade eigentlich. Sein Gesicht sah grau und verfallen aus, irgendwie vollkommen entrückt und in keiner Weise mehr unterwürfig. Konzentrierte er sich schon auf einen tödlichen Zauber?

›Was ist nur mit ihm passiert?‹ dachte Trolan, aber dann riss er sich zusammen und sagte die Worte auf, die in genau dieser sinnlosen Reihenfolge den Abtrünnigen stoppen würden.

»Tempel, Herz, Adone, Hoffnung, Augen!«

Ein unmerkliches Zittern durchlief die Realität.

»Ein Wort aus jeder zwölften Zeile ab Psalm 27 im Buche Horams«, murmelte Erkon Veron undeutlich. Doch das blieb seine ganze Reaktion auf den »Ruf der Finsternis«, der eigentlich sein Herz hätte zum Stillstand bringen sollen. Hatte der Lordadmiral etwas vergessen? Ein Wort falsch ausgesprochen oder die Reihenfolge verwechselt? Veron ließ den Kadaver der Bokrua los, den er hinter sich her gezogen hatte. Das feuchte Klatschen des Schlangenleibes auf dem Fußboden klang ekelerregend.

Trolan war kein Mann langer Überlegungen, wenn er sich persönlich in einem Kampf befand. Er fand es sowieso irgendwie albern, sinnlose Worte zu skandieren, um einen gefährlichen Feind auszuschalten. Da verließ er sich doch lieber auf das, was er am besten konnte: Draufgeschlagen und zugehauen!

Mit der gesammelten Wucht seiner durch die Rüstung vervielfachten Masse stürzte er sich auf den Magier, das Schwert hoch erhoben.

Der schmächtige Zauberer hob mit einem seltsamen Schlenkern beide Arme, so dass seine Kuttenärmel zurückfielen, und schleuderte ihm einen blendendhellen Feuerball entgegen. Das Feuer traf ihn mit der Wucht einer gleichgroßen Stahlkugel an der Brust und hob ihn von den Füßen. Trolan wurde zurückgeworfen, sein Schwert entglitt ihm und sauste klirrend davon, während er mit Getöse auf dem Boden des Thronsaales aufschlug. Das Metall des Brustharnisches verbrannte ihm durch seine Kleidung die Haut, so heiß war es geworden.

Und es wurde immer heißer!

Er versuchte sich wieder aufzurichten, was ihm trotz seiner enormen Kraft schwer fiel. Die Schmerzen wurden einfach unerträglich. Trolan begann zu schreien und hörte nicht mehr auf.

Sein Blick fiel auf den Magier, der einfach nur dastand und ihn beobachtete wie ein gefangenes Insekt. Er konnte wegen seiner Lage nicht sehen, dass das Metall der verzauberten Rüstung rotglühend wurde, dann grellweiß aufstrahlte und zu zerfließen begann. Das letzte, was Lordadmiral Trolan überhaupt sah, war eine grauenvolle, unmenschliche Fratze, die sich irgendwie *hinter* Erkon Verons teilnahmslosem Gesicht hervorschob und ihn mit gefletschten, eitertriefenden Zähnen angrinste. Ein Name, der aus dem Nichts kam, grub sich in sein ersterbendes Bewusstsein ein, so als solle er ihn in Wordons Reich mitnehmen: Caligo.

Dann flammte sein Körper auf und verbrannte in der schmelzenden Rüstung.

»Keine Besuche im Terrarium mehr, mein Gebieter«, sagte Erkon Veron leise. »Kein demütigender *Eid* und kein verfluchter Ruf der Finsternis mehr! Vielleicht lösche ich Skark ebenfalls aus?« Die Idee gefiel ihm, und ohne weiter darüber nachzudenken, begann er einen Zauber zu wirken, den er sich einen Tag zuvor nicht einmal hätte vorstellen können.

Vor den Fenstern des Thronsaales grollte Donner. In nur wenigen Augenblicken türmten sich schwarze Wolken über Regedra auf, wirbelten in Spiralen durcheinander, als könnten sie es kaum erwarten, loszustürmen und etwas zu vernichten. Denn das war kein gewöhnliches Unwetter, nicht mal eines, wie es die legendären Renegatenzauberer in den Magierkriegen erzeugt hatten.

Die Realität zitterte nicht mehr, sondern flackerte.

Anstelle des wie eine Fackel brennenden und fürchterlich stinkenden Qualm erzeugenden Toten lag plötzlich eine ausgeglühte Metallhülse voller Asche auf dem Boden. Die Fenster flogen auf und zerbarsten, Glassplitter wie glitzernden Staub verstreuend. Draußen war mitten am Tag finsterste Nacht angebrochen. Regen strömte vom Himmel und wurde vom heulenden Wind in den Saal gepeitscht. Die Blitze hagelten förmlich herab. Erkon Veron kümmerte nicht, was sie in Regedra anrichteten. Er versuchte den Sturm nach Westen zu lenken, in der Absicht, seinem momentanen Impuls folgend, die Akademie von Skark drüben auf dem Yarbenkontinent zu zerstören. Aber es ging nicht. Etwas schien ihn innerlich beiseite zu stoßen.

Nicht dorthin, du Narr!

Natürlich, das war doch so klar! Aus Osten kam die Gefahr. Eine Person mit magischer Macht näherte sich, die man nicht unterschätzen durfte. Er dirigierte den Sturm wie eine alles unter sich zermalmende Walze den Terlen aufwärts.

In einem lichteren Moment erkannte Erkon Veron, dass es die Hexe Durna sein musste, die sich auf Befehl Trolans dort näherte. Er wunderte sich ein wenig darüber, dass ihre Macht so groß sein sollte. Hatte er damals bei ihren ersten Begegnungen etwas übersehen? Egal, er konnte sie jetzt nicht hier gebrauchen. Sie würde nur stören, bei ... bei ... Er wusste es nicht.

Als die Schlacht entbrannte, war ihm, als sei er die verkörperte Finsternis, die versuchte, ein hartnäckiges Licht da draußen auf dem Fluss auszulöschen. Schlag um Schlag wurde ausgetauscht, Orkangewalten brandeten gegen magische Schutzbarrieren, ohne etwas ausrichten zu können.

Schließlich fühlte sich Erkon Veron von dem grellen Licht zurückgedrängt und negiert. Seine Magie war die eines Yarben, wenn auch verstärkt durch das Ritual und den Beistand des Ungenannten – wie er noch immer meinte. Und auf diese Distanz konnte er den Zauber nur schwer kontrollieren. Seine Gegnerin hatte vor Ort viel bessere Chancen. Er gab auf.

Der meilenweit entfernte Sturm löste sich auf und der Oberste Magier der Yarben trat auf einen Balkon des Thronsaales hinaus. In Regedra brannten die von Blitzen getroffenen

Häuser. Viele Dächer existierten einfach nicht mehr. Nach Osten zu war es am schlimmsten. Die schwächeren Mauern hatten nicht standgehalten und waren wie eine Schneise plattgedrückt worden, als er den Sturm in den Kampf schickte. Auf dem Marktplatz, den er vom Palast aus gut einsehen konnte, stand ein Schiff. Zumindest war der Trümmerhaufen noch als solches zu identifizieren. Es war ein Schiff der Landungsflotte der Yarben. Der sich direkt über ihnen entwickelnde magische Sturm hatte den vor der Küste liegenden Schiffen übel mitgespielt. Manche waren auf der Stelle gesunken, andere auf den Strand gedrückt oder gar hochgeschleudert worden. Aber man würde die Flotte im Augenblick ohnehin nicht brauchen. Wenn es nach Erkon Veron ging, nie mehr.

* * *

»*Du kannst mich Sternenblüte nennen.*«

›Ein zu schöner Name für so etwas Ungeheures‹, dachte Tral Giren träge. Vor seinem inneren Auge tanzten blutrote, fast schwarze Schatten einen wilden Tanz. Er fühlte sich müde, schwerfällig, so als wolle er nach einer durchzechten Nacht langsam wieder zu sich kommen. Das Gefühl erinnerte ihn unangenehm an seinen Zustand vor der letzten Audienz bei Lordadmiral Trolan. Zum Glück fehlten diesmal die gegen seine Schädeldecke auskeilenden Wildpferde. Wahrscheinlich wären sie sowieso vor dem Drachen ausgerissen.

Er setzte sich mit einem Ruck auf. *Der Drache!* Wo war er? Was hatte er getan? Oder besser gesagt, was hatte er der Königin angetan? Er blinzelte ins Sonnenlicht. Ein Yarbe aus der Besatzung des Schiffes drehte sich nach ihm um und begann sofort zu schreien: »Königin! Er ist wach! Der Oberst ist erwacht!«

Giren schmerzten die Ohren. Was bei allen Dämonen dachte sich dieser Idiot eigentlich! Ihm fiel etwas anderes ein und er sah sich hastig um. Keine Spur von dem unmöglichen Berg. Er saß inmitten eines yarbischen Feldlagers in demselben Urwald, der normalerweise das Jag'noro bedeckte – wenn sich nicht gerade ein Berg unbekannten Ursprungs darin niederließ.

Durna tauchte auf. Sie trug noch immer ihre ledernen Jagdsachen, die Haare waren genauso ungekämmt und wirr wie zuvor. Sie sah ernst aus, ruhig und gelassen.

»Gut zu wissen, dass Ihr wieder unter uns weilt, Oberst«, sagte Durna. »Nun können wir aufbrechen, um diese Insel hinter uns zu lassen. Was zweifellos für alle Anwesenden eine Erleichterung sein wird.«

»Wa...?«

»Wie *uns beiden* der Drache auf dem magischen Berg sagte, eine furchtbare Gefahr bedroht *unsere beiden* Völker. Wir müssen sehen, wie die Lage in Regedra ist und was wir tun können.«

Giren verschluckte alle Fragen und Erwiderungen. Er wusste nicht, was Durna vorhatte, aber wenn sie ihn so bestimmt in etwas einbezog, was allein zwischen ihr und dem Drachen passiert sein musste, dann hatte sie sicher einen guten Grund dafür. Sie würde es ihm erklären, wenn ihr danach war. Und falls sie ihm genug vertraute.

Später erfuhr er, dass sie den Steuermann des Schiffes als ranghöchsten Yarben nach ihm kurzerhand zum Leutnant gemacht und der gemischten Truppe aus Soldaten, Matrosen und Höflingen vorangestellt hatte. Erstaunlicherweise schien Durna sich sogar in den Reglements des yarbischen Militärs gut genug auszukennen, um das so einfach zu handhaben. Leutnant Shilk war zumindest im Rumbrüllen und Antreiben effektiv genug, um ein yarbischer Feldwebel zu sein, fand Giren, als er hörte, wie der Mann die Leute zum Abmarsch bereitmachte.

Durna half ihm auf und fragte besorgt: »Ihr könnt doch laufen, oder? Er hat mir versichert, dass keine Nebenwirkungen auftreten würden.«

»Er? Oh – er!« Giren verstand plötzlich. »Nein, ich glaube nicht, dass mir etwas fehlt, Königin.« Er war sich nicht ganz sicher, wie er sich ihr gegenüber verhalten sollte.

»Wir waren wirklich da oben, Tral«, sagte sie noch leiser. »Wir standen ihm wirklich gegenüber. Zwei unscheinbare Menschen im Angesicht eines ... eben eines Drachen. Er fand nur, dass ich die Dinge, die er zu sagen hatte, zunächst allein hören sollte. Aber ich werde Euch alles berichten, was wichtig ist, denn ich denke, dass Euer Volk davon genauso betroffen ist wie meins. Das ist keine Sache, die nur ein Volk etwas angeht, sondern alle Menschen dieser Welt. Und wir haben nur wenig Zeit ...« Sie machte eine vage Handbewegung und verstummte.

»Der Berg?«

»Ist weg«, sagte sie schulterzuckend. »Er verschwand mitsamt Sternenblüte und wir tauchten hier unten wieder auf, mitten auf einer hübschen Wiese. Kein Berg mehr, kein Drache. Es gab nicht mal einen besonders lauten Knall.«

»Enttäuschend«, murmelte er.

»Nicht für den Rest der Truppe«, sagte sie mit einem ansteckenden Grinsen.

Was immer der Drache ihr da oben im Vertrauen gesagt haben mochte, Durna machte nicht den Eindruck, als ob sie davon besonders eingeschüchtert wäre.

Was konnte eine Magierin auch einschüchtern? Höchstens ein noch stärkerer Magier. Zum ersten Mal fragte sich Oberst Giren, wie viel Ringe die Königin von Teklador eigentlich besitzen mochte. Sie trug außer zu offiziellen Anlässen fast keinen Schmuck, doch sie war eine Zauberin – keine bloße Hexe – und da gab es Bräuche. Wie mächtig war sie tatsächlich?

Sein Blick fiel auf ihre Hände: Sie trug neuerdings lederne Handschuhe, was jeder Sitte am Hofe von Bink widersprach, und was er auch noch nie bei ihr gesehen hatte. Das Gefühl des Unheils, das ihn seit seinem Erwachen nicht losgelassen hatte, wurde stärker, ohne dass er hätte sagen könnte, woran das lag.

Durna hob den Kopf und sah ihn an. Wenn jemand düster lächeln konnte, dann sie. Mit einer Geste, die nichts und alles bedeuten konnte, winkte sie ihm kurz mit der gespreizten Hand zu.

Tral Giren grübelte noch lange, ob und was sie ihm damit hatte sagen wollen.

Fünf? *Fünf Ringe?*

Unmöglich!

Seit den Tagen der Vier Elementaren Magier hatte niemand mehr diese letzte Stufe der Magie erreicht. So stand es in den Schriften, die Giren eifrig studiert hatte, um herauszufinden, wie das System der Magie bei den Hiesigen funktionierte.

Ihm wurde fast schlecht bei dem Gedanken, wie sehr er versagt haben musste, wenn er das nicht schon früher erkannt hatte. Aber das spielte nun keine Rolle mehr. Er bezweifelte irgendwie, dass er sich dafür vor dem Lordadmiral würde verantworten müssen.

Giren wusste zwar noch nicht, wohin ihn sein Schicksal führte, doch ihm war klar, dass dieses in den vergangenen Stunden eine jähe Wendung genommen hatte.

Er fror, als sie sich wieder auf den Weg durch den dichten Wald machten, um eine angeblich existierende Furt über den Fluss zu erreichen. Tral Giren kam sich wie ein Spielball höherer, unbegreiflicher Mächte vor, und war es nicht genau das, was sie waren? Sie – alle Menschen?

* * *

Brad zögerte, als er die Stadt plötzlich wieder vor sich sah. Der Anblick war fast der gleiche wie beim ersten Mal, nur um wenige Grad in der Perspektive verschoben. Er registrierte das automatisch und sah sich suchend um. Jawohl, das dort drüben musste die Straße sein, auf der er mit Solana und Jolan Pelfar betreten hatte. Von hier aus würde er ohne Schwierigkeiten die Herberge wiederfinden können, in der sie untergekommen waren.

Aber das war sicher keine gute Idee. Klos wusste von Solana und ließ sie und Jolan wahrscheinlich in der ganzen Stadt suchen. Die Frage war nur, würde sie einfach dasitzen und auf ihn warten oder irgendwann bemerken, dass etwas nicht stimmte? Und wenn, was würde sie dann unternehmen?

›Verdammt!‹ dachte Brad. ›Was für ein Dilemma!‹ Dann fiel ihm plötzlich etwas ein. »Pek?«

»Mmm?« Der Dämon war noch immer so einsilbig, dass es fast beunruhigend wirkte.

»Du hast uns nicht besonders weit von diesem Ort weggebracht, nicht wahr?«

»Warum auch? Ich bin sicher, du hättest dich nicht gefreut, an einem anderen Platz dieser Welt anzukommen, vielleicht in der Mitte der nördlichen Polkappe?«

»Der was? Ach, vergiss es. Wie ist es mit der Zeit? Ich meine, im Stronbart Har waren Raumsprünge immer mit Veränderungen in der Zeit verbunden. Ist das hierbei auch so?«

»Nein, Brad«, sagte Pek irgendwie müde. »Das liegt nicht in meiner Macht – oder der irgendeines Dämons meiner Art. Die Zeit ist genauso geblieben wie sie immer ist: zerknittert, gefaltet und zerrissen, aber kontinuierlich. Es ist soviel von ihr vergangen wie wenn wir nicht gehüpft wären.«

›Zerknittert, gefaltet und zerrissen? Was soll das nun wieder bedeuten?‹ dachte Brad. In Verbindung mit dem, was er von der Zeit wusste, vor allem nach der Durchquerung des Fluchwaldes, hatten diese Worte einen ominösen Klang, dem er eigentlich nicht weiter nachgehen wollte.

Er starrte die riesige Stadt an, die sich dort im Flusstal unter ihm erstreckte. Ein Ort, an dem er sich vielleicht verbergen konnte, oder auch ein Ort, an dem er bereits als flüchtiger Verbrecher gesucht wurde. Wieder einmal. Brad setzte sich auf einen moosbedeckten Felsblock und lehnte sich gegen den harzduftenden Stamm eines Nadelbaumes.

›Was soll ich nur tun?‹ dachte er.

Die kleinwüchsige, pelzbedeckte Person, die sich neben ihm ins Gras plumpsen ließ und ihre strubbeligen, drahtartigen Haare nach hinten strich, erschien ihm vollkommen normal. Es war Brad, als hätte er sein Leben lang Dämonen aus dem Fluchwald als Gefährten und Retter gehabt.

»Pek?«

»Mmm?«

»Danke.«

»Hast du schon mal gesagt.«

»Du bist der einzige Freund, den ich auf dieser Welt im Moment habe, weißt du das? Ich finde es toll, dass du extra gekommen bist, um mich zu retten.«

»Klar, Mann. Sie schicken unsereins entweder aus, um euch zu schaden oder euch zu helfen. Und ich habe gerade den Job des Schutzengels.«

Brad musterte den struppigen Schädel seines »Schutzengels« aufmerksam. Der Dämon hob nicht den Kopf. Plötzlich ahnte er, was mit Pek los war.

»Haben *sie* dich geschickt, ja? Diese nervenden Götter, die einem im Kopf rumquatschen, aber meistens nicht da sind, wenn man sie braucht?« fragte Brad und glitt von dem Stein auf den Waldboden.

Pek starrte ihm in die Augen. »Nicht zu Anfang«, flüsterte er. »Am Anfang, da hat es nur Spaß gemacht. Aber dann kamen der Drache und die Herrin und ...«

»Und sie sagten dir, dass es von dir abhängt, ob diese oder jene Welt weiterexistiert, dass nur du das Böse besiegen könntest und nur du deine Freunde retten kannst.« Brads Stimme war flach und ausdruckslos.

Pek sah ihn mit großen, dunklen Augen an.

»Tun sie das nicht immer?« fragte er dann mit einem gezwungenen Lächeln.

»Ja, nicht wahr? Sie scheinen ein Spiel zu spielen, und wir sind die Figuren.« Brad wollte eigentlich noch etwas Verächtliches über die Götter hinzufügen, aber er konnte nicht. Stattdessen hörte er sich mit kaum merklich veränderter Stimme sagen: »Wusstest du, dass es auf allen Welten des Universums ein Spiel gibt, das überall ähnlichen Regeln folgt? Man spielt es auf einem Brett mit verschiedenfarbigen Quadraten mit zwei Gruppen komplexer Spielfiguren.«

»Sie nennen es das Spiel der Könige«, sagte Pek und ließ sich resignierend nach hinten ins Gras fallen, »aber eigentlich ist es *ihr* Spiel, das Spiel der Götter.«

Brad betastete vorsichtig seinen Hals. Hatte Pek bemerkt, dass er nicht selbst gesprochen hatte und es einfach ignoriert? Oder war es so subtil gewesen, dass nur er es wahrgenommen hatte? Und *wer* war das eben überhaupt gewesen? Er wünschte wirklich, sie würden damit aufhören.

»Weißt du, Brad, du musst sie ihre Züge machen lassen. Sie können die Figuren auch einfach auswechseln. Es ist ihnen egal, wer da auf den Feldern steht. Sie spielen einfach und wir können nicht einmal ahnen, worum es dabei geht.«

Brad grub seine Finger in die harzklebrige Rinde des Baumes, an den er seinen Rücken gelehnt hatte.

»Glaubst du im Ernst an diesen Scheiß?« fragte er.

Der auf dem Rücken liegende Dämon kaute auf einem grünen Halm.

»Nö«, sagte er. »Aber es wird erwartet, und ich glaube, wegen diesem Scheiß mit dem Spiel haben sie mich zu dir geschickt.« Er wandte den Kopf und spuckte das Gras aus. »Ich kann dir nicht sagen, was sie wollen. Vielleicht sollen wir zwei die Idioten sein, die der Welt den Rest geben, vielleicht erwarten sie von uns aber auch, dass wir sie tatsächlich retten. Ich hab' mich wirklich nicht darum gerissen.«

Brad ließ die Rinde des Baumes los und versuchte das Harz am Gras abzuwischen. »Verdammt!« sagte er. »Diesmal stecken wir aber wirklich tief drin, was?«

Pek setzte sich plötzlich auf. »Hast du einen Plan?«

»Äh ...«

Der Dämon musterte ihn mit schiefgelegtem Kopf. »So wie ich das sehe, brauchst du erst einen Schnaps, was Ordentliches zum Anziehen, Waffen, Geld, und dann noch einen Schnaps.«

»Vergiss die Getränke«, murmelte Brad, während er schon über etwas ganz anderes nachdachte. Im Kerker von Pelfar hatten sie ihm natürlich alles abgenommen, was er bei sich trug – er beglückwünschte sich (oder die Götter) noch einmal zu der Idee, die Statue bei Solana zu lassen. Und eigentlich wollte er gar nicht weiter darüber nachdenken, warum er diese Idee gehabt hatte, die nüchtern betrachtet doch ziemlich ungewöhnlich erschien. Schließlich war die Statue das Wichtigste, was er überhaupt besaß. Waffen – eine Waffe gab es, die ... aber vielleicht dachte er lieber gar nicht erst darüber nach, sondern ... Er tat es.

Automatisch griff er nach dem Dolch an seinem Gürtel. Es war ein wertvoller Dolch, sowohl Waffe als auch Werkzeug. Arika hatte ihn ...

Würgende Übelkeit schüttelte ihn, und ein Flackern durchlief die Realität, als ob ein schmerzhafter Krampf die Welt erfasst habe.

Seine Hand umschloss die festen und vertrauten Konturen von Arikas Dolch. Einer Waffe, die ihm nach seinem Mädchen Arika der Stronbart Har zum zweiten Mal geschenkt hatte, ohne dass er bis heute wusste, wie das geschehen war. Das Metall war von einer brennenden Kälte, die sich jedoch schneller verlor, als wenn er den Dolch über ein Feuer gehalten hätte. Nur im allerersten Moment versengte ein eisiger Schmerz seine rechte Handfläche. Die Hand zuckte zurück und er sah staunend auf einen ledernen Gürtel und den Dolch hinunter – beides Dinge, die eben noch nicht da gewesen waren.

›Ich muss irgendwann herausfinden, was es mit diesem Dolch auf sich hat‹, dachte er wie schon mehrmals zuvor. Und der Gedanke verlor sich wiederum.

»Tak ma'escht!« stieß Pek fasziniert hervor. »*Das* nenne ich Magie!«

»Falls du damit alles bezeichnest, was vollkommen unerklärlich ist, stimme ich dir gern zu«, sagte Brad verdrossen.

Pek grinste plötzlich sein altvertrautes, breites Grinsen. »Ist das nicht die allgemein akzeptierte Definition für Magie?«

»Wenn du es sagst.« Brad strich über den verzierten Griff des seltsamen Dolches und stand auf. »Zwei Wege stehen uns offen, um die anderen und vielleicht auch die Statue wiederzufinden, mein dämonischer Freund: Ramdorkan oder das Halatan-Gebirge. Wohin wird sich Solana wenden, wenn sie merkt, dass *sie* nun die Verantwortung für die Statue hat? Vorausgesetzt, man hat sie noch nicht geschnappt. Wo könnten sich Zach-aknum und Micra inzwischen befinden? Hast du Informationen darüber?«

»Nein, Meister!« jaulte Pek in perfekter Imitation eines einem Zauberer dienstbaren Dämons. »Mich wissen nich, was wo gehen Menschenlinge.«

»Sehr witzig, Pek, sehr witzig. Also ich glaube, dass sie versuchen wird ...« Er zögerte. Woher wollte er wissen, dass sich Solana so stark von ihrer lange zurückliegenden

Novizinnenzeit in Ramdorkan beeinflussen ließ? Wie wäre es, den Zufall – oder die Götter – entscheiden zu lassen? Brad riss mit einem Ruck den Dolch aus der Scheide und schleuderte ihn blind. Mit einem dumpfen, vibrierenden Laut bohrte sich die Klinge in den Baumstumpf vor ihm. Wenn es Pixies darin gab, hatten sie bestimmt soeben einen Schock erlitten. Brad musterte das summend zitternde Metall, und seine Brauen zogen sich zusammen. »Ins Gebirge zu gehen ...«, fuhr er sehr langsam fort.

Pek kniff seine großen Augen blinzelnd zusammen. »He, weißt du eigentlich, dass *normale* Menschen dazu Münzen benutzen?« fragte er, ohne seinen Blick von dem magischen Dolch abzuwenden.

»Kann schon sein«, entgegnete Brad, »aber einerseits ist das langweilig, und andererseits bin ich total pleite.«

* * *

Also war der geheimnisvolle Fremde von der anderen Welt doch ein Zauberer? Klos betrachtete noch einmal nachdenklich die leere Zelle. Wie, wenn nicht mit Magie, konnte er sonst aus einem geschlossenen Raum fliehen? Oder ein Zauberer hatte ihm von außen geholfen – dann höchstwahrscheinlich einer der Vier, der mit ihm von Horam Schlan zurückgekehrt war. Immer vorausgesetzt, dass Klos mit seiner Theorie Recht hatte. Aber er zweifelte nun noch weniger daran. Kein normaler Mann kam auf diese Weise aus einem Kerker frei. Er war auf der richtigen Spur gewesen. Vielleicht hätte er ihn noch nachdrücklicher verhören sollen?

Der Wärter hinter ihm brabbelte Beteuerungen seiner Unschuld. Klos schob ihn wortlos beiseite und ging in die Kammer, wo man beschlagnahmte Sachen von Gefangenen aufbewahrte – bis sie verkauft oder versteigert werden konnten.

Die wenigen Dinge, die der Fremde bei sich gehabt hatte, lagen noch auf einem Tisch. Klos hob sie einzeln hoch und betrachtete sie. Aber es waren banale Alltagsgegenstände, er fühlte nichts, wenn er sie berührte. Sie ließen keine besonderen Rückschlüsse auf den Fremden oder seine Herkunft zu.

Unter der Jacke lag ein Dolch mit kostbar aussehender Scheide. Zweifellos war er gestohlen. Klos nahm ihn und zuckte zusammen. Die unnatürliche Kälte des Materials sagte ihm sofort, dass er einen magischen Gegenstand irgendeiner Art vor sich hatte.

›Na also! Was haben wir denn hier?‹ dachte Klos und zog die Klinge hervor. ›Wozu braucht es die ganze Energie?‹

Der Dolch sah völlig normal aus, beidseitig scharf geschliffen, allerdings ohne jeden Kratzer, der auf Benutzung hindeuten würde. Er legte die verzierte Scheide weg und betrachtete die spiegelnde Klinge aus der Nähe. Das Ding erinnerte ihn an etwas, so als müsse er es eigentlich genau kennen, als wolle es ihm etwas sagen.

Klos glaubte im Blitzen des Lampenlichts auf dem Metall Schatten zu sehen, unnatürliche Bewegungen in der Tiefe des Spiegelbildes. Da war etwas, fast schon zum Greifen nah ...

In diesem Augenblick bewegte sich der Dolch in seiner Hand. Instinktiv wollte er fester zupacken, doch das Metall schlüpfte wie ein glitschiger Fisch aus seinen Fingern und – war verschwunden. Kein Klirren auf dem Steinfußboden, gar nichts. Der Dolch war fort!

Und so auch die Scheide auf dem Tisch.

Klos betrachtete verblüfft seine Hand und bemerkte, dass sie zerschnitten war. Er spürte natürlich keinen Schmerz. Doch schwarze Tropfen quollen hervor und fielen zu Boden, die kein Blut waren. Gereizt schloss er die Wunde. Nach einem kurzen Blick, ob auch kein Zeuge in der Nähe war, hielt er die Handfläche waagerecht, und die Tropfen kehrten ihren Weg um, fielen vom Fußboden nach oben, wo sie sich wieder mit seiner Substanz vereinigten.

›Was *war* das?‹ dachte Klos. ›Hat der Fremde sich seinen Dolch mit Hilfe von Magie geholt? Ist er von selbst zu seinem Besitzer zurückgekehrt? Und was habe ich da eben gesehen?‹ Er mochte es nicht, wenn er etwas nicht verstand. Der graue Mann konnte keinen wirklichen Ärger empfinden, negative Gefühle waren ohnehin das, woraus er bestand. Aber dass unter seinen Augen erst ein wichtiger Gefangener und dann noch ein rätselhafter Dolch verschwanden, wobei letzterer ihm scheinbar gerade ein Geheimnis hatte enthüllen wollen, das versetzte ihn sozusagen in einen höheren Energiezustand seiner negativen Bewusstseinsenergien. Er war nunmehr noch stärker entschlossen, diesen Mann und alles, was mit ihm zusammenhing, wieder in seine Finger zu bekommen. Und wenn ihm das gelang, dann würde er sich nicht mehr zurückhalten, dann war die Zeit der Tarnung vorbei.

6

Zach-aknum hätte nie zugegeben, dass ihn die Situation verwirrte. Aber genauso war es. Da hatte er den größten Teil seines Lebens auf einer anderen Welt zugebracht, um die Statue Horams zu suchen, sie schließlich gefunden und unter Gefahren heimgeholt. Nur um feststellen zu müssen, dass Brad Vanquis, der Träger des wertvollen Stückes, verschollen war, dass anscheinend fast alle Zauberer zweier Länder durch die Spätfolgen von Zacha Bas Zeitexperimenten getötet worden waren und dass ein fremdes Volk, von dem man noch nie zuvor gehört hatte, sich anschickte, nach und nach den Kontinent zu erobern. Und als ob das noch nicht genug sei, wählte ein Chaos-Lord genau diesen Zeitpunkt, um der Welt einen Besuch abzustatten. Das rätselhafte Auftauchen magisch mutierter Geschöpfe im Halatan-kar war da vergleichsweise bedeutungslos. So hatte er sich während all der Jahre auf Horam Schlan seine Rückkehr in die Heimat nicht vorgestellt.

Ach ja, er hätte es fast vergessen bei seiner gedanklichen Bestandsaufnahme der Schwierigkeiten, da war natürlich noch die einzige Warpkriegerin, die es jemals gab, und die ihn vor kurzem erst darüber aufgeklärt hatte, dass sie ihn nicht nur begleitete, weil sie gerade nichts anderes vorhatte, sondern weil er unwissentlich einen uralten magischen Vertrag mit ihr eingegangen war, als er sie auf Anraten des »Buches der Krieger« anheuerte. Eine Sache, für die es offenbar auch noch regelrechte Prophezeiungen gab, wenn er sie richtig verstand.

›Das alles ist überaus seltsam‹, dachte der Zauberer, während er auf Micras Rücken starrte, die vor ihm auf dem Pfad durch den dichten Wald ging. ›Ereignisse, die scheinbar nichts miteinander zu tun haben, und die zum Teil durch viele Jahre voneinander getrennt sind, verketten sich plötzlich. Es ist, als ob sich der Ablauf der Zeit selbst verwischen würde. Als ob sich Dinge miteinander verknüpfen, die nicht wirklich durch Ursache und Wirkung verbunden sein können. Und mitten in diesem Wirrwarr steht der Stronbart Har mit seinen unerklärlichen raumzeitlichen Phänomenen – raumzeitlich, ja das ist wirklich ein guter Name dafür. Eine Zone, deren Existenz auf die Verbindung unserer beiden Welten zurückgeht, auf die gestörte Verbindung, um genau zu sein. Auch der Stronbart Har ist über die Zeit verwischt, denn es gibt Berichte über ihn, die weit vor dem Zeitpunkt datieren, als Tras Dabur die Statue stahl und er entstanden sein muss. Und er wird wahrscheinlich auch in der Zukunft noch da sein, selbst wenn es uns gelingt, die beiden Welten zu stabilisieren.‹ Seine Gedanken stockten, als er über eine Wurzel stolperte.

›Nur dann, wenn es uns gelingt‹, korrigierte er sich. ›Falls die Welten untergehen, wird es wohl auch mit dem Fluchwald vorbei sein.‹

Ihm fiel plötzlich ein, dass außer dem Stronbart Har noch etwas anderes zentral mitten in dem Wirrwarr stand: das verzweifelte Zeitexperiment der Magier Horam Dorbs. Konnte es da einen Zusammenhang geben? Zach-aknum hatte nicht die leiseste Ahnung, was sein Vater und die anderen damals getan haben mochten. Die Natur der Zeit selbst war beeinflusst worden, und das klang für ihn ganz nach einer Manipulation, die weitreichende und vielleicht unvorhergesehene Folgen gehabt haben könnte. Er stolperte wieder.

»Was bei den Dämonen ist das?« hörte er Micra fluchen. Sie war stehen geblieben. »Was haltet Ihr davon, Magier?«

Zach-aknum schaute ihr in das schmale, von langen schwarzen Haaren umrahmte Gesicht. Die grünen Augen musterten ihn fragend.

»Mm?« machte er. »Was meint Ihr?«

»Na dieses Zittern oder Flackern eben. Das kam nun schon ein paar Mal. Habt Ihr es nicht bemerkt?«

»Nun ja …« Er zögerte. Seine Überlegungen hatten ihn so sehr abgelenkt, dass es ihm nicht einmal aufgefallen war, als er deswegen stolperte. Alarmiert sah er sich um. Seine Aufmerksamkeit hatte offenbar nachgelassen, seit er Micra um sich hatte, auf die er sich im Falle einer Gefahr verlassen konnte.

»Ich habe so etwas noch nie erlebt«, sagte er. »Möglicherweise handelt es sich um die Auswirkungen von Magie …« Er zögerte und griff beinahe unbewusst nach dem Handgelenk mit dem *Zinoch*. Dabei dachte er, dass er sich nicht nur auf Micra viel zu sehr verließ, sondern auch auf diesen Ring.

»Oh«, sagte er dann.

»Was?« forderte Micra ungeduldig. Es nervte sie, wenn er »in Rätseln sprach«, wie sie es ausdrückte.

»Es ist seltsam«, begann Zach-aknum langsam, »ich bekomme sonst nie so klare Bilder und Aussagen von ihm. Wenn ich ein Priester wäre, würde ich dazu neigen, das als besondere Aufmerksamkeit oder Nähe Horams zu interpretieren.«

Die Kriegerin vor ihm schnaubte verächtlich. Er wusste, dass sie damit die Priester meinte – nicht den Gott, den sie ja sozusagen persönlich kannten.

»Der *Zinoch* sagt, dass es sich bei dem Flackern um Realitätsfluktuationen handelt, die von der bloßen Anwesenheit des Chaos-Lords ausgelöst werden. Das heißt«, erläuterte er, als sie ihm einen bösen Blick über die Schulter zuwarf, »dass irgendwo auf dieser Welt gerade etwas passiert ist, das so nicht hätte sein sollen. Vielleicht waren es winzigkleine Dinge oder auch sehr große, das ist selbst für jemanden, der direkt beteiligt ist, schwer zu sagen, da sich die Wirklichkeit selbst verändert. Man hat höchstens ein komisches Gefühl dabei, es sei denn, es ist etwas so unglaubliches, dass es mit dem eigenen Realitätsverständnis kollidiert. So etwas wie ein plötzlich aus dem Nichts auftauchender Berg vielleicht.«

»Wozu soll denn das alles gut sein?«

»Zu nichts. Das ist eben das Wesen des Chaos – es geschehen chaotische Dinge. Ursache und Wirkung verlieren ihre Bedeutung ...« Er verstummte abrupt. War es das? Hatte alles mit dem Eindringen dieser Wesenheit, die von den Vorfahren als Chaos-Lord bezeichnet worden war, zu tun? Brachte er die Wirklichkeit so durcheinander, dass sie schließlich zerfiel? Der Schwarze Magier erschauderte. Er hatte sein ganzes Leben lang gewusst, dass Magie bedeutete, mit Kräften zu arbeiten, die von den Menschen gar nicht richtig verstanden wurden. Er hatte gesehen, was Tras Daburs Gier nach kurzfristiger magischer Macht ihm und dem Rest der Welten gebracht hatte. Doch er wusste auch, dass die meisten Zauberer dieses Wissen verdrängten oder ignorierten. Wozu hinterfragen, was funktionierte? Jedenfalls meistens. Jemand hatte vor kurzer Zeit einen furchtbaren Fehler gemacht, der es dem Chaos-Lord ermöglichte, in die Realität einzubrechen. Was aber war eigentlich die Realität? Was waren Raum und Zeit und die rätselhafte, von Horam konstruierte Verbindung zwischen den Welten, deren Störung jetzt solche schlimmen Folgen hatte? Dinge, über die in Zach-aknums Welt kaum jemand nachdachte, weil sie keinerlei praktische Bedeutung besaßen – bis jetzt.

Micra seufzte. Der weißhaarige Mann in der schwarzen Kutte, an welcher niemals Schmutz und Staub haften blieben – wie sie ihn *darum* beneidete! – war wieder einmal mitten im Satz verstummt. Sie kannte das und drang nicht in ihn. Das war eben seine Art. Falls seine Gedanken auch für sie relevant waren, würde er es ihr sagen. Sie wusste, dass sie sich genauso auf ihn verlassen konnte wie umgekehrt. Das war der Sinn eines Kampfpaares aus Magier und Krieger.

Sie wünschte nur, sie hätte ihre komplette Ausrüstung einer Warpkriegerin dabei. Die verzwickte und undurchsichtige Lage auf dieser Welt rief ihre in der Festung des Donners geschulten Instinkte auf den Plan. Feinde, Monster, Chaos-Lords und nun noch eine veränderliche Wirklichkeit. Sie begann sich schon jetzt nach den vergleichsweise wohlgeordneten Verhältnissen eines Schlachtfeldes zu sehen. Und dabei sagte ihr eine hartnäckige Ahnung, dass es noch nicht einmal richtig begonnen hatte!

»Zauberer? Fragt Euren Ring doch noch einmal nach Brad.« Wenn der *Zinoch* gerade in der Stimmung war, klare Bilder zu liefern, dann könnte man die Situation ja ausnutzen, dachte sie.

Diesmal sagte er nicht »Oh!« sondern »Aha!« in ihrem Rücken. Micra blieb stehen und sah sich um.

»Er befindet sich in der Nähe einer Stadt namens Pelfar«, berichtete Zach-aknum. »Pek ist bei ihm.«

»Pek? Wo kommt der denn her?«

»Keine Ahnung. Mich interessiert viel mehr, wieso ich Brad plötzlich orten kann, wenn es vorher wegen der Statue unmöglich war.« Der Magier erbleichte. *Jetzt* sagte er: »Oh ... Er hat die Statue nicht mehr bei sich!«

* * *

Solana kannte sich in Ost-Pelfar ein wenig aus, wenn es auch lange her war, dass sie diesen Teil der Stadt betreten hatte. Sie war damals noch ein kleines Mädchen gewesen, kurz bevor sie zur Ausbildung nach Ramdorkan geschickt wurde. Aber sie wusste, wonach sie Ausschau halten musste. So hatte sie schnell einen Karawanenhof entdeckt, von dem aus Wagen und ganze Kolonnen nach Osten aufbrachen. Nicht so oft wie früher, als die Karawanen zum Tor gingen, aber es gab in den Orten rund um das Halatan-kar noch genügend Märkte, auf denen tekladorische Güter gefragt waren. Und natürlich hatte das große Kaiserreich Halatan eine Menge Dinge zu bieten, die von den westlichen Ländern wie Nubra und Teklador gern importiert wurden. Tatsächlich hörte sie im Vorbeigehen, wie sich zwei Männer erfreut darüber unterhielten, dass in letzter Zeit wieder häufiger Lastkarawanen aus dem Reich nach Teklador unterwegs waren, was natürlich auch Pelfar zugute kam. Die beiden Stadtteile unterschieden sich kaum voneinander, es gab keine Beschränkungen und Zölle, also konnte man hier wie auf der Westseite des Terlen Waren aus beiden Ländern kaufen, die Menschen waren die gleichen und scherten sich wenig darum, wer sie regierte. Noch war das so. Aber es würde sich vielleicht bald ändern, falls die Yarben ihre Machtbasis in Teklador ausbauten. Der Kaiser von Halatan würde dem Treiben der Fremden nicht mehr lange zuschauen. Oder würde er? Wäre er genauso gelähmt wie die Herrscher von Nubra und Teklador angesichts der kriegerischen Macht von hinter dem Meer?

Solanas Sorgen waren im Moment ganz anderer Natur. Sie befühlte verstohlen das harte, eiskalte Ding in ihrem Bündel. Nie hätte sie es sich in ihren kühnsten Träumen als junge Novizin in Ramdorkan vorstellen können, dass *sie* nun die lange verschwundene Statue des Gottes mit sich trug. Es war beängstigend.

Jolan schlief auf den Säcken neben ihr, doch sie fand keine Ruhe. Immer wieder schaute sie über die Bordwand des schwankenden Transportkarrens, und ihr Blick wanderte unweigerlich nach hinten, als erwarte sie die Staubwolken heranrasender Verfolger näherkommen zu sehen. Sie wusste nicht, wer Brad gefangengenommen hatte und weshalb. Wenn es die Yarben waren, erschien ihr das immer noch rätselhaft – sie konnte sich nicht vorstellen, warum die Yarben den Gott so vehement bekämpften, dass sie ohne jede Diskussion einen Wanderer wie Brad angriffen, der im Besitz eines religiösen Gegenstandes des Horam-Glaubens war. Für sie war das alles eine Art Alptraum, der in dem Augenblick begonnen hatte, als sie die yarbischen Reiter ins Dorf kommen sah und mit ihrem Sohn floh. Solana betrachtete sich nicht etwa als Auserwählte der Götter, eher schon als Verfluchte. Sie hielt ihr Leben für völlig verpfuscht. In Ramdorkan hatte sie ihre Ausbildung mit dem Lob der Priester abgeschlossen, aber sie war nicht dort geblieben, obwohl man ihr auch das angeboten hatte. Sie entschied sich für einen anderen Weg, um Horam zu dienen und folgte ihrem späteren Mann auf seinen Wanderungen als fahrender Händler, ließ sich schließlich mit ihm in Rotbos nieder, nur um ihn einige Zeit darauf zu verlieren. Ob die Gerüchte stimmten, die erzählten, dass er zuletzt in der Nähe des Grauen Abgrundes gesehen worden war? Er wäre nicht der erste Wanderer, der im Nebel auf das brüchige Randgestein geriet und schreiend in der endlosen Tiefe verschwand. Oder war er stillschweigend weggeritten, weil er das Familienleben satt hatte? Keine Frau wurde je richtig aus den Männern schlau. Und als sie eben glaubte, auch allein mit ihrem Jungen durchkommen zu können, fiel ein Mann von einer anderen Welt vom Himmel, brachte eine Gruppe übermütiger Yarben so gleichgültig um, als verscheuche er lästige Insekten, und zog damit deren tödlichen Zorn auf das Dorf, in dem sie lebte ...

Die Krönung war aber, dass ihr die Statue in den Schoß gefallen war. Sie hätte mit ihr eigentlich in gerader Linie nach Ramdorkan gehen – nein, rennen – sollen, aber das tat sie nicht. Trotz allem, was sie über die Hintergründe der Situation gelernt und von Brad erfahren hatte, reiste sie in die entgegengesetzte Richtung. Zuerst war es nur der Impuls gewesen, so schnell wie möglich aus dem Herrschaftsbereich der Yarben wegzukommen, der sie dazu veranlasste, Herterich zu bitten, sie auf das andere Ufer zu bringen. Und dass die Yarben auch in Teklador herrschten, stand für sie außer Zweifel. Dann redete sie sich ein, dass sie den Zauberer finden müsste, von dem Brad ständig geredet hatte.

Doch der eigentliche Grund für die Wahl ihrer Richtung war die Angst, nach Ramdorkan zurückzukehren und zu sehen, was aus dem Tempel geworden war.

Für die zwölfjährige Solana stellte Ramdorkan das Größte dar, was sie jemals neben dem Hochgebirge gesehen hatte – und der Tempel war von Menschen erbaut. Uralte, moosbedeckte Kuppelbauten mit endlosen Säulenreihen ragten aus einem Meer von dichten Laubbäumen, unter denen Wege angelegt waren. Hier wandelten Priester und Schüler von einem Gebäude zum anderen, oder manchmal auch zum Unterricht, der einfach auf einer Lichtung stattfand. Schlanke Türme aus weißem Stein erhoben sich noch höher als die Kuppeln, rätselhaft, weil ohne jeden Eingang zu ebener Erde. Man gelangte nur unterirdisch in ihre geheimen Räume und in manche sogar nur mittels Magie, lernte die Schülerin bald. Und das mit gutem Grund. Religion und Magie waren eins, und ein großer Teil des Wissens, das man in Ramdorkan bewahrte, bezog sich auf Zauberei. Natürlich wurden die Schüler und Schülerinnen in ihrer Grundausbildung im Tempel nicht in alle Mysterien eingeweiht. Aber sie hörten die alten Geschichten von den Wächtern und sie bestaunten die gigantische, halb in den Boden eingesunkene Statue, die gleichzeitig so etwas wie ein Gebäude zu sein schien, denn auch sie konnte man über geheime Gänge betreten ...

Solana erinnerte sich heute klarer denn je, damals den Platz gesehen zu haben, wo die Statue – die kleine, goldfarbene in ihrem Bündel – *hätte sein müssen*. Das Bild brannte förmlich in ihrem Kopf, und je weiter sie sich von Ramdorkan entfernte, um so schmerzhafter wurde es. Sie war fünf Jahre nach dem Diebstahl der Statue geboren worden, kurz nach dem Zeitzauber, der so katastrophale Auswirkungen auf Mal Voren hatte, dass alle außer den Zauberern ihn für gescheitert hielten. In Ramdorkan herrschte bei ihrer Ankunft dort, siebzehn Jahre nach dem Verlust seiner wichtigsten Reliquie, eine trübsinnige Stimmung, die natürlich auch den Schülern nicht verborgen blieb. Dennoch lief der Betrieb weiter, als gäbe es eine Zukunft. Erst die Yarben hatten das beendet.

Ein Rütteln des Wagens schreckte Solana auf und sie presste das Bündel fest an sich. Ein Blick in die Runde zeigte ihr, dass Verfolger nirgends in Sicht waren. Vielleicht fielen sie auf das Manöver herein, vielleicht glaubten sie, dass sie sich nach Westen wenden würde. Vorausgesetzt, ihre und Brads unbekannte Feinde wussten überhaupt, worum es hier ging und ihre Verfolgung hatte nicht einen ganz anderen Grund. Es gab so viele Wenn und Aber, dass sie sich fast nicht mehr in ihnen zurecht fand.

Die Erkenntnis, dass es womöglich gar keine Zukunft gab, dass ihre Welt von den Göttern, zu denen sie beteten, verlassen worden war, gewann die fast erwachsene Solana beim Studium verstaubter Schriften in den tiefen Gewölben des Tempels. Die ältesten und am schwersten verständlichen Bücher, oder vielmehr Schrifttafeln, waren die sogenannten Bücher Horams. Mit Sicherheit hatte er sie nicht selber in den Ton gekratzt, ein Gott hätte vermutlich andere Mittel gehabt, aber so hießen sie eben und sie gaben die älteste Kunde von dem, was man mit der Entstehung der Zwillingswelten verband. Als sie die erschreckenden Ergebnisse ihrer Studien den Priestern vorlegte, war sie überrascht, dass diese nur traurig nickten. Sie wussten es und saßen hier einfach so herum? Ja, das taten sie, denn erst ein Jahrzehnt später waren die Magier soweit, eine kleine Gruppe durch das Tor von Winde Mokum zu schleusen, um nach der Statue zu suchen. Wie sie es schafften, blieb ihr Geheimnis.

Für Solana gaben das Wissen aus den Büchern Horams und die scheinbare Tatenlosigkeit der Priester den Ausschlag, sich wieder mehr der Außenwelt zuzuwenden und schließlich Ramdorkan ganz den Rücken zu kehren. Das war nicht ungewöhnlich, die wenigsten Schüler der Horam-Priester schlugen auch eine geistliche Laufbahn ein. Ihre durch ein wenig Übereifer in ihren Studien gewonnene Kenntnis der Hintergründe prädestinierten sie jedoch für eine andere Aufgabe, für deren Erfüllung sie nicht im Tempel bleiben musste – im Gegenteil.

Der schaukelnde Wagen wiegte sie in einen Halbschlaf, in dem es ihr sogar möglich schien, dass Horam ihren bisherigen Lebensweg gelenkt habe, dass es ihre Bestimmung sei, nun die Statue wie einen Stafettenstab zu übernehmen und entweder an ihr Ziel zu bringen oder weiterzugeben.

Ein Rucken weckte sie und sie hob den Kopf, der ihr auf die Brust gesunken war. Das Genick schmerzte dämonisch.

»Was ist los?« murmelte Jolan neben ihr.

»Ich weiß nicht. Wir halten.« Sie spähte nach vorne. Der Transportkarren, auf dem sie für ein wenig Geld mitfahren durften, war Teil einer Kolonne nach Het'char und darüber hinaus nach Osten. Bewaffnete begleiteten sie, und es war unwahrscheinlich, dass sich irgendwelche Rybolts erdreisten würden, sie anzugreifen.

»Es sieht so aus, als ob wir einer entgegenkommenden Karawane begegnet sind und sich die Anführer unterhalten«, sagte sie schließlich. Das war üblich. Wie sonst sollte man vor Gefahren auf dem Wege gewarnt werden? Zwar konkurrierten die einzelnen Karawanen miteinander um die lukrativsten Transporte, doch in Fragen der Sicherheit war es das ganze Gegenteil. Sichere Wege nutzten allen, und je mehr tote Banditen sich an deren Rändern häuften, um so besser.

»Bleib hier!« befahl sie ihrem Sohn und sprang vom Karren.

Schnell hatte sie die kurze Strecke bis an die Spitze des Zuges zurückgelegt, wo tatsächlich einige Männer herumstanden und palaverten. Einer war der Karawanenführer, dem sie ihr Geld für den Transport bis in die Nähe von Sito gegeben hatte. Er redete mit einem so wild aussehenden Kerl, dass sie für einen Augenblick dachte, sie seien doch von Banditen überfallen worden, die nun ein Lösegeld aushandelten. Aber auf der anderen Seite des Weges standen Wagen und Pferde, die zweifellos in die Gegenrichtung wollten. Doch eine andere Karawane.

Der wilde Kerl gestikulierte und erzählte offenbar eine Geschichte, der die anderen wie gebannt lauschten. Solana hörte beim Nähertreten etwas von »...und dann hackte die Kriegerin die Monster einfach in Stücke, während der Zauberer mit Feuerbällen nur so um sich warf! Ich sage euch, so was habe ich noch nie gesehen!«

»Was, so eine Kriegerin?« fragte einer und die restlichen Männer johlten.

»Vantis«, sagte der Fremde nur und spuckte aus.

Der Anführer ihrer eigenen Karawane legte ihm begütigend die Hand auf den Arm.

»Nun also, Raul, ist der Weg nach Het'char sicher?«

»Mag sein, dass der Zauberer mit seinem wilden Weib alle Monster in die Flucht geschlagen hat. Ich an eurer Stelle wäre dennoch vorsichtig. Die Biester werden immer dreister.«

Die beiden Anführer verabschiedeten sich, doch als der Fremde wieder hinüber zu seinen eigenen Wagen gehen wollte, trat Solana auf ihn zu.

»Auf ein Wort, Herr ... Raul?«

»Was gibt's, Frau?«

»Ihr spracht von einem Zauberer und einer Begleiterin. Es trifft sich, dass ich gerade zu zwei solchen Leuten unterwegs bin. Könnt Ihr mir sagen, wo ich sie finde, gar in Eurer Karawane? Es wäre doch dumm, wenn ich weiterführe und sie verpasste.«

»Ihr sucht *die*?« Raul starrte sie an. Dann schien er sich zu besinnen, dass er mit dem Magier und vielleicht auch den Leuten, die sich nach ihm erkundigten, besser auf gutem Fuß stehen wollte, und fuhr fort: »Ich wünschte, die beiden wären bei uns geblieben. Die konnten wirklich kämpfen!« sagte er mit glänzenden Augen. »Aber nein, sie sind hoch ins Gebirge zum Tor gegangen. Wohl zu all den anderen Zauberern, die angeblich da oben hausen. Wenn es die sind, die Ihr sucht, müsst Ihr auch hinauf.«

»Aha, verstehe. Nun, ich danke Euch für die Auskunft und wünsche einen sicheren Weg.« Raul hob die Schultern, als wolle er betonen, dass es ihn ja gar nichts anging, warum sie sich nach dem Magier erkundigte und was sie mit seiner Information tat.

»Euch ebenso, Frau«, sagte er und schwang sich auf sein Pferd.

Schon setzten sich die beiden Wagenzüge wieder in Bewegung. Solana wartete auf ihren Karren und kletterte während der Fahrt hinauf, als er an ihr vorbeirollte. Sie wäre vor Überschwang fast gesprungen, denn sie war nun sicher, die erste Spur des Magiers und seiner Begleiterin entdeckt zu haben. Sie waren auf dem richtigen Weg!

* * *

Durna blickte finster auf die bleierne Oberfläche des Terlen. Ihre sonst so großen, dunklen Augen waren zu schmalen Schlitzen verengt. Eine Furt sollte hier sein? Ha! Vielleicht für Riesen, hätte es die wirklich gegeben und nicht nur in Märchen. Hinter ihr sammelte sich langsam ihre kleine Truppe, die nun endlich den unwegsamen Wald des Jag'noro verließ. Das

Gemurmel der Männer sagte ihr, dass keinem die Vorstellung behagte, durch den Fluss schwimmen oder ein Floß bauen zu müssen. Sie fuhr sich mit der Hand durch die zerzausten Haare. ›Ich muss nach Regedra, ganz gleich, was dort geschehen ist‹, dachte sie. ›Ich muss wissen, was dieses Ding, dieser Chaos-Lord, bereits getan hat und was er eigentlich beabsichtigt. Auch wenn ich nichts dagegen tun kann, falls stimmt, was der Drache gesagt hat.‹ Solange das Gleichgewicht der Welten nicht wieder hergestellt war, lagen die Chancen erfolgreicher Gegenmaßnahmen gegen den Neryl bei Null, denn das Ungleichgewicht steuerte ohnehin das Chaos an – was wohl der eigentliche Grund dafür war, dass diese Wesenheit aufmerksam geworden war. Daher hätte ihr Interesse in erster Linie der wieder aufgetauchten Statue gelten müssen, aber der Umstand, dass sie Klos ausgeschickt hatte, um das zu untersuchen, komplizierte die Sache weiter.

Klos! Der Verfluchte – wie sehr sein vermutlich selbst gewählter Name zutraf! Bei allem Abscheu, der sie überkam, wann immer sie nun an ihn dachte, musste sie die Fähigkeiten dieses Wesens zur Tarnung doch bewundern. Vor ihr etwas so tiefgreifendes vollkommen geheim zu halten, dazu gehörte schon einiges. Der Drache betrachtete Klos als eine weitere Gefahr für die beiden Welten, allerdings eine, die man vielleicht eindämmen konnte, bevor sie wirklich akut wurde. Neben den anderen Schwierigkeiten trat sie im Augenblick in den Hintergrund. Doch Durna würde sie nicht vergessen – sie hatte ein ganz persönliches Interesse daran, Klos zu vernichten.

Obwohl die Prioritäten des Handelns also eigentlich klar waren, wollte sie dennoch zuerst wissen, was das Auftauchen des Chaos-Lords für die Yarben in Regedra bedeutete. Hatte Erkon Veron ihn gar absichtlich zur Unterstützung der Eroberer herbeigerufen, so wie andere Kriegsmagier Dämonen riefen? Tral Giren bestritt, dass ein solches Wesen in den religiösen Vorstellungen seines Volkes einen Platz hatte, gab aber zu, dass es geheime Riten um einen namenlosen Gott gab, in die nur die höchste Priesterschaft eingeweiht war. War dieser Ungenannte der Chaos-Lord oder war alles nur Zufall? Ein missglückter Zauber gigantischen Ausmaßes? Mal Voren war ewige Mahnung, *wie sehr* ein Zauber nach hinten losgehen konnte. Wenn Sternenblütes Befürchtungen nur annähernd zutrafen, würde es diesmal allerdings nicht bei einem verwüsteten Landstrich bleiben. Der Drache hatte ihr zugestimmt, als sie ihm sagte, was sie tun wolle, aber zur Vorsicht geraten. Zu äußerster Vorsicht.

»Du bist eine der wichtigsten Personen in diesem Spiel«, hatte er ihr ganz offen gesagt. »Eine der ganz wenigen Magiekundigen deiner Stufe, die überlebt haben. Und außerdem eine Person in einer Machtposition. Ich sage nicht, dass ausschließlich von dir das Schicksal der Welt abhängt, aber du spielst eine nicht unbedeutende Rolle.«

Sie hätte auch ohne diese Eröffnung leben können.

›Nun gut‹, dachte Durna, ›spielen wir das Spiel! Wir müssen über diesen Fluss, wenn wir nach Regedra wollen. Wir könnten Flöße bauen, aber es müssten mindestens drei sein, und dazu würden wir vermutlich einen ganzen Tag brauchen. Wir können warten, ob ein Schiff vorbeikommt. Was gibt es noch ...?‹

Wozu bist du eigentlich eine Zauberin? glaubte sie eine Stimme knapp hinter ihrem Ohr sagen zu hören. Sie blinzelte. Was konnte ein Zauberer tun, um sich zusammen mit achtundzwanzig Menschen, nicht zu vergessen deren Gepäck, über einen Fluss zu bringen? Für sie selbst wäre es kein Problem gewesen, aber sie musste auch noch an die anderen denken. Also eine Alternative ... Es gab da alte Geschichten, fast schon Mythen. Aber ob sie es schaffen konnte?

Sie gab sich einen Ruck und drehte sich um. Missbilligend musterte sie ihre Leute, die erschöpft auf den Steinen des Ufers saßen. Natürlich konnte sie es schaffen, aber das würde bedeuten, vor ihnen allen und nicht nur Tral Giren zu enthüllen, was sie tatsächlich für eine Macht besaß. Bisher hatte sie das tunlichst vermieden, um den Yarben nicht etwa eher als Bedrohung denn als Verbündete zu erscheinen.

Das mochte allerdings eine inzwischen von der Zeit überholte Vorsicht sein.

Sie trat einen Schritt näher ans Wasser und kniete auf einem Stein, um die Hand in die Strömung zu tauchen. Das Gemurmel hinter ihr verstummte.

»Sucht kleine Zweige!« befahl sie, ohne sich umzudrehen.

Innerhalb weniger Augenblicke standen einige der Männer mit Händen voller Zweige vor ihr.

»Werft sie hinaus, so weit ihr könnt – nacheinander.«

Sie beobachtete eine Weile die Strömung. Ein paar Wirbel zeigten Stellen, an denen große Steine die angebliche Furt bilden mochten, vielleicht waren es aber auch Gruben im Flussgrund.

»Gut, das reicht.« Sie musterte noch einmal das Ufer auf beiden Seiten flussaufwärts. Vielleicht klappte es ja sogar. Aber vorher musste sie noch etwas anderes tun. Durna baute sich vor ihrer erwartungsvoll und auch etwas bang blickenden Truppe auf. Zweifellos glaubten sie, dass sie die Strömung getestet hatte, um die Möglichkeit des Durchschwimmens abzuwägen. Aber nicht jeder konnte schwimmen.

»Ich habe euch bereits gesagt, dass ich nicht nur deshalb nach Regedra will, weil der Lordadmiral mich gerufen hat, sondern weil ich feststellen muss, was es mit der Gefahr auf sich hat, die dort aufgetaucht ist. Es ist wichtig, dass wir dabei nicht zuviel Zeit verlieren. Was ihr macht, wenn wir in Regedra sind, ist mir egal – ich will keinem yarbischen Soldaten nahe legen, etwa seine Armee zu verlassen oder etwas Unehrenhaftes zu tun. Bis dahin sollten wir aber zusammenbleiben.« War das zu schwach? Hätte sie es einfach anweisen sollen? Doch darum ging es jetzt nicht.

»Was ich euch aber *befehle*, ist nur eins: Schweigen über das, was ihr gleich erleben werdet!« Ihre Stimme war plötzlich kalt und schneidend geworden. Wenn die Yarben gesehen hatten, was nun kam, dann würden sie wissen, was ein Missachten ihres Befehls für sie bedeuten konnte.

»Leutnant Shilk! Lassen Sie das Gepäck aufnehmen und für einen schnellen Lauf festmachen. Melden Sie Vollzug!«

Wenn Shilk über den Befehl verblüfft war, dann zeigte er es nicht. Er bellte seine Kommandos, und in kürzester Zeit waren alle bereit. Die Verletzten wurden von je zwei Mann getragen.

»Oberst Giren, zu mir. Die anderen stellen sich in Reihen zu fünf am Ufer auf. Nicht reinspringen! Idiot.«

Sie trat wieder ans Wasser, stellte sich rechts von den Fünferreihen auf und zog die Lederhandschuhe von den Händen. Durna reichte Tral Giren die Handschuhe und lächelte über seine großen Augen, als er die seltsam geformten Ringe aus verschiedenen Materialien an ihrer Hand sah. An jedem Finger saß einer von ihnen.

Sie tauchte die beringte Hand ins Wasser und zog sie langsam wieder heraus. Glitzernd rann das Wasser von der Oberfläche empor und folgte ihrer Handbewegung wie ein funkelndes, immer länger werdendes Diadem. Es wurde immer mehr, so dass es bald aussah, als würde ein dicker silbriger Strang an der Hand hängen. Dann glühten die vom Flusswasser umhüllten Fünf Ringe hell auf und Durna begann zu sprechen.

Wer seine Hände frei hatte, presste sie augenblicklich auf die Ohren. Nur der Oberst beherrschte sich, obwohl er weiß im Gesicht wurde, als er die grässlichen Worte der Magie aus nächster Nähe hörte. Sie im Sturm mit den Elementen kämpfen zu sehen, war eine Sache gewesen, doch was sie jetzt tat, war irgendwie anders, ein vorsätzlicher Gewaltakt an der Natur der Dinge. Und ihre Magie rief noch eine andere Wirkung hervor, etwas, dessen Bedeutung niemand unmittelbar erkennen konnte: Die Realität flackerte heftig.

Der Terlen hielt an und begann sich an einer unsichtbaren Wand zu stauen. Eine zweite Wand verhinderte ein Rückfließen des Flusses und öffnete einen Graben aus hin und her wogendem Wasser. Der Grund war mit großen Felsblöcken übersät, die zu einer anderen Zeit wirklich eine Art Furt darstellten, und voller Wasserpflanzen und glitschigem Schlamm. Unpassierbar.

Ein weiteres Wort, das keiner hören wollte. Mit einem dumpfen Schlag schoss eine Feuergarbe, die vor Hitze fast unsichtbar war, aus Durnas anderer Hand und verwandelte den Flussgrund in rauchende Schlickbrösel.

Ein eisiges Zischen, und wieder löste sich etwas kaum sichtbares aus Durnas Hand, um quer durch den Fluss zu rasen. Ein kalter Hauch schlug den wartenden Männern entgegen. Auf der Stirn der Zauberin standen jedoch dicke Schweißtropfen.

»Rennt los!« befahl sie mit heiserer Stimme.

Das taten sie. So schnell es das Geröll zuließ, hasteten sie durch den Graben aus Wasser, kaum wagend, einen Blick zur Seite zu werfen. Nur Tral Giren blieb bei Durna zurück.

»Worauf wartest du? *Ich* komme zum Schluss. Los! Das ist ein Befehl«, keuchte sie. Giren folgte den anderen.

Sie sah zu, wie sie vorankamen und hoffte, dass sie sich diesmal nicht überschätzt hatte. Der Terlen stieg rechts bereits sichtlich an und nur die Uferböschungen verhinderten, dass er ihr magisches Hindernis umfloss. Sie spürte den Druck des Wassers wachsen, und ihre Ringe strahlten immer heller. Dann war Giren als letzter am anderen Ufer angelangt und sie ließ einfach los.

Mit einem unbeschreiblichen Geräusch schwappte das Wasser auf der ganzen Breite des Terlen ins Leere, um sofort als Gischtstreifen wieder emporzuschießen.

Durna flüsterte einen weiteren Zauber und translokalisierte sich auf das andere Ufer. Es hatte sein Gutes, einem Drachen beim Wirken von Magie zuschauen zu können – und sie war schon immer eine gute Schülerin mit schneller Auffassungsgabe gewesen. Für einen Moment betrachtete sie den Rücken Oberst Girens, der angestrengt über das aufgewühlte Wasser blickte, dann sagte sie: »Und ich bin Königin geworden, damit ich die schwere Arbeit anderen überlassen kann.«

Beinahe wäre Giren doch noch im Wasser gelandet, so zuckte er zusammen. Und dann schien es, als wolle er sie vor allen anderen umarmen. Aber er hielt inne, was Durna irgendwie bedauerlich fand, obwohl es nur schicklich war.

»Meine Handschuhe, Oberst?«

Er gab sie ihr mit einer tiefen Verbeugung zurück.

7

Was bei allen Dämonen der finsteren Domänen war eigentlich los? Er schüttelte seinen kahlen Kopf, als wolle er eine widerspenstige Haarmähne zur Räson bringen, die er seit Jahrzehnten nicht mehr besaß, oder Wasser aus den Ohren befreien. Als er sich dabei ertappte, hielt er inne. Was war *mit ihm* los?

Er bemerkte, dass er nichts sah, also öffnete er – nach einem winzigen Zögern – die Augen.

Er *kannte* diesen riesengroßen Raum ...

Der Mann machte ein paar zögernde Schritte vorwärts und stolperte über einen Haufen Schrott. Er schaute hinab. Eine Art ... Rüstung lag zu seinen Füßen; sie war von einem Magieschlag völlig verglüht. Nur Zauberei konnte soviel Energie auf einem Fleck konzentrieren. Er registrierte in einem Winkel seines Bewusstseins, dass er sich mit derlei Dingen auskannte. So etwas hatte er durchaus schon gesehen – und er wusste plötzlich auch, dass in diesem Haufen verglühtem Metall die Reste eines Menschen steckten, falls noch soviel übrig geblieben war, dass man es als solche identifizieren konnte. Er hatte derlei Dinge schon selbst bewirkt.

Aufgeregt beugte er sich ein wenig herab. War *er* das gewesen?

Er? Wer?

Der Mann richtete sich auf und schaute sich mit erneuter Verwirrung um. *Wer war er?* Eine Anstrengung. Denken!

›Wer bin ich?‹

Es war, als ob sich in seinem Bewusstsein Tore geöffnet hätten. In dem Moment, als Erkon Veron aus seinem betäubten Herumtappen aufwachte und sich auf einen klaren Gedanken besann, kam alles wieder zu ihm zurück. Und das war mehr, als ihm lieb sein konnte.

Er taumelte durch den Thronsaal, sich die Hände krampfhaft gegen die Schläfen pressend. Dabei stieß er die ausgeglühte Rüstung achtlos beiseite. Er brüllte vor Angst, und er brüllte vor Schmerz, als sich die Entität, der er Einlass gewährt hatte, immer tiefer in sein Selbst fraß. Denn der Chaos-Lord in ihm gab sich nicht damit zufrieden, dass sein Avatar praktisch im Vorbeigehen einen der stärksten bekannten Zauber seines Volkes gebrochen und dessen amtierenden Herrscher umgebracht hatte. Das *interessierte* ihn überhaupt nicht. Es war sozusagen das Privatvergnügen des Obersten Priesters gewesen, dessen Persönlichkeit er in voller Absicht weiterexistieren ließ. Zu groß war die Gefahr, sich in einer erst kürzlich betretenen Welt nicht zurecht zu finden und damit vielleicht im entscheidenden Moment angreifbar zu werden. Doch was zuviel war, das war zuviel. Diese Hysterie konnte er nicht dulden.

Etwas machte nicht hörbar, aber spürbar: Klick. Die Realität zitterte.

Caligo übernahm wieder die Kontrolle. Und er frohlockte. Es war viel besser, als er es nach jeder Projektion hätte erwarten können. Und natürlich viel schlechter als der Idealfall. Aber der war nur ein Modell und wurde ohnehin niemals als Realität angenommen. Er zappelte (im übertragenen Sinne) fast vor Ungeduld und wusste doch, dass er mit äußerster Sorgfalt vorgehen musste. So vorsichtig, so gerissen, dass es fast schon wieder Spaß machte, den von der existierenden Realität aufgezwungenen Beschränkungen zu folgen. Ja, es war eine Herausforderung, der er nicht widerstehen konnte. Er wusste das, er akzeptierte es, weil er die scheinbaren Regeln als die Grenzen seiner eigenen Existenz ansah: Durchbrich sie und das Spiel wird sinnlos und du selbst wirst sinnlos und du selbst *hörst einfach auf.* Das war die Wahrheit. Er kannte sie und spielte mit ihr – obwohl er wusste, dass auch er in gewisser Hinsicht nur Figur war in dem Spiel der Spielmeister selbst.

Aber Fatalismus ist das Gegenteil von Ungeduld, und Caligo wusste, dass auch jene, die das Spiel spielten, einem wie ihm eine Chance ließen. Und sei es nur, um ihn am Ende verlachen zu können.

Denn sie waren grausam, die uralten Herren des Universums. Sie mochten es, über andere zu lachen. Nur manchmal, da erlebten auch sie eine Überraschung!

Er (Caligo-Er) riss sich zusammen. Wo also war er?

Die Frage löste eine unmittelbare Antwort des Universums aus. Caligo biss die Zähne des Obersten Magiers der Yarben zusammen, bis sie knirschten und er innehielt. Ein entscheidender Nachteil der physischen Existenz war neben ihrer Endlichkeit, dass man Schmerz spürte. Er fand, dass es eine Erfahrung war, die er unter »nicht unbedingt notwendig« zu klassifizieren gedachte.

Caligo wusste nicht, dass schon die Art seines Eindringens in diese Realität seine Wirkung hier definierte. So wie kein Mensch auf Horam Dorb begreifen konnte, was er wirklich darstellte, so verstand er zum Glück auch nicht, in welche Art Realität er da eigentlich einbrach – bis es zu spät war. Das Geschehen definierte sich selbst. Sogar die Art und Weise, wie sich die Menschen sahen, definierte das Geschehen. Ein Neryl besaß ein völlig anders geartetes Bewusstsein als ein Mensch, normalerweise existierten diese Wesen nicht einmal in einem annähernd ähnlichen Raumzeitgefüge. Man konnte aus menschlicher Sicht daher unmöglich verstehen, was den Chaos-Lord antrieb, welche Ziele er verfolgte oder warum er wiederum bestimmten Regeln gehorchte – was scheinbar ein Widerspruch zu seiner Ambition des Chaos war.

Caligo fand es interessant, eine Welt betreten zu haben, auf der Magie (wie es sein Wirt nannte) offenbar eine bedeutende Rolle spielte. Das eröffnete eine Reihe von Möglichkeiten, die es anderswo nicht gab, aber es würde auch Effekte hervorrufen, die sich seiner Kontrolle weitgehend entzogen. Die Sache versprach aufregend zu werden. Wie aufregend, davon hatte er keine Vorstellung!

Sein Blick fiel hinab auf seine Brust, auf seine aus den weiten gelben Ärmeln ragenden dürren Arme. Interessiert und gleichzeitig distanziert musterte er die trocknenden, dunkelroten Spuren. Der Stoff war durchtränkt vom Blut, und kaum eine Stelle auf seiner Haut war nicht von einer schwärzlichen, klebrigen Kruste bedeckt. Etwa sein Blut? Er zuckte zusammen. Er konnte nicht zulassen, dass der Körper starb – nicht schon jetzt!

Der Selbsttest dauerte nur Sekunden und ergab, dass er wieder voll einsatzbereit war. Sogar die rituell zugefügten Schnitte im Gesicht waren, wie immer bei diesem Ritual, wieder verschwunden.

Doch etwas blieb in Caligo selbst zurück. Ein Schrecken, den er nicht ganz verdrängen konnte. Verletzlichkeit! Bei ihm? Natürlich, das war der Nachteil, wenn man den Körper eines lebenden Wesens übernahm. Leider die einzige Möglichkeit, in dieser Art Realität Fuß zu fassen.

Caligo sah sich plötzlich von Alternativen bedrängt, die ihm ganz und gar nicht behagten. Er wollte diese Welt benutzen, um seinen natürlichen Instinkten zu folgen, die das Chaos heraufbeschworen, nicht um sie noch komplizierter zu machen. Komplexität war Strukturiertheit, war Ordnung. Er hatte das schon oft getan. Daher wusste er, dass es immer wieder bewusste Existenzen gab, die in dieser Phase dem Chaos erbittert Widerstand leisteten. Das war normal. Manchmal halfen seinesgleichen ihnen sogar.

Caligo gab sich damit zufrieden, dass ihm etwas geglückt war, das kein Neryl seit Jahrtausenden der absoluten Zeitskala des Multiversums geschafft hatte: in die physische Realität eines seiner Aspekte einzudringen und einen Körper zu übernehmen. Wie es schien, waren die scheinbar allgegenwärtigen Alten davon überrascht worden, die Wächter nicht auf der Hut gewesen.

Zunächst gab er sich damit zufrieden. Man würde sehen, was möglich war. Vielleicht ... aber es war noch zu früh, um auch nur darüber nachzudenken. Caligo beschloss, sich erst einmal mit den Dingen zu befassen, die seinen Wirt beschäftigten. Er war sicher, dass sie ihm Anknüpfungspunkte bieten konnten.

Erkon Veron fand, dass er sich in einer Ecke des Saales zusammengekauert hatte. Er wusste nicht, wie viel Zeit vergangen war. Der Priester erhob sich aus dieser unwürdigen Pose und sah sich erneut um. Niemand hatte es bisher gewagt, den Saal zu betreten, obwohl die Vorgänge hier gewiss Lärm verursacht hatten. Er erinnerte sich, geschrien zu haben. Was für Trottel beschäftigte der Lordadmiral eigentlich als Wachen?

Der Zauberpriester ging zum Thron und ließ sich auf ihm nieder. Ein unbequemes Möbelstück. Aber eingehüllt in seine dumme Rüstung hatte Trolan das wohl gar nicht bemerkt.

Er reinigte mit einer nachlässigen Handbewegung und einem Zauber sich und seine Kleidung endlich vom Blut und richtete sich so hoheitsvoll auf dem Thron auf, wie es ihm bei seiner Statur möglich war.

»Wache!« schrie er.

Sofort flogen die Türen auf und die Garde Trolans stürmte herein.

Nach ein paar Schritten blieben die Yarben verwirrt stehen.

»Ich habe gerade den Lordadmiral umgebracht«, bemerkte der Zauberer gleichmütig.

»Da ihr es nicht verhindert habt und bisher nicht einmal hereingekommen seid, kann ich euch nicht brauchen.« Er hob die rechte Hand und beschrieb einen schnellen Bogen. Aus den Fingerspitzen schoss ein goldfarbener Lichtstrahl, der die Wachen traf und in zwei Teile schnitt. Bis auf einen Mann.

»Du! Hol mir General Kaleb her und sag dann deinem Vorgesetzten, dass die Wache am Thronsaal abgelöst werden muss. Und damit keine Missverständnisse aufkommen«, er beugte sich ein klein wenig nach vorn, »*ich* übernehme jetzt das Kommando! Wer sich damit nicht abfinden kann, möge ruhig vortreten.« Erkon Veron grinste hässlich. Der Soldat sah, wie sich dabei *hinter* dem Gesicht des glatzköpfigen Priesters etwas regte, das er lieber nicht gesehen hätte.

»Jawohl!« brüllte er. Und rannte hinaus, kaum glaubend, dass er mit dem Leben davongekommen war.

Als Mendra Kaleb, der die yarbischen Infanterietruppen in Nubra kommandierte, voller Besorgnis über die verworrenen Schilderungen des Wachsoldaten in den Thronsaal geeilt kam, fand er tatsächlich Lordadmiral Trolans Rüstung verglüht auf dem Boden liegend und den Zauberpriester an Trolans Stelle. Eine Reihe schrecklich zugerichteter und sehr toter Wachsoldaten zeugte von einer gewissen Unzufriedenheit des Magiers mit der Armee. In einer Ecke lag außerdem seltsamerweise der Kadaver einer Bokrua. Da der Admiral niemals seine Rüstung ablegte, zweifelte der General nicht für einen Augenblick daran, dass er so tot war, wie der Soldat behauptet hatte. Was ihn eigentlich in ein Dilemma hätte stürzen müssen, wenn er sich nicht ins Gedächtnis gerufen hätte, was für ein mächtiger und bisweilen selbst für Yarben im Kriegszustand unglaublich bösartiger Zauberer Erkon Veron war.

Kaleb war weder besonders politisch noch religiös motiviert. Er war einfach ein Militär, der seine Befehle ausführte und erst in zweiter Linie daran dachte, in welchem Zusammenhang mit dem angeblichen »Untergang des Kontinents der Yarben« sie stehen mochten.

Im Moment kam er sich als ranghöchster Offizier der Armee in Nubra angesichts des scheinbar völlig durchgedrehten Zauberers ziemlich exponiert vor. Für diese Situation gab es keine Anweisungen – sie sollte eigentlich niemals auftreten. Doch offenbar hatten alle Sicherheitsvorkehrungen versagt.

»General Kaleb auf Euren Befehl zur Stelle«, schnarrte er, Haltung annehmend wie ein Rekrut. Doch er fügte keinen Titel hinzu, sondern ließ die Meldung in einer unbestimmten Note aufklingen.

»Lord wird ausreichend sein«, sagte die schmächtige Figur in der gelben Kutte, die auf dem Thron beinahe lächerlich aussah – aber nur beinahe.

»Sicher, Lord Veron.« Was für ein Spiel der Glatzkopf auch spielte – er war gefährlich. Die Leichen im Thronsaal sprachen eine deutliche Sprache.

»Trolan war schwach«, stellte der selbsternannte Lord gleichgültig fest. Doch dann fuhr er mit eindringlicherer Stimme fort. »Die Heimat vergeht im Zorn Horams und wir geben uns hier mit administrativem Kram ab! Wenn wir noch länger warten, werden die Yarben daheim im Meer ersaufen oder von Lavamassen überrollt werden. Der Ungenannte hat zu mir gesprochen: Wir müssen vorwärts gehen, dieses Land reinigen, damit das auserwählte Volk der Yarben es in Besitz nehmen kann. General, wie schnell könnt Ihr Eure Truppen in Marschbereitschaft versetzen, um gegen das Landesinnere vorzurücken?«

Kaleb blinzelte trotz seiner erzwungenen Selbstbeherrschung ein paar Mal. ›Was für Truppen?‹ hätte er beinahe geantwortet. Denn die Infanterie der Yarben in

Nubra war gerade zahlreich genug, um Garnisonen zu bilden und die Kontrolle über das besetzte Land aufrecht zu erhalten. Vorrücken? Verrückt!

»Alle Truppen, Mylord?« vergewisserte er sich deshalb.

»Natürlich! Wir werden wie eine Feuerwalze landeinwärts stürmen und alles hinwegfegen, was sich der Neubesiedelung durch das auserwählte Volk entgegenstellt.«

Er hatte bisher noch nie davon gehört, dass ein Priester die Yarben für *auserwählt* hielt, aber es hatte auch noch nie ein Priester offen zu ihm vom Ungenannten gesprochen oder so einfach mal den obersten Heerführer umgebracht. Der General hielt es für taktisch klüger, die Fähigkeit der yarbischen Armee, ›wie eine Feuerwalze landeinwärts zu stürmen und alles hinwegzufegen‹, nicht in Frage zu stellen.

»Man müsste erst Pläne ...«

»Nein!«

»Ohne jede Vorbereitung und Logistik kann die Truppe in einem *Notfall* innerhalb von einem Tag aufbrechen. Es müssten dann jedoch der Nachschub und die eigentliche Planung des Feldzuges irgendwie gesichert werden, sonst bricht alles innerhalb von sechs bis zehn Stunden in sich zusammen.« Mendra Kaleb wusste nicht, woher er den Mut nahm, diese Wahrheit auszusprechen. Er hatte schließlich oft genug von Irren gehört, die *jedem* vernünftigen Argument gegenüber feindselig eingestellt waren.

Caligo rang mit sich. Er brauchte die Yarben vielleicht noch länger, er konnte sie nicht einfach ins kurzfristige Chaos stürzen, um sich daran zu weiden. Sie und ihr Krieg waren sein Instrument für ein viel umfassenderes Chaos. Und so irrational es schien, er brauchte dazu erst einmal die Ordnung.

»Ein sofortiger Aufbruch wäre wohl ... übereilt. Bereitet mit Eurem Stab den Einfall in Teklador und den Marsch in Richtung Halatan vor. Dann werden wir losschlagen.«

›Einfall in Teklador? Der Mann ist vollkommen irre!‹ dachte Kaleb.

»Aber ... Eure Lordschaft! Teklador ist mit uns verbündet! Sollten wir nicht ...?«

»Kaleb, wir brauchen Lebensraum für unser Volk, keine Verbündeten! Ist Euch das nicht klar? Das Ziel dieser Offensive kann nur eins sein: Die Ausrottung und Vertreibung der einheimischen Bevölkerung. Nur diese ist es, die verhindert, dass das auserwählte Volk der Yarben den Ozean überquert und sich hier ansiedelt.«

General Kaleb nickte wie betäubt. Der Priester war verrückt. Aber was sollte er tun? Sagte er ein Wort dagegen, war er tot und ein anderer würde die Truppen befehligen. ›Zeit gewinnen!‹ sagte er sich – und wusste, dass er sich selbst betrog.

»Jawohl, Eure Lordschaft!«

* * *

Es knisterte in der Luft, als stünde ein Gewitter bevor, doch der Himmel war beinahe klar – von einem Unwetter keine Rede. Normale Leute blickten sich nur besorgt um oder zu besagtem, nichts verratenden Himmel, ohne zu verstehen, dass dieses unbehagliche Knistern, diese Spannung andere Ursachen als das Wetter hatte. Die Gewitterschwüle bildete man sich nur ein, um ein Analogon für etwas zu finden, das zumindest die heute lebenden Menschen noch nie verspürt hatten.

Unnormale Leute wie Zauberer, Dämonen und von Göttern Heimgesuchte duckten sich unmerklich und wappneten sich für eine Gefahr. Und nur sie waren in der Lage, jenes *Zittern* wahrzunehmen, das die Wirklichkeit hin und wieder durchdrang – ohne sichtbaren Schaden oder Veränderungen zu verursachen.

Micra Ansig hätte gerne ohne eine Wahrnehmung des Zitterns weitergelebt. Sie wusste nicht, womit sie sich das verdient hatte – schließlich war sie weder magisch begabt noch von einem Gott berührt. Es irritierte sie! Eine Kriegerin durfte durch nichts irritiert, durch nichts abgelenkt werden. Bisher hatte es keine merklichen Auswirkungen gehabt – falls diese nicht ohnehin unbemerkbar waren – aber wenn es in einer kritischen Situation wie mitten in einem Kampf geschah … Sie wusste nicht, was sie dann tun würde.

›Weiterkämpfen natürlich‹, dachte sie. Nichts anderes hatte sie in der Festung des Donners gelernt. Unter allen Umständen weiterkämpfen – selbst wenn der Donner eines unbeschreiblich tief in eine genauso unbeschreiblich große Höhle stürzenden Flusses dir den Verstand zermahlt, kämpfe weiter – *oder du bist tot!*

Im Fluchwald mussten sie jederzeit damit rechnen, plötzlich irgendwo anders zu sein: im Raum *und* in der Zeit! Jeder Schritt hatte einen solchen spontanen Sprung auslösen können und nur Brad und zum Teil Mata war es zu verdanken, dass sie diesen Wald überhaupt lebend und bei halbwegs gesundem Verstand durchquerten. Nicht alle waren so vom Glück begünstigt gewesen. An ihrem Verstand hatte Micra allerdings schon ein paar Mal gezweifelt, vor allem nachdem sie auf der Parallelwelt angekommen waren.

Und nun hatte der Schwarze Magier angedeutet, dass sich diese ganze Welt in etwas ähnliches wie der Stronbart Har verwandeln könnte? Dass sich die Wirklichkeit chaotisch verändern könnte? Micra hatte langsam genug davon.

Sie zog ihren Dolch aus dem Gürtel, wirbelte ihn zweimal herum und spießte eine übel aussehende orangerot gemusterte Spinne auf einem Baumstamm auf. Die Spinne war größer als ihre Hand. Micra versuchte, sie möglichst gelassen von der Klinge zu streifen.

»Wartet!« Der Magier entfernte das monströse Ding und ließ es in einem seiner Beutel verschwinden. »Ein sehr seltenes, wahrscheinlich vom Aussterben bedrohtes Tier«, sagte er dann. »Hat außerdem ein paar nützliche magische Eigenschaften.«

»Was Ihr nicht sagt.« Micras Kapazität für Überraschungen war im Moment erschöpft.

»He!« meinte der Zauberer munter. »Ist das nicht die Kreuzung, wo wir die Karawane verlassen haben?«

Sie drehte sich zu ihm um und warf ihm einen – wie sie hoffte – vernichtenden Blick zu. »Ja, Magier, das ist diese Kreuzung, und ich schätze, es ist die einzige, die es hier innerhalb von einer Million Meilen Umkreis gibt!«

»Na, na«, sagte Zach-aknum sehr leise.

Die Straße durch den Wald am Fuße des Halatan-kar lag so verlassen da, wie sie sich das vorgestellt hatte, seit sie wusste, wie selten heutzutage Karawanen hier entlang kamen. Die Spuren ihrer eigenen, nun leider toten Pferde waren sogar noch deutlich zu sehen, wie sie von der sogenannten Straße abbogen und sich in die Berge wandten, von wo sie beide nun wieder herab gestiegen waren.

»Eine kurze Strecke nach dort«, sie zeigte nach rechts, »sollte eine Abzweigung zu einem früher recht bedeutendem Ort liegen, wie Raul beim Abschied meinte.«

»In dieser Richtung geht es auch nach Pelfar«, sagte Zach-aknum. »Also vorwärts.«
Pelfar. Der Ort, in dessen Nähe sich Brad aufhielt, jedenfalls nach den erratischen
Eingebungen von Zach-aknums Ring. Und auch wenn Brad die Statue anscheinend verloren hatte, so würde er doch wohl wissen, was mit ihr geschehen war –
und es würde eine gewisse Erleichterung sein, ihn wieder um sich zu wissen. Ja,
Micra gab es vor sich selbst zu, dass sie sich nicht nur um das Wohlergehen eines
zeitweiligen Gefährten Sorgen machte. Außerdem war er hier der einzige andere
Mensch von ihrer eigenen Welt, soviel sie wusste, obwohl das keinen großen Unterschied machte. Sie würde sich trotzdem freuen, ihn wieder zu sehen. Sogar,
wenn er Pek dabei hatte.
»Ihr Götter! Also vorwärts!« stimmte sie zu.

* * *

Sie waren gar nicht erst nach Sito gelaufen, das abseits der von der Karawane benutzten
Straße lag, auch wenn dort immer noch Solanas Verwandtschaft lebte. Wozu auch?
Reisende hätten von sich aus wahrscheinlich keinen Abstecher in dieses heute so unbe-
deutende Dorf gemacht. Und seit sie von dem wilden Karawanenmeister Raul erfahren
hatte, dass die beiden Leute, die sie für Brads Gefährten hielt, zum alten Tor wollten,
war ihr Weg klar. Der Karren brachte sie für ein kleines Geldstück noch etwas weiter in
Richtung Het'char.
Jolan und sie saßen ziemlich bequem auf den Säcken und versuchten, vom ständigen
Schwanken nicht in Versuchung zu geraten, ihr letztes Mittagessen am Wegrand zu-
rückzulassen. Der Tag war trübe und hin und wieder fiel ein kalter Nieselregen.
Eine Stunde, nachdem sie die Abzweigung nach Sito hinter sich gelassen hatten, begegneten sie den ersten und einzigen Wanderern. Der Wagen schwankte und schaukel-
te gleichmütig weiter und Solanas Blick blieb mangels anderer Neuigkeiten auf den
beiden Leuten haften. Irgendetwas war an ihnen, das ...
Sie zurückwies?
Ein eisiger Schauder, der direkt aus dem ledernen Beutel mit der Statue zu kommen
schien, fuhr durch ihr Bewusstsein.
Mit plötzlicher Klarheit sah sie die schwarze Kutte eines Magiers, und obwohl sie keine
glitzernde Rüstung trug, wie sie es sich immer vorgestellt hatte, erkannte Solana auch
die Kriegerin aus Brads Erzählungen.
»Jolan! Spring sofort ab!«
Ihr Sohn, der noch mehr als sie selbst vom Zauber des Magiers geblendet war, zögerte
dennoch keinen ganzen Herzschlag lang, bevor er sich von der Beplankung des Wagens
abstieß und nach unten segelte. Sie folgte ihm mitsamt ihrem schmalen Gepäck.
Unglücklicherweise landeten sie durch ihren überstürzten Aufbruch praktisch direkt
vor den Füßen der beiden Wanderer.
Als sie sich aufrappeln wollte, sah sie kurz vor ihrem Gesicht die Klinge eines Schwertes
und erstarrte wieder.
»Ein Junge und eine Frau«, hörte sie eine kalte Stimme mit einem eigenartigen Akzent
berichten, dann wagte sie es, sich langsam aufzurichten und an der silbrig schimmern-
den Klinge entlang zu blicken.

Als sie die mörderischen grünen Augen sah, die keine ihrer Bewegungen ausließen, wusste sie, dass ihr nächster Satz ein gewisses Risiko darstellte, aber sie konnte sich nicht zurückhalten.

»Ihr müsst Micra Ansig sein«, stellte Solana mit gezwungen ruhiger Stimme fest.

Die grünen Augen in dem schmalen, von langen, dunklen Haaren umrahmten Gesicht weiteten sich, dann wurden sie womöglich noch kälter, als ärgere sich ihre Besitzerin, dass sie sich gewundert hatte.

»Netter Versuch!« zischte die Frau mit dem Schwert.

Solana spürte eine Bewegung an ihrer Seite und dachte: ›Nein!‹ Doch wie immer war ihr Sohn schneller.

Micra Ansig nahm ihr Schwert etwas zurück und starrte den Jungen an, der ihr Horams Statue entgegenstreckte.

»Ein wenig Zurückhaltung ist vielleicht angesagt«, ertönte die leise Stimme des Schwarzen Magiers hinter Micra, eben des Mannes, den sie instinktiv zu beschützen versucht hatte, als die beiden Gestalten so unvermittelt von dem Wagenzug sprangen. »Gib mir das, ja?« sagte er dann zu Jolan, der inzwischen Schwierigkeiten zu haben schien, die eisige goldene Statue zu halten.

Doch Jolan fragte: »Wie ist Euer Name, Zauberer?«, so als wolle er diesem die Statue verweigern, wenn er nicht der von Brad erwähnte war.

»Mein Name, Junge, ist Zach-aknum, die Tötende Flamme, Schwarzer Magier der Fünf Ringe.«

»Ihr seid einer der Vier«, flüsterte Jolan.

»Der Vier?«

»Die durch das Tor gingen«, präzisierte der Junge.

»Oh. Ja, das bin ich – und leider der einzige von ihnen, der überlebt hat.«

Jolan hob die vor Kälte leicht bereifte Statue empor und bot sie ihm an. Der Zauberer zögerte kurz, dann nahm er die Statue Horams an. Solana sah, wie das Eis auf ihr augenblicklich verdampfte. Aber sie sah auch, dass der Zauberer wankte.

»Jolan!« sagte sie scharf. »Der Beutel!«

Ihr Sohn hielt dem Magier den ledernen Beutel hin – und dieser ließ die Statue sofort hinein fallen.

»Merkwürdig«, sagte er, »das hat sie sonst nicht gemacht.«

Solana war sich deutlich des immer noch erhobenen blanken Schwertes der Frau neben sich bewusst. Sie drehte sich um und berührte die Klinge mit dem Finger, um sie ein wenig beiseite zu schieben.

»Brad Vanquis wurde in Pelfar gefangen genommen. Er ließ diese Statue zurück, deren Bedeutung uns bekannt ist. Sein Ziel war es, sie Euch zu übergeben. Deshalb sind wir aufgebrochen, um Euch zu suchen. Ich bin sicher, dass Ihr wisst, was mit ihr geschehen muss.«

Micra schob ihr Schwert in die Scheide zurück. Sie sah ein wenig verdrossen aus. Diese Frau mochte ganz klar keine Überraschungen.

»Ich denke schon, dass wir das wissen. Doch warum wurde Brad gefangen genommen? Was hat er nun wieder angestellt? Und woher kennt Ihr ihn?«

»Das kann uns die gute Frau auch unterwegs erzählen«, warf Zach-aknum ein, »es sei denn, sie möchte ihre Reise in diese Richtung fortsetzen?«

Solana hob die Schultern. »Nein, nicht in diese Richtung. Ich habe Verwandte in Sito. Mein eigenes Dorf wurde vor ein paar Tagen von den Yarben zerstört, und daran war Euer Freund Brad Vanquis nicht ganz schuldlos«, begann sie ihre Geschichte.

* * *

Brad hatte erwogen, in ein Haus am Stadtrand von Pelfar einzubrechen, um sich mit Kleidung zu versorgen – nur in Hemd und Hose, wie ihn Pek aus dem Kerker entführt hatte, würde er nicht weit kommen. Dank seiner einschlägigen Erfahrungen wäre ihm ein solches Unternehmen sicher nicht schwergefallen. Doch glücklicherweise ließ sich das Risiko diesmal vermeiden. Schließlich hatte er Pek dabei, der für derartige Aktionen viel besser geeignet war. Tatsächlich schlug der Dämon selbst vor, ihn für kurze Zeit am Waldrand oberhalb der südlichen Stadtgrenze allein zu lassen, um sich darum zu kümmern. Obwohl Brad gewisse Bedenken hegte, was Peks Geschmack in Sachen Kleidung anging, so zweifelte er nicht daran, dass er dazu in der Lage war, sie zu besorgen. Nicht nach der verblüffenden Befreiungsaktion.

Also setzte er sich auf einen umgestürzten Baumstamm und sah zu, wie Pek einfach verschwand.

›Interessant‹, dachte Brad. ›Wenn er sich auf diese Weise von Horam Schlan nach Dorb bewegen kann, ohne irgendwelche Tore zu benutzen, wäre das ein Weg, um zurückzukehren. Falls das jemand wollen sollte.‹ Er für seinen Teil hatte das nie vorgehabt, da man in Chotnor und einigen benachbarten Ländern nicht mehr allzu gut auf ihn zu sprechen war. Zach-aknum war hier zu Hause, aber vielleicht wollte Micra ja nach Beendigung ihres Kontraktes mit dem Magier zurück. Falls sie nicht gezwungen wäre, den Stronbart Har ein zweites Mal zu durchqueren, würde sie die Chance womöglich wahrnehmen. Brad gestand sich ein, dass er das vermutlich bedauern würde, aber er hatte ja auch nie wirklich hoffen können ... Was eigentlich? Auf eine Romanze mit der Warpkriegerin?

›Sei nicht albern, Brad Vanquis‹, dachte er belustigt. ›Du bist sicher der letzte Mann, mit dem sie eine Beziehung anfangen würde.‹

Pek materialisierte sich samt einem umfangreichen Bündel nur drei Schritte vor Brad, so dass dieser zurückzuckte und beinahe von seinem Baumstamm gefallen wäre.

»Bin wieder da!« bemerkte der Dämon munter.

»Tatsächlich. Und du hast offenbar etwas gefunden. Was ist das denn alles?«

Mit sichtlichem Stolz präsentierte Pek feste Stiefel, dicke Tuchhosen, zwei Hemden, eine Jacke, einen gefüllten Geldbeutel, ein Schwert mitsamt Gurt, eine zusammengerollte Decke und einen seltsamen Beutel oder Sack, der mit verschiedenen reisetauglichen Nahrungsmitteln gefüllt war.

»Wozu sind diese Gurte?« fragte Brad verwirrt.

»Ich glaube, damit bindet man sich diesen Sack auf den Rücken. Er heißt Rückensack oder so. Praktisch, nicht?«

Brad fand das auch. Seltsam, aber nützlich.

»Wo hast du denn das Zeug her? Das sieht ja so aus, als wäre es völlig neu.«

»Ist es auch. Stell dir vor, in dieser Stadt gibt es für alles einen Laden, und sogar einen, in dem man Reisesachen aller Art kaufen kann.«

»Und das hier?« Brad hielt den klimpernden Geldbeutel hoch.

»Ein unachtsamer Kunde des Ladens«, sagte Pek mit unschuldiger Miene. »Menschen lassen ihre Sachen wirklich überall herumliegen.«

»Du bist echt dämonisch«, murmelte Brad, während er sich schon umzog.

»Danke sehr.«

Im Grunde war es Brad egal, wen der Dämon um Geld und Sachen erleichtert hatte. Er befand sich in einer Notlage und musste alle ihnen zur Verfügung stehenden Mittel nutzen. Skrupel waren da nur hinderlich.

Pek selbst trug keinerlei Gepäck oder Waffen, wie Brad feststellte. Der kleine Kerl hätte sicher auch nicht besonders viel schleppen können, aber manche Dämonen, die Brad beispielsweise im Stronbart Har getroffen hatte, waren stets bis an die spitzen Zähne bewaffnet gewesen.

»Was meinst du, Pek, ist es auf dieser schönen Welt üblich, mit einem Dämon als Begleitung herumzulaufen?«

»Nö.«

»Und was wollen wir machen, wenn wir in die Stadt kommen?«

»Keine Ahnung. Du bist der mit dem großen Schwert – glaubst du, man wird dir viele Fragen stellen, wenn du damit rumfuchtelst?«

Brad wog seine neue Waffe in der Hand. Pek stellte sich das ein wenig zu einfach vor, fand er. Eigentlich hatte er vorgehabt, sich bedeckt zu halten, um nicht die Aufmerksamkeit von Klos und dessen Häschern erneut auf sich zu lenken. Und, so fiel ihm plötzlich ein, auf Pek!

Klos durfte auf keinen Fall erfahren, dass man über Wirdaons Reich auf die andere Welt gelangen konnte. Genauso wenig wie er wissen durfte, dass es im Stronbart Har ein weiteres Wesen wie ihn gab.

Nach dem, was Pek über den Auftrag des Drachen berichtet hatte, mussten sie das um jeden Preis verhindern – wie sie sich um viele andere Dinge kümmern mussten. Aber was sollte er machen? Er konnte nur darauf hoffen, Pelfar möglichst schnell wieder hinter sich zu lassen und Klos abzuschütteln. Vielleicht würde aber gerade ein so auffälliger Mann, wie einer, der in Gesellschaft eines Dämons reiste, am wenigsten Verdacht erregen, der gesuchte entflohene Gefangene zu sein.

»Ich werde versuchen, nicht zu oft das Schwert zu ziehen, um deine Ehre zu verteidigen. Lassen wir es einfach darauf ankommen. Im Notfall machen wir einfach wieder das, was du im Kerker getan hast.«

Pek sah nicht so aus, als ob er das wirklich zur Gewohnheit werden lassen wollte, aber er widersprach auch nicht.

* * *

Die Schiffbrüchigen lagerten inmitten einer Ödnis, die keinen auf den Gedanken gebracht hätte, dass sie sich in einem zivilisierten Land befanden. Durna verstand jetzt allerdings, warum hier niemand Felder urbar gemacht oder zumindest Vieh auf die Weide getrieben hatte. Die Gegend war von unzähligen Rinnen und Spalten zerklüftet, und der Boden selbst von mehr Felsbrocken jeder Größe bedeckt, als Sterne am Himmel standen. Das dürre Gras zwischen den Steinen war so vertrocknet, dass es unablässig im Wind raschelte. Und in den tieferen Regionen der zerfurchten Landschaft wucherte dorniges Gewächs so dicht, dass sie mehr als einmal einen Pfad hatte frei brennen müssen. Dabei waren ihr die winzigen, violetten Blüten an manchen Pflanzen aufgefallen. Sie erinnerte sich nicht, je von ihnen gehört zu haben, und dabei gehörte Pflanzenkunde sozusagen zur Grundausbildung von Zauberinnen. Sie hatte sie mit einem vagen Unbehagen betrachtet und vorgezogen, nicht mit ihnen in Berührung zu kommen. Der letzte Teil des heutigen Weges war jedenfalls die reinste Tortur gewesen. Sie kamen nur im Schneckentempo voran, so sehr sich alle auch anstrengten.

Ein paar Mann hatten inzwischen Gesträuch und kleinere Bäume für ein Feuer geholt, Wasser aus einer der tieferen, einen Bach enthaltenden Rinnen geschöpft, und nun bereitete sich ihre kleine Truppe auf eine Nacht unter freiem Himmel vor. Zum Glück sah es nicht so aus, als ob es regnen würde.

Nach Westen stieg das Gelände weiter an, wie sie gegen die untergehende Sonne sehen konnte. Von diesem Hügelland aus würde sich schließlich der Blick auf Regedra öffnen, an der Terlenmündung gelegen.

Sie hatten an diesem Tag noch einen weiteren Fluss, einen relativ schmalen Zufluss des Terlen, durchquert. Unter dem ehrfurchtsvollen Staunen der achtundzwanzig Mann ihres Gefolges hatte Durna das Wasser beiseite gedrückt, so dass sie kaum am Ufer anhalten mussten, bevor der Weg durch das Flussbett frei und trocken war. Beim zweiten Mal fiel es ihr sogar leichter, oder lag das nur an dem neuen Selbstvertrauen, das erfolgreiche Zauberexperimente dieser Art vermittelten?

Sie streckte die schmerzenden Füße aus, während sie aus halb geschlossenen Augen ihre Leute beobachtete, wie sie das Lager errichteten. Die damit vertrauten yarbischen Soldaten leiteten die anderen an.

Die höchste Stufe, die ein Magier erreichen konnte, hieß nicht, dass man mit dem Fünften Ring allmächtig und allwissend war. Es gab immer noch einen weiteren Zauber, den man noch nicht ausprobiert oder gemeistert hatte – und sei es nur, weil dafür noch nie eine Notwendigkeit bestand oder man sich anderweitig spezialisiert hatte. Sie wie mit den Flussdurchquerungen. Wer tat das schon? Es hätte auch schief gehen können, dachte sie. Besonders nach dem, was Sternenblüte über die Auswirkungen des Chaos auf Magie gesagt hatte.

Einerseits begünstigte das Chaos das Wirken von Zaubern, da diese an sich ständig die Grundprinzipien des Universums verletzten und anti-entropisch wirkten. (Natürlich hatte Durna nicht verstanden, was der Drache damit meinte, für sie war Zauberei schließlich die natürlichste Sache der Welt, aber es war unhöflich, einen Drachen nach jedem dritten Wort mit »Hä? Wie bitte?« zu unterbrechen.) Andererseits konnte das Chaos auch die Wirkung von Zaubern völlig chaotisch werden lassen. Der Terlen hätte sich zum Beispiel weiter stauen und alles ringsum überfluten – oder sich in eine steinerne Straße oder einen Lavafluss verwandeln können. Durna fielen auf Anhieb ein Dutzend Möglichkeiten ein, wie ein Chaos-Zauber auf etwas so großes wie einen Fluss hätte wirken können. Zum Glück hatte alles geklappt. Die komischen schwarzen Blumen am anderen Ufer? Die waren womöglich schon immer dort gewesen.

Für einen Moment stutzte Durna. Der Gedanke an diese Blumen erinnerte sie an etwas anderes … Wahrscheinlich war es unwichtig gewesen, denn sie hatte vergessen, was es war.

Sie sah zu, wie die mit der Essenszubereitung beauftragten Seeleute und der Koch die Bündel nach etwas Essbarem durchsuchten, aber es war wohl nicht mehr viel übrig. Die Männer fluchten. Sie seufzte. Auch das hatte sie noch nicht versucht, obwohl sie einmal gelesen hatte, dass es ging. Wo war das nur gewesen? In einem *Geschichtsbuch*? Natürlich!

»Oberst!« rief sie.

Sofort war Tral Giren zur Stelle.

»Stellt einen Jagdtrupp zusammen, der sich mit seinen Waffen in Bereitschaft halten soll.« Der Oberst warf einen unbehaglichen Blick nach Westen, wo sich der Himmel rot färbte. »Eine Jagd kann lange dauern, vor allem in dieser Einöde«, wagte er einzuwenden.

»Keine Sorge. Wenn die Leute ihre Waffen bereit haben, werden sie auch etwas zu schießen bekommen. Und Ihr seht ja selbst, dass unsere armen Köche schon daran denken, ihre Stiefel zu opfern.«

Man konnte Stiefel nicht kochen, aber es vorzuschlagen, war ein ewiger Witz bei der Armee, sogar bei der yarbischen, wie Durna entdeckt hatte.

Tral Giren ließ sich seine Verwunderung über ihre Anweisung ebenso wenig anmerken wie die über ihre ungewöhnlich gute Laune. Er war darüber hinweg, sich über die Königin und ihr Verhalten auf dieser Reise zu wundern.

Als er ihr den Rücken kehrte, um seine Befehle zu geben, wirkte Durna einen neuen Zauber. Sie konnte nicht umhin, dabei selbst ein wenig Ehrfurcht zu empfinden, denn es war einer der ältesten Zauber der Welt, vielleicht sogar der älteste überhaupt. Man sagte, dass vor unendlichen Zeiten, möglicherweise im Zeitalter vor den Göttern, vor Horams Verbindung der beiden Welten, die Menschen noch primitiv gewesen seien, nur von der Jagd und gesammelten Früchten lebend. Sie kannten weder Ackerbau noch das Halten von Vieh, noch Städte und Dörfer wie sie heute existierten. Doch es gab auch schon unter diesen Barbaren einzelne Männer und Frauen mit dem Talent. Und einer der ältesten Zauber war selbstverständlich der Jagdzauber!

Durna kauerte am Boden und ritzte mit der Spitze ihres Messers so etwas wie ein Strichmännchen in die harte Erde – nur war es kein Männchen, sondern ein vierbeiniges Tierchen. Dann stach sie sich in den Daumen der Linken und ließ Blut auf die Zeichnung tropfen. Ihre Ringe glitzerten im roten Licht des Sonnenuntergangs fast genauso wie die Blutspritzer. Sie begann zu summen. Es war ein überraschend tiefer, vibrierender Laut, der schlagartig jedes Geräusch und jede Bewegung im Camp ersterben ließ. Alle Blicke wandten sich ihr zu. Durna kam nicht in den Sinn, dass sie lächerlich wirken könnte, wie sie da in ihren inzwischen recht schmutzigen Ledersachen, mit den ewig zerzausten schwarzen Haaren am Boden kauerte und tatsächlich ein Blutopfer brachte, um Jagdbeute anzulocken. Und keiner der erstarrten Männer empfand das als komisch. Jene unter ihnen mit rudimentären, ungeschulten magischen Gaben glaubten später sogar, eine Vision gehabt zu haben, ein Bild der Großen Stammesmutter gesehen zu haben, von der sie als Kinder in Märchen gehört haben mochten. Allen anderen war es unheimlich.

Durnas summende Beschwörung schwang sich zum Himmel auf, hallte über die karge Landschaft und tat genau das, was sie schon in der Urzeit dieser Welt vollbrachte.

Nur hatte Durna an eines nicht gedacht: Vor Jahrtausenden hatte keine Magierin der *Fünf Ringe* existiert, um den Jagdzauber zu singen.

Ein Zittern durchlief die Realität.

Überall zwischen dem Terlen und dem Ra-Gebirge schreckten Tiere auf, als eine unsichtbare Hand sie packte und nach Süden zu treiben begann. Am Ufer des westlichen Meeres strandeten fast fünfzig der riesigen Drachenfische, als sie versuchten, dem unerbittlichen Ruf Folge zu leisten. Am Morgen freuten sich die letzten verbliebenen nubraischen Fischer. Tur-Büffel Herden von Zehntausenden Tieren änderten abrupt ihren uralten Wanderkurs und begannen eine Stampede, die vier Dörfer niederwalzte und zweiundachtzig Menschen tötete oder schwer verletzte.

Doch das wusste Durna nicht. Sie kam nicht auf den Gedanken, dass die Jahrtausende nicht nur die Sitten der Menschen, sondern auch die Stärke ihres manchmal auftretenden Talents verändert haben könnten. Ein Zauber, der damals vielleicht eine Meile im Umkreis gewirkt hatte, erfasste nun den halben Kontinent!

Als die ersten Tiere eintrafen und ihre Jäger sich aus der faszinierten Erstarrung lösten, um mit Bögen und Armbrust das Abendessen zu sichern, hörte sie mit dem Zauber auf. Im weiten Umkreis hielten die Tiere verwirrt inne und begannen ihre Desorientierung langsam wieder abzuschütteln. Die Büffel brauchten allerdings die halbe Nacht, um zum Stillstand zu kommen.

»Es hat seine Vorteile, mit Magiern zu reisen«, stellte Tral Giren später fest, als sie lange nach Einbruch der Dunkelheit die Jagdbeute in mehr oder weniger kunstfertig zubereitete Braten am Spieß verwandelt hatten. Auf die konventionelle Art natürlich, Durna hielt nichts von Übertreibungen oder davon, ihren Leuten zuviel Arbeit abzunehmen.

»Gewöhnt Euch nicht daran, Oberst«, murmelte sie. »Magier um sich zu haben, kann einen sehr schnell in eine Lage bringen, wo man sich ausschließlich auf sie verlässt. Und dann sind sie auf einmal nicht mehr da ...«

Sie hatte ihm nicht erzählt, was Sternenblüte über die Magier Nubras und Tekladors zu sagen wusste. Das war eine Information, die sie keinem Yarben geben wollte, auch wenn sie ihm schon beinahe vertraute. Jedenfalls so weit, wie sie überhaupt beim Vertrauen zu gehen bereit war. Durna hatte die Yarben nämlich im Verdacht, nur deshalb noch keine militärische Offensive zur Eroberung des ganzen Kontinents gestartet zu haben, weil sie nicht wussten, was sie vom Rückzug fast sämtlicher Magier ins Halatan-kar halten sollten. Vor einer solchen Konzentration von Zauberern musste jeder Respekt haben.

Uninformiertheit konnte Unschlüssigkeit nach sich ziehen, und diese wiederum wertvolle Zeit gewinnen. Wofür, das wusste Durna nicht so genau, aber sie hatte das Gefühl, dass es besser sei, einen großangelegten Angriff der Yarben auf das Inland noch etwas hinauszuzögern. Sie hätte ihr Drachenauge darauf verwettet, dass der junge Kaiser von Halatan angesichts der Gefahr nicht untätig war, obwohl sie nicht wusste, was er vielleicht im Schilde führte. Sie lächelte über diesen alten Ausdruck. Etwas im Schilde zu führen, konnte auch eine geheime, verborgene Waffe bedeuten. Woher aber sollte Halatan so etwas wohl haben?

Es war ja nicht so, dass man im Reich das Schießpulver erfunden hätte.

Das was? Durnas Gedanken stockten. Was hatte sie da eben gedacht? Was, bei allen Dämonen, *war* Schießpulver? Sie zog den dicken Umhang enger um ihre Schultern. Ihr war kalt. Sie ahnte, was hier geschah. So sah das also aus, wenn sich das Chaos ausbreitete? Wahrscheinlich bemerkten es nur magisch begabte Menschen, aber was sollte es anderes sein? Undefinierbare, fremdartige Gedanken, veränderte Landschaften, nie gesehene Pflanzen, seltsames Wetter? Sie verfluchte ihren eigenen früheren Hochmut, der sie gerade die Geschichten von den Chaos-Lords als unglaubwürdige Märchen hatte abtun lassen. Hätte sie nur die alten Schriften dazu besser studiert! Es war nicht so, dass man auf ihrer Welt besonders viel über die Neryl wusste. Wahrscheinlich stammte alles, was darüber aufgezeichnet worden war, ohnehin von den Göttern, die sich mit Dingen wie fremden Wesen aus anderen Realitäten besser auskannten.

Durna schwindelte es. Selbst ihre letzten Gedanken über die Götter waren irgendwie *unreal*, das merkte sie deutlich. Das musste aufhören! Wie konnte sie sich nur davon lösen? Sie zwang ihr Bewusstsein zurück zum Hier und Jetzt.

Die Königin hätte den Yarben schon früher sagen können, was die Zauberer dort oben im Halatan-kar wahrscheinlich machten, aber sie hatte so getan, als habe sie nicht die leiseste Ahnung. Nicht etwa, weil sie sich den Zauberern im Gebirge irgendwie verbunden fühlte, sondern einfach weil sie Erkon Veron nicht mochte. Dessen überhebliche Art, mit der er die zurückgebliebenen schwächeren Zauberer verspottete, hatte sie von Anfang an geärgert. Warum hätte sie ihn darüber aufklären sollen, dass die vier stärksten Magier ihrer Region in einer waghalsigen Aktion nach Horam Schlan gegangen waren, um die Statue zu suchen, die als einziges Ding die Welten retten konnte? Der Dummkopf glaubte ja noch nicht einmal, dass Horam existierte. Eigentlich kein Wunder, dass seine eigene Magie so katastrophal schiefgegangen war!

Und nun waren alle, die sich im Gebirge aufgehalten hatten, um das letzte Tor zu überwachen und die Rückkehr der Statue zu sichern, tot. Durna fröstelte, als sie sich an das unheimliche Licht erinnerte, mit dem alles angefangen hatte. Wenn ihr Leben ein wenig anders verlaufen wäre, dann ... Aber nein, sie konnte sich nicht vorstellen, zusammen mit einer Horde nervös wartender Zaubererkollegen vor dem alten Tor zu sitzen und darauf zu harren, dass endlich etwas geschah. Nun ja, vielleicht hatten sie das auch gar nicht getan. Es gab Berichte aus Halatan, wonach gar seltsame Monster begonnen hatten, die Gegend südlich des Gebirges unsicher zu machen. Ob die gelangweilten Magier so weit gegangen waren, mit der Züchtung von Kampfmonstern für den Einsatz gegen die Yarben zu experimentieren? Unmöglich war das nicht, und es wäre nicht einmal das erste Mal gewesen. Vor langer, langer Zeit hatten Zauberer gegeneinander erbitterte Kriege geführt, aus persönlichen Gründen oder im Namen irgendwelcher Herrscher. Und dabei sollten auch namenlose Bestien unklarer Herkunft eine Rolle gespielt haben. Angeblich hatten aufgeklärtere Generationen von Zauberern sämtliches Wissen, das sich darauf bezog, ausgelöscht, doch Durna wusste, wie es mit solchen Dingen war. Entweder es schlummerte in einem abgelegenen Tempel oder einem unzugänglichen Magierturm doch noch ein verschimmeltes Buch oder es reichte völlig aus, nur zu wissen, dass man es schon einmal getan hatte. Wenn jemand kam, der meinte, dass die Erschaffung von durch Magie mutierten Bestien der letzte Weg zum Sieg über die Yarben sei, dann würde man wieder damit anfangen, einen Weg zu suchen, diese Bestien zu erzeugen. Und sie konnte sich lebhaft vorstellen, wie eine in ihrem Stolz verletzte Gruppe von Zauberern auf diesen Vorschlag reagieren würde. Wie ein Hörsaal voller Gelehrter an der sagenhaften Universität von Halatan, dem man eine Möglichkeit eröffnete, Menschen fliegen zu lassen oder die Straßen der Städte nachts hell zu erleuchten ...

Durna blinzelte, als die Sterne für einen halben Herzschlag lang zu zittern schienen und glaubte gleichzeitig, befremdliche Bilder vor ihrem inneren Auge zu sehen: Menschen, die flogen – Städte, die in der Dunkelheit heller strahlten als jedes Firmament. Sie schüttelte den Kopf, der zu schmerzen anfing.

Die Zauberer mussten sich darüber im Klaren gewesen sein, dass es zum Kampf gegen die Invasoren kommen musste, wenn die Statue erst einmal den Fortbestand der Welt gesichert hatte. Vielleicht hatten sie tatsächlich vorausgedacht und Pläne geschmiedet, um die Initiative zu übernehmen. Durna würde vermutlich nie erfahren, was genau dort oben vorgegangen war, denn die Zauberer waren – nach Sternenblütes Worten – allesamt in einem Zeitblitz gestorben, einer Explosion, die auf ihre Weise noch verheerendere Auswirkungen hatte als die von Mal Voren.

Wenn die Yarben davon erfuhren, würden sie nicht mehr lange zögern, bevor sie sich Teklador einverleibten und das Kaiserreich angriffen. Durna wusste, dass für sie dann kein Platz mehr in der yarbischen Politik sein konnte. Aber sie beabsichtigte nicht, es überhaupt so weit kommen zu lassen.

›Nein‹, dachte sie, ›mich auf den Thron zu bringen, war vielleicht der größte strategische Irrtum, den Lordadmiral Trolan je begangen hat.‹

Hoch oben in der Atmosphäre einer weit entfernten Welt schlug etwas ungeheuer Großes mit seinen gewaltigen Flügeln und lächelte.

8

Die Trommeln schlugen seit dem Morgengrauen. Es war ein dumpfer, langsamer Rhythmus, der nicht erlahmte, so viele Stunden auch vergingen. Er begleitete die ausrückenden Einheiten der Yarben, bis sie außer Hörweite von Regedra waren. In der Stadt selbst blieb nur eine minimale Truppe zurück, die auf die bevorstehende Ankunft der ersten Siedlungsflotte warten sollte, welche schon unterwegs sein müsste, wenn alles nach Plan lief.

General Kaleb hatte, wie befohlen, sämtliche verfügbaren Kräfte zusammengezogen und mit in den Dienst gepressten Eingeborenen in neue Kampfverbände aufgeteilt. In drei Gruppen würden die Yarben nun ins Landesinnere vorstoßen, um alles niederzumachen, was nicht schnell genug vor ihnen floh. Das waren die Anweisungen Lord Verons, des neuen Befehlshabers. Im Stillen fragte sich der General, ob und wie lange die Yarben das mitmachen würden. Sie waren schließlich keine mordenden und plündernden Barbarenhorden, sondern eine moderne, daheim in vielen Kriegen geschmiedete Armee. Selbst ein mit magischer Macht ausgestatteter Oberbefehlshaber würde sie nicht dauerhaft dazu zwingen können, unsinnige Befehle auszuführen. Aber sie waren fern der Heimat, so dass man an keine höhere Instanz appellieren konnte und nur der riskante Ausweg einer offenen Revolte blieb. Davor schreckte der General wenigstens im Augenblick genauso zurück wie der unzufriedenste Soldat der Truppe. Das hatte nicht nur moralische Gründe.

Erkon Verons Rede im Thronsaal zu den versammelten Anführern der Kampfverbände und des Armeestabes war kurz gewesen. Kurz und brutal. Danach konnte keiner der überlebenden Offiziere noch Zweifel hegen, wer ihre Armee jetzt befehligte. Er hatte ihnen erklärt, dass die Übersiedlung des yarbischen Volkes unmittelbar bevorstünde, und dass daher die sowieso immer zu langsam voranschreitende Umsiedlung – er benutzte tatsächlich diesen Euphemismus für die Vertreibung – zugunsten einer härteren Politik aufgegeben würde. Für den Tod des Lordadmirals gab er keine Erklärung. Es hatte auch niemand eine erwartet. Inzwischen wussten alle, dass der Zauberer seine Bindung zu seinem Herrn aufgelöst und ihn in Wordons Reich befördert hatte.

Der Hauptteil der yarbischen Armee würde zunächst nach Bink marschieren, um sich dort mit den schon in Teklador befindlichen Kräften zu vereinen und das noch existierende einheimische Militär möglichst gleich zu übernehmen. Schließlich war man mit Königin Durna verbündet, oder nicht? Veron sagte voraus, dass man sie vielleicht schon unterwegs treffen würde.

Zwei weitere Teile sollten nach Norden und Süden vorstoßen und die Säuberung Nubras betreiben, bevor sie sich ebenfalls nach Osten wandten. Wenn Nubra gesichert war, sollte Teklador an die Reihe kommen, während die Armee weiter in Richtung Halatan vorrückte.

General Kaleb hegte nicht nur Zweifel an der geistigen Stabilität des Zauberers, sondern auch an diesem überaus simplen Kriegsplan. Die Einheimischen zum Dienst in der Armee zu zwingen, war eine Sache, sie daran zu beteiligen, ihr eigenes Volk auszurotten, eine völlig andere. Das würde nicht funktionieren. Und wenn man in Teklador anfing, genauso vorzugehen, erst recht nicht. Dort gab es nämlich eine viel größere und noch funktionierende Armee als im unterworfenen Nubra. Dafür hatte Durna gesorgt. Kaleb bezweifelte auch stark, dass die Königin Veron bei so einem Vorhaben unterstützen würde. Da konnte sie ja gleich freiwillig von einem der Türme ihrer Festung springen.

Der altgediente General konnte nicht ahnen, dass es Erkon Veron – oder vielmehr dem Wesen, das ihn nun kontrollierte – gar nicht um das Überleben des yarbischen Volkes ging, welches wohl oder übel seinen untergehenden Kontinent verlassen musste. Es ging ihm nicht darum, »den Siedlungsraum für das auserwählte Volk der Yarben frei zu machen«, wie er sich so geschwollen ausgedrückt hatte. Den Neryl Caligo interessierte es nicht, ob seine irrwitzigen Feldzugspläne funktionierten oder das ganze Unternehmen in einem Desaster endete, wenn sich die gepressten Söldner und die Tekladorianer plötzlich gegen die Yarben wenden sollten. Nein, er hatte das Potenzial dieser Situation erkannt und benutzte die Yarben, um möglichst schnell das größtmögliche Chaos anzurichten. Und ein Krieg war dafür als erster Schritt fast noch besser geeignet als Naturkatastrophen. Außerdem würde diese Welt ohnehin untergehen, wie er wusste. Es spielte kaum eine Rolle, was er bis dahin tat. Ihn interessierte vor allem, *dass* die Welt unterging, während er sich daran weidete. Und er hatte keinen Grund, anzunehmen, dass sie es nicht tun würde.

* * *

Sito war heutzutage vor allem ein Dorf mit einem Überschuss an verlassenen Höfen. Auch dieser Ort hatte unter dem Verschwinden der Handelswege nach Horam Schlan gelitten. Viele der jüngeren Einwohner waren nach Norden weggezogen, wo sie sich in den Städten im Zentrum des halatanischen Reiches bessere Chancen versprachen. Es hieß, der Kaiser empfange Leute ohne Heimat mit offenen Armen. Kaum einer fragte sich, warum.

Solanas Familie lebte noch hier. Sie bestellten Felder auf einer Rodung mitten im Waldgürtel, der das Halatan-kar umgab und besaßen etwas Vieh. Die Männer gingen gelegentlich auch zur Jagd. Vor einiger Zeit hatte ein Bursche aus dem Süden etwas dagegen gehabt, sich aber später nicht weiter zu der Sache geäußert. Vielleicht, weil sein sogenannter Landsitz mitten in der Nacht abgebrannt war? Die Leute im Halatan-kar waren durchaus loyal zum Kaiser, so jung er auch sein mochte, aber sonst recht eigenwillig. So käme man eben über die Runden, erzählten sie den unverhofften, mit ihnen verwandten Besuchern schulterzuckend.

Solana und Jolan in Begleitung eines Schwarzen Magiers und einer finster dreinblickenden Kriegerin zu sehen, hatte natürlich für Erstaunen – um nicht zu sagen, eine Sensation – gesorgt, aber die Leute verhielten sich einem Zauberer gegenüber so ehrerbietig und zurückhaltend wie üblich. Immer wieder musste sich Micra sagen, dass auf dieser Welt keine Generation verstrichen war, seit die Statue gestohlen worden war. Was immer die düsteren Zeiten auf ihrer eigenen Welt angerichtet hatten, hier *ehrte* man Zauberer. Und wer damit Probleme hatte, behielt sie für sich – klugerweise, wie sie wusste. Zach-aknum war kein gütiger Weißer Zauberer.

Micra blinzelte ins Lampenlicht. Sie hätte schwören können, dass es bis eben in ihrem Wortschatz keinen Begriff wie *Weißer Zauberer* gegeben hatte. Wieso verglich sie Zachaknum dann mit einem?

Natürlich war sie nicht sicher. Doch es beunruhigte sie; vor allem, weil sie nicht wusste, wieso sie die Unsicherheit überhaupt bemerkte. Sie war doch keine Hexe! Die beste Möglichkeit, den seltsamen Veränderungen zu begegnen, war Ignoranz. Leider blieb ihr dieser Ausweg nicht. Sie wusste, dass sich sogar in ihrem Denken etwas veränderte, sie fühlte es förmlich, doch sie konnte nichts dagegen tun. Außer natürlich verrückt zu werden und auszurasten. Es reichte, wenn sie sich vorstellte, was eine außer Kontrolle geratene Warpkriegerin anrichten könnte, um die Fassung wieder zu erlangen.

Sie waren nur aus einem einzigen Grund nach Sito gegangen, das nicht auf direktem Weg nach Ramdorkan lag: Solana hatte darauf bestanden, mit zum Tempel zu gehen, wo sie sich als ehemalige Tempelschülerin bestens auskannte, aber *ohne* ihren Sohn. Trotz seiner lauten Proteste war sie hart geblieben. Jolan musste bei der Verwandtschaft in Sito bleiben.

»Ich werde dich nicht mit in ein von Feinden Horams besetztes Land nehmen, so hilfreich und nützlich du uns allen bis jetzt auch gewesen bist«, hatte sie erklärt. »Ich bin froh, dass wir es geschafft haben. Wir haben Rotbos überlebt und sind aus Regedra entkommen. Wir haben sogar den Magier gefunden und die Statue übergeben. Am liebsten würde ich auch hier bleiben. Doch ich weiß, dass es kein Zufall war, dass wir

Brad begegnet sind. Die Götter haben nicht nur auf ihn ein Auge geworfen. Sie sehen für mich ebenso eine Rolle in ihrem Spiel vor. Und die ist noch nicht beendet.«

Wäre Brad bei ihnen gewesen, hätte er sich vielleicht über den energischen Protest des Jungen gewundert, der sich bisher doch immer so zurückhaltend betragen hatte. Oder auch nicht. Brad hätte ihn möglicherweise am besten verstanden. Aber da war nichts zu machen. Solanas Entschluss war gefasst, und auch sie konnte einen eisernen Willen zeigen, wenn sie wollte.

Doch zunächst waren sie an diesem Abend zu Gast bei Solanas Familie, die ihr Recht darauf gegen den Dorfältesten durchgesetzt hatte – der dann aus Höflichkeit ebenfalls eingeladen wurde.

Es ging natürlich um Neuigkeiten. Keiner, der hier buchstäblich im Wald lebte, kam groß herum – Pelfar war eine Metropole, die man höchstens einmal im Jahr besuchte. Und ein Magier war hier schon so lange nicht mehr gesehen worden, dass manche anscheinend die bloße Existenz von Zauberern bezweifelten.

Der Dorfälteste gehörte nicht zu ihnen. Oder der Anblick Zach-aknums hatte ausgereicht, um ihn zu überzeugen. Irgendwie vermittelte der Schwarze Magier ohne jedes Wort diesen Eindruck, dass er es nicht lustig fände, wenn man ihn zu ein paar Kunststückchen aufforderte, um zu beweisen, dass er wirklich ein Zauberer war.

Solana berichtete, wie die Yarben mit Rotbos verfahren waren, was bei den Anwesenden – dem Dorfältesten, drei jüngeren und zwei älteren Männern sowie zwei Frauen – zu einer merkwürdigen Reaktion führte, wie Micra fand. Sie selbst ließ in ihrer Wachsamkeit keinen Augenblick lang nach, beobachtete und lauschte, ohne sich am Gespräch zu beteiligen.

Die Frauen reagierten wie erwartet mitleidig. Aber bei den Männern war ein Zorn zu spüren, der bewusst unterdrückt wurde, so als wüssten sie, dass die Zeit noch nicht gekommen war, ihm freien Lauf zu lassen. Dass sie aber kommen würde. Micra fühlte sich in ihrem Argwohn bestätigt. ›Sie verbergen etwas!‹ dachte sie. ›Aber es hat nichts mit uns zu tun.‹

»Wart Ihr schon oben beim Tor, Magier?« fragte der Dorfälteste schließlich.

»Weshalb sollte ich dorthin gehen?« entgegnete Zach-aknum ausdruckslos.

»Nun ja, alle Zauberer sind doch dorthin gegangen«, sagte der Mann schulterzuckend.

»Ich dachte, weil Ihr in der Gegend seid ...«

»Ja, Ihr habt natürlich Recht, guter Mann. Wir sind schon im Gebirge gewesen.«

Der Dorfälteste nickte, aber er getraute sich nicht zu fragen, was die Zauberer da oben wohl trieben und warum dieser spezielle Zauberer als einziger nicht oben blieb. So rutschte er nur unbehaglich hin und her.

»Der Schwarze Magier, seine Begleiterin, die Lady von Terish, und ich haben andere Aufgaben«, erklärte Solana plötzlich in einem seltsamen Tonfall. Micra blinzelte bei der Benutzung ihres obsoleten Titels überrascht. »Doch du verstehst, Ältester, dass wir darüber nicht sprechen dürfen?«

»Die Lady von ...? Selbstverständlich.« Dem Mann schien ganz plötzlich klar zu werden, dass er mit seiner Neugier eventuell dem mächtigen Magier zu nahe getreten sein könnte. Wenig später verabschiedete er sich.

Es dauerte nicht mehr lange und der Hausherr zeigte seinen Gästen, wo sie die Nacht verbringen konnten. Es war die Scheune. Natürlich hatte er dem Magier sein eigenes Bett angeboten und ebenso natürlich hatte dieser abgelehnt. Als sich der Mann zurückgezogen hatte, sagte Micra leise:

»Irgendetwas ist hier am Kochen, Zauberer. Ich wette, es ist eine Überraschung für die Yarben.«

»Sie warten nur auf den Ruf des Kaisers«, sagte eine unerwartete Stimme in der Dunkelheit.

»Jolan?«

»Ich habe ein wenig mit den Jungs hier geredet, als ihr bei den anderen gesessen habt. Die sagen, dass es nicht mehr lange dauern wird. Halatan lässt sich nicht von den Yarben überrollen. Im Norden bereiten sie etwas vor.«

Micra nickte stumm. Sie hatte sich schon gefragt, ob alle Menschen auf dieser Welt nur Schlachtvieh waren, oder es irgendwo welche gab, die sich nicht einfach mit der Invasion der Yarben abfanden.

»So«, sagte Zach-aknum, »der ach so kultivierte Kaiser von Halatan fühlt sich nun also selber bedroht. Als ich von hier wegging, war das ein junger Mann ...« Er zögerte kurz.

»Muss er jetzt auch noch sein, wenn er nicht gewechselt hat.«

»Ja, er ist ziemlich jung für sein Amt«, bestätigte Solana, die sich neben ihren Sohn auf die Heuballen gesetzt hatte. »Aber nach allem, was man aus dem Reich hört, ist er in Ordnung.«

Sie nannten Halatan hier nur »das Reich«, denn es war das größte und mächtigste Land auf dem Kontinent. Vermutlich hatte es sich die anderen nur deshalb noch nicht einverleibt, wie es die Gewohnheit mächtiger Staaten war, weil es eben so »kultiviert« war, wie der Zauberer ein wenig herablassend angemerkt hatte, und die letzten Kaiser keine imperialen Ambitionen hegten.

»Noch ein Faktor in der Gleichung«, murmelte er.

»Es heißt, die Zauberer am Hof hätten den Donner gefangen«, meldete sich Jolan wieder. Solana widersprach: »Es gibt keine Zauberer am Hof des Kaisers. Die Halataner missbilligen Magie.« Sie warf Zach-aknum einen entschuldigenden Blick zu. »Aberglaube und alte Furcht, nehme ich an.«

Doch Jolan ließ sich nicht davon abbringen, vielleicht aus Ärger darüber, dass sie ihn zurücklassen wollten. Er behauptete, dass der Kaiser Gelehrte *und* Magier an seine berühmte Universität geholt habe.

Zach-aknum blickte ihn scharf an. Er kannte Solana und ihren Sohn noch keinen ganzen Tag und er wusste nicht, wie er diesen Halbwüchsigen einschätzen sollte. Eigentlich interessierten ihn Kinder überhaupt nicht. Er war insgeheim froh darüber, dass Solana so entschlossen war, den Jungen hier zu lassen. Doch das hieß nicht, dass er Informationen gering schätzte, nur weil ihr Überbringer noch nicht das Schwertalter erreicht hatte.

»Das sagen die Kinder hier?«

»Na ja ...«

»Gerüchte sind in solchen Zeiten meist eine ernst zu nehmende Quelle von Informationen. Aber was bedeuten sie?«

Micra schnaubte verächtlich. Das Gerede von Kindern! Was sollte das schon bedeuten?

Zach-aknum schien es nachdenklich zu machen. Natürlich, besann sie sich – wenn es jemandem gelungen war, den Donner zu fangen, wie Jolan sagte, dann doch wohl zwecks Verwendung *als Waffe*. Wozu sonst sollte Donner gut sein? Und das klang gar nicht gut. Donner an sich war natürlich ungefährlich, aber wie es keinen Rauch ohne Feuer gab, so auch keinen Donner ... ohne Blitz.

Micra rief sich ins Gedächtnis, dass Halatan theoretisch als ihr möglicher Verbündeter gegen die Yarben galt. Die Nachricht, wie glaubwürdig oder unglaubwürdig sie auch sein mochte, sollte eigentlich eine gute sein. Wieso war sie von der Idee eines gefangenen Donners dann plötzlich genauso beunruhigt wie der Zauberer? Was waren das für schemenhafte Bilder der Vernichtung, die sich ihr aufdrängen wollten?

Sie schob den Gedanken resolut beiseite und wünschte sich nicht zum ersten Mal, ihre komplette Kampfausrüstung den beschwerlichen Weg durch den Fluchwald mitgeschleppt zu haben. Bevor sie sich von dem ganzen Stahl getrennt hatte, um ihn bei Saliéera zurück zu lassen, hatte sie nicht geglaubt, dass sie ihn einmal so vermissen würde. Aber sie hatte schließlich auch nicht wirklich geglaubt, mit dem Schwarzen Magier in seine fremde Welt überzuwechseln, ohne jede Chance auf einen Rückweg und gefangen in einem weltenumspannenden Konflikt, von dem sie sich nicht mehr einzureden versuchte, dass er sie gar nichts anging.

Zach-aknum meinte, dass es an der Zeit sei, sich zur Ruhe zu begeben. Sie wollten am nächsten Tag aufbrechen, um ihre vordringlichste Aufgabe in Angriff zu nehmen, die Statue an ihren Platz im Tempel von Ramdorkan zu bringen. Falls ... nein, wenn es gelang, das prekäre Gleichgewicht der Welten wieder zu stabilisieren, dann und nur dann konnten sie sich um die anderen Probleme kümmern.

Wenn nicht, dann war sowieso alles vergebens. Micra fragte sich, was *sie* dann machen würde. Wenn der Untergang der Welt nicht mehr abzuwenden war, was tat man dann als Kriegerin? Letzte Gebete zu Horam?

›Tja, Horam‹, dachte sie schlaftrunken, als sie sich auf dem Strohlager niederließ, ›es wird langsam Zeit, dass du dich wieder mal um deine Schöpfung kümmerst – falls sie dir nicht ganz und gar gleichgültig ist. Sonst musst du dann nur noch die Scherben wegfegen.‹

Es kam Micra Ansig von Terish nicht mal im Traum in den Sinn, dass dieser Gedanke ein Gebet gewesen sein könnte.

Drittes Gespräch

»Es schmerzt, nicht wahr?«

»Was denn?«

»Ach komm schon. Ich weiß doch auch, wie das ist. Du hörst sie genauso, auch wenn du es ausblendest – wie es jeder von uns macht. Andernfalls würden wir ja verrückt werden von dem ständigen Geschrei.«

»Ich frage mich manchmal, ob wir es nicht schon sind.«

»Verrückt? Natürlich sind wir das. Nach ihren Maßstäben bestimmt.«

»Du hast Recht. Wer, wenn nicht völlig verrückte Wesen würden so etwas tun? Und dann davongehen, ohne sich um die langfristigen Folgen zu kümmern.«

»Ach komm schon, damals sah es ganz vielversprechend aus. Wir dachten doch alle, wenn es uns gelingt, ein paar Welten mit den Randdimensionen permanent zu verbinden, würde uns das Zugang zu deren Netzwerk verschaffen. Klar, es hat sich nicht so entwickelt, wie wir uns das vorgestellt haben, aber andererseits ...«

»Andererseits was?«

»Glaubst du, das hat jemals vor uns einer gemacht?«

»Ha! Sicher nicht. Nicht in diesem Universum. So irre kann keiner gewesen sein. Nur deshalb hat es überhaupt geklappt. Wenn es nämlich schon mal versucht worden wäre, dann hätten *sie* einen zweiten Versuch verhindert. Ganz bestimmt.«

»Glaubst du das?«

»Natürlich.«

»Der Umstand, dass wir mit der Sache plötzlich ein Problem haben, das wir nie erwarteten, heißt noch lange nicht, dass sie ein kompletter Fehlschlag ist. Es hat schließlich über Jahrtausende hinweg hervorragend funktioniert. Das könnte man durchaus als einen Erfolg ansehen. Erst als ...«

»Sprich es ruhig aus. Erst als wir uns anderen Dingen zugewandt haben, als das Projekt uns *zu langweilen* begann, schlichen sich Fehler ein! Wir vergaßen, dass die Wesen dort einen freien Willen und damit eine gewisse Macht haben – einen Willen, den sie manchmal überaus töricht einzusetzen wissen. Zuerst der Diebstahl eines Ankerpunktes, den wir viel zu spät bemerkten, und nun das! Man stelle sich nur vor: Ein Neryl bricht in die vierdimensionale Realität ein!«

»Der Anker ist zurück, wenn auch noch nicht in der Lage, den Systemneustart durchzuführen. Und so lange ist alles offen.«

»Aber der Neryl! Die Manifestation einer Entität, die sehr gut in der Lage wäre, diesen Aspekt des Universums auszulöschen.«

»Gefangen im Körper eines Sterblichen, unterworfen den Gesetzen einer – zugegeben – transphysikalischen Welt, aber damit trotzdem noch immer beschränkt.«

»Aber ...«

»Unterschätze nicht die Möglichkeiten deiner Sterblichen. Sie könnten durchaus in der Lage sein, damit selbst fertig zu werden.«

»Wer sagt das?«

»Nun ja ... *Sternenblüte.*«

* * *

Regedra, Tor ins Nichts, größter Hafen des westlichen oder auch endlosen Meeres, Bollwerk allenfalls gegen Küstenpiraten, aber nie gegen die Invasion der Armee eines bis dahin vollkommen unbekannten Volkes von einem unbekannten Kontinent jenseits dieses Meeres. Hauptstadt von Nubra, eines schmalen Landes, das vom Fischfang, dem Export exotischer Meerestiere und Muscheln ins Inland und dem Ackerbau lebte und gedankenverloren auf die endlosen Weiten des Ozeans starrte. Irgendwann, wenn die Geschichte in geordneten und ruhigen Bahnen verlaufen wäre, hätte es hier sicher einen kühnen oder auch verzweifelten Seefahrer gegeben, der den nagenden Fragen in seinem Inneren nachgegeben und endlich nachgeschaut hätte, was da hinter dem Horizont lag.

Wer weiß, wie sich dann die Beziehung zu Yar'scht entwickelt hätte? Vermutlich genauso gewalttätig, denn die den anderen Kontinent dominierenden Yarben hatten eine lange Tradition der Eroberungen. Merkwürdigerweise – wenn auch nur von der Position eines der Götter betrachtet – waren die Yarben in den meisten Dingen genauso weit entwickelt wie die hiesigen Völker, in manchen sogar um ein weniges weiter. Es gab auf dem Kontinent nur ein Volk, das die Ressourcen hatte, ihrem aggressiven Vordringen etwas entgegen zu setzen. Doch das halatanische Reich war erst vor wenigen Jahrzehnten in diese glückliche Lage versetzt worden, als Kaiser Lorron IV. einen radikalen Umschwung in der Politik bewirkte. Nach seinem frühen Tod oblag es nun dem jungen Marruk II., sie fortzusetzen. Auf der ganzen Welt wussten nur sechs Menschen, dass Lorron IV. vor seiner sanften Revolution Halatans »von oben« einen ganz bestimmten Ort aufgesucht hatte. Er war allein zu den Höhlenlabyrinthen von Baar Elakh gereist und für viele Tage und Nächte in ihnen verschwunden.

Baar Elakh. Das bedeutet: Wo Drachen sind.

Mit einem heftigen Kopfschütteln riss sich Durna aus ihren Gedanken. Sie stand reglos auf einem Hügel und schaute hinab auf Regedra.

Es übertraf alles, was Durna sich am Abend noch vorgestellt hatte. Regedra war eine tote Stadt. Ganze Viertel waren vom Feuer verwüstet, der Hafen von Wracks und einfach aufgegebenen Schiffen verstopft, die Stadtmauer an einer Stelle sogar niedergewalzt. Schlimmer hätte es hier auch nach einer erfolgreichen Belagerung nicht aussehen können.

Als sie die letzte Hügelkette überschritten und einen ersten Blick auf die Stadt geworfen hatten, sahen sie nur eine reglose Leiche, von der Rauchfahnen aufstiegen. Doch wer sollte die Hauptstadt Nubras belagert und gestürmt haben? Es gab weit und breit keine Armee, die dazu fähig wäre. Durna wusste natürlich, dass Halatan ein stehendes Heer besaß, das Teklador und Nubra in genauso viel Tagen überrennen könnte, wie ein Wagenzug zum Durchqueren der Länder brauchte, aber der Kaiser griff einfach nicht ein! Einmal davon abgesehen, dass der Jüngling auf dem Thron des Kaisers erst einmal ihr eigenes Land hätte angreifen müssen. Und sie wusste genau, dass *sie* ihn einschüchterte. Zauberei ängstigte die Bürger des Reiches, und eine schöne, ewig junge Zauberin auf dem Thron Tekladors doppelt.

Durna rückte mit ihren Leuten schließlich vorsichtig auf Regedra vor. Sie selbst, sechsundzwanzig Mann (davon zwei Frauen), zwei Verletzte auf Tragen, alles in allem keine nennenswerte Streitmacht.

Beim Näherkommen stellten sie fest, dass die Mauern von innen nach außen gefallen waren. Die Schäden sahen eher so aus, als ob sie von unkontrollierter Magie verursacht worden wären, nicht durch Feindeinwirkung. Sehr mysteriös – es sei denn, Erkon Veron war tatsächlich so achtlos gewesen, den gewaltigen Sturm, den er ihr auf den Hals geschickt hatte, über seiner eigenen Stadt ins Leben zu rufen. Achtlos, ungeschickt – unerfahren? Nirgends regte sich etwas, außer am Stadttor, auf das sie zu marschierten. Ein paar yarbische Soldaten traten heraus und sahen ihnen misstrauisch entgegen. Also hatten sie zumindest eine Wache zurückgelassen.

»Lasst es mich versuchen«, sagte Oberst Giren schnell zur Königin, bevor diese sich dazu entschließen konnte, selbst etwas – vielleicht drastisches – zu unternehmen. Er ging zum Tor und sprach die Soldaten an.

Als Durna sah, wie die Männer vor Giren salutierten, winkte sie ihre eigenen Leute voran. Der einfachste Weg war doch immer vorzuziehen. Und in ihr keimte plötzlich so etwas wie ein Plan. Ein dämonischer Plan, einer Hexe würdig – doch das hatten sie davon, wenn sie sich mit ihr anlegten.

Kannst du es nicht überwinden, benutze es! flüsterte ihr die Stimme des Einsiedlers ins Ohr.

Drei Stunden später *gehörte* ihr Regedra. Aus den achtundzwanzig Mann waren etwa hundert geworden, was Giren nur halb im Scherz eine Kompanie nannte. Sie hatte alle auf dem Platz vor dem Palast versammelt und ihnen mehr oder weniger offen gesagt, was sie von den Ereignissen hier wusste. Später fragte sie sich, warum sie das getan hatte, doch es schien richtig gewesen zu sein.

Das Ergebnis der improvisierten Ansprache war jedenfalls höchst verblüffend. Es war, als fügten sich ihre Informationen in ein Bild ein, das diese letzte Garnison Regedras seit »Lord Verons« Abmarsch am Vortage gequält hatte. Als würde Durna etwas bestätigen, was sie bis dahin nur vermutet hatten. Als würde sie Schleusen rechtschaffenen Zorns öffnen.

Der Lordadmiral, den viele Yarben trotz seiner Strenge als siegreichen Heerführer verehrten, war von Erkon Veron umgebracht worden. Dann hatte der Priester anscheinend auch einen Teil der höheren Offiziere getötet. Niemand wusste, was man davon halten sollte. Es gab keinen vergleichbaren Fall – zumindest nicht in den letzten Jahrhunderten der yarbischen Geschichte. Magier und vor allem Priester *putschten* nicht einfach! Aber nun war es geschehen, und wenn die Offiziere nichts gegen den möglicherweise verrückten Veron ausrichten konnten, was sollten die einfachen Soldaten da schon tun? Schließlich war die gesamte yarbische Streitmacht nach Osten in Marsch gesetzt worden. Das war ein Befehl, der sogar dem letzten Gemeinen des Heeres irrwitzig vorkommen musste, denn Erkon Verons Hauptmacht bestand dabei aus kaum tausend Soldaten.

Durna wusste, dass die Yarben unter anderen Umständen ihre Behauptungen allenfalls mit Misstrauen aufgenommen oder einfach zurückgewiesen hätten. Doch die Tatsachen, welche sie bereits aus eigenem Erleben kannten, fügten sich glatt in das Gesamtbild. Die wenigsten konnten mit der Vorstellung eines Chaos-Lords etwas anfangen, aber Besessenheit durch beispielsweise dämonische Gewalten war den Yarben nicht unbekannt.

Als sie den Soldaten sagte, was wirklich geschehen war, überraschte sie deren Reaktion. Renegate oder irre Zauberer mochten ihnen bereits so heftig gegen den Strich gehen, dass sie in ihrer Kultur die verschiedensten Gegenmaßnahmen ergriffen hatten; aber ein Ungeheuer aus einer anderen Dimension, das ihre Armee für seine eigenen unbekannten Zwecke versklavte, das war den Yarben dann doch zuviel. Als sie während ihrer Rede auf den Stufen des Palastes zu schreien anfingen, dachte Durna zuerst, sie habe etwas schrecklich falsch gemacht, doch da packte Tral Giren sie am Arm und flüsterte ihr zu, was die Yarben in ihrer eigenen Sprache riefen.

Sie verlangten *von ihr*, die Führung ihrer Truppe zu übernehmen und etwas gegen das fremde Ungeheuer zu unternehmen!

Durna konnte es kaum glauben. Diese Krieger wollten ihr die Treue schwören? Sie stand in ihren dreckverschmierten ledernen Jagdsachen auf den Stufen des regedraischen Palastes, ein ihr kürzlich von Giren aufgedrängtes Schwert an ihrer Seite und die Fünf Ringe an ihrer entblößten Hand. Die Yarben wussten natürlich, dass sie nicht einfach nur die Königin eines benachbarten Landes, sondern auch eine mächtige Zauberin war. Wer sollte sonst gegen Ungeheuer aus anderen Dimensionen eine Chance haben?

Sie tat das, was ihr zu tun übrig blieb: Sie akzeptierte den Treueschwur, den ihr die heimatlosen, verzweifelten Soldaten praktisch aufzwangen.

Ohne ihr Zutun sprühten goldene Funken von den Ringen an ihrer erhobenen Hand, als die versammelten Yarben in ein Begeisterungsgebrüll ausbrachen. Doch die Funken verbrannten ihren entblößten Arm. Eine Warnung! Sie kannte die Zeichen.

Nur nicht übermütig werden, kleine Hexe!

Und ein paar Dinge waren in Regedra noch zu erledigen, bevor sie die Verfolgung Verons aufnehmen und wirklich handeln konnte.

* * *

»Wir haben wenig Zeit, Königin«, wandte Tral Giren gegen ihre Absichten ein.

»Das weiß ich. Aber noch weniger können wir uns Unklarheit darüber leisten, wer oder was uns da eigentlich gegenüber steht.« Sie hatte davon zwar eine recht gute Vorstellung, aber es konnte nicht schaden, das bisher nur Vermutete zu verifizieren.

Der Oberst musste ihr Recht geben. Die Berichte der Yarben aus Regedra waren verstörend gewesen, aber nicht besonders erhellend. Was hier in den letzten Tagen geschehen war, blieb größtenteils ein Rätsel. Es schien mit Admiral Trolans plötzlichem Tod anzufangen, der zweifellos vom Oberpriester Erkon Veron verursacht worden war. Aber wie dieser etwas fertiggebracht hatte, das man unter Yarben als unmöglich ansah, blieb unklar. Veron hatte dann das Kommando übernommen und die gesamte verfügbare Truppe ins Inland in Marsch gesetzt. Wobei offenbar einige Offiziere anderer Meinung gewesen waren und nun irgendwo in den schnell ausgehobenen Massengräbern lagen – zusammen mit den letzten nubraischen Bewohnern Regedras.

Tral Giren fand die Berichte der in Regedra zurückgelassenen Wachtruppe nicht nur verstörend, sondern eigentlich vollkommen zusammenhanglos. So etwas geschah doch einfach nicht! Jedenfalls nicht unter Yarben. Das gab es allenfalls in Märchen von bösen Zauberern und da gelang es dem mutigen Prinzen immer, den Renegaten rechtzeitig auszuschalten, bevor der etwas so drastisches tun konnte, wie einen Admiral zu töten. *Was?* Wie kam er nur darauf, dass der Prinz dabei einen dunklen Anzug trug und Nummer 7 oder so ähnlich hieß? Das ... stimmte nicht!

Giren klammerte sich mit einem plötzlichen und so grauenerfüllten Entsetzen, dass es der Sache bestimmt nicht angemessen war, an die Märchen seiner Kindheit.

Und das Zittern zog sich zurück!

Er atmete tief durch und konzentrierte sich auf den Anblick von Durnas Schultern unter ihrer ledernen Jagdkleidung. Hätte er gewusst, dass sie dergleichen in den letzten paar Tagen ständig durchmachte, hätte es ihm vermutlich das Herz gebrochen.

Sie ging vor ihm und den vier Mann ihrer eigenen Leibwache durch den Palast von Regedra, der einen mehr oder weniger verwüsteten Eindruck machte. Dass *sie* an der

Spitze ging, frustrierte zwar wie üblich ihre männlichen Begleiter, war ihnen aber andererseits auch nicht so unrecht, wenn sie an die eigene Sicherheit dachten.

Der Thronsaal: Blutbespritzte Wände und getrocknete Lachen auf dem Boden. Eine verglühte Rüstung am Fuße des steinernen Thrones, in der Giren die übliche Kleidung seines verblichenen Kriegsherrn wiedererkannte. Sämtliche Fenster wie nach innen explodiert.

Die Gänge: Leichen.

Der Hof: Leichen.

Die zurückgelassenen Yarben hatten sich nicht besonders beeilt, hier drin aufzuräumen. Giren verbrachte einige befriedigende Minuten damit, ihm dienstgradmäßig weit unterlegene Leute anzubrüllen, die dann plötzlich die Beweglichkeit von Ameisen offenbarten. Hatten diese Idioten denn noch nie etwas von Seuchen gehört?

Das sogenannte Terrarium. Giren musste hier Durna zum ersten Mal etwas über die Yarben, ihre Herrscher und deren Magier erklären, was sie noch nicht wusste. Sie starrte ihn mit einem undeutbaren Ausdruck an. Dann deutete sie auf die Verwüstung unterhalb des Laufsteges und sagte: »Es hat wohl nicht so ganz gewirkt, was?«

»Sieht so aus. Veron hätte nie in der Lage sein dürfen, den Admiral anzugreifen. Was hier geschehen ist, hielten wir alle für unmöglich.«

»Ach was!« Durna lachte seltsam rau auf. »Nichts auf einer magischen Welt ist wirklich unmöglich.«

Eine magische Welt? Was meinte sie wohl damit? Der Oberst sah plötzlich die triste Implikation einer *nichtmagischen* Welt und scheute vor dem Gedanken zurück. Das war so unnatürlich!

Gleich darauf entdeckten sie die Treppe auf der anderen Seite des Bokrua-Geheges. Während sie hinabstiegen, wurde Giren klar, dass er gerade eines der schlimmsten Sakrilege seines Volkes beging. Als Uneingeweihter stieg er in die dem Namenlosen geweihten Gewölbe hinab, mehr noch: Er begleitete eine Fremde, ohne sie daran zu hindern. Aber er fühlte nichts dabei – außer ein wenig innerer Kälte.

Durna schwieg und trieb eine schwebende Kugel aus reinem Licht vor sich her. Wie von einem Magneten angezogen, hatte sie die Erkundung des Palastes angeführt. Was sie dabei erfuhr, ging wahrscheinlich weit über das hinaus, was die Männer in ihrer Begleitung begriffen hatten, da war sich Giren sicher. Sie blieb manchmal stehen und musterte Dinge und Spuren, die ihm überhaupt nichts sagten, die er sonst nicht einmal beachtet hätte. Und so stiegen sie hinab in die Eingeweide des Palastes von Regedra. Er fragte sich, was hier *vor* der Besetzung durch die Yarben getrieben haben mochte. Niedrige, roh ins Gestein gehauene Gänge und schmale Treppen führten immer tiefer hinunter. Keine Kammern oder Verliese zweigten ab, es gab nur diesen Weg *nach unten*.

Der plötzlich in einem natürlichen Höhlensaal endete.

Tral Giren und die Wachen schnappten nach Luft – denn es stank hier nach Blut wie in einem Schlachthaus.

Durna entzündete mit einer Handbewegung sämtliche Fackeln an den Wänden, und sie sahen etwas, das sie niemals wieder vergessen würden.

In der Mitte des Saales befand sich ein geborstener Opferstein, der über und über mit schwarzem Blut verkrustet war. Der große, flache Block sah aus, als sei etwas von unbeschreiblicher Gewalt aus ihm *hervorgebrochen*. Der monströse Altar war von zerfetzten Körpern in verschiedenen Stadien des Zerfalls umgeben, menschlichen und tierischen. Hinter ihm befand sich eine Grube, sie war zur Hälfte mit toten, ausgetrockneten Wesen aller Art gefüllt. Keine Skelette, sondern geschrumpfte, trockene Mumien. An den Wänden des Raumes lagen die Leichen von Priestern, fortgeschleudert und am Stein zerquetscht wie Puppen. Sie waren die jüngsten Opfer.

Giren hörte, wie sich eine der Leibwachen der Königin übergab.

»Und was mag das hier wohl gewesen sein, Oberst?« fragte die Königin leise.

»Eine dem Ungenannten geweihte Stätte«, antwortete er automatisch und war plötzlich froh, dass sie nur von Tekladorianern begleitet wurden. Yarben hätten sofort gewusst, dass er nun Hochverrat beging. Nicht, dass es nun noch etwas ausmachte. Seine persönliche Welt war schon seit Tagen dabei, zusammenzubrechen und sich neu zu ordnen.

»Der Ungenannte? Ein Gott?«

»Der König des Himmels, Herrscher über die Neun, die Welt und das Universum. Man spricht nicht über ihn, er hat keinen Namen, den ich kenne, nur die Priester und hohe Magier beten ihn an. Oder was sonst sie hier getrieben haben!« Tral Giren empfand eine solche Abscheu gegen alle, die etwas mit dem Ungenannten zu tun haben mochten, dass er zitterte.

»Ich bezweifle, dass sie überhaupt wussten, was sie taten«, murmelte Durna. Sie trat nahe an den Stein heran und betrachtete ihn aufmerksam. Sie ähnelte dabei einer Heilerin, die sich eine Wunde ansieht. Als der Oberst sich neben sie stellte und sein Schatten die Fackeln verdeckte, konnte er es auch sehen: Die Bruchlinien in dem Stein leuchteten in einem kalten, flackernden bläulichem Licht. Er war nicht darauf gefasst, was nun geschah.

Durna bewegte ihre Hände über dem Altar, und die Fünf Ringe blitzten nur für einen Herzschlag lang grell auf. Es war Licht, das wehtat, doch zu kurz, um zu schaden. Aber aus der Tiefe der Welt schien ein zorniger, unartikulierter Schrei herauf zu hallen, dann schlossen sich die Risse in dem zerborstenen Altar mit einem funkensprühenden Schnappen. Das Brüllen erstarb wie abgeschnitten.

»Nun bist du allein. Willkommen auf meiner Welt«, flüsterte Durna, und es klang irgendwie gemein.

Nicht in seinen wildesten Träumen wäre es Oberst Giren in den Sinn gekommen, sie zu fragen, was sie da gerade getan hatte.

»Raus hier, Leute«, sagte sie dann – und es war wohl einer ihrer beliebtesten Befehle an diesem Tag.

* * *

Nur eine Stunde später marschierten hundertzwanzig Männer hinter ihr nach Südosten, wo sich der südliche Kampfverband Erkon Verons hingewandt hatte. Sie wurden von keinem Tross gebremst, also konnten sie ihn vielleicht noch einholen. Zu Pferd wäre es besser gewesen, doch in der Stadt und ihrer Umgebung gab es keine Reittiere mehr. Andererseits würden sie ohne mitgeführte Vorräte, Zelte und andere Reserven nicht besonders weit kommen, wenn es nicht bald gelang, etwas gegen diesen Mangel zu unternehmen.

Zu gegebener Zeit würde die Königin auch darüber nachdenken. Im Augenblick verfolgte sie noch keinen konkreten Plan. Sie »ritt die Wogen des Schicksals«, wie man es früher ausgedrückt hätte.

Durna fühlte sich beinahe wie die legendäre Bauersfrau, die durch Zufall den Oberbefehl über eine Armee von hunderttausend Kriegern übernahm. Angeblich war sie von den Göttern berührt worden. Aber diese später Jannie, die Stählerne, genannte Frau, deren wahrer Name nicht überliefert war, hatte ein feindliches Heer von fünffach überlegener Zahl in den Tod gelockt – und grausam abgeschlachtet. Das war geschichtlich verbürgt. Auch ihr Tod durch die Hand ihres vom Feind gekauften Liebhabers.

Durna wünschte sich, ebenso stark zu sein wie diese Jannie. Sie wünschte sich außerdem, dass Tral Girens vor allem militärhistorische Kenntnisse ihr das Wissen verschafften, das sie dringend brauchen würde, wenn es wirklich zu offenen Schlachten kam; sie wünschte sich, mehr von einer in Stahlkettengeflecht gekleideten Wilden zu haben als von einer Hexe in der Tradition Ramdorkans. Vor allem wünschte sie sich, nicht in einen so aussichtslosen Kampf ziehen zu müssen, in einen richtigen Krieg, wenn ihre Befürchtungen sich bewahrheiteten.

Aber alles hatte seine Vor- und Nachteile. Wenn Erkon Veron seine Kampfgruppe von wahrscheinlich 1000 Mann als Zauberpriester anführte, so konnte sie ihre »Kompanie« ebenso gut als Hexe kommandieren. Deshalb hatte sie ganz bewusst aus ihrem vom Schiff geretteten Gepäck einen schweren, tiefschwarzen Umhang mit Kapuze hervorgeholt, bevor sie ihre beiden Dienstmädchen und den Koch mitsamt dem restlichen Plunder ihrer Sachen bei der Rumpfbesatzung des Palastes in Regedra zurückließ. Es war ein Kleidungsstück, das sie bisher nur selten öffentlich getragen hatte, und sie fragte sich für einen Augenblick, was es eigentlich in ihrem Gepäck suchte. Vielleicht hatte es Jost, ihr Kämmerer, hineinpacken lassen, in der Annahme, dass sie jemanden am Hof Trolans damit beeindrucken könnte. Sie bemerkte nicht ohne eine gewisse hämische Freude, wie die Blicke der Yarben dazu neigten, ihren Anblick in diesem Umhang zu meiden. Früher hatte *sie* es vermieden, zu offensichtlich als Hexe in Erscheinung zu treten, aber die Zeit des Versteckens war vorbei! Eine Frau musste mit dem arbeiten, was sie hatte. Und sie war eine Frau, die mit einem Drachen geredet hatte, eine Schwarze Magierin der Fünf Ringe. Erst auf dem Schlachtfeld würde sich erweisen, ob ihre Kenntnisse der Magie den Kräften eines Chaos-Lords standhalten konnten.

Doch so weit war es hoffentlich noch nicht. Sie folgten zunächst der 3. Kampfgruppe Erkon Verons, die nach Süden unterwegs war, um auf dessen Befehl sämtliche Ortschaften Nubras von den noch verbliebenen Einwohnern zu befreien. Durnas Hoffnung war es, bei den nicht direkt Verons Einfluss unterworfenen Anführern dieser 600 Mann starken Truppe ebenfalls auf offene Ohren zu stoßen und sie von ihrem Vorhaben abzubringen. Die 2. und kleinste Kampfgruppe im Norden musste sie vorerst ignorieren. Mit der 3. hoffte sie genug Leute zu haben, um nach Bink eilen zu können, das Verons 1. Kampfgruppe zu übernehmen gedachte. Wenn ihre Informationen korrekt waren, verfügte er über mindestens 200 Berittene, und außer seinen regulären Yarbensoldaten über eine unbekannte Zahl in den Dienst gepresster Nubraer.

Niemand konnte mit einer Tausendschaft einen ganzen Kontinent überrennen, und sie hätte sich eigentlich damit begnügen können, im Hinterland abzuwarten, bis man Verons Kräfte aufrieb. Oder nicht? War es nur ihr ungutes Gefühl, das sie zum Handeln trieb? Die Yarben hatten bereits Nubra erobert. Zugegeben, das war ein überraschtes Land gewesen, in dem man ihnen keinen Widerstand entgegensetzte, bis es zu spät war. In Teklador würde es doch anders sein, oder? Durna gestand sich ein, dass dafür zwar eine Chance bestand, aber keine große. Dafür hatte sie selbst gesorgt, indem sie die Yarben als Verbündete schon ins Land holte, bevor sie überhaupt ans Einmarschieren dachten. Wenn sich ihre Untertanen besannen, konnte es längst zu spät sein. Also musste sie – hier zu Fuß unterwegs mitten im Nirgendwo Nubras – selbst etwas unternehmen, um ihre früheren Fehler wieder gut zu machen.

Man konnte nicht sagen, dass sie keinen Plan hatte. Aber es war kein besonders genialer Plan, der noch dazu darauf baute, dass sie die Yarben gegen ihre eigenen Leute ins Feld führen konnte. Doch bisher war der Königin noch nicht viel mehr eingefallen. Sie wusste nicht einmal, was sie ihren Tekladorianern zu Hause hätte befehlen wollen, wenn sie die Möglichkeit gehabt hätte, an Verons vorrückender Armee vorbei eine Nachricht nach Bink zu schicken. »Haltet durch, ich komme!« Und wenn sie es nicht schaffte? Leider wusste sie nicht einmal, wie sie eine solche Nachricht hätte schicken sollen. Auch tausend Yarben konnten unter der Führung eines Chaos-Lords vielleicht stark genug sein, um Bink zu erobern. Und nach Bink waren in ihrem Land nicht viel mehr Orte übrig, die Widerstand leisten könnten.

Ja, dachte Durna, das machte ihr wirklich etwas aus.

Alle Zweifel wurden jedoch schon am frühen Abend dieses Tages vom Anblick des kleinen Küstenortes Dar verdrängt, der am südlichen Ende der Terlenmündung lag. Oder vielmehr vom Anblick des Lagers, das den unversehrten Ort praktisch umgab.

»Na so was«, murmelte Durna. »Wenn das nicht unsere dritte Kampfgruppe ist?«

»Das ist merkwürdig«, sagte Giren, der sich wie stets in ihrer Nähe aufhielt. »Sie hätten schon längst viel weiter gekommen sein müssen ...«

»Auf große feindliche Gegenwehr können sie hier aber nicht gestoßen sein, oder?«

»Natürlich nicht! Nubra ist doch bereits fast entvölkert. Ich habe keine Ahnung, was die hier treiben.«

»Dann wollen wir es schnell herausfinden.« Durna winkte den anderen Yarben und setzte ihren Weg auf der Küstenstraße fort, als sei es völlig normal, an der Spitze einer bewaffneten Hundertschaft – oder Kompanie, wie es die Yarben nannten – auf ein anderes militärisches Lager zuzugehen.

Jedenfalls schienen die Yarben dort vor ihr das genauso zu sehen. Im Handumdrehen war zwar Alarm ausgelöst und die Krieger sammelten sich. Doch als die im Lager merkten, dass die Neuankömmlinge im Prinzip die gleiche Uniform trugen wie sie selbst, löste sich die Anspannung sofort wieder.

Durna ging auf die Reihen der Yarben zu. Einen halben Schritt zurück lief Giren. Erst zehn Schritt hinter ihr kamen die geordneten Marschreihen ihrer Leute.

Sie wusste genau, wie sie jetzt wirkte – wie sie wirken wollte! Das blasse Gesicht im Schatten der schwarzen Kapuze ihres knielangen Mantels, unter dem schlammverkrustete Stiefel und die

Spitze eines langen Schwertes sichtbar waren. Die eine Hand locker herabhängend, die andere in einer seltsamen, wie erstarrten Bewegung ein wenig angehoben – so dass das unheilvolle Glitzern der Fünf Ringe deutlich zu sehen war, ein Glitzern, das kein fremdes Licht brauchte.

Vor den Yarben schob sie ihre Kapuze zurück und fragte: »Wer kommandiert diese Einheit?«

»Major Vardt, Mylady«, antwortete einer der Armbrustmänner sofort und senkte verwirrte seine Waffe.

»Bring uns zu ihm. Meine anderen Begleiter bleiben hier.«

Ohne auf eine Reaktion des Mannes zu warten, trat sie mit Giren und einem Läufer im Gefolge an ihm vorbei, so dass er sich beeilen musste, wenn er sie zu seinem Befehlshaber bringen wollte und nicht umgekehrt.

›Wie vieles doch ohne jede Magie funktioniert‹, dachte Durna belustigt, als sich der Schütze fast überschlug, um die ihm zugewiesene Rolle des Führers einzunehmen.

Major Vardt befand sich nicht sehr weit von der vorderen Linie seiner Truppen entfernt. Er starrte Durna und den Oberst hinter ihr nur wenige Augenblicke lang an, dann winkte er sie wortlos in ein großes Zelt.

»Major? Kann ich meiner Kompanie den Befehl geben, hier zu lagern?« fragte Giren, bevor er dem Wink folgte.

»Selbstverständlich, Herr Oberst. Ich werde sofort den Alarm beenden lassen.« Vardt war nervös, aber er vergaß nicht, was er einem Vorgesetzten schuldig war.

Tral Giren gab dem Läufer einen kurzen Befehl, der Major seinerseits einigen seiner eigenen Leute, und das aufgescheuchte Lagerleben begann sich so schnell zu normalisieren wie es gestört worden war. Dann erst folgten die beiden Männer Durna, die wie selbstverständlich schon in das Kommandozelt getreten war und dort in einem Sessel Platz genommen hatte. Girens Befehle waren vorher abgesprochen und sprachen nicht unbedingt von einem geruhsamen Biwak, aber das brauchte der Major nicht zu wissen, solange er und seine Kampfgruppe sich benahmen.

Vardt und er wollten sich eben an einem Tisch niederlassen, an dessen Stirnseite Durnas Sessel stand, da platzte ein Mann in einer gelben Kutte in das Zelt.

»Was geht hier vor, Major?« verlangte er mit schriller Stimme zu wissen. »Wieso lasst Ihr diese Hexe in unser ...« Der Priester vollendete seinen Satz nicht.

Durna hatte ihre beringte Hand mit einer eleganten Bewegung gehoben, als erwarte sie einen Handkuss. Doch als sich die Fingerspitzen auf den Mann im gelben Gewand eines yarbischen Zauberpriesters richteten, kehrte sich das helle Glitzern der Ringe plötzlich in sein Gegenteil um. Etwas formloses und schwarzes, das schneller als das Auge war, schoss auf den Mann zu und traf ihn mitten ins Gesicht.

Sein Kopf verschwand.

Der Körper prallte mit einem dumpfen, endgültigen Laut auf den Sandboden des Zeltes. Ein Geräusch wie von auslaufender Flüssigkeit war das einzige, was man für einen Moment hören konnte.

»Nehmt doch Platz, Major Vardt«, sagte Durna mit strahlenden, großen Augen.

Tral Giren musste sich ein Grinsen verkneifen. Der Mann bekam nun eine ganze Breitseite Königin Durna ab. Er hatte das schon hinter sich.

»Ich möchte mich für die Schweinerei entschuldigen«, fuhr Durna fort, ohne mit einer Wimper zu zucken. »Dieser Kerl hat mich gestört.« Sie machte für den Effekt eine Pause, dann sagte sie: »Und er war ein Wordoni.«

»Was?« Der Offizier sprang wieder auf.

»Setzt Euch!« bellte Giren plötzlich, zum ersten Mal ernsthaft seine Befehlsgewalt betonend.

Vardt fiel auf seinen Stuhl zurück und glotzte sie beide an. Durnas nächster Satz war nicht angetan, ihn zu beruhigen.

»Nun, da Ihr es offenbar nicht wusstet, denke ich, dass wir uns *mit Euch* unterhalten können.« Das unausgesprochene »im Gegensatz zu Euch auch den Kopf wegzublasen« war sehr klar zu hören.

»Ein Wordoni?« flüsterte der Major geschockt.

»Was erwartet Ihr, wenn Ihr einem Oberbefehlshaber folgt, der von einem Ungeheuer aus einer anderen Dimension besessen ist?« fragte Durna brutal. »Jemandem, der mit Hilfe von Schwarzer Magie Lordadmiral Trolan ermordet hat und das Volk der Yarben auf dem Altar eines namenlosen Gottes opfern will?«

Der Yarbe blickte abwechselnd Durna und Giren an. Er wirkte plötzlich völlig überfordert. Die Königin erbarmte sich seiner.

»Lasst Euch erzählen, was wir von der Situation wissen. Dann könnt Ihr entscheiden, was Eure Kampfgruppe weiter tun soll.« Das war eine Lüge. »Aber vielleicht solltet Ihr eine Sache erfahren: Dieser Kontinent, den wir ahnungslosen Eingeborenen bis vor ein paar Jahren für den einzigen auf der Welt hielten, ist ungefähr vierzig Mal so groß wie das Land Nubra. Zwar sind nicht alle Teile so dicht besiedelt wie die Küstenregion, die Ihr kennen gelernt habt, aber weiter im Norden und Osten liegen Länder, die reicher und mächtiger sind als Nubra und Teklador, ja sogar Halatan. Ihr Yarben konntet nur deshalb Nubra besetzen, weil man aus Westen nie irgendwelche Feinde erwartete – und weil die Völker im Osten sich um ihre eigenen Angelegenheiten kümmerten. Bisher jedenfalls war das so.«

Durnas Stimme war kalt und vernünftig, sie enthielt sich jeglicher Emotionen oder religiöser Anspielungen. Es war fast, als glaube die Königin, sie könne einen Mann nur dadurch umstimmen, dass sie ihm einfach die Wahrheit erzählte.

Der Oberst hörte ihr zu und fühlte, wie ihn diese Stimme durchdrang, ohne dass er etwas dagegen tun konnte. Sie verkörperte eine derart machtvolle Präsenz, dass er sich zusammenreißen musste, wollte er ihr nicht zu Füßen liegen. War das die Macht der Magier dieses Kontinents, welche die Yarben nie kennen gelernt hatten? Oder war das nur *Durna*? In ihrer Stimme schien etwas zu sein, das Bilder eines klaren Nachthimmels heraufbeschwor. Eines Himmels, an dem Sternenblüten glühten.

Tral Giren wunderte sich insgeheim, dass ein bloßer Major den Befehl über eine ganze Kampfgruppe hatte. Das bestätigte, dass Veron nicht ohne Widerstand der höheren Offiziere den Befehl über die Truppen hatte übernehmen können. Hatte er Mendra Kaleb und die anderen Generäle und Obristen inzwischen alle getötet? In Yar'scht, also der Heimat, wäre so etwas nie denkbar gewesen. Aber hier, abgeschnitten von allem, konnte ein entschlossener Mann vielleicht eine Zeit lang damit durchkommen. Bis die Siedlerflotte eintraf und mit ihr die Politiker. Beinahe hätte Giren ausgespuckt, wie es unter den Gemeinen üblich war, wann immer man von den Politikern des yarbischen Reiches redete. Aber in Königin Durnas Gegenwart wäre das in doppelter Hinsicht unschicklich gewesen. Sie war bestimmt nicht aus diesem Holz geschnitzt!

Mit nüchterner, nicht zufällig militärisch wirkender Knappheit berichtete Durna dem Major, was sie auch schon den Männern in Regedra gesagt hatte. Mittendrin unterbrach er sie sehr höflich und bat, seinen Stab hinzuziehen zu dürfen. Also wartete die Zauberin mit ungewöhnlicher Geduld, bis die verwirrte Gruppe junger Offiziere im Kommandozelt versammelt war. Dann wiederholte sie ihre Zusammenfassung noch einmal.

Inzwischen war es längst tiefe Nacht geworden. Ohne in ihrer Rede innezuhalten, hatte Durna irgendwann ein paar magische Lichter entstehen lassen, die nun über dem Tisch schwebten und ein ruhiges, weißes Licht verbreiteten. Nachdem sie geendet hatte, sagte zunächst niemand ein Wort. Erst nach einer Weile stellte sich der Major dieser Aufgabe.

»Ihr sagt, dass Ihr den Lehren unserer Religion nicht widersprechen wollt, die besagen, dass Yar'scht im Zorn des zweiköpfigen Gottes untergeht, und dass wir daher neuen Lebensraum brauchen?« vergewisserte er sich.

»Ähem ...« Plötzlich bemerkte Durna, wie sehr ihr die nächsten Worte gegen den Strich gingen – aber sie konnte jetzt keine eigene Lüge fabrizieren, nur um diese Leute für sich zu gewinnen. »Eigentlich ist es nach unseren Informationen nicht wirklich der zweiköpfige Gott, der den Yarben zürnt, sondern es geht um etwas, das hier in Nubra passiert ist. Ich weiß nicht, ob man sagen kann, dass uns Horam deswegen zürnt, aber vielleicht ist es ja so. Im Ergebnis wird die *ganze* Welt untergehen. Doch es gibt seit kurzer Zeit eine reale Chance, das zu verhindern. Leider hat das Ungeheuer, das von Lord Veron Besitz ergriffen hat, gerade das Ziel, diese Chance zunichte zu machen. Es will die Welt zerstören: Yarben, Nubraer, Tekladorianer und Halataner – alle.«

Major Vardt schien einen Todeswunsch zu hegen – oder von einem tief verankerten Misstrauen gegen Fremde oder Zauberer oder Frauen beseelt zu sein, denn er fragte in fast feindseligem Ton: »Und woher wisst Ihr das?«

Bevor Durna antworten – oder an das Ende ihres relativ kurzen Geduldfadens kommen konnte – legte ihr Oberst Giren eine Hand auf den Arm. Sie zögerte und ließ ihn gewähren. Tral Giren stand langsam auf, ging um den Tisch herum und beugte sich zu dem erstarrenden Major hinunter, um ihm etwas ins Ohr zu flüstern. Es musste etwas ganz erstaunliches gewesen sein, denn Durna sah, wie Vardts Gesicht zu Giren herumfuhr. Er fragte etwas – fast nur mit Lippenbewegungen. Giren nickte und flüsterte ihm noch mehr zu, und nun nahm das Gesicht des Majors eine ungesunde, aschgraue Färbung an. Er wich geradezu vor Tral Giren zurück. Sie fragte sich, womit er ihm gedroht haben mochte.

Dann stand Vardt auf und sah Durna an.

»Ich verstehe, Königin Durna«, sagte er mit heiserer Stimme. »Was befehlt Ihr?«

Sie war für eine Sekunde irritiert, weil sie nicht wusste, was Giren ihrem Gegenüber da gerade gesagt hatte, aber sie blieb bei ihrem Plan.

»Ich halte es für das Beste, Erkon Verons Vormarsch so schnell wie möglich zu stoppen und auf eine Übereinkunft mit den Einwohnern von Nubra und Teklador hinzuarbeiten, um eine friedliche Aufnahme der yarbischen Bevölkerung zu ermöglichen. Wenn es in unserer Macht liegt, muss aber in erster Linie die Rückkehr der magischen Statue in den Tempel von Ramdorkan ermöglicht werden – sonst ist buchstäblich alles andere vergebens.«

»Und unter welcher Flagge, Königin Durna, sollen wir marschieren?«

»Falls Euch das von Bedeutung ist, nicht unter tekladorischer, nicht unter nubraischer, aber auch nicht unter yarbischer Flagge. Wenn irgendeiner von uns überleben soll, dann müssen wir uns in dieser Sache zusammentun.«

»Dann sei es so.« Der Major verneigte sich vor ihr – tiefer als ein yarbischer Soldat das vor einer fremden Herrscherin hätte tun sollen, aber sein Stab beeilte sich, es ihm gleich zu tun.

Durna und Giren wurden zu dem Teil des Camps gebracht, den ihre Kompanie inzwischen aufgebaut hatte. Erst in ihrem eigenen großen Kommandozelt – das auf Vardts Befehl aufgestellt worden war, wandte sich Durna zu Tral Giren um.

»Nun?« forderte sie. »Was bei den boshaft kichernden Dämonen habt Ihr ihm erzählt, das ihn so unerwartet und dramatisch umgedreht hat?«

»Ihr erinnert Euch an seine letzte Frage? Woher Ihr das alles wüsstet?«

»Mmm?«

»Ich sagte ihm einfach nur die Wahrheit: ›Von einem Drachen‹. Und dass ich selbst dabei gewesen bin, um es bestätigen zu können.«

Durna berührte ein kalter Hauch. Sie erinnerte sich nur zu gut an Girens erste Reaktion auf den Anblick eines leibhaftigen Drachens. Sie hatte da gemeint, dass sein Volk einfach keine Ahnung von der Existenz dieser Wesen hatte. Doch das schien nicht zu stimmen ...

»Was genau glaubt dein Volk von den Drachen zu wissen, Tral?« fragte sie in plötzlich wiederkehrender Vertrautheit den Mann, der mit ihr auf dem unmöglichen Berg gestanden hatte.

»Wollt Ihr das wirklich hören, Durna? Es ist nicht besonders angenehm; wann immer davon gesprochen wird, schicken wir Kinder und Jungfern hinaus.«

»Ich sehe hier keins von beiden.«

Tral Giren ließ sich zu ihren Füßen nieder und begann seine Erzählung. Er trug sie im traditionellen Singsang eines Barden vor, obwohl er nicht besonders gut singen konnte – aber das war die Art, wie sie erzählt wurde. Und es spielte keine Rolle, wie es klang. Der Schrecken löschte jeden Misston aus.

Danach saß er einfach nur schweigend da.

Als er fertig war, webte sie einen schnellen Schlafzauber über ihm, denn bis zum Morgengrauen waren es nur noch wenige Stunden.

Durna jedoch konnte nicht schlafen. Sie starrte durch den Zelteingang in den lichtergesprenkelten Himmel und fragte sich, ob etwas an Girens Geschichte wahr sein mochte. Ob es wahr sein *konnte*. Und was dann?

Dann hatte sie kürzlich mit einem leibhaftigen Vernichter und Schöpfer von Universen gesprochen.

Änderte das etwas?

9

Es gab gleich drei Gründe, das Wagnis einzugehen, aber das hieß nicht, dass sie Brad gefielen. Sie konnten der Stadt nicht ausweichen, falls sie sich auf die andere Seite des Flusses begeben wollten, um im Gebirge nach dem Zauberer zu suchen. Auch nicht, wenn sie in die andere Richtung, nach Regedra, wollten. Schließlich musste sich Brad darüber Gewissheit verschaffen, was mit Solana passiert war. Und mit der Statue natürlich, setzte er in Gedanken beinahe mit schlechtem Gewissen hinzu. Also taten sie das scheinbar ziemlich Dumme, sie betraten Pelfar erneut.

Aber Brad hatte sich äußerlich verändert, er hatte Pek als eine Art Ablenkung von sich selbst dabei, und Pelfar *war* eine riesige Stadt. Er glaubte mit einer gewissen Berechtigung hoffen zu können, dass er nicht als der kürzlich auf dem Basar verhaftete und dann auf unerklärliche Weise geflohene Mann erkannt werden würde. Und wenn doch – einmal gewarnt, hatte Brad nicht vor, sich wieder auf diese Weise einfangen zu lassen. Der Dämon wählte den Moment, als sie sich der Stadtgrenze näherten, um ihm zu sagen, dass eine erneute Flucht mittels »Hüpfen« in Wirdaons Reich nicht auf Begeisterung stoßen würde.

»Es gibt Ausnahmen, Brad, aber die werden sozusagen von allerhöchster Stelle genehmigt. Sie hat mir gesagt, dass ich es tun darf, um dich da rauszuholen, aber es nicht gleich übertreiben soll.«

»Klingt nicht wie ein striktes Verbot ...«

»Oh, das tut es bei ihr nie. Man könnte selbst dann noch meinen, dass sie voller Milde ist, wenn sie einen häuten und in Öl kochen lässt.«

»Und was würde passieren, wenn wir deine Methode anwenden, um – sagen wir mal – an den Ort zu gelangen, wo sich Zach-aknum gerade aufhält?«

»Sie könnte beschließen, uns aufzuhalten. Dich *dort* zu behalten.«

Brad dachte an seine Träume im Kerker und entschied, dass er lieber nicht wirklich *dort* sein wollte. Nicht für einen längeren Zeitraum. Wirdaon war niemand, den er persönlich kennen lernen wollte.

›Das war nicht respektlos gemeint‹, dachte er hastig, als ihm einfiel, dass auch die Herrin der Dämonen manchmal Zugang zu seinem Geist zu haben schien.

Doch zu seiner Erleichterung erhielt er keine Antwort.

»Na schön, heben wir uns das für den äußersten Notfall auf. Ich wollte dich ja nicht gleich um eine Führung durch deine Heimat bitten.«

»Wirdaons Reich hat schon seine eigenen Sehenswürdigkeiten, du würdest staunen!« fühlte Pek sich bemüßigt, anzumerken.

»Ach ja?«

Doch Pek kam nicht mehr dazu, gegen sein besseres Wissen Brad eine Tour durch sein heimatliches Reich schmackhaft zu machen. Die Leute begannen auf sie aufmerksam zu werden, und das hatte einen interessanten Effekt. Wie mit einer Wellenbewegung näherten sie sich ihnen, um dann plötzlich wieder zurückzuweichen, wenn sie begriffen, dass der bewaffnete Fremde *tatsächlich* von einem echten Dämon begleitet wurde.

Pek versuchte, unschuldig und möglichst natürlich dreinzublicken, was leider ein Widerspruch in sich war. So wirkten seine angestrengten Grimassen nur noch furchterregender. Ein pelziges Wesen mit spitzen Zähnen in einem überbreiten Mund macht eben beim Lächeln auch dann keinen ermutigenden Eindruck, wenn es so klein ist wie ein Menschenkind und Lederhosen trägt. Manche Leute vollführten abergläubische Abwehrgesten, die Pek natürlich in keiner Weise beeindruckten, andere verneigten sich leicht vor Brad. Und alle starrten mit großen Augen. Als sich ein Mann schließlich ein Herz fasste und Brad ansprach, erkannte dieser, warum sie ihn so ehrerbietig behandelten.

»Oh, Herr Zauberer!« sagte der wie ein Händler gekleidete Mann und räusperte sich nervös. »Verzeiht die Frage – ist das ein ... ein Dämon?«

»Ja, guter Mann«, erwiderte Brad geistesgegenwärtig, »dies ist mein dienstbarer Dämon Pek. Habt keine Furcht, er ist mir ... ähem, völlig untertan.« Und Brad hoffte, dass diese Untertänigkeit wenigstens so weit ging, dass Pek nicht sofort empört protestierte.

Was er – oh Wunder – nicht machte. Er grinste nur noch breiter und wedelte mit der Hand. Die Blicke des Händlers zuckten zu Brad zurück und glitten zu seinen Händen. Doch Peks Raubzug hatte Brad auch ein paar Handschuhe aus Hartleder verschafft, die er im Moment trug. Man konnte einen Zauberer an vielen Dingen erkennen – oder gar nicht, wenn er es nicht wollte. Im Moment war es so, dass man Brad an Peks Anwesenheit als Zauberer »erkannt« hatte – und er würde nichts Gegenteiliges zu diesem Thema sagen.

»Oh«, machte der Händler verwirrt, »wenn das so ist. Entschuldigt nochmals, dass ich Euch aufgehalten habe.«

Brad winkte ab. »Keine Ursache, das geschieht immer, wenn wir in eine Stadt kommen. Wir sind aus dem Osten ...«

War das möglich? Was war im Osten? Plötzlich fühlte sich Brad auf unsicherem Terrain. ›Nicht übertreiben!‹ ermahnte er sich. Im Osten lag Halatan und dann wer weiß was. Nicht immer funktionierte der Trick mit dem »Wir sind von weither, daher ist alles Ungewöhnliche an uns normal.«

Doch diesmal ging es gut. Der Händler zog sich mit einer Verbeugung zurück und war zu beobachten, wie er den Umstehenden wichtigtuerisch sein Wissen kundtat. Brad konnte sich denken, was er sagte: »Ich habe ihn zur Rede gestellt, und er hat mir versichert, dass er seinen gefährlichen Dämon unter Kontrolle hat. Ist natürlich ein mächtiger Magier aus dem Osten, wenn ihr mich fragt. Die haben immer Dämonen dabei, wie man ja weiß.«

Begleitet von einer kleinen Welle des Aufsehens marschierten sie zu der Herberge, in der Brad mit Solana und Jolan abgestiegen war – und an ihr vorbei. Die yarbischen Wachen davor hatten sich nicht einmal die Mühe gemacht, sich zu tarnen.

›Also hat Klos jetzt auch die Yarben mobilisiert‹, dachte Brad, während sie einfach weiter gingen. ›War zu erwarten. Aber dass sie hier sind, bedeutet, dass sie wissen, wo Solana und Jolan waren. Haben sie sie nun geschnappt oder nicht?‹ Er beeilte sich, eine Ecke zwischen die Herberge und sich zu bringen. Es wäre doch dumm, wenn irgendein Küchenjunge ihn sah und in Geschrei ausbrach.

»Was ist los?« flüsterte Pek durchdringend.

»Sie bewachen unsere alte Herberge. Ich weiß bloß nicht, ob sie das tun, weil sie Solana schon haben und auf mich warten, oder weil sie sie *nicht* haben! Tur-Büffel Mist!«

»Frag doch mal jemand!«

Gute Idee! Aber wen? Eine Verhaftung würde zwar in der Nachbarschaft bemerkt worden sein, aber wem konnte er genug trauen, um solche Fragen zu stellen, die ihn sofort entlarven würden?

Natürlich! Einem Kollegen!

Es gab in dieser Stadt Leute, eine Organisation von Leuten sogar, die wissen würde, was vorging. Und die ihm helfen würden, oder er hatte den Assassinen ganz falsch verstanden.

Brad schaltete in seinem Geist auf einen völlig anderen Modus. Nun suchte und sah er die Zeichen an den Wänden, die winzigen Symbole und unverfänglichen Hinweise. Es überraschte ihn nicht, dass sie genauso waren wie zu Hause.

»Komm!« sagte er zu Pek und begann sich unwillkürlich mit dem gleitenden, fast geräuschlosen Gang seiner Zunft zu bewegen. Der Dämon warf ihm einen verwunderten Blick zu und folgte.

Das Haus, von dem der Assassine gesprochen hatte, war nicht leicht zu finden – wie sollte es auch anders sein. Mitglieder der *Gilde*, oder wie sie es hier nennen mochten, kannten die Zeichen, und wer die besonderen Dienste benötigte, welche hier geboten wurden, würde Mittel und Wege finden, um ans Ziel zu gelangen. Andernfalls war sein Bedürfnis nicht dringend genug. Brad folgte den nur Eingeweihten bekannten Zeichen und bald standen sie in einer engen Gasse vor einer niedrigen Tür.

»Hier muss es sein.« Er sah sich um. Die Gasse war leer. Da hörte er ein Klopfen. Brad zuckte zusammen. Pek hämmerte mit einer knochigen kleinen Faust gegen die Tür.

Noch bevor Brad seine Hand ausstrecken und ihn zurückziehen konnte, sprang die Tür auf. Ein ärgerliches Gesicht wurde sichtbar – und prallte mit schreckgeweiteten Augen zurück, als Pek zu lächeln begann, um Guten Tag zu sagen.

»Ich möchte den *Herrn des Hauses* sprechen«, sagte Brad. Es war etwas, das aus der Folklore der *Gilde* stammte. Schließlich war seit Generationen niemand mehr auf die andere Welt gelangt. Aber der Wächter schien es zu akzeptieren, wenn er auch Pek scharf im Auge behielt. Er winkte sie schweigend herein, führte sie einen Gang entlang und eine Treppe hinunter.

»Wartet hier, Zauberer!«

Der Mann verschwand durch eine Tür.

»Warum scheint hier jeder zu glauben, dass sich Dämonen nur mit Zauberern abgeben?« nuschelte Pek halblaut.

»Du bist eben die positive Ausnahme, mein Freund.«

»Findest du? Positiv? Mir wird schlecht.«

Der Assassine tauchte wieder auf und winkte sie weiter, ohne sie aber zu begleiten.

Der Raum, in den er sie schickte, war dunkel, wenn auch nicht völlig finster. Ein unstetes Licht, in dem man kaum Umrisse erkennen konnte, schien von Gewächsen auszugehen, die in Töpfen an den Wänden des Raumes wuchsen. Er befand sich ohne eine direkte Verbindung zur Oberfläche irgendwo unter dem Boden, was für eine Stadt dieser Kultur selten war, wie Brad plötzlich wusste. Hier wurden keine begehbaren Keller ausgehoben, nur schon vorhandene Höhlen genutzt. Selbst Wein lagerte in Hallen. Niemand brauchte Bunker ... Brads Gedanken stockten. War da nicht ein Zittern in der Dunkelheit gewesen? *Was waren überhaupt Bunker?*

Für nur einen halben Herzschlag lang hatte er Dinge gesehen, die Vögel aus großer Höhe auf Städte warfen, glatte graue Dinge, die Häuser zu Staub zersprengen konnten, und Leute tatsächlich unter dem Boden Schutz suchen ließen. Aber so etwas gab es doch gar nicht, oder? Niemand warf etwas vom Himmel, das eine ganze Stadt zu Staub machte. Nein, unmöglich. Brads Gedanken schreckten einfach zurück.

Er schüttelte wütend den Kopf. Es reichte doch völlig aus, dass sie genötigt waren, die Gastfreundschaft einer obskuren Gemeinschaft lichtscheuer Gesellen in Anspruch zu nehmen. Wieso mussten sich auch noch solche verwirrenden Bilder in seinen Geist einschleichen?

»Du bist in der Obhut des Hauses«, sagte plötzlich eine alte Stimme. »Kein Grund zur Besorgnis, Gildemeister, wenn wir auch seit einigen Jahren keinen Eurer Welt und Zunft mehr bei uns begrüßen konnten.«

»Seit einigen Jahren?« brach es aus Brad hervor, ehe er sich darüber wundern konnte, dass der Besitzer der Stimme genau zu wissen schien, woher er kam. »Bei uns sind drei Jahrhunderte vergangen, Herr des Hauses!«

»Ah!« machte die Stimme in den Schatten überrascht. »Also hat der Unsinn bei Mal Voren damals funktioniert!«

»Wenn Ihr die Verschiebung der Zeit meint, Herr des Hauses, so mag das stimmen. Ich kann es schlecht beurteilen.« Brad war genauso weit davon entfernt, unhöflich gegenüber dem Oberhaupt der hiesigen Niederlassung der Berufskiller zu sein, wie er zugeben mochte, dass er weder ein richtiger Gildemeister war, noch intimere Kenntnis der erwähnten magischen Ereignisse besaß. »Woher wisst Ihr, dass ich von Horam Schlan komme?«

»Herterich hat uns von Eurem Auftauchen und Eurer Festnahme berichtet. Ihr seid ihm kurz vorher begegnet, wie Ihr Euch sicher erinnert. Dann habe ich natürlich auf meine Art Nachforschungen angestellt.«

Ein schwaches, gelbliches Licht glomm auf und beleuchtete die verwitterten Züge eines alten Mannes in dunkler Robe, der auf einem bequemen Sessel mitten in dem bis auf die Töpfe mit den Leuchtpflanzen leeren Raum saß. Das hellere Licht tanzte auf der Spitze seines knorrigen Stabes, der aufrecht neben dem Sessel stand – ohne eine Stütze. Der Mann war ein Zauberer.

»Man nennt mich Dallinger«, sagte der Alte.

»Natürlich«, stimmte Brad zu. Wie sonst sollte er auch heißen, wenn nicht *Henker*? »Mein Name ist Brad, Brad Vanquis.«

»Aber Ihr seid kein Magier«, stellte Dallinger fest.

»Nein, das habe ich auch nicht behauptet.«

»Wie kommt es dann, dass ...?«

»Ooch, ich bin nur sein Kumpel, der mit ihm rumhängt, beachtet mich nicht weiter!« schlug Pek vor.

Die Runzeln im Gesicht des Alten verschoben sich zu einem schwer deutbaren Ausdruck. War es Überraschung? Beinahe erwartete Brad, dass er sagte: »Es spricht?« Aber Dallinger nickte nur.

»Was kann das Haus für Euch tun, Gildemeister?«

»Ich brauche Informationen über eine Frau und ihren Sohn, mit denen ich unterwegs war. Was ist aus ihnen geworden, als man mich verhaftete?«

»Herterich hat sie aus der Stadt gebracht«, sagte Dallinger sofort.

»Herterich? Der Mann, mit dem ich auf dem Basar kurz sprach? Aber warum?«

»Es war seine eigene Entscheidung. Euer überraschendes Auftauchen als freier Mann enthebt uns glücklicherweise einiger der komplizierteren Folgen seines eigenmächtigen Tuns. Das Haus sah sich schon fast in einem Kontrakt für Eure Befreiung. Und das hätte uns vielleicht Probleme bereitet, vor allem zum gegenwärtigen Zeitpunkt.«

Brad verstand nicht ganz, was ihm wohl anzusehen war.

»Die Waffentransporte mit den Karawanen aus Halatan sind gut und schön, aber die Nubraer und Tekladorianer müssen erst einmal an ihnen ausgebildet werden. Das erfordert eine gewisse Zeit. – Ich nehme an, Ihr seid inzwischen mit der Situation hier vertraut?«

Brad nickte und dachte gleichzeitig fieberhaft nach. Waren die hiesigen Assassinen etwa das Zentrum einer Art Widerstandsbewegung gegen die Yarben? Bereiteten sie den Aufstand vor? Wo war er da schon wieder hineingeraten?

»Ich habe mich bereits gefragt, warum sich die Einheimischen den Einmarsch dieser Yarben gefallen lassen«, antwortete er. »So zahlreich und kriegerisch können sie doch nicht sein, dass keine Gegenwehr denkbar ist.«

»Hier im Westen herrscht seit langer Zeit Frieden«, sagte der alte Assassine mit einem leichten Schulterzucken. »Nach ein paar Generationen haben die Könige die Anzahl der Soldaten stillschweigend reduziert, denn eine Armee zu unterhalten, ist teuer. Die Mauern vieler Städte wurden zu Relikten einer dunklen Vergangenheit. Das ach so fortschrittliche und aufgeklärte halatanische Reich wirkte wie ein mächtiges Bollwerk nach Osten – und auf der anderen Seite war nur das Meer …«

»Ich verstehe. Wieso hätte meine Anwesenheit Euch Probleme bereiten können?«

»Weil wir noch nicht bereit zu großangelegten und offenen Aktionen sind. Wir brauchen noch einige Monate.«

Brad hielt es für unangebracht, Dallinger zu sagen, dass so viel Zeit möglicherweise nicht blieb, wenn die Statue nicht in den Tempel gebracht wurde oder sich der Chaos-Lord einmischte, von dem Horam gesprochen hatte.

»Wohin genau hat Herterich meine beiden Begleiter gebracht?«

»Nach Halatan hinüber. Sie wollten dort einen Zauberer und eine Kriegerin treffen, meinte er. Sagt Euch das etwas?«

»Ja.« Also hatte Arikas Dolch, den er mangels einer Münze benutzt hatte, die Wahrheit verkündet. Sie waren ins Gebirge unterwegs.

»Auch Freunde von Euch, Gildemeister?«

»So ist es. Wir kamen zusammen von …« Ein lautes Niesen unterbrach ihn. Pek sprang von den Leuchtpflanzen zurück und rieb sich die Nase.

»Man kann sie nicht essen«, bemerkte Dallinger.

»Oh, das wollte ich nicht!« behauptete Pek. »Was ist das für ein Kraut?«
»Höhlentau, ein ansonsten nutzloses Gewächs, das in Höhlen vorkommt, wie der Name schon sagt. Doch einst fiel jemandem auf, dass es in völliger Dunkelheit ein schwaches Licht abgibt, und so hat es doch einen Nutzen.«
»Merkwürdig«, murmelte der Dämon, ohne zu erläutern, warum er sich plötzlich für eine Topfpflanze interessierte. Dallinger warf Brad einen fragenden Blick zu, doch der hob nur die Hände.
»Also, ich muss so schnell wie möglich die Frau und den Zauberer finden. Vorzugsweise ohne weitere Behinderungen durch die Yarben oder diesen verdammten Klos.«
»Klos? Wer ist das?«
»Er ließ mich auf dem Basar festnehmen. Seinen eigenen Worten zufolge ist er ein Mann der Königin, vermutlich so etwas wie ein Spitzel.« Brad zögerte. Sollte er den Assassinen verraten, was Klos tatsächlich war?
»Was hat denn die Königin mit Euch zu schaffen, Brad Vanquis von Horam Schlan?«
»Ich habe keine Ahnung. Sie dürfte eigentlich nicht einmal wissen, dass ich existiere.«
»Sie ist eine Hexe ...«
Oh. Natürlich – Brad hatte die Leute oft genug davon reden gehört. Eine Zauberin könnte Möglichkeiten aller Art haben, um zu wissen, dass und wie die Statue zurückgekehrt war. Man konnte nicht ausschließen, dass sie sehr wohl von ihm wusste, obwohl er ihr noch nie begegnet war.
»Ich glaube, der alte Schleimklumpen handelt auf eigene Verantwortung«, warf Pek plötzlich ein.
»Der *was*?« Dallinger sah den Dämon verwirrt an.
»Er meint Klos«, sagte Brad. »Ihr müsst wissen, dieser Mann ist nicht wirklich ein Mann. Er ist ein magisches Geschöpf, das ganz und gar aus der Essenz des Bösen im Menschen besteht.« Brad wünschte sich, als er das sagte, dass er auch wissen würde, was das eigentlich bedeutete, abgesehen von den Konsequenzen, die allzu offensichtlich waren.
»Wordon mé! Ich wusste nicht, dass so etwas vollbracht werden kann.« Der alte Zauberer hatte keine Schwierigkeiten damit, Brad zu glauben – für ihn war nur die technische Seite daran eine Überraschung. »Ist er das Werk Durnas?«
»Ihr Vater hat ihn aus Versehen gemacht«, sagte Pek spöttisch, während er immer noch den Höhlentau beobachtete, als erwarte er, dass sich die Pflanzen aus ihren Töpfen befreiten oder etwas in der Art. »Wahrscheinlich weiß sie es nicht einmal.«
Brad war nicht sicher, ob es eine so gute Idee Peks gewesen war, die wirkliche Natur des grauen Mannes zu erwähnen. Doch andererseits – wenn Klos selbst gejagt wurde, hatte er nur wenig Zeit, ihn zu verfolgen.
»Klos ist gefährlich!« warnte er Dallinger. »Nicht nur, weil er im Namen der Königin von Teklador handelt und damit auch die Yarben für seine Zwecke einsetzen kann – ob die Königin es nun weiß oder nicht. Er dürfte auch ganz spezielle magische Kräfte zu besitzen.«
»Woher wisst Ihr das? Sagtet Ihr nicht, dass Ihr gar kein Zauberer seid, Meister Vanquis?«
»Richtig. Aber ich habe zu meinem Bedauern mit einem derartigen Wesen bereits Bekanntschaft machen müssen, zu Hause auf meiner Welt.«

»Wir werden mit aller Vorsicht nach dem Mann Ausschau halten«, versprach Dallinger, »und Euch bringen wir nach Halatan hinüber, damit Ihr Eure Freunde suchen könnt. Es muss eine wichtige Mission sein, wenn Ihr solche Mühen auf Euch nehmt?«

Brad zögerte wieder. Meinte der Alte damit, dass er ihm im Austausch gegen Informationen über diese Mission helfen würde, oder nur, dass er ein wenig neugierig war? Indem er Brad praktisch verraten hatte, dass die Assassinen in die Vorbereitungen für einen Aufstand gegen die Yarben verwickelt waren, hatte ihm Dallinger einen Vertrauensvorschuss gegeben. Innerhalb der *Gilde* war es selbstverständlich gewesen, Informationen jeder Art auszutauschen, denn sie konnten lebenswichtig sein. Vermutlich lief das hier genauso.

Sag es ihm!

Brad kaschierte sein Zusammenzucken mit einem Hustenanfall. Je weniger sich die innere Stimme meldete, um so überraschender war es, wenn sie dann doch etwas äußerte.

»Nun, Herr des Hauses, ich soll ... sollte Euch wohl etwas mehr über diese Mission sagen.

Der Zauberer, den ich suche, eine Kriegerin und ich, wir sind durch eines der Tore von Horam Schlan gekommen. Der Übergang verlief nicht so, wie ich mir das vorgestellt hatte, ich wurde von den anderen getrennt. Ich hatte die Statue Horams bei mir, die vor langer Zeit – hier waren es allerdings nur einige Jahrzehnte – gestohlen und auf meine Welt gebracht wurde. Der Zauberer hat sie dort gefunden und wollte sie jetzt zurückbringen.«

»Wie heißt dieser Zauberer?« unterbrach ihn Dallinger.

»Zach-aknum. Ihr vermutet richtig: Er ist einer der vier Zauberer, die von Horam Dorb aufbrachen, um die Statue zu suchen. Nun muss sie nur noch an ihren Platz im Tempel von Ramdorkan zurückkehren. Falls das aber nicht geschieht, war alles umsonst und der Untergang der beiden Welten ist nicht mehr aufzuhalten.«

Der alte Zauberer nickte langsam. »Das stimmt mit den Dingen überein, die ich im Laufe der Zeit erfahren habe. Ich bin zwar nur ein Magier mit Zwei Ringen, aber auch ich weiß über diese Ereignisse Bescheid. Hätte ich mehr magische Macht und wäre ich jünger, dann wäre ich sicher auch mit hinauf in das Halatan-kar gezogen, um das Tor zu bewachen.«

»Dann wärt Ihr jetzt tot«, meldete sich Pek.

»Was?«

»Als die Statue das Tor erneut durchquerte, löste sie einen Zeitblitz aus, der alle Magier tötete, die sich dort aufhielten.«

»Woher weißt du das, Dämon?« verlangte Dallinger zu wissen.

»Wirdaon hat's mir gesagt«, meinte Pek unschuldig.

Der Assassine schluckte. Dann wandte er mit einer sichtlichen Anstrengung seinen Blick wieder Brad zu.

»Und wo ist die Statue jetzt? Sagt nicht, dass sie dieser Unhold Klos hat!«

»Nein, nein. Ich ließ sie bei der Frau und ihrem Sohn zurück, mit denen ich unterwegs war. Deshalb sind sie nach meiner Festnahme wahrscheinlich nach Halatan aufgebrochen, um sie dem Zauberer zu bringen. Obwohl mir nicht klar ist, wie sie es rechtzeitig erfahren haben, um Klos' Häschern zu entkommen.«

»Herterich hat es ihnen erzählt«, meinte Dallinger, und Brad dachte, dass er diesem Mann, dem er nur so kurz begegnet war, Dank schuldete. »Aber war es nicht ein wenig riskant, Euer Geheimnis einer zufälligen Bekanntschaft anzuvertrauen?«

»Nein, eigentlich nicht. Sie hat allen Grund, die Yarben zu hassen, und sie ist so etwas wie eine ehemalige Priesterin.«

»Oh! Ein merkwürdiger Zufall, aber Horams Wege sind unergründlich«, bemerkte der alte Zauberer.

»Ihr sagt es«, stimmte Brad mit einem Seufzer zu.

Pek enthielt sich klugerweise jeden Kommentars.

»Tja, ich hoffe wirklich, dass Ihr mit Eurer Mission Erfolg habt, Brad Vanquis. In unser aller Interesse. Wir werden selbstverständlich alles tun, um Euch zu unterstützen.«

Es klang wie die Untertreibung des Jahres, aber wie sollte man auch an die Gewissheit herangehen, dass die Welt in absehbarer Zeit untergehen würde, wenn man nicht gerade in Panik verfallen wollte? Dallinger war als Zauberer vermutlich gebildet genug, um sich halbwegs vorstellen zu können, was man vom »Weltuntergang« erwarten konnte. Für den sprichwörtlichen Mann auf der Straße wäre die Vorstellung viel zu abstrakt – bis die Auswirkungen greifbar wurden. Aber dann wäre es ohnehin zu spät.

Der Anführer der Assassinen von Pelfar schien ein unsichtbares Zeichen gegeben zu haben, denn zwei wie Fuhrleute gekleidete Männer betraten den Raum.

»Proscher und Kafpims hier werden Euch in einem Wagen versteckt nach Halatan bringen. Vom östlichen Pelfar aus könnt Ihr die Straße nach Sito nehmen, die führt genau ins Gebirge. Wer von dort kommt, muss sie benutzen, alles andere wäre ein riesiger Umweg.«

»Ich danke Euch für die Unterstützung«, sagte Brad mit einer Verbeugung.

»Habt einfach Erfolg, Gildemeister, mehr wünsche ich mir nicht«, murmelte Dallinger, als Brad und Pek den beiden Männern folgten.

10

»Horam!« fluchte die Königin, ohne zu bemerken, dass sie zum ersten Mal seit langem den Namen des Gottes wieder gebrauchte, wenn auch in blasphemischer Weise. Doch das machte jeder außer den Priestern.

Oberst Giren schaute von der Karte auf, die er in Durnas Zelt studiert hatte. An Schlaf dachte keiner von ihnen im Augenblick.

Sie hatte ihr ständiges, nervöses Hin- und Hergelaufe unterbrochen und starrte durch den offenen Zelteingang hinaus in die Nacht. Ein Tag war vergangen, doch was sie erreicht hatten, war nur unbedeutend. Die von Durnas Leuten auf etwa 750 Mann verstärkte 3. Kampfgruppe war diesen ganzen Tag nach Osten marschiert, wobei sie glücklicherweise eine der alten Heerstraßen benutzen konnte, die durch Nubra und Teklador führten. Aber Erkon Verons weiter nördlich in dieselbe Richtung vorstoßende Truppe hatte einen viel zu großen Vorsprung, um sie auf diese Weise einholen zu können. Nach Durnas Berechnungen musste sie sich bereits an der Grenze zu Teklador befinden.

Die 3. Kampfgruppe hatte auch schon vor der Begegnung mit Durna keinen Finger gerührt, um die ursprünglichen Befehle – die völlige Säuberung Nubras von den Nubraern – auszuführen. Heute waren kleinere Abteilungen in die Dörfer und eine Stadt an ihrem Weg eingeritten, um den Bewohnern zu erklären, welche Absichten die Armee der Königin verfolgte, während letztere sich ohne anzuhalten weiter nach Osten bewegte. Erst am Abend war ein Lager aufgeschlagen worden und hatten die Soldaten eine richtige Mahlzeit bekommen. Doch Yarben waren daran gewöhnt.

Im Ergebnis der hastigen Gespräche mit Dorfältesten und -einwohnern tauchten tatsächlich Leute auf, die sich ihnen anschließen wollten. Zuerst waren es nur ein paar, dann kamen immer mehr, und als sie ihr Lager aufschlugen, wurden sie von einer weiteren großen Gruppe eingeholt. Ironischerweise machten sie damit genau das, was Veron befohlen hatte – sie verstärkten sich durch angeworbene Eingeborene. Nur nicht ganz auf die Weise, wie der Oberpriester das vorgesehen hatte. Sowohl Durna als auch die yarbischen Offiziere hatten durchaus registriert, wie zahlreich und gut bewaffnet die Nubraer waren, die da plötzlich aus dem Nichts aufzutauchen schienen. Vor allem als die letzte Gruppe ankam, war Major Vardt bleich geworden. Das waren keine Bauern, die sich einen Brotlaib und eine Mistgabel griffen und losrannten, diese Männer und Frauen trugen Schwerter, Lanzen und Bogen – sogar die eine oder andere Armbrust ragte hier und da über eine Schulter.

»Rybolts« hatte Durna sie genannt, also Vaganten, doch auch sie wusste, dass sich hier etwas zu enttarnen schien, das eigentlich eine noch nie bemerkte Untergrundbewegung der Nubraer war. Eine, von der weder sie noch die yarbischen Besatzer bisher etwas geahnt hatten!

Aber warum taten sie es überhaupt? Warum kamen sie jetzt heraus?

Die Antwort überraschte und verwirrte sie. Bei den ersten, vorsichtigen Gesprächen der Anführer mit Vardt, Giren und ihr hatten die Neuankömmlinge verlauten lassen, dass sie den Yarben zwar nicht über den Weg trauen würden – sie verwendeten andere Ausdrücke dafür – aber so lange mit der Kampfgruppe ziehen würden, wie *Durna* den Oberbefehl hatte! Das gab ihr wirklich Stoff zum Nachdenken.

»Was ist, Königin?« fragte der Oberst.

»Wir sind zu langsam«, stieß sie hervor. »Wenn ich doch nur Bink informieren könnte, dass wir unterwegs sind! Sobald Verons Truppe dort ankommt, wird das Chaos ausbrechen, keiner wird wissen, was er tun soll, verflucht!«

»Die Festung wird sich doch halten können, oder?«

Sie sah ihn mit schräg gelegtem Kopf an. »Wenn irgendwer da ist, um die Besatzung zu befehligen. Aber wer soll das machen? Ich habe einfach einen solchen Fall nicht eingeplant. *Escht!*«

»Wie bitte?«

»Das ist Dämonisch und heißt ... ach, vergesst es. Ich muss Bink oder der Festung irgendwie eine Nachricht zukommen lassen, aber nicht einmal ein berittener Bote würde das in ausreichender Zeit schaffen.«

»Gibt es denn keine – Ihr wisst schon – magischen Tricks, die Ihr einsetzen könntet?« fragte Tral Giren mit einem Gesichtsausdruck, der von vollem Vertrauen in ihre Fähigkeiten als Zauberin sprach.

Sie wollte schon antworten, dass sie darüber natürlich auch schon nachgedacht habe, doch sie hielt inne. Hatte sie das denn wirklich?

Durna streifte langsam ihre Handschuhe ab und betrachtete die Fünf Ringe, als würde sie das zum ersten Mal tun.

›Konzentriere dich, Hexe!‹ befahl sie sich und glaubte fast, die knarrende Stimme des alten Einsiedlers wie ein immer lauter werdendes Echo ihrer eigenen Gedanken zu hören. ›Du bestimmst die Grenzen deiner Fähigkeiten selbst; nur dein eigener Zweifel ist es, der dir Hindernisse in den Weg stellt. Wenn du etwas noch nie versucht hast, so heißt das nicht, dass du es nicht kannst. Wenn etwas noch nie jemand versucht hat, so heißt das nicht, dass *du* es nicht versuchen kannst! Weißt du, Durna, warum so wenig Magier mehr als Drei Ringe erreichen? Weil sie irgendwann glauben, an ihre Grenze gekommen zu sein und diese fraglos akzeptieren – sie wissen ja, dass es verschiedene Stufen gibt, also ordnen sie sich automatisch da ein, wo sie glauben, bequem existieren zu können. Oh, und wenn sie trotzdem mehr Ringe haben wollen, dann *kämpfen* sie darum! Wie dämlich! So haben die Magierkriege begonnen ...‹

Durna blinzelte ins Licht ihrer eigenen magischen Leuchtkugeln an der Decke des Zeltes.

Was hatte Giren gefragt? Und wer hatte da in ihren Gedanken zu ihr gesprochen? Der Einsiedler? Der Drache? Sternenblüte hatte angedeutet, etwas mit dem alten Mann zu tun gehabt zu haben, doch sie hatte nicht begriffen, in welcher Weise. Jemand *hatte* zu ihr gesprochen, denn das waren weder erinnerte noch ihre eigenen Gedanken gewesen. Sie presste die Fäuste in ihre Augen. Beinahe hätte sie geschrieen.

Was geschah hier? War es das Chaos? Sie entsann sich plötzlich eines tatsächlichen Ausspruchs ihres einsiedlerischen Mentors: »Das Schicksal, Durna, ist einfach nur eine Gruppe von Leuten, die gelangweilt Spielfiguren über ein Spielfeld schiebt. Blöderweise sind wir die Figuren, und es ist noch nie vorgekommen, dass eine Figur einen Spieler gebissen hat. Aber das heißt nicht, dass es unmöglich ist. Was habe ich dir über Unmöglichkeiten beigebracht, Kind?«

»Tral, was glaubst du, *könnte* eine Zauberin tun, um aus diesem Dilemma herauszukommen?« fragte sie.

Jetzt war es der yarbische Oberst, der verwirrt blinzelte. »Eine magische Botschaft?«

»Kein abgestimmter Empfänger da.« Sie hatte keinen Schüler, dessen Geist so auf sie eingestimmt wäre, um eine Sendung zu hören. Sie hatte *noch nie* einen Schüler oder eine Schülerin gehabt.

»Und wie wäre es mit der Sache, die Ihr dort am Terlen praktiziert habt? Was Ihr Translokation nennt? Geht das nicht auch auf größere Distanz?«

Giren hatte scheinbar wirklich den Wunsch, ihr zu helfen, sonst würde er nicht so etwas Unsinniges in Erwägung ziehen.

»Ich muss den Ort ...« – sie verstummte abrupt. Musste sie wirklich *sehen*, wohin sie sprang? Was sagten die Lehren darüber? Schade, dass sie keines ihrer Bücher mitgenommen hatte. »...kennen«, beendete sie den Satz nachdenklich. »Ich denke, man muss eine gewisse Vorstellung von dem Ort haben, wo man hin will. Das Problem dabei ist nur, dass ich es auf diese Weise noch nie gemacht habe.«

Tral Giren sah sie mit einem seltsamen Ausdruck an. Überraschte ihn ihre Offenheit?
»Ist es gefährlich?« fragte er.
»Magie ist immer gefährlich, wenn man sich ihrer nicht vollkommen sicher ist. Alles kann beim Zaubern schief gehen. Und da ist noch der Einfluss dieses Chaos-Lords. Ich fürchte, dass seine bloße Anwesenheit die Wirkung von Magie verändern könnte.«
»Vielleicht solltet Ihr dann lieber nicht versuchen, Euch in die Festung der Sieben Stürme zu ... ähem ... translokalisieren«, gab der Oberst vorsichtig zu bedenken. »Ich will damit keinen Zweifel an Euren Fähigkeiten ausdrücken, Durna, aber Ihr seid für diesen Feldzug unverzichtbar, wie Ihr heute Abend selbst bemerkt haben dürftet.«
»Keine rein persönlichen Vorbehalte, mein Oberst?« fragte sie lächelnd.
Giren hob leicht die Schultern. »Ich gebe zu, der Gedanke, Ihr könntet Euch irgendwohin begeben, von wo Ihr nicht mehr zurück könnt oder so etwas, ist mir nicht angenehm. Und das hat nichts mit unserer Verantwortung für den Feldzug zu tun.«
›Nein, nicht wahr?‹ dachte sie. ›Das hat es nicht.‹ Was sie hier taten, *war* ein »Feldzug«, war es geworden, ehe es ihr überhaupt klar wurde. Die Ereignisse überschlugen sich, und sogar eine Magier-Königin konnte von ihnen fortgerissen werden. Es war für einen Feldzug eine ziemlich kleine Armee mit ihren inzwischen ungefähr 880 Mann, doch auch Erkon Verons Truppe war nur unwesentlich stärker. Kriege und Feldzüge wurden eigentlich mit Armeen von Zehntausenden Soldaten geführt, nicht mit so lächerlichen Häufchen. Doch es würde nicht bei diesen Zahlen bleiben, erinnerte sie sich. Überall in den beiden Ländern waren Yarben verteilt, und es war nun nur die Frage, zu welcher Partei sie stießen. Der vergangene Tag hatte Durna außerdem bewiesen, dass mit den scheinbar so friedlichen Bewohnern Nubras und wahrscheinlich auch Tekladors immer noch zu rechnen war. Der Konflikt konnte schneller eskalieren als ein Flächenbrand. Wenn sich die Nachricht vom Umsturz in Regedra und Verons Vormarsch verbreitete, mochten durchaus Aufstände ausbrechen: Das Chaos, genau wie es Erkon Verons ganz persönlicher Dämon wollte.
Nein, sie musste verhindern, dass Bink und die Festung fielen, dass Veron Teklador übernahm.
»Tral, ich schätze, ich muss es einfach versuchen. Wenn jemand nach mir fragt, schlafe ich. Sollte ich am Morgen nicht zurück sein« – sie hob die Schultern – »ist es an Euch, die Kampfgruppe nach Bink zu führen.«
Der Oberst sah unbehaglich drein, wagte aber nicht, ihr noch einmal abzuraten.
Doch Durna zögerte. ›Ich könnte dabei auch draufgehen‹, dachte sie plötzlich. ›Und was wird dann wohl aus der Welt? Na ja, es gibt immer noch die anderen, und die müssen eben dafür sorgen, dass die Statue an Ort und Stelle gebracht wird. Davon braucht er nichts zu wissen.‹
»Noch etwas muss ich Euch sagen, Oberst!« sagte sie. »Ihr habt in Bink sicher manchmal meinen Vertrauten Klos getroffen. Wenn mir etwas zustoßen sollte und Ihr ihn wiederseht, tötet ihn auf der Stelle.«
»Jawohl, Königin!« Eine andere Antwort oder gar ein »warum« waren undenkbar für einen yarbischen Offizier.
»Er ist ... kein Mensch und sehr gefährlich. Sternenblüte war seinetwegen *besorgt*.«

»Oh.« Damit hatte sie ihn so gut gewarnt, wie sie nur konnte. Nun würde Giren Klos als seinen persönlichen Feind betrachten – oder etwas in der Art, da war Durna sicher. Translokation war kein Zauber, der besondere Rituale oder Chemikalien erforderte. Es war ein *Geistzauber*, wie es der Einsiedler genannt hatte – einer, der nur durch Willensanstrengung vollbracht wurde. Oder auch nicht. Durna war nicht sicher, ob sie es konnte. Es war möglich, das zumindest wusste sie aus alten Büchern, aber es war nicht oft getan worden. Warum wohl? Magier reisten wie normale Menschen, nur in Ausnahmesituationen translokalisierten sie – falls sie es konnten.

›Du kannst es! Denk an die Flüsse. Das war doch einfach‹, redete sie sich selbst zu. Dann plötzlich sah sie beinahe ihr Arbeitszimmer im Turm der Festung der Sieben Stürme vor sich. Der Kamin war erloschen und es war dunkel. ›Es *ist* einfach!‹ dachte sie.

Durna zwinkerte ihrem Oberst verschmitzt zu und verschwand. Ein trockener Knall und ein heftiger Windstoß begleiteten den Vorgang.

Tral Giren sah sich vorsichtshalber noch einmal im Zelt um, dann begann er ausgiebig in seiner Muttersprache zu fluchen. Nachdem er diese soldatische Tradition befolgt hatte, kniete er in einer Ecke nieder und betete zu den Neun, die schließlich seine Götter waren – auch wenn er den Gedanken an einen gewissen fremden, zweiköpfigen Gott dabei nicht ganz abschütteln konnte.

* * *

Sie war nicht sofort in ihrem Arbeitszimmer in der Festung, auch wenn sie es wie eine Überlagerung der Realität schon vor sich sah. Es war diesmal anders als bei ihren Hüpfern über die beiden Flüsse, die sie durchquert hatten. Durna spürte, wie sie sich dabei bewegte, auf einer Art Woge getragen, von einer Art Sog erfasst wurde. Die magische Energie, die für ihren Transport aus anderen Sphären gesaugt wurde, war diesmal viel größer und für viele, die so etwas wahrnehmen konnten, als Schockwelle spürbar.

Viele Meilen entfernt kniff ein Schwarzer Magier die Augen zusammen und dachte: ›Es gibt also doch noch welche mit Macht und Talent in diesen Landen! Interessant!‹

Ein unscheinbarer grauer Mann, der gerade daran arbeitete, Hinterhalte auf dem Weg von Pelfar nach Ramdorkan zu organisieren, zuckte zusammen und starrte nach Südwesten. ›Das ist unmöglich!‹ dachte er fieberhaft. ›Das kann sie doch nicht gewesen sein! Wo hätte sie das lernen sollen?‹

Jemand in den Sümpfen draußen hob den Kopf und lauschte. ›Ein lautloser Überschallknall? Komisch.‹

Und ein Wesen namens Caligo brüllte wütend auf. Doch bevor der Chaos-Lord seinen Einfluss geltend machen konnte, war es vorbei.

Durna war angekommen.

Sie betastete einen Tisch und die Lehne eines Sessels, dann ließ sie Öllampen und den Kamin mit einer Handbewegung aufflammen.

»Ich bin tatsächlich hier!« sagte sie in den kalten Raum hinein. Dann kicherte sie, um beinahe sofort wieder zu verstummen. Das Geräusch war ihr so ... unbekannt vorgekommen.

›Ich habe lange nicht mehr gelacht‹, dachte sie. ›Was habe ich nur die ganze Zeit getan? Meinen Hass gefressen?‹ Sie schüttelte den Kopf. Keine Zeit zur Selbstfindung jetzt.

Sie trat auf den Gang des Turmes hinaus und stieg die Treppe hinunter. Hier oben würde in ihrer Abwesenheit niemand sein.

Die Wachen am Fuße der Treppe sprangen auf, als sie ihre Schritte vernahmen. Sie registrierte zufrieden, dass die von ihr verlangte Disziplin auch jetzt eingehalten wurde, da sie eigentlich weit weg sein sollte. Dann aber wichen sie mit schreckgeweiteten Augen vor ihr zurück.

Das Bild, das die tekladorischen Wachposten sahen, als Durna aus den Schatten des Treppenaufgangs trat, war so unheimlich, dass einer später schwor, seine Haare seien in genau diesem Moment ergraut.

Die Königin war in ihre schwarze Robe gehüllt, die sie auf dem Feldzug angezogen hatte, und die sie als das auswies, was sie war: eine Schwarze Magierin. Nur ihr blasses Gesicht leuchtete unter der Kapuze hervor, und die großen dunklen Augen spiegelten das Fackellicht, als sei sie eine Ausgeburt von Wirdaons Reich. An den gefalteten Händen glitzerten Fünf Ringe so merkwürdig, dass sie sofort den Blick auf sich zogen.

»Königin Durna! Seid Ihr es wirklich?« stammelte schließlich einer der Männer.

»Nein, ich bin ein Gespenst«, behauptete sie spöttisch. »Ich habe nicht viel Zeit, also schlage ich vor, dass du Alarm auslöst, Wachmann. Ich muss euch allen etwas mitteilen.«

»Jawohl, Königin.« Der Mann schlug mit einem Hammer gegen eine Metallplatte, was einen kräftigen Lärm verursachte.

Etwas zitterte.

Durna wunderte sich für einen Moment, warum sie nicht das erwartete Geheul der Sirenen hörte, dann riss sie sich selbst mit einer fast unbewussten Anstrengung zurück. *Sie wusste nicht, was Sirenen waren!*

Das im Vergleich zu ihrer Vision jämmerliche Geschepper war zumindest effektiv genug, um in kürzester Zeit die Besatzung der Festung auf dem Innenhof zu versammeln. Durna entzündete Lichtkugeln und ließ sie über den Leuten schweben. Das Geraune und Gemurmel verstummte sofort. Jeder erkannte Magie, wenn er so etwas geboten bekam – was Durna übrigens noch nie auf diese Weise getan hatte.

Sie trat auf die Freitreppe und erlebte zum zweiten Mal, wie eine Welle des Schreckens über die versammelten Menschen lief.

›Ich muss dringend an meinem Image arbeiten‹, dachte sie, ohne dass ihr diesmal die Fremdartigkeit des Gedankens überhaupt auffiel.

Sie streifte die schwarze Kapuze endlich zurück, so dass alle das vertraute Gesicht mit dem wirren Haarschopf darüber sehen konnten. Zufällig fingen dabei auch ihre Ringe das Licht auf ganz eigene Weise ein.

»Ja, ich bin es wirklich«, begann Durna ihre Rede. »Es wird euch doch nicht überraschen, dass eine Hexe Mittel und Wege hat, ihrer Festung einen Besuch abzustatten? Ich kann nicht sagen, dass es mir leid tut, euch aus dem Schlaf geschreckt zu haben, denn ich kann auch keinen finden. Und ich fürchte, wenn ich euch gesagt habe, was los ist, werdet ihr nicht mehr in eure Betten zurückkehren können.

Wie ihr alle wisst, bin ich auf Wunsch Lord Trolans nach Regedra aufgebrochen. Dort hat sich jedoch in der Zwischenzeit einiges ereignet, das ihr erfahren sollt. Hört genau zu! Ich weiß, ihr haltet mich für eine böse Hexe, die Vabik gestürzt und den Thron dieses Landes mit Hilfe der Yarben usurpiert hat, und ihr habt damit völlig Recht.«

Durna lauschte halb verwundert ihren eigenen Worten nach, und sie sah förmlich die Welle, die durch die Versammelten ging, als sich jeder regte und zum Nachbarn umsah, um sich bestätigen zu lassen, dass sie das eben wirklich gesagt hatte.

»Doch das alles ist nun unwichtig geworden«, fuhr Durna fort und hoffte, dass diese Behauptung für die Leute überzeugender klang als für sie. »Der Oberbefehlshaber der Yarben ist tot. Er wurde von einem ... Dämon ermordet, der seinen eigenen Oberpriester und Hofzauberer besessen hat. Dieser Mann, oder besser dieses Wesen führt nun eine Tausendschaft von Yarben gegen Bink. Sein erklärtes Ziel ist die Vernichtung Nubras und die Übernahme von Teklador.«

Da wurde Lärm laut. Plötzlich bemerkte Durna, dass auf dem Hof auch Yarben waren, und nun schien sich die Menge teilen zu wollen.

»Halt!« Ihre magisch verstärkte Stimme peitschte wie ein Schlag über den Hof der Festung. »Nicht die Yarben sind unsere Feinde! Es ist nur dieses Monster, dieser Dämon, den man auch Chaos-Lord nennt. Wie ihr wisst, sind die Yarben nach Nubra gekommen, weil ihre eigene Heimat jenseits der westlichen See unterzugehen droht. Ihre Methoden dabei mögen vielleicht nicht unumstritten sein, aber nun hat sich die Situation geändert.«

›Was, bei Horam, erzähle ich da eigentlich?‹ dachte Durna. ›Ich habe keine Zeit für so einen Unsinn. Die Nacht verstreicht und bei Tagesanbruch muss ich zurück bei der Armee sein.‹

»Tekladorianer – und Yarben! Die Zeit ist gekommen, da wir alle unsere Differenzen vergessen müssen, um gegen eine viel üblere Gefahr zusammen zu stehen.«

›Schwach, viel zu schwach!‹ dachte sie verzweifelt.

»Hört mir zu! Ich habe im Süden eine Armee aufgestellt, die im Augenblick hierher marschiert. Sie ist klein, kann es aber mit den Truppen des feindlichen Zauberers aufnehmen. Bink muss mobilisiert werden, die Festung kampfbereit gemacht werden. Meine Truppe kann nicht vor dem Feind hier sein, also müsst ihr ein paar Tage ausharren und kämpfen.«

›Haltet die Stellung, ich komme!‹ dachte sie. Es lief tatsächlich darauf hinaus.

»Ich mag nicht unbedingt die *legitime* Herrscherin Tekladors sein«, fuhr sie fort und dachte dabei ›Bin ich bescheuert? Ich kann nicht glauben, dass ich das gesagt habe!‹ »Aber im Moment bin ich wohl die einzige, die ihr habt.«

Es brachte sie kurz aus dem Konzept, dass einige Leute lachten. Doch es war ein gutmütiges Lachen, eines, das ihr sagte, dass sie ihre Aufmerksamkeit und vielleicht etwas Wohlwollen hatte.

»Ich werde den Kampf aufnehmen – nicht gegen die Yarben, für deren Problem wir später eine Lösung finden werden – sondern gegen das Ungeheuer, das einen Teil der Yarben versklavt hat und mit Feuer und Mord nach Teklador kommt, mit dem Ziel, den Kontinent für eine Besiedlung durch die Yarben zu säubern! Doch das yarbische Volk trägt daran keine Schuld, das weiß ich genau und ich ... ich bitte euch ... mir zu vertrauen.«

Sie würde es niemandem verübeln, der jetzt glaubte, dass nicht Königin Durna da oben auf der Treppe stand sondern eine Fälschung, vielleicht gar eben der Dämon, von dem sie sprach. Durna bat nicht, sie befahl! Aber irgendwie konnte sie das in diesem Augenblick nicht.

Im Festungshof herrschte eine solche Stille, dass man die Fackeln an den Mauern knistern hörte. Die Leuchtgloben Durnas schwebten reglos über den Köpfen der Soldaten und Bediensteten.

Durna fragte sich, welche Stunde es war und machte eine unwillkürliche, seltsame Bewegung: Sie hob ihren linken Arm, als würde er ihr sagen können, wie spät es sei. Wieder schüttelte sie automatisch das langsam schon vertraute Gefühl ab, das sie inzwischen »Wirklichkeitsflimmern« zu nennen begonnen hatte. Sie wusste nicht, ob es einen bewussten Angriff des Chaos-Lords darstellte, aber sie ging einfach davon aus, dass es nichts Gutes war, wenn es mit ihm zu tun hatte.

»Wir müssen die Verteidigung organisieren!« sagte sie abrupt. »Die Offiziere und das leitende Personal zu mir, die anderen wegtreten und bereithalten.«

Es befriedigte sie, dass alle Anwesenden ohne zu zögern reagierten. Ein gutes Zeichen. Die sich auf der Freitreppe ein paar Stufen unter ihr versammelten, waren etwa ein Dutzend: Jost, der Kämmerer, tekladorische und yarbische Offiziere, ein Priester der Neun und ein paar Wichtigtuer, die sich immer unentbehrlich wähnten.

Sie trat als erstes vor den gelbgewandeten Yarben und lächelte grausam. »Der Ungenannte ist gekommen und bringt das Verderben über diese Welt«, flüsterte sie ihm, unhörbar für alle anderen, zu. »Möchtest du gern zu ihm oder willst du lieber leben?«

Es zeigte sich, dass sie ihn richtig eingeschätzt hatte – oder vielmehr, dass ihre Spione sie schon vor Monaten zu Recht vor ihm gewarnt hatten.

»Hexe!« zischte der Priester und riss einen verborgenen Dolch aus seinem Kuttenärmel. Durnas rechte Hand war ungleich schneller. Von weitem mochte es so aussehen, als ob sie dem Mann, der seinen Arm zum tödlichen Stoß hochriss, einen Schlag gegen den Hals versetzte. Tatsächlich schossen aber rasiermesserscharfe Klingen aus ihren Fingerspitzen, noch während sie die Bewegung vollführte, und trennten den Kopf des Priesters zur Hälfte vom Rumpf.

Geschickt trat sie zurück, um nicht vom hervorschießenden Blut besudelt zu werden. »Schöne Grüße an den Chaos-Lord«, murmelte sie. Dann warf sie einen Blick auf ihre Hand. Sie hatte nicht gewusst, dass sie das konnte. *Wenn du etwas noch nie versucht hast, so heißt das nicht, dass du es nicht kannst.* Wie wahr!

Der Rest der auf der Treppe Versammelten hatte die Szene mit schockierten Blicken verfolgt. Doch niemand, auch keiner der Yarben, kommentierte auch nur ihre Bemerkung, sie habe Leute mit Messern im Ärmel noch nie ausstehen können.

Wenn ihre vorangegangene Rede darauf ausgerichtet gewesen war, beim Volk ein wenig Vertrauen zu gewinnen, so zeigte Durna mit der Exekution des Priesters der Neun den verantwortlichen Leuten, dass sie trotz allem noch »die Alte« war. Sie war dem Trottel regelrecht dankbar, dass er sie angegriffen hatte; ihn einfach so umzubringen, hätte sie vielleicht die Unterstützung der hiesigen Yarben gekostet.

Sie warf einen Blick nach Osten. Die Mauern verdeckten zwar die Sicht, aber der Horizont war noch nicht aufgehellt. Durna unterdrückte mit aufkeimender Wut den Drang, auf ihr linkes Handgelenk zu schauen.

»Königin!« Vor ihr stand Jost, jener Mann, dessen Aktivitäten sie schon vor ihrer Abreise interessiert bemerkt hatte.

»Nun?«

»Teklador ist vielleicht nicht ganz so schutzlos, wie Ihr glauben mögt.«

»Ach was? Meint Ihr etwa die Untergrundbewegung gegen die Yarben?«

»Ähem, nein, nicht direkt. Eher die geheimen Waffenlieferungen aus Halatan und die sogenannte zweite tekladorische Armee, Königin.«

Durna stand völlig regungslos. Das war wohl die Probe, die sie bestehen sollte. Oder über ihr lag der Zauber eines Drachen. Sie konnte nicht glauben, dass ihr jemand so etwas einfach so sagen würde.

Was auch immer es war, sie musste es nehmen und damit arbeiten, denn sie hatte einfach keine Zeit!

Also lächelte sie und sagte: »Ich hatte gehofft, dass es etwas in der Art geben würde. Obwohl ich nicht dachte, dass Halatan sich einmischen könnte.«

Jost schien erleichtert, als er sagte: »Der Kaiser hat auch lange gebraucht, um zu reagieren. Aber seine Wissenschaftler lieferten ihm den Trumpf, den er suchte, um in dieses Spiel einzusteigen.«

Durnas Miene verriet nicht, dass sie fieberhaft überlegte, was ihr Kämmerer meinen konnte. Und wenn er schon von einem Spiel sprach – jenes, das sie spielte, war unsicher und gefährlich. Unzureichende Informationen über fast alle Faktoren, über die Absichten der Teilnehmer. Sie konnte auf nichts davon Rücksicht nehmen, musste mitspielen, obwohl sie manchmal nicht einmal wusste, worum es ging. Durna hasste es!

»Wissenschaftler?« wiederholte sie das Wort, das ursprünglich aus dem Halatanischen stammte.

»Die kaiserliche Universität, Königin.«

Rätselraten. Wie sie das alles ... ›Na schön. Spielen wir eben mit‹, dachte sie.

»Und was haben die Wissenschaftler des Reiches herausgefunden, das uns allen weiterhelfen wird?« fragte sie mit mühsam erzwungener Geduld.

»Es heißt, sie hätten den Donner eingefangen, Majestät.«

Das gab ihr zu denken. Durnas Reaktion ähnelte bemerkenswert der Zach-aknums, denn wie er erkannte sie sofort die Bedeutung einer solchen Behauptung. Nur Magier (und Götter) hatten bisher mit Donner und Blitz hantiert. Wenn wirklich sogenannte Wissenschaftler es vermochten, was kam als nächstes?

Ein Zucken ihres linken Armes erinnerte sie daran, dass sie noch andere Verpflichtungen hatte.

»Jost, ich muss zurück zur Armee«, sagte sie, ohne das Rätsel um Halatans Verwicklung in diese Angelegenheit gelöst zu haben. Aber das war zweitrangig. »Was auch immer dafür erforderlich ist, eine zweite geheime Armee oder sonst etwas, leistet der yarbischen Truppe unter Erkon Veron Widerstand, bis ich euch verstärken kann. Sagt dem Volk, was los ist. Sagt von mir aus dem Kaiser, was los ist, wenn ihr Mittel dazu habt. Ach ja, wenn ihr Klos seht, nehmt ihn gefangen oder tötet ihn. Sofort! Er ist ein gefährlicher Verräter.«

Es konnte nicht schaden, das überall zu verbreiten, dachte sie. Dann translokalisierte sie sich zurück in das Zelt viele Meilen im Westen.

* * *

Brad wusste augenblicklich, dass er träumte, als er die eintönige, steinige Ebene unter dem düsterroten, viel zu tief hängenden Himmel sah. Warum nur kehrte er in seinen Träumen neuerdings immer wieder hierher zurück? Hierher – ins Reich der Dämonen, wie er nun wusste, seit Pek ihn seine Heimat für wenige Herzschläge hatte erblicken lassen. Davon zu träumen, wäre gar nicht so abwegig gewesen, *nach* dieser Erfahrung! Aber Brad hatte die Ebene schon vorher gesehen, das wusste er genau, denn es war ihm im Kerker in Pelfar zum ersten Mal passiert.

Diesmal konnte er sich frei bewegen, was schon ein erfreulicher Fortschritt war. Nicht die fremde Dimension, wie es Pek manchmal nannte, hatte ihm zuerst Angst gemacht, sondern seine unerklärliche Lähmung. Brad schaute sich um. Die Gegend war buchstäblich leer; wenn das Wort *Ödnis* eine perfekte Verkörperung besaß, dann hier. Höchstens faustgroße, scharfkantige Steine und gräulich-schwarzer Sand bedeckten den vollkommen ebenen Boden bis zum Horizont, der seltsam nah erschien. Selbst in Wüsten, die Brad kennen gelernt hatte, gab es Hügel und Dünen und gelegentlich einen verdorrten Strauch. Hier war alles flach, grau und tot. Sogar die Luft, wie ihm schien.

›Was mache ich hier?‹ dachte er. ›Wieso träume ich davon, nichts tuend in einer leeren Welt herumzustehen?‹

»Vielleicht eine Reflexion deiner wirklichen Lage?« fragte eine leise Frauenstimme.

Er wirbelte herum. Wo eben noch nichts gewesen war, schließlich hatte er seine Umgebung nicht nur aus Neugier, sondern auch aus Vorsicht eingehend gemustert, lag nun ein pechschwarz glänzender Felsen, und in einer sitzartigen Vertiefung saß eine Frau. Eine sehr ungewöhnliche Frau. Ihr schwarzes Gewand verschmolz praktisch mit dem Stein, er konnte in dem trüben rötlichen Licht keine Konturen oder Übergänge ausmachen. Dafür kontrastierte ihre Haut dort, wo sie freizügig enthüllt wurde, um so mehr. Sie war vollkommen weiß. Man sagt oft von Frauen, dass sie milchweiße Haut hätten, aber in solchen Fällen stimmt das normalerweise nicht, außer vielleicht wenn die betreffenden Personen schon eine Weile tot sind. Die Hautfarbe dieser Frau *war* so weiß wie Milch oder Kalk oder Papier. Und die langen schwarzen Haare lagen wie wilde Tuschestriche über ihrem Gesicht.

»Du weißt nicht, was für Entscheidungen du treffen sollst, dir fehlen Informationen, du kennst dich auf einer dir fremden Welt nicht aus. Also fühlst du dich verunsichert und einsam«, fuhr die Frau fort. »Das Unterbewusstsein bringt dich dann hierher, wo die äußere Landschaft deine innere spiegelt.« Sie lachte auf, und es klang, als ob ... Brad hatte keinen Vergleich dafür. »Nein, das stimmt natürlich nicht ganz. Ich bin dafür verantwortlich, dass du diese Welt hier in deinen Träumen besuchst.«

»Und wer bist du?« fragte Brad, nachdem er endlich seine Stimme wiedergefunden hatte. Die Frau hob den Kopf und warf ihre lange Haarpracht zurück. Der blutrote Farbtupfer ihres lächelnden Mundes – die einzige andere Farbe an ihr – lenkte Brad für einen Moment lang ab, bevor sein Blick endlich ihren Augen begegnete. Sie waren schwarz. Vollkommen schwarze mandelförmige Wölbungen, ohne einen weißen Fleck darin. Das rötliche Licht verlieh ihnen einen Glanz, der an schwach glühende Kohlen erinnerte. Er begriff, wer vor ihm saß.

»Ich bin traurig«, sagte sie. »Du meintest, dass du mich lieber nicht kennen lernen wolltest?«

»Ich hoffe, Ihr nehmt mir das nicht allzu übel, Wirdaon.« War er das wirklich gewesen? Na ja, im Traum war man vielleicht mutiger als in der Wirklichkeit.

»Ich bin daran gewöhnt«, meinte sie mit einem Achselzucken. »Aber es erfreut mich nicht.«

»Die Herrin der Dämonen freut sich nicht, wenn die Sterblichen Angst vor ihr haben?«

»Das Universum ist nun mal kein perfekter Ort, nicht wahr?« Sie lächelte wieder.

Brad konnte das aus tiefstem Herzen bestätigen. Es überraschte ihn nur, dass die Götter es genauso sahen. Das war ziemlich seltsam.

Doch Wirdaon sprach weiter.

»Weißt du auch, warum das Universum kein perfekter Ort ist? Es wurde nicht als solcher erschaffen, nicht einmal geplant. Vor sehr langer Zeit entstand es zufällig als Trümmerfeld eines früheren Universums. Niemand weiß, ob dieses perfekt war – die es noch wissen könnten, schweigen darüber. Aber vermutlich war es das auch nicht. Die Trümmer entstanden nämlich, als die Wesen, die wir heute als Drachen kennen, ihr eigenes Universum in einem wütenden Krieg vernichteten, der in seinen Ausmaßen alles sprengte, was selbst Götter sich ausdenken können, von euch Sterblichen ganz zu schweigen. Ihr führt Kriege, in denen Städte oder benachbarte Länder gegeneinander kämpfen. Es gibt da draußen Wesen, die führen Kriege zwischen benachbarten Planeten oder gar Sternsystemen. Götter führen Kriege um andere Dinge, doch wenn sie es tun, geht es möglicherweise um ganze Haufen von Sternsystemen, sowohl in der Zeit als auch im Raum. Die Drachen führten Krieg um Prinzipien, sagt man. Und in ihrem maßlosen Zorn vergaßen sie, wie mächtig sie wirklich sind, und so vernichteten sie das Universum selbst.

Wir heutigen Wesen leben auf den fraktalen Schaumblasen der von den Drachen im Zorn aufgewühlten Raumzeit. Kein Wunder also, dass es kein angenehmes, bequemes Universum ist, nicht wahr?«

Brad wusste nicht, ob sie von ihm eine Antwort erwartete. Aber er nickte zögernd. Im Traum kam es ihm so vor, als habe er alles verstanden, was sie sagte, doch später sollte er sich nur noch an Bruchstücke erinnern, so als wären ihre Worte nicht wirklich für ihn bestimmt gewesen.

»Du fragst dich, was ich eigentlich von dir will. Du hast natürlich Recht, die Götter wollen immer etwas von einem Sterblichen, wenn sie ihn zu sich zitieren. Ich frage mich, was die Menschen wohl sagen würden, wenn wir sie nur mal so zu einem Schwatz einladen würden? Oder um sie zu belobigen ... Ha!

Ich möchte dich aus dieser trostlosen Ebene des Nichts herausholen, die in deinem Unterbewusstsein ist. Die Zeit drängt. Deshalb habe ich dir Pek geschickt. Er hat außer deiner Rettung noch einen weiteren Auftrag. Frag ihn selber, wenn du wissen willst, was es ist. Doch ich glaube an Redundanz. Darum möchte ich auch dir einen Auftrag erteilen. Oder sagen wir, ich möchte sicherstellen, dass du das tust, was du ohnehin vorhattest.«

Brad wurde davon überrascht, dass ein um seine Längsachse rotierender Felsbrocken von der Größe eines kleinen Hauses zwei Mannshöhen über dem steinigen Boden durch sein Gesichtsfeld geflogen kam. Er machte ein seltsam gedämpftes, tief wummerndes Geräusch.

Wirdaon warf dem Stein einen ärgerlichen Blick zu, und für einen Herzschlag lang hatte Brad das Gefühl, er könne hinter die milchweiße Maske der wunderschönen Frau sehen. Ihm stockte der Atem.

»Dumme Dinger«, murmelte die Königin der Dämonen. »Nicht einmal ich kann sie auch nur von ihrer Bahn ablenken. Transdimensionale Bruchstücke, die ... Ach was! Du wirst nicht ewig schlafen, und wenn ich dich künstlich hier halte, werden vielleicht andere Menschen unnötig aufmerksam.«

Er fragte sich mit einer gewissen Besorgnis, ob er sich hinsichtlich seines schlafenden Zustandes nicht etwas vormachte. Das war ein Traum, aber – bei allen Dämonen – kein gewöhnlicher! Sie konnte ihn *hier behalten*?

»Horam verband zwei Welten in zwei unterschiedlichen Universen miteinander«, sagte Wirdaon abrupt. Sie warf ihm einen Blick zu, als wolle sie abschätzen, ob sich sein Verstand schon in Seifenblasen verwandelte. »Dazu benutzte er etwas, das in eurer Mythologie als der Schwarze Abgrund bezeichnet wird, eine Fehlübersetzung von Schwarzes Loch.«

Brad sah den Unterschied nicht ganz, aber er kommentierte das nicht.

»Mit diesem ... nun ja, *Experiment* öffnete er außerdem Übergänge in mein Reich und in eine noch viel seltsamere Dimension, die ihr Wordon zuschreibt. Keiner weiß, ob wirklich menschliche Seelen nach dem Tod des Körpers dorthin wandern, nicht einmal ich! Möglich ist fast alles. Aber leider war das nicht genau, was Horam anstrebte. Er fand es vermutlich ganz interessant, aber sein Ziel eines multidimensionalen Nexus erreichte er nicht.« Sie winkte ab, obwohl Brad sich nicht gerührt hatte. »Ich weiß, dass dir das alles nicht viel sagt und es ist auch unwichtig. Worauf ich hinaus will, ist folgendes: Die Statue unseres etwas eitlen gemeinsamen Freundes stellte ein wichtiges Steuerelement für diese künstliche Verknüpfung dar. Als sie entfernt wurde, störte das den Fluss von kosmischen Energien in einem Ausmaß, dass sie ganze Planeten in Staub verwandeln könnten. Mit so einem Schwarzen Loch ist nicht zu spaßen. Wenn es zur Katastrophe kommt, werden eure beiden Welten schneller vernichtet als du blinzeln kannst. Was im Moment abläuft, ist nur ein Vorspiel. Erschütterungen in der Raumzeit, chaotische Fluktuationen der Magie. Aber es ist nicht nur das. Die Katastrophe wird auch Auswirkungen auf meine Dimension haben, auf Wordons – wo immer er ist – und zwei komplette Universen. Unvorstellbar viele Lebewesen werden sterben. Deshalb haben diejenigen, die ihr Götter nennt, nun angefangen, sich wieder einzumischen.«

»Euch war es doch sonst ziemlich egal, was mit den Sterblichen geschah, oder?« sagte Brad, als habe er nichts zu verlieren.

»Lass mich dir etwas über die Natur der sogenannten Götter erzählen. Nimm eine Welt, auf der Tiere und Menschen leben. Nicht, dass letztere unbedingt so aussehen müssen wie ihr. Irgendwann entwickeln sich die Menschen vielleicht auch mal weiter, dir ist doch klar, dass eure Kultur nicht immer so war, wie sie jetzt ist und nicht ewig so bleiben wird?«

Brad nickte. Seine Heimat hatte sich in den letzten Jahrhunderten zwar eher zurück entwickelt, aber er war mit der Vorstellung vertraut, dass sich die Kultur eines Landes oder vielleicht sogar von allen mit der Zeit veränderte. Nicht jeder sah so weit über den allgemeinen geistigen Horizont hinaus, aber man brauchte nur ein klein wenig Bildung zu haben, um das nicht mehr so abwegig zu finden.

»Irgendwann kann eine Zivilisation sich so sehr verändern, dass du es dir in deinen kühnsten Träumen nicht ausmalen könntest, Brad. Vorausgesetzt natürlich, sie vernichtet sich nicht selbst.« Wirdaon lachte plötzlich auf. Es klang anders als beim ersten Mal, nicht mehr schön. »Manche – nein, einige wenige – Zivilisationen erreichen einen Stand, der es ihren Individuen ermöglicht, eine Macht auszuüben, die sie gottgleich macht. Sie werden unsterblich, können Dinge aus dem Nichts erschaffen, mit geradezu kosmischen Energien spielen. Wir nennen das Transzendenz. Einige oder alle Mitglieder einer solchen Rasse transzendieren in einen anderen Zustand des Lebens, sie werden von Wesen zu Wesenheiten, zu Entitäten. Du vermutest richtig: Ich gehöre zu einer solchen Rasse von Göttern, Horam ebenso. Und hier ist das Wesen der Götter: Fast unvermeidlich geht mit der Transzendenz zur Entität das aufkeimende Verlangen einher, andere Zivilisationen so zu beeinflussen, dass sie sich ähnlich entwickeln. Zumindest in den positiven Fällen ... Entitäten machen sich beinahe zwangsläufig zu Wächtern und Paten über andere, noch nicht so fortgeschrittene Rassen. Sie übernehmen Verantwortung!«

»Aber nicht alle tun das, oder?« warf Brad ein, als sie eine Pause machte. Wirdaon schuf mit einer Handbewegung eine steinerne Bank für ihn und bedeutete ihm, sich hinzusetzen. Als er sich niederließ, wuchsen lautlos gigantische Rundbögen um sie empor, bis sie so etwas wie eine hunderte Meter hohe Kathedrale aus unendlich vielen kantigen Flächen bildeten. Illusion oder echt? Er würde gewiss nicht zu einer der Wände laufen, um das zu überprüfen, nicht mal im Traum.

»Nein, nicht alle. Doch wenn jene Entitäten, die benevolent sind, mit ihrer Einmischung auf einem schmalen Grat wandern, dann sind die malevolenten Geschöpfe, die ihre Bosheit an wehrlosen Sterblichen auslassen, schon auf dem Weg hinein in den Abgrund. Denn wisse, selbst über den Entitäten stehen wachende Wesenheiten, die *ihre* Verantwortung sehr ernst nehmen. Ihr Missfallen zu erregen, bedeutet, sie zur Einmischung in Dinge zu zwingen, die sie nicht wirklich interessieren, deren reibungsloses Funktionieren sie aber *erwarten*. Und die Einmischung der Superentitäten ist immer endgültig. Sie verstehen sozusagen überhaupt keinen Spaß. Wenn du sie verärgerst, eliminieren sie die Quelle des Ärgernisses einfach.«

Brad fragte nicht, wer die Götter waren, die über Götter wachten. Er wollte es nicht wissen.

»Das Problem ist deine Welt, Brad. Was Horam damals getan hat, galt zunächst gar nicht als Einmischung, da es auf die Geschicke der Menschen kaum Einfluss hatte. Und als Tras Dabur das Steuerelement stahl, um seine magische Macht mit der kurzzeitig abfließenden Restenergie zu stärken, ging das nicht von uns, sondern *von den Menschen* aus. Nun aber droht etwas, das vor Jahrtausenden relativ harmlos begann, zu einer kosmischen Katastrophe zu eskalieren. Das hat ganz plötzlich überall Aufmerksamkeit erregt. Nicht nur die der Superentitäten, sondern auch von malevolenten Kreaturen, den Neryl oder Chaos-Lords. Die Horam-Welten drohen zum Schauplatz eines Krieges zu werden, eines kosmischen Krieges vielleicht! Und das werden *sie* niemals zulassen. Eher löschen sie uns alle mit einem Schlag aus.«

»Aber was kann ich tun? Weshalb habt Ihr mich hierher geholt – oder seid in meinen Traum gekommen, Herrin der Dämonen?«

»Siehst du es noch nicht? Wenn die Sterblichen es schaffen, diesen Krieg zu verhindern, werden sich die Superentitäten zurückziehen und alles weiter laufen lassen.«

›Oh nein‹, dachte Brad. ›Nicht das! Ich soll die Welt und was weiß ich noch alles retten?‹

»Nicht du allein«, sagte Wirdaon, und er begriff mit einem kleinen Schock, dass es natürlich keine Rolle spielte, ob er etwas nur dachte oder aussprach. »Aber du sollst wissen, um was es hierbei geht, weil ich dir nämlich ein paar Dinge in deinen Verstand pflanzen werde, die dich in die Lage versetzen sollten, zumindest die Sache mit der Statue wieder in Ordnung zu bringen.«

›Ich hoffe, du findest darin noch ein freies Plätzchen, Wirdaon‹, dachte Brad mit einem Anflug von Sarkasmus. ›In letzter Zeit scheinen die Götter meinen Kopf als ihre Aktenablage zu benutzen.‹

»Keine Sorge, du wirst es erst dann aktivieren, wenn du das Wissen brauchst. Und mit Horams Essenz kommt es auch nicht in Konflikt. Wenn ich auch denke, dass er selber daran hätte denken können, diese Informationen zu integrieren.« Letzteres klang missmutig. Auch Wirdaon mochte es wohl nicht, die Arbeit anderer Leute zu erledigen. »Na, komm schon her.«

Brad kniete vor ihrem Felsen, bevor er auch nur daran dachte, eine Bewegung zu machen. Plötzlich sah er ihren kalkweißen, nackten Arm, als sie die linke Hand auf seinen Kopf legte. Sie zupfte mit der anderen den dünnen Träger ihres schwarzen Kleides zurecht und lächelte beruhigend. Ihre Fingernägel waren schwarz und spitz.

»So, das wär's.« Für einen Herzschlag schwebte die Hand vor seinem Gesicht und er fragte sich, ob sie etwa erwartete, dass er sie küsste.

›Ist das nun ein Traum oder nicht? Ich werde es erst dann mit Sicherheit wissen, wenn ich diese »Informationen aktiviere«, die ich nun in mir habe.‹

Die Göttin zog ihre Hand zurück und lächelte spöttisch. »Kehre zurück in deine Welt, Brad Vanquis«, sagte sie. »Und frag dich dein Leben lang, ob du es nicht doch hättest tun sollen.«

Der Mann vor ihr verschwand.

»Träume«, murmelte sie. »Wenn das Leben ein Traum ist, wer träumt es dann? Und wer träumt den Träumer? Ein Traum in einem Traum – wer hat das gesagt?«

Sie hob die Schultern, während ihr Körper bereits wieder seine tatsächliche Gestalt annahm. Wenn er ihre Hand geküsst und sie dadurch real wahrgenommen hätte, was wäre wohl mit ihm geschehen? In zwei Dritteln der Fälle verloren Menschen dann sofort den Verstand, aber eben nicht immer.

Vielleicht, wenn das alles vorbei war, würde sie es darauf ankommen lassen.

* * *

Brad schreckte hoch und sah sich um. Er befand sich in einem schwankenden Planwagen, wie ihn die hiesigen Händler benutzten, wenn sie über längere Zeit unterwegs waren – Transportmittel und Behausung zugleich.

»Was ist los?« fragte Pek nervös. »Ich glaube, du warst für einen Moment eingenickt?«

»Nur einen Moment?«

»Ja.«

»Ich hatte einen Traum«, murmelte Brad. »Was hast du für einen zweiten Auftrag von Wirdaon bekommen?«

»Hä?« Pek riss sich von dem Guckloch in der Plane los und starrte ihn mit weit aufgerissenen Augen an.

»Hast du einen bekommen?«

»Na ja, weißt du, das war eher als letzte Zuflucht gedacht, glaub' ich.« Der Dämon machte den Eindruck, als würde er erröten, wenn er das gekonnt hätte.

»Und *was* ist es?«

»Wenn alles schief gehen sollte, keiner mehr überlebt und all das, dann soll ich die Statue nehmen und zu ihr bringen. Oder, falls das nicht möglich ist, zu ihr fliehen und es melden. Ich schätze, sie will in dem Fall die Sache selbst in die Hände nehmen.«

»Sie würde hierher kommen?«

»Klar doch. Was ich kann, das ist für sie nicht schwerer. Ich hab' aber keine Ahnung, was dann hier passiert ...«

Brad holte tief Luft. ›Kein Traum‹, dachte er. ›Nein, ganz bestimmt kein Traum.‹

»Woher weißt du überhaupt davon?« Peks Stimme klang mit ein wenig Verspätung nun alarmiert.

»Ich hatte einen Traum«, wiederholte Brad, »der wohl keiner war.«

Der kleine Dämon wiegte den Kopf und brummelte etwas, das wie »armer Kerl« klang.

»Und du bist sonst in Ordnung?« fragte er dann. »Keine Zuckungen und plötzliche Krämpfe, kein Drang nach dem Begehen von Massenmorden oder abartigen Praktiken? Das plötzliche Bedürfnis zu schreien?«

»He! Wie soll ich das verstehen?«

»Das sind normalerweise die Auswirkungen, wenn sie einen Sterblichen besucht.«

»Du bist manchmal echt komisch, Pek.«

Der Wagen rüttelte plötzlich, dann fluchte einer der Männer vorn, Proscher oder Kafpims, und schien die Pferde zu zügeln.

Mit der Hand am Schwert schob sich Brad nach vorn, um durch die Plane zu spähen. Was hielt sie auf? Sie konnten eigentlich noch nicht in Sito sein.

»Keine hastigen Bewegungen, Freunde«, rief eine Frauenstimme. Brad konnte für einen Moment ihren seltsamen Akzent nicht einordnen, dann erkannte er sie. »Ihr habt da jemand auf dem Wagen, sagt der Schwarze Magier hier, den wir gerne gesprochen hätten, wenn es euch nichts ausmacht. Brad? Bist du da drin?«

Er schob die Plane beiseite und blinzelte ins Licht. Micra stand in der Mitte der Straße und ließ ein ziemlich langes Schwert in ihrer Hand hin und her baumeln. Neben ihr stand Solana, die eine Armbrust auf die beiden Assassinen-Kutscher gerichtet hatte, und zwei Schritte seitlich dahinter Zach-aknum, der so tat, als ginge ihn das alles nichts an und jeder Feuerball, der zufällig den Wagen verdampfte, würde reiner Zufall sein.

»Hallo Micra, mir geht's gut. Das sind Freunde.« Brad sprang vom Wagen.

»Wir hörten, dich hätte man wieder mal gefangen?«

»Die Gerüchte über seine Festnahme und Einkerkerung durch die hiesigen Bösen Mächte sind übertrieben und veraltet«, krähte Pek, während er sich an Kafpims vorbeischob. »Dank meiner Intervention.«

»Oh, Pek«, stellte Micra etwas säuerlich fest. »Der dämliche Ring hatte also Recht.«

»Zauberer.« Er nickte dem Mann in der schwarzen Robe zu. »Solana, was machst du denn hier? Und wo ist Jolan?«

Die ehemalige Bäuerin schulterte die schwere Armbrust und lächelte geheimnisvoll. »Ich habe mich deinen Freunden angeschlossen, Brad, weil ich denke, dass ich in Ramdorkan nützlich sein kann. Außerdem bin ich die einzige von euch allen, die sich hier wirklich auskennt. Und Jolan habe ich zu seinem großen Missvergnügen in Sito gelassen. Ich hatte das Gefühl, dass unsere Mission für ihn ein wenig zu ... abenteuerlich werden könnte.«

›Redundanz‹, dachte Brad. ›Dreifache Redundanz. Sie macht wirklich keine halben Sachen. Oder ist Wirdaon gar nicht dafür verantwortlich? Hat ein anderer Solana geschickt, die ehemalige Tempelschülerin, die natürlich genau weiß, was mit der Statue zu geschehen hat, ist sie erst einmal im Tempel?‹

»Ich freue mich, dass du hier bist«, sagte er laut. »Ich nehme an, du hast die Statue ...?«

»Ich habe sie nun«, sagte der Zauberer mit seiner leisen, fast ausdruckslos klingenden Stimme. »Und ich danke Euch, dass Ihr sie verteidigt und behütet habt, wie ich inzwischen erfuhr.«

Brad wusste nicht, ob Zach-aknum es missbilligte, dass er sich und die Statue durch sein Verhalten in den ersten Minuten nach seiner Ankunft in Gefahr gebracht hatte. Oder war der Dank echt und er hatte nichts gegen sein aggressives Vorgehen einzuwenden? Plötzlich war Brad verunsichert. Ihm lag viel daran, dass der Schwarze Magier ihm nicht zürnte, er wollte die Sache richtig machen.

»Fünf gegen einen, was?« murmelte Micra und grinste. Na ja, wenigstens sie schien es gut zu finden.

»He, Leute«, rief Proscher ungeduldig vom Wagen, »sehe ich das richtig, dass die liebe Familie wieder beisammen ist und unsere Aufgabe erfüllt?«

Brad holte seinen Rückensack mit dem Rest der von Pek »organisierten« Ausrüstung vom Wagen und dankte den beiden Assassinen noch einmal für den Transport aus Pelfar hinaus und bis zu diesem Zusammentreffen. Sie wendeten den Wagen und waren bald hinter den Bäumen der nächsten Kurve verschwunden.

Pek zupfte Brad an der Hose. »Wieso hast du den Wagen weggeschickt? Wir müssen doch nach Ramdorkan, was irgendwo hinter Pelfar liegt, oder irre ich mich?«

»Nein, oh Ausbund dämonischer Weisheit. Aber in Pelfar sitzt unser Freund, den du so nett als alten Schleimklumpen beschrieben hast. Er dürfte inzwischen Zeit gehabt haben, um uns einige Überraschungen in den Weg zu stellen. Ich denke nicht, dass wir über Pelfar reisen werden.«

Der Zauberer trat näher. »Würdet Ihr das freundlicherweise erklären, Brad?«

»Tja, wie soll ich sagen? Da gibt es einen Mann, der im Dienste der Königin von Teklador steht und der nicht wirklich ein Mann ist, sondern so etwas wie der Gallen-Erlat. Er hat irgendwie von mir und der Statue erfahren und mich in Pelfar festnehmen lassen. Ich weiß nicht, was er vorhat, aber er scheint nicht die Absicht zu haben, uns die Arbeit abzunehmen, die Statue an ihren Ort zu bringen. Und da die Königin mit den Yarben zusammenarbeitet ...«

»So etwas wie der Gallen-Erlat?« Der Schwarze Magier runzelte die Stirn. »In Form eines Menschen? Ob das der Chaos-Lord ist?«

Das war wohl nur eine rhetorische Frage, doch Brad antwortete trotzdem: »Nein, nein, das ist er nicht.«

Jetzt war Zach-aknum wirklich überrascht. »Woher wollt Ihr das wissen?«

»Ich habe ihn gefragt.«

Der Zauberer riss die Augen auf. Es war selten, dass er sich dazu hinreißen ließ, sich eine Regung anmerken zu lassen. Solana dagegen lachte auf, und auch Micra gab ein seltsames Geräusch von sich.

»Ich glaube, Ihr müsst uns etwas ausführlicher von Euren Abenteuern hier erzählen, Brad«, sagte der Zauberer mit einem leicht gereizten Unterton. »Und von dem, was Ihr über die Situation auf dieser Welt erfahren habt. Solana hat uns zwar schon berichtet, aber ich hätte gern auch Eure Sicht der Dinge. Hat Euch zum Beispiel tatsächlich die Herrscherin der Dämonen so angesprochen wie diese ›inneren Stimmen‹, die Euch im Stronbart Har bei der Orientierung geholfen haben?«

»Nicht nur das, Magier, nicht nur das«, sagte Brad und setzte sich auf einen Stein am Rand der alten Straße. »Lasst uns rasten, etwas essen und beraten, wie wir nach Ramdorkan kommen, ohne dass uns der Graue Mann Klos, ein Chaos-Lord oder eine Königin mit Frust auf Horam den Weg versperren und am Ende ungezählte Menschen, Welten, Universen und Götter in Rauch aufgehen.« Ihn amüsierten die verdutzten Blicke der anderen – bis auf Pek natürlich, der allwissend nickte – als sie sich zu ihm gesellten und ihre Verpflegung auspackten.

›Bereiten wir unseren nächsten Zug in dem Spiel vor‹, dachte Brad, ›wenn es denn der unsere ist, oder überhaupt unser Spiel.‹

* * *

Der Himmel war noch klar, obwohl sich am südlichen Horizont schon wieder Unwetter zusammenbrauten. Glitzernd und kalt starrten die Sterne auf sie herab. Noch war kein Anzeichen des Sonnenaufganges zu sehen.

Tral Giren stand geduldig neben Durna, die den Sternenhimmel betrachtete. Sein Blick dagegen ruhte auf ihr. Er fragte sich, was eine Zauberin eigentlich am nächtlichen Himmel sehen mochte. Denn sie vertiefte sich garantiert nicht nur so zum Spaß in den Anblick.

»Da ist er ja!« murmelte sie plötzlich. »Seht Ihr, Oberst, dort links?«

Verdutzt versuchte er herauszufinden, wohin ihr Finger zeigte. »Was meint Ihr?«

»Ein Komet«, sagte sie. »Wisst Ihr, was das ist?«

»Etwas am Himmel, das manchmal einen Schwanz hinter sich her zieht. Da es sehr selten zu sehen ist und keinerlei Regeln folgt, kann man es nicht zu Navigations- oder Orientierungszwecken verwenden.«

»Oh, Regeln folgen diese Kometen schon, aber Ihr habt Recht. Sie sind zu nichts nütze. Doch das wird sich ändern.« Er konnte an ihrer Stimme hören, dass sie lächelte. Dann deutete sie gen Himmel und sagte ein *Wort*. Es schmerzte in den Ohren, und ihm schien, als ob es stoffliche Form annehmen und wie ein dunkles Flackern vor den Sternen in Richtung des Kometen davonschießen würde.

»Was wird geschehen?« wagte Tral Giren zu fragen.

»Im Moment gar nichts. Später passiert vielleicht etwas, falls die Zeit reicht. Wir werden sehen. Lasst Euch überraschen, Oberst.«

Giren dachte für sich, dass Überraschungen das letzte waren, was er sich auf einem Feldzug wünschte, der ohnehin voller offener Fragen war. Aber vielleicht wogen die Überraschungen der Königin ja den Mangel an Soldaten auf?

11

Caligo starrte den General aus blutunterlaufenen Augen an. Er wusste, dass der Mensch Recht hatte: Ihre Streitmacht war zu klein, um eine militärische Offensive, wie er sie im Sinn hatte, durchzuführen. Vor allem, wenn der organisierte Widerstand größer wurde, was zu erwarten war, nachdem sie die Grenze überschritten hatten. Aber ein Erfolg des Angriffs war nicht sein Primärziel, wenn es auch Spaß gemacht hätte, in diesem kleinen Krieg zu siegen. Caligo wollte in erster Linie Bewegung erzeugen, chaotische Bewegung wie die von Teilchen in einem heißen Gas.

Die Hexe bereitete ihm ein wenig Kopfzerbrechen. Erst schien es ein glücklicher Zufall zu sein, dass sie nicht in ihrer Hauptstadt war, um seinen Vormarsch zu behindern. Doch sie war unterwegs *verschwunden*, kurz nachdem Erkon Verons Wetterzauber ihre Reise unterbrochen hatte. Dass Caligo nicht in der Lage war, eine so mächtige Zauberkraft zu spüren, die sich anscheinend sogar auf ihn zu bewegte, verwirrte ihn. Erst als sich die Yarben längst auf dem Weg nach Osten befanden, spürte er sie wieder – und erneut überfiel ihn ein Gefühl der Verwirrung. Sie tauchte südlich von Regedra wie aus magischem Nebel auf und translokalisierte sich im nächsten Augenblick nach Bink! Verons Erinnerungen hatten nicht im mindesten auch nur angedeutet, dass Magier dieser Welt dazu fähig sein könnten! Soviel zur Abwesenheit der Herrscherin von ihrem Volk, hatte er wütend gedacht. Nun war sie dort, um es zu führen. Vollkommen unerwartet traf ihn deshalb auch ihr zweiter Sprung – zurück zum Ausgangsort. Was hatte sie nur vor?

Und nun kam auch noch Kaleb, der sich ein Herz gefasst hatte, und äußerte durchaus berechtigte Bedenken über die Vorgehensweise seines neuen Lords. Der General wusste ja nicht, dass Caligo gar nicht die Absicht hatte, einen erfolgreichen Feldzug zu führen. Der Chaos-Lord spielte nur herum, während er sich mit der Situation auf dieser seltsamen transphysikalischen Welt vertraut machte. Zu seinem Pech hatte Erkon Veron keine Ahnung von den wirklichen Zusammenhängen gehabt, und nun ging es dem Wesen, von dem er besessen war, genauso. Obwohl Caligo klar war, wie die Doppelwelt beschaffen war und was gerade mit ihr geschah, fehlten ihm eine Reihe von Details. Daher verfolgte er den erstbesten Plan, während sein realitätsverzerrender Einfluss sich immer stärker bemerkbar machte. Schon spürte er, wie sich das globale Wetter veränderte. Und es blieb nicht beim Wetter.

Das Wesen in und hinter Erkon Veron riss und zerrte an den Grenzen der Raumzeit, der Dimensionen selbst. Seltsame Dinge und substanzlosere Sachen begannen einzusickern, als habe die Welt in Raum, Zeit und Geist dünne Risse bekommen. Die Menschen würden es gar nicht merken, höchstens wenn sie magisch begabt oder anderweitig sensibilisiert waren. Doch das konnte ihm egal sein. Solange er auf dieser Welt weilte, würde der Prozess sich fortsetzen, nur durch seine Anwesenheit hier. Das war die Natur der Neryl, der Chaos-Lords.

Und unabhängig von all dem führte er ein wenig Krieg. Warum auch nicht? Sie würden sowieso alle sterben, da konnte er sie auch in sinnlosen Schlachten hinmetzeln und vielleicht einen schönen Flächenbrand entfachen. Natürlich konnte kein sterbliches Wesen dieser Welt die Beweggründe eines Neryl auch nur ansatzweise begreifen. Um mit Menschen zu interagieren, brauchte der Chaos-Lord die Brechung durch die Person Erkon Verons, der zwar als Mensch nicht mehr existierte, aber als Filter noch gute Dienste leisten konnte.

Nun, es wurde Zeit, die Angelegenheit etwas zu forcieren. Mit einem Stirnrunzeln winkte Caligo in Verons Gestalt den General zu den Pferden hinüber.

»Vertraut Ihr meiner Magie nicht mehr?« fragte er. »Unsere Armee ist mit mir an der Spitze allem überlegen, was sich uns in den Weg stellen kann. Seht her!«

Er deutete mit großartiger Geste auf sein eigenes Pferd. Das Tier schnaubte überrascht, als es etwas *spürte*. Dann verschwammen seine Umrisse kurz, bevor sie sich zu etwas verfestigten, das zugleich abscheulich und gefährlich aussah. Kaleb fuhr zurück, die Hand am Schwert.

Das »Pferd« war anscheinend immer noch zum Reiten geeignet, besaß aber scharfe Stoßzähne, ein funkelndes Horn und breite Klauenfüße. Wo vorher braunes Fell gewesen war, hatte es nun einen Panzer. Es knurrte und fletschte scharfe Zähne. Die großen Augen waren zu schmalen Schlitzen verengt, in denen ein ungesundes Gelb schimmerte.

»Was ... was ist das?« brachte Kaleb hervor.

»Ein Kle'biss. Etwas, das besser als Kriegspferd geeignet ist. Ich fürchte allerdings, dass es nicht mehr die Wiesen, sondern die Schlachtfelder abweiden wird.« Er machte ein Geräusch, das er fälschlicherweise für ein Lachen hielt. Sogar das monströse Pferd zuckte dabei zusammen. Der Mann in der schmutzigen gelben Robe entfernte sich von General Kaleb und machte eine weit ausholende Bewegung mit beiden Armen.

Beinahe meinte Mendra Kaleb, ein Zittern sehen zu können, das sich von Erkon Veron blitzschnell kreisförmig ausbreitete. Aber das war sicher nur eine Sinnestäuschung gewesen. Was man von Verons Zauber nicht sagen konnte. Sämtliche Pferde verwandelten sich in überrascht auskeilende, brüllende Kle'biss. Als die Yarben hinzu stürzten, um ihre Reittiere zu bändigen, *lachte* der irre Zauberer wieder. Der General umklammerte den Griff seines Schwertes. Ihm fiel plötzlich ein, dass es keinen Grund gab, weshalb man nicht auch Soldaten – oder ihre Offiziere – in etwas verwandeln sollte, das für den Krieg »besser geeignet« war. Er ahnte nicht, wie nah er damit der Wahrheit kam.

* * *

Durna konnte am Morgen ihrer Truppe berichten, dass Teklador gewarnt war und sie auf Unterstützung hoffen durften. Das hob die Moral beträchtlich. Besonders die nubraischen Freiwilligen jubelten, als sie hörten, dass es die geheimnisvolle »zweite tekladorische Armee« wirklich gab. Bei den Yarben gab es betroffene Gesichter. Major Vardt schaute genauso betreten drein, wie Tral Giren in der Nacht ausgesehen hatte, nachdem sie zurückgekehrt war und es ihm sagte. Einen gewissen Widerstand mochten die Yarben erwartet haben, aber gleich eine Untergrundarmee? Sie konnte sich denken, dass mancher von ihnen den Neun dankte, dass er sich urplötzlich auf *derselben* Seite mit diesen unerwarteten gegnerischen Kräften wiederfand.

Dabei hatte sie ihnen noch gar nicht alles verraten. Die unklaren Informationen über die Vorgänge in Halatan behielt die Königin vorerst ebenso für sich wie ihre Vorbereitungen eines noch in der Zukunft liegenden Spielzuges gegen Ende der Nacht. Gerede über neue Waffen brachte nur Unsicherheit und Unruhe, solange man nicht genau wusste, woran man damit war.

Die einzigen Nachteile dieses Morgens bestanden darin, dass sie von ihrem Ausflug todmüde war und das Wetter sich rapide verschlechterte.

Durna murmelte einen kleinen Zauber gegen die Erschöpfung, der Nieselregen erreichte sie ohnehin nicht. Doch er durchnässte die Truppen und die Wege. Das Wetter würde nicht gerade zu einem raschen Vorankommen beitragen.

Ungefähr 900 Mann setzten sich in Bewegung. Für eine kriegführende Armee war das wenig, aber die Umstände waren ja auch ungewöhnlich. Vielleicht gelang es Durna ja, die ganze Sache zu beenden, bevor sie zu einem *richtigen* Krieg eskalierte. Wenn nicht … dann würde sie die Zahl ihrer Soldaten verzehnfachen müssen. Mindestens.

Der Plan sah vor, die Straße zwischen Regedra und Bink zu erreichen, auf der Erkon Verons Kampfgruppe unterwegs sein musste. Da es aussichtslos war, sie abzufangen, also vor ihnen auf die Straße zu treffen, mussten sie eingeholt und dann zur Schlacht gezwungen werden. Sollte man nicht vor Bink auf Verons Truppe treffen können, würden sie eben als Entsatz eintreffen und das hoffentlich nicht zu spät. Mehr war an Planung im Augenblick nicht drin.

Major Vardt hatte noch am Vorabend Boten nach Norden zur 2. Kampfgruppe geschickt. Man konnte diese Truppe wenigstens informieren, dass ihre Befehle nichtig waren, da sie von keinem Yarben kamen, sondern von einem Besessenen. Was der Kommandeur der 2. dann tat, lag an ihm. In das laufende Geschehen eingreifen konnten sie sowieso nicht mehr.

Alles ging so langsam! Durna fand es seltsam, dass in ihrem Land, zum Beispiel in Pelfar, sehr wahrscheinlich noch niemand überhaupt davon wusste, dass die Yarben einfielen, angeführt von einem Chaos-Lord. Die Nachrichten konnten sich einfach noch nicht so schnell verbreitet haben.

Warum fand sie es dann so seltsam? Das war doch immer so. Die Strategien mancher Heerführer hatten schon auf diesem speziellen Überraschungsmoment aufgebaut. Zwar war ein reitender Bote schneller als ein einmarschierendes Heer, aber es dauerte seine Zeit, Truppen zu mobilisieren. Niemand konnte es sich leisten, ein ganzes Heer immer unter Waffen und einsatzbereit zu halten. Wie kam sie bloß darauf, dass man mit Leuten reden könnte, die sich ein halbes Land entfernt befanden, als säßen sie neben einem?

Durna, die nun auf einem Pferd ritt, umringt von der kleinen Einheit ihrer Kavallerie, verfiel ins Grübeln. Ein »Drachenauge«, also eine magische Kristallkugel, konnte weit entfernte Dinge sichtbar machen. Warum sollte es nicht auch einen Zauber geben, um Töne zu übertragen, ein Gespräch zu ermöglichen? Wahrscheinlich brauchte man zwei

Zauberer dazu, die zu verabredeten Zeiten ... Ihr fiel wieder ein, dass es einen akuten Mangel an Zauberern in ihrem Land gab und sie nicht ganz unschuldig daran war. ›Später‹, dachte sie, ›wenn ich Zeit dazu habe, werde ich über das Problem der Kommunikation nachdenken. Vielleicht gibt es ja noch andere Methoden.‹ Das momentane Problem war ein schnelles Vorankommen ihrer Truppen und deren Versorgung. Auch dazu kamen Durna Ideen, doch die waren so beunruhigend, dass sie sie verdrängte. Sie war inzwischen sicher, dass sie selbst auch ein Problem hatte – mit unerwünschten Visionen. Woher das kam, wusste sie. Leider half ihr das überhaupt nicht. Normale, nichtmagische Leute schienen nicht betroffen zu sein, oder sie merkten es einfach nicht. Sie hatte als Test Tral Giren unverhofft gefragt, welche Tageszeit es sei, und er hatte nach der hinter den Wolken verborgenen Sonne geschaut, nicht mit dem Arm herumgefuchtelt.

›Was könnte mir mein Arm über die Zeit sagen?‹ dachte sie mangels eines besseren Rätsels, um sich zu beschäftigen. ›Nichts. Also sollte dort wohl etwas sein, was es könnte. Ein magischer Armreif vielleicht? Ein *Zinoch*?‹ Ganz plötzlich fiel ihr der Name ein. Diese zwölf Ringe des Wissens gehörten angeblich zu einer Halskette Horams und waren wie alle anderen Ringe über die beiden Welten des Gottes verteilt. Aber wer würde einen *Zinoch* zu so etwas profanem verwenden wie die Erfragung der Tageszeit? Außerdem erinnerte sie sich, dass Magier die *Zinochs* für notorisch unzuverlässig und *eigenwillig* hielten. Nein, das konnte es nicht sein. Aber ihr Unterbewusstsein beharrte darauf, dass etwas an ihrem Arm sein sollte, das ihr die genaue Zeit sagen könnte. ›Verrückt zu werden ist wahrscheinlich auch eine Auswirkung des Chaos‹, dachte sie müde.

Aber was war mit den anderen Visionen? Metallene Karren ohne Pferde, in denen Soldaten viel schneller als Reiter über unebenes Land rasten, und die außerdem Feuer gegen Feinde speien konnten! Metallene Karren, die wie ein Blushkoprop durch die Luft flogen, mit Soldaten im Bauch, und natürlich auch Feuer spuckten.

›Was um alles in der Welt ist ein Blushkoprop?‹ dachte Durna mit einem plötzlichen Schock. Eben noch hatte sie beinahe ein gigantisches fliegendes Tier vor sich gesehen, das unermüdlich über dichten Regenwäldern kreiste.

Aber so etwas gab es doch gar nicht!

Die Königin musste sich mit aller Macht beherrschen, um sich nicht wimmernd im Sattel zusammen zu krümmen.

›Ich muss lernen, das Chaos zu ignorieren, sonst kann ich gleich aufgeben und eine weiße Jacke verkehrt herum anziehen.‹ Beinahe schon erheitert bemerkte sie, dass sogar das letzte Bild nicht in ihre Welt passte. Durna begann sich damit abzulenken, eine Theorie zu entwerfen, um zu erklären, was da eigentlich vorging. Es hätte sie vielleicht getröstet, dass zur selben Zeit eine Menge Leute in der Reichsuniversität von Halatan genau dasselbe versuchten, während ihnen einige sehr beunruhigte Zauberer über die Schultern schauten. Zauberer, die nicht in der Hauptstadt Halatans hätten sein sollen, wenn die Dinge so geblieben wären, wie sie waren.

* * *

Klos wartete in einem provisorischen Feldlager westlich von Pelfar. Seine Leute waren tekladorische Soldaten und sogar ein paar Yarben aus Pelfar, die er einfach verpflichtet hatte. An der Straße nach Ramdorkan hatte er eine Reihe von Hinterhalten legen lassen, durch die selbst ein Zauberer wie der Entflohene nicht kommen würde. Hoffte er zumindest. Der Graue Mann war sicher, dass jemand versuchen würde, die Statue zurück in den Tempel zu bringen. Schon aus reiner Bosheit würde er das verhindern. Außerdem hatte die Königin verlangt, selber die Ehre der Weltenrettung haben zu können. Oder wollte sie nur die Statue wegen ihrer magischen Macht? Klos glaubte nicht, dass Durna genauso dumm sein könnte wie Tras Dabur, der das Ding damals gestohlen hatte. Nun, von ihm aus konnte die Welt ruhig zu Wordon gehen. Er hatte im Moment ausgesprochen schlechte Laune.

Es kam nämlich niemand, um in seine Hinterhalte zu gehen. Die wenigen Reisenden, die von Klos und seinen Leuten kontrolliert wurden, hatten nichts mit dem entflohenen Zauberer und der Statue zu tun.

Klos war vermutlich das einzige magische Wesen auf der Welt, das nichts vom Eindringen des Chaos-Lords mitbekam. Er war rein: die reine Essenz des Bösen eines Menschen, und etwas so Reinem konnte das Chaos nichts anhaben. Man kann einen Topf mit kristallklarem Wasser umrühren, so oft man will, nichts wird sich ändern. Oder einen Topf mit glänzendem, pechschwarzen Teer, um ein etwas passenderes Bild zu wählen.

Es hätte ihn wahrscheinlich auch nicht besonders interessiert, wenn er es gewusst hätte, da er ausschließlich seine eigenen Interessen verfolgte.

So verbrachte er die Wartezeit damit, die wenigen zurückgelassenen Habseligkeiten des Gefangenen, die sich nicht wie der Dolch vor seinen Augen verflüchtigt hatten, zu untersuchen. Allerdings sagten sie ihm praktisch nichts. Es waren gewöhnliche, zudem abgenutzte Gebrauchsgegenstände. Sie ließen nicht mal einen eindeutigen Schluss zu, ob der Mann wirklich – wie Klos vermutete – von der anderen Welt gekommen war. Sie hatten schließlich keine Schilder, die sagten, wo sie hergestellt worden waren. Seltsame Vorstellung!

Auch Durnas Diener stand vor dem Dilemma, nicht recht zu wissen, was er als nächstes tun sollte. Ursprünglich ausgeschickt, um das unbegreifliche Ereignis im Halatankar zu untersuchen, war seine Aufmerksamkeit durch die Entdeckung der getöteten Yarben und seine Nekrolyse auf den Mann mit der Statue gelenkt worden. Waren seine späteren Folgerungen falsch gewesen? Wandte sich der Flüchtling gar nicht nach Ramdorkan? Und vor allem: Was sollte Klos nun unternehmen? Er vermutete, dass es nicht viel Sinn hatte, in die Berge zu reisen, um sich dort umzusehen. Jede Spur musste längst kalt sein. Und die Zauberer, die sich dort angeblich aufhielten, konnte er nicht befragen – nicht er! Sie würden sofort merken, dass etwas mit ihm nicht stimmte, denn gegen so viele Magier auf einen Haufen konnte er seine wahre Natur einfach nicht abschirmen. Andere Augenzeugen dürfte es in der Einsamkeit der Berge nicht geben ...

Nach Bink zurückkehren? Er würde Durnas Zorn über seinen Misserfolg verkraften. Vielleicht hatte sie andere Möglichkeiten, die Statue und seinen Yarbenmörder wieder aufzuspüren. Noch hatte sich Klos nicht entschlossen, mit der auf dem Thron sitzenden Zauberin zu brechen. Mit ihrer weltlichen und magischen Macht war sie ihm zu nützlich.

Seltsamerweise machte sich in ihm ein unbehagliches Gefühl breit, wenn er die Rückkehr in Erwägung zog. Klos hörte als magische Kreatur auf solche Anzeichen, er wusste, dass da wohl etwas war, vor dem er gewarnt wurde. Er konnte zwar nicht sagen, was an der Idee nicht in Ordnung war, aber es reichte aus, um sie erst einmal beiseite zu schieben. Und wer weiß, vielleicht kam ja seine Beute doch noch anspaziert?

Er gab sich noch zwei Tage, dann würde er entscheiden, was er als nächstes tat.

* * *

Zach-aknum war es gewesen, der vorgeschlagen hatte, die Straße zu verlassen und wie in den »guten alten Zeiten« im Wald zu lagern, obwohl es noch früh am Tage war. Doch er sollte mit seiner Andeutung, das Wetter werde umschlagen, Recht behalten. Im Windschutz eines steil aufragenden Felsens saßen die wieder vereinten Reisenden bald um ein Feuer und beobachteten den dunkler werdenden Himmel, der einen heftigen Regen androhte.

Was sie sich gegenseitig zu erzählen hatten, erstaunte die jeweils anderen. Nur wenige Tage waren vergangen, seit die drei von Horam Schlan gekommen waren, und doch war eine Menge passiert. Die Situation auf Horam Dorb hatte sich als eine ganz andere erwiesen, als erwartet.

Micra glaubte, einen Scherz zu machen, als sie anmerkte, es komme ihr so vor, als seien sie auf einer falschen Welt gelandet, doch Zach-aknum fand das gar nicht komisch und Pek – von allen Anwesenden gerade er – klärte sie kurz über das Konzept paralleler Realitäten auf. Allen anderen außer Solana, die den Dämon immer noch hin und wieder argwöhnisch musterte, fiel dabei auf, dass der Kleine äußerst überraschende Tiefen an Wissen und Fähigkeiten offenbarte, wenn man länger mit ihm zusammen war. Der Magier hatte den Eindruck, dass Pek ständig bemüht war, zwischen dem, was er ihnen unbedingt sagen musste, und dem, was er wirklich wusste, zu lavieren. Vielleicht war ihm verboten, zuviel zu verraten. Zwischen den Menschen dagegen schien die stillschweigende Übereinkunft zu herrschen, ihn nicht auszufragen. Nicht aus Rücksicht auf Pek, sondern weil jede seiner unverhofften Andeutungen das unbestimmte Gefühl weckte, dass man das gar nicht wissen *wollte*.

»Wir werden am besten einen Bogen nach Norden machen«, sagte Zach-aknum schließlich. »Das dauert zwar länger, bringt uns aber außer Reichweite dieser irritierenden Yarben und des Wesens namens Klos, weil wir durch das halatanische Reich reisen. Die Rückgabe der Statue an den Tempel von Ramdorkan hat höchste Priorität, wenn sich schon die Götter auf diese Weise einmischen. Da persönliche Hinweise von Göttern selten genug sind, sollten wir sie beachten.«

»Wie viel länger wird es dauern?« fragte Brad.

»Tage, eine Woche vielleicht. Das kommt darauf an, wie wir den Weg zurücklegen. Schade nur, dass wir keine ...« Der Schwarze Magier verstummte und runzelte die Stirn. Dann blinzelte er ins Feuer – die anderen hätten schwören können, dass er für Augenblicke *verwirrt* aussah.

»Das Wort bedeutet ›sich von selbst bewegende Gefährte‹ und hat für uns gar keinen Sinn«, sagte Pek mit ruhiger Stimme. Er seufzte. »Das ist der Chaos-Lord.«

Zach-aknum warf ihm einen schnellen Blick zu.

»Du auch?«

»Mmm.«

Der Zauberer schüttelte langsam den Kopf. »Das könnte mit der Zeit störend werden.«

»Ich glaube, es wird nicht dabei bleiben.« Pek sah richtig niedergeschlagen aus.

»He, was habt ihr zwei Kameraden da plötzlich für eine Geheimsprache?« wollte Micra wissen.

»Oh, nichts weiter«, sagte Zach-aknum abwinkend. »Ein dummer Einfluss des Chaos-Lords auf das Denken. Könnte sich aber als zunehmend gefährlich herausstellen, wenn wir aufhören sollten, zu wissen, was für uns real ist und was nicht.«

»Meint Ihr, diese blitzenden, brummenden und unglaublich schnell dahinflitzenden Dinger sind ... *irgendwo anders* real?« fragte plötzlich Solana. Alle wandten sich ihr mit mehr oder weniger ausgeprägter Verblüffung zu.

»Du hast eine Vision von dem gehabt, was der Zauberer – und Pek – sahen?« fragte Brad als erster.

»Du diesmal nicht?«

Er schüttelte den Kopf.

»Seid Ihr magisch begabt, Solana?« fragte Zach-aknum sachlich.

»Nicht, dass ich wüsste. Aber vielleicht färbt die Gesellschaft so weltbewegend wichtiger Leute wie Euch auf mich ab? Oder es ist der Umstand, dass ich Novizin in Ramdorkan war? Oder eine Chaosfluktuation?« Sie biss sich auf die Lippe, als frage sie sich im selben Moment, warum sie *das* gesagt hatte.

Zach-aknum musterte sie sehr nachdenklich über das Feuer hinweg. Es war seltsam, dass in diesem Moment der Stille allen anderen auffiel, dass es wie verrückt regnete – ohne dass auch nur ein Tropfen in die Felsnische eindrang. Wahre Wassermassen rannen mitten in der Luft an einem unsichtbaren Hindernis herunter, das der Zauberer irgendwann über ihren Unterschlupf gelegt hatte.

»Warum seid Ihr keine Priesterin geworden?«

»Das ist eine sehr persönliche Frage«, wehrte Solana ab.

»Es war Eure Entscheidung? Ich meine, *die* wollten doch, dass Ihr da bleibt, oder?«

»Ja! Woher wisst Ihr das?«

»Ich bin zwar in meiner eigenen Zeit Jahrzehnte von hier weg gewesen, aber ich erinnere mich noch gut an Ramdorkan. Ich weiß, wie es dort lief. Offensichtliche magische Talente wurden keine Novizen. Und nur wenige Novizen und Novizinnen fragte man nach Abschluss ihrer Ausbildungszeit, ob sie nicht bleiben und eine religiöse Laufbahn einschlagen wollten.«

»Ja, Ihr habt Recht, Magier. Aber worauf wollt Ihr hinaus?« Solana klang etwas gereizt, was angesichts ihres gegenwärtigen Gesprächspartners besonders außergewöhnlich wirkte. Zach-aknum lehnte sich zurück, als sei er verblüfft, dass sie es nicht wusste. »Ihr seid berührt«, sagte er.

»Ich bin berührt?« wiederholte Solana verdutzt. »Aber von wem denn?«

Sie sah, dass Brad sich an den Kopf fasste, als ob gerade ein schlimmer Verdacht bestätigt worden sei. Micra dagegen lachte freudlos auf.

»Sind wir das nicht alle irgendwie? Von den Göttern berührt?«

»So sagten sie jedenfalls zu meiner Zeit«, erklärte der Zauberer. »In Ramdorkan waren sie darauf spezialisiert, im Laufe der Ausbildung Leute herauszufiltern, die man für ein Priesteramt in Betracht zog. Latente magische Fähigkeiten spielten dabei eine Rolle.

Selbst wenn sie so schwach sind, dass sie nicht mal zum ersten Grad trainiert werden können, gelten diese Fähigkeiten doch als ein Anzeichen für die Nähe zu Horam. Oder wem auch immer ... Sie versuchten diese Talente natürlich für sich zu gewinnen, aber wenn sie anderes im Sinn hatten, ließen sie sie gehen.«

»Das ... äh ... stimmt nicht ganz, Zauberer.« Solana schlug die Augen nieder. »Manchmal schickt man sie auch nach einer *vollen* Ausbildung noch hinaus in die Welt, wenn sich eine Gelegenheit ergibt.«

Brad, der Solanas Geschichte besser als die anderen kannte, pfiff leise. »So eine Art unerkannte Priesterin? Eine religiöse Spionin?«

»Nichts so dramatisches«, wehrte sie ab. »Es ist nur, dass schon vor Jahren eine der Hohenpriesterinnen von Ramdorkan eine grauenvolle Vision der Zukunft hatte und daraufhin beschlossen wurde, die benachbarten Völker mit voll ausgebildeten Priestern und Priesterinnen Horams zu unterwandern, wenn ihr so wollt. Der yarbische Angriff ausdrücklich auf die Horam-Religion bestätigte die Vision erstmalig. Die Priesterschaft wurde inzwischen aus dem Tempel vertrieben und zum Teil getötet, aber eine Reihe von uns lebt dank dieser Vorsichtsmaßnahme noch heute getarnt überall auf dem Kontinent und kann dafür sorgen, dass Horams Religion nicht ausstirbt, was seine Feinde auch tun mögen.«

Zach-aknum lächelte. »Das ändert nichts an der Tatsache, dass Ihr ›berührt‹ seid, Solana. Und da Ihr Brad begegnet seid, stimmt das vermutlich in mehr als nur symbolischen Sinne.«

»Könnt Ihr aufhören, von dieser Sache zu reden?« fragte Micra müde aus ihrer Ecke. »Ich habe nämlich auch manchmal komische Wahrnehmungen; aber wenn ich mir vorstelle, dass da so ein Unsichtbarer an mir rumgrabscht, und sei es ein Gott, wird mir übel.«

Brad stellte sich vor, wie es einem Gott ergehen mochte, der an Micra »herumgrabschte« und prustete los. Sie grinste.

Alles in allem waren sie froh, wieder zusammen zu sein. Jemand, der den Fluchwald durchquert hatte und am anderen Ende lebend und bei Verstand angekommen war, würde doch wohl auch mit den neuen Problemen auf dieser Welt fertig werden.

12

Bink präsentierte sich den Yarben unter Erkon Veron so zugeknöpft wie ein halatanischer Steuereintreiber. Im Gegensatz zu Pelfar war die Hauptstadt *nicht* nach allen Seiten hin offen. Es gab die althergebrachten, hohen Stadtmauern auf der einen, und einen Fluss mit starker Strömung und steilen Ufern auf der anderen Seite. Dort befand sich außerdem die Festung der Sieben Stürme. Nur im Süden und Westen war flaches Land, das fast vollständig für den Ackerbau genutzt wurde. Für eine größere Armee wäre es ein ideales Aufmarschgebiet gewesen.

Die ländlichen Vororte waren verwaist. Sämtliche Bewohner hatten sich mitsamt Vieh und Vorräten in die Stadt zurückgezogen. Es war klar, dass sie gewarnt worden waren. Das also hatte die Hexe mit ihrem nächtlichen Abstecher bezweckt. Er hatte es schon befürchtet gehabt.

Es würde den Menschen nichts nützen, dachte der Chaos-Lord. Dann belagerte er die Stadt eben ein wenig, experimentierte mit der Kraft herum, die sie hier als Magie bezeichneten, und dachte sich dabei aus, wie er weiter vorgehen wollte. Ihm standen so viele Möglichkeiten offen. Er könnte die verschiedensten Zauber Erkon Verons an den Mauern der Stadt ausprobieren. Wenn seine Informationen korrekt waren, gab es hierzulande weit und breit keinen Magier, der ihm das Wasser reichen konnte. Die Hexe, mit der er sich schon einmal gemessen hatte, war weit fort – und es war fraglich, ob sie es wagen würde, hierher zurückzukehren.

Erkon Verons Truppen legten einen halben Ring um die Stadt und begannen damit, zuerst einmal die Häuser in den Vororten abzubrennen. Sie näherten sich den Mauern nicht einmal bis auf Pfeilschussweite. Warum ein Risiko eingehen, wenn es nicht nötig war? Außerdem bekamen die Reiter so noch etwas Zeit, um sich mit den Eigenheiten ihrer verwandelten Pferde vertraut zu machen.

Das einzige Problem war, dass auch Verons Truppe vergleichsweise klein war. Sie brauchten die weite Ebene von Bink gar nicht, um sich zur Belagerung zu entfalten. Normalerweise wurden Feldzüge ja auch nicht von so geringen Kräften geführt. Nur dem Umstand, dass es in Nubra und Teklador keine nennenswerten Armeen gegeben hatte, war es zu verdanken, dass sich die Yarben überhaupt hatten durchsetzen können. Wenn sich ihnen nun eine größere Streitmacht in den Weg stellte, hätten sie ein Problem.

Doch der Zauberpriester beruhigte Kaleb und seine jungen Offiziere. Wenn es Probleme gab, war er ja auch noch da, nicht wahr? Und wozu war er ein Zauberer?

Er wusste, dass er den General damit nicht vollkommen überzeugt hatte. Die Yarben vertrauten im Krieg lieber auf ihre militärischen Fähigkeiten als auf Zauberei. Es gab immer die Möglichkeit, dass die Gegenseite einen stärkeren Magier auftrieb oder einfach einen, der ein paar unkonventionelle Tricks drauf hatte, die der eigene Mann nicht schnell genug kontern konnte. Oder dass man ihn einfach durch heimlich eingeschleuste Mörder ausschaltete. Die lange Geschichte von Feldzügen, mit denen die Yarben ihren ganzen heimatlichen Kontinent unterworfen hatten, war voll von solchen Vorfällen. Deshalb fiel es Kaleb nun schwer, sich blind auf die magischen Fähigkeiten seines neuen Befehlshabers zu verlassen, auch wenn sie bekanntermaßen groß waren.

Caligo hatte keine Eile, die Mauern der Stadt auf magische Weise einstürzen zu lassen. Er glaubte, sich Zeit nehmen zu können. Je länger es dauerte, um so mehr Einfluss gewann er auf das Gewebe der Wirklichkeit ... Vielleicht fingen sie in Bink nach einer Weile ja an, hungrig zu werden. Vielleicht brachen bald Krankheiten aus? Südlich und westlich von Bink gab es niemand, der ihm gefährlich werden konnte. Von Norden kam man weder an die Festung noch an die Stadt heran. Die einzige denkbare Einmischung konnte aus Halatan kommen, falls das Kaiserreich die Vorgänge im Nachbarland überhaupt zur Kenntnis nahm. Der Chaos-Lord hatte ein paar Späher in Richtung der Stadt Ruel geschickt, erwartete jedoch keine ernsthafte Bedrohung von dieser Seite.

Es überraschte Caligo deshalb äußerst unangenehm, als ihm aufgeregte Soldaten meldeten, dass sich auf der Heerstraße *aus Westen* eine Armee nähere, die sich bereits über die hügelige Landschaft der Ebene vor Bink zu verteilen begann, ein deutliches Zeichen für die Absicht eines Angriffs.

Wer bei Wordon war das?

Konnten es Yarben sein, die aus der Heimat neu angekommen waren? Aber wie waren sie so schnell an seinen beiden anderen Kampfgruppen vorbei hierher gekommen? Hatte eine *feindliche* Armee so viel Zeit gehabt, Bink weiträumig zu umgehen und ihm in den Rücken zu fallen? Egal wer oder warum, Caligo wusste, dass er sich im Moment für einen Angriff aus dieser Richtung in einer denkbar ungünstigen Position befand. Wenn er nicht standhielt, würde seine Truppe im Terlen Dar landen. Oder von Bink aus überrannt, falls die Einwohner die Situation zu einem Ausfall nutzten. Also tat er das einzige, was ihm in der Situation sinnvoll erschien: Er befahl den Gegenangriff, noch bevor er überhaupt erkennen konnte, wer sein Feind war. Wenn es kein Feind war, konnte man immer noch abbrechen ...

Es machte ihn wütend, so überrascht worden zu sein, deshalb beschloss er, von seinem ursprünglichen Vorhaben abzugehen und stattdessen seine Magie sofort einzusetzen. Je schneller die Ankömmlinge vernichtet wurden, um so eher konnte er sich der Stadt widmen. Und dann war sie an der Reihe! Seine Geduld hatte sich als Fehler erwiesen. Der erste Zauber, den er wirkte, richtete sich allerdings nicht auf den Gegner, sondern auf seine eigene Reiterei, die bereits befehlsgemäß den feindlichen Truppen entgegen stürmte. Er konzentrierte sich so auf die Kle'biss, dass ihm gar nicht auffiel, wie zurückhaltend sich der Gegner verhielt.

Waren in jener Nacht die Pferde zu panzer- und klauenbewehrten Bestien geworden, so ließ er jetzt ihre Reiter zu einem Teil von ihnen werden, wie er es schon die ganze Zeit über vorgehabt hatte. Die Männer hatten keine Zeit mehr, zu erschrecken. Was nun über die Felder Binks preschte, waren zweiköpfige, hörnergespickte Monster, deren Augen wild und irrsinnig glühten, als sie die Schwerter, Lanzen und Äxte schwangen, die direkt ihren Armen entsprossen.

Befriedigt beobachtete Caligo, wie sich eine Schlacht zu entfalten begann. Anscheinend bekamen es die Gegner schon mit der Angst zu tun, als sie seine Monsterkrieger nur sahen, denn sie zogen sich schnell zurück.

Zu schnell ... Er runzelte die Stirn.

›Es ist eine Falle!‹ dachte er verblüfft. ›Aber was ...?‹

Noch bevor er reagieren und seine Truppen zurückhalten konnte, stürzte der Himmel ein.

* * *

Durna stand auf der Anhöhe, umgeben von ihrer Leibwache, Offizieren und ein paar Meldern, die sich in Bereitschaft hielten, falls die Königin Befehle zu geben wünschte. Ihr schwarzer Umhang flatterte im Wind, die Kapuze bedeckte den wirren Haarschopf. Von hier aus konnte sie die Ebene unterhalb von Bink sehr gut einsehen. In einem anderen Zeitalter mochte hier ein vorgeschobenes Fort gestanden haben. Oder auch nicht. Die Geschichte Tekladors war keine besonders kriegerische.

Ihr Plan schien zu funktionieren. Der scheinbare Angriff ihrer Truppen veranlasste Erkon Veron, die Belagerung der Stadt abzubrechen und ihr entgegen zu kommen, wollte er nicht ohne Raum für Manöver zwischen zwei Feuern festsitzen. Wahrscheinlich freute sich der Zauberpriester – oder was immer er jetzt war – über ihre Dummheit, sich so offen am hellen Tage zu nähern, was ihm genug Zeit für einen Gegenangriff gab. Aber das war genau, was Durna wollte. Sie konnte ihr Vorhaben nicht ausführen, wenn der Feind so dicht bei der Stadt saß! Früher einmal hätte sie sich nicht daran gestört, doch Durna hatte sich verändert. Die neue Durna würde nicht ihre eigene Hauptstadt opfern, um den Feind zu vernichten. Genauso wenig hatte sie vor, ihre paar hundert Mann in eine Schlacht gegen Veron zu schicken, wenn sie es vermeiden konnte. Diese große, leere Landschaft aus größtenteils abgeernteten Feldern war genau richtig für ihre ungewöhnliche Taktik.

»Zurückfallen!« befahl sie.

Für diesen Befehl brauchte kein Melder loszureiten, denn er war bereits abgesprochen. Ein Flaggensignal reichte aus, und gleich darauf erweckten Durnas Leute den Anschein, dass sie sich vor den heranströmenden Belagerern hastig zurückzogen. Noch waren sie weit von ihnen entfernt, so dass die Bewegung auf einen Unbeteiligten ziemlich feige wirken musste.

Durna runzelte plötzlich die Stirn. Etwas sah seltsam aus bei Verons Truppen in der Ferne. Sie verstärkte ihre Sehkraft mit einem kleinen Zauber.

»Na so was ... Er arbeitet mit verhexten Wesen, wie es scheint. Zum letzten Mal haben sie das ... mmm ... in den Magierkriegen selbst gemacht, glaube ich. Ich frage mich, ob das auf Verons eigenem Mist gewachsen ist oder der Chaos-Lord seine Finger schon so tief drin hat.«

Kurz darauf konnten auch Tral Giren und die anderen Offiziere auf der Anhöhe sehen, dass die Reiterei Verons aus monströsen Kreaturen bestand, die nur von weitem wie Pferde und Reiter aussahen. Sie schauten die Königin beunruhigt an.

Der Feind bemühte sich ohne Erfolg, die Lücke zwischen sich und den zurückströmenden Leuten Durnas zu schließen.

Durna störte die Entwicklung nicht. Für ihr Vorhaben spielte es keine Rolle, ob sie es mit Menschen oder magischen Kreaturen zu tun hatte. Und gleich waren die Feinde dort, wo sie sein sollten. Sie trat einen Schritt vor, breitete ihre Arme aus und legte den Kopf in den Nacken, so dass die Kapuze des Umhanges zurück rutschte. Hunderte Meilen von ihr entfernt wartete in der Umlaufbahn um Horam Dorb ein Ding darauf, dass sie sich seiner erinnerte. Das Ding gehörte nicht dorthin, sie hatte in die natürliche Ordnung eingegriffen, um es zur rechten Zeit an diesen Platz zu befördern. Aber schließlich war es nur ein Klumpen aus Steinen und Eis. Wen interessierte, wo sich das herumtrieb?

Und nun geschah etwas mit ihm ...

Alle anderen um sie wichen zurück. Die Zauberin spreizte die Finger – an einer Hand funkelten Fünf Ringe düster – und machte eine Bewegung, als ob sie etwas Unsichtbares herunterreißen würde.

Für lange Augenblicke passierte gar nichts. Dann zuckten acht Feuerstrahlen vom Himmel, viel schneller, als das Auge ihnen folgen konnte. Wäre es möglich gewesen, den Vorgang genauer zu betrachten, dann hätte man sehen können, dass es gar keine Strahlen waren, sondern weißglühende Bälle aus Feuer. Die parallel herabstürzenden, etwa kopfgroßen Kometenbruchstücke schoben eine Druckwelle aus verdichteter Luft mit vielfacher Schallgeschwindigkeit vor sich her. Sekundenbruchteile vor dem eigentlichen Einschlag prallte die Welle wie der Hammer eines Gottes auf den Boden. Dann schlugen die Brocken selbst ein. Acht sonnenhelle Blitze fuhren in die Reihen der heranstürmenden

Kle'biss-Monster. Gewaltige Fontänen aus Feuer und Erde schossen in die Höhe. Es sah aus, als pflüge ein gigantischer Pflug die Ebene mit einer einzigen Furche um.

Und da erreichte der Donner Durnas Position. Das Geräusch war unbeschreiblich laut. Der vielfache Überschallknall der Druckwelle vermischte sich mit den Aufschlagsexplosionen zu einem nie da gewesenen Inferno. Vielleicht war es in Mal Voren oder kürzlich im Halatan-kar so zugegangen, aber da hatte es keine Überlebenden gegeben, die davon berichten konnten. Diesmal schon. Durna, die genau gewusst hatte, was zu erwarten war, hatte rechtzeitig zwischen der Einschlagstelle und ihren eigenen Kräften einen kurzfristigen magischen Wall errichtet. Kurzfristig – das waren nur Sekunden, länger ging es nicht, denn der Wall musste ungeheuer stark sein. Aber diese Zeit reichte, um sie vor der schlimmsten Schockwelle zu schützen.

Durna wusste nicht, dass sie die erste Zauberin überhaupt war, die extraplanetare kinetische Waffen für ein planetarisches Bombardement eingesetzt hatte, aber die entsprechenden Begriffe dafür materialisierten sich in ihrem Bewusstsein, als sie aus anderen, manchmal wesentlich gewalttätigeren Universen einsickerten. Es interessierte sie auch nicht sonderlich, dass sie völlig neue Wege in der Anwendung der Magie ging. Für sie galt im Moment der Grundsatz: Wenn man es sich vorstellen kann; sich vorstellen, wie es gehen könnte, dann ist es mit Magie auch möglich. Sie hatte mit diesem Grundsatz eine der größten geistigen Barrieren der Magie durchbrochen, vielleicht gerade weil sie bisher so weit von jeder Tradition und jedem Skrupel entfernt gelebt hatte.

Der Himmel verdunkelte sich von den aufgewirbelten Staub- und Aschemassen. Aber nicht genug, um ihnen einen Blick auf das Schlachtfeld zu verwehren. Die Einschlagskrater bildeten einen unregelmäßigen Graben voll Glut und Rauch. Dahinter befand sich in einiger Entfernung ein Feld voller Körper – ob es Tote waren oder nur Betäubte, konnte man noch nicht sagen. Der Bereich direkt um die Krater war schwarz und leer – völlig verwüstet.

›Wo ist er?‹ dachte sie. Nicht einen Augenblick lang glaubte sie daran, den Chaos-Lord mit dem ersten Schlag vernichtet zu haben.

Und schon erfüllten sich ihre Erwartungen. Von weit hinter den ehemaligen feindlichen Linien zuckte der erste Schlag heran. Ein gleißend heller Lichtstrahl fuhr auf sie zu. Wenn sie keine Zauberin gewesen wäre, hätte sie höchstens noch kurz einen hellen Lichtpunkt gesehen, bevor sie verdampft wäre. Doch Durna war in der Lage, das Schlachtfeld gleichzeitig von ihrer Anhöhe und aus einigen anderen Perspektiven zu sehen. Sie riss wieder ihre Arme hoch, die Handflächen nach außen gerichtet, und der Strahl knickte nach oben weg und verschwand in den bräunlich-schwarzen Wolken.

»Na also: er lebt noch!« Durna warf ihren Leuten einen Blick zu. In den meisten Gesichtern las sie nackte Angst. Vor allem vor ihr, wurde ihr plötzlich klar. Zeit, ihnen etwas zu tun zu geben.

»Weiter zurückfallen!« bellte sie. »Dann nach Plan vorgehen. Dringt zur Festung vor. Und vergesst die verdammte Fahne nicht, damit man euch auch erkennt.« Genau deshalb hatten sie die Königin überredet, eine Fahne für ihre kleine Armee zu entwerfen, obwohl sie es eigentlich für überflüssig gehalten hatte. Was dabei herausgekommen war, ähnelte weder den yarbischen Symbolen noch denen von Teklador und war sehr einfach gehalten: ein roter Drache auf schwarzem Grund. Und gerade bei den Yarben, die ihre eigenen Drachenmythen besaßen, erfüllte dieses düstere Bild seinen Zweck hervorragend.

Die Männer stoben auseinander, um ihre vorher festgelegten Aufgaben zu erfüllen. Von den Anführern der Truppe blieben nur Giren und Vardt bei ihr.

Etwas Unsichtbares raste von der anderen Seite heran. Sie schüttelte enttäuscht den Kopf und ließ es mühelos zersplittern. Was dachte der sich eigentlich? Oder tastete Caligo sie nur ab?

Caligo? Hatte sie den Namen eben schon gekannt? Sie wusste, dass in den alten Schriften ein Chaos-Lord so genannt wurde. Aber wie konnte sie sicher sein, dass er es war? Was machte es schon?

Wieder eine flimmernde Welle, deren magischen Inhalt sie sofort erkannte und neutralisierte.

Durna richtete ihre Hände auf die Stelle aus, von der die Welle gekommen war und sprach. Es war sehr schwer, mehr als nur ein paar Worte in dieser Sprache und Tonlage zu sagen – der Hals fing sofort zu schmerzen an. Es war keine menschliche Sprache. Weißes Feuer schoss in zwei Meilen Entfernung wie eine bizarre Blume in den Himmel, eine neue Wolke aus Staub und Asche emporwirbelnd. Zu spät! Von einem Berg, der fast zehn Meilen weit weg war, blendete sie ein roter Punkt, der aus Millionen Punkten zu bestehen schien. Zusammenhangslose Begriffe überfluteten Durnas Verstand: solche wie Interferenzen, Speckles, Laserlicht ... Sie ignorierte die verwirrende Flut in ihren Gedanken. Der rote Strahl prallte auf ihren magischen Schild, der plötzlich sichtbar wurde und sich wie die Oberfläche von Wasser kräuselte, und blieb flimmernd in der Luft stehen. Durna sah das Rot innehalten und sprang – mittels Translokation, ohne es überhaupt zu bemerken – zu der Stelle unmittelbar davor. Ihre Hände berührten den Schild und sie murmelte ein weiteres Wort. Das rote Licht wandte sich rückwärts und der Berg, von dem es gekommen war, *explodierte.*

Bevor der nächste Schlag kam, sah sie mit ihrer verstärkten Sicht meilenweit entfernt ihren Feind auftauchen. Es war nicht Erkon Veron in seiner gelben Kutte, sondern etwas, das sich irgendwie seitlich in die Wirklichkeit presste, etwas so unglaublich ekelerregendes, dass Durna würgen musste, wodurch ihre Konzentration schwankte – und fast wäre er mit dem nächsten Angriff durchgekommen. Er hatte sie erwischt, erkannte sie im gleichen Augenblick. Mit etwas, das sie nicht hatte kommen sehen. Doch es war ihre eigene Reaktion darauf, die sie am meisten verblüffte.

Wut ergriff sie. Noch nie hatte sie solch eine grausame Wut empfunden. Nicht einmal in den Tagen der Vergeltung an der Horam-Religion nach ihrer Machtübernahme, die sie inzwischen ... nun ja: bereute. Natürlich auch nicht vorher als Kind, als der Vater verstoßen wurde und bald darauf verschwand. In ihr war eine Wut, vor der ihr selbst im gleichen Moment graute, als sie sie empfand. Sie glaubte beinahe von diesem einen Gefühl regelrecht explodieren zu müssen. Es war etwas, für das ein Mensch nicht geschaffen war.

Ohne dass sie es wusste, richtete sich Durna hoch auf und begann einen schrillen Ton zu schreien. Rings um sie pressten alle sofort ihre Hände gegen die Ohren und ließen sich zu Boden fallen. Sie würden nie erfahren, dass in Durna die Wut Sternenblütes tobte, dass sie die bestmöglichste Imitation des Jagdschreies eines Drachen hörten. Dieser Schrei, der jedes Bewusstsein sofort tötet, blieb in Durnas Ausführung zum Glück ohne diese unmittelbare Wirkung, aber der ihn begleitende Zauber war durchaus real. Durnas eigene blutrote Lichtwelle brandete wie vom Orkan aufgepeitschtes Wasser über das Schlachtfeld hinweg – viel schneller als Wasser, wenn auch langsamer als gewöhnliches Licht. Das Rot sammelte sich um einen einzigen Punkt und begann ihn zu attackieren, wie eine Masse glitschiger Bluttentakel, jeder so groß wie ein Baum. Dann zerspritzte es zu Tropfen, als sei es auf eine harte Wand getroffen.

Natürlich ging all dies hundertmal schneller vor sich, als man braucht, um einen Bericht darüber zu lesen. Jeder Zauber Durnas breitete sich wie die Druckwelle einer Explosion aus, nur nicht konzentrisch, sondern gerichtet. Die Luft über dem Feld vor Bink flackerte im vielfarbigen Licht magischer Entladungen. Mehr und mehr verdunkelte sich der Himmel von Rauch und Staub.

Dann riss Durna noch einmal etwas vom Himmel herunter – einen einzigen gezielten Brocken. Doch selbst die Geschwindigkeit des Meteoriten war zu gering für Caligo. Noch bevor der Block aus Eis und Stein einschlug, wusste sie, dass ihr Feind das Weite gesucht hatte. Dann kam der Einschlag und sie begriff, dass sie es übertrieben hatte. Der Boden sprang ihr ins Gesicht. Ihre zu beschwichtigender Magie erhobenen Hände wurden von etwas steinhartem getroffen und brachen an vielen Stellen. Der Schmerz machte sie blind, taub und rasend. In diesem Moment, wo sie glaubte, Caligo habe sie erwischt, war sie nur einen Herzschlag davon entfernt, nicht nur Steinbrocken, sondern *den Kometen selbst* herab zu rufen.

Aber das tat Durna nicht. Später würde sie sagen, dass sie eine Stimme gehört habe, eine *mächtige* Stimme, die »Nein!« rief. Doch davon sprach sie nicht oft. Sie schämte sich, es überhaupt erwogen zu haben. Denn Durna hatte die ganze Zeit über ziemlich gut gewusst, mit welchen Kräften sie hier herumspielte.

Caligo allerdings auch. Der letzte Einschlag war stark genug, um ihn zu irritieren. Er war noch nicht soweit. Wenn diese irre Frau da drüben den eigentlichen Kometen auf den Planeten stürzen ließ, war das schöne Spiel schlicht und einfach aus. Vielleicht würde Horam Dorb irgendwann danach in das Schwarze Loch fallen, wie er erwartete, aber als leere, tote Masse. Der Chaos-Lord wusste von der selbstmörderischen Irrationalität des Menschen und ... ließ sich bluffen. Die Möglichkeit, dass Durna absichtlich oder unabsichtlich den ganzen Planeten zerstörte, bevor er mit ihm fertig war, ließ Caligo zurückweichen. Es war der erste Sieg eines Menschen über einen Neryl.

Das bedeutete im großen Rahmen der Dinge weit mehr als nur den Entsatz des belagerten Bink. Draußen, wo die Drachen sangen, geriet der Status der Neryl als Entitäten in Frage. Augen richteten sich auf sie, die glühten vor Bosheit und Zorn.

Doch das war ohne Bedeutung für Horams Welten. Vorerst noch. Man weckt niemals etwas auf, ohne dass es einem wenigstens einen Blick zuwirft.

* * *

Dichter Regen hing wie ein milchiger Schleier über der Ebene von Bink. Durna erwachte, als vorsichtige Hände sie aus dem Schlamm hoben und auf eine Trage legten.

›Ich bin nicht verwundet‹, wollte sie sagen, doch sie konnte sich kaum regen, geschweige denn sprechen. Ihre Kehle fühlte sich an, als habe sie einen Baumstamm verschluckt. Mit allen Zweigen. Wann war sie eigentlich ohnmächtig geworden? Nach ihrem Heilungszauber für die gebrochenen Hände wahrscheinlich, als ihr langsam klar wurde, dass es für diesmal vorbei und überstanden war.

Ihr blinzelnder Blick fiel auf Oberst Giren, der neben der Trage ging und scheinbar unaufhörlich Befehle gab. Wenigstens einer, der zu wissen schien, was zu tun war. Sie mussten die Schlacht gewonnen haben. Wenn man es überhaupt als solche bezeichnen konnte. Es war wie in den alten Zeiten – vor vielen Jahrhunderten – als Kriege nicht nur von großen Armeen, sondern auch von Zauberern auf beiden Seiten ausgetragen wurden. Diese Methode kulminierte in den Magierkriegen, die leider einen großen Teil der damals lebenden Magier auslöschten. Man sagte, dass sich die magische Kunst nie wieder von diesem Fehler erholt habe. Notgedrungen versuchte man danach lieber eine Auseinandersetzung mit Truppen zu führen. Was dazu führte, dass Kriege ein wenig aus der Mode kamen.

Durna ließ sich müde zurücksinken und versuchte herauszufinden, was bei allen Dämonen sie eigentlich *getan* hatte. Sie war sicher, dass nichts davon in einem Zauberbuch beschrieben wurde. Nun ja, vielleicht hatte sie einmal die Zeit, selber eins zu schreiben. Im Augenblick war sie zu erschöpft von der Magie.

Sie schlug die Augen wieder auf und sah sich um. Sie befand sich in einem Zelt.

»Wache!« rief sie.

Prompt stürzten Soldaten mit der Hand am Schwert herein.

»Schon gut. Meinen Stab zu mir, aber schnell!« befahl sie, während sie von der Liege glitt. Klugerweise hatte niemand es gewagt, sie zu entkleiden.

Es dauerte nicht länger, als sie zum Anziehen ihrer Stiefel brauchte, bis der Stab da war. Ein ausführlicher Lagebericht erübrigte sich eigentlich, da Jost – ihr Kämmerer und de facto Stellvertreter in der Festung der Sieben Stürme – sich zu den anderen gesellte. Das sagte ihr genug. Aber Durna ließ sie reden. Männer und natürlich Soldaten schienen großen Gefallen an militärischen Ritualen zu finden. Wahrscheinlich eine Art Ersatzhandlung, wenn Prahlereien vor der Auserwählten zu Hause oder vor anderen Männern in einer Schänke nicht ohne weiteres möglich sind, dachte Durna.

Die Lobpreisungen ihrer eigenen Errungenschaften blendete sie dabei aus. Sie wusste selbst, was sie richtig und falsch gemacht hatte. Durna wunderte sich nur, dass sie dennoch Erfolg gehabt hatte.

Etwas flatterte zitternd durch ihr Bewusstsein, während sie vorgab, ihren Kommandeuren zu lauschen. Ah, Caligo! Sie zwang sich, den Schatten zu verdrängen. Es bestand durchaus die Möglichkeit, dass sie verrückt wurde, wenn der Einfluss des Chaos-Lords sich weiterhin so manifestierte. Falls es sich dabei überhaupt um Caligos Werk handelte. Vielleicht war sie nur erschöpft.

Sie unterbrach schließlich Vardts weitschweifigen Bericht und fragte: »Haben wir Bink? Die Festung?« Ihr Blick wanderte zu Jost.

»Jawohl, Königin. Die Stadt und die Festung sind sicher, wenn auch etliche Häuser eingestürzt oder beschädigt sind. Der Feind ist völlig zerschlagen. Aber ...«

»Nun?«

»Erkon Veron ist leider entkommen, Königin«, warf Giren ein. »Falls er nicht vollkommen verbrannt, zerstampft und zerstückelt wurde, heißt das.«

»Das ist nicht sehr wahrscheinlich«, sagte Durna schulterzuckend. »Oder habt Ihr geglaubt, ein fremder Dämon lässt sich so einfach besiegen?«

»Einfach?« rief Major Vardt aus.

»Hattet Ihr denn Probleme?« fragte Durna überrascht.

»Nein, das natürlich nicht, nachdem Ihr ...!« Der Offizier verstummte verwirrt darüber, was sie als *einfach* bezeichnete.

Die Königin lächelte selbstzufrieden.

»Vergesst das nicht, Major. Die Magie Nubras und Tekladors ist noch nicht tot. Es könnte sich als lebenswichtig erweisen, wie ein Mann sich entscheidet. Für oder gegen uns. Seht Ihr das?« Sie deutete nach oben.

Am inzwischen aufgeklarten Himmel vor dem offenen Zelteingang war ein greller Punkt zu sehen, aus dem ein fast unsichtbarer weißer Schleier wuchs. Der Punkt wanderte langsam über den Himmel. Der Komet in seinem von ihr erzwungenen Orbit um den Planeten war nun sogar am Tage sichtbar. Durna hatte zum Einfangen dieses Himmelskörpers Kräfte beansprucht, deren Größenordnung ihr Angst gemacht hätte, wenn sie ihr überhaupt klar gewesen wäre. Aber zu ihrem Glück hatte sie gar keine Ahnung, was sie da eigentlich getan hatte.

»*Das ist der Blutmond*«, fuhr Durna fort. »*Und meine Feinde werden unter seinem fahlen Licht erschaudern.*« Das klassische Zitat war an die Yarben völlig verschwendet, aber manchmal machte es ihr einfach Spaß, solch ominöse, unheilvolle Reden zu halten. Das Vorrecht von Zauberern ...

Es hatte auch diesmal wieder den üblichen Effekt. Alle im Zelt starrten die Königin an, als habe sie einen zweiten Kopf bekommen. Sie hatten wohl erst jetzt richtig begriffen, dass sie gezielte Meteoritenschauer jederzeit auf jeden herabregnen lassen konnte, solange der Komet da oben war.

Dann aber erstaunten die Soldaten sie wieder einmal, indem sie ihr Beifall spendeten. Für einen winzigen Moment, in dem die Wirklichkeit zitterte, hatte Durna die verlockende Vision eines unüberwindlichen Reiterheeres, das hinter einer Welle des Himmelsfeuers die Welt für *sie* eroberte. Doch sie verwarf die Vision. *Diese* Droge hatte sie schon gekostet. Und sie wusste genau, dass sie nicht noch ein weiteres Reich mit Gewalt unterwerfen – und dann mühsam regieren – wollte. Für jemanden, der wie sie lieber die dunklen Künste der Magie erforschte, erwies sich das Herrschen auf Dauer als langweilig und frustrierend.

Sie lächelte den Männern zu, entließ sie und setzte sich wieder auf eine Pritsche. Wenn sie mit der ersten offenen Schlacht gegen Caligo etwas gewonnen hatte, dann eine kleine Atempause. Diejenigen Yarben der Gegenseite, die nicht tot oder gefangen waren, hatten sich in panischer Flucht abgesetzt. Der Chaos-Lord würde bestimmt nicht noch einmal versuchen, auf diesem Wege etwas zu erreichen. Nein, er war vermutlich gerade dabei, sich etwas anderes auszudenken. An ihr war es nun, eine gewisse Ordnung wieder herzustellen. Eine Normalisierung des Lebens war für Caligo eine schlimmere Niederlage als die in der Schlacht. Und dann waren da auch noch ihre anderen

Probleme: die höchstwahrscheinlich auf die Welt zurückgekehrte Statue Horams und die Enthüllungen über Klos.

Giren war mit den Soldaten, dieser seltsamen Mischung aus altgedienten Yarben, ehemaligen Führern des nubraischen Untergrundes gegen die Yarben und den Tekladorianern, nach draußen gegangen. Er sah nicht, wie sie erschöpft das Gesicht in den Händen barg.

›Morgen‹, dachte Durna, ›morgen kümmere ich mich um alles andere ...‹

13

Besonders breit ist Teklador verglichen mit der Größe des Kontinents nicht gerade. Reiter brauchen etwa vier Tage, um von Nubra nach Halatan zu gelangen – wenn sie sich beeilen und keinen Unfall haben. Gerüchte sind manchmal noch schneller. Das Land dehnt sich allerdings von Norden nach Süden sechsmal soweit aus wie in der Breite.

Der Schall breitete sich über Teklador natürlich nur nach den bekannten physikalischen Gesetzen aus. Außerhalb des Radius, in dem die Druckwelle trotz Durnas Bemühungen zur Eindämmung beträchtliche Schäden anrichtete, war da nur ein ungeheuerliches Donnern, ein gewaltiger Lärm, als ob der Himmel einstürzen wolle. Niemand in Teklador konnte damit etwas anfangen. Keiner deutete es als Omen oder Zeichen. Aber überall waren die Menschen äußerst beunruhigt.

Noch bevor die ersten offiziellen Melder die Räte in den größeren Städten wie Pelfar oder Ruel informierten, yarbische Offiziere in Begleitung ausgesuchter Soldaten zu den einzelnen Forts und Stützpunkten in Teklador und Nubra eilten, um sie über die neue Lage in Kenntnis zu setzen, wussten die Menschen durch Händler oder andere von Ort zu Ort Reisende, dass sich etwas entscheidend verändert hatte.

Die Reaktionen auf die späteren Verlautbarungen der Obrigkeit waren unterschiedlich. Meist blieben die Leute gleichgültig. Viele glaubten an einen Trick, wozu der auch immer dienen sollte. Aber das Misstrauen gegenüber der Herrscherin in Bink ließ sich nicht einfach mit einem sozusagen an der Dorfeiche angeschlagenen Zettel beseitigen. Jedenfalls in den Orten, die weiter weg von der Hauptstadt lagen. Die Einwohner von Bink selbst, welche die Schlacht bis auf wenige Glücklose überlebt hatten, erfuhren spätestens von den einrückenden Soldaten unter der schwarzen Drachenfahne, *wer* ihre Belagerer auf so spektakuläre Weise besiegt – nein, annihiliert – hatte.

Und es gab viele Stimmen in der Stadt, die laut verkündeten, dass sie es ja schon immer gewusst hätten: Eine Magierin als Königin sei einfach ideal! Es sei längst Zeit gewesen, die Festung wieder den rechtmäßigen Besitzern zurück zu geben. Damit spielten sie auf die Gründung der Festung der Sieben Stürme als eine Burg der Magier an, die heute freilich nicht viel mehr als eine Legende war. Keinem fiel dabei ein, dass die Festung aus gutem Grund nicht mehr den Schwarzen Magiern gehörte, dass Könige und Fürsten die Länder beherrschten, ohne auf eigene Magie zurückzugreifen.

Aber die Dinge änderten sich. Nicht nur aufgrund der neu bekannt gewordenen Tatsachen. Der Chaos-Lord war noch längst nicht besiegt, wenn er sich auch zurückgezogen hatte. Wohin, wusste im Augenblick keiner. Die wenigen überlebenden Zeugen berichteten, dass er nach Durnas Welle aus rotem Licht verschwunden sei.

Einige Tekladorianer waren enttäuscht, dass die Yarben und die Königin plötzlich nicht mehr der Feind sein sollten. Hatten sie umsonst den Aufstand vorbereitet? Aber sie hüteten sich, ihren Unmut laut werden zu lassen. Durna war schon wenige Tage nach der Schlacht um Bink zur Legende geworden. Zu einer dunklen Gestalt, die das Feuer des Himmels auf die vom Feind beschworenen dämonischen Monster herabregnen ließ. Es war nicht die Art von Legende, die man kleinen Kindern vor dem Zubettgehen erzählte. Nicht, wenn man eine ruhige Nacht haben wollte.

Die Nubraer waren immer noch zum größten Teil aus ihrer Heimat vertrieben und *sie* interessierte es nicht, mit wem die Invasoren jetzt gerade paktierten. Sie wollten nur zurück. Allerdings war das nicht so einfach, denn bald darauf kam eine weitere Flotte der Yarben an, was neuen Konfliktstoff lieferte und die nach Teklador »ausgewanderten« Nubraer beschäftigte.

* * *

Die nächste Sache, die sie sich besorgen mussten, waren Pferde, entschied Micra. Dieses endlose Marschieren durch feuchten Wald, feuchtes Gras und über schlammige Wege ging ihr trotz ihres Trainings langsam auf die Nerven. Das Wetter wurde immer schlechter und kälter, aber es lag nicht daran, dass sie nach Norden unterwegs waren. So schnell hätte man das bei einer Reise zu Fuß ohnehin nicht bemerkt. Solana und auch der Magier versicherten, das Wetter sei für die Jahreszeit ungewöhnlich schlecht. Und es würde wohl noch schlechter werden. Es sah nach Unwettern und Stürmen aus. Woran das lag, wusste keiner genau.

Es sei möglicherweise eine der Auswirkungen der Anwesenheit des Chaos-Lords, meinte Zach-aknum. Aber er klang unschlüssig. Es gab auch in Kreisen der Magier eigentlich keine Erfahrungen mit solch einem Wesen. Aus irgendeinem Grund war bekannt, dass sie existierten – aber nicht mehr. Micra spekulierte, dass jemand die Menschen einst vor den Chaos-Wesen gewarnt haben musste. Wie so vieles, hatten die Menschen das längst wieder vergessen gehabt.

Früher an diesem Tag war der Schwarze Magier plötzlich stehen geblieben und hatte *gelauscht*. Und dann hatten sie alle so etwas wie ein Wetterleuchten am südlichen Himmel gesehen. Micra glaubte sogar, Donnergrollen gehört zu haben. Zach-aknum kommentierte nicht, was er womöglich mit seinen Magierinnen wahrgenommen hatte, aber er blieb seitdem immer wieder kurz stehen, um nach Süden zu schauen. In dem Hügelland, das sie nun durchquerten, reichte der Blick nicht besonders weit, außerdem zogen immer schwärzere Wolken auf. Doch Micra wusste, dass Zach-aknum nicht an der sie umgebenden Landschaft interessiert war.

»Ist es etwas, das ich wissen sollte?« fragte sie ihn schließlich beim vierten Halt.

Der Zauberer wiegte den Kopf unter seiner schwarzen Kapuze. »Ich bin nicht sicher«, gab er zu. »Aber ich glaube, im Süden hat eine Schlacht stattgefunden – eine gewaltige magische Schlacht.«

»Ich dachte, Ihr könntet so was spüren?« bemerkte Brad, der missmutig den verschlammten Weg musterte, der im ach so fortschrittlichen halatanischen Reich als Straße galt.

»Da dachtet Ihr richtig. Aber *was* ich gefühlt habe, erschien mir beinahe unglaublich. Und je länger der Chaos-Lord auf dieser Welt ist, um so weniger sollte man solchen Gefühlen trauen.«

Micra warf Brad einen augenrollenden Blick zu. Woran erinnerte sie das? Ach ja, an den Fluchwald ... Toll.

»Was habt Ihr denn nun gefühlt?«

»Magie einer Größenordnung, wie ich sie seit vielen Jahren nicht mehr gespürt habe. Seit der letzte meiner ursprünglichen Begleiter auf Eurer Welt gestorben ist. Dort haben sich zwei Magier der Fünf Ringe ernsthaft und im Zorn miteinander gemessen. Das hat es seit den Kriegen der Magier vor Jahrhunderten nicht mehr gegeben. Nicht mit einer solchen Gewalt. Wenn es zufällig in einer Stadt passiert sein sollte, ist von ihr nichts mehr übrig, fürchte ich. Dieses Wetterleuchten und der Donner waren Begleiterscheinungen. Habt Ihr nicht auch den Boden zittern gefühlt?«

»Ja, aber ich dachte, das sei wieder so eine Fluktuation, wie es Solana nennt.« Micra gab sich Mühe, das Wort richtig auszusprechen. Sie wollte im Vergleich mit der ehemaligen – oder doch vielleicht nur untergetauchten – Priesterin nicht als tumbe Kriegerin dastehen.

Pek kam durch den Schlamm herangepatscht. »Kein Mensch weit und breit zu sehen«, meldete ihr improvisierter Späher. »Schätze, die sind alle klüger als gewisse Reisende und bleiben im Trockenen.«

»Vor Orun werden wir nichts Trockenes finden«, meinte Solana dazu. Sie stand auf einen Stock gelehnt unter einem Baum. »Hier ist es einfach nur öde, weil der Boden nichts hergibt und der Terlen weit weg fließt. Wer sollte hier außer Rybolts also leben?«

»Vaganten?« Micra munterte die Aussicht auf eine Begegnung mit solchen sichtlich auf.

»Vermutlich kommen nicht einmal die bei solchem Wetter aus ihren Löchern«, maulte der Dämon.

Zach-aknum wandte sich zu den anderen um. »Gehen wir weiter«, sagte er. »Es ist gewissermaßen ermutigend, zu wissen, dass es dort irgendwo noch einen starken Magier gibt, der es anscheinend mit dem Chaos-Lord aufgenommen hat. Ich hoffe, es gibt ihn danach immer noch ...«

Während sie weiter gingen, überlegten sie, wer es gewesen sein mochte, warum er nicht bei den anderen im Gebirge geblieben war, und was er nun vorhatte. Da nur Solana wirklich über die Lage auf Horam Dorb Bescheid wusste, und auch sie natürlich nicht alles und jeden kennen konnte, war es nicht mehr als wildes Herumraten, aber es vertrieb die Zeit. Nicht einmal Solana zog in Betracht, dass *Königin Durna* ihre Kräfte mit dem Chaos-Lord gemessen haben könnte. Niemand hielt sie bis vor kurzem für eine so starke Zauberin.

Vaganten begegneten ihnen keine, wohl aber ein Rudel von etwa zwanzig Raubtieren, die entfernt einem übergroßen Palang ähnelten. Es war ungewöhnlich, dass sich die Tiere zu dieser Jahreszeit auf dem offenen Land zeigten. Noch seltsamer war, dass sie die Reisenden anzugreifen versuchten. Ein paar Feuerbälle des Magiers ließen sie jedoch ihre Absichten vergessen.

Micra fand es gut, dass der Zauberer seine Kräfte freizügiger einsetzte, seit sie wieder auf seiner Heimatwelt waren. Sie wusste, dass es für ihn auf Horam Schlan schwerer gewesen war, seine Magie zu beherrschen. Er hatte ihr das im Stronbart Har sogar einmal erklärt, aber sie verstand es damals nicht ganz. So aber konnte sie hoffen, dass er wenigstens die Kleidung seiner Begleiter trocknen würde, wenn sie das nervtötende Wandern für diesen Tag beendeten.

Orun war ein kleines Kaff, das sich unter den Ausläufern des mächtigen Hochgebirges zu ducken schien. Normalerweise musste es ein verschlafener Ort am Ende der Welt sein. Aber etwas war hier ganz und gar nicht normal. Ein Heerlager füllte das kleine Tal rings um den Ort aus. Dünne Rauchfäden stiegen von zahllosen Kochfeuern zwischen den geordneten Zeltreihen in den regnerischen Himmel.

Die fünf Wanderer überquerten einen Hügel und blieben verblüfft stehen, als sie den ersten Blick auf Orun werfen konnten.

»Ups!« sagte Pek. »Ich hätte wohl weiter voran gehen sollen, oder?«

Hinter einem Gebüsch traten Soldaten in fremdartigen Uniformen hervor. Es wäre in der Tat besser gewesen, einen Kundschafter zu haben, der seine Aufgabe ernster nahm. Zumindest wäre der als erster in den Hinterhalt geraten. Wenn es denn einer war.

Brad und Micra bezogen fast automatisch Verteidigungspositionen. Der Zauberer runzelte die Stirn – wenn auch nur leicht. Solana legte bloß den Kopf schief und wartete darauf, was die halatanischen Soldaten wollten.

Diese wiederum sahen alarmiert die blitzartige Reaktion der beiden Krieger unter den Ankömmlingen, dann noch viel alarmierter die schwarzen Roben des Magiers. Sie packten Schwerter, Speere und Armbrüste fester, aber sie wichen nicht zurück.

»Wohin des Weges?« fragte einer, der sich im Hintergrund hielt, mit barscher Stimme.

»Was geht es dich an?« antwortete ihm – zur Überraschung der anderen Reisenden – die wie gewohnt leise und ausdruckslose Stimme Zach-aknums. Der Magier stand in der Mitte der Gruppe, flankiert von Micra und Brad, hinter sich Solana und Pek, aber irgendwie machte es plötzlich den Eindruck, als stünde er ein paar Schritte vor ihnen und wie ein Riese aufragend auf der schlechten Straße. Sein Gesicht war unter der Kapuze seiner schwarzen Kutte nicht zu sehen, nur ein paar weiße Haarsträhnen flatterten im Wind.

Brad wurde wieder daran erinnert, dass Zach-aknum ein *Schwarzer* Magier war und kein Dorfheiler oder Sterndeuter oder Regenmacher. Der Mann hatte so etwas wie moralische Bedenken schon vor einem Lebensalter hinter sich gelassen. Schwarze Magier waren nicht unbedingt *böse* – doch sie hatten ihre eigene Auffassung von Gut, Böse und Nützlich und niemand legte sich mit ihnen an, wenn er es vermeiden konnte. Es stand durchaus in der Macht des Zauberers, die halatanische Patrouille einfach zu Asche zu verbrennen, und wenn er in schlechter Laune war, konnte es vielleicht sogar passieren.

Sie wussten es. Man merkte es an jeder ihrer Bewegungen. Aber sie blieben trotzdem stehen. Das war erstaunlich.

›Nein, sie sind nicht dumm‹, dachte Brad, der die anderen genau beobachtete. ›Sie glauben, dass selbst ein Schwarzer Magier ihnen nicht ernsthaft gefährlich werden kann. Dass sie etwas haben, was ihnen Überlegenheit garantiert ... Sehr seltsam!‹

»Der Kaiser hat diese Straßen geschlossen«, sagte der Offizier knapp, wenn auch nicht mehr ganz so barsch. »Niemand geht hier, ohne befragt zu werden.«

»Der Kaiser also!« sagte Zach-aknum fast flüsternd. »Marruk II., ist er das nicht? Ziemlich jung, um einen solchen Krieg zu planen.« Er machte eine Bewegung mit der Hand, die fast, aber nicht ganz auf das Heerlager deutete. Ein verdächtiger *Magier*, der mit der Hand dorthin zeigte, könnte sich leicht ein paar Armbrustbolzen in die Stirn einfangen, so nervös, wie die Wachposten aussahen.

»*Ausländer* neigen dazu, unseren Kaiser zu unterschätzen, weil er sein Amt schon in jungen Jahren antreten musste«, sagte der Offizier, sorgfältig seine Worte wählend. »Wir schätzen ihn aus demselben Grund.«

Es schien, als wolle Solana vortreten und das Wort ergreifen, aber Zach-aknum wehrte das mit einer winzigen Drehung der Hand ab, obwohl er die Frau gar nicht sehen konnte.

»Es ist nett, so höflich empfangen zu werden«, sagte Zach-aknum mit derselben monotonen Stimme, »aber wir haben keine Zeit. Bring uns zu deinem Anführer. *Sofort.*«

Es wunderte weder Brad noch Micra, dass der Offizier darauf einfach nur nickte und sagte: »Folgt mir.« Trotzdem war beiden nicht wohl dabei, so einfach in das Lager einer unbekannten Streitmacht zu marschieren. Selbst Pek schien gewisse Vorbehalte zu haben, denn er trottete neben Solana her, ohne seine sonstigen Kommentare zu allem und jedem abzugeben. Wie schon in Pelfar erregte er das meiste Aufsehen, als sie bei den ordentlichen Zeltreihen rings um den Ort anlangten. Er tat so, als ginge ihn das alles nichts an und es sei völlig normal für einen Dämon, sich am helllichten Tage unter Menschen zu mischen.

Micra bemerkte, dass in einem speziell bewachten Teil des Lagers große Gegenstände mit Planen abgedeckt waren. Die Wachen rings um diese Objekte sahen irgendwie anders aus als der Rest der halatanischen Soldaten. Während die normalen Mannschaften genauso wirkten, wie Micra es aus den verschiedenen Feldlagern gewohnt war, die sie im Laufe der Zeit als Warpkriegerin und Söldnerin kennen gelernt hatte, sahen die Wachposten angespannt und hart aus. Sie strahlten die deutliche Botschaft aus, dass man sie besser nicht einmal nach dem Weg zur Latrine fragen sollte, wollte man seinen Kopf behalten. Das waren Professionelle, die ihr Handwerk verstanden – ganz im Gegensatz zu Spaß. Und es musste etwas ziemlich wichtiges sein, was sie da so eifrig bewachten.

Sie stieß Brad verstohlen an und nickte zu den verhüllten Objekten hin. Er bemühte sich sofort, betont uninteressiert auszusehen. Hinter den unbekannten Gegenständen standen mehrere Planwagen, auch diese schwer bewacht. Was immer die Halataner hier hatten, es war bedeutend.

Zach-aknum ließ nicht erkennen, ob es ihm bewusst war oder überhaupt interessierte. Er marschierte hinter dem Offizier her, ohne den Kopf unter der Kapuze zu heben. Zumindest würde er bemerken, wenn es sich um etwas Magisches handelte oder gefährlich war.

›Gefährlich?‹ dachte Micra belustigt. ›Natürlich ist es das! Ich verwette mein Schwert, dass es Waffen irgendeiner Art oder Belagerungsmaschinen sind. Was sonst sollte wohl in einem Heerlager des Imperiums so scharf bewacht werden?‹

Auch der Anführer, zu dem der Magier gebracht werden wollte, hielt sich in einem Zelt des Lagers auf und nicht in der Stadt. Der Offizier trat ein und meldete »vier Reisende aus Richtung Teklador, die den Herzog zu sehen wünschten«, was ein empörtes Schnaufen von Pek provozierte. Niemand war in einer – genügend niedrigen – Position, um ihm in die Augen zu schauen, daher konnte auch keiner sehen, wie wütend der kleine Dämon für einen Moment dreinblickte. Er wirkte für kurze Zeit nicht einfach wie ein bepelztes, kleines Wesen, sondern *dämonisch*. Dann fing er sich wieder und schniefte. »Der ignoriert mich einfach!« murmelte er.

Offenbar hatte der Herzog gerade Zeit für Reisende, denn der Offizier winkte sie hinein. Dabei streifte sein Blick Pek und etwas Seltsames geschah. Der Mann schien zu erschrecken, trat einen Schritt zurück und stolperte über eine Zeltleine. Als er fiel, schlug er mit dem Kopf gegen einen großen Stein. Der Dämon war längst im Zelt, bis er sich stöhnend wieder aufgerappelt hatte. Es hätte ihm seltsam vorkommen müssen, dass er noch lebte, aber er war schließlich Halataner ...

Der Befehlshaber der halatanischen Truppen, der Herzog, war ein missmutig dreinblickender Mann in mittleren Jahren, der dieselbe schmucklose Uniform wie seine Leute trug. Er saß an einem Kartentisch und sah den Ankömmlingen ungeduldig entgegen. Es war wohl nicht gerade die normale Vorgehensweise, Wanderer aus dem Süden gleich zu ihm zu bringen. Als er Zach-aknum sah, begriff er, was passiert sein musste, und sein Gesichtsausdruck wurde noch unwilliger.

»Was wollt Ihr?« fragte er. »Euch beschweren? Nur zu, aber ich habe meine Befehle. Reisende von und nach Teklador werden für den Moment aufgehalten und Tekladorianer werden sowieso interniert. Das ist der Befehl seiner Majestät.« Verspätet sah er die Begleiter des Magiers an und sein Gesicht begann nervös zu zucken. Als sein Blick den unschuldig, aber mit spitzen Zähnen grinsenden Pek erreichte, weiteten sich seine Augen.

Micra dachte, dass die Halataner Amateure und Narren sein mussten, von den Wachen an den geheimnisvollen Sachen draußen mal abgesehen, einen Magier, zwei schwer bewaffnete Söldner wie sie und Brad *und* einen leibhaftigen Dämon in das Zelt ihres Anführers zu lassen. Oder Zach-aknum hatte dem Offizier der Wache einen wirklich heftigen Verwirrungszauber verpasst.

Mit etwas angestrengter Stimme fuhr der Herzog fort: »Also schön, was wünscht Ihr, ähem, Magier?«

»Mit Euch zu reden, nichts sonst«, entgegnete Zach-aknum leichthin.

Da in dem Zelt solche nicht zu sehen waren, erschuf er mit einem Schnippen seiner Finger Stühle für sie, sogar einen etwas kleineren für Pek. Der Dämon nickte anerkennend.

Der Herzog blinzelte verwirrt. Er fragte sich offensichtlich, was hier eigentlich vorging.

»Ich bin Zach-aknum, Schwarzer Magier der Fünf Ringe. Dies sind meine Begleiter bei einer wichtigen Mission. Und wer seid Ihr, Herzog?«

Es klang so, als habe er stattdessen gesagt: »Wer bei den Dämonen seid Ihr, dass Ihr es wagt, mich bei meiner Mission zu stören?«

»Herzog Walthur, kaiserlicher Kommandeur der Südarmee«, antwortete der Mann gehorsam und mit neuem Respekt. Auch Halataner wussten, was Fünf Ringe bedeuteten – und was ein *Schwarzer* Magier war.

»Was tut Ihr hier, Walthur?« Zach-aknums Stimme war leise und ausdruckslos wie immer.

»Das, Zauberer, ist meine und des Kaisers Sache! Es ist wohl an mir, Euch zu fragen, wohin ein so mächtiger Magier und seine Begleiter in Zeiten wie diesen unterwegs sind. Im Land des Kaisers werden Zauberer nicht mit großem Wohlwollen betrachtet, wie Euch sicher bekannt ist.«

Der Schwarze Magier lehnte sich in seinem Stuhl zurück. Brad fragte sich, ob er zu einem vernichtenden Flammenzauber ausholte. Aber er schob nur die Kapuze vom Kopf, so dass seine langen weißen Haare auf die Schultern fielen.

»Es betrübt mich«, sagte Zach-aknum, »dass man in Halatan die Zauberer immer noch gering schätzt. Aber jedem seine Irrtümer.« Seine Stimme klang plötzlich freundlich und verständnisvoll, doch Brad fror es dabei. »In Teklador erkannte sogar das erste *Kind*, dem ich begegnete, meinen Namen, doch Ihr, Herzog Walthur, scheint nicht zu wissen, wen Ihr vor Euch habt. Aber warum sollte sich an der Überheblichkeit des Reiches und seiner Herren etwas geändert haben? So wisset denn: Ich, Zach-aknum, auch genannt die Tötende Flamme, wurde vor etwa fünf Jahren zusammen mit drei Freunden ausgeschickt, um die gestohlene Statue Horams wieder zu finden, ohne die unsere Welt zum Untergang verurteilt ist. Ich bin allein zurückgekehrt, mit Hilfe meiner Begleiter.«

»Das ist doch ein Aberglaube!« schnaubte der Herzog. »Glaubt Ihr, mit dem Gerede vom Weltuntergang könnt Ihr auch nur einen der aufgeklärten Bürger unseres Reiches beeindrucken? Selbst wenn Ihr einer der Männer seid, von denen man erzählt, sie seien nach Horam Schlan geschickt worden, *nachdem* das bekanntermaßen unmöglich geworden war; bei uns glaubt niemand mehr an diesen religiösen Mystizismus.«

»Das ist nicht wahr!«

Die Stimme klang wie der Hieb einer Peitsche. Die anderen mussten sich erst verblüfft umschauen, bevor sie erkannten, dass es Solana gewesen war, die so gesprochen hatte. Sie war aufgesprungen und starrte wütend auf den Herzog herunter.

»Und wenn doch«, fuhr sie mit bedrohlicher Stimme fort, »dann werden weder Horam, noch Wirdaon, noch *Wordon* Gnade kennen mit den Menschen Halatans! Sie werden ausgetilgt sein vom Antlitz der Welt und ihr Land wüst und leer und tot auf alle Zeit. Ihre Seelen aber werden verloren umherstreifen, denn sie finden keine Aufnahme im Reich der Toten, noch im Reich der Dämonen, noch irgendwo. Niemand, der die Wahren Götter beleidigt, soll Ruhe finden in alle Ewigkeit!«

Sie sank auf ihren Stuhl zurück und schlug die Hand vor den Mund, als wolle sie das Gesagte noch nachträglich zurückhalten. Brad nahm ihre andere Hand.

»Wer war das denn?« fragte er nur.

»*Sie*«, antwortete Solana, nach Luft ringend.

»Walthur, Ihr habt soeben das Privileg gehabt, Wirdaon so zu verärgern, dass sie durch diese Frau zu Euch gesprochen hat«, erklärte Zach-aknum. Nur wer ihn gut kannte, hätte bemerkt, dass er langsam ungeduldig wurde.

»Und Ihr wollt, dass ich Euch das abnehme?« fragte der widerspenstige Halataner.

Noch bevor Zach-aknum antworten konnte, sprang diesmal Pek auf und landete mit einem Satz auf dem Kartentisch des Herzogs. Nie hatte er mehr wie ein böser Dämon ausgesehen. Aus dieser unübersehbaren Position fauchte er ihn an: »Weißt du Blöd-mann, was ich bin?«

Walthur wich so weit zurück, wie es nur ging. »Ein Dämon?«

»Genau, Blödmann. Und dämmert dir was, wenn ich dir sage, dass *meine Chefin* eben mit dir gesprochen hat und sie echt *sauer* ist? Sie hat seit 456 Jahren keinen Menschen mehr benutzt, um zu sprechen! Und schalten die Neuronen« (keiner der Anwesenden wusste, was das bedeutete) »in deinem verfaulten Gehirn, wenn ich dir verrate, dass sie ohne die explizite Zustimmung des zuständigen Gottes nicht gerade eine *Horam-Pries-terin* für sich sprechen lassen konnte? Was heißt, dass auch ER inzwischen hier ist! Nun sei Wordon euch gnädig, Leute. Ihr steckt ganz tief in der Scheiße!«

»Pek!« sagte Zach-aknum tadelnd. »Du sollst doch die Menschen nicht immer so erschrecken!«

Der Dämon glättete seine gesträubten Haare, hopste vom Tisch und setzte sich auf seinen kleinen Stuhl.

»Herzog Walthur, an Eurer Stelle wäre ich sehr vorsichtig, was ich von jetzt an über Götter sagte, ob Ihr an sie glaubt oder nicht«, meinte der Zauberer mit derselben freundlichen Stimme, die Brad eine Gänsehaut verursachte. »Ich vergaß, Euch meine Begleiter vorzustellen. Pek aus *Wirdaons* Reich ist natürlich ein Dämon, wie Ihr richtig bemerkt habt. Solana Houtzfruwe aus Rotbos stammt ursprünglich aus Ha-latan, hat in Ramdorkan die Priesterweihen erhalten und musste angesichts der Yarbeninvasion untertauchen.« Das war zwar nicht die ganze Wahrheit, aber Sola-na widersprach nicht. »Brad Vanquis von Horam Schlan ist ein Söldner und außer-dem gelegentlich ein Avatar Horams«, sagte Zach-aknum gleichmütig, worauf Brad gezwungen lächelte. Diese Inkarnationssache war nichts, woran er sich gern erin-nerte. »Und hier ist Micra Ansig, die Lady von Terish«, stellte der Magier schließlich seine vierte Begleiterin vor.

Zum Erstaunen der anderen verbeugte sich der Herzog leicht vor ihr.

»Mylady«, murmelte er.

»Sie ist außerdem die beste lebende Kriegerin von Horam Schlan«, ergänzte der Zaube-rer. Das war keine Übertreibung. Schließlich hatte ihr Name im Buch der Krieger gestanden. Brad und Micra erkannten gleichzeitig, dass er irgendeine Absicht verfolgte. Sonst hätte er nie derartige Informationen preisgegeben.

»Daran kann kein Zweifel sein«, sagte Herzog Walthur. »Terish ist für seine außeror-dentlichen Krieger berühmt.«

Nun war es an Micra, unbeherrscht aufzuspringen.

»*Was* wisst *Ihr* von Terish?« fragte sie mit zorniger Stimme. Wieder blinzelte der Her-zog verwirrt.

»Nun, bevor die Tore verschwanden, war Terish ein wichtiger Partner des Imperiums, viel fortschrittlicher als das benachbarte Chrotnor oder Thuron.« Er wurde misstrauisch. »Wie-so wisst Ihr das nicht, wenn Ihr die Lady von Terish seid?«

»Weil dort 340 Jahre vergangen sind, Blödmann«, sagte Pek herablassend. »Nicht mal Terish gibt's noch.«

»Ist das wahr, Mylady?«

»Ja, leider. Ich bin eine Lady ohne Land.« Sie lächelte, als sie das sagte, denn sie fand das ganz gut so.

Brad aber dachte, dass sie damit nicht unbedingt Recht hatte. Er musste es wissen, denn er war der Assassine gewesen, der den Imperator von Thuron getötet hatte, auch wenn er sich von dessen bildhübscher Tochter eine Zeit lang hatte ablenken lassen. Und vom Staatsschatz …

Die Verschwörer, die ihn dafür angeheuert – und niemals bezahlt – hatten, waren fast mit Sicherheit aus Terish gewesen. Er hätte wetten können, dass diese Leute Micra Ansig lieber heute als morgen als ihre rechtmäßige Herrscherin wieder eingesetzt hätten. Von Komitees regierte Länder waren auf Horam Schlan nicht gerade in Mode.

Doch er hatte über diese Vermutung mit ihr nie gesprochen. Es ging ihn nichts an. Er war schließlich ein *Gilde*-Mann, kein ehrloser Politiker! Die Verschwörer sollten doch selbst mit ihr Kontakt aufnehmen, wenn sie sie zurück haben wollten. Verspätet fiel ihm ein, dass es dafür nun wohl zu spät war. Außerdem hatte er ohnehin Gewissensbisse, was Micra und ihren Hintergrund anging. *Sie* hätte Jezkal'nach töten sollen, der die Verantwortung für den Tod ihrer Mutter und den Untergang ihres kleinen Landes trug. Es war Brad irgendwie peinlich, sie um diesen Triumph, den sie, soviel er wusste, allerdings niemals angestrebt hatte, gebracht zu haben.

»Auf dieser Welt sind nur ein paar Jahrzehnte vergangen«, sagte der Herzog zu Micra. »Hier erinnert man sich noch an Horam Schlan. Wenn Ihr wirklich von dort kommt, seid willkommen.« Er stand tatsächlich auf, trat hinter seinem Kartentisch hervor und küsste Micras Hand. Es schien ihr sogar zu gefallen.

»Nun ja«, sagte sie, »die Freunde meines halb vergessenen Volkes sind auch meine Freunde.«

»Da wir die nötigen Höflichkeiten ausgetauscht haben, Herzog, könntet Ihr uns liebenswürdigerweise verraten, was Ihr hier eigentlich tut?« meldete sich Zach-aknum wieder zu Wort.

»Ist das nicht offensichtlich? Wir bereiten uns auf eine Invasion Tekladors vor. Die Yarben haben lange genug ihr Unwesen in unseren Nachbarländern getrieben. Der Kaiser hat sich entschlossen, der Bedrohung offensiv zu begegnen und die Hexe Durna und ihre ausländischen Verbündeten ins Meer zu werfen.«

Der Magier nickte. Das hatte er bereits befürchtet gehabt. Für eine bloße Sicherung der Grenze war das hier zusammengezogene Heer zu groß.

»Egal was man in Halatan von Religion hält, wir müssen so schnell wie möglich nach Ramdorkan gelangen«, sagte er. »Die Statue muss in den Tempel zurück gebracht werden, wenn nicht alles andere vergebens sein soll.«

»Ihr habt diese gestohlene Statue bei Euch?« fragte Walthur überrascht.

»Sagte ich das nicht?« Zach-aknum klang allmählich gereizt. »Warum hätte ich sonst auf diese Welt zurückkehren sollen? Ich habe Jahrzehnte auf der Suche nach ihr verbracht, sie mit Lady Ansigs Hilfe gefunden und bin nun hier, nur um zu sehen, dass Feinde und Narren mich ständig aufhalten wollen. Glaubt mir einfach: Wenn die Statue nicht an den korrekten Platz im Tempel zurück gebracht wird, und das bald, dann wird es sehr schnell gehen. Niemand wird überleben, nicht einmal die Welt als solche wird noch länger existieren. Es sei denn, die Götter greifen ein, was ich bezweifle. Ich habe aus sicherer Quelle erfahren, dass es sie furchtbar aufregen würde, wenn wir uns so dämlich anstellen und es nicht selber schaffen.«

Der Herzog machte ein Gesicht, als könne er noch immer nicht glauben, was er da hörte. »Auf die Gefahr hin, eine dumme Frage zu stellen«, sagte er zögernd, »Warum reist Ihr dann von Pelfar aus nach Norden?«

»Zwischen Pelfar und dem Endoss-Gebirge liegen höchstwahrscheinlich Truppen der Yarben unter dem Kommando eines Vertrauten der Königin namens Klos auf der Lauer, um uns abzufangen«, erklärte Brad nach einem Blick des Magiers. »Dieser Mann ist nicht wirklich ein Mensch, und wir haben Grund zu der Annahme, dass er äußerst gefährlich sein könnte.«

»Kein Mensch? Was dann – etwa noch ein Dämon?« Der Herzog machte auf seiner Landkarte eine Notiz. Jede Information über die Position yarbischer Kräfte konnte bei einer Invasion nützlich sein.

»Ihn einen Dämon zu nennen, wäre eine Beleidigung für meinen Freund Pek und alle seine Verwandten«, erwiderte Brad. »Er ist wahrscheinlich ein magisch erzeugtes Wesen, das absolut bösartig ist. Inwieweit er die Interessen der Königin von Teklador vertritt, kann ich nicht sagen. Wir wollten im Moment keine weitere Auseinandersetzung mit ihm riskieren und hielten den Umweg über Euer Land für schneller und sicherer.« Der Herzog brauchte nicht zu wissen, dass sie sich auch aus einem anderen Grund dafür entschieden hatten, weil Klos nämlich nicht erfahren durfte, dass er im Gallen Erlat auf Horam Schlan gewissermaßen »Verwandtschaft« hatte und es immer noch Wege gab, um dorthin zu gelangen.

Herzog Walthur starrte ihn an. Brad hatte keine Ahnung, was Halatan eigentlich für ein Land war und was für eine Art Kultur sie dort hatten. Sie schienen nicht besonders religiös zu sein, mochten Magier nicht und besaßen stattdessen haufenweise Gelehrte und Universitäten, wie er von Solana wusste. Für jemanden aus der Adelsschicht, der sicher die bestmögliche Bildung des Reiches genossen hatte, musste es schwer sein, eine solche Flut von Informationen zu verkraften, die nach allem, was er wusste – oder zu wissen glaubte – aus dem Reich der Sagen und Mythen stammten. Und dabei hatte er noch gar nicht alles gehört.

»Ich nehme an«, sagte Walthur, »dass ich es verantworten kann, Euch passieren zu lassen. Kann ich etwas tun, um Eure Mission zu unterstützen?«

»Ein paar Pferde?« fragte Micra sofort.

»Selbstverständlich, Mylady.«

Zach-aknum räusperte sich. »Ich werde mir nicht anmaßen, Euch und Marruk II. vorzuschreiben, ob Ihr in Teklador einmarschieren sollt oder nicht, um der Bedrohung durch die Yarben zu begegnen. Da Ihr offensichtlich keine Zauberer bei Euch habt, will ich Euch jedoch warnen. Die Yarben dürften Euer geringstes Problem sein, wenn Ihr das Nachbarland angreift.«

Der Herzog, der eben noch geglaubt haben musste, seine drängendsten Probleme loszuwerden, wenn er die ungewöhnlichen Besucher nur schnell wieder auf ihren Weg schickte, seufzte resigniernd. »Ich höre?«

»In Nubra oder vielleicht bereits in Teklador befindet sich eine ganz neue Macht, Herzog Walthur. Wir haben Grund zu der Annahme, dass ein Wesen, das man als Chaos-Lord bezeichnet, irgendwie mit den Yarben und ihren Absichten zur Eroberung dieses Kontinents verstrickt ist. Und nein, auch das ist kein Dämon. Ich nehme an, dass sein Auftauchen mit dem bevorstehenden Untergang der Welt verbunden ist. Es hat vor kurzer Zeit im Süden eine magische Schlacht enormer Stärke gegeben – und es ist mir ein Rätsel, wer sie überhaupt geführt hat! Ihr solltet also sehr vorsichtig vorgehen. Ein Zauberer, der sich mit einem Chaos-Lord anlegt, ist für eine Armee normaler Menschen eine ernst zu nehmende Bedrohung.«

Brad konnte Zach-aknum da nur zustimmen. Er fand es ziemlich beängstigend, wie gleichgültig der Schwarze Magier vom »bevorstehenden Untergang der Welt« sprach. Obwohl er es besser wusste, hatte sich Brad noch nicht wirklich damit abgefunden, dass dieser eine feststehende Tatsache war, wenn es ihnen nicht gelang, ihre Aufgabe zu erfüllen.

Herzog Walthur schüttelte langsam den Kopf. »Ich danke Euch für diese Warnung, Magier. Ist also ein Zauberer wieder aus dem Halatan-kar herabgestiegen, um sich in Teklador mit wem auch immer zu messen?«

Zach-aknum hob die Schultern. »Das kann ich nicht sagen.« Vielleicht war es so gewesen, er wusste es nicht mit Sicherheit und wollte außerdem keinem Halataner verraten, dass die Blüte der Zauberer einer ganzen Region im Gebirge umgekommen war.

»Nun, Eure Offenheit verdient Anerkennung. Ich will genauso offen sein. Auch das Reich ist nicht ganz unvorbereitet. Die Gelehrten Halatans sind weithin für ihre Errungenschaften berühmt. Es ist ihnen nach langer Arbeit gelungen, einen wichtigen Durchbruch zu erzielen.«

»Den Donner einzufangen?« fragte Zach-aknum.

»So nennen es manche, jawohl.« Wieder war dem Herzog seine Verwirrung anzumerken. »Woher wisst Ihr das?«

»Ich fürchte, es ist nicht ganz so geheim, wie Ihr glaubt. In den Dörfern redet man hinter vorgehaltener Hand davon.«

»Es sind diese abgedeckten Dinger da draußen, nicht wahr? Das sind Waffen irgendeiner Art, habe ich Recht?« fragte Micra.

Abrupt stand der Herzog auf, winkte ihnen, ihm zu folgen und ging schnellen Schrittes hinaus zu dem abgesperrten Teil seines Heerlagers. Er führte seine Gäste zu einem der mit Planen bedeckten Objekte und riss die Plane ab. Ein glänzendes Metallrohr auf Rädern kam zum Vorschein.

»Ja, Ihr habt Recht, Mylady«, sagte der Herzog. »Das ist eine Waffe.«

»Eine Kanone«, murmelte Micra, ohne zu wissen, woher dieses Wort plötzlich in ihre Gedanken geraten war.

Teil 3

Die Nachtburg

Fürchte mich, Welt,
ich bin die Dunkelheit.
Ich bin das Buch, in dem das Ende der Anfang ist.
Ich bin die Hand, die aus der Nacht nach dir greift.
Ich bin das Chaos, das deine Ruhe zerfleischt.
Fürchte mich, Welt,
ich bin, was du nicht kennst.

Caligo

Matas Erzählung

Sie nennen mich Mata, aber so heißt eigentlich nur der Körper, den ich bewohne. Ich – oder sollte ich doch besser in der Mehrzahl von mir sprechen? Ich, was bedeutet das schon? Wer bin ich? Früher einmal war ich Senova, ein naives Ding von 16 Jahren, das am Würgfieber starb, weil mein Vater, ein reicher Kaufmann in Combar, statt eines richtigen Arztes den Lord-Magister Farm um Hilfe bat. Einen Zauberer! Der hätte mich vielleicht retten können, aber er hatte andere Pläne mit mir. Mit meinem Körper ...
Farm war ein Narr, ein Zauberer und irgendwie verrückt. Als sein perverses Experiment mit mir – Senova – fehlschlug, ließ er meine Leiche in seinem Labor liegen, in dem sich damals etwas befand, von dem er gar nicht wusste, was es war. Ein silberfarbener Ring, daumenstark und schmucklos, in der Größe eines Stirnreifs. Ringe haben für Zauberer unserer Welt viele Bedeutungen. Sie sind Symbole ihrer Macht und auch Werkzeuge, magische Artefakte. Ich denke, das liegt daran, dass Horam, der Schöpfergott, die ringförmigen Glieder seiner Halskette über die Welt verstreute, bevor er sie verließ. Natürlich waren jene Ringe nicht einfach nur runde Metallstücke. Manche konnten nützlich sein, andere waren einfach nur gefährlich. Und so ein Gegenstand war Farm in die Hände gefallen, ohne dass er es ahnte: der Nirab. Auf nie geklärte Weise gelangte der Ring auf meinen gerade gestorbenen Kopf, während Farm schlief, und saugte die Reste meiner Seele in sich auf!
Und da war ich nun, gefangen im lautlosen schwarzen Nichts. Ich ahnte bald, dass ich tot war, und ich fragte mich, ob ich nun den Rest der Ewigkeit in diesem Zustand verbringen sollte, warum ich nicht in Wordons Reich war oder an einem der schönen Orte, welche die Priester den guten und gehorsamen Menschen versprechen. Ich war sechzehn, ein dummes Geschöpf voll dummer Gedanken, die mir Eltern, Lehrer und Priester eingeflößt hatten. Als ich starb, meine ich. Ist irgendwie komisch, auf diese Weise davon zu sprechen. Die Wirklichkeit des Todes, die ich erlebte, war anders als alles, was ich erwartete. Ich hätte mich hundertmal lieber vor Wordon oder anderen Göttern verantwortet –

was hatte ich schon an Sünden begangen? Natürlich war mein Fall ein besonderer. Wegen dem Ring, dem Nirab. Nach allem, was ich heute weiß, werden die Seelen der normalen Toten tatsächlich von Wordon in Empfang genommen. Viel Glück. Die grenzenlose Leere eines Nichts, das ich sehr wohl empfinden konnte, schloss jedenfalls *mich* ein. Ich hatte keine Ahnung, was passiert war, ich hatte nur Angst.

Dann ertönte in der Leere ein Summen und Wispern, wie der ferne Nachhall erinnerter Worte. Erst glaubte ich, es mir nur einzubilden, aber es wurde lauter. Viel später begriff ich, dass es genau das gewesen sein muss: Reste, Echos von früher im Ring gefangenen Seelen. Diese Echos bildeten etwas, das ich als die Essenz des Ringes selbst empfand, eine Art rudimentäres – oder etwa absichtlich verborgenes? – Eigenbewusstsein des Nirab. Zauberer sagen, der von Göttern zurückgelassene Kram neige dazu, so etwas zu entwickeln. Ich lernte mal kurz einen *Zinoch* kennen, und der hatte definitiv einen eigenen Willen! Kein Mensch, ob Zauberer oder Priester, hat auch nur die geringste Ahnung, was diese Artefakte prinzipiell unverständlicher höherer Wesen wirklich darstellen. Inzwischen glaube ich, dass *ich* es erahne – aber ich will nicht vorgreifen.

Farm verstand bald darauf, was er da hatte, und begann mit dem Nirab zu experimentieren, wie es seine Art war. Natürlich haben Menschen niemals die Ringe aus der Kette Horams so verwendet, wie es der Gott getan haben mag. Farm jedoch tat etwas, das vor ihm noch nie jemand mit einem Seelenspeicher gemacht hatte, indem er ihn immer mehr Seelen aufsaugen ließ, ohne die anderen vorher zu entlassen. Sie waren starr und tot, aber ich konnte in ihnen lesen und ihre Erinnerungen, ihr Wissen und ihre Erfahrungen in mich aufnehmen. Da sind sie noch heute. Wenn ich will, kann ich in meinem Geist wie durch eine große Bibliothek streifen und nach den Dingen suchen, die ich wissen will. Sie ist nicht vollständig, aber ziemlich groß. Meine Persönlichkeit dominierte das Ganze, vielleicht einfach nur, weil sie nach langer Zeit die erste Seele war, die in den Ring gelangte; vielleicht aber auch, weil Farm ihn so unkonventionell einsetzte. Es dauerte nicht lange, da entdeckte ich, dass ich nicht dazu verurteilt war, für immer passiv zu bleiben. Ich konnte mich mit Farm – und später anderen – nur mit Hilfe meiner Gedanken unterhalten.

Farm, der sich von mir gern »Herr« nennen ließ, wenn er gedanklich mit mir kommunizierte, begann mich zu benutzen, um die Geheimnisse der Menschen zu erforschen, mit deren Bewusstsein er den Nirab fütterte. Und bald konnte ich ihm auch unabhängig davon Ratschläge geben, so enorm war mein Wissen inzwischen geworden.

Aber ich wurde unruhig. Mit Unterstützung der stets im Hintergrund wispernden und summenden Macht des Nirab überzeugte – oder zwang – ich Farm schließlich, mir einen neuen Körper zu geben, denn er wollte Combar verlassen, um den entflohenen Brad Vanquis zu jagen. Ich dachte damals nicht darüber nach, woher er diesen Körper nehmen würde, und so bin ich am Erlöschen der ursprünglichen Seele Matas schuldig geworden. Dass Farm das arme Mädchen mit seinen sadistischen Misshandlungen zu diesem Zeitpunkt fast schon umgebracht hatte, ist keine Entschuldigung.

Ich half dem Lord-Magister, seine Leute im Fluchwald halbwegs in Schach zu halten, indem ich an seinen albernen Ritualen teilnahm, aber ich dachte immer an Flucht. Doch er wusste das und vergiftete meinen neuen Körper mit Zitterqual, um mich an sich zu binden und zu schwächen. Farm begriff nicht, was er mit mir geschaffen hatte, und das sollte meine Rettung werden. Ein paar der Seelenmuster in mir begannen sich aus ihrer Erstarrung zu befreien, nachdem sie alle mit mir zusammen in den Körper Matas übertragen worden waren.

Als ich, von dem Gift geschwächt, erschöpft einschlief, ergriff die Hure und Mörderin Kiona, oder was von ihr übrig war, die Gelegenheit. Der böse Geist des Fluchwaldes, der Gallen Erlat, drückte ihr ein Messer in die Hand, das buchstäblich durch Raum und Zeit zu ihr kam, und sie ermordete in einer grotesken Wiederholung ihrer früheren Bluttat den Soldaten Nemel. Doch sie war verwirrt und schwach und ich konnte ihr Bewusstsein verdrängen, sie in die hinterste Ecke meiner Bibliothek sperren.

Sirna Dal dagegen habe ich bewundert und ihr fast bereitwillig meinen Körper überlassen. Die stolze Barbarenkriegerin war es, die mich übernahm und mit bloßen Händen einen Blutdämon Tras Daburs tötete, als der uns angriff. Ihr verdanke ich es, dass ich vom Zitterqual erlöst wurde, denn ihr Bewusstsein starb daran und das Gift zerfiel.

Ich mag Zeiten nicht, in denen ich mich zurücklehnen und über mich nachdenken kann. Für die meisten anderen Leute, die mir begegneten, war ich nur Mata, die seltsame Frau in Farms Begleitung. Aber ich weiß es besser. Ich bin kein richtiger Mensch, sondern eine Art Monster. *Er* sagt, dass so etwas eine multidimensionale Bewusstseinsmatrix genannt würde, wenn es nicht gerade in einem lebenden Körper vorkäme. Wahrscheinlich meint er damit die unendlich kompliziert verknüpften Schichten und Schichten von Erinnerungen und Gedanken, die in meinem Kopf sind. Die meiste Zeit komme ich ganz gut damit zurecht, aber dann wieder, wenn ich Gelegenheit zum Nachdenken habe, kommt es mir so unnatürlich vor. Doch besser ein unnatürliches Leben in einem gestohlenen Körper als ein Dahinvegetieren in der hoffnungslosen Leere und Dunkelheit des Nirab.

Wie passend, dass Farm jetzt in ihm ist. Ganz allein ...

Almer Kavbal, mir und dem verräterischen Barbaren Haldrath Bey gelang es schließlich, uns in den Wirren des Fluchwaldes von Farm und seinen Soldaten zu trennen. Bald darauf stießen wir auf die andere Gruppe um den Schwarzen Magier Zach-aknum. Das habe ich ermöglicht, denn ich entdeckte in mir die Fähigkeit, die Raum- und Zeitsprünge durch den Stronbart Har vorauszusehen. Wir vermuteten später, dass es damit zusammenhing, dass ich gleich mehreren Ringen aus Horams Kette ausgesetzt war, darunter einem *Zinoch*, was ein Ring des Wissens ist. Möglicherweise beginnen die Ringe, wenn sie zusammentreffen, auf eine andere Art zu wirken, miteinander in Wechselwirkung zu treten? Es heißt, dass zu jener Zeit noch ein weiterer Ring in der Nähe war, der Oornar Tras Daburs, aber auf eine Wechselwirkung mit dem kann ich gut verzichten. Vielleicht hatte ich auch einfach, wie Brad Vanquis, göttliche Eingebungen. Wer weiß?

Leider offenbarte sich Haldrath Bey nun als das, was er war und griff Khuron Khan und Zach-aknum an. Beinahe wäre dadurch alles schief gegangen. Doch wir schafften es, nach Somdorkan zu kommen, wo ironischerweise Farm und sein Hauptmann die andere Statuenhälfte aus der Riesenfigur des *Wächters* entfernten. Als Brad in den ganzen Durcheinander beide Hälften in die Hände fielen, verwandelte er sich für kurze Zeit in Horam und brachte Tras Dabur um. Danach machten er, Micra Ansig und der

Zauberer sich auf, um durch das letzte Tor zur Parallelwelt Horam Dorb zu gelangen. Mir übertrugen sie die Aufgabe, die hiesige Statue dem *Wächter* zurückzugeben und nach Almer Kavbal zu sehen, der von dem Steinriesen gefangen worden war.

Das schaffte ich auch alles und ich würde nun vielleicht glücklich und zufrieden zusammen mit meinem aufgeblähten Multi-Bewusstsein in Almers Dorf leben, wenn nicht der Lord-Magister Farm aufgetaucht wäre, um Kionas Messer nach mir zu werfen, das in Wahrheit ein Instrument des Gallen-Erlat war. Es befriedigt mich ein klein wenig, dass der *Wächter* nun die Nase voll hatte und Farm bei lebendigem Leib auffraß. Ich glaube aber, dass der Zauberer es vorher noch irgendwie schaffte, seine Seele in den Nirab zu verfrachten. Nach allem, was ich weiß, liegt der Ring jetzt im Fluchwald herum, darauf wartend, dass ein weiterer Narr ihn findet. Ich hoffe nur, er bleibt in alle Ewigkeit verloren.

Ich starb nicht an der Messerwunde im Rücken, nein, nicht schon wieder. Aber der *Wächter* nahm meinen reglosen Körper und brachte ihn in den Tempel von Somdor-kan, bevor er selbst wieder in seine übliche, steinerne Starre verfiel.

Was danach geschah, ist eine ganz neue Geschichte.

Ein Wesen, das wir zu der Zeit alle völlig falsch beurteilten, hatte seine Aufmerksam-keit im Fluchwald auf mich gerichtet, seit es erkannte, was ich war. Ich meine den Drachen, von dem wir glaubten, er *diene* Tras Dabur, dem uralten Zauberpriester und Statuendieb.

Doch wie sich zeigte, war das nicht der Fall. Drachen dienen niemandem. Er tat nur so, um den Priester zu beobachten, den Horam zu ewiger Existenz im Stronbart Har verflucht hatte. Die paar Jahrhunderte, die er so verbrachte, sind nichts in einem Drachenleben. Warum sich Feuerwerfer entschloß, den Mann zu bewachen, hat er mir nie verraten. Ho-ram kann ihn nicht dazu gebracht haben, soviel ist klar. Die Beweggründe von Drachen dürften sogar für mich schwer zu durchschauen sein, obwohl meine Matrix einem Dra-chenverstand näher kommt als der Geist gewöhnlicher Menschen – sagt Feuerwerfer.

Er kam zu mir und weckte mich aus meinem tiefen Schlaf im Tempel. Ich fand, dass meine Wunde geheilt war – und dass ich ziemlichen Hunger hatte. Außerdem war ich neugierig, was nun passieren würde. Der Anblick eines neben mir sitzenden Drachens ließ mich sogleich alle Ideen von einem geruhsamen Leben in Almers Dorf vergessen. Ich erinnerte mich nur zu gut daran, wie es gewesen war, auf ihm über dem Fluchwald zu reiten ...

1

Das Chaos. Nur ein Wort, doch was genau beschreibt es in diesem Fall? Das Eindringen einer multidimensionalen oder transzendenten Entität in eine Welt des »normalen« Uni-versums hat immer unvorhersehbare Folgen. Auf einem fernen Planeten in einem ande-ren Aspekt des Möglichkeitsuniversums in Raum und Zeit hatte das Erwachen einer dort seit Jahrtausenden schlafenden Entität zur Folge, dass in ihrem näheren raumzeitlichen Umfeld Menschen geboren wurden, die in sich die Fähigkeit entdeckten, Magie zu wir-ken – was für diese Welt viel weniger selbstverständlich war als zum Beispiel für die Welten Horams. Außerdem begann die Entität nur durch die Tatsache ihrer bewussten

Existenz Schockwellen durch das Gewebe der Realität auszusenden, die eine ganz andere Gruppe von Menschen aus einem parallelen Universum anlockten, ohne dass diese etwas davon merkten. Diese Männer und Frauen waren Flüchtlinge aus einer untergehenden magischen Welt in ferner Vergangenheit, die versuchen wollten, zusammen mit den anderen Zauberern einer späteren Epoche, die Magie wieder zu erwecken. Ihre Reise wurde durch die Schockwellen umgeleitet, so dass sie sich eines Tages alle begegneten. Das war der Zeitpunkt, als die besagte Entität ihre Verantwortung erkannte und die alten und neuen Magier überredete, die Welt zu verlassen, die durch ihre Anwesenheit gefährdet schien. Sie fürchtete, dass jene Welt – ins Chaos gestürzt werden könnte!

Als der Neryl die Gunst der Stunde nutzte, um sich Einlass zu einer scheinbar zum Tode verurteilten Welt eines »normalen« Universums zu verschaffen, begann eine andere Einflussnahme, die nie hätte stattfinden sollen. Wie auch im Falle der namenlosen Entität reichte schon die Anwesenheit des Neryl, um Dinge zu verändern, und dieser Einfluss wurde immer stärker, je länger er andauerte. Caligo kam, weil er das Versprechen des Chaos spürte, was so etwas wie die perfekten Existenzbedingungen für Wesen seiner Art bedeutete. Der gewaltsame Untergang einer Welt versprach ein Chaos ohnegleichen. Andererseits *verursachte* Caligo passiv und aktiv eine Verstärkung chaotischer Effekte. Die Natur begann sich anders zu verhalten, ihre Gesetze schienen sich zu verbiegen, kausale Ketten nicht mehr zu funktionieren. Und die Realität wurde brüchig, durchlässig nach außen. Das wäre nicht weiter von Bedeutung gewesen, wenn das Universum einheitlich und homogen gewesen wäre. Doch das war es nicht. Innerhalb des Möglichkeitsuniversums gab es fast unendlich viele Strukturen und Schichten. Von außen begann *etwas* einzusickern. Räumliche und zeitliche Entfernungen spielten dafür keine Rolle. Eher schon Ähnlichkeiten und Affinitäten ... Andere Gesetze wirkten.

Wie es sich ergab, bildete sich die erste solche Verknüpfung von Ereignisketten, weil eben diese universalen Ähnlichkeitsgesetze wirkten – und jawohl, auch das Chaos selbst ist eigenen Gesetzen unterworfen. Während sich die namenlose Entität in ihrem Verantwortungsbewusstsein bemühte, die von ihr »aus Versehen« geschaffenen magiefähigen Menschen von der Welt zu schaffen, auf der sie eigentlich nichts zu suchen hatten, ließ das rücksichtslose Vorgehen des Neryl Caligo den perfekten Weg des geringsten Widerstandes durch die Dimensionen entstehen. In dem Augenblick, als die Zeitläufer die Erde verließen, gelangten sich nicht etwa dorthin, wohin sie das Ding im Berg zu schicken meinte, sondern sie wurden in explosiver – oder eben chaotischer – Weise nach Horam Schlan und Dorb gesaugt und dort über ein raumzeitliches Ankunftsfeld verstreut. Was nichts anderes heißt, als dass sie voneinander getrennt zu verschiedenen Zeitpunkten ankamen. Nur der Wanderer, der eigene Möglichkeiten besaß, um zwischen den Welten zu reisen, war nicht vollständig gestrandet. Er begann mit der Suche nach seinen Gefährten.

Der Chaos-Lord Caligo gab sich allerdings nicht damit zufrieden, einfach nur da zu sein und Verwirrung in der Realität zu stiften. Dazu war er nicht hergekommen, hatte er sich nicht auf die riskante Realitätsebene der sterblichen Wesen begeben. Er wollte mit dieser Welt spielen, bevor sie in einem Schwarzen Loch unterging. Und sicherstellen, dass letzteres auch wirklich geschah.

Nur eines war ärgerlich für ihn: Horams Welten lagen in einem Aspekt des Möglichkeitsuniversums, in dem das übliche Set physikalischer Gesetze durch die viel selteneren transzendenten Gesetze der Magie überlagert wurde. Der Neryl wusste natürlich, worauf das zurückzuführen war: Hier in diesem Bereich des Möglichkeitsuniversums hatte irgendwann in seiner Milliarden Jahre langen Geschichte eine Transzendenz stattgefunden. Eine Rasse hatte die Schwelle zur Entität überschritten. Caligo konnte damit leben, auch wenn es bedeutete, dass seine Macht immer wieder an Grenzen stieß, wie ein Tobender an Gummiwände prallte. Doch eigentlich brauchte er ja nur zu warten, geduldig das Chaos zu genießen, das sich ganz von selbst entfalten würde.

Und am Ende würde sein gellendes Lachen über allem zu hören sein.

2

Durna seufzte kaum hörbar. Sie hatte ja geahnt, dass es schwer sein würde, ihre Landsleute – dachte sie wirklich schon so von den Tekladorianern? – davon zu überzeugen, dass es besser sei, lieber mit den Yarben zusammen zu arbeiten, statt sie zu bekämpfen. Oder die Yarben davon, dass sie mit einer Eroberung langfristig scheitern würden. Die Probleme, vor denen sie alle standen, waren schließlich größer als nur die Anwesenheit fremder Truppen im Land. Aber dass es so schwierig sein würde! Sie hätte es natürlich wie früher machen können; ihre gewachsene magische Macht war für jeden offensichtlich und man musste schon ein ausgesprochener Narr sein, ihr widersprechen zu wollen. Doch die Königin hatte irgendwann entschieden, dass es nicht der richtige Weg wäre, mit Hinrichtung, Einkerkerung und Verhexung zu drohen. Nicht sofort jedenfalls. Und das hatte sie nun davon! Endlose Konferenzen mit immer neuen Vertretern aller möglichen Fraktionen dieses Puzzles: Tekladorianer – einmal davon abgesehen, dass allein diese sich in unterschiedliche Interessengruppen aufspalteten – vertriebene Nubraer mit einem Groll gegen die Yarben und schließlich die Abgesandten der yarbischen Armeegruppen, die sich ihr unterstellt hatten, um gegen Caligo zu kämpfen. Dieser Zustand war offiziell noch nicht verändert worden, weil es an militärischen Befehlshabern fehlte, die das gekonnt hätten. Politik!

Einen Teil der Armee hatte sie inzwischen nach Regedra zurück geschickt, um dort für Ordnung zu sorgen und vor allem die in Kürze erwartete erste große Flotte von der anderen Seite des Meeres zu empfangen. Wenn die Schiffe ankamen, begannen die richtigen Probleme erst – auf ihnen befanden sich unzählige Zivilisten, die vor den Katastrophen in der Heimat fliehende Bevölkerung.

Was für ein Chaos! Ob Caligo daran die Schuld trug? Durna neigte neuerdings dazu, bei jedem Durcheinander oder Fehlschlag, immer wenn etwas nicht so lief, wie es ihrer Meinung nach sollte, dem Chaos-Lord die Schuld zu geben. Natürlich wusste sie, dass es wahrscheinlich nur an der allgemeinen verfahrenen Situation lag, doch es war ein gutes Mittel gegen ihre Frustration, jemandem die Schuld zu geben.

»Königin?« Das war Giren. Irgendwie hatte der yarbische Oberst die Rolle ihrer rechten Hand übernommen. Wer hätte das noch vor ein paar Monaten gedacht?

»Was gibt's?«

»Nichts Gutes. Melder sind eingetroffen, die berichten, dass eine halatanische Armee die Grenze überschritten hat.«

Sie blinzelte verdutzt. Halatan? Durna brauchte einen Augenblick, um sich geistig um hundertachtzig Grad zu drehen. Aus dieser Richtung hatte sie eigentlich nichts erwartet. Wieder kam ihr Caligo in den Sinn.

»Eine richtige Armee? Ein Angriff ohne Kriegserklärung? Wir stark sind sie?«

»Ein paar Tausendschaften mindestens. Die Berichte sind ein wenig ... vage.«

»Da war jemandem wohl das Wegrennen wichtiger als genaue Beobachtung.« Ihre Stimme klang gleichgültig. Mehr als die Stärke des anrückenden Heeres interessierte sie der Grund für dessen Einmarsch. Hatte sich der Kaiser entschlossen, die instabile Lage in Teklador auszunutzen, um es zu annektieren oder wollte er das Nachbarland von seiner bösen Tyrannin in Bink befreien? Hatte er vor, den Helden zu spielen und die Yarben zurück ins Meer zu treiben?

»Es gibt noch keine Botschaften oder Drohungen aus dem Reich?« vergewisserte sie sich.

»Nein.«

»Was denken die sich eigentlich?« murmelte Durna. »Wissen sie von der veränderten Situation hier – und wenn ja, kommen sie trotzdem oder gerade deshalb?«

Tral Giren räusperte sich, dann sagte er: »Ich denke nicht, dass die Halataner umfassend informiert sind. Es sei denn, sie haben einen Spion ziemlich weit oben und mit einer sehr schnellen Methode, seine Nachrichten zu übermitteln.«

Sie warf ihm einen Blick zu und wusste, dass er im gleichen Moment wie sie von einer verstörenden Vision heimgesucht wurde: Wie ein vermummter Mensch, der es fertig brachte, gleichzeitig verschlagen und schmierig auszusehen, in einen dunklen Winkel gekauert seine Beobachtungen in ein magisches Ding flüsterte, während im fernen Halatan jemand lauschte und die Worte aufschrieb. Durna blinzelte erneut. Die Halataner waren dafür bekannt, dass sie Magie verachteten. Sie bestritten sogar das Existenzrecht einer magischen Wissenschaft. An ihren sogenannten Universitäten wurde sie als Aberglaube abgetan. Nein, kein halatanischer Spion würde in einen magischen Zauberkasten flüstern.

Der Oberst ergänzte seinen Gedanken: »Außerdem, *wenn* sie genauere Informationen hätten, würden sie nicht angreifen.« Er deutete vielsagend nach oben.

Da war immer noch der Komet. Durna wollte zwar auf einen erneuten Einsatz dieser verheerenden Waffe verzichten, doch das konnte ein Feind nicht wissen. Das erste Bombardement mit Himmelsfeuer, wie es die Soldaten nannten, war für die Eigenen glimpflich ausgegangen. Die Verluste unter der Bevölkerung und die Zerstörungen waren gering geblieben. Doch das hatte nur funktioniert, weil sie Caligo mit ihrem unerwarteten Auftauchen auf die offene Ebene locken konnte. Jetzt, wo sich bald herumsprechen dürfte, dass man bei einer Schlacht gegen sie auch mit Schlägen aus dem Himmel rechnen musste, würden Heerführer ihre Taktik ändern. Sich beispielsweise eng an ihre eigenen Städte halten.

Aber auch Durna konnte ihr Vorgehen anpassen, erkannte sie mit einem klammen Gefühl im Bauch, als ihr der nächste Schritt in dieser Entwicklung einfiel, so als sei er ganz selbstverständlich. Wenn sie damit drohte, die Hauptstadt Halatans auszulöschen. Oder wenn sie es einfach tat ...

Nein, Giren hatte wohl Recht. Die Angreifer konnten unmöglich wissen, was ihnen drohte.

»Oberst, stellt eine kleine Gruppe zusammen. Ein paar Yarben, einige der vernünftigeren Nubraer und ein paar Tekladorianer. Schickt sie diesen Verrückten im Eiltempo entgegen, damit sie eine Botschaft von mir überbringen. Wenn sie zum Aufbruch bereit sind, werde ich ihnen ein Papier mitgeben.«

»Jawohl, Königin!« Die Aussicht schien ihn zu begeistern.

»Ach, Oberst? Ihr geht *nicht* mit!«

Er sah sie für einen Moment verwirrt an, dann salutierte er auf Yarbenart und eilte davon.

Sie schüttelte den Kopf und machte sich daran, ein Verhandlungsangebot aufzusetzen. Sie erwähnte natürlich nichts von ihren Verteidigungsmöglichkeiten – dafür würden schon die Leute selbst sorgen, die sie auf diese Mission schickte.

Zwischen zwei Absätzen ihres höflichen, aber kühlen Schreibens stockte sie einmal und musterte misstrauisch ihre Schreibfeder, so als müsse sie eigentlich etwas ganz anderes in der Hand halten.

›Ja‹, dachte sie wütend, ›ich weiß, dass du noch da draußen bist, du Bastard aus einem Yarbenpriester und einem Monster. Ich habe dich nicht vergessen, Chaos-Lord.‹

* * *

Es ist schon erstaunlich, was die achtlos liegen gelassenen Artefakte einer Entität anrichten können, wenn menschliche Wesen sie in ihre Hände bekommen, sagte die Stimme des Drachen in Matas träumenden Gedanken.

›Was meinst du damit?‹ fragte sie ebenso lautlos, aber mit einem Schlag hellwach. Sie hatte den Verdacht, dass kein Mensch, der so von einem Drachen geweckt wurde, noch irgendwie schläfrig war. Feuerwerfer saß neben ihrem Bett in der riesigen Halle, die irgendwie nicht in den Tempel von Somdorkan hinein zu passen schien. Neben dem Bett, das merkwürdigerweise einsam mitten in einem riesigen Saal stand. Wie üblich hatte sie nicht gemerkt, dass er auftauchte – hereinspaziert war er sicher nicht. Er schaute sie nicht direkt an. Wie höflich! Mata setzte sich auf.

Diese komischen Ringe. Ich frage mich, wozu Horam sie ursprünglich benutzt hat, und warum er sie dann auf seinen Welten verteilte. Du weißt, dass es in Wirklichkeit hochentwickelte transphysikalische Geräte einer euch unglaublich überlegenen Rasse sind, oder?

Sie hob die Schultern und freute sich, dass ihr Rücken nicht mehr weh tat. Die Wunde von Farms Dolchstoß war nun endlich völlig verheilt. Es hatte eine Weile gedauert, weil der Dolch giftig und magisch gewesen war – vom Stronbart Har selbst erzeugt, oder vielleicht auch vom Gallen Erlat, dem grauenhaften Wesen aus negativer Bewusstseinsenergie. Wer sollte sich da noch durchfinden? Resignierend versuchte Mata zu begreifen, was Feuerwerfer heute von ihr wollte.

›Keine Ahnung, was du meinst, Drache. Aber sicher hast du Recht.‹

Das große Wesen neben ihr knurrte tief drinnen. *Magie!* sagte Feuerwerfer. *Ihr nennt das Magie. In diesem Universum ist sie möglich, weil hier aus bestimmten Gründen, die in der fernen Vergangenheit des Möglichkeitsuniversums liegen, sogenannte transphysikali-*

sche Gesetze Geltung besitzen. Woanders würde vieles, was ihr hier so einfach und selbstver-
ständlich macht, überhaupt nicht funktionieren. Aber das ist nicht so wichtig.

Sie war froh darüber, denn sie hatte immer noch Schwierigkeiten, den Ausführungen des Drachen zu folgen. Andere Universen? Wieso reichte denn nicht eins von den Dingern?

Ein menschliches Gehirn ist nicht dafür geschaffen, mehrere Persönlichkeiten oder die Erinnerungen von so vielen Menschenleben aufzunehmen, dozierte die Gedankenstimme des Drachen in ihrem Kopf, plötzlich zu einem anderen Thema springend, glücklicherweise wenigstens in klarer Aussprache und nicht so zischend und lispelnd wie seine »laute« Stimme. Sie begriff mit einem inneren Ruck, dass er nun von ihr sprach. *Falls das passiert, dann ist der Mensch verrückt. Der Nirab hat dir allerdings ermöglicht, die Erfahrung unbeschadet zu überstehen. Du hast alles problemlos integriert.*

Sie selbst würde es nicht unbedingt so bezeichnet haben, aber ja, inzwischen kam sie damit ganz gut zurecht.

Ich glaube, dass dein Bewusstsein zumindest teilweise transzendent geworden ist, meinte der Drache nachdenklich – und ließ sie damit schon wieder begrifflich hinter sich zurück. *Die zusätzlichen Ebenen sind vermutlich in neuen Dimensionen außerhalb der vierdimensionalen Raumzeit gespeichert.*

›Ähem, Feuerwerfer?‹

Bitte?

›Ich verstehe kein Wort von dem, was du sagst.‹

Wieder grummelte der Drache unwirsch. *Wie siehst du diese anderen Seelen, wie du sie nennst?* fragte er dann.

›Wie eine große Bibliothek, in die ich gehen kann, wenn ich etwas wissen will. Manchmal erheben sie sich auch aus ihren, na ja, sagen wir Regalfächern. Aber das passiert jetzt kaum noch. Ich glaube nicht, dass ich noch eine weitere so starke Seele wie Sirna Dals in mir trage. Ich habe es unter Kontrolle‹, versicherte sie.

Ja, das dachte ich mir. Stell dir einfach vor, diese Bibliothek ist nicht wirklich in deinem kleinen Kopf, sondern irgendwo anders. Wenn du sie in deinen Gedanken betrittst, dann berührt dein Geist jenen anderen Ort. Du bist immer mit ihm verbunden, wie durch eine Tür, aber du musst hindurchgehen, um wirklich dort zu sein und die Bücher der Erinnerungen zu lesen.

So ähnlich empfand sie es ohnehin. Warum aber war es so wichtig für den Drachen, ihr die Funktionsweise des eigenen Verstandes zu erklären?

Der Drache klang sogar in Gedanken frustriert, als er fortfuhr. *Ich glaube nicht, dass ich es dir mit den Worten deiner primitiven Welt tatsächlich erklären kann. Woanders würde man sagen, dass deine Persönlichkeit das ablaufende Hauptprogramm ist und die Bibliothek die Datenbank. Aber es ist nicht nur das. Als du im Fluchwald über diesen einen Toten kurz Kontakt mit einem Zinoch hattest, ist die Datenbank unerwartet mit etwas noch viel leistungsfähigerem verbunden worden, mit dem Artefakt einer Entität. Ein zusätzliches Programm. Deshalb konntest du dich im Fluchwald zurechtfinden, obwohl keine der in dir gespeicherten Personen das gekonnt hätte. Seit Horam hat niemals ein Mensch mehr als einen der Ringe gleichzeitig benutzt. Verstehst du das?*

›Ich glaube schon‹, dachte sie zögernd. ›Du willst sagen, dass ich zusätzlich zu all dem Wissen der Toten auch noch mit der, der Datenbank Horams verbunden wurde?‹

Eher mit einem kleinen Subsystem, aber so ungefähr stimmt es.

»Ach du liebe Zeit!« murmelte sie betroffen. »Ich hoffe, das ist nichts von den Göttern verbotenes?«

Ich glaube kaum, dass er merkt, dass du dich in seinen Rechner gehackt hast, spöttelte der Drache etwas unverständlich. Sie fragte jedoch nicht, was Rechnungen und Hacken damit zu tun hatten.

Außerdem brauchst du dir darum keine Sorgen zu machen. Du stehst unter meinem Schutz. Wir Drachen mögen es nicht, wenn sich Entitäten auf bewohnten Welten als Götter aufspielen. Andererseits ist es meist das einzige, was sie in ihrer Existenz als sinnvoll betrachten. Also tolerieren wir es, solange sie sich nicht zum Nachteil der Bewohner dieser Welten einmischen. Manchmal ist es ja auch ganz nützlich, einen Gott zu haben, der sich um die Belange einer noch nicht so entwickelten Welt kümmert. Horam wandelte mit seinen Experimenten schon immer auf der Grenze, und diese Artefakte, die er überall herumliegen ließ ... Wir haben übersehen, dass sie auch nach Jahrtausenden noch Schaden anrichten könnten.

›Willst du damit etwa sagen, dass ihr Drachen die Götter kontrolliert?‹ fragte Mata verdutzt. Ihr schwindelte. Plötzlich machte so einiges Sinn, was sie während ihrer merkwürdigen Bekanntschaft mit einem Drachen erfahren hatte.

Ja, sicher. Hatte ich das noch nicht erwähnt?

Das war der Fall. Der Gedanke lag nahe, nun zu fragen: ›Und wer kontrolliert euch?‹ Feuerwerfers Reaktion war merkwürdig. Er zuckte ein wenig von ihrem Lager zurück, wandte den Kopf hin und her und hüstelte hörbar. Dann sagte er: »Esss gibt einen, der unsss beobachtet. Auch wir müsssen Rechenssschaft ablegen. Dasss haben wir unsss ssselber gessschworen, nachdem wir ein ganzzzesss Universsssum vernichtet hatten.«

Mata sah ihn mit großen Augen an. Das hätte sie nicht gedacht.

Vergiss das. Es spielt im Moment keine Rolle. Ich wollte mit dir über etwas anderes sprechen. Der Wächter *hat dich nicht zufällig gepackt und in den Tempel gebracht, weißt du.*

›So?‹ Mata hatte das Gefühl, dass der Drache ihr gleich eröffnen würde, dass sie nun zehntausend Jahre den verlassenen Tempel im Fluchwald hüten müsse oder etwas in der Art. Sie kannte sich inzwischen mit Situationen aus, wo es hieß, dieses und jenes sei nicht zufällig gerade so passiert. Wenn sie jemals einem Gott begegnete, würde sie ihm einiges über *zufällig* herumliegende Ringe zu sagen haben, die den Kopf eines Menschen in ein Tor zu einer Seelenbibliothek verwandelten. Mata war inzwischen eine ziemlich gereizte komplexe Bewusstseinsmatrix.

Eigentlich ist das Steuersystem irreparabel beschädigt, stellte Feuerwerfer so nüchtern wie zusammenhangslos fest. Es dauerte einige Augenblicke, bis Mata anhand der mit den Gedanken übermittelten Bilder begriff, dass er von den Statuen sprach, welche das Gleichgewicht der Welten steuerten. War dann alles umsonst gewesen? *Aber komischerweise bist dann du aufgetaucht*, fuhr der Drache fort. *Ein genaugenommen unmögliches Wesen. Eine multidimensionale Bewusstseinsmatrix. Wenn überhaupt, sollten sich Menschen erst in hunderttausend Jahren dazu entwickeln. Der idiotische Miss-*

brauch des Ringes durch Farm bewirkte in diesem Fall tatsächlich etwas höchst unwahrscheinliches. Dich!

›Ach?‹ Ihre gedanklichen Beiträge zu dem Gespräch waren nicht sehr eloquent, aber schließlich war es der Drache, der ihr etwas sagen wollte. Sie fragte sich langsam, was eigentlich ...

Du fragst dich sicher, was du mit dem Steuersystem zu tun hast. Ganz einfach: Du bist der einzige Mensch, der es wieder in Gang bringen kann, nachdem die beiden Statuen wieder exakt an ihrer vorgesehenen Position sind. Vielleicht.

Ganz einfach. Ja, sicher. Mata fand es auf eine distanzierte Art erheiternd, wie eigentümlich sich Drachen manchmal ausdrückten. Wenn sie eine Drachenforscherin gewesen wäre, würde sie sicher ein Buch darüber geschrieben haben: »Die Benutzung des Begriffes *einfach* durch Drachen im Zusammenhang mit Aufgabenstellungen an Menschen«.

Du kannst alles sein, was du willst, meinte Feuerwerfer und überraschte sie wieder einmal. *Auch eine Drachenforscherin. Aber jetzt musst du etwas viel schwierigeres werden. Du musst alles von dem lernen, was Horam wusste, als er dieses dämonenverfluchte Weltenkonstrukt schuf. Zumindest genug, um seine Steuerfunktionen zu begreifen.*

»Du willst, dass ich das Wissen eines Gottes erlerne?« fragte sie schockiert. »Wie?«

Ich werde dir helfen.

Mata sah den Drachen aus schmalen Augen an. ›Du weißt all das, was ich lernen soll? Du könntest dieses Konstruktdingens wieder in Gang bringen, nicht wahr?‹

Natürlich.

Ha! Das hatte sie sich doch gedacht!

»Und warum«, fauchte sie fast selbst wie ein Drache, »machst *du* es dann nicht?«

Feuerwerfer wandte ihr den Kopf halb zu, sah sie aus dem rechten Auge an und zog einen Mundwinkel nach oben, in dem sie bequem Platz gehabt hätte. Oder vielleicht schien ihr das auch nur so, weil sein Kopf sehr nah an ihrem Bett war. Mata ertappte sich plötzlich dabei, dass sie direkt in das dunkelrote Feuer starrte, das in dem Auge des Drachen funkelte wie eine sprudelnde Quelle von Blut. Hundert Stimmen in ihr schrieen entsetzt auf. War es nicht das, was man nie tun durfte? Doch dann blinzelte das Auge, und sie wandte hastig ihren Blick ab. Auf ihrer Stirn fühlte sie kalten Schweiß.

»Weil esss mich nichtsss angeht!« zischelte der Drache. »Warum sssollte ich mich auch in die Belange von Sterblichen einmischen?« Dann verstummte er und fuhr in Gedanken fort. *Aber ich mische mich ja schon ein. Ich plaudere mit einem gewissen Mädchen, das allerdings kaum noch als gewöhnliche Sterbliche bezeichnet werden kann, über bestimmte Dinge. Ich zeige ihm andere Dinge. Wenn dieses Mädchen daraus etwas lernt, was ihm hilft, seiner Welt zu helfen, nun gut. Wenn es versagt und ein paar Planeten samt Bevölkerung draufgehen, wird man sich mit dem Verursacher des Problems und seiner Rasse auseinander setzten. Dann wird es weitreichende Folgen geben ...*

Mata wusste nicht, ob der Drache beabsichtigte, dass sie das sah, was an Bildern seine Gedanken begleitete. Vielleicht war es einfach unvermeidlich, oder es interessierte ihn nicht. In diesem Augenblick begriff sie eine Wahrheit, die von sonstigen Vorstellungen der Menschen ihrer Welt unendlich weit entfernt schien. Ob sämtliche Bewohner von Horam Schlan und Horam Dorb starben, wenn die beiden Welten untergingen, war nur eine irrelevante Kleinigkeit. Was danach mit dem »Verursacher des Problems« geschehen würde, wie ihn der Drache genannt hatte, jene »weitreichenden Folgen«, das war das Unbegreifliche, das ihr mit einem Mal begreiflich gemacht wurde. Sie sah es vor sich, *denn die Drachen hatten so etwas schon getan.*

Mata fror plötzlich. Feuerwerfer spürte das natürlich und schnippte mit einer Kralle, worauf die Temperatur in dem großen Raum stieg. Aber es war nicht wirklich die kühle Luft, die sie frösteln ließ.

»Wie lange ... wie lange habe ich denn Zeit, um das zu lernen?«

Nun grinste der Drache definitiv. *Das ist das Schöne daran, Mata,* hörte sie seine Gedankenstimme. *Wir haben alle Zeit der Welt, denn wir können in ihr reisen, wohin wir wollen. Und wenn du soweit bist, werden wir an genau den Zeitpunkt gehen, an dem du gebraucht wirst.*

Zeitreisen! Schon wieder. Sie hatte das schon bei der Durchquerung des Fluchwaldes gehasst. Aber wenn es denn sein musste?

Mata neigte ihren Kopf ein wenig nach links und starrte den Drachen so lange an, bis *er* ihr beinahe aus Versehen in die Augen blickte. ›Wir reisen also in der Zeit, ja? Und wohin?‹

Wie wäre es für den Anfang, fragte der grinsende Drache, *wenn wir zum Anfang reisten?* Er hatte garantiert auf die Gelegenheit gewartet, genau dieses Wortspiel anzubringen.

»Natürlich!« murmelte Mata. »Und gleich kommst du mir mit dem Spruch: ›Nimm's als Abenteuer!‹ oder so etwas.«

* * *

Durna, die furchtlos auf und nicht hinter den Zinnen des Turmes stand, strich sich durch die wirren, nassen Haare, ohne dass die Geste bei diesem Wetter einen Effekt hatte. Der Sturm peitschte ihr eiskalten Regen und Hagelkörner ins Gesicht, aber sie tat nichts dagegen. Sie hätte ihn von sich ablenken können, ihn vollständig erwürgen können – den Sturm. Aber sie blinzelte nicht einmal. Längst war ihre Kleidung völlig durchnässt. Sie hätte auch etwas dagegen tun können, aber es störte sie im Augenblick nicht. Durna beobachtete weniger das für die Jahreszeit ungewöhnlich schlechte Wetter, obwohl sie allen Grund dafür gehabt hätte, denn es wurde von ihrem Erzfeind verursacht. Sie starrte vielmehr aus wilden Augen auf die von ihr höchstpersönlich verwüstete Ebene außerhalb von Bink hinaus. Niemand machte ihr wegen der Schäden und Opfer Vorwürfe. Wenn die Monsterarmee des Chaos-Lords Bink eingenommen hätte, wäre es weit schlimmer gekommen. Das wussten alle. Aber Durna sah die Ebene von Bink als den Schauplatz eines einmaligen Ereignisses. Hier hatte brachiale Gewalt einer bis dahin nie gesehenen Größenordnung gewirkt, ohne massive Schäden anzurichten, doch es würde nicht immer so günstig ausgehen.

›Eine Welt im Aufruhr!‹ dachte sie. ›Auf der einen Seite die Yarben, auf der anderen Halatan. Und keine der beiden Parteien ist wichtig ... Sie ahnen überhaupt nicht, was hier wirklich vorgeht.‹ Die Magierkönigin schüttelte wütend den Kopf. Tropfen und Eiskristalle flogen. Vor wenigen Stunden erst hatte sie erfahren, dass die lange erwartete große Siedlerflotte der Yarben in Regedra anzukommen begann, kurz nachdem Giren ihr gemeldet hatte, dass bei Pelfar ein halatanisches Heer die Grenze überschritten hatte und nach Süden vorrückte. Was sollte sie – in der Mitte zwischen beiden Kräften

– nun tun? Sie war sich darüber im Klaren, dass sie eine der wenigen Personen war, die tatsächlich etwas tun *konnten*. Durna wusste um ihre Verantwortung als Magierin ihres Ranges. Ihre Ausbildung war nicht umsonst gewesen, wenn sie sie auch bisher manchmal in eigenwilliger Weise genutzt hatte.

Sie verfügte über eine kleine Armee »ihrer« loyalen Yarben, die von Einheimischen verstärkt wurden. Durna war sich ziemlich sicher, dass diese Truppen nach der erfolgreichen Schlacht um Bink fest zu ihr standen. Aber ging das so weit, dass sie sich gegen die yarbische Verstärkung aus der Heimat stellen würden? Sie wusste, dass ein guter Feldherr seine Leute besser nicht vor solche Konflikte stellte. Doch die vertriebenen Nubraer in den Lagern im südlichen Teklador erwarteten nun von ihr, dass sie ihnen die Heimat zurückgab. Wie sollte sie das tun, wenn sie gleichzeitig Verständnis für die Yarben aufbrachte, denen ein untergehender Kontinent keine andere Wahl als die Auswanderung ließ? Sie würde einen Krieg führen müssen. Aber Krieg war keine Lösung. Und auf der anderen Seite Halatan. Sie hatte dem riesigen Reich im Osten nie ganz getraut. Dort kultivierte man eine merkwürdige Einstellung zu Magiern. Fast so, als wolle man im Angesicht der Tatsachen dennoch abstreiten, dass es so etwas wie Magie überhaupt gab. Durna war sicher, dass sie der Kaiser schon deshalb hassen musste, weil sie eine Zauberin war. Sollte sie auch gegen Halatan Krieg führen? Krieg war nicht die Lösung, selbst wenn sie wusste, dass sie die Macht hatte, den ganzen Kontinent in Schutt und Asche zu legen. Es musste noch etwas anderes geben.

Abrupt wandte sie sich um, sprang von den Zinnen, über denen nun die neue schwarze Drachenfahne Tekladors flatterte, und ging nach drinnen. Genug der Selbstfindung. Sie hatte Arbeit zu tun. Mit einem Fingerschnippen trocknete sie ihre am Körper klebende Kleidung – bevor den Wachen im Inneren der Festung die Augen aus den Köpfen fallen konnten, aber nicht bevor sie gesehen wurde. Solche Berechnung kam bei ihr vollkommen automatisch. Schade, dass der Oberst sie nicht so erblickt hatte! Aber Giren war nicht da. Er organisierte die Armee: Mobilmachung, Training und vor allem Logistik. Tausende uniformierte Nichtstuer mussten irgendwie versorgt werden. Es war nur eine Frage der Zeit – einer sehr kurzen Zeit vermutlich – bis es Probleme gab. Schon die nubraischen Flüchtlinge hatten Tekladors Ressourcen bis an die Grenze beansprucht gehabt. Ein stehendes Heer dieser Größe ließ sich kaum unterhalten. Deshalb *stand* ein solches Heer ja traditionell auch nicht. Normalerweise marschierte es – und da gab es schon Möglichkeiten der Versorgung, vor allem im Feindesland. Dumm nur, dass kein solches Land existierte. Durna konnte nicht in Nubra einfallen und es auf dem Weg ans Meer kahl plündern, weil sie es nach Lage der Dinge ja eigentlich befreien sollte – mal abgesehen von dem erwähnten moralischen Dilemma ihrer Soldaten. Außerdem *war* Nubra schon leergeplündert. Sie konnte auch nicht selbstmörderischerweise in Halatan einmarschieren, das eigentlich ein natürlicher Verbündeter Tekladors gegen die yarbischen Invasoren war – mal abgesehen von einer hier gerade herrschenden gewissen Magierkönigin.

Diese Königin hatte seit der Schlacht alle Yarben aus den Forts in Teklador abgezogen und nach Bink beordert. Einmal dort und unter dem Kommando ihrer eigenen Offiziere, hatten diese Truppen nicht hinterfragt, dass sie statt Admiral Trolan plötzlich Durna gehorchen sollten. Es waren eben Soldatennaturen durch und durch. Zusammen mit den Einheimischen und Freiwilligen verfügte die Königin jetzt über mehr als siebentausend Mann unter Waffen. Leider wusste sie nicht, was sie mit ihnen anfangen sollte! Oder wie sie sie versorgen sollte. Siebentausend auf einem Fleck konzentrierte und völlig unproduktive Menschen konnte Binks Umland nicht ernähren, und auch Durnas spektakulärer Jagdzauber war hier keine Hilfe. Sie war sehr stolz darauf, dass sie diese Ur-Magie gemeistert hatte, doch selbst wenn sie alles jagdbare Wild aus hundert Meilen Umkreis zusammenrief, wäre das nur eine vorübergehende Lösung. Durna hatte den Gedanken zum Glück wieder verworfen, denn ein erneuter Versuch hätte wahrscheinlich katastrophale Folgen für die Natur des Kontinents gehabt. Sie beschloss, sich schnellstens in alte Schriften aus Krisenzeiten zu vertiefen, um herauszufinden, ob man Nahrungsmittel in großem Maßstab herbeizaubern konnte. Aber die Versorgung der Truppen war nur eines von so vielen Problemen!

Nein, auch der Blick auf die Krater vor der Stadt hatte sie nicht inspiriert. Er sagte ihr nur, dass man Schlachten *auch* mit Magie schlagen konnte – und wenn man Glück hatte, überstand man es sogar. Doch Caligo war nicht vernichtet worden. Er trieb sich noch irgendwo herum und heckte Neues aus. Würde er plötzlich mit einer Armee von Monstern und Untoten auftauchen, um sie aus einer dritten Richtung zu bedrohen? Durna war nicht sicher, was sie dann täte. Ihre Nerven waren ohnehin zum Zerreißen gespannt.

Armeen und Kriege sind etwas für … das Volk. Magier führen keine Soldaten an.

Durna sah von der Landkarte auf und blinzelte. Was? Hatte da jemand gesprochen?

Nur die Wände sprechen zu dir, Hexe.

»Die Wände? Was soll das? Wer ist da?« Sie stand abrupt auf, die Hände in einer Pose erhoben, in der sie Feuerbälle ebenso schleudern konnte wie feindliche Magie abwehren. Mit einem Zischen erloschen sämtliche Lichtquellen in Durnas Arbeitszimmer. Draußen war es dunkel, obwohl noch früh am Nachmittag. Verästelte Blitze zuckten aus niedrigen, schwarzen Wolken. In dem unruhigen Dämmerlicht glomm ein kalter, silbriger Schein auf den nackten Wänden. Er waberte hin und her, zog sich zusammen und bildete ein Rechteck an der Südwand. Ein sehr türartiges Rechteck.

Hast du dich nie gefragt, was für unentdeckte Geheimnisse die Festung der Sieben Stürme noch bergen mag? flüsterte die substanzlose Stimme.

›Warum sollte das alte Gemäuer überhaupt Geheimnisse bergen?‹ dachte Durna trotzig zurück.

Weil die Schwarzen Magier *die Festung bauten und Jahrhunderte lang bewohnten, Vantis.* Sie trat vor die »Tür« aus silbrigem Licht. Nach allem, was sie wusste, befand sich dahinter – nichts. Ein zwanzig Meter tiefer Sturz auf den Festungshof. Sie berührte die Mauer und ihre Finger drangen in sie ein, während über die schwärzlichen Steine wie über eine Wasseroberfläche Ringe liefen. Es fühlte sich kalt an.

Komm und sieh.

›Ich bin doch nicht verrückt‹, dachte Durna.

Und dann trat sie hindurch.

Schließlich konnte sie sich immer noch translokalisieren, wenn sie fiele. Dachte sie jedenfalls …

* * *

Eine massive Erschütterung durchlief das, was man gemeinhin als die Realität ansah, obwohl menschlichen Wesen schwergefallen wäre, genau zu definieren, was sie darunter eigentlich verstanden. Diesmal war es nicht nur ein Flimmern und Zittern, das bisher nur von wenigen Menschen wahrgenommen werden konnte. Ein Ruck ging durch die Welt, und jedermann fuhr wie erschrocken zusammen und fragte sich, ob er eben einen gewaltigen Knall gehört oder einen Erdstoß gespürt hatte. In einem gewissen Sinne war das sogar berechtigt, denn eine ganze Reihe von Vulkanen brach an diesem Tag auf spektakuläre Weise aus und spie Asche und Rauch in die Atmosphäre. Mehrere kleine Ortschaften am Fuße längst erloschen geglaubter Berge wurden mitsamt ihren Bewohnern unter den schwarzen Massen begraben. Doch das waren nur die Nebenwirkungen. Inmitten einer menschenleeren, kargen Hochebene kauerte ein Geschöpf, bei dessen Anblick die wenigen Vögel und Insekten dieser Gegend blitzartig das Weite suchten, die Erdhörnchen sich rasend schnell eingruben und eine einsame Giftschlange sich selbst zu beißen begann. Das unaussprechliche Ding hockte dort und zerrte mit Armen, die in unmöglichen Winkeln im Nichts zu verschwimmen schienen, an den inneren Strukturen der hiesigen Wirklichkeit.

Es war das erste Mal, dass der Neryl das auf dieser Welt tat, denn es war hier besonders riskant. Bisher waren die störenden Wirkungen nur von seiner bloßen Anwesenheit ausgegangen. Vernichtete er die falsche »Faser« hier, zersprengte er den falschen »Balken« dort, dann drohte schlimmstenfalls alles in weniger als einem Sekundenbruchteil in das Schwarze Loch gerissen zu werden, dessen Gravitationspotenzial die Energie lieferte, welche die Welten in dem Konstrukt verband. Selbst ein Neryl war verloren, wenn er in ein Schwarzes Loch geriet.

Doch nun hockte er wie ein aussätziger Klumpen faulenden Fleisches inmitten winziger, langsam unter seinen Ausdünstungen verdorrender Grasbüschel und tobte seine Wut buchstäblich damit aus, dass er an den Gitterstäben der Realität rüttelte. Eine Sterbliche hatte ihn in einem direkten Kampf geschlagen! So unwichtig ihm der Feldzug ins Landesinnere auch gewesen war, so zornig machte ihn die völlig unerwartete Niederlage. Er gehörte einer Rasse von Entitäten an! Er begriff nicht, wie die Hexe es geschafft hatte. Sie hätte nicht einmal in der Lage sein dürfen, sich auf so etwas wie kosmische Körper gedanklich einzustellen, geschweige denn, sie zu manipulieren! Das war unmöglich ...

Die tiefer liegende Natur dieser Realität machte dem Neryl zu schaffen. Er spürte es in sich, sogar als er wie rasend an ihr rüttelte. Sie reagierte elastisch auf diesen Ansturm, warf ihn zurück, als bestünden die metaphorischen Gitterstäbe aus Gummi. War es das, was ein transphysikalisches Universum ausmachte? Ihm fiel plötzlich ein, dass es in all den Jahrmillionen seit der Transzendenz seiner Rasse das erste Mal war, dass er in eine derartige Realität eindrang. Er hatte gewusst, dass hier etwas anders war, aber es war ihm nicht wichtig erschienen. Im Gegenteil, Caligo hatte lange gerade diese Dimensionen beobachtet, weil er schon immer das Gefühl gehabt hatte, dass sich hier Angriffspunkte für ihn entwickeln könnten. Womit er ja auch Recht behielt.

Was genau war diese Magie, mit der Erkon Veron so selbstverständlich umgegangen war? Wie hatte die Hexenkönigin von Teklador mit Magie seine mühsam erzeugte

Truppe von Monsterkriegern innerhalb von Sekunden auslöschen können? Mit den Splittern eines Kometen, um alles in der Welt!

Caligo war noch nie in einen dieser seltsamen Bereiche des Universums eingedrungen, in denen anstelle der üblichen Naturgesetze und ihrer Variationen etwas regierte, das auch kurz Transphysik genannt wurde. Er wusste es nicht, aber zwei andere seiner Rasse waren spurlos verschwunden, als sie – ohne Wissen der anderen – dasselbe versucht hatten. Die Neryl waren als transzendierte Rasse noch jung und daher viel zu arrogant, um an Gefahren für sich zu denken und diese ernsthaft erforschen zu können. Und an die offensichtliche und gut bekannte Gefahr wagten sie nicht zu denken ... Schon Gedanken konnten einen Drachen rufen.

Noch nie hatte eine Realität auf die Anwesenheit des personifizierten Chaos so ... indifferent reagiert. Es war beinahe, als sei das Chaos selbst ohnehin ein Teil der bestehenden Realität. So wurde Caligos Einfluss mit nur geringfügigen Störungen einfach absorbiert. Wäre das überhaupt möglich gewesen, dann hätte es Caligo besorgt machen müssen, ihn vielleicht ängstigen. Aber dafür war ein Wesen wie er nicht geeignet. Je mehr er von dieser Welt Horam Dorb erfühlte und erfuhr, um so verwirrter wurde er. Nicht nur, dass sie mit anderen Welten – und Dimensionen – verbunden war, auf ihr hatten äußerst extreme Manipulationen der Zeit stattgefunden!

Sogar Caligo betrachtete die Zeit als tabu, soviel Chaos sich auch theoretisch mit ihrer Manipulation anrichten ließe. Es hielten sich unter den Neryl hartnäckige Gerüchte, dass genau das einmal versucht worden sei – worauf ein komplettes Universum implodierte. Natürlich gab es keine reale Erinnerung daran – das alles war vollständig aus Raum und Zeit verschwunden – aber so etwas wie Echos gab es noch.

Niemand spielte mit der Zeit herum!

Und diese Menschen hatten es getan? Einfach unglaublich! Wussten sie etwas, das die Neryl nicht wussten oder waren sie einfach nur dumm?

Caligo schickte einen weiteren Stoß in die Struktur der Realität und lauschte verstört darauf, wie die elastischen Wellen sich im Nichts verliefen. Naturkatastrophen und kleinere Veränderungen zählten nicht. Einzig und allein die Dimensionsgrenzen weichten auf. Das war zwar normalerweise ein unbedeutender Effekt, doch diesmal schien er das Maximum dessen zu sein, was er mit seinen Bemühungen erreichte. Gab es hier einen Angriffspunkt? Er musste zuerst untersuchen, welche Folgen daraus entstanden und wie er es nutzen konnte.

Ausbreitung war das ultimate Ziel der Neryl als Rasse, doch waren ihnen darin bisher Grenzen gesetzt. Ihr Wesen, das unter bestimmten Bedingungen chaotische Ereignisse begünstigte, beschränkte sie auch auf das Universum ihrer ursprünglichen Entstehung mit seinen eigenen Gesetzen. Doch das hielt sie nicht davon ab, es immer wieder zu versuchen. Sie hofften, eines Tages die richtige Methode zu finden, um den Schritt hinaus zu machen. Caligo hatte geglaubt, eine Art Brückenkopf errichten zu können, wenn er dem Ritual Erkon Verons folgte und in dessen Welt eindrang. Dass andere Neryl ihm nachkommen würden, wenn er den Übergang gesichert hätte. Doch nur Wochen später wusste er, dass diese Welt nicht so einfach zu infiltrieren war. Noch dachte er nicht ans Aufgeben, er redete sich ein, dass er nur andere Methoden anwenden müsste. Und wenn gar nichts zum Erfolg führte, ging diese Welt vielleicht von ganz allein im Chaos unter. Dazu musste er nur verhindern, dass das im Moment gestörte geheimnisvolle System, welches sie im Verbund mit anderen Welten und Dimensionen stabilisierte, wieder in Ordnung gebracht wurde. Wenigstens das sollte ihm doch gelingen! Schließlich waren seine Gegner bloße Sterbliche. Die Frage war, was er tun musste, um die Kontrolle über dieses Steuersystem zu erlangen. Ob er überhaupt etwas tun musste ... Vielleicht wussten die Sterblichen gar nicht, was da lief? Nein, so einfach würde es nicht sein. Caligo war sicher, dass es irgendwo Menschen gab, die schon daran arbeiteten, ihre Welt zu retten. Er musste sie also nur finden und eliminieren.

Und inzwischen brauchte er einen besseren Platz als diese steinerne Einöde. Caligo streckte seine Fühler aus und entdeckte schon bald einen Ort, der ihm gefiel. Er bemerkte nicht, dass an einer anderen Stelle der Welt, die seltsamerweise mit seiner neuen Zuflucht in Verbindung stand, durch sein letztes Rütteln an der Wirklichkeit etwas geweckt worden war. Etwas, das sofort zu handeln begann.

* * *

Der Stoß war für jeden spürbar. Die Leute in der Schenke sprangen schreiend von den Tischen auf. Einige rannten in Panik nach draußen. Es fühlte sich ja auch wirklich wie ein Erdstoß an, wenn man nicht schon daran gewöhnt war wie die Reisenden, die in einer Ecke um einen Tisch saßen. Sie hoben nur die Köpfe und sahen sich misstrauisch um, als wollten sie überprüfen, ob noch alles an seinem angestammten Platz war – was natürlich nicht funktioniert hätte, wenn sich wirklich etwas in ihrer Umgebung ändern würde. Aber es war ein Reflex, den sie nicht unterdrücken konnten.

»He! Das war heftig!« sagte der Kleinste der Reisenden begeistert. Man musste wohl ein Dämon sein, um daran auch noch Spaß zu haben.

»Dieser Chaos-Scheiß macht mich noch ganz irre! Woher weiß ich denn, was echt ist und was sich gerade eben verändert hat?« Micras uncharakteristischer Ausbruch zeigte ihre tatsächliche Anspannung .

»Wir sind dabei noch gut dran«, sagte Brad. »Wir fühlen auch bei schwächeren Ereignissen zumindest, dass etwas nicht stimmt. Soweit es andere Leute angeht, könnten die frühmorgens aufwachen und ohne mit der Wimper zu zucken ... na, was weiß ich – in einen Wagen ohne Pferde steigen und davonfahren.«

Solana warf ihm einen scheelen Blick zu. »So was gibt's. Irgendwo anders, sagt der Zauberer.«

Inzwischen hatten sie alle eine bessere Vorstellung, was dieses »irgendwo anders« bedeutete.

»Ich frag' mich«, nuschelte Pek mit einem Mund voll Fleisch aus seiner Ecke, »was das alles eigentlich soll? Was bezweckt dieser Caligo-Typ?«

»Wahrscheinlich will er einfach nur seinen Spaß haben. Was soll Chaos schon für einen Zweck haben?« sagte Micra missmutig. Sie nahm ihren leeren Krug und knallte ihn auf den Tisch, um die Aufmerksamkeit des verstörten Wirtes wieder auf sein Geschäft zu lenken.

»Pek hat Recht, wisst ihr ...«

Alle schauten Solana überrascht an, vor allem Pek.

»Wir sollten uns vielleicht mal Gedanken darüber machen, was das Ziel des Chaos-Lords sein könnte. Warum stürzt er diese Welt ins Chaos? Wo wird das enden? Was hat er davon, außer seinen Spaß, meine ich?«

»Es gibt kein erkennbares Muster«, überlegte Brad. »Oder vielleicht doch?«

»Was wissen wir denn mit Sicherheit? Das Wetter gerät aus den Fugen, das ist inzwischen nicht mehr abzustreiten. Einige Pflanzen scheinen verändert zu sein, ohne dass es eine erkennbare Auswirkung hat. Es ist nicht so, dass Getreide plötzlich ungenießbar wäre oder so etwas. Und die Halataner haben neue Waffen.«

»Wir wissen nicht, ob da ein Zusammenhang besteht. Sie könnten bereits seit Jahren daran gearbeitet haben, diese Kanonen zu entwickeln, so wie der Herzog es behauptete.« Micra blickte skeptisch drein.

»Zumindest ist es verdächtig, dass sie gerade jetzt damit in den Krieg ziehen. Und habt ihr nicht auch seltsame Vorstellungen und Gefühle, als müsse da etwas sein oder passieren, was dann aber fehlt?«

»Das ist, wenn ich Hunger hab'«, warf Pek ein.

»Ich glaube nicht, dass sie das meint«, sagte Micra und gab dem kleinen Kerl einen Stoß. Pek schnitt ihr eine Fratze, was sogar Micra ein wenig zusammenzucken ließ – Fratzen eines Dämons sahen eben einfach dämonisch aus.

»Mich beunruhigt, was für Folgen dieses Chaos haben könnte«, fuhr die Warpkriegerin fort. »Man kann nicht vorausplanen, wenn sich buchstäblich im nächsten Augenblick alles ändern könnte. Wer weiß, ob nicht Flüsse ihren Lauf ändern oder sich plötzlich ein Gebirge zwischen uns und dem Ziel erhebt?«

»Mal dir lieber nicht solche Sachen aus!« warnte Brad düster. »Im Fluchwald reichte manchmal ein unbedachter Wunsch, um seltsame Effekte hervorzurufen. Und das kam für mich ziemlich nahe an ein pures Chaos heran.«

»Es ist nicht so schlimm, wie es sein könnte«, sagte plötzlich die leise Stimme des Zauberers. Er war, von den anderen unbemerkt, eingetreten – oder hatte er sich gar aus dem Nichts materialisiert?

»Wie meint Ihr das?« fragte Solana beunruhigt.

»Ich hatte gedacht, dass die Anwesenheit eines Chaos-Lords weit dramatischere Auswirkungen hat. Laut den alten Lehren, an die ich mich natürlich nicht mehr vollständig erinnere, ist das Eindringen eines derartigen Wesens in unsere Welt praktisch das schlimmste Ereignis nach dem Weltuntergang, das stattfinden kann«, erläuterte er pedantisch. »Einmal davon abgesehen, dass der Weltuntergang ganz nebenbei stattfindet. Offensichtlich halten sich die Folgen aber bisher in Grenzen. Also hat man es entweder früher sehr überschätzt oder etwas anderes begrenzt die Wirkung. Jedenfalls noch.«

»Die Götter? Ob die sich nun doch einmischen, um uns zu schützen?« mutmaßte Brad und warf Pek einen Blick zu.

Der hob die Schultern. Wirdaon würde ihn vermutlich nicht extra benachrichtigen, wenn sie vom Herumtrödeln der Menschen die Nase voll hatte und sich zum aktiven Eingreifen entschloss. Er wünschte es ihnen nicht. Seine »Chefin« hatte eigene Auffassungen davon, was für Sterbliche gut oder schlecht war.

»Wir können es nicht ganz ausschließen«, sagte der Zauberer. »Aber es würde mich überraschen. Wir sollten wohl das Beste daraus machen und uns mit unserer Mission beeilen.«
Brad nickte. Es lief immer wieder darauf hinaus, dass sie die Statue zum Tempel bringen und den Mechanismus wieder in Gang setzen mussten, der die beiden Welten stabilisierte. Erst danach hatte es Sinn, sich um den Rest zu kümmern.
›Was ist, wenn wir es nicht schaffen?‹ dachte er plötzlich ernüchtert. ›Gibt es einen Weg für uns, von hier zu fliehen, oder sterben wir mit dem Rest der Menschen?‹ Die Vorstellung, die Welt wegen ihres drohenden Unterganges ganz einfach zu verlassen, war für ihn nach ihren bisherigen Erlebnissen gar nicht mehr so abwegig – was freilich für den Rest der Bevölkerung weniger zutreffen dürfte. Ob Pek sie mitnehmen würde? Er wusste zwar nicht, ob ein Mensch überhaupt in Wirdaons Reich überleben könnte, aber es war eine Alternative zum Abwarten und Sterben. Es sei denn, auch Wirdaons dämonische Dimension wurde mit in den Abgrund gerissen. Wirdaon hatte in seinem Traum angedeutet, dass die Götter bereits aktiv waren, weil sie sich verantwortlich fühlten. Und – das fiel ihm plötzlich wieder ein – sie hatte ihm etwas in seinen Kopf getan, das ihm helfen sollte. Aber noch machte es sich nicht bemerkbar.
›Ich hoffe nur, Mata hat auf Horam Schlan die Statue wieder genau an den Ort gebracht, wo sie sein sollte!‹ Zum ersten Mal seit seiner Ankunft hier dachte er überhaupt an die merkwürdige junge Frau. Ihn überlief es siedend heiß. ›Das wäre der Gipfel! Wir können hier tun, was wir wollen, und drüben liegt die Statue irgendwo herum, wo sie völlig nutzlos ist. Warum hat sich Zach-aknum nicht persönlich darum gekümmert?‹ Natürlich wusste Brad, warum: Die Zeit hatte nicht gereicht. Das letzte Tor drohte zusammenzubrechen, darum gab der Zauberer Mata den Auftrag. Diese Statue hatte überhaupt nicht von ihrem Ort entfernt sein sollen. Wenn Farm nicht gewesen wäre, der das hiesige Exemplar in Tras Daburs Auftrag aus dem Tempel holte, dann wäre alles anders gekommen. Sicher wäre Brad dann auch die zweifelhafte Erfahrung erspart geblieben, zur zeitweiligen Inkarnation Horams zu werden. Er selbst hatte den Lord-Magister in einen Raum- oder Zeitsprung gelockt, um ihn loszuwerden. Was war aus ihm geworden? Das waren Dinge, über die Brad bisher noch gar nicht nachgedacht hatte. So etwas wie Panik überfiel ihn. Konnte das Schlimmste eingetreten sein, dass es Farm gelungen war, Mata davon abzuhalten, die Statue zurück zu bringen? Der Mann war am Ende halb irre gewesen, er hätte bestimmt nicht zugehört, wenn das Mädchen zu erklären versuchte, welche Bedeutung die Statue hatte. Wahrscheinlich sah er in ihr nur einen weiteren magischen Schatz, der seine Macht steigern könnte. Möglicherweise saß er gerade jetzt wieder in Combar und polierte das kleine, hässliche Ding, ohne zu wissen, dass er das Ende der Welt verursacht hatte.
»Was hast du?« Solana sah ihn besorgt an. »Du bist auf einmal so blass geworden.«
»Nichts weiter. Mir kam nur ein überaus beängstigender Gedanke.« Er winkte ab. »Nichts, was im Augenblick von Bedeutung wäre. Oder wegen dem wir etwas tun könnten.«
Sie schlugen gerade einen ziemlichen Bogen nach Norden, nachdem sie das Camp des halatanischen Herzogs verlassen hatten. Natürlich sagte Herzog Walthur ihnen nicht, wann Halatan das unter dem Einfluss der Yarben stehende Nachbarland angreifen würde, doch wahrscheinlich war es inzwischen bereits geschehen. Wenn ein Krieg erst einmal

von den Mächtigen beschlossen ist, dann wird er beinahe so unvermeidlich wie eine Naturkatastrophe. Den Umweg wählten sie nicht nur, um dem Kriegsgeschehen fern zu bleiben. Brad hielt es für wahrscheinlich, dass Klos immer noch hinter ihm her war, daher wollte er sich der Stadt Pelfar und deren direkter Verbindungsstraße nach Westen lieber nicht nähern. Zach-aknum hatte sich alles genau angehört, was Brad über den grauen Mann wusste, und vermutete, dass dieser bestimmte magische Fähigkeiten besaß, zum Beispiel die der Nekrolyse, obwohl er sicher kein echter Magier war. Es war kaum anders vorstellbar, wie er sonst herausgefunden haben sollte, dass Brad die Yarben umgebracht hatte. Zusammen mit Zach-aknum konnte sich Brad zwar relativ sicher fühlen, aber darum ging es nicht. Klos war ein Hindernis, das man auch umgehen konnte. Und dann war da noch etwas: Der Drache Feuerwerfer hatte Pek ausdrücklich geschickt, um zu verhindern, dass Klos jemals die andere Welt und sein Gegenstück im Stronbart Har erreichte. Bei seinen Fähigkeiten war es besser, wenn er so wenig Kontakt mit ihnen hatte, wie nur möglich. Falls er Gedanken lesen konnte und so vom Gallen Erlat erfuhr, würde er vermutlich alles daran setzen, nach Horam Schlan zu gelangen, sonst wäre der Drache nicht so besorgt gewesen.

Abgesehen davon bedeutete dies aber noch etwas vollkommen anderes – es gab offenbar noch einen Weg auf die andere Welt, obwohl die vier Tore nun alle geschlossen oder sogar zerstört waren!

Der dritte Grund ihres umständlichen Weges lag in der örtlichen Geographie. Zwischen ihnen und dem Tempel befanden sich Berge, die man entweder auf der vermutlich von Klos blockierten Route oder weiter im Norden durchqueren konnte. Zwar lag hier eine kaum besiedelte karge Hochebene, doch gut versorgt mit halatanischen Armeepferden und Proviant brauchten sie sich deshalb keine Sorgen zu machen.

Die Schenke in diesem Ort würde jedoch die letzte für lange Zeit sein, also hatte der Zauberer nachgegeben und sie waren eingekehrt. Und er war dann der erste gewesen, der in ihrem Zimmer verschwand, um sich auszuruhen, wie er sagte.

Aber er war nicht sehr lange oben geblieben. Fand er keine Ruhe oder hatte er gar nicht die Absicht gehabt, sich hinzulegen? Brad musterte den Schwarzen Magier abschätzend. Er sah nicht besonders erschöpft aus, so bleich und hager wie immer. Aber besorgt – wenn man das überhaupt aus seinem ausdruckslosen Gesicht ablesen konnte. Brad schaute zu Micra hinüber. Auch die Kriegerin sah Zach-aknum unter gesenkten Lidern hervor an. Wahrscheinlich fragte sie sich dasselbe wie er. Was hatte der Magier oben gemacht? Um den *Zinoch* zu befragen, brauchte er sich nicht zurückzuziehen. Irgendwas mit der Statue? Es sah ganz so aus, als würde er es ihnen nicht erzählen. Magier!

Micra kam auf ihre unmutige Bemerkung nach dem »Stoß« zurück.

»Zauberer, gibt es eigentlich eine sichere Möglichkeit, um zu sagen, was real ist und was nicht?«

»Die Realität ist das, was ist«, sagte er kurz angebunden und starrte sein Getränk misstrauisch an.

»Ach kommt schon, was dieser Chaos-Lord verursacht, ist doch nicht die *richtige* Realität!«

»Definiere Realität!« warf Pek ein.

Micra öffnete den Mund, schloss ihn wieder und wandte ihren Kopf dem Dämon zu. Sie runzelte die Stirn.

»Er hat Recht«, knurrte Zach-aknum.

»Vorsicht! Gib einem Dämon dreimal hintereinander Recht und er platzt vor lauter Stolz«, sagte Brad. Pek macht eine obszöne Geste, die allerdings keiner interpretieren konnte, da sie dämonisch war.

Micra schob sich ein Stück des inzwischen erkalteten Bratens in den Mund und kaute nachdenklich.

»Alles, was außerhalb Eures Kopfes abläuft«, sagte der Zauberer schließlich, »alles, was ohne Euch einfach *ist*, das ist die Wirklichkeit. Was Ihr daraus macht, ist Eure *Interpretation* der Wirklichkeit, die nicht notwendigerweise mit der anderer Leute übereinstimmen muss. Ein halb volles oder ein halb leeres Glas ... Die Menge an Flüssigkeit ist gleich, doch wie es jemand sieht, kann durchaus unterschiedlich sein. Realität ist das Absolute, wir jedoch sehen nur das Subjektive. *War* bisher das Absolute – denn nun kann es sich verändern. Das Komplizierte daran ist, dass auch wir zur Realität gehören, bis hin zu unserer Art ihrer Interpretation. Wenn sich nun ein Detail in ihr ändert, sagen wir mal, die Farbe der Rose im Staatswappen von Halatan, dann ändert sich alles, was mit dieser Farbe in Zusammenhang steht. Von zeremoniellen Gewändern bis hin zu unserem scheinbaren Wissen, dass diese Rose blau sein sollte.«

»Sie ist rot!« sagte Micra prompt. Schließlich hatte sie die Banner im Camp des Herzogs gesehen.

»Ach ja?« fragte der Magier.

3

Sie fiel nicht in den Burghof hinunter. Nein, stattdessen fand sich Durna in einem Geheimgang wieder, der eigentlich hätte stockfinster sein müssen. Aber er wurde von dem selben silbrigen Licht schwach erhellt, das die Umrisse einer Tür an die Wand gezeichnet hatte.

Es war totenstill. Mit einem Fingerschnippen erzeugte sie eine kleine, schwebende Lichtkugel. Sie stand auf dem Absatz einer schmalen Treppe, die nach rechts in die Tiefe führte, als ob die Mauer der Festung der Sieben Stürme mindestens dreimal so dick sei, als es tatsächlich der Fall war. Durna wunderte sich nicht sehr darüber. Sie wusste schließlich, was man mit Magie erreichen konnte. Einiges davon, korrigierte sie sich in Gedanken. Manche Dinge ahnte sie nicht einmal, das war ihr klar. Andere hatte vor ihr noch nie ein Zauberer getan, trotzdem waren sie möglich – so wie einen Kometen aus dem Weltraum zu stehlen und seine Stücke auf die Köpfe von Feinden zu werfen. Sie lächelte in die Dunkelheit und begann, die Treppe hinab zu steigen. Dabei überlegte sie, was sie von der Geschichte der Festung wusste. Tatsächlich war sie von Schwarzen Magiern erbaut worden, also Zauberern auf dem Gipfel ihrer Macht, die einer eher menschenverachtenden Überzeugung anhingen. Das musste um so mehr zutreffen, da es sich um die Magier einer fernen Vergangenheit handelte. Durna war sich im Klaren darüber, dass die Schwarzen Magier der Gegenwart viel moderater waren – bis auf Ausnahmen, zu denen sie sich durchaus zählte. Es war etwa zur Zeit der Magierkriege gewesen. Sie wusste nicht viel über die Ereignisse damals. Vor allem ging es wohl um die Macht. Einige renegate Zauberer versuchten die weltliche Macht in den Ländern auf der Westseite des Kontinents zu erlangen. Andere schlugen sich auf die Seite der nichtmagischen Herrscher. Die Folgen dieser letzten großen Auseinandersetzung zwischen Kriegsmagiern waren verheerend gewesen. Teklador und Nubra wurden beinahe entvölkert. Durna stutzte und verhielt ihre Schritte. Tatsächlich, genau das hatte sie einst gelesen. Doch sie war nicht auf die Idee gekommen, zu fragen, wer dann heute in den beiden Ländern lebte.

Fremde! flüsterte eine geräuschlose und doch gehässige Stimme in ihrem Kopf. *Eingewanderte Fremde, so wie heute die Yarben kommen. Nur kamen die Menschen damals von noch weiter her.*

Weiter als die Yarben? Das konnte nur heißen ...

Von der anderen Welt, ganz recht. Alle drei zugänglichen Tore befanden sich hier, oder? Der in Geschichtsbüchern genau deshalb erwähnte König Uto hatte die Festung der Sieben Stürme übernommen und Bink am anderen Ufer bauen lassen. Wo waren die Magier damals gewesen? Wie hatte ein einfacher Mensch, und sei er ein König, ihnen die alte Trutzburg streitig machen können?

Darin lag eines der Rätsel, über die selbst heutige Zauberer nicht sprachen. Was mochte damals geschehen sein? Waren Utos Leute durch die Tore gekommen? Wieder blieb Durna stehen. Vor ihrem geistigen Auge tauchte die verschimmelte Seite eines Buches auf, das sie vor langer Zeit gefunden hatte, und dort stand, dass Uto von Taan Goor gekommen war, um ein Land für sein Volk zu finden.

Aber Taan Goor befand sich auf ihrer Welt. So nannte man früher die Inselregion um Baar Elakh. Wörtlich bedeutete es ... Land der Drachen.

›Oh je!‹ Durna lehnte sich gegen die Wand und atmete tief durch. Die Luft in dem seltsamen Treppenhaus war trocken. Sie biss die Zähne zusammen, dass es knirschte. Sie hatte mit einem Drachen gesprochen. Sie fürchtete sich nicht vor schrecklichen alten Geschichten. Baar Elakh, das war eine uralte Opfer- und Hinrichtungsstätte. Aus einer Zeit, als die Menschen ihrer Welt andere, heute vergessene Götter angebetet hatten. Die Inseln waren nur auf wenigen Karten eingezeichnet und hätten genauso gut im Meer versunken sein können. Niemand fuhr heutzutage dorthin. Niemand lebte dort.

Wenn Uto nicht von Horam Schlan gekommen war, sondern von Taan Goor, warum behaupteten die Wände dann ...?

Nun ja, man sollte wohl nicht jeder hergelaufenen und einen telepathisch anquatschenden Wand trauen.

Durna ging weiter. Ihrem Gefühl zufolge musste sie schon unter der Ebene des Hofes sein. Die Treppe bog nach links ab und führte tiefer hinab. Unbehagen machte sich in ihr breit, als sie plötzlich an die finsteren Gänge unter Regedra dachte, an den Ort schwärzester magischer Rituale, die schließlich Caligo angelockt hatten.

Nichts dergleichen hat jemals hier stattgefunden, flüsterte die körperlose Stimme, die behauptete, von den Wänden selbst zu stammen. Sie klang entrüstet. *Die alten Magier waren doch keine Narren!*

Die enge Treppe war erstaunlich sauber, fiel ihr auf. Keine Spinnweben, kaum Staub. Ein Zauber musste auf ihr liegen.

Kein bloßer Reinlichkeitszauber, kommentierten die gesprächigen Wände wieder ihre Gedanken. *Diese Treppe liegt ein kleines Stück außerhalb deiner Wirklichkeit. Kein Lebewesen kann sie ohne Magie erreichen, nicht mal eine Spinne. Die Außenmauer könnte niedergerissen werden, aber die Treppe würde weiterhin da sein. Unzugänglich, aber existierend.*

Abrupt endete die besagte Treppe vor einem unverschlossenen Durchgang. Durna schickte ihr Licht hinein und folgte, als sie sah, dass ein großer Raum dahinter lag. Es war kalt in dem von erstickender Stille erfülltem Gewölbe. Die Lichtkugel glühte oben an der geschwungenen Decke grell auf und tauchte den Raum in gleißendes Licht. Durna war misstrauisch. Alles konnte sich hier verbergen, nur darauf wartend, über sie herzufallen. Doch nichts rührte sich, und sie begann den Raum richtig wahrzunehmen. Sie begriff sofort, wo sie sich befand. Zwar hatte nicht einmal Ramdorkan etwas in dieser Größe gehabt, aber eine Zauberin erkannte ein magisches Laboratorium, wenn sie in einem stand. Die Wände waren voller Bücherregale und Schränke mit *Dingen*: Stoffe, Präparate, Instrumente, Spezimen. Lange Tische standen parallel im Raum, viel Platz lassend – für Beschwörungen sicherlich. Sie konnte sich einige der Sachen vorstellen, die man hier getan hatte. Plötzlich wusste sie, dass sie die Festung der Sieben Stürme unbedingt behalten wollte, egal was kam und geschah. Dieser Ort war der Traum eines jeden Zauberers. Sie fühlte sich besonders zu den Regalen hingezogen. Bücher, mehr als sie je auf einem Fleck gesehen hatte. Unversehrt, weder von Schimmel noch von Feuchtigkeit oder umgekehrt zu trockener Luft angegriffen. Durnas Herz begann zu hämmern, als sie sich vorstellte, was alles in ihnen stehen musste.

Nicht diese, Vantis. Schau hierhin!

Sie wandte sich um und bemerkte, wie ein Fußbodensegment silbrig zu leuchten begann. Abgesehen von dem herablassenden Ton war die Stimme doch ganz hilfreich, fand sie.

»Zeig dich!« befahl Durna und deutete auf das Viereck am Boden.

Knirschend hob sich die Platte, stieg sie immer weiter in die Höhe, wobei sich zeigte, dass sie eigentlich ein Quader war, ein Quader, in dessen ausgehöhlte Seiten steinerne Regale geschnitten worden waren. Regale mit weiteren Büchern. Mit Büchern, die silbrig flimmerten, goldene Funken sprühten oder schwarzes Licht ausstrahlten

Vorsicht.

Das Wort klang fast beiläufig, aber Durnas gespannte Nerven reagierten sofort. Der kreischende Todeszauber des Buchquaders schlug durch die Stelle, an der sie eben noch gestanden hatte. Von der Druckwelle ihrer Translokation zerbrachen einige der hunderte von Jahren alten Glasgefäße auf den langen Tischen.

Dann schlug sie zurück.

Etwas kaum sichtbares, dennoch irgendwie schwarz aussehendes wurde von ihrem Gegenzauber zermalmt. Ein hoher, schriller Laut erklang, dann herrschte wieder Stille. Durna holte tief Luft und spürte die Schweißperlen auf ihrer Stirn. Natürlich gab es Schutzzauber hier unten! Sie hätte es an Stelle der alten Magier nicht anders gehalten. Sehr vorsichtig ging sie erneut auf den Quader zu. Lange stand sie dann vor dem grob in harten Stein gehauenen Regal und musterte die uralten Folianten, ohne sie zu berühren. Bücher: So lange die Geschichte zurück reichte, waren sie und die Zauberer untrennbar verbunden gewesen. Magie war eine Kunst, ein Talent, das durchaus intuitiv gemeistert werden konnte, wenn man nur über genügend davon verfügte. Aber ein Menschenleben reichte meist nicht aus, um die Kunst auf diese Weise bis an ihre Grenzen zu erforschen, um ein wirklicher Adept der Fünf Ringe zu werden. Darum war das Aufzeichnen von Möglichkeiten und Verfahren ein wichtiger Bestandteil der Magie. Kein Mensch ohne das Talent konnte Magie wirken, indem er irgendwelche Zaubersprüche aufsagte oder Rituale abhielt. Aber *ein Zauberer* konnte aufgeschriebene Verfahren wiederholen. Wenn sein ganz persönliches Talent kompatibel war. Deshalb gehörten Zauberbücher zu den begehrtesten Dingen dieser Welt.

Nicht diese, wiederholte die Stimme ungeduldig. *Die Zauberbücher stehen alle in den Regalen.*

Was waren das dann für Bücher? Durna griff nach einem silbrig funkelnden Buch. Ein harter, schmerzhafter Schlag durchfuhr sie. Als sie sich vom Boden aufrappelte, schwindelte ihr. Ohne dass sie das Buch auch nur herausgezogen hätte, wusste sie, dass seine Hülle aus Menschenhaut bestand, es aber nicht von einem Menschen geschrieben worden war, dass es dreitausendvierhundertundachtundzwanzig Jahre alt war, dass es von Möglichkeiten sprach, Wesen zu züchten, die in der Lage waren ...

Die Zauberin wandte sich hastig ab und übergab sich unter einen der Tische. Was sie vor allem wusste, war, dass sie das Buch nicht lesen, nicht mehr anfassen wollte.

Keuchend richtete sich Durna wieder auf. Das hier schien kompliziert zu werden. Sie ging einmal ganz um den Quader herum und betrachtete die Bücher auf allen vier Seiten. Es waren im ganzen etwa hundert Stück. Wie sollte sie etwas erfahren, wenn sie gleich das erste Buch zu Boden schmetterte? Ohne sich zu erlauben, weiter darüber nachzudenken, griff sie nach einem anderen Band. Erfreulicherweise prickelte es diesmal nur in ihren Fingern. Sie zog das schwere, in schwärzliches Leder gebundene Buch heraus.

Durna wog es in der Hand. Auf dem Einband war kein Titel eingraviert. Sie zögerte. Bücher waren gefährlich, das wusste sie nicht erst seit soeben. Sogar gewöhnliche Bücher waren gefährlich; nicht ohne Grund zählten Schriftsteller zu den am häufigsten aus politischen Gründen Verfolgten. Und magische Bücher *lebten* beinahe. Sie konnten töten, wahnsinnig machen – einen Menschen innerhalb kürzester Zeit jede Verbindung zu seiner eigenen Realität verlieren lassen.

Traust du dich nicht?

Sie drehte sich nicht um, obwohl sie den deutlichen Eindruck hatte, dass die Wand hinter ihr grinste.

›Mein zweiter Vorname ist Risiko‹, dachte sie.

Nein, er ist ...

Die Stimme verstummte jäh, als sie das Buch öffnete. Mit einem Schlag war sie woanders. Das grelle Licht eines Raumes mit weißen und hellgelben Oberflächen blendete sie. Unbekannte Geräusche und funkelnde bunte Lichter fluteten über sie. Eine menschenähnliche Gestalt mit zwei Köpfen hantierte an den Lichtpunkten.

Durna schrie auf.

Einer der Köpfe wandte sich ihr zu und grinste.

Ein Treffen

Das Licht von Sternen spiegelte sich in einer obsidianschwarzen Tischplatte. Es fiel durch die unsichtbare Kuppel aus Energie, welche den Raum, in welchem die schwarze Platte ohne jede Stütze in unbestimmter Höhe über dem Boden schwebte, nach außen abschirmte und eigentlich erst definierte. Es wäre einem zufälligen menschlichen Beobachter unmöglich gewesen, einen Anhaltspunkt für Maßstäbe zu finden. Nichts in dem dunklen Raum wäre einem Menschen bekannt vorgekommen. Aber natürlich gab es hier keine Menschen. Wie weiße Nadelstiche lag das Licht der fernen Sterne auf dem schwarzen, glänzenden Material. Es funkelte, flackerte und zitterte nicht. Es gab keine Stühle um den Tisch. Die Wände des Raumes, vom Tisch um ein Vielfaches von dessen Länge entfernt, waren voll verwirrender Strukturen. Man hätte nicht sagen können, ob es nur Verzierungen von der Hand eines irrsinnigen Künstlers waren oder ob sie gar unbegreiflichen *Zwecken* dienten. Der Raum hatte anscheinend nicht nur eine unregelmäßige, sondern eine unbeständige Form. Ein länger ausharrender Beobachter hätte bemerkt, dass die eigenartig gestalteten Wände ihre Position immer dann leicht änderten, wenn man gerade nicht hinsah. Es gab auch kein anderes Mobiliar. Nur der schwarze Tisch schwebte reglos mitten in einem fast dunklen, nur vom Sternenlicht beleuchteten Raum. Wenn es ein Tisch war ...

Das Licht zitterte für einen fast nicht wahrnehmbaren Augenblick. Relativ zu dem Tisch als einzigem Bezugspunkt materialisierte sich ein dunkler, amorpher Fleck um ein Vielfaches der Tischhöhe oberhalb des Bodens und begann sogleich langsam herab zu gleiten. Dabei nahm der Fleck Konturen an: die Umrisse eines lebenden Wesens. Nun gut, zumindest von etwas, das so aussah, als ob es eines sein könnte.

Das Wesen berührte den Boden des Raumes, trat an den schwebenden Tisch heran und betrachtete aus Augen, die ganz andere Dinge zu sehen gewohnt waren als menschliche Augen, die reglosen gespiegelten Lichtpunkte der Sterne. Nicht ein einziges Mal hob das Wesen seinen Blick, um die echten Sterne jenseits der Energiekuppel anzusehen.

Zeit spielte in dem Raum mit dem schwebenden schwarzen Tisch keine Rolle. Vielleicht vergingen nur Augenblicke, vielleicht waren auch Menschenalter verstrichen, als das Licht erneut zitterte.

Dunkle Schattenknoten bildeten sich mitten im Raum, kondensierten und sanken, Formen annehmend, zu Boden. Weitere Wesen näherten sich dem Tisch, um die Spiegelsterne zu betrachten.

Lange standen die sehr verschiedenartigen Gestalten reglos um dem Tisch, scheinbar in der Kontemplation von Lichtpunkten mitten im Dunkel versunken. Dann, gerade als es schien, als würde eines der Wesen seinen Kopf heben, um die anderen vielleicht anzusprechen, ertönte ein Geräusch, als würde ein zäher Stoff zerreißen. Die Köpfe der um den Tisch versammelten Wesen ruckten herum. Sie waren deutlich überrascht.

Der reißende Laut wurde anscheinend von einer Linie aus glitzerndem weißen Licht verursacht, die sich wie ein unregelmäßiger Riss am längeren, aus irgendeinem Grund noch unbesetzten Ende des Tisches senkrecht in der Luft entwickelte. Die Wesen prallten zurück. Doch nichts geschah. Es hing einfach ein Riss mitten im Raum, aus dem kaltes Licht fiel.

In einem Teil des akustischen Spektrums, der für Menschen nicht einmal hörbar gewesen wäre, erklang eine Stimme, die auf ihre Weise Panik verriet: »Was bedeutet das? Greifen *sie* etwa ein?«

Eines der Wesen, neben dem ein weiteres, vollkommen identisches Wesen stand, beugte sich ein wenig vor und betrachtete den Riss. »Ich glaube nicht«, sagte es dann ein wenig zögernd. »Vielleicht ist das nur eine Warnung. Oder ein Zeichen, dass sie aufmerksam geworden sind.«

»Wollten sie eingreifen, wären wir längst nicht mehr hier«, stellte das zuerst angekommene Wesen fest. »Wir kennen doch ihre Vorgehensweise.«

Eine humanoide Gestalt, deren kalkweiße Haut im Licht der fernen Sterne hell schimmerte, trat wieder an den Tisch und legte eine schmale Hand mit spitzen Nägeln auf die schwarze Platte. »Ich denke, was wir hier sehen dürfen, ist ihre Art, uns zu sagen, dass sie sich nicht einmischen – noch nicht – aber bereits teilhaben. Dass sie lauschen.«

»Wirdaon!« flüsterte jemand erschrocken.

Die Herrin der Dämonen verneigte sich leicht vor dem Riss in der Luft. Niemand hätte sagen können, ob das spöttisch oder ernst gemeint war.

»Es ist eine Warnung.«

Jeder hier wusste, was Wirdaon damit sagen wollte. Jemand da hinter dem Riss war nicht mehr ganz überzeugt, dass sie hier in dem Raum die Krise meistern konnten. Und die Gepflogenheiten waren leider nicht so, dass dieser Jemand ihnen im Ernstfall zu Hilfe eilen würde. Im Gegenteil ...

Beide Zwillingswesen berührten ebenfalls die Tischoberfläche. Sie wandten synchron ihre Köpfe von dem ominösen Riss ab und der Tischplatte zu. Dann sprach einer von ihnen, obwohl alle Anwesenden den deutlichen Eindruck hatten, beide zu hören.

»Es schmerzt mich sehr, zu sehen, was in meiner Abwesenheit geschehen ist. Ich hoffe, dass wir in der Lage sind, die Situation in Ordnung zu bringen.«

»Schön zu wissen, dass du wieder hier bist. Hast lange genug gebraucht, Horam.« Das Wesen, welches zuerst erschienen war, blieb in Dunkelheit gehüllt, auch als es sich mit allen restlichen wieder an den Tisch stellte. Sämtliches Licht schien einfach in ihm zu versickern.

»Ihr wisst, dass meine Rasse ...«, begann einer der Horam-Zwillinge und zögerte.

Verdrossen unterbrach ihn Wirdaon. »Schon gut, wir wissen um die peinlichen Einzelheiten eures Biozyklus. Ich gehe davon aus, dass die ... äh ... Trennung problemlos verlaufen ist?« Sie warf den beiden Wesen einen forschenden Blick zu, der verriet, dass sie weit mehr über die biologischen Probleme von Horams Rasse wusste, als deren Vertretern lieb war. Doch das Unbehagen Horams berührte die Dämonenherrscherin nicht.

Die beiden identischen Wesen machten komplexe bestätigend-abwehrende Gesten dritter Ordnung.

Wirdaon ließ blendend weiße Zähne in einem blutroten Mund mitten in einem kalkweißen Gesicht sehen. Alle Anwesenden waren durch ihre Verbindung mit den menschlichen Welten mit dem vertraut, was Menschen ein Lächeln nannten. Trotzdem erschauderten einige der anwesenden Geschöpfe. Sie fanden es höchst irritierend, dass Wirdaon diese Form gewählt hatte. Und sie wussten natürlich, dass sie das nur tat, um sie an etwas zu erinnern. An die Milliarden Menschen auf den beiden Hauptwelten.

Freilich trauten sie ihr nicht zu, tatsächlich so etwas wie eine Verantwortung diesen Menschen gegenüber zu empfinden. (Womit sie ihr unrecht taten.) Doch der glitzernde Riss, der auf eine gewisse Weise den stummen Vorsitz über ihr Treffen an sich gerissen zu haben schien, ergänzte Wirdaons Erinnerung. Die Klaue, welche ihn geschaffen hatte, würde nicht den Untergang zweier bewohnter Welten tolerieren, nur weil Wesen, die sich Entitäten oder manchmal auch Götter nannten, zu dämlich waren, ihn zu verhindern. Diese Klaue würde *sie* zerreißen, und wenn sie Pech hatten, ihre diversen Rassen gleich mit.

»Was können wir tun?« fragte der Dunkle.

»Was ist überhaupt passiert?« sagte beinahe gleichzeitig eine der niederen Entitäten. Der Dunkle bewegte sich für einen Moment gereizt, dann deutete er auf das Wesen in Form einer betörend schönen, wenn auch schwarzweiß kontrastierenden Menschenfrau. »Wirdaon hat den besten Kontakt zu den Ereignissen. Sie kann das Dilemma vielleicht zusammenfassen.«

»Klar, du bekommst schließlich nur den Fallout ab, Wordon, nicht wahr?« Das finstere Wesen aus der Todesdimension reagierte mit dem Äquivalent eines Schulterzuckens. Wirdaon fuhr fort: »Ihr kennt alle die Ausgangslage – Horam, damals noch ein Jugendlicher seiner Rasse, was bedeutet, dass er in einem einzigen Körper steckte, machte eines dieser Experimente, vor denen uns unsere Eltern immer mit den Worten gewarnt haben, dass wir das nicht zu Hause ausprobieren sollen.«

»Wirdaon, bitte!« Der düstere Wordon schien von ihrem Sarkasmus gar nichts zu halten.

»Na schön. Das Experiment ergab nicht das, was es sollte, aber etwas anderes, das interessant genug war, um es weiter laufen zu lassen. Dummerweise waren die Steuer- und Sicherheitseinrichtungen nicht das, was sie sein sollten.« Sie warf einen kurzen Blick zur Stirnseite des Tisches, wo reglos ein Strich in der Luft funkelte. »Die eingeborenen, sozusagen intelligenten Lebensformen versauten die Sache schließlich. Einer dieser Menschen brachte das Steuersystem aus dem Gleichgewicht. Ich werde Horam jetzt weder fragen, warum er so schlampig gearbeitet hat, noch weshalb das Steuersystem überhaupt für Menschen zugänglich war und nicht im verdammten Kern des Planeten!«

Die Anwesenden betrachteten Wirdaon verblüfft. Solch ein Ausbruch war ... ungewöhnlich. Sie musste erheblich unter Druck stehen.

»Glücklicherweise fanden die Eingeborenen einen Weg, zunächst mit der Katastrophe fertig zu werden. Einen höchst erstaunlichen Weg, möchte ich ergänzen. Während auf der einen Welt die Zeit extrem verlangsamt wurde, versuchte eine Gruppe von Menschen auf der anderen Welt, das gestohlene Steuerelement wieder zu finden.«

»Die Zeit? Aber ...?« Der erschrockene Zwischenruf kam von einer der nicht direkt involvierten Entitäten.

»Ja, richtig kühn, nicht wahr?« Wirdaon grinste wieder ihr dämonisches Grinsen und kam sich beinahe wie ein richtiger Dämon vor. Für einen Sekundenbruchteil fragte sie sich, was ihr kleiner Pek wohl gerade machte. (Und da sie eine Göttin war, wusste sie es im selben Augenblick.) »Ich muss zugeben, für einen Heranwachsenden hat Horam äußerst ausgeklügelte Sicherheitsprotokolle hinterlassen«, fuhr sie fort. »Die Statue, welche die Steuereinheit darstellt, wurde gefunden und trotz beschädigter und verschlossener Tore auf die andere Welt zurück gebracht. Als dabei unverhoffte Probleme auftraten, materialisierte sich sogar ein im Sicherheitsprotokoll zurückgelassenes Horampartikel, übernahm einen Menschen und rettete die Lage. Das war ziemlich genial für einen Jungen deiner Rasse, Horam.« Das Doppelwesen lächelte stolz.

»Natürlich wiegt es nicht die ursprüngliche Idiotie auf, die das alles erst ermöglicht hat. Die offensichtlichen Möglichkeiten waren durchaus berücksichtigt, und es funktionierte auch. Aber es gab Entwicklungen, die unser Wunderzwilling hier nicht voraussehen konnte. Sowohl auf Schlan als auch auf Dorb bildeten sich NBE-Wesen heraus, Aberrationen, mit denen die Anwesenden durchaus vertraut sein sollten.«

Alle machten finstere und bestätigende Gesten, die ein Mensch als Nicken interpretiert hätte. Das Phänomen war bekannt.

»Und – als wenn das nicht genug wäre – gelang es vor kurzer Zeit einem Neryl, auf Horam Dorb Fuß zu fassen. Das ist die Lage im Moment: die Stabilität ist noch nicht völlig wieder hergestellt, NBE-Wesen auf beiden Welten, und ein Chaos-Lord, der wahrscheinlich nicht die geringste Ahnung hat, was er da eigentlich macht.«

Einer der Horams räusperte sich sehr menschlich. Plötzlich hatten alle Anwesenden das dringende Bedürfnis, schnell weg zu rennen. Entitäten besitzen so etwas wie Vorahnungen, vor allem, wenn es um schlechte Nachrichten geht.

»Ich muss da noch was ergänzen«, sagte der Schöpfer des umstrittenen Weltenkonstruktes bedrückt. »Auf dem Weg hierher habe ich Simulationen gefahren. Es reicht nicht, die beiden Statuen – die Steuerelemente – wieder an Ort und Stelle zu bringen. Inzwischen dürfte das System zusammengebrochen sein. Es war niemals vorgesehen, dass so etwas passiert.«

Alle starrten die beiden schweigend an.

»Kein automatischer Neustart?« fragte ein kleines Wesen, das kaum über den Tisch schauen konnte, mit zirpender Stimme.

»Leider nicht, Daira.«

»Und wenn wir einfach ...« Der Sprecher stockte, als ob er etwas Unaussprechliches äußern wollte. »Einfach dort *hingehen*?«

Wirdaon stieß zischend die Luft aus. »Gaumul, mein Lieber, so sehr ich verstehe, wie gern du das möchtest, um einmal in Wirklichkeit an einem Krieg teilzunehmen, im Moment weiß etwa ein halbes Dutzend Leute dort unten, dass ich tatsächlich *existiere*. Der Rest glaubt mehr oder weniger ernsthaft an mich. Und das ist schon anstrengend genug. Unsere Lebensform könnte nicht länger auf diese Weise existieren, wenn alle *wüssten*, dass es uns gibt.«

Das Wesen, das mancherorts als der yarbische Gott des Krieges bekannt war, schien für einen Augenblick streiten zu wollen, dann blinzelte es, schaute Wirdaon ins kalkweiße Gesicht und erbleichte selbst sichtlich. Nur noch Wordon besaß an diesem Tisch annähernd eine Macht wie die Dämonenfürstin. Sie hatte sich einer ganzen Dimension versichert, während die anderen ... einfach nur Entitäten waren. Wirdaon kam dem Status einer Superentität näher als jeder andere hier – wenn auch sie von dem Wesen hinter dem glitzernden Riss noch Universen weit entfernt war.

»Richtig!« flüsterte die Stimme Wordons so trocken raschelnd wie totes Laub. »Wir würden das nicht ertragen können, glaubt mir. Die Menschen fluchen in meinem Namen, sie tun so, als ob sie meinen, nach dem Ende ihres Lebens in mein Reich zu kommen, aber sie *wissen* es nicht! Und sie glauben es nicht wirklich. So ist es nur ein irritierender Stich, jedes Mal, wenn einer meinen Namen gebraucht. Bei ihr ist es, glaube ich, schon schlimmer.«

Wirdaon lächelte nicht mehr. »Einige von ihnen wissen, dass es Dämonen gibt, also glauben sie recht fest an deren Herrin. Die meisten halten Dämonen und deren Reich für Märchen und Aberglauben. Doch selbst das ist weit mehr als ein Stich. Ich höre jedes ihrer Worte, das sie bewusst oder unbewusst an mich richten. Immer wenn einer von ihnen stöhnt ›Oh, Wirdaon!‹, bin ich zu fragen versucht, ›Ja, was gibt's?‹ Aber natürlich geht das nicht.« Zumindest nicht offiziell, aber das brauchten die Anwesenden nicht zu wissen.

»Wir können also nicht einfach hingehen und die Sache in Ordnung bringen«, fasste Horam – es war der Schlan-Teil – bedrückt zusammen.

Wirdaon warf ihm einen berechnenden Blick aus ihren völlig schwarzen Augen zu, doch das konnte niemand in dem halbdunklen Raum sehen. Warum verschwieg der Hauptgott der betreffenden Welt etwas? Was war mit seinem Vertreter dort »unten«? Horam brauchte doch gar nicht physisch auf die Welt zu gehen. Aber Einmischung und Bevormundung wurden nicht gern gesehen. Vielleicht war es genau das Falsche, wenn sie anfingen, die Ereignisse zu manipulieren? Sie musste sich vergewissern.

Sie trat ans Ende des Tisches, spürte beinahe, wie alle den Atem anhielten, und strich mit einem Finger vorsichtig über die Ränder des flimmernden Risses in der Wirklichkeit. Funken sprühten. Sie spürte nichts.

›Sternenblüte?‹ dachte die Herrin der Dämonen mit äußerster Vorsicht. Es war etwas, das sie noch nie in ihrem ganzen, Jahrtausende langen Leben getan hatte, etwas, das bloße Menschen mit viel größerer Natürlichkeit tun mochten, weil sie einfach nicht wussten oder begriffen, wen sie da ansprachen.

Du weißt doch, dass selbst ich nicht tun und lassen kann, was ich will? antwortete eine traurige Stimme in ihrem Kopf.

›Aber ist das nicht ... eine Ausnahme?‹

Mag sein.

Die anderen am Tisch nahmen durchaus wahr, was die Dämonenfürstin tat. Es sprach für ihre Nerven, dass sie nicht kreischend davon rannten.

›Bitte. Gibt es einen Weg? Was sollen wir denn nur tun?‹

Was wollt ihr denn tun?

›Diese Welten, ihre Bewohner retten, die Neryl zurückwerfen. Das närrische Experiment ungeschehen machen.‹

Nein.

›Was?‹

Das schließt einander aus. Ihr müsst zu dem Experiment des Zwillingsjungen stehen und seine Ergebnisse schützen. Es ist wichtig für euch alle. Einige tausend Jahre in der Zukunft werdet ihr daraus etwas lernen, das ihr dann benötigt.

Wirdaon spürte, wie die Furcht nach ihr griff. Die Angst ihrer eigenen Rasse vor der Zeit. Sie hatte soeben wahrscheinlich eine Drachenprophezeiung erhalten, etwas, das pro Zivilisation statistisch höchstens dreimal vorkam. Aber schon als sie den Riss berührte, den eine Drachenklaue in die Wirklichkeit geschlagen hatte, waren ihr die möglichen Konsequenzen klar gewesen.

Es existiert eine Möglichkeit, das Steuersystem neu zu starten, sagte die Stimme in ihrem Kopf unverhofft. *Sieh her!*

Und dann geschah das Furchtbarste, was die Herrin der Dämonen jemals erlebt hatte. Ihr Kopf wurde von einer imaginären Kralle ergriffen und in eine unbekannte Dimension verdreht. Wissen strömte in sie ein und durch sie hindurch, die Zeiten entlang, wie durch klare, dünne Kanäle. Sie begriff ganz nebenbei, dass sie schon vor einiger Zeit in ihrer subjektiven Realität dem Menschen Brad Vanquis dieses Wissen in einem Traum ins Gehirn gepflanzt hatte, das sie doch selbst eben erst empfing! Und vor noch längerer Zeit hatte sie den Dämon Pek zu sich gerufen, um ihm ebenfalls bestimmte Befehle zu geben. Die Erfahrung, gleichsam rückwärts zu leben, war beinahe mehr, als sie verkraften konnte. Wirdaon wich von dem Riss am Ende des Tisches zurück. In diesem Moment schloss sich der glitzernde Spalt.

»Was ist los? Was ist passiert?« fragten die anderen aufgeregt.

Wirdaon fasste sich wieder. Es ging nicht an, Schwäche zu zeigen, auch wenn es in dieser Situation sicher entschuldbar gewesen wäre. »Sternenblüte hat mir etwas gezeigt«, sagte sie zögernd. »Ich glaube, ein Teil von mir war soeben über die Zeit verzerrt.« Sie wusste kaum, wie sie diese Erfahrung den anderen erklären sollte. Am besten verzichtete sie auf die verwirrenden Aspekte wie das »Rückwärtsleben«.

»Ihr wisst alle, was *sie* von Einmischung in die Angelegenheiten von noch nicht so weit entwickelten Zivilisationen halten«, sagte sie deshalb nüchtern. »Sie lassen uns gewähren, solange sie meinen, dass es nicht schadet. Im Augenblick scheinen wir eine Situation zu haben, die niemand vorhergesehen hat. Aber Sternenblüte denkt, dass die Probleme auf Horams Welt Dorb von den Menschen gelöst werden könnten – und sollten.«

»Von den Menschen?« Wordon klang belustigt.

»Eigentlich nicht von *den* Menschen, sondern nur von ein paar von ihnen«, gab Wirdaon mit einem Blick auf die Zwillinge zu. »Ich meine vor allem die Leute, welche die Statue in Sicherheit gebracht haben und gegenwärtig versuchen, sie an ihren richtigen Platz zu bringen. Das Sicherheitsprotokoll.«

»Aber wie sollen diese Leute es schaffen, das System neu zu starten? Es sind doch, entschuldigt den Ausdruck, fast noch Barbaren.« Horam schien keine allzu hohe Meinung von den Bewohnern »seiner« Welt zu haben.

Wirdaon musste einen Moment lang darüber nachdenken, was sie selbst unter dem Einfluss des ihr gerade von Sternenblüte Gezeigten schon früher getan hatte. Es war gar nicht so einfach, die kausale Folge zu ignorieren.

»Ich habe einem von ihnen ein paar wichtige Informationen ins Bewusstsein gespeichert«, sagte sie dann. »Außerdem ist einer meiner Dämonen bei ihnen, der übrigens auch noch einen speziellen Auftrag eines Drachen hat.«

Die Entitäten um den Tisch starrten sie an.

»Das ist alles, was ich euch im Augenblick dazu sagen kann«, fuhr sie schnell fort, bevor noch einer auf die Idee kam, sie zu fragen, woher denn *sie* die kritischen Informationen hatte. »Es besteht eine gewisse Chance, dass es die Menschen mit Hilfe dieser minimalen Anstöße schaffen, die Katastrophe abzuwenden. Die Drachen scheinen das jedenfalls zu glauben.«

Das letzte war zweifellos ein schwerwiegendes Argument, selbst wenn sich der Lauscher inzwischen zurückgezogen hatte.

Wirdaon erwähnte nicht, was er ihr sonst noch gezeigt hatte: Dass die Drachen Sternenblüte und Feuerwerfer nämlich selbst schon auf ihre Weise eingegriffen hatten, soweit sie es verantworten konnten. Interessant, wie besonders Sternenblüte dabei vorgegangen war! Aber das mussten die anderen nicht erfahren.

»Wir sollen also«, vergewisserte sich Wordon, »einfach nur beobachten und sonst nichts tun?«

»So scheint es. Aber ich denke, es kann nicht schaden, Notfallpläne vorzubereiten. Ich für meinen Teil habe keine Lust, meine Dämonen untergehen zu lassen, nicht einmal, sie zurück in die Randdimensionen zu führen.«

Die Horams machten zustimmende Gesten erster Ordnung. »Wir sollten auf alles vorbereitet sein. Wenn wir am Ende eingreifen, um mehrere bewohnte Welten vor der Vernichtung zu bewahren, kann man es uns schlecht vorwerfen.«

Davon war Wirdaon nicht absolut überzeugt, aber wieder sagte sie nichts.

Auf der obsidianschwarzen Tischplatte, die schließlich doch keine war, begannen sich dreidimensionale Strukturen abzuzeichnen, Lichter blinkten und Bilder erschienen, als die versammelten Entitäten ohne weitere Kommentare daran gingen, Pläne für den Fall zu erarbeiten, dass ihre Vertreter auf den Zwillingswelten versagen sollten.

* * *

Die Königin sah für die Adjutanten im Vorzimmer ziemlich seltsam aus, als sie plötzlich aus ihrem Arbeitsraum trat, statt einen von ihnen zu rufen, wie sie es sonst meist tat. Staub und Ruß bedeckten nicht nur ihre Kleider, sondern auch Gesicht und Hände. Vor allem machte sie einen erschöpften Eindruck. Was war geschehen? Durna war doch vor noch gar nicht so langer Zeit erst von ihrem Ausflug auf die Zinnen eines der Türme zurück gekommen?

Aber niemand hob auch nur eine Augenbraue wegen ihres Aufzuges. Wer wusste schon, was eine Hexe hinter verschlossenen Türen tun mochte? Alle sprangen diensteifrig auf. »Wo steckt Giren?« fragte sie. Und ohne eine Antwort abzuwarten, fügte sie hinzu: »Soll sofort kommen!« Darauf drehte sie sich um und verschwand wieder in ihrem Zimmer.

Jetzt schauten sich ihre Gehilfen verwundert an. Dann beeilte sich einer von ihnen, den Oberst zu finden.

Durna warf unterdessen einen zufälligen Blick in den großen Spiegel, runzelte die Stirn und brachte ihre Erscheinung mit ein wenig Zauberei wieder in Ordnung. Zu gewöhnlichem Waschen und Umziehen hatte sie jetzt keine Zeit. Schließlich setzte sie sich in ihren Lieblingssessel, um nicht weiter unruhig durch den Raum zu wandern.

»Meine Königin, Ihr habt mich rufen lassen?« Tral Giren stand in der Tür.

»So ist es.« Sie musterte ihn mit schmalen Augen. Würde er der Aufgabe gewachsen sein? Er war kein Kommandeur, sondern fühlte sich hinter dem Schreibtisch am wohlsten, wie er einmal zugegeben hatte. Andererseits war das lange her und auch Giren hatte sich verändert. Aber wenn alles gut ging, würde er sich auch nicht als großer Feldherr beweisen müssen. »Unsere Parlamentäre sind unterwegs?«

»Jawohl. Sie reisen auf dem schnellsten Weg in Richtung Pelfar, da wir erwarten, dass der Gegner sich zunächst dieses Brückenkopfes versichern wird.«

»Wenn sie von Orun kommen, wie die Berichte besagen, bleibt ihnen auch kaum etwas anderes übrig«, sagte Durna ohne besonderes Interesse. »Oberst, ich habe entschieden, dass wir uns lieber nicht auf die Vernunft und Einsicht der Halataner verlassen. Außerdem werden unsere hier in Bink zusammengezogenen Truppen langsam zu einem logistischen Problem. Wir werden zwei Drittel von ihnen nach Norden in Marsch setzen. Unseren Parlamentären ein klein wenig Unterstützung zu geben, kann nicht schaden.« Wenn die Halataner ihren 4500 Mann – ein großer Teil davon yarbische Berufssoldaten – gegenüber standen, würden sie sich ihre Eroberungspläne vielleicht noch einmal überlegen. Und sie hatte ihrer Armee Bewegung verschafft.

»Werdet Ihr das Heer anführen?« fragte Giren.

»Nein.«

Er hob überrascht den Blick.

»Wen haben wir denn bei den Yarben an fähigen Generälen? Jemand, dem wir auch vertrauen können?«

Der Oberst breitete die Arme aus. »Im Augenblick niemand, Königin. Ich hätte General Kaleb vertraut – er war ohnehin der letzte überlebende hohe Offizier. Aber es scheint, dass er in der Schlacht umgekommen ist. Und wer mit den Schiffen neu angekommen ist, weiß ich noch nicht. Ich würde den Neuen auch nicht sofort trauen, wenn Ihr versteht, was ich meine.«

»Zu schade«, murmelte Durna. Dann, als fiele es ihr eben erst ein, sagte sie mit gespieltem Enthusiasmus: »Ich hab's! Ihr werdet die Truppen anführen, Oberst. Meint Ihr, dass ich Euch zum General befördern sollte?«

Tral Giren hustete. »Ich? Bei Gaumul! Ich soll ...?«

»Seht es als Karrierechance, Oberst. War nicht schon Euer Vater ein General? Na also, dann wird es Euch nicht schwer fallen, ein paar Tausend Mann ein oder zwei Tagesmärsche Richtung Pelfar zu führen und in Sichtweite des Gegners zu beobachten, was bei den Verhandlungen passiert. Das nennt man eine Drohkulisse.« Durna blinzelte, für einen Moment verwirrt. Woher kam dieses komische Wort?

»Was ist, wenn die Verhandlungen erfolgreich verlaufen? Eine in Marsch gesetzte Armee kann man schwer einfach wieder zurück marschieren lassen.«

»Warum nicht? Was man hin transportiert hat, kann man auch wieder zurück schaffen. Natürlich solltet Ihr in einem solchen Fall Kräfte zur Beobachtung der Halataner entsenden, um sicher zu gehen, dass sie sich wirklich zurückziehen.«

»Und was ist, wenn ...«

»Wenn sie *nicht* erfolgreich verlaufen? Dann hindert Ihr diese arroganten Ausländer daran, noch weiter in *mein Land* einzudringen, was hattet Ihr denn gedacht?«

Sie hoffte wirklich, dass es nicht soweit kommen würde, aber sie hatte auch nicht vor, sich von Halatan zur Abdankung zwingen zu lassen oder etwas in der Art. Und das besonders jetzt nach ihrer Entdeckung des Laboratoriums. Sie musste diese Störung vor allem von sich fernhalten!

Obwohl sie Tral Giren ansah, dass ihm die Angelegenheit nicht geheuer war, salutierte er und stieß ein »Wie Ihr befehlt, meine Königin!« hervor.

»Ich vertraue Euch die Sicherheit meines Landes an, Oberst Giren. Und nicht nur das. Ich habe im Augenblick wichtigere Dinge zu tun, als mich mit den Halatanern herum zu ärgern. Wenn es aber zur Schlacht kommen sollte, werde ich bereit sein, Euch zu Hilfe zu eilen. Ich gebe Euch etwas mit, so dass Ihr mich im Notfall herbei rufen könnt.«

Tral Giren straffte sich. »Ich bin sicher, dass wir mit dem Feind fertig werden, wenn es dazu kommen sollte.«

»Schon bereit, den Helden zu spielen? Wie Ihr meint. Na los, müsst Ihr nicht irgend-welche Truppen aus den Kasernen und Lagern werfen? Ich erwarte, dass der Abmarsch morgen früh erfolgt.«

Sie starrte die schwere Tür des Arbeitszimmers an, nachdem sie sich hinter Giren ge-schlossen hatte. Durna hoffte auf die Vernunft, aber spielte die überhaupt noch eine Rolle, wenn ein Krieg erst einmal begonnen hatte? Sie war ziemlich sicher, dass ihre Armee in der Lage wäre, das halatanische Expeditionskorps – schon wieder so ein fremd-artiges Wort – zu stoppen, käme es zu einem Zusammenstoß. Aber was war schon sicher? Es konnten völlig unvorhergesehene Dinge geschehen, solange Caligo auf der-selben Welt war wie sie.

Ihre Gedanken kehrten zu den Dingen zurück, die sie im geheimen Laboratorium erfahren hatte. Der Umstand, dass die Stunden dort für alle hier draußen nur Minuten gewesen waren, beunruhigte sie ein wenig. Wie alle Magier hatte sie großen Respekt vor Zeitmanipulationen – und was kürzlich im Halatan-kar geschehen war, bestärkte sie nur noch darin. Doch wichtiger war der Inhalt dieser Bücher ... Wenn man das überhaupt Bücher nennen konnte.

Durna fragte sich auch, weshalb die sozusagen mit Magie getränkten Mauern der Festung gerade diesen Zeitpunkt gewählt hatten, um sich bemerkbar zu machen. Es gab darauf einige mögliche Antworten, die alle irgendwann andere Konsequenzen haben konnten. Die Magie der alten Zauberer war entweder durch die von Caligo verursachten Reali-tätsfluktuationen aktiviert worden, oder sie hatte sich aktiviert, als wieder eine Zaube-rin als rechtmäßige Herrscherin in der Festung weilte, und sie auftragsgemäß in die verborgenen Geheimnisse eingeweiht. Merkwürdig, dass es erst jetzt geschehen war – oder eher, dass es überhaupt geschehen war. Ihr Anspruch auf Rechtmäßigkeit war ein wenig fragwürdig. Oder war es etwas in ihr gewesen, was das ausgelöst hatte? Eine Veränderung in ihrer Haltung zu Teklador, Bink und der Festung? Ganz war sie noch nicht dahinter gekommen.

* * *

Sie ritten im ersten Tageslicht weiter, wenn man bei dem Wetter überhaupt von Licht sprechen konnte. Es goss wie aus Kannen, der Himmel war so finster, dass sie für einen gelegentlichen, den Weg erleuchtenden Blitz regelrecht dankbar waren. Doch in der Schenke zu verweilen, kam nicht in Frage. Niemand wusste, ob und wann sich das ungewöhnliche Wetter bessern würde. Vielleicht niemals mehr, wenn es tatsächlich nicht natürlichen Ursprunges war, wie Zach-aknum vermutete. Niemand beobachtete ihren Aufbruch außer dem verschlafenen Stallburschen der Schenke. Niemand fragte sie nach ihrem Ziel oder gab ihnen einen Rat, was den weiteren Weg anging. Bei besserem Wetter hätten sich vielleicht ein paar Einwohner des Ortes gefunden, die ihnen nachgeblickt und abergläubische Zeichen gemacht hätten. Nicht nur, weil Zauberer in Halatan argwöhnisch betrachtet wurden. Die Richtung, welche die fünf Reisenden einschlugen, galt hier als nicht geheuer. Aber selbst wenn man es ihnen gesagt hätte, wären sie wahrscheinlich weiter ins Hochland geritten, denn ihnen blieb keine andere Wahl, wollten sie nach Westen zum Ra-Gebirge.

Solana runzelte unter ihrer tief ins Gesicht gezogenen Kapuze die Stirn, weil sie ein seltsames Gefühl hatte. Sie glaubte sich an etwas Sonderbares zu erinnern, was diese Gegend betraf. Doch es war zu lange her, dass sie in Halatan gelebt hatte. Sie war sicher, dass man im Tempel nie vom Hochland gesprochen hatte. Oder? Etwas wie ein Schatten lag über ihrer Erinnerung.

Sie hörte zu, wie der kleine Dämon mit Brad redete. Ihm schien das Wetter nichts auszumachen, obwohl sein Pelz klatschnass war. Er redete und redete. Soweit sie verstand, schilderte er Brad eines seiner Abenteuer – ob wirklich bestanden oder erfunden, wagte sie angesichts der Person des Erzählers nicht zu beurteilen. Es war das erste Mal in ihrem Leben, dass sie einen Dämon getroffen hatte, und dieser hier passte überhaupt nicht zu dem Bild, welches sie sich bis dahin von den quasi-mythischen Wesen gemacht hatte.

Ihr Pferd stolperte plötzlich. Der schlammige Weg verdiente die Bezeichnung Straße längst nicht mehr, doch das war nicht der Grund. Solana konnte das Zittern des Bodens deutlich spüren. Ein paar Steine an der Böschung bewegten sich und rollten in eine Pfütze. Ein knorriger, abgestorbener Baum schwankte seltsam.

Auch die anderen hatten angehalten und sahen sich um. »Das ist ein echtes Beben und nicht bloß so eine Chaos-Erschütterung«, stellte der Schwarze Magier leise fest. Ein dumpfes Geräusch, das sich vom gelegentlichen Donnern des Unwetters unterschied, drang durch das Rauschen des Regens zu ihnen. »Vielleicht bleibt uns gar keine Zeit mehr und es beginnt auch hier das, was schon den Yarbenkontinent in Aufruhr versetzte.«

Der Zauberer hatte heute wohl nicht seinen optimistischen Tag.

Im Süden schien es endlich heller zu werden. Solana wischte sich das Wasser vom Gesicht und überlegte. Nein, die Sonne konnte unmöglich schon ... »Was ist das?« fragte sie unwillkürlich laut und deutete auf die Helligkeit am falschen Ort.

»Besseres Wetter?« hoffte auch Brad.

»Nein, das ist nicht die Sonne. Ich frage mich ...« Micra zögerte. »Ob Herzog Walthurs Truppen schon so weit gekommen sein können und das die Wirkung seiner Kanonen ist.«

»Unmöglich. So stark könnte nicht einmal ...«

Abrupt verstärkte sich die Helligkeit hinter dem Horizont und nahm einen roten Farbton an. Sie warteten schweigend und zählten ihre Herzschläge. Und dann kam tatsächlich der Donner, wieder begleitet von einem Erdstoß.

»Autsch!« sagte Pek. »Das ist ein Vulkan, da verwette ich meinen Schwanz.«

»Und er ist viele Meilen von uns entfernt«, ergänzte Brad. »Ich bin ganz froh darüber.«

Solana stellte sich eine Feuersäule vor, die hundertmal höher stieg als ein Haus. Sie hatte auch noch nie gesehen, wie ein Vulkan ausbrach, aber Berichte darüber gelesen. »Es gibt nur eine Stelle, wo das sein könnte, wenn nicht ein neuer Vulkan entstanden ist.« Auch das war möglich, vor allem mit Caligo in der Gegend. »Und das dürfte die Straße zwischen Pelfar und Ramdorkan getroffen haben. Vielleicht haben wir Glück, und Brads Feind Klos war dort, um auf ihn zu warten.«

»Obwohl die Vorstellung sehr angenehm ist, dass Klos in einem Magmastrom zappelt, glaube ich nicht an so viel Glück.« Brad lächelte. »Es sei denn, die Götter haben beschlossen, dass wir ein oder zwei Probleme zu viel haben, um sie alle selber zu lösen.« Das war ebenfalls recht unwahrscheinlich, wie Solana wusste. Aber man konnte immer auf ein Wunder hoffen. Wozu waren Religionen sonst da?

»Weiter!« sagte Zach-aknum. »Bevor sich noch eine Erdspalte vor uns auftut.« Brad warf Solana einen vielsagenden Blick zu und rollte die Augen. Ja, vor Optimismus sprühte der Zauberer heute wirklich nicht.

Sie ritt nun neben Brad, Pek hatte sich Micra als neuen Gesprächspartner ausgesucht. Beide spekulierten über die mögliche Funktionsweise und Wirkung von Walthurs Kanonen. Der von ihrer Ankunft und ihren überraschenden Kenntnissen ohnehin schon gereizte Herzog hatte ihnen das nämlich nicht verraten.

Solanas Gedanken schlugen eine andere Richtung ein. Brads Bemerkung über die Götter hatte sie wieder an den eigentlichen Zweck ihrer beschwerlichen Reise erinnert.

»Ich hoffe, wir schaffen es, dieses Ding rechtzeitig an seinen Ort zurück zu bringen«, seufzte sie mit einem vielsagenden Blick in Richtung des jetzt an der Spitze reitenden Zauberers. »Glaubst du, wenn wir die Statue in den Tempel bringen, regelt sich der Rest von selbst?«

Brad schüttelte den Kopf. »Eher nicht. Ich fürchte, mit den Folgen des ganzen Schlamassels werden wir noch lange zu kämpfen haben. Die Menschen, meine ich, nicht unbedingt wir persönlich. Es wird keinen großen Knall geben und alles ist so wie früher, bevor die Statue gestohlen wurde.«

»Du denkst also nicht, dass Horam erscheinen und die Sache in Ordnung bringen wird?« Er lachte auf. »Haben sie dir erzählt, was im Fluchwald mit mir passiert ist? Nein, ich glaube nicht, dass ich mich noch einmal in *ihn* verwandeln werde. Ich hoffe wirklich, das geschieht nicht wieder. Obwohl ...« Brad zögerte plötzlich. »Es ist nicht unmöglich, weißt du. Wenn die Bedingungen im Fluchwald ausschlaggebend für meine Verwandlung waren und nicht der Umstand, dass ich die komplette Statue hielt, könnte es in Ramdorkan nochmals passieren. Verdammt! Daran habe ich noch gar nicht gedacht.«

»Nach allem, was mir Micra und der Zauberer berichtet haben, sah es in Somdorkan so ähnlich aus wie auf dieser Welt. Es gibt sogar einen *Wächter*, eine Riesenstatue. Allerdings habe ich noch nie davon gehört, dass er zum Leben erwacht sei.« Solana blickte nachdenklich in die verregnete Ferne.

»Trotzdem«, sagte Brad missmutig, »ich denke nicht, dass selbst Horam – oder ich als sein Abbild – sich so einfach hinstellen und die Dinge ungeschehen machen kann. Aber vielleicht könnte er wenigstens etwas gegen Caligo tun. Dann wären wir ein unangenehmes Problem los.«

»Ich frage mich manchmal, was sich die Götter eigentlich dabei denken«, sagte Solana plötzlich.

»Wobei? Meinst du ihr angeblich existierendes blödes Spiel mit uns Sterblichen?«

»Ja. Nimm nur einmal Horam und sein Wirken: Wozu das Ganze mit dem Verbinden zweier Welten überhaupt? Reichte ihm eine nicht?«

Sein Ziel eines multidimensionalen Nexus erreichte er nicht ... Das hatte Wirdaon in dem Traum zu ihm gesagt. Er hatte es nicht verstanden, wie so vieles von dem, was sie ihm klarzumachen versuchte.

»Er wollte einen ›multidimensionalen Nexus‹ erschaffen«, sagte Brad, bevor er sich beherrschen konnte. »Hat es aber anscheinend nicht geschafft.«

»Ach was? Woher weißt du *das* denn?« Solana hob erstaunt ihre Brauen.

»Von Wirdaon.«

»Oh. Nun ja, die sollte es eigentlich wissen. Das ist ja interessant ...« Sie verstummte und schaute wieder über das regengrau verhangene Land in die Ferne.

»Sag bloß, du weißt, was sie damit gemeint hat?«

»Mmm. Vom Wortsinn her könnte sie gemeint haben, dass Horam Tore machen wollte, aber er wollte anscheinend Tore in viele verschiedene ›Dimensionen‹ oder Universen oder Realitäten erschaffen. Bei mindestens vier Stück hat es geklappt – allerdings führten sie nur auf eine einzige andere Welt. Ha! Jetzt ergibt es langsam einen Sinn.«

Brad drehte sich im Sattel und starrte Solana an. Was ergab für sie einen Sinn? Hatte sie plötzlich die Absichten der Götter enträtselt?

»Siehst du, ich habe mich immer gefragt, warum es vier Tore gab, von denen eins überhaupt nicht zugänglich war, während die drei anderen relativ nah beieinander lagen, was an sich ziemlich sinnlos ist. Wenn Horam die Tore gar nicht gemacht hat, um *uns* das Reisen von Schlan nach Dorb und zurück zu ermöglichen, wenn sie nur eine Art Nebeneffekt seines wirklichen Vorhabens waren, dann ist klar, wieso das so war.«

»Du hast Recht. Aber wieso hat er sie nicht einfach wieder zerstört, als es nicht geklappt hat? Warum uns die beiden Welten geben und dann verschwinden?«

»Wer weiß? Vielleicht hasste er Verschwendung? Dann hat er sich möglicherweise überlegt: ›Mmm, was fange ich jetzt mit den beiden Welten, wüst und leer, wohl an?‹ Und dann sagte er vielleicht: ›Es werde ein Weg zwischen den Welten, der da führe durch vier Tore, eine Brücke über die Finsternis auf der Tiefe. Es werden zwei Schlüssel, es werden zwei Festen zwischen den Welten, zwei Bilder des Ewigen. Und sie mögen die Tore offen halten und den Weg sicher.‹ So steht es jedenfalls im ›Buch Horam‹. Wahrscheinlicher ist, dass er einfach abwinkte und wegging. Dass die Menschen entdeckten, wie man die Tore benutzt, war dann nur ein Zufall.«

»Solcher Sarkasmus von einer geheimen Priesterin?«

Sie hob die Schultern, als interessiere sie nicht wirklich, was Horam oder seine Priesterschaft von ihr halten mochten. »Wie ich schon sagte, ich frage mich, was die Götter sich dabei denken, so mit uns umzuspringen.«

»He! Sie sind *die Götter*. Sie können machen, was sie wollen.« Aber noch während er sprach, wusste er, dass das falsch war. Offenbar konnten die Götter das eben nicht!

Andernfalls würden sie nicht unzuverlässige Sterbliche beauftragen, schnell mal ein oder zwei Welten zu retten.

Solana schien ihm anzusehen, dass ihm Zweifel kamen. »Ach?« sagte sie spöttisch.

»Weißt du, auf Horam Schlan gibt es Gegenden, da würden die Priester uns schon für dieses Gespräch in kochendes Öl tauchen und dann an wilde Tiere verfüttern. Aber es stimmt tatsächlich: Den Göttern sind Grenzen gesetzt. Alles spricht dafür. Horams Fernbleiben in der kritischsten Zeit ›seiner‹ Welten bedeutet vielleicht, dass sie ihn gar nicht mehr interessieren – aber vielleicht auch, dass er einfach nicht eingreifen *kann*! Wirdaons Bemühungen, Pek und mich zu beeinflussen, deuten auch darauf hin. Allerdings sagt Pek, dass Wirdaon durchaus selbst herkommen und eingreifen könnte.«

»Hoffentlich irrt er sich!« Solana erschauderte.

»Sollte einer von ihnen doch noch persönlich auftauchen, können wir ihn – oder sie – ja fragen, was sie sich dabei gedacht haben«, sagte Brad.

»Meldet sich da einer freiwillig als Interviewer der Götter?« Micra kam vorbeigeritten, um vom Zauberer die Spitze der Reihe zu übernehmen. »Ich für mein Teil könnte auf eine solche Gesprächsrunde verzichten.« *Interviewer? Gesprächsrunde?* Sie spuckte aus. »Was immer das sein mag.« Sie erläuterte den anderen nicht die eigenartigen Bilder, die sie dazu in ihrem Kopf hatte. Micra schien von ihnen allen am empfänglichsten für diesen speziellen Einfluss des Chaos zu sein. Es nervte sie, aber sie bemühte sich, es einfach zu ignorieren.

Brad antwortete nicht. Das mit Wirdaon war zwar ein Traum gewesen, aber er *hatte* auf diese Weise schon mit einer Göttin gesprochen. In gewisser Hinsicht hatte Wirdaon ihm sogar von sich aus zu erklären versucht, »was sie sich dabei gedacht hatten«. Angesichts seiner Verständnisprobleme fragte er sich, wie viel sie überhaupt begreifen würden, sollte sich Horam wirklich dazu herablassen, ihnen seine Beweggründe zu erläutern. Aber so richtig vorstellen konnte er es sich nicht. Sich mit den Göttern an einen Tisch zu setzen und alle Fragen auszudiskutieren? Das war doch lächerlich!

4

Die strikte Geheimhaltung der halatanischen Pläne und des Aufmarsches bei Orun hatte ihren Zweck erfüllt. Die Tekladorianer waren völlig unvorbereitet. Sie hatten ja auch keinen Grund gehabt, Invasionspläne des Reiches zu vermuten. Herzog Walthurs Expeditionskorps überschritt den Terlen nördlich von Pelfar und rückte bereits auf tekladorischer Seite entlang der alten Handelsstraße nach Süden auf die große Stadt vor. Auf der anderen Seite näherte sich eine kleinere Truppe, um aus einer zweiten Richtung anzugreifen, aus der offensichtlichen Richtung über die Terlenbrücken nämlich. Pelfar war der Schlüssel zu Teklador, jedenfalls wenn man von Halatan her kam. Eine reiche Stadt mit einer Menge Einwohner, einer Garnison und großen Vorräten. Außerdem eine Stadt, die man bei einer Invasion nicht ungesichert im Hinterland haben wollte.

In den vereinzelten tekladorischen Dörfern gab es kein Militär, und die Bewohner dachten nicht daran, das fremde Heer zu behindern. Sie lieferten verdrossen ab, was die

Soldaten zu ihrer Versorgung verlangten, und gingen ihnen aus dem Weg. Es hatte in der Region seit langer Zeit keinen Krieg mehr gegeben, aber die Dörfler wussten, dass ein Feldzug in erster Linie für die Unbeteiligten, die sich rein zufällig in seinem Weg befanden, Leid bedeutete. Daher waren sie froh, dass die Halataner sich zurückhielten und nicht anfingen, zu plündern und zu brandschatzen, wie man es aus den Geschichten kannte. Herzog Walthur hatte das im Namen des Kaisers bei Todesstrafe untersagt. Schließlich kamen sie als Befreier des Landes. Er fand die fehlende Begeisterung der Befreiten seltsam. Aber vielleicht würde sich das weiter im Süden ändern, dachte er. Hier oben hatten die Bauern wahrscheinlich noch nie einen Yarben gesehen und auch die Repressionen der Hexe auf dem Thron hatten nicht ihnen gegolten, sondern vor allem den Vertretern der Religion. Das Reich war seit dem ersten Auftauchen der Yarben durch seine Spione gut über die Geschehnisse im Nachbarland informiert worden. Walthur verließ sich voll und ganz auf die Erkenntnisse des halatanischen Geheimdienstes. Er vergaß dabei allerdings eine der wichtigsten Eigenschaften von Informationen. Sie veralteten schnell. Und auf Horams Welten reisten neue Nachrichten allenfalls mit der Geschwindigkeit berittener Boten – wenn man nicht Magie zu Hilfe nahm, was Halatan verabscheute. Herzog Walthurs Erkenntnisse über den Gegner waren seit geraumer Zeit veraltet. Das war der Hauptgrund dafür, dass sich sein Feldzug von Anfang an zu einem unausweichlichen Debakel entwickelte, obwohl es zunächst so schien, als verlaufe alles nach Plan. Doch die Katastrophe hatte längst begonnen.

Pelfar besaß keine Stadtmauern. Ein feindliches Heer konnte einfach hineinreiten und sich in den Häuserkampf stürzen, wenn es das wollte. In einen Kampf um zehntausende Häuser. Die tekladorische Garnison dachte jedoch nicht daran, irgendjemand einfach so hereinreiten zu lassen, fehlende Stadtmauer oder nicht. Sie wurde von einem verbissenen alten Mann befehligt, der sein ganzes Leben lang Soldaten gedrillt hatte, obwohl die Aussicht auf ihren Einsatz im Kampf mehr als gering war. General Powil hatte die Veränderung der Macht in Bink überstanden und das schleichende Eindringen der Yarben mit Missfallen beobachtet, obwohl er ihre militärischen Fähigkeiten insgeheim bewunderte. Er hatte gerade erst mit einem gewissen Neid von der Schlacht um Bink gehört und mit seinem regulären Bericht der Königin erneut seine Loyalität versichert. Es schien, dass in der Frau doch mehr steckte als eine machtlüsterne Thronräuberin. Niemand hatte den General auf einen Angriff Halatans vorbereitet oder ihm Anweisungen für diesen Fall gegeben. Also tat er genau das, was seine Aufgabe war: Er versuchte Pelfar vor den Angreifern zu schützen. Er schickte den Angreifern alles entgegen, was ein Schwert schwingen konnte.

Fast in Sichtweite der Stadt entbrannte die erste Schlacht dieses Krieges. Herzog Walthur wurde davon überrascht. Nach dem widerstandslosen Marsch der ersten Zeit stieß sein Heer nun plötzlich auf die tekladorische Armee, die entschlossen war, ihm den Zugang nach Pelfar zu verwehren. Gepanzerte Reiterei und ganze Horden von Armbrustschützen fügten den Halatanern schwere Verluste zu, noch bevor diese sich aus ihrer Marschformation zu einer Art improvisierter Schlachtordnung entfalten konnten. Die Kanonen, die der Herzog hauptsächlich als Belagerungswaffe ansah, wurden im Tross mitgeführt und kamen überhaupt nicht zum Einsatz. Sie noch in Stellung zu bringen und erfolgreich abzufeuern, war in der Dynamik dieses Gefechtes unmöglich.

Doch die Erfolge der Verteidiger waren von kurzem Bestand. Die Truppen Tekladors waren den Angreifern zahlenmäßig unterlegen. Die Soldaten des Reichs besaßen zum Teil echte Kampferfahrung aus Grenzkriegen weit im Osten, von denen man hier wahrscheinlich nie etwas gehört hatte. Sie waren gut ausgebildet und bewaffnet, so dass sie unter dem ersten Ansturm nicht in Panik gerieten, sondern zum Gegenangriff übergingen.

Die Tekladorianer mussten schließlich in die Stadt zurückweichen. Der Herzog ließ sie nicht verfolgen, sondern vor der Stadtgrenze Halt machen. Er wusste, dass auf der anderen Seite des Terlen weitere Truppen auf sein Signal warteten, um Pelfar (West) in die Zange zu nehmen. Aber Pelfar war ein besonderer Fall. Die Bewohner beider Stadtteile hatten auf beiden Seiten Verwandte und Freunde, arbeiteten oft sogar auf der jeweils anderen Seite. Pelfar anzugreifen oder gar mit der neuen Artillerie zu beschießen, war politisch eigentlich undenkbar. Ein richtiger Angriff auf diese Stadt war jedoch gar nicht geplant gewesen. Nur General Powils trotziger Ausfall hatte sämtliche Pläne Walthurs über den Haufen geworfen.

Der Herzog befahl den Aufbau eines halben Ringes um die Nordseite Pelfars. Nun wurden die Kanonen vorsichtshalber doch in Stellung gebracht, denn man wusste ja nicht, was noch an Unerwartetem geschehen würde. Das war der nächste verhängnisvolle Schritt auf den Abgrund zu.

Da wurde aus dem strahlendem Sonnenschein ein genauso schlechtes Wetter, wie Brad und seine Gefährten es weiter nördlich erlebten. Der Himmel verfinsterte sich so schnell, dass die abergläubischen Halataner Abwehrgesten gegen bösen Zauber machten. Aus klarem Blau wurde fast übergangslos eine schwarze, durcheinanderquirlende Masse, in der es unheilvoll flackerte. Dann brach die Hölle los. Wassermassen ergossen sich über die Stadt und ihre Belagerer, als hätte jemand den Terlen genommen und über ihnen ausgeschüttet. Nicht wenige Männer und Pferde verloren in glitschigem Schlamm den Halt, wo eben noch fester Boden gewesen war. Blitze begannen zu Boden zu zucken, ohne sich um besonders hohe Erhebungen zu kümmern. Aufrecht stehende Menschen und metallische Gegenstände reichten ihnen völlig. Das donnernde Inferno war lauter als alles, was Herzog Walthur je auf dem geheimen Kanonentestgelände erlebt hatte. Noch im Aufbau befindliche Zelte wurden von einem schauerlich heulenden Sturm gepackt und in die Dunkelheit entführt.

Nicht wenige kreischten voller Entsetzen »Magie!« und auch Walthur befürchtete, dass entgegen allen Meldungen seiner Spione feindliche Zauberer in der Stadt ausgeharrt hatten, um nun gegen sie loszuschlagen. War es gar die Hexe selbst?

Der Herzog ahnte noch nicht, wie glücklich er sich schätzen konnte, dass er sich irrte und Durna fern vom Geschehen in Bink weilte. Die chaotischen Witterungserscheinungen waren ganz allein die Wirkung Caligos. Zwar hatte ihn Zach-aknum vor dieser neuen Macht gewarnt, doch der Herzog hatte noch nie zuvor von einem Chaos-Lord gehört und konnte sich überhaupt nicht vorstellen, was dieser bewirken mochte. Also ignorierte er die Information fürs erste. Nicht aber, was der Zauberer über vermutlich im Hinterhalt lauernde Yarben weiter westlich von Pelfar gesagt hatte ...

* * *

Klos beobachtete das Tal, in dem Pelfar lag, trotz der schlechter werdenden Sicht weiter. Er war verwirrt. Was bei allen Dämonen ging hier vor? Halatan griff sein Land an? ›Ich war zu lange fort‹, dachte er verärgert. ›habe mich zu lange mit der Suche nach diesem Fremdweltler aufgehalten. Wer hätte auch vermutet, dass es so schnell zu Veränderungen in der Politik kommt. Was wird die Königin unternehmen? Wo *ist* sie im Augenblick?‹

Klos hatte etwa einhundert Mann dabei, Yarben und Tekladorianer, die er für die Jagd nach dem entflohenen Mörder requiriert hatte. Als sich der Gesuchte nicht zeigte und Klos Anzeichen spürte, dass der Vulkan in seinem Rücken kurz vor einem Ausbruch stand, war es ihm zu dumm geworden und er beschloss, über Pelfar zurück nach Bink zu reisen – ohne erst das Halatan-kar zu besuchen. Der ursprüngliche Auftrag der Königin war irrelevant geworden. Dass Pelfar umkämpft oder belagert sein würde, hätte er nie für möglich gehalten. Seine Augen glitzerten gierig.

Der unscheinbare Mann in dem grauen Regenumhang wandte sich zu seinem yarbischen Befehlshaber um.

»Es scheint, dass wir zu spät kommen, um mit unserer Kompanie noch etwas ausrichten zu können. Ihr werdet die Leute nehmen und Euch auf schnellstem Wege nach Bink begeben. Erstattet der Königin Bericht – auch über unseren vermissten Gefangenen – und unterstellt Euch ihrem Kommando oder des verantwortlichen Yarben.«

Der Offizier brauchte nicht erst zu fragen, um zu verstehen, dass der graue Mann andere Pläne hatte. Niemand wusste, wer oder was dieser »Mann der Königin« wirklich war, aber jeder hatte so seine eigenen Vermutungen. Auf jeden Fall war er eine Art hochrangiger Spion. Wie immer würde der Yarbe die Befehle des Mannes befolgen.

Dem war das ziemlich egal, wenn er nur die hundert Mann los wurde, die ihn nun eher störten. Ihm war das Schicksal Tekladors ebenso egal, und selbst Königin Durna rückte vor dieser Gelegenheit in den Hintergrund. Er war nie *loyal* zu ihr gewesen; es hatte ihm eine gewisse Zeit gepasst, für sie zu arbeiten, ihr vielleicht auch dieses und jenes einzuflüstern. Ein Krieg – und das versprach einer zu werden, wie er in den Büchern stand – bot ganz andere Möglichkeiten für ein Wesen, das die gefilterte Essenz des Bösen im Menschen war. Klos spürte eine Art Gier in sich aufflammen.

Während sich die aus seinen Diensten entlassenen Soldaten schnell zurückzogen, um nicht doch noch in aussichtslose Scharmützel mit dem Gegner verwickelt zu werden, bestieg Klos sein Pferd und ritt im Schutz von Bäumen, Hügeln und dem Unwetter näher an die feindliche Armee heran.

Der Umstand, dass seine Leute wenig später mit den eigens zu ihrem Aufspüren ausgeschickten Halatanern zusammenstießen und in einem wütenden Gefecht bis auf ein knappes Dutzend getötet wurden, hätte Klos geärgert, denn er mochte es nicht, wenn man seine Pläne durchkreuzte.

Dichter an den Stellungen der Feinde glitt er vom Pferd und schickte es fort. Er würde das Tier nicht mehr benötigen.

Das fremdartige Wesen namens Klos verschmolz mit der Dunkelheit – und das war in seinem Fall durchaus wörtlich zu verstehen.

* * *

Das Licht der Blitze war alles, was die Nacht erhellte. Es flackerte auf dem nassen Laub der im Sturm peitschenden Zweigen von Bäumen und Büschen. Es spiegelte sich in den Pfützen und Wagenspuren und auf den glänzenden Metallteilen der Waffen und Uniformen der Halataner. Bis die Nacht hereingebrochen war, hatten sich die Städter nicht gerührt, vielleicht aufgrund des Wetters, und nun würde vor dem Morgen keine Abordnung mehr erscheinen. Eher würden diese Verrückten einen weiteren Ausfall wagen. Begriffen die denn nicht, dass das Heer aus dem Reich gekommen war, um sie von den Yarben und deren Marionette auf dem Thron zu befreien? Die Soldaten der kaiserlichen Südarmee begannen sich auf eine Belagerung und vielleicht sogar einen Beschuss der Stadt einzurichten. Ihre Stellungen waren nach allen Seiten von Postenketten umgeben.

Der erste Posten starb völlig lautlos. Etwas Dunkles huschte heran, Regentropfen sprühten zur Seite, dann spritzte Blut, als das Dunkle wie ein schwarzes Schwert durch den Brustkorb des Mannes schoss, sein Herz mit sich reißend. Das zuckende Organ ließ es ein paar Schritte hinter dem umkippenden Leichnam fallen und jagte weiter.

Auch der zweite Mann bemerkte nicht, was ihn traf. Ein blitzschneller Schatten wirbelte hinter einem Baum hervor, trennte sauber den Kopf vom Rumpf und gleich noch die Spitze einer Lanze von ihrem Schaft. Doch das davon geschleuderte Metall krachte gegen etwas anderes aus Stahl und der scheppernde Laut alarmierte weitere Soldaten. Es dauerte nur Augenblicke, bis der kopflose Tote entdeckt und ein allgemeiner Alarm ausgelöst war. Also griffen die unterlegenen Tekladorianer und Yarben feige im Schutze der Nacht an!

Das mörderische Wesen aus Dunkelheit kauerte hinter einem Zelt, als etliche Zehnergruppen ausschwärmten, um Kontakt mit dem Feind herzustellen. Einer dieser Gruppen stellte es sich in den Weg. Und dann begannen die Schreie.

Zehn Männer, die in absoluter Todesangst panisch brüllten, während sie von der Nacht selbst abgeschlachtet wurden, verursachten einen erstaunlichen Lärm.

Im Lager der Halataner brach das Chaos aus. Jeder hielt es selbstverständlich für eine Attacke der Yarben, doch nirgends waren Feinde auszumachen. Tatsächlich gab es sogar zwei oder drei Tote und etliche Verletzte aufgrund von übereifrigen Armbrustschützen, die auf die eigenen Leute schossen. Tausende rannten planlos durcheinander, während Offiziere verzweifelt versuchten, die Lage unter Kontrolle zu bringen.

Und am Rand des Lagers, wo der Schein der Fackeln in nasse Dunkelheit überging, tobte sich das gestaltgewordene Böse hemmungslos aus. Beinahe jeder, der die schwarze, fließende Masse erblickte, in die sich Klos verwandelt hatte, wurde von ihm getötet. Manche starben nicht sofort, weil sich Klos damit amüsierte, immer neue Methoden auszuprobieren. Jemand durch das Ausreißen von Armen und Beinen umzubringen, war als Hinrichtungsart in Teklador leider verboten gewesen. Klos hatte sich schon immer gefragt, ob Menschen sich so ähnlich wie Spinnen und Käfer verhalten würden. Er stellte fest, dass es weit befriedigender war. Nein, besser: Er geriet in eine Art Rausch, wie er ihn noch nie erlebt hatte.

Deswegen war er äußerst ungehalten, als er plötzlich gezwungen wurde, sein Spiel zu beenden.

* * *

Chaos, das nicht von ihm verursacht wurde? In einem solchen Ausmaß, dass er es sogar aus großer Entfernung spüren konnte? Nicht schlecht, aber woher kam es?

Caligo konzentrierte sich und ortete die Quelle. Nein, es war keiner seiner eigenen Art, wie er im ersten Augenblick gehofft hatte. Aber es war trotzdem eine ungewöhnliche Quelle. Ein seltsames Wesen, das er hier nicht vermutet hatte. Diese Welt überraschte ihn immer wieder aufs Neue.

Der Neryl setzte seine Macht zur Manipulation der Wirklichkeit ein und griff nach dem Wesen. Im nächsten Moment stand es vor ihm.

Die zunächst amorphe schwarze Masse strukturierte sich innerhalb eines beinahe unmessbaren Zeitabschnittes zu einem gewöhnlich aussehenden Menschenmann. Doch Caligo konnte das Wesen damit nicht täuschen. Er sah hinter diese Fassade und verstand langsam, was das da vor ihm war.

›Interessant‹, dachte er. ›Anscheinend eine Mutation oder ein anderes Zufallsprodukt. Eine ganze Zivilisation solcher Wesen wäre der unseren ziemlich ähnlich. Und außerdem ist es ein Gestaltwandler!‹

Als Caligo aus den tiefen Schatten trat, starrte Klos ihn vollkommen verblüfft an. Seine Wut über die Störung verflog augenblicklich. Er hatte noch nie etwas derart Abstoßendes gesehen wie die wahre Gestalt des Neryl, und er fand es faszinierend. Gleichzeitig begriff er, dass er sich in der Präsenz von etwas sehr Mächtigem befand. War etwa doch etwas dran an den Geschichten über Götter? Wer sonst hätte die Möglichkeit gehabt, ihn einfach zu packen und hierher zu bringen – wo immer das war? Aber dieses schleimtriefende, glubschäugige Riesending war kein Gott, von dem Klos schon gehört hatte. Er beschloss, die Sache mit Vorsicht anzugehen.

»Wo bin ich? Wer seid Ihr?« stellte er die naheliegenden Fragen.

Das Ding, dessen Ränder irgendwie zu verschwimmen schienen, aber das war im herrschenden Dämmerlicht kaum zu erkennen, öffnete einen eitrigen Mund. »Du bist an einem Ort, den die Leute, die ich als letzte zerrissen habe, die Nachtburg nannten.« Die widerwärtige Stimme passte zu der Erscheinung, wenn sie auch merkwürdigerweise einen yarbischen Akzent hatte. »Und ich bin Caligo, der Chaos-Lord.«

»Oh.«

Auch Klos hatte von den Chaos-Lords gehört. Jeder, der sich ernsthaft mit Magie befasste, vor allem mit ihren dunkleren Aspekten, hatte das irgendwann. Ob er an ihre Existenz glaubte, war eine andere Sache. Klos revidierte seine bisherige Auffassung von bestimmten Dingen mit der blitzartigen Anpassungsfähigkeit, die ihm wie allem Bösen eigen war.

»Du bist ein Wesen aus negativer Bewusstseinsenergie«, stellte der Chaos-Lord gleichmütig Klos' dunkelstes Geheimnis fest. »Wie bist du entstanden?«

»Ein Zauberer hat mich bei einem unvorsichtigen Experiment geschaffen«, antwortete Klos ohne Zögern.

»Was wurde aus ihm?«

»Ich habe alles von ihm gelernt, was ich lernen konnte, und ihn dann getötet.«

»Natürlich. Hat er denn nicht begriffen, was du bist, und versucht, dich wieder zu vernichten?«

Klos lächelte nicht, weil er das niemals tat. »Der alte Narr glaubte wohl, er könne mich kontrollieren«, sagte er abfällig. Dann überlegte er kurz. »Was ist das – die Nachtburg? Wo ist sie?«

Der Chaos-Lord machte eine seltsame Geste, die in seiner Rasse milde Überraschung ausdrückte.

»Das weißt du nicht? Sie befindet sich nordwestlich von der Stelle, an der du meine Aufmerksamkeit auf dich gelenkt hast.«

Klos runzelte aus Gewohnheit die Stirn. Da war etwas, das an seiner Erinnerung zu zupfen schien. Aber ihm fiel nicht ein, jemals von einem Platz namens Nachtburg gehört zu haben. Es musste in Halatan sein. Vielleicht hatte er in Teklador einen anderen Namen.

»Warum habt Ihr mich hergebracht, Chaos-Lord? Ich hoffe, ich habe Euch nicht ... erzürnt?« Eigentlich glaubte er das nicht, denn in diesem Fall hätte die Reaktion wahrscheinlich anders ausgesehen.

Das Ungeheuer bewegte sich ein wenig auf ihn zu, und er musste sich anstrengen, nicht zurückzuweichen. Es war das erste Mal, dass ihn jemand – oder etwas – derart einschüchterte.

»Ich habe vielleicht Verwendung für dich!« sagte Caligo, und Schleim troff aus seiner Mundöffnung.

»Stets gern zu Diensten«, stimmte Klos sofort zu. Im Stillen hoffte er, dass sich seine Verwendungsfähigkeit nicht auf den Hauptgang der nächsten Mahlzeit des Chaos-Lords beschränken würde.

* * *

Die Königin versuchte mit aller Macht, ihre Konzentration auf das Wesentliche zurück zu gewinnen. Sie zwang sich, in ihrem Sessel Platz zu nehmen, wo sie doch viel lieber hin und her gelaufen wäre. Es war nicht der drohende Krieg mit Halatan, es war nicht das Problem mit den eintreffenden Yarbenflüchtlingen in Nubra oder die vertriebenen Nubraer, die ihre Rückkehr forderten, was sie nervös machte. Auch nicht die Frage, wo sich die Statue Horams befand und wer sie gerade besaß. Oder was der Chaos-Lord wohl plante. Durna war immer noch von den Erlebnissen tief unter der Festung der Sieben Stürme aufgewühlt, von dem, was ihr dort so unverhofft enthüllt worden war. Nicht nur das riesige Laboratorium der Schwarzen Magier mit seiner umfangreichen Bibliothek faszinierte sie, denn es barg geradezu unauslotbare Möglichkeiten für eine ehrgeizige Zauberin. Es waren die geheimen Bücher in dem seltsamen steinernen Regal, die sich so gar nicht wie die Bücher verhielten, die sie bis dahin gekannt hatte. Gleich das erste Buch versetzte sie beim Öffnen scheinbar in eine andere Realität, an einen unbekannten Ort, wo sie jemanden traf, den sie nur zu gut kannte.

Sie war zuerst entsetzt gewesen, denn sie hatte augenblicklich erkannt, wer dieser zweiköpfige Mann sein musste. Wie war sie in die Gegenwart Horams gelangt? Aber dann merkte sie schnell, dass sie nicht wirklich in seiner Gegenwart war. Das Buch – oder was immer sich hinter seiner Buchform verbarg – vermittelte ihr nur den Eindruck, die Person zu sein, die Horams rechter Kopf so frech angrinste. Der andere beschäftigte sich weiter mit dem, was der Gott gerade tat.

Durna verstand zunächst nicht, warum jemand diese Szene aufgezeichnet hatte – ihr war in diesem Moment vollkommen klar, dass die zweite Person ein Aufzeichnungsgerät benutzte, obwohl sie eigentlich gar nicht *wusste*, was das war. Doch gefangen in der Welt des Buches machte sie sich darüber keine Gedanken. Es war ohnehin schwer, einen eigenen Gedanken zu formulieren und gleichzeitig das Geschehen in dem weißen Raum wahrzunehmen. Sie gab es auf und lauschte den Erklärungen Horams, die er offensichtlich nur für den Zweck dieser Aufzeichnung gab. Es dauerte lange, bis ihr an einer Stelle plötzlich klar wurde, wovon er überhaupt sprach: Von der Erschaffung der Verbindung zwischen zwei Welten, die nur ihre eigenen sein konnten.

Sie wusste nicht, wie lange das alles dauerte, aber unvermittelt taumelte sie und stand wieder in dem Labor der alten Zauberer, das schwarze Buch in der Hand. Vorsichtig schob sie es in das geheime Regal zurück.

Dann begann sie nachzudenken. Erstaunlicherweise lief alles auf eine recht einfache Aussage hinaus – sah man einmal von den technischen Details ab, die sie nicht im geringsten begriffen hatte. Die Erschaffung der Zwillingswelten, wie sie heute existierten, war das Ergebnis eines fehlgeschlagenen Experiments, das der in seinen Begriffen junge Horam durchführte, um etwas ganz anderes zu erreichen. Ein Irrtum! Die Spielerei eines halben Kindes. Wie demütigend.

Na Hexe? flüsterte da die zynische Stimme der Festungsmauern in ihrem Kopf. *Hast wohl deine Religion verloren?*

›Es war schon lange nicht mehr meine Religion‹, dachte sie abwesend. ›Aber ein Schock ist es dennoch. Was ist in den anderen Büchern?‹

Viele Dinge, sagte die Stimme. *Einige brauchst du bald, andere solltest du besser meiden.*

›Man merkt, dass Zauberer diese Magie der redenden Mauern geschaffen haben‹, dachte sie verdrossen. ›Immer rätselhaft, immer unbestimmt. Wie kommt es nur, dass Magier nie geradeheraus sagen können, was los ist?‹

Wäre es dir lieber, zu hören, dass du selber nachsehen sollst?

Darauf war sie auch schon gekommen, aber Durna war noch nicht bereit, sich der nächsten derartigen Erfahrung zu stellen. Vorher streifte sie durch den großen Raum und betrachtete Gerätschaften, Vorräte und *Dinge*. Letzteren zu nahe zu kommen, hütete sie sich. Alles, was sie nicht kannte, war potenziell gefährlich. Vielleicht gab es noch mehr Schutzzauber und Flüche hier unten, die verhindern sollten, dass ein Unbefugter an diese Sachen herankam. Obwohl sie sich nicht vorstellen konnte, wie jemand anderes als ein Zauberer den Weg hierher finden könnte.

Sie hatte sich dann an drei weitere Bücher gewagt. Das letzte lieferte ihr einen Kampf, der für die Spuren verantwortlich war, welche ihre Adjutanten so verwirrten. Dieses Buch *wollte* ganz klar nicht gelesen werden. Durna hielt sich schließlich an die Empfehlung der alten Magie, manche der Bücher zu meiden. Doch sie würde zurückkommen ...

Aber nicht jetzt. Durna riss sich wieder in die Wirklichkeit. Die Dinge, die in den Büchern standen, waren nützlich – jedes zu seiner Zeit. Und sie würde noch viel mehr von ihnen erfahren, falls sie die anstehenden Krisen meisterte. Es wurde Zeit, ein wenig zu zaubern.

Während Oberst Giren und sein Stab anderswo in der Festung hektische Vorbereitungen für den Aufbruch der Truppen trafen, während schon meilenweit von Bink entfernt die für Verhandlungen mit den Halatanern bestimmte Abordnung im scharfen Ritt Pelfar zustrebte, bereitete die Königin einige komplexe Zauber vor, für die sie nicht einmal auf bisher unbekannte Zutaten aus dem neu entdeckten Labor zurückgreifen musste. Beobachtungszauber waren zwar schwierig, aber unerlässlich für eine Herrscherin. Damit kannte sie sich aus. Bald lag das Drachenauge, eine massive Kugel aus klarem Kristall, in einem Muster aus Symbolen auf dem großen Tisch. Durna versenkte den Blick in seine Tiefen und begann ihre Suche.

Das heißt, sie wollte damit beginnen, so wie sie es schon oft getan hatte. Man musste nur wissen, wen man beobachten wollte, oder wo sich diese Person gerade ungefähr aufhielt. Eigentlich war es einfach. Diesmal jedoch schwirrten Farben und unscharfe Bilder durch den Kristall, als würde ein Buch mit vielen bunten Seiten, die überhaupt nicht miteinander im Zusammenhang standen, schnell umgeblättert. Ein Buch! Sie musste endlich von ihrer Fixierung auf diese Bücher loskommen. Sie fluchte halblaut und versuchte erneut, einen Blick auf Pelfar zu werfen. Vergeblich.

Durna atmete tief durch und konzentrierte sich auf etwas leichteres. Sie wollte Oberst Giren sehen. Das war nur ein Funktionstest, aber selbst er schlug fehl. Anstelle des Yarben sag sie irgendwelche gemauerten Wände im Halbdunkel liegen, dann wild wuchernde Büsche in einem Wald oder Park, wo es regnete. Wütend schlug sie auf den Tisch. Was war mit dem Drachenauge los? Hatte jemand einen Zauber gegen sie angewendet?

Ganz oben auf der kürzer gewordenen Liste ihrer Feinde, die dazu fähig gewesen wären, standen Erkon Veron und Caligo.

›Caligo! Das Auge verhält sich chaotisch!‹ dachte Durna in plötzlicher Erkenntnis. ›Oh nein! Wenn das auf alle Zauber zutrifft ...‹

Der Reinigungszauber vorhin hatte allerdings funktioniert. Schnell testete Durna ein paar der Kleinigkeiten, die ihr auf magische Weise den Alltag erleichterten. Die Kerzen und das Kaminfeuer flammten gehorsam auf und gingen wieder aus, als sie es wünschte. Eine Lichtkugel aus kaltem, weißen Licht erschien auf ihr Kommando. Eine Pastete materialisierte sich samt Teller vor ihr auf dem Tisch – herbeigezaubert aus der Küche der Festung. Gedankenverloren biss sie ein Stück ab. Alles klappte reibungslos. Wieso dann nicht der Sichtungszauber?

Sie versuchte noch einmal, Giren zu beobachten. Diesmal sah sie ihn sofort. Er marschierte gerade über den Hof, in ein Gespräch mit drei anderen Offizieren vertieft. Zwei Yarben und ein Tekladorianer, wie sie bemerkte.

Durna erhob sich, um aus dem Fenster zu schauen. Dort unten waren die vier Männer wirklich. Das Drachenauge log jedenfalls nicht. Im Moment hielt sie alles für möglich. Schnell setzte sie sich wieder und befahl mit der entsprechenden Geste und einem Spruch, ihr den Besitzer der Horam-Statue zu zeigen. Sie wusste, dass man das Artefakt nicht direkt orten konnte, aber ein paar kreative Formulierungen sollten das Auge eigentlich überzeugen. Bisher war sie noch nicht dazu gekommen, sich um die Leute zu kümmern, die von der Nachbarwelt eingetroffen waren, doch das sollte sich nun ändern. Die Bücher hatten sie in ihrem Entschluss bestärkt. Sie wollte dieses Ding an seinen Platz gebracht wissen, und wenn möglich, wollte sie es sein, die das tat. Aber Durna war Realistin genug, um einzusehen, dass es ihr vielleicht genügen musste, wenn andere die Welt vor dieser speziellen Gefahr retteten. So schön es gewesen wäre, auf diese Weise gewissermaßen ihren Vater zu rehabilitieren, es gab gegenwärtig einfach zu viele Probleme.

Die Bilder in der Kugel flackerten wieder, aber dann stabilisierten sie sich und zeigten einen Mann in schwarzer Kutte, die Kapuze tief ins Gesicht gezogen – von hinten! Vor Wut zischend, dirigierte Durna das widerspenstige Bild in eine andere Perspektive. Der Mann ritt, leicht vornüber geneigt, auf einem Pferd. Es war schwierig, einen Blick auf sein Gesicht zu erhaschen. Doch als es ihr schließlich gelang, fuhr Durna mit einem Aufschrei zurück. Das war unmöglich! Der Mann war tot! Ermordet in ihrem eigenen Kerker – von Klos, wie sie nun wusste.

»Nein, nein, nein«, flüsterte sie. »Das kann nicht Zacha Ba sein. Aber wer dann?«

Der Reiter war nicht allein. Aus diesem Blickwinkel enthüllte das Drachenauge weitere Berittene hinter ihm. Sie veränderte ungeduldig wieder die Ansicht und sah, dass zwei Frauen, ein bärtiger Mann mittleren Alters und ... und *ein Dämon* ihm folgten! Sie blinzelte und starrte nunmehr das Drachenauge selbst mit erneutem Misstrauen an. War das möglich oder narrte sie das Chaos? Ihre Aufmerksamkeit richtete sich wieder auf die Leute in der kristallenen Kugel. Der alte Mann in der schwarzen Kutte eines Erzmagiers hob die linke Hand und deutete genau auf sie, also auf den Platz, an dem sie gewesen wäre, hätte sie ihn direkt beobachtet und nicht auf magische Weise. Sie zuckte gerade noch rechtzeitig instinktiv zurück, um nicht von dem grellen Blitz geblendet zu werden.

»Verdammter Bastard!« schrie sie wütend. Natürlich hätte sie das gleiche getan, wäre ihr auf irgendeine Weise aufgefallen, dass sie beobachtet wurde. Aber wie hatte der andere Magier das angestellt? Ein Drachenauge konnte man nicht bemerken!

›Hoffentlich hat er es nicht zerstört!‹ dachte Durna im nächsten Augenblick. Es war unter anderem auch ein seltenes und teures Stück magischer Handwerkskunst. Das Auge schien in Ordnung zu sein, nur in seiner Tiefe tanzten einige rußig aussehende Flocken. Ihr kam eine Idee und sie aktivierte es noch einmal, nun mit dem Wunsch, *sich selbst* zu beobachten.

Das Bild erschien sofort. Eine Frau mit wirren, kurzen Haaren saß an einem Tisch, angespannt über etwas gebeugt. Warum zeigte das blöde Ding plötzlich alle von hinten? Durna drehte sich unwillkürlich um und erstarrte, als sie etwas Unmögliches sah. Genau dort, wo die Position des imaginären Beobachters hinter ihr gewesen wäre, schwebte tatsächlich ein glühender roter Punkt in der Luft. Kein Wunder, dass der Magier, der Zacha Ba so ähnlich sah, darauf reagiert hatte!

Plötzlich erlosch der Punkt. Als sie sich dem Auge zuwandte, flackerten wieder unzählige Bilder in schneller Folge vorüber. Verärgert löschte sie den Zauber.

Dann hielt sie inne. Dieser rote Punkt, er bedeutete etwas ganz bestimmtes. Sie kam nur nicht darauf. Es fühlte sich an, als ob sie ganz am Rande ihres Bewusstseins etwas wüsste, so als ob ihr ein Wort auf der Zunge lag, auf das sie einfach nicht kommen wollte. Ein kleiner roter Punkt aus Licht, der auf einen gerichtet war, hatte eine Bedeutung. Es war ein Zeichen, ein Signal. Und hatte sie so etwas nicht erst heute schon einmal gesehen?

Durna sprang auf und eilte zum Spiegel. Und wie sie geahnt hatte, half ihr der Anblick beim Erinnern. Das erste Buch, die *Aufzeichnung* Horams. Sie hatte immer nur ihn in seinem weißen Raum gesehen, dieser *Steuerzentrale*. Aber einmal war die Person, welche die Aufzeichnung machte, von einer großen, schwarz glänzenden Fläche aus Glas reflektiert worden. Durna hatte das in diesem Moment ignoriert, weil sie Horam sehen wollte und nicht denjenigen, der ihn aufzeichnete. Doch nun erinnerte sie sich, dass an dem Gerät, welches dieser andere an seinem (übrigens einzigen) Kopf trug, ein rotes Licht geglüht hatte. Da sie zum Teil er war, hatte sie gewusst: Ein rotes Licht bedeutet, dass die Aufnahme läuft.

Schwer atmend setzte sich Durna wieder. Ihr war vage bewusst, dass sie gerade eine Information aus ihrem Unterbewusstsein hervorgezwungen hatte, die sie eigentlich nicht hätte bekommen sollen. Doch der Grund dafür verlor sowieso immer mehr an Bedeutung. Niemandem wäre noch länger eine Einmischung oder die Preisgabe von verbotenen Informationen vorzuwerfen, wenn diese Informationen vom Chaos aus anderen Realitäten hereingelassen wurden.

›Das Auge zeigt neuerdings alle zuerst von hinten, weil das die sicherste Position für ein auffälliges rotes Licht ist‹, begriff sie, als sie sich vorstellte, wie Leute erst reagieren mochten, wenn die Bedeutung des Lichtes bekannt wurde. Durna war sicher, dass es dieses Licht früher nicht gegeben hatte. Also konnte es nur eine vom Chaos verursachte Veränderung sein. Aber die Magie des Auges versuchte, die sich daraus ergebenden Nachteile zu kompensieren. Das war erstaunlich! Sie verstand in diesem Augenblick ihren von der Erforschung der Magie geradezu besessenen Vater besser. Es trieb sie regelrecht, mehr über die erstaunliche Eigenschaft der Magie als solcher zu erfahren, die sich anscheinend verhielt, als sei sie ein intelligentes Wesen. Das war ein verblüffender Gedanke, doch sie schob ihn beiseite. ›Konzentriere dich auf das Wesentliche!‹ sagte sie sich wieder. ›Lass dich nicht von interessanten Nebensachen ablenken!‹

Leider war manchmal nicht ganz klar, was sich als Nebensache oder Sackgasse herausstellen mochte. Durna ertappte sich dabei, dass sie vor der Stelle an der Wand stand, von der sie wusste, dass sie es nur zu wollen brauchte, und schon würde sich ein Durchgang öffnen, eine Tür zu einem Labor voller Geheimnisse, die förmlich nach einer Erforschung durch sie verlangten.

Verärgert trat sie zurück und schaute aus dem Fenster ihres Turms. Mit einiger Überraschung stellte sie fest, dass es inzwischen Nacht geworden war. In der Ferne zuckten Blitze am Himmel. Es würde wieder ein Unwetter geben. ›Hoffentlich gefährdet das Wetter nicht auch noch die Ernten‹, dachte sie geistesabwesend. Eine Hungersnot im Land war das Letzte, was sie brauchte. ›Ich denke schon wie eine richtige Königin!‹ Sie fand das immer weniger seltsam.

Dann wandte sie sich dem zu, was ihr der Sichtungszauber verraten hatte. Es war wenig genug. Vier Menschen und ein Dämon besaßen die Statue im Augenblick, falls ihr das Drachenauge nicht eine völlig andere, zufällige Gruppe von Reisenden gezeigt hatte. Wahrscheinlich waren es diejenigen, die sie auch von der Nachbarwelt zurückgebracht hatten. Warum sie von einem Dämon begleitet wurden, war rätselhaft. Vielleicht handelte es sich um einen Diener des Zauberers. Dessen Ähnlichkeit mit Zacha

Ba war beunruhigend. Natürlich wusste sie nun, nachdem der erste Schreck überwunden war, dass es sein Sohn Zach-aknum sein musste, wie sie von Anfang an befürchtet hatte. Auch für seine äußere Erscheinung gab es eine logische Erklärung: Der Zeitzauber, der die Zeit auf ihrer Welt langsamer vergehen ließ als auf Horam Schlan. Der Mann musste einige Jahrzehnte mit der Suche verbracht haben.

Wer mochten die anderen sein? Zufällige Begleiter? Leibwächter? Durna erinnerte sich, Waffen gesehen zu haben, doch das war nichts besonderes. Viele trugen Schwerter, wenn sie auf Reisen gingen. Wenigstens hatten diese Leute nun ein Gesicht für Durna. Das würde es leichter machen, sie beim nächsten Versuch zu finden. Sie musste ja noch herausbekommen, wo sie waren und was sie vorhatten.

Nachdenklich kaute Durna auf dem Rest ihrer Pastete herum. Es war anzunehmen, dass die kleine Gruppe wusste, was sie tat, wenn es ihr gelungen war, die Statue zu beschaffen. Das konnte nicht leicht gewesen sein. Zumindest der Zauberer würde auch wissen, dass sie in den Tempel gebracht werden musste. Trotzdem fiel es ihr schwer, sich darauf zu verlassen, dass die Fremden alles richtig machten.

Plötzlich lächelte sie versonnen. Sie war eine Magierin der Fünf Ringe! Es würde sich doch ein Weg finden, diese Wanderer im Auge zu behalten und ihnen vielleicht sogar beizustehen, wenn es nötig werden sollte. Sie mussten ja nicht unbedingt wissen, wer ihnen half. Durna hatte nicht vor, mit Zacha Bas Sohn zusammenzutreffen, falls es sich vermeiden ließ.

* * *

Zach-aknum sah den roten Punkt, der seitlich vor ihm auftauchte und in gleichem Abstand in der Luft zu hängen schien, obwohl er weiter in dessen Richtung ritt, zuerst nur aus den Augenwinkeln. Seine magischen Sinne signalisierten nichts, doch etwas anderes in ihm schrie: »Gefahr!« Er reagierte sofort, noch bevor ihm klar wurde, dass dieses andere in ihm etwas Fremdes war, eines dieser scheinbar sinnlosen Informationsbruchstücke, die als Auswirkung des Chaos aus anderen Realitäten in ihr Bewusstsein einsickerten.

Aber es war zu spät. Was auch immer den roten Zielpunkt verursacht hatte, es verschwand oder löste sich mitsamt einigen Büschen und Steinen in Rauch auf, als sein Blitz einschlug.

Micra und Brad reagierten genauso, wie es zu erwarten war. Innerhalb von zwei Herzschlägen sicherten sie mit gezogenen Schwertern in entgegengesetzte Richtungen, während sich Solana und Pek noch verwirrt umschauten.

»Es ist nichts!« beruhigte der Magier seine Begleiter. »Hoffe ich wenigstens ...«

»Was war denn?« wollte Micra dennoch wissen.

»Ich sah einen roten Lichtpunkt, der mitten in der Luft zu schweben und auf mich gerichtet zu sein schien.« Als er es laut aussprach, klang es für ihn selbst ziemlich eigenartig. Doch Micra wusste genau, was er meinte.

»Einen *Ziellaser*?« fragte sie ungläubig. Dann weiteten sich ihre Augen, als sie erkannte, was sie da gesagt hatte.

Zach-aknum aber hatte die gleiche beunruhigende Vision von seltsamen Waffen wie sie. »Das ist es!« rief er überrascht aus. »Deshalb habe ich es als Gefahr angesehen.«

»Könntet ihr beiden mal deutlich reden!« Brad hielt immer noch sein Schwert in der Hand. »Sind wir nun in Gefahr oder nicht?«

Pek ritt neben ihn, was wie immer ziemlich lächerlich aussah – der kleine Dämon auf dem Pferd. Niemand wusste, wie er es anstellte, das Tier zu kontrollieren, aber er hatte keine Schwierigkeiten damit. Vielleicht kitzelte er es ...

»Scheinbar nicht«, stellte er enttäuscht fest. »Die beiden haben nur wieder so eine mystische Chaos-Einbildung gehabt.«

Da weder der Zauberer noch Micra sich dazu herabließen, den anderen die Bedeutung eines in der Luft schwebenden roten Punktes zu erläutern, setzte sich Brad kopfschüttelnd an die Spitze der Gruppe, gefolgt von einem gelangweilten Pek.

Die Gegend sah immer unwirtlicher aus. Es war kein Wunder, dass sie seit dem letzten Dorf, in dem sie gerastet hatten, keinem einzigen Menschen mehr begegnet waren. Das Land war unglaublich karg, sogar ein Schaf hätte das Stachelgras ausgekotzt, bemerkte Pek sachkundig. Außerdem wurde es immer unwegsamer. Rechts und links wuchsen in der Ferne Berge in den Himmel, und der Platz zwischen ihnen, der Pass also, lag ebenfalls irgendwo *oben*. Demzufolge bewegten sie sich stetig aufwärts, was die Pferde anstrengte. Brad machte sich Sorgen um die Tiere. Es gab keine Nahrung mehr für sie. Die Körnervorräte, eine Spende der halatanischen Armee, würden nur ein paar Tage reichen. Was dann? Im Süden standen Rauchwolken am Himmel. Dort spuckte der Vulkan immer noch Feuer, obwohl die Erdstöße kaum mehr spürbar waren. Die restlichen Wolken verhießen ebenfalls nichts Gutes. Es würde bald wieder regnen. Oder gar schneien? Brad zog fröstelnd seinen Mantel enger um sich. Gut möglich, dass es in dieser Höhe Schnee gab.

»Man sollte meinen, diese Welt will gar nicht gerettet werden«, murmelte er verdrossen. »So viele Hindernisse stellt sie uns in den Weg.«

Pek, immer gern zu einer Unterhaltung bereit, kicherte. »Glaubst du etwa, eine Welt könnte einen eigenen Willen haben?«

»Zu Hause gab es so eine Sekte, deren Mitglieder glaubten genau das. Aber andererseits – die rauchten auch komische Kräuter und aßen Pilze, von denen jeder andere seine Finger ließ.«

»Ah, Dämonenpilze!«

»Genau. Woher ...? Ach so, natürlich.« Manchmal vergaß Brad, dass der kleine pelzige Kerl auf dem viel zu großen Pferd ein echter Dämon war, ein Bewohner von Wirdaons Reich, der sie nur aus einer Laune heraus begleitete, jedenfalls anfangs. Jetzt im Auftrag seiner Chefin persönlich, wie er es ausdrückte.

»Wir haben mit diesen Pilzen und ihren psychedelischen Wirkungen selbstverständlich nichts zu schaffen, weißt du. Das fehlte noch, dass ehrbare Dämonen Drogen über die Dimensionsgrenzen schmuggeln! Wirdaon selbst würde die Verantwortlichen langsam häuten, ihre Gedärme auf ein glühendes Eisen wickeln und sie dann mit ausgesuchten Säuren übergießen, bevor sie ...«

»Pek?«

»Was ist?«

»Hör auf damit, ja?«

»Okä«, krächzte der Dämon unverständlich, vermutlich in seiner eigenen Sprache. »Vielleicht machen sich die Karach-Heinis manchmal einen kleinen Spaß mit Drogenpilzen, aber die Menschen sind selber schuld, wenn sie die essen. Steht ja groß im Pilzbuch: Dä-mo-nen-pilze!«

Brad versuchte, nicht hinzuhören. Es war beruhigend, dass sich Pek nicht veränderte. Die Hälfte von dem, was er von sich gab, verstand sowieso keiner.

Als Pek aber davon sprach, wie die »blöden Karach-Heinis«, seine Lieblingsfeinde in der dämonischen Welt, von Dimension zu Dimension hüpften, um Unheil zu stiften, fragte er ihn: »Wie macht ihr das eigentlich genau, dieses Hüpfen?«

Pek verstummte, als habe er ihm einen Knebel in den Mund gestopft. Brad wandte sich zu ihm um.

Der Dämon stopfte sich gerade ein zusammengeknülltes Tuch in den Mund.

»Was tust du da?«

»Ngnng!«

»Ist dir übel?«

»Nnnn.«

Brad hob die Schultern und wandte sich betont gleichgültig ab. »Gut. Dann ist er nur verrückt«, sagte er wie zu sich selbst.

Pek spuckte das Tuch wieder aus. »Äks. Darf nich drüber reden«, teilte er mit.

»Soviel hatte ich mir bereits gedacht.«

»Sie will nich, dass Magier anfangen, überall rumzuhüpfen! Na ja, sind ja sowieso nich mehr viele da.«

Brad kommentierte das mit nicht mehr als einem zustimmenden Brummen. Er hatte schon bemerkt, dass der Dämon immer dann seine deutliche Aussprache verlor, wenn er sich über etwas aufregte. Dabei sprach er immer noch besser als am Anfang, nachdem sie ihn im Stronbart Har getroffen hatten. Er hatte behauptet, das sei Drachensprache, was sie ihm natürlich nicht abnahmen – bis der Drache Feuerwerfer wirklich auftauchte. Man neigte dazu, den Dämon zu unterschätzen. Und manchmal stellte sich heraus, dass er weit mehr als Menschen über bestimmte Dinge wusste. Er gab sie aber nur zögernd und unwillig preis, so gern er sonst redete. Es sei nicht gut, wenn Menschen von ihm zu viele Dinge erfuhren, die sie nicht selbst herausgefunden hatten, sagte er einmal. So etwas würde fast immer in Katastrophen enden. Er klang, als ob die Dämonen darin Erfahrung besaßen – aber woher? Kannten sie etwa noch andere Welten?

Er wusste, dass es noch andere gab, die nicht unbedingt mit ihren beiden verbunden waren. Überhaupt war die Verbindung zu Wirdaons Reich ganz offensichtlich eine andere als die nach Horam Schlan.

Brad gab es auf. Er hasste diese Halbinformationen, diese Spekulationen und Vermutungen, die ihnen auf ihrem tatsächlichen Weg durch eine von den Göttern verlassene Einöde nicht im geringsten weiter halfen.

Pek wusste Dinge, die er nicht gern mitteilte, aber er teilte sie mit, wenn man ihn richtig danach fragte. Brad dagegen wusste ja nicht einmal, welche Fragen er hätte stellen müssen! »He, Pek? Was liegt da vor uns?« fragte er dennoch. Es stellte sich als eine der richtigen Fragen heraus.

5

Herzog Walthur war verärgert. Natürlich konnte man das in dieser Situation nur über einen Halataner sagen. Alle anderen hätte man als fuchsteufelswild bezeichnen müssen. Von Anfang an war dieser Feldzug nicht so verlaufen, wie er gedacht war – vielleicht schon vorher. Aus irgendeinem Grund fielen ihm immer wieder der Schwarze Magier und seine Begleiter ein, denen er in Orun begegnet war. Schon das war so ungeplant wie ungewöhnlich gewesen. Der Herzog hatte sich die Dinge, welche die Fremden zu sagen hatten, zwar angehört, doch tief im Innersten wollte er nicht daran glauben.

Dann der zurückhaltende Empfang durch die Tekladorianer, die man doch eigentlich befreien kam! Der überraschende Angriff aus Pelfar am Vortage und nun dies!

Es konnte nur Magie der dunkelsten Sorte gewesen sein, die seine Leute attackiert und abgeschlachtet hatte. Nichts anderes war denkbar. Feige mitten in der Nacht hatte die Schwarze Magie in Form von mordenden, unsichtbaren Monstern sein Lager angegriffen und Dutzende Männer bestialisch ermordet. Kein Feind war gesehen worden, geschweige denn getötet. Als es aufhörte, prasselte der endlose Regen nur auf die erkaltenden Leichen von Halatanern herab. Bis zum Morgengrauen fand niemand im Lager der Südarmee mehr Schlaf.

Halataner *hassten* Magie. Und war nicht die sogenannte Königin von Teklador eine bekannte Hexe? Für Walthur war völlig klar, woher der Angriff gekommen sein musste. Als die pechschwarze Finsternis langsam einem trüben Dämmerlicht wich, befahl der Herzog, die Geschütze in Stellung zu bringen. Die Lage hatte sich in der Nacht gewandelt, das fand zumindest er. Einen solch feigen magischen Angriff konnte er nur auf eine einzige Art beantworten. Er würde den Tekladorianern schon zeigen, was sie erwartete, wenn sie sich verblendeterweise auf die Seite der Yarben stellten.

Zum ersten Mal überhaupt begann eine Armee, eine feindliche Stadt mit Artillerie zu beschießen. Die schwerfälligen Kanonen, die nicht viel mehr als gegossene Rohre waren, feuerten Kugeln aus massivem Metall ab, ursprünglich dafür gedacht, Befestigungsmauern zu zerstören. Da es diese hier gar nicht gab, schlugen sie durch Dächer und dünne Häuserwände.

Ein Zittern durchlief die Realität wie eine Wasseroberfläche.

Etwas unbegreifliches geschah. Die Metallkugeln verwandelten sich im Flug und explodierten als Granaten. Rauchpilze und Feuersäulen schossen in den Himmel. Ein unbeschreibliches Donnern begleitete Druckwellen, die noch im weiten Umkreis der Einschläge die leicht gebauten Mauern zusammenbrechen ließen.

»Feuer!« schrie Walthur begeistert, dem das ganz normal vorkam.

Und es ward Feuer. Pelfar begann zu brennen.

* * *

Oberst Giren hörte sich mit unbewegter Miene an, was ihm die Mitglieder von Durnas Abordnung aufgeregt berichteten, wobei sie sich immer wieder gegenseitig unterbrachen. Er konnte es ihnen nicht verdenken. Genauso wenig wie er es ihnen übel nahm, dass sie umgekehrt waren, ohne auch nur zu versuchen, Durnas Befehl auszuführen und Verhandlungen mit den halatanischen Invasoren aufzunehmen. Sie waren praktisch vor einer Welle von Flüchtlingen aus Pelfar her geritten, die nun an seiner Truppe vorbei nach Süden strömte. Die Menschen flohen in panischem Entsetzen.

Das erste, woran Tral Giren denken musste, als er verstand, was ihm die verhinderten Diplomaten berichteten, war Magie. Ein Feuerregen, der die Stadt im Morgengrauen überschüttete, nachdem die Halataner zunächst auf einen Einmarsch zu verzichten schienen, das sah ganz nach Zauberei aus. Andererseits bestanden die Tekladorianer darauf, dass Halatan traditionell keine Magie einsetzte. Sie als Eingeborene mussten es ja wissen, dachte er. Aber Leute und Völker und die offizielle Politik konnten sich ändern. Keiner wusste das besser als er.

›Was tun?‹ dachte der gegenwärtige Befehlshaber von Durnas Hauptstreitmacht. ›Weiter nach Pelfar vorrücken und den Feind stellen? Das wird kompliziert, mit all den Menschen, die kopflos fliehen. Und wenn der Gegner wirklich Kriegsmagier dabei hat? Selbst viereinhalbtausend Mann könnten da zu wenig sein.‹ Tral Giren hatte sich schon immer für Geschichte interessiert und er besaß durchaus eine Vorstellung davon, was in einem magischen Krieg passieren konnte, obwohl auch in seiner Heimat längst nicht mehr auf diese – äußerst destruktive Weise – gekämpft wurde. Er befühlte den Talisman, den ihm die Königin gegeben hatte, um sie herbei zu rufen, wenn es nötig schien. War jetzt der Zeitpunkt gekommen?

»Wechselt die Pferde und reitet so schnell Ihr könnt nach Bink!« unterbrach er das Gestotter des Anführers der Abordnung. »Informiert die Königin. Und ich rate Euch, bereitet *für sie* einen etwas zusammenhängenderen Bericht vor! Wir rücken weiter nach Pelfar vor.« Er erwähnte nicht, dass er über eine Möglichkeit verfügte, Durna zu rufen. Noch schien es ihm dafür zu früh zu sein. Er musste das erst selbst sehen ...

* * *

In alter Zeit, las Durna beim weißblauen Licht einer ihrer magischen Leuchtkugeln, *gab es ein Netzwerk von Burgen, Festungen und Wehrtürmen der Magier, die über das ganze Land verstreut waren. Die Zauberer herrschten nie über das Land, aber sie waren da, um zu helfen und zu raten, wenn es Not tat.*

›Das verschaffte ihnen natürlich politischen Einfluss‹, dachte sie. ›Man kann auch herrschen, ohne ein Herrscher genannt zu werden.‹

Die Festungen waren Orte des Rückzugs, der Ruhe und Zuflucht für alle, die sich der Zauberei widmen wollten, ohne von den profanen Kleinigkeiten des Alltags belastet zu werden. Andere gab es, die es vorzogen, unter den einfachen Menschen zu leben.

Durna wusste nicht, wie sie sich entschieden hätte. Manchmal erschien ihr ein Rückzug in die Tiefen einer abgeschotteten Burg gar nicht so übel, dann wieder wollte sie nicht Hexe, sondern Königin sein. Ob sie auf Dauer beides vereinbaren konnte?

Die wichtigsten magischen Orte der alten Zeit waren vor allem Baar Elakh, die Nachtburg und Cheg'chon; die Festung der Sieben Stürme war der letzte von den Magiern erbaute Platz dieser Art.

Durna blinzelte. ›Baar Elakh?‹ dachte sie verblüfft. ›Die uralte Hinrichtungsstätte? Haben die damals etwa ...?‹ Sie wagte es kaum zu Ende zu denken. Das Schwarze Ritual? Ein anderer Name in der Aufzählung kam ihr ebenso bekannt vor. Lebte nicht ihr alter Lehrer, der Eremit, im Cheg'chon Krater? Was für ein Ort magischer Einkehr sollte schon seine winzige Hütte auf der Spitze des Zentralberges gewesen sein? Aber dann erinnerte sie sich an das, was ihr Sternenblüte über den Einsiedler gesagt hatte. Sie fröstelte plötzlich. Es gab so viele Dinge, so viele Zusammenhänge, die sie nicht verstand.

Durna wollte schon das Buch an dieser Stelle zuklappen, als ihre geschulten Sinne sie alarmierten. Etwas stimmte hier nicht.

Sie las den Abschnitt noch einmal. ... *vor allem Baar Elakh, die Nachtburg und Cheg'chon* ...

Durna blinzelte. ›Baar Elakh?‹ dachte sie verblüfft. Dann fing sie sich. ›Was ist hier los?‹ Sie las es sich laut vor: »Vor allem Baar Elakh, die Nachtburg und Cheg'chon ... Die Nachtburg? Was bei den Dämonen soll das denn sein?« Ihre Gedanken drohten wieder abzuirren, doch nun hatte sie es unter Kontrolle. Schnell murmelte sie einen Gegenzauber, doch er blieb wirkungslos. Das konnte nur heißen, dass sich die Sache nicht auf das Buch vor ihr bezog, sondern auf ... Auf was eigentlich? Verflucht! Auf diese Nachtburg. Was immer das war, ein Zauber umgab es, der aktiv jeden Gedanken daran zu unterdrücken versuchte. Und das war natürlich besonders interessant für sie. Durna lächelte versonnen und machte sich an die Arbeit.

* * *

»Die Nachtburg?« wiederholte Brad. »Ich sehe keine Burg. Ist es noch weit bis dahin?« Pek wischte sich Regenwasser aus dem Gesicht und versuchte etwas mehr als einen grauen Schleier unter grauen Wolken über braunem Schlamm zu erkennen.

»Keine Ahnung«, gab er dann zu. »Ist ein magischer Ort. Vielleicht sogar getarnt. Wahrscheinlich zwischen den Bergen.«

»Ich wette, sie liegt genau auf dem Pass«, murmelte Micra neben ihnen. »Und ist von Horden und Horden grausiger Dä... ich meine irgendwelcher Monster verteidigt, so dass wir nicht umhin können, unseren Weg durch Stahl und faulendes Fleisch zu hacken.«

»Micra?« Brad wandte sich im Sattel um, obwohl ihn dadurch der Regen im Gesicht erwischte. »Alles in Ordnung?«

»Natürlich. Aber langsam kommt es mir so vor, als sei alles besser, als weiter stumpfsinnig durch kalten Schlamm und Regen zu reiten, ohne auch nur hundert Schritt weit sehen zu können.«

»Wahrscheinlich ist die Nachtburg längst verlassen«, meinte Pek. »Ich weiß nur über sie Bescheid, weil es ein Re... Refu... na so ein Dingsbums der Magier hier war. Sie haben damals oft Dämonen von Wirdaon angefordert, wisst ihr.«

»Warst *du* mal dort?« fragte Brad.

»Ach nein, das war sogar vor meiner Zeit.«

Wie alt mochte Pek wohl sein, nach menschlichen Maßstäben gemessen? Brad fragte ihn auch jetzt nicht. Bei manchen Dingen war das Gefühl in ihm einfach zu deutlich. Es sagte ihm, dass er das eigentlich gar nicht wissen wolle.

»Zauberer?« rief er nach hinten. »Pek sagt, vor uns liegt die Nachtburg. Wisst Ihr etwas damit anzufangen?« Da er keine Antwort bekam, hielt er schließlich sein Pferd an und wartete. Pek und Micra taten es ihm gleich.

Als Zach-aknum und Solana ihre Pferde neben ihnen zügelten, zeigten beide den gleichen seltsamen Gesichtsausdruck. Sowohl der Zauberer als auch die Frau schienen geradezu abwesend zu sein vor Konzentration auf einen Gedanken.

Brad und Micra warfen sich einen Blick zu. Was hatte das denn zu bedeuten?

Zach-aknum zuckte schließlich zusammen. »Nun, das nenne ich einen Zauber!« sagte er leise.

Solana nickte und blinzelte Regenwasser aus ihren Augen. »Ich weiß, was Ihr meint, Magier. Vermutlich habe ich in Ramdorkan schon oft von diesem Ort gehört, aber ich habe es einfach vergessen! Es ist, als ob sich die Gedanken weigern, sich überhaupt damit zu befassen. Man muss sie regelrecht antreiben!« Sie lachte verwundert auf.

›Ist dieser Magier denn ansteckend?‹ dachte Brad gereizt. ›Jetzt redet sie auch schon in Rätseln!‹

»Vermeidungszauber!« raunte Pek ihm verschwörerisch zu. »Wirkt auf euch Ausländer wahrscheinlich nicht. Aber die Hiesigen haben Probleme damit, überhaupt an die Nachtburg zu denken.« Er grinste schadenfroh. »Ja, die alten Zauberertypen hatten es noch drauf!«

»Und warum macht einer so einen ›Vermeidungszauber‹, hm, Pek?«

»Damit man den damit belegten Ort vermeidet, das ist doch klar!«

»Genau.«

»Dämonenscheiße«, knurrte Micra ohne Rücksicht auf Anwesende. »Horden und Horden von Monstern – oder sonst was. Ich wusste es doch.«

* * *

Pelfar, die größte Stadt des Vach'nui-Flachlandes, lag vor ihnen. Der Oberst war bereits einmal dort gewesen, und er erinnerte sich noch gut daran, wie er gegen seinen Willen eine Art Bewunderung empfunden hatte. Von dem Punkt, an dem er sich mit der Vorhut seiner Truppen nun befand, hatte man sonst einen guten Ausblick auf die Metropole. Nicht heute.

Dichter, tiefschwarzer Rauch stieg über der Stadt auf. Über dem westlichen Teil der Stadt, auf der tekladorischen Seite des Flusses Terlen. Der Wind trieb die Wolken in schrägen Bahnen hinüber auf die andere Seite, aber dort schien man von Bränden verschont geblieben zu sein.

Nicht einmal der Dauerregen hatte es bisher vermocht, alle Feuer zu löschen. Hier und dort leuchteten Flammen unter dem Rauch. Tral Giren wünschte, er könnte mit seinem Blick die dichten schwarzen Schwaden durchdringen und sehen, was auf der Nordseite der Stadt vorging. Rückten die Feinde dort vor, plünderten und brandschatzten sie bereits? Yarbische Taktik hätte dies verboten, aber was wusste er schon von den Halatanern? Nicht einmal der Geheimdienst hatte bisher viel mehr als allgemeine Informationen über das Volk zusammengetragen, das als nächstes auf Trolans Liste der Eroberungen gestanden hatte. Wahrscheinlich hätte sich selbst der Lordadmiral mit den Halatanern übernommen, so wie es jetzt aussah.

Doch da Trolan tot, Erkon Veron von einem Chaos-Lord übernommen und die yarbische Armee in Nubra und Teklador praktisch zu Königin Durna übergelaufen war, ließ sich darüber nur spekulieren.

»Diese Stadt scheint gefallen zu sein«, bemerkte einer seiner Offiziere neben ihm.

»So sieht es aus«, bestätigte Giren düster. »Wenn man es überhaupt so nennen kann. Sie haben dem Feind wahrscheinlich keinerlei Widerstand entgegensetzen können.« Er hatte schon bei seinem ersten Besuch eine derart unbefestigte Stadt als geradezu absurd empfunden, sich aber gesagt, dass er sicher nicht alles mit yarbischen Maßstäben messen könne. Aber er hatte offenbar Recht gehabt.

»Den Feind in dieser Stadt stellen zu wollen, ist so gut wie aussichtslos. Wir müssen versuchen, sie in eine Feldschlacht zu verwickeln. Das Terrain ist dafür ganz gut geeignet«, überlegte der Oberst laut. Plötzlich erinnerte er sich an Dinge aus seiner Ausbildung daheim, die er schon lange vergessen glaubte. Er war nie wie sein Bruder als Feldoffizier eingesetzt gewesen, aber das hieß nicht, dass man ihm nicht endlos Strategien und Taktiken eingetrichtert hatte. Und er kannte sich mit der Militärgeschichte seines kriegerischen Volkes bestens aus.

Das einzige Problem war die vermutete feindliche Magie. Kein noch so guter Schlachtplan konnte voraussehen, was ein gegnerischer Kriegsmagier tun würde. Darum hatte Durna bei Bink einen ebenso brutalen wie überwältigenden Sieg errungen. Sollte er Pelfar vielleicht umgehen und versuchen, den Feind in den Terlen zu werfen? Aber diese Stadt war so groß! Ein Umgehungsmarsch würde sie den ganzen Tag kosten, wobei niemand wusste, wie die Situation auf der anderen Seite des Rauchvorhangs überhaupt aussah. Waren die Halataner noch dort? Oder in der Stadt selbst?

»Wir greifen sie an, wenn sie weiter auf Bink vorrücken«, entschied er schließlich. »Und das werden sie mit Sicherheit. Ich glaube nicht, dass sie sich mit der Eroberung der Stadt zufrieden geben.« Der Nieselregen wurde zu stärkerem Niederschlag. War da nicht auch schon ein wenig Schnee? ›Falls das verrückte Wetter nicht auch den Halatanern die Lust am Kriegführen verdirbt‹, dachte Tral Giren. ›Das wäre mal was: Sie ziehen sich einfach zurück, weil sie nicht genügend warme Sachen dabei haben ...‹ Er grinste. Doch er wusste natürlich, dass der Feind in einem solchen Fall einfach Pelfar geplündert hätte. Dort gab es sicher genügend Wintermäntel.

Die Yarben – nicht zu vergessen ihre Verbündeten – zogen sich ein wenig zurück, um den Zeitpunkt abzuwarten, zu dem die gegnerische Armee Pelfar verließ, um weiter zu marschieren. Warum eine Reihe Soldaten das Bedürfnis verspürte, Löcher in den Boden zu graben und sich darin zu verstecken, wurde nicht weiter untersucht. Die Anführer der einzelnen Einheiten wiesen solche Vorschläge entrüstet zurück. Wer hatte je davon gehört, dass Krieger sich in den Boden eingruben?

* * *

Als ihn der Offizier anbrüllte, kam Herzog Walthur wieder zu sich. Verdutzt schaute er sich um. Was war gerade mit ihm los gewesen? So stellte er sich eine Trance vor, obwohl er noch nie eine erlebt hatte. Aber es hieß, Zauberer könnten Leuten ihren Willen rauben, die sich dann verhielten, als ob sie Drogen zu sich genommen hätten. Er befand sich auf einer Anhöhe in Sichtweite einer Stadt, die lichterloh brannte. Vor ihm standen einige seiner Offiziere, die äußerst verstört und wütend wirkten. Einer von ihnen hatte ihn sogar angebrüllt! Unglaublich.

»Was?« brachte der Herzog heiser hervor. Seine Stimme klang, als habe auch er kürzlich ziemlich viel und laut geschrieen.

»Er scheint wieder zu sich zu kommen«, bemerkte der Offizier, dessen Namen und Rang dem Herzog einfach nicht einfallen wollte, zu den anderen. »Was geht hier vor, Herzog? Und was ist mit Euch? Ihr scheint mir, bei allem Respekt, im Augenblick kaum in der Lage, das Kommando zu führen.«

Bevor Walthur auf diese Ungeheuerlichkeit angemessen reagieren konnte, mischte sich ein zweiter Mann ein: »Halatan kämpft nicht mit Hilfe von Magie, Herzog! Ihr werdet Euch vor dem Kaiser für diese Abscheulichkeit zu verantworten haben, egal wie Ihr es angestellt habt.«

»Was meint Ihr?« Auch das klang lahm und unsicher. »Wie kommt Ihr dazu, solche Behauptungen ... Ist das eine Meuterei oder was?«

Der erste Offizier, es war General Paschkariti, sein eigener Stellvertreter – jetzt fiel es ihm wieder ein – deutete mit wütendem Gesicht auf die Stadt, die Pelfar sein musste, wie sich der Herzog nun erinnerte.

»Eine Meuterei? Wir hätten wohl gemeutert, wenn wir gewusst hätten, was Euer Feuerbefehl bewirken würde, soviel ist sicher. Nun ist es zu spät. Pelfar brennt. Tausende müssen dort umgekommen sein. Und Ihr wolltet nicht mit dem Beschuss aufhören, solange noch Munition da war! Seid Ihr denn wahnsinnig, Herzog? Das ist ... ein Kriegsverbrechen, jawohl.«

Ein Wort, das es bisher in der gebräuchlichen Sprache außerhalb von historischen Texten nicht gegeben hatte, doch alle verstanden, was der General meinte. Es waren seine Reiter gewesen, die den Angriff auf Pelfar abgebrochen hatten, um zu den Geschützstellungen zu reiten, wo sie schließlich die sich wie irre gebärdenden Kanoniere niederhieben. Nichts anderes konnte sie daran hindern, den ständigen »Feuer! Feuer!«-Rufen des Herzog mit der Begeisterung von Wahnsinnigen Folge zu leisten.

Walthur starrte den zornigen General wie betäubt an. Was meinte der Mann denn nur? Was sollte er verbrecherisches getan haben?

»Verzeiht, General Paschkariti, aber ich weiß wirklich nicht, wovon Ihr sprecht. Wenn ich es mir recht überlege, weiß ich nicht einmal, was seit heute morgen geschehen ist.« Die Männer sahen ihn ungläubig an. Er begriff etwas verspätet, dass er sich soeben selbst für unzurechnungsfähig erklärt hatte. ›Besser, als wenn sie mich als Kriegsverbrecher am nächsten Baum hängen!‹ wisperte eine Stimme in seinem Hinterkopf, denn er entsann sich ebenfalls der Bedeutung des Wortes und der Dinge, die in den Geschichtsbüchern damit verknüpft waren.

»Ihr habt«, begann der General mit sichtlich erzwungener Ruhe, »heute morgen befohlen, die Stadt mit den neuen Kanonen zu beschießen. Das widersprach dem ursprünglichen Plan, aber nach den Ereignissen der Nacht schien eine gewisse Vergeltung angemessen. Ihr erinnert Euch, was letzte Nacht geschah?«

»Ja. Ein magischer Angriff auf unser Lager.«

»Wenigstens das. Unter dem Feuer unserer Kanonen, das ein paar Häusern die Dächer wegschießen und einige Mauern zum Einsturz bringen sollte, griffen wir an. Doch als die ersten Geschosse in der Stadt einschlugen, veränderte sich alles. Diese Geschosse *explodierten*! Falls Euch der Begriff nicht geläufig ist, die Gelehrten der kaiserlichen Universität bezeichnen so eine heftige und äußerst gewaltsame Reaktion. Ähnlich der Pulververbrennung in den Kanonen selbst. Mit gewaltigem Donnern brach überall in der Stadt Feuer aus. Die getroffenen Häuser wurden nicht beschädigt, sondern vollkommen vernichtet. Und das, Herzog Walthur, kann nur das Ergebnis von Magie sein. Ich weiß, dass die Geschosse unserer Kanonen so etwas nicht bewirken können, denn ich war schließlich schon bei den Erprobungen dabei. Sie müssen verhext gewesen sein.«

»Wer sollte das getan haben?« Walthur war verwirrt. Wenn die Sache umgekehrt verlaufen wäre, dann hätte es nur ein tekladorischer Zauberer oder gar die Hexe Durna selbst sein können. Doch auf *ihrer* Seite gab es keine Magier! »Ich bin nicht dafür verantwortlich«, fügte er schnell hinzu. »Ich bin weder ein Magier noch habe ich einen beauftragt, uns auf diese Weise zu unterstützen.« Er dachte an die Begegnung mit Zach-aknum. Nein, der Schwarze Magier würde doch nicht ohne etwas zu sagen ...? Oder doch? Vielleicht war das seine Vorstellung von einer netten Überraschung?

Herzog Walthur beschloss, erst einmal Zach-aknum als Verdächtigen zu präsentieren. Der war weit weg und sein künftiger Ärger akzeptabler als eine Schlinge um den eigenen Hals. Finster hörten sich die Offiziere die wortreichen, wenn auch etwas stotternden Erklärungsversuche an.

»Und was bedeutet das Verhalten der Kanoniere?« Der General brauchte nicht auszusprechen, dass er damit auch seine Zweifel an der geistigen Gesundheit Walthurs einschloss. »Sie schienen wie besessen!«

»Das ist es!« stieß der Herzog hervor. »Dieser Magier war in Begleitung eines leibhaftigen Dämons. Unsere armen Männer müssen von Dämonen besessen gewesen sein.«

General Paschkariti und die anderen ließen ihn abrupt stehen und zogen sich zur Beratung zurück. Herzog Walthur wusste, dass sie nach den Gesetzen des Reiches berechtigt waren, ihn als Heerführer abzusetzen und sogar in Gewahrsam nehmen zu lassen, wenn sie seine Kompetenz ernsthaft anzweifelten oder ihn für einen Verräter hielten. Doch Paschkariti schien nicht den Ehrgeiz zu besitzen, die Verantwortung für den Feldzug selbst zu übernehmen.

»Wir akzeptieren Eure Erklärung, Herzog«, sagte er, als die Gruppe zurück kam. »Jedoch werden wir Euer künftiges Verhalten genau beobachten. Außerdem wird ein Bericht an den Kaiser geschickt. Die Katastrophe in Pelfar ist nicht mehr ungeschehen zu machen, aber so etwas darf sich nicht wiederholen.«

Walthur konnte nur erleichtert nicken. Selbst wenn neue Munition aus dem Hinterland kam, wenn Ersatz für die niedergesäbelten Kanoniere zu finden war, würde er vermutlich lange zögern, bevor er noch einmal »Feuer!« rief.

Allein gelassen, starrte er hinüber zu den schwarzen Rauchsäulen, die sich über Pelfar erhoben, der reichsten und schönsten Stadt der ganzen Region. Was war nur geschehen? Wie hatte aus einem simplen Angriff mit Unterstützung einer neuen Waffe so schnell das reine Chaos werden können? Er fragte sich, ob die geheimnisvollen Berater, die den Gelehrten der kaiserlichen Universität angeblich bei der Vollendung der besagten neuen Waffe geholfen hatten, es wissen mochten. Trugen sie vielleicht sogar die Schuld? Hatten sie es vorher gewusst? Gab es sie überhaupt? Schon an sie zu denken, grenzte vermutlich an Hochverrat. Außer den Waffenmachern der Universität wussten nur sehr wenige über sie Bescheid, und auch der Herzog kannte nur die Gerüchte. Seltsame Dinge gingen in der Welt vor. Konnte sein Hauptverdächtiger Zach-aknum Recht haben und ihr aller Ende nah sein?

* * *

Das halatanische Kaiserreich war der größte Staat des ganzen Kontinents. Seit langer Zeit verfolgte es keine offensichtlichen Expansionsbestrebungen mehr, seine Grenzen waren sicher. Kein Nachbar wagte es ernsthaft, sich mit Halatan anzulegen, auch wenn man sich im Reich betont friedfertig gab. Es konnte kein Zweifel daran bestehen, dass Halatan die Mittel besaß, sich zu verteidigen. Aber wenn ein solcher Zustand zu lange anhält, finden sich immer jene, die dann doch den Test machen wollen. Im Norden und Osten war der Kaiser Lorron IV. daher mehrfach gezwungen gewesen, seine Truppen zu verstärken, als sich Schmugglerbanden breit machten, die zu einem lokalen Problem wurden. Es war allgemein bekannt, dass sie von den Baronen, den Herrschern der angrenzenden Länder, nicht nur geduldet, sondern sogar unterstützt wurden. Als die Banden dazu übergingen, Dörfer in den Grenzregionen zu überfallen, reagierte der Vater des gegenwärtigen Kaisers mit überraschender Härte. In einem zweiwöchigen Feldzug vernichtete Lorron IV. nicht nur den größten Teil der Banditen auf dem Gebiet der Nachbarländer, sondern eroberte auch zwei Hauptstädte – jedenfalls was dort als solche galt. Die beiden Barone wurden geköpft, ihr Hof ausgepeitscht und davon gejagt. Seitdem regierten Gouverneure zwei neue halatanische Provinzen. Die abschreckende Wirkung war enorm.

Lorron IV. reiste später viel in seinem Land und den Nachbarländern umher. Er fuhr sogar bis nach Baar Elakh, um die Höhlen der uralten religiösen Stätten zu besichtigen und zu meditieren. Angeblich hatte man hier in alter Zeit Verbrecher an die Drachen verfüttert, die damals hier gelebt haben sollten. Zu Lorrons Zeit traf man weder in Baar Elakh noch anderswo auf der Welt Horam Dorb Drachen. Die geheimnisvollen Wesen schienen sich vom Menschen zurückgezogen zu haben. Kaiser Lorron IV. behauptete allerdings, er habe während seiner Meditationen in den gigantischen Höhlen eine Vision von den Drachen erhalten. Da Visionen eine sehr private Angelegenheit sind, konnte das niemand überprüfen. Über den genauen Inhalt schwieg er, wahrscheinlich wusste nicht einmal sein Sohn Marruk ganz Bescheid, denn der Kaiser starb völlig überraschend, als er den Hof seines Prachtschlosses überquerte. In seinen letzten Jahren, nach der Reise zu den Höhlen von Baar Elakh, hatte sich Lorron IV. verändert. Er war schweigsam und nachdenklich geworden, als wisse er von einem nahenden Unheil. Auf seinen Befehl wurde das halatanische Heer verstärkt und besser trainiert. Natürlich gab all das Anlass zu wilden Spekulationen über den Inhalt seiner Vision.

Als später die Yarben in Nubra landeten und mit ihrer Eroberung begannen, glaubten die meisten, das sei es, was Lorron vorausgesehen hatte. Doch da lebte er schon nicht mehr und der junge Marruk II. war Kaiser. Er setzte die militärischen Vorbereitungen seines Vaters fort und richtete sich streng nach dessen wenigen schriftlichen Anweisungen, die man gefunden hatte. Sie schienen auf der rätselhaften Vision von Baar Elakh zu beruhen, ohne diese auch nur ausdrücklich zu erwähnen. Aber die Papiere enthielten derart weitreichende Voraussagen, dass es gar nicht anders sein konnte. Wie in ihnen beschrieben wurde, gelang es den Gelehrten der halatanischen Universität, der Armee eine neue Waffe zur Verfügung zu stellen: die Kanone. Nur sehr wenige Menschen wussten, dass die dafür gelobten Gelehrten das ohne Hilfe nicht geschafft hätten. Auch die Fremden, die man als Berater zu gewinnen vermochte, waren in Lorrons

Papieren erwähnt. Sein Sohn betrachtete die ihnen zugrunde liegende Vision, die stark an die verpönte Magie erinnerte, zuerst mit Misstrauen. Doch als sie sich Schritt für Schritt erfüllte, musste er ihr wohl glauben. Sobald man ihm von den Fremden berichtete, ließ er sie mit den Gelehrten zusammenbringen, die seit Jahren versuchten, die richtige Pulvermischung mit der besten Konstruktion eines Geschützes zu vereinen. Marruk II. traf sich sogar selbst mit den zunächst widerstrebenden Beratern, um ihnen die Lage eindringlich zu schildern. Danach stimmten sie zu, den bedrohten Halatanern zu helfen. Der Kaiser vermied es, sie nach ihren magischen Kräften zu befragen. Er wollte auch gar nicht so genau wissen, wer diese Leute waren und woher sie kamen. Er teilte mit den meisten weltlichen Herrschern das Misstrauen gegenüber Zauberern, welches in seinem Land noch durch tief verwurzelte kulturelle Vorurteile verstärkt wurde. Die Fremden tauchten lange vor dem Zeitpunkt auf, als Caligo durch das Schwarze Ritual Erkon Verons Zugang zur Realität Horam Dorbs erhielt. Ihr Kommen war scheinbar ein Zufall, scheinbar Ergebnis eines Verrates fern von diesem Ort – und doch war es vorhergesagt worden. Das überraschte auch die Fremden selbst, die immer versuchten, sich nicht allzu sehr in die lokalen Angelegenheiten einzumischen. Den Gelehrten in der Universität ein wenig zu helfen, betrachteten sie nicht als Einmischung, schließlich beschleunigten sie nur die schon vorhandene Entwicklung. Sie ahnten zu diesem Zeitpunkt noch nicht, dass alles noch weit schlimmer war, als sie glaubten.

* * *

Micras Wunsch nach Abwechslung erfüllte sich rascher, als ihnen lieb war. Die öde Landschaft mit den rechts und links vor ihnen langsam näher und enger zusammen rückenden Gebirgen war in der Ferne von einer Art dunkelgrauem Nebel erfüllt, von einer schiefergrauen Farbe, wie sie sonst nur Unwetterwolken hatten. Sie konnten kaum noch sehen, in welche Richtung sie ritten. Der Nebel kam immer näher.

Innerlich fluchend stellte sich Brad bereits vor, dass sie gezwungen wären, mitten im Nichts zu kampieren, wenn bald die Nacht hereinbrach und sie buchstäblich nicht die Hand vor Augen sehen konnten. Ob der Magier helfen konnte? Vermutlich war er in der Lage, wenigstens für Licht zu sorgen – andererseits war Zach-aknum in letzter Zeit ziemlich schweigsam gewesen. Brad ahnte, dass der Abwehrzauber der Nachtburg ihm zu schaffen machte.

»Tak ma'escht!« murmelte Pek auf seinem Pferd dicht hinter Brad.

Und noch bevor ihm einfiel, dass das ein dämonischer Fluch war, fühlte er es ebenfalls: Ein pulsierendes Flimmern lief beinahe sichtbar auf sie zu, raste an ihnen vorbei und erstarb. Dann gab es einen heftigen Schlag, der die Pferde scheuen ließ. Der Boden selbst schien sich unter ihnen aufzubäumen. Aus der Richtung, wo sie herkamen, war ein Donnern zu hören, ein unheilvolles, rötliches Licht erfüllte die trübe Dämmerung. Es sah aus, als würde das Land hinter ihnen mit einem Mal zu brennen anfangen. Nur war dort nichts, was brennen konnte.

»Wie es scheint, ist uns der Rückweg abgeschnitten worden«, bemerkte Solana.

»Absichtlich? Dann hätten wir ein Problem.« Brad drehte sich wieder um. Die Störung war genau aus der Richtung gekommen, in die sie unterwegs waren. Oder täuschte er sich?

»Wahrscheinlich nur ein zufälliges Ereignis«, sagte Zach-aknum gleichgültig.

»Was brennt da?«

»Lava, schätze ich. Das scheint eine Erdspalte zu sein, die mit dem Vulkanausbruch im Süden in Zusammenhang steht.« Der Zauberer war offenbar nicht besorgt deswegen. Dass die Spalte genauso vor – oder unter – ihnen hätte aufbrechen können, schien ihn nicht zu stören. »Da wir nicht auf diesem Weg zurückkehren wollen, ist es irrelevant.«

Brad erwiderte nichts. An einen Rückweg, egal wohin auch immer, dachte er im Moment sicher zuletzt. Er war müde, und nicht nur vom Ritt dieses Tages, von Nässe und Kälte. Das Abenteuer zog sich schon viel zu lange hin und wurde immer komplizierter. Warum konnte Horam diesen vermaledeiten »Ankerpunkt« mitsamt seinem nutzlosen steinernen *Wächter* nicht einfach neben dem Tor installieren? Dann wäre dieser Teil ihrer Aufgabe schon längst gelöst. So mussten sie sich durch ein zunehmend unwirtlicheres Land quälen, das derweil von Chaosattacken geschüttelt und feindlichen Armeen durchquert wurde. Was für ein Tur-Büffel-Mist!

Weil dieser Mist eigentlich gar nicht so gedacht war.

Wäre Brad zu Fuß unterwegs gewesen, dann hätte er abrupt inne gehalten. So trottete sein Pferd weiter durch die dunkelgraue Dämmerung des Nieselregens und er zuckte nur leicht zusammen, so müde war er.

Die Besiedelung der beiden primär verbundenen Welten durch die Menschen und die der sekundären durch die Dämonen und andere Wesen war ursprünglich nicht vorgesehen.

Brad lauschte der vertrauten Stimme in seinem Kopf und dachte gar nicht daran, ihr zu antworten. So überraschte es ihn, als die Stimme plötzlich fragte: *Hörst du mir überhaupt zu?* Das war neu. Im Fluchwald hatte sich Horam nie so direkt an ihn gewandt.

›Ja‹, dachte Brad. ›Selbstverständlich höre ich zu. Mir bleibt ja auch schlecht eine andere Wahl, oder?‹

Nun ja, ich schätze das stimmt. Tut mir leid. Wenn es dich stört, dann ...

Brad begann plötzlich zu bezweifeln, dass da »am anderen Ende« sein Gott war. Aber wer sonst? ›Nein, nein. Das ist schon in Ordnung. Ich habe mich langsam daran gewöhnt, dass mich alle möglichen Götter in meinem Kopf besuchen kommen.‹

Wirdaon? Ja, sie sagte so etwas. Aber ich habe dich noch gar nicht besucht, Brad Vanquis von Horam Schlan. Noch nicht wirklich. Was zu dir gesprochen hat und eine Zeit lang die Kontrolle über die Ereignisse übernahm, war nicht ich, sondern nur ein von mir zurückgelassenes Partikelchen.

Das wusste Brad schon, also schwieg er höflich. Demnach war es jetzt Horam selbst, der zu ihm sprach? Na großartig. Irgendwie ließ ihn das seltsam kalt.

Wir nennen das ein Sicherheitsprotokoll, aber das braucht dich nicht weiter zu kümmern. Tatsächlich speicherte Brad in seinem eidetischen Gedächtnis jedes Wort ab, was der Gott in seinen Gedanken sagte. Man konnte schließlich nie wissen, wozu es einmal gut sein würde.

›Und was kann ich heute für dich tun, Horam?‹ fragte Brad schließlich mit mehr Sarkasmus, als er in einen Gedanken zu legen können geglaubt hatte.

Statt einer verbalen Antwort kam für einen winzigen Augenblick nur ein Gefühl an: War das wirklich Verwirrung? *Es ist schon in Ordnung, was ihr im Moment macht,* sagte Horams Stimme dann. *Ihr seid auf dem richtigen Weg. Vor euch liegen zwar noch Hindernisse, aber ich bin sicher, dass ihr sie überwinden könnt.*

›Warum kommst du nicht vorbei und bringst die Sache selber in Ordnung?‹ Da war sie, die Frage, die er schon lange hatte stellen wollen. ›Du bist jetzt da, nicht dein Partikelchen? Hilf uns einfach!‹ Das klang fast wie »Tu doch mal was für dein Geld!«, fand Brad, aber er war der ganzen Sache viel zu überdrüssig, um sich noch darum zu kümmern, wie ein Gott seinen Unmut aufnehmen mochte. Eine klitzekleine Stimme in ihm drin fragte sogar gehässig, wer denn eigentlich dieser Horam sei? Wirdaon, die Herrin der Dämonen, die war nachgewiesenermaßen ständig in der Nähe gewesen – aber Horam? Hatte die Welt erschaffen und war abgehauen! Wieso sollte er Respekt vor ihm haben?

Ich kann das im Moment nicht machen, ob du mich nun respektierst oder nicht.

›Oh! Das hat er gehört.‹

Was dachtest du denn? Na ja, blöde Frage. Genau das, was du denkst, weiß ich natürlich, wenn ich mich so auf einen Menschen abstimme wie jetzt. Und du hast durchaus Recht: Ich war die ganze Zeit nicht hier, um mich um ›meine Schöpfung‹ zu kümmern. Ich hatte andere Dinge zu tun.

›Und was zum Beispiel?‹ Da der Gott gar nicht auf seine Unverschämtheiten reagierte, wurde Brad automatisch noch aggressiver.

Zum Beispiel erwachsen zu werden.

Jetzt war es an Brad, verwirrt zu sein. Was, bei den Dämonen, meinte Horam damit?

Das Experiment mit den beiden Welten habe ich gemacht, als ich noch ein Jugendlicher war, da hatte ich sogar noch zwei Köpfe! Es gehörte zu meiner Ausbildung ... Nun gut, nicht ganz auf die Art, wie es sich dann entwickelte. Es wurde auch nicht sonderlich gut bewertet. Aber das Dümmste daran war, dass sie mir sagten, ich müsse es nun so lassen, wie ich es erschaffen hatte. Ich durfte nichts mehr ändern oder eingreifen! Das sollte mir eine Lehre sein, nicht mit Dingen herumzupfuschen, die mich nichts angingen.

›Du hast keine zwei Köpfe mehr?‹ war alles, was Brad dazu einfiel.

Nein, natürlich nicht! So sehen wir, ich meine natürlich die Entitäten meiner Rasse, nur in der Kindheit und Jugend aus. Später trennen wir uns. Hör mal! Wenn du dieses Wissen benutzt, um eine neue Religion zu begründen, habe ich wirklich genug! Dann komme ich und ...

›Und was?‹

Nichts. Das klang plötzlich sehr resigniert. *Mach, was du willst.*

Brad runzelte die Stirn. Er bemerkte aus den Augenwinkeln, dass ihn Pek unverwandt anstarrte, während er neben ihm her ritt. Wassertropfen glitzerten auf dem Fell des Dämons und rollten über seine großen Augen, ohne dass Pek auch nur blinzelte.

›Seltsam!‹ dachte Brad. ›Ich habe bestimmt nicht die Absicht, ein Prediger oder Prophet zu werden. Im Augenblick geht es mir nur darum, deine Statue nach Ramdorkan zu bringen. Aber die Umstände scheinen sich uns in den Weg zu stellen. Schade, dass du uns nicht helfen kannst.‹

Ich werde euch soweit helfen, wie man das mit Informationen machen kann! entgegnete Horam mit entschlossener Stimme. *Ich kann nur nicht eingreifen!*

›Kannst du nicht oder willst du nicht?‹

Verdammt, Brad, ich darf nicht! Wenn ich interveniere, gefährde ich nicht nur euch, sondern auch mein eigenes Volk. Diejenigen, die eingreifen könnten, haben das schon längst getan. Aber wünscht euch nicht, dass sie noch weiter gehen als bisher!

Die fremde Präsenz in Brads Gedanken verschwand abrupt. ›Wen er wohl gemeint hat?‹ dachte er.

Pek neigte sich gefährlich weit auf seinem Gaul zu ihm herüber – wie immer schien sein Pferd genauestens zu wissen, was es zu tun hatte – und flüsterte: »Die Drachen!« Brad fand es überhaupt nicht seltsam, dass der Dämon auf einmal in der Lage zu sein schien, seine Gedanken zu lesen. War das nicht schon immer so gewesen? Was seine Behauptung anging, da hatte er allerdings so seine Zweifel.

6

Staunend betrachtete Micra das Gebilde, welches sie alle in der Nacht am Leben erhalten hatte. Sie erinnerte sich noch genau, was Zach-aknum getan hatte, als es so finster wurde, dass sie beim besten Willen nicht mehr weiter reiten konnten. Micra wunderte sich über sich selbst, weil sie immer wieder von den Fähigkeiten des Schwarzen Magiers verblüfft wurde, wenn er sich entschloss, sie zu enthüllen. Inzwischen sollte sie doch mit derartigen Überraschungen vertraut sein.

Mit sachten Handbewegungen glättete Zach-aknum zuerst den Boden, wobei blaues Feuer in alle Richtungen gespritzt war. Dann hatte er ihn mit einer Walze aus rotem Feuer getrocknet. Und bevor der Regen ihn wieder durchnässen konnte, hatte er diesen einfach ausgesperrt. Mit einem halbkugeligen, glitzernden Ding, wie Micra nun im morgendlichen Licht sah. Über dem Rastplatz der Nacht wölbte sich eine Kuppel aus Kristall. Sie war beeindruckt. Irgendwie hätte sie dem Schwarzen Magier gar nicht zugetraut, etwas so Schönes erschaffen zu können.

Unter der Kuppel wuchs ein Fuß hoch frisches grünes Gras! Eine Illusion dieser Art hatte nicht viel Sinn, da die Pferde von Vorspiegelungen nicht satt wurden, also musste es echtes Gras sein. Ihre Pferde waren schon damit beschäftigt, sich das Futter einzuverleiben.

»Die Magie, Micra, vermag viele Dinge zu tun«, sagte da die vertraute, leise Stimme neben ihr. Sie zuckte beinahe zusammen. »Man muss sich nur genau vorstellen können, *was* man machen will und wie, dann kann man es auch. Wenn man ein Magier der entsprechenden Stufe ist«, fügte er ohne jede Überheblichkeit hinzu.

»Es sieht *schön* aus«, bemerkte sie und deutete auf die Kuppel.

Zach-aknum lächelte eines seiner seltenen und farblosen Lächeln. »Es ist Eis«, verriet er flüsternd.

Micra blinzelte. Dann trat sie an die magische Kuppel und berührte sie mit den Fingerspitzen. Sie waren über Nacht tatsächlich von einer Eisschicht eingehüllt worden! Vorsichtig rieb sie an der Schicht. Wie kam eigentlich Luft zu ihnen herein? Durch das unscharfe Fenster im Eis sah sie, dass draußen alles unter einer dichten Schneedecke lag. Vage entsann sie sich, dass gerade Sommer war. Doch das konnte man wohl endgültig vergessen, solange das Chaos immer mehr an Einfluss gewann. Ohne den Zauberer und seine Vorkehrungen wäre die letzte Nacht ziemlich übel geworden – vielleicht sogar tödlich.

›Als ob die ganze Welt gegen uns ist, oder gegen die Rückkehr der Statue‹, dachte sie. Brad hatte diesen Gedanken auch schon gehabt. Ganz so abwegig erschien er ihr nicht mehr.

Zach-aknum trat mittlerweile erneut in Aktion. Die Pelzmäntel und Mützen, die er herbeizauberte, waren neu. Er machte sich sogar die Mühe, dieses Detail zu beachten, da er nicht wollte, dass irgendwo plötzlich jemand ohne Mantel im Schneesturm stand. Aus dem Lager eines Händlers auf magische Weise Kleidung zu entwenden, bereitete ihm weitaus weniger Skrupel. Sogar Pek bekam einen – zweiten – Pelz verpasst, den er ohne Zögern akzeptierte. Dämonen mochten keine Kälte. Allerdings musterte er die lustigen Stickereien mit schmerzlich verzerrtem Gesicht. Natürlich war es ein Kindermantel ...

Nur der Magier selbst begnügte sich mit seiner gewohnten schwarzen Kutte. Vermutlich hatte er es in ihr genauso warm, wie er es haben wollte, ohne von dicken Kleidungsschichten behindert zu werden.

Sie brachen auf, was in diesem Fall bedeutete, im wahrsten Sinne des Wortes die Eiskuppel aufzubrechen, die den Rastplatz umschlossen hielt. Ihre Reste blieben auch ohne den Schutzzauber erstaunlich stabil. Aber in der Einöde der Hochebene würde wahrscheinlich kein anderer Reisender die Gelegenheit haben, sich über das merkwürdige Kunstwerk aus Eis zu wundern, bevor es schließlich schmolz.

Der Tag war klarer als das graue Regendämmerlicht gestern, und sie konnten sehen, wo sich die Hochebene in ein Tal zwischen zwei Gebirgen verwandelte, um schließlich in einen Pass zu münden, den etwas krönte, das eigentlich nicht da sein wollte. Aber die drei Fremdweltler Micra, Brad und Pek konnte es nicht täuschen, und Zach-aknum hatte sich und Solana mit einem Zauber versehen, der sie durch den Schleier der uralten Magie blicken ließ.

Der Pass wurde von einer klobig aussehenden Masse versperrt, die von Menschenhand erbaut worden war. Die Nachtburg.

Micra hatte ein unangenehmes Gefühl, das sich auf schwer fassbare Weise im Hintergrund ihres Bewusstseins breit machte. Es war eine Vorahnung drohenden Unheils, die auf keinerlei sichtbaren Fakten basierte. Außer natürlich auf dem ominösen Schutzzauber, der die vor ihnen liegende Nachtburg umgab. Jemand, der eine ganze Burg aus den Gedanken der Menschen zu verbannen suchte, konnte nichts Gutes im Sinn haben.

Sie kannte das Gefühl nur zu genau. Es zählte zu ihren Warpkriegerinnenfähigkeiten und ermöglichte ihr, Gefahren bis zu einem gewissen Grad voraus zu ahnen. Im Kampf selbst war es zu vage, um zuverlässig zu sein, da musste sie sich schon auf ihr Training verlassen. In ihrer Ausbildung hatte man sie darin bestärkt, auf das Gefühl zu achten, wenn es sich bemerkbar machte. Ihr Vater hatte sie darin bestärkt, um genau zu sein. Sie fragte sich manchmal, ob sie ihr Talent von ihm geerbt hatte. Aber außer diesem meist unbestimmten Gefühl stellte sie an sich nichts fest, was darauf hindeutete, dass in ihr die Veranlagung zu magischen Dingen schlummerte. Suchtar Ansig hatte als latenter, nie ausgebildeter Magier die seltene und gefährliche Gabe der Zukunftssicht besessen. Wer wusste schon, wie viel davon auch Micra hatte? Zumindest war sie in der Lage gewesen, den sogenannten Warpcode anzuwenden, bei dem, wie sie heute den

Verdacht hegte, auch Magie im Spiel sein musste. Wie sonst sollte es möglich sein, mit ihm die Warpkrieger vollständig unter fremde Kontrolle zu bringen? Soweit sie wusste, war sie nach ihrem Vater der einzige Mensch, der den Code kannte und auch anwenden konnte. Sie wollte nicht mehr an ihren Vater und die Vergangenheit denken. Das war vorbei und lag eine ganze Welt entfernt.

Es gab noch einen weiteren Hinweis auf ein verborgenes Erbe in Micra: Sie nahm die Realitätsfluktuationen sehr klar wahr, während normale Menschen, wenn sie nicht gerade bewusst darauf eingestellt waren, sie gar nicht bemerkten.

Micra war beunruhigt. Sie wollte mit Magie nichts zu tun haben – nicht persönlich. Was andere, wie Zach-aknum zum Beispiel, taten, war schon in Ordnung. Der Schwarze Magier wusste wenigstens, was er machte. Doch gerade von ihm hatte sie gelernt, wie gefährlich Zauberei sein konnte. Sie machte sich keine Illusionen über ihre mögliche Fähigkeit, Magie zu beherrschen. Sie war gleich Null.

Zukunftssicht war außerdem eine der gefährlichsten Anwendungen der Kunst. Das mochte auf den ersten Blick überraschen, wo doch viele Hexen und Wahrsager genau damit ihr Geld zu verdienen schienen. Doch sah man genauer hin, besaßen jene Scharlatane fast nie auch nur ansatzweise das Talent der Sicht. Andere Fähigkeiten ermöglichten es ihnen, ihre Kunden zu durchschauen und sie auszunehmen. Für echte Magier war jeder Eingriff in die Zeit tabu! Und jemandem zu sagen, was ihm am nächsten Tag passieren würde, war ein solcher Eingriff, der ungeahnte Folgen haben konnte. Unter anderem die, dass es *nicht* passierte.

Es war erstaunlich, dass Zach-aknums Vater dennoch einen massiven Eingriff vorgenommen hatte, um den Weltuntergang aufzuhalten. Am Ende kostete es all den Zauberern das Leben, die sich am Tor aufhielten, als sich die Zeitspannung entlud. Der Magier hatte angedeutet, dass es noch weit schlimmer hätte kommen können.

Gefährlich war die Sicht auch aus der subjektiven Perspektive. Wenn man an sie glaubte, konnte man dazu neigen, sich nach den unbestimmten Gefühlen zu richten, die sie einem vermittelte. Und was war, wenn einen solch ein Gefühl täuschte? In Micras Geschäft war man dann tot. Oder schlimmer noch: Unschuldige starben.

Sie wünschte, das nagende Gefühl würde verschwinden. Sie wünschte, sie hätte ihre Rüstung bei sich. Sie wünschte, das Buch der Krieger hätte ihren Namen nicht aufgeführt, als Zach-aknum nach jemandem suchte, der den profaneren Teil seiner Arbeit übernahm.

›Aber wer hätte es sonst tun können?‹ dachte sie. ›Hättest eben erst gar nicht den Ehrgeiz entwickeln sollen, die beste Kriegerin deiner Welt zu werden, Mädchen!‹ Micra versuchte, an etwas anderes zu denken, denn sie wusste, dass es besser war, sich manche Dinge nicht gar zu sehr zu wünschen. Nicht nur im Fluchwald, wo ein zufälliger Wunsch ungeahnte Folgen haben konnte. Niemand wusste, wie die Störungen des Chaos wirkten, und vorsichtig zu sein, konnte nicht schaden.

Sie ahnte nicht, dass es dazu bereits zu spät war.

* * *

Mata betrachtete sich im Spiegel. Sie trug einen weißen, unzüchtig engen *Overall*, wie man das fremdländische Kleidungsstück nannte. Die Füße steckten in leichten Halbstiefeln, die auf keinem Markt Horam Schlans verkauft wurden. Sie zog den Reißverschluss ein wenig tiefer, obwohl außer ihr kein Mensch in der Anlage unter dem Tempel von Somdorkan war, und schon gar kein Mann. Aber diese Art, Kleidung zu verschließen – oder zu öffnen – faszinierte sie genau wie die Klappen ihrer vielen Taschen, die auf seltsame Weise mit einem bloßen Druck geschlossen werden konnten.

Aus dem Spiegel schauten zwei große dunkle Augen zurück, die nicht ahnen ließen, was sich hinter ihnen befand. *Multidimensionale Bewusstseinsmatrix*, nannte es der Drache. Inzwischen wusste sie ziemlich genau, was er damit meinte, wie sie auch viele andere Dinge erfahren hatte, von denen sie in keinem ihrer früheren Leben zu träumen gewagt hätte.

Dass sie selbst einzigartig war, wusste sie schon lange. Sie verspürte keine Dankbarkeit dem Lord-Magister Farm gegenüber, dessen sadistisches Herumgespiele mit dem Nirab sie erst zu dem gemacht hatte, was sie nun war. Aber sie sehnte sich auch nicht danach, wieder ein einfaches Mädchen zu sein, ein normaler Mensch mit einem einzigen Geist in sich. Mata akzeptierte, was sie war und kannte die Vorteile, die ihr Zustand mit sich brachte. Welches normale Mädchen unterhielt sich zum Beispiel täglich mit einem Drachen, wenn es nicht gerade von ihm durch Raum und Zeit transportiert wurde, um Dinge zu lernen, die sich kein Mensch auf ihrer Welt überhaupt vorstellen konnte?

Mata lächelte sich selbst zu, dann verließ sie ihr Quartier, um in die Zentrale zu gehen, wo heute ein weiteres Training des System-Neustarts angesetzt war. Sie hoffte, dass es bald soweit sein würde. Doch das hing vor allem von ihren Freunden – nun ja, vielleicht doch eher Bekannten – auf Horam Dorb ab. Erst wenn auch die zweite Statuenhälfte in Bereitschaft war, konnte das System wieder stabilisiert werden.

Mata wusste, dass es noch eine Möglichkeit gab, falls alles andere schief ging. Aber an die wollte sie lieber gar nicht denken. Der Drache nannte es die Notabtrennung. Wenn sie überhaupt funktionierte, sie beruhte nämlich auf einer Menge Theorie und sehr wenig praktischer Erfahrung, dann würde sich Horams Verbindung der beiden Welten dabei endgültig lösen und wenigstens Schlan gerettet werden. Die andere Welt aber war verloren und wurde vom Schwarzen Abgrund verschlungen. Mata wusste nicht genau, wie viele Menschen dort lebten, aber sie wollte nicht dafür verantwortlich sein, sie in den Abgrund zu stoßen, um sich selbst zu retten. Trotzdem konnte genau das zu ihrer Pflicht werden, wenn Zach-aknum, Brad, Micra und Pek versagten. Sie hasste es, nur daran zu denken.

Die Zentrale beeindruckte sie immer wieder, wenn sie eintrat. Sie befand sich nicht wirklich einhundert Mannshöhen unter dem Tempel von Somdorkan, wie sie inzwischen begriffen hatte, sondern zu einem großen Teil ganz und gar außerhalb der alltäglichen Realität. Genau wie Matas Quartier und der Rest der Anlage übrigens, was sie nicht im geringsten störte. Von hier aus hatte Horam sein Experiment durchgeführt, die hyperdimensionalen Supermaschinen gesteuert, die nicht weniger taten, als ein Schwarzes Loch einzufangen und dazu zu benutzen, Welten miteinander zu verknüpfen. Mata konnte noch nicht einmal beginnen, all das wirklich zu begreifen; das musste sie auch nicht, um ihre Aufgabe zu erfüllen.

Sie warf einen Blick hinüber auf den dunklen Teil der Zentrale. Dort glommen nur wenige Kontrollflächen, Statusanzeigen und Messinstrumente. Das war, technisch gesehen, der Teil, welcher drüben auf Horam Dorb lag. Natürlich nicht wirklich, wie auch ihr hell erleuchteter Teil der Zentrale nur scheinbar auf Horam Schlan war. Sie konnte sogar dorthin gehen, wenn sie wollte oder etwas ablesen musste, aber dann passierten unheimliche Dinge, so dass sie es lieber vermied. Mata nannte es bei sich, zu einem Geist zu werden. Es war höchst beunruhigend, plötzlich zu spüren, wie man seine körperliche Substanz einbüßte, und nichts mehr tun zu können, das noch irgendeine Wirkung hatte.

Das war eine Sache, die sie von einer echten Entität unterschied, erklärte ihr Feuerwerfer. Mata war zwar kein Mensch mehr, doch auch noch kein völlig transzendentes Wesen wie Horam. Genau darum musste sie auch auf die Ankunft der anderen in Ramdorkan auf Dorb warten. Nur wenn jemand die Zentrale auf der anderen Seite wirklich betrat und die zweite Statue wieder installiert war, konnte der gemeinsame Neustart funktionieren.

»Trainingsprogramm beginnen!« befahl Mata.

»Negativ.« Die körperlose Stimme des Maschinengeistes irgendwo hinter all den Pulten und Monitoren überraschte sie mit einer Ablehnung ihres Kommandos. »Die Nexuskontrolle erfordert Ihre Aufmerksamkeit. Wir haben einen Notfall vierter Ordnung.«

Mata trat vom Trainingspult zurück. »Was? Ist das eine neue Übung? Hat sich das Trainingsprogramm geändert?«

»Negativ. Das ist keine Übung. Begeben Sie sich bitte zur Nexuskontrolle.«

Zögernd ging Mata hinüber zu der Anlage, die niemals ihrer eigentlichen Bestimmung zugeführt worden war, da Horams Experiment nicht zu dem erwünschten Ergebnis führte. Sie diente heutzutage nur der Überwachung der Verbindung der beteiligten Welten, nicht der Steuerung des Gebildes, das der ehrgeizige junge Gott hatte konstruieren wollen. Mata konnte die Anzeigen inzwischen soweit interpretieren, wie es für ihre eigene Aufgabe erforderlich war. Doch ein Notfall?

»Erkläre die Art des Problems!« Ein Notfall vierter Ordnung war nicht allzu bedrohlich, sonst wäre sie längst geweckt worden, was immer sie hätte tun oder nicht tun können. Feuerwerfer hatte ihr das mit der Hierarchie erklärt. Sobald sich ein lebendes intelligentes Wesen in der Anlage befand, veränderten sich sämtliche Abläufe. Was andernfalls von dem Maschinengeist selbständig getan wurde, erforderte dann die Entscheidung und Autorisierung des Menschen. Sie hoffte wirklich, dass es keine echten Schwierigkeiten gab, solange sie hier war!

»Das Problem trat um 03.14 Uhr Standardzeit auf«, begann der Maschinengeist. Auch die Angabe der Zeit auf diese Weise war etwas gewesen, das Mata erst hatte lernen müssen. »Von außerhalb der etablierten raumzeitlichen Sektoren des fragmentarischen Nexus erfolgte ein massiver transdimensionaler Einschlag in die hiesige Realitätsebene. Ein Angriff kann nicht vollständig ausgeschlossen werden.«

Auf einem Bildschirm erschien eine grafische Darstellung, mit der Mata nur wenig anfangen konnte. Das Bild der Welten Schlan und Dorb, die von Wirdaons Reich, Wordons Schattenzone und natürlich dem Schwarzen Abgrund flankiert wurden, kannte sie. Es verwirrte sie längst nicht mehr, dass sich keines seiner Elemente im selben Universum wie die anderen befand. Für eine Betrachtung der Zusammenhänge war das irrelevant. Normalerweise änderte sich an der Darstellung nie etwas. Nun tauchte plötzlich ein weiteres Symbol auf, das auf eine andere Welt, eine andere

Dimension hindeutete. Von dort ging eine Welle aus, die über Dorb und Schlan schwappte, dann verschwand die zusätzliche Welt wieder.

»Der Einschlag mit dem Massenäquivalent von einer metrischen Tonne, welcher eine unbekannte Herkunftssignatur trägt, verzerrte sich über ein raumzeitliches Trefferge-biet. Es gab wesentliche Realitätserschütterungen auf Horam Dorb.«

»Da ist doch sowieso dieser Chaos-Lord am Werk«, warf Mata ein.

»Negativ. Der Ursprung der Erschütterungen ist der Einschlag. Durch seine Frakturen der Raumzeit konnte später auch der Neryl eindringen.«

»Handelt es sich wirklich um einen Angriff?«

»Unbekannt. Möglicherweise fand ein fehlerhafter Transport statt.«

»Was könnte denn transportiert worden sein?«

»Aufgrund der folgenden Fluktuationen ist die Wahrscheinlichkeit hoch, dass es sich um bis zu zehn Personen handelte, von denen eine oder mehrere zur Interaktion mit der lokalen Realität fähig sind.«

Mata wunderte sich, dass sie mehr vom Gerede der Maschine verstand, als sie geglaubt hätte: Etwas von irgendwo außerhalb hatte eine Gruppe von Leuten auf ihre Welten geschickt, und auch noch über die Zeit der näheren Vergangenheit verteilt, so dass sich die Geschichte bereits verändert haben konnte. Anscheinend handelte es sich außer-dem um Zauberer, das bedeutete nämlich »Interaktion mit der Realität« im Technos-lang des Maschinengeistes.

»Was schlägst du vor?«

»Gegenmaßnahmen sind wegen der aktuellen Instabilität nicht möglich. Beobachtung ist die einzige Option.«

Sie hob die Schultern. Was sollte sie auch gegen Dinge tun, die sich in der Vergangenheit ereigneten? Nur der Drache könnte da etwas machen, was er aber ablehnen würde, soviel wusste sie schon. Aber er würde es vermutlich sehr interessant finden und wissen wollen, wer Horams Welten auf diese Weise angriff – falls es ein Angriff gewesen war. Mata konnte sich vorstellen, dass der Angreifer dann eine unangenehme Überraschung erlebte. Drachen schienen recht eigenwillige Vorstellungen davon zu haben, wie man in einem multidimen-sionalen Universum unzähliger paralleler Realitäten für Ordnung sorgte. Ihre Ordnung neigte dazu, für Beteiligte sehr drastisch und unangenehm werden zu können.

»Kontakte Feuerwerfer und berichte ihm!« befal sie dem Maschinengeist. »Und be-ginne das heutige Trainingsprogramm.«

* * *

Je näher sie der Nachtburg kamen, um so seltsamer wirkte das, was sie von ihr sehen konnten. Die beiden Gebirge rückten von Norden und Süden her enger zusammen und vereinigten sich schließlich zu einem Tal, das zu einer Schlucht zwischen schroffen Felsen wurde. Warum man die Berge als *zwei* Gebirge betrachtete, wurde klar, als die Sonne durch die Wolken brach und auf sie fiel. Rechts lag weißlich-grauer Stein, links rötlich-schwarzer. Zach-aknum erklärte ungefragt, dass hier ein vulkanisch entstandenes Massiv auf einen Gebirgszug aus Kalkstein träfe – die Verbindung an dieser Stelle sei nur eine scheinbare.

Es mochte eine Laune der Natur sein, die zu diesem Zusammentreffen geführt hatte, doch an der Linie zwischen den beiden Bergen hörten diese Launen auf, um den kapriziöseren der Menschen Platz zu machen. Die Schlucht an der Verbindungs- oder Trennungslinie wurde durch ein fensterloses pechschwarzes Bauwerk versperrt, das aus der Ferne wie eine gigantische Mauer wirkte.

»Sieht aus wie ein Staudamm«, hörte Brad Micra murmeln. Sie schien wieder eine außerweltliche Eingebung zu haben, denn er konnte mit dem Wort nichts anfangen. »Was sollte man damit stauen wollen?« fragte Solana, der es genauso ging.

Micra biss sich auf die Lippen. Ohne über das Chaos zu fluchen, dachte sie angestrengt nach. Vielleicht hatte sie beschlossen, einen Nutzen aus dem Effekt zu ziehen, statt sich von ihm verwirren zu lassen. »Wasser, glaube ich«, sagte sie dann zögernd. »Keine Ahnung, wozu.«

»Das ist also eine Burg?« Brad starrte die massive Wand an. Sie besaß keine Fenster, keine Tore, keine Zinnen und Wehrtürme. Sie war einfach eine schwarze, massiv wirkende Wand quer durch die Schlucht zwischen den Gebirgen. »Verzeiht, Schwarzer Magier, aber die Zauberer dieser Welt scheinen einen ziemlich ... abartigen Geschmack bei Bauwerken zu haben.«

»Ham alle 'n Rad ab, die Schauberer«, nuschelte Pek kaum hörbar.

Zach-aknum sah zu der Burg hinauf. »Ich stimme Euch zu«, sagte er dann zu Brads Überraschung. »Aber sie haben etwas vom Bauen verstanden. Das da ist so gut wie uneinnehmbar und muss außerdem einige tausend Jahre alt sein. Es besitzt obendrein einen Abwehrzauber, wie ich ihn noch nie erlebt habe.«

»Dreitausendsiebenhundertfünfundachtzig Jahre alt.« Pek nieste. »Und noch so gut wie neu. Morgensonne auf einer, Abendsonne auf der anderen Seite. Na gut, man muss natürlich aufs Dach, um den Ausblick zu genießen.«

»Du klingst, als wolltest du uns den schwarzen Kasten da verkaufen!« sagte Brad.

Pek musterte ihn abschätzig. »Könntest du gar nich bezahlen! Aber zu spät! Hat schon 'nen neuen Besitzer. Spürt ihr es nicht?«

Für eine kleine Weile sagte niemand etwas, als alle, überrascht von Peks Frage, etwas zu spüren versuchten. Und tatsächlich: Da war ein anhaltendes, schwaches Zittern, das von der Nachtburg ausging. Ein Zittern, dem sie bisher nur in kurzen, vergleichsweise heftigen Wellen begegnet waren, doch es fühlte sich ähnlich an.

»Der Chaos-Lord?« fragte Solana schaudernd.

»Ich denke schon.« Pek zog den bestickten Pelzmantel enger um sich. Die hauptsächlich in Blutrot und Schwarz ausgeführten Szenen aus Wirdaons Reich passten gut zu dem kleinen Dämon.

Ein fließender Moment, in dem alle vier Menschen die grauenvollen Stickereien auf Peks Kindermantel anstarrten, wohl wissend, dass sie gar nicht real sein konnten, verging und verschwand.

»Wir wollen doch durch die Nachtburg hindurch auf die andere Seite der Berge, nicht wahr?« fragte Micra mit betont gelassener Stimme. »Vorzugsweise, ohne ihren neuen Besitzer, den in der Nachbarschaft allseits beliebten Chaos-Lord, allzu sehr zu stören. Ist das soweit richtig? Nur für den Fall, dass ich irgendein Detail vergessen habe.«

Niemand antwortete ihr zuerst. Die Pferde schnauften unruhig, sie standen schon zu lange mitten im verschneiten Nirgendwo.

»Wir können nicht umkehren«, sagte der Magier schließlich. »Das Gebirge im Süden zu umgehen, ist wegen des Vulkans und auch wegen dieses unsinnigen Krieges unmöglich. Und im Norden? Wir würden Wochen oder Monate brauchen.«

»Aber dieser Pass ist versperrt!« sagte Solana ungeduldig, während Micra von flackernden Bildern eines Fluges über die Berge hinweg heimgesucht wurde, in einem Ding, das Pek einen Blushkoprop genannt haben würde, wenn sie es ihm beschrieben hätte. Aber sie fragte ihn nicht danach, sondern ignorierte die Bilder wie alles in ihren störenden Visionen, was sie als irrelevant klassifizierte.

»Still!« befahl im selben Moment – Pek. Alle starrten ihn verdutzt an. Er deutete auf Brad, der sich ein paar Schritte von der Gruppe entfernt hatte. Er saß zusammengesunken im Sattel, ohne einen Muskel zu rühren.

»Was hat er denn?« flüsterte Solana besorgt.

»Jemand spricht zu ihm«, erläuterte Pek, als sei das selbstverständlich. Und tatsächlich war es das beinahe. Alle wussten, was es bedeutete. Oder glaubten es zumindest. Im Fluchwald hatten Brads »innere Stimmen« ihnen den Weg durch das verwirrende Labyrinth aus räumlichen und zeitlichen Sprungpunkten gewiesen. Am Ende hatte sich sogar der Gott Horam selbst materialisiert, um ihnen beizustehen. Warum und wie das alles passiert war, wusste niemand wirklich – das ging so weit ins Religiöse hinein, dass man es besser nicht hinterfragte.

»Es gibt einen Durchgang in der Nachtburg«, sagte Brad unvermittelt. »Es stimmt wirklich, dass der Weg nach Westen hier entlang führt. Früher unterhielten die Menschen sogar eine Art Zollstation in der Burg. Als Halatan größer wurde, entfiel diese Grenze und die Möglichkeit, Zölle zu erheben. Von den Magiern ist sie schon seit sehr langer Zeit verlassen, wenn auch noch viele ihrer Geheimnisse zurückgeblieben sind.«

»Und wer hat Euch das gesagt?« fragte Zach-aknum.

»Horam.«

Die anderen versuchten sich eine Meinung darüber zu bilden, ob das nun eine gute oder eine schlechte Nachricht war.

»Wie im Fluchwald?« wollte der Zauberer dann schließlich wissen.

»Nein. Er ist jetzt hier. Er ist zurückgekehrt. Ich habe schon gestern mit ihm gesprochen.« Davon hatte Brad ihnen nichts gesagt. Außer Pek, der gleichgültig in die Ferne schaute, fragte sich jeder, was das bedeutete.

»Und warum ...?« begann Micra aufgebracht.

»Kommt er nicht runter und bringt den ganzen Mist in Ordnung?« unterbrach Brad die Kriegerin. »Habe ich ihn auch gefragt.«

»Du hast *was*?« Solana schien entsetzt.

»Er darf nicht aktiv eingreifen. Irgendwer, der noch über den Göttern steht, wacht darüber.«

Er erwähnte nicht, dass Pek glaubte, das seien die Drachen. Pek, der Feuerwerfer seinen Kumpel nannte, schrieb Drachen viel zu viel Macht zu. Die Vorstellung erschien Brad zu phantastisch. Drachen, das waren gefährliche und rätselhafte Wesen mit einer eigenen Magie. Doch über den Göttern stehend? Er konnte sich mit der Idee einfach nicht abfinden.

»Aber er spricht zu Euch?« vergewisserte sich Zach-aknum.

»Das stimmt. Horam versprach, uns mit Informationen behilflich zu sein, wo er es nicht direkt tun kann.«

»Das ist gut«, sagte der Zauberer. »Glaube ich jedenfalls.«

Solana war sich dessen nicht so sicher, aber sie äußerte ihre Zweifel nicht laut. Noch fühlte sie sich dieser ungewöhnlichen Gruppe von Abenteurern und Weltenrettern nicht vollständig zugehörig. Noch war da ihre Ausbildung als etwas, das der freche Dämon als Geheimagentin im Dienste der Priesterschaft bezeichnete. Sie sah Religion und Götter ein klein wenig anders als ihre neuen Freunde, nicht ganz so pragmatisch, nicht ganz so respektlos.

Die Horam-Priesterin warf einen neuen Blick auf die schwarze Wand der Nachtburg am Ende der Schlucht, auf ein Gebäude, das sich permanent jedem Gedanken an sich zu entziehen trachtete.

›Wir wandern durch Nebel‹, dachte sie. ›Und je näher wir unserem Ziel kommen, um so dichter wird er. Aber wenn wir uns verirren oder aufgeben, dann bedeutet es das Ende für zwei Welten. Ob die anderen auch ständig daran denken müssen?‹

Falls ihre Gefährten von ähnlichen Sorgen gequält wurden, ließen sie es sich nicht anmerken. Pek bemühte sich schon wieder, den finster vor sich hin blickenden Brad aufzumuntern, indem er »Dämonenwitze« erzählte, worunter er Dinge verstand, deren Witzigkeit keiner von ihnen begriff. Oder sträubte sich einfach der Verstand eines Menschen bei soviel dämonischer Fröhlichkeit? (Was war an einem über seinem Bett schwebenden Mädchen mit nach hinten gedrehtem Kopf komisch?) Micra ritt neben dem Magier, der wie gewöhnlich leicht gebeugt unter seiner glänzenden schwarzen Kutte verschwand und keinerlei Notiz von der Umgebung zu nehmen schien. Sie hielt ein Schwert in der rechten Hand und übte damit, was einen bizarren Eindruck völliger Gedankenlosigkeit machte. Solana dachte an ihren Sohn Jolan, den sie im Dorf ihrer Verwandten zurückgelassen hatte. Was würde er wohl von dieser Gruppe halten, wenn er hier wäre?

Pek verstummte mitten im Satz, ließ sich zurückfallen und packte Solanas Arm mit seiner kleinen Hand.

»Gib acht, was du dir wünschst, Frau!« flüsterte er. »Es könnte schneller Wirklichkeit werden, als du es bereuen kannst.«

Solana entriss ihm ihren Arm und zitterte plötzlich. Die riesigen Augen des Dämons glommen in einer nie gesehenen Farbe, die dennoch an Feuer erinnerte.

* * *

Oberst Giren lag im Schlamm, der sich langsam seinen Weg durch das dicke Gewebe der yarbischen Felduniform suchte, doch er beachtete es nicht. Als Befehlshaber der Truppen vor Ort war es nicht gerade seine Aufgabe, sich kriechend zur Spitze einer Anhöhe vorzuarbeiten und den Vormarsch des Feindes zu beobachten. Tral Giren aber wollte sich selbst ein Bild machen. Und was er sah, bestätigte die Informationen seiner Spähtrupps. Die magischen Feuerrohre der Halataner, die von den Flüchtlingen aus Pelfar beschrieben worden waren, wurden im Treck mitgeführt, keineswegs bereit zum schnellen Einsatz. Das war doch irrsinnig! Niemand schleppte eine solche Waffe einfach als Gepäck mit. Giren vermutete eine neue dämonische List des Feindes, konnte aber beim besten Willen nicht erkennen, worauf diese hinauslaufen sollte.

Oberleutnant Wilfel, ehemals der Kommandant eines Forts südlich von Pelfar, lag im Schlamm neben Giren. Eine seltsame Geschichte hatte Wilfel dem Oberst zu erzählen gehabt, als seine Leute zu dessen Streitmacht stießen. Von Klos, dem Mann der Königin – gegenwärtig in Ungnade und einer der meistgesuchtesten Leute im Königreich – und von toten Yarben. Aber all das war jetzt nicht wichtig. Der Feind rückte auf die Hauptstadt vor, wie Giren es vorausgesehen hatte, und der Feind war plötzlich nicht mehr der übermächtige Gegner mit der einsatzbereiten Wunderwaffe.

Tral Giren grinste Wilfel an. »Denkt Ihr, was ich denke, Oberleutnant?«

»Ohne unhöflicherweise andeuten zu wollen, dass ich die Gedanken des Herrn Oberst kenne, glaube ich jedoch, dass ein Angriff zum gegenwärtigen Zeitpunkt erfolgreich sein könnte.«

»Ich hätte es nicht kürzer ausdrücken können.« Giren drehte sich im Schlamm herum und machte den wartenden Meldern weiter unten am Hang ein Zeichen. Die Reiter stoben davon, um den Befehl zum Angriff zu den Einheiten zu tragen. Nicht zufällig wurde dieser heute von reinen Yarbenverbänden eröffnet.

* * *

Es war bereits das zweite Mal während dieses Feldzuges, dass die halatanische Südarmee während ihres Vormarsches völlig unverhofft angegriffen wurde. Keiner der Kundschafter hatte in der letzten Stunde etwas Verdächtiges gemeldet – nämlich weil sie alle mit durchschnittenen Kehlen im Wald lagen.

Merkwürdigerweise hatte in der gesamten Zeit, in der die Yarben über Nubra auf den Kontinent vordrängten, noch nicht eine einzige offene Schlacht ihrer Kräfte mit einer regulären Armee stattgefunden. Der »Hinterhalt«, wie ihn halatanische Geschichtsschreiber später nennen sollten, stellte tatsächlich den ersten massiven Einsatz der yarbischen Berufssoldaten gegen eine einheimische Armee dar.

Es war verheerend.

Es war keine Schlacht, sondern ein Schlachthaus.

Das Terrain war ebenso sorgfältig ausgewählt wie der klassische Angriffsplan. Klassisch für die in hundert Jahren der Kriegführung, bei der sie einen ganzen Kontinent erobert hatten, erfahrenen Yarben. Total überraschend und unbegreiflich für die Halataner, welche höchstens Grenzscharmützel kannten. Oberst Giren war *Militärhistoriker*, und er kannte alle großen Schlachten seiner Vorfahren auswendig.

Die Yarben kamen über die Marschkolonnen der Halataner wie eine Lawine. Sie stampften sie in den allgegenwärtigen Schlamm. Sie zertraten sie und hüpften dann auf ihnen herum. Danach kamen die Verbündeten als zweite Welle. Nicht wenige von ihnen hatten nach diesem Tag eine ganz andere Meinung von den Yarben. Doch sie riefen mit ihnen zusammen auf Tekladorisch, was die Yarben in ihrer Sprache brüllten, als sie über den Feind hereinbrachen: »Rache für Pelfar!«

Und Rache nahmen sie.

Die Halataner lösten sich auf und flohen. Es war das völlige Chaos. Einer, der seine Gedanken noch beisammen hatte, zündete die Pulvervorräte der nutzlosen Kanonen an, damit sie wenigstens nicht dem Feind in die Hände fielen. Nicht einmal die Explosion der vier Planwagen konnte die Verbündeten aufhalten. Die Fliehenden wurden verfolgt und niedergemacht. Von Gefangenen hatte Oberst Giren nichts erwähnt. Es hieß nur, Rache zu nehmen für den Einmarsch in das Land der Königin und die sinnlose Zerstörung einer ganzen Stadt.

Die Überlebenden der halatanischen Südarmee berichteten voller Entsetzen von Reitern, die mit einem Schwert in der Hand, einer Streitaxt in der anderen und einem Dolch zwischen den Zähnen unter der bisher völlig unbekannten schwarzen Flagge mit dem blutroten Drachenbild herangestürmt waren. Sie erzählten Geschichten von auf sie zu marschierenden, gepanzerten Fußtruppen, deren Schilde jeder Armbrust widerstanden, bis sie schließlich gesenkt wurden, um einen Hagel von Speeren zu entlassen, Schilde mit einem schwarz-roten Drachenbild. Doch es gab nicht viele, die solche Geschichten erzählen konnten.

Ein tekladorischer Anführer meinte später, dass die Yarben ohne jeden Zweifel den ganzen Kontinent längst hätten erobern können – nur hatte es ihnen bisher niemand befohlen!

Als die Sonne an diesem Tag ihren höchsten Punkt erreichte – obwohl es niemand sah, da finstere Regenwolken sie verdeckten – stand Oberst Tral Giren auf einer anderen Anhöhe und blickte auf das hinab, was als Feld des Blutes in die Geschichte eingehen würde.

›Ich wandele nun doch auf den Spuren meines Vaters‹, dachte er. ›Der alte General wäre vermutlich stolz auf mich.‹ Die Sandibakriege waren blutiger und langwieriger gewesen, und die letzten, die das Yarbenreich zu Hause geführt hatte. Somit hatte er, rein technisch gesehen, seinen Vater übertroffen. Eine Stadt war verloren, wenn auch nicht durch seine Schuld, aber das feindliche Heer schien trotz Wunderwaffen geschlagen.

Tral Giren wusste nicht so recht, ob er stolz auf sich sein sollte. Wenn die Halataner ihre Feuerrohre eingesetzt hätten, die solche Verheerungen in Pelfar angerichtet hatten, dann wäre die Schlacht anders verlaufen. Aber das hatten sie nicht – warum, wusste er nicht. Und so hatte *er* eine Feldschlacht gewonnen! Er grinste wild in den Regen. Soviel zu Schreibtischtätern, zu Historikern und Bücherwürmern! Schade nur, dass alle, wegen denen er überhaupt Triumph empfand, schon tot waren. Sein Vater, sein Bruder ... Infal war ein guter Mann gewesen. Er hätte ihm den Sieg gegönnt. Doch leider war er dem Massaker von Akreb zum Opfer gefallen, das die Invasion Nubras einleitete. Ein Ereignis, das Tral Giren inzwischen mit Misstrauen betrachtete. Er wusste, wie solche Dinge geschahen – oder wie man sie geschehen ließ. Dass ihm das noch nicht früher aufgefallen war!

Seine Gedanken nahmen eine andere Wendung. Die Königin würde seinen Sieg zu würdigen wissen! Ja, für Durna hatte er die Truppen in die Schlacht geführt, begriff er plötzlich. Nicht für sein fernes, untergehendes Vaterland, sondern für die neue und immer noch irgendwie überraschende Allianz der Magierkönigin mit dem yarbischen Militär. Oder war es einfach nur Durna persönlich? Giren wusste nicht, ob er wagen konnte, an solch eine Beziehung zu glauben; was damals auf dem Flussboot zwischen ihnen geschehen war, zählte wohl nicht. Aber er konnte auf mehr hoffen.

Der Oberst wandte sich vom Schlachtfeld ab und seinen Leuten zu. Es gab viel zu tun. Die Kräfte des Heeres mussten geschickt verteilt werden, um die Grenze zu Halatan zu sichern, falls der Kaiser die ernsthafte Absicht hatte, Teklador zu erobern. Dann würden nämlich bald Reserven anrollen, um erneut einzufallen. Er selbst musste zur Berichterstattung nach Bink zurück, wo er um weitere Truppen für die Nordgrenze bitten wollte. Er dachte schon ganz in den Begriffen der strategischen Landesverteidigung. Natürlich nicht unbedingt aus *tekladorischem* Patriotismus. Wenn sich die Yarben als Bollwerk Tekladors nach außen unentbehrlich machten, war das nur ein anderer Weg, sie hier in einer neuen Heimat zu etablieren. Denn ein Zurück schien es nicht zu geben.

7

Sie wusste natürlich längst über den Verlauf des Krieges Bescheid, aber als Giren mit seinem Stab in ihren Thronsaal einmarschierte, war sie doch gespannt auf die Einzelheiten.

Ein Offizier, ein Hauptmann der Yarben mit neuen Rangabzeichen, trug die Fahne vor der kleinen Gruppe her, eine Fahne, die es bis vor kurzem noch nicht gegeben hatte. Blutrot der Drache auf schwarzem Grund. Ihre persönliche Fahne, nicht in erster Linie die einer Nation, dachte Durna. Diese Männer waren *ihr persönlich* loyal, bevor sie einem der drei Länder dienten, aus denen sie kamen.

Der Hauptmann senkte die Fahne vor ihr und sie sah, dass der Stoff hart und steif von Blut war. Durna überlegte fieberhaft, ob es irgendeinen Brauch der Yarben oder auch ihres Landes gab, der hier angewendet werden musste. Ihr fiel nichts ein.

›Na schön‹, dachte sie, ›improvisieren wir eben.‹

Schließlich – nur zwei Sekunden nach dem Senken der Fahne – stand sie auf, trat ein paar Schritte vor und verneigte sich. Im Thronsaal raunten die Zivilisten einander zu. So hatte ihre Handlung einen Effekt!

»Unter dieser Fahne hat meine Armee eine Schlacht geschlagen«, sagte Durna mit hallender Stimme. »Wir haben in ihrem Zeichen bereits den Chaos-Lord zurückgeworfen, aber nun hat das Blut von Kriegern sie getränkt. Was auf dem Jag'noro geschah, hat das Bild auf dieser Fahne geprägt, jetzt hat Blut den Stoff getauft. Dies sei die Fahne, unter der wir fortan leben werden – und kämpfen, wenn es sein muss. Wir, das sei eine Allianz, die danach streben muss, geschehenes Unrecht wieder gut zu machen, neues Unrecht zu verhindern und das Überleben unserer Völker in Frieden zu sichern.« Aber Durna wusste nur zu gut, dass nichts so vereint wie ein gemeinsamer Feind, deshalb fügte sie hinzu: »In einem Frieden, den keine äußeren und inneren Feinde mehr bedrohen sollen! Jetzt, wo unsere siegreiche Armee es den halatanischen Invasoren gezeigt hat, werden sie es sich überlegen, ob sie sich noch einmal in unsere inneren Angelegenheiten einmischen wollen.«

Sogar yarbische Disziplin erlaubte beifälliges Aufbrüllen an dieser Stelle. Die tekladorischen und nubraischen Politiker im Saal waren zurückhaltender, aber auch sie spendeten Beifall. Das Geschrei und Schwerterklirren der überall präsenten Soldaten der neuen Armee übertönte ihr Klatschen allerdings. Und es zeigte jedem, der noch zweifelte, auf welche weltliche Basis sich die Magierkönigin zu stützen gedachte, wenn sie gerade keine Lust hatte, ihre Feinde in die traditionellen Frösche zu verwandeln.

Als sie Oberst Giren nun schließlich doch zum General beförderte, schien niemand an ihrer Berechtigung dazu zu zweifeln. Giren war nicht mehr General der Yarbenarmee, sondern von Durnas Armee. Wer im Saal ein Schwert und ein Schild mitführte, schlug das dröhnend gegeneinander, aber der Rest der Soldaten stampfte eigenartigerweise mit dem Fuß auf, wie es bei der alten Garde *Nubras* üblich gewesen war, wenn einer aus den Rängen ausgezeichnet wurde. Der Lärm war für Augenblicke schier ohrenbetäubend. Es war auf gewisse Weise auch eine beängstigende Situation, doch die einzige Person im Thronsaal, die das im Moment so empfand, war eine Hexe mit kurzen, immer irgendwie ungekämmt aussehenden Haaren, die sich nun wieder auf dem größten Sitzmöbel weit und breit niederließ, um das Zittern ihrer Knie zu kaschieren.

* * *

Der Mann hinter dem riesigen Schreibtisch trug informelle Kleidung, so dass man nicht einmal sagen konnte, er würde wie ein Buchhalter oder Hofbeamter aussehen. Dazu war er außerdem zu jung. Auf der weiten Fläche des dunklen Tisches standen tatsächlich Schreibgeräte, flache Körbe mit Papieren und ein paar Dinge, die für einen Besucher keinen erkennbaren Zweck hatten. Der Tisch war offensichtlich nicht nur zur Schau da, oder um eine Barriere zwischen den Besucher und den jungen Mann zu stellen.

Der Besucher des Mannes, der in schicklichem Abstand verharrte und wartete, bis er angesprochen wurde, hatte die verschwommene Empfindung, auf dem Schreibtisch müsse ein Schild mit einer Aufschrift sein: »Marruk II., Kaiser«. Er kämpfte die Anwandlung nieder, wobei ihm der Schweiß ausbrach. Noch so ein Zeichen, dass er dabei war, seinen Verstand zu verlieren!

»Unsere Astronomen sagen Uns«, murmelte der junge Kaiser von Halatan plötzlich, »dass in der letzten Nacht mehrere sogenannte Feuerkugeln über Unserer Hauptstadt gesehen worden sind.« Er blickte von dem Papier auf, das er in den letzten Minuten vorgeblich studiert hatte. »Wisst Ihr, was eine Feuerkugel ist, Herzog?«

»Nein, Eure Majestät. Etwas magisches?«

»Nicht unbedingt, wenn auch die aus der letzten Nacht vermutlich magisch gelenkt waren. Unser Hofastronom, der hochverehrte Professor Gürtelmann, hat in seinen immer hilfreichen Erklärungen angemerkt, dass Feuerkugeln nichts weiter seien als Steinchen, die aus dem Himmel fallen. Wir fragen Uns, ob Ihr wusstet, dass da oben am Himmel Steine herumfliegen, die brennen, wenn sie herunterfallen?«

»Nein, Eure Majestät, das ist mir neu«, gab Herzog Walthur zu.

Der Kaiser fixierte seinen Heerführer mit einem kalten Blick. »Warum seid Ihr eigentlich noch am Leben, Herzog?« fragte er mit derselben nachdenklichen Stimme, die über seltsame Himmelsphänomene gesprochen hatte.

»Um Euch Bericht zu erstatten, Majestät.«

»Es heißt, Ihr habt Pelfar in Schutt und Asche gelegt. Warum?«

Herzog Walthur war beinahe erleichtert, dass sein Herrscher ihm endlich eine Frage stellte, auf die er vorbereitet war. »Es lag nicht in meiner Absicht, das zu tun, Eure Majestät. In der Nacht davor wurde unser Lager vor den Toren der Stadt von dämonischen Horden angegriffen, die zweifellos die Hexenkönigin von Teklador gegen uns geschickt hat. Ich beschloss, diesen feigen Überfall mit verabscheuungswürdiger Magie durch einen Beschuss mit unseren neuen Waffen zu vergelten, um die Stadt dann schnell einnehmen zu können. Doch die Kanonen funktionierten nicht so, wie ich es erwartete.«

Der Kaiser runzelte die Stirn und warf einen Blick nach rechts. Aber er unterbrach den Herzog nicht.

»Wo die Geschosse beim Einschlag Löcher in Dächer reißen und Wände zerstören sollten, gab es gewaltige Explosionen und sofort brach überall Feuer aus.«

»Wieso habt Ihr nicht unverzüglich den Beschuss eingestellt?«

Der Herzog zögerte. Jetzt kam die Stelle, vor der er sich fürchtete.

»Ich weiß es nicht, Eure Majestät. Ich konnte nicht. Ich war wie besessen. Vielleicht war ich das tatsächlich. Meine erste Vermutung war später, dass ein Zauberer, der unser Lager bei Orun besuchte, die Kanonen verhext haben könnte. Und mich möglicherweise auch. Als ich wieder zu mir kam, war es jedenfalls zu spät.«

Der Kaiser schüttelte den Kopf. Halataner neigten dazu, alles Ungemach bösen Magiern und Hexen zuzuschreiben, aber er wusste natürlich, dass das in fast jedem Fall reiner Aberglaube war. Er fragte den Herzog nicht, was ein Zauberer in seinem Lager verloren hatte, denn andere Quellen in den Resten der geschlagenen Südarmee hatten ihn über die Vorgänge informiert. Obwohl er wenig Hoffnung hegte, dass man ihn noch aufspüren könnte, gab der Kaiser den Befehl, den fraglichen Magier zu einem Gespräch einzuladen. Das war alles, was selbst der Herrscher von Halatan tun konnte, wenn es um Zauberer dieses Ranges ging.

»Ihr seid danach weiter nach Bink vorgerückt, Herzog?«

»Jawohl, Eure Majestät. Doch wenige Meilen südlich von Pelfar wurden wir überraschend von einer großen Streitmacht Tekladors angegriffen. Wir wussten weder, dass eine solche Armee überhaupt existiert, noch bekamen wir von unseren Spähtrupps eine Warnung. Und es war keine gewöhnliche tekladorische Armee, Eure Majestät!«

»So? Wollt Ihr Uns etwa berichten, dass es wieder Dämonen waren, die Euch in einen Hinterhalt lockten und vernichteten?«

»Nein, das nicht. Es waren zum größten Teil Yarben, die gemeinsam mit Tekladorianern kämpften.«

Marruk II. blinzelte überrascht. Dieses Detail hatte bisher noch niemand erwähnt.

»Yarben? Eine ganze Armee von ihnen so weit im Osten? Angeblich sollten doch nur ein paar Handvoll in vereinzelten Forts sitzen, während ihre Hauptmacht Nubra für sich erobert?«

Der Herzog breitete die Arme aus, als wolle er sagen, dass er auch nicht wisse, wieso der Geheimdienst das veränderte Kräfteverhältnis hatte übersehen können. Aber er wagte nicht, das auszusprechen, da es wie ein Abwälzen der Verantwortung ausgesehen hätte.

»Es waren Yarben, wenn sie auch nicht unter der Fahne ritten, die man uns beschrieben hatte«, sagte er nur.

»Ja, Wir wissen das. Eine schwarze Fahne mit einem roten Drachen. Wie passend für eine Hexe!« Für einen Augenblick drang der Zorn durch das scheinbar ruhige Äußere des Kaisers. Doch gleich darauf beherrschte er sich wieder. »Inzwischen hat man Uns eine Botschaft überbracht, die schon vor Eurem Angriff auf diese Stadt unterwegs gewesen sein muss. Die Tekladorianer haben sie jemandem in Ost-Pelfar übergeben, als sie die Grenze schlossen. Wollt Ihr nicht wissen, warum Wir Euch von Gürtelmanns Feuerkugeln erzählt haben? Königin Durna kontrolliert diese Steine am Himmel mit ihrer Magie. Das stand natürlich *nicht* in ihrer arroganten Aufforderung, ›ihr Land zu verlassen oder die Konsequenzen zu tragen‹, nein, das erzählten die Einheimischen bereitwillig unseren Leuten als Zugabe. Die Himmelserscheinungen letzte Nacht, das war sozusagen die Fußnote ihrer Botschaft.«

»Wie gefährlich sind diese ... Feuerkugeln?« Der Herzog war so verwirrt, dass er sogar die ehrerbietige Anrede vergaß.

»Sagt es ihm!« befahl Marruk II. mit einer Kopfbewegung nach rechts.

Es überraschte Herzog Walthur, dass offenbar außer den Wachen noch jemand der Audienz beiwohnte. Er erwartete, Professor Gürtelmann oder einen seiner Kollegen zu sehen, doch der Mann, welcher hinter den Regalen hervor geschlendert kam, war ihm unbekannt. Doch etwas sagte ihm, dass es nur einer der geheimnisvollen Berater sein konnte. Der Herzog hatte bisher nur von ihnen gehört, noch nie einen gesehen. Man sagte, sie seien vor einiger Zeit im Reich aufgetaucht und hätten eingewilligt, die Gelehrten Halatans bei ihren Bemühungen zu unterstützen, die sich darauf konzentrierten, etwas zu finden, mit dem man den Yarben Paroli bieten könnte. Niemand außerhalb der Universität wusste, wer sie waren und woher sie kamen.

Der Berater war noch sehr jung, wahrscheinlich nicht einmal zwanzig Jahre alt. Er trug geschnürte Stiefel, in die er weite Hosen mit einem merkwürdigen Fleckenmuster gesteckt hatte, eine Art eng anliegendes Hemd und eine Weste mit einer Menge Taschen. Ein undefinierbarer Gegenstand befand sich in einer Art Halfter am Oberschenkel. Der Herzog hatte auch über diese Dinge Gerüchte gehört. Es sollten Waffen einer vollkommen unbekannten Art sein.

»Die Feuerkugeln gestern waren nicht groß«, sagte der Berater. Er sprach mit einem Akzent, den der Herzog nicht einordnen konnte. »Harmlos. Aber es gibt Steine in allen Größen da oben. Wenn sie nur wenig größer sind als die Feuerkugeln, dann schlagen sie ein. Und in diesem Fall können sie alles vernichten – vom Haus bis hin zu ganzen Städten. Sogar die gesamte Welt ...« Er lächelte. »Aber das ist in diesem Fall wohl nicht die Gefahr.«

»Königin Durna hat mit Hilfe ihres Himmelsfeuers kürzlich eine komplette Armee von Dämonen oder anderen Monstern ausgelöscht, als die ihre Hauptstadt belagerte. Nebenbei hat sie auch noch das Oberkommando über das gesamte yarbische Militär übernommen, nachdem der Anführer der Yarben auf eine Uns unbekannte Weise den Tod fand. Schade, dass Wir erst jetzt davon erfahren«, stellte der Kaiser fest, und es war klar, dass sich sein Bedauern für irgendeinen Unglücklichen in mehr als nur einem »Schade!« äußern würde. »Es hätte Unsere Vorgehensweise ein wenig ... modifiziert. Nun können Wir nur hoffen, dass ihr Ärger über den Verlust von Pelfar nicht so groß ist, dass sie Uns eine Unserer Städte fortnimmt.«

Marruk II. schickte seinen Herzog weg, um sich später mit der Frage zu befassen, was mit ihm geschehen sollte. »Was haltet Ihr von der Sache mit den Kanonen, Meister Har'rey?« wandte er sich dann an seinen Berater, der mit auf dem Rücken verschränkten Armen im Raum stand.

»Mit der Konstruktion hat das nichts zu tun«, sagte der schulterzuckend. »Den Beschreibungen zufolge sind einfache Geschosse aus Gusseisen verwendet worden, die beim Einschlag jedoch wie Granaten detonierten. Das ist eine Waffentechnologie, die

Ihr noch nicht meistern könnt. Da die primitiven Kanonen nicht für das Abfeuern von Granaten geeignet sind, müssen sich die Geschosse während des Fluges verwandelt haben. Magie – aber woher und warum, das weiß ich nicht.«

»Das ist beunruhigend«, meinte der Kaiser.

»Warum? *Diese* Magie hat doch auf Eurer Seite gestanden.«

»Da bin ich mir nicht so sicher. Vielleicht wollte jemand einen vernichtenden Gegenschlag Durnas provozieren?«

Sein junger Berater runzelte die Stirn. »Angesichts der bekannten Interessengruppen auf dem Kontinent erscheint mir das ein wenig unlogisch. Außerdem ist es eine viel zu komplizierte Vorgehensweise.«

Marruk II. lächelte. »Ihr habt gerade zwei Fakten erwähnt, die für meinen Verdacht sprechen: Es könnte noch unbekannte Interessengruppen geben – und eine komplizierte Vorgehensweise ist typisch für Magier. Da Halatan nicht gerade für seine Freundlichkeit gegenüber Zauberern bekannt ist, wäre da auch ein Motiv. Die Sache hat nur einen Haken. Der größte Teil der Magier soll sich im Gebirge befinden und man hat schon lange nichts mehr von ihnen gehört. Na ja, vielleicht hecken sie gerade dort ein Komplott gegen das Reich aus.« Der Kaiser winkte ab, denn er sah Meister Har'rey förmlich an, wie sich das Wort »paranoid« in dessen Kopf formte.

»Was werdet Ihr hinsichtlich Eures Nachbarlandes nun unternehmen?« fragte der Berater.

Der Kaiser verzog das Gesicht. »Wie sagt Eure Freundin immer? Schadensbegrenzung versuchen. Bevor ich nicht weiß, was in Bink wirklich vorgeht, werde ich keinen Konflikt forcieren, der gut mit der Vernichtung meiner Hauptstadt enden könnte. Vielleicht ist Durna zu Verhandlungen bereit, vielleicht will sie Reparationen oder den Kopf Walthurs. Den kann sie gerne haben. Einen Heerführer, der im entscheidenden Moment *besessen* ist, kann ich nun wirklich nicht gebrauchen.«

Als Meister Har'rey den Kaiser verließ, bemerkte er einen seltsamen roten Lichtpunkt hoch oben in einer Ecke des Zimmers. Doch da er sofort erlosch, als er ihn ansah, glaubte er, sich getäuscht zu haben oder dass es etwas ihm noch unbekanntes gewesen sei. Mit Sicherheit gab es auf dieser Welt keine Überwachungskameras!

* * *

Da in der verschneiten Einöde auch nicht die Andeutung einer Straße existierte, wussten sie erst, wohin sie reiten mussten, als sie den Eingang entdeckten. Das war bei einem Bauwerk aus schwarzem Stein nicht gerade einfach, denn natürlich baumelte keine freundliche Laterne oder ein Hinweisschild über dem finsteren Torbogen. Sie korrigierten ihre Richtung und standen schließlich vor der einzigen Öffnung in der riesigen, dammartigen Wand der Burg. Es gab kein Tor, einfach nur einen Bogen und dahinter einen Tunnel, der sich in der Dunkelheit verlor.

»Das gefällt mir nicht«, sagte Brad. »Hier hinein zu reiten ist vermutlich das Dümmste, was wir tun können, noch dazu, wo Pek meint, dass der Chaos-Lord jetzt hier haust.«

»Wir haben wohl keine Alternative«, meinte Solana neben ihm. »Diese Feuerspalte scheint die ganze Ebene hinter uns geteilt zu haben, und durch die Berge führt hier kein anderer Weg.«

»Ich weiß.« Brad musterte dennoch die beiden verschiedenfarbigen Gebirge rechts und links ihres Weges. Sie sahen schroff und abweisend aus. Wenn überhaupt, würde sie nur ein erfahrener Bergsteiger bezwingen können.

›Was, bei Horam, ist ein Bergsteiger?‹ dachte Brad geistesabwesend. Erstaunlicherweise formte sich in seinem Geist sofort das Bild eines bartstoppeligen, dick angezogenen und überall mit Seilen behängten Mannes, der grinsend auf dem Gipfel eines schneebedeckten Berges stand. ›Oh. Ich vergaß, dass ich die Götter lieber nicht dauernd anrufen sollte.‹ Der Schwarze Magier machte einige verschlungene Gesten und murmelte arkane Worte. Aber anscheinend brachte der Zauber nicht das gewünschte Ergebnis, denn er schüttelte plötzlich gereizt den Kopf.

»Dieser verfluchte Vermeidungszauber«, sagte er mürrisch. »Ich kann nicht feststellen, was vor uns in diesem Tunnel ist. Aber Solana hat schon Recht: Es gibt keinen anderen Weg, den wir mit geringerem Risiko wählen könnten. Gut möglich, dass uns Caligo selbst da drin erwartet, obwohl ich nicht weiß, was er für ein Interesse an uns haben sollte.«

»Vielleicht will er uns aufhalten, damit wir die Welt nicht retten?« sagte Brad. »Wäre doch sicher ein tolles Chaos, so ein Weltuntergang.«

Micra, die unter dem Torbogen stand und ins Dunkel spähte, drehte sich zu ihnen um. »Zu hoffen, dass er gar nichts von uns weiß und wir uns an ihm vorbei schleichen können, ist wohl zuviel verlangt, was?«

Keiner antwortete.

»Also Pek«, sagte Brad resignierend, »weißt du etwas über diesen Tunnel?«

Der Dämon riss die Augen auf. »Der Tunnel wurde in der ersten Bauphase der Nachtburg angelegt und folgt einem natürlichen Passweg zwischen den Gebirgen. Er ist im Mittel zwanzig Schritt breit, so dass sich Fuhrwerke problemlos begegnen können. Seine Höhe beträgt ...«

»Pek!« Brad verlor die Geduld.

»Ja?«

»Was soll das Reiseführergequatsche? Du weißt doch, worum es geht.«

Pek verzog das Gesicht. »Ehrlich gesagt, habe ich keine Ahnung, was einen heutzutage da drin erwartet. Alles, was ich weiß, sind die aus der Zeit des Baues überlieferten Sachen. Die Magier haben den hässlichen Kasten nämlich mit unserer Unterstützung errichtet, müsst ihr wissen.«

»Nun ja, das ist allerdings nicht sehr hilfreich. Also bleibt uns wahrscheinlich nichts anderes übrig, als hinein zu reiten und uns um die Dinge zu kümmern, wenn wir ihnen begegnen. Noch dazu, wo es so aussieht, als ob sich ein weiterer Schneesturm nähert.«

Die Pferde ließen sich erst überzeugen, in den Tunnel zu gehen, als Zach-aknum mehrere Lichtkugeln schuf und ihnen voraus fliegen ließ. Wenn der Durchgang früher nicht beleuchtet war, hatte ein Reiter bestimmt Probleme gehabt, falls er nicht ein Bündel Fackeln mitführte.

Sie ritten schweigend im Schein des magischen Lichts. Nur das Klappern der Hufe hallte durch den breiten Gang. Die Wände waren teilweise aus Felsgestein, das in schwärzliches Mauerwerk überging. Auf den ersten Metern bedeckte noch Frost die Wände, doch der verschwand rasch und es wurde spürbar wärmer.

›Seltsam‹, dachte Brad, ›diese Burg kann doch höchstens einige Dutzend Meter breit sein. Wieso ist der Tunnel so lang?‹

Er war nicht nur lang, sondern verlief auch nicht gerade. Wie Pek gesagt hatte, folgte er offensichtlich einem uralten Passweg. Aber der kleine Dämon kommentierte das nicht mehr. Bisher schien es einfach ein Tunnel durch einen Berg zu sein. Das war wieder einmal eine recht seltsame Vorstellung, die von eigenartigen Bildern lauter, stinkender und hell leuchtender Wagen ohne Pferde begleitet wurde, die durch solche Tunnel rasten. In ihrer Wirklichkeit machte sich niemand die Mühe, Berge zu durchtunneln, nur um schneller reisen zu können. Brad ertappte sich dabei, wie er dieser abwegigen Vorstellung nachhing, als handele es sich um die Realität. Er erinnerte sich, dass der Magier gesagt hatte, so etwas würde es *anderswo* geben. ›Na schön‹, dachte er, ›dann eben anderswo, aber nicht hier!‹

»Meint ihr nicht auch, dass es geradezu unheimlich ruhig ist für einen Ort, der die Mitte des Chaos sein soll?« sagte Micra plötzlich.

Brad fiel so etwas ein wie »das Auge des Sturms«, aber er kam nicht mehr dazu, der Kriegerin eine kluge Antwort zu geben.

Der Tunnel endete.

»Tak ma'escht!« stieß Pek seinen Lieblingsfluch aus.

»Ach du Scheiße!« bestätigte Micra.

Der Tunnel war nicht etwa zu Ende. Er war blockiert. Eingestürzt oder gesprengt? Etwas hatte ihn gewaltsam verschlossen. Allerdings waren davon auch die Wände und die Decke in Mitleidenschaft gezogen worden. An mehreren Stellen klafften Löcher. Es war das erste Anzeichen, dass die Nachtburg die Zeiten doch nicht so unbeschadet überstanden hatte – und leider verkündete es offenbar das Ende ihres Abenteuers hier. Dachte Brad jedenfalls. Doch der Zauberer saß ab und begann sein Gepäck vom Sattel zu lösen.

»He!« sagte Brad alarmiert. »Ihr wollt doch nicht etwa?«

»Klar will der!« Pek glitt von seinem viel zu großen Pferd und holte sich mit einem Schnippen der Finger seinen Beutel nach. »Was sollen wir denn sonst tun?«

Brad behielt seine Ansicht für sich. Es hätte ja doch nichts genutzt, noch einmal darauf hinzuweisen, was für ein Irrsinn es war, einfach in das gegenwärtige Domizil des Chaos-Lords hinein zu spazieren. Keinen schien das zu stören.

›Also Horam‹, dachte er. ›Es geht los. Halt dich schon mal bereit, uns Ratschläge für das Überleben in feindlicher Umgebung zu geben. In *extrem* feindlicher Umgebung.‹ Der Gott antwortete nicht, und es war an Brad, darüber zu spekulieren, ob er es gehört hatte oder nicht.

Inzwischen hatten sich alle mit dem Gepäck beladen und die Pferde von den Sätteln befreit. Zach-aknum murmelte etwas in das Ohr seines Pferdes, das sofort davon trabte, gefolgt von den anderen Tieren und einer der Lichtkugeln. Vermutlich würden die Pferde einen Weg in bewohnte Gebiete finden. Sie waren klüger als gewisse Menschen, die sich anschickten, durch Löcher in einer Burgmauer zu klettern.

* * *

Eine Hexenkönigin zu sein, hatte viele praktische Vorteile. Zum Beispiel konnte sie ausländische Staatsoberhäupter unbemerkt beobachten. Vorausgesetzt, sie zog das neuartige Verhalten des Drachenauges in Betracht, das darauf beharrte, durch ein rotes Licht anzuzeigen, dass es beim Beobachten war.

Das Drachenauge überraschte Durna diesmal damit, dass es Ton übertrug, was eigentlich für unmöglich gehalten wurde. Zwar klang die Unterhaltung zwischen dem halatanischen Kaiser und seinem Herzog wie vom anderen Ende eines Abflussrohres, aber sie konnte verstehen, was gesagt wurde, nachdem sie sich von ihrer Überraschung erholt hatte. Bald schien es Durna, als müsse das so sein, und nur wenn sie sich darauf konzentrierte, erinnerte sie sich, dass wieder einmal etwas verändert worden war.

Sie beglückwünschte sich gleich mehrfach zu der Idee, gerade zu diesem Zeitpunkt den Versuch zu machen, einen Blick auf Marruk II. zu werfen. Dessen Gespräch war äußerst aufschlussreich. Sie erfuhr mit einem Schlag die Hintergründe der so unsinnig erscheinenden Zerstörung von Pelfar, wobei sie sich fragte, was es mit den dämonischen Horden auf sich haben mochte, die angeblich die Halataner angegriffen hatten. Und sie sah zum ersten Mal einen der mysteriösen Berater, von denen die Gerüchte schon seit geraumer Zeit sprachen. Der Mann sah seltsam aus, redete seltsam und reichlich respektlos mit dem Kaiser, und er war fast noch ein Kind! Wie konnte ein so junger Mensch einen Herrscher beraten? Marruk II. war zwar auch noch jung für sein Amt, doch das war sicher nicht der Grund. Und natürlich war es dieser Har'rey, der das Auge entdeckte. Zum Glück schien er es nicht für ungewöhnlich zu halten, aber Durna beendete die Beobachtung trotzdem sofort.

›Der Kaiser erwartet also, dass ich mit ihm verhandele, Bedingungen stelle. Ist er nun feige oder klug?‹

Sie schloss das Drachenauge weg und trat vor eine bestimmte Stelle der Wand. Wenn Halatan von seinem militärischen Abenteuer genug hatte oder auch nur ein Bombardement mit Himmelsfeuer fürchtete, sollte ihr das recht sein. Die Hauptsache war, das Reich mischte sich nicht länger ein und komplizierte die Lage nicht noch zusätzlich.

›Ein Problem der Lösung näher‹, dachte sie. ›Sehen wir mal, was wir mit den anderen machen können.‹ Sie trat durch die Wand und begann den Abstieg in ihr geheimes Labor.

* * *

Durna schaute ungläubig auf die Seiten des alten Buches herab. Dann lehnte sie sich zurück und blickte in die Runde. Wie lange hatte sie diesmal über den Schriften der Alten gesessen? Sie hob ihr linkes Handgelenk ein Stück den Augen entgegen, bevor sie sich stoppte. Nein, auf diese Weise erfuhr man die Zeit nicht, was auch immer ihr Gefühl ihr einzureden versuchte.

›Ich muss aufpassen, dass ich mich nicht hier unten verliere‹, dachte sie nüchtern. ›Dies ist ein Ort der alten Magier, er mag mich durchaus ständig prüfen, ob ich auch wert bin, seine Geheimnisse zu empfangen. Und wenn ich als zu schwach befunden werde ...‹ Dann kehrte sie vielleicht nie wieder ans Tageslicht zurück.

Sie hatte wahrscheinlich stundenlang hier gesessen, jedenfalls war ihr Körper völlig verkrampft. Unglaublich, was die Magier einst vermocht hatten. Es schien wirklich zu stimmen: Magie konnte alles möglich machen, wenn man nur in der Lage war, es sich vorzustellen. In ausreichendem Detail natürlich. Das Problem war, auf manche Dinge kam man einfach nicht von selbst. Sie senkte den Blick wieder auf das Buch. Dieser letzte Zauber, der sie so verblüfft hatte, dass sie sogar ihre fieberhafte Lektüre unterbrach, ließ sich leicht ausprobieren. Es würde sie allerdings einige Überwindung kosten, das wusste sie jetzt schon.

Durna stand auf und ging hinüber zu dem übermannshohen Spiegel, der an einer Wand des Labors befestigt war. Sie hatte bisher noch nicht herausfinden können, wozu die Alten ihn gebraucht hatten – bestimmt nicht, um den Sitz ihrer schwarzen Roben zu überprüfen!

Spiegel haben viele Verwendungsmöglichkeiten ... murmelte die fast unhörbare Geisterstimme der Wände.

›Sicher‹, dachte Durna. ›Aber ich habe noch nie von dieser hier gehört.‹

Sie flüsterte ein Wort, das dennoch laut und hässlich durch den Raum hallte. Dann berührte sie die makellose Oberfläche des Spiegels. Um ihre Fingerspitzen zogen sich feine Wellen. Sie schloss die Augen und presste ihr Gesicht gegen sein Spiegelbild. Kälte überzog ihren ganzen Körper. Erst als das Gefühl verschwunden war, trat Durna zurück und öffnete die Augen, genau wie in dem Buch vorgeschrieben.

Fast hätte sie aufgeschrieen. Sie blickte in eine spiegelnde Maske ohne Gesicht und Kontur. Über ihrem Kragen saß ein eiförmiges, spiegelndes Ding, das von zerrauften kurzen Haaren gekrönt war.

»Wordon mé!« flüsterte sie. Der Fluch war deutlich zu hören. Sie hatte keine Schwierigkeiten beim Atmen, Sprechen oder Sehen, doch die Maske war durchaus substanziell, wie sie bei einer vorsichtigen Berührung feststellte. Dabei bemerkte sie ihre silbernen Finger.

›Schade, dass gerade kein feindlicher Magier bei der Hand ist‹, dachte sie, denn der Zauber diente zur Abwehr jeder beliebigen gegnerischen Magie. ›Aber man kann nicht alles haben.‹

Nun musste sie nur noch den Rest des Zaubers vollenden, um die spiegelnde Maske wieder loszuwerden. Sie sprach ein zweites Wort, das tief im Hals kratzte, und hielt ihre Hand waagerecht. Mit einem Kribbeln floss die Silberhülle über ihre Haut und sammelte sich in einer Kugel auf ihrer Handfläche. Schnell zog sie mit der Linken den kleinen Dolch, den sie am Gürtel trug, und ritzte den rechten Handballen, so dass sich ihr Blut mit dem Spiegelsilber mischen konnte. Die Kugel wurde augenblicklich fest und schwer.

Geistesabwesend heilte Durna den Schnitt in ihrer Hand. Wenn das Buch Recht hatte, war diese Kugel ein mächtiger Verteidigungszauber, den sie bei sich tragen und immer wieder aufrufen konnte. Außerdem dürfte es einen Feind schockieren, sie nur mit der Spiegelmaske zu sehen. Sehr nützlich.

Solange du auf keinen triffst, der sich auch eingespiegelt hat.

Die Wand. Natürlich.

Aber das ist heutzutage wohl kaum anzunehmen. Früher gab es Vorfälle, bei denen ganze Landstriche verwüstet wurden, weil sich zwei unverletzliche Magier im Kampf gegenüber standen.

»Darum gibt es heute auch so wenig mächtige Zauberer.« Durna steckte die Kugel in einen Lederbeutel und schlug das Buch zu, in dem sie so lange studiert hatte. Es wurde

Zeit, sich wieder den Vorgängen in der Außenwelt zuzuwenden.

Der große Wandspiegel stand unberührt glänzend da, als habe er nicht gerade ein wenig von seiner Substanz gespendet, bemerkte sie beim Hinausgehen. Sie warf ihm ein Lächeln zu, dachte sie doch daran, zu was für anderen Dingen er vielleicht noch zu gebrauchen war.

Sie sah nicht, wie ein hauchdünner, blutiger Schleier die Klarheit der Spiegeloberfläche kurz eintrübte und verschwand.

* * *

Einige der Löcher in den Mauern direkt vor der Einsturzstelle waren groß genug, um einem Menschen Durchlass zu gewähren. Niemand hatte sich die Mühe gemacht, sie von innen zu verschließen, also waren sie vermutlich entstanden, als die Nachtburg schon nicht mehr bewohnt wurde. Oder es war eine Falle ... Brad fragte sich, wie man früher überhaupt in die Burg gelangt war. Gab es irgendwo versteckte Eingänge? Selbst die Magier damals konnten sich doch nicht jedes Mal translokalisiert haben, wenn sie hinein oder hinaus wollten. Es war ein höchst ungewöhnliches Bauwerk, nicht nur in einer Hinsicht. Er hatte sich getäuscht, was seine mögliche Größe anging. Tatsächlich erstreckte sich die Nachtburg über die gesamte Länge des Passes, sie war praktisch so groß wie eine Stadt! Das hatte der ein wenig beleidigte Pek verraten, nicht ohne eine große Angelegenheit daraus zu machen, dass der Herr Vanquis jetzt also doch mehr Details wissen wollte. Und als sie schließlich in sie eindrangen, gelangten sie nicht etwa in normale Gänge und Räume, wie man sie in einem Gebäude erwartet hätte. Hinter der beschädigten Wand des Tunnels befand sich ein Hohlraum, aber der war offensichtlich *nicht* dafür gedacht, sich bequem parallel zum Tunnel bewegen zu können. Sein Zweck blieb unklar. Er war schmal und hoch; in regelmäßigen Abständen traten an der Außenwand rippenartige Vorsprünge hervor, die als Stützen zu dienen schienen. Außerdem war auch dieser Zwischenraum in ihrer Reiserichtung eingestürzt. Ihnen blieb nur der Weg zurück, um weiter hinein zu kommen. So ein Gang musste doch von innen irgendwie zugänglich sein.

In der Tat fanden sie nach etwa dreißig Stützrippen, an denen sie sich fluchend vorbei zwängten, eine Türöffnung ohne Tür, hinter der noch mehr Dunkelheit – und eine Treppe – kamen.

»Na endlich!« sagte Micra. Sie stieg als erste hinauf, nach einer der Leuchtkugeln des Magiers. Die Stufen waren irgendwie nicht richtig, fand Brad. Sie waren niedriger als die der meisten Treppen, die er kannte. Sollten Gang und Treppe etwa für Dämonen oder Zwerge gedacht gewesen sein? Die Rasse der Zwerge oder Moons war heutzutage auf seiner Welt fast verschwunden, aber vielleicht gab es sie hier noch. Allerdings hatte er noch keinen gesehen. Also wahrscheinlich doch Dämonen. Es war ja bekannt, dass sie manchmal Zauberern dienten und Pek hatte gesagt, sie wären beim Bau der Burg beteiligt gewesen. Vielleicht hatte man sie auch als eine Art Personal beschäftigt?

Die Treppe führte einfach nur nach oben, nichts ließ darauf schließen, was sich hinter den glatten, schwarzen Wänden befinden mochte, an denen sie vorbei stapften. Das magische Licht flackerte plötzlich und veränderte seine Farbe ins Bläuliche. Brad glaubte, das wohlbekannte Zittern einer Realitätsfluktuation zu spüren. Oder war es wieder ein Beben?

Die Treppe endete in einem würfelförmigen Raum. Nicht an einer Tür zu ihm, sondern in seiner Mitte, wo sie aus dem Boden kam. Der Raum hatte keinen weiteren Ausgang.

Einen Augenblick später hatte er gar keinen Ausgang mehr. Wo eben noch die Treppe gewesen war, befand sich steinerner Fußboden.

»Oh je! Was nun?« fragte Solana.

»Entweder wir sind in einer Falle gefangen und gehen elend zugrunde, oder das ist irgendein Geheimgang, der sich nur öffnet, wenn man sein Geheimnis kennt, und wir gehen elend zugrunde, weil wir es nicht kennen«, sagte Brad düster.

Das Licht muss noch mehr ins Ultraviolette, wisperte eine Stimme in seinem Kopf.

›Ach was?‹ dachte Brad. ›Jetzt beginnt es also!‹

»Magier? Könnt Ihr das Licht Eurer Leuchtkugeln ›ultraviolett‹ machen – was immer das ist?«

»Ja, ich glaube, ich weiß, was Ihr meint. Woher ...?«

Als Brad sich vielsagend an die Schläfe klopfte, verstummte der Zauberer. Seine Leuchtkugeln veränderten ihre Farbe und schienen zu verblassen. Aber bevor es ganz dunkel werden konnte, begannen an den Wänden des würfelförmigen Raumes Symbole und Zeichen in geisterhaftem, bläulichen Weiß zu leuchten. Auch auf dem Boden waren verschlungene Linien zu erkennen, darunter das Viereck der verschwundenen Treppenöffnung. Seltsamerweise leuchteten Teile ihrer Kleidung ebenfalls, obwohl an der doch sicher nichts magisch war.

Zach-aknum trat an die Wände heran und studierte die Symbole schweigend. In seiner schwarzen Kutte wirkte er wie ein Stück kompakte Dunkelheit.

Dreh dich nach links! Noch ein Stück. Diese Wand ist es.

Brad hatte die Anweisung befolgt, ohne zu zögern oder darüber nachzudenken. Jetzt sah er auch, dass sich in dem Wirrwarr arkaner Symbole und Linien an jeder Wand ein Rechteck abzeichnete. Aber wie wurde aus einer Zeichnung eine Tür?

Er trat vor die Wand und berührte ein sternförmiges Symbol direkt neben dem Rechteck. Mit einem kaum wahrnehmbaren Zischen verschwand ein Ausschnitt der Mauer.

»Hier entlang!« sagte Brad.

»Ich beginne zu glauben, dass Götter doch einen gewissen Nutzen haben«, sagte Micra direkt hinter ihm, als er den ersten Schritt in den neuen Gang machte.

Der Zauberer ließ die Kugeln wieder hell leuchten und schickte sie voraus, ohne ein Wort zu sagen. Überhaupt war er noch schweigsamer als sonst, seit sie die Nachtburg betreten hatten.

Der Gang war niedrig und leicht gekrümmt. Wieder gab es keine erkennbaren Türen an seinen Wänden. Falls sie ebenso verborgen waren wie die letzte, würden sie wahrscheinlich nur in irgendwelche Räume führen, was ihnen aber nicht helfen würde, den Ausgang zu finden. Daher machte sich der Zauberer nicht die Mühe, den Gang mit dem »ultravioletten« Licht zu beleuchten.

Brad fand das mit dem Licht sehr praktisch. Man konnte Hinweise hinterlassen, die nur ein Zauberer sichtbar machen würde. Vermutlich war das unter Magiern eine durchaus übliche Sache – er hatte allerdings noch nie davon gehört.

›Wenn die Nachtburg so groß wie eine Stadt ist‹, dachte er, ›dann haben wir vielleicht Glück und begegnen niemandem.‹

Ich tue, was ich kann, flüsterte es in ihm. *Aber mit dem Neryl in der Nähe ist nichts völlig sicher.*

›Er ist wirklich hier?‹ dachte Brad. ›Weiß er, dass wir in der Burg sind?‹

Keine Informationen. Im Moment scheint *er sich mit anderen Dingen zu beschäftigen. Es ist schwierig, etwas über ihn zu sagen. Ich kann ihn nicht direkt beobachten.*

›Na schön. Wäre gut, wenn du uns warnst, falls er auf der anderen Seite der nächsten Tür ist.‹

Er ist räumlich ziemlich weit von euch entfernt. Aber er scheint *nicht allein zu sein.*

Nanu? Wer könnte sich in der Gesellschaft des Chaos-Lords befinden? Aber selbst wenn es Gefangene waren, hatten sie keine Möglichkeit, ihnen zu helfen. Sie konnten froh sein, wenn sie es unbemerkt ans andere Ende der Nachtburg schafften, um ihre Aufgabe zu erledigen.

Der gekrümmte Gang verlief nun leicht abschüssig, so dass sie sich auf einer Spirale nach unten befanden. Das war zunächst nicht schlecht, da sie nach der Treppe über dem Niveau des Tunnels gelandet waren. Und ein Ausgang würde sicher zu ebener Erde sein.

Die Gangspirale endete abrupt in einer großen Halle. Zum ersten Mal trafen sie hier auf etwas anderes außer nackte – wenn auch möglicherweise unsichtbar beschriftete – Wände. Der Saal war voller ... Müll.

»Was bei ... ähm, ich meine, was ist *das* denn?« fragte Micra.

Brad registrierte, dass auch sie angefangen hatte, die Namen der Götter zu meiden. Am Rande seines Bewusstseins tauchte der Gedanke auf, dass die alten Religionen etwas darüber gewusst haben mussten, da sie es als Sünde ansahen, »den Namen Gottes unnütz zu gebrauchen.« Wenn die Götter das wirklich jedes Mal hörten, wie ihm Wirdaon gesagt hatte, musste es ihnen gewaltig auf die Nerven gehen – und das war sicher auf Dauer nicht besonders gesund für die Sterblichen.

»Das sieht aus wie die Rumpelkammer der Zauberer«, meinte Solana naserümpfend. »Wo sie über die Jahrzehnte oder Jahrhunderte jeden zerbrochenen Krempel eingelagert haben, der in der ganzen Burg anfiel.«

»Konnten die das nicht anständig trennen und entsorgen?« Micra bekam gleich nach dieser seltsamen Frage einen Hustenanfall. »Entschuldigt, wieder so ein ... verdammt, ich weiß nicht, wie lange ich das noch aushalte!«

»Ich glaube nicht«, warf Pek ein, »dass die damals schon so etwas wie eine ›Müllabfuhr‹ hatten. Jedenfalls nicht diese orangefarbigen Wagen ohne Pferde, die auch dir wohl gerade durch den Kopf geisterten. Wirklich gefährliche Dinge translokalisierten die Magier jener Zeit in den Krater des Vulkans im Südosten. Den normalen Dreck wegzumachen, überließen sie natürlich ihren menschlichen und dämonischen Dienern. Dies hier scheint nur der Platz zu sein, wo sie deponierten, was sie vielleicht noch mal gebrauchen könnten – und dann nie wieder anrührten.«

»Was denkt Ihr, Zach-aknum«, fragte Brad, »ist es ungefährlich, wenn wir uns durch dieses ganze Gerümpel auf die andere Seite des Saales wühlen?«

»Ich spüre nur ganz schwache Reste von Magie«, sagte der Schwarze Magier ein wenig zögernd. »Wenn wir nicht anfangen, mit dem Zeug herum zu spielen, sollte eigentlich nichts passieren. Außer es fällt uns was auf den Kopf.«

›Was ist nur mit ihm los?‹ dachte Brad. ›Langsam mache ich mir Sorgen.‹

Der Einfluss des Neryl wird von den transphysikalischen Gesetzen dieses Universums elastisch aufgefangen und zum Teil absorbiert. Man könnte sagen, dass die Magie ihr eigenes chaotisches Element enthält, sich dennoch nach gewissen Regeln richtet. Der Zusammenprall der beiden Kräfte wird besonders von Personen mit magischem Talent gespürt. Der Zauberer dürfte unter großem inneren Stress stehen.

›Danke.‹ Er verstand zwar nichts von irgendwelchen Gesetzen des Universums, aber Brad konnte sich durchaus vorstellen, dass die Nähe des Chaos-Lords besonders magische Leute beeinflusste. Was durchaus interessante Fragen über Micra aufwarf.

Sie stürzten sich in den Müllberg. Das Gerümpel der Magier war so dicht gepackt und gestapelt, dass sie sich kaum einen Weg frei räumen konnten, sondern zum größten Teil darüber hinweg klettern mussten. Da vieles, was hier lagerte, buchstäblich Jahrtausende alt war, stellte das eine echte Herausforderung dar. Man konnte schlecht über eine Barrikade aus zusammengebundenen Akten steigen, die beim Anfassen zu stinkendem Staub zerfiel. Aus irgendwelchen Gründen auf der Seite liegende Schränke erwiesen sich als trügerischer Halt; das morsche Holz zerbröselte unter den Stiefeln. Und das, was in ihnen war, mochte nach dem ersten Blick keiner berühren.

Trotz seiner eigenen Warnung begutachtete der Magier hin und wieder einen Gegenstand, und auch Pek ließ es sich nicht nehmen, das eine oder andere Teil zu untersuchen. Aber keiner von beiden steckte auch nur eine Scherbe ein.

»Wisst ihr«, sagte Micra, »das hier wäre eine Fundgrube für Archäologen ... Wenn es denn welche gäbe.« Sie seufzte. »Das scheinen Gelehrte zu sein, die nach Überresten vergangener Kulturen suchen«, kommentierte sie überraschenderweise.

»Eine vergangene Kultur ist das ohne Zweifel«, sagte Brad. »Aber warum sollte man nach ihrem Abfall suchen?«

»Weiß nicht.« Micras Akzeptanz ihrer Visionen ging nicht so weit, dass sie sich auf Diskussionen über sie einließ.

»Der Abfall ist oft das einzige, was übrig bleibt. Aber selbst aus dem Abfall einer Kultur kann man noch etwas lernen, Brad«, sagte Solana, die gerade versuchte, an einem Stapel menschlicher Schädel vorbei zu gelangen, ohne ihn umzureißen. »Und aus dem, was alte Kulturen taten, können wir vielleicht etwas lernen, was uns heute nützt.«

Nur die Kultur der Magie war in den letzten achttausend Jahren auf den Zwillingswelten starken Schwankungen unterworfen, mischte sich zu Brads Verblüffung Horam selbst ein. *Die restliche Zivilisation entwickelte sich kaum weiter, aber auch nicht wesentlich zurück. Der Zusammenbruch auf Schlan begann erst mit der Instabilität nach dem Diebstahl der Statue. Aber die Magier haben in dieser langen Zeit öfter etwas vergessen als dazu gelernt, weil sie sich so oft untereinander bekämpften.*

»Brad? Hallo, Brad! Was ist los?« Erst als Micra ihn am Arm packte und rüttelte, kam er wieder zu sich. Ohne es zu merken, war er inmitten des staubigen Haufens Zivilisationsmüll wie angewurzelt stehen geblieben.

»Horam teilte mir seine Ansicht über, wie war das – Archäologie – mit.«
Micra runzelte die Stirn. »Hört der etwa zu?« flüsterte sie.
»Ich denke schon, dass er jedes Wort hört. Zumindest das, was auch ich höre.«
Micra erbleichte. Sie erinnerte sich wohl an ihre respektlose Bemerkung über den Nutzen von Göttern. Es war eine Sache, über Götter zu lästern, von denen man nur aus dem Mund der Priester hörte, eine andere Sache, einen in Hörweite befindlichen und zweifellos real existierenden Gott möglicherweise zu beleidigen. Abgesehen von persönlichen spirituellen Konsequenzen konnten sie einen verstimmten Gott im Augenblick sicher nicht gebrauchen.
»He, seht mal, hier scheint es raus zu gehen!« rief Pek, der auf einer bizarren Konstruktion aus Metall saß. Aber leider meinte er damit nur den Ausgang aus dem Saal voller interessanter archäologischer Artefakte ...

8

Die Berichte auf Durnas Tisch waren nicht gut. Stürme und Gewitter zogen über das Land, verursachten Überflutungen hier und Brände dort. Vulkane brachen aus, die seit Menschengedenken nicht das leiseste Geräusch von sich gegeben hatten. Im Süden herrschten ungewöhnliche Trockenheit und Hitze. Ein Teil der Ernte Tekladors war eingebracht, aber noch längst nicht alles. Und dann waren da noch die *unnormalen* Dinge: Kleinere Flussläufe sollten angeblich ihren Lauf umgekehrt haben. Im Vach'nui-Flachland hatte man durch die Luft fliegende Steine beobachtet, die sogar zwei Schafe getötet hatten. Leute wurden aus heiterem Himmel verrückt und begannen wirres Zeug zu reden oder wie rasend zu toben. Es waren *Geister* gesehen worden!
Die einzige positive Nachricht kam aus Nubra, wo die erste Flüchtlingswelle aus Yar'scht eingetroffen war. Die Zivilisten hatten die veränderten Verhältnisse ohne einen größeren Aufstand hingenommen und fügten sich den Anweisungen von Durnas Militär, das die Kontrolle über die gesamte Küste übernommen hatte. Schwierigkeiten machten vor allem die Priester. Aber die (hiesigen) Yarben hatten nicht vergessen, dass es der Oberpriester Erkon Veron gewesen war, der ihren Lordadmiral umgebracht und die ganze verfahrene Situation überhaupt erst verschuldet hatte. Die Gelbkutten der Neun mussten dankbar sein, wenn sie nicht sofort interniert wurden.
Sie schob die Papiere zur Seite. Es war schwer zu sagen, was an der immer chaotischer werdenden Gesamtlage wirklich durch Caligo verursacht wurde und was vielleicht ein Vorbote des Weltuntergangs war, den das gestörte Gleichgewicht verursachte. Das eine oder das andere Problem – vorzugsweise natürlich beide – musste möglichst bald gelöst werden, sonst war der Rest umsonst. Aber selbst wenn sie gewusst hätte, wo sich der Chaos-Lord verbarg, fühlte sie sich noch nicht bereit, ihn direkt anzugreifen. Das war einer der Gründe, warum sie ins Labor hinab stieg, so oft sie Zeit erübrigen konnte. Doch bisher hatte sie kein Glück gehabt. Zwar fand sie viele Dinge heraus, darunter auch nützliche Zauber, aber kaum etwas über Chaos-Lords und ihre Bekämpfung. Das war natürlich auch nicht zu erwarten gewesen, da ein solches Wesen die beiden Welten noch

nie heimgesucht hatte. Andererseits *existierte* das Wissen über sie – woher kam es dann überhaupt? Vielleicht hatte ja irgendein Gott mal ein Buch hinterlassen: *Die bekannten Hausplagen des Universums und diverse Mittel gegen sie.* Unmöglich war es nicht. Aber verdammt unwahrscheinlich.

Also das zweite Problem. Wie erging es der Statue und ihren gegenwärtigen Besitzern denn heutzutage? Durna aktivierte das Drachenauge, um einen Blick auf das Vorankommen der Gruppe um Zacha Bas Sohn zu werfen. Leider war es wieder einmal gestört. Unscharfe Bilder flackerten wirr vor ihren Augen. Für einen Moment war aus großer Höhe eine anscheinend viele Meilen lange Spalte zu sehen, aus der Feuer und Magma emporschossen. Dichter Rauch lag über einer trostlosen Ebene.

›Wo in aller Welt ist das denn?‹ dachte sie erschrocken. ›Hoffentlich in keinem bewohnten Landstrich!‹

Dann schien das Auge in dunkle Räume hinein zu schauen, kurz flackerten phosphoreszierende Zeichnungen und Schrift vorüber, viel zu schnell, um etwas erkennen zu können. Ein Haufen Totenschädel, dann wackelte alles und wurde völlig schwarz.

Durna widerstand der Versuchung, mit der Faust auf das Drachenauge zu schlagen, obwohl ihr Unterbewusstsein sagte, dass das meist half. Unsinn!

Also konnte sie nicht einmal feststellen, wo sich die Leute befanden. Großartig! Sie fragte das Auge nach dem Kaiser von Halatan – und bekam ein gestochen scharfes Bild mitsamt Ton. Marruk II. geruhte im Kreise von Würdenträgern zu speisen. Durna erinnerte sich daran, dass er von ihr Verhandlungen und Bedingungen erwartete. Lästig!

›Warum kann ich ihm nicht einfach einen Anwalt auf den Hals hetzen?‹ dachte sie und fragte sich gleich darauf, was das war. Irgendeine blutsaugende Bestie?

Sie spürte plötzlich einen Blick auf sich ruhen. Verwirrt sah sie sich im Zimmer um, bis sie bemerkte, dass das Gefühl vom Drachenauge ausging. Es zeigte noch immer den Speisesaal des Kaisers. In der Mitte der langen Tafel saß eine junge Frau, die den Kopf gehoben hatte und ganz offensichtlich das rote Licht anstarrte. Sie war im Gegensatz zu den farbenprächtigen Höflingen in Schwarz gekleidet; Durna hatte den Eindruck, dass die Kleider selbst ungewöhnlich aussahen, wenn sie auch nicht viel erkennen konnte.

Die Frau in Schwarz hob ihre rechte Hand mit ausgestrecktem Zeigefinger etwas über ihr Essen und wackelte ein wenig mit ihm, ohne den Blick vom Aufnahmepunkt des Drachenauges zu nehmen. Durna glaubte fast hören zu können, wie sie dabei dachte: ›Na na, das ist aber nicht anständig, andere Leute insgeheim zu beobachten!‹

›Sie ist ein Berater!‹ begriff Durna plötzlich und deaktivierte das Drachenauge. Genauso hatte dieser andere junge Mann den Punkt betrachtet, als ob er wisse, was das Licht bedeutete.

Ganz im Gegensatz zur Königin von Teklador.

Frustriert rief sie nach ihrem General. »Giren!«

Da die neuen Räume des Armeeoberkommandos ganz in der Nähe waren, musste sie nicht lange warten.

»Meine Königin?«

»Wir müssen diesen Kaiser besuchen und ihm klarmachen, dass er sich um sein eigenes Land kümmern soll. Er ist ein Unsicherheitsfaktor, den wir uns nicht in unserem Rücken leisten können.«

»Wollt Ihr ihn vernichten?«

»Nein, natürlich nicht! Wir brauchen friedliche Handelsbeziehungen zu Halatan, vor allem jetzt, wo wir die Hälfte der Ernte verlieren werden und bald doppelt so viele Einwohner haben, da Eure Landsleute es zu Hause nicht mehr aushalten. Aber wenn er es sich in den Kopf setzen sollte, noch einmal in Teklador einzufallen, könnte sich das sehr störend auswirken und mich ärgern.«

Tral Giren nickte. Er konnte sich vorstellen, wie die Königin mit einer solchen Störung verfahren würde, wenn man ihre Geduld überstrapazierte.

»Ich gebe zu bedenken«, wandte er ein, »dass eine Reise ins Ausland zum gegenwärtigen Zeitpunkt vielleicht keine so gute Idee wäre. Solltet Ihr nicht besser eine Abordnung schicken?«

Durna lächelte. »Wir werden nicht lange weg sein, General. Wir befassen uns mit dem Problem und lösen es. Alles auf einmal und möglichst schnell. Wir haben nämlich keine Zeit!« Das Lächeln war wieder verblasst.

Giren schluckte, als er sich erinnerte, dass Durna niemals von sich in der Dritten Person sprach. »Ihr meint, Ihr wollt ... und ich soll dabei mitkommen?«

»Ganz recht. Ich translokalisiere uns in den Palast des Kaisers, sage ihm, was ich zu sagen habe und verschwinde wieder. Ihr werdet als mein Repräsentant der Yarben mitkommen.«

»Sonst niemand? Was ist, wenn sie versuchen, uns festzunehmen?«

»Dann, mein lieber General, werden sie wünschen, nie geboren worden zu sein«, sagte die Königin sehr leise. »Sagt Eurem Stab und meinen Wachen Bescheid und kommt wieder her. Sie sollen uns nicht vermissen und eine Panik auslösen. Ich weiß, was Marruk im Augenblick macht und wo er ist. Das wird ein effektvoller Auftritt.«

* * *

Sie hatten keinen Grund zum Feiern, aber ein Essen beim Kaiser war nie eine trübsinnige Angelegenheit. Nicht einmal, wenn man einen kleinen Krieg verlor.

Marruk II. hatte nicht irgendwen zum Essen geladen, es waren alles Hofbeamte und Staatsbedienstete, die auf die eine oder andere Weise etwas mit der Situation in Teklador und ihren Folgen zu tun hatten. Es fehlten nur der Chef des Geheimdienstes und Herzog Walthur. Der Kaiser mochte sich zwar als aufgeklärten und modernen Menschen sehen, Köpfe ließ er dennoch abschlagen, wenn sie ihm nicht passten. Er konnte, wenn er wollte, das Oberste Gericht des Reiches einfach übergehen.

Nur ein Gast war nicht direkt *eingeladen* worden, aber er konnte die Beraterin schlecht wegschicken, die behauptete, Meister Har'rey, den er wegen der Kanonen lieber gesehen hätte, wäre verhindert. Der Kaiser fühlte sich in der Gegenwart der Schwarzgekleideten unbehaglich. *Sie* war ohne jeden Zweifel eine Hexe! Der Umstand, dass sie auch die höchstrangige Beraterin in der Gruppe war, machte ihm die Magie nicht sympathischer.

Manchmal wünschte sich der Kaiser, dass diese in den Visionen seines Vaters prophezeiten Fremden nie in seinem Reich aufgetaucht wären, so nützlich die Allianz mit ihnen auch erschienen war. Andererseits – was wäre passiert, hätten sie sich Teklador ausgesucht, wo nicht nur Magie alltäglich war, sondern auch eine Hexe auf dem Thron saß?

Das Essen war beendet und nun sollte sich die Beratung über die politische Lage anschließen. Aber dazu kam es nicht.

Der dumpfe Knall gewaltsam verdrängter Luft ließ die Fenster des Saales erzittern. Ein paar Schritte von der geschlossenen Eingangstür entfernt standen plötzlich zwei Personen. Es gab keinen Rauch und keine Blitze, das war es nicht, was Durna unter effektvoll verstand. Auch sie hatte sich ganz in Schwarz gehüllt, aber bei ihr war es die traditionelle Robe der Schwarzen Magier, auf die sie sonst gern verzichtete. Nur den spitzen Hut hatte sie nicht auf, weil sie sich damit albern vorkam.

General Giren trug die dunkelblaue, enge Hose und blutrote Jacke der yarbischen Offiziere, komplett mit hohen Stiefeln und dem Kurzschwert in einer silbernen Scheide. Seinen Kopf bedeckte eine Art schwarzes Barett, das von einem winzigen roten Drachen verziert wurde – die neueste Uniformmode in Teklador.

Durna machte eine Geste mit der fünffach beringten Hand und die hereinstürmenden kaiserlichen Wachen hielten in all ihren Bewegungen inne.

»Verzeiht mein Eindringen, Marruk. Ich hoffe, ich störe nicht?«

Der Kaiser erhob sich langsam. Dann sagte er, bewundernswert beherrscht: »Nein, nichts könnte so wichtig sein. Königin Durna, nehme ich an?« Er hatte sie natürlich noch nie gesehen, nur Beschreibungen von der »Hexe auf dem Thron« gehört.

»So ist es«, bestätigte die Frau, ohne näher zu treten. »Und dies ist mein General Tral Giren von der yarbisch-tekladorischen Armee. Ihr Oberbefehlshaber, um genau zu sein.«

»Wir sind ... erfreut. Tretet doch näher.«

Sie warf einen Blick auf die an der Tafel versammelten Halataner, doch eigentlich wollte sie nur die Beraterin mit eigenen Augen sehen.

Die junge Frau war die einzige am Tisch, die lächelte. Und der Königin zuzwinkerte! Durna wandte den Blick schnell wieder ab.

»Möchtet Ihr hier mit mir reden, oder lieber in kleinerem Kreis, Marruk?«

Der Kaiser dachte fieberhaft nach. Was konnte sie beabsichtigen? Wollte sie vermeiden, ihn vor den Versammelten durch ein Ultimatum zu demütigen, ihm eine Chance geben, das Gesicht zu wahren? Er öffnete schon den Mund, um ihr – im Widerspruch zu den Tatsachen – zu sagen, dass er vor seinen Untertanen keine Geheimnisse habe, doch da sah er plötzlich den Ausdruck in ihren Augen. Vielleicht war das keine so gute Idee, dachte er. Also sagte er stattdessen ein wenig gezwungen: »In der Tat ist es der Verständigung sicher zuträglicher, wenn Wir uns zunächst im kleineren Kreise mit Euch unterhalten.«

Einige der Militärs schienen protestieren zu wollen, und die Königin warf mit einem Anflug von Belustigung ein: »Ich versichere Euch, dass ich nicht die Absicht habe, die kaiserliche Majestät zu verhexen.«

Natürlich glaubte ihr das niemand, aber keiner wagte dem Befehl des Kaisers zu widersprechen, der alle bis auf drei Minister fortschickte. Gereizt sah Marruk, dass die Beraterin nicht ging.

Auch die Königin bemerkte das und nickte ihr zu, als würde *sie* ihre Anwesenheit akzeptieren. Natürlich! Hexen unter sich. Der Kaiser musste alle Willenskraft aufbringen, um sich seinen Ärger nicht anmerken zu lassen.

›Hör auf damit!‹ sagte er sich. ›Das ist unprofessionell, und außerdem nicht im geringsten staatsmännisch. Dein Vater würde dich in den Hintern treten dafür.‹

»Meine Minister«, stellte Marruk sie knapp vor, »Herr Feiniger, der Kriegsminister, Herr Vornstetter, der Außenminister für den Westen und Herr Tristani, für Handel zuständig. Außerdem die Ehrenwerte Beraterin des Reiches, die edle Frau Ve'ra.«

»Vera reicht völlig«, murmelte die Beraterin mit dunkler Stimme.

Der Blick der Königin streifte über die Hände Ve'ras, doch sie trug unter den fingerlosen schwarzen Spitzenhandschuhen keine Ringe der Magie.

Marruk hatte erwartet, dass nun ein diplomatisches Geplänkel voller Vorwürfe und Gegenvorwürfe beginnen würde, doch er wurde überrascht.

Durna ließ sich so schnell auf einen Stuhl an der verlassenen Tafel fallen, dass nicht einmal ihr Yarbengeneral Zeit hatte, ihr die Sitzgelegenheit zurecht zu rücken, was ihm sichtlich missfiel. Er baute sich hinter ihr auf, erst auf ihren Wink nahm auch er Platz.

»Ich gehe einmal davon aus«, begann die Königin von Teklador, »dass der Überfall Halatans auf mein Land und die barbarische Zerstörung von Pelfar das Ergebnis einer Kette unglücklicher Fehlentscheidungen war und nicht eine neue und noch fortgesetzte Politik Eures Landes darstellt, Marruk.« Sie hob die Hand, als er etwas einwerfen wollte. »Ich bin bereit, unter diesen Voraussetzungen zu akzeptieren, dass wir uns im Friedenszustand befinden. Halatan sollte allerdings dafür Sorge tragen, dass die Opfer in Pelfar großzügige Unterstützung beim Wiederaufbau erhalten.«

Wie gegen seinen Willen nickte der Kaiser. Das Kriegsverbrechen von Pelfar war der Stein des Anstoßes, nicht der Überfall an sich.

»Wenn ich mich natürlich irre«, sagte die Königin gleichmütig, »und Ihr es darauf anlegt, mich zu stürzen und Teklador zu erobern, werde ich Euch und Eure Hauptstadt von der Oberfläche dieser Welt tilgen. Ich habe im Moment keine Zeit für einen Krieg.«

Da war sie also, die Drohung! Und so herablassend hervorgebracht. Doch bevor er in aller Schärfe antworten konnte, ergriff seine Beraterin das Wort!

»Wir haben gehört, dass Ihr über kinetische Orbitalwaffen verfügt?« fragte Ve'ra die Königin.

Diese zeigte mit keiner Regung, dass ihr diese Begriffe ebenso unbekannt waren wie dem Kaiser – aber vielleicht waren sie es ja auch gar nicht.

»So ist es«, bestätigte sie nur.

»Ein Vernichtungsschlag gegen eine ganze Stadt würde katastrophale und lange anhaltende Folgen für das gesamte Klima nicht nur auf dem Kontinent, sondern auf der ganzen Welt haben, ist Euch das bewusst?«

»Ich habe es mir schon gedacht«, sagte Königin Durna nach außen hin gleichgültig. »Aber angesichts der allgemeinen Lage ist dieses Risiko vernachlässigbar klein.«

Ve'ra hob erstaunt die Brauen. »Ihr nennt den nuklearen Winter ein vernachlässigbares Risiko? Verzeiht, aber ich glaube nicht, dass Ihr mit dieser Einschätzung richtig liegt.«

Marruk fühlte sich von den beiden Frauen geistig zurückgelassen. Redeten die wahrhaftig vom Für und Wider der Zerstörung *seiner* Hauptstadt?

Durna legte ihre Hände auf die weiße Tischdecke und schien ihre Fünf Ringe zu betrachten. Marruk zwang sich, den Blick abzuwenden.

»Ich bin eigentlich nicht hier, um Euch mit einem Bombardement durch Himmelsfeuer zu drohen«, sagte sein Gast. »Die Schrecken, die ich über Euch und die Welt bringen könnte, sind nichts gegen jene, die bereits da sind. Und von welchen Ihr offenbar noch nichts ahnt, in Eurer ignoranten Ablehnung von Magie und magischer Wissenschaft. Obwohl«, sie warf Ve'ra einen Blick zu, »sich das anscheinend etwas geändert hat. Ihr, Marruk, werft mir vor, den Thron usurpiert und mich mit den Yarben verbündet zu haben. Richtig, aber das ist meine Sache und die meines Volkes. Die Yarben haben nicht unbedingt einen subtilen Weg zur Erreichung ihrer Ziele gewählt, aber sie haben gute Gründe, auf unseren Kontinent zu kommen. Ihrer versinkt nämlich in Feuer und Wasser. Die Ursachen dafür sind es, die mich einen Konflikt mit Halatan für absolut nebensächlich erachten lassen. Unsere Welt hat nämlich ein Problem. Eigentlich sind es zwei, aber sie laufen auf dasselbe hinaus: Horam Dorb steht vor dem Untergang.«

Die drei Minister machten ungläubige Geräusche, verstummten aber sofort, als sie eisige Blicke aus drei verschiedenen Augenpaaren trafen: Marruks, Durnas und Ve'ras.

»Würdet Ihr das etwas näher erläutern, Königin Durna?« fragte Marruk.

Und sie erklärte ihm, was es mit der Statue Horams, ihrem Diebstahl, dem Zeitzauber der Magier und dem Gleichgewicht der Welten auf sich hatte, einschließlich der schon spürbaren Auswirkungen auf Yar'scht.

»Die Statue wurde bereits von der anderen Welt zurück geholt, und im Moment ist eine Gruppe von Leuten unterwegs, um sie an Ort und Stelle zu bringen, damit die Katastrophe vielleicht noch aufgehalten werden kann«, schloss Durna den ersten Teil ab. »Doch leider ist das noch nicht alles. Vor kurzem hat ein Wesen unsere Welt betreten, das man einen Chaos-Lord nennt. Allein seine Anwesenheit hier kompliziert die Sache ungemein, doch ich fürchte, dass er sogar aktiv gegen die Rückführung der Statue arbeitet, weil ihm nicht an der Rettung der Welt gelegen ist.«

»Das ist der größte Unfug, den ich je gehört habe!« schrie Herr Tristani, der Handelsminister, plötzlich empört auf. »Die Hexe hält uns hier mit Schwachsinn über Magie und Religion und irgendwelche fremden Wesen hin, während ihre Truppen vielleicht schon einmarschieren. Ich glaube ihr kein Wort.«

Der Kaiser von Halatan wandte sich langsam zu Tristani um. Dieses Benehmen konnte er nicht tolerieren. Der Mann war zwei Jahrzehnte älter als er und machte unter Seinesgleichen kaum ein Geheimnis daraus, dass er Marruk immer noch für zu jung hielt. Dieser entschied abrupt, dass er einen neuen Handelsminister brauchen würde.

»Ihr könnt Uns nun verlassen, Tristani«, sagte er ruhig. »Wir empfehlen Euch, Eure Geschäfte zu ordnen und vor morgen früh tot zu sein, denn dann werden Unsere Wachen Euch holen kommen.«

Als hätten sie nur auf das Stichwort gewartet – was sie auch hatten – erschienen zwei kaiserliche Wachen und zerrten den Ex-Minister vom Tisch weg.

»Bitte fahrt fort, Königin Durna.«

* * *

Sie hätte gern allein mit der Beraterin gesprochen und sie gefragt, woher bei allen Dämonen sie überhaupt kam, denn von *dieser* Welt stammte das Mädchen ganz sicher nicht! Aber das war im Moment unmöglich – außerdem wusste sie nicht, inwieweit die Halataner in die Geheimnisse der Berater eingeweiht waren, und sie wollte sie auf keinen Fall bloßstellen. Auch ohne Ringe an den fein behandschuhten Fingern war klar, dass sie eine mächtige Hexe sein musste. Das war sehr interessant, vor allem weil es die seltsame und abergläubische Furcht der Halataner vor Magie aufzuweichen schien. Durna hoffte, später die Gelegenheit zu einem Gespräch mit Ve'ra zu finden. Fremdweltler, die den Kaiser und seine Gelehrten berieten! Faszinierend – und gefährlich.

Fremde Welten waren natürlich kein völlig abwegiges Konzept für gebildete Menschen auf Horams verbundenen Planeten. Wo es *eine* andere Welt gab – und rechnete man Wirdaons Reich mit, waren es sogar schon zwei – konnte es doch auch noch mehr geben. Durna fragte sich, was Sternenblüte davon halten mochte. Sie zweifelte nicht daran, dass der Drache es wusste. Aber er wollte sich ja nicht weiter einmischen, also würde er wohl irgendwo auf seinem Berg außerhalb der Dimensionen sitzen und alles beobachten. So stellte sie es sich jedenfalls vor.

Von dem Drachen hatte sie in Halatan nichts gesagt, auch nicht von dem verräterischen Wesen Klos, das noch irgendwo unterwegs war. Sie hatte das Gefühl, dass die Anwesenden – Ve'ra vielleicht ausgenommen – ohnehin schon fast überfordert waren. Der Kaiser selbst ... das war eine andere Sache. Durna wusste nach ihrem Besuch, warum ein so junger Mann die Macht über das Imperium halten konnte. Nein, ein Schwächling war er nicht. Wie er diesen vorlauten Kerl einfach hinausgeworfen hatte! Und später hatte er nebenbei erwähnt, dass die Verantwortlichen für das Desaster von Pelfar bereits zu Wordon eingegangen seien.

Sie hatte dem Kaiser erklärt, was die Auswirkungen des Chaos sein konnten. In diesem Zusammenhang taten sie auch den geheimnisvollen nächtlichen Überfall auf Herzog Walthurs Armeelager ab, für den auch Durna keine Erklärung geben konnte, denn sie hatte bestimmt nichts damit zu tun.

Der ganze »Staatsbesuch« diente ja eigentlich nur dazu, ihr den Rücken wieder frei zu machen, damit sie sich um ihre anderen Probleme kümmern konnte. Die Begegnung mit der jungen Fremdweltlerin war ein interessanter Bonus. Vielleicht entwickelte sich noch etwas daraus.

* * *

Auf der anderen Seite des Abfallsaales mussten sie in einen andersartigen Teil der Nachtburg gelangt sein, das merkten sie bald. Waren Boden und Wände vorher glatt und alterslos erschienen, so sahen sie nun zunehmend verwittert aus. Vielleicht funktionierte ja eine Art Konservierungszauber nicht mehr richtig? Wer wusste schon genau, was die ursprünglichen Herren der Burg hier alles getan hatten? Jedenfalls sahen die Mauern nun richtig alt aus und Brad machte sich Sorgen, dass sie schon durch ihr Vorbeikommen einen allgemeinen Zusammenbruch dieses Gebäudeteils provozieren würden. Wie konnte nur je ein Mensch hier gelebt haben? Es war klar, warum der riesige Komplex Nachtburg genannt wurde, es herrschte schließlich ewige Dunkelheit in ihm. Aber wieso? Was waren das für abartige Leute gewesen, die das

Bedürfnis hatten, sich ganz und gar vom Tageslicht abzuschotten? Sogar Schwarze Magier waren doch wohl nicht so ... schwarz?

Hin und wieder meldete sich Brads innere Stimme mit Richtungshinweisen, aber scheinbar hatte sogar Horam Schwierigkeiten, hier drin einen Weg zu finden.

Es ist eine Kombination aus dem Chaos und der alten Magie, gab er zu, *die verhindert, dass ich euch langfristigere Anweisungen geben kann. Tatsächlich seid ihr gerade in einem Bezirk der Nachtburg, den ich kaum noch durchschauen kann.* Täuschte sich Brad, oder klang die Stimme in seinem Kopf wirklich leiser?

»Schlechte Nachrichten«, sagte er zu den anderen, »es scheint, dass ich den Kontakt zu Horam verliere.«

»Natürlich gerade jetzt, wo wir in einer gemütlichen Umgebung ausruhen können«, sagte Micra. Sie befanden sich in einer niedrigen Halle, in der etliche kopfgroße Steinkugeln reglos genau in der Mitte zwischen Boden und Decke schwebten. Solche Kugeln hatten sie schon ein paar Mal gesehen, aber da sie nichts taten, ignoriert. Der Boden war glitschig und stank.

»Warum kriechen wir auch im Keller der Burg rum!« murrte Pek. »Wir hätten versuchen sollen, über das Dach zu gehen.«

Allerdings hatten sie bisher noch keinen vielversprechenden Aufstieg in höhere Regionen bemerkt. Vielleicht mussten auch die Treppen hier irgendwie aktiviert werden wie manche Türen. Dem Magier zufolge bewegten sie sich wenigstens in der allgemeinen Richtung auf die andere Seite der Burg zu. Die anderen hatten ihr Richtungsgefühl längst verloren.

»Spürt ihr das?« fragte Solana plötzlich. »Hier ist ein Luftzug!«

Das klang vielversprechend, also machten sie sich auf die Suche nach dem Ausgang aus der Halle mit den Kugeln. Keinem fiel auf, dass sich ein paar von ihnen langsam drehten. Sie fanden den Ausgang, aber plötzlich hatten sie alle ein ungutes Gefühl.

Der Gang öffnete sich im schwärzlichen Mauerwerk wie ein gieriges Maul, das jeden verschlingen würde, der es wagte, noch einen Schritt weiter zu gehen. Feuchtkalte Luft strömte aus ihm hervor.

»Das da ... führt also irgendwohin«, meinte Solana. Der Luftzug schien dies anzudeuten.

»Es sei denn, es ist der Atem eines gigantischen Monsters«, wandte Micra optimistisch ein.

»Dann würde sich der Luftzug nach einer Weile umkehren«, sagte Pek sachkundig, als habe sie es ernst gemeint. »Und würde stinken. Gigantische Monster haben meist einen üblen Mundgeruch. Außer Drachen natürlich.«

Micra war einem Drachen noch nie so nahe gewesen, um seinen Mundgeruch beurteilen zu können, und sie war froh darüber. Sie starrte Pek einen Moment lang an. Dann hob sie Schultern und betrat den Gang. Was konnten sie schon tun, außer wieder zurück zu gehen? Die anderen folgten ihr.

Da kehrte sich der Luftzug um.

»Weiter!« sagte Zach-aknum. »Was für ein Monster auch immer hier sein mag, es wird uns nicht aufhalten!«

›Oh je‹, dachte Brad. ›Der Magier scheint ungeduldig zu werden. Damit ist er allerdings nicht allein.‹ Er spürte genau wie die anderen eine steigende Spannung. Sie waren nur allzu offensichtlich in einem Labyrinth, von dem sie nicht einmal wussten, ob es überhaupt einen Ausgang besaß. Irgendwo befand sich außerdem der Chaos-Lord. Es war keine Situation für Gelassenheit und Zuversicht. Andererseits staunte Brad darüber, dass sie so relativ leicht vorankamen. Er hätte von einer rätselhaften Burg Schwarzer Magier irgendwie mehr ... Widerstand erwartet. War der alte Bau letztlich nichts weiter als das – ein uraltes, verlassenes Riesengebäude?

Brad stolperte, als ein Flimmern durch die Dunkelheit raste und sie streifte. Für einen Moment sah er eine Stadt vor sich, die nur aus solchen Riesengebäuden bestand. Aber die waren *hoch*, nicht breit. Über hundert Etagen mussten das sein, die im kalten Licht einer fremden Sonne glitzerten, als seien die Häuser vollständig aus Metall und Glas gemacht. Und es waren hunderte solcher Häuser, die wie ein dichter Wald aus einem grauen Nebel emporwuchsen. Diese Stadt musste mehr Einwohner haben als ganz Chrotnor! Viel mehr ...

Er blieb stehen und kniff die Augen zusammen, bis die überwältigende Vision verblasste. ›Bei Horam!‹ dachte er unwillkürlich. ›Was für ein Volk baut solche Städte?‹ Doch der Gott antwortete nicht.

›Jetzt stecken wir in Schwierigkeiten‹, dachte Brad.

* * *

Micra traf es als erste, so wie sie schon zuvor am empfänglichsten für die Realitätsfluktuationen gewesen war. Sie hatte sich noch nicht bewusst gefragt, wieso das so war, warum sie als ganz normale Sterbliche Dinge fühlen und sehen konnte, die eigentlich Magiern und Dämonen vorbehalten sein sollten. Andererseits war das auch nicht völlig sicher.

Soeben war sie noch an der Spitze der Gruppe durch den unheilverkündenden Gang getappt, ihr Schwert bereit, falls sich im Licht der Leuchtkugel vor ihr tatsächlich so etwas wie der Rachen eines wartenden Monsters öffnen sollte. Die Ungeheuer, die sie auf dieser Welt schon niedergemacht hatte, konnte sie gar nicht mehr zählen.

Und nun war sie woanders.

»Vater.«

Ihre Stimme klang hohl und erschöpft, das konnte sie nicht verhindern. War sie nicht gerade durch den Tamber Chrot geschwommen, dabei dem gigantischsten Wasserfall ihrer Welt entkommen, um lebend auf der schmalen Insel anzulangen, auf der sich die Festung des Donners erhob? Die Festung trug ihren Namen sehr zu Recht, denn sie stand unmittelbar vor dem Wasserfall, mit dem ein breiter Fluss in eine nie erforschte Tiefe im Inneren der Welt, in eine ungeheuerliche Höhle unter einem der höchsten Gebirge stürzte. Niemand wusste, welch geisteskranker Mensch sich in den Kopf gesetzt hatte, auf dieser Insel eine Festung zu bauen. Sie war so völlig sinnlos, dass sie für Mal An Warp völlig ideal war. Wenn man zu ihm wollte, musste man durch den Tamber Chrot schwimmen.

Also musste Micra Ansig von Terish schwimmen, wenn sie ihren Vater sehen wollte. Was sie dann auch getan hatte. Schließlich, irgendwann ...

Jahrelang trainierte sie mit den Leuten ihres Onkels für nichts anderes, auch wenn ihr Onkel es missbilligte und dabei aus einem kleinen Mädchen eine abgehärtete

Halbwüchsige wurde. Nur der eine Gedanke hielt sie aufrecht: Ihren so fernen Vater zu erreichen und ihm zu sagen, dass er seine Pflicht vernachlässigt hatte, dass seine Frau tot war und sein Reich annektiert, weil er es vorzog, fern von ihnen auf einer Insel bei seinem Orden zu leben.

Sie verstand nicht, wollte es nicht verstehen, dass er das längst wusste und einige der Schuldigen bereits auf eine so unglaublich grauenhafte Weise bestraft hatte, dass sie es niemals erfuhr. Micra lebte nur für ihr Ziel, die Festung des Donners zu erreichen. Auch dann noch, als man ihr verriet, was es *bedeutete*, auf diese Insel zu gelangen. Dann war man nämlich berechtigt, ein Warpkrieger zu werden.

Sie hatte gelacht und sich doppelt hart ins Training gestürzt – ohne zu wissen, dass ihres Onkels Soldaten ihr nur eine Ausbildung vermitteln konnten, die für Warpkrieger nicht einmal den Frühsport wert war.

Ihr machte es nichts aus, dass sie fürs Töten ausgebildet wurde – weder bei ihrem Onkel noch später auf der Insel – hatte sie doch schon als Kind dem Verräter Therem Uh die Kehle durchgeschnitten und nicht das geringste dabei gefühlt. Das sollte sie niemals ändern. Micra Ansig von Terish war die geborene Killerin.

Aber da saß sie nun, die Kleider noch schwer und klamm vom Fluss, in einem fensterlosen Raum aus Stein tief unter der Festung. Ihr Vater stand endlich vor ihr. Er hatte sie nicht etwa am Ufer erwartet, wie sie es sich in ihren schwersten Minuten inmitten der Strömung erhofft hatte. Gesichtslose Warpkrieger hatten sie am Ufer in Empfang genommen und wahrscheinlich zum ersten Mal in ihrer Laufbahn Überraschung gezeigt, als sie erkannten, dass sie eine Frau war. Natürlich war diese Hoffnung unsinnig gewesen (sie sollte erst sehr viel später erfahren, dass sie es nicht war) und Micra konnte ihrem Vater nicht böse sein, dass er sie nicht selbst empfangen hatte. Doch in diesem Raum der Festung, wo das Donnern nur ein fernes Wummern im Stein war, da stand Suchtar Ansig an der Wand, in seine stachelige Stahlrüstung gehüllt, nur einen Schlitz seines Visiers geöffnet. Seine dunklen Augen bohrten sich in die seiner Tochter und betonten nur seine erste Frage an sie: »Warum hast du das getan?«

Das waren tatsächlich seine ersten Worte gewesen.

Micra stand auf, obwohl ihre Beine noch zittrig waren. »Vater!« wiederholte sie. »Der Imperator von Thuron hat ...«

»Ich weiß!«

Sie verstand nicht. Bei ihrem Onkel hatte man kein Geheimnis daraus gemacht, wer ihr Vater war und was er tat. Mal An Warp war der Führer des fürchterlichsten Kriegerordens auf der ganzen Welt. Mit den Warpkriegern konnte es keine reguläre Armee aufnehmen. Sie waren Berserker, Tötungsmaschinen, einfach dämonisch. Und doch hatte der Imperator es gewagt, Burg und Familie des Warp anzugreifen und zu zerstören. Ohne sofort vernichtet zu werden, auf eine so grausame Weise vernichtet zu werden, dass es sich Micra gar nicht schrecklich genug ausmalen konnte. Ihr Vater wusste einfach nicht, was geschehen war und sie musste es ihm sagen. Das war alles, was das Mädchen in den letzten Jahren am Leben erhalten hatte. Nun stand sie ihrem Vater gegenüber, der behauptete, von all dem gewusst zu haben? Der Donner des Wasserfalls erfüllte plötzlich ihren Geist und sie flog vorwärts, der Körper eine tödliche Waffe, in den Händen blitzende Klingen.

Und sie fand sich wieder, als plötzlich die Wand ihren Flug bremste, ohne zu wissen, wie es dazu gekommen war, dass sie von einer ungeheuren Wucht gegen den Fels geschmettert wurde. Der Krieger, der sie danach zum ersten – aber nicht zum letzten – Mal gesund pflegte, bestätigte ihr auch, dass jeder, der schwimmend die Festung des Donners erreichte, ein Recht habe, zum Warpkrieger ausgebildet zu werden.

Micra konnte sich beinahe selbst sehen, wie sie auf dem Bett kauerte, die Zähne wie ein kleines Raubtier fletschte und knurrte: »So sei es dann! Ich will ein Warpkrieger werden!«

Sie sah den Spott in den Augen der anderen, den Unglauben und auch das Unbehagen in den Augen ihres Vaters, wenn sie ihm begegnete, was selten genug geschah. All das spornte sie nur an. Doch was sie niemals sah, das waren der Schmerz ihres Vaters und die Angst der anderen Warpkrieger.

Sie hätte beides auch nicht verstanden, so erfüllt war sie von der roten Flut ihres Zorns, vom Bedürfnis, zu vernichten und zu töten. Sie verstand eine ganze Menge von dem nicht, was mit ihr in der Festung des Donners geschah, weil ihr Vater die Gründe aus Angst um sie für sich behielt.

Micra Ansig, die Lady von Terish, wurde nur deshalb nicht offiziell zur Warpkriegerin und damit legitimen Nachfolgerin Suchtar Ansigs ernannt, weil dieser ein Visionär war, der die verschiedensten Zeitlinien sehen konnte. Er hatte vorausgesehen, dass sie auf die Insel kommen und die Ausbildung durchmachen würde, es aber nicht verhindern können. Die Vision einer Weltherrschaft der Warpkrieger unter Micra konnte er dagegen nicht ertragen, und er schickte seine Tochter stattdessen ganz bewusst auf einen anderen Weg – schwieriger, aber vielleicht ehrenhafter.

Sie hielt nur für einen hastigen Blick zurück inne – tatsächlich schien die Vision überhaupt keine Zeit in Anspruch genommen zu haben. Sie war praktisch geschehen, während Micra einen Fuß vor den anderen setzte; und schon war sie wieder in dem von unruhigem Licht erfüllten Gang, der nicht so aussah wie etwas, das zu einem Gebäude gehörte, eher wie eine Höhle.

›Was war das?‹ erlaubte sie sich nun zu denken. ›Mein Vater hatte Visionen meiner Zukunft? Verschiedener Zukünfte? Und er hat das Geschehen manipuliert, sogar bis hin zu den Regeln, die scheinbar so allgemein waren, aber *mir* am Ende den Weg vorschrieben, der mich mit Zach-aknum zusammenbrachte? Alles nur, um mir die beste der möglichen Zukünfte zu sichern, die er sah?‹

Das alles war möglich, wie sie sehr gut wusste, aber wie kamen diese Informationen jetzt in ihren Kopf, wo sie es doch bisher nicht geahnt hatte? Woher kam diese Vision? Bestimmt nicht aus ihrem Gedächtnis, denn das Gespräch hatte niemals wirklich so stattgefunden.

›Das Chaos‹, dachte sie wütend. Es war etwas, das man nicht bekämpfen konnte. Noch nicht jedenfalls. Aber vielleicht ergab sich ja eine Gelegenheit, bei der sie dem Chaos-Lord persönlich gegenüber stehen würde? Warpkrieger hatten immer noch ein paar Überraschungen parat, wenn es darauf ankam.

* * *

Er konnte die Kälte durch das Leder des Beutels und den Stoff seines Anzuges hindurch spüren. Des Anzuges mit den vielen Taschen, den fast nie jemand zu Gesicht bekam, weil der Magier sich in seine schwarze Robe hüllte, die ihn warm hielt oder kühlte, ganz wie er es wollte, und effektiver von anderen Menschen abschirmte als eine Rüstung. Die eisige Kälte, welche von der Horam-Statue ausging, blieb von seinen Zaubern jedoch unberührt. Er wusste nicht, wieso sich die Statue so verhielt, seit Solanas Sohn Jolan sie ihm gegeben hatte.

Der Schwarze Magier saß in einem bequemen Sessel in seinem Arbeitszimmer hoch oben im Turm der Burg, die Berik-norach gehört hatte. Es kam ihm überhaupt nicht seltsam vor, dass er dabei an Jolan dachte, der doch auf Horam Dorb lebte – hoffentlich in Sicherheit bei Solanas Verwandten. Er überlegte, ob er die Statue nicht herausnehmen und auf den Tisch stellen sollte, damit sie ihm nicht die Eingeweide einfror. Aber er wusste ja, wie Ember unter dem Artefakt litt. Besser, sie sah die Statue nicht, wenn sie das Essen herauf brachte, wie sie versprochen hatte.

›Das spielt keine Rolle, du Trottel!‹ schalt er sich in Gedanken. ›Es ist ihre Nähe, nicht der Anblick, was sie nicht erträgt.‹

Für den Bruchteil eines Wimpernschlages zitterte Zach-aknums wahrgenommene Realität. Saliéera, die sich als Magierin Ember nannte, betrat den Arbeitsraum, ein schwebendes Tablett voller Speisen und Getränke im Gefolge.

Sie war älter, als er sie in Erinnerung hatte – Zittern – und er, so stellte er überrascht fest, war jünger.

Es gab einen regelrechten Ruck, kein bloßes Zittern mehr, als er erkannte, welcher Art ihre Beziehung war. Die Überraschung darüber ließ ihn das seltsame Verhalten seiner Wahrnehmung ignorieren. Ihn schwindelte etwas, aber er sprang trotzdem auf, um ein paar Papiere vom Tisch zu räumen, damit sie das Essen auftragen konnte. Saliéera lächelte über seinen Eifer und zog ihn in ihre Arme, während sie gleichzeitig das Tablett sanft auf dem Tisch landen ließ.

Als sich ihre Lippen trafen, zerbrach die Realität in davon wirbelnde Splitter, um dem Bild eines schwach von magischem Licht erhellten, in rohen Stein gehauenen Ganges zu weichen.

Zach-aknum hielt im Schritt inne und sah sich hastig nach seinen Gefährten um. Sie waren alle noch da und gaben durch nichts zu erkennen, dass sie etwas an seinem Verhalten seltsam fanden. Die Kälte der Statue ebbte ab, blieb aber spürbar.

›Sie entzieht der Umgebung Energie‹, dachte er, denn jeder Gedanke war besser als die peinliche Erinnerung an seinen Wachtraum, ›aber um was zu tun?‹

»Sie tut viele Dinge«, sagte Ember, die ihm gegenüber am Tisch saß. »Im Augenblick bekämpft sie ohne großen Erfolg die Wirkung des Neryl auf dich, aber das ist nicht ihre Priorität. Du bist wichtig, doch nicht so wichtig. Was die Steuereinheit ständig macht, seit sie wieder auf Dorb ist, das ist mit deinen Begriffen schwer zu erklären. Sie fährt ein Notprogramm, das sie Sicherheitsprotokoll nennen. Sie versucht, mit Ramdorkan Verbindung aufzunehmen, um Steuerimpulse zu senden, obwohl die Chancen für einen korrekten Empfang gering sind. Aber sie sind nicht gleich Null, da sie sich auf derselben Welt befindet wie der Tempel. Vorher ging das natürlich nicht. All das kostet Energie, die sie der Umgebung entzieht, wie du richtig erkannt hast. Energie kommt nicht einfach aus dem Nichts, weißt du? Immer dann, wenn sie dir helfen muss, überlastet sie die Energiebilanz und wird kälter. Doch sie kann nicht kalt genug werden, weil dich das töten würde, solange du mit ihr in Kontakt bist.«

»Woher weißt du das überhaupt alles?« fragte Zach-aknum, dem es schien, als könne Ember unmöglich eine Expertin für das Funktionieren göttlicher Artefakte geworden sein. Das Zittern der Diskrepanz lief wie eine Welle auf einer ruhigen Wasserfläche vor seinen Augen vorbei.

»Ich bin nicht das, was du zu sehen glaubst, Geliebter«, antwortete sie lächelnd und die Unmöglichkeit ihres letzten Wortes zerschmetterte auch diese Wahrnehmung.

Diesmal stolperte der Zauberer und bemerkte, dass er vor Anspannung keuchte. Die anderen blieben stehen, um zu sehen, was los war.

»Es ist nichts!« sagte er barscher als beabsichtigt. »Brad, habt Ihr je bemerkt, dass die Statue sehr kalt wurde?«

»Ja!« antworteten Brad und Solana gleichzeitig.

Zach-aknum nahm den Beutel heraus und enthüllte die goldfarbene kleine Gestalt. Sie überzog sich sofort mit Reif.

»Oh! So schlimm war es früher aber nicht«, bemerkte Brad.

»Sie hat ganz schön zu kämpfen, was?« sagte Pek, der irgendwie unter den Armen des Magiers durchgeschlüpft war und nun dicht vor dem Kälte ausstrahlenden Ding stand.

»Du weißt, was sie macht?« fragte Zach-aknum verdutzt.

»Klar. Es muss die Nähe zum Chaos-Lord sein, die sie so beansprucht. Und sie kann nicht jede Verzerrung kompensieren. Das habt Ihr gemerkt, nicht?«

Er unterdrückte die Versuchung, den kleinen Dämon zu packen und zu schütteln. Pek mochte Dinge wissen, die sie brauchten, aber wenn ihn keiner danach fragte, würde er schweigen. Das musste eine Art Gesetz bei ihnen sein, denn Dämonen gaben niemals etwas von sich aus preis. Da war ihr Begleiter eigentlich schon eine bemerkenswerte Ausnahme, wenn ihn das auch manchmal zu einer Nervensäge machte.

»Lasst sie Brad eine Weile tragen«, empfahl Pek und tippte den Kopf der Statue kurz an. Ein dicker, blauer Funke sprang mit einem Knistern über, es war nicht zu sehen, in welche Richtung. Der Reifbelag verschwand.

Zach-aknum öffnete den Mund, um zu widersprechen, doch er sagte kein Wort.

»Warum, willst du wissen?« Ember lachte. »Der Kerl ist in ständiger Verbindung mit Horam – darum! Wenn jemand göttliche Energie in dieses verdammte Ding leiten kann, dann wohl er. Selbst jetzt, wo der Kontakt abgerissen scheint, ist es möglich, dass die Steuereinheit einen Weg findet, um diese Energie zu kanalisieren. Las sie ihn schon tragen, sei nicht immer so egoistisch! Er hat sie schließlich auf Dorb rübergebracht und durch alle Gefahren, denen er auf deiner angeblich so sicheren Heimatwelt begegnete.«

»Egoistisch, ich?« wollte er protestieren, doch das Lächeln seiner Frau stoppte ihn.

Saliéera seine Frau? Das musste aufhören!

Das tat es, als ihn eine kleine, harte Faust in die Seite boxte.

»Blöde Sache, diese Verzerrungen, nicht wahr?« sagte Pek mitfühlend.

Die anderen schienen wieder nichts bemerkt zu haben. Brad bückte sich gerade, um vorsichtig die Statue samt Beutel an sich zu nehmen. Micra sah noch finsterer aus als üblich, beinahe wirkte sie verstört. Solana dagegen beobachtete Brad besorgt.

»Was war das eben für ein Funke?« fragte Zach-aknum den Dämon.

Pek sah plötzlich schuldbewusst drein. »Habt Ihr das etwa sehen können?« raunte er. »Mist! Es ist nicht ganz, was man von einem ehrbaren Dämon erwartet, wisst Ihr. Einem fremden Gott zu helfen, meine ich.«

»Ich denke, deine ›Chefin‹ wird diesmal schon nichts dagegen haben«, sagte der Zauberer. Doch in Gedanken war er bereits wieder bei seinen beunruhigenden Visionen. Wenn sie sich fortsetzten, konnten sie sich zu einer ernsthaften Störung entwickeln. Vielleicht wäre er gezwungen, seine Zurückhaltung aufzugeben und ihnen mit Magie entgegen zu wirken. Das barg natürlich die Gefahr einer Entdeckung in sich.

Tief in seine Gedanken versunken, fiel ihm nicht einmal auf, dass sein vor kurzem noch nagender Hunger verschwunden war, als habe er tatsächlich eine reichliche Mahlzeit genossen. Zu Hause bei ihr ...

* * *

Jolan war mit der Statue ganz selbstverständlich umgegangen, ohne übertriebene Ehrfurcht oder gar Angst. Es war, als würde er davon ausgehen, dass ihm als Bewohner Horam Dorbs das Recht zustünde, diesen heiligen Gegenstand zu berühren. War das eine Art Instinkt? Er konnte es kaum wie sie selbst gelernt haben, und Solana hatte vermieden, ihm zu viel über Religion zu erzählen, solange er noch jung war. Vor allem nachdem die Yarben kamen und mit ihrer Verfolgung des alten Glaubens begannen. Sie wollte Jolan fragen, woher er soviel über die Statue wusste, als sie begriff, dass er gar nicht bei ihr war. Solana biss sich auf die Lippen. Es war ihre Entscheidung gewesen, ihn im Dorf zurück zu lassen. Trotz seines Protestes und seiner Versicherungen, dass er ihnen doch bestimmt irgendwie nützlich sein könnte. Sie hatte die vor ihnen liegende Reise für zu gefährlich gehalten – und der bisherige Verlauf schien ihr Recht zu geben. ›Wenn ich bei dieser Mission draufgehe, steht er ganz allein da‹, dachte sie.

»Nein, wenn du draufgehst, Schwester Solana, dann ist die Mission vermutlich gescheitert. Dein Sohn wird in diesem Fall nicht mehr lange genug leben, um von deinem Tod zu erfahren.« Die Oberin saß im Schatten und Solana hatte sie nicht bemerkt. Sie musste laut vor sich hin gesprochen haben – wie peinlich!

Sonnenstrahlen schlugen schräge Lichtbalken durch die immer staubige Luft des Tempels. Solana kniete auf ihrer Meditationsmatte in der Mitte des runden Saales. Sie fand nichts dabei, dass sie nicht von den anderen Schülerinnen und Schwestern umgeben war; es störte sie auch nicht, dass eine schwebende Steinkugel summend und rotierend durch ihr Blickfeld glitt, als sie versuchte, das Gesicht der Mutter Oberin im schwachen Licht zu erkennen. Irgendwie konnte sie sich nicht erinnern, wie dieses Gesicht aussah, doch das war absurd, da sie nun bereits seit Jahren im Tempel lebte, kurz vor dem Ende ihrer ganz speziellen Ausbildung stand.

Die schrägen Lichtbalken erzitterten.

»Du solltest dir nicht wünschen, ihn bei dir zu haben, Solana, das weißt du doch!« sagte die Oberin. »Der kleine, pelzige Unhold hat völlig Recht damit. Und deine Entscheidung war richtig. Diese Mission ist keine Sache für ein Kind. Aber falls du nicht aufpasst, könnten Dinge geschehen, welche diese Entscheidung negieren. Dem Chaos ist fast alles möglich.«

»Warum sollte Caligo so etwas tun?« fragte Solana.

»Tun? Mein Kind, er braucht gar nichts zu tun, genau wie der Boden nichts zu tun braucht, um dich an sich zu ziehen, wenn du fällst. Seine Nähe allein reicht aus, um unkontrollierbare Effekte auszulösen.«

Die Mutter Oberin erhob sich in ihrer Ecke und durchschritt einen der Lichtbalken. Solana sah, dass sie vollkommen schwarz und weiß war und von einer Schönheit, die einem Mann das Herz hätte stocken lassen.

Das war definitiv nicht die Mutter Oberin aus Ramdorkan! Alles um sie herum erzitterte, doch die schwarzweiße Frau glättete die Wellen mit einer Handbewegung.

»Caligo ist eigentlich nur ein zusätzliches Ärgernis, Schwester Solana. Im großen Spiel ist er ohne Bedeutung. Wenn er es am wenigsten erwartet, wird er fallen, vom Spielfeld verschwinden. Deine Mission ist es, zur richtigen Zeit in Ramdorkan zu sein, um als Priesterin Horams deine Pflicht zu tun.«

»Aber der Tempel ist verlassen und entweiht!«

»Er ist *noch da*, oder? Das allein zählt. Du bringst sie rein, und dann muss sich zeigen, ob Horams Vorkehrungen ausreichend waren, damit ihr die Systeme neu starten könnt.«

Solana wollte sich am liebsten selbst den Mund zu halten, denn sie wusste nun plötzlich, wer diese »Mutter Oberin« wirklich war, aber sie äußerte dennoch ihre Zweifel.

»Alles, was ich darüber gelernt habe, ist der Platz der Statue und die Art und Weise, wie man zu ihm gelangt. Und ich weiß auch, dass es nicht damit erledigt sein wird, sie wieder dorthin zu stellen. Das wissen die anderen nicht, fürchte ich ... Wie sollen wir dieses ›Systeme neu starten‹ denn bewerkstelligen?«

Die Göttin lächelte ein schwarzes Lächeln in einem kalkweißen Gesicht.

»Mach dir keine Sorgen, mein Kind. Ihr müsst nur hinein gelangen, die Steuereinheit aktivieren und das tun, was euch gesagt wird. Außerdem werdet ihr Hilfe bekommen.«

»Von Euch?«

»Das wird hoffentlich nicht nötig sein. Andere haben die Initiative ergriffen und bereiten alles für den Moment vor, wo die Welten gerettet werden sollen. Falls ihr es rechtzeitig schafft.«

Solana sah, dass die Frau sich zur Tür des Saales wandte und fragte hastig: »Wieso ich? Warum offenbart Ihr mir das?«

»Wem denn sonst, Solana? Jeder hat Aufgaben zu erfüllen, jeder ist ein Teil des Spiels, wie ihr so vereinfachend zu glauben pflegt. Du bist nicht zufällig hier. Stell dir vor, du wurdest auserwählt, falls das hilft. Und die anderen haben außerdem im Moment mit ihren eigenen Chaos-Visionen zu kämpfen.«

»Das hier ist keine?«

»Doch, aber ich kann die Realität selbst ein wenig verbiegen, um mir das von Caligo produzierte Chaos zu Nutze zu machen. Gerade hier ... Weißt du noch, wo du wirklich bist?«

In Ramdorkan, wollte Solana antworten, aber das stimmte nicht. Das Bild des Tempels flimmerte vor ihren Augen und sie murmelte: »In der Nachtburg! Wo ... wo das Tor ist! Das Tor der Dunkelheit!«

9

Ließ Caligo in seiner Wachsamkeit nach? War es etwas, das gar nichts mit ihm zu tun hatte? Der Suchzauber, den Durna täglich durchführte, hatte plötzlich Erfolg. Die huschende kleine Kugel hörte auf, ziellos über der Landkarte herumzuirren und sank nördlich von Bink, wenn auch weit entfernt, nieder.

Durna sah sich die Stelle genauer an. Natürlich! Was für ein passender Ort für den Chaos-Lord. Erst vor kurzem hatte sie selbst dort triumphierend eine Eintragung hinzugefügt, als sie den alten Vermeidungszauber gebrochen hatte, der die Nachtburg aus den Gedanken der Menschen verbannte. Auch etwas, das sie der Entdeckung des Laboratoriums verdankte. In die größte der alten Festungen der Schwarzen Magier hatte sich Caligo also geflüchtet. War es ein Zufall? Konnte er wissen, was sich dort befand? Durnas Gesicht wurde hart. Nur die Eingeweihten der Priesterschaft und einige Magier wussten von der Existenz des Dinges, das in der Nachtburg verborgen war – und diese Leute waren aller Wahrscheinlichkeit nach tot. Doch da sich die Burg aus den Gedanken der Menschen heraushielt, wusste niemand, wo es war – und vermochte es also auch nicht finden.

Weder Erkon Veron noch Caligo konnten ursprünglich etwas vom Tor der Dunkelheit wissen. Es war unwahrscheinlich, dass sie von seiner Existenz später erfahren haben sollten. Also war es durchaus nicht unmöglich, dass der Neryl in die verlassene und magisch abgeschirmte Burg geflohen war, ohne zu ahnen, was sich dort befand. Und selbst wenn er zufällig darauf stieß, musste er erst einmal herausfinden, was es war und dann benötigte er zu seiner Aktivierung noch etwas, das er nicht hatte ...

Trotzdem war es beunruhigend, ihn gerade dort zu wissen. Und frustrierend, denn sie konnte die Nachtburg nicht mit einem Überraschungsschlag eines der größeren Kometentrümmer ausradieren. Ihr war egal, was Ve'ra gesagt hatte; wenn sie eine Chance sah, Caligo zu vernichten, würde sie eventuelle negative Folgen für die Natur gern riskieren. Doch es war nicht die Natur, um die sie sich Sorgen machte.

›Wahrscheinlich würde sogar ein direkter Treffer der Nachtburg dem Tor nicht schaden‹, dachte sie. ›Aber ich weiß es eben nicht!‹

Auch Sternenblüte hatte sie auf dieses rätselhafte Objekt aus einer fernen Vergangenheit hingewiesen. Wenn es aktiviert werden konnte, war es vielleicht ein Weg, um die Verbindung der beiden Welten wieder zu öffnen. Durna glaubte zwar nicht, dass diese unbedingt notwendig sei, aber es gab einen ganz anderen Grund, eine solche Möglichkeit im Auge zu behalten: Klos musste daran gehindert werden, nach Horam Schlan zu gelangen. Der Drache hatte ihr erklärt warum, aber sie hörte zu diesem Zeitpunkt nicht besonders gut zu, weil sie so wütend über Klos und vor allem sich selbst war. Wie lange hatte sich dieser Bastard schon als ihre rechte Hand aufgespielt? Es schüttelte sie, wenn sie nur daran dachte, was er für eine Abartigkeit darstellte und wie nah er ihr gewesen war. Sie zweifelte kaum daran, dass er für den Tod ihres Vaters verantwortlich war, so wie er vermutlich auch Zacha Ba umgebracht hatte, als dieser gerade mit ihr zu reden anfangen wollte. Die Gelegenheit dazu hatte er gehabt.

Der Gedanke an den alten Zauberer brachte die Königin wieder auf dessen Sohn. Mal sehen, wo der sich im Augenblick befand!

Zuerst meinte sie, einen Fehler beim Aussprechen des Suchzaubers gemacht zu haben. Sie wiederholte ihn mit dem gleichen Ergebnis: Die Nachtburg. Sie starrte ihre eigene Schrift auf der Karte an, wo sie den Pass zwischen den beiden Gebirgen säuberlich mit einem schwarzen Quadrat versperrt hatte.

›Was bei allen Dämonen machen die ausgerechnet dort? Hat Caligo sie etwa gefangen?‹ Durna sprang auf und holte das Drachenauge hervor. ›Ihr Götter, macht, dass es diesmal funktioniert!‹ Sie befahl der Kristallkugel, ihr Zach-aknum und seine Gruppe zu zeigen. Beinahe sofort erschien ein Bild. Es war nur in Grüntönen gehalten und sie fragte sich genervt, was das verflixte Auge nun schon wieder tat. Aber sie schaute wenigstens nicht in einen Kerker oder eine Folterkammer hinein, sondern der Blick des Drachenauges folgte vier Menschen und einem Dämon, die eine steile Treppe hinaufstiegen.

»Ich glaube, ich weiß, warum die Nachtburg nicht länger bewohnt ist«, hörte sie eine Frauenstimme sagen.

Durna stieß erleichtert die Luft aus. Sie waren wirklich in der Nachtburg – und sie befanden sich nicht in Caligos Gewalt. Jedenfalls noch nicht … Hoffentlich wussten sie, wo sie da herumirrten und wer ihr Nachbar war!

Sie verfolgte das Gespräch nicht weiter, denn der Ton war seltsam verzerrt – ein Wunder war, dass es neuerdings überhaupt Ton gab. *Durna* wusste schließlich, warum in der Burg niemand mehr wohnte. Sie hatte es in den geheimen Archiven ihrer eigenen Festung gelesen.

»Was tun die nur dort?« fragte sie sich leise. Doch als ihr Blick auf die Landkarte fiel, verstand sie plötzlich. Die Gruppe war unterwegs nach Ramdorkan, wie sie gehofft hatte, und zwar auf einer nördlicheren Route. Vermutlich waren sie davon ausgegangen, dass es auf diesem Weg einen Pass gab und plötzlich hatten sie vor den Mauern der Burg gestanden, die hartnäckig leugnete, überhaupt zu existieren. Weshalb aber waren sie in sie eingedrungen? Sie mussten doch wissen, dass die Zeit zu knapp für solche Erkundungen war! Oder suchten sie etwa das Tor der Dunkelheit? Konnte sie sich so irren und Zach-aknum wusste von ihm?

»Verdammt! Er ist noch einer der alten Zauberer aus der Zeit vor den Yarben und der Verfolgung der Religion. Er könnte einer der Eingeweihten sein – Zacha Ba war es bestimmt. Aber was sollte er beim Tor wollen? Er kann es genauso wenig aktivieren wie Caligo.«

Durna lauschte ihrer Stimme hinterher und schalt sich eine Närrin, laut zu sprechen. Um ihre Wachen und Assistenten vor der Tür machte sie sich keine Sorgen, aber wenn sie ein Drachenauge mit Ton benutzen konnte, dann auch jeder andere Zauberer! Sie sah sich hastig im Raum nach roten Lichtpunkten um, aber nichts deutete darauf hin, dass sie überwacht wurde.

»Überwacht werden …« Ein seltsamer Ausdruck. Etwas, das ebenso wenig in ihre Welt gehörte wie (größtenteils) unsichtbare Beobachtungsgeräte mit Tonübertragung und Nachtsicht. Ein logischer Schluss lag nahe, der ihr plötzlich sagte, woher all das kommen mochte. Ihr wurde leicht schwindlig und sie setzte sich. ›Wenn das wirklich aus der gleichen Welt kommt wie die Berater des Kaisers, dann brauche ich auch einen von ihnen, damit er mir sagt, was das alles ist!‹ Sollte sie Marruk II. bitten, einen seiner fremdweltlerischen Berater als Gesandten an ihren Hof zu schicken? Und welche Chance bestand, dass er es tat?

Sie grinste vor sich hin. Der Kaiser war zwar noch jung, aber bestimmt nicht so dämlich!

* * *

Brad bemerkte nichts von den Problemen seiner Gefährten, da deren »Abwesenheiten« keine spürbaren Zeitspannen dauerten. Er selbst hatte nach dem kurzen Blick auf eine fremdartige Stadt keine neuen Visionen. Auch die Übernahme der Statue von Zachaknum bewirkte nichts, das er feststellen konnte. Weder meldete sich Horam zurück, noch sah er, dass irgendwelche kosmischen Energien durch ihn flossen.

Der höhlenartige Gang, in dem sie sich befanden, war der bisher längste. Von Monstern war nichts zu sehen, wenn auch der durch den Gang ziehende Luftstrom sich in regelmäßigen Abständen umkehrte. Sie fanden die Ursache dafür heraus, als der grob in den Felsen geschlagene Gang schließlich doch ein Ende hatte. In einem Raum, der sich trichterförmig nach oben verjüngte, rotierten drei von vielleicht dreißig Säulen, die mit großen Fächern versehen waren. Alle anderen standen still oder waren ganz zerstört. Auch wenn keiner von ihnen so etwas jemals zuvor gesehen hatte, war ihnen klar, dass sie gerade durch die Belüftungsanlage der Nachtburg spaziert waren. Wäre sie voll in Funktion gewesen, hätte sie der Luftzug wahrscheinlich sofort wieder hinaus geschleudert. Es war erstaunlich, dass sich überhaupt noch etwas bewegte.

Sie fanden einen normalen Zugang zum Ventilatorraum, wie ihn Micra nannte, dessen hölzerne Tür nur noch eine Erinnerung war. Dann hieß es wieder Treppen steigen.

Abrupt hörte Brad die Stimme Horams erneut in seinem Kopf. Aber der Gott schien gar nicht zu ihm zu sprechen, denn er verwendete eine unbekannte Sprache. Wie es manchmal der Fall war, wurden die Worte von Bildern begleitet, die Brad jedoch ebenso wenig sagten. Es schien eine unglaublich schnell wechselnde Folge von abstrakten Zeichnungen oder Diagrammen zu sein, unterbrochen von einem Strom unbekannter Schriftzeichen, die sich wie rasend von unten nach oben durch Brads Gesichtsfeld schoben, ohne dass das Bild von Micras Stiefeln, die unermüdlich Stufen erklommen, ganz verschwand.

›He, Horam?‹ dachte Brad probeweise. Die Stimme verstummte und die Bilder verschwanden, dann antwortete sein übernatürlicher Gesprächspartner.

Brad! Eine gute Idee, die Statue wieder an dich zu nehmen. Ich kann dich jetzt viel besser orten.

›Toll. Dann weißt du ja, dass wir noch immer in diesem Labyrinth von einer Burg festsitzen.‹

Ja, aber es sieht so aus, als würdet ihr Fortschritte machen.

›Wenn du es sagst ...‹

Der Neryl hat sich von der anderen Präsenz getrennt und diese hat die Nachtburg verlassen, berichtete Horam. *Ihr solltet euch möglichst rechts halten, falls ihr eine Option habt. Und Vorsicht, ihr kommt bald an eine Stelle, die beschädigt zu sein scheint.*

Was er damit meinte, wurde schon wenig später klar, als Micra stehen blieb und sagte:

»Ich glaube, ich weiß, warum die Nachtburg nicht länger bewohnt ist.«

»Ach ja?« fragte Brad. »Weil die Magier eines Tages zum Einkaufen fuhren und ihr dämlicher Vermeidungszauber bewirkte, dass sie alle vergaßen, wo sie wohnen?«

»Nicht wirklich. Es muss einen Krieg oder so was gegeben haben. Sieh dir das mal an!«
Sie trat zur Seite.

Der Korridor, in dem sie sich gerade befanden, hörte wie abgeschnitten auf – und das war er wohl auch. Es sah aus, als seien die Wände weggeschmolzen und jemand habe später notdürftig die Schlacke beseitigt, um ihn wieder passierbar zu machen.

Hinter dem Ende des Korridors konnte man im Schein des magischen Lichts in weitere Räume und Gänge hinein schauen. Ein Dutzende Meter breiter und hoher, leerer Raum zog sich von schräg oben nach unten durch die gesamte Tiefe der Burg. An seinem oberen Ende konnten sie einen winzigen Fleck Himmel ausmachen. Wenn die Nachtburg aus Wachs gewesen wäre und jemand einen glühenden Stab von dreißig Metern Durchmesser in sie hinein gerammt hätte, wäre das Ergebnis wohl ähnlich gewesen. Aus vielen der angeschnittenen Räume zogen sich die immer noch sichtbaren Spuren von sekundären Bränden in die Höhe.

»Oh ja«, sagte Zach-aknum. »Das war Kriegsmagie. Wahrscheinlich ist das nicht die einzige Einschlagstelle.«

»Konnten die das nicht reparieren? Ich meine, wer so eine Riesenburg hinsetzt, wird doch auch ein paar Löcher in ihr stopfen können.« Brad wunderte sich schon die ganze Zeit, warum die Nachtburg verlassen war und was der Vermeidungszauber schützte, wenn es überhaupt noch etwas gab.

»Vielleicht haben sie den Krieg verloren?« Auch der Zauberer konnte nur mutmaßen, denn er hatte nie von dieser Burg gehört, als er in jungen Jahren auf Horam Dorb lebte. Oder es durch den Zauber vergessen, das lief auf dasselbe hinaus.

Brad musterte die offenbar nachträglich ins Mauerwerk geschlagenen Stufen, über die man aus dem Korridor in den etwa 20 Grad geneigten Schacht gelangen konnte. Für eine Weile nach diesem Krieg musste hier aber noch jemand gewesen sein.

›Sogar jetzt könnten hier noch Menschen oder Tiere oder andere Wesen hausen und wir würden es nicht bemerken, weil wir in einem anderen Teil der Burg sind.‹

Aber das war unwahrscheinlich. Oder nicht?

* * *

Das Wesen aus konzentrierter negativer Bewusstseinsenergie namens Klos eilte nach Süden, ohne sich mit den Beschwerlichkeiten einer Reise nach Menschenart aufzuhalten. Früher hatte er das vermieden, denn er wollte nicht von Durna oder anderen Magiern als das erkannt werden, was er war. Doch die Situation hatte sich geändert! Durna würde im Augenblick andere Probleme haben, als nach unerklärlichen magischen Vorgängen Ausschau zu halten. Und andere Magier gab es nicht mehr! Wie lustig, dass sie alle ins Gebirge gegangen waren, wo sie schließlich das Ergebnis ihrer eigenen Arroganz ereilt hatte.

Klos brauchte sich keine Sorgen mehr um eine Entdeckung zu machen. Und bald würde sowieso alles ganz anders werden. Er wäre nicht einmal nach Bink zurückgekehrt, aber sein neuer Herr und Meister hatte dort Verwendung für ihn. Seltsam, Durna oder ihren Vater – seinen Schöpfer – hatte Klos nie als seine Meister angesehen, wenn er sich ihnen auch zum Schein unterwarf. Aber bei dem Chaos-Lord war das etwas anderes. Dessen Macht und tiefe Bosheit zogen ihn sofort in ihren Bann. Ihm fiel es nicht schwer, zu akzeptieren, dass eine Allianz mit dem monströsen Besucher aus einer anderen Dimension für ihn von Vorteil sein musste.

Caligo, in dem kaum noch etwas von dem yarbischen Oberpriester Erkon Veron vorhanden war, fand es ganz und gar nicht überraschend, ein so ungewöhnliches Wesen wie Klos aufgegabelt zu haben, und dass dieser auch noch eine Art Vertrauter seiner gegenwärtigen Erzfeindin Königin Durna war. Als Personifizierung des Chaos war das für ihn normal. Er zögerte nicht, Klos loszuschicken, um die lästige Hexe loszuwerden, die ihn seiner – oder besser Erkon Verons – Armee beraubt und tatsächlich in einer magischen Schlacht geschlagen hatte.

Und Klos hatte nichts dagegen, für ihn ein Hindernis aus dem Weg zu räumen. So etwas wie Loyalität kannte er nicht – und er würde auch Caligo verraten, wenn er glaubte, dass es ihm nützte und er damit durchkäme. Also kehrte er noch einmal in die Hauptstadt Tekladors zurück, um Durna zu vernichten, die es sich unklugerweise in den Kopf gesetzt zu haben schien, den Wünschen seines neuen Herrn im Weg zu stehen. Danach würde er sich zusammen mit Caligo vielleicht um den Flüchtling von Horam Schlan und seine Reliquie kümmern. Klos konnte sich nicht freuen, aber er war voller Erwartung auf die bevorstehenden Ereignisse.

Sein größter Fehler bestand darin, dass er zu lange ohne Kontakt mit den *zurückliegenden* Ereignissen gewesen war und sich nicht bemühte, das zu korrigieren. Klos hatte zu viel Zeit vom Geschehen isoliert mit seiner Suche nach Brad Vanquis verbracht, war dann von Caligo zu sich geholt worden, ohne Gelegenheit zu haben, etwas von dem zu erfahren, was sich im Süden und Westen des Landes zugetragen hatte. Die Behauptung des Chaos-Lords, Königin Durna habe ihn mit überwältigend starker Magie besiegt, konnte Klos einfach nicht glauben. Er nahm insgeheim an, dass Caligo einfach Fehler gemacht hatte, weil er sich mit der Magie dieser Welt nicht auskannte. Indem er auf magische Weise die Strecke zwischen der Nachtburg und Bink zurücklegte, beraubte sich Klos jeder Chance, unterwegs zufällig davon zu hören, dass sich Durna nicht nur zu einer furchteinflößend mächtigen Zauberin entwickelt, sondern auch mit den Yarben verbündet hatte und dass er selbst inzwischen als Verräter überall gesucht wurde.

Klos materialisierte seine menschliche Gestalt im Innenhof der Festung der Sieben Stürme. Sofort glitt er in den Schatten des nur von wenigen Lampen erhellten Hofes, denn es herrschte ein ungewöhnlich reges Kommen und Gehen für diese nächtliche Stunde.

Was war los in der Festung, zu der Durna bisher nur wenigen Bediensteten ständigen Zutritt gewährt hatte? Doch Klos hielt sich nicht lange mit Rätselraten auf. Er vermutete, dass der Krieg mit Halatan die Aufregung verursachte. Nicht einmal die Tatsache, dass die Yarben die halatanische Südarmee zurückgeschlagen hatten und Durna eine Art Friedensvertrag ausgehandelt hatte, war ihm bekannt.

Er eilte zu den Räumen der Dienerschaft, wo er ein Zimmer bewohnte, wenn er in der Festung war und nicht im Auftrag der Königin unterwegs. Niemand beachtete ihn, was allerdings nicht verwunderlich war, denn Klos sah in menschlicher Gestalt so bemerkenswert aus wie ein Stück Wand. Außerdem waren alle, die er traf, neu in der Festung und hatten ihn nie vorher gesehen.

Sein Raum war noch nicht neu vergeben worden, denn die Festung verfügte über genug freie Zimmer, so dass er ganz einfach hinein spazierte; und er ahnte immer noch nichts von der Gefahr, in der er sich befand.

Klos besaß nur deshalb ein paar »persönliche Dinge«, um Menschlichkeit vorzutäuschen. In Wahrheit verspürte er keinen Wunsch, etwas zu besitzen. Jedenfalls war ihm noch nichts begegnet, das diesen Wunsch geweckt hätte. Die gestohlene Statue Horams war da schon etwas, das ihn interessieren konnte. Falls er Gelegenheit bekam, sie sich anzueignen. Caligo hatte die Statue nicht erwähnt, aber er konnte natürlich trotzdem von ihr wissen. Eins nach dem anderen, sagte sich Klos. Zunächst musste Durna aus dem Weg geräumt werden. Sie hatte ihre Schuldigkeit getan, und ohne sie würde sicher ein für seinen Herrn erfreuliches Chaos in Teklador und Nubra ausbrechen.

Ohne rechtes Interesse stöberte Klos in seinen Sachen, wobei ihn ein seltsames Gefühl beschlich. Er wollte eigentlich nur warten, bis der Trubel in der Festung nachließ, aber je länger er in seinem Raum stand, um so besorgter wurde er aus irgendeinem Grund. Hatten diese Kleidungsstücke schon immer so in dem Fach gelegen? Stand das leere Glas bei seiner Abreise bereits auf dem Wandbrett?

Man hatte seine Unterkunft durchsucht! Und dabei wieder aufgeräumt, als wolle man keine Spuren hinterlassen. Für Diebe war das ziemlich ungewöhnlich, fand er. Wer mochte sich so sehr für ihn interessiert haben? Die Yarben? Gewannen sie an Einfluss und war das der Grund für die vielen Leute in der Festung?

Zum ersten Mal wurde Klos seine Unkenntnis der Vorgänge hier während seiner Abwesenheit bewusst und er war beunruhigt.

Er hatte schon immer am besten etwas erfahren, wenn er lauschte. Klos verließ sein Zimmer und begab sich zur Küche der Festung. Er war zwar nicht auf menschliche Nahrung angewiesen, nahm sie aber zu sich, um den Schein zu wahren.

Diesmal wurde er erkannt. Der Mann hieß Jost und war der Kämmerer Durnas. Klos hatte gedacht, dass sie ihn inzwischen längst wegen seiner vorlauten Zunge habe umbringen lassen. Vielleicht wurde die Königin weich ...

Jost nickte ihm nach einem kurzen Moment der Überraschung zu. »Wieder da, Klos?«

»Gerade angekommen«, murmelte er und setzte sich an einen Tisch im Vorraum der Küche, wo für gewöhnlich die Diener aßen. Heute waren allerdings auch einige Soldaten anwesend.

Der Kämmerer schien zu denken, dass er sich nicht selber bemerkbar machen konnte, denn er rief zur Küche hinüber: »Heda, ihr in der Küche, Klos, der Vertraute der Königin, ist wieder da. Lasst ihn in Ruhe etwas essen, denn er muss sich von einer langen Reise erholen.«

Einige der Anwesenden hoben ihre Köpfe und sahen aufmerksam zu ihm herüber, vielleicht hatten sie von ihm gehört. Als er sich ärgerlich nach Jost umdrehte, war dieser schon verschwunden.

Verflucht! Der Mann würde sicher sofort der Königin melden, dass er zurück war. Doch andererseits brauchte er dann keinen Vorwand, um zu Durna zu gelangen. Sie ließ ihn bestimmt bald rufen.

* * *

»Einfach so?« fragte sie ungläubig. »Der Kerl hat Nerven!«

»Er benimmt sich völlig normal«, bestätigte der Kämmerer. »So, als ob er keine Ahnung hat, dass Ihr ihn suchen lasst. Ich hoffe nur, in der Küche haben sie mich verstanden und tun so, als ob alles in bester Ordnung sei.«

»Gute Arbeit, Jost«, lobte ihn die Königin, was sie vor einigen Wochen nicht einmal in Betracht gezogen hätte. Sie stützte ihr Kinn in die Handfläche und dachte nach. Was mochte Klos in der Festung wollen? Selbst wenn ihr Kämmerer Recht hatte und Klos ahnungslos war, weshalb kam er gerade jetzt zurück?

Da das Drachenauge ihren Ex-Vertrauten nicht aufspüren konnte, hatte sie keine Vorstellung, wo er in der Zwischenzeit gewesen sein könnte.

Nun, das würde sie bald wissen! Der Verfluchte mochte glauben, sie sei nicht in der Lage, seine abartigen Gedanken zu entschlüsseln, weil sie das früher nicht gekonnt hatte – aber die kleine Hexe war inzwischen zu einer anderen geworden. Sie besaß nun die Hilfe der uralten Magie der Festung und die Unterstützung eines Drachen. Durna de'breus hatte ein paar Überraschungen für den Mörder ihres Vaters bereit.

Sie stand auf und lächelte eisig. »Lass ihn herkommen, Jost. Ich möchte hören ... was er so erlebt hat.«

»Soll ich die Wachen alarmieren?«

»Ich glaube, mit Klos muss ich allein fertig werden. Er könnte für jemanden ohne magische Verteidigung zu gefährlich sein. Wenn er hier ist, sag allen, sie sollen sich zurück halten.«

Der Kämmerer verbeugte sich und kehrte in die Küche zurück.

Sie zog mit langsamen Bewegungen ihre dünnen Handschuhe aus. Sie mochte sie und es wäre schade gewesen, Löcher in das Leder zu brennen. Dann sah sie sich in ihrem Turmzimmer um. Mit einem kleinen Zauber ließ sie ein paar wertvolle Bücher und Gerätschaften verschwinden – unten im Labor würden sie besser aufgehoben sein.

Vor einem der Fenster krächzte ein Vogel. Durna tötete ihn augenblicklich. Erst dann fiel ihr ein, dass es kaum noch Zauberer gab, die ein Tier als Augen benutzen konnten. Auch ihre Nerven waren angespannt. Doch sicher war sicher. Kein Risiko, nicht jetzt.

Sie setzte sich hinter ihren riesigen Schreibtisch, der bemerkenswert einem im Palast des Kaisers von Halatan ähnelte. Ihre Hände blieben verborgen, als Klos ganz selbstverständlich eintrat.

»Ihr habt mich rufen lassen, Königin?« Er schien von ihrer schwarzen Lederkleidung keineswegs verwundert. Aber wann hatte er je Verwunderung oder andere Emotionen gezeigt? Jetzt, wo sie wusste, was er war, fielen ihr viele Dinge auf, die sie früher nicht bemerkt oder ignoriert hatte.

»So ist es, Klos. Warum bist du nicht sofort zu mir gekommen?«

Er breitete die Arme aus und trat ein paar Schritte näher. »Ich sah, wie geschäftig das Treiben in der Festung noch zu so später Stunde war und nahm an, Ihr wäret zu beschäftigt mit wichtigeren Dingen. Verzeiht meinen Irrtum, Königin.«

Sie legte die Hände vor sich auf den Tisch und löste den ersten Zauber aus, gleich darauf den zweiten. Es war keine Magie, für die es Formeln, Rituale und Zutaten gab, weil man sie nicht anwandte, um andere zu beeindrucken.

Der Raum schloss sich um das Turmzimmer. Da es Nacht war, wurde das nicht sofort offensichtlich. Nur die Geräusche von außen verstummten plötzlich und der Luftzug vom offenen Fenster hörte auf.

Klos spürte etwas und erstarrte mitten im Schritt. Warum kam er überhaupt auf sie zu? Normalerweise blieb er im vorgeschriebenen Abstand in der Raummitte stehen.

»Was willst du hier, Klos?« Sie zischte seinen Namen, wie es Sternenblüte getan hätte. Der zweite Zauber schlug mit genau dieser ersten Frage zu. Mit der Wucht eines Hammers drang sie rücksichtslos in sein Bewusstsein ein. Gleichzeitig hob sie die linke Hand mit Fünf Ringen und bewegte die Rechte wie eine Taschenspielerin, während sie eine metallisch glänzende Kugel in ihr verbarg. Licht schoss aus der Ringhand und wob Klos in ein Gespinst aus Energie ein.

~Dich töten, Hexe!~ sagte Klos in ihrem Kopf mit einer völlig fremden Stimme. *~Die Zeit ist gekommen und deine kleinen Tricks werden mich nicht aufhalten. Du ahnst ja nicht, wer ich bin!~* Aber er wankte in ihrem Netz.

»Oh doch, Klos, ich weiß sehr wohl, was du für eine hässliche Abscheulichkeit bist!« Sie saß noch immer hinter dem Tisch, ohne sich zu bewegen. Mit einer imaginären Hand griff sie zu und packte etwas, das sie sich als Gehirn vorstellte, obwohl sie plötzlich wusste, dass Klos gar keins besaß. Doch das war egal. Auch dass er normalerweise keine Schmerzen empfand. Sie krallte sich in sein Bewusstsein und presste es aus.

Und Klos schrie!

Sein unmenschliches Kreischen ließ Gläser in den Regalen zerspringen. Er wand sich in den Fesseln und zappelte.

~Du wagst es!~ hörte sie ihn gleichzeitig in ihrem Geist ausrufen.

Es war tatsächlich ein Wagnis, denn was sie in dem fremdartigen Bewusstsein der Kreatur erblickte, war geeignet, einen unvorbereiteten Menschen um den Verstand zu bringen. Aber zwischen den sich windenden Strukturen aus glitschiger Schwärze brodelten wie Eiterblasen Gedanken empor, die sie las.

Ihre Vermutungen wurden bestätigt. Ihr Vater und Zacha Ba und unzählige andere waren diesem Wesen schon zum Opfer gefallen. Auch die Soldaten Halatans, deren Tod Herzog Walthur zu seinem Angriff auf Pelfar getrieben hatte! Und dann ...

Für einen Sekundenbruchteil schreckte sie doch zurück, und das reichte ihm.

»Caligo!« zischte sie.

~Jawohl, ich habe nun einen neuen Herrn. Einen, der es weit mehr verdient, über diese Welt zu herrschen als jeder andere und besonders du, dumme Hexe!~ frohlockte Klos, denn er hatte die Fessel durchbrochen und verwandelte sich in seine wahre Gestalt.

Wenn er glaubte, der Anblick würde Durna so vor Entsetzen lähmen wie Zacha Ba, wurde er enttäuscht. Sie war vorbereitet und wusste, was sie zu erwarten hatte. Die abartige Karikatur eines Menschen, welche Leute aus einem gewissen anderen Universum unschwer als gut getroffene Wiedergabe einer religiös-mythischen Verkörperung des Bösen erkannt hätten, breitete nun ihrerseits die Krallenhände aus, um tödliche Magie zu wirken.

Durna hatte keine Zeit, darüber nachzudenken, warum religiöse Texte in einem anderen Universum dieses Wesen beschrieben und wieso sie es wusste, sie sprang nun endlich auf und öffnete ihre rechte Hand mit einem Wort der Macht, das durch den geschlossenen Raum des Turmzimmers hallte und rollte.

Die Spiegelmaske umhüllte sie schneller als ein Gedanke von Kopf bis Fuß. Blitze trafen auf die vielfach über ihren Körper gekrümmte Oberfläche eines absoluten Spiegels und wurden in sämtliche Richtungen reflektiert. Doch sie konnten nicht einmal durch die Fenster das Turmzimmer verlassen. Für einen Moment war es dort wie im Inneren eines Blitzes. Alles verbrannte sofort.

Bis auf Durna und Klos.

Aus den silbernen Fingerspitzen der Magierin schossen lange, dünne Klingen, als sie an dem taumelnden und brüllenden Ungeheuer vorbei sprang. Ein Hieb mit der rechten Hand, eine tänzerische Drehung, dann einer mit der Linken.

Sie spürte, wie sie etwas zerfetzte, aber kein Blut floss aus den Wunden.

Klos drehte sich fast so schnell wie sie sprang und versuchte sie zu packen. Feuer umhüllte ihn, doch er streifte es ab. Sie schlug mit einem Lähmungszauber nach ihm, der jedoch keine Wirkung hatte.

Wie eine Spinne raste Klos die verkohlte Wand hinauf bis an die Decke, um sich von dort mit gewaltigem Schwung auf sie zu stürzen.

Der Schockimpuls superverdichteter Luft, den sie abfeuerte, als er schon sprang, traf ihn mitten in die Brust, riss ein kopfgroßes Loch durch seinen Körper und schleuderte ihn gegen die andere Wand, die von dem Aufprall Risse bekam. Ohne zu zögern jagte sie einen zweiten Impuls hinterher und zermalmte seinen Kopf.

~Netter Versuch, Hexe!~ krächzte die Stimme des Wesens. Vor ihren Augen zerfloss Klos zu einer schwarzen, teerartigen Masse, die sich blitzschnell wieder zusammen ballte und auf sie zu raste.

Doch die Schwärze, deren Wucht die Soldaten Halatans zerstückelt hatte, prallte wirkungslos auf Durna. Die Magierin war mit unsichtbaren Krallen im Boden verankert, und der Spiegelmaske konnte kein derartiger Angriff etwas anhaben.

Klos umfloss und umhüllte den spiegelnden Körper Durnas, aber er fand nur schwer Halt. Die Oberfläche schien keinerlei Haftung zu ermöglichen.

›Du wirst keinen Erfolg haben, Klos‹, dachte sie. ›Ich bin stärker als das Böse im Menschen, denn ich bin ein ganzer Mensch!‹

~Auch du bist böse, Hexe!~ kreischte er. *~Denk an die Dinge, die du getan hast und die in deinem Namen getan worden sind! Die ich in deinem Namen getan habe!~*

›Gut und Bössse, Klosss, bilden immer eine Einheit in einem richtigen Mensssschen! Du bisst nur ein Abklatssch, eine Abnormität, die esss nicht geben darf.‹ Durna »hörte« sich das denken, wenn man so etwas sagen kann, und sie erkannte die Stimme sofort.

Sie riss die Verankerungskrallen aus dem Gravitationsfeld des Planeten, wie es die alten Bücher beschrieben hatten, und warf sich nach vorn. Das schwarze Gebilde, das sie noch immer umhüllte und zu zerquetschen versuchte, wurde überrascht und zog sich ein wenig zusammen.

Durna schickte einen kleinen, nebensächlichen Zauber zu dem einzigen Gegenstand in dem verwüsteten Raum, den sie zuvor magisch geschützt hatte: einem großen Spiegel. Der Schutz wurde aufgelöst.

»Ssspieglein, Ssspieglein an der Wand!« sagte die Stimme des Drachen aus ihrem Mund. Sie klang höhnisch, zutiefst gemein und böse. »Gut *und* Bössse, du gehörssst gebannt!« sagte sie zischelnd. »Für nur einsss von ihnen isst hier kein Platzzz!«

Der Stoß, welcher das sie umklammernde schwarze Ding von ihrem Körper riss und genau auf den Spiegel zu schleuderte, war weniger physischer Natur als psychischer. Aber gerade deshalb, weil das Böse vor allem ein Zustand des Bewusstseins ist, denn es gibt in der Welt nichts, was Böse an sich wäre, konnte es ihm keinen Widerstand entgegen setzen.

Eine zappelnde schwarze Masse traf gleichzeitig mit Durnas Zaubermacht auf die Oberfläche des Spiegels und verschwand in ihr wie ein Stein in einem silbrigen See. Das schrille, Glas zerbrechende Kreischen des Ungeheuers riss abrupt ab.

Durna berührte den Spiegel mit ihrem eigenen, verspiegelten Finger und spürte nichts anderes als eine feste, glatte Oberfläche.

›Manche Zauber‹, dachte sie, ›kann man umkehren. Und Spiegel sind zu vielen Dingen gut.‹

Für ein paar Herzschläge betrachtete sie ihr gesichtsloses Ich in der Tiefe des Spiegels, aber nirgends war etwas zu sehen, das nicht dort hingehörte.

Die Spiegelmaske zog sich zurück, gab langsam und zähflüssig ihre zerzausten dunklen Haare frei, ihre großen Augen und schließlich den Rest von ihr.

»Oh!« sagte Durna verwirrt, denn natürlich waren ihre Kleider, die sie außerhalb der Maske getragen hatte, vollständig verbrannt. »Schade um die schönen Ledersachen ...«

10

»Und was ist dieses Tor der Dunkelheit?« fragte Micra als Antwort auf Solanas unwillkürlichen Ausruf. »Noch mehr Komplikationen?«

»Das glaube ich eigentlich nicht.« Solanas Stimme klang jedoch nicht völlig überzeugt. »Es ist etwas sehr altes, noch älter als die Nachtburg möglicherweise. Die Schwarzen Magier müssen es hierher gebracht haben, als sie die Burg bauten, oder vielleicht haben sie sie sogar nur wegen des Tores gebaut.«

»Man kann es bewegen?« fragte Zach-aknum. »Das wusste ich gar nicht.«

Solana hob die Schultern. »Entweder das oder die Burg ist um es herum gebaut worden.«

Sie machten eine Rast und trauten sich kaum, etwas von ihren sich rasch verringernden Vorräten zu essen. Der Zauberer wollte in der Nähe des Chaos-Lords keine Magie riskieren, um derartige Bedürfnisse zu befriedigen.

»Es wird in den Büchern Horams erwähnt«, fuhr Solana fort, »die von der Schöpfung berichten und all diesen Dingen. Der Text dazu ist sehr mystisch, ich erinnere mich nicht mehr genau daran. Es ist jedenfalls kein Tor wie die anderen vier. Ich weiß nicht, ob die Schwarzen Magier von damals etwas mit ihm anfangen konnten, aber sie müssen ihm eine große Bedeutung zugemessen haben, wie es aussieht.«

»Und dieses mystische, vorzeitliche, bedeutungsvolle Tor ist genau hier, ganz zufällig in der gleichen Hütte, die sich Caligo, der freundliche Chaos-Lord von irgendwo anders, als Unterkunft während seines Weltuntergangstrips ausgesucht hat. Entschuldigt die fremdländische Sprache.« Micra spuckte in den Staub.

»Es nützt ihm nichts«, sagte Pek da. »Man braucht etwas, um es von dieser Seite aus zu aktivieren.«

Micra war nicht die einzige, deren Blick sich starr auf den kleinen Dämon in seinem grausig bestickten Pelzmantel richtete.

»Würde ich es bereuen, wenn ich dich frage, wo dieses Tor hinführt?« fragte sie ihn.

»Nein!« versicherte er ihr und verstummte.

»Pek!« sagte sie warnend.

»Na gut. Nach Hause.«

»Was?«

»Das Tor der Dunkelheit führt ins Reich der Dunkelheit. Was dachtet ihr denn, warum es so heißt? In Wirdaons Reich, genauer gesagt. Wenn sie sich entschließen sollte, nach Horam Dorb zu kommen, wird sie hier durchkommen. Und Horden von Abermillionen Dämonen mit ihr, fürchte ich.«

»Toll«, fand Brad, der als einziger, den Kopf gegen eine umgestürzte Säule gelehnt, am Boden lag. »Und man kann es von hier aus öffnen und hineinrufen, ›Hallo, kommt doch alle mal rüber?‹ oder so was?«

Pek nickte. »Wenn man den Schlüssel hat.«

»Etwas in der Art muss es gewesen sein, was die alten Magier getan haben«, überlegte Zach-aknum, der unbeeindruckt von der Idee schien, dass Wirdaon samt Dämonenscharen hier auftauchen könnte. »Weißt du auch, wo der Schlüssel jetzt ist?«

»Nö. Ich weiß nicht mal, was es ist.«

Auch Solana schüttelte den Kopf. »Davon steht nichts in den Büchern Horams, dessen bin ich sicher.«

»Brad?«

»Mmm? *Er* sagt nichts dazu. Keine Ahnung, ob er überhaupt zuhört.«

Der Zauberer erhob sich wieder. »Da wir im Augenblick nicht die Absicht haben, das Tor zu öffnen, denke ich, dass wir seine Existenz getrost ignorieren können. Außer wir stolpern zufällig darüber.«

Niemand hatte etwas dagegen. Sie waren müde und hungrig, es war dunkel und kalt in dem trostlosen alten Gemäuer. Zwar war ihnen noch keine Gefahr irgendeiner Art begegnet, aber die Nähe des Chaos-Lords, der sie entweder nicht bemerkte oder nicht beachtete, zerrte dennoch an den Nerven.

Die Räume, in die sie manchmal hineinschauen konnten, denn nicht alle hatten magisch versteckte Türen, waren zum größten Teil leer und staubig, als hätten die letzten Bewohner der Burg alles ordentlich ausgeräumt und mitgenommen. Die Abschnitte, die nicht leer waren, sahen verwüstet und verfallen aus, voller verwitterter Möbel und Schmutz. Kaum etwas in ihnen schien jemals mit Magie zu tun gehabt zu haben. Was leer war oder nicht, folgte keinem erkennbaren System. Ein Flur konnte in ein Dutzend sauberer Zimmer und zwei mit Schutt führen.

Hin und wieder meldete sich Horams Stimme bei Brad und wies die Richtung. Er versicherte, dass sie bald die andere Seite der Burg und des Gebirgspasses erreicht hätten.

Doch gab es da einen Ausgang? Bisher waren sie noch nie auf Öffnungen nach draußen gestoßen – bis auf die gewaltsam herbeigeführten.

›Was mag der Chaos-Lord hier eigentlich treiben?‹ fragte sich Brad und schreckte hoch, als er unvermittelt wieder einmal eine Antwort erhielt.

Er scheint sich ein Heer aufzubauen.

›Was? Es sind noch andere Menschen hier?‹

Nein, das nicht gerade. Er erzeugt gewisse Wesen, die ihr vermutlich als Untote bezeichnen würdet. Aus den Skeletten, die man in manchen Räumen findet. Wordon ist nicht besonders erfreut darüber. Außerdem verwandelt Caligo verschiedene Tiere in Monster. Ist euch noch nicht aufgefallen, dass es hier gar keine Ratten gibt? Ihr solltet euch beeilen, die Burg zu verlassen, denn wenn er euch in seine Finger bekommt, könnte es eng werden.

Das war Brad klar. Er stand auf und klopfte sich den Schmutz ab.

»Wir sollten weiter gehen. Unser netter Nachbar hier scheint seine Horden zu versammeln.«

»Horden? Doch keine Dämonen, oder?« fragte Solana.

»Nein, die zu bekommen, dürfte für ihn unmöglich sein. Schließlich ist ihre Herrin sozusagen auf unserer Seite. Horam sagte etwas von Untoten und anderen Monstern. Ratten erwähnte er auch.«

Alle rafften sich weit schneller auf als bei der letzten Rast, obwohl sie inzwischen noch erschöpfter waren.

Horam dirigierte sie jetzt praktisch von Biegung zu Biegung, denn die Gänge bildeten ein regelrechtes Labyrinth kleiner Zellen ohne Türen und enger, verwinkelter Korridore dazwischen. Pek witzelte, das seien bestimmt die Büros der Burgverwaltung gewesen. Obwohl das keiner so richtig verstand, lachten sie. Außer Zach-aknum selbstverständlich.

Er hat es gefunden! sagte Horam plötzlich.

›Wie bitte? Was gefunden?‹ Brad blieb nicht stehen, denn von der Decke tropfte Wasser auf ihn herab.

Das Tor. Aber das dürfte ihn jetzt für eine Weile beschäftigen. Geht weiter, ihr erreicht gleich die Außenwand.

›Hast du keine Angst, dass er das Tor benutzt?‹

Keine Chance. Man braucht einen Schlüssel dazu, das hat Pek doch schon erzählt. Und selbst wenn er es könnte, würde Wirdaon ihn nicht durchlassen.

Also *hatte* Horam vorhin zugehört, aber es aus einem seiner göttlichen Gründe vorgezogen, keinen Kommentar zum Thema »Tor der Dunkelheit« abzugeben. Interessant ...

›Weißt du, wer den Schlüssel besitzt?‹ fragte Brad.

Er befindet sich noch im alten Netzwerk der magischen Plätze. Aber wo genau, kann ich nicht sagen.

Brad hatte es längst aufgegeben, sich über die seltsam lückenhaften Kenntnisse dieses Gottes zu wundern. Horam war seinen eigenen Worten zufolge sehr lange Zeit nicht hier gewesen. Seit vielen Jahrtausenden, um genau zu sein. Da war das schon verständlich, sogar bei einem Gott – nahm Brad zumindest an. Und an kryptische Bemerkungen war er ja durch Zach-aknum hinreichend gewöhnt. Vermutlich hatten die Magier sich ihr rätselhaftes Gerede von den Göttern abgeschaut.

Was mochte dieses Netzwerk der magischen Plätze nun wieder sein? Höchstwahrscheinlich etwas, das nur Magier etwas anging.

Brad blinzelte. War das etwa Tageslicht, dort hinter dieser Gangbiegung?

Es war Tageslicht. Eine weitere geschmolzene Bresche berührte das Labyrinth von Gängen an dieser Stelle und zog sich tief ins Innere der Burg hinein. Außerhalb der Nachtburg war die Furche im Boden kaum noch zu erkennen, nur eine zugewachsene Vertiefung, in die Brad vom Rest der Außenmauer bequem hineinspringen konnte.

* * *

Der Chaos-Lord hatte beschlossen, dass es nützlich sein würde, über so etwas wie ein eigenes Heer zu verfügen. Diesmal stützte er sich jedoch nicht auf menschliche Soldaten, sondern erschuf sich seine Krieger selbst. Er wusste noch nicht, wie er sie einsetzen sollte, aber er hatte es satt, einfach nur herum zu sitzen und sich zu verbergen. Es war eines Neryl unwürdig, sich einer bloßen Sterblichen geschlagen zu geben. Caligo wollte auf das Geschehen einen aktiveren Einfluss nehmen. Deshalb schickte er Klos mit dem Auftrag los, die Hexe zu eliminieren, während er sich mit anderen Dingen beschäftigte. Diese alte Burg war im Inneren so chaotisch aufgebaut, wie es nur irgendwie ging, ohne gleich andere Dimensionen mit einzubeziehen. Und auch da war sich Caligo nicht ganz sicher. Er spürte in der Nachtburg vielfältige magische Reste, Verzerrungen und Fluktuationen, deren Natur ihm unbekannt war. So durchstreifte er das Gemäuer auf der Suche nach Hinweisen. Wann immer er auf menschliche Überreste stieß, setzte er seine Chaoskräfte ein, um ihnen ein Scheinleben einzuhauchen und sie in sein wachsendes Heer einzureihen. Wenn er Tiere überraschte, bannte er sie und verwandelte sie in monströse Variationen ihrer selbst, damit sie seinen Untoten als Kampfkreaturen zur Seite stehen konnten.

Es verwunderte ihn, dass eine Reihe der alten Zauber in der Burg noch immer aktiv waren. Nicht nur der Vermeidungszauber, der sie vor den Menschen versteckte – hier und da gab es noch andere Dinge, deren Aktivität nach so langer Zeit eigentlich längst hätte erstorben sein müssen. Es war beinahe so, als erhielte die Nachtburg von irgendwo außen eine Zufuhr an magischer Energie, als wäre da noch eine versteckte Kontrolle.

In einem der tiefsten Gewölbe entdeckte Caligo etwas besonders merkwürdiges. In der Mitte eines über drei Meter hohen Saales schwebte ein riesiger Ring aus dunkel angelaufenem Metall knapp über dem Boden. Er hing ein wenig schräg und wurde durch keinerlei sichtbare Stützen oder Aufhängungen dort unverrückbar festgehalten. Auch Caligo vermochte ihn nicht zu bewegen. Der Ring war nicht leer, sondern wurde von einer stumpfschwarzen Masse ausgefüllt. Aus dieser schwarzen Fläche, die mitsamt Ring um einige Grad geneigt über dem Boden des Gewölbes schwebte, ragten ungleichmäßig hohe, spitze Erhebungen heraus, so als habe jemand an ihr gezupft. Die Spitzen standen genau senkrecht zur Oberfläche der schwarzen Masse.

Caligo musste sich korrigieren: Jemand zupfte noch immer! Während er das Gebilde betrachtete, bewegten sich die schwarzen Spitzen fast unmerklich langsam. Sie wuchsen, bis sie eine bestimmte Länge erreichten, dann fielen sie ebenso langsam wieder in sich zusammen. Es mussten hunderte Spitzen sein, die sich gleichzeitig zu einem nicht erkennbaren Rhythmus bewegten.

Er beobachtete den mysteriösen Ring lange; die lautlose Bewegung der schwarzen Fläche war geradezu hypnotisch. Und sie schien absolut chaotisch zu sein. Kein System wurde erkennbar. Das gefiel ihm. Er forschte in den Erinnerungen seines übernommenen Körpers, doch auch der Priester hatte nie von etwas derartigem gehört. Das Objekt blieb ein Rätsel.

Allerdings bemerkte Caligo sehr schwache Dimensionsverzerrungen der Raumzeit unmittelbar in der Nähe des Rings. Ganz sicher hatten die Magier, denen die Burg einst gehörte, mit dem Ding experimentiert. Um was zu tun? Ein dunkles Ritual, eine seltsame Magie? Die Ambitionen der Sterblichen dieser Welt kamen ihm fast genauso seltsam vor wie das Objekt im Keller der Nachtburg. Soweit sie ihn überhaupt interessierten.

Der Neryl wurde von seinen Betrachtungen abgelenkt, als er eine heftige Erschütterung spürte. Es war keine physische, sondern eine, die er nur mit den speziellen Sinnen erfasste, die auf die magischen Energien ansprachen. Das Beben war recht schnell vorbei, doch es war äußerst stark und roch förmlich nach Gewalttätigkeit. Jemand da draußen hatte gerade auf extreme Weise und kompromisslos einen anderen vernichtet. Magisch natürlich, sonst wäre jeder noch so brutale Mord für Caligo belanglos gewesen.

Er brauchte nicht lange, um zu erkennen, dass es nicht sein neuer Diener Klos gewesen war, der in dieser Auseinandersetzung gesiegt hatte. Die Kreatur aus negativer Bewusstseinsenergie, die an sich so wundersame Fluktuation der Wahrscheinlichkeit, befand sich nicht mehr auf dieser Welt. Das Weib hatte ihn schon wieder geschlagen! Er spürte das dringende Bedürfnis, etwas zu vernichten, aber leider waren seine Chaoskräfte nicht von dieser Art. Und Erkon Verons magische Fähigkeiten würden Durna höchstens amüsieren, so stark, wie sie zu sein schien!

Erst viel später, als der Neryl wieder zu rationalen Überlegungen fähig war, fiel ihm auf, dass weder sein Wirt Veron noch Klos, der so etwas wie ein Vertrauter Durnas gewesen war, ihre wahre magische Macht gekannt hatten. Und das gab ihm für eine Weile zu denken.

* * *

Als Durna den Bann von ihrem Turmzimmer nahm und kalte Nachtluft durch die leeren Fensterhöhlen strömte, hatte sie ihre im Feuer der magischen Energien verbrannten Kleider wieder ersetzt. Auch dazu war die Zauberei manchmal gut – sie brauchte sich keine Gedanken zu machen, wie sie völlig nackt in ihre Wohnräume gelangen könnte, um sich etwas anderes anzuziehen. Außerdem konnte sie in einem Anflug von Trotz ihre Ledersachen exakt wieder herstellen. Sie mochte die Blicke, die sie damit anzog.

Durna öffnete die Tür und fand im Vorraum, der eigentlich der oberste Absatz der Treppe war, eine geradezu unmögliche Zahl von waffenstarrenden Soldaten. Sie legte den Kopf ein wenig schief und fragte:

»Nun? Was gibt's?«

»Seid Ihr in Ordnung, Königin?« Giren quetschte sich durch die Truppen, sichtlich bemüht, nicht an etwas Spitzem hängen zu bleiben.

»Oh ja, das bin ich. Nur das Zimmer benötigt einen neuen Anstrich.« Sie trat zurück, um Tral Giren einzulassen. Dessen Augen weiteten sich, als er die verkohlten Wände und die weggeschmolzenen Fenster erblickte. »Oder vielleicht einen kompletten Umbau.«

»Wo ist Klos?« fragte Giren.

»Weg.«

»Ist er entkommen?«

Sie drohte Giren scherzhaft mit dem Finger. »Wer könnte mir entkommen? Sagen wir so: Die Gefahr, die er darstellte, sollte nun gebannt sein. Ein Problem weniger, mein lieber General. Ihr könnt Eure kleine Armee von meiner Tür abziehen.«

»Jawohl!«

Als er sich umdrehte, um die Soldaten fortzuschicken, fügte Durna hinzu: »Und danke, dass ihr alle bereit wart, mir beizustehen.« Giren sah sie erstaunt an, und sie fragte sich, was plötzlich mit ihr los war. Sie warf doch sonst nicht so mit Lob und Anerkennung um sich. Durnas Blick streifte den Spiegel.

Auch du bist böse ... hatte Klos gerufen. Doch er hätte sich genauer ausdrücken sollen. Es war Böses auch in ihr, das wusste sie nur zu gut. Vielleicht hatte sie ja etwas von ihrem eigenen Bösen zusammen mit dem Verfluchten in die Spiegelwelt gebannt? Eine seltsame Vorstellung!

›Und wenn schon‹, dachte sie. ›Es ist ja nicht so, dass ich es vermissen würde.‹ Was immer geschehen war – und das konnte ihr höchstens der Drache genau erklären – sie fühlte sich im Moment einfach besser. Das mochte daran liegen, dass sie tatsächlich ein Problem weniger belastete, oder an etwas anderem. Durna war es gleich.

Sie lächelte. Was sie Klos angetan hatte, konnte man auch kaum als etwas *Gutes* bezeichnen. Im Gegenteil: Eine grausamere Rache hatte schon lange niemand mehr geübt, das wusste sie. Sie klopfte mit dem Finger gegen ihren Spiegel, während sie nach dem Kämmerer Jost rief.

»Hol morgen ein paar Handwerksleute aus Bink herauf, damit sie sich den Raum mal ansehen. Ich möchte, dass er so schnell wie möglich wieder in Ordnung gebracht wird. Nur der Spiegel hier bleibt an Ort und Stelle.«

Jost verbeugte sich. »Ich bin sicher, sie werden Euch das Turmzimmer schöner als je zuvor herrichten, Königin. Es ist ein Wunder, dass der Turm überhaupt noch eine Spitze hat. Euer Kampf hat die Festung bis in die letzten Winkel erschüttert.«

Sie wandte den Blick von den Tiefen des Spiegels ab und sah ihren Kämmerer an. Was wollte er damit sagen? Dass er besorgt gewesen war?

»Die Wände der Festung der Sieben Stürme halten mehr aus, als man ihnen zutrauen mag, Jost.«

Der Kämmerer nickte nur, als sei ihm das völlig klar. Sie wurde aus dem Mann noch nicht so recht schlau. Er hätte sie hassen müssen, weil sie nach ihrem von den Yarben unterstützten blutigen Umsturz die Herrschaft über Teklador an sich gerissen hatte. Schließlich war er schon damals hier gewesen. Doch bereits vor ihrer Reise nach Regedra, durch die sich so vieles änderte, war ihr aufgefallen, dass Jost sich nicht nur dienstbeflissen, sondern loyal zu ihr verhielt. Oder war er einfach nur loyal der Krone gegenüber – egal, wessen Kopf sie zierte?

»Es war sehr umsichtig von dir, mich in aller Stille zu informieren, als du ihn in der Küche erkanntest«, lobte sie ihn ein zweites Mal. »Wenn du einen Wunsch hast, Jost, dann werde ich versuchen, ihn zu erfüllen.« Die Vorstellung von einer »Gehaltserhö-hung« und »Sozialleistungen«, die plötzlich durch ihr Bewusstsein geisterte, war so fremdartig, dass sie sie sogleich als Realitätsfluktuation erkannte und ignorierte.

»Ich bin glücklich, dass Eure Majestät sich lobend über mich äußert«, sagte Jost leise, »und ich diene Euch sehr gern. Ich wünsche mir nur, dass ich weiterhin die Gelegen-heit dazu erhalte.«

»Wie du meinst. Ich werde mich in etwa einer Stunde in meine Wohnräume begeben. Sorge dafür, dass das Bad bereit ist. Das wäre alles für heute.«

Jost verschwand und sie schloss die Tür hinter ihm. Obwohl es schon spät war, wollte sie noch einmal hinab ins Labor steigen, um sich zu vergewissern, dass sie bei ihren Zaubern vorhin alles richtig gemacht hatte. Es wäre doch zu dumm, wenn sich Klos jemals wieder aus dem Spiegel befreien könnte! Außerdem hatte sie alle ihre Bücher und Instrumente aus dem Turm-zimmer dorthin in Sicherheit gebracht. Sie konnte der Versuchung nicht widerstehen, einen Blick auf Caligo zu probieren. Ob er schon wusste, dass sein neuer Kumpan versagt hatte?

Gute Idee, das mit der Umkehrung des Spiegelzaubers! meldeten sich die flüsternden Wände der Festung, als sie die Treppe hinter der Geheimtür hinab stieg. *Nicht phy-sisch vernichten, sondern zu ewiger Qual verdammen. Eine Lösung, die den alten Zau-berern gefallen hätte.*

›Man *kann* Klos nicht physisch vernichten, soweit ich weiß‹, dachte sie. ›Er ist kein richtiges lebendes Wesen. Und solange er nicht wieder zurück kann, ist mir seine Qual ziemlich gleichgültig.‹

Ah! Um so brillanter die Lösung.

Soweit sich Durna erinnerte, war es das erste Mal, dass die Wände sie lobten und nicht bei jeder Gelegenheit herablassend »Vantis« – Kind – nannten.

Wir sind nicht herablassend, sondern alt, flüsterte die Stimme. *Und übrigens: Caligo hat das Tor der Dunkelheit entdeckt.*

»Tur-Büffel Mist!« fluchte sie, weil sie beinahe die Treppe hinab gestolpert wäre. Die Wände hatten eine komische Art, kritische Neuigkeiten zu übermitteln.

›Woher wisst ihr das?‹

Die Nachtburg gehört zum Netzwerk, wie du gelernt hast. Die aktiven Punkte, wie die Festung der Sieben Stürme und der Cheg'chon Krater, haben sie all die Jahre auf einem Minimum der Funktionsfähigkeit gehalten, sie mit Energie versorgt. Das schließt auch eine gewisse Überwachung mit ein.

›Sagt bitte nicht, dass die Wände der Nachtburg gerade mit Caligo schwatzen und ihm alles über mich erzählen!‹

Oh nein, das tun sie nicht. Nur ein Schwarzer Magier, der die Burg rechtmäßig in Besitz nimmt, könnte sie soweit zum Leben erwecken, dass sie mit ihm spricht. Es war gerade einer dort, der das gekonnt hätte. Aber ihn interessierte die Nachtburg nicht.

Das musste Zach-aknum gewesen sein. Sie hatte seine Gruppe ja kürzlich dabei beob-achtet, wie sie durch die dunklen Tunnel der Burg schlich.

Durna betrat das Laboratorium und machte sich daran, ihre Sachen auf einem der leeren Tische notdürftig zu ordnen. Translokalisierte Gegenstände neigten dazu, auf einem unordentlichen Haufen anzukommen.

Das Drachenauge flackerte bei ihrem Beobachtungsversuch wie verrückt. Es waren keine klaren Bilder zu sehen. Vielleicht hatte ja der Chaos-Lord seine Abschirmung wieder verstärkt, aber auch die Gruppe um Zach-aknum und die Statue war nicht auszumachen. Enttäuscht ließ sich Durna in einen der uralten Sessel fallen. Nur einen Moment lang in Ruhe über die Dinge nachdenken, die heute geschehen waren, die sie getan hatte …

* * *

Ihre Haut war silbern, schwärzlich angelaufen und fleckig. Sie würde keinen Zauber mehr reflektieren, nicht mal besonders viel Licht. Aber was sollten die tiefen Runzeln und Furchen ihres gesichtslosen Gesichts in der Spiegelmaske auch reflektieren? Um sie war eine Welt aus schwarzweißen und grauen Schatten, die flach und zweidimensional wirkten, bauchig verzerrt an manchen Stellen, wie die Spiegelbilder auf unebenen Oberflächen. Die eine Seite der Welt war eine Fläche, hinter der die Dreidimensionalität der Wirklichkeit wie ein unbegreiflicher Drogentraum schwankte. Die andere Seite war ein verschachteltes Schattenmuster, das seine Tiefe in einer völlig anderen Dimension fand, von der Durna bisher noch nie gehört hatte.

Durna – ja, das war ihr Name. War sie nicht etwas Wichtiges gewesen? Hatte sie nicht Verantwortung getragen für viele Menschen? Wie belanglos das alles schien. Warum war sie so alt geworden? Wo war die Zeit hin verschwunden? Hatten sie Caligo besiegt, die Welt vor dem Untergang gerettet? Wenn sie alt war, musste das wohl passiert sein, aber sie erinnerte sich nicht. Eigentlich war es unmöglich, dass sie alt wurde. Es musste etwas passiert sein, eine signifikante Veränderung stattgefunden haben. Sie hatte das Ritual vernachlässigt, das ihr die Jugend erhielt.

Durna blinzelte unter ihrer Spiegelmaske. Das Schwarze Ritual Erkon Verons war es, was Caligo in die Welt holte. Er opferte Menschen. Das hatte sie nie getan. Nein, sie war nicht so böse, wie Klos behauptete. Sie hatte ihr Böses mit ihm ins spiegelige Jenseits geschickt.

Klos. Sie spürte, dass er hier war. Wie konnte das sein? Es sei denn, sie befand sich … Aber ja! Sie war in der Spiegelwelt, jetzt erfasste ihr Bewusstsein die skurrilen Einzelheiten. Wo war der verdammte Bastard? Wollte er sie noch einmal zum Kampf herausfordern? Jetzt, wo sie alt und schwach war?

›Alt vielleicht …‹, dachte sie mit genüsslicher Erwartung. Ihre magischen Energien waren all die Jahre weiter gewachsen, das wusste sie mit der Plötzlichkeit, die Träumen eigen ist. Vielleicht würde sie Klos dieses Mal wirklich physisch vernichten können? Etwas vollenden, das ihr Vater begonnen hatte.

Etwas nagte an ihr. ›Warum alt? Wieso habe ich mein Verjüngungsritual vernachlässigt? Was sind schon ein paar Tiere? Ich habe ja schließlich keine … keine Säuglinge oder so getötet!‹ Jemand hatte genau das getan, wusste sie. Wer? Erkon Veron? Der Gedanke verschwamm. ›Träume ich? Wo und wann bin ich? Wo ist Klos?‹

Ein Schatten aus Schwärze huschte durch den Raum schwer definierbarer Ausdehnung, der selbst nur aus Schatten zu bestehen schien. ~Hier bin ich, alte Hexe!~ glaubte sie ihn flüstern zu hören, aber schwach, sehr schwach.

Still, Biest! befahl eine klare, junge Stimme, und die Schwärze zuckte gepeinigt in eine Ecke davon.

Durna schaute sich um. In einem spitzen Winkel des Raumes hinter dem Spiegel materialisierte sich die Figur einer Frau in einem dunkelgrünen Kleid. Sie wirkte viel plastischer als der Rest der Spiegelwelt, als ob sie nicht hierher gehören würde.

Ihr also habt uns dieses Biest aufgebürdet! sagte die Frau. *Warum habt Ihr kein Gesicht? Oder ist das die normale Erscheinung Eurer Art?* Die Stimme der Frau klang kristallklar in Durnas Kopf, so rein und wunderschön, dass sie keine menschliche Stimme sein konnte.

›Ich weiß nicht ...‹, dachte Durna. ›Das muss die Spiegelmaske sein, ein Zauber, den ich benutzt habe. Ich weiß nicht, warum ich sie hier trage, aber mir scheint, dass ich sie schon lange nicht mehr ablege. Nicht mehr ablegen kann. Wer seid Ihr?‹

Ich bin Anja von Schalfk. Eine Fee, sagen manche. Unsere Art hat die Fähigkeit, in der Spiegelwelt zu leben. Eine willkommene Zuflucht. Kein anderes Wesen vermag hier einzudringen. Bis Ihr Euer Biest herschicktet. Es bereitete uns einige Schwierigkeiten, aber schließlich konnten wir es zähmen.

›Ihr habt Klos gezähmt? Er besteht doch nur aus negativer Bewusstseinsenergie!‹

Es gibt Dinge, die haben sogar auf ihn Einfluss. Es gibt Dimensionen, die sogar er fürchtet. Warum habt Ihr ihn uns geschickt?

›Ich wusste nicht, dass es Euch gibt‹, versicherte Durna. ›Es war für mich die einzige Möglichkeit, ihn loszuwerden. Er war eine Bedrohung für meine Welt, und er hat meinen Vater auf dem Gewissen.‹ Der Kampf gegen Klos war ihr wieder so gegenwärtig, als habe sie ihn gerade erst ausgefochten. Da hatte sie die Spiegelmaske zum ersten Mal eingesetzt.

Etwas war da, dessen sie sich unbedingt erinnern musste. Etwas, das sie danach über die Maske erfahren hatte, und das sie ängstigte, bis heute. Aber was war es? Wieso hatte sie den Eindruck, dass die Zeit nicht kontinuierlich ablief? Wer hatte ihr erzählt, die Zeit sei diskret? Ein Mann namens Anders. Ein Fremder! Wann war das? Der Zeitablauf verwirrte sich, Ursache und Wirkung verloren ihre festen Plätze.

›Das ist eine Chaos-Attacke!‹ dachte sie mit plötzlicher Klarheit.

Nicht nur, sagte die Frau, die sich eine Fee nannte. (Was war überhaupt eine Fee?) *Meine und Eure Welt befinden sich innerhalb des Möglichkeitsuniversums, also ist es möglich, dass wir uns treffen, wenn auch sehr unwahrscheinlich. Aber wie Ihr seht, Fremde, scheint genau das gerade zu passieren. Ihr müsst wissen, dass meine Rasse sehr verwundert über das Auftauchen des Biestes war, doch wir sind schon mit größeren Problemen fertig geworden. Wir haben schnell erkannt, dass es etwas Böses ist. Und das hat bei uns keine Existenzberechtigung. Die Märchen von bösen Feen sind genau das: Märchen.*

Durna konnte sich weder an Märchen über böse Feen erinnern, noch daran, dass sie jemals zuvor von solchen Wesen gehört hatte, aber das mochte nichts heißen. Die Zeit verlor langsam ihre Bedeutung, zerfiel und zerbröselte.

Oder war sie selbst es, die zerfiel?

Einmal haben wir uns eines solchen Biestes angenommen und wir wissen, was wir damit für eine Verantwortung tragen, sagte Anja von Schalfk. *Doch bitte verzichtet darauf, weitere Eurer Feinde in die Spiegelwelt zu verbannen. Denn das ist so, als ob einer in deinem Wohnzimmer plötzlich von außen ein Fenster öffnet und ein wildes Monster hineinwirft.*

Wir sind keine Rasse von Kriegerinnen, deren Langeweile Ihr mit ausgesuchten Beispielen der Bosheit Eurer Welt vertreiben könntet, wisst Ihr!

›Einen solchen Zauber nochmals anzuwenden, würde ich zu vermeiden suchen‹, dachte Durna. ›Man kann nie wissen, was für Wechselwirkungen mit vorangegangener Magie entstehen.‹

Aber ist da nicht die Versuchung, das Bewährte nochmals anzuwenden?

›Vielleicht, doch ich bin eine Magierin des Fünften Ringes! Mir sind die Gefahren sehr wohl bewusst.‹

Anja lächelte, was Durna aus irgendeinem Grund frösteln ließ.

Anscheinend nicht so sehr, wie Ihr glaubt! Ich nehme Euch beim Wort, dass Ihr es nie wieder tun werdet. Zum Dank dafür werde ich etwas für Euch tun.

* * *

Jemand rüttelte sie an der Schulter. Durna schlug mit einem Ruck die Augen auf. Sie wusste sofort, dass etwas ganz und gar nicht stimmte. Niemand konnte hier sein! Sie befand sich im Laboratorium der Schwarzen Magier! Doch der tödliche Verteidigungszauber erstarb auf ihren Lippen.

»Bei allen Dämonen!« flüsterte sie stattdessen.

»Ganz sicher nicht!« verwahrte sich die Frau in dem grünen Kleid, die sich über die im Sessel zusammengesunkene Magierin gebeugt hatte. Sie sah besorgt aus, als würde sie eine Kranke pflegen.

»Ihr seid es!« Durnas Hände fuhren zu ihrem Gesicht, aber dort war keine Spur der Spiegelmaske, und auch nicht von Falten und Runzeln.

»Anja von Schalfk, zu Euren Diensten, Zauberin. Ihr seid wieder daheim. Ich habe mir erlaubt, Euch zu wecken, denn Euer Traum machte Euch allzu anfällig für die Attacken dieses Chaos-Monsters, das Ihr auf Eurer Welt habt. Andererseits ermöglichte die Fluktuation erst unseren Kontakt. Wir haben lange darauf gewartet, die Frau kennen zu lernen, die es vermochte, das Biest in unsere Welt zu schleudern.«

Durna zwang sich zu einem Lächeln. »Danke, gute Fee.«

Die Frau in Grün runzelte die Stirn. »Nicht! Gut impliziert Böse. Das ist es, was es bei uns nicht gibt. Und deshalb waren wir die perfekten Antagonisten für Euer Böses. Doch ich habe nicht viel Zeit. Der Stress im Gefüge der Dimensionen steigt bereits. Seid gewarnt, Durna von Teklador, dass die Spiegelmaske ein zweischneidiges Schwert ist. Setzt sie zu oft ein und Eure Vision wird zur Realität! Sie zehrt von Euch wie keine andere Magie, nur deshalb seid Ihr in den Schlaf gesunken.«

»So ist die Zukunft, die in meinem Traum angedeutet wurde, keine Wirklichkeit?« fragte Durna schnell, denn sie begriff, dass ihr Gespräch mit dieser ungewöhnlichen Besucherin nur noch von kurzer Dauer sein würde.

»Alles ist Wirklichkeit, irgendwo im Möglichkeitsuniversum. Aber ob diese besondere Zeitlinie hier eintrifft, hängt ganz von Euch ab. Ich gebe zu, in den meisten Realitäten versinken die gekoppelten Welten in einem Schwarzen Loch und die Frage der Zukunft wird dadurch reine Spekulation. Ihr wisst, dass in einem Schwarzen Loch die Zeit nicht existiert? Na, egal. Es gibt jedoch auch viele Realitäten, in denen Ihr es schafft, den Untergang zu verhindern. Die sind besonders interessant. Ich hoffe, sie treffen ein.«

Die Fee Anja wandte sich dem großen Spiegel zu, der Durnas Maske hervorgebracht hatte und machte einen Schritt in seine Richtung.

»Aber Anja! Wartet! Ich muss Euch noch so viele Fragen ...« Sie verstummte, als sie den Ausdruck auf Anjas Gesicht sah. Es war Schmerz.

»Keine Fragen«, sagte Durna. »Ich verstehe schon.«

Anja wirkte für einen Moment verlegen. »Es ist besser, unsere Realitäten interagieren nicht mehr als nötig. Beobachtet diesen Spiegel genau, Durna, wenn ich fort bin. Er ist die Quelle Eurer Maske, doch er ist auch ein unerbittlicher Sog an Eurer Kraft, wenn Ihr es zulasst! Nun lebt wohl!«

Bevor Durna noch ein Wort erwidern konnte, machte die Fee einen weiteren Schritt auf den Spiegel zu und war plötzlich ein Schemen aus Grün, der in ihn hinein strömte. Dann war sie fort und der Raum sah so normal und verlassen aus, wie das alte Labor überhaupt aussehen konnte.

Doch über den Spiegel waberten dunkelrote, klumpige Schleier, die in Durna eine seltsame Übelkeit aufsteigen ließen. Das war ihr eigenes Blut, wusste sie mit plötzlicher Sicherheit. Eine Menge davon.

Ihre Haut war silbern, schwärzlich angelaufen und fleckig. Sie würde keinen Zauber mehr reflektieren, nicht mal besonders viel Licht. Aber was sollten die tiefen Runzeln und Furchen ihres gesichtslosen Gesichts der Spiegelmaske auch reflektieren?

›Niemals!‹ schwor sie sich. ›Ich werde *nicht* süchtig danach werden. Ich werde sie *nicht* benutzen, bis sie permanent wird und mich umbringt! Nicht ich!‹ Durna stemmte sich hoch, um in ihre Gemächer zurück zu gehen, sich zu baden – und noch ein reichliches Nachtmahl kommen zu lassen. Der Blutverlust war nur zu real, wie sie jetzt in jedem ihrer Knochen spürte. Beinahe hätte sie einen magischen Fehler gemacht, der sie das Leben hätte kosten können. Das verärgerte sie, und Ärger war ein guter Antrieb für die Königin. Diesen Fehler würde sie nicht wieder begehen. Aber wieso hatten sie die Wände nicht gewarnt?

Schwarze Magie, Vantis. Du weißt doch selbst, was das bedeutet! Der Ton war wieder streng und belehrend.

Durna seufzte. Ja, das wusste sie. Und sie war umgeben von trügerischen Zeichen der Vertrauenswürdigkeit, denen sie nur zu gern nachgeben wollte. War das eine Folge des Verlustes von Bosheit? Sie knirschte mit den Zähnen. Wer glaubte, dass sie weich wurde – und sei es eine verdammte Wand! – würde sich noch wundern.

11

Sie stiegen hinab in ein Land, dessen Unterschiedlichkeit zur anderen Seite des Gebirges nicht deutlicher sein konnte. Je tiefer sie kamen, um so ausgedörrter sah die Landschaft aus. Während im Osten Schnee und Regen fielen, herrschte hier Trockenheit. Nur eines hatten die beiden Landstriche gemeinsam: Sie waren menschenleer.

Das Klima sei eine Auswirkung des Chaos, meinte der Zauberer. Oder des Weltuntergangs, fügte er dann düster hinzu. Überhaupt schien Zach-aknum irgendwie deprimiert zu sein, fand Brad, falls man je eine Gemütsregung bei ihm feststellen konnte. Er war noch schweigsamer geworden und antwortete auf Fragen nur einsilbig. Was für ein Problem mochte er haben?

Zumindest funktionierte seine Magie. Als sie sich außer Sicht der Nachtburg befanden, hatte der Zauberer es riskiert, sie auf seine spezielle Weise mit Nahrungsmitteln zu versorgen. Die Zurückhaltung, die er sich in der Burg auferlegt hatte, sagte Brad, dass Zach-aknum eine Konfrontation mit dem Chaos-Lord zu vermeiden suchte. Fühlte er sich ihm nicht gewachsen?

›Natürlich nicht, du Idiot!‹ schalt sich Brad. ›Er mag zwar einer der mächtigsten Magier sein, doch Caligo ist eine Entität von außerhalb der Welt, fast so etwas wie ein Gott. Sogar Zach-aknum wird es sich zweimal überlegen, bevor er sich auf eine Auseinandersetzung mit ihm einlässt.‹

* * *

Tatsächlich wollte der Schwarze Magier einen Kampf gegen den Chaos-Lord möglichst hinausschieben, aber es gab noch etwas anderes, was ihn davon abhielt, mehr als nur schwache und einfache Zauber zu wirken. Er hatte das beunruhigende Gefühl, dass komplexere Magie auf chaotische Weise schief gehen könnte, wollte er sie versuchen. Das Gefühl kannte er nur zu gut – er hatte fast sein ganzes Leben damit verbracht. Auf Horam Schlan konnte er nie sein volles Potenzial anwenden, und im Fluchwald war es noch schlimmer gewesen. Das hing damit zusammen, dass er auf Horam Dorb geboren war. Im Laufe der Zeit gewöhnte er sich daran und lernte, es bei seinen Zaubern zu berücksichtigen. So konnte er fast die gesamte Macht eines Magiers der Fünf Ringe auch einsetzen. Aber die leichte Unsicherheit war immer da gewesen. Ein magisch talentierter Mensch lernte sehr früh, was es heißen konnte, wenn ein Zauber schief ging. Es war nicht nur, dass er einfach nicht funktionierte, das war trivial. Magie neigte dazu, ihre fehlerhafte Verwendung auf katastrophale Weise zu bestrafen. So konnte ein vergleichsweise einfacher und harmloser Spruch wie die Beschaffung eines Mittagessens völlig nach hinten losgehen und einen selbst zu Mittagessen für etwas Großes und Hungriges machen. Und da Zach-aknums Spezialität Feuerzauber waren, musste er doppelt vorsichtig sein. Er hatte einmal von jemandem gehört, der sich beim – überflüssigerweise magischen – Anzünden einer Kerze inmitten eines Waldbrandes wiederfand.

Im Fluchwald, wo man eine Vielzahl seltsamer und größtenteils *unbekannter* Regeln beachten musste, wenn man überleben wollte, hatte ihn die Notwendigkeit der Zurückhaltung oft genug frustriert, doch er konnte sich damit trösten, dass am Ende der Reise das Tor zu seiner eigenen Welt lag, wo er endlich wieder ungehindert seine Kräfte würde gebrauchen können. Und dann tauchte dieser dämonenverfluchte Chaos-Lord auf und es wurde alles noch schlimmer.

Zach-aknum wusste nicht, dass Chaos und Magie im Rahmen der Gesetze seines Universums durchaus verwandte Kräfte waren, oder dass die Magie auf die Anwesenheit des Neryl bereits reagierte – sehr zu dessen Verdruss. Dinge veränderten sich, was sie die Wirklichkeit nannten, veränderte sich. Auch die Wirkung von Magie war betroffen, das spürte er genau. Und es machte ihn wütend. Was Brad für Deprimiertheit hielt, war nur Zach-aknums Art, seinen Zorn vor den anderen zu verbergen, denn er richtete sich ja nicht gegen sie. Der Magier fürchtete, dass er etwas sehr Unbedachtes tun würde, wenn ihm der Chaos-Lord gegenwärtig über den Weg liefe – außerweltliche Entität oder nicht. Vielleicht könnte er Caligo sogar besiegen, vielleicht unterlag er ihm auch. Das war jedoch das Problem: Zach-aknum hatte im Augenblick keine Zeit, sich mit ihm zu messen. Zuerst mussten sie Ramdorkan erreichen und die Statue zurück bringen. Wenn die Welt gerettet war und er den Auftrag seines Vaters und der anderen Magier endlich vollständig erfüllt hatte, dann erst konnte er sich um andere Dinge kümmern. Falls das hieß, die Welt gleich ein zweites Mal zu retten, nämlich vor Caligo, in Ordnung. Aber vielleicht hatte er Glück und jemand anderes befasste sich mit ihm! Irgendwo gab es noch Zauberer; und die magische Schlacht im Süden, die er vor ein paar Tagen gespürt hatte, musste ja von irgendwem geschlagen worden sein. Zach-aknum nahm an, dass ein oder mehrere Zauberer bereits gegen Caligo gekämpft hatten, obwohl er die Zusammenhänge der Schlacht um Bink nicht kannte. Aber es erschien logisch. Nur der Chaos-Lord konnte den Einsatz so starker Kräfte erforderlich gemacht haben. Offensichtlich waren nicht alle Zauberer im Halatan-kar gewesen, als sich der Zeitblitz ereignete.

Es gab eine Menge Gründe, in der Nachtburg nicht zu zaubern. Einer davon war die Burg selbst. Vielleicht war sie verlassen und tot, doch Zach-aknum hatte das vage Gefühl, dass dem nicht so war. Diese Ventilatoren, die merkwürdigen schwebenden Kugeln und die nur magisch zu öffnenden Türen, das alles war aktiv, funktionierte auch nach Jahrhunderten noch. Freilich war das der Sinn einfacher Konservierungszauber, die von den Bewohnern solcher Gebäude routinemäßig angewendet wurden. Doch wer konnte schon sagen, was erwachen würde, wenn in der Burg wieder gezaubert wurde? Zach-aknum, selbst ein Schwarzer Magier wie ihre Erbauer, wusste nur zu gut, was für Fallen und Schutzmechanismen man in der Behausung von Zauberern erwarten durfte.

Er wunderte sich, dass sie die Nachtburg unbeschadet passiert hatten. Vielleicht war Horam mit mehr als nur Richtungshinweisen auf ihrer Seite gewesen? Obwohl Brad sagte, dass der Gott behauptete, nicht direkt eingreifen zu können, bezweifelte Zach-aknum das. Er war nicht gerade religiös im Sinne von blindem Glauben, doch auch er kannte den alten Spruch, die Wege der Götter seien unbegreiflich. Wohl die wahrste Aussage, die je über sie gemacht wurde.

Es wäre vielleicht ganz interessant, fand der Zauberer, sich einmal mit Horam oder Wirdaon an einen Tisch zu setzen und über ein paar offene Fragen zu reden. Wenn sie die anstehenden Probleme bewältigt hatten. Es schien, dass diese auch Probleme der Götter selbst waren. Wenn es der Untergang mehrerer bewohnter Welten nicht war, was sonst?

Wenn sie die Probleme bewältigt hatten, was dann? Was würde *er* danach machen, vorausgesetzt, er überlebte? Die Chaos-Vision aus der Nachtburg, die er die ganze Zeit zu verdrängen versucht hatte, kroch wieder in sein Bewusstsein. ›Könnte ich mich in einen einsamen Turm zurückziehen, wie es viele Magier vor mir taten, und ein geruhsames Leben führen?‹ fragte er sich. ›Nach all den Jahren der Suche und Wanderschaft?‹

Ihm wurde plötzlich bewusst, dass er keine Aufgabe mehr haben würde, wenn die gegenwärtige Krise überstanden war.

›Um wie viel schneller vergeht die Zeit auf Schlan eigentlich? Faktor 30 war es wohl‹, meldete sich sein hartnäckiges Unterbewusstsein, das ihm eine Beziehung zu Ember suggerierte, die es nie gegeben hatte.

›Möglicherweise gibt es gar keinen Unterschied mehr!‹ fiel ihm ein. ›Wenn der Zeitblitz den alten Zauber ausgelöscht hat.‹ Aber das war keineswegs sicher. Der Blitz war durch die aufgebaute Zeitspannung entstanden, ausgelöst durch ihren Übertritt durch das Tor. Vielleicht wirkte der Zauber noch und die gefährliche Spannung baute sich wieder neu auf? Wie könnte er das überprüfen?

Zach-aknum sah schon, worauf seine Gedanken hinausliefen: Könnte seine Vision wahr werden?

›Unsinn!‹ dachte er. ›Es gibt keinen Weg zurück nach Horam Schlan, selbst wenn ich mich dazu entschließen sollte, meine Heimat zum zweiten Mal zu verlassen.‹

Die traumartige Vision, in der er und Ember in Berik-norachs ehemaliger Burg lebten, hatte ihn weit stärker beunruhigt, als er sich eingestehen wollte. Was bedeutete sie? Woher kam sie? Zauberer misstrauten solchen Erscheinungen noch mehr als andere Menschen, aber sie wussten auch, dass Visionen keine bloßen Träume waren. Manche glaubten, die Götter würden damit Botschaften senden, und er fragte sich, warum sie das nicht auf verständlichere Weise taten, wenn sie sich schon einmischten.

Er war froh, die von Einschlägen zerfurchte Westseite der Nachtburg nicht mehr sehen zu müssen. Mit etwas Glück hatte sie die seltsame Vision verursacht und es würde sich nicht wiederholen.

* * *

Dämonen träumten nur selten. Äußerlich sahen die Bewohner von Wirdaons Reich zwar humanoid aus – jedenfalls meistens – doch sie unterschieden sich in weit mehr Dingen von den Menschen als nur durch Äußerlichkeiten. Pek hatte zuerst angenommen, dass ihn die Einflüsse des Chaos-Lords nicht betrafen, doch dann begann er sich zu fragen, ob er sich das nicht nur einredete. Was für die Menschen eine Invasion fremdartiger Vorstellungen, Begriffe und Bilder in ihr Bewusstsein war, stellte für ihn durchaus nicht etwas so Fremdartiges dar. Daher mochte er ihr Eindringen vielleicht nur nicht bemerken. Wirdaons Reich und die nocturnen Dimensionen – auch Rand- oder Zwischendimensionen genannt – aus denen die Dämonen ursprünglich gekommen waren, besaßen viel mehr Verbindungen zu anderen Welten als die Zwillingsplaneten. Und obwohl innerlich meist zerstritten und vollkommen anarchisch, war die Zivilisation der Dämonen viel älter als die der Menschen. Nur die bürokratischen Tyskländer besaßen so etwas wie historische Aufzeichnungen, die restlichen dämonischen Völker hatten andere oder auch gar keine bekannten Methoden zur Bewahrung ihrer Kultur.

Einem Menschen wäre es höchst befremdlich erschienen, im Zusammenhang mit Dämonen von Zivilisation und Kultur zu hören. Pek wiederum betrachtete die menschlichen Vorstellungen davon als ziemlich lächerlich, jedenfalls was Horams Welten anging. Im Umgang mit Menschen galten für Dämonen bestimmte Regeln, die Wirdaon selbst aufgestellt hatte. Normalerweise beschränkte sich besagter Umgang freilich darauf, von einem Zauberer beschworen zu werden, um irgendeine Arbeit zu erledigen. Freiwillig gingen nur sehr wenige »nach oben«, und dann nicht selten mit üblen Absichten und unter vorsichtiger Verletzung der Regeln. Was das Dämonenreich im Austausch für die Leistungen seiner »beschworenen« Bewohner bekam, wusste Pek nicht – aber da gab es etwas, sonst hätte die Herrin es überhaupt nicht erlaubt. Die Menschen dachten ihrerseits vermutlich, es sei allein ihrer magischen Macht zu verdanken, dass sich Dämonen zur Arbeit verpflichten ließen. Was ebenfalls ziemlich lächerlich war.

Pek war eine Ausnahme, ein relativ unabhängiger und abenteuerlustiger Dämon. In einem vergangenen Zeitalter, lange vor dem Beginn der Statuenkrise, hatte er sogar die nocturnen Dimensionen bereist, aus einer Art historischem Interesse und um andere Welten zu sehen. Das war nicht so einfach, wie es klang. Schon das Reisen auf diese Weise war gefährlich, denn die Randdimensionen waren keineswegs unbelebt, auch wenn Wirdaons Gefolge sie vor langer Zeit verlassen hatte. Was und wer dort heutzutage hauste, war fast immer bösartig.

Seine Reisen lenkten schließlich die Aufmerksamkeit der Herrin auf ihn. Sie vergab ihm seine mit den fremdländischen Erfahrungen wachsende Abneigung ihrem vergleichsweise recht öden eigenen Reich gegenüber und gestattete es Pek, sich ständig auf den benachbarten Welten herumzutreiben, auch wenn er dazu nie einer Beschwörung folgte. Ihm war klar, dass er eines ihrer Augen und Ohren dort darstellte, aber das fand er schon in Ordnung so. Und als Wirdaon es für notwendig hielt, ihm eine besondere Mission zu übertragen, freute er sich wie jeder ihrer Untertanen, eine nützliche Aufgabe für sie ausführen zu können.

Es erwies sich als schwerer, als er gedacht hatte, mit den Menschen durch deren Welt zu ziehen und dabei auch noch die dämonischen Regeln zu beachten. Er war es nicht gewohnt, ständig in der Gesellschaft von Menschen zu sein und so neigte er dazu, zu vergessen, dass sie anders waren als er. Manchmal rutschte ihm etwas heraus, das seine Gefährten eigentlich nicht wissen sollten. Aber wie konnte er andererseits entscheiden, was sie für die Mission wissen mussten und was nicht? Pek war für einen Dämonen, der kein Tyskländer war, sehr diszipliniert – obwohl das für die Menschen anders aussehen mochte. Er hinterfragte selten die Regeln, die es ihm verboten, Menschen zum Beispiel etwas über andere Welten und Zivilisationen zu erzählen. Oder über das, was man anderswo Technologie und Wissenschaft nannte, und das sich nicht mit dem vergleichen ließ, was die Gelehrten der hiesigen Universitäten darunter verstanden. Peks Disziplin wurde auf eine harte Probe gestellt, wenn das Chaos Vorstellungen aus genau diesen fortgeschrittenen Realitäten einsickern ließ.

Als sich die kindischen Stickereien auf seinem Mantel plötzlich in dämonische Motive verwandelt hatten, dachte er: ›Ups! Da habe ich ja was angerichtet!‹ Denn er hatte sich wirklich über den Mantel geärgert und sich *gewünscht*, dass er daran etwas ändern könne. ›Und ich belehre Solana darüber, dass sie sich mit ihren Wünschen vorsehen soll!‹ Aber es stand normalerweise nicht in Peks Macht, ein Ding so grundlegend zu verändern. Diesen Vorgang hätte er noch als reine Äußerlichkeit abtun können, die nicht wirklich etwas mit ihm zu tun hatte, aber er beobachtete sich nun trotzdem schärfer und fand plötzlich, dass er wie selbstverständlich die Gedanken seiner Gefährten las. Das hatte er doch früher nicht gekonnt, oder etwa doch? Er war sich auf einmal nicht mehr sicher.

›Die Wirklichkeit verändert sich. Die Regeln ändern sich‹, dachte er. ›Hoffentlich hat das alles bald ein Ende! Sonst verwandele ich mich noch in einen Karach-Dämon!‹ Was ziemlich das letzte war, was er sein wollte.

Dämonen hatten auch keine Visionen, jedenfalls nicht in der Art, wie sie seine Gefährten in der Nachtburg erlebten. Wenn Wirdaon, ihre Herrin und Göttin, etwas von ihnen wollte, dann *sagte* sie es ihnen unmissverständlich und direkt – ins Bewusstsein hinein. Was Micra, Solana und Zach-aknum erlebten, ließ sich damit nicht vergleichen. Er konnte das nicht direkt verfolgen, denn es dauerte praktisch keine Zeit und passierte allen gleichzeitig. Aber er sah danach ihre Erinnerungen daran, als sie sich darüber klar zu werden versuchten, was gerade geschehen war, was sie erlebt hatten. Merkwürdigerweise blieb Brad von einer Vision verschont. Oder vielleicht war es auch nicht merkwürdig, da er zu diesem Zeitpunkt in direktem Kontakt zu Horam stand.

Pek hielt sich zurück und gab keine Kommentare ab. Das Erlebte schien die Menschen erschüttert zu haben. Er schwieg und beobachtete. Micra hatte etwas aus ihrer Jugend verarbeitet, das sie wohl seit langer Zeit belastete, bei dem er aber keine direkte Verbindung zu ihrer gegenwärtigen Lage sehen konnte. Zach-aknum sah eine Art mögliche Zukunft, deren Details ihn stark irritierten. Und Solana begegnete tatsächlich Wirdaon, die sie an etwas erinnerte, was durchaus Relevanz für die Gegenwart hatte.

›Seltsam‹, dachte Pek, ›Horam redet mit Brad, während die Horam-Priesterin von Wirdaon besucht wird, die wiederum für ihren Dämon kein Wort übrig hat. Was *tun* diese Götter nur?‹

* * *

Horam ließ nichts von sich hören. Brad vermutete, dass der Gott davon ausging, dass sie ihren Weg außerhalb der Nachtburg auch selbst fanden. Er konnte ihm da nur zustimmen. Auf die Dauer fand er es anstrengend, sich auf unhörbare Stimmen in seinem Kopf zu konzentrieren und gleichzeitig darauf zu achten, nicht in irgendein Loch zu stolpern.

Ohne den Zauberer wären sie bereits am Verhungern und Verdursten, denn die Meilen westlich des Gebirges waren öde und verdorrt. Zwei winzige Siedlungen fanden sie verlassen vor. Die Wälder waren zum Teil niedergebrannt und überzogen nur noch als schwarze Flecken die unteren Gebirgshänge. Ob der Kaiser davon wusste? Die Gegend gehörte noch zu Halatan, sagte Solana. Erst wenn sie eine der großen Straßen erreichten und sich nach Süden wandten, würden sie irgendwann Nubra erreichen und schließlich auch den Tempel von Ramdorkan.

›Eigentlich ist es nur noch eine Frage des Wanderns‹, überlegte Brad, während er genau das tat. ›Zwischen uns und dem Tempel liegt nichts, was uns aufhalten könnte. Es sei denn, Klos hat sich irgendwie blitzartig nach Westen bewegt und schneidet uns den Weg ab. Oder der Chaos-Lord verlässt seine Burg und ist so schnell, dass er uns einholen kann. Oder diese böse Königin, von der alle reden, setzt es sich in den Kopf, uns zu schnappen, bevor wir ihre Welt retten können. Oder ...‹ Es gab eine Menge Dinge, die ihnen in die Quere kommen konnten, wenn man es nur pessimistisch genug betrachtete.

Pek, der seinen seltsamen Mantel zusammengerollt auf dem Rücken trug, stieß ihn in die Seite.

»Sieh das Leben positiv, Brad!« sagte er. »Veränderungen müssen nicht immer zum Schlechten sein.«

»Du *kannst* Gedanken lesen, nicht wahr?«

Der kleine Dämon zuckte seine knochigen Schultern.

»Seit kurzem, wie es scheint. Ich glaube nicht, dass ich es früher konnte. Was meinst du?«

»Es ist mir jedenfalls noch nie aufgefallen, bevor ...« Brad wusste nicht, *wann* es ihm zum ersten Mal aufgefallen war. Das beunruhigte ihn ein wenig. Veränderte das Chaos jetzt schon sie selbst? Sein Blick ging zu Micra und Solana, die vor ihm und dem Magier liefen. Sahen sie irgendwie verändert aus?

Pek prustete neben ihm. »Stell dir mal vor, unsere Micra ist plötzlich blond wie eine Halatanerin!«

Brad musste ebenfalls lachen. Auf Horam Schlan gab es nur wenige hellhaarige Menschen – hauptsächlich unter den Nordländern, die als noch rückständigere Barbaren galten als Khuron Khans Volk der Steppen. Blonde Leute hatten daher einen bestimmten Ruf ...

Pek hielt sich die Hand vor den Mund. »Isch muss verrüggt sein«, nuschelte er. »Stell es dir *bloß nicht* vor!«

Brad wusste sofort, was der Dämon meinte. Der Stronbart Har hatte ihm beigebracht, was Wünsche für gefährliche Sachen sein konnten.

»Glaubst du, das passiert auch hier?«

»Ich bin so sicher, wie man unter diesen unsicheren Bedingungen nur sein kann.«

Nicht zum ersten Mal fiel Brad auf, dass Peks Ausdrucksweise manchmal abrupt ihre gewöhnliche Flapsigkeit verlor. Er sah ihn an, was hieß, dass er nach unten schauen musste – doch der kleine Kerl neben ihm hob nicht den Kopf. Auch eine Art, seinem Blick auszuweichen.

Pek machte aber etwas anderes. Er hob seinen linken Arm zur Seite und hielt Brad wortlos zurück, als wolle er das Marschtempo verlangsamen.

›Nein‹, korrigierte sich Brad, ›er will, dass wir eine größere Distanz zwischen uns und die anderen bringen.‹ Was mochte ihm Pek zu sagen haben, das der Rest der Gruppe nicht hören sollte?

»Erinnerst du dich an den Moment, wo Solana plötzlich sagte, dass in der Nachtburg das Tor der Dunkelheit verborgen sei?« fragte Pek leise.

»Natürlich. Ich dachte nicht, dass ...« Er verstummte. Was ihm zu dem Zeitpunkt gar nicht in den Sinn gekommen war, traf ihn nun mit doppelter Wucht. Wieso hatte Solana diese Enthüllung gemacht, als sie sich schon seit Stunden in der Burg befanden? So etwas konnte ihr doch nicht erst da eingefallen sein! Und warum hatte keiner etwas dabei gefunden?

»Sie wusste es vorher gar nicht«, sagte Pek. »Sie hatte eine Vision, in der Wirdaon persönlich ein Wissen aktivierte, das ihr während ihrer Ausbildung unterbewusst einprogrammiert wurde.«

»Einprog... was? So etwas wie eine magische Suggestion? Ein schlafender Befehl?«

»Jaja. Du und ich, wir hatten als einzige keine Visionen. Die anderen sind von seltsamen Dingen heimgesucht worden, deren Bedeutung mir nicht klar ist. Aber ich glaube, dass es recht private Dinge waren, also sprich sie besser nicht darauf an.«

»Warum sagst du es mir dann?«

Er sah, dass Pek seinen Kopf wiegte, als er antwortete: »Ich weiß es nicht. Doch ich denke, dass du es wissen solltest. Einer muss den Überblick behalten, schätze ich.«

»Weißt du, Pek, manchmal habe ich den Eindruck, dass es hier jemanden gibt, der sehr wohl den Überblick hat.«

»Was? Wer denn?« Der Dämon verdrehte theatralisch seinen Hals, als er nach allen Richtungen Ausschau hielt.

* * *

Caligos Allianz mit dem Wesen aus negativer Bewusstseinsenergie, das sich wie ein Mensch gab und Klos nannte, hatte nur kurze Zeit gedauert. Aber er lernte in dieser Zeit eine Menge von ihm. Klos war der erste Eingeborene gewesen, von dem er überhaupt etwas Nützliches erfuhr. Erkon Verons Wissen über die Welt, auf der er gelebt hatte, war lückenhaft, inkorrekt und ziemlich verzerrt. Die Yarben der Truppe, die Caligo für kurze Zeit übernommen gehabt hatte, wussten sogar noch weniger. Doch Klos kannte die Zusammenhänge, die schließlich zu den gegenwärtigen Zuständen geführt hatten. Zum ersten Mal erfuhr Caligo von den Statuen, die angeblich irgendein Gleichgewicht zwischen den beiden gekoppelten Welten aufrecht erhielten, vom Diebstahl der hiesigen vor Jahren und von ihrer kürzlichen, aber noch unvollständigen Rückkehr. Er konnte sich nicht vorstellen, was eine kleine Statue für eine welterschütternde Bedeutung haben sollte, aber auf dieser Welt war so manches ziemlich seltsam.

Das Wichtigste jedoch, was er von Klos erfuhr – die meisten Einzelheiten entriss er einfach dessen Bewusstsein, ohne dass er etwas davon bemerkte – waren die Informationen über jene Menschen, die anscheinend versuchten, den Zerfall aufzuhalten, indem sie die Statue wieder dorthin zurück brachten, von wo sie gestohlen worden war.

Einer war ein gefährlicher Krieger, der es mit fünf Soldaten auf einmal aufgenommen hatte. Er war nach Klos' Kenntnissen in Begleitung einer Frau und eines Jungen gewesen, möglicherweise gehörte auch noch ein Zauberer zu der Gruppe. Soviel hatte Klos bei seinen Untersuchungen herausgefunden, als ihm der Krieger, den er nun verdächtigte, ebenfalls ein Magier zu sein, auf seltsame Weise wieder entwischte.

Klos behauptete auch, man könne die Anwesenheit der Statue spüren, doch Caligo hielt das für abergläubisches Geschwätz des ungebildeten Eingeborenen, der Klos ja trotz allem war. *Er* spürte jedenfalls nichts.

Das lag daran, dass er als außerweltliches Wesen keinerlei magische Affinität zur Statue besaß, doch auf diesen Gedanken kam er nicht. Die Vorstellung, dass bloße sterbliche Wesen dieser Welt etwas haben könnten, was ihm fehlte, war für ihn viel zu fremdartig, um sie auch nur ansatzweise in Betracht zu ziehen. Genauso kam ihm nicht in den Sinn, dass außer ihm selbst noch andere Entitäten ein Interesse an den beiden Welten haben könnten, schließlich hätte er etwas von ihnen bemerken müssen, oder? Niedere Wesen faselten ständig von Göttern, aber die waren niemals real.

Ursprünglich hatte der Neryl vorgehabt, einen festen Zugang zu diesem Universum für seine Art zu öffnen. Doch mittlerweile begnügte er sich mit der Vorstellung, sich sozusagen zurück zu lehnen und die kataklysmischen Ereignisse eines doppelten Weltuntergangs zu genießen. Er hatte begriffen, dass die transphysikalischen Gesetze des hiesigen Universums – seine Magie – nicht so gut mit der Rasse der Neryl zusammenwirkten, wie er sich das vorgestellt hatte. Um so mehr würde es ihm gefallen, ihren Untergang zu erleben, und wenn es nur auf ein oder zwei Welten geschah.

Ein Problem gab es allerdings. Die Eingeborenen wollten sich nicht so einfach mit dem Ende ihrer Welt abfinden. Selbst zu diesem Zeitpunkt, wo die Chancen, noch etwas zu bewirken, nach Caligos Ansicht ziemlich schlecht standen, gaben sie nicht auf. Lästige kleine Wesen waren das!

Deshalb wurde es vorerst noch nichts mit dem entspannten Zurücklehnen. Caligo war gezwungen, aktiv einzugreifen, die Vorgänge zu beschleunigen oder zumindest ihren ungestörten Verlauf zu sichern. Es war etwas, das ihm auf dieser Welt erstaunlich schwer fiel. Zwar ein Wesen des Chaos, war er normalerweise doch recht gut zu organisiertem, nicht-chaotischem Handeln fähig, wenn es erforderlich wurde. Seine ersten beiden Versuche aber hatten buchstäblich im Chaos geendet: Zuerst die militärische und magische Niederlage im Kampf gegen die Königin Durna, und dann auch der Einsatz eines verräterischen Mörders gegen sie. Wandte sich etwa *die Magie* aktiv gegen ihn? Der Neryl, dessen Erfahrungen unzählige unbeschreibliche Dinge in einer Vielzahl von Universen einschlossen, zog diese Möglichkeit ernsthaft in Betracht.

Während er in der Nachtburg hockte und sich auf die Ergründung dieser Rätsel konzentrierte, wirkten die von ihm ausgehenden Wellen des Chaos weiter in der Natur von Horam Dorb und in den Seelen der Menschen, ohne dass er etwas dazu tun musste. Seine bloße Anwesenheit reichte aus. Doch in einer Welt, wo es so viel Zauberei gab, glätteten sich die Wellen viel rascher als anderswo, aufgesaugt von der Struktur einer an sich schon abnormen Realität.

Caligo wusste nicht, wie er die Statue oder die Leute finden sollte, die sie transportierten, ohne sie spüren zu können, aber er wusste, was Klos vorgehabt hatte. Die Gruppe musste sich auf dem Weg nach Westen befinden, zum Ra-Gebirge, wo sich der Ort befand, an den die Statue gebracht werden musste. Da konnte er ansetzen.

Die winzigen magischen Schwankungen in seiner eigenen Burg ordnete er der hier ohnehin vorhandenen Restmagie zu und beachtete sie nicht weiter. Nie wäre er auf den Gedanken gekommen, jemand könne *ihn* so gering schätzen, um unter seiner Nase vorbei zu marschieren, mit genau dem Gegenstand im Gepäck, der ihn momentan am meisten interessierte.

Caligo widmete sich verstärkt dem Aufbau seiner neuen Truppen, und er schwor sich, dass diese schon durch ihren Anblick Grauen und Entsetzen unter die Eingeborenen tragen sollten. In den südlichen Innenhöfen und Hallen der Nachtburg begannen sich schauerliche Geschöpfe aller Art zu drängen, Wesen, wie sie sich die krankeste Phantasie bisher nicht hatte einfallen lassen. Es waren zur Hälfte Untote, also aus menschlichen Überresten wieder erschaffene gespenstische Gestalten, zur anderen Hälfte Monster, aus lebenden Tieren gestaltveränderte Abscheulichkeiten. Sie alle kannten keine echte Vernunft, sondern nur den einen Instinkt, das zu töten, was ihnen ihr Meister auftrug.

Ein Gespräch

»Es läuft doch gut.«

Zunächst begrüßte kaltes Schweigen diese knappe Aussage; vielleicht war sie gar zu optimistisch.

»Glaubst *du*«, sagte dann eine träge Stimme aus der Dunkelheit. Sie betonte das zweite Wort.

»Ja, das glaube *ich*!« erwiderte der erste Sprecher etwas gereizt. »Eines der hauptsächlichen Probleme – ein vollkommen internes noch dazu – wurde mit einheimischen Mitteln gelöst. Die anderen Hoffnungsträger nähern sich stetig dem Ziel, und dort bleibt ihnen nur noch ...«

»Der Neustart?« Die andere Stimme klang spöttisch.

»Sie sagte, daran würde gearbeitet.« Das wurde deutlich defensiv hervorgebracht.

»Sie!« zischte die Stimme in den Schatten. »Sie hat von uns allen auch das meiste zu verlieren, findest du nicht? Wenn die Katastrophe ihre Welt mit in den Abgrund reißt, bleibt ihrem Volk nur der Rückzug in die Zwischendimensionen, und du weißt, was das heißt!«

»Ja. Sie ... ist im Laufe der Zeit fast eine von ihnen geworden«, gab der andere zu. »Sie identifiziert sich mit ihrem ... Volk!«

»Was man nicht von jedem Gott sagen kann, Horam!« Eine neue Stimme schnitt durch die Dunkelheit. Eis schien an den bloßen Tönen dieser Stimme zu kristallisieren. »Und Wordon! Hast du nichts zu tun im Augenblick?«

Im Schatten regte sich ein Gebilde, das dunkler war als schwarz. »Was meinst du, Wirdaon? Die Toten Seelen kommen von ganz allein.«

»Sie *gehen* auch wieder, du einfältiger Narr!« zischte die unheimliche Erscheinung einer schwarzweißen Frau, die plötzlich, aus dem Nichts bläulich angestrahlt, inmitten des Nichtraumes schwebte.

»Was meinst du?« Zum ersten Mal schwang in der trägen Stimme so etwas wie Besorgnis mit.

»Der Neryl hat deine Dimension angezapft. Noch ist es kleiner Spalt, vielleicht ist ihm nicht einmal klar, was er getan hat. Aber so etwas kann sich schnell ausweiten.«

Noch bevor sie den Satz beendet hatte, verschwand die Präsenz Wordons in den Schatten.

»Entschuldige«, sagte Horams Stimme nach einer peinlichen Pause.

»Schon gut«, flüsterte die papierweiße Frau aus einem schwarzen Mund. »Ich mache mir wirklich Sorgen. Die Dämonen, wie man sie anderenorts nennt, sind ein schwer zu lenkendes, gefährliches Volk. Nicht auszudenken, was passieren könnte, wenn sie außer Kontrolle geraten. Ich tue, was ich kann.«

»Ich auch.«

»Ja, ich weiß. Ist dir klar, dass Sternenblüte praktisch aktiv eingegriffen hat, als Durna mit diesem NBE-Wesen kämpfte?«

»Er hat sich damit ... exponiert, oder nicht? Wenn nun etwas schief geht, kann er nicht anders, als die Welten zu vernichten.«

416

»Wer weiß?« Wirdaon klang sehr nachdenklich. »Er ist ja nicht persönlich aufgetreten. Sternenblüte und Feuerwerfer arbeiten in dieser Sache zusammen. Vielleicht hat sie eine größere Bedeutung, als wir bisher annahmen.«

»Wer ist Feuerwerfer?«

»Ach, Horam! Was weißt du denn überhaupt? So nennt sich für gewöhnlich der Drache, der Schlan überwacht. Bis vor kurzem war er mit Tras Dabur beschäftigt, aber nun betreut er die Ausbildung einer multidimensionalen Bewusstseinsmatrix, die auf der Schlan-Seite den Neustart koordinieren soll. *Nun* ist freilich etwas übertrieben, denn er treibt sich mit dem Mädchen dazu in allen möglichen Zeiten und Räumen herum.«

»Mädchen? Eine Matrix? Aber das dauert doch ...«

»Jahre? Sicher. Er hat ihr Zeit geschenkt, weißt du. Ich glaube, von dieser Seite dürfte alles bestens vorbereitet sein, wenn es darauf ankommt.«

»Du weißt doch, was das heißt, oder?«

»Oh ja, Horam. Entweder die beiden Drachen sind Renegaten, dann wird das Ende zweifellos furchtbar sein. Oder sie handeln mit der Zustimmung ihrer ... Drachenheit. Und das, mein lieber junger Zwillingsgott, bereitet mir die meisten Sorgen. Denn dann ist all dies weitaus wichtiger als wir bisher glaubten und unser Versagen um so schlimmer.«

»Aber es läuft doch ganz gut«, wagte der junge Gott mit beinahe zitternder Stimme einzuwenden.

Wirdaon, die Herrin der Dämonen, lachte auf.

»Du hast Recht, Horam – wo ist übrigens gerade dein Zwilling? Wir und unsere jeweiligen Rassen existieren noch. Die Welten mit all den Menschen existieren noch. Die Drachen haben noch nicht die Geduld mit uns verloren. Vielleicht amüsieren wir sie? Wir sollten uns freuen, in einem so langweiligen Zeitalter des Universums zu leben, findest du nicht?«

12

Sie stolperten völlig erschöpft auf die gepflasterte Straße – und das Klima änderte sich abrupt. Der Hang hinter ihnen war noch immer ausgedörrt und sonnendurchglüht, doch die Straße und das Land jenseits von ihr sahen deutlich kühler aus, so unmöglich das auch erschien.

Ein Fuhrwerk, das sie bis vor einem Augenblick gar nicht gesehen hatten, schoss mit hoher Geschwindigkeit hinter einem dichten Gebüsch hervor und versuchte zu bremsen, als sein Kutscher die desorientierten Reisenden mitten auf der halatanischen Reichsstraße sah.

Es war nur Zach-aknums Geistesgegenwart zu verdanken, dass sie nicht überrollt wurden. Er schrie ein abgehackt klingendes Wort, und die Straße wurde plötzlich dreimal so breit. Wiehernde Pferde und ein fluchender Kutscher kamen direkt neben ihnen zum Stehen.

Merkwürdigerweise wussten sie alle in dem Moment, dass sie *anderswo* nicht soviel Glück gehabt hätten. Wären sie im Land der pferdelosen, rasenden Vehikel so auf eine Straße gesprungen und versehentlich mit ihnen kollidiert, dann hätte niemand mehr etwas für sie tun können. Außer Blushkoprops hätten sie zu rettenden Heilern geflogen ...

Was bei allen Dämonen waren Blushkoprops?

Der Kutscher sprang vom Bock und schickte sich an, sie nach allen Regeln der Kunst anzubrüllen. Er bekam jedoch nicht mehr als ein Krächzen heraus, dann quollen ihm seine Augen fast aus den Höhlen. Hatte Zach-aknum ihn etwa mit einem Würgezauber bedacht?

Brads Vermutung war falsch. Der Mann registrierte nur in genau diesem Augenblick eine Menge neuer Dinge. Die schwarze Kutte eines Magiers, die riesigen Schwerter auf den Rücken und an der Seite der Reisenden, das recht gehetzte allgemeine Aussehen der Gruppe, und nicht zuletzt einen unzweifelhaften, leibhaftigen Dämon, der frech grinsend zwischen den ihn überragenden Menschen stand. Man konnte praktisch sehen, wie seine geistigen Prozesse zu einem plötzlichen Halt kamen und dann umschalteten. Der Mann machte den Mund wieder zu und schnappte dann ein paar Mal nach Luft. Er war zu alt für diese Art Dinge, sagte er sich im Stillen. Er war ein guter halatanischer Bürger, der dem Kaiser seine Steuern zahlte und darauf baute, dass dieser ihm Magier und Magie vom Halse hielt. Aber anscheinend konnte man sich darauf genauso wenig verlassen wie auf so viele andere Dinge in letzter Zeit.

»Guten Tag.« Ausgerechnet der kleine, so gemein grinsende Dämon wünschte ihm das. War es etwa ein versteckter Fluch?

»Äh«, krächzte der Mann hilflos, aber dann schien er sich wieder zu fassen. »Ihr kommt aus dem Osten!« rief er aus. »Lebt dort noch jemand? Wir dachten, die schreckliche Dürre und die Brände hätten alle bis zu den Bergen getötet. Ihr müsst unbedingt mit mir in die Stadt kommen und davon erzählen.«

»Stadt?« fragte Micra und beugte sich interessiert vor. »Das hört sich gut an. Können wir mitfahren oder müssen wir warten, bis das nächste Fuhrwerk vorbei kommt?« Warum sie sich dabei im Geiste mit erhobener Faust neben der Straße stehen sah, wusste sie nicht. Vielleicht musste man den Fuhrwerken hierzulande drohen, um mitgenommen zu werden? Doch der Mann schien schon verängstigt genug zu sein, als dass sie noch mit den Waffen hätte klirren müssen.

Es erwies sich, dass der Kutscher nur zu gern bereit war, eine Handvoll bewaffneter Fremder mitzunehmen, die nichts anderes von ihm zu wollen schienen als eben das. Und es war gar nicht mal weit bis zu der Stadt, von der er gesprochen hatte. Der Mann, dessen Name Tolen lautete, brachte Getreidesäcke von den umliegenden Dörfern dorthin. Die Dürre machte anscheinend einige hundert Schritt neben der Straße Halt, wie er den Reisenden berichtete. Jenseits dieser Grenze war die Ernte fast überall eingebracht worden, wenn nicht übergreifende Buschbrände sie zerstört hatten. Aus Höflichkeit oder auch Vorsicht erwähnte er nicht, dass man das ungewöhnliche Phänomen für das Werk übler Magier hielt. Es bestärkte die Einheimischen in ihrer Abneigung gegen Magie und Zauberer. Ihm kam der Gedanke, dass vielleicht sogar die Verursacher der Situation auf seinem Wagen saßen, schließlich schienen sie Magier der schlimmsten Sorte zu sein, wenn sie sich sogar mit einem Dämon abgaben! Andererseits sahen sie ziemlich erschöpft aus, als hätten sie einen langen und mühseligen Weg hinter sich. Das passte nicht zu seiner Vorstellung von Bösewichtern. Aber damit mochten sich die Städter befassen. Tolen würde froh sein, die Passagiere wieder los zu werden und in sein Dorf zurück zu fahren.

Die kriegerisch aussehende Frau behauptete, dass sie aus Orun kämen, aber das lag weit im Osten, fast schon nahe der Reichshauptstadt. Wenn sie die Wahrheit sagte, dann waren sie wirklich schon eine Weile unterwegs.

Tolen wusste nichts von den Ereignissen im Osten, denn Nachrichten reisten langsam. Außerdem mussten sie einen Umweg über die nördlichen Provinzen nehmen, da niemand das Endoss-Gebirge überqueren konnte. Bis etwas in die westlichen Teile Halatans drang, vergingen mitunter Wochen.

Als sie ihn fragte, sagte er der Kriegerfrau, dass von Jellisk, der Stadt, die bald hinter dem nächsten Hügel auftauchen würde, die Reichsstraßen auch nach Süden bis zur Grenze von Nubra führen würden. Aber er riet ihr davon ab, dorthin zu reisen. Es hieß ja, die Yarben vertrieben alle Einheimischen aus Nubra, da würden sie Fremden gegenüber sicher nicht gerade gastfreundlich sein.

»Wir werden schon aufpassen«, sagte Micra mit einem Lächeln. Gegen Soldaten einer feindlichen Armee zu kämpfen, kam ihr fast wie eine willkommene Abwechslung vor.

Vor den Toren der Stadt sprangen sie vom Wagen und dankten Tolen fürs Mitnehmen. Es war keine so große Stadt wie Pelfar, aber doch mehr als nur ein Marktflecken. Jellisk lag an der Kreuzung der wichtigsten Reichsstraßen im Westen Halatans. Zwar hatte der Strom von Waren und Reisenden in südliche Richtung nachgelassen, seit Nubra von den Yarben besetzt worden war, aber das wirkte sich wirtschaftlich noch nicht so sichtbar aus wie der Wegfall der Tore in anderen Gebieten des Kontinents. Und die meisten Händler mochten denken, dass sie sich mit den neuen Herren des Nachbarlandes arrangieren könnten, wenn sich der Staub des Krieges erst einmal gelegt hatte. Also harrten sie aus und trotzten der Krise.

In den letzten Tagen kamen allerdings seltsame Nachrichten aus dem Süden. Die Politik der Yarben schien sich verändert zu haben, es wurde von einem Umsturz der Führung gemunkelt, manche behaupteten sogar, dass die tekladorische Königin die Kontrolle über die Invasoren übernommen habe. Letzteres war sicher eine reine Erfindung, aber etwas ging dort vor.

Tolen wäre erstaunt gewesen, mit welcher Gleichgültigkeit die Wachen am Stadttor die Reisenden durchwinkten, während sie kurz darauf eine alte Frau und ihre Tur-Büffelkuh einer genauen Musterung und Befragung unterzogen. Er hätte wahrscheinlich auf Zauberei getippt und damit völlig Recht gehabt.

Zach-aknum, dem Pek schnell etwas zuflüsterte, als sie vom Wagen stiegen, hatte nicht gezögert, einen kleinen, aber wirksamen Zauber über sie zu werfen.

Innerhalb der Stadtmauern machten sie sich auf die Suche nach einer Herberge. Die Zeit mochte drängen, aber nicht einmal der Magier verspürte große Lust auf eine sofortige Weiterreise zum Tempel. An einem gewissen Punkt ist die Grenze der Belastbarkeit eben erreicht, ob der Weltuntergang droht oder nicht.

»Du kannst also Gedanken lesen?« fragte er Pek, der pausenlos alle Leute angrinsend neben ihm her hüpfte. »Seit wann denn das?«

»Natürlich nicht die Euren«, versicherte der kleine Dämon rasch.

»Das will ich dir auch geraten haben. Also seit wann kannst du das?«

»Ich weiß nicht genau. Ich habe mich schon mit Brad darüber unterhalten. Wahrscheinlich ist es eine Auswirkung des Chaos. Bemerkt Ihr denn gar keine Veränderungen in der Wirkung Eurer Magie?« wagte er sich ein wenig vor.

»Ich versuche, vorsichtig zu sein«, gab Zach-aknum überraschend zu. »Mit solchen Dingen war zu rechnen. Die Regeln ändern sich.« Damit wiederholte er genau das, was sich Pek auch schon gedacht hatte. Es war nur die Frage, in welche Richtung sich die Regeln für alles änderten.

Pek hatte den Magier gewarnt, dass man in diesem Landstrich eine übertriebene Abneigung Zauberern gegenüber verspüren könnte, was er vorher aus den Gedanken Tolens erlauscht hatte. Er dachte eigentlich, dass Zach-aknum aggressiver vorgehen würde, aber Tarnung war vielleicht die beste Lösung.

»Sie halten sich für ›fortschrittlich‹, wenn sie die Magie als schlecht oder nicht existent betrachten«, sagte der Zauberer finster. »Das war schon früher so, aber in der Zeit meiner Abwesenheit scheint sich der Trend noch verstärkt zu haben. Natürlich sind alle Zauberer, die etwas auf sich hielten, längst aus Halatan ausgewandert – was soll man auch machen, wenn man nichts zu tun bekommt? Arbeitslose Magier neigen außerdem zu ... antisozialem Verhalten. Daher kennen die Einheimischen heute Magie fast nur noch vom Hörensagen oder von der Handvoll Amateure, die es noch im Lande aushalten. Und so schließt sich der Kreis.«

»Vielleicht hat sie mal jemand mit einem Dummheitsfluch belegt?« spekulierte Pek. Der Magier neben ihm hustete merkwürdig, aber als Pek zu dem Gesicht unter der Kapuze aufschaute, war es wieder ausdruckslos und distanziert.

»Das ist eine Herberge, denke ich!« sagte Solana in diesem Moment. »Versuchen wir unser Glück?«

Es hatte weniger mit Glück zu tun als mit den massiven Münzen aus Gold, die der Magier aus einem verborgenem Beutel zog, dass sie sofort zwei Zimmer im *Müden Ross* erhielten. Wo immer er sie her hatte, sie wurden ohne jede Frage akzeptiert. Gold war eben überall Gold.

Außer dort, wo es aus Papier war.

Wie auf Kommando sahen sich die fünf Reisenden an und schüttelten die Köpfe. Was für eine Vorstellung!

Sie stiegen die Außentreppe zu ihren Räumen hinauf und entdeckten, dass es sogar einen Baderaum gab. Keinen interessierte es dann noch sonderlich, ob die ausgeklügelte Wasserversorgung über Rohre zur halatanischen Fortschrittlichkeit gehörte oder eine Veränderung des Chaos war.

Stunden später, erfrischt und nach einer Mahlzeit im Gastraum der Herberge, meldete sich Brad mit der Idee, noch vor dem Abend auf dem hiesigen Markt nach neuen Informationen Ausschau halten zu wollen. Bevor sie sich wie geplant am folgenden Tag auf den Weg nach Süden machten, sollten sie alles in Erfahrung bringen, was man hier über die Zustände in Nubra und der Umgebung von Ramdorkan wusste. Außerdem konnte er sich schon nach einem Ort umsehen, wo man Pferde bekam. Um möglichst unauffällig zu sein, wollte Brad allein losgehen. Er erwähnte nicht, dass ihm seine *Gilde*-Erfahrungen viel nützlicher sein würden, wenn er nicht auf Begleiter achten musste.

»Pass bloß auf dich auf!« ermahnte ihn Solana. »Denk daran, was beim letzten Mal passiert ist, als du dich in einer Stadt nur mal umhören wolltest!«

Brad sah etwas betreten aus. Sich von den Häschern des grauen Mannes Klos am hellen Tag inmitten von Pelfar fangen zu lassen, zählte er nicht zu seinen Glanzleistungen. Aber wie hätte er auch auf diese Begegnung vorbereitet sein sollen, wusste er doch damals nicht einmal, dass überhaupt jemand hinter ihm her war?

»Ich glaube nicht, dass sich Klos bei seiner Jagd nach mir oder uns bis ins Ausland nach Halatan wagt. Eher werden wir am Tempel oder irgendwo in Nubra auf ihn stoßen, wo er tun und lassen kann, was er will. Aber trotzdem – hier!« Er nahm den Beutel mit der Statue heraus und wollte ihn Zach-aknum geben. Doch der Schwarze Magier hob abwehrend die Hände.

»Solana soll sie nehmen. Sie hat schon einmal gut auf sie aufgepasst.«

»Gern«, sagte die Frau. Ihr machte es nichts aus, die Statue zu tragen, doch der Zauberer schien sich, wie sie beobachtet hatte, in unmittelbarer Nähe des heiligen Gegenstandes zunehmend unwohl zu fühlen.

Auch Micra war darauf aufmerksam geworden. Sie musterte den Mann mit den langen weißen Haaren, die über sein wahres Alter täuschten. »Ist es das, was Saliéera hatte?« fragte sie ihn leise.

Zach-aknum zuckte beim Namen seiner Schülerin deutlich zusammen, doch er winkte ab.

»Nein, nein, das ist es nicht. Jedenfalls nicht so, wie sie es beschrieben hat. Aber ihre Nähe ... wird unangenehm. Wenn ich sie bei mir trage, sendet sie pausenlos eine Art bohrende Kälte aus, als ob sie mir Energie entzieht. Sie beunruhigt mich, wie eine unerledigte Arbeit, die man einfach nicht vergessen kann, nicht für einen Moment. Was sie ja auch ist. Aber denkt daran: Sollten wir in eine missliche Lage geraten, ob nun durch magiefeindliche Einheimische oder den Chaos-Lord, dann muss unter allen Umständen die Statue verteidigt werden, ungeachtet der Gefahr für einen für uns. Sie muss nach Ramdorkan ...«

Der Magier verstummte plötzlich und fasste nach seinem Armreif unter dem Kuttenärmel. Der *Zinoch* meldete sich selten von selbst bei ihm, aber wenn er es tat, war es wichtig.

Nach einer Weile blinzelte Zach-aknum rasch, als wolle er von den Bildern einer Vision wieder zur Realität zurückkehren.

»Wir haben jetzt eine Zeitvorgabe«, sagte er nüchtern. »Wie damals im Fluchwald.«

»Wie lange noch?« fragte Brad.

»Nicht sehr lange, aber ausreichend, um nach Ramdorkan zu kommen, falls uns nichts über Gebühr aufhält. Mehr als den heutigen Tag würde ich trotzdem nicht in Jellisk verbringen wollen. Ich denke, Ihr solltet Euch auf Euren Erkundungsgang begeben, Brad.«

Der Angesprochene nahm sein Schwert und verließ die Herberge *Müdes Ross*.

Zach-aknum sah ihm nachdenklich hinterher, dann warf er dem neuerdings gedankenlesenden Pek einen scharfen Blick zu. Die Zeitangabe war nicht alles gewesen, was ihm der Ring aus der Kette Horams vermittelt hatte. Er wollte jedoch noch nicht zu den anderen darüber sprechen. Zu oft hatte sich der *Zinoch* in der Vergangenheit als unzuverlässig und trügerisch erwiesen. Außerdem waren seine Mitteilungen notorisch ungenau und kryptisch. Außer was die Zeit anging. War das der Grund, weshalb er jedes Mal das Bedürfnis verspürte, sein linkes Handgelenk anzustarren, wenn er sich fragte, welche Tageszeit es sein mochte?

Er runzelte die Stirn. Das hatte er für eine Chaos-Wirkung gehalten, aber wenn es mit dem *Zinoch* zu tun hatte ... oder wurde auch der Ring beeinflusst? Ausschließen konnte man es nicht.

Die Zeitspanne, die genannt worden war, bedeutete nicht, dass an jenem Tag die Welt mit einem großen Knall untergehen würde. Der *Zinoch* bezeichnete es als den Punkt ohne Umkehr. Danach wären all ihre Bemühungen sinnlos. Sie würden aber noch viel Zeit haben, ihr Versagen zu bereuen.

Die restlichen Visionen des *Zinoch* waren leider wieder einmal von der Art, die man erst dann richtig verstand, wenn sie eintrafen. Es war beispielsweise die Rede von neuen Feinden und Freunden, die bald auftauchen würden.

An neue Feinde glaubte er gerne. Schlechte Dinge neigten dazu, mindestens genauso einzutreten, wie sie prophezeit wurden. Zach-aknum fragte sich allerdings, woher in einem so ausgesprochen magiefeindlichen Land, das am Rande einer wirtschaftlichen Katastrophe und unter der ständigen Bedrohung durch seine südlichen Nachbarn lebte, neue Freunde für sie kommen sollten?

* * *

Brad hatte schon immer ein Ohr für Sprachen gehabt. Als er die scharfe Entgegnung eines Mannes hörte, der sich offensichtlich über den Preis einer Ware aufregte, wusste er sofort, dass der Sprecher nicht von hier war. Und dass er diesen seltsamen Akzent schon einmal gehört hatte. Nur wollte ihm nicht einfallen, wo und wann. Das war eigenartig genug, um seine Aufmerksamkeit zu erregen, denn Brad besaß ein eidetisches Gedächtnis – er konnte nur mit Hilfe bestimmter Meditationstechniken etwas vergessen, zumindest zeitweise.

Er drehte sich um und versuchte herauszufinden, wer den Händler so schroff angefahren hatte. Das war nicht schwer. Der Händler, ein hagerer, dunkler Typ, besaß auch nicht gerade ein zurückhaltendes Wesen. Nun wetterte er, was das Zeug hielt, und verfluchte die komplette Ahnenreihe seines Kunden, der ihn mit Absicht zu ruinieren trachtete. Schon bildete sich eine kleine Gruppe amüsierter Zuschauer. Ein richtiges Feilschduell war überall eine Abwechslung, wo sich der Markt oder Basar auch befinden mochte.

Brad konnte das Gesicht des Mannes nicht erkennen, der den Zorn des Händlers erregt hatte, weil der ihm den Rücken zukehrte. Doch schon seine Kleidung bestärkte ihn in seinem Verdacht, dass er mit ihm oder seinesgleichen bereits zu tun gehabt hatte. Der Stoff der weit geschnittenen Sachen war aus einem unbekannten Grund grün und braun gefleckt. Auf dem Rücken trug der Mann einen Rückensack, wie ihn dank Pek auch Brad besaß. Eine zusammengerollte Decke oder etwas ähnliches war oben quer darauf geschnallt. An einem Riemen hing ihm ein undefinierbarer Gegenstand über der Schulter. Das Ding sah aus, als würde es aus Metallteilen zusammengesetzt sein, doch Brad konnte sich zunächst beim besten Willen nicht vorstellen, wozu es dienen könnte. Es war nur so lang wie sein Unterarm, und bis auf einen rechtwinklig abstehenden Auswuchs nicht besonders breit.

›Eine Waffe!‹ dachte er dann plötzlich. ›Was könnte es sonst sein? So gleichmütig trägt man eine Waffe, an die man vollkommen gewöhnt ist.‹ Er selbst trug vorzugsweise das schmale, lange Schwert, das ein Mann gerade noch mit einer Hand schwingen konnte, meist auf Barbarenart auf dem Rücken. Er wusste, wie es sich anfühlte, eine vertraute Waffe lässig in Griffbereitschaft umgehängt zu wissen.

Der Mann schien sich mit dem Feilschen auszukennen, denn er nahm dem hageren Händler seine Tirade nicht krumm. Brad hatte auf Horam Schlan schon erlebt, wie ein Barbar einen Händler wegen harmloserer Beleidigungen wortlos abgestochen hatte und zum nächsten Stand gegangen war. Stattdessen begann der Mann ihm in bildhafter, wenn auch akzentuierter Sprache zu erklären, wohin er sich seine gesammelten Waren stecken könne, was ihm den Beifall der Umstehenden einbrachte, die sich selbst in ähnlicher Rolle als Kunden sahen.

Brad ließ keinen Blick vom Rücken des Mannes, genauer gesagt, von dessen Waffe. Das schwarze Metall war an einigen Stellen hell geworden, anscheinend von langem Gebrauch abgewetzt. Als er genauer hinsah, merkte Brad, dass das abgewinkelte Teil aus einem anderen, ihm unbekannten Material bestand. Je länger er das Ding betrachtete, um so mehr verwirrte es ihn. Es sah so ... kompliziert aus. Brad blinzelte. Mit einem Flimmern schien sich die Wirklichkeit seiner Wahrnehmung anzugleichen. Sie kippte zurück in die richtige Perspektive. Jawohl, sein erstes Gefühl hatte ihn nicht getrogen: Dieser Mann hatte etwas über seine Schulter gehängt, das es nicht geben konnte. Es sei denn, sagte sich Brad, auf Horam Dorb existierten Länder, die viel, viel weiter in ihrer Entwicklung der Handwerkskunst, der Waffenschmieden und Gelehrsamkeit waren, als er es sich je hätte träumen lassen. Man konnte auf einer anderen Welt schließlich nie wissen.

Der grün-braun Gekleidete schloss entgegen jeder Erwartung doch noch ein Geschäft ab, das den Händler kopfschüttelnd und die Zuschauer schadenfroh grinsend zurückließ. Er nahm ein Säckchen mit einem Pulver und steckte es in eine der vielen Taschen, die seine Jacke und Hose bedeckten. Als er sich umdrehte, sah Brad, wie er unter seinem dichten Bart lächelte. Dann fiel sein Blick auf Brad und das Lächeln gefror. Er musterte ihn einen Moment lang aus zusammengekniffenen Augen, dann schob er sich an ihm vorbei.

»Hast du Somdorkan gefunden?« flüsterte der Mann dabei. Oder bildete sich Brad das nur ein? Er fuhr herum und hob den Arm, um den Fremden zurückzuhalten. Zu seiner Verwunderung sah er ihn gerade noch in einer Gasse verschwinden, die mindestens zehn Schritte entfernt war. Er eilte ihm nach, ohne zu bedenken, was das bedeutete.

Es war der dümmste Anfängerfehler, den man nur machen konnte. Natürlich trat ihm der Mann in der Gasse aus einer Nische entgegen. Er hielt das Ding von seiner Schulter nun waagerecht, und Brad sah, dass sein metallenes Ende eine runde Öffnung hatte.

»Nun?« fragte der Mann gleichmütig.

»Ich habe Somdorkan gefunden – aber wer bist du eigentlich?« sagte Brad, der vorsichtig ein paar Schritte von ihm entfernt stehen blieb.

»Der Wanderer«, sagte der Mann und machte eine kleine Geste mit der Linken. Und da fiel es Brad wieder ein.

Im Fluchwald war er für einige Zeit von seinen Gefährten getrennt gewesen, und da hatte er eine Begegnung gehabt, von der er später glaubte, sie sei ein Traum oder eine Halluzination gewesen. Wie hätte er auch mitten im Stronbart Har einen Wanderer treffen können? Und er vergaß diese Sache fast sofort, was am ungewöhnlichsten von allem war. Doch da stand er wieder vor ihm – der Wanderer.

»Also benehmen wir uns zivilisiert, oder was?« fragte der Mann. »Ich schätze, du ahnst, was ich hier habe. Es macht einen höllischen Krach und ich hasse es, schnell irgendwo verschwinden zu müssen.«

Brad schluckte. »Schon gut. Ich werde dich nicht aufhalten. Ich war nur überrascht, jemanden hier von Somdorkan reden zu hören. Du kannst deine Waffe wieder umhängen.«

»Aufhalten? Oh, ich habe es nicht eilig. Ihr Leute hier neigt nur so schnell zu Handgreiflichkeiten. Wenn du willst, können wir ruhig miteinander reden. Es wird dir aber wahrscheinlich nicht viel sagen.«

Wie sich zeigte, kannte sich der Wanderer in der Stadt aus und führte Brad zu einer kleinen Kneipe, in der man sich ungestört unterhalten konnte. Er legte seine Waffe neben sich auf die Bank, für andere nicht zu sehen, doch griffbereit.

»Hast du Grund, dich hier nicht sicher zu fühlen?« fragte Brad mit einem Blick in Richtung des ihm ein wenig unheimlichen Dings.

»Ah, das nicht, aber es zahlt sich aus, stets vorsichtig zu sein.«

»Was ist das eigentlich?« Brad konnte seine Neugier nicht länger zügeln.

»Eine Schusswaffe. Gibt es auf dieser Welt in dieser Form nicht. Du erinnerst dich doch daran, dass ich von einer anderen komme, oder?«

»Ja, soviel habe ich mir inzwischen zusammengereimt. Du sagtest damals, du hast Landkarten, die dich überallhin reisen lassen. Aber du irrst dich. Es gibt in Halatan sogenannte Kanonen. Neuerdings jedenfalls.«

Der Wanderer grinste amüsiert. »Ich weiß. Freunde von mir haben dabei ein wenig mitgeholfen. Diese Kanonen sind aber von meiner MP-7 soweit entfernt wie der Mond von Horam Dorb.«

»Mond?«

»Ihr nennt ihn Ziat, glaube ich.«

Brad wusste nicht, wie weit der unscheinbare Himmelskörper weg war, aber es schien weit zu sein, wenn er den Fremden richtig verstand. »Diese Empesieben kann aber bestimmt nur kleine Geschosse abfeuern?« wandte er ein. Der Herzog hatte ihnen in Orun widerwillig erklärt, was eine Kanone im Prinzip tat.

»Sie durchschlägt auf vierhundert Schritt einen Titanpanzer. Glaub mir, ein kleines Loch in dir drin reicht aus ... Aber du wolltest mich sicher nicht nach den neuesten Prototypen von Heckler und Koch ausfragen, die wir haben mitgehen lassen, als wir uns auf die Reise machten.«

Brad blinzelte. Er war fasziniert von der Idee, etwas ähnliches wie eine von Walthurs Kanonen einfach mit sich herumtragen zu können – etwas, das auf vierhundert Schritt einen Mann töten konnte, wenn der Wanderer nicht übertrieb. Der Herzog hatte behauptet, ein Schuss mit seiner neuen Waffe könne – falls er traf – ein Dutzend oder mehr Feinde vernichten, aber dann musste umständlich neu geladen werden. In dieser Zeit konnte ein entschlossener Feind schon auf Pfeilschussweite heran sein und die

Mannschaft an der Kanone ausschalten. Gerne hätte er den Wanderer weiter über seine Empesieben ausgefragt, aber der schien nicht länger darüber reden zu wollen.

»Freunde von dir sind ebenfalls hier?« fragte er stattdessen. »Von deiner Welt?«

»So ist es. Ich weiß nicht warum, aber es schien uns alle etwas hierher zu ziehen. Und nun, äh, haben wir ein kleines Problem mit der Weiterreise.«

Brad kam ein Verdacht. Waren es nicht mehr nur bizarre Vorstellungen und beunruhigende Bilder, die Caligos Anwesenheit aus anderen Realitäten hereinsickern ließ? Hatte eine neue Phase des Chaos begonnen? In Orun war ihm dieser Gedanke beim Anblick der Kanonen schon einmal gekommen. Zu fremdartig waren diese gewesen. Doch der Herzog hatte ihnen versichert, dass die Gelehrten des Reiches schon seit langem an ihnen arbeiteten.

»Weißt du, dass Horam Schlan und Dorb untergehen werden?« fragte er den Wanderer. Der musterte ihn überrascht. »Untergehen?« wiederholte er gedehnt. »Was verstehst du darunter?«

»Sie fallen in den Schwarzen Abgrund, sagen die Priester. Das Ende der Welt.«

»Du meinst doch nicht ... irgendwie in nächster Zeit?«

Brad nickte und nahm einen Schluck von dem Wein, den ihnen die Bedienung ungefragt hingestellt hatte. Dann fasste er die Situation kurz zusammen, ohne zu erwähnen, dass er zu einer Gruppe gehörte, der von den Göttern die Aufgabe gestellt worden war, diese unerfreulichen Vorgänge zu stoppen. »Außerdem«, schloss er den deprimierenden Vortrag, »ist ein sogenannter Chaos-Lord aus einer anderen Dimension auf dieser Welt anwesend. Ich glaube, sein Einfluss ist möglicherweise dafür verantwortlich, dass du und deine Freunde hier gelandet seid.«

Der Wanderer starrte Brad an, als habe dieser soeben in aller Seelenruhe verkündet, dass er selbst eine Ruger MP9 vorziehe, weil die auf kurze Distanz größere Löcher macht. Schließlich fluchte er in einer fremden Sprache – aber Flüche sind als solche meist zu verstehen.

»Wie sicher ist das mit dem Chaos-Lord?«

»Ich halte es für ziemlich wahrscheinlich, dass er dafür verantwortlich ist. Es gab schon andere Anzeichen für das Eindringen bestimmter Dinge aus einer fremden Realität, die durchaus deine gewesen sein könnte.«

Jetzt nahm der Fremde einen langen Schluck. »Und wie kommt es, dass du von solchen Dingen weißt, obwohl uns bisher niemand davon erzählt hat? Ist es ein Geheimnis, das man Fremden nicht offenbart? Nun ja, du bist auch nicht von hier. Hat das was mit dem Reisen durch die Tore zu tun?«

»Nein, gar nicht. Ich habe gewisse Quellen ...« Brad war sich immer noch nicht sicher, wie viel er dem Mann sagen sollte. »Die Zauberer und vermutlich auch die Priester wissen Bescheid. Die Regierung in Teklador dürfte ebenfalls orientiert sein, denn die Königin ist eine Hexe. Natürlich weiß das Volk nichts von der Gefahr – es gäbe ein Chaos, wenn man es allen sagte.« Er verstummte und sah sich nachdenklich in der kleinen Kneipe um. ›Ich hoffe nur, Caligo kommt nicht auf *die* Idee!‹ dachte er. Dann fuhr er fort: »Noch ist nicht alles verloren. Es gibt Wege, die Sache aufzuhalten.«

Die Augen des Wanderers wurden schmal. »Ich hatte eigentlich gedacht, dass *du aus mir* nicht schlau werden würdest, aber es ist eher umgekehrt. Das Reisen von Welt zu Welt und gar zwischen den Dimensionen scheint dir vertrauter zu sein, als ich es für möglich gehalten hätte. Du redest ganz nebenbei davon, dass die Welt in ein Schwarzes Loch stürzen wird und dass Entitäten aus anderen Universen auf sie vorgedrungen sind. Du bist kein normaler Eingeborener der Zwillingswelten. Wer bist du, Brad Vanquis?«

Brad lächelte. Manchmal fragte er sich genau dasselbe. »Nur ein Mann, den sich die Götter ausgesucht haben, um ihn ein wenig von ihrer Arbeit machen zu lassen.«

»Die Götter, eh?« Der Wanderer schien das lustig zu finden. »Und ich wette, sie haben dich beauftragt, die Welt zu retten? Na schön. Ich hasse es, das zu fragen, weil ich mich damit einmische und verstricke, aber trotzdem: Kann ich bei dieser Weltuntergangssache irgendwie helfen? Den Halatanern haben meine Freunde ja auch geholfen, da kann es nicht viel schaden.«

Brad dachte an eine Waffe, die auf vierhundert Schritt tötete. »Unterstützung auf unserem restlichen Weg können wir bestimmt gebrauchen«, sagte er. Was wohl Zach-aknum davon halten mochte, wenn er einen Fremden von einer anderen Welt für ihre Mission anheuerte?

»Du bist nicht mehr allein wie im Stronbart Har?«

»Nein, und auch dort war ich nur kurz von meinen Freunden getrennt, als wir uns trafen. Wir verfolgen immer noch dasselbe Ziel wie damals. Diesmal sind wir auf der Suche nach dem Tempel von Ramdorkan.«

»Klingt wie eine aufregende Pilgerfahrt. Aber wenn's hilft, bin ich dabei. Vielleicht kann ich dann auch meine Reise fortsetzen.«

Sie verließen die Kneipe, und Brad nahm den Wanderer mit auf die andere Seite der Stadt, wo seine Gefährten auf das warteten, was er auf dem Markt herausfand. Er war sicher, sie würden sehr überrascht sein.

* * *

Caligo trat vor die Menge unterschiedlichster Geschöpfe, die er ins Leben gerufen und nun kraft seines Willens gezwungen hatte, sich zu versammeln. Seine eigene Gestalt war nur noch entfernt menschenähnlich. Der Prozess der Anpassung der Biomasse des Wirts schritt fort. Er erhielt das Gewebe in einem schwankenden Gleichgewicht zwischen Zerfall und Mutation am Leben, aber er wusste, dass er das nicht unbegrenzt würde tun können. Doch vermutlich würde die Welt nicht mehr lange genug existieren, dass er sich um einen neuen Körper Gedanken machen musste.

Nun wollte er eine neue Phase des Chaos einleiten, eine aktive Phase. Seine Heerscharen standen bereit, in ihren dumpfen Hirnen und gestohlenen Seelen nichts als den Wunsch, alles zu vernichten, was er ihnen zu vernichten befahl.

»Es ist an der Zeit«, sagte er zu ihnen, »dass ihr hinausgeht und das tut, wofür ich euch erschaffen habe! Geht nach Westen und nach Süden und sucht auf allen Wegen, die zum Tempel von Ramdorkan führen. Ein paar Menschen sind dorthin unterwegs, die eine kleine Statue bei sich tragen. Wenn sich euch jemand in den Weg stellt, tötet ihn! Wenn jemand vor euch flieht, tötet ihn! Und wenn ihr findet, wonach ich euch aussende, tötet sie alle! Bringt mir nur diese Statue zurück.«

Die artikulierteren Individuen unter seinen monströsen Schöpfungen grölten ihre Zustimmung. Es schien eine Sprache zu sein, die sie verstanden.

»Aber falls es euch nicht gelingt, sie zu finden und zu vernichten, bevor sie den Tempel erreichen und die Statue dort abgeben, dann braucht ihr nicht mehr hierher zurückkehren. Dann wird mein Zorn so furchtbar sein, dass selbst ihr untotes Gezücht Angst verspüren werdet. Eure Seelen werden von mir zu Qualen verurteilt werden, dass eure Schreie das Universum erzittern lassen. Ich werde euch über die ganze Welt jagen und jeden einzelnen von euch eine Unendlichkeit lang martern.«

Die Wesen vor ihm kauerten sich zusammen.

»Nun auf! Hinfort mit euch. Tötet sie alle!«

Teil 4
Ramdorkan

Jene, die zu wissen glauben, sie sagen:
am Anfang war der Urknall ...
Jene, die einfach nur glauben, sie sagen:
am Anfang war das Wort ...
Sie alle irren sich.
Denn am Anfang der Dinge
waren Tod und unversöhnliche Wut,
war Zorn, war Zerstörung und Chaos.
Am Anfang aller Dinge
waren Drachen.
Sternenblüte

Veras Erzählung

Ich bin Vera – Vera Steinfurth, aber das interessiert hier eigentlich keinen. Sie sprechen schon den Vornamen so komisch aus, dass man das Apostroph beinahe hören kann: Ve'ra. Und sie haben eine Heidenangst vor mir. Ich bin nämlich eine Hexe. Eigentlich ist das nichts besonderes auf dieser Welt, zu Hause war es schon etwas anderes. Aber ich habe mir mit Halatan wohl das falsche Land auf dem Planeten ausgesucht. Hier mag man keine Zauberei ...

Tja, wenn man es genau nimmt, bin ich außerdem ein Alien, doch zum Glück – und entgegen jede kosmische Wahrscheinlichkeit – sehe ich so aus wie die Eingeborenen. Ich jedenfalls komme von der Erde, einer Welt irgendwo in einem anderen Universum, wenn ich die Theorie richtig verstanden habe. Weil ich eine Hexe geworden bin, passte ich nicht mehr so richtig in den großen Plan und wurde gebeten, doch möglichst unauffällig zu gehen. Paradoxerweise von demselben Wesen, das für mein Talent verantwortlich war. Und nun bin ich hier gestrandet, auf dieser absurden Welt aus den wirren Träumen eines durchgeknallten Rollenspielers.

Ich mag keine Rollenspiele. Zuerst wusste ich gar nicht, was das ist; ich dachte, es habe etwas mit Therapiegruppen oder Managerschulungen zu tun. Oder mit Sex. Später wurde ich von meinen Mitschülern aufgeklärt und ich fand es ziemlich blöd. Wahrscheinlich, weil ich da bereits eine Ahnung von etwas anderem hatte. Trotzdem wollte ich sogar einmal mitspielen. Mädchen durften Elfen, Kriegerinnen oder Hexen sein. Aber an dem Tag geschah etwas, das mich dazu brachte, die Hexe nicht zu spielen, sondern zu sein. Das war sozusagen der Rollenspielnachmittag, der für mich alle Rollenspiele beendete. Ich hatte genug damit zu tun, die Erinnerung aus den Köpfen der Beteiligten zu löschen, als es darauf ankommen zu lassen, dass es ihnen beim nächsten Spiel wieder einfiel.

Aber ich fange wohl besser mit dem Anfang an, soweit das eben geht. Der Anfang fand weit weg von hier in Raum und Zeit statt.

Einst gab es eine meiner Erde sehr ähnliche Welt, auf der einige Leute richtig zaubern konnten, aber diese Fähigkeit ging ihnen verloren, ich weiß nicht, warum. Die letzten Magier auf jener Parallel-Erde beschlossen, die von ihnen vermutete Zeitperiode ohne Magie zu überspringen und denen zu helfen, die bei ihrem Wiederaufleben in der fernen Zukunft in der Lage sein würden, sie zu nutzen. Was sie dabei übersahen, war ein klitzekleiner Haken, eine für sie nicht ohne weiteres feststellbare Ungenauigkeit. Ihre Visionen zeigten nämlich nicht die Zukunft ihrer eigenen Welt, sondern die eines parallelen Universums – meines. Deshalb wäre ihr Ritual beinahe schiefgegangen. Es hatte auch so schon katastrophale Auswirkungen, aber sie schafften wenigstens den beabsichtigten Zeitsprung. Sie reisten auf magische Weise in der Zeit und offensichtlich auch im Raum oder in den Dimensionen, bis sie bei uns ankamen. Wir, das war eine rebellische Gruppe von ein paar Erwachsenen und Jugendlichen. Uns vereinten in einer zunehmend feindselig erscheinenden Welt unsere neu erwachten Fähigkeiten, so verschieden wir auch sonst waren. *Magische* Fähigkeiten, wenn wir sie auch nicht in jedem Fall so nannten, schließlich gab es in unserer Kultur genügend alternative Erklärungen wie Telekinese, Telepathie und solch ein Zeug. Das »Buch der Magie«, das ich mir von Onkel Phil »ausborgte«, half bei ihrer Weiterentwicklung und unserem Training sehr. Aus wilden Talenten wurden junge Zauberer und Hexen. Das Buch ist selbst ein mächtiges magisches Artefakt, und woher es kommt, kann keiner genau sagen. Die Zeitläufer aus jenem vergangenen Nachbaruniversum haben es nämlich nicht mitgebracht, obwohl sie behaupten, es sei zu ihrer Zeit zusammen mit einem anderen erschaffen worden. Vermutlich gibt es mehr Parallelen in den Universen als sich unsere Schulweisheit erträumt. Oder so ähnlich, Horatio.

Aber das war nicht unser aktuelles Problem, als sie bei uns hereinschneiten. Unser Problem war zu diesem Zeitpunkt das Ding, welches gleichzeitig auch die Ursache für das allmähliche Erwachen der Magie auf der Erde war. Ein namenloses, unsichtbares Etwas im Inneren der Berge vor der Stadt. Es versuchte uns zuerst zu bekämpfen, doch dann bot es überraschend einen Deal an. Wir sollten die Welt verlassen können, um nach Belieben durch andere zu reisen. Das Ding meinte nämlich, unsere Anwesenheit sei eine gravierende Störung, die zum Untergang der Menschheit oder etwas ähnlich melodramatischem führen könnte. Wir und die Zeitläufer gingen darauf ein, weil es eigentlich nichts gab, was uns auf der Erde gehalten hätte. Die Aussicht, andere Welten zu betreten, war auch zu verlockend. Aber das Ding scheint uns hintergangen zu haben. Oder etwas ist schiefgelaufen. Wir wurden beim Verlassen der Erde nicht nur getrennt und in Raum und Zeit verstreut, wir sitzen auch entgegen der Abmachung auf dieser magischen Welt fest. Und das klingt ziemlich nach Absicht. Einige von uns haben sich hier wieder gefunden, andere sind immer noch verschollen. Und zu allem Übel musste ich nun hören, dass die Welt gerade damit beschäftigt ist, unterzugehen.

Ich glaube weder an den irdischen Gott noch an die hiesigen Götter, aber wenn das Ding im Berg der Große Spielleiter Gott wäre, dann würde ich sagen, dass es uns auf diese Welt geschickt hat, um sie zu retten. Das würde zumindest zum Bild mit den Rollenspielern passen ... Nur habe ich keinen Schimmer, wie wir das anstellen sollen!

Außerdem gibt es hier anscheinend genug lokale Helden. Beispielsweise diese Königin aus dem Süden, die gleichzeitig eine Hexe ist. Eine coole Frau ... Ohne ihren Besuch beim Kaiser wüsste ich überhaupt nichts von der Gefahr!

Bisher haben wir uns am Hof von Halatan vor allem damit beschäftigt, den Eingeborenen mit unserem Wissen von der Erde ein wenig unter die Arme zu greifen. Obwohl Harry anfänglich Bedenken wegen der Ersten Direktive hegte ... Aber wir sind schließlich nicht bei Star Trek und außerdem auf uns gestellt. Wer weiß, ob wir jemals von hier weg kommen. Warum nicht der Entwicklung hier und da einen kleinen Anstoß geben? Die Kanonen hätten die Halataner früher oder später sowieso hinbekommen, nun also früher. Einen unmittelbaren Vorteil hat die Sache bereits für uns: Statt misstrauisch beobachtete Fremdlinge sind wir hochgeschätzte, misstrauisch beobachtete Ratgeber des jungen Kaisers. Wer hätte das gedacht?

1

Die Königin hatte schon immer gewusst, was der größte Mangel ihrer Zeit und Welt war, obwohl sie keinen Weg sah, diesem Mangel abzuhelfen. Aber sie hatte sich auch noch nie ernsthaft damit beschäftigt.

Das Zauberwort hieß Information! Wobei »Zauberwort« in diesem Fall nur eine Metapher war. Es dauerte Tage oder Wochen, bis Nachrichten aus anderen Landesteilen ankamen, und manchmal waren sie lebenswichtig! Der ganze Konflikt mit Halatan hätte nicht ausbrechen müssen, wenn dem Kaiser rechtzeitig bewusst gewesen wäre, dass sich die Situation in Teklador gravierend geändert hatte. Dass sich Durna selbst verändert hatte. Sie wusste von dieser Veränderung und sah den Dingen durchaus gelassen ins Gesicht. Wenn einen jeden Morgen schon der Spiegel daran erinnerte, was und wer man war, gewöhnte man sich daran, es zu akzeptieren.

Durna hatte eine dieser kurzzeitigen, fließenden Visionen, in der sie sah, wie ein Spiegel der Person, die morgens davor stand, Anweisungen für den Tag erteilte, bis hin zu dem Ratschlag, heute mal nicht mit der pferdelosen Kutsche zu fahren, weil man an Gewicht zugelegt habe! Gleichzeitig wusste sie, dass auch andere Dinge in dem Haus der nur undeutlich im Spiegel zu erkennenden Person ein solches Eigenleben führten. Was für eine merkwürdige Magie!

Sie blinzelte. Soweit kam es noch! Es reichte ihr völlig, dass die Wände der Festung der Sieben Stürme sich ungefragt in ihr Bewusstsein drängten. Wenn nun auch noch die Vorratsschränke anfingen, von selbst nach Auffüllung zu verlangen, brachte sie es fertig, die ganze Festung mit einem Schlag ihrer kinetischen Orbitalwaffen auszulöschen. Bloß aus reiner Frustration.

Durna blinzelte erneut und sah nun endlich die fast leergebrannte Öllampe auf ihrem Schreibtisch vor sich. Es war offenbar tiefste Nacht.

›Kinetische Orbitalwaffen!‹ dachte sie selbstironisch und schnaubte. ›Ich weiß nicht einmal genau, was sie damit gemeint hat!‹ Denn Durna war sicher, dass die Beraterin des Kaisers nicht unbedingt nur an magisch herabgerufene Kometentrümmer dachte, wenn sie davor warnte, so gewaltige Waffen gegen Ziele auf der Oberfläche des Planeten einzusetzen. Schon wieder so ein Konzept, das sie sofort als neuartig erkannte, wenn sie auch nicht umhin konnte, es zu gebrauchen. Die chaotischen Einflüsse Caligos brachten die Wirklichkeit, ob gegenständlich oder in ihren Gedanken, immer mehr durcheinander. Die Realität war zu einem Fluss geworden, gespeist von geheimnisvollen neuen Zuflüssen von werweißwoher. Nur wenige Menschen bemerkten, dass etwas geschah – und noch weniger begriffen, was da passierte. Durna wusste es, aber auch sie konnte nicht immer sicher sein, ob eine Sache vor einem Augenblick schon genauso beschaffen gewesen war, wie sie nun erschien. Mit der Sache änderte sich alles, was mit ihr verbunden war, bis hin zum Wissen über sie. Selbst eine Magierin ihres Ranges musste sich sehr auf etwas konzentrieren, um Diskrepanzen überhaupt festzustellen. Bei bloßen Vorstellungen, Begriffen und Gedankenbildern war es mit ein wenig Übung schon einfacher.

Selten hatte in den letzten Jahrhunderten jemand anderes als die Sternenmagier und Himmelsdeuter Horam Dorb als etwas so Nüchternes wie einen Planeten unter vielen betrachtet. Es war *bekannt*, was Planeten waren und dass die Welt einer von ihnen war – aber es spielte für ihre Bewohner in deren täglichem Leben keine Rolle! Durnas Finger trommelten plötzlich nervös auf das Blutholz ihres Tisches. Jede Müdigkeit war verflogen. Mit einem Mal wurde ihr klar, dass da etwas nicht stimmte.

Denn Horams Welten waren eben nicht einfach nur Planeten, die in aller Ruhe um ihren jeweiligen Stern kreisten, wie es Planeten *bekanntlich* taten. Nein, sie waren auf eine götterverdammte Weise über die Grenzen von ganzen Universen hinweg miteinander verbunden, wobei auch noch so etwas wie der Schwarze Abgrund eine entscheidende Rolle spielte. Letzterer war ein toter, mumifizierter, ghoulartiger Stern, der an den Lebenden seiner Art saugte wie ein ... ein ... das Wort fehlte ihr.

»Lass das!« zischte sie wütend und schlug ihre Faust auf den Tisch. Das bereute sie sofort, denn es tat weh und der schöne blutrot marmorierte Tisch bekam hässliche Schrammen. Aus ihrer Hand waren unbewusst die magischen Klauen halb ausgefahren, mit denen sie schon einige ihrer Gegner ins Totenreich befördert hatte. Automatisch strich sie mit der Linken über den Tisch, und die frischen Wunden im Holz verschwanden wieder.

Der Ärger über die chaotischen Fragmente, die sich in ihr Bewusstsein drängten, hätte sie beinahe von ihrer Entdeckung abgelenkt – aber nicht ganz. Sie war gerade auf eine weitere Barriere gestoßen, welche die Götter offenbar dem menschlichen Denken in den Weg gestellt hatten. Soviel sie wusste, war nämlich bisher keinem einzigen der Sternenmagier und Himmelsdeuter diese so groteske Besonderheit ihrer eigenen Welt aufgefallen.

Durna rieb sich die brennenden Augen. ›Was tue ich hier eigentlich?‹ dachte sie verwirrt. ›Ist es nicht vollkommen egal, was die blöden Sternengucker vom Universum halten – wenn wenigstens *ich* weiß, wie es funktioniert und was für Gefahren es birgt?‹ Sie starrte ihre rechte Hand an und fuhr die unzerbrechlichen Klingen, die sich überhaupt nicht in ihrem eigenen Fleisch, sondern in einer anderen Dimension befanden, langsam vollständig aus und wieder ein. Es sah so widerlich aus wie immer. Aber es war zugegebenermaßen ein sehr nützlicher Zauber. Und woher wusste sie eigentlich auf einmal, dass andere Dimensionen dabei eine Rolle spielten?

›Informationen!‹ dachte sie, ganz plötzlich ihre Klarheit wieder erlangend. ›Sie fließen viel zu langsam. Ich muss unmittelbar wissen, was geschieht, wenn ich wirksam eingreifen will!‹

Genau das wollte sie: Eingreifen, wenn es kritisch werden sollte. Und sie war sicher, dass es das schnell werden würde. Die Statue Horams näherte sich im Besitz von Zachaknums Leuten den Ruinen von Ramdorkan, wo sie hingehörte, doch das konnte Caligo nicht so einfach akzeptieren. Durna zweifelte nicht daran, dass er inzwischen erfahren hatte, welche Bedeutung der Statue zukam und wer sie besaß. Der Chaos-Lord würde nicht dulden können, dass sie den Weltuntergang verhinderten. Das musste seinem Wesen völlig widersprechen.

Noch vor kurzer Zeit hatte die Königin mit der Idee geliebäugelt, die Welt selbst zu retten und sich damit irgendwie zu legitimieren. Aber im Laufe der Auseinandersetzung mit Caligo war ihr klar geworden, dass es nicht funktionieren würde. Die Lage war zu komplex, zu verzweifelt geradezu, um eine so triviale Lösung zuzulassen wie eine Hexenkönigin Durna, die triumphierend mit der Statue in ihrer Hand in Ramdorkan eintritt. Außerdem hatte sie das Gefühl, dass für sie eine solche Lösung inzwischen überflüssig geworden war. Durna schien sich in den Augen vieler Menschen längst legitimiert zu haben.

Sie würde ihre Rolle spielen, wie sie ihr der Drache damals auf dem Jag'noro prophezeite, aber seltsamerweise hatten die letzten Wochen ausgereicht, um ihr eine andere, unerwartete Priorität zu setzen. Da war *das Land*, zu dessen Herrscherin sie sich gemacht hatte. Durna erinnerte sich kaum noch an den Zorn, der sie damals zu den Yarben trieb, der sie deren Verfolgung der Horam-Religion begeistert aufgreifen ließ. Sie wusste rein intellektuell, dass aufgrund dieses Zorns hunderte Menschen umgebracht worden waren – wenn nicht Tausende. Doch sie fühlte ihn nicht mehr.

›Habe ich wirklich einen bösen Teil meiner Selbst mit in den Spiegel geschickt?‹ dachte sie wie beinahe jeden Morgen, wenn sie vor dem unschuldig wirkenden Ding an ihrer Wand stand und sich mit den Händen durch das ewig unbezwungene, kurze schwarze Haar fuhr. Sie bekam keine Antwort. Durna nahm den kleinen Handspiegel, der auf ihrem Tisch lag und sah hinein.

›Hallo, Klos!‹ dachte sie. ›Ich hoffe, die Feen quälen dich!‹

Dann holte sie aus und zerschmetterte den Spiegel auf ihrem Schreibtisch, neue Schrammen verursachend. Sie durfte nicht zulassen, dass das zu einer fixen Idee wurde. Egal, ob es die Welt hinter dem Spiegel wirklich gab oder alles nur ein Traum von ihr war, sie *durfte* sich nicht darauf versteifen! Irgendwie fühlte sie, dass ihre geistige Stabilität davon abhing. Sie neigte anscheinend dazu, sich auf bestimmte Dinge zu fixieren – alte Bücher im Laboratorium der Schwarzen Magier oder die Geheimnisse von Spiegeln. Was sie jetzt brauchte, war Konzentration! Und es schien beinahe, als versuche etwas ganz bewusst, ihre Gedanken zu stören. Sie biss die Zähne hart aufeinander.

›Oh nein‹, dachte sie. ›Ich lasse mich diesmal nicht ablenken. Informationen! Ich brauche ein zuverlässiges und unmittelbares Informationsnetz und ich werde es bekommen!‹

Was für eine Kraft auch immer sie daran gehindert hatte, sich auf dieses Problem zu konzentrieren, sie gab auf. Durna fühlte eine kühle Durchsichtigkeit in ihren Geist fließen, die ihr alle möglichen Lösungen anbot.

Tatsächlich war es umgekehrt – nichts hatte sie behindert, sie hatte durch ihre Beharrlichkeit eine natürliche Barriere durchbrochen, die von den ständigen Realitätsfluktuationen bereits geschwächt war, eine Barriere, deren Durchdringung auf diese Weise im Plan des Universums überhaupt nicht vorgesehen war. Vielleicht ging es gerade deshalb. In diesem Moment *benutzte* Durna die Chaoskräfte Caligos, um sich Zugang zu genau den fremdartigen Vorstellungen und Konzepten zu verschaffen, die sie nun brauchte. Der Chaos-Lord wäre darüber sicher nicht sehr glücklich gewesen.

›Interessant!‹ dachte sie. ›Eine Kette von Spiegeln oder beweglichen Symbolen auf Türmen, über das ganze Land verteilt. Aber das einzurichten, bedarf es einer viel zu langen Zeit.‹

Außerdem – das sagte ihr ein tückischer kleiner Teil ihrer Selbst, der doch nicht zur Gänze ins Spiegelland verschwunden war – wäre es gar zu leicht, einen der Türme zu kapern und eigene Botschaften zu senden!

Sie verwarf automatisch alle Lösungen, die ihr zu offensichtlich aus Dimensionen zu stammen schienen, welche das Chaos in ihre Welt einließ. Was nützte ihr denn *das Gefühl*, die Zeit erfahren zu können, indem sie ihr linkes Handgelenk anschaute, wenn dort nichts war, was ihr die Zeit sagte! So ähnlich erschienen ihr die Kästen mit den langen Stäben, in die Männer ihre Berichte diktierten, während anscheinend meilenweit entfernt seltsamerweise Frauen in absolut gleich aussehenden kurzen Röcken die Worte mitschrieben.

All das war für Durna völlig unbrauchbar. Doch dann kam eine Vision, bei der sie regelrecht aufschreckte. Sie sah vor ihrem geistigen Auge eine Frau, die ihr selbst nicht unähnlich war, vor einer rechteckigen Fläche sitzen, auf der Bilder erschienen. Und die Frau hatte ein Ding in der Hand, das es ihr zu ermöglichen schien, die Herkunft der Bilder ständig zu verändern.

›Ja!‹ dachte Durna. ›Ich brauche eine Echtzeitüberwachung aller Krisenherde, um auf eventuelle Probleme reagieren zu können, genau wie es dieses Ding da macht. Ich brauche ein Zi'en'en!‹

Es sollte ihr doch nicht schwer fallen, etwas nach der Art ihres Drachenauges auf die zu überwachenden Personen und Orte auszurichten! Die Techno..., nein, die Magie dazu war vorhanden, sie musste sie nur entsprechend modifizieren. Sorgen bereitete ihr allerdings der verräterische rote Punkt, der eine Beobachtung mit dem Drachenauge in letzter Zeit begleitete. Aber vielleicht ließ sich auch da etwas machen.

Durna sprang ungeachtet der späten Stunde wie elektrisiert auf und eilte in ihr geheimes Labor, wobei sie kaum noch wahrnahm, dass sie dabei durch Wände ging. Man konnte sich an alles gewöhnen.

* * *

Mata hatte sich längst an ihr neues Leben gewöhnt. Manchmal schien ihr, es sei erst gestern gewesen, als sie mit einem Messer im Rücken fiel und der steinerne Riese, den sie den *Wächter* nannten, sie in den Tempel brachte, wo sie von einem Drachen geheilt wurde. Das war nun schon Jahre her. Fast vier Jahre waren für sie inzwischen vergangen, doch das hatte nichts mit dem unterschiedlichen Zeitverlauf der beiden Welten zu tun, der sich nun langsam wieder anglich. Nach all dem, was sie gelernt hatte, nannte sie diese Jahre jetzt »subjektive Zeit« – und es bedeutete sogar etwas für sie! Damals hätte sie noch nichts davon begriffen, würde ihr

Feuerwerfer gesagt haben, dass sie jahrelang Zeit hätte, um zu lernen, was sie brauchte, ohne dass auf den beiden Welten mehr als ein paar Wochen vergingen.

Lernen war ein schwaches Wort für das, was sie in dieser Zeit tat. Sie hatte *Dinge* gesehen! Kein Mensch auf Horams Welten konnte sich auch nur annähernd vorstellen, was ihr offenbart wurde. Ihr feuerspeiender Lehrmeister meinte, dass die Menschen noch mindestens tausend Jahre einer durchschnittlichen Entwicklung von dem entfernt waren, was nur die Grundlagen ihrer neuen Erfahrungen ausmachte.

Sie staunte gelegentlich über sich selbst, obwohl sie natürlich wusste, dass es ihre durch den Nirab geschaffene besondere Bewusstseinsstruktur war, die es ihr ermöglichte, all das zu lernen und zu verstehen. Nein, nicht von Farm geschaffen – der Ring allein war dafür verantwortlich, nicht dieser mörderische Sadist. Feuerwerfer sagte, dass in zehntausend Jahren die Menschen *vielleicht* so weit sein würden, dass sie von allein auf eine ähnliche Bewusstseinsebene aufstiegen. Er nannte das Transzendenz. Meistens fügte er dann grummelnd hinzu: »Falls sie sich nicht vorher selbst umbringen.« Er hielt nicht allzu viel von Menschen. Warum er sich trotzdem mit ihnen abgab, blieb Mata ein Rätsel. Ein Drache könnte doch so viele andere Dinge tun, die viel interessanter wären! Aber er beaufsichtigte Horam Schlan ... Komisch.

Sie nannte ihn ihren Lehrmeister, doch eigentlich brachte er sie nur an Ort und Stelle, wo sie etwas lernen konnte, das ihr später einmal nützen sollte. Oder sollte man besser sagen, an Ort und Zeit? Das war nämlich das ganze Geheimnis: Sie reisten in der Zeit und im Raum hin und her. Wo und wann sie sich gerade befand, war ihr inzwischen gar nicht mehr so wichtig. Ihre Aufgabe war jeweils vorher klar, und die Leute, mit denen sie zusammentraf, schienen es völlig normal zu finden, ihr beispielsweise private Vorlesungen über spezielle astrophysikalische Sachverhalte zu halten. Manchmal erwähnten sie, wie sehr sie sich freuen würden, den Drachen bei etwas helfen zu können. Das wunderte Mata anfangs, aber dann gewöhnte sie sich daran. Es war eine der Offensichtlichkeiten, die ihr am Rande auffielen, dass man anderswo ein völlig anderes Bild von den Drachen hatte als auf Horam Schlan. Und die Leute – die wenigsten von ihnen waren Menschen!

Feuerwerfer tat das mit einem lapidaren »andere Welten, andere Vorstellungen« ab. Wollte er damit sagen, dass auch diese klugen Leute nicht wirklich über die Drachen Bescheid wussten? Sie hatte es bisher noch nicht herausgefunden.

In letzter Zeit reisten sie nicht mehr herum. Matas notwendige Ausbildung war abgeschlossen und sie trainierte nur noch in der von den Göttern verlassenen Steuerzentrale außerhalb der Dimensionen für den »Ernstfall«. Sie wartete darauf, dass die andere Statue eintraf und sie endlich das tun konnte, für was sie ausgebildet worden war – obwohl sie manches davon sicher auch noch danach gut gebrauchen konnte. Aber was *danach* kam, war eine völlig andere Geschichte.

* * *

Micra war nicht anzusehen, was sie davon hielt, dass Brad von seinem Erkundungsgang in den Ort mit einem Fremden im Schlepptau zurück kam, das wusste sie, weil sie darin geschult war, ihren Gesichtsausdruck zu kontrollieren. Sie hielt es für ... unklug. Andererseits musste sie zugeben, dass ein wenig Hilfe von den hier Ansässigen bei ihrer

Mission nicht schaden konnte, noch dazu, wo Zach-aknum hatte verlauten lassen, dass ihre Zeit wieder einmal knapp wurde. Solana – die bisher einzige Vertreterin Horam Dorbs in ihrer Gruppe – war seit Jahren nicht mehr in der Gegend gewesen, genauer gesagt, hatte sie während ihrer Tempelzeit Halatan gar nicht betreten. Sie war ihnen hier also nur bedingt von Nutzen. Dass Zach-aknum eigentlich auch von dieser Welt stammte, bedachte Micra gar nicht. Und er war ja noch sehr viel länger fort gewesen.

Sie saßen an einem Tisch im hinteren Teil des Schankraumes der kleinen Herberge *Müdes Ross*, als Brad und der Fremde herein kamen und sofort auf sie zu steuerten. Micra, Solana, der Schwarze Magier und Pek sahen verwundert zu, wie sich die beiden ihnen gegenüber auf die andere Bank setzten. Micra registrierte die unbehagliche Haltung der zwei Männer, die sich notgedrungen mit dem Rücken zum Raum setzen mussten – was sie sichtlich ungern taten. Krieger oder Gauner, alle beide.

»Das ist der Wanderer«, stellte Brad seinen Begleiter vor und dann umgekehrt sie. Der Fremde nickte allen zu, sogar Pek, ohne mit der Wimper zu zucken. »Er stammt nicht von hier, sondern von einer anderen Welt, und er möchte uns gern dabei helfen, unsere zu retten.«

Micra runzelte nun doch die Stirn. Nicht von hier? Von einer anderen *Welt*? Was für eine Art Hilfe konnte er ihnen dann bieten? Und was sollte das eigentlich heißen, von einer anderen Welt? Kam der Mann etwa auch von Horam Schlan? Dann musste er schon eine geraume Weile hier sein und so alt sah er gar nicht aus.

»Ihr seid ein Zauberer«, stellte Zach-aknum neben ihr fest. Irgendwann musste sie ihn fragen, wie er so etwas immer sofort merkte.

Der Wanderer strich seine merkwürdig grün-braun gefärbte Jacke glatt und schien sich zu etwas zu entschließen.

»Ich denke, dass ich euch meine Geschichte wohl besser ausführlich erzähle«, sagte er. »Sie ist ein wenig kompliziert.«

Micra bezweifelte das nicht für einen Augenblick. Aber sie fand es schwer, sich auf den Mann und seine Worte zu konzentrieren, denn in diesem Augenblick bemerkte sie etwas, das er neben sich auf die Bank gelegt hatte. *Griffbereit* neben sich gelegt hatte. Obwohl sie nicht erkennen konnte, was es war, hätte sie jederzeit ihre bei Saliéera gebliebene Warpkrieger-Rüstung verwettet, dass es sich um eine Waffe irgendeiner Art handelte.

›Interessant‹, dachte sie. ›Ob Brad weiß, was dieser Wandersmann da bei sich hat? Wahrscheinlich …‹

»Mein wirklicher Name lautet Thomas«, begann der Fremde seine Geschichte. »Ich lebte vor etwa fünfzehn Jahrhunderten eurer Zeit auf einer Welt in einem anderen Universum. Und es stimmt, ich bin tatsächlich ein Zauberer. Allerdings dürfte sich meine Art der Magie von Eurer« – er nickte Zach-aknum respektvoll zu – »in einigen Dingen unterscheiden, nach allem, was ich bisher über die Zauberei dieser Welt gehört habe.«

»Du siehst nicht aus wie ein Geist oder ein Fossil«, bemerkte Pek aus seiner Ecke. Der Wanderer Thomas grinste unter dem dichten Bart.

»So alt bin ich ja auch nicht. Meine Welt hatte damals das Problem, dass die Magie aus ihr verschwand. Die letzten Zauberer, zu denen ich gehörte, beschlossen in einer Konklave, ihr gesammeltes Wissen und ein paar Vertreter in die Zukunft zu schicken, um den dort vermuteten Erben der Magie zu helfen.«

Diesmal war es Zach-aknum, der ihn unterbrach.

»Was sagt Ihr da? Die Magie einer Welt verschwand? Wie kann das sein?«

Micra warf ihm einen Blick zu. Täuschte sie sich oder klang er wirklich *aufgeregt*?

Thomas hob die Schultern. »Ich habe keine Ahnung. Es war ein langsamer Prozess, und wir glaubten natürlich zuerst nicht, dass die Anzeichen etwas zu bedeuten hätten. Als es fast zu spät war, stellten wir uns der Realität und versuchten zu retten, was noch zu retten war. Wie ihr euch denken könnt, war ich einer der Leute, die man in die Zukunft zu schicken gedachte. Doch nun wird es kompliziert. Wo wir ankamen, das war nicht die Zukunft unserer Welt, sondern einer ganz anderen, die der unseren bis auf Details sehr ähnlich war. Wir wissen nicht genau, was schief ging, aber wir glauben, dass eine gewisse Entität ihre Finger im Spiel hatte. Wisst ihr, was Entitäten sind?«

Micra wollte gerade verneinen, da hörte sie überrascht, wie Solana sagte: »Götter!« Es klang wie ein Schimpfwort aus ihrem Mund. ›Nanu?‹ dachte sie. ›Was hat die Frau denn auf einmal?‹

»So könnte man es in der Tat nennen«, bestätigte der Wanderer. »Es sind Wesenheiten, die auf einer höheren Stufe stehen als gewöhnliche Sterbliche, und sie lieben es gelegentlich, ihre Spiele mit uns zu treiben. Die namenlose, unsichtbare Entität auf jener Erde bewirkte allein durch ihre Anwesenheit das Erwachen magischer Kräfte auf einer Welt, welche die Magie bisher nur aus Märchen gekannt hatte.«

»So wie der Neryl hier nur durch seine Anwesenheit das Chaos bewirkt!« sagte Zach-aknum.

»Neryl?«

»Der Chaos-Lord«, warf Brad erklärend ein. Anscheinend hatte er dem Wanderer bereits davon berichtet, bevor er ihn hierher brachte.

Thomas sah nachdenklich seinen fast leeren Bierkrug an, der sich erstaunlicherweise wieder füllte. Pek zuckte zusammen und beugte sich vor, als wolle er genau beobachten, wie der Mann *dieses* Kunststück fertig brachte.

»Es gab dort, wo wir ankamen, tatsächlich so etwas wie Erben der Magie, die ersten noch unerfahrenen Zauberer dieser Welt. Also hatte unsere Reise einen Sinn gehabt. Auf eine mir unverständliche Weise waren auch die beiden Bücher der Magie, die wir damals geschaffen hatten, in jene Gegenwart gelangt und die jungen Leute schon eifrig dabei, sich auszuprobieren.« Er lächelte, als Zach-aknum entsetzt aufstöhnte. »Sie haben es unter den Umständen ganz gut gemacht, ich meine, die Anzahl der Opfer hielt sich in Grenzen.«

Micra fragte sich, ob eigentlich alle Zauberer Zyniker waren. Wenn man mit derartigen Kräften umging, musste man wohl solche Charakterzüge entwickeln.

»Die Entität schien allerdings etwas gegen die kleine Truppe von Zauberern zu haben. So wie ich es verstanden habe, hielt sie sich für verantwortlich für die Welt und wollte dafür sorgen, dass keine plötzlich auftauchenden echten Magier die bestehende Ordnung störten.«

»Ja, das tun sie manchmal«, sagte Solana. »Sie glauben, dass sie für irgendeine Welt verantwortlich sind und mischen sich wieder und wieder ein. Bis es ein schlimmes Ende nimmt.«

»Was ...?« begann Zach-aknum, doch Solana winkte resigniert ab.

»Ich hatte Besuch«, murmelte sie. »Sie ist anscheinend besorgt, dass wir uns hier zu lange aufhalten. Sprach von einer Gefahr ...«

Nun war es der Wanderer, der verwirrt von einem zum anderen blickte, als er sah, wie alle wissend und sorgenvoll nickten.

»Das ist normal bei unserer Truppe«, sagte Brad. »Hin und wieder meldet sich der eine oder andere Gott bei uns, um Kommentare oder Ratschläge abzugeben.«

»Wenn ihr von Göttern sprecht«, fragte Thomas vorsichtig, »meint ihr damit real existierende Wesen?«

Alle am Tisch nickten wiederum.

»Und die sind für eure Welt so verantwortlich wie bei uns dieses Ding im Berg?«

»Das ist mehr oder weniger korrekt«, sagte Solana. »Leider können oder wollen sie nicht eingreifen, sonst wäre die gegenwärtige Krise sicher längst beigelegt. Also lassen sie uns die Arbeit tun. Wie immer.«

Der Wanderer starrte sie an. Dann sagte er, noch immer mit diesem vorsichtigen Zögern: »Ich möchte ja nicht jemandes religiöse Gefühle verletzen, aber wo ich herkomme, halten wir Götter für einen Aberglauben, eine Metapher für bestimmte kulturelle Kontrollmechanismen. Und bei euch gibt es sie tatsächlich? Seid ihr sicher?«

»Ziemlich sicher«, sagte Brad. »Oder ich habe einen unsichtbaren Freund.«

Micra wusste, worauf er anspielte und grinste bei der Vorstellung. Thomas dagegen sah für einen Moment lang so aus, als glaube er sich unter eine Truppe von Irren versetzt.

»Bleib ruhig, Mann!« sagte da Pek. »Sieh mich doch an: Ich bin ein Dämon. Was stört dich an der Vorstellung, dass es auch Götter – und Göttinnen – gibt?«

»Deine Art kenne ich«, sagte der Wanderer rätselhaft. »Ich habe mich nur gefragt, was du *hier* machst.« Dann schien er sich mit einer Willensanstrengung zusammen zu reißen. »Doch ich bringe besser zuerst meine Geschichte zuende, dann könnt ihr mich über die leibhaftigen Götter dieser erstaunlichen Welt aufklären.

Kurz nachdem wir Zeitläufer angekommen waren, entschied sich das Ding, ich meine die Entität, plötzlich anders. Statt weiter anzugreifen, bot es uns eine Art Handel an. Es wollte uns von seiner Welt weghaben, die es durch uns und die jungen Magier gefährdet sah. Dafür wollte es uns Wege eröffnen, durch die Dimensionen zwischen den Universen zu reisen. Nicht so, wie ihr das hier offenbar gemacht habt, ohne feste Tore. Ich zum Beispiel bekam einen Haufen Landkarten, die gleichzeitig Mittel waren, um zu den Orten zu gelangen, die sie zeigten. Eine Magie, die ich nicht verstand, die aber funktionierte. Zumindest zuerst. Kurz gesagt: Wir stimmten dem Vorschlag zu. Ihr müsst wissen, dass die herrschende Ordnung auf dieser Welt alles andere als freundlich oder human war. Und Leute mit besonderen Fähigkeiten waren zu doppelter Vorsicht gezwungen. Unsere Freunde, die jungen Zauberer, lebten praktisch im Untergrund, als wir ankamen, und ihre Verfolger kamen ihnen immer näher. Was blieb uns also übrig? Außerdem war es ein Abenteuer ...«

»Sind diese anderen, von denen Ihr sprecht, auch hier in Jellisk?« fragte Zach-aknum, als der Mann nachdenklich verstummte.

»Nein, einige halten sich am Hof des Kaisers auf und beraten ihn in ... äh ... technischen Dingen. Und ein paar sind verschollen. Wir wurden getrennt und verstreut, als wir die Erde verließen. Ich dachte zuerst, dass es nur mir so ergangen sei und machte mich auf, die anderen zu suchen. Damals konnte ich die Landkarten noch benutzen, wie es mir versprochen worden war. Während ich jahrelang durch die verschiedenen Welten zog, saßen Annie, Vera, Harry, Tom und Fred die ganze Zeit hier fest. Dann, kurz nachdem ich Brad im Stronbart Har getroffen hatte, kam ich selbst hierher und fand sie wieder.«

Micra fragte überrascht: »Was? Ihr kennt euch aus dem Fluchwald? Wieso hast du nie etwas davon erwähnt?« wollte sie von Brad wissen.

»Habe ich das nicht? Er hat so eine Art Zauber über mich gelegt. Ich vergaß die Begegnung, kaum dass ich um die nächste Ecke gebogen war.«

Sie war sich plötzlich nicht mehr sicher, ob Brad nicht doch davon berichtet und sie es ebenso vergessen hatte. Die Sache mit dem Zauber war Thomas sichtlich peinlich, denn er fuhr hastig fort.

»Das Ende der Geschichte ist, dass wir auf dieser Welt festsitzen, und zwar ohne eine einzige der uns versprochenen Möglichkeiten, weiter zu reisen. Vier von uns haben wir außerdem noch nicht wieder gefunden, unter ihnen meine beiden Begleiter aus meiner eigenen vergangenen Welt und einen ziemlich gefährlichen Burschen, der ohne allzu viele Skrupel mit Gedankenkraft tötet.«

»Wen hat er denn umgebracht?« fragte Micra interessiert.

»Ich glaube, hauptsächlich Leute, die ihn ärgerten. Den Regierungschef, wie ich hörte.«

Brad und Micra prusteten los. Der Unbekannte war ihnen gleich sympathisch.

»Warum seid Ihr nicht am Hof des Kaisers und baut Kanonen?« fragte Zach-aknum den Wanderer. Micra nickte unwillkürlich. Selbstverständlich! Das musste er mit »Beratung in technischen Dingen« gemeint haben. Sie hatte doch gewusst, dass die Kanonen nicht allein auf dem Mist der Halataner gewachsen waren. Und Thomas stritt es nicht ab.

»Ich habe nicht den wissenschaftlichen Hintergrund der Jüngeren. Zwar hat uns die Art und Weise unserer Zeitreise ermöglicht, über die meisten Veränderungen im Leben der Menschen auf dem Laufenden zu bleiben, aber das ging nicht so weit, dass ich heute meine MP-7 von Einheimischen nachbauen lassen könnte. Tom und Harry unter sich sind dagegen fast so etwas wie eine wandelnde Bibliothek.«

»Das ist eine Waffe, nicht wahr?« konnte sich Micra nicht zu fragen verkneifen. Seine Körpersprache hatte ihr gesagt, dass er mit dem Wort Empesieben das Ding neben sich auf der Bank meinte.

»Ihr seid echt unheimlich!« sagte der Wanderer anerkennend. »Bisher hat noch niemand durchs bloße Anschauen begriffen, dass es sich um eine Waffe handelt, aber sowohl Brad als auch du ... ich meine, Ihr habt das erkannt.«

»Wir sind sozusagen die Leute fürs Grobe in der Gruppe«, sagte Brad. »Sie ist die beste Kriegerin der beiden Welten, und ich, na ja, so etwas wie ein Söldner und Abenteurer.«

438

Er wurde immer ein wenig ausweichend, wenn es um seine Vergangenheit in der *Gilde* ging. Eine überflüssige Angewohnheit, meinte Micra.

»Das erklärt es natürlich«, sagte Thomas. »Und nun, da ich euch erzählt habe, woher ich komme, interessiert mich, was hier los ist und was ihr eigentlich vorhabt. Brad sagte mir, dass die Welt vom Untergang bedroht sei und ihr versucht, sie zu retten. Das klingt für mich, als könntet ihr Hilfe brauchen, oder?«

Micra fühlte sich versucht, darauf hinzuweisen, dass sie bisher ganz gut allein zurechtgekommen waren, aber das wäre nicht nur unhöflich, sondern auch voreilig gewesen. Wer wusste denn, was auf dem letzten Abschnitt des Weges nach Ramdorkan noch auf sie wartete? Außerdem lag die Entscheidung bei Zach-aknum, der ja irgendwie der Anführer ihrer kleinen Gruppe war.

Ihr fiel auf, dass Thomas die Frage, warum er nicht am Hof sei, ziemlich ausweichend beantwortet hatte. War es wirklich so ein Zufall, dass er Brad hier in Jellisk wieder über den Weg gelaufen war? Er *war* schließlich ein Zauberer, das hatte er zugegeben!

»Wir wären nicht klug, die Hilfe von Leuten zurück zu weisen, die den Halatanern solche Dinge wie die Kanonen verschafft haben«, sagte der Schwarze Magier dann auch. »Mich interessiert natürlich vor allem Eure spezielle Form der Zauberei, doch das hat Zeit, bis wir morgen wieder unterwegs sind. Was die aktuelle Situation angeht, so habt Ihr sicher schon von einigen Problemen gehört. Und das hängt auch mit den Göttern zusammen, deren Existenz Ihr so absonderlich zu finden scheint. Meine ... Begleiter werden Euch bereitwillig über alles aufklären, was Ihr zu wissen wünscht. Ich möchte mich allerdings zurückziehen.«

Micra, die für einen Augenblick sicher gewesen war, dass der Zauberer sie beinahe *seine Freunde* genannt hätte, sah ihm besorgt nach. Er wirkte nicht so, als sei er zu Tode erschöpft, aber bei ihm konnte man nie nach Äußerlichkeiten gehen. Was hatte er jetzt wohl vor?

Ohne es direkt auszusprechen, hatte Zach-aknum zu verstehen gegeben, dass er den Wanderer Thomas in ihre Gruppe aufzunehmen wünschte. Nun mussten sie dem Mann von einer anderen Welt bloß noch erklären, wie das mit den Göttern und ihrer Mission war. Sie fragte sich, wie spät es schon sein mochte – und knallte ihren linken Arm wütend auf den Tisch, als sie ihn wieder einmal unbewusst angehoben hatte.

Der Wanderer musterte sie mit einem undeutbaren Ausdruck. Dann hob er *seine* Linke, betrachtete eine Art Armband und sagte: »Es ist hier kurz vor Mitternacht.«

»Du *hast* so ein Ding, das dir die Zeit sagt?« fragte Micra mühsam beherrscht und unvermittelt zu einer vertraulicheren Anrede übergehend. »Kann ich ... es einmal sehen?«

Thomas löste das Armband und schob es ihr über den Tisch zu. »Sie nennen es eine Digitaluhr, dort, wo ich es her habe. Die kleinen schwarzen Symbole sind Zahlen. Ich muss sie mit einem Faktor multiplizieren, um auf eure Zeit zu kommen, und es ist ziemlich ungenau, aber es geht.«

Nicht nur Micra beugte sich fasziniert über das kleine Ding. Allen – außer vielleicht Pek – hatte dieser nervende und sinnlose Drang zugesetzt, vom Handgelenk die Zeit zu erfragen. Und hier war das, was ihnen dazu gefehlt hatte! Eine Digitaluhr!

»Ich dachte, du wolltest die Zeit wissen?« sagte Thomas, plötzlich verunsichert. »Aber ihr habt hier doch gar keine Uhren?«

»Ja, ich wollte wissen, wie weit die Nacht schon fortgeschritten ist, denn es scheint, dass wir noch eine Menge zu bereden haben. Es wird mit jedem Augenblick mehr, wie ich fürchte. Und ja, wir besitzen keine ›Digitaluhren‹. Der Grund für meine Bewegung« – sie demonstrierte sie nochmals – »ist eines der Dinge, die wir dir erzählen müssen, wenn du verstehen willst, was hier eigentlich vorgeht.«

Sie waren mittlerweile die letzten Gäste im Schankraum, und der Wirt hinter dem Tresen warf ihnen schon mürrische Blicke zu. Brad stand auf und ging zu ihm hinüber. Nachdem etwas Gold den Besitzer gewechselt hatte, stellte der Mann ihnen noch eine Runde auf den Tisch und verschwand.

»Wir können hier sitzen, solange wir wollen«, berichtete Brad. »Nur Bier gibt's nicht mehr.« Thomas grinste. »Daran sollte es nicht mangeln. Trinkt nur nicht ganz aus, wenn ihr noch etwas wollt.«

»Ein nützlicher Zauber«, sagte Solana. »So was habe ich noch nie gesehen.«

»Ein Duplikationszauber«, erklärte Thomas. »Bestimmte unbelebte Dinge, die es hier nicht gibt, die wir aber mitgebracht haben, können wir auf diese Weise vervielfältigen. Sonst würde meine MP-7 ohne Munition schnell nutzloses Eisen werden.«

»Na schön«, sagte Brad nach einem Schluck aus dem Krug, »wer fängt an? Wer bringt diesem ahnungslosen Fremdling bei, wie unsere tolle Welt funktioniert und was *wir* dabei tun?«

»Das wäre dann wohl ich«, sagte Solana mit ruhiger Stimme und stellte einen kleinen, goldschimmernden Gegenstand in die Mitte des Tisches. Micra hielt unwillkürlich den Atem an und sah sich um. Aber außer ihnen und einem Glühwurm an der Decke war niemand im Raum.

»Am Anfang schuf Horam die Welt Schlan und die Welt Dorb«, begann die geheime Priesterin Horams zu rezitieren. »Und die Welten waren wüst und leer und es war eine Finsternis auf der Tiefe zwischen ihnen; und der Geist Horams schwebte über den Welten. Und Horam sprach: Es werde Licht! Und es ward Licht. Und Horam sah, dass das Licht gut war. Da schied Horam das Licht von der Finsternis und nannte das Licht Tag und die Finsternis Nacht. Solches tat er zweimal. Und Horam sprach: Es werde ein Weg zwischen den Welten, der da führe durch vier Tore, eine Brücke über die Finsternis auf der Tiefe. Und so geschah es. Und Horam sprach: Es werden zwei Schlüssel, es werden zwei Festen zwischen den Welten, zwei Bilder des Ewigen. Und sie mögen die Tore offen halten und den Weg sicher. Und so geschah es.« Solana machte eine kleine Pause, in der sie den ungläubigen Blicken ihrer Gefährten begegnete, dann ergänzte sie: »So steht es geschrieben im Buch Horam, einer Schrift, die nur für Priester und Zauberer bestimmt ist. Das kleine, hässliche Ding hier ist einer der Schlüssel, eine der Festen, die in dem Buch erwähnt werden, wobei ›Feste‹ eigentlich Fixpunkt bedeutet.« Solanas Haltung veränderte sich plötzlich, als ginge ein Ruck durch sie. Als sie weiter sprach, klang auch ihre Stimme verändert, kälter.

»Eines Tages machte ein Mensch einen Fehler. Er stahl diese Statue und brachte sie auf die andere Welt, wo sie nichts zu suchen hatte, ihm aber für kurze Zeit ungeheure Macht verlieh … Das war der Anfang vom Untergang der beiden Welten, denn die Fixpunkte waren wesentlich für die Steuerung des Gleichgewichtes zwischen ihnen. Ohne sie brach es zusammen und die Welten begannen, in den Schwarzen Abgrund zu gleiten.«

Micra war die einzige am Tisch, die in diesem Moment nicht die langsam beschlagende Statue anschaute, sondern Solana. Sie fühlte, wie sich ihre Nackenhaare kribbelnd aufrichteten und sie am ganzen Körper eine Gänsehaut bekam. Solanas Gesichtsfarbe wurde immer bleicher und ihre Augen verdunkelten sich zu einem durchgehenden, völligen Schwarz!

Pek, der links neben Micra in der Ecke saß, zuckte zusammen und prallte gegen die Wand zurück.

Brad und der Wanderer schienen nichts zu merken. Micra verstand nur einen Augenblick später, warum Brad nicht auf Solanas Veränderung reagierte.

»Ich tötete ihn schließlich«, sagte er mit ebenfalls leicht veränderter, tieferer Stimme, »nachdem Zach-aknum diesen Gegenstand hier wieder beschafft und in den Fluchwald gebracht hatte, um im letzten Augenblick den Übergang in seine Heimatwelt zu finden. Doch das Sicherheitsprotokoll erwies sich als fehlerhaft. Es sah nicht alle Möglichkeiten vor. Daher muss die Statue nun schnell an ihren Platz im Tempel von Ramdorkan gebracht werden. Danach muss ein Neustart durchgeführt werden, doch darum braucht ihr euch jetzt nicht zu kümmern. Andere bereiten diesen Teil vor.«

Kaum dass Brad verstummte, ergriff Solana wieder das Wort. Micra, die genau wie Pek möglichst weit vom Tisch und ihren Nachbarn abgerückt war, natürlich ohne dass es offenkundig respektlos wirkte, sah dem Wanderer an, dass ihm nun auch etwas aufzufallen begann. Er runzelte die Stirn und sah nervös von einem zum anderen.

»Leider sind die Reinstallation und der Neustart nicht unsere einzigen Probleme«, sagte Solana mit einer Stimme, in der Frost zu schweben schien. Micra war sicher, dass sich auf dem unberührten Bierkrug der Priesterin eine dünne Eisschicht zu bilden begann. Das Licht im Raum war schwächer geworden, man konnte kaum noch die Gesichter der anderen erkennen. Solanas war ein weißer Fleck mit zwei schwarzen Augen darin. »Eine fremde Entität, ein sogenannter Chaos-Lord, hat es verstanden, durch die Realitätsfrakturen, die von Euch und Euren Freunden, Wanderer Thomas, ungewollt bei Eurer Ankunft verursacht wurden, in unsere Dimension einzudringen und sich auf dieser Welt festzusetzen. Er würde die Welt nur zu gern untergehen sehen. Er lebt und gedeiht im Chaos; er will vielleicht sogar die Tore für seine Rasse öffnen, obwohl er inzwischen bemerkt haben dürfte, dass er auf einige unerwartete Schwierigkeiten stößt. Er ist paradoxerweise nicht nur eine Folge, sondern gleichzeitig auch eine der Ursachen dafür, dass die Erdenmenschen hier gelandet sind und die Realitätsfluktuationen immer mehr Dinge aus anderen, *ähnlichen* Realitäten einlassen, ja, herbeirufen. Aber Paradoxa gehören zu dieser Art Spiel ...«

Brad fuhr fort, als Solana schwieg. »Um den Neryl zu besiegen, wird es nötig sein, das Tor der Dunkelheit zu öffnen. Doch das kann nur geschehen, *nachdem* das Gleichgewicht der Welten wieder hergestellt ist. Deshalb ist die nächste Aufgabe, nach Ramdorkan zu gelangen und die eigentliche Mission zu beenden. Danach können wir uns dem Neryl zuwenden.«

»Und was ist, wenn wir es gar nicht bis nach Ramdorkan schaffen, weil Caligo seine Bluthorde der Untoten entfesselt hat?« fragte eine nüchterne und irgendwie teilnahmslose Stimme vom Treppenaufgang her.

Die fast greifbare Spannung am Tisch schien mit einem Schlag zu verschwinden. Das Licht der letzten Lampen im Raum brannte wieder heller. Brad und Solana lehnten sich heftig atmend zurück.

Zach-aknum trat lautlos neben sie. Der Umstand, dass direkt hinter ihm ihr gesamtes Gepäck einfach so in der Luft schwebte, verhieß Micra nichts Gutes. Das bedeutete: Kein Bad, kein Bett, kein Schlaf irgendeiner Art. Sie unterdrückte ein Stöhnen. Etwas musste geschehen sein, das den Zauberer so sehr beunruhigte wie nichts zuvor auf ihrer gesamten Reise.

»Einen Augenblick, Magier«, bat der Wanderer seinen Kollegen. »Nur einen Augenblick noch. Was ist hier gerade passiert? Was, verflucht, ist hier eben abgelaufen?«

Pek sprang mit einer Abruptheit auf den Tisch, die ihn einmal mehr wirklich dämonisch erscheinen ließ. Allerdings achtete er darauf, keinen Bierkrug umzustoßen. Sein Pelz war noch immer gesträubt und seine riesigen Augen blitzten im Licht der trüben Lampe.

»Was hier passiert ist, will er wissen? Du, mein Freund von jenseits der nocturnen Dimensionen, hast soeben mit den Inkarnationen von gleich zwei dieser Typen am Tisch gesessen, an die du nicht glaubst. Die Götter höchstselbst haben geruht, dir Bescheid zu sagen, Mann! Horam und Wirdaon haben uns beehrt!«

Zach-aknum klang unglaublich mürrisch, als er sagte: »Warum haben sie das gemacht, als ich nicht mit am Tisch saß?«

Micra verstand sofort, was er meinte. Der Magier schien zwar nicht sonderlich religiös zu sein, aber er hatte den Göttern bestimmt ein paar Dinge zu sagen, wenn er einmal die Gelegenheit dazu bekam.

Doch es war nicht der Zeitpunkt für spirituelle Erleuchtung. Zach-aknum strich sich das weiße Haar zurück und sagte: »Caligo hat seine Streitmacht ausgeschickt. Um speziell uns aufzuhalten. Es wird ernst, meine Freunde! Ich fürchte, die Schlacht um die Welt hat in dieser Nacht begonnen.«

Niemand musste ihn fragen, woher er das wusste. Alle sahen, dass unter seinem linken Robenärmel ein kränkliches blaues Licht hervorsickerte. Der *Zinoch* schien sich ebenfalls verändert zu haben und zu permanenter Aktivität übergegangen zu sein.

»Ich nehme das nun besser wieder an mich«, sagte Brad und steckte die Statue in ihren Beutel. Solana nickte nur. Aber war es Solana? Micra schüttelte sich innerlich. Natürlich war sie es. Die Götter hatten sicher besseres zu tun, als sich ständig bei ihnen aufzuhalten.

Der Wanderer stand mit den anderen auf und warf sich seinen Rucksack über. »Ich verstehe zwar noch nicht alles, aber wenn es Ärger gibt, dann zählt auf mich!«

Micra lächelte, während sie sich ihr schwebendes Langschwert schnappte und auf den Rücken schnallte. Was Zach-aknum als *Ärger* ansah, einen Ärger, der sie alle um den wenigen Schlaf brachte, den sie sich erhofft hatte, das war vielleicht der Weltuntergang selbst.

»Besorgt Pferde!« befahl der Magier. »Schnell und ohne Rücksicht! Wir müssen hier weg.«

Ihr Lächeln gefror. Das war tatsächlich ernster als jemals zuvor. Was hatte Zach-aknum gesagt? Bluthorden? Caligos Streitmacht? Was, bei allen Dämonen, kam da auf sie zu?

Micra bezweifelte plötzlich, dass es ein langweiliges Monsterabschlachten sein würde wie im Halatan-kar. Sie hatte ihren Zauberer noch nie so erlebt.

Die beiden Männer hatten die Herberge *Müdes Ross* schon verlassen, um den Befehlen des Magiers zu folgen. Micra, Pek, Solana und der Zauberer kamen mit dem Gepäck nach. Wieder einmal zeigte Brad, dass ein professioneller Dieb in ihm steckte. Niemand im Ort bemerkte, wie er den Stall öffnete und ein Pferd für jeden von ihnen samt Sattelzeug stahl. Thomas machte dabei nicht viel mehr, als mit seiner Empesieben im Anschlag dabei zu stehen und besorgt auszusehen. Doch keiner kam und bemerkte ihren überstürzten Aufbruch. Hinter ihnen versank Jellisk in Dunkelheit und Stille. In eine Dunkelheit, aus der es nie wieder erwachen würde ... Aber das wussten sie zu diesem Zeitpunkt nicht, sonst hätten sie das Städtchen wenigstens warnen können. Jedenfalls hätte Solana darauf bestanden.

Im Schankraum des *Müden Rosses* brannte nur noch eine letzte Ölfunzel. Unterhalb des großen Deckenbalkens erlosch das rote Leuchten eines Glühwurmes mit einem vernehmbaren »Klick!«.

Wenn es ein Glühwurm gewesen war.

2

Einst, in Zeiten, die man heute als barbarisch und unkultiviert ansah, herrschten auf Horam Dorb Fürsten und Könige über kleine Reiche. Ständig lagen sie miteinander in Fehden, meist aus so nichtigen Gründen wie gegenseitigen Beleidigungen, Blutrache und Langeweile. Nur manchmal führten sie ihre Kriege um die wirklich wichtigen Dinge, um Land, Leute und Ressourcen der unterschiedlichsten Art. Unmerklich, mit dem Verstreichen von Jahrhunderten, änderte sich das. Es lag nicht daran, dass die Kriegsherren, die kaum des Lesens und Schreibens mächtig waren, etwa klüger geworden wären. Andere Leute mit einem wachsenden Interesse an jenen wichtigen Dingen betraten die politische Bühne und gewannen Einfluss auf die weltlichen Herrscher. Diese Leute hatten es sich zum Lebenszweck gemacht, zu lernen und ihr Wissen zur Veränderung einzusetzen. Nun begannen sie zu glauben, dass es an der Zeit sei, aktiver in die Geschicke der Welt einzugreifen. Wegen ihrer besonderen Talente nannte man sie Zauberer.

Je stärker der Einfluss der Magiekundigen wurde, um so konkreter wurden auch die Ziele der Fürsten. Wer sich keinen Magier als Ratgeber hielt, ging als erster unter. Und da hatten die Zauberer noch nicht einmal selbst ins kriegerische Geschehen eingegriffen!

Der Moment, als sie es schließlich taten, war von Anfang an unausweichlich gewesen und ein Wendepunkt in der Geschichte. Die Kriege wurden sehr schnell von lokal begrenzten Scharmützeln und Übergriffen zu einer sich unaufhaltsam ausweitenden Angelegenheit. Und der Krieg wurde bald von den Magiern selbst geführt – mit Mitteln, die so unvorstellbar wie grauenhaft waren.

In jenen barbarischen und unkultivierten Zeiten wäre die menschliche Zivilisation auf Horam Dorb beinahe untergegangen. In der offiziellen Geschichtsschreibung wurde nie erklärt, was genau die Menschen rettete. Möglicherweise schrieben es die überlebenden Magier in ihren geheimen Büchern nieder, vielleicht aber auch nicht. Das Feuer der Magierkriege vernichtete viele Erinnerungen.

Aus den Trümmern der damaligen Länder bildeten sich nach und nach die Reiche, welche bis zur Gegenwart überdauerten. Die Zauberer nahmen nun scheinbar alle gemeinsam und mit einem Schlag eine neue Position ein. Sie standen zum Teil auch weiterhin den Herrschern mit Rat und praktischer Hilfe zur Verfügung, aber nie wieder im Krieg. Trotzdem überlegte es sich fortan jeder, der sein Land als zu klein oder zu weit weg vom Meer oder mit zu wenig Bergen versehen befand, ob er sich deshalb wirklich mit einem Nachbarn anlegen wollte, an dessen Hof es Magier gab. Die Zahl größerer Kriege ging stark zurück und dynastische Heiraten kamen in Mode. Nur in schrecklichen Legenden wurde noch von den längst vergangenen Zeiten erzählt, als sich Zauberer im Dienste weltlicher Herren mit ihrer ganzen fürchterlichen Macht bekämpft hatten. Wenig blieb übrig, das daran erinnerte, dass die Ereignisse tatsächlich geschehen waren. Kaum jemand kam auf den Gedanken, dass sich so etwas noch einmal wiederholen könnte.

* * *

Der Sturm brach unverhofft über das ahnungslose Land herein, dessen Bewohner bislang geglaubt hatten, ihre schlimmsten Probleme seien die durch seltsame Wetterumschwünge bedingten Missernten oder vielleicht auch die Yarben im Süden oder ein renegater Zauberer, der sich nach Halatan verirren mochte. Der Sturm kam aus heiterem Himmel aus einer Richtung, von der die meisten Menschen nicht einmal wussten, dass es sie gab, denn ein uralter Zauber verhinderte, dass sich die Gedanken dem Ort zuwandten, wo er seinen Ursprung nahm. Der Sturm kam über die Menschen, wie die Sichel des Schnitters durch das Gras fährt, oder eher wie der Knüppel eines gelangweilten Knaben, der Disteln köpft und sich einbildet, es seien die Häupter von Feinden, die vor seinem mächtigen Schwert fallen. Der Sturm trieb Wogen von Blut vor sich her und ließ Felder voller Leichen hinter sich zurück, brennende Dörfer, zerstörte Brücken und vergiftete Brunnen.

Die Wesen, aus denen der von Caligo entfesselte Sturm bestand, ähnelten teilweise noch den Menschen, aus deren Knochen und gestohlenen Seelen sie gebildet worden waren. Die meisten allerdings hatten keinerlei Ähnlichkeit mit etwas, das den Bewohnern der von ihnen verwüsteten Landstriche vertraut gewesen wäre. Allein der Anblick der monströsen Gestalten verbreitete Grauen. Die Menschen flohen trotzdem nicht in Panik, nicht anfangs. Wer Zeit dazu hatte, noch zum Schwert zu greifen – falls er überhaupt eines besaß – leistete Widerstand, doch die Untoten zu vernichten, war beinahe unmöglich. Eine Superratte oder eine Megaspinne ließ sich mit genügend Spießen im Bauch durchaus töten, aber um einen der Krieger aufzuhalten, musste man ihn schon in sehr kleine Teile zerhacken. Die wenigen Soldaten des Reiches, die hier im Westen stationiert waren und mit dem Feind in Kontakt kamen, versuchten dennoch ihr Bestes, bevor sie starben. Die Horden Caligos waren nicht aufzuhalten, man konnte sie nur verlangsamen, um den Zivilisten Zeit zu erkaufen, Zeit für die Flucht.

Was wenigstens ein paar hundert Menschen rettete, war die vollkommen chaotische Art und Weise, in der die mordenden Horden vorrückten. Es gab bei ihnen keinerlei Führung oder Kontrolle, an so etwas hatte Caligo überhaupt nicht gedacht, als er sie ausschickte. Bei einer normalen Gruppe dieser Art hätte sich automatisch eine Führung herausgebildet, das lag schließlich in der instinktiven Natur des Menschen. Die Untoten kannten nur ihren magischen Antrieb, der ihnen alles zu töten befahl, auf das sie stießen. So hielten sie sich damit auf, Viehherden abzuschlachten und die Tiere des Waldes, falls sie sie fangen konnten.

Trotzdem dauerte es nicht lange, bis die Spitze der Sturmfront auf jene stieß, um derentwillen sie ausgesandt worden war.

Von der gesamten Bevölkerung der Stadt Jellisk überlebten nur sieben Menschen und ein Hund. Keiner ahnte, dass ein paar Fremde, die den Ort im Schutze der Nacht verlassen hatten, der Grund für das Massaker waren. Niemand wusste, dass die Fremden es vielleicht hätten verhindern können, wenn sie geblieben wären. Vielleicht, aber nicht mit Sicherheit. Doch Zach-aknum, den der *Zinoch* warnte, hatte anders entschieden. Er zog es vor, die Konfrontation mit dem Heer Caligos zu vermeiden oder jedenfalls aufzuschieben. Die kleine Chance hatte bestanden, dass die Horde ihnen folgte und die Stadt verschonte. Doch das lag nicht in ihrer Natur.

Das Feuer des brennenden Jellisk leuchtete weithin über das Land. Der Schwarze Magier sah es und betrachtete es. Sein Plan war fehlgeschlagen. Dann wandte er sich um und ritt weiter.

* * *

Das Funktionieren von Magie, schien durchaus etwas mit der Vorstellungskraft des Magiers zu tun zu haben, fand Durna. Ihr vom Einsiedler übernommener Leitsatz, dass der Magie prinzipiell alles möglich sei, wenn man sich nur vorstellen konnte, wie das Ergebnis aussehen sollte und wie man dahin kam, bewahrheitete sich immer wieder. Das klang natürlich leichter, als es wirklich war. Die meisten Menschen konnten sich die Dinge nicht einmal in ihren kühnsten Träumen vorstellen, mit denen Durna täglich umging. Für den normalen Tekladorianer wäre der Gedanke, jemand könne einen Fluss für kurze Zeit anhalten, um ihn trockenen Fußes zu durchqueren, vollkommen absurd gewesen. Und doch hatte es Durna getan. Für andere Menschen lag der Weltraum mit seinen Objekten außerhalb ihrer täglichen Realität, die Sternenmagier einmal ausgenommen. Etwas von dort mit Magie zu packen, es zu bremsen und in eine stabile Bahn um Horam Dorb zu lenken – undenkbar! Im buchstäblichen Sinn des Wortes. Und doch hatte Durna genau das gemacht.

Es waren ihr Talent als Zauberin und ihre Ausbildung, die sie dazu befähigten, sich Dinge außerhalb der normalen Alltagserfahrung vorzustellen und sie zu verwirklichen. Und, so dachte sie manchmal, es war ihr Unwissen von dem, was angeblich *nicht* ging. Durna öffnete die Augen und blinzelte. Wo war sie? Hatte sie eben noch, im Halbschlaf vielleicht, angenommen, sie würde in ihrem Bett liegen und schlafen, so stimmte das keineswegs. Sie lag nicht einmal, sondern sie stand aufrecht. Sie stand auf grobem, scharfkantigen Gesteinsschutt, der ihr schmerzhaft in die bloßen Sohlen schnitt. Ohne überhaupt darüber nachzudenken, zauberte sie sich Stiefel an die Füße. Eine sichtbare Schockwelle ging wie eine Kreiswelle auf einem stillen Teich von ihr aus und erzeugte – Überraschung. Sie wusste nicht bei wem, aber sie konnte sie fühlen. Es schien eine Art Geröllhalde zu sein, denn die mit Steinen bedeckte Fläche stieg an, so dass sie schräg nach oben aus ihrem Gesichtsfeld entschwand. Oder war sie es, die so schief in der öden Landschaft stand? Ihr Gleichgewichtssinn schwieg sich darüber aus.

Die Perspektive veränderte sich abrupt und nun war es eine waagerechte Geröllebene, auf der sie wie ein schräg in den Boden gerammter Pfahl emporragte. Sie hatte das vage Gefühl, gleich umfallen zu müssen, doch sie stürzte nicht. Nein, ihr erster Eindruck war richtig gewesen. Wieder kippte die Landschaft um sie herum, und sie konnte sich des seltsamen Gefühls nicht erwehren, dass die Landschaft ob ihrer Wahrnehmungsumschwünge ein wenig *gereizt* war.

Sie konnte sich nicht bewegen. Ihr Blick blieb auf den selben hin und her kippelnden Ausschnitt einer steinernen Wüste unter einem flachen, bleiernen Himmel gerichtet. Es herrschte Totenstille; sie hörte nicht einmal sich selbst atmen und wusste dennoch, dass sie nicht taub geworden war.

Bevor sie ihre Bewegungsunfähigkeit ernsthaft beunruhigen konnte, erregte die Bewegung von etwas anderem ihre Aufmerksamkeit. Doch es war nur eine wirbelnde Staubfahne, die sich als konturenloser grauer Schleier in ihr Blickfeld schob. Selbst diese Wolke sah anders aus als gewöhnlich. Fast als ob sie eine weit größere Konsistenz als bloßer Staub besäße, als wäre es eine flatternde Fahne aus durchscheinendem Tuch. Eine weitere Staubwolke wirbelte heran, dann noch eine … Sie umtanzten sie, und sie war sich bewusst, dass ein solches Verhalten ziemlich ungewöhnlich war, dass Staubwolken normalerweise überhaupt kein Verhalten zeigten.

Das diffuse rötliche Licht der steinernen Einöde fiel ihr erst in dem Augenblick wirklich auf, als es von einem Schatten verdunkelt wurde. Der Schatten fiel von hinten über sie und streckte sich wie ein schwärzlicher Fluss ohne klare Umrisse immer weiter über die schiefe Geröllfläche aus.

Und die Staubirrwische flohen!

Sie verspürte den unbändigen Drang, es ihnen gleich zu tun oder sich wenigstens umzudrehen, um zu sehen, was diesen grausigen Schatten warf, doch sie konnte sich nicht rühren. *Nein, das war falsch! Durna floh vor keinem Schatten. Ihr Drang war der nach einer Waffe, einem Zauber, um das auszulöschen, was den Schatten warf.*

Ein zweites, irgendwie überraschtes Zittern durchlief das, was hier als Realität galt. Wo der Schatten die scharfkantigen Steine berührte, begann sich etwas zu verändern. Ihre in der Dunkelheit kaum noch erkennbaren Umrisse schienen sich aufzulösen, sie verschwammen und flossen in einem chaotischen, amorphen Brei ohne jede Struktur zusammen. Gerade als ihr einfiel, dass sie ja genau in der Bahn des Schattens stand und wohl auch bald zerfließen würde, wenn sie nicht etwas dagegen unternahm, bemerkte sie, wie ihr Körper im Schatten einen Schatten warf. Einen umgekehrten Schatten, wenn es so etwas geben sollte. Eine Helligkeit, die sich als der deutliche Umriss einer stehenden Frau auf dem dunkel gewordenen, zerfließenden Boden abzeichnete. In ihrer rechten Hand hielt die Lichtfrau einen verkrümmten Stab oder Ast, dessen Spitze den Boden berührte.

›Ich habe eine Waffe‹, dachte sie aus irgendeinem Grund, obwohl sie sich immer noch nicht bewegen konnte und ein Ast wohl kaum eine richtige Waffe war. Wenn es ihr doch nur gelänge, sich loszureißen vom hypnotischen Anblick der langsam im Schatten zerfließenden Geröllfläche und sich umzuwenden, dann würde sie schon …

»Bitte nicht«, sagte eine Stimme wie klirrender Frost neben ihr, und eine pechschwarz gekleidete Frau trat um sie herum. Sie musste sich eingestehen, dass sie noch nie eine so schöne Frau gesehen hatte. Das kalkweiße Gesicht schien in der rötlichen Dämmerung zu leuchten – und das merkwürdigerweise, ohne einen rosa Schimmer anzunehmen, den weiße Dinge hier doch hätten haben müssten. Vollkommen schwarze Augen starrten sie reglos wie die eines Insekts an. Die Frau berührte Durna an der Schulter, und sie fühlte, wie sich ihre Glieder lösten. Aber sie trat keinen Schritt zurück. Sie wandte den Blick von den hypnotischen Augen ab und betrachtete den knorrigen, metallisch glänzenden Stab in ihrer eigenen Hand. Sie hatte keine Ahnung, was das sein konnte und wie es in ihre Hand gelangt war.

»Manche Zauber benötigen Artefakte wie dieses, Durna«, sagte die schwarzweiße Frau. »Aber der stammt aus dem Traum eines anderen. Entschuldige die Verwirrung.«

Der Stab löste sich abrupt auf. Beinahe hätte Durna das Gleichgewicht verloren. »He!« sagte sie. Dann stutzte sie. »Ich *träume* das?«

»Ja. Solange das Tor geschlossen ist, kann ich nur auf diesen ein wenig verschlungenen Wegen mit euch kommunizieren. Andernfalls hätte es katastrophale Auswirkungen. Du hast einen äußerst komplexen Zauber gewirkt, bevor du eingeschlafen bist. Dieses Beobachtungsdings, das du konstruiert hast – meine Hochachtung!«

»Ich nenne es ein Zi'en'en.«

»Warum?«

»Da waren diese Symbole in der Vision, aus der ich meine Anregung bekam.«

Die glänzenden schwarzen Lippen in dem makellosen, weißen Gesicht verzogen sich zu einem Lächeln. »Na ja, ein Name ist so gut wie jeder andere. Und ich glaube nicht, dass es eine ähnliche Sache irgendwo anders schon mal gegeben hat. Du bist eine sehr innovative Zauberin, Durna.«

»Danke. Und wer bist du?«

»Wirdaon«, sagte die Frau gleichgültig, »Herrin der Dämonen, Senderin der Alpträume und Bösen Dinge und so weiter.«

»Willst du mich daran hindern, bei der Rettung der Welt zu helfen?« fragte Durna, ohne sich von dem Namen beeindruckt zu zeigen. Sie hatte nichts anderes vermutet.

»Adone, nein! Im Gegenteil. Ich bin auf eurer Seite!« behauptete die Göttin.

Durna bezweifelte das. Alles, was sie über Dämonen wusste ...

»... stammt aus Büchern! Du weißt gar nichts über mein Volk, Mensch. Von euch beschworene Dämonen machen nur das, wozu sie von *Menschen* gezwungen werden. Zugegeben, es gibt auch bei ihnen Renegaten und wilde Stämme, aber ich achte darauf, dass es nicht allzu viele Übergriffe auf andere Welten gibt. Setze uns also nicht mit dem Bösen gleich – mit dem du ja ausreichende Erfahrungen gesammelt hast.«

Nun trat Durna doch einen kleinen Schritt zurück. Sie konnte sich nicht helfen, selbst der milde Zorn Wirdaons schüchterte sie auf eine Weise ein, von der sie nicht geahnt hatte, dass es sie geben könnte.

Doch die Göttin winkte rasch ab. »Ich habe nicht die Realitätsfluktuationen Caligos benutzt, um mit dir zu streiten«, sagte sie, »sondern um dir zu sagen, dass dein ›Zi'en'en‹

mit meiner Dimension verknüpft ist. Das hat unter anderen energetische Gründe. Ich werde das Ding nicht nur dulden, sondern sogar unterstützen, solange die Krise währt. Doch danach solltest du es wieder mit den üblichen Mitteln wie der Kristallkugel versuchen, klar?«

»Warum?« hörte sich Durna kühn fragen. War sie denn verrückt geworden?

»Es ist ein sehr gefährliches Ding, das du da ins Leben gerufen hast. Auf anderen Welten – wie jener, von der du deine Inspiration bezogen hast – ist es ganz normal, die Menschen sind daran gewöhnt. Sie wissen, wie weit sie ihm trauen können. Deine Welt aber ist dafür noch nicht bereit. Wenn die Krise bewältigt ist, sollte so wenig wie möglich von den fremden Einflüssen bei euch zurückbleiben. Glaub mir, das ist unnatürlich und schadet auf Dauer nur.«

»Wir werden es also schaffen?« interpretierte Durna die Worte Wirdaons als Orakel. Diese lächelte wieder, was ausgesprochen beunruhigend wirkte. »Ich habe keine Ahnung! Aber ich habe Vertrauen in die Personen, die sich damit befassen, und von denen du eine bist. Schließlich ...« Sie zögerte plötzlich. Erst nach einem Moment des Überlegens fuhr sie fort: »Schließlich setzt auch Sternenblüte ein gewisses Vertrauen in dich.«

»Du kennst Sternenblüte?«

»Wer *kennt* schon einen Drachen? Doch ich habe mit ihm geredet und der Umstand, dass er dich schützt und dir hilft, deutet an, dass er momentan nichts gegen deine Benutzung außerweltlicher Techniken hat.«

›Er schützt mich?‹ dachte Durna verblüfft.

Ein blutrotes Flackern wie der Flügelschlag eines sehr großen Flügels löschte ihren Traum aus.

Durna öffnete die Augen und blinzelte. Wo war sie? Im Labor, am Tisch eingeschlafen. Es musste ja dazu kommen, so wie sie die Nacht zum Tag machte. Ihr Rücken schmerzte. Als sie aufstand, wäre sie beinahe hingefallen, denn sie trug nicht ihre bequemen Sandalen, sondern schwere, verschnürte Stiefel. Grauer Staub haftete an ihnen. Schlagartig fiel ihr alles ein. Sie setzte sich wieder hin.

›Was ist hier gerade passiert?‹ dachte sie. ›Hatte ich nur einen lebhaften Traum, oder ...?‹ Sie schaute sich im Labor um, doch die Wände, von denen sie schon fast einen Kommentar erwartet hatte, schwiegen sich aus. Auf dem Arbeitstisch stand immer noch das Ding, mit dem sie Informationen über alle sie interessierenden Vorgänge zu erlangen hoffte, besser noch als sie das Drachenauge zu geben vermochte. Sah es nicht irgendwie verändert aus? Tatsächlich. Sie hatte ihm die Form eines Würfels gegeben, aber nun waren seine Ecken und Kanten abgerundet. Die vordere Fläche glänzte mattschwarz. Träume von Zauberern sind selten ohne Bedeutung, das wusste sie. Aber war das wirklich ein Besuch der Herrin der Dämonen gewesen, die ihr damit praktisch Unterstützung anbot?

›Finden wir heraus, ob das Zi'en'en funktioniert!‹ dachte sie und ergriff den Aktivierungsstab. Sie hatte nicht ganz eingesehen, wozu ein Kästchen mit vielen Knöpfen wie in ihrer Vision dienen sollte und stattdessen einen einfachen Zauberstab geschaffen. Kaum richtete sie den Stab auf ihren Kasten, da leuchtete die schwarze Fläche auf und ein Bild erschien.

Sie kniff die Augen zusammen und öffnete sie wieder. Ein *Dämon*?

»Hallo, liebe Zuschauer, ähem, Zuschauerin«, hörte sie den begeistert grinsenden, grün behaarten Dämon ausrufen. Er saß hinter einem Tisch oder Tresen und starrte ihr direkt ins Gesicht. »Ich bin Euer heutiger Sprecher. Also dann! Was alles geschah, während Ihr schliefet«, fuhr er fort. »Der Vulkanausbruch im nördlichen Teklador zeigt keinerlei Anzeichen, sich abzuschwächen. Inzwischen stieg die Anzahl der Todesopfer auf über 300 an«, berichtete der Dämon strahlend. Für einige Herzschläge wurde er durch einen Blick auf den feuerspeienden Berg ersetzt. »Erste Einwohner kehren nach Pelfar zurück und sind erschüttert über das Ausmaß der Schäden. Im Zuge der Reparationsmaßnahmen hat Halatan eine Karawane mit Lebensmitteln geschickt.« Regennasse Ruinen und verzweifelte Menschen. Betreten aussehende halatanische Soldaten, die Säcke von Planwagen abluden.

Das war es also, was Wirdaon unter Hilfe verstand! Doch plötzlich, noch bevor sie wütend werden konnte, begriff Durna, was ihr neues magisches Gerät da eigentlich tat. Etwas, das sie vorher gar nicht bedacht hatte. Was nützte ihr eine Echtzeitüberwachung, wenn sie nicht ständig vor dem Ding sitzen wollte? Also brauchte sie eine Zusammenfassung. Wirdaon ließ das offensichtlich von ihren Dämonen erledigen, die auch noch einen unglaublichen Spaß daran zu haben schienen.

»Die bekannte Schwarze Magierin und Königin von Teklador und Nubra, Durna de'breus, hat gerade die allumfassende Überwachung der Welt eingeführt«, sagte der grüne Dämon manisch grinsend, wobei hinter ihm ein Bild von ihr selbst erschien. »Verschiedene Experten fragen sich allerdings, ob sie damit nicht ...« Er verstummte, als habe er ihren bohrenden Blick gespürt, dann beeilte er sich, mit einem anderen Thema fortzufahren. »Nachtburg: Caligo hat seine Bluthorden ausgeschickt, um die Hoffnungsträger des Westens, Zach-aknums Gruppe, noch vor dem Erreichen ihres Zieles Ramdorkan abzufangen. Hat er damit seine Mittel ausgereizt?« Die begleitenden Bilder ließen Durna zurückprallen. Was, bei allen Dämonen, waren das denn für Kreaturen?

»*Keine* Dämonen, soviel ist sicher!« kommentierte der grüne Sprecherdämon mit Nachdruck. »Nor: Wordon zeigte sich sehr verärgert über den Seelendiebstahl durch Caligo und kündigte an ...«

Durna hörte nicht mehr, was der Herr des Totenreiches gegen den Chaos-Lord zu unternehmen gedachte. Sie stürmte aus dem Labor, ohne sich die Mühe zu machen, das Zi'en'en mit dem Aktivierungsstab auszuschalten.

Der Dämon sah ihr enttäuscht nach.

* * *

Mitten in der Nacht über schlechte Straßen zu reiten, die meist auch noch durch dunkle Wälder führten, war gewiss nicht Brads Vorstellung von sicherem Reisen. Der Schwarze Magier erhellte zwar ihren Weg mit seinen Lichtkugeln, nun scheinbar ohne sich Gedanken darum zu machen, dass man ihn dadurch aufspüren könnte, aber das magische Licht warf harte Schatten und bewegte sich außerdem, so dass es nicht unbedingt einfach war, in seinem Schein zu reiten. Außerdem machte es die Pferde schrecklich nervös.

Alle, auch der Wanderer Thomas, waren gute Reiter, so dass es bisher ohne Zwischenfälle abging. Brad war sicher, dass Pek eine geheime dämonische Magie einsetzte, um

Pferde zu kontrollieren, denn der kleine Kerl saß grinsend auf dem Rücken eines weiteren, im Vergleich zu ihm überdimensional erscheinenden Tieres und preschte durch die Dunkelheit, als gäbe es keine Wurzeln oder Stolpersteine.

Sie hatten Jellisk lange hinter sich gelassen, als Zach-aknum ihnen zurief, was ihm der *Zinoch* eigentlich als dringende Warnung vermittelt hatte. Brad war nicht überrascht, dass der Chaos-Lord ihnen seine Geschöpfe auf den Hals hetzte, aber es überraschte ihn, dass der Magier so zum Aufbruch gedrängt hatte.

Er wollte die Bluthorde von Jellisk ablenken.

›Wie bitte?‹ dachte Brad. ›Wir sind also der Köder? Um diese Stadt zu schützen? Was ist denn in den verdammten Magier gefahren?‹ Zach-aknum war nicht unbedingt als Menschenfreund berühmt, er war ein *Schwarzer* Magier! ›Und wenn wir schon mal dabei sind‹, dachte Brad wütend, ›wo steckst du eigentlich, Horam? Wieso habe nicht ich die Warnung bekommen? Wolltest du nicht mit Informationen bereit stehen?‹

Er bekam keine Antwort. Der Gott – wenn es überhaupt seine Präsenz gewesen war, die ihm den flüchtigen Gedanken eingegeben hatte – war offenbar anderweitig beschäftigt.

Auf einer Anhöhe ließen sie die Pferde rasten, während sie sich umschauten. Noch hätte es eigentlich tiefste Nacht sein müssen, doch seltsamerweise schien im Osten die Sonne aufzugehen.

›Das ist nicht die Sonne!‹ erkannte Brad plötzlich. ›Dort brennt etwas.‹

Thomas, der Wanderer, saß neben ihm auf seinem Pferd und beobachtete ebenfalls den Feuerschein hinter den Wäldern. Sein Gesicht war finster.

»Ich habe schon so viele Dörfer brennen gesehen«, sagte er. »Habt ihr euch schon mal gefragt, ob nicht eure Götter beschlossen haben, die Welt untergehen zu lassen, um die Plage der Menschen auszurotten?«

Niemand antwortete. Zach-aknum war der erste, der sich vom Anblick des Feuerscheins abwandte. »Weiter«, murmelte er nur. Sein Gesicht erschien Brad steinerner als jemals zuvor. Ob der Magier dasselbe dachte wie er? Dass Jellisk wegen ihnen gefallen war?

Nicht wegen euch. Wegen Caligo. Er wird langsam nervös, weil seine Pläne einer nach dem anderen scheitern.

›Ist das so?‹ dachte Brad. ›Sollen wir uns jetzt freuen?‹

Nein, ihr solltet rennen! Jemand anderes greift gerade ein!

Eine gleißende, weiße Helligkeit fiel über das Land. Etwas huschte unsagbar schnell über sie hinweg und prallte fast im selben Augenblick im Osten auf den Boden. Eine lautlose Fontäne aus Glut und Feuer wuchs empor, wo das Ding eingeschlagen war. Es wurde taghell.

Brad riss sich von dem entsetzlichen Anblick los und sah sich von Panik erfüllt um. Dann prügelte er auf sein Pferd ein, um es hinunter in einen kleinen Einschnitt zwischen den Hügeln zu treiben.

»Schnell!« schrie er. »Runter von diesem Hügel! Weg hier!« Die anderen folgten ihm, doch es kam ihm so vor, als würden sie sich alle wie traumwandelnd langsam bewegen.

Von hoch oben kam ein Geräusch, das man unmöglich überhören oder ignorieren konnte. Es klang, als ob die Luft selbst brüllend in Stücke gerissen würde. Und es wurde mit jedem Atemzug lauter. Nur war da oben schon längst nichts mehr, was ein Geräusch verursachte.

»Zauberer ...!« schrie Brad.

Zach-aknum drehte sich um, hob die Hände und sagte etwas, da fegte die Druckwelle des Einschlags bereits heran. In der Dunkelheit sah es aus, als ob ein Schwall undefinierbarer Gegenstände über den Hügelkamm geschossen käme, auf dem sie eben noch gerastet hatten. Der Donnerschlag war nicht einfach nur körperlich spürbar, er tat weh! Als ob die Luft selbst zu Eisen wurde und auf sie einprügelte.

Doch die Trümmer und Steine flogen in einem Bogen über sie hinweg, abgelenkt im letzten Augenblick von Zach-aknums Magie. Nicht einmal die Pferde bäumten sich auf – was Pek zuzuschreiben war, wie Brad begriff. Der Dämon *stand* im Sattel seines Gaules und hatte genau wie der Schwarze Magier seine Arme beschwörend erhoben.

Sie hat mich überrascht. Die Stimme in seinem Geist klang auch überrascht – und ein wenig verärgert.

›Wer?‹

Die Königin und Hexe Durna. Offenbar hat sie das getan, um euch zu helfen, als sie erfuhr, was Caligo vorhat. Trotzdem sollte sie lernen, ihre Aktionen ein wenig besser mit den anderen Spielern abzustimmen.

›Spieler? Ist es das, was wir für euch sind?‹ fragte Brad aufgebracht. Aber er bekam keine Antwort. Horams Präsenz kam und ging von einem Augenblick zum anderen.

»Das war Durna«, teilte er den anderen mit. »Und egal wie es aussieht, sie wollte uns damit helfen.«

»Was zur Hölle hat diese Durna gerade getan?« wollte Thomas wissen.

Brad hob die Schultern. »Ich denke, es hat etwas mit Magie zu tun. Sie ist schließlich eine Hexe.«

Der Wanderer warf nervöse Blicke zum Himmel. »Wenn mich nicht alles täuscht, hat sie gerade einen Feuerball auf die Heere Caligos fallen gelassen. Was ist hier eigentlich noch möglich?«

»Alles«, sagte Solana trocken. »Und wenn es nicht magischen Ursprunges ist oder von den Göttern kommt, bewirkt es der Chaos-Lord. Gewöhnt Euch dran, Wanderer, dass Ihr mitten im Chaos festsitzt.«

Die Antwort des Mannes verstand keiner von ihnen, jedenfalls nicht dem Wortlaut nach. Sie trieben ihre Pferde an, und Brad dachte wieder einmal über Solana nach. Die Frau war mehr als eine einfache Bäuerin aus Rotbos. Und das lag weder an ihrer Vergangenheit als Priesterin noch an gelegentlichen Besuchen von Wirdaon.

Sie gehört zum Spiel ... flüsterte eine ferne Stimme in seinem Kopf. *Genau wie du.*

* * *

Sie stand auf dem Turm und schaute nach Norden. Plötzlich kamen ihr Zweifel. Sie hatte das zum ersten Mal ohne direkten Sichtkontakt zum Ziel getan. Was, wenn sie nicht die Bluthorde traf, sondern die Gruppe um Zach-aknum? Aber es war zu spät. Hinter dem Horizont flackerte ein unirdisches Licht auf, das ihr eine Ahnung von Mächten gab, die sie noch gar nicht angetastet hatte und an die sie auch lieber nicht rühren wollte. Es gab Dinge, die sollten das Vorrecht der Drachen bleiben, hatte ihr Sternenblüte beigebracht. Sie fragte sich manchmal, wie der Drache ihr in so kurzer Zeit so viele Sachen hatte sagen und beibringen können. Scheinbar erinnerte sie sich immer wieder an neue Informationen.

Nun, wenn Sternenblüte je ihre Welt vernichten wollte, würde es vielleicht ein solches Licht sein, das aufflammte, näher kam und nicht wieder erlosch. Diesmal wurde es rötlich und schwächer. Den gigantischen Pilz, der sich über Jellisk in den Himmel erhob, konnte Durna in der nächtlichen Dunkelheit nicht sehen. Sie harrte aus, bis der ferne Donner kam.

Kein Vergleich zu dem Ereignis im Halatan-kar damals. Sie stutzte. *Damals?* War das wirklich erst so wenige Tage her? Hatte sich ihre Welt in so kurzer Zeit so radikal verändert? Durna machte sich nicht die Mühe des Treppensteigens. Nicht so spät in der Nacht. Vor den Augen der verblüfften Wachen translokalisierte sie sich in ihr Labor zurück. Ein grüner Dämon erwartete sie schon auf dem Schirm des Zi'en'en.

»Nachdem die Bluthorden Caligos bereits ganze Arbeit in Jellisk geleistet hatten und sich anschickten, weiter in Richtung Ramdorkan vorzustoßen, wurden sie durch einen vollkommen überraschenden Zug Königin Durnas aufgehalten. Absolut unerwartet für die Kräfte des Chaos, rief die bekannte Hexe eine ihrer gefürchteten Orbitalwaffen herab, wobei sie übrigens gegen den ausdrücklichen Rat einer Beraterin des halatanischen Kaisers handelte. Jellisk und weite Teile der Umgebung sind ausgelöscht!«

Der Dämon tauschte seinen Platz auf dem Schirm mit einem Drachenauge-Bild von Jellisk. Die folgende, offenbar sehr langsam wiedergegebene Szene ließ Durna frösteln. Es war, als sähe sie den Einschlag aus nächster Nähe. Dann wechselte die Perspektive und sie sah den Rauchpilz aufsteigen. Wie mochten sie das gemacht haben? Es war doch noch Nacht!

Sie bemerkte, dass sie fast automatisch annahm, dass da draußen vielleicht Gruppen von Dämonen waren, die alles aufzeichneten, aber das stimmte natürlich nicht. Dieses Detail wich von dem Vorbild in einer fernen Dimension und Welt ab.

»Zach-aknums Truppe hat«, fuhr der Dämon mit seinem selbstgefälligen Grinsen fort, »den erneuten Einsatz verbotener Orbitalwaffen durch die Hexe unbeschadet überlebt. Vielleicht gibt ihnen das die Zeit, die sie noch benötigen, um ihre Aufgabe zu erfüllen.«

»Was heißt hier verboten?« zischte Durna. »Niemand verbietet mir etwas! Und schon gar nicht so ein alberner kleiner Dämon wie du!«

Der grüne Dämon bekam einen Hustenanfall.

»Das Wetter ...«, keuchte er dann.

Ein Gespräch

»Du willst dich also einmischen?«

»Natürlich. Es ist genug! So kann das dort nicht weiter gehen. Wir müssen etwas tun.«

»Meiner Ansicht nach tun wir schon ausreichend, indem wir ihnen ständig Ratschläge erteilen. Vielleicht wollen sie das gar nicht? Hast du dir das schon mal überlegt?«

»Sie sind froh darüber und es hat ihnen schon mehr als einmal aus der Patsche geholfen. Und sie sehen, dass wir da sind und uns ihr Schicksal kümmert. Das sollte ihnen Kraft geben.«

»Oder so ... Aber hinzugehen und einzugreifen, das ist etwas ganz anderes. Warte doch erst einmal, ob sie es nicht allein bewältigen.«

»Wie sollen sie dagegen ...? Du glaubst ernsthaft, diese Sterblichen könnten gegen Caligos Heer bestehen? Diese vier Menschen und ein Dämon?«

»Es sind inzwischen fünf Menschen.«

»Was einen großen Unterschied ausmacht!«

»Möglicherweise ist er größer als du denkst.«

»Ha?«

»Die Hexe hat es wieder getan. Sie hat etwas völlig aus dem Kontext ihrer Realität gelöstes gemacht. Ein cleverer Schachzug, der mit dem Chaos selbst spielt.«

»Und rein zufällig hat die Welt überlebt. Toll. Ich weiß, was sie getan hat.«

»Oh, aber ich meine nicht diesen Meteoriten ...«

* * *

Caligo wurde von der Erschütterung aus seiner Betrachtung des rätselhaften schwebenden Rings voller Dunkelheit gerissen.

Er wandte sich von den schräg im Raum hängenden Artefakt einer längst versunkenen Zeit ab und sah sich um. Was war denn nun schon wieder?

Es dauerte nur Bruchteile von Augenblicken, bis sein Bewusstsein die Geschehnisse durchdrungen und erfasst hatte. Durna! Er musste etwas gegen diese Menschenfrau tun. Ihre Anwesenheit und ständige Einmischung wurde langsam zum bedeutenden Ärgernis. Schade, dass Klos versagt hatte.

Caligo verließ den Raum tief unter der Erde, in dem das Tor der Dunkelheit schwebte, und begab sich in eine höhere Ebene der von magischen Einschlägen lange vergessener Kriege zerschundenen Festung.

Er spürte, dass der Abwehrzauber der Nachtburg bröckelte und schwand, aber er konnte nichts dagegen tun, weil er nicht die geringste Ahnung hatte, wie solch ein Zauber überhaupt zustande gebracht worden war. Die heute lebenden Menschen wussten es nicht mehr, also hatte auch der Neryl keine Möglichkeit, es herauszufinden. Bald würde jeder, der die Nachtburg sah, sich wieder an sie erinnern. Niemand würde mehr Schwierigkeiten damit haben, an sie zu denken – oder an den, der heute in ihr hauste. Pech, aber nicht zu ändern.

Der Neryl hatte Mühe, seine Gedanken zu konzentrieren. Mit gelinder Überraschung begriff er, dass dies ein Rückkopplungseffekt sein musste. Das Chaos, die Wirkung seiner eigenen Existenz, schlug störend auf ihn zurück. Er wusste, dass solches geschehen konnte, aber es wunderte ihn dennoch, weil es sehr selten auftrat. Nur dann, wenn ein Wesen seiner Art nachlässig wurde. War er nachlässig geworden? Hatte er etwas übersehen?

Noch funktionierte sein Plan. Trotz Durnas Angriff gab es genug Krieger seiner Bluthorden, die den Auftrag ausführen konnten. Kein Grund, sich zu sorgen. Der Weltuntergang würde stattfinden und seiner Rasse vielleicht sogar einen Zugang in dieses Universum öffnen. Da war Caligo zuversichtlich. Und wenn nicht, dann würde der Untergang der Welten wenigstens ihm hoffentlich ermöglichen, wieder von hier zu verschwinden.

Er schlurfte ruhelos durch die desolaten Hallen und Gänge der Nachtburg. Der Chaos-Lord leistete sich diesmal keine Wutausbrüche, kein Toben und Brüllen. Das war uneffektiv. Er dachte darüber nach, was für Möglichkeiten ihm auf dieser abnormen Welt offen standen.

Der erneute Schlag der Hexe hatte wahrscheinlich zwei Drittel seines gerade erst erschaffenen Heeres ausgelöscht. Das ärgerte ihn, schon weil es eine gewisse Energie und Mühe kostete, diese Wesen bereitzustellen. Und weil es den mit ihnen erreichbaren Grad der Verwüstungen und des Chaos einschränkte. Aber auch der Rest seiner Bluthorde konnte in Nubra noch eine Menge Unruhe stiften. Vielleicht gelang es den Wesen sogar, ihr Primärziel zu erreichen und jene Menschen abzufangen, die dabei waren, den Weltuntergang zu verhindern. Man konnte ja immer hoffen.

Oder sollte er sie lieber gewähren lassen? Zwar bildete der Untergang einer ganzen Welt für ihn die Kulmination chaotischer Entwicklungen, doch er stellte auch etwas ziemlich endgültiges dar. Caligo war nicht einmal ganz sicher, ob er in seiner gegenwärtigen Form solch ein Ereignis überstehen würde. Durch die Übernahme und Umwandlung von Erkon Verons Körper war er leider auch einigen Beschränkungen körperlicher Wesen unterworfen. Er betrachtete missmutig seine fleischliche Hülle. Das war auch etwas, das er sich ganz und gar nicht so vorgestellt hatte, als er den Lockungen des Rituals folgte, welches dieser närrische Priester durchführte.

Falls die Welt weiter existierte, würde er unendlich viel Zeit haben, sein Werk zu tun, das stimmte. Andererseits war ein so langsames Vorgehen unbefriedigend und uneffektiv. Caligo hatte außerdem den Eindruck, dass seine Anwesenheit allein nicht ausreichte, um die Welt in seinem Sinne zu verändern. Immer wieder bemerkte er, wie die Wellen des Chaos einfach versickerten. Doch er benötigte ein bestimmtes Niveau chaotischer Zustände, um im entscheidenden Augenblick entweder seine Rasse in dieses Universum zu holen oder von hier zu verschwinden.

3

Tral Giren musterte sich im Spiegel. Dieselben blauen Augen unter schwarzen Haaren, die langsam etwas aus der militärisch kurzen Frisur der Yarben wuchsen. Er musste wieder einmal einen Barbier aufsuchen. Doch nicht der Haarschnitt war es, der den leicht besorgten Ausdruck in seinen Augen verursachte. Er erinnerte sich plötzlich an einen anderen Morgen, an dem er fern von hier und verkatert ebenfalls in einen Spiegel gestarrt und sich gefragt hatte, was die Zukunft bringen würde. Niemals hätte er sich damals in Regedra träumen lassen, was danach kam. Er war darauf gefasst gewesen, beim Lordadmiral in Ungnade zu fallen, weil er seine Aufgabe nicht zu dessen Zufriedenheit erledigte – die Umsiedlung der Nubraer nach Teklador, von der heute kein Mensch mehr sprach. Doch es ging Trolan gar nicht so sehr darum. Mit seinem Befehl, Durna nach Regedra zu beordern, hatte alles angefangen.

Giren strich die rote Uniformjacke glatt. Niemand war bisher auf die Idee gekommen, den Yarben, die nun praktisch im Dienste Tekladors standen, eine neue Kleidung vorzuschreiben. Er wusste nicht, wie er auf einen solchen Befehl reagiert hätte. Trotz allem fühlte sich Durnas General noch immer als Yarbe. Seltsam hatte sich das alles entwickelt. Damals in Regedra hatte er der Königin misstraut, die nur mit Hilfe seiner Armee auf den Thron gelangt war, der ihr nicht zustand. Aber schon wenig später begann sich alles zu verändern. Er konnte den Zeitpunkt auf den Tag genau bestimmen. Es war der Aufbruch Durnas zu jener Flussreise nach Nubra gewesen. Hatte sie ihn auf dem Flussboot verhext oder war das alles von selbst geschehen?

Er schüttelte den Kopf und wandte sich von seinem Spiegelbild ab. Er war nicht – wie er für eine kurze Zeit geglaubt und befürchtet hatte – zum bloßen Gespielen der Magierin geworden. Sie hatte ihn stattdessen scheinbar mühelos auf ihre Seite gezogen. Dass auf yarbischer Seite alles zusammenbrach, an was er vorher geglaubt hatte, dass er unterwegs einem Drachen begegnete und der Lordadmiral von einem monströsen Wesen aus anderen Dimensionen umgebracht worden war, spielte dabei natürlich eine gewisse Rolle. Aber auch Durna hatte sich in der kurzen Zeit, die seither vergangen war, sehr verändert. Giren erinnerte sich noch genau an die Königin von damals, die voller Zorn und Hass auf ihre eigenen Landsleute gewesen war, leichte Beute für Lordadmiral Trolan und Erkon Veron – so schien es jedenfalls. Doch dann trat sie während der Krise in Regedra vor die führerlosen, verunsicherten Yarben und … *übernahm sie einfach*! So wie sie ihn übernommen hatte.

›Sie kann das alles nicht geplant haben‹, dachte er. ›Dazu ist die Aufeinanderfolge von Ereignissen zu unwahrscheinlich. Doch nun ist sie in der Lage, den in Nubra ankommenden Flüchtlingsschiffen aus der Heimat ihre Bedingungen zu diktieren. Durna ist praktisch die Herrscherin über Teklador und Nubra; und ich möchte den sehen, der ihr das streitig machen will.‹ Vielleicht hatte der Chaos-Lord Ambitionen dazu, aber bisher schien er immer den Kürzeren zu ziehen, wenn er sich mit Durna anlegte.

Tral Giren lächelte vor sich hin. Die Königin war wirklich keine Frau, mit der man sich anlegen sollte, ob man nun ein Mensch war oder ein Monster aus anderen Dimensionen. Und wenn sie sich in den letzten Wochen verändert hatte, dann brauchte er sich darum keine Sorgen zu machen, schließlich war es eine Veränderung zum Guten – oder etwa nicht?

Durna schien auf den ersten Blick einfach nur ein Machtvakuum ausgefüllt zu haben, das nach Trolans Tod entstanden war. Doch das war nicht alles. Sie widmete sich plötzlich mit ihrer ganzen Energie dem Kampf gegen etwas, das ihr General nur schwer begreifen konnte. Sie sprach von nichts weniger als dem Untergang der ganzen Welt. Das hätte ihn nicht überraschen sollen, da die Yarben aus einem ähnlichen Grund zu ihrer Eroberung unbekannter Länder jenseits des Meeres aufgebrochen waren: Ihr eigener Kontinent ging buchstäblich unter, wie es einst vom Orakel von Yonkar Zand prophezeit worden war. Niemand hatte damals freilich geahnt, dass die Kataklysmen auf Yar'scht nur ein Ausdruck viel größeren Unheils waren.

Eben war Giren noch ein yarbischer Militärbürokrat gewesen, froh darüber, nicht mehr selber den Reitersäbel schwingen zu müssen, und gleichzeitig bedrückt von der unangenehmen Aufgabe, die ihm Trolan gestellt hatte – und kurz darauf fand er sich an der Seite einer bildhübschen Hexenkönigin in einen Kampf um den Fortbestand der ganzen Welt verwickelt. Manchmal verursachte ihm das alles nicht nur leichte Sorgenfalten, sondern es gab ihm ein Gefühl absoluter Unwirklichkeit.

Er seufzte. Selbst für eine mächtige Hexe wie Durna war die ganze Situation ziemlich verworren. Die halatanische Invasion im Osten hatte Giren mit seiner neuen vereinten

Armee glücklicherweise abwehren können, obwohl die Halataner über Waffen verfügten, mit denen sie eine ganze Stadt zusammengeschossen hatten. Aber das war, wie ihm Durna berichtete, eigentlich gar nicht beabsichtigt gewesen. Nachdem er Pelfar gesehen hatte, fragte er sich insgeheim, was für eine Armee sich mit einem solchen Trumpf in der Hand einfach wieder zurückzog. Ganz würde er die Einheimischen wohl nie verstehen. Wenn die Yarben zu Hause die gleichen Möglichkeiten gehabt hätten, wären sie schon vor Generationen die Herren des Kontinents gewesen.

Aber es ging ja gar nicht um den kurzen Krieg im Osten. Irgendwo da draußen wanderten Leute herum, die etwas mit sich führten, das den Weltuntergang aufhalten konnte. Sagte Durna jedenfalls. Der Chaos-Lord, der sich an einem unbestimmten Ort aufhielt, würde das verhindern wollen. Warum jemand – selbst ein Monster aus fremden Dimensionen – ernsthaft wollen sollte, dass die ganze Welt ausgelöscht wurde, ging über Tral Girens Horizont; er bemühte sich nicht einmal, das zu begreifen. Dazu kam, dass der verdammte Kerl »die Realität verzerrte«, wie Durna es ausdrückte. Dinge mochten sich verändern, ohne dass man es überhaupt merkte.

Es hatte ihn überrascht, dass sie sich überhaupt die Mühe machte, ihm solche Einzelheiten mitzuteilen. Obwohl er ihre Streitkräfte befehligte, hätte er das nicht unbedingt im Detail wissen müssen. Vielleicht sah sie ja doch mehr in ihm als nur ihren General? Manchmal wünschte er trotzdem, sie hätte es ihm nicht gesagt. Dann könnte er wenigstens ruhiger schlafen.

›Es ist nicht deine Aufgabe, ruhig zu schlafen‹, dachte er mit einem letzten Blick auf sein Spiegelbild. ›Du hast eine Armee zu führen!‹

* * *

Brad beobachtete vorsichtig seine Gefährten. Er wusste, dass sie dieselbe schockierte Stumpfheit in sich fühlen mussten, die ihn seit den Ereignissen der Nacht nicht mehr losließ.

Der Magier ritt mit tief in die Stirn gezogener Kapuze, als wolle er nicht, dass jemand seinen Gesichtsausdruck sah – jetzt noch weniger als sonst. Solana neben ihm wandte den Blick nicht vom Weg, während Micra den ihren ruhelos über die im Dämmerlicht liegende Umgebung huschen ließ. Der Wanderer hatte seine Waffe griffbereit vor sich im Sattel. Er wirkte immer noch ein wenig überrumpelt und verwirrt. Zwar befand er sich schon geraume Zeit auf dieser Welt und kannte Magie auch aus seiner ursprünglichen Heimat, doch ihn schien das reine Ausmaß aus dem Gleichgewicht gebracht zu haben. Nur Pek war kaum etwas anzumerken, außer ein wenig uncharakteristischer Verdrossenheit, die von allem möglichen herrühren konnte.

›Wann hat dieses Abenteuer begonnen, zu solch einem Alptraum zu werden?‹ dachte Brad. ›Erst als der Magier uns zum Aufbruch drängte, weil Caligo seine »Bluthorde« entfesselt hatte? Oder schon mit meiner Ankunft auf dieser Welt? Wieso wird die Sache mit jedem Schritt, den wir tun, nur noch komplizierter?‹

Doch für den Moment erhielt er keine Antwort eines sich in seine Gedanken einschleichenden Gottes. Vielleicht hatte Horam damit zu tun, die Schäden der Nacht zu begutachten. Falls ihn überhaupt interessierte, was für Katastrophen sich auf »seinen« Welten ereigneten.

Es war nicht so sehr die Brandschatzung von Jellisk durch die »Bluthorde« Caligos, die Brad – und seine Gefährten – erschüttert hatte. So etwas kannten sie alle, sogar Solana hatte es in Rotbos in einem kleineren Maßstab am eigenen Leibe erfahren müssen. Auch der Umstand, dass der Chaos-Lord auf sie aufmerksam wurde und etwas unternahm, um sie von ihrem Vorhaben abzubringen, war weder überraschend noch sonderlich schockierend. Brad sah immer wieder das gleißende Licht über den Nachthimmel zucken, die Säule aus Feuer, die sich wie eine obszöne Blume bei den brennenden Ruinen von Jellisk erhob. Hier waren Kräfte entfesselt worden, wie sie noch nie auf Horams Welten zum Einsatz gekommen waren. Brad begriff plötzlich, dass es nicht mehr darum ging, feindlichen Heeren oder sie verfolgenden irren Zauberern zu entkommen, um die Statue schnell noch an ihren angestammten Platz zu bringen, bevor die Zeit der Welt ablief. Er verstand nun, dass es eine Eskalation der Ereignisse gab, auf die er und seine Gruppe keinen Einfluss mehr hatten. Die entfesselten Kräfte waren unnatürlich, selbst für eine magische Welt wie diese. Nie hätte an sie gerührt werden dürfen. Und er war sicher, dass es damit ein schlimmes Ende nehmen würde. Nichts anderes war vorstellbar.

›Zu viel Macht‹, dachte er, ›zu viele Interessen im Spiel. Magier, Monster, Götter, Entitäten ... und wo bleiben die ganz normalen Menschen dabei?‹

Zu seiner Überraschung – aber war das nicht immer so? – bekam er eine Antwort.

Die müssen die Drecksarbeit machen, sagte die vertraute Stimme in seinem Kopf. *Oder vornehmer ausgedrückt: Die Menschen sind es, welche die Entscheidungen treffen. Die den Ausschlag geben. Ohne sie könnten sich Magier bis zum bitteren Ende bekriegen und einen ganzen Planeten dabei zu Schlacke verbrennen. Schließlich würden die Überlebenden dastehen, um die vollkommene Sinnlosigkeit ihres Tuns und ihrer eigenen Existenz zu begreifen. Ohne die einfachen Menschen hätten die Götter keinerlei Interesse an einer Welt, die Könige keine Reiche, die Generäle keine Armeen. Wenn die Menschen sich besinnen würden und einfach »Nein!« sagten, wäre vieles einfacher. Doch leider funktioniert es nicht so.*

Brad warf Pek einen Blick zu. Der rollte, wenn auch nur andeutungsweise, mit den riesigen Augen.

›Horam, ich bin müde‹, dachte Brad. ›Wann wird das alles enden?‹

Keine Ahnung! entgegnete der Gott, was nicht besonders tröstlich war. *Das heißt, zuende ist es spätestens dann, wenn die Frist abgelaufen ist, die dem Schwarzen Magier bekannt gegeben wurde. Zwar ist auch das noch nicht ...* Er verstummt abrupt.

Ein Zittern durchlief das Morgengrauen.

Die erschöpften Pferde schnaubten unruhig, als alle wie auf ein lautloses Kommando anhielten. Micra zog ihre Schwerter. Das knirschende Geräusch von Stahl auf Leder war für einen Augenblick alles, was die Stille durchbrach. Solana drehte sich stirnrunzelnd zu den anderen um und öffnete den Mund zu einer Frage, die sie nie stellte. Zach-aknum schob mit einer ruckartigen Bewegung seine Kapuze zurück, und Pek, der saß einfach auf dem Rücken seines viel zu großen Pferdes und wartete.

Zuerst war nur das Getrappel von rennenden Füßen zu hören. Dann tauchten aus dem dämmrigen Grau des Morgens die ersten Gestalten auf. Die monströsen Geschöpfe schrien und brüllten nicht, sie rannten einfach nur aus voller Kraft auf sie zu. Brad dachte, dass sie keine Flagge benötigten, auf der so etwas wie »Caligos Bluthorde« stand. Es war auch so völlig klar, wer oder was sie da eingeholt hatte. Zwischen den Bäumen drängten lebende Skelette heran, die in Fetzen alter Kleidung – oder ihres eigenen Fleisches? – gehüllt waren und diverse Hieb- und Stichwaffen schwangen. Neben ihnen rannten Tiere, die auf grausige Art verändert worden waren: gigantische Insekten ebenso wie überdimensionale Ratten und andere ehemalige Kleintiere, die von ihrem Schöpfer ausnahmslos scharfe Reißzähne und Klauen erhalten hatten. Brad musste zugeben, dass der Chaos-Lord offenbar über eine schier unerschöpfliche Phantasie verfügte.

›Die Königin hat wohl nicht alle erwischt‹, dachte er. ›Und wenn sie jetzt noch einen ihrer Feuerbälle schickt, bleibt auch von uns nicht mehr viel übrig.‹

Es war nicht gerade Himmelsfeuer, was den Kampf eröffnete, doch es versetzte Brad beinahe den nächsten Schock. Direkt neben ihm ertönte ein nach der morgendlichen Stille erschreckend lautes, hämmerndes Geräusch. So etwas hatte er noch nie in seinem Leben gehört und es drohte ihn ein paar Herzschläge lang in nackte und hilflose Panik zu versetzen. Grelles Feuer spritzte an ihm vorbei auf die Angreifer zu. Die Welle der rennenden Monster stockte, als habe ein Hammer in sie hineingeschlagen. Das minderte die Panikattacke beträchtlich. Fasziniert beobachtete Brad den Wanderer, der zum ersten Mal die Wirkung seiner Empesieben demonstrierte. Der Mann saß im Sattel, visierte den Feind über die metallene Länge dieses unheimlichen Gerätes an und kniff dabei ein Auge zusammen. Im ohrenbetäubenden Knattern der Waffe ging beinahe unter, dass Pek so etwas wie einen Zauber aussprach. Brad hörte ihn und wusste irgendwie, dass der Dämon zum zweiten Mal die Pferde in Schach hielt. Die Tiere waren keinen Schlachtenlärm gewohnt, und das Feuern des Wanderers schon gar nicht, aber auf das Wort des Dämons hin standen sie so fest wie in Stein gehauen. Doch Brad konnte nicht länger über Pek und dessen merkwürdige Fähigkeiten nachdenken. Er zog ebenfalls sein Schwert, denn es war klar, dass sich nicht alle Angreifer von den Geschossen aus der Empesieben aufhalten oder gar töten ließen.

Etwa tat seinen Ohren noch mehr weh als die außerweltliche Waffe. Der Nachhall eines grausigen Spruches, den er nur deshalb wahrnahm, weil er in der Nähe stand, stach wie eine glühende Nadel quer durch sein Gehirn. Irgendwo weit entfernt hörte er jemanden aufschreien – war das Solana?

Eine Peitsche aus blauweißer Glut zuckte auf die näher kommenden Monster der Bluthorde zu. Es war nur so etwas wie ein sich blitzartig krümmender greller Strich, der durch Brads Gesichtsfeld huschte, doch er blendete ihn so, als habe er bis zur Schmerzgrenze in die Sonne gestarrt, wie er es als Kind manchmal getan hatte. Die Untoten und die überdimensionalen Tiere, welche die Angriffsphalanx der Bluthorde bildeten, flammten auf wie Puppen aus Stroh, und genauso wurden sie auch durcheinander gewirbelt.

Brad wagte es, blinzelnd den Blick vom Bild der Vernichtung abzuwenden, um nach den anderen zu schauen. Zach-aknum saß mit erhobenen Armen auf seinem Pferd. Die Augen des Schwarzen Magiers leuchteten in einem so grellen Orange, dass Brad meinte, direkt ins Herz der Sonne zu blicken. Sein Gesicht war wie in einem Krampf verzerrt. Dann sprach der Zauberer das nächste Wort, und alles, was Brad tun konnte, war seine Augen zu schließen. Ein Gluthauch streifte ihn, versengte ihm gar die Haare. Er riss entsetzt die Augen wieder auf und sah noch den metergroßen Feuerball in die Reihen der Untoten einschlagen und sie verbrennen. Und das war nur der erste Ball! Eine scheinbar nicht enden wollende Reihe schoss im Sekundentakt fauchend an ihm vorbei und schlug ein, methodisch und gründlich Vernichtung bringend – von Tod konnte man hier ja schlecht reden.

Zach-aknum, mit dem Beinamen Tötende Flamme, war ernsthaft an die Arbeit gegangen. Und hier, auf seiner Heimatwelt, konnte nichts seine magische Macht beschränken. Außer dem Chaos – aber das Risiko ging er jetzt ein.

Brad verlegte sich wie Micra darauf, die Flanken zu sichern, doch nicht einer der monströsen Angreifer brach durch, um sie von der Seite aus zu attackieren.

Dann tat der Magier etwas Unerwartetes: Er rückte vor! Die blendende Feuerpeitsche zuckte ein zweites Mal in die stark gelichteten Reihen der Feinde hinein, und Zach-aknum begann langsam den herandrängenden Monstern entgegen zu reiten. Als die feurigen Schlieren vor Brads Augen schwächer wurden, sah er, dass dies selbst für Untote zu viel zu sein schien. Sie stockten, wankten, wandten sich um und flohen. Alles, ohne einen Ton von sich zu geben.

Und sofort war es wieder still. Nur die unter einem dämonischen Bann stehenden Pferde schnaubten, Zaumzeug klirrte und es klickte metallisch, als der Wanderer etwas mit seiner Waffe tat.

»Heilige Scheiße!« sagte Thomas ehrfürchtig. »Das war mal Magie!«

Zach-aknum sah nicht so aus, als ob er das kommentieren wolle, daher sagte Brad: »Er trägt nicht ohne Grund den Beinamen Tötende Flamme!«

Der Wanderer, der auf seiner eigenen Welt ebenfalls ein Zauberer war, wie er erzählt hatte, verbeugte sich im Sattel vor dem Schwarzen Magier. »Mit so einem Mann brauchen wir uns doch wohl keine Sorgen zu machen, dass uns noch jemand aufhält!«

Zach-aknum warf Brad einen Blick zu, dann sah er Thomas an und murmelte, während er sich die Kapuze wieder über die weißen Haare zog: »Das war nur eine versprengte Splittergruppe der Bluthorde. Was von Durnas Schlag verschont geblieben ist. Sollten hunderte von diesen fast nicht zu tötenden Geschöpfen auf breiter Front angreifen ... Ich fürchte, dann können wir nur noch auf die schnelle Flucht vertrauen.«

Er trieb sein Pferd an und übernahm die Führung, sofort begleitet von Micra.

»Ahh«, meinte Pek leise. »Ist er nicht ein Ausbund der Zuversicht, unser Magier?«

* * *

Durna würde Zach-aknum Recht gegeben haben, wenn sie seine Worte gehört hätte. Sie kannte die verbliebene Stärke von Caligos sogenannter Bluthorde und wusste, dass mehr davon ihren Schlag überlebt hatten, als ihr lieb sein konnte. Doch sie beobachtete den Zusammenstoß im Morgengrauen nicht direkt, da sie auch noch andere Dinge beschäftigten. Die Königin vertraute darauf, dass ihr das Zi'en'en von wichtigen Ereignissen einen Bericht liefern würde. Sie hatte noch nicht gelernt, derartigen Dingen, welche man *anderswo* »die Medien« nannte, auch ein wenig zu misstrauen ...

Was Durna in den frühen Morgenstunden dieses Tages nicht mehr schlafen ließ, waren die Schwierigkeiten im Westen. Nubra war ein Land ohne Regierung, beinahe sogar ohne Volk – obwohl eine Menge der Nubraer inzwischen zurückgekehrt waren, inoffiziell natürlich. Aber wer wollte sie daran hindern? Durna hatte die Lager aufgelöst und die Yarben abgezogen, um sie ihrer Armee einzuverleiben und sie damit gleichzeitig unter Kontrolle zu haben. Die zuerst vertriebenen Bewohner des Küstenlandes wanderten nun auf eigene Faust wieder zurück.

Das Problem war nur, dass inzwischen auch eine beträchtliche Zahl yarbischer Flüchtlinge in Nubra gelandet war. Die Yarben hatten keine Wahl. Ihr eigener Kontinent ging unter. Sie würden von Glück reden können, wenn sie es überhaupt schafften, alle zu evakuieren. Schon wurden die Lebensmittel knapp. So rächte sich die frühere Vertreibungspolitik der Yarben jetzt. In Nubra war in den vergangenen Monaten praktisch keine irgendwie organisierte Landwirtschaft mehr betrieben worden. Die nubraischen Bauern hatten sich nicht mehr um ihre Felder kümmern können und ein Ersatz für sie in Form yarbischer Siedler war noch nicht eingetroffen. Trolan hatte wohl hauptsächlich darauf spekuliert, während dieser Übergangsphase aus dem Inland versorgt zu werden. Aber die Ressourcen, auf die Durna zurückgreifen konnte, waren bereits beunruhigend geschrumpft. Sie wusste, was das bedeutete: Krieg. Bürgerkrieg würde man es nennen, oder auch Befreiungskrieg. Es blieb eine Sache, die sie nicht wollte, die sie für überflüssig hielt. Nur reichte das nicht, um sie zu verhindern.

Die Magierkönigin, die noch vor Sonnenaufgang bei einem Frühstück saß, das die Küche nichtsdestotrotz herbeigeschafft hatte, sobald sie sich regte, ahnte, dass es ein Glücksfall war, dass Nubra und Teklador wenig kriegerische Länder gewesen waren, bevor das alles begann. Es gab kaum Waffen, obwohl man Jagdspieße, Heugabeln und Dreschflegel auch recht schnell in solche verwandeln konnte. Aber es gab auch kaum ausgebildete Kämpfer und Veteranen in der Bevölkerung. Was immer sich entwickelte, sollte von einem organisierten Kampf so weit entfernt sein wie, wie ... ein Volksaufstand von einem Feldzug.

Doch das so oft unterschätzte Volk hatte gegenüber einer regulären Armee ein paar Vorteile, die in der Geschichte schon öfter als einmal den Generälen das Fürchten gelehrt hatten. Zuerst – es war zahlreicher. Dann – es trug keine Uniform. Jeder alte Mann, jede Frau am Brunnen, jeder Halbwüchsige konnte der Feind sein und keiner erkannte ihn, bis er zuschlug. Und schließlich – es war *das Volk*! Kein König (oder eine Königin) und kein General war etwas wert ohne die Menschen hinter ihm.

Ohne es zu wissen, dachte Durna dieselben Gedanken, welche Horam an Brad übermittelt hatte.

Sie wollte den Yarben helfen, denn deren Volk konnte ja kaum etwas dafür, wie falsch es seine Führer hier angepackt hatten. Durna fühlte sogar Verständnis für Trolan und seine Politik. Die nubraischen Herrscher hätten wohl kaum mit Begeisterung reagiert, wenn die Yarben mit der frohen Botschaft gelandet wären, dass ihr gesamtes Volk gleich hinterher käme und bitteschön hier irgendwo untergebracht werden müsse. Also musste sich ein Kriegervolk wie die Yarben genötigt fühlen, Gewalt anzuwenden.

Logik. Aber logische Folgerungen brauchten nicht immer richtig zu sein.

Tral Giren wurde gemeldet und kam gleich darauf herein, in yarbischer Uniform und allem. Sie musterte ihn skeptisch und fühlte bei seinem Anblick einen leichten Anflug der Unwirklichkeit. So schnell, wie sich ihr Verhältnis geändert hatte, ging das noch mit rechten Dingen zu?

Oh nein, sie war nicht etwa in den Yarben verliebt. Bei Horam, nein! Sie war schließlich kein dummes Ding von sechzehn Jahren mehr. Nur einmal, auf dem Schiff, hatte sie ihren ... Gelüsten nachgegeben. Danach nie wieder. Und auch Giren war später bewundernswert zurückhaltend geblieben, als wisse er, dass das alles nichts (oder fast nichts) zu bedeuten gehabt hatte. Nur aus diesem Grund hatte sie ihn bei sich behalten und ihm ihr Vertrauen geschenkt. Wenn er aufdringlich geworden wäre oder sich Dinge herausgenommen hätte, die ihm nicht zustanden, wäre Giren längst in der sprichwörtlichen Wüste gelandet. Sie hatte ihn behalten, weil er *diskret* war? Oder weil sie noch ein anderes gemeinsames Erlebnis verband als nur die Nacht in der Schiffskajüte? Ein Schwindelgefühl überkam Durna für die Länge eines Atemzuges, so als schaue sie plötzlich aus großer Höhe herab.

Und im selben Augenblick stolperte der heranschreitende General Giren, als ereile ihn dieselbe Vision. Kein Zweifel, nicht nur eine Nacht verband die Königin mit ihrem ausländischen Heerführer!

»Wollt Ihr nicht mit mir essen, Tral?« fragte sie.

»Wäre mir eine Ehre«, erwiderte der General ein wenig steif.

Es dauerte eine kurze Zeit, bis Josts Leute einen passenden Stuhl und ein zweites Gedeck herbeigezaubert hatten, aber die Zeit war so kurz, dass Durna sicher war, Jost hatte mit ihrer Regung gerechnet und alles bereit gehalten. Der Kämmerer war wirklich gut.

»Der Chaos-Lord hat seine Horden losgeschickt, um die Statue aufzuhalten«, bemerkte Durna nebenbei, so dass ihr Oberbefehlshaber beinahe an seinem ersten Bissen erstickte.

»Und ich habe ihm einen neuen Stein von da oben verpasst.«

Tral Giren war bei der Sache mit dem Kometen buchstäblich von Anfang an dabei gewesen. Aber diese Magie blieb dennoch etwas ihm Unheimliches. Er teilte darin das Gefühl eines Mannes namens Brad Vanquis, dass so etwas auf dieser Welt eigentlich nichts verloren habe.

»Hat er es ... wieder überlebt?«

»Ich denke schon. Vermutlich war er nicht einmal dort. Aber diese Horden richten im Norden Verwüstungen an, mit denen verglichen der Einschlag eines weiteren Trümmerstücks relativ harmlos erscheinen dürfte. Wie ich hörte, töten sie unterschiedslos alles, was ihnen über den Weg läuft, Menschen wie Tiere.«

Giren kaute nur noch aus reiner Höflichkeit auf seinem Brot herum. »Um was genau handelt es sich bei diesen ... Horden?« fragte er. Anscheinend fiel ihm nicht ein, sie zu fragen, woher sie all das bereits wissen konnte. Richtigerweise setzte er voraus, dass sie ihre Mittel und Wege besaß.

Durnas Erklärung machte das Frühstück für ihn nicht gerade genießbarer.

»Wollt Ihr die Armee dorthin schicken, Königin?« fragte er schließlich.

Sie hatte genau darüber bereits eine Weile nachgedacht. Ein Heer, das aus Bink aufbrach, würde einige Tage benötigen, um in die Gegend von Ramdorkan zu gelangen. Der Tempel war das logische Ziel der Bluthorde, wenn sie von Caligo ausgeschickt worden war, um die Reinstallation der Statue zu verhindern. Konnte eine menschliche Streitmacht rechtzeitig dort sein – und konnte sie gegen die Kreaturen bestehen, die ihr das Zi'en'en gezeigt hatte?

Hatten sie überhaupt eine andere Wahl? Alles drehte sich um die verfluchte Statue. Ohne sie konnte der Bürgerkrieg in Nubra ausbrechen, der Chaos-Lord in der Nachtburg Tänze aufführen, es würde einfach keine Rolle spielen! Die ganze Welt würde untergehen.

Aber das war etwas, das niemand richtig begriff. Nicht einmal Durna konnte sich den Untergang der Welt vorstellen.

»Uns bleibt wohl nichts anderes übrig«, entgegnete sie dem General. »Wir sind die einzige Macht, die das überhaupt vermag. Die Heere des Kaisers sind jenseits der Berge. In Nubra selbst ist kein Militär mehr, das wir von den Häfen abziehen und nach Norden schicken könnten. Wir brauchen die verbliebenen Truppen dort, um eine Eskalation zu verhindern. Ich fürchte, wenn wir uns in den Konflikt zwischen Caligo und den Leuten mit der Statue einmischen wollen, müssen wir unsere Truppen hier aus Bink in Marsch setzen.«

»Die Armee ist bereit, meine Königin.«

»Seid Ihr sicher, General?«

Er sah nicht beleidigt aus, sondern als ob er ihre Zweifel nur zu gut verstünde. Die Situation war für Soldaten recht ungewöhnlich. Würde die aus den Truppen dreier Völker zusammengewürfelte Armee sich weiter hierhin und dorthin über den Kontinent schicken lassen, ohne einen konkreten Feind, ohne richtiges Ziel?

»Das bin ich, Königin«, sagte Tral Giren. »Die jungen Offiziere, die in den letzten Tagen zwangsläufig das Kommando übernehmen mussten, haben von den Ereignissen genug miterlebt, um zu wissen – oder zu ahnen – worum es geht. In der Armee herrscht eine seltsame Stimmung, wisst Ihr. Jeder beschaut sich jeden, weil man sich noch nicht kennt. Es gibt inoffizielle Wettkämpfe und auch schon mal die eine oder andere Prügelei.« Er hob beschwichtigend die Hand, als er sah, wie sie auffahren wollte. »Doch das Seltsame ist, dass sie sich alle in einem Punkt einig sind. Über diesen gibt es keinerlei Streit.«

Da er effektheischend verstummte, fragte Durna ein wenig gereizt nach: »Und? Was ist das für ein besonderer Punkt?«

Er berührte das schwarz-rote Rechteck an seinem Oberarm, das seine Uniform von einer alten yarbischen unterschied. »Die Fahne, Durna. Ihr seid es, meine Königin, über die sich alle einig sind.«

Sie starrte ihn aus schmalen Augen an. Wie war das nur möglich? Aber statt sich ständig zu fragen, warum ihr diese Menschen folgen wollten, sollte sie lieber damit arbeiten.

»Nun gut«, sagte sie, »dann wollen wir versuchen, die Situation weiter zu unseren Gunsten zu kontrollieren. Wenn wir nur hier in Bink herumsitzen, wird das ganz sicher nicht hilfreich sein. Macht eine neue Kampfgruppe bereit, die sich im Eiltempo nach Ramdorkan begeben soll. Ihr werdet sie selbst anführen, nachdem Ihr Euch bei der Sache mit Pelfar so gut geschlagen habt. Ich bleibe vorerst in der Festung, denn von hier aus kann ich alles beobachten. Wenn es nötig werden sollte, greife ich umgehend ein.«

»Darf man fragen, wie Ihr rechtzeitig erfahren werdet, dass ein Eingreifen nötig ist?«

Giren war es gewohnt, mit bestimmten Zeiten der Informationsübermittlung zu arbeiten. Wenn er sich auf diese Erfahrungen verließ, konnte das zu Fehlern führen.

»Ich besitze eine Möglichkeit, jeden Ort direkt zu beobachten, den ich sehen will. Auf magische Weise, versteht sich. Ich kann sogar hören, was dort gesprochen wird. Außerdem gebe ich Euch wieder ein Amulett mit, das mich unverzüglich alarmieren wird, falls es nötig werden sollte. Tral, das mit dem Beobachten ist streng geheim!«

»Faszinierend ...«, murmelte der General. »Ich frage mich manchmal, warum die Welt nicht von den Zauberern beherrscht wird, bei all den Mitteln und Wegen, die Euch zur Verfügung stehen.«

Sie lächelte. »Ich glaube, Politik ist den meisten Magiern einfach zu langweilig.«

Giren schien beschlossen zu haben, dass sein Frühstück nun beendet sei. Er erhob sich und salutierte.

»Ich werde alles in die Wege leiten, Königin.«

»Ach ja, General. Ernennt einen vertrauenswürdigen Offizier, der sowohl mit den Nubraern als auch mit Euren neu ankommenden Landsleuten vernünftig umgehen kann. Wir müssen unsere Präsenz in Regedra festigen, um einen Bürgerkrieg zu verhindern. Ich werde ihn mit der nächsten Lebensmittellieferung hinschicken.«

Giren nickte. »Wie Ihr befehlt, meine Königin!«

Durna verließ nun ebenfalls ihren Frühstückstisch und eilte ins Arbeitszimmer, wo sie damit begann, einen Brief an Marruk II. aufzusetzen. Mangels Vertrauen in die Geschwindigkeit der Postbeförderung translokalisierte sie das versiegelte Schreiben einfach direkt auf den Schreibtisch des halatanischen Kaisers, den sie von ihrer Beobachtung mit dem Drachenauge kannte. Dann ging sie hinunter ins Labor, um zu sehen, was die Dämonen des Zi'en'en von den verschiedenen Krisenherden zu berichten wussten.

* * *

Vera las den Brief der Königin des Nachbarlandes, der den Kaiser allein deshalb beunruhigte, weil er auf seinem Arbeitstisch lag, ohne dass jemand wusste, wie er dort hatte hingelangen können.

»Sie bittet um die Lieferung von Nahrungsmitteln«, stellte sie fest. »Was ist daran so ungewöhnlich?«

»Ihre Begründung«, knurrte der Kaiser. »Sie hat beschlossen, Nubra und die Yarben dort zu unterstützen. Dadurch strapaziert sie ihre eigenen Mittel bis an die Grenze des Möglichen.«

»Nobel von ihr ... oder nicht?«

Marruk wiegte nachdenklich den Kopf. »Es macht sie praktisch zur Herrscherin von Teklador *und* Nubra, wenn sie die Versorgung kontrollieren kann. Andererseits hat sie keine Wahl, will sie eine Hungersnot in der gesamten Küstenregion verhindern.«

»Ach je!« sagte Vera, aber nicht wegen der politischen Implikationen dieses Hilfeersuchens. Sie hatte den Brief weiter gelesen. »Die Königin will einen *Berater*? Denkt die, man kann uns einfach so anheuern?«

Der Kaiser sah unbehaglich drein. Er fand vermutlich, dass es noch viel schwerwiegender wäre, Durna einen seiner außerweltlichen Berater zu schicken, als ihr die Kontrolle des gesamten Westens zuzugestehen. Aber wenn er das dachte, so sprach er es nicht aus. Vera hatte ihm gleich zu Anfang klargemacht, dass niemand über ihre Leute bestimmen würde außer ihnen selbst.

»Sie äußerte den Gedanken, dass es in der gegenwärtigen Lage von Nutzen sein könnte, wenn auch sie von Euch beraten würde«, präzisierte Marruk II. »Offenbar ist sie sich Eures Status' sehr wohl bewusst. Ich werde Euch weder zu- noch abraten.«

›Und doch gefällt ihm die Idee ganz und gar nicht‹, dachte Vera. Der Besuch der Königin am Hof hatte ihr deutlich gemacht, dass es auf dieser Welt noch eine Menge Dinge gab, von denen sie gar nichts ahnten. Vor allem hinsichtlich der Magie schien der Hof von Halatan der völlig falsche Ort zu sein. Es wäre also nur logisch, auch Einblicke aus anderen Perspektiven zu suchen. Aber war irdische Logik hier anwendbar? Sie misstraute allzu offensichtlichen Schlüssen.

»Wir werden uns darüber unterhalten«, sagte sie schließlich. »Was die Nahrungsmittel angeht, so solltet Ihr zustimmen. Königin Durna wird so oder so den Westen übernehmen. Wenn Halatan ihr jetzt hilft, wird es zu einem Verbündeten dieser neuen Macht. Vor allem nach dem Desaster in Pelfar. Ignoriert Halatan jedoch ihren Wunsch, wird es zu einem potenziellen Feind. Und ich weiß nicht, ob Ihr diese Frau zur Feindin haben möchtet.«

Der Kaiser von Halatan dagegen wusste das sehr wohl, das sah sie an seinem säuerlichen Gesichtsausdruck.

Was immer aus der gegenwärtigen Lage entstehen würde, sie war im Fluss. Die Kräfteverhältnisse auf dem Kontinent, auf der gesamten Welt, waren im Begriff, sich zu verändern, das wusste Vera. ›Wenigstens leben wir in interessanten Zeiten, wenn wir schon nicht von hier fort kommen‹, dachte sie. Und hatten sie nicht genau das gewollt, als sie ihre Heimatwelt verließen?

* * *

Die Straße nach Süden war eine der besten, die Brad auf dieser Welt bisher gesehen hatte. Breit und gut gepflastert zeigte sie, dass die Einwohner des Landes mehr konnten, als nur mit ihren Karrenrädern ein paar Spuren in die Landschaft zu ritzen. Das Bild einer noch viel breiteren Straße, die vollkommen glatt und grauschwarz aussah, flackerte durch sein Bewusstsein und er dachte gereizt, dass ihm fremde Welten, Dimensionen und deren gesamtes Straßennetz gestohlen bleiben könnten.

Es war gut, dass ihr Weg nach Süden in einem besseren Zustand war als bisherige, denn sie trieben ihre Pferde erbarmungslos an. Brad und Micra ritten mit blankem Schwert an der Spitze, Solana und der Wanderer in der Mitte und Pek mit dem Zauberer am Schluss ihrer Gruppe. Menschen, die in den Vormittagsstunden auf der Straße unterwegs waren, stoben bei ihrem Anblick zur Seite und machten Dämonen abwehrende Gesten, über die Pek allerdings nur lachte. Micra meinte irgendwann, sie müssten den Leuten wie die apokalyptischen Reiter vorkommen, nur um sich gleich darauf an den Kopf zu greifen und zu fluchen. Jene Reiter mussten auf irgendeiner anderen Welt Schrecken verbreitet haben, folgerte Brad.

Er hatte kaum noch die Kraft, sich über seine Gefährten, in diesem Falle Micra, Gedanken zu machen. Sie bereitete ihm Sorgen, auch wenn es nicht wirklich seine Sache war, sich um die Kriegerin zu sorgen. Doch es war klar, dass sie durch die Einflüsse des Chaos mehr als die anderen von Visionen heimgesucht wurde. Woran mochte das wohl liegen? Stimmte es, dass alle Warpkrieger latente Magier waren, wie man sagte? Wusste Micra das und brachte sie es einfach nicht mit sich selbst in Verbindung? Brad entschied, dass dieses Problem im Augenblick nicht wichtig sei. Es war schön, dass man auch mal etwas einfach ignorieren konnte.

Am Rande seiner Erschöpfung und der Schmerzen in den Knochen, die das stunden-
lange Reiten verursachte, stand eine seltsame Klarheit in seinem Bewusstsein, die nicht
dorthin zu gehören schien. Diese analytische Betrachtung seiner Seele – etwas, das ihm
noch vor kurzem völlig fremd gewesen wäre – nahm an jener Stelle kalter, nüchterner
Ruhe ihren Ausgang.

Es ist das Sicherheitsprotokoll, murmelte eine Stimme, die mal stärker, mal schwächer
zu ihm durchdrang. *Je kritischer die Situation wird, um so aktiver wird es. Jedenfalls
im Rahmen seiner nicht ganz vollkommenen Parameter.*

›Was ist mit dir? Du ... schwankst.‹

*Permanente Realitätsfluktuationen verzerren die Wirklichkeit schon derart, dass mein
geistiger Kontakt zu dir manchmal unterbrochen wird.*

›Der Chaos-Lord kämpft gegen *dich*?‹

*Ich glaube nicht, dass er es bewusst tut. Wahrscheinlich weiß er gar nicht, dass es uns
Götter gibt. Ich meine, wirklich gibt.*

›Vielleicht sollte es ihm jemand sagen‹, dachte Brad wütend. ›Dann würde er vielleicht
aufhören!‹

*Negativ. Es würde ihn im Gegenteil nur zu noch aktiveren Handlungen herausfordern,
wenn er ebenbürtige Gegner im Spiel wüsste.*

›Ach. Wir sind ihm also nicht ebenbürtig.‹

*So meinte ich das nicht. Ihr habt im Gegenteil den Vorteil, dass er euch nicht als
ebenbürtig ansieht. Wir hoffen, dass ihm das zum Verhängnis werden wird.*

›Horam ... Die Sache mit dem Hoffen. Das ist eigentlich unser Teil.‹ Brad ließ sich
bereitwillig auf einen eigentlich nichtssagenden Dialog mit seinem Gott ein, weil er
nicht wirklich die Frage stellen wollte, was passieren würde, wenn das Sicherheitsprotokoll wieder vollständig die Kontrolle übernahm. Würde er sich wieder in eine riesen-
hafte, zweiköpfige Inkarnation Horams verwandeln wie im Fluchwald? Er wollte das
nicht wissen.

Achtung! sagte da Horams Stimme in seinem Kopf. *Angriff aus der Luft!*

»Luftangriff!« brüllte Brad ein Wort, das es bis eben noch gar nicht in seiner Sprache
gegeben hatte. Und alle anderen reagierten, als ob sie das schon hundertmal trainiert
hätten. Anderswo gab es das Wort ...

Blitzschnell waren sie von den Pferden herunter in die flachen Gräben am Rand der
Straße gesprungen. Solana warf sich auf den Rücken und richtete ihre Armbrust auf
die ... nein, keine metallenen, feuerspeienden Fluggeräte kamen auf sie herabgestoßen.
Es waren *Vögel*.

Sie traf einen der grotesk vergrößerten Raubvögel mit dem Bolzen in den Kopf, doch der
nächste stürzte sich kreischend auf sie, bevor sie eine Chance hatte, auch nur nach einem
weiteren Geschoss zu greifen, geschweige denn, die Armbrust wieder zu spannen.

Der Vogel zerstob in einer Wolke aus Federn und Blut. Micra wirbelte als tödliches
Mandala aus Klingen an Solana vorbei und schien dabei zu tanzen. Für einige Sekunden bewunderte Brad diesen Anblick und fragte sich gleichzeitig, wie sie das ohne den
Einsatz von Magie fertig brachte, dann versuchte er es ihr gleich zu tun und mit erho-
benem Schwert die herabstürzenden Vögel zu erwischen. Normalerweise wäre es ei-

nem Menschen unmöglich gewesen, einen fliegenden Vogel mit dem Schwert zu treffen, doch diese Tiere waren wie von Sinnen und stürzten sich tollwütig in den Fleischwolf aus Stahl, den die beiden Krieger für sie bereit hielten.

Von der anderen Seite der Straße hackten kurze Feuerstöße des Wanderers in den Himmel, der mit übergroßen gefiederten Leibern aller Art verdunkelt war. Schlaglichtartig erkannte Brad harmlose Singvögel, die so groß wie gewaltige Hunde und mit gekrümmten, eisenharten Schnäbeln ausgestattet waren. Wo, bei Horam, blieb der Magier denn diesmal?

Er schaffte es, sich umzublicken. Zach-aknum und Pek verteidigten im Moment die Pferde. Der Schwarze Magier schien Schwierigkeiten damit zu haben, sein Feuer nach oben zu richten. Was war da los? Pek schwang so etwas wie eine Sense über seinem Kopf – wo hatte er die plötzlich her? Aber die beiden reichten nicht aus, um die Pferde vor den so stumpfsinnigen wie hartnäckigen Angriffen der Vögel zu schützen. Eins riss sich schon los und rannte blutend über ein Feld davon. Sofort folgten ihm mehrere Vögel und krallten sich auf seinem Rücken fest.

Brad durchfuhr ein blendender Schmerz. Eine spitze Kralle oder ein Schnabel hatte ihn am Kopf getroffen. Bevor er ausholen und den Monstervogel aus der Luft hacken konnte, peitschte ein Schuss des Wanderers über ihn hinweg und das Tier wirbelte zuckend zu Boden. Blut lief Brad in die Augen.

›Es sind zu viele!‹ dachte er mit einem Anflug von Panik. ›Und sie haben uns im offenen Gelände erwischt. Keine Bäume, keine Deckung.‹

Zach-aknums Stimme übertönte den Lärm der angreifenden Vögel, doch er sprach diesmal anscheinend keinen Zauber aus.

»Jor'el Micknych, ich rufe dein Erbe! Herr der Winde, Bruder auf der Reise, komm nun und steh mir bei! Löse deinen Schwur ein, denn jetzt ist die Zeit.«

Brad hatte keine Ahnung, was das bedeuten mochte, doch es war vermutlich eine Art mächtige Magie. Die Wirkung trat augenblicklich ein.

Jede Bewegung erstarb. Die Vögel verharrten mitten in der Luft. Brad fühlte, dass auch er kein Glied mehr rühren konnte. Bevor er deswegen Angst bekommen konnte, erlosch die Sonne. Da sein Blick ohnehin nach oben gerichtet war, konnte er beobachten, wie sich von allen Seiten des Horizonts eine Schwärze über den Himmel ergoss, die aussah, als breite sich Tinte über ihn aus. Es ging sehr schnell und verwandelte den trüben Tag fast schlagartig in finstere Nacht. In dieser unnatürlichen Dunkelheit leuchteten die silbrig glitzernden Umrisse eines Mannes in Magierroben auf. War das etwa der »Herr der Winde«, den Zach-aknum gerufen hatte? Irgendetwas an diesem Namen kam Brad bekannt vor, doch er war im Moment nicht in der Verfassung, darüber nachzudenken. Der Mann schien sich auf der Straße umzusehen, dann nickte er Zach-aknum zu und hob grüßend die Hand.

Mit einem Donnerschlag kehrte das Licht zurück, aber es wurde begleitet von einem heulenden Sturm, der buchstäblich aus dem Nichts kam und die Chaos-Vögel Caligos aus der Luft ins Nirgendwo fegte. Der Sturm war wie der Nachhall eines Wortes, und Brad begriff, dass er genau das auch sein musste: Schwarze Magie der finstersten Sorte. Er erkannte das inzwischen fast am Klang ... Ehe er beginnen konnte, sich Sorgen zu machen, was dieser magische Wind mit ihnen anstellen würde, war es schon vorbei, ohne dass auch nur die Haare eines der Menschen zerzaust worden waren. Ganz im

Gegensatz zu dem, was mit den Vögeln passierte. Brad sah, dass einige von ihnen buchstäblich am Boden verschmiert wurden. Und das waren nur die, welche der Tod sofort und in ihrer Nähe ereilte.

Sie rappelten sich aus den Straßengräben – jedenfalls Solana, Thomas und er – und taumelten in der Mitte der Straße auf den Magier zu. Micra vollführte eine komplizierte Bewegung mit ihren Schwertern, nach der diese merkwürdigerweise sauber waren, was man von der Kriegerin nicht sagen konnte. Sie war über und über mit Blut und Federn bedeckt. Sie sah an sich herab und fluchte hemmungslos auf Terish. Aber es schien nur Vogelblut zu sein, nicht so bei Brad, dessen Kopfwunde höllisch weh tat und genauso blutete.

Zach-aknum kniete auf der Straße und ... schien zu beten. Da ihn noch nie jemand so gesehen hatte, zögerten alle, ihn zu stören. Zwar hatten sie immer angenommen, der Zauberer sei nicht besonders religiös, vom pragmatischen Gesichtspunkt, aus dem ihre Mission resultierte, einmal abgesehen, doch vielleicht hatte er es ja bisher nur nicht gezeigt?

Schließlich stand er auf, sah Brad an und murmelte: »Laga est erem té!« Der Schmerz verschwand spurlos. Brad betastete seinen Kopf, der klebrig war vom Blut, aber die Wunde war verschwunden.

»Danke!«

Doch der Magier beachtete ihn gar nicht. Er stand auf der Straße und sah Solana an, die schnell auf ihn zu kam, so als erwarte er von ihr etwas schlimmeres als die Vögel.

»Ihr habt es also getan!« sagte Solana scharf. »Wie konntet Ihr!«

Brad dachte für einen Moment, sie meinte seine wundersame Heilung. Aber nein, warum sollte sie sich deshalb so aufregen?

»Wir waren allein, Frau«, sagte Zach-aknum leise. »Ganz allein auf einer fremden Welt, und die Chancen, dass wir zu unseren Familien, überhaupt auf unsere eigene Welt zurückkehren würden, waren gering. Wir haben alle Mittel eingesetzt. Alle! Es ging immer darum, worum es auch jetzt noch geht: um die Rettung der Welt. Was ist da schon der eine oder andere verbotene Zauber? Wer will einem Schwarzen Magier etwas verbieten?« Seine Stimme klang nicht, als ob er sich rechtfertige, sondern nur gleichgültig. Doch dass er überhaupt etwas sagte, war schon interessant genug, obwohl Brad nicht wusste, was Solana ihm eigentlich vorwarf.

»Die anderen ... haben sie auch?« fragte die geheime Priesterin, nun ohne die anklagende Schärfe in ihrer Stimme.

»Wir waren die Vier, wir sind die Vier, wir werden die Vier sein.«

Eine Hand ergriff Brads und Pek flüsterte in Höhe seines Gürtels: »Die vier elementaren Magier! Die vier Elemente. Also ist es wahr!«

Er starrte auf den Dämon hinunter und fragte sich, ob er selbst plötzlich mit Schwachsinn geschlagen sei. Was ging hier vor? Wieso verstand er kein Wort?

Pek zog ihn von Magier und Priesterin weg und flüsterte: »Du kennst die Geschichte von den Elementaren nicht, oder? Es ist nur eine Legende, denn sie ist mit einem der verbotenen Zauber verbunden. Mit einem der *wirklich* verbotenen Zauber. Aber offenbar ist sie wahr, und Solana hat das sofort begriffen, als er seinen Bruder rief.«

»Wordon mé! Was meinst du denn nur?« fragte Brad genervt. Er verstand noch immer nichts.

»Komisch, dass du gerade ihn erwähnst. Wordon meine ich. Mit ihm hängt es nämlich zu einem nicht unbeträchtlichen Teil zusammen.«

Brad hob Pek vor sich aufs Pferd, da eins der Tiere auf und davon war. Die anderen stiegen auch wieder auf und zwangen ihre Pferde beinahe schon brutal, den Ritt fortzusetzen. Der Magier und Solana ritten nun zusammen, gelegentlich sprachen sie miteinander, aber so leise, dass die anderen nichts davon verstanden. Micras Ärger darüber wurde etwas besänftigt, als Zach-aknum einen Reinigungszauber zu ihr hinüber schickte, nachdem sie sich mürrisch beschwerte, sie sähe aus wie nach einem Voodoo-Ritual – was das auch sein mochte.

Brad klopfte Pek auf den pelzigen Kopf. »Nun rede schon, Dämon! Was war das alles gerade?«

Er spürte, wie sich der Kleine regelrecht wand, bevor er antwortete.

»Das ist was privates, weißt du? Von dem Magier nämlich. Aber da es Solana weiß, kann ich es dir sicher auch sagen.«

»Woher weißt du es eigentlich?« unterbrach Brad ihn.

»Der Mann ist Legende bei uns, das sagte ich doch schon!«

Davon hatte Brad zwar bisher in Peks Verhalten nichts bemerkt, aber er hatte gelernt, den kleinen Dämon nicht zu sehr zu bedrängen, wenn er etwas von ihm erfahren wollte.

»Du hast von den Vier gehört?« fragte Pek. Als Brad zustimmend brummte, fuhr er nichtsdestotrotz fort: »Die Vier Elementaren Magier waren Nasif-churon, Lord der Fluten, Packor'el Richoj, der Meister der Steine, Jor'el Micknych, der Herr der Winde, und Zach-aknum, der Feuermagier. Sie wurden durch Winde Mokum geschickt, das Tor auf dem Südkontinent, um die Statue auf der anderen Welt wieder zu finden. Dieses Unternehmen war nicht so spektakulär wie Zacha Bas Zeitexperiment, zumindest flog nicht die halbe Landschaft dabei in die Luft, aber es war vielleicht noch wichtiger für die Rettung der Welt. Zacha Ba hatte den Untergang nur aufgeschoben, sein Sohn und dessen Begleiter sollten ihn verhindern.« Pek verdrehte seinen Kopf, um Brad ins Gesicht zu sehen. »Das weiß auf dieser Welt jedes Kind, du könntest Solanas Sohn fragen.«

Er erinnerte sich, dass Jolan Dinge über Zach-aknum gewusst hatte. Die unterschiedliche Geschwindigkeit der Zeit wieder einmal. Es war frustrierend.

»Was geheim gehalten wurde«, fuhr Pek fort, »war die Natur dieser vier Magier. Sie waren Meister, Zauberer der Fünf Ringe, soweit so gut. Aber was man bisher nur vermutete, war die jetzt scheinbar bestätigte Tatsache, dass sie Beherrscher von Elementarkräften waren. Mehr noch, sie waren selbst Elementare!«

Das klang sehr bedeutungsvoll, aber Brad konnte damit überhaupt nichts anfangen.

»Du kannst damit nichts anfangen, nicht wahr?« sagte Pek traurig. »Na schön. Die können mich ja nicht bestrafen, wenn ich es *dir* erzähle. Du bist schließlich ein Spieler.«

Brad Vanquis, der mit einem Dämon vor sich auf einem immer schwächer werdenden Pferd über eine Landstraße nach Süden preschte, fühlte bei diesen Worten eine Woge eisiger Verzweiflung in sich aufsteigen. Brad wollte kein *Spieler* sein, nicht mal eine Spielfigur in diesem Spiel der Götter, aber leider lag die Entscheidung darüber nicht bei ihm. Schon als er zum ersten Mal in seinem Leben den Fluchwald betreten hatte, auf der Flucht vor den Häschern seines unfreiwilligen Beinahe-Schwiegervaters, war diese Entscheidung gefallen.

Oder noch eher? War es ihm sein Leben lang vorherbestimmt gewesen, zum Avatar Horams zu werden, das verwünschte »Sicherheitsprotokoll« eines Gottes auszuführen? Er musste sich merken, ihn mal danach zu fragen. In einem ruhigen Moment. Wenn es nicht mehr darauf ankam, was geschah, wenn er einen Gott anbrüllte.

Pek fuhr schließlich im Tonfall eines Gelehrten fort, der seinen Schülern einen Vortrag hält. »Viele alte Kulturen kennen vier Elementargeister; es sind immer vier, nie mehr oder weniger. Eigentlich handelt es sich dabei aber nicht um einzelne Geister, sondern um Gattungen von ihnen. Es gibt nach dieser Anschauung die Sylphen, Salamander, Undinen und Gnomen; die Geister der Luft, des Feuers, des Wassers und der Erde. Geist ist dabei gleichzusetzen mit Kraft oder Macht. Oft werden sie auch bildlich dargestellt, als hübsche Mädchen, Reptilien oder hässliche Männlein, aber das ist Schwachsinn, wenn du mich fragst. Man kann sie nicht sehen. Man kann sie nur ... rufen. Und das, mein großgewachsener Freund, ist der Punkt. Die Beschwörung der Vier ist etwas, das so schwer ist, dass es beim ersten Versuch fast immer schief geht. Es ist solchen Experimenten eigen, dass danach für Jahrtausende kein zweiter Versuch unternommen wird, manchmal auch nie mehr, falls die betroffenen Planeten irreparabel beschädigt wurden.«

Brad fühlte, wie die Kälte von seinem ganzen Körper Besitz ergriff. Er sagte sich, dass er das gar nicht wissen wollte, dass dies davon käme, einem *Dämon* Fragen zu stellen, doch er unterbrach ihn nicht.

»Brad, du musst wissen, es gibt transphysikalische Gesetze im Kosmos, die regieren Welten der Magie. Und es gibt transzendente Gesetze. Elementargeister sind transzendent. Sie zu rufen, das ist wie die Konstruktion einer Atombombe auf dem Küchentisch – aber du weißt ja gar nicht, was das ist. Manches Wissen ist einfach da, es ist sozusagen in die Sicherheitsanweisungen des intelligenten Lebens geschrieben. Deshalb hatten auch all diese Kulturen, bei denen die Elementare erwähnt werden, eine höllische Angst vor ihnen. Vor dem Übergang durch Winde Mokum müssen sich die vier Magier damals einem Zauber unterzogen haben, der nur aus der Verzweiflung geboren worden sein konnte.«

Brad unterbrach Pek nun doch. »Lass mich mal raten. Sie haben diese Elementare gerufen und in sich aufgenommen?«

Der Dämon lachte auf. »Aber nein! Der Planet existiert doch noch, oder? Sie haben sie *an*gerufen und sich damit ein wenig von ihrer Energie gesichert.«

›Der Planet existiert doch noch ...‹, dachte Brad stumpfsinnig immer wieder. ›Ist das wirklich möglich? Durch einen falschen Zauber, durch die Anrufung der falschen Mächte eine Welt zu zerstören?‹

Was, denkst du, passiert gerade?

Er hätte schreien können. Er verstand es nicht! Jemand hatte vor vielen Jahren das Falsche getan – und die Welt ging unter! Das war so ... so falsch. So unwirklich. Konnten denn Menschen einen derartigen Einfluss auf Welten haben? Konnten Menschen Welten vernichten?

Sie haben es mehr als einmal getan, Brad, glaube mir. Sie können es und sie tun es. Pausenlos, und ohne dass wir etwas dagegen unternehmen können. Menschen, egal ob sie so ausse-

hen wie du, sind eine Abnormität der Natur, eine Krankheit der Welten, die ganz, ganz selten dazu führt, dass aus ihnen von selbst etwas wird, das des Überlebens wert ist. Aber wegen der wenigen Juwelen unter ihnen, allein wegen ihres Potenzials zum Juwel, deswegen versuchen wir dennoch zu helfen. Weil wir hoffen, dass sich aus diesem Wahnsinn nochmals etwas herauskristallisiert, das uns gleicht. Wir haben es schließlich auch geschafft ... mit Hilfe.

»Wie es scheint«, fuhr Pek fort, »war das aber nicht der einzige Zauber, den die vier Jungs damals abgewickelt haben. Was unsere Solana so aufgebracht hat, ist ein verbotener Ritus, den man Seelenfeuer nennt. So etwas wie Blutsbrüderschaft unter Magiern. Stirbt ein Zauberer eines solchen Bruderpaares oder einer solchen Gruppe, dann kann seine Seele nicht zu Wordon gehen, solange er nicht von einem der anderen zu Hilfe gerufen wurde. Es heißt, seine gesamte magische Macht würde sich dann in einem Augenblick konzentrieren. Zach-aknum hat zweifellos die Seele des Herrn der Winde zu Hilfe gerufen, um diese Vögel ins Jenseits zu blasen. Es ist anzunehmen, dass er auch noch über die der anderen Elementare verfügt, da sie tot sind, wie wir wissen.«

»Ja, Dämon, darüber verfüge ich tatsächlich«, rief plötzlich eine Stimme, und Zach-aknum galoppierte an ihnen vorbei, als käme sein Pferd frisch von der Koppel. »Und ich hasse es!«

»Oh je!« sagte Pek. »Wie konnte er uns belauschen?«

»Ich schätze, der Magier kann tun, was immer ihm in den Sinn kommt. Er scheint nicht besonders glücklich darüber zu sein, dieses ›Seelenfeuer‹ gemacht zu haben.«

Pek hob vor ihm im Sattel die Schultern. »Vermutlich ist es unangenehm. Erinnerst du dich an Mata? Der Zauberer dachte, dass sie eigentlich verrückt werden müsse, weil sie all diese Seelen in sich trug, und er war sehr erstaunt, dass sie noch normal war. Jedenfalls für eine Sterbliche.«

»Warum ist das eigentlich so verboten?« wollte Brad wissen, während er versuchte, sein Pferd dazu zu bringen, der Führung des Zauberers zu folgen.

»Oh, ich denke, weil es bedeutet, Wordon zu bestehlen«, meinte Pek leichthin. »Und ich bin wirklich gespannt, wie der auf Caligos um Größenordnungen zahlreicheren Seelendiebstahl reagiert!«

Brad dachte betrübt, dass er schon wieder den Faden verloren haben musste. Was hatte *Wordon* damit zu tun?

4

»Er zerbricht vielleicht daran!« konstatierte der Maschinengeist, aber Mata, die ihren Respekt vor Computern längst verloren hatte, widersprach ihm.

»Ach was! Er ist stärker als das. Er ist ein Schwarzer Magier der Fünf Ringe *und* ein Elementar! Du interpretierst die Daten falsch.«

Der Maschinengeist schmollte mit ihr und brabbelte etwas von unzureichender Information. Mata hörte hinter sich ein Geräusch und wandte sich überrascht um. Sie war immer überrascht, wenn *er* kam.

»He, Drache!« rief sie.

»He, Multiple Bewusstsssseinsssmatrixxx!«

›Feuerwerfer!‹ dachte sie, denn es klang wirklich grässlich, wenn er laut zu sprechen versuchte.

›Mata!‹ setzte er das Spiel fort.

Er war lange weg gewesen, fand sie. Doch wie lange war lange an einem solchen Ort?

›Ihr beobachtet unsere Primärkontakte?‹ fragte der Drache, obwohl er das natürlich wusste. Doch Feuerwerfer war das höflichste Wesen, dem Mata je begegnet war – und heute kannte sie mehr Wesen auf anderen Welten, als sie je auf Horam Schlan Leute getroffen hatte. Inzwischen stellte sie sich Feuerwerfer gelegentlich sogar als menschliches Wesen vor – insgeheim, um ihn nicht zu beleidigen.

Selbstverständlich wusste er auch das und ignorierte es.

›Wie sieht es drüben aus?‹ fragte der Drache.

»Sie kommen voran«, berichtete sie. »Obwohl sie von den Chaos-Kräften immer stärker bedrängt werden. Der Maschinengeist glaubt, dass Zach-aknum nicht mehr lange stabil bleibt, aber ich bin optimistischer. Ich *kenne* den Mann.«

Der Drache nickte mit dem gehörnten Schädel.

›Das Programm kann subjektive Faktoren und Erlebnisse nicht in seine Beurteilung einbeziehen. Du darfst sein Urteil niemals überbewerten.‹

Mata sagte Feuerwerfer nicht, dass sie dem Maschinengeist in keiner Sache besonders traute. Eine Wand mit blinkenden Lichtern und Bildschirmen, die zu ihr sprach, war ihr auch heute noch suspekt.

›Ich verlasse mich auf dein Urteil, Mata‹, sagte Feuerwerfer. ›Wir können in dieser Sache nicht viel tun, wie du weißt.‹

»Wir können nur warten«, bestätigte Mata, »und hoffen, dass sie es rechtzeitig schaffen, nach Ramdorkan zu gelangen.«

›Caligo ist dabei ein Ärgernis‹, bemerkte Feuerwerfer, ›aber sie könnten Erfolg haben. Sie waren sogar schon beim Tor der Dunkelheit, allerdings ohne zu verstehen, was es ist.‹

»Alles zu seiner Zeit, Feuerwerfer. Das Tor zu aktivieren, ist ein Risiko. Und ich glaube nicht, dass Zach-aknum und seine Gruppe sich jetzt auch noch darum Sorgen machen sollten, was durch das Tor kommen könnte, wenn es sich öffnet.«

* * *

Gute und schlechte Nachrichten wechselten sich in der Berichterstattung ab. Der Kaiser hatte zugestimmt, mehr Lebensmittel ins Nachbarland zu schicken, als für Pelfar vorgesehen gewesen waren. Durna konnte nun mit diesen Lieferungen rechnen, obwohl sie offiziell noch gar keine Antwort von Marruk II. erhalten hatte. Einer der Vorteile, die sich aus ihrer Erfindung ergaben. Ob er ihr auch einen seiner Fremden schicken würde, oder ob sich vielmehr einer von ihnen bereit finden würde, nach Bink zu kommen, war anscheinend noch nicht geklärt. Nun – sie hatte diesen Wunsch auch nur geäußert, um ihr Interesse anzumelden. Dass tatsächlich ein Berater zu ihr kommen würde, glaubte sie nicht wirklich. Die schlechte Nachricht berichtete von neuen Attacken Caligos gegen die Gruppe Zach-aknums. Der Chaos-Lord schien sich mehr und mehr auf die Statue zu konzentrieren, obwohl er von ihrer Reinstallation eigentlich nichts zu befürchten hatte. Oder übersah sie etwas? Ging es hier nur um Caligos Bemühen, das Chaos zu schüren?

Tral Giren kam mit seiner Truppe gut voran, jedoch nicht schnell genug, wie Durna befürchtete. Wenn Caligo die Angriffe weiter forcierte, würde die Unterstützung zu spät in Ramdorkan eintreffen. Zum Glück gab es an der nubraischen Küste bisher noch keine nennenswerten Probleme. Die ankommenden Yarben – vor allem deren Anführer – zeigten sich zwar überrascht von den Kräfteverhältnissen, die sie vorfanden, wagten es aber nicht, dagegen aufzubegehren. Durnas »Verbindungsoffizier«, ein Mann namens Wilfel, den Giren ausgewählt hatte, war noch nicht in Regedra eingetroffen, aber »ihre« Yarben dort vor Ort hatten die Situation unter Kontrolle. Erfreulich, wenn endlich einmal etwas so lief, wie es sollte.

Durna wusste nicht, dass den Neuankömmlingen in Regedra eines unmissverständlich klargemacht wurde, dass es hier eine mächtige Zauberin gab, die sozusagen mit einem Fingerschnippen Feuer und Tod aus dem Himmel auf jeden herabregnen lassen konnte, der sie verärgern mochte. Vor allem auf etwas nach oben so ungeschütztes wie eine Flotte auf dem Endlosen Meer.

Durna wollte das Zi'en'en bereits abschalten, da wechselte der grünliche Dämon wieder zum Schauplatz des Angriffs der Riesenvögel auf Zach-aknums Gruppe.

»Wie sich durch die Aktionen des berüchtigten Schwarzen Magiers bei der Verteidigung seiner Gruppe zeigte«, kommentierte die Stimme des Dämons, »waren die Vermutungen, die hier und dort über ihn und seine Fähigkeiten angestellt wurden, durchaus zutreffend. Tatsächlich handelte es sich bei den sogenannten Vier um die seltenen Elementarmagier. Offenbar wurden vor ihrer Durchquerung des Tores von Winde Mokum einige Zauber gewirkt, von denen der eine oder andere auf gewissen konservativen Welten als nicht unbedingt legal angesehen wird. Mehr noch, es ist nun erwiesen, dass Zach-aknum und seine drei Magierkollegen auch das streng verbotene Ritual des Seelenfeuers durchgeführt haben müssen. Überraschenderweise rief der Schwarze Magier während des Kampfes gegen die Chaos-Vögel den Windzauberer Micknych an, der seit Jahren als verstorben gilt.«

Durna runzelte die Stirn. Elementarzauber waren etwas, mit dem sie sich noch nicht eingehend beschäftigt hatte. Der Dämon schloss mit der Bemerkung, dass Wordon zu keiner Stellungnahme bereit sei, und sie hätte beinahe gelacht. Das wäre ja noch schöner gewesen – ein Interview mit dem Herrn des Totenreiches in ihrem Zi'en'en zu sehen!

Als sie das Laboratorium verließ, begriff sie aus den vagen Eindrücken fremdartiger Vorstellungen, die sie als Reaktion auf ihren Gedanken heimsuchten, dass er gar nicht so abwegig war. Herrscher von ganzen Reichen traten durchaus manchmal so auf – dort, wo derartige Möglichkeiten zum Alltag gehörten. Durna schüttelte ihren Kopf. Sie würde Wirdaons Anweisung gern Folge leisten und das Zi'en'en wieder deaktivieren, wenn das alles überstanden war. Manches, was es implizierte, war selbst ihr unheimlich. Andererseits taten ihr die Dämonen beinahe leid, so begeistert schienen sie bei der Sache zu sein.

›Die Dämonen!‹ dachte sie plötzlich. ›Könnte ich sie nicht beschwören und gegen Caligos Horden einsetzen?‹ Die Beschwörung von Kreaturen aus Wirdaons Reich gehörte zu den Standardprozeduren Schwarzer Magier, obwohl sie recht kompliziert war. Und gefährlich, denn nicht immer erwies sich ein Zauberer, der es fertig brachte, über dem Pentagramm die richtigen Pulver zu verstreuen und die passenden Worte zu sagen, dann auch als stark genug, um das zu beherrschen, was er gerufen hatte. Das Wort von »den Geistern, die er rief«, war weit universeller, als es sich der berühmte Dichter je hätte träumen lassen.

›Was für ein Dichter?‹ dachte die Königin abwesend, während sie gleichzeitig ihre Chancen erwog, eine kleine Armee von Wirdaon zu bekommen. Sie befingerte ihr Drachenamulett, ohne dass es ihr bewusst wurde.

›Sie will nicht aktiv eingreifen, wenn sie es vermeiden kann‹, dachte Durna. ›Aber würde sie mich ihre Dämonen holen lassen?‹ Irgendwie hatte sie nicht besonders viel Lust, Wirdaon so auf die Probe zu stellen. Ihre Annahmen über die Herrin der Dämonen basierten auf zu vielen Unsicherheiten. Was war, wenn Wirdaon beispielsweise nur darauf wartete, eingreifen – und Horams Welten übernehmen – zu können? Durna begriff plötzlich, worauf ihre Finger da ruhten und riss die Hand erschrocken zurück. ›Die Möglichkeit dazu zu besitzen, etwas zu tun, heißt nicht automatisch, dass man es auch unbedingt tun sollte‹, zitierte sie im Geiste wieder einmal den Einsiedler. Erstaunlich, was der Mann ihr in so kurzer Zeit alles beigebracht hatte!

›Was mag aus ihm geworden sein?‹ dachte sie schuldbewusst. Später hatte sie sich nie wieder um den exzentrischen Mann im Cheg'chon Krater gekümmert. Es war beinahe, als habe er selbst mit einem Zauber verhindert, dass sie zu oft an ihn dachte. Erst in letzter Zeit – als sie es brauchte – fielen er und seine Lehren ihr wieder ein.

Durna dachte auch an Sternenblüte. Die von ihm angedeutete Verbindung des Drachen mit dem Einsiedler war eines der Rätsel, an die zu rühren sie nicht wagte. Sie seufzte. Manchmal hasste sie es, im Zentrum all dieser Verwicklungen zu leben.

›Drachen, Götter und Dämonen!‹ dachte Durna. ›Können die uns nicht einfach alle in Ruhe lassen? Ich bin sicher, wir würden die Welt auch ohne ihre ständige Einmischung in den Abgrund befördern.‹

Sarkasmus, Vantis? fragte die wispernde Stimme der Festungsmauern. *Mehr als eine Zivilisation hat genau das tatsächlich geschafft, und die meisten sogar ganz ohne jede Magie.*

›Was weiß eine Wand von anderen Zivilisationen?‹ dachte die Königin. ›Nicht, dass es mich im Augenblick interessiert. Ich muss Caligo irgendwie aufhalten, und wenn er die Nachtburg nicht verlässt, bleibt mir nichts anderes übrig, als sie anzugreifen. Wie stehen die Chancen für einen Erfolg?‹

Nicht sehr gut, behaupteten die Wände ihrer eigenen Festung. *Die Nachtburg ist riesig. Es ist sehr unwahrscheinlich, dass du ihn mit einem deiner Himmelssteine treffen könntest. Aber es würde ihn vielleicht ablenken. Ist es das wert?*

Rieten ihr die Wände ab, weil sie sich mit denen in der Nachtburg solidarisierten? Wie weit konnte sie der uralten Magie trauen? Durna versuchte, eine vorsichtige Distanz in ihren Gedanken zu wahren. Es war immer gefährlich, sich auf den Rat von etwas zu verlassen, was man nicht vollständig verstand.

* * *

Sie wussten nicht, ob es noch Tag war oder schon Nacht, so stark hatte sich der Himmel verfinstert. Dichte, schwarze Wolken waren zu einer konturenlosen, tiefhängenden Decke geworden, aus der Regen herabprasselte, welcher manchmal nur von Hagelschauern abgelöst wurde. Praktisch ohne Pause zuckten Blitze. Der Lärm des ständigen Donners betäubte Mensch und Tier. Nur Zach-aknums immer wieder erneuerten Schutz- und Abwehrzaubern verdankten sie, noch nicht von den Entladungen getroffen worden zu sein. Bäume und vereinzelte Gehöfte, an denen sie vorbei ritten, waren nicht so glücklich gewesen. Trotz des Regens brannten überall die zerschmetterten Überreste.

Der Zauberer konnte keine Magie darauf verschwenden, sie auch noch vor dem Regen zu schützen, sogar er selbst war diesmal völlig durchnässt. Alle froren und waren erschöpft. Auch die Pferde wurden immer langsamer. Sie würden nicht mehr lange durchhalten.

›Ist das nur der Chaos-Lord oder bereits der Anfang des Weltuntergangs?‹ dachte Brad. Er wusste nicht, wie er sich letzteren vorstellen sollte, aber er hatte das Gefühl, dass er ähnlich aussehen könnte.

Es ist Caligo, meldete sich Horams Stimme in seinen Gedanken. *Er sammelt seine Horde für einen erneuten Angriff oder versucht es wenigstens. Diese Geschöpfe sind schwer zu kontrollieren.*

War das der Grund dafür, dass sie nach dem Angriff durch die Vögel nur noch vereinzelten monströs veränderten Wesen begegnet waren? Hatten sie sich zeitweise zurückgezogen? *Wordon hat begonnen, gegen die Wiederbelebung von menschlichen Überresten vorzugehen,* erklärte Horam. *Das behindert Caligo.*

›Und in der Zwischenzeit spielt er mit dem Wetter herum?‹

Wetter ist für Chaoseinflüsse am anfälligsten, da es selbst auf chaotischen Prozessen beruht, führte Horam aus, was Brad jedoch nicht im geringsten interessierte. *Er braucht da gar nicht viel zu machen. Vielleicht konzentriert er einfach seine Aufmerksamkeit auf euch.*

Brad war erschöpft und durchnässt. Nun wurde er wütend. ›Du weißt nicht einmal, *wie* er das macht?‹ dachte er, und laut ausgesprochen hätte es ziemlich scharf geklungen.

Das ist richtig, gab Horam ruhig zu, *die Neryl sind auch für mich eine fremdartige Rasse. Sie stammen noch dazu aus Bereichen des Universums, die mir wie den meisten anderen Entitäten – von gewöhnlichen Wesen ganz zu schweigen – völlig unzugänglich sind. Was wir über sie wissen, ist nur das Resultat von Beobachtungen ihres zum Glück seltenen Eindringens in unsere Dimensionen.*

›Könnte nicht wenigstens jemand Caligo ablenken, damit wir Ramdorkan erreichen, bevor hier alles im Schlamm versinkt?‹ fragte Brad und wischte sich das Wasser aus dem Gesicht. Er hatte nicht viel Hoffnung, dass sich einer der Götter bemüßigt fühlen würde, diesem Wunsch zu entsprechen.

Das ist bereits in Arbeit, antwortete Horam jedoch. *Die Hexe Durna hat mit Hilfe des Netzwerkes der alten Magier den Vermeidungszauber gebrochen, der auf der Nachtburg lag. Nun ist es den Menschen wieder möglich, sie wahrzunehmen und vielleicht auch etwas gegen ihren neuen Bewohner zu unternehmen.*

Das war mal eine nette Überraschung. Brad begann sich immer mehr für diese Königin zu interessieren, die sie zwar noch nie getroffen hatten, die ihnen aber zu helfen schien. ›Es muss auf dieser Welt ja noch Leute geben, die nicht den Verstand verloren haben. Aber wer soll schon etwas gegen Caligo unternehmen?‹ fragte er sich. Da Horam dazu schwieg, blieb es ihm selbst überlassen, sich auszumalen, wer ein Interesse daran haben könnte, den Chaos-Lord auszuschalten. Nach einigem Überlegen dachte er: ›Jeder! Von den Bauern, deren Ernten verderben, über die Städter, deren Häuser vom Blitz getroffen oder von Erdbeben zerstört werden, bis zu den Herrschern, deren ganze Länder er ins Chaos stürzt. Alle sollten ein Interesse daran haben, dass Caligo verschwindet.‹ Es müsste ihnen nur jemand sagen, wer an all dem Übel der letzten Zeit die Schuld trug und wo er sich versteckte.

Zach-aknum zügelte plötzlich sein Pferd und die anderen sammelten sich um ihn. Pek, der uncharakteristisch still gewesen war, brummelte etwas, das darauf schließen ließ, dass auch der Dämon eine Pause begrüßen würde.

»Wir müssen hier für eine Weile anhalten«, sagte der Zauberer. Seine Stimme ging im Rauschen und Plätschern des Regens, im Heulen des Windes und dem Krachen des Donners beinahe unter. »Die Pferde sind erschöpfter, als ich noch kompensieren kann. Und meine Abwehr gegen das Wetter ist schwach geworden. Nur noch eine Frage der Zeit, bis ein Blitz durchkommt.«

Das war ein überzeugendes Argument – falls sie hätten überzeugt werden müssen. Obwohl jeder von ihnen wusste, dass die Zeit knapp wurde, gab es einen Punkt, wo es einfach nicht mehr weiter ging.

»Und wo sollen wir ...?« Micra brach ab, als wieder einmal ein deutliches Zittern durch die Welt lief, dann trieb sie ihr Pferd ein paar Schritte auf die Finsternis der die Straße säumenden Bäume zu. »Ich glaube, da ist eine Höhle«, rief sie dann.

»Na so ein Zufall«, sagte der Wanderer und sprang vom Pferd. Er nahm etwas aus seinem Rückensack und folgte ihr. Gleich darauf flammte ein Licht auf, das von dem länglichen Gegenstand in seiner Hand ausging. Magie? Brad hatte den Zauberer schon oft Licht erzeugen sehen, aber noch nie auf diese Weise. Doch schließlich kam Thomas von einer fremden Welt, wo man die Dinge vielleicht anders anpackte. Er war ganz froh, dass der Fremde mit Micra voranging. Falls die Höhle schon besetzt war, würde er mit seiner Waffe am besten in der Lage sein, auf wilde Tiere oder Chaos-Monster zu reagieren.

Die Höhle lag etwas höher als die Straße, aber sie war gut zugänglich und groß genug, um auch die Pferde aufzunehmen. Und sie war vollkommen leer.

»Das gefällt mir nicht«, hörte Brad Micra murmeln. Die Frau war von Natur aus so misstrauisch, dass er sie schon oft mit dem fast paranoid erscheinenden Zauberer verglichen hatte. Aber diesmal gab er ihr Recht. Es war schon ungewöhnlich, eine so große Höhle ohne jedes Anzeichen für tierische oder menschliche Bewohner zu finden. Thomas leuchtete mit seinem Lichtstab die Wände und die Decke ab. »Zu dicht an der Straße für Tiere«, sagte er. »Eventuell hat hier mal ein Einsiedler oder so etwas gehaust, aber das muss dann schon sehr lange her sein.«

»Oder das Chaos hat sie eben erst erschaffen«, bemerkte Solana und breitete die Decken aus ihren Bündeln vor der Wand aus.

Brad gefiel der Gedanke genauso wenig wie Micra die leere Höhle. Was war, wenn das Chaos beschloss, die Höhle wieder verschwinden zu lassen, während sie in ihr drin waren? *Zu so zielgerichteten Handlungen ist das Chaos an sich nicht fähig, nicht einmal Caligo selbst könnte das bewirken.* Die Stimme Horams klang überraschend klar. Fast so, als stünde der Gott direkt hinter ihm.

Zach-aknum hob die Schultern und verwendete ein wenig seiner Magie auf das Erschaffen gewisser Annehmlichkeiten. Die Geräusche des Unwetters draußen klangen plötzlich gedämpft, eine kleine Lichtkugel stieg zur Decke auf, von wo aus sie den Raum besser ausleuchtete als die merkwürdige Lampe des Wanderers, und es wurde spürbar wärmer. Wenn sie lange genug hier blieben, würden vielleicht sogar ihre Sachen wieder trocken werden, obwohl das wenig nützte, falls es bis zum Aufbruch nicht zu regnen aufhörte.

Tatsächlich habe ich meine Hand ein klein wenig im Spiel, was die Höhle angeht, fuhr Horam fort, auf Brad einzureden, der eigentlich nur zusammenbrechen und schlafen wollte. *Manchmal ist es mir möglich, die Fluktuationen der Wirklichkeit zu beeinflussen.*
›Wie schön. Danke.‹
Es schien mir ein geeigneter Ort zu sein, um euch möglicherweise zu begegnen.
Plötzlich war Brad wieder hellwach. Was war das eben gewesen? Horam wollte ihnen begegnen?
»Leute ...«, sagte er zögernd. »Es könnte sein, dass wir Besuch bekommen.«
»Was ist es diesmal?« fragte Micra. »Monster, Soldaten, Geister oder Caligo persönlich?«
»Horam«, sagten Brad und Pek gleichzeitig.
»Ihr spinnt ja!« Sie sah von einem zum anderen. »Das meint ihr doch nicht ernst, oder?«
»Er sagte, dass er uns hier *möglicherweise begegnen* würde. Warum er sich so vage ausdrückte, weiß ich nicht. Vielleicht muss er auf eine günstige ›Fluktuation‹ warten oder so. Wer kennt sich schon mit den Göttern aus?«
Wie auf Kommando wandten sich alle Blicke Solana zu. Die hob abwehrend die Hände.
»Ich habe keine Ahnung, wie ein Gott zu uns herabsteigen mag. Bei Wirdaon würde das Tor der Dunkelheit eine Möglichkeit sein, doch Horam hat sicher andere Wege. Es sei denn, er benutzt wieder dich, Brad?«
»Na ich will doch hoffen, dass er eine andere Methode findet«, sagte Brad hastig. Er war von der Aussicht, seine Inkarnationserfahrung zu wiederholen, alles andere als begeistert.
Der Gegenstand ihres Interesses ließ sich jedenfalls nicht dazu herab, seine Absichten genauer zu erklären. Sie würden einfach abwarten müssen, was geschah. Brad war sicher, dass er unter diesen Umständen nicht würde schlafen können, doch schon wenig später döste er ein.
Er hätte es beunruhigend gefunden, dass alle anderen einschließlich Pek und sogar die Pferde gleichzeitig mit ihm ebenfalls einschliefen, wenn er die Gelegenheit gehabt hätte, es zu bemerken. Der Höhleneingang versiegelte sich und kapselte den Raum vorübergehend vom Rest des Universums ab.

* * *

Durna war in Bink vollauf damit beschäftigt, die von Norden heranstürmenden unnatürlichen Unwetter abzulenken und aufzulösen. Sie wusste nicht, ob es sich dabei um eine Reaktion Caligos auf ihre jüngste Aktion handelte – sie hatte den uralten Vermeidungszauber aufgelöst, der verhindert hatte, dass sich gewöhnliche Menschen der Existenz der Nachtburg überhaupt bewusst wurden. Marruk II., der von ihr vorher informiert worden war, hatte unverzüglich seine Truppen in Marsch gesetzt. Im Augenblick mussten ganze Armeen auf Caligos Unterschlupf zu marschieren. Das würde ihm vielleicht etwas zu denken geben.

Aber in der Zwischenzeit musste sie das Wetter unter Kontrolle bringen, sonst hatte es verheerende und lang anhaltende Folgen für ihr Land. Außerdem dürfte es Girens Truppe in ihrem Vormarsch auf Ramdorkan behindern.

In der Festung der Sieben Stürme wusste inzwischen jeder, was die Königin da oben in ihrem Turm tat. Man versuchte daher, alles von ihr fern zu halten, was sie stören konnte. Dafür sorgte schon Jost, der Kämmerer. Vorräte wurden in sichere Gemäuer eingelagert und zum Teil schon an Flüchtlinge und obdachlos gewordene Familien verteilt. Das Militär Tekladors patrouillierte in Bink und der Umgebung, um Panik oder Plünderungen zu verhindern. Die Soldaten fackelten nicht lange, wenn sie tatsächlich jemanden erwischten, der in verlassene Häuser oder Höfe einbrach. Doch die Zahl der aufgehängten Plünderer blieb gering.

Es war nicht nur das Wetter, das verrückt spielte. Von dem Vulkan, der vor ein paar Tagen westlich von Pelfar zu großer Wut erwacht war, ging anscheinend eine Bruchlinie aus, die sich nach Norden und Süden erstreckte. Noch waren es nur vereinzelte Beben und eine größere Feuerspalte, doch wenn sich die Entwicklung fortsetzte, standen sie vor einem Problem, das es in dieser Region des Kontinents seit Menschengedenken nicht gegeben hatte. Das Gesicht der Landschaft würde sich möglicherweise in kürzester Zeit drastisch verändern.

Durna fielen keine magischen Mittel ein, um diesen Prozess zu kontrollieren. Deshalb konzentrierte sie sich zunächst auf das Wettergeschehen, wofür sie in den alten Büchern des Labors einige nützliche Hinweise gefunden hatte.

Dort befand sie sich auch, und nicht eingeschlossen in ihrem Turmzimmer, wie der Rest der Festung glaubte. Mit Hilfe des Zi'en'en beobachtete sie, was im näheren und weiteren Umkreis vorging. Sie musste zum Glück nicht auf dem sturmgepeitschten Dach eines der Türme stehen, um dem Unwetter die Stirn bieten zu können. Dank modernster Tech... also Magie konnte sie das von einem Sessel im geschütztesten Teil ihrer Festung erledigen.

Die grünen Dämonen des Zi'en'en entsprachen selbstverständlich ihrem Wunsch und zeigten nur noch Wetterberichte. Manchmal blendeten sie allerdings kleine Bilder ein – Die hatten immer neue Ideen! – um die neuesten Nachrichten über den Vormarsch der Truppen oder Zach-aknums Gruppe anzubringen.

Es war nicht einfach, dem Geschehen an so vielen verschiedenen Plätzen zu folgen und in drei Büchern gleichzeitig nach Mitteln zu forschen, um wirksame Gegenmaßnahmen zu ergreifen. Durnas zerzauste Haare waren schweißnass und ihre Augen brannten vom angestrengten Starren auf die künstlich aufgehellten Bilder.

Plötzlich gab es das, was die Dämonen einen Nachrichtenblitz nannten: Das kleine Bild überlagerte alles andere und ein aufgeregter Sprecherdämon verkündete: »Eine unerwartete Veränderung ist eingetreten! Die Hoffnungsträger der Zivilisation, die Gruppe um den berühmten Schwarzen Magier Zach-aknum, ist überraschend vollständig aus der hiesigen Dimension verschwunden.«

›Was?‹

»Da das Trägersignal der sogenannten Statue Horams ebenfalls verschwand, ist anzunehmen, dass sie sich nicht mehr physisch auf dieser Welt befinden.«

Ihre Augen weiteten sich. Das konnte doch nicht wahr sein? War nun alles zu Ende? Sie sah, wie jemand mit einem rötlich geschuppten Arm dem Sprecherdämon von der Seite eine Notiz reichte. Der las sie und machte einen runden Mund, was bei so vielen spitzen Zähnen ein wenig beunruhigend wirkte.

»Oh!« sagte der Dämon, dann fügte er schnell hinzu: »Wie ich gerade erfuhr, liegt uns eine Stellungnahme der Herrin der Dämonen, unserer großartigen und geliebten Chefin Wirdaon, zu den soeben gemeldeten rätselhaften Ereignissen vor. Es ist in der Tat so, dass sich die Gruppe im Moment außerhalb der hiesigen Dimension befindet, was aber keinen Grund zur Beunruhigung geben sollte.«

›Na ja‹, dachte Durna skeptisch. ›Wenn nicht das, was dann?‹

»Unbestätigten, aber selbstverständlich verlässlichen Meldungen zufolge, hat Horam persönlich eingegriffen und die Gruppe zeitweise ...« Der Dämon stockte und starrte die Notiz an. Er wirkte leicht verstört. »Zeitweise *aus dem Spiel genommen*«, fuhr er dann fort. Er blinzelte. »Zurück zum Wetter! Über der Westlichen See braut sich ein Hurrikan ungeahnten Ausmaßes zusammen.«

Die Königin lehnte sich zurück. Für den Moment hatte sie keinen Blick für den Wirbel aus Wolken übrig, den ihr die Dämonen auf magische Weise präsentierten, als säße einer von ihnen oben auf Durnas Kometen.

Was sollte das? Horam griff endlich, wenn auch überraschenderweise ein – und statt Caligo zu Brei zu klopfen oder etwas ähnlich sinnvolles zu tun, entführte er genau die Leute, die noch am ehesten die Chance hatten, seine Welten zu retten? Er nahm sie aus dem Spiel? War es das für die Götter: Ein unterhaltsames Spielchen? Das schien sogar den Dämon geschockt zu haben.

Sie spürte, wie Wut in ihr aufstieg und die Erschöpfung verdrängte. In diesem Moment hätte ihr keiner der Götter dieser Welt begegnen dürfen. Glücklicherweise waren die mit anderen Dingen beschäftigt.

* * *

Brad wurde langsam bewusst, dass irgendetwas nicht stimmte. Schlief er oder war er wach? Befand er sich noch in der Höhle, die so unverhofft und bequemerweise am Straßenrand aufgetaucht war?

Anscheinend nicht, denn in der Mitte des Raumes stand ein Tisch, um den Stühle ordentlich aufgestellt waren. Aber der Raum, das war offensichtlich eine Höhle. Merkwürdig, wie die Ränder des Gesichtsfeldes waberten und verschwammen ... Brad beschloss, dass er vermutlich doch schlief. Es war ein seltsamer Traum, in dem er sah, dass seine Gefährten an die Wände gelehnt zusammengesunken waren und sogar die Pferde vor sich hin zu dösen schienen. Er begann sich Sorgen zu machen, dass scheinbar keiner von ihnen Wache hielt – was angesichts ihrer Verfolgung durch Caligos Bluthorde ziemlich unklug war.

Es war genau in diesem Augenblick, da fiel Brad in seinem halben Traumzustand etwas wieder ein, was Pek vor kurzem zu ihm gesagt hatte. Der kleine Dämon hatte gemeint, er könne ihm bestimmte Dinge doch sicher enthüllen, da er – Brad – ein Spieler sei.

Damit hatte er gemeint, ein Spieler in dem Spiel der Götter, über das sie sich schon vorher unterhalten hatten. Brad war da zu abgelenkt gewesen, um Peks Behauptung vollständig zu verstehen.

Es war *das Spiel der Götter*! Wie konnte Pek auf die abwegige Idee kommen, *Brad* sei einer der Spieler? Was hatte er damit genau gemeint? War das nur ein Versprecher gewesen, meinte er, dass sie alle Hauptfiguren in dem Spiel wären – was ja leider ohne Zweifel der Fall war – oder steckte mehr dahinter?

Der Erinnerung an die vermutlich unbedachte Äußerung des Dämons folgte ein eigenartiger Zustand, den Brad später mit dem Begriff »Vision« beschreiben würde, wenn auch nicht ganz passend. Es war der Ort, an dem sie sich befanden, der ihm ermöglichte, aus vielen Bruchstücken, die sich zum Teil bereits in seinem Unterbewusstsein befanden, ein Bild zusammenzusetzen.

Ein Mensch, jedenfalls ein Mensch von den Welten Horams, war eigentlich nicht dazu bestimmt, einfach mal so Einblick in die Struktur des Universums zu erhalten. Man könnte meinen, für ein Verstehen solcher Einblicke fehlten solch einem Menschen eine Menge Voraussetzungen. Nicht einmal ein Physiker oder Astrophysiker der irdischen Zivilisation, der die Berater des Kaisers von Halatan entstammten, wäre unbedingt sofort in der Lage, das Universum zu begreifen, wie es tatsächlich beschaffen war. Darum flüchteten viele dieser angeblich hochgebildeten Leute in den Glauben an irgendwelche metaphysischen Hintergründe, an Gott. Brads Zeitgenossen hatten damit keine Probleme. Götter waren schon immer ein fester Bestandteil ihrer Kultur gewesen – und im Gegensatz zur Erde hatten ihre Schöpfungsgötter handfeste Beweise für ihre Existenz und ihr Wirken zurückgelassen. Hier war das Problem, zu akzeptieren, dass auch die realen Götter nur ein Bestandteil des Universums waren und nicht etwa seine treibende Kraft.

Brad hatte aus den alten Geschichten seit seiner Kindheit gewusst, dass seine Welt einst mit einer anderen durch die Tore verbunden gewesen war. Was das aber bedeutete, hatte er nie geahnt. Erst durch seine Bekanntschaft mit Zach-aknum wurde ihm klar, was das eigentlich hieß: eine andere Welt. Dass diese Welt in einem anderen Universum lag, wie sich dann herausstellte ... er dachte nicht darüber nach, sondern nahm es einfach hin. Also gut, dann war das eben so. Spielte es eine Rolle? Offenbar nicht. Pek und seine Heimatwelt waren der nächste Puzzlestein. Eine dritte Welt oder ein drittes Universum – aber zu diesem Zeitpunkt sprachen sie schon von Dimensionen, obwohl das ein irreführendes Wort war. Die Randdimensionen, die manche auch die nocturnen nannten, waren etwas *anderes* als die den Menschen vertrauten Welten. Wirdaons Reich war anscheinend kein Planet, der um einen Stern kreiste – doch was dann? Wenn die Universen mit ihren zahllosen Galaxien, Sternen und Planeten die Blasen in einem unendlich großen Berg aus Schaum waren, dann bildeten die Randdimensionen den Schaum selbst: die *Ränder* der Blasen. Der Schwarze Abgrund, den Horam aus einem nur ihm verständlichen Grund dazu verwendet hatte, eine Verbindung zwischen den beiden Welten in verschiedenen Universumsblasen zu schaffen, befand sich gleichzeitig in den Universen und auch wieder außerhalb von ihnen. Doch wo war dieses außerhalb? Wo in diesem Schaum? Das Bild stieß an seine Grenzen, die menschliche Vorstellungskraft stieß an ihre Grenzen.

Die Götter und andere Wesen gleich ihnen existierten ebenfalls *außerhalb* des Universenschaumes. Nur manchmal begaben sie sich auf seine Ebene hinab, um etwas zu tun, das sie glaubten, tun zu müssen oder zu können. Wenn man sich das vorstellte, konnte einen schon ein leichtes Schwindelgefühl ergreifen. Welche Bedeutung hatte ein Sterblicher irgendwo auf einer Welt in einem dieser Schaumbläschen überhaupt? Was bedeutete er den Göttern?

Merkwürdig viel, wie es schien. Denn die Tatsache war unbestreitbar, dass sie sich dauernd um die Schicksale der Sterblichen kümmerten, sich einmischten, ob diese es nun wollten oder nicht. Nur eines hinderte die Götter-Entitäten daran, sich noch intensiver in die Belange der Menschen (und vermutlich unzähliger anderer, nichtmenschlicher Zivilisationen) zu drängen. Eine noch höhere Macht, jene Macht, vor der alle erschauderten, weil sie wussten, dass sie das Universum aus Schaum wirklich und wahrhaftig erschaffen hatte.

Brad konnte nicht umhin, sich in dieser Hierarchie vorzustellen, dass da etwas sein mochte, das noch über den Superentitäten, die manche Völker als Drachen wahrnahmen, stand. Gab es jemanden oder etwas noch Höheres? Oder waren die Drachen schließlich so hoch entwickelt, dass sie aus sich selbst heraus vernünftig genug waren, um keine Fehler mehr zu machen?

Wer aber bestimmte, was Fehler waren? Wer legte fest, nach welchen moralischen Gesetzen das Leben im Möglichkeitsuniversum ablief?

Für einen Augenblick oder vielleicht auch länger, denn Zeit spielte keine Rolle an diesem Ort, hatte Brad eine Vision von einer schattenhaften, dennoch menschlichen Gestalt, die über ein dickes Buch gebeugt saß und schrieb. Flackerndes Kerzenlicht wich grellweißem, scheinbar magischem Licht und die nicht mehr so gebeugte Gestalt erzeugte durch Tippen auf etwas, das vor ihr lag, auf einer senkrechten, leuchtenden Fläche die Worte, die sie schrieb. Fackelschein verdrängte das weiße Leuchten und der Mann ritzte etwas in eine weiche tönerne Tafel. Blitze zuckten über den Himmel, als schmutzige, blutende Hände versuchten, mit einem harten Stein Zeichen in weicheren Sandstein zu kratzen.

›Was bedeutet das? Sind wir, ist alles nur ein Gedanke im Kopf eines Wesens, das so weit von uns entfernt ist, dass wir es uns nicht einmal vorzustellen vermögen? Ist die Welt ein Traum im fiebrigen Bewusstsein eines unbekannten Träumers? Und wenn dies so ist, wo – in was für einer Art Universum befindet sich dann dieser Träumer?‹

Es war dieser Gedanke ans Schlafen und Träumen, der Brad schließlich aus dem visionären Zustand zurückkriss, der ihm klarmachte, dass auch er dies träumen musste. Er setzte sich abrupt auf.

In der Höhle war es still. Unter der Decke leuchtete das magische Licht des Zauberers, die anderen lagen auf ihren dünnen Decken und schliefen. Es gab keinen Ausgang mehr und in der Mitte stand ein Tisch.

Ein Fremder saß an dessen Stirnseite.

Was Brad als erstes an dem Mann auffiel, war der Umstand, dass er ihn nicht richtig erkennen konnte. Es war unmöglich, ihn anzusehen und sich klarzumachen, wie er aussah. Hatte er dunkle oder helle Haare? Einen Bart oder ein glattes Gesicht? Was für eine Kleidung trug er? Einzig und allein, dass da ein Mann am Tisch saß, drang ins Bewusstsein vor.

›Ich muss noch träumen‹, dachte Brad. Nur im Traum kam so etwas vor.

»Natürlich träumst du«, sagte der Mann am Tisch. »Aber du könntest dich trotzdem zu mir setzen.«

Diese Stimme kannte er.

»Horam?«

»Der Schlan-Teil, um genau zu sein.«

»Oh. Na ja. Freut mich, dich mal zu sehen.« Brad rappelte sich auf und dachte, dass er schon wie Pek zu klingen begann. Redete man so mit einem Gott? Andererseits machte er das ja ständig. Nur begegnet war er ihm noch nicht.

»Das geschieht auch jetzt nicht«, warf Horam ein. Er schien Brads Gedanken mit derselben Leichtigkeit zu durchdringen wie immer. »Du, ihr alle seid in einer Art Traumland. An einem Ort außerhalb eurer Welt. Nur hier kann ich euch treffen, ohne ständig von den Störungen des Chaos' unterbrochen zu werden.«

Brad warf einen Blick auf die anderen Schläfer und setzte sich an den Tisch. Wenn das so war, würde es sicher kein besonders erholsamer Schlaf werden.

»Wo du gerade das Chaos und all das erwähnst«, sagte er, »hätte ich eine Frage. Warum kommt ihr Götter nicht einfach auf die Welt und bringt alles in Ordnung? Ihr müsstet doch die Macht dazu haben.«

Horam schwieg für einen Moment, dann fragte er: »Hast du bis jetzt schon mal einen Gott persönlich getroffen? Ich meine damit keine Inkarnation oder ein Avatar. Richtig einen Gott, eine Entität der Klasse Eins.«

»Ich habe die eine oder andere Vision gehabt ...«, entgegnete er zögernd. Ob Horam von der Sache mit Wirdaon wusste?

»Nein, eine Vision ist kein persönliches Treffen. Du hattest noch nie eine solche Begegnung, Brad Vanquis. Und der Grund dafür ist, dass Entitäten ab einer bestimmten Größenordnung nicht ohne weiteres eine Welt wie die deine betreten können.«

»Willst du mir sagen, dass ihr Beschränkungen unterworfen seid? Ihr Götter?«

»Oh nein. Wir unterwerfen uns ihnen ganz von selbst. Würde sich eine Entität der Klasse Eins vollständig auf einen Planeten deiner Dimension begeben, dann könnten alle Naturgesetze außer Kraft gesetzt werden. Raum und Zeit könnten zu unvorhersehbaren Effekten gezwungen werden. Denk an den Stronbart Har! Allein die Anrufung der Gottesmacht durch Tras Dabur hat dort ein Chaos ausgelöst, das sich Millionen von Jahre in Vergangenheit und Zukunft erstreckt. Und dabei war nicht einmal ein Gott anwesend.«

»Das also hat ihn geschaffen! Ich dachte schon immer, dass er etwas damit zu tun haben müsste.«

»Würde ich auf Horam Dorb ... landen, hätte das möglicherweise schlimmere Auswirkungen als der Neryl. Das ist nur eine niedere Entität, aber auch er bewirkt schon dadurch, dass er nur da ist, bestimmte Verzerrungen. Ich sollte dir vielleicht sagen, dass es auf der anderen Seite der Skala noch schlimmere Varianten gibt als meine Anwesenheit.«

»Was?«

»Entitäten der Superklasse löschen beim Eindringen in das normale Raumzeitkontinuum der Sterblichen oft gleich ganze Welten aus. Ich habe so etwas einmal gesehen, Brad. Von weitem natürlich. Es war, als ob auf der Oberfläche jener Welt ein neuer Stern entstand. Sie verdampfte ganz einfach.«

»Was ... wer hat das getan?«

»Ein Drache.«

Brad war plötzlich sicher, dass er das Thema nicht weiter verfolgen wollte. Nicht hier und nicht jetzt. Trotzdem sagte er: »Pek hat einen Kumpel, der ist Drache.«

»Ja, ich weiß. Auch Königin Durna hat einen.«

Das war Brad neu.

»Es sind im Moment zwei von ihnen involviert. Ich weiß nicht, was sie von all dem halten und vor allem davon, dass ich euch hierher gebracht habe. Aber ich dachte, ihr würdet ein wenig Erholung gebrauchen können, bevor ihr euch nach Ramdorkan wagt. Und vielleicht die eine oder andere Erklärung.«

»Ja, ein paar von uns hätten vermutlich schon Fragen an dich, Horam. Wirst du die anderen auch aufwecken?«

»Du bist nicht wirklich wach, Brad, doch das ist unwichtig. Bitten wir die anderen zu uns.«

Auf dieses Stichwort regte sich der Rest der Gruppe, als würden sie erwachen. Wenn sie in Wirklichkeit noch schliefen, wie Horam behauptete, war das ein ziemlich komplizierter Traum.

»He! Da ist Horam!« Das war natürlich Pek. Wie mochte er ihn so schnell erkannt haben – wenn Brad an dem Fremden überhaupt nichts *erkennen* konnte? Dem kleinen Dämon fiel anscheinend plötzlich ein, dass er einen Gott besser mit dem selben Respekt behandelte wie seine »Chefin«, und er verdrückte sich in den Hintergrund.

Die Menschen reagierten auf diese abrupte Vorstellung zurückhaltender. Zach-aknum setzte sich als erster und starrte Horam an. Er hatte wohl die gleichen Probleme wie Brad. Micra und Solana zögerten sichtlich, doch dann folgten sie der einladenden Handbewegung Horams. Brad fand interessant, dass die Horam-Priesterin die Begegnung völlig kalt zu lassen schien. Aber Solana hatte inzwischen ja fast so viele Erfahrungen mit göttlichen Heimsuchungen wie er selbst. Der Wanderer schließlich setzte sich kopfschüttelnd und murmelte etwas in seiner eigenen Sprache. Für einen Mann, der Götter bis vor kurzem als Hirngespinste oder soziale Metaphern angesehen hatte, musste das überwältigend sein.

Horam erklärte noch einmal, dass er sie in eine »Traumwelt« gebracht habe, um mit ihnen reden zu können.

»Warum sollte ein Gott das wollen?« fragte Zach-aknum in aggressivem Ton. Der Magier hatte sich so ein Gespräch einst gewünscht, weil er den Göttern mal so richtig die Meinung hatte sagen wollen. Vielleicht würde er es tatsächlich tun, egal mit welchen Konsequenzen.

»Manchmal muss man einfach etwas machen und nicht nur zusehen. Ich kann weit weniger aktiv ins Geschehen auf der Welt eingreifen, als ihr glaubt. Nicht nur aus dem Grund, den ich Brad vorhin erläutert habe. Es ist einfach nicht richtig, sich in die Belange anderer Völker einzumischen und den großen Aufpasser zu spielen. Wir beobachten zwar, aber nur selten geben wir kleine Anstöße. Das nennt ihr das Spiel der Götter, aber es ist kein Spiel.

Doch nun hat sich eine Situation ergeben, wo ich denke, dass eine aktive Einflussnahme angebracht ist. Zumal nicht alles, was gerade geschieht, durch die Instabilität der Welten hervorgerufen wird, sondern sich eine andere Entität eingemischt hat, der Chaos-Lord.«

Brad dachte sich, dass es ganz gut wäre, das Gespräch ein wenig von Zach-aknums Vorwürfen gegen einen Gott wegzusteuern.

»Wie ist es überhaupt möglich, dass dieser Caligo eine ganze Welt ins Chaos stürzt?« fragte er. »Was ist das eigentlich – Chaos?«

»Eine Art Unordnung?« warf Solana unerwartet ein. Horams Gesicht, in dem man beim besten Willen keine erinnerbaren Züge finden konnte, wandte sich ihr zu.

»So könnt ihr es sehen, aber tatsächlich ist diese Unordnung Teil einer höheren Ordnung. Es gibt kein wirkliches Chaos, außer ihr stellt euch ein Universum vor, in dem nichts eine Form angenommen hat, und selbst dort würde der Begriff Chaos nur eine metaphysische Bedeutung haben. Alles folgt irgendwo seinen eigenen Gesetzen, alles ist Teil einer Struktur – und diese wiederum Teil einer noch größeren Struktur.«

»Aber Caligos Anwesenheit bewirkt ...«

»Dazu komme ich jetzt. Euch ist klar, dass es andere Welten und Universen gibt, oder?« Brad überlegte kurz und ihm fiel wieder ein, was er zuvor in einer Art Vision erlebt und erfahren hatte. »Mm. Der Gedanke ist mir bekannt, wenn ich auch nicht genau weiß, woher. Und ich habe keine Ahnung, was ich mir unter anderen Universen vorstellen soll.«

»Das ist nicht so wichtig. Nimm einfach an, es gibt sie, diese Universen. Und in einigen ist alles ganz und gar anders als hier. Die Gesetze, die hier wirksam sind, haben dort keine Gültigkeit und es regieren andere.«

»Was für Gesetze meinst du eigentlich?«

Horam runzelte die Stirn – und das war für einen Augenblick deutlich sichtbar. »Nun ja. Ein Stein fällt auf eine ganz bestimmte Weise nach unten – und nicht etwa nach oben. Wasser gefriert bei einer bestimmten Temperatur. Das Licht hat eine genau festgelegte Geschwindigkeit.« Er verstummte, als er den Ausdruck auf ihren Gesichtern sah. Dann sagte er: »Stellt euch vor, es gäbe keine Magie.«

»Keine Zauberer?« fragte Micra.

»Die natürlich auch nicht. Aber ich meine damit, die Zauberei an sich würde nicht existieren, nicht funktionieren.«

Alle schwiegen für eine Weile, während sie versuchten, sich eine Welt vorzustellen, wo es keinerlei Magie gab. Es war schwierig.

»Solche Universen existieren wirklich«, fuhr Horam fort. »Ich muss sogar sagen, dass es wesentlich mehr von dieser Sorte gibt als von der mit Magie. Aber das ist nur ein Beispiel für die Unterschiedlichkeit der Bedingungen, die ich euch begreiflich machen will. Und nun hört genau zu! Es ist eine sehr merkwürdige Eigenschaft des Möglichkeitsuniversums, dass eine Person – und damit meine ich ganz speziell ein mit Bewusstsein ausgestattetes intelligentes Wesen –, die auf irgendeine Weise in ein andersartiges Universum gerät, die Gesetze ihres eigenen sozusagen mitnimmt. Wenn also ein Zauberer von hier in ein Universum ohne Magie verschlagen würde, könnte er trotzdem noch zaubern. Vielleicht nicht so gut wie in seiner Heimat, aber er könnte es!«

Es war Pek, der einen schrillen Pfiff ausstieß, als er begriff, was das bedeutete. Dann hielt er sich die Hand vor den Mund und machte sich noch kleiner.

»Er versteht es«, sagte Horam zufrieden. »Nun ja, ob ihr nun begreift, dass diese Tatsache eigentlich völlig ungeheuerlich ist, oder auch nicht – das ist jedenfalls der Grund für die

Effekte, welche die Anwesenheit des Neryl hervorruft. Diese Entität stammt aus einem Universum, das so andersartig ist, dass man es sich kaum vorstellen kann. Raum und Zeit, wie wir sie kennen, spielen dort eine völlig andere Rolle. Es finden Energieumwandlungen statt, die jeder hier für absurd ansehen würde. Aber ich schweife ab. Der Neryl selbst ist in diesem Universum so etwas wie ein Stein, der in die glatte Oberfläche eines Teiches fällt – und das kontinuierlich. Mehr noch, er kann seine ›mitgebrachten Gesetze‹ auch für seine Zwecke benutzen. Dadurch wird die hiesige Realität mehr und mehr verzerrt. Nehmt nur dieses Eindringen fremdartiger Vorstellungen. In der Welt des Neryl haben Informationen keinen subjektiven, sondern Feldcharakter ...« Horam verstummte plötzlich, als sei ihm klar geworden, dass seine Zuhörer damit überhaupt nichts anfangen konnten. »Glücklicherweise«, fügte er hinzu, »beschränken sich die Auswirkungen auf diese Welt und erfassen nicht das gesamte Universum.«

Brad lächelte. »Das ist schön.«

Pek prustete los und kaschierte das gleich darauf mit einem Hustenanfall.

»Willst du nur mal mit uns reden oder was ist der tiefere Sinn dieses Treffens?« fragte Zach-aknum. »Was verstehst du unter einer ›direkteren Einflussnahme‹, wenn du nicht gedenkst, die Sache gleich selbst zu Ende zu bringen?« Der Zauberer war von der Situation sichtlich unbeeindruckt. Vielleicht war er auch nur zu erschöpft, um sich auf höfliche Umgangsformen zwischen Menschen und Göttern zu besinnen.

Horam schien keinen Anstoß daran zu nehmen.

»Ich bin bereit, eure Fragen zu beantworten, soweit es mir möglich ist. Außerdem sollte ich mir die Statue mal ansehen. Es scheint, dass sie der Umgebung Energie entzieht, nicht wahr?«

Der Magier nickte.

»Ihr wisst ja schon, dass ich ursprünglich nicht vorausgesehen hatte, dass jemand die Statuen entfernt und zusammenbringt. Das Sicherheitsprotokoll, das einige auch als Horam-Partikel bezeichnet haben, ist in dieser Beziehung unvollständig, aber es versucht, im Rahmen seiner Möglichkeiten die Kontrolle zurück zu erlangen. Eigentlich sollte es auf Störungen aller Art reagieren, die sich im Zusammenhang mit der Stabilisierung ergeben könnten. Das Problem ist, dass nicht alle vorgesehen wurden.«

Brad sah den anderen an, dass sie kein Wort verstanden, aber aus Höflichkeit schwiegen. Nach allem, was er wusste, sprach Horam ohnehin von Dingen, die sie nicht beeinflussen konnten. Wozu also ihr Wissen darüber vertiefen? Er holte die Statue aus dem Beutel und stellte sie auf den Tisch. Zum ersten Mal bemerkte er, dass man auch bei ihr keine Gesichtszüge ausmachen konnte, die in Erinnerung blieben. Oder war das eine Auswirkung der Traumwelt? Es fiel ihm schwer, zu glauben, dass nichts von all dem wirklich geschah, sondern dass sie es nur träumten.

Träume sind auch eine Form der Realität, hörte er Horams Gedankenstimme. Gleichzeitig nahm dieser die Statue in die Hand. Man sah nicht, was er mit ihr machte, aber sie leuchtete kurz mit einem bläulichen Licht auf.

»Eure primäre Aufgabe ist unverändert: Bringt die Statue in den Tempel von Ramdorkan. Solana weiß, wo genau sie dort hingehört. Ihr Gegenstück in Somdorkan ist bereits an ihrem Platz.«

»Und was dann?« fragte Solana. Wie Brad wusste sie bereits, dass es damit noch nicht getan war.

»Tja …« Horam zögerte. »Soweit ich weiß, befindet sich im Bewusstsein von dir, Solana, Brad und Pek die Information, wie ihr danach verfahren sollt. Wenn die Statue aktiviert ist, wird es nötig sein, dass ihr euch an einen Ort sozusagen im Inneren von Ramdorkan begebt. Dort werdet ihr in der Lage sein, das fehlerhafte Sicherheitsprotokoll beim Neustart zu unterstützen. Ich kann das Verfahren dazu im Moment nicht näher erläutern, vor Ort erfahrt ihr alles.«

Zach-aknum sah unzufrieden aus, aber er stellte keine Fragen zu diesem ein wenig verschwommenen Detail. Stattdessen wollte er wissen, wie es danach weiterging.

»Wenn wir mit der Mission in Ramdorkan Erfolg haben, wird das Gleichgewicht der Welten wieder hergestellt und ihr Untergang abgewendet, richtig? Dann bleibt immer noch das Problem des Chaos-Lords. Und die Tore sind alle geschlossen oder zerstört. Was ist damit?« Er erwähnte die Verwüstungen, die inzwischen auf der Welt angerichtet worden waren, gar nicht erst.

»Tja«, sagte Horam erneut. »Die Torverbindung ist erst mal hinüber, da kann man nichts machen. Sie lässt sich durch die Stabilisierung nicht einfach wieder herstellen. Und auch ich kann das nicht noch einmal tun. Das Resultat eines solchen Versuchs ist zu ungewiss. Ich fürchte, die beiden Welten müssen auf sich allein gestellt weitermachen, bis in sehr ferner Zukunft vielleicht jemand einen Weg findet, den Schwarzen Abgrund erneut zu überbrücken. Es sei denn, ihr einigt euch mit Peks Leuten.«

»Was haben denn die Dämonen damit zu tun?« fragte Micra. Hieß das, sie interessierte sich ernsthaft für eine Rückkehr in ihre Heimat? Brad wusste schon, was Horam meinte: Die Dämonen besaßen Möglichkeiten, von einer Menschenwelt zur anderen zu gelangen, die nichts mit den Toren zu tun hatten.

»Wirdaon könnte uns gestatten, durch ihr Reich zu gehen«, erläuterte Solana, »obwohl ich das für unwahrscheinlich halte. Das Tor der Dunkelheit zu öffnen, ist schon gefährlich genug. Das Reich der Dämonen *zu betreten*, hat noch kein Mensch gewagt.«

Brad fing einen schnellen Blick Peks auf. Technisch gesehen hatte er Wirdaons Reich schon betreten, wenn er dazu auch nur durch die Eile des Dämons gebracht worden war, als der ihn aus Pelfar befreite.

Er erwiderte den Blick mit hochgezogenen Brauen und der kleine Dämon rollte mit den großen Augen, als wolle er sagen: ›Na, wie hätte ich's denn sonst machen sollen?‹

»Ich schätze, diese Frage können wir auf die Zukunft verschieben«, sagte Brad.

»Tja …« Das war zum dritten Mal Horam.

»Können wir nicht?«

»Wenn ihr euch wirklich selbst mit dem Neryl auseinandersetzen wollt, könnte es notwendig werden, das Tor der Dunkelheit zu öffnen.«

Dieser Gott hatte eine Art, den Sterblichen Dinge zu vermitteln! Brad knirschte beinahe mit den Zähnen.

»Das hast du uns schon einmal gesagt«, bemerkte Zach-aknum, »als du Brad dazu benutztest. Ich würde nun gern einmal erfahren, wozu es gut sein soll, ein uraltes und ewig nicht mehr praktiziertes Ritual der Dämonenbeschwörung durchzuführen?«

»Oh, das ist es aber gar nicht, was ihr tun müsst«, wehrte Horam ab. »Diese Beschwö-
rungssache der alten Magier war nur ein Missverständnis. So wie ihr Menschen die
meisten der Ringe meiner Kette völlig anders verwendet habt als es ihr ursprünglicher
Zweck vorsah.«

Also wusste Horam davon! Brad konnte dem Magier ansehen, dass dieser förmlich
darauf brannte, den Gott danach zu fragen, *wieso* er diese Ringe überall hatte herumliegen lassen. Aber er tat es nicht ...

Lag es an der Traumwelt oder an Brads besonderer Verbindung zu dem Gott – er begriff
plötzlich, dass dieser das Gespräch steuerte! Er gab einen Rahmen vor, der zu dem
führen würde, was Horam ihnen mitteilen wollte, und alles ignorierte, was sie vielleicht wissen wollten, was aber irrelevant für ihre Aufgabe war. Natürlich, auch Horam
musste darauf bedacht sein, sich nicht in unwichtigen Details zu verlieren.

»Was wisst ihr eigentlich über das Tor?« fragte der Erschaffer ihrer Welten.

Solana antwortete ihm, wobei sie aus einer Schrift zu zitieren schien: »Und Horam
sprach: Sehet da, ich habe euch gegeben den Weg zwischen den Welten und die Tore,
ihn zu beschreiten. Und ich habe euch gemacht die zwei Schlüssel, zwei Festen zwischen den Welten, zwei Bilder des Ewigen, auf dass sie die Tore offen halten und den
Weg sicher. Große Macht wohnt ihnen inne, doch wer sie widrig gebraucht, wird
Unheil bringen über die Welten. Und Horam sprach: Wenn die Schlüssel also widrig
gebraucht sind, so werden die Tore verschlossen sein und der Weg stürzt in die Finsternis auf der Tiefe. Ein Tor aber wird offenbart werden, durch das die Mutigsten schreiten können, um den Weg wieder zu finden. Dieses ist das Tor der Dunkelheit.«

»Mm.« Die nicht ganz fassbare Gestalt an der Stirnseite des Tisches wiegte den Kopf.
»Ich habe nie so was gesagt.«

»Natürlich nicht«, sagte Solana lächelnd. »Das ist aus dem ›Geheimen Buch Horam‹, einer
alten Schrift meiner Religion. Wie alle religiösen Bücher wurde es von Menschen verfasst.«

Oh, du würdest dich wundern, wer so alles Bücher schreibt und sie herumliegen lässt ...
hörte Brad Horams Stimme in seinem Kopf, aber der Gedanke schien nicht für Solana
oder ihn bestimmt gewesen zu sein.

»Früher haben Magier Dämonen mit seiner Hilfe beschworen und als Helfer angeheuert«, sagte Zach-aknum. »Aber ich habe keine Ahnung, wie das gemacht wurde. Wir
haben das Tor nicht dazu benutzt. Genauer gesagt, wussten ich und meine Freunde gar
nicht, dass es existierte. Der Zauber der Nachtburg hat es verborgen.«

Eine dritte Stimme meldete sich, um ihr Wissen über das Tor kund zu tun. Brad war
nicht überrascht, dass sie Pek gehörte.

»Die Nachtburg oder wie sie früher von uns genannt wurde, Orm el'ek – die Schattenburg,
war der mächtigste Knotenpunkt eines Netzwerkes magischer Orte auf dieser Welt. Die
alten Schwarzen Magier haben mit Hilfe des Tores und der Dämonen nicht nur die Burg,
sondern auch vieles andere gebaut. Das war auch der Grund, warum sie in den Magierkriegen so heftig angegriffen und schließlich sogar aus den Gedanken der Menschen verbannt
wurde. Das Öffnen des Tores der Dunkelheit war so gefährlich geworden, dass selbst die
Magier es nicht mehr wagten. Natürlich wollten sie nicht ohne dämonische Hilfe bleiben.
Daher fanden die Zauberer andere Wege, um Dämonen für ihre ... dubiosen Tätigkeiten zu

bekommen. Zivilisiertere Dämonen, wie ich hinzufügen darf.« Pek deutete nicht gerade mit dem Daumen seiner pelzigen Hand auf sich selbst, aber beinahe.

Horam nickte.

»Diese Welt wird im Chaos versinken, auch wenn ihr sie rettet, es sei denn, ihr findet den Mut, das Tor der Dunkelheit ein weiteres Mal zu öffnen. Dann wird Caligo möglicherweise aus dem Universum verschwinden.«

»Klar doch. Machen wir es auf. Was ist so wild daran?« fragte Brad.

»Das Tor zu öffnen, ist eine Einladung.«

»Oh, du meinst, statt Caligo loszuwerden, könnten wir es mit noch mehr seiner Sorte zu tun bekommen?«

»Nicht ganz. Um *Neryl* anzulocken, bedarf es eines Blutopfers. Das Tor der Dunkelheit öffnet sich in die nocturnen Dimensionen. Dort leben Dämonen.«

Brad sah Pek an. »Na und? Die sind doch nicht so schlimm ... oder?«

Pek blinzelte nervös. Es schien ihm peinlich zu sein.

»Was er meint, ist nicht Wirdaons Volk. Eher unsere ... Vorfahren.«

Es dauerte einen Moment, bevor Brad verstand, was das heißen musste. Solche Vorstellungen waren seinem Denken fremd.

»*Wilde* Dämonen?« sagte er ungläubig.

Pek nickte. »Äußerst wilde, bösartige und aggressive Dämonen. Wesen, die seit Äonen in den nocturnen Dimensionen hausen. Mutierte Monster, deren Intelligenz sich darauf konzentriert, andere Wesen auszurotten, wenn sie die Möglichkeit dazu bekommen.«

»Na ja, wir hatten wohl alle barbarische Vorfahren. Nur manche waren nett genug, rechtzeitig auszusterben.«

»Wenn ihr das Tor öffnet, um Caligo loszuwerden, dann besteht die Möglichkeit, dass die wilden Dämonen in eure Welt einfallen«, sagte Horam. »Weil sie nicht mehr von den stärksten Magiern zu kontrollieren waren, hat man damals damit aufgehört, sie zu beschwören. Ihr würdet ein Übel gegen ein anderes eintauschen und wer weiß, welches das schlimmere ist? Wollt ihr das wirklich riskieren?«

»Nun also, ich habe mich fast schon an den guten, alten Caligo gewöhnt«, sagte Brad. »Na schön, das war ein Scherz. Wenn du sagst, dass die Möglichkeit besteht, wie hoch ist die?«

»Ziemlich hoch. Die Wesen der nocturnen Dimensionen beobachten ständig die Universen und fühlen sofort, wenn sich irgendwo eine Öffnung auftut.«

»Aber sie müssten durch das Tor kommen? Das könnte man doch verteidigen, wenn man weiß, was zu erwarten ist?«

Horam starrte ihn an. »Könnte man, ja.« Es klang überrascht, wie er das sagte. Brad überlegte, wo der Haken liegen mochte, dann beschloss er, lieber nicht darüber nachzudenken.

»Also gut. Wie öffnet man das Tor?«

»Mit dem Schlüssel natürlich, wie ich euch schon gesagt habe. Oder man führt ein Ritual durch ...«

»Und da du nicht weißt, wo genau dieser Schlüssel zum Tor liegt, kannst du uns wenigstens erklären, wie wir das Ritual machen müssen?«

»Sicher. Aber das ist die Notvariante. Es gibt *kein* Ritual, um es danach wieder zu schließen!«

5

Caligos Wut ließ alles um ihn herum erzittern und verschwimmen. Auf jeder anderen Welt hätte er längst im Zentrum eines wirbelnden Unwahrscheinlichkeitsvortex gestanden, hier geriet die Realität nur in nervöse Schwingungen. Es war dem Neryl nicht möglich, diesen speziellen Vergleich zu ziehen, aber er war in der Situation eines tobenden Irren in einer Gummizelle, in einem Raum mit rundum elastisch gepolsterten Wänden. Und ohne Ausgang ... Mehr und mehr begann er einen solchen zu vermissen. Diese grässliche Welt, die das Chaos einfach zu absorbieren schien, ging ihm immer stärker auf seine angespannten Nerven. Und sein materieller Körper enttäuschte ihn außerdem. Erkon Verons Geist hatte nicht viel zu bieten gehabt, seine magischen Tricks waren nichts, womit sich eine Entität wie Caligo abgab – was ein Fehler war, aber Entitäten machen ja keine Fehler – und sein schwächlicher Körper, den er rücksichtslos durch ständige Transformationen gezerrt hatte, zeigte deutliche Verschleißerscheinungen.
Der Chaos-Lord war wütend. Er brauchte ein Ziel, gegen das er seine Wut richten konnte, oder sie würde sich in endlosem Zittern und Beben der Wirklichkeit erschöpfen. Das war nicht akzeptabel. Glücklicherweise hatte er ein paar Ziele. Es waren die, gegen welche er schon geraume Zeit kämpfte.
Caligo richtete seine Aufmerksamkeit in die Ferne und suchte. Für einen Moment war er verwirrt, denn die Gruppe der Möchtegern-Weltenretter war nicht da! Mit der Hexe wollte er sich nicht schon wieder anlegen, wenn er sie auch leicht orten konnte, doch wo waren diese albernen Menschen, die von sich glaubten, den Untergang der beiden Welten aufhalten zu können?
Aha. Dort. Komisch, eben waren sie noch nicht da gewesen, so als seien sie nicht einmal auf der gleichen Welt wie er, und nun ... egal. Vermutlich irgendein magischer Trick, der ihnen sowieso nichts nützen würde. Er hatte sie ausgemacht. Diese Sterblichen würden ihm nicht länger im Weg stehen, weil er sie jetzt aus der Realität ausradierte.
Wie ein mit voller Wucht geschleuderter Hammer entlud sich ein Chaos-Impuls in die Richtung der ahnungslosen Menschen. Die Welt auf seiner Bahn verzerrte sich für Augenblicke, als würde sie hinter dickem und zufällig geformtem Glas liegen.

* * *

Die Königin hatte nur wenige Stunden geschlafen. Über dem Endoss-Gebirge nördlich von Bink tobte noch immer das Unwetter. Flüsse traten über die Ufer und bedrohten Siedlungen. Auch die parallel verlaufende, höhere Kette des Ra-Gebirges war betroffen, doch gingen die Niederschläge dort als Schnee nieder. Wahrscheinlich dauerte es nicht mehr lange und einige Straßen waren unpassierbar. Und das in dieser Jahreszeit!
Zum Glück war das Ra kein vulkanisches Massiv. Es hätte noch gefehlt, dass Ramdorkan in einem Lavastrom versank, bevor die Statue hingebracht werden konnte. Der immer noch Feuer speiende Vulkan lag im Endoss weiter östlich.
Durna erkundigte sich nach Neuigkeiten in Bink und der Festung, während sie frühstückte. Doch das dramatischste, was sich während der Nacht ereignet hatte, war ein Sturmschaden an einem Dach. Trotzdem ärgerte es sie, denn sie war der Ansicht gewesen, das unnatürliche Wetter von der Festung ferngehalten zu haben. Offenbar nicht ganz.

Aber die wirklichen Neuigkeiten erwartete sie nicht am Frühstückstisch zu erfahren. Sie stieg in ihr Arbeitszimmer hinauf, sobald sie konnte, um über den geheimen Zugang nur wieder ins Laboratorium hinab zu steigen.

Durna aktivierte das Zi'en'en mit dem Stab und setzte sich angespannt in einen Sessel, der vermutlich viele hundert Jahre alt war. Sie erwartete keine guten Nachrichten.

Mit seiner üblichen manischen Begeisterung meldete der grüne Dämon sich zurück, als habe er gerade auf sie gewartet – was er natürlich auch getan hatte.

»Hier die Nachricht des Tages: Horam, früher als die zweiköpfige Gottheit bekannt, angeblich auch der Schöpfer diverser Welten und nicht unerheblich an ihren gegenwärtigen Problemen ...« Der Dämon bekam plötzlich einen Hustenanfall. »Verzeihung. Horam hat sich in einer virtuellen Traumwelt – die allerdings nicht besonders komplex war – mit den Hoffnungsträgern der westlichen Zivilisation, der sogenannten Zach-aknum Gruppe, getroffen. Dort gab er vermutlich bisher geheime Informationen bekannt. Das wird jedenfalls von gewöhnlich gut unterrichteten Göttinnen angenommen, denn bisher ist nicht das geringste zu erfahren gewesen. Man sollte meinen, Götter wären sich ihrer Verantwortung der Öffentlichkeit gegenüber stärker bewusst.

Weiter nach Osten. Der Kaiser von Halatan hat einen großen Teil seiner Streitkräfte nach Westen verlegt, um die Nachtburg anzugreifen. Man erhofft sich eine Ablenkung ihres in der Gegend zunehmend unbeliebten Bewohners, des Chaos-Lords Caligo, von der Zach-aknum Gruppe. Da Halatan über Waffen verfügt, zu denen das Reich mit Hilfe rätselhafter außerweltlicher Berater gekommen ist, darf man ein spannendes Duell erwarten, bevor alle Menschen tot sind. Allerdings hat eine Feuerspalte die Südarmee kurzzeitig aufgehalten. Sie konnte inzwischen an einer Stelle überbrückt werden.«

Das Zi'en'en zeigte unvermittelt eine Reihe von Explosionen, die offenbar die Magmaspalte zuschütten sollten. ›Wie haben sie das denn gemacht?‹ wunderte sich Durna. Hatten die Halataner etwa doch zur Magie Zuflucht genommen? Oder ging das auf das Konto der Berater?

»Trotz der schweren Unwetter, die über dem Norden von Teklador und Nubra wüten«, fuhr der Dämon fort, »ist die Armee unter dem Kommando von General Giren gut vorangekommen. Man erwartet jeden Augenblick erste Zusammenstöße mit den verbliebenen Resten der Bluthorde.«

Alles in allem waren es doch ganz gute Nachrichten, fand die Königin. Doch was war geschehen, als Zach-aknums Gruppe nebst Statue von Horam »aus dem Spiel genommen« worden war? Befanden sie sich schon wieder ... auf der Welt? Bisher schienen nicht einmal die Dämonen zu wissen, was da los war.

»Schauen wir nun mal nach, wie es unseren Reisenden dort zwischen den beiden Gebirgen geht«, kündigte der grüne Dämon munter an. »Aha, da sind sie ja, in einer Höhle, wo sie sich vermutlich ausgeruht haben, wie das Menschen zu tun pflegen. Experten nehmen an, dass dies auf gewisse atavistische Relikte ...« Der Sprecher wurde wieder von einem Bild ersetzt, das wie bei der Beobachtung mit dem Drachenauge auf dem Schirm erschien. Aber es ließ nur einen kurzen Blick in eine Höhle zu, dann schwankte und flackerte es plötzlich. Der unsichtbare Dämon schrie überrascht auf.

Als eine Weile gar nichts passierte und nur farbige Muster zu sehen waren, klopfte Durna ungeduldig auf ihre Erfindung. Sofort ersetzte der Dämon das Muster und blinzelte verwirrt. Seine Fröhlichkeit war wie weggewischt.

»Ähem ... wir haben gewisse technische Probleme«, behauptete er. »Anscheinend hat ein massiver Chaos-Impuls den Ort getroffen, an dem sich nach letzten Beobachtungen Zach-aknums Gruppe aufhielt. Zu welchem Zweck der Neryl das getan hat, ist im Moment genauso unklar wie das Ergebnis. Starke Störungen in der Gegend verhindern eine Beobachtung.«

Durna sprang auf und begann im Labor hin und her zu laufen. Caligo versuchte also, aktiv und persönlich gegen die Statue und ihre Träger vorzugehen, nachdem seine Horden scheinbar nicht den gewünschten Erfolg hatten. (Ihr lief es noch immer kalt über den Rücken, wenn sie an Zach-aknums letzte Beschwörungen dachte.) Aber was konnte er eigentlich dabei gewinnen, wenn die Welt unterging?

Einen Weg zurück in seine eigene vielleicht? mutmaßten die Wände der Festung der Sieben Stürme. *Wenn er hier keinen Erfolg hat und von allen Seiten unter Druck gesetzt wird, bleibt ihm nichts weiter übrig, als zu verschwinden oder selbst unterzugehen. Aber er kann nicht so einfach wieder in den Altar des Blutopfers in Regedra zurückkehren.*

›Einmal davon abgesehen, dass ich ihn versiegelt habe‹, dachte Durna. Ob das voreilig gewesen war? ›Das Chaos – was kann man dagegen tun? Was ist sein Gegenteil? Ordnung, doch wie setzt man Ordnung im Kampf gegen das personifizierte Chaos ein?‹ Sie schüttelte ärgerlich den Kopf, als sich ihr Bilder von gesichtslosen, gleich aussehenden Menschen aufdrängten, die in geordneten grauen Reihen in gleichförmige Riesenhäuser strömten, um dort in genau gleich aussehenden Räumen etwas zu machen, das sie »Verwaltungsarbeit« nannten. Durna verspürte eine leichte Übelkeit. Das war sicher nicht der Weg, um dem Chaos zu begegnen.

Sie war einen Blick auf das Zi'en'en, doch der Dämon breitete nur ratlos die Arme aus. (Er fragte sich insgeheim, ob es ein guter Zeitpunkt wäre, seine eigene Idee, die er *Werbeunterbrechung* nannte, einzuführen. Doch irgendetwas überzeugte ihn, damit zu warten.) Immer noch kein Kontakt. Was mochte mit der Gruppe geschehen sein?

* * *

Sie erwachten alle gleichzeitig in der Höhle am Rand des Ra-Gebirges. Der Eingang war da, wo er immer gewesen war, wenn auch »immer« ein sehr relativer Begriff sein mochte, zog man in Betracht, dass Horam die Höhle erst vor einigen Stunden erschaffen hatte – falls Brad ihn da richtig verstand.

Wie verabredet schauten sie sich an. War das wirklich geschehen? Auch Träume seien eine Art Wirklichkeit, behauptete Horam.

»Na schön«, sagte Thomas, der Wanderer. »Findet das noch jemand ziemlich abgefahren?« Brad wusste nicht genau, was das hieß, aber was er meinte, war klar.

»Ich schätze, so ein Erlebnis haben Leute noch nicht oft gehabt«, bestätigte er. »Und wenn, dann waren es eher mystische Erfahrungen, nicht so ein ... informelles Gespräch.« Aus irgendeinem Grund sah er im Geiste einen bärtigen Alten, der mit schweren Steintafeln beladen, von einem Berg kletterte.

»Wenigstens werden wir keine neue Religion darauf begründen, oder?« warf Solana ein.
»Och, ich könnte mir durchaus vorstellen ...« Pek verstummte und sah sich um. Glaubte er, dass plötzlich Horam hinter ihm auftauchte?

Während Solana dem kleinen Dämon mit dem Finger drohte und die anderen in ihren Bündeln kramten, um sich auf den Abmarsch vorzubereiten, zog der Wanderer seine – magischen – Landkarten hervor. Bevor er auf dieser Welt strandete, hatten sie ihm zum Reisen *zwischen* den Welten gedient. Obwohl sie dazu nun nicht mehr zu taugen schienen, waren es doch Karten einer seltsamen Genauigkeit und Aktualität. Und es war eine von Horam Dorb darunter, die sie schon ein paar Mal zu Rate gezogen hatten.

Thomas entfaltete eine Karte, aber er hatte offenbar die falsche erwischt, denn er sagte etwas, das so klang wie: »Ach, was ist das denn?« Brad konnte es nicht verstehen, weil in diesem Augenblick Pek in die Höhe sprang und schrie: »Eine Chaos-Attacke!«

Warum er es so nannte, wurde sofort deutlich, noch bevor sie in irgendeiner Weise reagieren konnten. Bisher hatten sich die von Caligo ausgehenden Störungen nur für besonders darauf eingestimmte Personen als ein vorübergehendes Zittern bemerkbar gemacht. Diesmal war es ein regelrechter Einschlag!

Die ganze Welt schien unter Brads Füßen gewaltsam zu kippeln, so dass er das Gleichgewicht verlor und hinfiel. Der Höhlenboden sprang ihm entgegen, er schrammte mit dem Gesicht schmerzhaft über den Stein, während er in eine Ecke rutschte und rollte. Schmutz und kleinere Steine fielen von der Decke herab; die entstehende Staubwolke und der Rest der Höhle sahen aus, als ob man sie durch eine sehr schlechte Glasscheibe anschaute. Alles war verschwommen und in Bewegung. Heftige Verzerrungswellen liefen über sie hin, ohne ihre eigenen Körper dabei auszulassen, was allerdings kaum einer bemerkte.

Inmitten des Chaos – es gab wirklich kein besseres Wort dafür – blitzte ein grelles Licht auf, das einen menschlichen Körper nachzubilden oder zu umhüllen schien. Es wirbelte spiralartig herum und verschwand mit einer Bewegung, als fließe es irgendwo hinein. Ein dumpfer Knall folgte.

Dann war es vorbei. Brad spuckte Staub und wischte sich einmal mehr Blut aus den Augen.

»Bloß raus hier!« hörte er Micra rufen. »Bevor die verdammte Höhle einstürzt!« Jemand packte seinen Arm und zerrte ihn mit sich. Es war der Magier, der mit der anderen Hand all ihre Bündel und Sachen dirigierte, die vor ihm in der Luft schwebten.

»Schon gut, ich kann gehen!« versicherte er Zach-aknum. Dieser ließ ihn los und die Bündel neben den Pferden, die von Pek hinausgetrieben wurden, zu Boden gleiten. Der Dämon entwickelte geradezu ein Talent für die Tiere.

»Hat sich etwas verändert?« fragte Micra. »Kann man das sagen, nachdem es geschehen ist?« Sie drehte sicherte mit einer Armbrust nach allen Seiten.

Brad deutete stumm auf den Wald. Da der Weg etwas höher lag, konnte man es deutlich erkennen. Eine Art Schneise zog sich wie ein Strich aus der Ferne direkt auf ihre Höhle zu. Nur war es eine Schneise der Veränderung. Die Bäume in ihr waren purpurrot und voll grellbunter Blüten. Und es waren Bäume, wie sie auf Horam Dorb noch nie gesehen worden waren. Brad fragte sich, was aus den Tieren geworden sein mochte, die sich zweifellos in der Schneise befunden hatten.

Micra hob in einer so komisch erschrockenen Geste den Arm, um ihre Hand auf etwaige purpurne Verfärbung zu überprüfen, dass Brad lachen musste. Sie drohte ihm mit der Faust.

»Für einen Angriff mit voller Kraft ziemlich bedeutungslos«, murmelte Zach-aknum. »Sind alle in Ordnung, ja?« Er berührte mit einer ungeduldigen Geste Brads zerschrammtes Gesicht. Die Schmerzen verschwanden.

»Wo ist er hin?« fragte Pek.

Brad sah zu ihm hin. Wen oder was meinte der Dämon? Micra, Solana, Zach-aknum und er standen doch vor ihm. Auch die Pferde.

»Wo ist er?« Pek rannte in die Höhle zurück.

»Was ist denn mit dem?« fragte Micra. Brad hob die Schultern.

Pek kam zurück. »Er ist nicht da.«

»Wovon redest du eigentlich?« fragte Brad.

Der Dämon blieb stehen und starrte sie an. »Ihr vermisst ihn gar nicht? Bei Wirdaons Pfühlen, was für ein Tur-Büffel Mist! Erinnert ihr euch nicht an den Wanderer?«

Brad wusste für einen Moment tatsächlich nicht, wovon Pek sprach. Da war eine völlige verständnislose Leere in seinem Gedächtnis. Dann machte es förmlich Klick in ihm.

Grelles Licht, das einen menschlichen Körper umhüllte und fortsaugte. Ein Mann auf dem Rücken im Straßengraben, der aus einer dämonischen, nein, außerweltlichen Waffe auf Riesenvögel feuerte. Unglaubliche Geschichten von anderen Welten und Zeiten, Reisen durch die Dimensionen ... ein Marktplatz, fremdartiger Akzent.

»Ich will verdammt sein!« sagte Brad. »Wo ist er?« Der Wanderer war nicht einfach nur aus ihrer Welt, sondern auch aus der Realität verschwunden. Aber es hatte nicht ganz geklappt. Die anderen blinzelten und runzelten angestrengt die Stirn, offenbar kam es auch bei ihnen zurück. Nur der Wanderer selbst nicht.

»Ich sah, wie er eine seiner Karten nahm, aber es war wohl nicht die von dieser Welt«, sagte Brad. »Dann kam das Chaos und inmitten von allem war da ein Licht. Ich glaube, er ist unfreiwillig weiter gereist.«

»Aber seine Karten haben doch nicht mehr funktioniert«, wandte Solana ein.

»Sie haben schon funktioniert«, meinte Zach-aknum, »nur das mit dem Reisen nicht. Alle anderen magischen Eigenschaften waren intakt. Denkt ihr, ich habe das nicht überprüft? Anscheinend hat die Chaos-Attacke die Blockade beseitigt.« Er klang nicht sehr überzeugt.

Brads innere Stimme – also eigentlich Horams – wählte diesen Zeitpunkt, um sich zu melden.

Seid ihr in Ordnung? Die Störungen klingen erst jetzt wieder ab. Das war ein sehr heftiger Chaos-Angriff ...

›Wir haben den Wanderer verloren‹, meldete Brad, der sich fragte, wieso ein Gott das noch nicht wusste. Aber auch bei den Göttern war nicht alles so, wie sie sich das immer vorgestellt hatten, das war nur eine der Erfahrungen aus der letzten Nacht.

Oh je! Dann stimmt meine Analyse leider. Der Neryl wollte euch alle aus der Wirklichkeit löschen. Aber die magischen Eigenschaften dieser Welt haben es verhindert. Nur der Mann, der nicht von hier stammte, verschwand.

›Was ist mit ihm geschehen?‹

Ich denke, er ist auf die Welt versetzt worden, deren Karte er gerade in der Hand hielt. Das Chaos wählt den Weg des geringsten Widerstandes. Statt ihn auszulöschen, schickte es ihn nur auf die Weise fort, die er sowieso benutzt hätte, um die Welt zu verlassen.

›Darum kehrt auch die Erinnerung an ihn zurück ...‹

So ist es. Aber nun macht, dass ihr dort weg kommt. Wenn Caligo einen zweiten Impuls hinterher schickt, hat er vielleicht mehr Erfolg. Ich arbeite noch daran, ihn zu blockieren.

»Horam meint, hier ist es gefährlich«, teilte Brad seinen Gefährten mit.

Kein Grund, so sarkastisch zu sein, brummte eine sich entfernende Stimme in ihm.

* * *

Das abgrundhässliche Ding in den Katakomben der Nachtburg schrie und heulte so laut, dass sämtliche Lebewesen dort tief unten, die noch nicht von ihm aufgespürt und verwandelt worden waren, den spontanen Drang verspürten, sich einen anderen Unterschlupf zu suchen. Die Wände der alten Feste der Magier schwiegen, so wie sie seit Jahrhunderten allen unrechtmäßigen Besuchern gegenüber geschwiegen hatten; aber wenn Wände einen Gesichtsausdruck gehabt hätten, wäre es nun wohl ein schadenfrohes Grinsen gewesen. Die Nachtburg und das Netzwerk der alten Magie mochten diesen arroganten Eindringling nicht.

Das schauerliche Heulen drang durch das Labyrinth der Gänge und Treppen sogar nach draußen, doch jene der Nachtburg überraschend nahen Menschen, die es vielleicht hätten hören können, wären sie ganz still gewesen, waren viel zu sehr damit beschäftigt, Geschützstellungen anzulegen und Truppen zu verteilen. Diesmal wollten sie es richtig machen, diesmal sollte es keine bösen Überraschungen geben! Obwohl es in diesem Fall sicher von Vorteil wäre, würden sich die massiven Geschosse der Kanonen unterwegs in »Granaten« verwandeln, wie es die Kanoniere unter sich nannten.

Caligo hatte selbst nicht gewusst, dass eine Steigerung seiner Wut noch möglich war. Doch der praktisch völlige Fehlschlag seines Angriffs – der ihn viel Energie gekostet hatte – belehrte ihn eines Besseren. Diese penetranten Menschen waren keineswegs aus der Realität ausgelöscht worden. Nur einer von ihnen verschwand, und auch der nur, weil er ohnehin nicht hierher gehörte! Der Neryl wusste das nun, was eine seiner besonderen Fähigkeiten war, obwohl sie ihm nicht viel nützte. Der von ihm ausgesandte Impuls hatte ihm als Rückkopplung Informationen geliefert, aber nicht die erhoffte Erfolgsmeldung. Caligo beachtete kaum den eigentlichen Inhalt der Informationen über eine bestimmte Wirklichkeitsstruktur. Es hatte nicht funktioniert, und das war alles, was ihn daran interessierte. Er hätte gut daran getan, den Merkwürdigkeiten, die ihm offenbar wurden, mehr Aufmerksamkeit zu schenken, dann wäre ihm aufgefallen, dass die Anwesenheit des nun verschwundenen Menschen – und einiger anderer – an sich schon eine schwere Störung darstellte. Eine Störung, die keineswegs natürlicher Herkunft sein konnte. Sein Chaos-Impuls und die von ihm ausgehenden, abgeschwächteren Wellen stießen gegen diese Störung im Gewebe der Wirklichkeit und nivellierten sie. Ein künstliches Hindernis verschwand ...

* * *

Die kaiserliche Beraterin Vera Steinfurth, die gerade einen Spaziergang durch den Park des Palastes machte und sich müßig darüber ärgerte, keinen Kampfhubschrauber mit ein paar Hellfire-Raketen zur Verfügung zu haben, um das halatanische Heer zu unterstützen, empfand eine plötzliche Veränderung. Es war weder das Licht noch die Temperatur oder ein Luftzug, und doch spürte sie, dass sich so etwas wie ein Druck löste, den sie bisher gar nicht wahrgenommen hatte. Nachdenklich betrachtete sie die sauber angelegte Parklandschaft, die sie an zu Hause erinnerte – obwohl sie nie Gelegenheit gehabt hatte, persönlich einen der berühmten großen Parks zu besuchen. Doch irgendwie erschien ihr der Anblick auf einmal fremd, so als sage ihr das Unterbewusstsein hartnäckig, dass sie nicht hierher gehöre.

Sie wandte sich abrupt um und ging zum Palast zurück. Wenn es nur eine momentane Stimmung war, hatte es nichts zu bedeuten. Falls die anderen ähnliches empfanden, wer weiß?

* * *

General Giren hatte das vereinbarte magische Signal geschickt, das ihr sagte, er war in der Nähe von Ramdorkan angelangt und auf Widerstand gestoßen. Durna hätte noch ausführlichere Varianten in das Amulett programmieren können, aber bis auf ein zweites mögliches Signal – nämlich »Hilfe! Kommt sofort!« – hatte sie darauf verzichtet.

Sie beabsichtigte nicht, beinahe ihre gesamte Armee allein im Norden herum marschieren zu lassen, wenn es dabei um nicht weniger als den möglichen Untergang der ganzen Welt ging.

Also verließ sie ihren Beobachtungsposten vor dem Zi'en'en, das bisher nur gemeldet hatte, einer aus der Gruppe sei nach dem Chaos-Angriff auf unerklärliche Weise verschwunden, und bereitete sich darauf vor, persönlich in den Kampf einzugreifen. Die Königin zweifelte nicht etwa daran, dass ihr General mit seinen Truppen in der Lage sein könnte, mit der noch immer weit über hundert verschiedenartige Wesen zählenden Bluthorde fertig zu werden, wenn diese sich entschloss, Zach-aknums Gruppe am Betreten des Tempelbereiches zu hindern, wie Durna erwartete. Aber der Kampf um den Tempel von Ramdorkan würde auf diese Weise nicht nur verlustreich sein, sondern konnte auch lange dauern. Vielleicht war noch Zeit genug, aber das wusste niemand. Je eher die Statue zurück an ihren Platz kam, um so besser!

Als sie nach oben ging, um sich passend zu kleiden und einige Utensilien einzupacken, *kicherten* die Wände der Festung der Sieben Stürme aus irgendeinem Grund. Durna hoffte nur, dass nicht sie und ihr Vorhaben es waren, was das nervige Gemäuer so belustigte.

* * *

Ungefähr zum selben Zeitpunkt, als sich die Königin von Jost und ihren Leuten in Bink verabschiedete und zu General Tral Girens Kampfgruppen translokalisierte, die einige Meilen südlich von Ramdorkan auf Kräfte der Bluthorde gestoßen waren, eröffneten die halatanischen Pulvergeschütze das Feuer auf die schwarze, unnahbare Wand der Nachtburg. Die beiden kaiserlichen Armeen hatten nicht vor, die Burg zu zerstören oder gar im Sturm einzunehmen, sie wollten nur den Chaos-Lord ein wenig beschäftigen. Abgesehen von der Hilfe, die Marruk II. seiner Kollegin im Westen zugesagt hatte, war er aber auch etwas verstimmt darüber, dass sich mitten in seinem Reich ein so großes Bauwerk befand, das bis vor kurzem nicht einmal bekannt gewesen war. Und nun wurde es auch noch von einem außerweltlichen Ungeheuer bewohnt! Gegen den Rat zur Vorsicht, den ihm seine Beraterinnen gaben, war der Kaiser entschlossen, in seinem Reich weder die Anwesenheit eines monströsen Wesens noch eine Festung zu dulden, die sich selbst aus den Gedanken der Menschen heraushielt. Halataner waren gegen Magie eben voreingenommen. Daran würde sich so schnell nichts ändern.

* * *

Es waren die Flüchtlinge, die sie warnten.

Obwohl es den Tempel nicht mehr gab, seit die Yarben in Nubra die Horam-Religion verboten hatten, waren noch viele Menschen in der Region zwischen den beiden Gebirgen Ra und Endoss geblieben, weil sie gar nicht wussten, wo sie sonst hätten hingehen sollen. Nun aber flohen sie und beschrieben den fünf Reitern, die ihnen entgegen kamen und offenbar frohgemut in ihr Verderben reiten wollten, was für abscheuliche Ungeheuer sie vertrieben hatten. Dass sie dabei Pek so gut wie gar nicht beachteten, sprach für die Stärke ihres Schocks.

Die Bluthorde Caligos hatte also nicht aufgegeben. Sie versuchte, ihnen den Weg zum Tempel abzuschneiden, genau das, was Zach-aknum erwartet hatte, seit es sich der Chaos-Lord scheinbar zur Aufgabe gemacht hatte, ihr Vorankommen zu behindern.

Er entschloss sich, die Straße zu verlassen. Wenn sie Glück hatten, beschränkten sich die Untoten auf die normalen Zugangswege. Über die mit niedrigen Dornenbäumen bewachsenen Vorberge konnte ein Mann zu Fuß ebenfalls zum Tempel gelangen ... Sagte jedenfalls Solana, die sich in der Gegend immer besser auskannte.

Also gaben sie ihre müden Pferde einer völlig überraschten Familie, die mit nichts als einem wackligen Handwagen voller schnell zusammengeraffter Habseligkeiten nach Norden unterwegs war. Ihre eigenen Bündel waren schmal geworden – in der Hoffnung, dass dies alles nicht mehr lange dauern würde, hatten sie sich nicht die Mühe gemacht, noch viel Verpflegung und andere Dinge mitzuschleppen.

Die Stürme und Unwetter der letzten Tage waren abgeklungen. Zwar regnete es im Augenblick nicht mehr, doch der Untergrund war schlammig, das Gras nass und von den Bäumen tropfte es. Da der Magier sie unterwegs nicht vor solchen Unbilden schützen konnte, ertrugen sie es wie schon oft und hofften, dass sie wenigstens nicht die Nacht in diesem aufgeweichten, eiskalten Land unter freiem Himmel verbringen mussten.

Sie sprachen nicht viel. Sogar Pek schwieg die meiste Zeit. Jeder wusste, dass etwas bevorstand. Die Auflösung wenigstens einiger Probleme, mit denen gerade sie sich aus Gründen befassen mussten, die scheinbar nicht einmal die Götter selbst kannten, oder auch die letzte, entscheidende Schlacht. Letztere würde gegen eine Übermacht geführt werden, das war jedem von ihnen klar. Fünf Leute, davon einer ein recht kleiner Dämon und außerdem noch eine Frau, deren Berufung eher als Priesterin im Tempel lag, als im Kampf um ihn. Aber sie stapften weiter durch den trüben Tag, als könne nichts sie jemals aufhalten. Und das hatte nichts damit zu tun, dass sie Horam auf ihrer Seite wussten. Wie es schien, war es moralisch gesehen ganz schön, einen Gott auf seiner Seite zu wissen, aber praktisch recht wertlos.

Solana beschrieb auf Bitten des Magiers, wie der Tempel und das Gelände aussahen, oder früher ausgesehen hatten.

»Die Gebäude liegen wie in einem Wald oder eher Park, sie sind sehr alt und verschwinden fast unter den Bäumen. Beim Haupttempel befindet sich die in den Boden eingesunkene Statue des *Wächters*. Nutzlos, das Ding. Hat nicht verhindert, dass Tras Dabur sein Verbrechen beging.«

»Auf Horam Schlan war auch so ein *Wächter*«, warf Brad ein. »Er hat ganz schön Ärger gemacht.«

»Ich weiß, du hast es mir schon mal erzählt. Trotzdem entsprach das, was euer *Wächter* tat, auch nicht dem, was in den Schriften darüber steht. Nun kann das falsch sein, oder die *Wächter*-Statuen haben einfach nicht so funktioniert, wie es vorgesehen war. Keine Ahnung. Wir können nur hoffen, dass der hiesige nicht auch durchdreht, wenn wir mit der Statue anrücken, und versucht, uns mit seiner Hand zu fangen, wie diesen Mann im Fluchwald.«

»Almer Kavbal«, murmelte Brad.

»Zwischen den Gebäuden des Tempels«, fuhr Solana fort, »führen gepflasterte Wege überall hin. Es gibt Brunnen, Obstgärten und sogar Ställe für verschiedene Haustiere. Natürlich glaube ich nicht, dass etwas davon heute noch existiert. Es heißt, die Yarben hätten alles ausgeräumt und das verbrannt, was die Königin sich nicht geschnappt hat, als sie mit der Priesterschaft abrechnete.«

Brad überlegte, was für eine Rolle diese Königin bei all dem wirklich spielen mochte. Zuerst hatte es geheißen, sie sei der Feind, habe mit den Invasoren paktiert und den Thron usurpiert. Inzwischen war ihnen auch anderes zu Ohren gekommen, und Horam selbst hatte behauptet, dass Durna aus der Ferne versuchen würde, ihnen zu helfen. Doch was sollte es? Irgendwas musste es auf Horam Dorb doch auch geben, das ihn, Brad Vanquis von der auf ewig unerreichbaren Nachbarwelt, nichts anging.

»Sie hatte wohl Gründe für ihren Zorn«, sagte da zu seiner Überraschung Zach-aknum. »Wie wir gleich nach unserer Ankunft hier erfahren haben, ist sie die Tochter des ehemaligen Oberpriesters von Ramdorkan, Lefk-breus. Ihm wurde damals die Schuld am Diebstahl der Statue durch Tras Dabur gegeben. Nicht ganz zu Unrecht, aber die Konsequenzen für ihn waren übertrieben. Der Mann war etwas, das wir einen experimentellen Magier nennen. Damit ist eine Art Forscher gemeint, der versucht, neue Wege in der Magie zu gehen – im Gegensatz zur jeweils gerade herrschenden Schule, die sich in der Regel lieber auf althergebrachte und oft erprobte Wege verlässt. Damit war er sicher vielen ein Dorn im Auge. Und seine Position im Tempel verschaffte ihm garantiert auch nicht viele Freunde. Es war eine bequeme Art, ihn loszuwerden, als man ihn der Pflichtvernachlässigung beschuldigte und verstieß.«

»Und diese Durna ist seine Tochter?«

»Scheint so. Sie muss gewisse nicht ganz legale Rituale durchgeführt haben, um noch so jung auszusehen, wie man von ihr sagt.«

»Oder hat 'nen guten Kosmetiker«, nuschelte Pek dicht hinter Brad.

Mit Rache und Zorn kannte Brad sich aus. Zum einen war er bei der *Gilde* selbst in dem Geschäft gewesen, zum anderen allzu oft auch das Opfer. Tatsächlich hatte ihn die Verfolgung eines rachsüchtigen Mannes zum ersten Mal in den Fluchwald getrieben, wo er – wie er später aus den sich ergebenden dramatischen Ereignissen gefolgert hatte – mit dem Horam-Partikel, auch als das Sicherheitsprotokoll bekannt, zusammentraf. Seine zweite Expedition in die Region, aus der eigentlich niemand je lebend oder wenigstens bei klarem Verstand zurückkehrte, war ebenfalls nicht ganz freiwillig gewesen. Schon zum Tode verurteilt, schloss er sich Zach-aknum und seiner Truppe an, wieder verfolgt von einem Manne, der auf Rache und seinen Tod aus war, diesmal der sadistische Lord Magister Farm.

»Wir müssten jetzt bald die Tempelanlagen sehen können«, sagte Solana plötzlich. Und da das hieß, dass man sie von dort auch sehen könnte, wurden sie noch vorsichtiger. Eine mit Büschen bewachsene Kuppe bot Deckung zum Anschleichen.

Solanas Befürchtung war nur zu begründet gewesen. Von einem uralten Park, in dem der Tempelkomplex stehen sollte, war fast nichts mehr zu erkennen. Die Bäume mussten einem Brand zum Opfer gefallen sein. Die meisten Gebäude, auf einem leicht ansteigenden Terrain des Ra-Gebirges gelegen, standen noch, aber bei den meisten waren schon aus der Ferne Zerstörungen und Brandspuren zu erkennen. Mauern und kleinere Gehöfte waren bis auf Reste vernichtet worden.

»Das Gebäude, wo die große Kuppel mit dem Loch drauf ist, war der Haupttempel«, sagte Solana. Ihre Stimme klang, als kämpfe sie mit den Tränen. »In ihn müssen wir hinein.«

»Könnte ein Problem werden«, stellte Micra sachlich fest.

Ihr Umweg hatte nichts genützt. Vor den Ruinen standen bereits Caligos Geschöpfe. Sie bewegten sich nicht, sondern versperrten nur den Weg. Der Wind heulte klagend in den skelettierten Bäumen, die von dem berühmten Park übrig geblieben waren, aber es hätte ebenso gut das Jaulen der monströsen Wesen sein können.

»Ganz schön viele ...«, meinte Pek.

»Wir sind so weit gekommen, wollen wir uns von denen jetzt etwa abschrecken lassen?«

»Ihr habt Recht, Brad«, sagte der Magier und trat neben ihn. »Aber es wird nicht einfach.«

»War es das jemals?«

Zach-aknum öffnete seine Robe und ließ sie achtlos fallen. Darunter trug er natürlich schwarze Kleidung aus einem undefinierbaren Material, das wie Leder aussah. Aus einer der vielen Taschen, mit denen seine Jacke ausgestattet war, zog er einen schwarzen Ring und schob ihn sich vorsichtig auf einen Finger seiner bisher ringlosen rechten Hand. Brad glaubte zu wissen, was das für ein Ring war. Tras Dabur hatte einen sechsten zu den üblichen Fünf Ringen eines Erzzauberers besessen: den *Oornar* aus der Kette Horams.

Brad zog sein Schwert und nahm Arikas Dolch in die andere Hand. Der Fluchwald mochte ihm diese Waffe auf mysteriöse Weise untergeschoben haben, doch sie war erwiesenermaßen magisch, und er konnte jede Hilfe gebrauchen. Dann fiel ihm etwas ein. Er nahm den Beutel mit der Statue heraus und warf ihn Solana zu.

»Du weißt, wo sie hin muss! Wir werden versuchen, dir den Weg frei zu machen. Versuch es einfach.«

»Viel mehr als schnell rennen werde ich auch kaum können«, antwortete sie nüchtern.

»Pek – du hilfst ihr, klar?«

»Was sonst, Chef?«

Die Fünf gingen los. Sie marschierten nebeneinander auf die wartende Bluthorde zu, ohne Eile, so kampfbereit, wie sie nur sein konnten. Dass auf der anderen Seite hundert oder mehr Gegner standen, schien keine Rolle zu spielen.

»Micra«, sagte Zach-aknum plötzlich, »jetzt wäre der richtige Zeitpunkt.«

Die Warpkriegerin warf ihm einen forschenden Blick zu, als wundere sie sich über etwas, das nur sie und den Zauberer anging.

»Wie Ihr meint, Schwarzer Magier. Ich muss es wohl tatsächlich tun.«

Sie tat oder sagte nichts, was Brad erkennen oder hören konnte, doch dann geschah etwas mit ihr, das er nie für möglich gehalten hätte. Mit einem halb zischenden, halb klirrenden Geräusch bildete sich praktisch aus dem Nichts eine glänzende Rüstung um die Kriegerin, eine Rüstung voller Stacheln und scharfer Flächen, die von unerhörter Wut und Grausamkeit kündete. Brad kannte diese Art Panzer nur zu gut. Doch Micra hatte ihre Rüstung auf Horam Schlan zurück gelassen! Wie war es möglich …?

Es war keine Zeit mehr für Verwunderung. Die Bluthorde jedenfalls würde gar nicht wissen, was sie getroffen hatte, wenn Micra loslegte. Auf dieser Welt gab es keine Warpkrieger.

Der Zauberer streckte seine Hand mit den Fünf Ringen aus und schrie ein abgehacktes Wort. Die Peitsche aus Feuer schnellte hervor und begann die Reihen der Untoten und Monster zu zerschneiden. Rechts von ihm wirbelte ein Schreckgespenst aus messerscharfen Klingen mit einer Geschwindigkeit auf die feindlichen Reihen zu, die einem normalen Menschen nicht einmal *ohne* eine so schwere Rüstung möglich gewesen wäre. Links vom Zauberer stürmte Brad seinerseits los. Solana und Pek blieben hinter Zach-aknum zurück, der beabsichtigte, einen Weg für die beiden frei zu machen. Die Statue in den Tempel zu bringen, war am wichtigsten.

Und dann brach die Hölle los.

Brad war kampferfahren, hatte in der Schlacht und als Assassine gekämpft, doch gegen Caligos geistlose Wesen war es anders als je zuvor. Sie schienen keinen Schmerz zu empfinden, ließen sich also nicht von bloßen Verwundungen beeindrucken, die einen Menschen schon durch den Schock in die Knie gezwungen hätten. Die Bluthorde kannte nur ihren Auftrag, sie zu töten und daran zu hindern, in den Tempel zu gelangen. Man musste sie bewegungs- oder kampfunfähig machen, um sie aus dem Weg zu bekommen. Die Beine oder den Kopf zu zerstören, erwies sich als brauchbare Taktik. Erschwerend wirkte außerdem, dass die Wesen nicht unbedingt nur aus Menschen hervorgegangen waren. Einige kämpften daher nicht etwa mit Schwertern, sondern mit Zähnen, Hörnern und Klauen.

Nebenbei bekam Brad mit, dass Zach-aknum nun einen endlosen Strahl aus Feuer aus seiner Hand schickte. Der Zauberer rannte dabei nicht, aber er rückte unaufhaltsam vor. Das Bild eines gepanzerten Kettenfahrzeuges, das flüssiges Feuer auf schreiende Feinde spuckte, drängte sich in Brads Bewusstsein.

›Nicht jetzt!‹ dachte er wütend und hieb weiter auf die Untoten ein. Er wusste, dass ein Schwertkämpfer so eine Schlacht nicht lange durchhalten konnte, selbst wenn er gut trainiert war. Bald würde sein Arm erlahmen. Erfreut registrierte er, dass auch Stiche und Hiebe mit dem Dolch Wirkung zeigten. Getroffene wichen oft schreiend und kreischend zurück. Offenbar hatte er Recht gehabt: Es war mehr an dem Dolch als nur Verzierungen.

Mit ohrenbetäubenden Donnerschlägen schleuderte der Magier Reihen von undefinierbaren Wesen nach allen Seiten und Solana rannte mit Pek los. Brad sah nicht, dass sie, entgegen ihrer früheren Behauptung, nur rennen zu können, doch eine Streitaxt schwang und der Dämon eine Art Sense, die er von irgendwoher beschworen haben musste, wie schon einmal. Dazu war er mit seinem eigenen Kampf zu beschäftigt.

Die Bluthorde schien sich ihm geradezu entgegenwerfen zu wollen. Gleich darauf bemerkte er seinen Irrtum. Die Bluthorde strebte von etwas fort, und er stand nur im Weg. Er beeilte sich, ein wenig näher zum Zauberer aufzuschließen, und da sah er, was sogar die mit gestohlenen Seelen belebten Geschöpfe des Chaos zu beunruhigen begann.

Es war ein Monster aus Stahl, das an einer fünf Meter langen Kette einen Morgenstern über dem Kopf schwang, während es vorwärts schritt und mit einem Schwert, das nur aus gebogenen Zacken zu bestehen schien, Köpfe abmähte. Die Kette selbst war mit Stacheln gespickt – und sie hatte den Warpkriegern ihren Namen gegeben, so sagte man jedenfalls. Das Heulen der rasend schnell schwingenden Kette ließ Brad sogar in dieser Situation die Haare zu Berge stehen.

Der Magier riss in diesem Augenblick seine andere Hand hinter dem Rücken hervor und richtete den *Oornar* auf die Untoten. Ein schwarzer Blitz zuckte, sich wie ein dämonisches Gewächs verästelnd, in ihre durcheinandergewirbelten Reihen hinein. Brad spürte, wie etwas Unsichtbares an ihm zerrte, die getroffenen Feinde aber hatten kaum noch Zeit, angstvoll aufzukreischen, bevor die Dunkelheit sie auslöschte. Was tat dieser Ring eigentlich? Bestimmt wieder mal nicht das, was Horam für ihn vorgesehen hatte. Letzterer ließ immer noch nichts von sich hören. Die Chaos-Kräfte mussten in der Näher der Bluthorde zu stark sein ... Ein zweites Mal fuhr die Macht des dunklen Ringes in die schon wankenden Monster. War das genug, um sie in die Flucht zu schlagen? Wenn er Zach-aknums bleiches Gesicht ansah, wusste Brad, dass auch der Zauberer nicht mehr lange durchhielt.

Etwas kam mit donnerndem Geräusch näher. Und sehr schnell. Verstärkung für Caligos Seite?

Brad erwartete für einen aberwitzigen Moment, einen Schwarm Blushkoprops – fremdweltliche Wesen, die ihm Pek einmal beschrieben hatte – über den Hügeln aufsteigen zu sehen. Doch das war nur eine Chaos-Vision. Was tatsächlich über die Hügel südlich von Ramdorkan kam, waren Reiter. Eine Menge Reiter ...

An der Spitze der Armee ritt eine Person auf einem weißen Pferd, hinter der ein schwarzer Umhang flatterte. Brad konnte sehr gut sehen, denn es war wegen der anhaltenden Regenfälle praktisch kein Staub in der Luft. Aber er sah kein Gesicht an der Gestalt, nur eine spiegelnde, blitzende Fläche. Der Anblick berührte etwas tief in ihm, eine Furcht, von der er bis eben noch nichts gewusst hatte.

Beinahe wäre ihm sein schockiertes Starren zum Verhängnis geworden. Die rostige Klinge des Untoten, die fast schon Brads Brust erreicht hatte, löste sich zusammen mit seiner zerlumpten Gestalt in Fetzen und Bruchstücke auf, als Micra mit ihm zusammentraf. *Sie* hatte sich vom Eintreffen einer ganzen Armee nicht ablenken lassen!

Nun war nur noch zu entscheiden, was das für eine Armee war und auf wen sie es abgesehen hatte. Das ging schnell. Die unheimliche Reiterin – Ja, es war tatsächlich eine Frau! – auf dem weißen Pferd hob ihre silberne Hand und ließ eine Schockwelle auf die Untoten herabfahren, die beinahe so aussah wie eine Chaos-Welle. Ein kurzes Flimmern und Verzerren, dann traf sie auf ihre Ziele.

Zach-aknum war plötzlich wieder neben Brad und schien sich darauf vorzubereiten, sie gegen die Welle abzuschirmen, doch die fremde Zauberin verstand ihr Handwerk. Alles, was Brad spürte, war ein Hauch von eisiger Kälte. Die Untoten und Monster jedoch erstarrten, wo sie von dem Flimmern berührt wurden. Und dann kamen die Reiter über sie.

Verblüfft beobachtete Brad, wie die Fremden, die zum großen Teil yarbische Uniformen trugen, die bewegungslosen Mitglieder der Bluthorde einfach niederritten, wobei diese wie Glas zersplitterten. Nur dort, wo eines der Wesen dem Zauber entgangen war, gab es kurze Scharmützel. Auch die Reiter verstanden ihr Handwerk. Das war das Ende von Caligos Bluthorde.

»Hat Solana es geschafft?« fragte er den Zauberer.

»Ich sah die beiden hinter den Mauern des Kuppelgebäudes verschwinden, nachdem der alberne Dämon endlich genug davon hatte, mit seiner Sense Köpfe abzuschneiden«, knurrte Zach-aknum heiser.

»Wir sollten ihnen nachgehen.«

Micra näherte sich mit langen Schritten, wobei es so aussah, als laufe nicht wirklich sie, sondern eher die Rüstung mit ihr. Er nahm sich vor, sie bei passender Gelegenheit über die Warp-Rüstung und ihr unverhofftes Auftauchen auszufragen und keine Ausflüchte zuzulassen. Aber nicht jetzt. Die Reiterin kam ebenfalls näher.

Während ihre Soldaten ausschwärmten und daran gingen, das Gelände von Ramdorkan zu sichern, saß sie ab und trat zu Brad und Zach-aknum. Die spiegelnde Oberfläche, welche ihre gesamte Haut zu bedecken schien, zog sich wie eine Flüssigkeit, die den Gesetzen der Schwerkraft spottet, zurück. Zerzauste Haare und ein jugendlich wirkendes Gesicht mit großen, dunklen Augen kamen zum Vorschein.

Irgendwie war Brad erleichtert, dass es nicht Wirdaon war, wie er unbewusst befürchtet hatte. Es konnte also nur die Frau sein, von der Horam gesagt hatte, dass sie ihnen schon vorher geholfen habe.

»Königin Durna, nehme ich an?« fragte er und verbeugte sich.

»In der Tat«, entgegnete sie. »Und Ihr seid Brad Vanquis von Horam Schlan, der Schwarze Magier Zach-aknum und die Warpkriegerin Lady Micra Ansig von Terish. Ihr seht, wir kennen uns, obwohl wir uns noch nie begegnet sind.« Sie lächelte kühl. In ihren Augen war etwas, das Brad sagte, dass sie keineswegs so jung war, wie sie aussah.

Zach-aknum räusperte sich – verlegen? Der Magier hatte doch wohl keine Hemmungen, was diese Frau betraf? »Ihr beherrscht ... eine sehr alte Magie«, sagte er beinahe zögernd.

»Oh, das.« Sie machte eine wegwerfende Geste. »Das ist doch nichts. Und in diesen Zeiten ... muss man alte Vorurteile vielleicht fallen lassen.«

»Wenn Ihr es getan habt, wisst Ihr sicher auch, worauf Ihr Euch da eingelassen habt.« Brad verstand mal wieder kein Wort. Zauberer! Und nun gleich zwei davon. Horam mochte wissen, wovon die gerade sprachen. Aber es gab bestimmt wichtigeres als eine fachliche Diskussion von Magiern der höchsten Stufe – so gern er einmal eine solche belauscht (und verstanden) hätte. Er öffnete den Mund, um sie wieder auf den Boden der Tatsachen zurück zu holen, doch die Königin kam ihm zuvor.

»Wo ist die Statue?« fragte sie ohne weitere Umschweife.

»Warum wollt Ihr das wissen?« Micra hatte inzwischen ihr Visier geöffnet, aber die Rüstung nicht abgelegt. Ihre Stimme klang nicht im geringsten müde, nur aggressiv. Das war typisch für Warpkrieger. Sie würde später den Preis zahlen und vor Erschöpfung umfallen, doch erst dann, wenn sie es sich gestattete. Bis dahin blieb sie notgedrungen auf einem gefährlich hohen Aggressionsniveau. Warpkrieger waren eine unberechenbare Waffe.

»Lady von Terish, einst wollte ich sie für mich, um sie im Triumph zurück nach Ramdorkan zu bringen und meinen Vater zu rehabilitieren«, sagte Königin Durna. Brad fiel wieder die merkwürdige Ehrerbietung auf, die auch schon Herzog Walthur Micra erwiesen hatte. Auf Horam Dorb waren nicht Jahrhunderte vergangen, hier erinnerte man sich noch an ein Terish, das zu Hause längst untergegangen und vergessen war. Er wurde langsam neugierig, was für ein Geheimnis sich dahinter verbarg. »Aber inzwischen«, fuhr Durna fort, »habe ich das Unrecht, welches meinem Vater zugefügt wurde, längst gerächt und mein Zorn ist erkaltet. Die Rettung der Welt ist wohl auch wichtiger.«

Brad war sicher, dass er keine Lust verspürte, Gegenstand des Zorns dieser Frau zu sein. Nicht, wenn er sich das Schlachtfeld voller klitzekleiner, schon verwesender Fitzelchen ehemaliger Bluthorde-Wesen ansah. Und wenn er Horam richtig verstanden hatte, verfügte die Magierin über noch weit mächtigere Waffen.

»Sie wurde bereits in den Tempel gebracht«, sagte Zach-aknum plötzlich, »und da sollten wir jetzt auch sein.«

* * *

Solana, die geheime Priesterin Horams und Bauersfrau aus Rotbos, hatte auf dem Feld vor ihrem alten Tempel schon mehr Schädel gespalten, als sie Leute mit Namen kannte, aber es ließ sie völlig kalt. Sie schwang die schwere Axt mit einer Hand, als sei sie ein bloßer Knüppel. Mit der anderen umklammerte die Frau den Lederbeutel, in dem die letzte Hoffnung auf Rettung der Welt – sogar mindestens zweier Welten – lag. Solana begriff mitten in diesem blutigen Wüten, dass sie keineswegs *den Beutel* in der Linken hielt. Der war verschwunden. Sie hatte die Statue selbst in der Hand. Kaltes Feuer floss aus dem goldähnlichen Metall in ihren Körper und lenkte jeden Schritt, jeden Axthieb, den sie tat. Die Statue entzog dabei weder ihr noch der Umgebung Energie, sie gab sie nun ab! Lag das an etwas, das Horam mit ihr angestellt hatte? Neben sich hörte sie das rhythmische und dumpfe »Wusch! Wusch!«, mit dem der Dämon die Untoten reihenweise in Wordons Dimension zurück schickte. Sie hatte den Verdacht, dass die aus dem Nichts erschienene Sense, die er dazu verwendete, nicht ganz das war, als was sie erschien, aber wen interessierte das jetzt noch? Sie befanden sich offensichtlich im letzten Gefecht, im apokalyptischen Ringen um das Überlebensrecht ihrer Welt.

Die Gebäude des Tempels waren zum größten Teil ausgebrannt und eingestürzt. Aber die Hauptkuppel schien noch zu stehen, bis auf das eine Loch im gewölbten Dach. Hoffentlich lagen nicht zu viele Trümmer darin. Würde sie überhaupt den Zugang finden? Wo war der verdammte *Wächter*? Die Riesenstatue hätte doch längst durch die

Nähe der kleinen aktiviert worden sein sollen. Warum funktionierte das nicht so, wie es in den Schriften stand, die sie als Novizin mit großer Faszination gelesen, nein, studiert hatte?

Hinter ihnen krachten Explosionen, fauchten Feuerstrahlen, klirrte Metall mit einem die Eingeweide umdrehenden Geräusch gegeneinander. Brad, der Magier und Micra waren bewusst zurückgeblieben, um ihr den Zugang zum Tempel zu ermöglichen. Sie durfte sie nicht enttäuschen.

In einem fernen Winkel ihres Bewusstseins war Solana klar, dass sie nicht die letzte Chance war, dass *Pek* übernehmen würde, wenn sie scheiterte. Doch diese Möglichkeit beinhaltete etwas so demütigendes, dass sie von ihr nichts wissen wollte, obwohl sie gegen den lustigen Kleinen nichts hatte. Nun ja, lustig war er nicht mehr. Pek mochte ein kleiner Dämon sein und vielleicht auch ein untypischer, aber er war *ein Dämon* aus Wirdaons Reich, und alles, was man über die wusste und ahnte, schien sich zu bestätigen, wenn sie ihn kämpfen sah.

Während sie durch die gefallene Anlage von Ramdorkan rannte, überfiel Solana wieder die Angst vor dem, was danach kommen sollte. Wenn es nötig wurde, das Tor der Dunkelheit zu öffnen, dann würde die Welt erleben, was Dämonen waren! Wirdaons Volk würde allen als die friedliebendste Rasse des Universums erscheinen, wenn die Bewohner der nocturnen Dimensionen Zugang zu Horams Welt erhielten. Durch ihren zeitweiligen Kontakt mit Wirdaon wusste Solana, was für Gefahren dort hausten. Das Tor zu öffnen, war kein Problem, Horam hatte ihnen gesagt, wie es zur Not auch ohne den Schlüssel ging. Aber das wäre dann wie bei einer aufgebrochenen Tür. *Sie blieb offen.* Nur mit einem Schlüssel konnte man das Tor der Dunkelheit öffnen und auch wieder verschließen. Mit einem Schlüssel, von dem niemand wusste, wo er sich befand.

Sie blieb unter der hohen Kuppel stehen. Dort war der Hauptaltar. Wie sie gehofft hatte, war er unversehrt und frei von Trümmern. Wenigstens hier hatte die uralte Magie funktioniert. Sie hatte jedoch nicht verhindern können, dass ein hässliches, fettes Wesen mit sechs Armen und Schwertern in jedem davor stand. War das Caligo?

Nein, es war nur ein überproportional aufgedunsener Untoter der Bluthorde. Anscheinend einer, den der Chaos-Lord extra zur Bewachung dieser Stelle geschickt hatte. Interessant, wie hatte er von ihr erfahren? Und was sollte sie jetzt machen? Pek trat neben sie, während sie noch nach Atem rang.

»Verpiss dich!« sagte er zu dem etwa fünfmal größeren Untoten. Solana verschluckte sich beinahe.

»Hä?« wollte der Riese wissen.

»Ich sagte, du sollst deinen fetten und stinkenden toten Leib von hier wegbewegen.«

»Warum ich soll das machen?« Der Bluthorde-Krieger schien besonders artikuliert zu sein.

»Weil du mich fürchtest?«

»Warum ich soll dich fürchten, Wicht?«

»Ich bin ein Dämon, du Arsch!«

»Mag sein, aber sehr kleiner«, sagte der Sechsarmige und wandte sich Solana zu.

»Ach ja?« fragte da eine Stimme neben ihr, die aus einem großen Fass zu kommen schien. Aus einem sehr großen und sehr bösen Fass.

Der Untote fuhr weit schneller herum, als man es diesem fetten Ding zugetraut hätte und stolperte sofort rückwärts. Nur weg von der Inkarnation aller Alpträume, die da plötzlich anstelle des kleinen Wichtes stand.

»Die Regeln haben sich geändert!« grollte das Monster, das Pek gewesen war. Und es schwang eine gigantische Sense, die in blauem Licht aufleuchtete, als sie das verrottende Fleisch des Sechsarmigen durchschnitt. Der Schwung der Sense war so groß, dass sie sich in eine Mauer grub und stecken blieb.

Pek ließ sie los und zerpflückte den Untoten mit seinen bloßen Händen.

»Pek!« sagte Solana mit aller Strenge einer Hausherrin. »Hör damit auf!«

Der Dämon ließ die Leichenteile sofort los und schrumpfte auf seine gewohnte Größe zusammen.

»Entschuldigung. Ich würde es zu schätzen wissen, wenn du davon nichts erwähnst, ja?« sagte er mit einem Blinzeln seiner völlig unschuldig blickenden großen Augen.

Sie schüttelte den Kopf. »Du steckst voller Überraschungen, Dämon!«

»Tun wir das nicht alle?«

Sie trat an den Altar. Früher hatten hier Kultgegenstände aller Art gestanden, darunter die Statue Horams. Nichts davon war mehr da. Nur Schmutz und Staub. Wo war nun die Stelle?

»Pek? Kannst du ... das irgendwie säubern?« Sie hatte weder einen Besen noch verfügte sie über Magie.

»Müsstest du nicht erst irgendwo ein Pentagramm malen, bevor du mir solche Sklavendienste aufträgst?« murrte der Kleine, aber es war wohl nicht ernst gemeint. Genauso wenig wie seine Idee, die Haare des zerhackten Untoten nebst Kopf zum Säubern des Altars zu verwenden. Aber bei Pek wusste man ja nie. Schließlich fegte er den Schmutz mit einer lässigen Geste weg. Dämon müsste man sein!

Willst du? flüsterte eine spottende Stimme in ihrem Kopf.

›Oh nein‹, dachte Solana. ›Nicht wirklich.‹

Sie stand vor dem Altar, an dem man sie als Kind schon ausgebildet hatte, doch es war Wirdaons kleiner Anstoß, der ihr ein Wissen ins Bewusstsein zurückbrachte, welches sie gerade jetzt brauchte. Sie hob die Statue hoch über ihren Kopf und sagte die Worte in der Sprache der Magie oder der Götter, die nichts anderes bedeuteten, als dass sie das sekundäre Sicherheitsprotokoll aktivierte. Doch das wusste sie nicht und brauchte sie auch nicht zu wissen. Sie rammte die goldfarbene, hässliche kleine Statue an ihren Platz, den ihr Tras Dabur vor vielen Jahren genommen hatte.

6

Es fühlte sich an, als sei die Statue magnetisch – was sie nicht war, wie Solana wusste – doch sie rastete klickend in eine Vertiefung ein, aus der man sie nur schwer wieder entfernen konnte, das war deutlich zu spüren. Dann passierte erst einmal nichts.

Solana fragte sich, wie alt dieser als Altar fungierende, massive Steintisch sein mochte. Logischerweise ebenso alt wie die Torverbindung, denn Horam hatte ihn ja wohl zusammen mit der Statue und dem ganzen rätselhaften Rest hier installiert. Das hieß Jahrtausende. Die Geschichtsschreibung reichte nicht bis in die Anfänge der menschlichen Zivilisation auf Horam Dorb zurück. Es gab auf ihrer Welt Gelehrte, aber niemanden, der sich mit der Erforschung der versunkenen Vergangenheit beschäftigte. Solana sah ein sehr undeutliches Bild von Leuten vor sich, die im Wüstenboden gruben und alte Scherben bargen, als handele es sich um kostbarste Schätze. Sie schüttelte den Kopf, wie um ein lästiges Insekt zu vertreiben. So musste es Micra gehen, wenn sie ständig diese Visionen hatte. Fing es nun auch bei ihr an?

Sie wusste nicht, wie lange es wirklich her war, dass Horam die beiden Welten miteinander verbunden hatte und die ersten Menschen nach Dorb kamen. Selbst die Tatsache, dass die Vorfahren aller Menschen von Schlan stammten, war niemandem außer Priestern bekannt. Es hatte keine praktische Bedeutung. Aber auch wenn sich Steintisch und Statue nicht gerade seit Anbeginn des Universums hier befanden, dann doch schon eine sehr lange Zeit. Was war, wenn der Mechanismus – oder was immer sich dahinter verbarg – gar nicht mehr funktionierte?

»He! Da kommen die anderen!« sagte Pek, der genauso gespannt darauf gewartet hatte, dass vielleicht etwas mit der Statue passierte, das ihnen sagte, jetzt sei alles in Ordnung.

Solana fuhr herum und fühlte eine Welle der Erleichterung. Unglaublicherweise waren Zach-aknum, Micra und Brad noch am Leben. Sie wurden von einer unbekannten Frau begleitet, die unter dem langen Umhang einer Zauberin dunkle Lederkleidung und Stiefel trug wie ein Krieger ... oder Zach-aknum. Die Magiermode schien irgendwie zur Einheitlichkeit zu neigen, fand ein abstrakter kleiner Teil in Solana. Dann fiel ihr etwas auf. Sie kannte die Frau von irgendwoher ...

»Die Königin!« flüsterte Pek.

›Ach!‹ dachte Solana. ›Ich hatte mich schon gefragt, wann sie sich einmischen würde.‹ Sie konnte sich nicht entscheiden, was sie von der Hexe ... von der Schwarzen Magierin auf dem Thron Tekladors halten sollte. Als die geheime Priesterin Horams hätte sie wohl zornig auf sie sein müssen, nach allem, was Durna der Religion und ihren Vertretern angetan hatte, doch sie konnte nicht die Kraft dazu aufbringen. Irgendwie war das alles so fern, so bedeutungslos geworden.

Noch ehe einer der mit Schlamm und Blut überzogenen Kämpfer – die Königin freilich ausgenommen – etwas sagen konnte, hallte plötzlich eine Art Gong oder Glockenschlag durch den desolaten Hauptraum des Tempels. Solana runzelte die Stirn, denn es gab hier nichts, was solch einen Ton verursachen konnte.

Keiner der anderen, außer möglicherweise die beiden Magier, verstand die Worte, die danach laut und deutlich erklangen, denn die Sprache, in der sie gesprochen wurden, gab es nur noch in den ältesten religiösen und magischen Schriften. Solana hatte allerdings gelernt, wie man sie las und sprach.

»Sekundärprotokoll aktiviert. Datentransfer abgeschlossen. FEHLER!« sagte eine körper- und emotionslose Stimme. »Neustart nicht möglich. FEHLER!« Das letzte Wort sagte die Stimme etwas lauter, aber ohne Aufregung. »Wächtereinheit starten. FEHLER! Wächtereinheit nicht funktional. FEHLER! Direkter Eingr...«

504

Die Stimme brach ab. Was sie gesagt hatte, ließ Solana für einen Moment der Panik annehmen, dass jetzt alles aus sei, dass nun auch das, was sich hinter Altar und Statue verbarg, den Geist aufgegeben hatte.

Doch anstelle der ausdruckslosen ersten Stimme erklang nun eine andere, die irgendwie mit Sicherheit von einem lebenden Menschen zu stammen schien, wie das auch möglich sein mochte. Es war eine selbstbewusste, scharfe Frauenstimme, und sie sprach *nicht* in der alten Sprache der Götter.

»Achtung! Irgendwer hat die Statue gerade zurück gebracht. Hört zu! Das Sicherheitsprotokoll ist fehlerhaft, ihr seid noch nicht gerettet. Wenn ihr einen Ring aus der Kette Horams dabei habt, berührt mit ihm die Statue am Kopf. Andernfalls geht hinter den Altar und ...«

Zach-aknum hatte bereits getan, was die Frauenstimme verlangte. Ein kurzes Knistern und kaum wahrnehmbare Funken wurden zwischen dem *Oornar* und der Statue getauscht.

»Oh!« sagte die Stimme nach einer kurzen Pause. »Ich würde *diesen* Ring mit Vorsicht genießen. Hinter dem Altar müsste sich nun ein Treppenzugang öffnen.«

Pek, der natürlich längst um den steinernen Tisch war, machte eine bestätigende Geste mit dem Daumen nach oben. Solana hatte keine Ahnung, woher sie die Gewissheit nahm, dass es eine Bestätigung war.

»Steigt dort rein und ihr gelangt an einen Ort, wie ihr ihn garantiert noch nie gesehen habt«, versprach die Stimme.

Niemand schien das verdächtig zu finden. Die Königin warf einen Blick auf die vollkommen staubfreien Stufen, die in eine dunkle Tiefe führten, und nickte wissend. Micra murmelte nur etwas davon, dass ihre Rüstung vielleicht Schrammen an den zu engen Wänden hinterlassen würde. Und noch undeutlicher etwas von »Versicherung«, worauf sie den Kopf schüttelte und ausspuckte. Solana ahnte, was in der Warpkriegerin vorging. Sie wollte ihre eigenen Bedenken äußern – denn noch nie hatte sie von dieser Treppe oder Stimmen aus dem Altar gehört – aber plötzlich machte es in ihrem Kopf beinahe spürbar Klick und etwas meldete sich, das Wirdaon dort platziert hatte, wie ihr auf einmal klar war. Sie lächelte und schwieg, denn sie wusste nun, was sich dort unten befand. Nur, dass es keineswegs »unten« war. Oh, nein!

* * *

Brads Arme schmerzten, diverse Schrammen brannten und er war erschöpfter als er es sich je hätte vorstellen können. Nur die schiere Aufregung hielt ihn am Vorwärtslaufen; was dieses »Adrenalin« war, das ihm in den Sinn kam, wusste er sowieso nicht.

Die Truppen der königlichen Armee unter Führung eines gewissen General Giren hatten einen engen Ring um Ramdorkan gezogen. Nicht einmal Caligo würde es gelingen, hier ohne weiteres einzudringen. Und nun hatten sie sogar zwei Magier der Fünf Ringe bei sich! ›Nur angemessen!‹ dachte Brad. ›Schließlich geht es ums Ganze.‹ Der General wollte wohl am liebsten mit in den Tempel hinein kommen, aber nicht aus Neugier oder Ehrgeiz. Ein kurzer Austausch von Blicken und Gesten, der Brad nicht entging, sagte ihm, dass zwischen dem yarbischen Offizier und der Königin mehr war als nur der Treueschwur des Kriegers. Doch sie beruhigte ihn und gab ihm einen Befehl, der zum Himmelfahrtskommando werden konnte, wenn Caligo wirklich angriff. Den Zugang um jeden Preis zu verteidigen. Girens Gesichtsausdruck sagte, dass er es tun würde – und wenn er selbst der letzte Mann war, der auf den Stufen zu Ramdorkan fiel.

Brad war der erste und einzige, dem wirklich auffiel, was passierte. In dem Augenblick, als Solana die Statue in ihre Fassung stellte, veränderte sich für Brad die Welt.

Da war noch der riesige Tempel mit seinen rauchgeschwärzten und an vielen Stellen geborstenen Mauern, umgeben von den traurigen Resten eines verbrannten Parks. Da war die Vorhalle, durch die sie eilig schritten, um zum Altar zu gelangen, von dem Durna ebenso wie Solana wusste, wo er sich befand.

Doch für Brad überlagerte sich der Anblick mit einem zweiten. Es war, als schaue er durch zwei Augenpaare auf einmal, die dasselbe ansahen, aber etwas völlig anderes sahen! Was Brad Nummer 2 – oder war es Horam? – erblickte, das war eine bizarre Struktur von derartigen Ausmaßen, dass einen der bloße Anblick schwindeln ließ. Die gewaltigen Konstrukte verliefen durch den Boden, vielleicht durch den ganzen Planeten, die Gebäude, und hinauf in den Himmel, wo sie sich in unendlicher Höhe verloren. Sie waren nicht wirklich da, völlig ätherisch und für die anderen, die ohne zu zögern durch sie hindurch gingen, auch unsichtbar. Aber wenn Brad etwas gelernt hatte, dann dass *wirklich* ein sehr substanzloser Begriff war. Die Röhren, Kugeln, Scheiben, gewellten Wasauchimmer waren so real wie er und Ramdorkan, sie existierten gleichzeitig und am selben Ort – und auch wieder nicht. Keine innere Stimme sagte es ihm, aber Brad war klar, dass er das sah, was ihre Welt zusammenhielt. Jenes Ding, das der jugendliche Horam gebaut und sich selbst überlassen hatte, als es nicht so funktionierte, wie er wollte.

Lange bevor die autoritäre Frauenstimme sie auf den Weg hinab schickte, hatte Brad die Treppe entdeckt, die sich ab einer bestimmten Tiefe spiralig drehte, wobei sie in der Wahrnehmung der anderen vermutlich gerade blieb. Diese Treppe drehte sich aus der menschlichen Ebene der Existenz hinein in jene, die Brad dank des Sicherheitsprotokolls in seinem Kopf bereits sehen konnte.

Er hatte keine Angst vor dem, was mit ihnen passieren würde, wenn sie auf diese andere Ebene gelangten. Die Treppe war ganz klar genau zu diesem Zweck angelegt worden. Er wunderte sich nur, dass Horam daran gedacht hatte, Menschen in sein Reich einzulassen! Oder war die Treppe für ganz andere Besucher vorgesehen?

Neben dem Altar am Ende der großen Kuppelhalle lag der Kadaver eines riesigen Wesens der Bluthorde. In einer Wand steckte eine blutbesudelte, gigantische Sense. Die kleine, goldschimmernde Statue stand auf dem ansonsten leeren Steintisch. Eine pulsierende Aura aus Licht umgab sie, ohne dass andere Gegenstände von diesem Licht beleuchtet wurden. Brads Gefühl für die Realität geriet immer mehr ins Gleiten. Was gehörte wozu? Und konnte sich nicht Horam mal dazu bequemen, ein paar Kommentare abzulassen? Dessen Stimme schwieg schon seit geraumer Zeit. Sie mussten allein zurecht kommen. Brad ergab sich in sein Schicksal und folgte den anderen die Treppe hinab. Er machte sich nicht die Mühe, sie davor zu warnen, dass es keine gewöhnliche Treppe zu verborgenen unterirdischen Räumen war. Was hätte es genützt? Sie hatten keine Wahl.

»Treppen!« hörte er Pek gedämpft schimpfen. »Warum müssen es immer Treppen sein?« Als er einen erstaunten Blick hinunter zu dem kleinen Dämon warf, der noch immer dieselben fürchterlich bestickten und nun auch noch blutbesudelten Sachen trug, begriff er, was für eine banale Schwierigkeit ihn aufregte und Brad musste lachen. Pek war zu klein für die Stufen! Wo Menschen hinabschritten, musste er angestrengt hüpfen.

Ihm kam eine frivole Idee. Wenn stimmte, was er sich inzwischen über Dämonen zusammengereimt hatte, dann brauchte Pek kein Sicherheitsprotokoll, das ihm die jenseitige Welt zeigte.

»Pek?« sagte er und berührte ihn an der Schulter. »Kannst du *das* sehen?«

Der Dämon blinzelte verdutzt. »Sag bloß, du siehst das auch?«

»Mm. In dieser Dimension hat die Treppe ein Geländer, oder?« Tatsächlich war sie eine durchbrochene Struktur, die sich stellenweise über schwindelerregend tiefe Räume zwischen den undefinierbaren Riesenanlagen erstreckte.

Peks Augen weiteten sich, als er begriff. »Du bist voll irre, Großer!« Dann sprang er mit einem Satz auf das Geländer und rutschte kichernd und kreischend in die Dunkelheit davon.

Für die anderen musste es aussehen, als ob er dabei halb in der Wand verschwand. Alle hielten für einen Moment inne und starrten Brad an. Der breitete nur die Arme aus.

»Ignoriert es. Zu kompliziert, um es zu erklären.«

Von irgendwo weit unten ertönte ein überraschter Schrei. Brad hoffte in Peks Interesse, dass dieses Geländer keine irgendwie vorspringenden Teile an seinem Ende aufwies.

Je tiefer sie kamen, um so mehr veränderte sich die Umgebung. Die Treppe »drehte« sich und ihre Benutzer heraus aus der menschlichen Dimension. Königin Durna, die ein paar Schritte vor Brad ging, schien das ganz normal zu finden, Solana, Micra und Zach-aknum wirkten allerdings etwas beunruhigt.

Peks Rutschbahn endete mitsamt der Treppe in einem Raum, wie sie ihn tatsächlich noch nie gesehen hatten. Der Dämon saß noch dort auf dem Boden, wo ihn sein Schwung hingetragen hatte. Bevor die Menschen die letzte Stufe verließen, lag der Raum im Halbdunkel, wurde er nur von einer schwachen Lichtquelle auf seiner gegen-überliegenden Seite erhellt. Doch in dem Moment, wo sie ihn betraten, wurde es hell. Merkwürdigerweise hatte das Licht auf den Dämon nicht reagiert.

An den Wänden befanden sich Vorrichtungen, deren Zweck den Menschen von Ho-rams Welten unverständlich war, obwohl sich im Bewusstsein von Brad und Solana etwas zu regen begann, das genau aus diesem Grund dort untergebracht worden war. Lichter, die ein seltsames Eigenleben zu führen schienen, leuchteten unruhig. Viele davon waren blutrot, was Brad Gefahr zu signalisieren schien. Doch all das konnte sicher noch ein paar Augenblicke warten.

Denn sie waren nicht allein. Auf der anderen Seite des Raumes erhob sich jemand aus einem Sessel – eine Frau. Sie trug einen eng anliegenden weißen Anzug, der aus dem selben glänzenden Material zu bestehen schien wie ihre Stiefel und der ihre Figur auf eine Weise betonte, die Brad beinahe zu einem anerkennenden Pfiff verleitet hätte.

»Mata?« sagte er ungläubig.

Pek war nicht so zurückhaltend. Er sprang wieder auf. »Hehe! Wenn das nicht die Kleine aus dem Fluchwald ist. Tolles Outfit! Was hat dich denn so verändert?«

»Ein paar Jahre mit einem Drachen zur Gesellschaft? Freut mich, dass ihr es endlich ge-schafft habt, herzukommen. Aber wartet – bleibt erst mal auf eurer Seite des Raumes!« Ihre

Stimme klang anders als früher. Das war nicht mehr das beinahe ständig unter Drogeneinfluss stehende Sklavenmädchen Farms; das war nicht mehr die durch fremde Bewusstseinsinhalte verwirrte und gequälte junge Frau. Die Stimme klang selbstsicher und ... stolz. Es war dieselbe Stimme, die sie die Treppe hinunter befohlen hatte. Und wieder reagierten alle prompt und blieben an einer Linie im Fußboden stehen, die sie erst jetzt bemerkten.

›Ein paar Jahre?‹ dachte Brad dabei. ›Was ist hier eigentlich los? Wie kommt Mata nach Horam Dorb?‹

»Ich bin nicht wirklich auf Horam Dorb«, sagte Mata lächelnd, und Brad erinnerte sich mit einem leisen Schock, dass sie schon im Fluchwald seine Gedanken hatte lesen können. »So, wie ihr auch nicht mehr wirklich dort seid. Dieser Ort befindet sich weder auf Schlan noch auf Dorb – jedenfalls nicht ganz. Es ist die Stelle, von der aus Horam einst sein Experiment durchführte. Ihr wisst doch inzwischen, dass die Erschaffung der Weltenverbindung ein nicht ganz erfolgreicher Versuch war, den er in seiner Jugend durchführte?«

»Ja, das haben wir mitbekommen.«

»Ein Punkt weniger, den ich erklären muss«, sagte Mata. Es klang, als wären da noch eine Menge Punkte, für die das nicht zutraf. »Dass ihr hier seid, verdankt ihr dem Umstand, dass im sogenannten Sicherheitsprotokoll ein Neustart des Systems vorgesehen war, allerdings nur theoretisch.«

»Das Wort ›Sicherheitsprotokoll‹ ist uns ebenfalls nicht unbekannt«, bestätigte Brad düster. »Das Problem ist, dass es nicht damit getan ist, die beiden Statuen wieder an ihren Platz zu stellen und ein Gebet zu sprechen oder so. Die Steuereinheiten, ich meine die Statuen, haben vielfältige Funktionen, die sie mehr oder weniger gut ausüben können, je nachdem, wo sie sich befinden. Auf Schlan konnte die Dorb-Statue nicht viel mehr tun, als sich selbst zu erhalten. Nachdem ihr sie wieder hinüber gebracht hattet, wurde sie vermutlich ein wenig aktiver, oder?«

Zach-aknum, der bisher geschwiegen und sich aufmerksam umgesehen hatte, murmelte finster: »Das kann man wohl sagen!« Er nahm es beinahe persönlich, dass die Statue sich nicht von ihm tragen ließ, da sie sofort versuchte, ihm massiv Energie zu entziehen, wenn er sie berührte. Natürlich wusste er, dass dies daran lag, dass er einfach die Person mit der mächtigsten magischen Energie weit und breit war, aber es ärgerte ihn dennoch.

»Hier im Tempel, an ihrem angestammten Platz«, fuhr Mata fort, »hat die Statue nun begonnen, den Zustand des verbundenen Systems der beiden Planeten zu prüfen und mit ihrem Gegenstück auf meiner Seite zu kommunizieren. Doch das Sicherheitsprotokoll hat einen gravierenden Fehler.«

›Doch etwa nicht, dass es sich in die Gehirne von Leuten einschleicht?‹ dachte Brad.

Mata lächelte kurz. »Es ist in ihm nicht vorgesehen, das System automatisch wieder anzufahren, da nie eine derartige Instabilität auftreten sollte.«

»Was ist das eigentlich für ein System, von dem ihr alle redet?« fragte Micra plötzlich gereizt. Sie hatte immer noch keine Gelegenheit gehabt, sich auszuruhen. Aber sie wäre keine Warpkriegerin, wenn sie es nicht kontrollieren könnte.

Die Frau im weißen Anzug runzelte die Stirn. »Ich fürchte, das ist schwer zu erklären. Ich habe einige Jahre damit verbracht, mir nur das Wissen anzueignen, was unmittelbar damit in Verbindung steht. Das Wissen der Götter sozusagen. Dieser Ort hier, diese Anlage, überwacht und steuert das Gleichgewicht der Welten. Was passiert, wenn sie nicht mehr arbeitet, haben wir alle ja gesehen. Um die Anlage dazu erneut bereit zu machen, ist einige Arbeit nötig. Man kann nicht einfach einen Schalter ...« Sie unterbrach sich und schaute etwas ratlos auf die andere Seite hinüber. »Na ja, jedenfalls ist es zum Glück nicht notwendig, dass auch auf eurer Seite jemand so gut Bescheid weiß. Ich hoffe, wir können die Sache schnell beenden.«

»Warum können wir eigentlich nicht auf deine Seite des Raumes kommen?« fragte Brad.

»Ihr könntet schon, aber es ist etwas unangenehm. Ihr würdet euch hier wie Geister fühlen, da diese Hälfte teilweise auf Horam Schlan ist. Mir geht es bei euch genauso. Auf der jeweils anderen Seite kann man keine physischen Kontakte herstellen. Das ist auch der Grund, weshalb jemand auf beiden Seiten sein muss, um den Neustart durchzuführen.«

Bei allen Erfahrungen, die Brad schon gemacht hatte, sich wie ein Geist zu fühlen, darauf war er nicht scharf. Und wenn er Mata nicht mal in die Arme schließen konnte, was sollte es dann?

Sie lächelte wieder und drohte ihm kaum merklich mit dem Finger.

›Ups!‹ dachte er.

Die Königin musterte ihn ein wenig spöttisch. Konnte die etwa auch Gedanken lesen? Oder war er so offensichtlich?

»Es ist jedenfalls schön, dass du lebst!« sagte Micra plötzlich. Vielleicht wollte sie ihre frühere Schroffheit überspielen. »Wir waren nicht sicher, wie es dir ergangen ist, nachdem wir so überstürzt in das letzte Tor hinein mussten. Offenbar hast du die Statue auf deiner Seite an ihren Platz gebracht?«

»Oh, ja!« antwortete Mata mit leuchtenden Augen. »Ihr könnt euch nicht vorstellen, was dabei passierte!« Und dann erzählte sie ihren ehemaligen Reisegefährten erst einmal, wie Farm sie angegriffen und der *Wächter* ihn erledigt hatte, wie sie im Tempel zu sich gekommen war und der Drache Feuerwerfer (»Mein Kumpel!« warf Pek stolz ein.) sich um sie gekümmert hatte. Sie berichtete, dass sie jahrelang mit ihm durch Raum und Zeit gereist sei, um die Dinge zu lernen, die sie seiner Meinung nach wissen musste. Wie sie die alte Anlage in mühsamer Arbeit selbst wieder funktionsfähig gemacht hatte, hielt sie für nicht erwähnenswert. Es war Mata ein klein wenig peinlich, so sauber und gesund und *modern* vor den Leuten zu stehen, die offensichtlich durch eine Hölle nach der anderen gegangen waren, um hierher zu gelangen. Sie wagte gar nicht zu fragen, warum alle so schlammig und blutbespritzt waren.

»Es ist ein gutes Zeichen«, sagte Königin Durna plötzlich, »dass die Drachen eine gewisse Rolle hierbei spielen. Ich bin vor einiger Zeit auch einem von ihnen begegnet, der sich Sternenblüte nannte. Das bedeutet, dass sie ein Interesse an einer positiven Bewältigung dieser Krise haben. Wir sollten sie nicht enttäuschen.«

Brad, der sah, wie Pek heftig nickte, fragte sich, ob er wissen wollte, was eine *negative* Bewältigung der Krise wäre. Und was hatten plötzlich Drachen mit all dem zu tun?

Mata sah unterdessen die Königin an, als würde sie diese erst jetzt richtig bemerken.

»Ihr kennt Sternenblüte? Aber das muss warten, fürchte ich. Später können wir uns sicher ausführlich unterhalten. Wir haben eine Aufgabe zu lösen. Wer von euch will sich an die Steuerpulte setzen? Die blinkenden Dinger an den Wänden.«

Es überraschte Brad nicht, dass Solana zusammen mit ihm an die Pulte trat. ›Redundanz‹, dachte er. ›Mehrfache Sicherheitsvorkehrungen. Die Götter haben sich nach ihren anfänglichen Fehlern wohl entschlossen, keine halben Sachen zu machen.‹ Er wusste, dass die Frau aus Rotbos Dinge in *ihrem* Kopf hatte, die nicht nur aus ihrer Zeit hier im Tempel stammten. Ein flüchtiger Kontakt mit Wirdaon oder Horam – und schon war man für immer verändert. Ob zum Guten, das würde sich noch erweisen.

Anfangs hatte Brad gedacht, wenn sie den wahnsinnig machenden Hindernislauf durch den Fluchwald überstanden, wäre alles in Ordnung und erledigt. Dafür hatten sie ihn schließlich angeheuert. Das war, nachdem sie ihn in das eingeweiht hatten, worum es eigentlich ging. Dann meinte er, nur noch durch dieses gefährlich instabile letzte Tor auf die andere Welt hinüber, und alles ist vorbei. War ja eigentlich egal, auf was für einer Welt man sich befand, oder? Überrascht musste er dann erkennen, dass zwischen seiner Ankunft und der korrekten Ablieferung der Statue noch ein viele Meilen langer Weg durch ein zunehmend feindseligeres Land lag. Also hatte sich Brad auf die Idee konzentriert, dass alles getan sein würde, wenn die Statue wieder exakt an dem Ort stand, von dem der auf ewig verfluchte Tras Dabur sie geklaut hatte. Lange vor diesem ersehnten Moment, bei dem er dann nicht einmal dabei war, musste er begreifen, dass da noch ein winzigkleiner Fehler im System steckte; dass sogar von ihm persönlich erwartet wurde, mit den unverständlichen, außerdem schon viele Jahrtausende alten Gerätschaften eines Gottes herumzupfuschen, um zu verhindern, dass eine Reihe von Welten – seine frühere und gegenwärtige eingeschlossen – in einen obskuren Schwarzen Abgrund stürzte. Wobei der verantwortliche Gott selbst mal wieder durch physische und geistige Abwesenheit glänzte.

Brad war der Ansicht, dass die Chance eines Sturzes in irgendwelche Abgründe unter diesen Umständen immer noch ziemlich groß war. Aber er äußerte sich nicht dazu, als er sich neben Solana auf einen der Sessel setzte, die vor etwas standen, das Mata als »Steuerpulte« bezeichnete. Sie besaßen keine Steuerräder ... An den Wänden über ihnen hingen seltsame Spiegel, die sich jedoch mit Zeichen und Symbolen bedeckten, als die beiden Menschen vor ihnen Platz genommen hatten.

Später erinnerte sich Brad trotz seines ausgezeichneten Gedächtnisses nur daran, dass er sich für einen kurzen Augenblick wunderte, weil er die Symbole auf den Spiegeln ... nein, den Bildschirmen mit einem Schlag verstand. Dann war da gar nichts mehr. Und Solana ging es genauso.

Die anderen bemerkten nichts ungewöhnliches an den beiden, deren Persönlichkeiten in diesem Moment von den implantierten Informationen übernommen wurden, die sie diversen Göttern verdankten. Jedenfalls nichts ungewöhnlicheres, als dass sie sich mit Mata, auf der anderen Seite des Raumes, in einer unverständlichen Sprache zu unterhalten begannen und allerlei genauso unverständliche Dinge an den Pulten taten. Doch das sei normal, versicherte Mata.

Bald wurde es sogar Pek langweilig. Es ist ziemlich anstrengend, Leuten zuzusehen, die unbegreifliche Dinge tun und dabei unverständlich reden.

Zach-aknum und die Königin unterhielten sich in einer Ecke halblaut, Micra legte ihre Rüstung ab und schlief prompt ein, als sie sich in einen der Sessel setzte. Der Dämon vertrieb sich die Zeit damit, auf die andere Seite zu wechseln und »Geist« zu spielen. Pek hätte natürlich einen seiner dämonischen Hopser machen und physisch nach Horam Schlan oder auch in Matas Teil der Zentrale wechseln können, doch er unterließ es. Er hatte heute schon einmal zuviel seine besonderen Fähigkeiten demonstriert und wollte sich lieber für eine Weile zurückhalten. Mata sah ihn sowieso schon finster genug an, als er über ihre Schulter ... na ja, an ihrem Ellenbogen vorbei auf das Steuerpult schaute.

Keiner der Anwesenden in der alten Einrichtung Horams konnte später sagen, wie lange das alles gedauert hatte, als Brad und Solana schließlich meinten, nun sei alles eine Frage funktionierender oder versagender Technik, und sich zurücklehnten. Sie hatten jedes Zeitgefühl verloren, spürten weder Hunger noch Müdigkeit.

General Giren jedenfalls behauptete, dass Durna fast genau einen Tag lang im Tempel verschwunden gewesen sei. Was ihn sehr nervös gemacht hatte. Tatsächlich war Giren im Laufe dieses Tages aus Sorge um sie mit einer Gruppe Soldaten bis zum Altar der Statue vorgestoßen, den er jedoch von einer undurchdringlichen, unsichtbaren Barriere umgeben vorfand. Das war eine Maßnahme, die sich Mata ausgedacht hatte, um künftig jede Wiederholung von Tras Daburs Tat auszuschließen. Nur noch ein sehr kleiner Kreis von Eingeweihten sollte die Möglichkeit haben, die Statue überhaupt zu berühren.

* * *

Brad wusste nicht, ob es ihn störte, dass er keine Erinnerung an das zurückbehielt, was er und Solana gerade getan hatten. Er war nicht ärgerlich darüber. Irgendwie fühlte er, dass es besser war, wenn sich kein Mensch an Dinge erinnerte, die eigentlich zu denen gehörten, die Götter so taten, wenn sie jung waren oder sich langweilten. Mata war natürlich eine Ausnahme. Erstens war sie durch Farms Nirab-Experimente zu etwas anderem geworden, etwas nicht mehr ganz menschlichem. Und zweitens hatte ein Drache ihre Ausbildung in dieser Sache persönlich überwacht. Nach allem, was Brad über Drachen gehört hatte, bedeutete das eine Menge!

»Was wird aus dir?« fragte er sie, nachdem sie ihnen erklärt hatte, dass sie ihre Aufgabe hier »unten« in der Steuerzentrale erfolgreich bewältigt hätten. Er hatte das deutliche Gefühl, dass sie kein zweites Mal die gewundene Treppe beschreiten könnten, um mit der Frau auf Horam Schlan zu plaudern. Falls sie keine Möglichkeit fanden, die Tore wieder in Betrieb zu nehmen – was Horam selbst ausgeschlossen hatte – war dies wohl der endgültige Abschied.

Mata lächelte wieder, denn sie *konnte* seine Gedanken lesen.

»Meine Aufgabe ist erfüllt. Wie übrigens auch Peks Mission, denn das NBE-Wesen kann nicht mehr nach Horam Schlan kommen und sich mit dem Gallen Erlat verbinden. Königin Durna hat es besiegt.«

»Hat sie das?« Brad und die anderen wandten sich verblüfft ihrer neuen Verbündeten zu.

»Falls sie Klos damit meint, ja. Ich habe ihn in eine Dimension verbannt, aus der er wohl keinen Weg zurück finden wird. Dafür sorgt außerdem eine Freundin von mir.«

Brad fragte sich, ob sie damit etwa Wirdaon meinte. Zuzutrauen wäre es ihr.

»Wo habt Ihr ihn hingeschickt?« wollte Pek wissen. »Nur, falls Feuerwerfer von mir einen Bericht erwartet.«

Durnas Lächeln war so kalt wie die Waffe, mit der sie ihren letzten Schlag gegen die Bluthorde geführt hatte.

»Dämon, wenn du in einen Spiegel schaust, und wenn du genau aufpasst, dann kannst du ihn spüren. Er ist da hinten, am Rand deiner Wahrnehmung, da zappelt er und zuckt er und leidet ewige Qualen.«

Während Brad verwirrte Blicke mit Solana wechselte, pfiff Pek leise.

»Ihr habt ihn *dahin* geschickt? Erinnert mich daran, immer sehr nett zu Euch zu sein, Königin Durna!«

Zach-aknum nickte, als wolle er ihm genau das auch raten, aber er kam wieder auf Brads Frage zu sprechen.

»Mata, was werdet Ihr jetzt tun? Nicht, dass ich schon weiß, was wir hier machen werden – außer uns mit diesem Chaos-Lord zu befassen, meine ich. Farm ist keine Gefahr mehr, sagtet Ihr? Werdet Ihr den Fluchwald verlassen und nach Hause zurückkehren? Nein, sicher nicht nach Chrotnor ... Ich könnte Euch allerdings einen Ort empfehlen.«

Brad ahnte, dass der Magier sie zu seiner Schülerin Ember schicken wollte, die in Beriknorachs ehemaliger Burg lebte. Aber Mata brauchte ihre Fürsorge nicht. Es war schwer zu begreifen, doch sie war tatsächlich um Jahre älter und vielleicht um Jahrtausende reifer geworden, während er und seine Gefährten auf der Nachbarwelt herumgestolpert waren.

»Danke«, sagte sie, »aber ich glaube, dass ich jemand anderes begleiten werde, der Horams Welten nun auch verlässt. Jedenfalls für eine Weile. Und wer weiß? Vielleicht führt mich mein Weg auch auf Eure Welt, Magier? Seid sicher, dass ich Euch in diesem Fall besuchen werde.

Doch es ist Zeit, Freunde. Ihr müsst die Zentrale verlassen und auf eure Welt zurückkehren. Die von Horam zurückgelassenen Vorrichtungen haben ein weiteres Mal funktioniert und die Stabilität des Weltenkonstruktes wieder hergestellt. Alles, was ihr jetzt noch zu tun habt, liegt allein in eurer Hand.«

Sie gingen schließlich. Matas Andeutung, dass sie auf der anderen Welt auftauchen könnte, erleichterten den Abschied – aber nur ein wenig.

Die Lichter auf den Pulten leuchteten nun in grünen Tönen, was auf Brad beruhigend wirkte. Nein, er wollte sich nicht erinnern. Was hätte das auch gebracht?

Auf der sich windenden Treppe beschäftigte ihn ein ganz anderer Gedanke: Wie mochte es wohl sein, als Mensch mit einem Drachen zu reisen?

Aber ein Mensch war Mata schließlich nicht mehr.

* * *

Irgendwo in einer anderen Dimension raufte sich ein Dämon seinen Pelz.

»Was für Nachrichten!« seufzte er traurig. »Was für eine Story! Aber wenn wir das bringen, weiß sie es längst, weil sie *live* dabei war! Was für eine Vergeudung!«

7

»He! Wo ist eigentlich deine ... na, du weißt schon?«

Micra grinste, weil Brad erst jetzt aufgefallen war, dass sie die Warpkriegerrüstung nicht mehr trug. Er mochte sich unbeeindruckt geben, aber an dieser Unaufmerksamkeit sah sie, dass ihn das Erlebte doch mehr mitgenommen hatte, als er zugeben wollte.

»Ich habe sie wieder dorthin geschickt, wo sie herkam.«

»Und wie ...? Ich meine, du bist eine Zauberin? Komm schon!«

Sie saßen an einem Feuer inmitten der einst so schönen Tempelanlagen von Ramdorkan und hatten sich mit tekladorischen Armeerationen vollgestopft. Das Feuer wurde von den Resten der Bäume genährt – nicht wie das andere, dessen noch qualmende Überreste sie gesehen hatten, nachdem sie hinter dem Altar der Statue wieder in der Welt der normalen Menschen aufgetaucht waren. Durnas Soldaten hatten sich während der Abwesenheit ihrer Königin damit beschäftigt, die Leichen der Bluthorde-Wesen zu beseitigen. Die Yarben waren militärische Profis durch und durch, sie wussten genau, was für Gefahren auf ein Heer im Feld warteten. Manche Armeen hatten Kriege verloren, weil ihre Soldaten von Krankheiten dahingerafft worden waren! Micra war froh, dass sie nicht dabei gewesen war. Vermutlich keine angenehme Aufgabe, die *Einzelteile* auf einen Scheiterhaufen zu werfen ...

»Nein, ich bin keine Zauberin! Denkst du nicht, dass der Schwarze Magier das längst bemerkt hätte?« *Was* er bemerkt hatte, war eine Frage, die sie möglichst bald mit ihm unter vier Augen klären wollte. Seine unvermittelte Aufforderung, es sei »der richtige Zeitpunkt«, hatte nur ihren Verdacht bestätigt, dass er von ihrem Geheimnis wusste, es aber aus Höflichkeit noch nie zur Sprache gebracht hatte.

»Er wusste aber, dass du es kannst!« Brads Beobachtungs- und Erinnerungsvermögen erstaunten sie immer wieder. Selbst in der angespanntesten Situation merkte er sich noch derartige Einzelheiten.

»Was mich ziemlich gewundert hat. Aber wenn man es sich etwas länger überlegt, dann müsste man sich eher darüber wundern, was er nicht weiß.«

Der Gegenstand ihrer Unterhaltung befand sich im Augenblick bei Königin Durna, was *kein* Wunder war. Die beiden mussten Magier – Schwarze Magier – der gleichen Stärke sein, vielleicht die letzten, die es im Umkreis von Tausenden Meilen oder gar auf der ganzen Welt gab. Sie würden ihre Absichten und Standpunkte sehr schnell klären müssen, was für Zauberer immer eine Priorität darstellte. Magie neigte dazu, sich gegenseitig zu beeinflussen. Zwei so starke Magier durften sich nicht ohne Abstimmung von Interessen gleichzeitig mit ihrer Kunst befassen, wenn es nicht zu gefährlichen Interferenzen kommen sollte. Und so etwas war in dieser vom Chaos geschüttelten Welt sicher das letzte, was sie brauchten!

»Zach-aknum weiß einiges über den Warp-Orden«, fuhr Micra schließlich fort, »aber nicht alles. Ich musste ihm ein paar Sachen erklären, als ich mit ihm allein im Halatankar beim Tor war, die in Thuron oder Chrotnor jeder Akolyth gewusst hätte.« Sie spuckte in die Flammen, wie immer, wenn sie das Land des Imperators erwähnte, der am Tod ihrer Mutter und dem Verlust ihres Landes die Schuld trug. Und plötzlich lächelte sie Brad zu. Da saß der Mann, von dessen Hand der Imperator gestorben war! Irgendwann würde sie mit ihm darüber reden und ihm danken müssen. Seltsam, dass sie bisher den Gedanken daran verdrängt hatte. Ärgerte es sie denn noch immer, dass er ihr zuvor gekommen war? »Aber bis gestern vor der Schlacht ließ er durch nichts erkennen, dass er um dieses spezielle Geheimnis wusste.« Ihr Blick verdüsterte sich, als sie Brad, Solana und Pek erneut anschaute. »Ein Geheimnis, das ihr gefälligst für euch behaltet, auch wenn wir hier auf einer anderen Welt sind und wahrscheinlich keiner jemals wieder einen Warp zu Gesicht bekommt!«

Außer Pek, fiel ihr gleich darauf ein. Der Dämon konnte anscheinend in diesem Universum gehen, wohin er wollte. Doch der hatte vermutlich kein Interesse an den Warp auf Horam Schlan.

»Warpkrieger sind latente Magier der untersten Stufe, müsst ihr wissen. Solche Menschen gibt es viele auf unseren Welten, doch *nur solche* wurden zur Ausbildung als Warp zugelassen. Normalerweise hat das unausgebildete Talent in dieser Stärke keinerlei Auswirkungen im Alltag. Vielleicht hat der eine oder andere mehr Glück im Spiel oder ist im Gegenteil vom Pech verfolgt, weil scheinbar alles zerbricht, was er anfasst. Das gibt es, nicht wahr? Menschen mit einer nur latenten Fähigkeit zur Magie können aber einen oder zwei Zauber wirken, wenn sie sehr hart dafür trainieren. Die Kampfmethoden der Warp sind nicht nur Kraft und Schnelligkeit. Dahinter steckt viel mehr. Ein Warpkrieger kann negative Emotionen speichern und sie schlagartig in Form eines gewalttätigen Ausbruches freisetzen.«

Brad nickte wissend. Micra hatte schon lange vermutet, dass eine ähnliche Methode auch hinter seiner Kampftechnik steckte, die er hauptsächlich bei der *Gilde* erlernt hatte. Die explosive Freisetzung berserkerhafter Wut war allerdings noch keine Magie.

»Warpkrieger können durch den sogenannten Warp-Code beherrscht werden, wie ihr wisst. Ich bin die einzige Person, die dies noch vermag. Mein Vater führte ihn ein, nachdem Warps am Putsch von Terish beteiligt waren. Zu spät, genau wie die Hinrichtung der Beteiligten im Tamber Chrot. Der Code *ist* Magie, allerdings keine, die ich selbst wirken muss, da mein Vater sie veranlasste. Ich muss sie nur aktivieren. Er war kein latenter, sondern ein nicht ausgebildeter Magier, ein wildes Talent, wie manche sagen. Unter anderem konnte er in die Zukunft sehen, was ihn ... ziemlich merkwürdig werden ließ. Was ein Warp ganz allein können und trainieren muss, ist die zur Kontrolle der Rüstung nötige Magie. Es dauert Jahre und geht auf Kosten aller sonstigen latenten Fähigkeiten. Dabei geht es nicht nur darum, die Rüstung von jedem beliebigen Ort zu sich rufen zu können, wie ich es getan habe. Ich wusste übrigens nicht, dass das sogar von einer anderen Welt aus funktioniert! Es geht um die Rüstung selbst, auf der ein Zauber liegt. Kein normaler Mensch könnte sie anlegen und sich damit bewegen, ganz abgesehen vom Kämpfen. Eine Warp-Rüstung wird auf magische Weise *angetrieben*. Wenn ein Warp sie trägt, spürt er kaum Gewicht, er ist sogar schneller als ohne Rüstung. Ich fürchte, diese Magie verletzt eine ganze Reihe jener Gesetze, die Horam für so wichtig zu halten schien.«

Jeder, der Micra im letzten Kampf beobachtet hatte, würde zu diesem Schluss kommen, sobald er nachdachte. Nur niemand, für den Warpkrieger normal und gleichzeitig ein Mysterium waren. Über so etwas dachte man einfach nicht nach.

Als sie ihren Freunden eines der wichtigsten Geheimnisse des Warp-Ordens offenbarte, begann in Micra eine Idee zu keimen. Sie war die logische Folge ihres ganzen bisherigen Lebens – von ihrem ersten getöteten Feind über die von ihr erzwungene Ausbildung in der Festung des Donners bis hin zu dieser weltenrettenden und -überschreitenden Mission mit Zach-aknum. Micra mochte keine logischen Folgen, denn die sahen ihr allzu sehr nach göttlicher Vorherbestimmung aus. Aber die Idee war da. Sie schob sie fürs erste beiseite. Zunächst hatten sie sich noch mit dem Chaos-Lord zu befassen, danach konnte sie immer noch darüber nachdenken, ob Horam Dorb wirklich ein Äquivalent des Warp-Ordens brauchte – und ob sie in Suchtar Ansigs Fußspuren wandeln wollte.

›Er würde sich totlachen, wenn er es wüsste‹, dachte sie. ›Aber er ist schon tot ... Vielleicht wäre er auch stolz auf mich, entgegen allem, was er in der Festung des Donners je zu mir sagte. Ich werde es niemals wissen.‹

»Horam – das ist auch so eine Sache.« Solana warf einen kleinen Zweig in die Flammen. »Wo ist er? Was erwartet er von uns?«

Micra musste die Augen zusammenkneifen, um das Gesicht der anderen Frau hinter dem Feuer erkennen zu können. Was hatten ihr all diese Erlebnisse angetan? Micras Verständnis von Religion war nie weit von der Realität entfernt gewesen. Sie hatte die Existenz von Göttern ziemlich gleichgültig akzeptiert, da diese sich nie in die Belange der Sterblichen einzumischen schienen. Es gab sie – wenn man die Existenz einer so unwahrscheinlichen Welt wie die ihre als Beweis dafür ansah – und was sonst? Es gab Magier, es gab Dämonen – es gab sogar Drachen! – und eben auch Götter. Nun aber *hatten* sie sich eingemischt. Sie konnte selbst das akzeptieren. Wie mochte es der Priesterin gehen?

Brad kratzte sich am Kopf. »Ich habe nichts mehr von ihm gehört. Entweder er glaubte, dass wir selber mit allem fertig werden, oder die Chaos-Störungen wurden zu stark. Er hatte vorher schon Probleme, zu mir durchzukommen.«

Micra war sich dessen bewusst, dass auch Brads Ausdrucksweise chaotische außerweltliche Einflüsse enthielt, aber sie bemerkte es kaum noch. Die Welt so zu akzeptieren, wie sie eben war, auch wenn sie sich dabei veränderte, war eine der Methoden, in ihr nicht den Verstand zu verlieren. Trotzdem würde sie Caligo dafür gern an eine empfindliche Stelle treten, wenn sie die Gelegenheit erhielt.

»Wisst ihr«, sagte Solana, »dass die Königin möchte, dass Ramdorkan wieder aufgebaut wird?«

»Oh?« machte Micra. Hatte nicht Durna eine entscheidende Rolle bei der Zerstörung des Tempels und der Verfolgung seiner Priester gespielt? War es Reue oder ein neuer Realitätssinn der Magierin?

»Und sie hat mich gefragt, ob ich hier übernehmen würde.«

»Du dürftest die letzte voll ausgebildete Priesterin Horams sein«, sagte Brad. »Obwohl du im Untergrund warst.«

»Es gibt sicher noch ein paar geflohene Priester«, wandte Solana ein. »Und ich bin mir nicht sicher, was der Sinn dieser Sache wäre.«

›Ohje‹, dachte Micra, ›sie zweifelt am Sinn der Religion. Wahrscheinlich Grundvoraussetzung, um die Oberpriesterin zu werden. Oder Ketzerin.‹

»Die Menschen sind noch nicht soweit. Sie brauchen eine religiöse Orientierung«, behauptete Brad. »Und du weißt am besten, dass alles wahr ist.«

»Ja, aber wieso sollen wir einen Gott anbeten, dessen einziges Verdienst es ist, unsere beiden Welten im jugendlichen Überschwang für ein Experiment benutzt zu haben?

Verdient er dafür unsere Verehrung und unseren Dank? Manchmal scheint mir eher das Gegenteil angebracht zu sein.«

Pek zerrte an ihrem Arm und flüsterte ihr etwas ins Ohr, als sich Solana zu ihm hinunter beugte. Wollte er ihr etwa nahe legen, stattdessen seine »Chefin« anzubeten?

Solana richtete sich wieder auf und starrte den Dämon an. Dann lachte sie auf. »Das wäre aber ziemlich gemein, oder?« sagte sie.

Pek hob die Schultern, als wolle er sagen, was erwartest du von einem Dämon?

»Na schön, dann ist es die Sache vielleicht wert. Ich werde der Königin sagen, dass ich bereit bin, sobald ich Jolan aus Halatan hergeholt habe.« Solana erhob sich und ging davon, um das Zelt Durnas aufzusuchen, während Micra und Brad verständnislose Blicke tauschten.

»Was hast du ihr gesagt?« wollte Micra von Pek wissen, aber der wehrte ab.

»Kann ich jetzt nicht verraten.« Er zeigte auf Brad und dann in den Himmel.

»Ach komm schon! Er hört zu, wann immer er das will und wem er will«, sagte Brad. »Du kannst vor denen nichts geheim halten.«

»Na gut! Es ist so: Da Horam sozusagen hier in der Nähe ist, würde ihn ein erneutes Aufleben der auf ihn gerichteten Religion in die Verantwortung nehmen. Du erinnerst dich, dass Wirdaon einmal sagte, sie würden es immer hören, wenn sie einer anruft? Falls es jetzt Solana und Durna gelingt, die Horam-Religion wieder zu beleben, bleibt ihm nichts anderes übrig, als sich für eine Weile um seine Welten zu kümmern, die er bisher so vernachlässigt hat.«

»Eine Weile?«

»Ein paar hundert oder tausend Jahre?«

Micra musste lachen. Das war ... wirklich dämonisch von Pek! Aber brauchte diese Welt, brauchte irgendeine Welt einen Gott, der auf sie aufpasste? Ihr persönlich wäre etwas weniger göttliche Einflussnahme auf ihr Leben nicht unrecht gewesen, doch es mochte durchaus Situationen geben, in denen Hilfe angebracht wäre. Im Kampf mit einem Chaos-Lord zum Beispiel.

Leider glaubte sie nicht, dass Peks kleine Intrige Horam dazu bringen würde, selbst gegen Caligo vorzugehen. Vor allem nicht, nachdem seine Favoriten gerade gezeigt hatten, dass sie die Welt ganz gut allein retten konnten.

Brad war ebenfalls skeptisch.

»Es mag Horam dazu zwingen, im übertragenen Sinn des Wortes ›in der Nähe‹ zu bleiben, aber er wird weiterhin nicht aktiver eingreifen als bisher«, sagte er, als ob der Gott selbst es ihm eingeben würde. Aber er wusste es anscheinend auch ohne direkten Kontakt. »Sie dürfen es einfach nicht! Frag deinen Kumpel, Pek, der wird dir sagen, was Sache ist, wenn ich es richtig verstanden habe.«

»Ja, ich weiß«, gab der Dämon zu. »Die Drachen passen auf, dass sich andere Entitäten nicht zu sehr ins Geschehen auf Welten mit nicht so hoch entwickelten Zivilisationen einmischen. Sie haben aus ihrer eigenen Geschichte gelernt – was man nicht von vielen Intelligenzen im Universum sagen kann. Auch sie selbst scheuen vor Einmischung zurück. Und ich sage euch, das ist gut so! Ihr wollt nicht wirklich, dass ein Drache herkommt und mit Caligo aufräumt. Nicht wirklich.«

»Du hast Recht«, sagte Brad. »Horam hat mir geschildert, was passieren kann.«

Micra fühlte sich zunehmend verwirrt. Sie stand auf, um in das yarbische Armeezelt zu gehen, das man ihr zur Verfügung gestellt hatte. Ihr allein! Diese Königin wusste, was sich gehörte. Oder zumindest, was sich eine Frau im Feld manchmal wünschte.

»Na ja«, sagte sie in gewollt gleichgültigem Ton, »auf Horam können wir nicht rechnen, die Drachen wollen wir lieber nicht hier haben, also befassen wir uns eben selber mit diesem außerweltlichen Neryl. Kann doch nicht so schlimm sein. Nicht, nachdem wir gestern mit den allerletzten Überresten seiner Bluthorde gekämpft und viel Spaß dabei gehabt haben.«

Sie wusste, das würde Brad und Pek für die Nacht zu denken geben. Und besonders amüsant war dabei, dass die beiden sich immer wieder schaudernd fragen würden, ob sie bei dem Kampf wirklich *Spaß gehabt* hatte!

* * *

Durna war erleichterter, als sie erwartet hatte. Manchmal lasteten Dinge auf der Seele, die man gar nicht mehr wahrnam, bis man sich ausdrücklich mit ihnen beschäftigte. Zachaknum zu sagen, dass sein Vater Zacha Ba tot war, gestorben in ihrem Kerker, allerdings von Klos' Hand, war schwierig gewesen, aber notwendig. Sie konnte nicht mit diesem Mann zusammenarbeiten, ohne das zwischen sich auszuräumen. Und mit Zach-aknum musste sie zusammenarbeiten. Bei all ihrer eigenen Macht war ihr der alte Elementarzauberer dennoch unheimlich. Das war eine Stufe in der Beherrschung der Magie, die noch über den Fünf Ringen zu liegen schien, obwohl die Kategorisierung erstens sowieso unsicher war und zweitens gar nicht so weit ging. Vielleicht, weil es so selten nötig war.

Merkwürdig, dass Zach-aknum ihr gegenüber ähnlich zu empfinden schien. Er ging beinahe gleichgültig über ihre Erklärung hinweg, obwohl das natürlich täuschen konnte. Sie wusste durch ihre Beobachtung der Gruppe, dass der Zauberer sich selten etwas anmerken ließ, und schon gar keine Gefühle. Doch er betonte auf seltsame Art, wie sehr ihn ihre Beherrschung *alter Magie* beeindruckt habe. Und ihr unkonventioneller Einsatz. Durna musste ein wenig überlegen, bevor sie begriff, worauf er eigentlich hinaus wollte. Der Mann bezeichnete mit alter Magie unter anderem das, was sie aus dem Laboratorium gelernt hatte. Sicher, das war alt … Sie stolperte beinahe gedanklich. So hatte sie das noch nie gesehen!

Niemand seit einer Reihe von Jahrhunderten hatte diese Art Magie angewendet oder auch nur gekannt! Seit den Magierkriegen waren das Labor und das gesamte uralte »Netzwerk« zwischen den Hochburgen der Zauberer nicht mehr benutzt worden. Was sie so selbstverständlich wieder erlernt und verwendet hatte, war eine Form der Magie, die kein lebender Mensch beherrschte. Und sie erfand ständig magische Dinge dazu, die *noch nie* getan worden waren. Ihr Komet, das Zi'en'en … Es musste einen traditionellen Magier verwirren, was sie getan hatte. Sie hatte sich nie an Traditionen gebunden gefühlt. Jetzt begriff sie, dass in dieser Einstellung ein besonderes Potenzial liegen mochte.

Für den Anfang war sie allerdings nur erleichtert, dass er die Nachricht vom Schicksal seines Vaters so gefasst aufnahm.

»Dieser Klos ist ausgeschaltet?« wollte er wissen.

»So ist es.«

»Spiegelmagie ...«, sagte Zach-aknum nachdenklich. »Das ist etwas sehr, sehr gefährliches, wisst Ihr das?«

»Oh ja, das weiß ich.« Sie dachte an die blutigen Schlieren, die über ihre Spiegel liefen. Würde sie wirklich wissen, wann sie für immer aufhören musste, die Spiegelmaske einzusetzen oder würde sie in ihre Falle tappen und auf ewig verdammt sein? Es gab Momente, da hatte Durna vor ihrer eigenen Magie Angst. »Ich habe viele alte Schriften studiert«, gab sie zu. »Darin wird vor den Folgen dieser ... Sache gewarnt. Aber ich dachte mir, dass ich alles nutzen müsste, was ich finden konnte, um mich auf den Kampf vorzubereiten.« Zach-aknum wiegte zweifelnd seinen weißhaarigen Kopf.

»Etwas zu können, bedeutet noch nicht automatisch, dass man es auch tun sollte. Wie ich sehe, habt Ihr auch gewisse, äh, *kosmetische* Zauber angewendet?«

Durna fühlte, dass sie tatsächlich errötete. Der leise Tadel in der Stimme des Schwarzen Magiers erinnerte sie stark an den Einsiedler, ihren wichtigsten Lehrmeister in der Jugend. Dass sie sich mit Hilfe der Magie verjüngt hatte, war keine Sache, die man geheim halten konnte. Jeder, der etwas über ihre Herkunft wusste, würde ihr wahres Alter erraten können. Verjüngungszauber waren nicht gerade verboten, doch schwierig anzuwenden. Bisher hatte sie ihre Beherrschung dieser speziellen Form der Magie stolz gemacht. Warum kam sie sich dann plötzlich wie eine eitle Gans vor?

Zach-aknum hob den Blick. »Ich will Euch dafür nicht tadeln«, sagte er, »aber Ihr wisst doch sicher, durch was für eine Art magisches Ritual Caligo auf diese Welt gelockt wurde? Manche meinen, dass Verjüngungszauber nur eine abgeschwächte Form des Blutrituals sind.«

Sie blinzelte verwirrt. Dann begriff Durna, dass sie das schon immer gewusst hatte. Aber sie ließ die Erkenntnis nie an sich heran. Hatte sie nicht stets gedacht, dass *sie* doch keine Menschen opferte?

»Alle Zauber, die auf irgendeine Weise Blut verwenden, und vor allem jene mit menschlichem Blut, sind Schwarze Magie – aber nicht nur das. Unsereinen schert eigentlich nicht das alte Vorurteil von Schwarz und Weiß, sonst hätten wir nicht diese Stufe in der Kunst erreicht. Doch es gibt Dinge, vor denen man sich hüten sollte, um seiner selbst willen!«

Schon lange hatte sie keine Gelegenheit mehr gehabt, sich so freimütig mit jemandem zu unterhalten, der auch diesen Aspekt ihres Lebens vollständig verstand. Magier sollten sich regelmäßig zu Kongressen treffen ... Sie verzog leicht den Mund, als ihr am Rande die Fremdartigkeit des Gedankens bewusst wurde.

Aber so abwegig war die Vorstellung gar nicht. Sie hatte in alten Aufzeichnungen mehrfach Hinweise auf große Treffen der Magierzunft gefunden. Leider war so etwas schon lange nicht mehr üblich. Vielleicht sollte sie eine Rückkehr zu der Tradition anregen, wenn sich die Gesamtlage wieder normalisierte? Schade nur, dass so wenige Zauberer übrig zu sein schienen.

»Ich weiß«, antwortete sie Zach-aknum. »Das Ritual habe ich schon eine Weile nicht mehr durchgeführt – und mir wäre nie in den Sinn gekommen, das zu tun, was Erkon Veron offenbar routinemäßig machte. Ich experimentiere allerdings gern, was ich wohl von meinem Vater habe.«

Der weißhaarige Mann in der schmutzabweisenden Kutte, die er bald nach ihrer Rückkehr aus der »Steuerzentrale« mit einer Handbewegung wieder zu sich gerufen hatte, nickte zustimmend.

»Lefk-breus war einer der seltenen Vertreter unserer Kunst, die sich nicht mit althergebrachten Methoden und überlieferten Ritualen zufrieden gaben. Wir brauchten mehr von seiner Sorte, um nicht zu stagnieren, sondern unsere Fähigkeiten weiter zu entwickeln. Andernfalls werden uns die Gelehrten, wie es sie in Halatan gibt, bald überholt haben. Es war sein Pech, dass unter seiner Verantwortung der Diebstahl der Statue passierte. Mit seinen Interessen hatte das nichts zu tun.«

»Nett von Euch, das zu sagen.«

Er musterte sie abschätzend.

»Ihr wisst doch, was damals geschah?«

»Natürlich, Klos hat mir alles ...« Sie verstummt abrupt und hielt sich eine Hand vor den Mund. »Oh, Wordon mé! *Klos!* Das meiste, was ich über die Vorgänge damals weiß – oder zu wissen glaubte – habe ich von ihm, der behauptete, der Diener meines Vaters gewesen zu sein. Als es geschah, war ich noch zu klein, um etwas zu begreifen.«

»Ich verstehe. Es scheint in der Natur dieser NBE-Wesen zu liegen, Leute manipulieren zu wollen. Aber wahrscheinlich konnte er in diesem Fall sogar nah bei der Wahrheit bleiben. Es war eine unschöne Sache. Priester in Ramdorkan zu sein, war zu jener Zeit ein Privileg, doch einigen genügte das nicht. Sie schmiedeten Pläne, die Kontrolle über weltliche Angelegenheiten zu erlangen. Der Oberpriester Lefk-breus stand dem im Wege. Als der heiligste Gegenstand aus dem Tempel entwendet wurde, waren die Intriganten schnell dabei, ihm die ganze Verantwortung zuzuschieben. Doch nachdem er entmachtet und vertrieben worden war, geschah etwas, das die Pläne seiner Nachfolger zunichte machte. Die bis dahin vergessene wahre Bedeutung der Statue und die wahrscheinlichen Auswirkungen ihres Verlustes für die Welten wurden offenbart.«

Durna runzelte die Stirn. »Wie meint Ihr, offenbart? Ich habe davon nie gehört«, gab sie zu.

»Baar Elakh«, sagte der Zauberer. »Jemand hatte eine Vision. Ein Orakel. Wie ich hörte, gab es auf der anderen Seite der Welt etwas ähnliches.«

»Stimmt! Die Yarben berichten ebenfalls von einem Orakel von Yonkar Zand. Es legte die Sache ein wenig anders aus, oder vielleicht hat es sich nur ungenau ausgedrückt. Aber ich habe nie davon gehört, dass es hier ebenfalls eine Warnung gab.«

»Oh, es gab haufenweise Warnungen, die bloß keiner verstanden hat. Erst Baar Elakh war wohl deutlich genug oder sprach jemanden an, der es begriffen hat. Der größte Teil der Informationen wurde geheim gehalten. Keiner weiß daher genau, wie das damals mit dem Orakel gelaufen ist. Aber es brachte die Magier zum Handeln. Heute vermute ich, dass es etwas mit dem zu tun hatte, das Brad Vanquis und Mata ein ›Sicherheitsprotokoll‹ nennen. Dann war es nur noch eine Frage intensiver Nachforschungen, um die ganze Tragweite zu verstehen. Wisst Ihr, es war alles aufgeschrieben, nur hatte seit Generationen keiner mehr die alten Schriften studiert.«

Durna, die ihre eigenen Erfahrungen mit altertümlichen Aufzeichnungen gemacht hatte, nickte bestätigend. »Es hat fast den Anschein, dass vor langer Zeit die Magier und

Priester viel mehr über die beiden Welten wussten als heute. Ob Horam ihnen tatsächlich Instruktionen gegeben hat?«

»Wir können ihn ja fragen, wenn er sich das nächste Mal blicken lässt«, sagte Zach-aknum säuerlich. »Aber ganz gleich, woher dieses alte Wissen stammt, so etwas neigt dazu, vergessen zu werden, weil keiner es anwendet. Am Ende sind nur noch bedeutungslose Rituale übrig. Das erinnert mich an etwas, das uns Horam gesagt hat. Habt Ihr schon mal vom Tor der Dunkelheit gehört?«

»Ja. Es befindet sich in der Nachtburg. Was ist damit?«

»Horam denkt, dass es eine Möglichkeit bietet, den Neryl loszuwerden.«

Die Angewohnheit ihrer neuen Verbündeten, ständig Horam zu erwähnen, als sei der ein guter Bekannter, war ein wenig irritierend.

»Caligo loswerden? Erzählt mehr davon, Zach-aknum!«

* * *

Die tekladorische Armee, die man ebenso gut die yarbische hätte nennen können, obwohl sie sich im Augenblick auf nubraischem Territorium befand, zog nach Norden. Nicht mehr in dem Eiltempo, das Giren befohlen hatte, um rechtzeitig nach Ramdorkan zu gelangen. Der Nachschub benötigte Zeit, um von Bink und Regedra herauf zu kommen. Es begann auch im Süden an Nahrungsmitteln zu mangeln, aber die Armee hatte Vorrang. Vom Land zu leben, wie das derartige Heere für gewöhnlich taten, war in dieser Gegend nicht mehr möglich. Was die Unwetter nicht zerstört hatten, war längst von den Flüchtlingen eingesammelt worden, die vor der Bluthorde das Weite gesucht hatten. Es würde eine Weile dauern, bis die Menschen wieder zurückkehrten. Wenn sie Glück hatten, waren ihre Häuser nicht einmal zerstört. Der Krieg gegen Caligo verlief nicht wie ein normaler Feldzug. General Giren und Durna erwarteten nicht, dass ihre Armee in eine weitere Schlacht verwickelt wurde. Nach allem, was man wusste, verfügte Caligo über keine »Truppen« mehr. Und eine direkte Auseinandersetzung mit ihm würde nicht in Form einer Feldschlacht geführt werden. Normale Soldaten hatten keine Chance gegen den Chaos-Lord, der außerdem noch über die magischen Fähigkeiten Erkon Verons verfügte. Die Idee war, ihn mit dem Zangenangriff auf die Nachtburg, den die Halataner bereits von ihrer Seite begonnen hatten, unter Druck zu setzen. Unter einen solchen Druck, dass er es idealerweise vorzog, von ihrer Welt zu verschwinden, wenn sich ihm ein Weg öffnete. Und das Tor der Dunkelheit konnte dieser Weg sein. Jedenfalls meinte das Horam, und der sollte es eigentlich wissen.

Brad wollte gern glauben, dass man nur die Tür zu öffnen und Caligo kräftig in den verfaulten Hintern zu treten brauchte, um ihn loszuwerden. Aber er war nicht der einzige, der sich nicht so recht zu diesem Glauben durchringen konnte. Es war eine Sache, die Statue an allen Hindernissen vorbei endlich in den Tempel zu bringen und mit Hilfe der Götter und einer multidimensionalen Bewusstseinsmatrix namens Mata die Stabilität der Welt wieder einzurenken, eine andere, sich einer fremdweltlichen Entität im Kampf zu stellen.

Zum Glück waren sie nun gleich in Gesellschaft von zwei Schwarzen Magiern der höchsten Stufe. Vermutlich hatte der Zufall mit dieser Konstellation nicht das geringste zu tun.

›Wir haben immer gehofft und verlangt, dass die Götter selbst eingreifen‹, dachte Brad plötzlich, ›aber vielleicht haben sie das längst auf eine unmerkliche Weise getan? Es heißt doch, dass sie die Schritte und Schicksale der Menschen lenken ... Es gab ein wenig zuviel Zufälle auf dieser Reise.‹

Die neueste magische Verstärkung in Person der Königin von Teklador (und Nubra, wie man gerüchteweise hörte) reiste zu Pferd, nicht in einem Wagen. Überhaupt entsprach sie nicht dem Bild, das er sich von ihr oder einer Hexenkönigin im allgemeinen gemacht hatte. Vor allem sah sie viel jünger aus ... Na ja, Vorurteile waren nie sehr nützlich.

Die Armee verfolgte fast genau den Weg zurück, auf dem sie selbst kurz vorher von der Nachtburg gekommen waren. Es war bedrückend, überall auf Spuren zu stoßen, die davon kündeten, dass Caligos Bluthorde ebenfalls hier durchgekommen war. Wenigstens war diese Bedrohung endlich ausgeschaltet. Jedenfalls so lange, bis sich der Chaos-Lord etwas anderes einfallen ließ oder neue Untote beschaffte.

Das wird nicht geschehen, flüsterte etwas Vertrautes in seinem Kopf. *Wordon hat der Rückkehr der Seelen in eure Welt einen Riegel vorgeschoben.*

Brad, der so heftig zusammengezuckt war, dass sein Pferd auszubrechen versuchte, dachte: ›Schön, wieder mal von dir zu hören. Wir haben die Sache mit der Statue erledigt, weißt du schon?‹

Ja, ich weiß.

›Und?‹

Ähem, gut gemacht. Ich hatte keinerlei Zweifel, dass ihr es schaffen würdet.

›Gut zu wissen. Wie sieht es im Moment mit den Zweifeln aus? Ich für meinen Teil bin mir nämlich nicht sicher, ob ich dem Chaos-Lord nur mit einem Schwert in der Hand gegenübertreten möchte.‹

Horam schien zu zögern. Kein gutes Zeichen.

Ich bin optimistisch, behauptete er dann. *Es hängt davon ab, ob ihr den Neryl hart genug bedrängen könnt. Wenn das Tor mit dem Ritual geöffnet wird, das ich euch erklärt habe, wird ihm der Weg in die nocturnen Dimensionen offen stehen. Es ist wahrscheinlich, dass er den Wink versteht und sich zurückzieht. Wenn nicht, gibt es noch ein paar Stufen der Eskalation, die ihn schließlich überzeugen sollten.*

Ein unbehagliches Gefühl beschlich Brad. Was für »Stufen der Eskalation« denn? Er mochte gar nicht, wie das klang.

Ist das Tor offen, besteht für Wirdaon und sogar mich die Möglichkeit, es zu benutzen, erläuterte Horam. *Es führt sehr viel weiter aus dieser Dimension heraus als die vier zerstörten Tore. Ich bezweifle, dass es der Neryl mit einer oder zwei anderen Entitäten aufnehmen kann. Doch ich hoffe, dass es nicht getan werden muss.*

›Ihr könntet also herkommen, ohne dass die Welt dabei zu Bruch geht?‹

Es ist kein einfacher Prozess für eine Entität. Wirdaon hat vielleicht nicht soviel Probleme damit wie ich, aber selbst sie wechselt nicht ständig die Dimensionen. Und dann wird es nicht gern gesehen. Wir haben zwar Grund zu der Annahme, dass es in diesem Fall toleriert würde, doch ich kann mich auch irren. Und falls letzteres zutrifft, droht die nächste Eskalationsstufe ...

›Drachen?‹

Du sagst es. Außerdem gibt es noch das Problem des offenen Tores der Dunkelheit. Wie ich euch bereits sagte, es wieder zu schließen, ist ohne den von euren alten Magiern benutzten Schlüssel nicht einfach.

›Vielleicht ist er in der Nachtburg?‹

Möglich, aber nicht wahrscheinlich. Es würde nicht zu den restlichen Vorsichtsmaß-nahmen der alten Magier passen, ihn am gleichen Ort zu verstecken, wo das Tor ist.

›Es gibt Leute, die verstecken ihren Hausschlüssel unter der Türschwelle.«

Tatsächlich? Horam klang nur mäßig interessiert.

In Brads Augen war *das Schließen* dieses seltsamen Tores nicht unbedingt eine Priori-tät, auch wenn alle von der Vorstellung einer offenen Verbindung in andere Dimensio-nen höchst beunruhigt schienen. War der Chaos-Lord erst einmal vertrieben – falls sich diese Hoffnungen als berechtigt erwiesen, konnten sie sich immer noch auf eine neue Suche begeben: nach dem Schlüssel der alten Magier. Zum ersten Mal dachte Brad bewusst darüber nach, was er persönlich machen wollte, wenn das alles endlich vorbei war. Ein kleines, harmloses Abenteuer zum Abgewöhnen vielleicht? Er sah sich schon mit Micra durch die Lande reiten und den Schlüssel suchen.

›Wieso mit Micra?‹ dachte er plötzlich ernüchtert. ›Warum sollte sie mit einem obsku-ren Abenteurer wie mir länger herumziehen, als es die Aufgabe erfordert?‹

Er war kein junger Mann mehr, sollte er nicht langsam mit den Abenteuern aufhören? Das Problem mit seinem »Beruf« war, dass man sich in der Regel nicht um seine Alters-vorsorge zu kümmern brauchte. Kaum ein *Gilde*-Mann, Söldner oder Abenteurer er-reichte je das Rentenalter.

›Altersvorsorge? Rentenalter?‹ Schon wieder diese unsinnigen, fremdartigen Vorstellun-gen. Es wurde wirklich Zeit, dass das aufhörte. Was war, wenn sich solche Ideen fest-setzten? Als nächstes verkauften *Gilde*-Leute noch Versicherungen!

* * *

Durna hatte keine Zeit, in Gedanken versunken mit ihrer Truppe zu reiten. Seit sie anwesend war, hatte sich die Kommandostruktur automatisch umgestellt. Giren schien sie als militärische Oberbefehlshaberin zu betrachten und wandte sich nun mit Ent-scheidungen zuerst immer an sie. Jedenfalls bis sie ihn anzischte, dass sie ihn durchaus für fähig hielte, die Einheit allein zu führen.

War es früher üblich gewesen, dass Herrscher ihre Armeen selbst ins Feld führten? Zwar hieß es in den Geschichtsbüchern immer, dieser und jener König habe einen Sieg errungen, eine Schlacht geschlagen – oder verloren – aber waren sie wirklich dabei gewesen? Sie wäre sich hier eigentlich fehl am Platze vorgekommen, wenn nicht ihr Ziel die Nachtburg und Caligo gewesen wären. Was wusste sie schon von der Kriegs-kunst? Doch dies, so erinnerte sie sich, war kein normaler Krieg. Die Geschäfte in Bink mochten warten oder dem Selbstlauf überlassen bleiben, solange die ungewöhnlichen Probleme dieser Welt nicht gelöst waren.

Vom Rücken ihres weißen Pferdes beobachtete sie die ungewöhnliche Gruppe von Problemlösern, die sie nun endlich auch persönlich kennen gelernt hatte. Wenn man ihr je gesagt hätte, dass fünf Leute – von denen einer ein kleiner Dämon war – im Auftrag der Götter die Welt retten sollten, würde sie nicht einmal gelacht haben.

Tatsächlich waren mehr als nur diese Fünf im Spiel. Sie selbst, die Frau Mata und vielleicht auch die merkwürdigen außerweltlichen Berater, von denen einer Zachaknums Gruppe eine Zeit lang begleitet hatte, wie man ihr sagte, spielten ihre Rollen.

Und nun, wo die Welten bereits gerettet schienen, sollte im letzten Akt des Dramas eine weitere Gefahr gebannt werden, allerdings nur dadurch, dass eine neue heraufbeschworen wurde. Sie wollten das Tor der Dunkelheit in der Nachtburg aktivieren, um dem Neryl einen Fluchtweg zu öffnen.

Was aber, wenn er gar nicht fliehen wollte?

Durnas Hand wanderte erneut unter ihren Umhang zu dem kleinen Drachenamulett, das sie seit einiger Zeit ständig trug. Nicht etwa, weil es vor irgendwelchen Unbilden schützen sollte. Das war sowieso meist nur ein Aberglaube. Sie hatte es im Labor der alten Magier entdeckt und zuerst für eine Art Schmuck gehalten. Bis sie sich in Erinnerung rief, wo sie war. Ein Schmuckstück wäre wohl das letzte gewesen, was die Zauberer vor Jahrhunderten in der Festung der Sieben Stürme verborgen hätten. Sie interessierte sich für den kleinen Anhänger in Form eines Drachen, schon wegen ihrer eigenen Verbindung zu diesen Wesen. Also unterwarf sie ihn jedem Test, der ihr einfiel. Keiner ergab irgendetwas. Es war nicht so, dass sie negative oder enttäuschende Ergebnisse bekam. Sie bekam gar keine. Für ihre Analysen existierte das Amulett einfach nicht! *Das* erregte ihre Aufmerksamkeit.

In den nicht ganz ungefährlichen alten Büchern fand Durna schließlich die Antwort. Es war eine kommentierte Ausgabe des sogenannten »Geheimen Buchs Horam«, in welcher auf das Drachenamulett verwiesen wurde. Sozusagen in den Kommentaren zu den Fußnoten ... ein völliger Zufall, dass sie darauf stieß. Aber genau wie Brad glaubte auch die Königin nicht, dass es so etwas wie den reinen Zufall gab. Nicht mehr.

Jedes Mal, wenn sie daran dachte, was sie da um den Hals trug und wie es in ihre Hände geraten war, lief es ihr kalt über den Rücken und sie verspürte den fast unbezähmbaren Drang, die Kette zu zerreißen und das Ding weit von sich zu schleudern. Das unscheinbare Amulett aus einem nicht genau zu bestimmenden grauen Metall, das sich jeder magischen oder alchemischen Analyse widersetzte, war der von den alten Magiern verwendete Schlüssel zum Öffnen des Tores der Dunkelheit!

Wie passend, dass so etwas mächtiges in Form eines Drachen gearbeitet war. Wie erschreckend, dass man mit diesem kleinen Ding das gefährlichste aller Weltentore öffnen konnte!

Soweit Durna wusste, befand sich die einzige überlieferte Beschreibung des Schlüssels in dem Buch, das in ihrem geheimen Labor lag. Eine handschriftliche Anmerkung, so dass sogar ein möglicherweise existierendes zweites Exemplar des »Geheimen Buchs Horam« niemandem verraten würde, wie der Schlüssel aussah. Erstaunlicherweise schien nicht einmal Horam darüber Bescheid zu wissen. Das warf Fragen auf: Was war das Tor der Dunkelheit? Woher kam dieser Schlüssel?

Wieder überlief Durna ein eisiger Schauder. ›Warum wohl hat er diese Form?‹ dachte sie. ›Die einzigen Wesenheiten, die neben Horam so etwas erschaffen könnten, wären die Drachen.‹ Hatten sie von Anfang an gewusst, dass das von Horam gebaute Weltenkonstrukt keinen Bestand haben würde? Dass die Tore zerstört werden würden? Durna traute den Drachen, die laut Sternenblüte Wesen eines längst untergegangenen Universums waren, solche Art Voraussicht durchaus zu. Mussten sie nicht alles schon einmal in irgendeiner Weise erlebt haben? Oder hatte dieses Tor der Dunkelheit eine völlig andere Bedeutung?

Sie hätte in diesem Moment gern Sternenblüte bei sich gehabt, um sich Klarheit zu verschaffen. In diesem Wunsch ähnelte sie – ohne es zu ahnen – sehr einer anderen Frau namens Mata. Vielleicht wirkte der Kontakt zu Drachen so? Aber Durna war viel zu rational, um Drachenträumen nachzuhängen. Es war gefährlich, so blind herum zu stochern. Was, wenn sie genau das Falsche taten, in ihrem Bestreben, Caligo von der Welt zu vertreiben?

Diese Zweifel waren der Grund, warum Durna den anderen nicht einfach gesagt hatte, dass sie den Schlüssel besaß. Horam hatte ihnen eine Methode verraten, um das Tor im Notfall zu öffnen – ohne ihren Schlüssel. Es blieb dann offen und ein Zugang der nocturnen Dimensionen auf ihre Welt. Wirdaon war ihr geringstes Problem. Sie glaubte nicht, dass die Herrin der Dämonen diese Gelegenheit dazu benutzen würde, Horams Welten zu annektieren. Auch Durna hatte mit Wirdaon zu tun gehabt, und das schien nicht ihr Stil zu sein. Aber jene ominös benannten »nocturnen Dimensionen« bargen weit mehr Übel als nur den Übergang zu Wirdaons Reich. Sie, Durna, besaß die Möglichkeit, das Tor wieder zu schließen, um beispielsweise das Eindringen von »wilden Dämonen« zu verhindern. Oder eine Rückkehr Caligos, falls dem nicht gefiel, was er auf der anderen Seite des Tores fand.

Durna hätte in aller Ruhe abwarten können, was letztlich passierte, um als Retterin der Welten mit ihrem Schlüssel hervor zu treten, wenn es denn erforderlich wurde. Aber wie stand sie dann vor den anderen da? Komischerweise spielte das auf einmal eine Rolle für sie! Und: was war, wenn das Ritual das Tor wirklich »aufbrach« und später ein Schlüssel kein funktionierendes Schloss mehr fand?

Obwohl es ihr als Zauberin im Innersten zutiefst widerstrebte, ein so mächtiges Geheimnis zu enthüllen, beschloss Durna, den anderen die Existenz des Schlüssels zu offenbaren. Es gab keinen Grund, die Sache komplizierter zu machen, als sie schon war. Wenn sie die Nachtburg erreichten, würden sie sämtliche Vorteile brauchen, um Caligo zur Flucht durch das Tor der Dunkelheit zu bewegen.

Was aber, wenn er gar nicht fliehen wollte? Durnas Gedanken drehten sich im Kreis. Und sie führten zu etwas, das nur sie tun konnte. Sie schaute hinauf in den Himmel, aber sie sah nur dunkle Wolken. Das schreckliche Schwert, den Hammer der Götter, den sie kühn dort oben über der eigenen Welt deponiert hatte, konnte sie im Moment nicht sehen. Aber Durna wusste, dass er da war. Sie *fühlte* ihren Kometen, als habe sich mit der Namensgebung durch das Volk eine echte Verbindung eingestellt. Ein Ding, das man »Durnas Komet« nannte, umkreiste wie Ziat die Welt Horam Dorb, nur war es viel, viel bedrohlicher als der unscheinbare kleine Mond.

8

Der Horizont bestand aus einer von ununterbrochenen Blitzen durchzuckten Masse bleigrauer bis pechschwarzer Wolken. Dort, wo die beiden Gebirgszüge zusammentrafen und einen Pass bildeten, den die Nachtburg versperrte, lag eine scheinbar undurchdringliche Wand, die von tobenden Unwettern gebildet wurde.

Zach-aknum fühlte sich an Berichte über magische Schlachten erinnert, die er einst gelesen hatte, als er das ständige Blitzen und Flackern in den Wolkenmassen beobachtete. Aber das dort war wohl keine Schlacht dieser Art. Etwas geschah in der Nachtburg, das war klar. Vielleicht braute Caligo eine neue Teufelei zusammen, die er in die Welt schicken wollte. Vielleicht wehrte er sich auch gegen die Angriffe der Halataner. Die Königin hatte ihnen gesagt, dass ihr Herrscherkollege drüben im Reich zugesichert habe, die Nachtburg zwecks Ablenkung anzugreifen. Aus der noch meilenweiten Entfernung ließ sich schwer sagen, was genau sich dort abspielte. Solange Caligo beschäftigt blieb und keine neue Bluthorde erschuf, konnte ihnen das nur recht sein. Hauptsache, er blieb in der Nachtburg. Bei Durnas erstem Angriff hatte er sich hinweg translokalisiert. So etwas konnten sie nicht brauchen. Sie mussten in die Nachtburg eindringen, das Tor öffnen und den verdammten Chaos-Lord möglichst mit einem Tritt hinein befördern. Vorzugsweise, bevor etwas Unerwünschtes daraus hervor kam.

Der Schwarze Magier war froh, nicht im Zeitalter der legendären Magierkriege zu leben. Ein unnatürliches Unwetter über den Bergen am Horizont war schon bedrohlich genug. Durnas Komet war schlicht beängstigend. Aber in jenen Jahren waren Dinge geschehen, die sich heute kein Mensch mehr vorzustellen vermochte. Dafür war Zach-aknum dankbar, denn er hatte schnell begriffen, dass die Magierkönigin alles zu *tun* vermochte, was sie sich *vorstellen* konnte! Sie war ein Phänomen, ohne es zu wissen – und er war der letzte, der sie darauf hinweisen würde. Die Löcher in der Nachtburg, wie von einem glühenden Stab in Wachs gestoßen, hatten ihn daran erinnert, was Magie anrichten konnte, was die Vertreter seiner Zunft ganz bewusst hatten in Vergessenheit geraten lassen. Selbst der Neryl war kein Grund, das alles wieder auszugraben.

›Wir könnten ihn vernichten‹, dachte Zach-aknum nüchtern, ›ohne all diese Anstrengungen und Gefahren mit dem Tor der Dunkelheit. Selbst diese *Entität* kann physisch vernichtet werden. Aber um welchen Preis!‹

Es war seine Spezialität: Er war der Feuermagier, die Tötende Flamme. Höchstwahrscheinlich war er der letzte Feuermagier auf Horam Dorb überhaupt – Saliéera befand sich schließlich weit fort auf Horam Schlan. ›Ember!‹ verbesserte er sich in Gedanken. Zach-aknum kannte das Feuer wie kein anderer. Er wusste, woher es gekommen war. Einst hatten Wilde es gezähmt und in ihre Höhlen getragen. Vielleicht war unter ihnen einer gewesen, der das Feuer – als es schließlich wieder erlosch – zurück zu rufen verstand. Ein Urmagier, ein wildes Talent. Wenig später schon dürften Menschen das Feuer nicht mehr nur zur Erhaltung des Lebens verwendet haben, sie erkannten sicher sehr schnell seine tödliche Macht. Feuermagier waren nicht die einzigen Menschen, die versuchten, diese Macht zu beherrschen, doch sie waren die erfolgreichsten. Sie kannten das Feuer in all seinen Formen: Geboren aus Blitzen, konnte es wieder zur grellweißen Energie des Blitzes werden; entstanden aus gehüteter Glut, so sprang die rote Blume unverhofft empor, wann immer sie gerufen wurde; entsprungen dem plötzlichen Funken zweier Steine, so explodierte die lodernde Flamme wie im Ausbruch eines Vulkans, wann immer ein Zauberer das Wort der Macht dazu sprach. Der Zauber der Feuers, scheinbar Ursprung allen menschlichen Bestrebens, entpuppte sich gleichzeitig als das verderblichste Geheimnis, das der Mensch jemals der Natur entrissen hatte. Doch in all diesen Abarten des Feuers, mit denen Magier spielten, da fühlten sie immer etwas, das noch dahinter war, unerreichbar. Dieses Feuer, das ein guter Feuermagier spüren konnte, erfüllte sie mit Angst. Sie wussten von Anfang an: Ein Feuer gab es, das niemand berühren durfte, weder zum Nutzen noch zum Schaden. Und jeder, der es dennoch versuchte, starb sofort in einem Blitz unerträglicher Helligkeit.

Doch wie es mit allem war, das Menschen als machbar entdeckten, wurde nicht ganz vergessen, wie ein solches Feuer möglicherweise zu entzünden wäre. Erst kürzlich waren in Zach-aknums Bewusstsein fremdweltliche Begriffe und Vorstellungen aufgetaucht, die dem verbotenen Feuer der Zauberer einen Namen gaben. Wenn er es richtig verstanden hatte, wurde es dort, wo es diesen Namen trug, ohne besondere Skrupel und fast routinemäßig eingesetzt.

Manchmal sprachen Brad, Micra und Solana miteinander über die Dinge, welche sie als »Chaos-Visionen« bezeichneten. Zach-aknum beteiligte sich selten an solchen Gesprächen. Zu grauenvoll waren die Welten, aus denen ihm Vorstellungen ins Bewusstsein sickerten. Er wusste, dass er niemals in einem Universum würde leben wollen, in dem Menschen in stählernen Schiffen die Weiten zwischen den Sternen befuhren, nur um andere Schiffe mit ihren *Antimateriewaffen* zu zerstören.

Aber alles, was vorstellbar war, konnte mit Magie auch getan werden. Wenn es keinen anderen Weg mehr gab, würde Zach-aknum nicht zögern, zur Vernichtung des Chaos-Lords auch zum letzten Mittel zu greifen. Es würde bedeuten, dass er sich opferte, aber damit hatte er sein ganzes Leben lang gerechnet.

»Zauberer?«

Er konnte gerade noch verhindern, dass er zusammenzuckte. Zach-aknum hatte nicht bemerkt, wie sich die Königin ihm auf ihrem weißen Pferd näherte.

»Bevor wir in die Berge hinauf reiten und uns Caligo stellen, solltet Ihr noch etwas wissen«, sagte Durna. Sie wirkte beinahe verlegen.

»Und was wäre das?« fragte er mit gewohnt ausdrucksloser Stimme. Nie ließ er sich Gefühlsregungen anmerken, schon gar nicht vor anderen Zauberern. Und Frauen. Hexen ... was auch immer.

»Ihr wisst doch, dass die alten Magier das Tor der Dunkelheit regelmäßig benutzten? Ich habe unlängst einen der alten magischen Orte des Netzwerkes wieder entdeckt und aktiviert«, sagte sie ein wenig zu hastig für ein beiläufiges Gesprächsthema. Er wusste, was das Wort »Netzwerk« unter Magiern bedeutete, auch wenn sich ihm eine Menge anderer Bedeutungen von außen ins Bewusstsein drängten. Plötzlich entdeckte Zach-aknum, dass er diese fremden Konzepte einfach verdrängen konnte, wenn es darauf ankam. Er *wusste* einfach, was wirklich, was wichtig war. »Dort fand ich etwas, das ich für den Schlüssel halte«, schloss die Königin.

›Schlüssel für was?‹ hätte er beinahe gefragt. Doch dann begriff er. »Für das Tor?«

Sie nickte nur. Ihr betretener Gesichtsausdruck sagte Zach-aknum, dass sie sich genau wie er immer mehr wie eine Spielfigur fühlte, geschoben und manipuliert von Kräften, die man weder sah noch verstand.

»Dann solltet Ihr es öffnen«, sagte Zach-aknum, »sobald wir in seiner Nähe sind. Alles andere wird sich hoffentlich ergeben.« Er sagte nicht, dass er befürchtete, was sich ergab, würde ein letzter, verzweifelter Kampf sein, in dem sie all ihre verfügbaren Mittel einsetzen mussten. Wie konnte man ein Wesen, das auf einer höheren Entwicklungsstufe stand als bloße Menschen, dazu zwingen, aufzugeben und die Wellt zu verlassen? Er verstand die Sache mit den Entitäten und der Transzendenz noch immer nicht so ganz, aber das war wohl auch nicht unbedingt nötig. Ob man sie nun Götter und Halbgötter nannte oder transzendierte Wesenheiten – Bezeichnungen waren belanglos, weil von Menschen erdacht. Er neigte dazu, die Unergründbarkeit dieser Wesen als gegeben hinzunehmen, wie es von den verschiedensten Religionen gelehrt wurde. Was für einen praktischen Nutzen konnte es auch haben, sich über die Natur der Götter den Kopf zu zerbrechen?

»Es wäre gut, wenn wir wüssten, was in und um die Nachtburg gerade passiert«, bemerkte er, um sich von diesen fruchtlosen Grübeleien abzulenken.

Durna räusperte sich. »Das wäre durchaus möglich, sobald wir die nächste Rast einlegen.«

Zach-aknum fragte sich, was für eine Methode die Königin im Sinn haben mochte. Sicher eine ungewöhnliche.

* * *

Die kaiserlichen Berater standen auf einem kahlen Höhenzug im Osten des Endoss-Gebirges und beobachteten, wie die halatanische Armee den riesigen Kasten von einem Bauwerk unter Beschuss nahm. Mit primitiven Kanonen, deren Konstruktion auch auf Hinweise der Erdenmenschen zurückging. Die meisten Geschosse schienen den hohen Mauern nicht zu schaden, sie prallten ab und gruben sich zwischen den Belagerern und der Nachtburg in den steinigen Boden. Offenbar war ein Schutzzauber noch immer aktiv. Manche der massiven Kugeln schlugen im Bogen von oben ein, aber man konnte nicht erkennen, ob sie Schaden anrichteten. Vermutlich nicht. Genauso wenig war festzustellen, ob der Chaos-Lord in der Nachtburg überhaupt von den Menschen und ihren frechen Bemühungen Notiz nahm. Persönlich hatte er sich jedenfalls noch nicht blicken lassen.

Die Berater, die sich erst vor einigen Stunden zu den kaiserlichen Truppen begeben hatten – hierzulande nannte man die Methode »translokalisieren« – waren an der Belagerung im Augenblick nur mäßig interessiert.

»Seid ihr sicher, dass Thomas fort ist?« vergewisserte sich Harry, am Hofe Marruk II. besser als Meister Har'rey bekannt.

Annie nickte und seufzte. »Auf dieser Welt sind unsere empathischen Fähigkeiten verstärkt. Ich konnte genau spüren, dass er ein *Fenster* öffnete und ging. Wenn ihm etwas zugestoßen wäre, dann hätte ich es deutlich davon unterscheiden können.«

Vera ergänzte: »Ich vermute, dass eine Chaos-Welle jene Blockade aufgehoben hat, die uns hier festhielt. Keine Ahnung, wie und warum, genauso wenig wie ich weiß, was uns in erster Linie hier stranden ließ. Falls es nicht doch ein perfider Plan des Dings ohne Namen war ... Wahrscheinlich könnten wir jetzt sofort zusammenpacken und gehen, wenn wir das wollen.«

Sie wussten, was sie meinte. Die Welt Horam Dorb verlassen und ihren ursprünglichen Plan verwirklichen.

Annie zupfte an ihrem schwarzen Kleid. »Mir gefiel es hier eigentlich ganz gut«, gab sie zu. »Wenn die Welt nicht gerade untergeht oder vom Chaos bedroht wird, könnte man als Hexe hier prima leben.«

»Trotz der albernen Voreingenommenheit der Halataner!« murmelte Harry. »Was ich nicht verstehe, wieso ist Thomas abgehauen, ohne uns ein Wort zu sagen?«

Der Wanderer aus der fernen und parallelweltlichen Vergangenheit war als Letzter nach Horam Dorb gelangt und hatte sich ihnen nicht bei ihrer Tätigkeit am Hof anschließen wollen. Er war übrigens der Einzige der originalen Zeitläufer, den es hierher verschlagen hatte. Weder Renaldi noch Yra hatten von sich hören lassen. Vielleicht der Grund, warum er weiter ruhelos durch die Lande zog. Davon abgesehen, fehlten aus ihrer Gruppe auch Veras Onkel Phil und der gefährliche Herr Anders, der telekinetische Killer.

»Bestimmt hatte er einfach das Wetter satt«, mutmaßte Tom, der mit Fred seine Beine von einer scharfen Felskante baumeln ließ. Das Wetter über den Bergen sah in der Tat unheilverkündend übel aus. Reagierte der Chaos-Lord jetzt doch?

Vera warf Tom einen finsteren Blick zu. Frivolitäten waren der Situation wohl kaum angemessen.

»Ich glaube, sein Verschwinden war ein Zufall«, sagte sie. »Es fällt zu genau mit dem Wegfallen der Blockade zusammen; als ob es sich dabei um ein und denselben Vorgang handelte. Ich frage mich nicht so sehr, warum er die Welt verlassen hat, sondern warum er nicht wieder zurück gekommen ist.«

Die anderen nickten verstehend. Das konnte heißen, dass sie keine Möglichkeit mehr haben würden, nach Horam Dorb zurückzukehren, wenn sie diese Welt erst einmal verließen. Sie mussten also genau abwägen, was sie tun wollten.

»Hat sich Marruk schon gemeldet?« fragte Vera.

Harry klopfte gegen sein Funkgerät. »Negativ.«

»Hoffentlich denkt der Kerl nicht, das ist eine böse Magie, die seine kaiserlichen Finger abfaulen lässt, wenn er sie anrührt«, murrte Annie, die nicht sehr viel von den »Eingeborenen« hielt.

Ihr Nachrichtenfluss war ein wenig kompliziert. Der in seinem Palast verbliebene Kaiser erhielt auf magischem Wege hin und wieder Botschaften der Königin von Teklador, was ihn vermutlich frustrierte, aber es gab nun mal keinen schnelleren Weg. Diese Berichte vom Stand der Dinge auf der anderen Seite der Nachtburg sollte er mittels fremdweltlicher Technologie an seine Berater übermitteln, die wiederum Empfehlungen an seine Offiziere daraus machen konnten. Bisher war das alles nur Theorie. Als sie von der erfolgreichen Rückkehr der Statue in den Tempel und der Vernichtung von Caligos Bluthorde vor Ramdorkan erfuhren, waren die Erdenmenschen sofort zum neuen Brennpunkt des Geschehens gereist. Seitdem warteten sie darauf, dass sich etwas tat.

Nun musterte auch Vera den schwarzen Himmel über den Bergen. »Sie hat entgegen unserem Rat schon mehrfach Kometentrümmer als Waffe eingesetzt. Ich hoffe nur, wir bekommen eine Warnung, wenn sie es wider jegliche Vernunft noch einmal tut.«

Ein großer Einschlag in der Nachtburg würde so schnell erfolgen, dass ihnen keine Zeit mehr zur Translokalisation bliebe.

»Sie ist vernünftiger als das!« behauptete Annie.

»Einen Kometen im Weltraum einzufangen, in einen planetaren Orbit zu bringen und als jederzeit abrufbare Waffe zu benutzen, nennst du vernünftig? Abgesehen davon, dass sie das alles tat, ohne auch nur eine Vorstellung von Raumfahrt zu haben. Clever ja, furchterregend einfallsreich auch – aber vernünftig?«

Aus den Wolken zuckte eine Salve von Blitzen auf die Geschützstellungen der Halataner zu. Die Entladungen trafen jedoch weder Kanonen noch Kanoniere, sondern zerflossen an einer kurz sichtbar werdenden magischen Schutzkuppel. Die kaiserlichen Berater wussten ihre eigenen Fähigkeiten vorausschauend einzusetzen, wenn es sein musste.

»Ich glaube, er ist aufgewacht«, bemerkte Tom.

In diesem Augenblick gab das Funkgerät einen Rufton von sich.

»Wir hören Euch klar und deutlich«, sagte Harry, der hastig die Kopfhörer übergestülpt hatte, obwohl er den Kaiser vor lauter Knistern kaum verstand. »Jawohl, Eure Majestät. Danke ... Ja, soeben haben wir eine erste eindeutige Reaktion beobachtet ... Ende.« Er grinste. »Für einen ›Amateurfunker‹ nicht schlecht«, sagte er zu den anderen. »Die tekladorische Armee mit Durna und einem weiteren Magier an der Spitze ist in Sichtweite der Nachtburg angelangt. So oder so – es geht los.«

* * *

Brad versuchte ohne großen Erfolg, seine Verblüffung zu verbergen. Das Ding, welches die Königin nach einer kurzen Abwesenheit mitgebracht hatte, war unglaublich. Schon ihr beiläufiges Verschwinden und Wiederauftauchen war bemerkenswert gewesen. Sogar Zach-aknum hob eine Braue und sagte, das würden nur wenige Magier in dieser Form beherrschen und sich trauen. Schließlich wisse man nie hundertprozentig, was am anderen Ende gerade war, wenn man sich translokalisierte.

Durna hatte eine Möglichkeit versprochen, zu sehen, was die Verbündeten auf der anderen Seite der Nachtburg trieben. Genau das sahen sie auch.

Was die Königin aus unerfindlichen Gründen ein Zi'en'en nannte, war ein Kasten mit abgerundeten Ecken, der auf einer seiner Seiten Bilder von entfernten Orten zeigte. Und zu allem Überfluss wurden diese auch noch von einem grinsenden grünen Dämon präsentiert. Pek fielen fast die Augen aus dem Kopf und er erwog sofort eine Karriere als Sprecherdämon. Es enttäuschte ihn sehr, dass die Königin das Zi'en'en nach Bewältigung der Krise nicht mehr benutzen wollte, wie sie ihnen erklärte.

›Wer's glaubt!‹ dachte Brad. Wie sollte eine Herrscherin freiwillig auf etwas so nützliches verzichten?

»Die neuesten Entwicklungen um die Nachtburg«, krähte der Dämon im Zi'en'en fröhlich, »deuten auf dramatische Ereignisse hin. Zwar hat sich beim Beschuss der

Burg nicht die in der militärischen Fachwelt als das Pelfar-Phänomen bekannte Erscheinung wiederholt, die Geschosse blieben, was sie beim Abschuss waren, aber es scheint, dass Caligo nun mit gezielten Blitzen zurückschlägt!«

Durna breitete die Arme aus. »Die Kommentare sind oft etwas langatmig«, entschuldigte sie sich mit einem finsteren Blick auf den Kasten. Brad bemerkte überrascht, dass der Dämon darin zusammenfuhr und rasch zu einem anderen Thema kam.

»Auch die Berater des Kaisers von Halatan sind inzwischen bei der Nachtburg eingetroffen. Experten fragen sich, ob ihre Einmischung nicht gegen gewisse Direktiven verstößt oder ob diese überhaupt für sie Gültigkeit besitzen.« Der Kasten zeigte eine Gruppe junger Leute, die damit beschäftigt waren, dunkle Wolkenmassen zu beobachten. Das waren also die Berater, die Gefährten des Wanderers! Und sie waren noch hier. Vielleicht kam Thomas ja auch zurück?

»Wie ist der Plan?« fragte Micra.

»Na ja«, sagte Zach-aknum, »wir gehen rein und zum Tor der Dunkelheit. Dort warten wir, dass Caligo sich zeigt.«

»Und wenn er nicht kommt? Beim letzten Mal hat er sich auch nicht um uns gekümmert, als wir durch die Burg schlichen.«

»Das wäre ganz schön abartig von ihm«, sagte Pek. »Ich meine, da versammeln sich alle seine größten Feinde auf dem Planeten im eigenen Keller, und ihn soll das kalt lassen?«

»Oberst Giren wird ein paar Stoßtrupps in die Burg schicken, um sie zu durchsuchen. Er muss denken, dass wir ihm jetzt ernsthaft an den Kragen wollen. Wenn es beim Tor zu einer Konfrontation mit dem Chaos-Lord kommt, müssen wir ihn so bedrängen, dass er keinen anderen Ausweg sieht, als in das Tor zu gehen.«

»Aber dazu müssen wir es vorher öffnen«, meinte Brad. »Das dauert etwas, soviel ich verstanden habe.«

Die Königin schüttelte den Kopf. »Das Ritual brauchen wir nicht – außer ich ... stehe nicht mehr zur Verfügung. Wie sich herausstellte, besitze ich nämlich den Schlüssel!« Das schlug wie eine Bombe ein. Nur Zach-aknum blickte ungerührt. Nachdem sich alle anderen wieder etwas beruhigt hatten, erklärte Durna noch einmal, dass sie das Amulett in der Festung der Sieben Stürme entdeckt habe, die auch ein Teil des magischen Netzwerkes sei.

Plötzlich schienen sich ihre Erfolgsaussichten wesentlich verbessert zu haben. Mit der tatsächlichen Kontrolle über das Tor der Dunkelheit sah vieles anders aus. Nun mussten sie eigentlich »nur« noch Caligo dazu bringen, diesen Weg zu benutzen.

›Vielen Dank, Horam‹, dachte Brad. ›Falls du dafür verantwortlich bist.‹

Man tut, was man kann, mein Freund, oder eher, was man darf ... Wir haben alle versucht, uns nur so wenig einzumischen, wie es angebracht erschien. Aber wir haben euch nicht allein gelassen.

›Hättet ihr denn mehr tun können?‹

Sicher, aber irgendwann würdet ihr – ihr Menschen – euch dann gefragt haben, was das alles dann noch soll, wenn wir euch keinen freien Willen lassen und jede Entscheidung abnehmen. Genau darum schaut man uns sehr genau auf die Finger. Die Bevormundung oder gar Versklavung fremder Rassen wird nicht toleriert.

›Na schön, aber in der Nachtburg werden wir jede Hilfe brauchen.‹

Wir sind bei euch, war die kurze Antwort Horams.

Erst als sie später an diesem Tag die Hänge unterhalb der zerschossenen Westseite der Burg hinaufkletterten, fragte sich Brad, wieso der Gott plötzlich in der Mehrzahl gesprochen hatte.

* * *

Die Idee war also, Caligo aufzuscheuchen und zum Tor zu locken, wo man ihn dann so bedrängen wollte, dass er hinein floh … Eine hervorragende Idee, fand Micra, nur durfte man nicht einen Augenblick über ihre Umsetzung nachdenken. Sie machte sich keinerlei Illusionen über die Chancen gewöhnlicher Sterblicher, mit einem außerweltlichen Wesen wie dem Neryl fertig zu werden. Die beiden Zauberer auf ihrer Seite … ob sie das aufwogen?

»Zweifel töten den Mut des Kriegers, und so töten sie den Krieger«, hatte ihr Vater gelehrt, hinter dessen Geheimnisse Micra erst nach und nach zu kommen schien. Vielleicht blieb ihr keine Zeit mehr, sie vollständig zu enträtseln. Falls sie das überhaupt wollte. Denn sie wusste nur zu gut, dass manche Geheimnisse besser geheim blieben. Einige dieser Offenbarungen wurden nur durch Blut erkauft, oder sie zogen Blut nach sich. Geheimnisse konnten töten, konnten ganze Reiche zum Einsturz bringen. Warum war Terish wirklich gefallen? Warum hatten ihres Vaters Krieger nicht stattdessen das Reich Thuron verwüstet und entvölkert? Sie hatte diese Fragen gestellt – ihm und anderen – aber nie eine Antwort erhalten. Würde sie je begreifen, was die Warpkrieger waren, was also sie selbst wirklich war?

Das Tor der Dunkelheit sollte ja angeblich wieder einen Weg zwischen den Welten öffnen. Wenn sie diesen Weg zurück ging, könnte sie dann in der Heimat die Dinge tun, die sie bisher in ihrem Leben versäumt hatte? Aber was wären das für Dinge? Sollte *sie* die Warpkrieger übernehmen und Terish mit Gewalt wieder auferstehen lassen? Der Imperator von Thuron jedenfalls war längst tot, wofür *Brad* verantwortlich war. Der Orden der Warp konnte unter einem skrupellosen Anführer durchaus die Herrschaft über das Land übernehmen … über die Welt? Was für alberne Gedanken!

»He, Brad!« rief sie. »Habe ich dir schon mal gedankt, dass du den Imperator von Thuron kaltgemacht hast?«

»Äh, nein«, antwortete der *Gilde*-Mann. »Ich dachte eher, es würde dich ärgern.«

»Warum sollte es? Er war eine Ratte.«

Brad breitete die Arme aus, als wolle er sagen: »Und ich bin nun mal der Rattenfänger.«

»Trotzdem danke.« Man ließ möglichst keine Rechnungen offen, wenn man ging, und keinen Dank ungesagt. Auch das hatte ihr Vater gelehrt.

Micra Ansig, die Lady von Terish, wusste genau, dass sie in dem zerfurchten Bauwerk, dem sie immer näher kamen, sterben konnte. Auch wenn sie ein zweites Mal innerhalb so kurzer Zeit die Rüstung rief, was seine eigenen Risiken barg, konnte der verzauberte Stahl für den Neryl sein wie Papier. Niemand kannte all seine Kräfte und Möglichkeiten.

»Jederzeit wieder«, rief Brad, und der Dämon an seiner Seite hielt ihr den emporgereckten Daumen entgegen – was er damit auch meinen mochte.

Etwa eine Meile vor der Nachtburg wurde das Gelände für Pferde unpassierbar. Obwohl Micra das unnötig fand, wollte General Giren eine Annäherung über das offene Terrain, nicht über die alte Straße. Also saßen sie und die Soldaten ab und begannen zwischen den niedrigen Krüppelbäumen des Gebirges hinauf zum Pass zu steigen. Militärisch gesehen war so ein Vormarsch auf einem offenen Anstieg unterhalb einer Festung völlig unsinnig, aber sie erwarteten nicht, dass die Nachtburg verteidigt würde wie eine gewöhnliche Burg der Menschen.

Vor sich sah sie Zach-aknum Seite an Seite mit Königin Durna. Die unter ihrem schwarzen Hexenumhang in Leder gekleidete Frau kletterte über Wurzeln und Steinblöcke, als ob sie das täglich übte. Micra fiel ein, dass eigentlich *sie* an die Seite des Schwarzen Magiers oder in eine Vorhut gehörte. Schließlich war sie die Kriegerin des Magiers, die er aus dem verdammten Buch der Krieger ausgewählt hatte. Aber auch Brad war hinter die beiden Zauberer zurückgefallen. Es gab Zeiten, da waren in der vordersten Linie andere Kräfte gefragt. Mit dem leichtfüßig über alles hinweg hüpfenden Pek an seiner Seite sah Brad aus wie immer. Man durfte ihm nur nicht ins Gesicht sehen. Darin stand dasselbe, was auch sie fühlte. Dort oben wartete möglicherweise der Tod.

Solana ging schräg hinter Brad. Sie hatte sich strikt geweigert, bei der Armee zurückzubleiben, obwohl sie in einem Kampf kaum von Nutzen sein konnte. »Die Götter haben uns zusammengeführt, und so soll es sein«, hatte sie gesagt. Brad akzeptierte das schulterzuckend, was Micra merkwürdig fand. Sie hatte gedacht ... Was eigentlich? Hatte sie in den letzten Tagen und Wochen überhaupt Zeit gehabt, an so etwas zu denken?

Die ersten Soldaten Girens fielen wie ein Schwarm selbstmörderischer Insekten in die Nachtburg ein. Auf der Westseite, wo sie in den Magierkriegen getroffen worden war, gab es eine Reihe von Öffnungen. Die Yarben dort vor ihnen wussten genau, worauf sie sich einließen – oder glaubten es zumindest. Sie waren professionelle Soldaten und Micra konnte nicht umhin, ihren Standard zu bewundern. Kein reguläres Heer auf Horam Schlan hätte sich mit ihnen messen können. Heute waren sie nur die Treiber. Ihre Aufgabe war, »das Wild« aufzuscheuchen. Doch auch ein Treiber konnte auf der Jagd unverhofft einem Bachnorg begegnen, der sich einfach umdrehte und das lange Maul zu einem teuflischen Grinsen aufriss ...

Micra, auf deren Welt es gar keine Bachnorgs gab, wurde sich ihres eigenartigen Gedankenganges nicht bewusst. Inzwischen hatte sie sich mehr oder weniger an das Chaos gewöhnt. Ein Umstand, der Caligo zu erneuter Raserei gebracht hätte, wäre er ihm jemals bekannt geworden.

* * *

Die Königin hatte sich von General Giren mit einer Umarmung verabschiedet, was natürlich kein anderer sah. Er als einer ihrer noch wenigen Vertrauten hatte den eindeutigen Befehl, *draußen* zu bleiben und den Teil der Operation, der die Armee betraf, von dort zu leiten. Sie wollte, dass er den Überblick behielt und die Führung übernahm, wenn ... Aber sie verbot sich, daran zu denken. Die Gedanken an die Zukunft drängten sich ihr dennoch ungefragt in den Geist. Sie würde schwer werden und eine Zusammenarbeit aller erfordern, ihrer Leute mit den noch immer hereinströmenden yarbischen Flüchtlingen und mit den Halatanern, die auf dem Kontinent die bedeutendste Macht waren. ›Noch ...‹, dachte Durna mit einem dünnen Lächeln. Falls sie nicht überlebte, würde es anders laufen, als sie plante, aber wenigstens hatte General Tral Giren in der yarbisch-tekladorischen Koalition einen Stand, der es ihm ermöglichen sollte, das Heft in der Hand zu behalten und in ihrem Sinne weiter zu machen. Sie schüttelte leicht den Kopf. Es war nicht sehr hilfreich, im Moment über solche Fragen nachzudenken. Fast hätte sie gar nicht bemerkt, wie sie die Nachtburg betraten. Zach-aknum hatte einen V-förmigen Einschnitt in der Ummauerung ausgewählt, der sie daran erinnerte, dass es schon einmal eine Zeit gegeben hatte, wo Magier mit Kräften gespielt hatten, wie sie ihr selbst zur Verfügung standen. Und was daraus entstanden war.

»Soll ich nicht doch einen Schlag direkt auf die Burg ...?« schlug sie noch einmal vor. Zach-aknum schüttelte nur stumm den Kopf.

»Schon mal was von Overkill gehört?« krähte die Stimme des Dämons hinter ihr und Durna fröstelte, wie immer, wenn sie sich bewusst machte, in was für einer seltsamen Gesellschaft sie sich befand.

»Nein, wer ist das?« fragte sie, obwohl ihr die Chaos-Fluktuationen natürlich sofort die Erklärung für den Begriff suggeriert hatten.

»Ich fürchte, Pek hat Recht«, sagte Zach-aknum. »Ein Schlag mit Eurem Himmelsfeuer könnte den Neryl ganz aus der Nachtburg vertreiben – und wie wollen wir ihn dann je wieder in die Nähe des Tores bringen? Wir sollten den Göttern danken, dass er sich gerade diesen Ort zu seiner Residenz gewählt hat.« So, wie er es sagte, schien der Schwarze Magier das wörtlich zu meinen. Na ja, diese Leute waren mit den Göttern beinahe *befreundet*.

Es wurde dunkel um sie, und beide Zauberer hoben genau zur gleichen Zeit ihre Hände, um Leuchtkugeln zu erschaffen. Als die weißblaues Licht verströmenden Gebilde unter der Decke des ersten Ganges schwebten, sahen sich Zach-aknum und Durna besorgt an. Sie wusste, dass der Mann dasselbe befürchtete wie sie: dass ihre Zauber sich gegenseitig beeinflussen oder stören könnten. Das war immer die Gefahr, wenn mehrere Magier zusammenarbeiteten. Aber sie hatten keine Zeit mehr, um sich abzustimmen oder ein Zusammenwirken zu trainieren.

* * *

Solana fragte sich, ob sie eventuell beten sollte. Doch das wäre wahrscheinlich überflüssig gewesen – Overkill, wie es Pek gerade so schön bildhaft ausgedrückt hatte. Wenn sich je eine Priesterin der Aufmerksamkeit der Götter hatte sicher sein können, dann war sie es. Solana brauchte keinen Glauben, sie *wusste*, falls das nicht ein religiöses Paradoxon war. Ihr war klar, dass wenigstens Horam (zwei von ihm) und Wirdaon sie derzeit genau beobachten dürften. Vielleicht gab es ja auch noch andere Augen, die unsichtbar auf ihnen ruhten. Der finstere Wordon hatte seine Rolle in dem Spiel gehabt, und auch bei den Yarben gab es einen ganzen Haufen Götter – vorausgesetzt, die existierten ebenfalls. Und dann waren da noch die Augen von Wesen, an die sie nicht zu denken wagte, denn zu denken bedeutete manchmal zu rufen. Wenn sie versagten, was würden die Götter dann machen? In letzter Sekunde eingreifen? Wenn die Götter eingriffen, was würden diese anderen Wesen dann machen?

Sie wusste selbst nicht, warum sie nicht bei dem schneidigen General Giren geblieben oder besser gleich nach Halatan zu ihrem Sohn weiter gereist war. Solana fühlte sich nicht wirklich als Kämpferin, auch wenn sie mit der Waffe nicht ungeschickt war, wie die Bluthorde hätte berichten können. Aber was sie den anderen gesagt hatte, stimmte. Sie glaubte daran, dass die Götter sie nicht zufällig zu der Gruppe gesellt hatten und dass sie bis zum Schluss dabei bleiben sollte. Nicht, weil sie eine Figur im Spiel war. Weil es richtig schien.

»Das ist kein Spiel«, hatte Horam gesagt und damit tiefere Gründe für das Handeln der Götter impliziert. Doch sicher konnte ein bloßer Mensch sie nicht erforschen.

Horam sprach nicht zu ihr, wie es Brad beschrieb, aber sie fühlte plötzlich in sich die Überzeugung, dass sie Gelegenheit zum Erforschen göttlicher Gründe bekommen würde, wenn sie den Posten annahm, den ihr die Königin geboten hatte: Oberpriesterin von Ramdorkan. Zunächst aber wohl eher Ober-Restauratorin von Ramdorkan.

›Abgemacht‹, dachte sie mit einem Anflug unpriesterlichen Übermutes. ›Doch wehe, du hältst dich nicht daran! Ich kenne da so einige Geschichten aus deiner Jugend ...‹

Solana war beinahe sicher, dass in irgendeiner fernen und gleichzeitig nahen Dimension ein doppelter Gott verblüfft zwei Paar Augen aufriss.

* * *

Brad hielt Zach-aknum mit einer Berührung an der Schulter zurück, als dieser nach kurzem Zögern in einen feucht und eng aussehenden Gang nach unten vorrücken wollte, da sie vermuteten, dass sich das Tor tief unter dem Boden befinden würde.

»Nicht immer ist der offensichtliche Weg der direkteste«, sagte er. »Lasst mich ein weiteres Mal der Führer sein.«

»Wie im Wald?« fragte der Magier.

»Wie im ... Fluchwald.«

Brad setzte sich nun doch an die Spitze der Gruppe, die im Gegensatz zu den offen und lärmend eindringenden Soldaten möglichst gedeckt vorzugehen versuchte. Er mochte die Idee nicht besonders, die Vorhut bei der Konfrontation mit Caligo zu bilden, aber einmal mehr war er, wenn nicht tatsächlich, so wenigstens im Geiste das Avatar Horams. Der Gott hatte sich gemeldet und gab die Richtung an, viel besser als beim ersten Durchqueren der Nachtburg. Entweder störte Caligo diesmal nicht so sehr, da er von den Angriffen der Halataner abgelenkt war, oder Horam hatte einen Teil seiner Zurückhaltung abgelegt. Seine Stimme dirigierte Brad klar und deutlich zum Tor der Dunkelheit. Er fragte sich, ob es der Gott tatsächlich darauf ankommen lassen würde und selbst herab kam.

Tatsächlich führte der von ihm empfohlene Gang nach einer Biegung zu einer Treppe nach unten. Über der Treppe hing eine langsam rotierende Kugel aus Stein, aber sie ignorierten sie, wie sie diese unerklärlichen Phänomene schon bei ihrem ersten Besuch der Burg ignoriert hatten.

Die Soldaten wählten andere Wege und gaben vor, die Burg zu durchsuchen. Wenn alles nach Plan ging, drangen von der östlichen Seite zum selben Zeitpunkt die Halataner durch den eingestürzten Tunnel in die Burg vor. Verwirrung stiften – Chaos! – das war das Ziel. Inmitten der Verwirrung brauchte Zach-aknums Gruppe nur genügend

Zeit, um das Tor zu finden und zu aktivieren. Dann erst würde Caligo auf sie aufmerksam werden und kommen.

So war wenigstens der Plan.

Brad hatte in seinem Leben schon einfachere Pläne beim ersten Versuch der Umsetzung scheitern gesehen. Die Disziplin der Soldaten Durnas beeindruckte ihn. Diese Männer wussten sehr wohl, was für ein Schicksal, schlimmer als der Tod, ihnen drohte, wenn sie Caligo bei ihrem Umherstochern in der Burg zufällig wirklich begegnen sollten. Trotzdem hatte sie der halben Armee *befehlen* müssen, draußen zu bleiben.

Einmal hörte Brad irgendwo über ihnen das charakteristische Knattern einer fremdweltlichen Waffe. War Thomas mit seiner Empesieben zurückgekehrt? Oder waren seine Freunde in die Nachtburg eingedrungen? Er konnte nur den Anweisungen Horams folgen und fand schließlich und viel eher, als er gedacht hatte, wonach sie suchten.

Brad stand unvermittelt im Eingang zu einem Saal, der tatsächlich tief unter der Oberfläche liegen musste, so viele Treppen waren sie hinab gestiegen.

»Tak ma'escht!« murmelte Pek neben ihm und starrte wie gebannt nach oben.

Über dem bogenförmigen Eingang hing ein steinernes Relief, vom magischen Licht der beiden Kugeln deutlich aus dem Schatten gehoben. Es stellte zwei Drachen dar, deren lange Schwänze mit einem Band verknüpft und deren Hälse umeinander geschlungen waren.

Alle waren stehen geblieben und starrten die Abbildung an. Jeder von ihnen wusste, was Drachen bedeuteten. Waren diese hier nur ein Symbol für die Verknüpfung der Welten oder wollte das Bild etwas anderes sagen? Hatten die Drachen etwas mit dem Tor der Dunkelheit zu tun? Dann erinnerte sich Brad an das Amulett der Königin, das sie ihnen kurz gezeigt hatte. Es stellte einen kleinen Drachen mit langem Schwanz dar. Ihm fiel auch wieder ein, dass keiner sagen konnte, woher das Tor der Dunkelheit eigentlich kam. Es gehörte definitiv nicht zu Horams gescheitertem Jugendprojekt eines »multidimensionalen Nexus«. Jemand hatte vermutet, die alten Magier hätten gar die ganze Nachtburg um das schon vorhandene Tor herum gebaut!

›Womit wollen wir da eigentlich herumpfuschen?‹ dachte Brad mit größerer Angst als vor Caligo. ›Auf was haben wir uns da eingelassen?‹

Horams schwächer werdende Stimme versicherte ihm, dass alles in Ordnung sei. Nun, da sie ihren Bestimmungsort erreicht hatten, schien seine Präsenz sich aus seinem Geist zurückzuziehen.

Brad zögerte dennoch, den Saal zu betreten. Das, was sie dort erwartete, konnte er schon unter dem Bogen des Eingangs sehen.

In der Mitte des hohen Saales schwebte ein riesiger Ring aus dunkel angelaufenem Metall knapp über dem Boden. Er hing schräg in der Luft und wurde durch keinerlei sichtbare Stützen oder Aufhängungen dort unverrückbar festgehalten. Der Ring war nicht leer, sondern wurde von einer stumpfschwarzen Masse ausgefüllt, die wie ein Brei aus feinen Eisenspänen wirkte. Aus dieser schwarzen Fläche, die mitsamt dem Ring etwa 40 Grad geneigt über dem Boden des Gewölbes schwebte, ragten auf beiden Seiten ungleichmäßig hohe, spitze Erhebungen heraus, so als habe jemand an ihr gezupft. Die Spitzen standen genau senkrecht zur Oberfläche der schwarzen Masse.

Wenn man genau und länger hinsah, konnte man erkennen: Jemand zupfte noch immer! Die schwarzen Spitzen bewegten sich fast unmerklich langsam. Sie wuchsen, bis sie eine bestimmte Länge erreichten, dann fielen sie ebenso langsam wieder in sich zusammen. Es mussten hunderte Spitzen sein, die sich gleichzeitig zu einem nicht erkennbaren Rhythmus bewegten.

In der Nachtburg waren ihnen schon einige mitten in der Luft schwebende Objekte begegnet, aber noch nie ein so beeindruckendes. Der Ring des Tores war dabei das einzige Objekt, dessen Funktion sie kannten – alle anderen blieben völlig mysteriös. Der gewaltige Metallring mit seiner zottigen, undefinierbaren Masse darin wirkte schon durch seine Größe bedrohlich. Der Umstand, dass er unerklärlicherweise frei schwebte, machte ihn den Betrachtern nicht sympathischer. Das Tor der Dunkelheit vermittelte den Eindruck einer Urgewalt, es schien voller Kraft zu stecken, die nur entfesselt werden musste. Aber es erschien den Menschen – und Dämon – auch absolut fremdartig. Und alt ... Obwohl weder Rost noch Staub noch Abnutzungen zu erkennen waren, schien das Tor aus schwärzlichem Metall älter zu sein als die Welt.

Das Licht der magischen Kugeln wurde in dem Saal von so viel Schwärze geschluckt, dass man sich den Namen des Tores durchaus auch damit erklären konnte. Man musste nicht wissen, dass es in die nocturnen Dimensionen und damit Wirdaons Reich führte, um es mit der Dunkelheit in Verbindung zu bringen. War es nun ein gutes oder schlechtes Omen, dass auch Caligos Name in der alten Sprache der Magie »Dunkelheit« bedeutete?

»Man wird eine Leiter brauchen, um da rein zu kommen«, stellte Micra mürrisch fest und trat an Brad vorbei in den Saal hinein. Die anderen folgten ihr, als hätten sie nicht eben noch wie erstarrt unter dem Drachenrelief gestanden.

»Seltsam«, sagte Solana. »Auf dem einzigen Bild davon, an das ich mich erinnern kann, steht es senkrecht und so etwas wie Licht kommt daraus hervor.«

»Vielleicht ist es das falsche Tor?« vermutete Pek mit unschuldig aufgerissenen Augen.

»Quatschkopf«, sagte Brad. »Wie viele Tore sollen denn hier noch sein? Ich glaube eher, dass es sich ganz langsam um seine Achse dreht.« Er kniff die Augen zusammen und schätzte die Abstände. »Nein, Irrtum, das geht nicht. Es würde gar nicht in den Saal passen, wenn es senkrecht stünde. Wie eigenartig!« Das Tor hatte einen Durchmesser von ungefähr fünf Metern, während der Saal nur etwas über drei hoch zu sein schien.

»Für das falsche Tor wird der Schlüssel wohl nicht passen«, gab Königin Durna zu bedenken. Und berührte den Metallring ohne weitere Vorbereitung mit ihrem kleinen Drachenamulett.

Ein lauter, metallener Schlag wie von einem riesigen Gong ertönte. Hastig traten alle von dem bedrohlichen Ring zurück.

Als der Gongschlag verhallt war, hörten sie ein kratziges Rascheln, das immer lauter wurde. Die schwarzen Spitzen bewegten sich jetzt deutlich sichtbar, und es wurden immer mehr und schnellere!

»Du hast Recht, Brad, es beginnt sich zu drehen!« sagte Solana. »Ich frage mich, was ...« Sie kam nicht dazu, ihren Gedanken zu Ende zu bringen. Der Ring des Tores berührte den Fußboden und die Decke des Saales – und glitt substanzlos durch sie hindurch!

War der Stein plötzlich durchlässig geworden? Aber nein, *sie* standen ja noch fest auf ihren Füßen. Also musste sich das Material des Tores verändert haben.

Zum Rascheln der schwarzen Masse kam nun ein tiefes Summen, das intensiver wurde, als sich die Rotation des Tores um seine unsichtbare Querachse weiter beschleunigte. Bald schwang es so schnell, dass die Masse nicht mehr zu erkennen war, wenig später fiel es schon schwer, das Tor selbst im Auge zu behalten. Eine starke Vibration ging von dem Objekt aus, ganz und gar substanzlos konnte es also nicht sein. Aus dem Summen und Dröhnen wurde ein Heulen, ein Pfeifen und schließlich blieb nur noch ein Zischen, das nach einer Weile in den Ohren schmerzte. Wo das Tor gewesen war – und höchstwahrscheinlich immer noch war, obwohl man es nicht mehr sah – befand sich nun nicht etwa eine Kugel, wie man von einem rotierenden Ring erwartet hätte, sondern eine hell gleißende, senkrechte Fläche, die mitten im Raum stand und sowohl durch den Boden als auch die Decke ging. Genau wie auf dem Bild, das Solana gesehen hatte. In der Nähe der Fläche verschwamm die Luft zu Schlieren, vielleicht war es auch nur die Vibration, oder etwas völlig anderes. Egal.

Das Tor der Dunkelheit war offen.

»Wer soll *da* durch gehen?« fragte Micra entgeistert. »Das ist doch ein Fleischwolf!«

»Wenn es den Stein durchdringt, warum sollte ein menschlicher Körper nicht auch unbeschadet hindurch können?« wandte der Zauberer ein. »Außerdem hat Caligo keine Ahnung, dass es rotiert, oder? Ob er nun durchgeht oder zu Matsch wird, kann uns egal sein.«

Micra sah nicht so aus, als wolle sie es riskieren, dem Tor allzu nahe zu kommen. »Wie lange wird es offen bleiben?« fragte sie.

»Bis ich es wieder verschließe ...«, antwortete Durna und verstummte, sichtlich erschrocken. Wie sollte sie das Tor mit dem Amulett verschließen, ohne sich ihm zu nähern?

»Kein Wunder, dass es in den Geheimen Büchern Horam heißt, nur die Mutigsten werden es durchschreiten, um den Weg zu finden«, meinte Solana dazu. »Wenn man gesehen hat, wie es sich aktiviert, kann man schon zweifeln, ob das, was man hinter dem Tor erhofft, wirklich so wichtig ist.«

»Auf Position!« befahl Zach-aknum. »Der Neryl muss inzwischen bemerkt haben, dass sich hier etwas tut. Wenn er uns auch ignorieren könnte, er muss einfach nachsehen kommen, was da in seiner eigenen Burg abläuft. Und behaltet ein Auge auf dem Tor! Wir wollen nicht, dass uns wilde Dämonen in den Rücken fallen.«

»Bestimmt nicht«, murmelte Pek, der den Eingang zu den Dimensionen seiner Vorfahren nicht aus den Augen ließ. »Das wollen wir bestimmt nicht!«

Die Gruppe verteilte sich an den Wänden des Saales. Girens Männer waren irgendwo draußen in den Gängen unterwegs, nicht um Caligo zu bekämpfen, sondern um ihn aufzustöbern. Sie hatten strikte Weisung, sich von ihm fern zu halten und nur zu melden, was sie entdeckten. Das Zischen und Klirren der sich erneut materialisierenden Warprüstung übertönte das grelle Singen des Tores für einen Augenblick. Micra glaubte zwar nicht, dass sie gegen den Chaos-Lord eine Chance hätte, aber warum es ihm einfach machen?

Brad wog sein Schwert in der Rechten, den mysteriösen Dolch Arikas in der Linken. Nicht gerade das, wonach er sich unbewusst sehnte. Durch das beinahe ununterbrochene Realitätsflimmern in der Burg kamen wirre Bilder von Rohren zu ihm, die Männer auf ihre Schultern legten, die so ähnlich gekleidet waren wie der Wanderer. Aber das waren keine Empesieben; als die Rohre Feuer spieen, zertrümmerte es einen heranbrausenden stählernen Kampfkoloss und setzte ihn in Brand. Ja, solche Dinge mochten auch einen Neryl stoppen, noch dazu, wo er auf ihrer Welt in einem menschlichen Körper steckte.

Brad runzelte die Stirn, versuchte einen Gedanken einzufangen, der am Rande seines angespannten Bewusstseins entlang gehuscht war. Irgendwo in den Gängen, aber schon ziemlich nah, kam Lärm auf. Etwas klirrte und krachte, dann kam der Knall einer magischen Explosion. Die Soldaten schienen trotz ihrer Vorsicht direkt mit Caligo zusammengestoßen zu sein. Oder versuchten es diese Durna ergebenen Narren etwa auf eigene Faust?

Die Königin schien ähnliche Gedanken zu hegen, denn sie machte ein paar Schritte auf den Gang zu, aus dem der Lärm gekommen war, doch da brach der Chaos-Lord auch schon daraus hervor.

Auf den ersten Blick sah er so aus wie ein fürchterlich heruntergekommener Bettelmönch der Ruhmreichen Lika: verdreckte und zerfetzte Kutte, schorfige Glatze, tiefliegende, irre Augen. Doch wenn man blinzelte oder den Blick ein klein wenig verschob, konnte man etwas völlig anderes sehen, das irgendwie hinter dem Mann war, ihn gleichzeitig überlagerte, in ihm war und um ihn herum quoll. Es gab keine konkrete Beschreibung für das ekelhafte Wesen und sein sich ständig verschiebendes Aussehen. Jemand mit Kenntnis von holographischen Projektionen und virtuellen Realitäten hätte vielleicht zutreffende Vergleiche ziehen können, das Bewusstsein der Menschen von Horam Dorb und Schlan war damit überfordert.

Durna stand Caligo wegen ihrer unbedachten Schritte praktisch gegenüber, als er herein kam. Dieser Fehler hätte ihr Tod sein können, wenn nicht das Tor gewesen wäre, das grell leuchtend und pfeifend mitten im Saal stand. Das lenkte den Neryl für einen Moment ab. Sie machte eine kurze Handbewegung und sagte ein Wort, das Brad nicht verstand. Die Spiegelmaske kehrte zurück.

Ein fast beiläufig geschleuderter Zauber prallte von ihr ab und krachte explodierend in die Saaldecke.

»Durrrna!« knurrte Erkon Verons zerschundener Körper. »Elende Hexe!«

›Er kennt sie‹, dachte Brad. ›Offenbar benutzt er diesen Oberpriester immer noch.‹ Und da fing er den Gedanken von vorhin plötzlich ein. Gerade ihm hätte das viel eher einfallen müssen. Der Neryl benutzte ein Avatar – ja, das war das fremde Wort, das auch für Brad mindestens einmal zugetroffen hatte. Er benutzte einen *sterblichen* Körper, um in einer Welt agieren zu können, in die er nicht gehörte.

Wie vorher geplant, schleuderte nun Zach-aknum einen Zauber, doch nicht gegen Caligo. Er versiegelte den Torsaal und alle hofften, dass es ihren Feind auch wirklich davon abhielt, einen anderen Fluchtweg zu wählen als den von ihnen vorgegebenen.

Durna, von ihrem eigenen Fehler wütend gemacht, ging ihrerseits sofort zum Angriff über. In schneller Folge flogen aus ihren verspiegelten Händen dunkle und blitzende und helle Dinge und Formen gegen den Neryl, der sie parierte. Aber er schien es damit nicht einfach zu haben.

Brad schob sein Schwert in die Scheide. Was er nun noch in der Hand hielt, sah aus wie ein Dolch. Es war anscheinend ein wertvoller Dolch, reich verziert, aber sowohl Waffe als auch Werkzeug. Nicht Arika hatte ihn Brad geschenkt, sondern der Fluchwald oder was immer es für eine Macht war, die im Stronbart Har herrschte. Nein, nicht der Gallen Erlat, wie er eine Zeit lang vermutet hatte – warum sollte das Ungeheuer auch so etwas tun? Nun, es würde sich zeigen, was das magische Instrument wert war.

Mit aller Präzision eines *Gilde*-Mannes schleuderte Brad Arikas Dolch. Weder seine Ausbildung in der *Gilde* der Assassinen noch die sprichwörtliche Kraft der Verzweiflung konnten als Erklärung für die Geschwindigkeit des scharfen Stahls dienen. Der Dolch zuckte aus seiner Hand und hatte sich im selben Augenblick in die Brust Erkon Verons gegraben – oder hatte er sich gar in sie hinein translokalisiert?

Der alte Pochka wäre stolz auf seinen Schüler gewesen. Brad hatte das Herz des von Caligo übernommenen Mannes genau getroffen; dass er dabei den halben Brustkorb mit der Wucht des Einschlages zertrümmerte, war ein netter Nebeneffekt. Er sah, dass der Dolch dabei zu einem rohen Klumpen Metall zerschmolz, den Körper durchschlug und ein Loch in die Wand hinter ihm riss.

Der Neryl wankte und kreischte auf. Das Geräusch war so schrill, dass Brad sicher war, sie würden alle taub werden, noch bevor sie hier unten ums Leben kamen. Glitzerndes Blau umfloss ihn plötzlich. Dunstschwaden quollen auf, Eis kristallisierte knisternd. Aus den Augenwinkeln sah Brad Solana mit offenem Mund aus ihrer Deckung spähen, während Pek nur einen kurzen Blick riskierte und sich dann wieder auf das Tor konzentrierte. Der Dämon nahm das mit seinen Vorfahren sehr ernst.

Schließlich fiel Erkon Verons schlaffer Kadaver zu Boden. Aber nicht alles fiel. Vor ihnen stand der Chaos-Lord selbst. Eine Schockwelle fuhr durch sie hindurch und hinaus in die Welt, wer weiß was anrichtend. Doch es war nur eine weitere Realitätsfluktuation. Alle Anwesenden ignorierten einfach die resultierende Verwirrung, dann war es auch schon vorbei. Man konnte sich an alles gewöhnen ...

Das Ekelhafte, das vorher schon zum Vorschein gekommen war, stand jetzt ohne menschliche Hülle im Raum. Seine Konturen waren unscharf, bei jeder seiner Bewegungen verwischte es sich, als sei es nicht ganz da, sondern gleichzeitig auch woanders.

Die Menschen warteten nicht ab, was daraus eventuell noch werden würde. Durna und Zach-aknum warfen die stärksten Vernichtungszauber, die sie in einem geschlossenen Raum anwenden konnten, ohne sich und alle anderen gleichzeitig mit dem Ziel zu rösten. Micra wirbelte, in ihren Panzer gehüllt, hinter einer Säulenreihe hervor und versuchte die Monstrosität mit zwei Schwertern gleichzeitig zu treffen. Ihr Angriff geschah nur um des Effektes willen, sie wusste, dass sie gegen die Entität selbst nichts ausrichten konnte. Caligo sollte verwirrt und auf das von Pek bewachte Tor zu gedrängt werden. Leider hatte er nicht vor, ihr Spiel mitzuspielen.

Irgendwie schien sich Caligo physisch zu sammeln, denn seine Erscheinung wurde schärfer. Brad erinnerte sich an etwas, das er über die Folgen des kompletten Eintrittes einer Entität in die hiesige Realität gehört hatte, wenn ihm auch nicht einfiel, wo. In einem Traum vielleicht?

›Das ist nicht gut‹, dachte er. ›Nein, gar nicht gut!‹

»Ups!« sagte plötzlich Pek am Tor so laut und deutlich, dass es sogar durch das Knattern und Krachen der pausenlos an Caligo abprallenden magischen Energien zu hören war. Brad wagte sich nicht nach ihm umzudrehen, obwohl er ahnte, dass sein Ausruf nichts Gutes bedeutete.

Das helle Leuchten des Tores wurde von einem Schatten verdunkelt. Jemand kam heraus. Die beiden Magier stellten ihre Bemühungen ein.

Es wurde sehr still und kalt.

Eine Stimme wie der Frost auf der Rückseite des Mondes Ziat sagte etwas in einer unbekannten Sprache, doch Brad verstand in seinem Kopf: ›Das ist jetzt wirklich genug, *Neryl*.‹ Sie betonte das Wort wie einen Schimpfnamen.

Caligos noch immer unscharf wabernde Gestalt zuckte, als wolle sie aus dem Saal fliehen, doch die kalkweiße Frau in den teerschwarzen Gewändern wedelte nur mit der Hand, um Zach-aknums Zauberbann zu verstärken. Wieder stieß der Chaos-Lord sein ohrenmarterndes Wutkreischen aus.

»Geh, Neryl«, übertönte die Stimme der Herrin der Dämonen irgendwie das Geräusch. »Gib zu, dass diese kleinen Sterblichen dich geschlagen haben. Du kannst hier nicht bleiben. Geh heim.«

Im Gegensatz zu Caligo war Wirdaons Figur wohldefiniert, ganz zu schweigen von - proportioniert. War sie durch das Tor etwa komplett eingetreten? Konnte sie das? Brad war verwirrt. Wieder einmal stimmte nichts von dem, was er als gegeben angesehen hatte. Die Frau, in deren unmittelbarer Nähe die Luft zu gefrieren schien, ging auf den Neryl zu.

Schließlich antwortete Caligo etwas in derselben Sprache, doch diesmal verstand es Brad nicht. Wirdaon musste höflicherweise die Übersetzung ihrer Worte gleich in sein Bewusstsein projiziert haben.

»Nein, du kennst mich natürlich nicht, du dummes Wesen aus einer abnormen Dimension«, belehrte Wirdaon ihn herablassend. »Ich bin jemand, der von deiner Anwesenheit hier genug hat. Doch ich bedeute nichts, denn ich bin heute nur eine Botin. Ich bringe dir Grüße von *Windträumer*!«

Ihre Worte hatten einen erstaunlichen Effekt. Caligo schien sich in sich zusammen zu ziehen, zu schrumpfen. Was bei ihm Augen sein mochten, zuckte wild hin und her. Für einen Moment ähnelte er einem gefangenen Tier. Noch bevor Brad den Gedanken richtig formulieren konnte, dass ein solches, in die Enge getriebenes Biest sehr gefährlich sein konnte, begann Caligo wie ein abgefeuertes Geschoss im Torsaal umherzurasen. Er griff sie nicht an, er suchte offenbar einen Ausgang. Seine immer schneller werdende und weiter verschwimmende Gestalt fegte innerhalb kürzester Zeit an jedem Punkt der Wände, Decke und des Bodens vorbei, als ob er sie abtasten würde. Dann machte der Neryl einen ungelenk wirkenden Schwenk – und verschwand im Tor. Pek sprang kurz vorher aus dem Weg, sonst wäre er mit hinein gerissen worden.

Es gab kein besonderes Geräusch dabei, keinen Effekt, das Tor der Dunkelheit stand einfach weiter leuchtend und kaum hörbar, aber dafür schmerzhaft zischend herum. Caligo war fort.

»Das war leicht«, sagte Wirdaon ziemlich selbstgefällig. Alle Blicke wandten sich ihr zu.

»Ihr habt gute Arbeit geleistet, Menschen, darum werde ich euch verschonen, wenn ich jetzt eure Welt versklave«, sagte sie mit einem unergründlichen Blick ihrer völlig schwarzen Augen, der jedem von ihnen bis in die Seele zu dringen schien.

»Cheeefin!« machte sich Pek bemerkbar.

»Ja, schon gut, du kleiner Nervtöter! Kann ich nicht mal einen Witz machen?«

»Sie verstehen Eure exzellente Art von Humor womöglich nicht ...«

»Na, ich weiß nicht, Pek! Wer würde das schon ernst nehmen? Was sollte ich denn mit einer Menschenwelt? Ich habe genug mit euch Bande zu tun.«

Brad hatte das Gefühl, dass er entgegen Peks Vermutung gleich anfangen würde, ganz und gar unmännlich zu kichern. Hysterisch zu kichern. ›Nicht nur die Wege der Götter sind unergründlich, auch ihre Witze!‹ dachte er.

Wie wahr! antworte sie ihm auf die schon vertraute, wenn auch die gewohnte Intimsphäre der Gedanken beiläufig verletzende Weise. *Wenigstens* er *versteht mich. Willst du nicht mitkommen?* Sie deutete auf das Tor. Meinte sie das etwa ernst?

›Oh, nicht jetzt vielleicht ...‹, wagte er vorsichtig zu denken.

Sie lächelte ihm auf beunruhigende Weise zu, und er hatte den dringenden Verdacht, dass sie es durchaus ernst gemeint hatte.

»Tja, Leute«, sagte sie, »war nett und so, aber ich muss jetzt wieder. Macht das Tor hinter mir zu.«

Sie redete wie Pek, fand Brad überrascht. Ob der das *von ihr* hatte?

»Was wird aus Caligo?« fragte Micra, die ihren Panzer geöffnet, aber noch nicht abgelegt hatte.

»Der ist in die nocturnen Dimensionen entwischt – wie er glaubt. Er wird feststellen, dass die Verwandten eures kleinen Freundes hier selbst für einen Neryl recht unangenehm werden können. Jetzt muss ich aber los. Die komplette Materialisation ist nichts, was man auf eurer Welt zu lange aufrecht erhalten sollte.«

Wirdaon schritt oder glitt, Frost verbreitend, auf das Tor der Dunkelheit zu, das sich als Lösung all ihrer verbliebenen Probleme erwiesen hatte. »Ach ja«, sagte sie dann noch, »glaubt bloß nicht den Quatsch im Geheimen Buch Horam, von wegen die Mutigsten können das Tor durchqueren, um den Weg wieder zu finden und blabla. Glaubt mir, ihr *wollt* nicht in den nocturnen Dimensionen herumirren, Leute. Macht es zu und werft am besten den Schlüssel weg.«

Dann winkte sie ihnen zu und trat in das Leuchten.

Wirdaon war fort.

Für lange Zeit standen sie einfach nur so da und schauten sich an. Dann hob Durna die Schultern, ging zum Rand der hellen Fläche, der ihrer Meinung nach am ehesten etwas mit dem vorher metallenen Ring des Tores zu tun haben konnte, und wo sie nach menschlichem Ermessen nicht in die Rotation hineingeraten würde. Sie berührte ihn zum zweiten Mal mit dem Amulett.

Es gongte wieder, dann rumpelte es wie ein mittleres Erdbeben und das Tor hielt an. Eben war es noch eine leuchtende, flirrende Fläche, und im nächsten Moment hing es als Metallring schief und ohne den Boden zu berühren im Raum und war von einer unmerklich pulsierenden schwarzen Masse gefüllt.

Die Königin steckte den Schlüssel, ihr Drachenamulett, sehr langsam und deutlich für alle sichtbar wieder ein.

»Man weiß ja nie«, sagte sie. »Vielleicht ärgern wir uns noch mal, wenn ich ihn jetzt wegwerfe. Oder jemand findet ihn. Ich glaube, ich schaffe ihn wieder da hin, wo ich ihn gefunden habe.«

Was sie wegwarf, das war eine kleine Silberkugel, die beim Rollen über den Steinboden eine Blutspur zurückließ, aber das konnte in dem dunkler gewordenen Raum keiner sehen. Die Spiegelmaske hatte ihre Schuldigkeit getan und sollte nicht länger von ihr zehren.

Die Gruppe begann den langsamen Aufstieg durch die öden Gemäuer der Nachtburg. Überall, wo sie auf Yarben, Nubraer, Tekladorianer und Halataner trafen, brachen die Soldaten in Jubelgeschrei aus, das ihnen voran rollte auf ihrem Weg hinauf ans Licht. Ein halblautes Gespräch am Ende der Gruppe ging in dem Geschrei völlig unter.

»Wer ist Windträumer, Pek?« fragte Brad.

»Na wer schon? Ein Drache. Der hält ein Auge auf die Neryl. Lass dich von dem Namen nicht täuschen. Feuerwerfer und Sternenblüte sind harmlose, nette Kreaturen im Vergleich zu ihm.«

»Woher weißt du soviel über das alles?«

»Das darf ich nich sagen! Is geheim.«

»Blöder Dämon.«

»Mensch.«

»Was hast du jetzt vor? Zu Wirdaon zurück?«

»Ooch, weißt du, ich dachte, ich hänge hier noch ein wenig rum, nehme die Siegesfeier mit und besuche dann mal kurz meinen alten Kumpel Feuerwerfer. Er wird wissen wollen, wie es ausging, denk' ich. Dann komme ich vorbei und sehe nach, ob es euch schon langweilig geworden ist. Was hältst du davon?«

»Nun ...«

»Sie hat dich echt im Ernst eingeladen, weißt du? Irgendwann musst du dem folgen, sonst wird sie sauer. Ich kann dich gern mal mitnehmen.«

Brads Antwort kann hier nicht wiedergegeben werden.

Epilog

›Und nun ist alles wieder so wie früher?‹ dachte Brad zweifelnd.

Natürlich nicht! Die durch das Chaos und die lange Instabilität der verbundenen Welten hervorgerufenen Veränderungen können nicht rückgängig gemacht werden. Diese Welt wird nie wieder so sein wie früher. Aber vielleicht ist das auch gut so. Die Menschen in Halatan haben Geschmack an dem gefunden, was sie Fortschritt nennen. Die überlebenden Magier haben durch Durnas Beispiel gesehen, dass Magie weit mehr ist und kann, als ihre Traditionen ihnen sagen. Zwar wird es kein Zi'en'en mehr geben, aber die Wichtigkeit schneller Nachrichtenflüsse haben viele erkennen können. Wer weiß, was daraus entsteht? Und sogar die Götter haben sich verändert, sind sich ihrer Verantwortung bewusster geworden. Oh nein, Brad, nichts wird je wieder so sein wie früher.

»Gut«, sagte Brad Vanquis zu seinem Gott.

Glossar der verwendeten Begriffe, Personen usw.

rw.   Rotwelsch, Gaunersprache des Mittelalters; viele Begriffe wurden ihr entlehnt

Akademie von Skark	Ausbildungsstätte der Yarben für Magier
Akreb	Fischerdorf in Nubra
Almer Kavbal	der Dorfälteste auf Horam Schlan
Annie	eine Beraterin (Annie Smolinski)
Arika	Brads Ex – schenkte ihm einen Dolch, dessen Replik ihm später der Fluchwald unterschob
Bachnorg	bärengroßes Tier von gewisser Intelligenz
Baar Elakh	alte, religiöse Hinrichtungsstätte, ursprünglich von Drachen bewohnt; wird auch mit Visionen in Zusammenhang gebracht
Barark	Währung in Teklador
Berater	Bezeichnung für Menschen von der Erde, die in Halatan die Gelehrten und die Regierung beraten
Berik-norach	ein Zauberer auf Horam Schlan
Bink	Hauptstadt von Teklador
Blushkoprop	hubschraubergroße Libelle, die auf einer völlig anderen Welt lebt
Bokrua	eine Riesenschlange aus der Heimat der Yarben
Brad Vanquis	[bred vankis] Gildemörder und Abenteurer, zeitweise auch Inkarnation von Horam
Caligo	d.h. Finsternis, ein Chaos-Lord oder Neryl
Carya	yarbische Göttin der Liebe und Fruchtbarkeit
Cheg'chon Krater	ein großer Meteoritenkrater im Südosten von Teklador, gehört zum Netzwerk der Magier
Chrotnor	Land auf Horam Schlan
Daira	yarbische Göttin der Wissenschaften
Dallinger	[rw.] Henker, Anführer der Assassinen von Pelfar
Drachen	Manifestation gewisser Entitäten der Superklasse
Durna de'breus	Magierin der Fünf Ringe, Herrscherin in Teklador, Tochter von Lefk-breus
Ember	siehe Saliéera
Endoss-Gebirge	vulkanische Bergkette westlich von Pelfar
Engé	yarbische Göttin der Rache
Entität(en)	d.h. Wesenheit, transzendierte Wesen einer höheren Entwicklungsstufe als z.B. Menschen
Erkon Veron	Oberpriester, Magier und Berater von Trolan; wird von Caligo übernommen
Farm	Lord Magister auf Horam Schlan
Feen	rätselhafte Wesen, die in Spiegeln leben

Festung der Sieben Stürme	Durnas Sitz in Bink, Teil des Netzwerkes der Magier
Feuerwerfer	ein Drache
Fred	ein Berater
Fünf Ringe	Symbol der höchsten Stufe der Magie
Gallen-Erlat	[rw.] Meister der Stadt, ein NBE-Wesen im Stronbart Har
Gaumul	yarbischer Gott des Krieges
Gilde	Bezeichnung für eine Gesellschaft von Assassinen auf Horam Schlan
Grauer Abgrund	ungewöhnliche Formation bei Rotbos
Halatan	Land, östlich von Teklador, Kaiserreich
Halatan-kar	Bergmassiv in Halatan, Hochgebirge
Haldrath Bey	ein Barbar auf Horam Schlan
Har'rey, Meister	ein Berater (Harry)
Herterich	[rw.] Messer, ein Assassine in Pelfar
Het'char	Kleinstadt in Halatan
Höhlentau	ein ansonsten nutzloses, aber im Dunkeln leuchtendes Kraut
Horam	gottgleiche Entität, trat auch als siamesische Gottheit auf, schuf die Weltenverbindung in einem teilweise missglückten Experiment
Infal Giren	Tral Girens älterer Bruder, starb in Akreb
Jag'noro, das	Insel im Terlen
Jellisk	Stadt in Halatan
Jolan	ein Junge aus Rotbos, Sohn Solanas
Jombar	yarbischer Gott der Ernte
Jost	Durnas Kämmerer in Bink
Kafpims	[rw.] Gauner, ein Assassine in Pelfar
Karach-Stamm	ein Volk der Dämonen
Kette Horams	Halskette, deren quasiintelligente Bestandteile auf den Welten verstreut sind
Khuron Khan	ein Barbarenhäuptling auf Horam Schlan
Kle'biss	[rw.] klebiss, Pferd – von Caligo erschaffene monströse Kriegspferde
Klos	d.h. der Verfluchte, Diener Durnas, den sie von ihrem Vater geerbt hat, ein NBE-Wesen ähnlich dem Gallen-Erlat
Kralde	Minze
Laga	yarbische Göttin der Gesundheit
Lakno	Knoblauch
Lefk-breus	ein experimenteller Magier, ehemaliger Oberpriester von Ramdorkan, nach dem Diebstahl der Statue verstoßen, Vater Durnas
Lika, Ruhmreiche	eine Heilige, wird nur auf Horam Schlan verehrt
Lorron IV.	früherer Kaiser von Halatan, Marruks Vater

Mal Voren	eines der Tore, wurde bei dem Experiment Zacha Bas in einer Explosion zerstört
Marruk II.	gegenwärtiger Kaiser von Halatan
Mata	komplexe / multidimensionale Bewusstseinsmatrix, die durch den Nirab entstand
Mendra Kaleb	General der Yarben, Infanterie, befehligte die Truppen in Nubra
Micra Ansig von Terish	Edelfrau und Warpkriegerin
Momus	d.h. Tod, ein Chaos-Lord
Moon	ein Zwerg
MP-7	Maschinenpistole von H&K, 2000 erstmalig vorgestellt (4,6 mm HVA)
NBE-Wesen	Wesen aus negativer Bewusstseinsenergie
Neryl	ein anderer Name für die Chaos-Lords
Nirab	quasiintelligenter Seelenspeicherring aus der Kette Horams, letztes Opfer war Farm
Nor	Reich der Toten, Wordons Reich
Nubra	Land, liegt an der Küste, in ihm befindet sich der Tempel von Ramdorkan; Hauptstadt Regedra, von den Yarben besetzt
Oornar	Ring aus der Kette Horams, dient der Teleportation
Orakel von Yonkar Zand	sagte Horams Beteiligung am Untergang des westlichen Kontinents voraus
Orm el'ek	[dämon.] Schattenburg, anderer Name für die Nachtburg
Orun	ein Ort in Halatan
Palang	katzenartiges Tier
Paschkariti, General	General der halatanischen Südarmee unter Herzog Walthur
Pelfar	Stadt an der Grenze von Teklador und Halatan
Pochka	Brads Lehrer (ein Dieb)
Proscher	[rw.] Spitzbube, ein Assassine in Pelfar
Rach'sis	der sog. Ketzerprophet der Yarben
Ra-Gebirge	Bergkette, in der Ramdorkan liegt
Ramdorkan	Haupttempel der Horamreligion in Nubra, jetzt verlassen und entweiht
Raul	halatanischer Karawanenführer und Waffenschmuggler
Regedra	Hauptstadt von Nubra, drei Tagesreisen von Teklador entfernt, an der Küste gelegen
Rotbos	Heimatdorf von Jolan und Solana
Ruel	[rw.] Straßenraub, Stadt in der Nähe von Rotbos, Fort der Yarben
Ruf der Finsternis	Todesbefehl für konditionierte Yarben-Zauberer
Rybolt	[rw.] Vagant

Saliéera	Schülerin Zach-aknums und Zauberin der Vier Ringe, blieb in der Burg Berik-norachs zurück
Shilk	Steuermann des Flussbootes von Durna, dann Leutnant ihrer Truppe
Slikkt	yarbische Göttin des Wetters (eine Schlange?)
Solana Houtzfruwe	eine Bäuerin aus Rotbos, Mutter von Jolan, geheime Priesterin Horams
Somdorkan	Tempel auf Horam Schlan
Sternenblüte	ein Drache
Stronbart Har	[rw.] der Fluchwald
Suchtar Ansig	Lord von Terish, der Warp, Micras Vater
Taan Goor	da leben böse Drachen (sagt Pek)
Tak ma'escht!	[dämon.] Ach du Scheiße!
Tamber Chrot	d.h. Fluss der Weisheit, der Fluss mit der Festung des Donners auf Horam Schlan
Teklador	Land, zwischen Nubra und Halatan gelegen, Hauptstadt Bink
Terlen	Fluss, der durch alle drei Länder fließt; bildet die Grenze zu Halatan; verzweigt und vereinigt sich zweimal
Terlen Dar / Olt	Verzweigungen des Terlen, in ihnen liegt der Graue Abgrund
Thomas	der Wanderer
Tolen	ein Halataner im Westen des Landes, Kutscher
Tom	ein Berater
Tore	Halatan-kar, Mal Voren, Winde Mokum, Yarbenkontinent (das »nutzlose Tor«)
Tral Giren	Oberst der Yarben, bei Durna stationiert, später General Tekladors
Tras Dabur	ein Zauberer, stahl die Statue
Trolan, Chequar	Lordadmiral der Yarben, Oberbefehlshaber, in Nubra stationiert
Tyskländer	ein bürokratischer Dämon, Volk der Dämonen
Vabik	ehemaliger König von Teklador, von Durna gestürzt
Vach'nui-Flachland	Gegend an der Grenze von Halatan und Teklador
Vantis	[rw.] Kind, kindischer Mensch
Vardt	Major der yarbischen Armee (3. KG)
Ve'ra	eine Beraterin (Vera Steinfurth alias Kathy Leonard)
Vrach	yarbischer Gott der Krankheiten
Wächter	die beiden Riesenstatuen jeweils in bzw. unter den Tempeln, wahrscheinlich funktionsgestört
Walthur, Herzog	halatanischer Heerführer der Südarmee
Warpkrieger	militärischer Orden auf Schlan, gegründet von Suchtar Ansig, und stationiert in der Festung des Donners im Tam-

	ber Chrot; Warp: [engl.] die Kette; bezieht sich sowohl auf eine Kampftechnik der W. als auch auf ihr Verhältnis zu ihrem jeweiligen Befehlshaber
Wilfel	Oberleutnant der Yarben, Kommandant des Forts am Weg von Rotbos nach Pelfar, später unter Girens Kommando
Winde Mokum	d.h. Tor an der Stadt, das 3. Tor auf dem Kontinent, Süden, hier kamen die vier Zauberer durch
Wirdaon	Herrin der Dämonen
Wordon	Herrscher des Totenreiches Nor, bei den Yarben Gott des Todes
Wordoni	Todesmagier der Yarben (nicht konditioniert)
Wordon mé!	Bei Wordon!
Yarben	Volk von jenseits des Meeres, Invasoren, die in Nubra eingefallen sind
Yar'scht	Heimatkontinent der Yarben
Zacha Ba	Vater Zach-aknums, Fünf Ringe, hat die Zeitverwerfung geschaffen
Zach-aknum	Schwarzer Magier der Fünf Ringe, einer der Vier Elementaren Magier
Ziat	der Mond Horam Dorbs; ein kleines, unscheinbares Ding
Zi'en'en	CNN, jedenfalls Durnas Version davon
Zinoch	quasiintelligenter Ring des Wissens (aus der Halskette Horams)